VÍCTOR HUGO
LOS MISERABLES

(TOMO I)

LOS MISERABLES
(Tomo I)
Víctor Hugo

©Astria Ediciones
Diseño de portada: Andrea Rodríguez—Lilyana Galvez
Supervisión Editorial: Óscar Flores Lopez
Administración: Tesla Rodas y Jéssica Cordero
Levantamiento de texto: Zona Creativa
Director Ejecutivo: José Azcona Bocock

Primera edición
Tegucigalpa, Honduras—Mayo de 2024

UNA OBRA QUE NO DEBE FALTAR EN TU LIBRERO

Traición, venganza, intrigas, maldad… Pero también hay bondad, solidaridad, esperanza, justicia. Aún en medio de los sentimientos más oscuros, la fe, el amor y la esperanza son rayos de luz que iluminan el mundo.

En esta obra, Víctor Hugo también nos señala que todo hombre merece una segunda oportunidad, como ocurre con Jean Valjean, expresidiario convertido (una vez en libertad) en el dueño de una fábrica y, posteriormente, en alcalde.

Valjean había sido enviado a la cárcel acusado del robo de pan para alimentar a sus siete sobrinos.

La cárcel lo convertiría en un ser rencoroso, amargado, con deseos de vengarse de la sociedad…

Cuando queda en libertad, Valjean vuelve a cometer otro delito: le roba los candelabros al generoso monseñor Myriel, quien le ha extendido generosamente su mano.

Pero, en lugar de denunciarlo, monseñor perdona a Valjean, y a partir de ese momento comienza un cambio radical que borra en él todo rastro de resentimiento.

¿Aquí terminan los problemas para Valjean? Pues no. El "cabal" inspector Javert descubre por casualidad que el honorable alcalde oculta un secreto del pasado que podría llevarlo a la ruina.

Y hay razones para ellos, pues tiene una hija, la bella Cosette.

A partir de entonces se inicia una despiadada persecución del representante de la ley por "hacer lo correcto".

Las guerras, las revoluciones, los fusilamientos, la caída de Napoleón, también están presentes en Los Miserables.

ASTRIA Ediciones publica este clásico de la literatura universal, una obra inmortal, en dos tomos.

En la lista de los libros imprescindibles de un buen lector está, sin duda, Los Miserables.

Un canto a la vida, un retrato de las miserias humanas, Los Miserables tiene un final inesperado cuando el inspector Javert decide…

Y aquí lo dejamos. Lea este libro, saboréelo, que es una delicia.

Óscar Flores López
Editor COLECCIÓN ERANDIQUE

Mientras permitan las leyes y las costumbres la existencia de una condena social que cree infiernos de forma artificial, en plena civilización, y añada la complicación de una fatalidad humana al destino, que es divino; mientras los tres problemas de este siglo, el proletariado que degrada al hombre, el hambre que pierde a la mujer, la oscuridad que atrofia al niño, no se resuelvan; mientras en algunas comarcas pueda existir la asfixia social; dicho de otra forma, y desde un punto de vista aún más amplio, mientras haya en la tierra ignorancia y miseria, no podrán carecer de utilidad libros como éste.

Hauteville-House, primero de enero de 1862

PRIMERA PARTE: FANTINE

LIBRO PRIMERO: UN JUSTO

CAPÍTULO: I
MONSEÑOR MYRIEL

En 1815, Charles-Francois-Bienvenu Myriel era obispo de Digne. Era un anciano que rondaba los setenta y cinco años; llevaba al cargo de la diócesis de Digne desde 1806.

Por más que se trate de un detalle sin relación alguna con el fondo propiamente dicho de lo que queremos relatar, no será quizá ocioso, aunque no fuera más que para no faltar en nada a la exactitud, que dejemos constancia aquí de los rumores y los dichos que acerca de él corrieron cuando llegó a la mencionada diócesis. Bien sea cierto, bien sea falso, lo que de los hombres se dice ocupa con frecuencia tanto espacio en sus vidas, y sobre todo en sus destinos, como aquello que hacen. Monseñor Myriel era hijo de un consejero del Parlamento de Aix: nobleza de toga.

Contaban de él que su padre, que lo destinaba a heredar su cargo, lo había casado a edad muy temprana, a los dieciocho o los veinte años, ateniéndose a una costumbre muy usual entre las familias de parlamentarios. Pese a dicho matrimonio, Charles Myriel había dado, a lo que decían, mucho que hablar. Era apuesto, aunque de corta estatura; elegante, encantador e ingenioso; consagró por completo la primera parte de su existencia a la vida en sociedad y al galanteo.

Llegó la Revolución, los acontecimientos se aceleraron, las familias de parlamentarios, diezmadas, expulsadas, acosadas, se dispersaron. Charles Myriel emigró a Italia nada más empezar la Revolución. Allí murió su mujer de una enfermedad del pecho que padecía hacía mucho. No tenían hijos. ¿Qué aconteció luego en el destino de monseñor Myriel? ¿Acaso el desplome de la anterior sociedad francesa, la caída de su propia familia, los trágicos espectáculos de 1893, más aterradores aún, posiblemente, para los emigrados, que los presenciaban desde lejos con el aumento que les prestaba el pavor, hicieron germinar en él ideas de renuncia y soledad?

¿Acaso lo alcanzó de súbito, en medio de algunas de aquellas distracciones y afectos que le llenaban la vida, uno de esos golpes misteriosos y terribles que a veces derriban, alcanzándolo en el corazón, al hombre a quien las catástrofes públicas no inmutarían al afectarlo en su vida o su fortuna? Nadie habría podido decirlo; todo cuanto se sabía era que, al regresar de Italia, era sacerdote.

En 1804, el padre Myriel era párroco de Brignoles. Era ya viejo y vivía en completo retiro.

Por la época de la coronación, un asuntillo de su parroquia, del que nadie se acuerda ya, lo llevó a París. Fue a abogar por sus parroquianos, además de ante otras personas poderosas, ante el cardenal Fesch. Un día en que el emperador había ido a visitar a su tío, el digno párroco, que estaba esperando en la antecámara, se halló en el camino de paso de Su Majestad. Napoleón, al ver que aquel anciano lo miraba con cierta curiosidad, se volvió y dijo con brusquedad:

—¿Quién es ese hombrecillo que me está mirando?

—Su Majestad está mirando a un hombrecillo —dijo monseñor Myriel—, y yo, a un gran hombre. Ambos podemos sacar provecho.

Esa misma noche el emperador le preguntó al cardenal cómo se llamaba aquel párroco y, poco tiempo después, el sacerdote se quedó sorprendidísimo al enterarse de que lo habían nombrado obispo de Digne.

¿Qué había de cierto, por lo demás, en lo que se contaba acerca de la primera parte de la vida de monseñor Myriel? Nadie lo sabía. Pocas familias habían conocido a la familia Myriel antes de la Revolución.

Monseñor Myriel tuvo que padecer la suerte de todo recién llegado a una ciudad pequeña en donde hay muchas bocas que hablan y poquísimas cabezas que piensan. Tuvo que padecerlo aunque fuera obispo y porque era obispo. Pero, bien pensado, los dimes y diretes en los que aparecía su nombre no eran quizá sino eso, dimes y diretes; rumores, dichos, palabras; y no tanto palabras cuanto palabreos, como dice la enérgica lengua de las provincias del sur.

Fuere como fuere, tras nueve años de obispo y de residir en Digne, todos esos comadreos, esos temas de conversación que tienen entretenidas al principio a las ciudades pequeñas y a las personas de a pie, habían caído ya en un profundo olvido. Nadie se habría atrevido a mencionarlos; nadie se habría atrevido ni tan siquiera a recordarlos.

Monseñor Myriel llegó a Digne en compañía de una solterona, la señorita Baptistine, que era hermana suya y a quien le llevaba diez años.

No tenían más servicio que una criada de la misma edad que la señorita Baptistine, que se llamaba señora Magloire, quien, tras haber sido el ama del señor cura, adoptaba ahora la doble apelación de doncella de la señorita y ama de llaves de Su Ilustrísima.

La señorita Baptistine era alta, pálida, delgada y dulce; cumplía con el ideal que se expresa mediante la palabra «respetable», pues, por lo visto, una mujer debe ser madre para ser venerable. Nunca había sido guapa; su vida entera, que no había consistido sino en una secuencia de obras piadosas, había acabado por envolverla en una suerte de blancura y claridad; y, al envejecer, había adquirido eso que podría llamarse la hermosura de la bondad. Si de joven fue flaca, en la madurez se convirtió en transparente; y entre aquella diafanidad se intuía al ángel. Era, más aún que una virgen, un alma. Parecía hecha de sombra; apenas si tenía cuerpo bastante para que hubiera en él un sexo; era una cantidad mínima de materia que contenía un resplandor; unos ojos grandes siempre bajos; un pretexto para que un alma se quedara en la tierra.

La señora Magloire era una viejecita pálida, gruesa, rechoncha, azacanada, siempre jadeante, en primer lugar por aquella actividad suya y, en segundo, por el asma.

Cuando llegó monseñor Myriel, lo acomodaron en su palacio episcopal con los honores que requerían los decretos imperiales, que sitúan al obispo inmediatamente después del mariscal de campo. El alcalde y el presidente le hicieron la primera visita y él, por su parte, hizo la primera visita al general y al prefecto.

Una vez acomodado, la ciudad esperó para ver a su obispo manos a la obra.

CAPÍTULO II:
MONSEÑOR MYRIEL SE CONVIERTE EN MONSEÑOR BIENVENU

El palacio episcopal de Digne era un edificio contiguo al hospital.

El palacio episcopal era amplio y hermoso; lo había construido en piedra a principios del siglo anterior monseñor Henri Puget, doctor en Teología por la Facultad de París y abad de Simore, que fue obispo de Digne en 1712. Aquel palacio era una auténtica mansión señorial. Todo era de aspecto grandioso: los aposentos del obispo; los salones; las estancias; el patio principal, anchuroso y con paseos porticados como era antaño uso en Florencia, y los jardines donde crecían árboles espléndidos.

En el comedor, una galería larga y soberbia, sita en la planta baja y que daba a los jardines, monseñor Henri Puget dio un almuerzo de gala el 29 de julio de 1714 a Sus Ilustrísimas Charles BrGlart de Genlis, obispo-príncipe de Embrun; Antoine de Mesgrigny, capuchino y obispo de Grasse; Philippe de Vendôme, prior mayor de Francia y abad de Saint-Honoré de Lérins; Fran;ois de Berton de Crillon, obispo-barón de Vence; César de Sabran de Forcalquier, obispo- señor de Glandeve, y Jean Soanen, sacerdote del oratorio, predicador ordinario del rey y obispo-señor de Senez. Los retratos de aquellos siete reverendos personajes decoraban esa estancia; y aquella fecha memorable: 29 de julio de 1714, estaba grabada en letras de oro en una mesa de mármol blanco.

El hospital era una casa estrecha y baja, de una sola planta, y con un jardincillo.

Tres días después de haber llegado, el obispo visitó el hospital. Al concluir la visita, pidió al director que tuviera a bien ir a verlo a palacio.

—Señor director del hospital —le dijo—, ¿cuántos enfermos tiene en este momento?

—Veintiséis, Ilustrísima.

—Sí, ésa es la cuenta que me salía a mí —dijo el obispo.

—Las camas —siguió diciendo el director— están muy juntas.

—Eso había notado.

—Las salas no son sino cuartos, y cuesta ventilarlos.

—Eso me parece.

—Y además, cuando sale un rayo de sol, el jardín se queda muy pequeño para los convalecientes.

—Es lo que me estaba diciendo.

—En las epidemias, este año hubo una de tifus y hace dos años una de fiebre miliaria, a veces tenemos cien enfermos; y no sabemos qué hacer.

—Eso había pensado.

—Qué le vamos a hacer, Ilustrísima —dijo el director—. Hay que tomárselo con resignación.

Aquella conversación transcurría en el comedor-galería de la planta baja. El obispo calló un momento; luego, se volvió de pronto hacia el director del hospital.

—Señor director —dijo—, ¿cuántas camas cree que cabrían sólo en esta estancia?

—¿El comedor de Su Ilustrísima? —exclamó el director, estupefacto.

El obispo recorría la sala con la mirada y parecía estar tomando medidas y calculando a ojo.

—¡Por lo menos cabrían veinte camas! —dijo, como si hablase consigo mismo; luego, alzando la voz—: Mire, señor director del hospital, voy a decirle algo. Está claro que hay una equivocación. Son ustedes veintiséis personas en cinco o seis cuartos pequeños. Nosotros, aquí, somos tres y tenemos sitio para sesenta. Le digo que hay un error. Está usted en mi vivienda y yo en la suya. Devuélvame mi casa. La suya es ésta.

Al día siguiente, los veintiséis pobres estaban acomodados en el palacio del obispo y el obispo estaba en el hospital.

Monseñor Myriel no tenía bienes de fortuna porque su familia había quedado en la ruina durante la Revolución. Su hermana cobraba una renta vitalicia de quinientos francos que, en el presbiterio, bastaba para cubrir sus gastos personales. Monseñor Myriel recibía del Estado, como obispo, unos honorarios de quince mil francos. El mismo día en que fue a alojarse al edificio del hospital, monseñor Myriel dispuso el empleo, perpetuo, de esa cantidad de la siguiente forma. Reproducimos aquí una anotación de su puño y letra.

Durante todo el tiempo que ocupó la diócesis de Digne, monseñor Myriel no cambió casi nada en estas disposiciones. Las llamaba, como hemos podido ver: organizar los gastos de su casa.

Aquel arreglo lo aceptó con sumisión absoluta la señorita Baptistine. Para aquella santa mujer, el prelado de Digne era a un tiempo hermano suyo y obispo suyo, amigo suyo según la naturaleza y superior suyo según la Iglesia. Lo quería y lo veneraba sin más. Cuando él hablaba, aceptaba; cuando él actuaba, se adhería. Sólo la criada, la señora Magloire, rezongó algo. El señor obispo, como hemos podido ver, sólo había reservado para sí mil libras, que, sumadas a la pensión de la señorita Baptistine, daban mil quinientos francos anuales. Con esos mil quinientos francos vivían las dos ancianas y el anciano.

Y cuando algún párroco de pueblo venía a Digne, el señor obispo se las apañaba pese a todo para agasajarlo merced al estricto ahorro de la señora Magloire y la inteligente administración de la señorita Baptistine.

Un día —cuando llevaba en Digne alrededor de tres meses—, dijo el obispo:

—¡Con esto y con todo ando bastante apurado!

—¡Ya lo creo! —exclamó la señora Magloire—. Monseñor ni siquiera ha reclamado la renta que le debe el distrito para sus gastos de carroza en la ciudad y de giras por la diócesis. Antes era lo que se hacía con los obispos.

—¡Caramba! —dijo el obispo—. Tiene razón, señora Magloire. E hizo la reclamación.

Poco tiempo después, el consejo general tomó en consideración la petición aquella y le atribuyó una cantidad anual de tres mil francos por el siguiente concepto: Prestación al señor obispo para gastos de carroza, gastos de posta y gastos de giras pastorales.

Dio esto mucho que protestar a la burguesía local y, con tal motivo, un senador del Imperio, ex miembro del Consejo de los Quinientos, que estaba a favor del dieciocho brumario y disfrutaba de la espléndida dotación económica de su cargo en la ciudad de Digne, le escribió al ministro de Cultos, el señor Bigot de Préameneu, una notita irritada y confidencial de la que tomamos estas líneas, auténticas:

«¿Gastos de carroza? ¿Y para qué en una ciudad de menos de cuatro mil habitantes? ¿Gastos de posta y giras? De entrada, ¿por qué esas giras? Y, a continuación, ¿cómo usar la posta en una comarca montañosa? No hay carreteras. Sólo se circula a caballo. El mismísimo puente del Durance, en Château-Arnoux, apenas si aguanta las carretas de bueyes. Esos sacerdotes son todos iguales. Ávidos y avaros. Éste se las dio de hombre de bien cuando llegó. Ahora hace lo mismo que los demás. Necesita carroza y silla de posta. Necesita lujo, como los obispos de antes. ¡Ah, qué clerigalla esta! Señor conde, las cosas no irán bien hasta que el emperador nos libre de los meapilas. ¡Abajo el papa! (los asuntos con Roma se estaban enredando). En lo que a mí se refiere, sólo estoy a favor de César. Etc., etc.».

En cambio, la señora Magloire se alegró mucho.

—Bueno —le dijo a la señorita Baptistine—, monseñor ha empezado por los demás, pero no le ha quedado más remedio que acabar por su propia persona. Ya ha cumplido con todas sus obras de caridad. Aquí llegan tres mil libras para nosotros. ¡Ya era hora!

Esa misma noche, el obispo puso por escrito y entregó a su hermana una nota que decía lo siguiente:

Tales eran los presupuestos que hacía monseñor Myriel.

En cuanto a los ingresos eventuales del obispado: traslado de amonestaciones, dispensas, agua de socorro, predicaciones, bendiciones de iglesias o capillas, bodas, etc., el obispo se los cobraba a los ricos con tanto más rigor cuanto que se los regalaba a los pobres.

Al cabo de poco tiempo empezaron a llegar los donativos. Los que tenían y los que carecían llamaban a la puerta de monseñor Myriel: unos venían a buscar una limosna que los otros venían a depositar. El obispo se convirtió en menos de un año en el tesorero de todas las buenas obras y en el cajero de todos los desvalidos. Pasaban por sus manos cantidades considerables; pero nada consiguió que cambiase ni un ápice su forma de vivir ni que añadiera el menor gasto superfluo a sus gastos indispensables.

Antes bien, como siempre hay más miseria abajo que fraternidad arriba, todo lo daba, como quien dice, antes de recibirlo; era como agua en una tierra reseca; por más dinero que recibiera, nunca tenía dinero. Y entonces se quedaba él sin nada.

Como era costumbre que los obispos citasen sus nombres de pila al principio de sus exhortaciones y sus cartas pastorales, las personas humildes de la comarca habían escogido, con algo así como un instinto afectuoso, de entre los apelativos del obispo, el que para ellos quería decir algo, y sólo lo llamaban monseñor Bienvenu. Haremos como ellas y así lo nombraremos llegado el caso. Por lo demás, era un nombre que le agradaba.

—Me gusta ese nombre —decía—. Bienvenu enmienda monseñor.

No afirmamos que este retrato que aquí aportamos sea verosímil; nos limitamos a decir que es verídico.

CAPÍTULO III
A OBISPO BUENO, OBISPADO ARDUO

No dejaba de hacer giras el señor obispo por el hecho de haber convertido su carroza en limosnas. La diócesis de Digne resulta cansada. Cuenta con muy pocas llanuras, con muchas montañas y con casi ninguna carretera, como hemos visto hace poco; treinta y dos parroquias, cuarenta y un vicariatos y doscientas veinticinco sucursales. Visitarlo todo no es cosa de poco. El señor obispo lo conseguía. Iba a pie cuando le caía cerca, en carreta por la llanura y en artolas por la montaña. Lo acompañaban las dos ancianas. Cuando el trayecto era demasiado penoso, iba solo.

Llegó un día a Senez, que es una antigua ciudad episcopal, a lomos de un burro. Su bolsa, muy vacía por entonces, no le permitía otra forma de viajar. El alcalde de la ciudad fue a recibirlo a la puerta del obispado y lo miraba apearse del burro con ojos escandalizados. Unos cuantos vecinos acomodados se reían en torno.

—Señor alcalde —dijo el obispo— y señores vecinos, ya veo qué los escandaliza; les parece que peca de orgulloso un pobre cura que va subido en la misma montura que Jesucristo. Puedo asegurarles que si lo he hecho ha sido por necesidad, no por vanidad.

En aquellas giras era indulgente y dulce; y, más que predicar, charlaba. No colocaba nunca virtud alguna en una meseta inaccesible. Nunca eran rebuscados ni sus razonamientos ni sus modelos. A los vecinos de una comarca les ponía de ejemplo a los de la comarca de al lado. En los cantones donde eran duros de corazón con los necesitados, decía: «Fijaos en los de Brian;on. Les han concedido a los indigentes, las viudas y los huérfanos el derecho de segar sus prados tres días antes que los demás. Les vuelven a construir gratis las casas cuando se caen en ruinas. Y por eso es una comarca bendita de Dios. En todo un siglo de cien años no ha habido ni un asesino».

En los pueblos avariciosos para las ganancias y la siega, decía:

«Fijaos en los de Embrun. Si un padre de familia, en tiempos de siega, tiene a los hijos sirviendo al ejército y a las hijas sirviendo en la ciudad y se halla enfermo e impedido, el párroco encarece su caso en el sermón; y el domingo, a la salida de misa, todas las personas de la aldea, hombres, mujeres y niños, van al campo del pobre hombre a segar y le llevan la paja y el grano al granero». A las familias enemistadas por cuestiones de dinero y herencias, les decía: «Fijaos en los montañeses de Dévoluy, una comarca tan agreste que en cincuenta años no se oye ni una vez un ruiseñor. Pues cuando muere un padre de familia, los hijos se van a buscar fortuna y les dejan los bienes a las hijas para que puedan encontrar marido». En los cantones donde gustan de los pleitos y los granjeros se dejan el dinero en papel sellado, decía: «Fijaos en esos buenos labriegos del valle de Queyras. Viven allí tres mil almas. ¡Dios mío, si es como una república en pequeño! Y no saben qué es ni un juez ni un alguacil. Todo lo hace el alcalde. Reparte los impuestos, grava a todos y a cada uno en conciencia, ejerce de juez gratis en las discrepancias, reparte los patrimonios sin pedir honorarios, dicta sentencia sin gastos; y lo obedecen porque es un hombre justo entre hombres sencillos». En los pueblos en que se encontraba con que no había maestro de escuela, volvía a citar a los vecinos de Queyras: «¿Sabéis lo que hacen? —decía—. Como una zona pequeña, de doce o quince hogares, no siempre puede dar de comer a un magíster, tienen maestros que cobran de todo el valle y van de pueblo en pueblo; pasan ocho días acá y diez allá y dan clase. Esos magísteres van a las ferias, y allí los he visto. Se los reconoce por las plumas de escribir que llevan en la cinta del sombrero. Los que enseñan nada más a leer llevan sólo una pluma; los que enseñan a escribir y a hacer cuentas llevan dos; los que enseñan a leer, a hacer cuentas y latín llevan tres. Ésos son grandes sabios. ¡Pero qué vergüenza ser ignorantes! Haced como la gente de Queyras».

Y así hablaba, serio y paternal, y, a falta de ejemplos, se inventaba parábolas; iba derecho al grano con pocas frases y muchas imágenes, es decir, con la mismísima elocuencia de Jesucristo, convencido y persuasivo.

IV
LAS OBRAS ACORDES CON LAS PALABRAS

Era de conversación afable y jovial. Se ponía a la altura de las dos ancianas que se pasaban la vida a su lado; cuando reía, era con la risa de un colegial.

La señora Magloire gustaba de llamarlo Su Grandeza. Un día, se levantó del sillón y fue a las estanterías a buscar un libro. El libro estaba en una de las baldas de arriba. Como el obispo era bastante bajo, no llegaba:

—Señora Magloire —dijo—, tráigame una silla. Mi Grandeza no alcanza esa balda.

Una de sus parientes lejanas, la señora condesa de Lô, dejaba escapar pocas veces la oportunidad de enumerar en presencia suya lo que ella llamaba «las esperanzas» de sus tres hijos varones. Tenía varios ascendientes muy viejos que se acercaban ya a la hora de la muerte y cuyos herederos naturales eran sus hijos. Al más joven de los tres le iba a tocar recoger de una tía abuela cien mil buenas libras de renta; el segundo iba a heredar el título de duque de su tío; el mayor sucedería en la Cámara Alta a su abuelo. El obispo solía escuchar sin decir nada esas inocentes y disculpables exhibiciones maternas. En una ocasión, no obstante, parecía más pensativo que de costumbre mientras la señora de Lô repetía los detalles de todas aquellas sucesiones y de todas aquellas «esperanzas». Se interrumpió con cierta impaciencia:

—¡Por Dios, primo! Pero ¿en qué está pensando?

—Pienso —dijo el obispo— en algo muy singular, que dice, a lo que me parece, san Agustín: «Poned vuestra esperanza en aquel que no tiene sucesores».

En otra ocasión, al recibir una participación de defunción de un noble de la comarca, en la que ocupaban una página muy larga no sólo las dignidades del difunto sino todos los cargos feudales y los títulos nobiliarios de todos sus parientes, exclamó:

—¡Qué socorrido es eso de morirse! ¡Qué admirable carga de títulos le echamos a las espaldas tan alegremente a la muerte y qué ingeniosos tienen que ser los hombres para poner de esta forma la tumba al servicio de la vanidad!

Cuando venía a cuento, se burlaba con una benignidad en la que casi siempre había un fondo serio. En una temporada de cuaresma, vino a Digne un vicario joven y predicó en la catedral. Fue bastante elocuente. El tema de su sermón era la caridad. Animó a los ricos a que dieran a los indigentes para no ir al infierno, que describió de forma tan espantosa cuanto le fue dado, y para ganarse el cielo, que pintó deseable y delicioso. Había entre los oyentes un comerciante rico y ya retirado, un tanto usurero, que se llamaba Géborand y había ganado dos millones fabricando paños bastos, sargas y quinetes. El señor Géborand no había dado limosna en la vida a ningún pobre. A partir de ese sermón, todos notaron que les daba todos los domingos cinco céntimos a las mendigas ancianas del pórtico de la catedral. Se los repartían entre seis. Un día el obispo lo vio entregado a esa obra de caridad y le dijo a su hermana, sonriendo:

—Ahí está el señor Géborand comprándose cinco céntimos de paraíso.

Cuando de caridad se trataba, ni siquiera una negativa lo echaba para atrás; y se le ocurrían en esos casos frases que hacían pensar. Una vez en que estaba pidiendo para los pobres en un salón de la ciudad, estaba presente el marqués de Champtercier, viejo, rico y avaro y que, además, se las apañaba para ser al tiempo ultramonárquico y ultravolteriano. Es una modalidad que se ha dado. Cuando el obispo llegó a él, le tocó el brazo:

—Señor marqués, tiene que darme algo.

El marqués se volvió y contestó, muy seco:

—Ilustrísima, yo tengo mis pobres.

—Démelos —dijo el obispo.

Un día, en la catedral, pronunció el sermón siguiente:

«Queridísimos hermanos, amigos míos, hay en Francia un millón trescientas veinte mil casas de campesinos con tres huecos nada más; un millón ochocientas mil casas que sólo tienen dos, la puerta y una ventana; y, finalmente, trescientas cuarenta y seis mil cabañas sin más abertura que la puerta. Y eso porque existe algo que se llama el impuesto de puertas y ventanas. ¡Metedme a infelices familias, a ancianas, a niños en esas viviendas e imaginaos qué fiebres y qué enfermedades! Por desgracia, Dios les da el aire a los hombres, pero la ley se lo vende. No acuso a la ley, pero bendigo a Dios. En Isere, en Var, en las dos provincias de los Alpes, los Bajos y los Altos, los labriegos no tienen ni carretillas, acarrean a la espalda el estiércol; no tienen velas de sebo, y encienden palos resinosos y trozos de cuerda empapados de trementina. Y eso mismo sucede en toda la zona alta de Le Dauphiné. Hacen pan para seis meses y lo cuecen con estiércol seco de vaca. En invierno parten ese pan a hachazos y lo tienen a remojo veinticuatro horas para poder comerlo. ¡Hermanos, tened compasión! ¡Ved cómo sufre la gente a vuestro alrededor!».

Nacido en Provenza, no le había costado familiarizarse con todos los dialectos del sur, la parte baja de Languedoc, la parte baja de los Alpes, la parte alta de Le Dauphiné. Eso le gustaba mucho al pueblo y había contribuido no poco a que se le abrieran todas las mentes. Estaba en las chozas y en las montañas igual que en su casa. Sabía decir las cosas más grandes en las lenguas más vulgares. Como hablaba todas las lenguas, entraba en todas las almas.

Por lo demás, se portaba igual con la gente de mundo que con la gente del pueblo.

No condenaba nada a la ligera ni sin tener en cuenta las circunstancias.

Decía: «Veamos qué camino ha recorrido el pecado».

Por ser, como decía, sonriendo, de sí mismo, un ex pecador, no se daba en él ninguno de los accidentes abruptos del rigorismo y profesaba sin tapujos y ante el ceño fruncido de los virtuosos feroces una doctrina que se podía resumir más o menos de la siguiente forma:

«El hombre lleva a cuestas el lastre de la carne, que es a la vez carga y tentación. La va arrastrando y cede a ella.

«Tiene que vigilarla, que sofrenarla, que reprimirla y no debe obedecerla sino en último extremo; en esa obediencia todavía puede haber culpa, pero la culpa que se comete así es venial. Es una caída, pero una caída de rodillas, que puede acabar en oración.

«Ser un santo es la excepción; ser un justo es la regla. Equivocaos, desfalleced, pecad, pero sed justos. Cometer la menor cantidad de pecados posibles es la ley del hombre. No cometer ninguno es el sueño del ángel. Todo lo terrenal está sometido al pecado. El pecado es una gravitación».

Cuando veía que la gente alzaba la voz y se indignaba enseguida, decía, sonriendo: «Yo diría que estamos ante una grandísima falta que todo el mundo comete. Ya estamos con las hipocresías escandalizadas a las que les falta tiempo para protestar y ponerse a buen recaudo».

Era indulgente con las mujeres y con los pobres, que cargan con el peso de la sociedad humana. Decía: «De las culpas de las mujeres, de los niños, de los criados, de los débiles y de los ignorantes tienen la culpa los maridos, los padres, los amos, los fuertes, los ricos y los sabios».

Decía también: «A los ignorantes, enseñadles todo cuanto podáis; la sociedad es culpable por no dar instrucción gratuita; carga con la responsabilidad de la oscuridad que causa. Si hay un alma llena de sombra, allí ocurre el pecado. El culpable no es quien comete el pecado, sino el que causa la oscuridad».

Tenía, como vemos, una forma rara y personal de opinar. Sospecho que la había sacado del Evangelio.

Oyó hablar un día, en un salón, de un juicio por lo criminal que estaban instruyendo e iba a celebrarse. Un hombre mísero, por amor a una mujer y al hijo que le había dado, fabricó moneda falsa al verse sin más recursos. A la sazón, falsificar moneda se castigaba aún con la pena de muerte. Detuvieron a la mujer cuando intentaba pasar la primera moneda falsa que había hecho el hombre. La habían cogido, pero sólo tenían pruebas contra ella. Sólo ella podía culpar a su amante y, al confesar, acarrear su pérdida. Se negó. Insistieron. Se empecinó en la negativa. En ésas estaban cuando al fiscal del reino se le ocurrió una idea. Inventó una infidelidad del amante y consiguió, con fragmentos de cartas hábilmente presentados, convencer a la desdichada de que tenía una rival y de que aquel hombre la engañaba. Entonces, fuera de sí por los celos, denunció a su amante, lo confesó todo, aportó pruebas de todo.

El hombre estaba perdido. Iban a juzgarlo poco después en Aix junto con su cómplice. Se comentaba el suceso y todo el mundo se hacía lenguas de la habilidad del magistrado. Al meter en la liza los celos, había sacado justicia de la venganza. El obispo lo escuchaba todo en silencio. Al acabar, preguntó:

—¿Dónde van a juzgar a ese hombre y a esa mujer?

—En el tribunal de lo criminal.

—¿Y dónde van a juzgar al señor fiscal del reino? —siguió preguntando.

Sucedió en Digne un caso trágico. Condenaron a un hombre a muerte por asesinato. Era un desventurado, ni muy instruido ni muy ignorante, que había sido titiritero en las ferias y escribano. El juicio dio mucho que hablar en la ciudad. La víspera del día fijado para la ejecución, el capellán de la cárcel cayó enfermo. Hacía falta un sacerdote para acompañar al reo en sus últimos momentos. Fueron a buscar al párroco. Parece ser que se negó, diciendo: «La cosa no va conmigo. No me corresponde cargar con esa desagradable tarea ni con ese saltimbanqui; yo también estoy enfermo; además, ése no es mi lugar». Pusieron al tanto de esa respuesta al obispo, quien dijo: «El señor párroco tiene razón. No es lugar suyo, sino mío».

Fue en el acto a la cárcel y al calabozo del «saltimbanqui», lo llamó por su nombre, le cogió la mano y le habló. Pasó todo el día con él, olvidándose de comer y de dormir, suplicando a Dios por el alma del condenado y suplicándole al condenado por la suya propia. Le dijo las verdades mejores, que son las más sencillas. Fue padre, hermano, amigo; y obispo sólo para las bendiciones. Aquel hombre iba a morir desesperado. La muerte le parecía un abismo. De pie y trémulo ante aquel umbral tétrico, retrocedía con espanto. No era lo suficientemente ignorante para sentir total indiferencia. La condena, una honda sacudida, había derribado, como quien dice, por algunas zonas ese tabique que nos separa del misterio de las cosas y que llamamos vida. Miraba continuamente más allá de este mundo por esas brechas fatídicas, y sólo veía tinieblas. El obispo le hizo ver una luz.

Al día siguiente, cuando vinieron a buscar al desventurado, allí estaba el obispo. Fue con él y apareció ante la muchedumbre con muceta morada y con la cruz episcopal al cuello, junto a aquel pobre hombre amarrado con cuerdas.

Subió con él a la carreta, subió con él al patíbulo. El reo, tan sombrío y acongojado la víspera, estaba radiante. Notaba que había reconciliado el alma con Dios y que éste lo estaba esperando. El obispo lo abrazó en el momento en que la cuchilla iba a caer, y le dijo: «A quien matan los hombres, lo resucita Dios; aquel a quien expulsan los hombres encuentra al Padre. ¡Rece, crea, entre en la vida! El Padre lo espera». Cuando bajó del patíbulo, había en su mirada algo que hizo que el pueblo le abriera paso. No podía saberse qué era más admirable, si su palidez o su serenidad. Al regresar a la humilde morada que él llamaba, sonriendo, su palacio, le dijo a su hermana: «Acabo de oficiar pontificalmente».

Como las cosas más sublimes suelen ser también las que peor se entienden, hubo en la ciudad quien dijo, al comentar ese comportamiento del obispo, que era afectación. Aunque no fue sino charla de salón. El pueblo, que no ve malicia en las acciones santas, quedó enternecido y admirado.

En cuanto al obispo, ver la guillotina fue un choque para él, y tardó mucho en reponerse.

Efectivamente, hay en el patíbulo, cuando lo tenemos delante, irguiéndose, algo alucinatorio. Podemos ser indiferentes, hasta cierto punto, en cuanto a la pena de muerte, no pronunciarnos, decir que sí y que no, mientras no hayamos visto una guillotina con nuestros propios ojos; pero si nos topamos con una, la sacudida es tan violenta que hay que decidirse y tomar partido a favor o en contra. Hay quienes la admiran, como De Maistre; hay quienes la aborrecen, como Beccaria. La guillotina es la solidificación de la ley; su nombre es vindicta; no es neutral ni nos permite seguir siendo neutrales. Quien la ve se estremece con el más misterioso de los estremecimientos. Todas las cuestiones sociales yerguen en torno a esa cuchilla su punto de interrogación. El patíbulo es visión. El patíbulo no es una armazón; el patíbulo no es una máquina; el patíbulo no es una maquinaria inerte de madera, hierro y cuerdas. Parece algo así como un ser que cuenta con no sé qué iniciativa sombría; diríase que esa armazón ve; que ese máquina oye; que esa maquinaria entiende; que esa madera, que ese hierro y que esas cuerdas quieren. En la ensoñación espantosa cuya presencia impone al alma, el patíbulo parece terrible y con arte y parte en lo que hace. El patíbulo es cómplice del verdugo; devora; se alimenta de carne, bebe sangre. El patíbulo es como un monstruo que fabrican el juez y el carpintero, un espectro que parece vivir con algo parecido a una vida espantosa fruto de toda la muerte que dio.

El obispo quedó, pues, impresionado de forma horrorosa y honda; al día siguiente de la ejecución, y muchos días después, el obispo pareció abrumado. La serenidad casi violenta del momento fúnebre se había esfumado; lo obsesionaba el fantasma de la justicia social. Parecía como si, aunque solía regresar de todo cuanto hacía con satisfacción radiante, se estuviera reprochando algo. A ratos hablaba consigo mismo, y tartamudeaba a media voz monólogos lúgubres. He aquí uno de ellos, que su hermana oyó una noche y recogió: «No creía que fuera algo tan monstruoso. Es un error quedarse uno tan absorto en la ley divina que deja de ver la ley humana. La muerte sólo pertenece a Dios. ¿Con qué derecho ponen la mano los hombres en esa cosa desconocida?».

Con el tiempo, se fueron atenuando esas impresiones, y es probable que se disipasen. No obstante, llamó la atención que el obispo evitase a partir de entonces pasar por la plaza de las ejecuciones.

Podía recurrirse a monseñor Myriel a cualquier hora para que acudiera junto al lecho de los enfermos y los agonizantes. No ignoraba que ése era su máximo deber y su tarea más importante. Las familias con viudos o huérfanos no necesitaban llamarlo; acudía espontáneamente. Sabía sentarse y quedarse callado muchas horas junto al hombre que había perdido a la mujer a quien amaba, a la madre que había perdido al hijo. De la misma forma que sabía cuándo debía callar, sabía también cuándo debía hablar.

¡Qué admirablemente consolaba! No intentaba que el olvido borrase el dolor, sino que lo incrementaba y lo dignificaba con la esperanza. Decía:

«Tened cuidado con la forma en que os volvéis hacia los muertos. No os acordéis de lo que se está pudriendo. Mirad fijamente. Y divisaréis la luz viva de vuestro muerto bien amado en lo hondo del cielo». Sabía que creer es sano. Intentaba aconsejar y calmar al hombre desesperado señalándole con el dedo al hombre resignado y convertir el dolor que mira una fosa indicándole el dolor que mira una estrella.

V

DE QUE A MONSEÑOR BIENVENU LE DURABAN DEMASIADO LAS SOTANAS

La vida interior de monseñor Myriel la colmaban los mismos pensamientos de su vida pública. Para quien hubiera podido verla de cerca, esa pobreza voluntaria en que vivía el obispo de Digne habría sido un espectáculo solemne y delicioso.

Como todos los ancianos y como la mayoría de los pensadores, dormía poco. Aquel breve sueño era profundo. Por la mañana, tras una hora de recogimiento, decía misa, o en la catedral o en su casa. Tras decir misa, almorzaba pan de centeno mojado en leche de sus vacas. Después, trabajaba.

Un obispo es un hombre muy ocupado; tiene que recibir a diario al secretario del obispado, que suele ser un canónigo; y casi a diario a los vicarios episcopales. Tiene que supervisar congregaciones, que conceder privilegios, que pasar revista a toda una librería eclesiástica, misales, catecismos diocesanos, libros de horas, etc.; que escribir pastorales, autorizar sermones, poner de acuerdo a párrocos y alcaldes, llevar una correspondencia clerical, llevar una correspondencia administrativa, por acá el Estado, por allá la Santa Sede, miles de asuntos.

El tiempo que le dejaban libre esos miles de asuntos y los oficios y el breviario lo dedicaba, en primer lugar, a los necesitados, a los enfermos y los afligidos; y el tiempo que le dejaban libre los necesitados, los enfermos y los afligidos lo dedicaba al trabajo. Ora cavaba el jardín, ora leía y escribía. No tenía sino una única palabra para esos dos tipos de trabajo: lo llamaba dedicarse a la jardinería. «La mente es un jardín», decía.

A eso del mediodía, cuando hacía bueno, salía y paseaba a pie por el campo o por la ciudad, entrando a menudo en las casuchas. Lo veían ir andando, solo, absorto en sus pensamientos, con la mirada baja, apoyado en el largo bastón, vistiendo el abrigado gabán guateado y de color morado, calzando medias moradas y zapatos recios, tocado con el bonete por cuyos tres picos asomaban tres borlas de oro con flecos.

Nacía una alegría festiva por donde pasaba. Hubiérase dicho que en aquella presencia había algo cálido y luminoso. Los niños y los ancianos salían al umbral de las puertas cuando llegaba el obispo como cuando salía el sol. Bendecía y lo bendecían. Le indicaban la casa de quien anduviera necesitado de algo.

Se detenía acá y allá, hablaba a los chiquillos y a las niñas y sonreía a las madres. Iba a visitar a los pobres cuando tenía dinero; cuando se le acababa, iba a visitar a los ricos.

Como las sotanas le duraban demasiado y no quería que nadie se diera cuenta, nunca salía sin el gabán morado, lo que le resultaba algo molesto en verano.

Al volver, comía. La comida era como el almuerzo.

Por la noche, a las ocho, cenaba con su hermana; la señora Magloire se quedaba de pie detrás de ellos y los atendía. Era una cena frugalísima. Pero si el obispo había invitado a cenar a uno de sus párrocos, la señora Magloire aprovechaba para servirle a Su Ilustrísima algún pescado excelente de los lagos o alguna pieza de caza exquisita de la montaña. Todos los párrocos valían de pretexto para servir buenas cenas; el obispo se lo consentía. Pero, fuera de esas ocasiones, a diario no comía sino verdura cocida y sopa con aceite. Así que en la ciudad decían: «Cuando el obispo no come como un cura, come como un trapense».

Después de cenar, charlaba media hora con la señorita Baptistine y la señora Magloire; luego, se volvía a su cuarto y seguía escribiendo, a veces en hojas sueltas y a veces en los márgenes de algún tomo infolio. Era letrado y algo erudito. Dejó cinco o seis manuscritos bastante curiosos, entre otros una disertación acerca del versículo del Génesis: En el principio, el espíritu de Dios flotaba sobre las aguas. Compara en ella ese versículo con tres textos: con el versículo árabe que dice: Dios es quien envía los vientos; con Flavio Josefo, que dice: Al tiempo que soplaba en la tierra desde arriba el viento, y, finalmente, con la paráfrasis caldea de Onkelos, donde pone: Un viento venido de Dios soplaba en la superficie de las aguas. En otra disertación examina las obras teológicas de Hugo, obispo de Ptolemaida, tío tatarabuelo de quien escribe este libro, y deja establecido que hay que atribuir a ese obispo los opúsculos varios publicados el siglo pasado con el pseudónimo de Barleycourt.

A veces, en plena lectura, fuere cual fuere el libro que tuviera en las manos, caía de pronto en un hondo ensimismamiento del que no salía sino para escribir unas cuantas líneas en las propias páginas del volumen. Esas líneas no guardan relación con frecuencia con el libro en que se hallan. Tenemos ante la vista una nota que escribió en uno de los márgenes de un tomo en cuarto llamado: Correspondencia de lord Germain con los generales Clinton y Cornwallis y los almirantes del fondeadero de América. Versalles, librería Poinçot, y París, librería Pissot, muelle de Les Augustins.

Y he aquí la nota:

«¡Oh, vos, que sois! El Eclesiastés os llama Todopoderoso; el Libro de los Macabeos os llama Creador; la Epístola a los Efesios os llama Libertad; el libro de Baruch os llama Inmensidad; los Salmos os llaman Sabiduría y Verdad; Juan os llama Luz; el Libro de los Reyes os llama Señor; el Éxodo os llama Providencia, y el Levítico, Santidad; Esdras, Justicia; la creación os llama Dios; el hombre os llama Padre; pero Salomón os llama Misericordia, y ése es el más hermoso de todos vuestros nombres».

A eso de las nueve de la noche, las dos mujeres se retiraban y subían a sus cuartos del primer piso, dejándolo solo en la planta baja hasta por la mañana.

Y llegados aquí es menester dar un idea exacta del domicilio del señor obispo de Digne.

VI
DE QUIÉN LE GUARDABA LA CASA

La casa en que vivía se componía, como ya hemos dicho, de una planta baja y un único piso: tres habitaciones en la planta baja, tres dormitorios en el primer piso; encima, un desván. Detrás de la casa, un jardín de un cuarto de área. Las dos mujeres ocupaban el primer piso. El obispo vivía abajo. La primera habitación, que daba a la calle, la usaba de comedor; la segunda, de dormitorio, y la tercera, de oratorio. No se podía salir del oratorio sin pasar por el dormitorio ni salir del dormitorio sin pasar por el comedor. En el oratorio, al fondo, había una alcoba cerrada y con una cama, para los casos de hospitalidad. El señor obispo ofrecía esa cama a los párrocos rurales que venían a Digne por asuntos o necesidades de sus parroquias.

La farmacia del hospital, un edificio pequeño añadido a la casa a expensas del jardín, lo habían convertido en cocina y bodega.

Había además en el jardín un establo, que era la antigua cocina del hospicio, donde el obispo tenía dos vacas. Diesen la cantidad de leche que diesen, les mandaba invariablemente todas las mañanas la mitad a los enfermos del hospital. «Pago el diezmo que me corresponde», decía.

Su cuarto era bastante grande y bastante difícil de calentar en la estación fría. Como la leña está cara en Digne, se le había ocurrido que le hicieran en el establo de las vacas un compartimento que cerraba un tabique de tablones. Allí se pasaba las veladas cuando apretaba el frío. Lo llamaba el salón de invierno.

No había en aquel salón de invierno, lo mismo que en el comedor, más muebles que una mesa cuadrada de madera de pino y cuatro sillas de enea. El comedor contaba además con un aparador viejo pintado de rosa al temple. El otro aparador a juego, convenientemente vestido con sabanillas blancas y encajes de imitación, lo había convertido el obispo en el altar que ornaba el oratorio.

Sus penitentes ricas y las mujeres piadosas de Digne habían aportado contribuciones con frecuencia para costear un buen altar nuevo para el oratorio de Su Ilustrísima; en todas y cada una de las ocasiones, el obispo cogió el dinero y se lo dio a los pobres.

—El altar más hermoso —decía— es el alma de un desdichado que ha hallado consuelo y se lo agradece a Dios.

Había en el oratorio dos reclinatorios de enea y un sillón también de enea en el dormitorio. Cuando, por casualidad, recibía a siete u ocho personas a la vez, al prefecto, o al general, o al estado mayor del regimiento de la guarnición, o a unos cuantos alumnos del seminario menor, no quedaba más remedio que ir al establo por las sillas del salón de invierno, al oratorio por los reclinatorios y al dormitorio por el sillón; así era posible reunir hasta once asientos para las visitas. Cada vez que llegaba una visita, había que dejar sin muebles una habitación.

Podía suceder a veces que fueran doce; en esos casos, el obispo disimulaba el apuro de la situación quedándose de pie delante de la chimenea, si era invierno, o paseándose por el jardín si era verano.

Había además en la alcoba cerrada otra silla, pero tenía la enea del asiento rota y sólo se apoyaba en tres patas, por lo que únicamente se la podía usar si estaba contra la pared. Y cierto es que la señorita Baptistine tenía en su cuarto una butaca muy grande de madera, dorada antaño, y tapizada con pequín de flores, pero esa butaca hubo que subirla al primer piso por la ventana, porque las escaleras eran demasiado estrechas: no se podía, pues, contar con ella en las eventuales necesidades de mobiliario.

La ambición de la señorita Baptistine habría sido poder comprar para el salón una sillería de caoba y respaldos de cuello de cisne, tapizada de terciopelo de Utrecht con rosetones, y con sofá incluido. Pero habría costado quinientos francos por lo menos y, en vista de que no había podido ahorrar para esa compra más que cuarenta y dos francos con cincuenta céntimos en cinco años, había acabado por renunciar a ella. Por lo demás, ¿quién consigue sus ideales?

No podría imaginarse nada más sencillo que el cuarto del obispo. Una puerta vidriera daba al jardín; enfrente, la cama, una cama de hospital, de hierro, con dosel de sarga verde; en la zona de sombra de la cama, detrás de una cortina, los útiles de aseo, que dejaban traslucir aún los antiguos hábitos elegantes de un hombre de mundo; dos puertas, una junto a la chimenea, que daba al oratorio; la otra, junto a la librería, que daba al comedor. La librería era un armario grande acristalado repleto de libros; la chimenea, de madera pintada imitando mármol, habitualmente apagada; en la chimenea, un par de morillos de hierro adornados con dos jarrones con guirnaldas y acanaladuras, plateadas antaño con plata embutida, lo que era algo así como un detalle de lujo episcopal; encima de la chimenea, un crucifijo de cobre que había perdido el baño de plata, clavado en un terciopelo negro raído dentro de un marco de madera antes dorada; junto a la puerta vidriera, una mesa grande con un tintero, cargada de papeles revueltos y de libros gruesos. Delante, la mesa y el sillón de enea. Delante de la cama, un reclinatorio, sacado del oratorio.

Dos retratos en marcos ovalados estaban colgados en la pared a ambos lados de la cama. Unos rótulos en letra pequeña y dorada sobre el fondo neutro de la tela informaban de que uno de los retratos era del padre De Chaliot, obispo de Saint-Claude, y el otro del padre Tourteau, vicario general de Agde, abad de Grand-Champs, de la orden del Císter, en la diócesis de Chartres. El obispo, al convertirse, en aquella habitación, en sucesor de los enfermos del hospital, se encontró con aquellos retratos y allí los dejó. Eran sacerdotes y, seguramente, benefactores: dos motivos que le granjeaban su respeto. Todo cuanto sabía de esos dos personajes era que los había nombrado el rey, a uno obispo y al otro beneficiado, el mismo día, el 27 de abril de 1785. Al descolgar la señora Magloire los cuadros para quitarles el polvo, el obispo se encontró con esa particularidad escrita con tinta blanquecina en un cuadradito de papel, que el tiempo había puesto amarillo, pegado con cuatro obleas detrás del retrato del abad de Grand- Champs.

Tenía en la ventana una cortina antigua de lana gruesa que acabó por estar tan vieja que, para no gastar en una nueva, a la señora Magloire no le quedó más remedio que hacerle una costura en el medio. Esta costura tenía forma de cruz. El obispo lo comentaba con frecuencia: «¡Qué bien queda!», decía.

Todas las habitaciones, sin excepción, desde la planta baja hasta el primer piso, estaban encaladas, que es lo que se lleva en cuarteles y hospitales.

Sin embargo, en los últimos años, la señora Magloire encontró, como veremos luego, debajo del papel enlucido, unas pinturas que sirvieron de adorno en las habitaciones de la señorita Baptistine. Antes de ser hospital, aquel edificio había sido la casa de la villa. Y de ahí le venía esa decoración. Las habitaciones estaban enlosadas con ladrillos rojos que fregaban todas las semanas y había esteras de esparto delante de todas las camas. Por lo demás, aquella casa, que llevaban dos mujeres, estaba limpia como una patena de arriba abajo. Era el único lujo que permitía el obispo. Decía: «No les quita nada a los pobres».

Hay que admitir, no obstante, que, de lo poseído antaño, le quedaban seis cubiertos de plata y un cucharón que la señora Magloire, encantada, miraba a diario brillar encima del mantel basto de lienzo blanco. Y, como estamos describiendo aquí al obispo de Digne tal y como era, debemos añadir que éste más de una vez había dicho: «Me costaría mucho dejar de comer con cubiertos de plata».

Hay que añadir a esos cubiertos dos candeleros grandes de plata maciza que había heredado de una tía abuela. Había en esos candeleros dos velas de cera y solían estar encima de la chimenea del obispo. Cuando había invitados a cenar, la señora Magloire encendía las dos velas y ponía los dos candeleros encima de la mesa.

En el propio cuarto del obispo, a la cabecera de la cama, había una alacena en la que la señora Magloire guardaba todas las noches los seis cubiertos de plata y el cucharón. Debemos decir que la llave estaba siempre en la cerradura.

El jardín, que estropeaban un tanto las edificaciones bastante feas que hemos nombrado, lo componían cuatro paseos en cruz que partían de un pozo ciego que había en el centro; otro paseo circunvalaba el jardín y corría a lo largo de la tapia blanca que lo cerraba. Dichos paseos enmarcaban cuatro arriates rodeados de boj. En tres de ellos cultivaba verduras la señora

Magloire; en el cuarto, el obispo tenía flores; había, acá y allá, unos cuantos frutales. Una vez, la señora Magloire le dijo al obispo con algo así como una ironía suave:

—Monseñor le saca partido a todo; pero ése es un arriate inútil. Más valdría tener en él lechugas, en vez de ramos.

—Señora Magloire —contestó el obispo—, se equivoca. Lo hermoso es tan útil como lo útil.

Y añadió, tras un silencio:

—Más quizá.

Ese arriate, que se componía de tres o cuatro platabandas, tenía al obispo casi tan ocupado como sus libros. Pasaba allí de buen grado una hora o dos, podando, escardando y abriendo acá y allá hoyos para meter las semillas. No era tan enemigo de los insectos como le habría gustado a un jardinero. Por lo demás, no tenía pretensiones botánicas; nada sabía ni de los grupos ni del solidismo; no pretendía ni por asomo decantarse por Tournefort o por el método natural; no tomaba partido ni por los utrículos ni por los cotiledones, ni por Jussieu en contra de Linneo. No estudiaba las plantas; le gustaban las flores. Respetaba mucho a los sabios, respetaba aún más a los ignorantes, y, sin faltar a ninguno de esos respetos, regaba todas las tardes de verano las platabandas con una regadera de hojalata pintada de verde.

No había en la casa ni una puerta que cerrase con llave. La puerta del comedor, que, como ya hemos dicho, daba directamente a la plaza de la catedral, tenía en tiempos pasados cerraduras y cerrojos, como la puerta de una cárcel. El obispo mandó quitar todos esos herrajes y aquella puerta no cerraba, ni de día ni de noche, sino con una falleba. A cualquiera que pasara por allí, a cualquier hora, le bastaba con abrirla. Al principio, a las dos mujeres las trastornó mucho aquella puerta que nunca estaba cerrada; pero el obispo de Digne les dijo: «Mandad poner cerrojos en vuestras puertas, si queréis». Acabaron por compartir la confianza del obispo o por hacer como si la compartiesen. Sólo la señora Magloire pasaba sustos de vez en cuando. En lo referido al obispo, podemos hallar una explicación de su punto de vista, o al menos un atisbo, en estas tres líneas escritas en el margen de una biblia: «El matiz es el siguiente: la puerta del médico no debe estar nunca cerrada, la puerta del sacerdote debe estar siempre abierta».

En otro libro, llamado Filosofía de la ciencia médica, escribió esta otra nota: «¿No soy acaso tan médico como éstos? Yo también tengo mis enfermos; de entrada, tengo los suyos, a quienes llaman enfermos; y además tengo los míos, a quienes llamo los desdichados».

También escribió en otro lugar: «No le pidas el nombre a quien te pide un techo. Es sobre todo aquel a quien apura dar el nombre el que necesita asilo».

Un buen día, a un respetable párroco, no sé ya si el de Couloubroux o el de Pompierry, se le ocurrió preguntar, probablemente por instigación de la señora Magloire, si monseñor estaba seguro de no estar pecando hasta cierto punto de imprudencia al dejar abierta la puerta de día y de noche, a disposición de quien quisiera entrar, y si no temía, en última instancia, que sucediera una desgracia en una casa tan poco guardada. El obispo le dio un golpecito en el hombro con benigna seriedad y le dijo: Nisi Dominus custodierit domum, in vanum vigilant qui custodiunt eam.

Y luego habló de otra cosa.

Solía decir: «Existe el coraje del sacerdote, de la misma forma que existe el coraje del coronel de dragones. Pero —añadía— el nuestro tiene que ser sosegado».

VII
CRAVATTE

Aquí viene a cuento un hecho que no debemos omitir, pues es de esos que permiten ver mejor qué hombre era el señor obispo de Digne.

Tras la desintegración de la partida de Gaspard Bes, que infestó las gargantas de Ollioules, uno de sus lugartenientes, Cravatte, buscó refugio en la montaña. Estuvo escondido una temporada con sus bandidos, lo que quedaba de la banda de Gaspard Bes, en el condado de Niza; se fue luego al Piamonte y volvió a aparecer de repente en Francia, por la zona de Barcelonnette. Se escondió en las cuevas de Le Joug-del'Aigle y desde allí bajaba a las aldeas y los pueblos por los barrancos de Ubaye y Ubayette. Llegó incluso hasta Embrun, entró de noche en la catedral y desvalijó la sacristía. Sus bandidos asolaban la comarca. Mandaron a la gendarmería a perseguirlo, pero en vano. Siempre se escabullía; a veces resistía por la fuerza. Era un miserable muy atrevido. El obispo llegó en pleno terror. Estaba de gira por Chastelar. El alcalde fue a verlo y lo animó a volverse por donde había venido. Cravatte era el amo de la montaña hasta Arche y más allá; había peligro, incluso con escolta. Era exponer inútilmente a tres o cuatro pobres gendarmes.

—Por eso mismo —dijo el obispo— tengo intención de ir sin escolta.

—Pero ¡cómo se le ocurre a Su Ilustrísima!

—Tanto se me ocurre que me niego tajantemente a que vengan conmigo unos gendarmes y me marcho dentro de una hora.

—¿Que se va?

—Me voy.

—¿Solo?

—Solo.

—¡Monseñor! ¡No puede hacer semejante cosa!

—Hay en la montaña —siguió diciendo el obispo— un municipio muy humilde y muy pequeño por el que llevo tres años sin aparecer. Tengo muy buenos amigos, son pastores mansos y honrados; de cada treinta cabras que cuidan, una es suya. Hacen unos cordones de lana muy bonitos de varios colores y tocan melodías de las montañas en unos flautines de seis agujeros. Necesitan que alguien les hable de Dios de vez en cuando. ¿Qué dirían de un obispo miedoso? ¿Qué dirían si no fuera?

—¡Pero, Ilustrísima, los bandidos!

—Caramba —dijo el obispo—, ahora que caigo, tiene razón. Es posible que me encuentre con ellos. Ellos también deben de estar necesitados de que alguien les hable de Dios.

—Pero, Ilustrísima, ¡si es una partida! ¡Un rebaño de lobos!

—Señor alcalde, a lo mejor es precisamente de ese rebaño del que Dios me hizo pastor. ¿Quién conoce los caminos de la Providencia?

—¡Desvalijarán a Su Ilustrísima!

—No tengo nada.

—Matarán a monseñor.

—¿Un cura viejo que pasa mascullando sandeces? ¡Bah! ¿Para qué?

—¡Ay, Dios mío! ¡Mira que si se los encuentra Su Ilustrísima!

—Les pediré una limosna para mis pobres.

—¡No vaya, monseñor, en nombre del cielo! Pone en peligro su vida.

—Señor alcalde —dijo el obispo—, ¿así que sólo se trata de eso? No estoy en el mundo para cuidar de mi vida, sino para cuidar de las almas.

Hubo que dejarlo por imposible. Se fue, sin más compañía que un niño, que se ofreció a servirle de guía. Su cabezonería dio mucho que hablar en la comarca y asustó mucho.

No quiso llevarse ni a su hermana ni a la señora Magloire. Cruzó la montaña a lomo de mula, no se encontró con nadie y llegó sano y salvo a la aldea de sus «buenos amigos» los pastores. Se quedó con ellos quince días, predicando, administrando, enseñando, moralizando. Cuando ya le faltaba poco para irse, decidió celebrar una misa pontifical con tedeum cantado. Se lo comentó al párroco. Pero ¿era posible? No había ornamentos episcopales. Sólo podían poner a su disposición una insignificante sacristía de pueblo con unas cuantas casullas de damasco, raídas y sin más adorno que unos galones de pacotilla.

—¡Bah! —dijo el obispo—. Señor párroco, anunciemos de todas formas el tedeum en el sermón. Ya se arreglarán las cosas.

Buscaron en las iglesias de los alrededores. Ni reuniendo todas las magnificencias de aquellas parroquias humildes se habría podido vestir como es debido al chantre de una catedral.

Cuando andaban con aquel apuro, trajeron un cajón grande y lo dejaron en el presbiterio, para el señor obispo, dos jinetes desconocidos que se fueron en el acto. Abrieron el cajón: había en él una capa pluvial de paño de oro, una mitra adornada con diamantes, una cruz arzobispal, un báculo espléndido, todos los ornamentos pontificales que habían robado hacía un mes del tesoro de la catedral de Embrun. En el cajón, había un papel en que estaban escritas las siguientes palabras: De Cravatte para monseñor Bienvenu.

—¡Ya decía yo que todo acabaría por tener arreglo! —dijo el obispo. Luego añadió, sonriente—: A quien se conforma con una sobrepelliz de párroco, Dios le envía una capa de arzobispo.

—Dios… o el Diablo, Ilustrísima —susurró el párroco cabeceando con una sonrisa.

El obispo miró fijamente al párroco y repitió con tono de autoridad:

—¡Dios!

Cuando regresó a Chastelar, y por todo el camino, acudían para mirarlo con curiosidad. Lo estaban esperando en el presbiterio de Chastelar la señorita Baptistine y la señora Magloire; y le dijo a su hermana:

—¿Qué? ¿No tenía yo razón? Este pobre cura fue a ver a esos pobres montañeses con las manos vacías y vuelve con las manos llenas. Al irme sólo me llevé mi confianza en Dios, y traigo el tesoro de una catedral.

Por la noche, antes de acostarse, añadió:

—No hay que tenerles nunca miedo ni a los ladrones ni a los asesinos. No son sino los peligros externos, los peligros pequeños. Tengámonos miedo a nosotros mismos. Los prejuicios, ésos son los ladrones; los vicios, ésos son los asesinos. Los peligros grandes los llevamos dentro. ¿Qué importan las cosas que amenazan a nuestras personas o nuestras bolsas? No pensemos sino en lo que nos amenaza el alma.

Luego dijo, volviéndose hacia su hermana:

—Hermana mía, por parte del sacerdote nunca debe haber precauciones contra el prójimo. Lo que hace el prójimo es lo que Dios permite. Limitémonos a rezarle a Dios cuando creamos que se nos viene encima un peligro. Pidámosle no por nosotros, sino para que nuestro hermano no peque por causa nuestra.

Por lo demás, pocos acontecimientos había en su vida. Estamos contando al lector los que sabemos; pero lo normal era que se pasase la vida haciendo siempre lo mismo a la misma hora. Un mes de un año suyo parecía una hora de uno de sus días.

En cuanto a saber qué se hizo del «tesoro» de la catedral de Embrun, si alguien nos lo preguntara nos pondría en un aprieto. Eran cosas muy hermosas y muy tentadoras, y muy adecuadas para robarlas en provecho de los desdichados. Por lo demás, ya las habían robado. La mitad de la aventura estaba concluida; sólo quedaba modificar la dirección del robo y encaminarlo un trecho hacia los pobres. No afirmamos nada al respecto, desde luego; pero encontraron entre los papeles del obispo una nota bastante poco clara que es posible que se refiera a este asunto y que dice lo siguiente: La cuestión está en saber si debe volver a la catedral o al hospital.

VIII
PRIMERO BEBER Y LUEGO FILOSOFAR

El senador ya mencionado era hombre entendido, que había caminado recto sin atender a todos esos encuentros que son un estorbo y se llaman conciencia, juramentos, justicia y deber; había ido en derechura a su meta y sin titubear ni una vez en el camino de su progreso y sus intereses. Había sido fiscal, con mucha blandura para el éxito; y muy buena persona, haciendo cuantos menudos favores podía a sus hijos, a sus yernos, e incluso a los amigos; de la vida había tomado, sensatamente, el lado bueno, las buenas ocasiones y las gangas. Todo lo demás le parecía bastante necio. Era ingenioso, y, aunque no muy erudito, sí lo suficiente para creerse un discípulo de Epicuro, siendo así que no era quizá sino una consecuencia de Pigault-Lebrun. Gustaba de burlarse, y con gran amabilidad, de las cosas infinitas y eternas y de las «monsergas del buenazo del obispo». A veces se burlaba, con campechana autoridad, delante del propio monseñor Myriel, que lo escuchaba.

Con motivo de no sé ya qué ceremonia, oficial a medias, el conde ***, que era el senador de quien hablamos, y monseñor Myriel, tuvieron que cenar en casa del prefecto. A los postres, el senador, un tanto achispado, aunque sin perder la dignidad, exclamó:

—Caramba, señor obispo, hablemos. Es difícil que un senador y un obispo se miren sin hacerse un guiño. Somos dos augures. Voy a confesarle algo. Tengo mi propia filosofía.

—Hace usted muy bien —contestó el obispo—. Dime con quién andas y te diré cómo filosofas. Y usted anda por una alfombra de púrpura, señor senador.

El senador, al verse así animado, siguió diciendo:

—Vamos a ser buenos chicos.

—E incluso buenos demonios —dijo el obispo.

—Pongo en su conocimiento —repuso el senador— que el marqués de Argens, Pirrón, Hobbes y el señor Naigeon no son ningunos granujas. Tengo en mis estanterías a todos mis filósofos en encuadernación con mucho lujo.

—Igualito que usted, señor conde —interrumpió el obispo. El senador siguió diciendo:

—Aborrezco a Diderot; es un ideólogo, un orador de poca monta y un revolucionario que en el fondo creía en Dios y era más beato que Voltaire. Voltaire se burló de Needham y se equivocó, porque las anguilas de Needham son la prueba de que Dios no es preciso. Una gota de vinagre en una cucharada de masa de harina hace las veces del fiat lux. Suponga que la gota es más gruesa y la cucharada mayor, y ahí tiene el mundo. El hombre es la anguila. Así que ¿qué necesidad tenemos del Padre Eterno? Señor obispo, la hipótesis de Jehová me resulta muy cansada. Sólo vale para crear seres flacos con la cabeza hueca. ¡Abajo ese gran Todo tan fastidioso! ¡Viva el Cero, que me deja en paz! Dicho sea entre nosotros, y por aligerar la conciencia y confesarme con mi pastor, como está mandado, debo decirle que tengo sentido común. No me vuelve loco ese Jesús suyo que se pasa la vida predicando la renuncia y el sacrificio. Es un consejo de avaro para pelagatos. Renunciar: ¿por qué? Sacrificarse: ¿a qué? Yo no veo que ningún lobo se inmole para hacer feliz a otro lobo. Así que no nos salgamos de la naturaleza. Estamos en la cumbre: adoptemos la filosofía superior. ¿De qué vale estar en lo más alto si no vemos más allá de las narices de los demás? Vamos a vivir con alegría. La vida lo es todo. No me creo ni poco ni mucho que el hombre tenga otro porvenir, en otra parte, arriba, abajo, donde sea. ¡Vaya, me recomiendan el sacrificio y la renuncia! He de tener cuidado con todo lo que hago, he de quebrarme la cabeza con qué está bien y qué está mal, con lo justo y lo injusto, con el fas y el nefas. ¿Por qué? ¿Porque tendré que dar cuenta de mis acciones? ¿Cuándo? Después de muerto. ¡Bonito sueño! Cuando me muera, muy listo tendrá que ser el que me eche el guante. A ver si una mano de sombra puede agarrar un puñado de ceniza. Digamos lo que es cierto, nosotros que somos unos iniciados y que le hemos levantado las faldas a Isis: no existe ni el bien ni el mal; existe la vegetación. Busquemos lo real. Ahondemos del todo. ¡Lleguemos hasta al fondo, qué demonios! Hay que olerse la verdad, rebuscar en la tierra y atraparla. Y entonces le proporciona a uno alegrías exquisitas. Entonces se vuelve uno fuerte y se ríe. Yo soy más claro que el agua, señor obispo, la inmortalidad del hombre es una tomadura de pelo. ¡Ay, qué bonita promesa! ¡Fíense ustedes! ¡Vaya número para el sorteo que tiene Adán! Somos almas, seremos ángeles, nos saldrán alas azules en las paletillas. Corríjame si me equivoco: ¿no fue Tertuliano quien dijo que los bienaventurados irán de astro en astro? Bien está. Seremos los saltamontes de las estrellas. Y además veremos a Dios. Bah, bah, bah. Menudas ñoñerías todos esos paraísos. Dios es una sandez monstruosa. No es que vaya yo a decir algo así en Le Moniteur, caramba, pero lo digo cuchicheando con los amigos. Inter pocula. Sacrificar la tierra por el paraíso es soltar la presa por la sombra. ¡Caer en el engaño de lo infinito! No soy tan tonto. Nada soy. Me llamo el señor conde Nada, senador. ¿Existía antes de nacer? No. ¿Existiré cuando me haya muerto? No. ¿Qué soy? Un poco de polvo que un organismo ha aglomerado. ¿Qué tengo que hacer en la tierra? Puedo elegir. Padecer o disfrutar. ¿Dónde me llevará el padecimiento? A la nada. Pero habré padecido. ¿Dónde me llevará el disfrute? A la nada. Pero habré disfrutado. Ya he elegido. Hay que comer o que te coman. Pues como. Más vale ser el diente que la hierba. Ésa es mi sabiduría. Y luego, que te quiten lo bailado, ahí está esperando el enterrador, y a nosotros nos esté esperando el Panteón… todo va a caer al gran agujero. Fin. Finis. Liquidación total. Ahí es donde nos esfumamos. La muerte está muerta, hágame caso. Me entra la risa si pienso que haya por ahí alguien que tenga algo que decirme. Inventos de amas de cría. El ogro, para los niños. Jehová para los hombres. No, nuestro mañana es oscuridad. Pasada la tumba, ya sólo quedan nadas iguales. Has sido Sardanápalo, has sido Vicente de Paúl, todo es la misma nada. Ésa es la verdad. Así que vivamos, por encima de todo. Usemos nuestro propio yo mientras lo tengamos. Le digo de verdad, señor obispo, que tengo mi filosofía y mis filósofos. No dejo que me líen con pamplinas. Dicho esto, sí que hay que darles algo a los de abajo, a los pobres diablos, a los ganapanes, a los miserables. Les damos, para que se las traguen, las leyendas, las quimeras, el alma, la inmortalidad, el paraíso, las estrellas. Lo mastican y lo untan encima del pan solo. Quien nada tiene tiene a Dios. Qué menos. Yo no me opongo, pero me quedo con el señor Naigeon. Dios está bien para el pueblo.

El obispo aplaudió.

—¡Así se habla! —exclamó—. ¡Qué excelente, qué estupendo es ese materialismo! No está al alcance de cualquiera. ¡Ay, a quien lo tiene, nadie lo engaña! ¡No se deja desterrar tontamente como Catón, ni lapidar como Esteban, ni quemar vivo como Juana de Arco! Quienes han conseguido hacerse con ese materialismo admirable tienen la alegría de sentirse libres de responsabilidades y de pensar que pueden zampárselo todo sin preocupaciones: los cargos, las sinecuras, las dignidades, el poder bien o mal adquirido, las palinodias lucrativas, las traiciones útiles, las capitulaciones de conciencia suculentas; y que bajarán a la tumba con la digestión hecha. ¡Qué agradable! No lo digo por usted, señor senador. Pero, no obstante, me resulta imposible no darle la enhorabuena. Ustedes, los grandes señores, tienen, ya lo dice usted, una filosofía propia y exclusiva, exquisita, refinada, que sólo está al alcance de los ricos, que resulta buena en cualquier guiso, que es aliño admirable de todas las voluptuosidades de la vida. Esa filosofía hay buscadores especializados que la hallan en las profundidades y la desentierran. Pero ustedes son generosos y no les parece mal que creer en Dios sea la filosofía del pueblo, más o menos como el ganso relleno de castañas es el pavo trufado de los pobres.

IX
DE LO QUE LA HERMANA CUENTA DEL HERMANO

Para dar una idea del funcionamiento doméstico del señor obispo de Digne y de la forma en que aquellas dos santas mujeres subordinaban sus hechos, sus pensamientos e incluso sus instintos de mujeres fácilmente asustadizas a las costumbres y a las intenciones del obispo, sin qué éste tuviera siquiera que molestarse en hablar para darlas a conocer, no podemos hacer nada mejor que transcribir aquí una carta de la señorita Baptistine a la señora vizcondesa de Boischevron, amiga de la infancia. Estamos en posesión de esa carta.

Digne, a 16 de diciembre de 18…

«Mi buena amiga:

No pasa día en que no hablemos de usted. Es una costumbre que tenemos, pero ahora hay una razón más. Ha de saber que, al lavar y quitar el polvo a los techos y las paredes, la señora Magloire ha hecho unos cuantos descubrimientos: ahora nuestros dos cuartos, que tenían en las paredes un papel viejo y enlucido con cal, no desentonarían en un palacio como el suyo. La señora Magloire ha arrancado todo el papel. Y había algo debajo. Mi salón, que está sin amueblar y que usamos para tender la ropa después de la colada, tiene quince pies de alto y dieciocho pies cuadrados de ancho y un techo antiguo pintado con dorados y vigas, como los que hay en casa de usted. Estaba tapado con una tela de los tiempos en que esta casa era el hospital. Y, además, revestimientos de madera de tiempos de nuestras abuelas. Pero lo que es digno de verse es mi cuarto. La señora Magloire ha encontrado, debajo de por lo menos diez papeles que habían ido pegando encima, unas pinturas que, sin ser buenas, son tolerables. Minerva armando caballero a Telémaco, y otra vez Telémaco en unos jardines de cuyo nombre no me acuerdo. Un sitio donde iban sólo una noche las damas romanas, vamos. ¿Qué más le podría contar? Tengo romanos, romanas (aquí una palabra ilegible) y toda la pesca. La señora Magloire le ha lavado la cara a todo; este verano va a arreglar unos cuantos deterioros, le dará a todo una mano de barniz y mi cuarto será un auténtico museo. También ha encontrado en un rincón del desván dos consolas de madera, a la antigua. Nos pedían dos escudos de seis libras por volver a dorar la madera, pero vale más darles ese dinero a los pobres; además, son muy feas, y preferiría una mesa redonda de caoba.

Sigo siendo muy dichosa. Mi hermano es tan bueno. Les da todo cuanto tiene a los indigentes y a los enfermos. Andamos muy apurados de dinero. La comarca es fría en invierno y no queda más remedio que hacer algo por los que carecen de todo. Nosotros calentamos la casa y nos alumbramos más o menos. Ya ve que disfrutamos de cosas buenas.

Mi hermano tiene sus costumbres. Cuando habla, dice que así es como tiene que ser un obispo. Fíjese, nunca cerramos la puerta de casa. Entra quien quiere, y entra, en derechura, en las habitaciones de mi hermano. No le tiene miedo a nada, ni siquiera de noche. Es su coraje personal, como dice él.

No quiere que tenga miedo por él, ni que lo tenga la señora Magloire. Se expone a todos los peligros, y ni siquiera quiere que se nos note que nos damos cuenta. Hay que saber entenderlo.

Sale a la calle cuando llueve, va pisando los charcos, se va de viaje en invierno; no le dan miedo la oscuridad de la noche, ni los caminos sospechosos ni las personas que pudieran salirle al paso.

El año pasado se fue solo a una tierra de ladrones. No quiso que lo acompañásemos. Estuvo quince días fuera. Cuando volvió, no le había pasado nada; lo dábamos por muerto y estaba bien: y dijo: "¡Así es como me han robado!", y abrió un baúl que estaba lleno de todos los tesoros de la catedral de Embrun, que le habían dado los ladrones.

En esta ocasión, según volvíamos, no pude por menos de reñirlo un poco, con cuidado de no hablar más que cuando hacía ruido el coche, para que nadie pudiera oírlo.

En los primeros tiempos, me decía: no hay peligro que lo detenga, es tremendo. Ahora he acabado por acostumbrarme. Le hago señas a la señora Magloire para que no le lleve la contraria. Corre los riesgos que quiere correr. Yo me llevo a la señora Magloire, me voy a mi cuarto, rezo por él y me duermo. Estoy tranquila porque sé perfectamente que, si le sucediera algo, sería también mi fin. Me iría con Dios al mismo tiempo que mi hermano y mi obispo. A la señora Magloire le ha costado más acostumbrarse a lo que llamaba sus imprudencias. Pero ahora ya está hecha a la idea. Rezamos las dos, pasamos miedo juntas y nos dormimos. Si entrase en casa el Diablo, nadie le diría nada. Bien pensado, ¿qué podemos temer en esta casa? Siempre está con nosotros el más fuerte. El Diablo podrá pasar por aquí, pero quien vive aquí es Dios.

Con eso me basta. Mi hermano no tiene ya ni que decirme una palabra. Lo entiendo sin que me hable; estamos en manos de la Providencia y que sea lo que ella quiera.

Así es como hay que ser con un hombre que lleva algo grande en el alma.

Le he preguntado a mi hermano por esa información que me pide usted sobre la familia Faux. Ya sabe que él lo sabe todo y que tiene muchos recuerdos, porque sigue siendo muy buen monárquico. Es desde luego una familia normanda muy antigua de la circunscripción de Caen. Hace quinientos años hubo un Raoul de Faux, un Jean de Faux y un Thomas de Faux, todos ellos nobles, y de entre ellos uno era señor de Rochefort. El último fue Guy-Étienne-Alexandre, maestre de campo y con algún cargo en la caballería ligera de Bretaña. Su hija, Marie- Louise, se casó con Adrien-Charles de Gramont, hijo del duque Louis de Gramont, senador, coronel de la guardia francesa y teniente general del ejército. Puede escribirse: Faux, Fauq y Faoucq.

Mi buena amiga, recomiéndenos a las oraciones de su santo pariente el señor cardenal. En cuanto a su querida Sylvanie, ha hecho bien en no desperdiciar para escribirme los breves instantes que pasa con usted. Está bien de salud, estudia a gusto de usted y me sigue queriendo. No necesito nada más. Por usted he sabido que se acuerda de mí, y eso me satisface mucho. Yo no ando demasiado mal de salud, aunque cada día estoy más delgada. Adiós, me estoy quedando sin papel por lo que no me queda más remedio que despedirme. Con mis deseos de todo lo mejor,

BAPTISTINE.

P. D. Su cuñada sigue aquí con su gente menuda. Su sobrinito es un encanto. ¿Sabe que está a punto de cumplir cinco años? Ayer vio pasar un caballo al que habían puesto rodilleras y preguntaba: "¿Qué le pasa en las rodillas?". ¡Es un niño tan rico! Su hermanito va tirando por toda la casa de una escoba vieja, como si fuera un coche, y dice "¡Arre!"»

Como vemos por esta carta, las dos mujeres sabían plegarse a la forma de ser del obispo con ese arte propio de la mujer que entiende al hombre mejor de lo que el hombre se entiende a sí mismo. El obispo de Digne, tras la pantalla de su aire dulce y cándido, del que no se apartaba nunca, hacía a veces cosas grandes, atrevidas, espléndidas, sin que pareciera darse cuenta. Las mujeres se amedrentaban, pero lo dejaban. A veces la señora Magloire intentaba reprenderlo antes; pero nunca al tiempo ni después. Nunca lo distraían, cuando estaba haciendo algo, ni siquiera con una palabra, ni siquiera con una seña. Había momentos en que, sin que tuviera él que decirlo, cuando quizá ni él era consciente de ello, pues así de perfecta era su sencillez, ellas notaban de forma confusa que estaba comportándose como un obispo; entonces no eran ya sino dos sombras en la casa. Lo servían pasivamente y, si esfumarse era prueba de obediencia, se esfumaban. Sabían, con instinto admirablemente exquisito, que hay atenciones que pueden resultar molestas. En consecuencia, incluso aunque lo creyesen en peligro, entendían no diré que su pensamiento, pero sí el carácter de éste, y tanto que ya no velaban por él. Lo dejaban en manos de Dios.

Por lo demás, Baptistine decía, como acabamos de leer, que el fin de su hermano sería también el suyo. La señora Magloire no lo decía, pero sabía que era así.

<h1 style="text-align:center">X</h1>

<h2 style="text-align:center">EL OBISPO ANTE UNA LUZ DESCONOCIDA</h2>

En una época algo posterior a la fecha de la carta citada en páginas anteriores, hizo el obispo algo que, si atendemos a lo que opinaron todos en la ciudad, entrañaba aún mayor riesgo que su paseo por las montañas de los bandidos.

Había cerca de Digne, en el campo, un hombre que vivía aislado. Aquel hombre, digamos cuanto antes la palabra malsonante, había sido miembro de la Convención. Se llamaba G.

En el ambiente corto de miras de Digne, hablaban del convencional G. con algo así como horror. Un convencional, ¡se dice pronto! Tenía que ver con aquellos tiempos en que todo el mundo se tuteaba y se llamaba «ciudadano». Ese hombre era casi un monstruo. No había votado la ejecución del rey, pero le había faltado poco. Era un regicida a medias. Qué espanto. ¿Cómo no habían llevado a aquel hombre, al regresar la casa reinante legítima, ante el tribunal de más alta instancia? No para cortarle la cabeza, de acuerdo, hay que ser clemente; pero sí un buen destierro para toda la vida. ¡Que sirviera de ejemplo, vamos! Etc., etc. Por lo demás, era un ateo, como toda la gente aquella. Comadreos de gansos sobre un buitre.

¿Era, por cierto, G. un buitre? Sí, ateniéndose a la huraña soledad en que vivía. Como no votó la ejecución del rey, no lo incluyeron en los decretos de destierro y pudo quedarse en Francia.

Vivía a tres cuartos de hora de la ciudad, lejos de cualquier caserío, lejos de cualquier camino, a saber en qué hondonada perdida de un valle muy agreste. Tenía allí, a lo que decían, algo así como una casa en el campo, un agujero, un cubil. No había vecinos, ni siquiera transeúntes. Desde que vivía en aquel valle, el sendero que llevaba a él había desaparecido bajo la hierba. Se mencionaba aquel sitio como se menciona la casa del verdugo.

Pero el obispo reflexionaba y, de vez en cuando, miraba el punto del horizonte en que un grupito de árboles señalaba el valle del convencional ya anciano; y se decía: Hay ahí un alma que está sola.

Y, en lo hondo del pensamiento, añadía: «Debo ir a verlo».

Pero hemos de confesar que aquella idea, natural a primera vista, le parecía, tras pensarlo un momento, rara e imposible; e incluso repugnante. Pues, en el fondo, compartía la impresión general y el convencional le inspiraba, sin darse cuenta con claridad, ese sentimiento que es como la frontera del odio y que también queda expresado en la palabra distanciamiento.

No obstante, ¿debe retroceder el pastor ante el cordero sarnoso? No.

¡Pero menudo cordero…!

El buen obispo estaba perplejo. A veces echaba a andar hacia allá, y luego se volvía.

Un día, por fin, corrió el rumor por la ciudad de que algo así como un pastorcillo que atendía al convencional G. en su tugurio había ido a buscar un médico; aquel viejo sinvergüenza se estaba muriendo, la parálisis se estaba adueñando de él y no pasaría de la noche. «A Dios gracias», añadían algunos.

El obispo cogió el bastón, se puso el gabán porque tenía la sotana algo raída, como ya hemos comentado, y también porque no tardaría en levantarse el viento de la tarde, y echó a andar.

Ya iba bajo el sol, casi tocando el horizonte, cuando llegó el obispo al lugar excomulgado. Se dio cuenta, y el corazón se le aceleró un tanto, de que estaba cerca del cubil. Salvó una cuneta de una zancada, cruzó un seto, alzó un portillo, entró en un jardincito muy desaliñado, dio con atrevimiento unos cuantos pasos y, de pronto, al fondo del baldío, detrás de unos matorrales altos, divisó la cueva.

Era una cabaña muy baja, indigente, pequeña y limpia con una parra en la fachada.

Ante la puerta, en una silla de ruedas vieja, un sillón de campesino, estaba sentado un hombre de pelo blanco que le sonreía al sol.

Junto al anciano sentado había un muchachito de pie, el pastorcillo. Le estaba alargando al anciano un cuenco de leche.

Mientras el obispo los miraba, el anciano habló.

—Gracias —dijo—. No necesito nada más. Y apartó la sonrisa del sol para detenerla en el niño.

El obispo se acercó. Al ruido de sus pasos, el anciano volvió la cabeza y le asomó al rostro toda la sorpresa de que puede uno disponer tras una vida prolongada.

—Desde que estoy aquí —dijo—, es la primera vez que entra alguien en mi casa. ¿Quién es usted, caballero?

El obispo contestó:

—Me llamo Bienvenu Myriel.

—Bienvenu Myriel. He oído ese nombre. ¿Es a usted a quien llama el pueblo monseñor Bienvenu?

—Yo soy.

El anciano siguió diciendo, sonriendo a medias:

—En tal caso, ¿es usted mi obispo?

—Algo así.

—Entre, caballero.

El convencional le alargó la mano al obispo, pero el obispo no la cogió.

El obispo se limitó a decir:

—Me alegro de ver que me habían informado mal. Desde luego que no me parece que esté usted enfermo.

—Caballero —contestó el anciano—, voy a curarme. Hizo una pausa y dijo:

—Moriré dentro de tres horas. Luego añadió:

—Tengo algo de médico; sé cómo llega la última hora. Ayer sólo tenía los pies fríos; hoy ya me ha llegado el frío a las rodillas; ahora estoy notando cómo me sube hasta la cintura; cuando llegué al corazón, me pararé. Está hermoso el sol, ¿verdad? He pedido que me sacasen para echarles a las cosas la última ojeada. Puede hablarme, no me cansa. Ha hecho bien en venir a mirar a un hombre que se muere. Es bueno que un momento así tenga testigos. Cada cual tiene sus manías; a mí me habría gustado llegar hasta las claras del alba. Pero sé que apenas si me quedan tres horas. Será de noche. ¡En realidad, qué más da! Acabar es asunto sencillo. No se necesita la luz de la mañana. Bien está. Me moriré al sereno, a la luz de las estrellas.

El anciano se volvió hacia el pastor:

—Tú, a la cama. Ya te quedaste en vela anoche. Estás cansado. El niño se metió en la cabaña.

El anciano lo siguió con la vista y añadió, como si hablase consigo mismo:

—Me moriré mientras duerme. Los dos sueños pueden ser buenos vecinos.

El obispo no estaba tan emocionado como debía haberlo estado en realidad. No le parecía notar a Dios en aquella forma de morirse; no ocultemos nada, porque las contradicciones menudas de los corazones grandes no quieren que se las tenga en cuenta menos que a las demás: a él, que, cuando se daba el caso, tanto lo divertía oír aquello de Su Ilustrísima, lo escandalizaba un poco que no lo llamasen monseñor, y estaba a punto de caer en la tentación de replicar con un «ciudadano». Le entró una veleidad de campechanía ruda, bastante usual en los médicos y en los sacerdotes, pero que en él no era habitual. En última instancia, aquel hombre, aquel convencional, aquel representante del pueblo, había sido uno de los poderosos de la tierra; quizá por primera vez en la vida el obispo se notó de humor severo.

El convencional, no obstante, lo miraba con una cordialidad modesta en la que quizá podría haberse desentrañado la humildad oportuna cuando está uno tan cerca de volver al polvo.

El obispo, por su parte, aunque solía estar precavido contra la curiosidad, que, según él, ocupaba un lugar contiguo a la ofensa, no podía por menos de pasarle revista al convencional con una atención que, al no proceder de la simpatía, su conciencia le habría reprochado seguramente de haberse tratado de cualquier otro hombre. Un convencional le parecía en cierto modo algo así como un forajido, al margen del ámbito de la ley, incluso de la ley de la caridad.

G., sosegado, con el busto casi erguido del todo, de voz vibrante, era uno de esos octogenarios robustos que asombran a los fisiólogos. Hubo en la Revolución muchos hombres así, proporcionados con la época. Se notaba en aquel anciano al hombre probado. Tan cerca del final, no había perdido los ademanes de la salud. La mirada clara, el acento firme, el recio movimiento de los hombros eran como para desconcertar a la muerte. Azrael, el ángel mahometano del sepulcro, se habría ido por donde había venido y habría pensado que se había equivocado de puerta. Daba la impresión de que G. se moría porque le parecía bien morirse. En aquella agonía había libertad. Sólo las piernas estaban inmóviles. Por ahí lo tenían sujeto las tinieblas. Los pies estaban muertos y fríos, y la cabeza vivía con toda la fuerza de la vida y parecía hallarse a plena luz. G., en aquel momento trascendental, se asemejaba al rey del cuento oriental, carne por arriba, mármol por abajo.

Había una piedra cerca. El obispo se sentó. El exordio llegó ex abrupto.

—Enhorabuena —dijo con tono de reprimenda—. En cualquier caso, no votó la ejecución del rey.

El convencional no pareció fijarse en el amargo sobreentendido que había en esas palabras: en cualquier caso, respondió, y se le había borrado la sonrisa de la cara:

—No tenga tanta prisa en darme la enhorabuena, señor mío; voté el fin del tirano.

El acento austero se enfrentaba al acento severo.

—¿Qué quiere decir? —preguntó el obispo.

—Quiero decir que el hombre tiene un tirano: la ignorancia. Voté el fin de ese tirano. Ese tirano engendró la monarquía, que es la autoridad sacada de la falsedad, mientras que la ciencia es la autoridad sacada de la verdad. Sólo la ciencia debe gobernar al hombre.

—La conciencia —añadió el obispo.

—Son la misma cosa. La conciencia es la cantidad de ciencia innata que llevamos dentro.

Monseñor Bienvenu escuchaba, algo asombrado, ese lenguaje que tan nuevo le resultaba.

El convencional prosiguió:

—En cuanto a Luis XVI, dije que no. No me creo con derecho a matar a un hombre; pero tengo el deber de exterminar el mal. Voté el fin del tirano. Es decir, el fin de la prostitución para la mujer, el fin de la esclavitud para el hombre, el fin de las tinieblas para el niño. Eso fue lo que voté al votar a favor de la república. ¡Voté la fraternidad, la concordia, la aurora! Colaboré en la caída de los prejuicios y los errores. El hundimiento de los errores y de los prejuicios trae consigo la luz. Nosotros derribamos el mundo viejo; y el mundo viejo, receptáculo de miserias, al volcarse sobre el género humano, se convirtió en urna de alegría.

—Bonito zafarrancho —dijo el obispo.

—Podría llamarlo alegría conturbada y, en la actualidad, tras ese fatídico regreso al pasado que se llama 1814, alegría desaparecida. La obra, por desgracia, quedó incompleta, lo reconozco; echamos abajo los hechos del antiguo régimen, pero no pudimos acabar del todo con sus ideas. No basta con destruir los abusos: hay que cambiar las costumbres. Ya no hay molino, pero ahí sigue el viento.

—Echaron abajo… Echar abajo puede ser útil; pero no me fío de una demolición en la que participa la ira.

—El derecho tiene su propia ira, señor obispo, y la ira del derecho es un elemento de progreso. En cualquier caso, digan lo que digan, la Revolución Francesa es el mayor paso del género humano desde la llegada de Cristo. Incompleto, sí; pero sublime. Despejó todas las incógnitas sociales. Suavizó las mentes; calmó, sosegó, iluminó; hizo fluir por la tierra oleadas de civilización. Fue buena. La Revolución Francesa es la consagración de la humanidad.

El obispo no pudo por menos de cuchichear:

—Sí. ¡El año 1793!

El convencional se enderezó en la silla con una solemnidad casi lúgubre; y exclamó, dentro de los límites en que un moribundo puede exclamar:

—¡Ah, ya salió aquello! El año 1793. Lo estaba esperando. La nube se estuvo formando mil quinientos años. Al cabo de quince siglos, reventó. Y usted le pone pleito al trueno.

El obispo notó, quizá sin admitirlo, que algo le había hecho mella. No obstante, no mostró desconcierto. Contestó:

—El juez habla en nombre de la justicia; el sacerdote habla en nombre de la compasión, que no es sino una justicia más alta. Un trueno no debe equivocarse.

Y añadió, mirando fijamente al convencional:

—¿Y Luis XVII?

El convencional alargó la mano y le asió el brazo al obispo:

—¡Luis XVII! ¡Vamos a ver! ¿A quién llora? ¿Al niño inocente? Entonces bien está, lloro con usted. ¿Al niño de la familia real? Pues entonces me lo tengo que pensar. A mí, el hermano de Cartouche, un niño inocente, al que colgaron por debajo de los sobacos en la plaza de Greve hasta morir, sin más crimen que ser el hermano de Cartouche, no me duele menos que el nieto de Luis XV, niño inocente martirizado en la torre de Le Temple sin más crimen que ser el nieto de Luis XV.

—Caballero —dijo el obispo—, no me agrada que se comparen esos nombres.

—¿Cartouche y Luis XV? ¿Por cuál de los dos protesta?

Hubo un momento de silencio. El obispo estaba casi arrepentido de haber ido allí y, no obstante, se notaba vaga y curiosamente inmutado.

El convencional siguió diciendo:

—¡Ay, señor cura, no le gustan las crudezas de la verdad! A Cristo sí le gustaban. Cogía unas vergas y le sacudía el polvo al templo. Su látigo repleto de relámpagos era un decidor sin empacho de verdades. Cuando exclamaba: *Sinite parvulos*, no hacía diferencias entre los niños. No se habría andado con paños calientes al comparar al delfín de Barrabás y al delfín de Herodes. Señor obispo, la inocencia es una corona en sí. La inocencia no tiene nada que ver con las altezas. Es tan augusta vestida de andrajos como de flores de lis.

—Es cierto —dijo el obispo en voz baja.

—Insisto —siguió diciendo el convencional G.—. Ha nombrado a Luis

XVII. A ver si nos ponemos de acuerdo. ¿Vamos a llorar por todos los inocentes, por todos los mártires, por todos los niños, por los de arriba y por los de abajo? Cuente conmigo. Pero entonces, ya se lo he dicho, hay que remontarse a tiempos anteriores al año 1793, y hay que empezar a verter lágrimas antes de llegar a Luis XVII. Lloraré con usted por los niños de los reyes con tal de que usted llore conmigo por los chiquillos del pueblo.

—Lloro por todos —dijo el obispo.

—¡Por igual! —exclamó G.—. Y, si tiene que inclinarse la balanza, que se incline del lado del pueblo. Lleva más tiempo sufriendo.

Hubo otro silencio. Fue el convencional quien lo interrumpió. Se incorporó apoyándose en un codo, dobló el pulgar y el índice para pellizcarse un poco la mejilla, como suele hacer maquinalmente quien interroga y juzga, e interpeló al obispo con una mirada colmada de todas las energías de la agonía. Fue casi una explosión.

—Sí, señor obispo, hace mucho que el pueblo sufre. Y además, la verdad, la cosa no se queda ahí. ¿Por qué viene usted a hacerme preguntas y a hablarme de Luis XVII? Yo no lo conozco de nada. Desde que estoy en esta comarca he vivido aquí encerrado, solo, sin salir, sin ver a nadie más que a este niño que me ayuda. Cierto es que me ha llegado algún eco del nombre de usted, y debo decir que se lo mienta sin desagrado; pero eso no significa nada; las personas hábiles tienen muchas formas de engañar a este pueblo de infelices. Por cierto, no he oído el ruido de su coche, ha debido de dejarlo detrás de los matorrales, en el ramal del camino. Yo no lo conozco, ya se lo repito. Me ha dicho que es obispo, pero eso no me informa sobre su personalidad ética. Así que vuelvo a preguntarle: ¿Quién es usted? ¡Un obispo, es decir, un príncipe de la Iglesia, uno de esos hombres con dorados, escudos de armas y rentas, con grandes prebendas — el obispado de Digne—, quince mil francos fijos, diez mil eventuales, veinticinco mil francos en total, con cocineros, con libreas, que comen bien, que los viernes comen gallina de río, que se pavonean con un lacayo delante y otro detrás en berlina de gala, que tienen palacios y van en carroza en nombre de Jesucristo, que iba a pie y descalzo! Es un prelado: rentas, palacios, caballos, sirvientes, buena mesa, todas las sensualidades de la vida; eso tiene, como lo tienen los demás, y, como los demás, disfruta con ello, bien está, pero a mí eso me dice demasiado o no me dice lo suficiente; no me informa del valor intrínseco y esencial de alguien que viene con la pretensión probable de traerme el conocimiento. ¿Con quién estoy hablando? ¿Quién es usted?

El obispo bajó la cabeza y contestó:

—Vermis sum.

—¡Una lombriz en carroza! —refunfuñó el convencional.

Ahora le tocaba al convencional ser altanero, y al obispo, humilde. El obispo añadió con suavidad:

—Bien está, caballero. Pero explíqueme en qué mi carroza, que está ahí, a dos pasos, detrás de los árboles, en qué mi buena mesa y las gallinas de río que como los viernes, en qué mis veinticinco mil libras de rentas, en qué mi palacio y mis lacayos demuestran que la piedad no es una virtud, que la clemencia no es un deber y que 1793 no fue inexorable.

El convencional se pasó la mano por la frente, como para apartar una nube.

—Antes de contestarle —dijo —, le ruego que me perdone. Acabo de hacer algo mal, señor obispo. Está usted en mi casa, es mi huésped y le debo cortesía. Usted discute mis ideas y lo que procede es que yo me limite a combatir sus razonamientos. Sus riquezas y las cosas de que disfruta me dan ventaja en la discusión, pero no es de buen tono recurrir a ello. Le prometo no volver a hacerlo.

—Se lo agradezco —dijo el obispo.

G. siguió diciendo:

—Volvamos a la explicación que me pedía. ¿Dónde estábamos? ¿Qué estábamos diciendo? ¿Que 1793 fue inexorable?

—Inexorable, sí —dijo el obispo—. ¿Qué le parece Marat aplaudiendo la guillotina?

—¿Qué le parece a usted Bossuet cantando un tedeum para celebrar las dragonadas?

La respuesta era dura, pero dio en el blanco con la rigidez de una punta de acero. El obispo se sobresaltó y no dio con ninguna respuesta; pero lo hería aquella forma de sacar a colación a Bossuet. Las mentes mejores tienen sus fetiches, y a veces las magullan un tanto las faltas de respeto de la lógica.

El convencional empezaba ya a jadear; el asma de la agonía, que se mezcla con el último aliento, le entrecortaba la voz; pero en la mirada se le veía aún un alma completamente lúcida. Añadió:

—Digamos aún unas cuantas palabras sueltas, me parece bien. Dejando aparte la Revolución, que, tomada en conjunto, es una gigantesca afirmación humana, 1793 es, por desgracia no puede negarse, una réplica. A usted le parece inexorable; pero ¿y toda la monarquía, señor obispo? Carrier es un bandido, pero ¿cómo llamar a Montrevel? Fouquier-Tinville es un truhán, pero ¿qué opina de Lamoignon-Bâville? Maillard es espantoso, pero ¿qué me dice de Saulx-Tavannes? El padre Duchêne es feroz, pero ¿qué calificativo me sugiere para el padre Letellier? Jourdan, el cortador de cabezas, es un monstruo, pero no tanto como el marqués de Louvois. Señor obispo, señor obispo, compadezco a María Antonieta, archiduquesa y reina, pero también compadezco a aquella pobre hugonote que estaba criando a un niño y a quien, en 1685, durante el reinado de Luis el Grande, señor obispo, ataron desnuda hasta la cintura a un poste, poniéndole el niño a distancia; la leche le henchía el seno y la angustia le henchía el corazón; la criatura, hambrienta y pálida, veía el pecho, agonizaba y chillaba; y el verdugo le decía a la mujer, madre y nodriza: ¡Abjura! y le daba a elegir entre la muerte del hijo y la muerte de la conciencia. ¿Qué me dice de ese suplicio de Tántalo adaptado a una madre? Señor obispo, que no se le olvide esto: la Revolución Francesa tuvo sus motivos. El futuro la absolverá de su ira. Su resultado es un mundo mejor. De sus golpes más terribles nace una caricia para el género humano. Abrevio. Lo dejo. Juego con demasiada ventaja. Y además me estoy muriendo.

Y, dejando de mirar al obispo, el convencional remató su opinión con estas pocas y sosegadas palabras:

—Sí, las brutalidades del progreso se llaman revoluciones. Cuando concluyen, hay que admitir que han zarandeado al género humano, pero que el género humano ha progresado.

El convencional no sospechaba que acababa de llevarse por delante, una tras otra, todas las defensas interiores del obispo. Pero quedaba una, y de esa defensa, recurso supremo de la resistencia de monseñor Bienvenu, salió esta frase en la que casi volvió a aparecer la rudeza del principio:

—El progreso tiene que creer en Dios. El bien no puede tener sirvientes impíos. El ateo es un mal conductor del género humano.

El anciano representante del pueblo no contestó. Se estremeció. Miró al cielo y le brotó despacio de esa mirada una lágrima. Cuando rebosó del párpado, la lágrima le corrió por la mejilla lívida; y dijo, tartamudeando casi, en voz baja y hablándose a sí mismo, con los ojos perdidos en las profundidades:

—¡Ay, tú! ¡Ay, ideal! ¡Sólo tú existes!

Tras un silencio, el anciano alzó un dedo para señalar el cielo y dijo:

—El infinito existe. Está ahí. Si el infinito no tuviera un yo, yo sería su límite; y no sería infinito; dicho de otro modo, no sería. Pero es. Por consiguiente, tiene un yo. Ese yo del infinito es Dios.

El moribundo había dicho esas últimas palabras en un tono de voz alto y con el temblor del éxtasis, como si estuviera viendo a alguien. Cuando acabó de hablar, se le cerraron los ojos. El esfuerzo lo había agotado. Estaba claro que acababa de vivir en un minuto las pocas horas que le quedaban. Lo que acababa de decir lo había aproximado al de la muerte. Llegaba el instante supremo.

El obispo se dio cuenta, el tiempo apremiaba, había venido como sacerdote y de la mayor frialdad había ido llegando gradualmente a la mayor emoción; miró aquellos ojos cerrados, cogió aquella mano vieja, arrugada y helada y se inclinó hacia el moribundo:

—Ésta es la hora de Dios. ¿No le parece que sería lamentable que nos hubiésemos conocido en vano?

El convencional abrió los ojos. Una seriedad ya teñida de sombra se le pintó en el rostro.

—Señor obispo —dijo con una calma que posiblemente le venía aún más de la dignidad del alma que del desfallecimiento de las fuerzas—, he pasado la vida en la meditación, el estudio y la contemplación. Tenía sesenta años cuando me llamó mi país y me ordenó que me metiera en sus asuntos. Obedecí. Había abusos y los combatí; había tiranías y las destruí; había derechos y principios y los proclamé y los confesé. Habían invadido el territorio y lo defendí; amenazaban a Francia y yo interpuse mi pecho. No era rico y soy pobre. Fui uno de los amos del Estado, los sótanos del Banco estaban atestados de dinero en metálico, tanto que hubo que apuntalar las paredes a punto de abrirse con el peso del oro y la plata, y yo cenaba en la calle de L'Arbre-Sec un cubierto de un franco con diez céntimos. Socorrí a los oprimidos, alivié a los que sufrían. Hice tiras la sabanilla del altar, es cierto; pero fue para vendar las heridas de la patria.

Apoyé siempre el avance del género humano hacia la luz y a veces me opuse al progreso inclemente. Llegado el caso, los protegí a ustedes, que eran adversarios míos. Y en Peteghem, en Flandes, en el lugar preciso donde los reyes merovingios tenían el palacio de verano, hay un convento de clarisas urbanistas, la abadía de Santa Clara de Beaulieu, que salvé en 1793. Cumplí con mi deber en la medida de mis fuerzas e hice el bien que pude. Y luego me expulsaron, me acosaron, me persiguieron, me calumniaron, se rieron de mí, me abroncaron, me maldijeron y me desterraron. Desde hace ya bastantes años, y aunque peino canas, noto que mucha gente se cree con derecho a despreciarme y que la pobre plebe ignorante me ve cara de réprobo; y acepto, sin odiar a nadie, el aislamiento y el odio. Ahora tengo ochenta y seis años; voy a morirme. ¿Qué ha venido usted a pedirme?

—Que me bendiga —dijo el obispo. Y se arrodilló.

Cuando alzó la cabeza, en el rostro del convencional había una expresión augusta. Acababa de expirar.

El obispo regresó a su casa muy ensimismado a saber en qué pensamientos. Se pasó la noche rezando. A la mañana siguiente, cuando algunas buenas personas preguntaron con curiosidad por el convencional G. se limitó a indicar el cielo. A partir de ese momento tuvo mucha más ternura y más fraternidad con los humildes y los que sufrían.

Cualquier alusión a «aquel sinvergüenza de G.» lo sumía en una preocupación singular. Nadie podría asegurar que aquella mente, al ponerse ante la suya, y el reflejo de aquella conciencia tan grande en la de él no hubieran tenido algo que ver en su camino hacia la perfección.

Aquella «visita pastoral» dio pie, lógicamente, a ciertos rumores en los grupitos locales.

«¿Qué pintaba un obispo junto al lecho de un agonizante como ése? Estaba claro que no podía esperarse una conversión. Todos esos revolucionarios son unos relapsos. ¿Para qué ir, pues? ¿Qué fue a ver?

¿Tanta curiosidad tenía por ver cómo se llevaba el Diablo un alma?»

Un día, una viuda acomodada, que pertenecía a la variedad de las impertinentes que se creen ingeniosas, le vino con esta salida:

—Monseñor, hay quien pregunta cuándo le darán a Su Ilustrísima el gorro rojo.

—¡Ah, vaya, sí que es un color de mucho peso! —contestó el obispo—. Menos mal que quienes lo desprecian en un gorro lo veneran en un sombrero.

XI
UNA RESTRICCIÓN

Se equivocaría muy mucho quien llegase a la conclusión de que monseñor Bienvenu era «un obispo filósofo» o «un cura patriota». Aquel encuentro, que casi podría llamarse una conjunción, con el convencional G. le dejó cierto desconcierto que lo hizo aún más dulce. Y nada más.

Aunque monseñor Bienvenu no fuera ni mucho menos un hombre político, es quizá éste el lugar de indicar muy brevemente cuál fue su actitud ante los sucesos de su época, dando por hecho que a monseñor Bienvenu nunca se le ocurrió tener una actitud.

Remontémonos, pues, unos cuantos años.

Poco tiempo después de la llegada de monseñor Myriel al episcopado, el emperador lo nombró barón del Imperio al tiempo que a unos cuantos obispos más. Como es bien sabido, la detención del papa ocurrió en la noche del 5 al 6 de julio de 1809; con tal motivo Napoleón convocó a monseñor Myriel al sínodo de los obispos de Francia y de Italia que se celebró en París. La sede de aquel sínodo fue Notre-Dame; y la primera reunión, el 15 de junio de 1811, estuvo bajo la presidencia de Su Eminencia el cardenal Fesch. Monseñor Myriel fue uno de los noventa y cinco obispos que acudieron. Pero sólo asistió a una sesión y a tres o cuatro deliberaciones privadas. Por ser obispo de una diócesis montañesa y por vivir tan cerca de la naturaleza, con rusticidad y penuria, introducía, al parecer, entre aquellos personajes eminentes, unas ideas que alteraban la temperatura de la reunión. Regresó enseguida a Digne. Le preguntaron cómo había vuelto tan pronto y contestó: «Los estorbaba. Por mí les llegaba el aire de fuera. Y les causaba la misma impresión que una puerta abierta».

En otra ocasión dijo: «¿Qué quieren? Esos monseñores son unos príncipes. Y yo sólo soy un pobre obispo campesino».

El hecho es que desagradó. Entre otras cosas peculiares, se le escaparon, por lo visto, una noche, cuando estaba en la residencia de uno de sus colegas más cualificados: «¡Qué preciosidad de relojes! ¡Qué preciosidad de alfombras! ¡Qué preciosidad de libreas! ¡Qué molesto debe de resultar!

¡Ay, no querría yo tener todas estas cosas superfluas chillándome continuamente: hay gente que pasa hambre, hay gente que pasa frío, hay pobres, hay pobres!».

Dicho sea de paso, odiar el lujo no sería un odio sensato. Ese odio llevaría consigo el odio por las artes. No obstante, en la gente de iglesia, dejando aparte la representación y las ceremonias, el lujo es un error. Da la impresión de que revela costumbres en verdad muy poco caritativas. Un sacerdote opulento es un contrasentido. El sacerdote tiene que estar cerca de los pobres. Ahora bien, ¿es acaso posible estar continuamente, de día y de noche, en contacto con todos los desamparos, con todos los infortunios, con todas las indigencias sin llevar encima algo de esta santa miseria, como se lleva encima el polvo del trabajo? ¿Es concebible que un hombre que esté junto a una hoguera no tenga calor? ¿Es concebible que un obrero trabaje continuamente en un horno y no tenga ni un cabello quemado, ni una uña ennegrecida, ni una gota de sudor ni una mota de ceniza en la cara? En el sacerdote, y en el obispo sobre todo, la primera prueba de la caridad es la pobreza.

Eso era, sin lugar a dudas, lo que opinaba el señor obispo de Digne.

No debemos pensar por ello que compartía, en unos cuantos puntos delicados, eso que podríamos llamar «las ideas del siglo». No se metía en las disputas teológicas del momento y callaba en las cuestiones en que andan comprometidos la Iglesia y el Estado; pero si lo hubieran puesto entre la espada y la pared, lo habrían hallado más bien ultramontano que galicano. Como estamos haciendo un retrato y no queremos ocultar nada, no nos queda más remedio que añadir que se mostró muy frío con Napoleón en su declive. A partir de 1813, se adhirió a cuantas muestras de hostilidad hubo o las aplaudió. Se negó a verlo cuando pasó, al regresar de la isla de Elba, y se abstuvo de disponer en su diócesis rezos públicos por el emperador durante los Cien Días.

Además de una hermana, la señorita Baptistine, tenía dos hermanos, uno general y el otro prefecto. Escribía a ambos con bastante frecuencia. Durante una temporada anduvo enfadado con aquél, porque el general, que en la época del desembarco en Cannes tenía una comandancia en la zona de Provenza, se puso a la cabeza de mil doscientos hombres y persiguió al emperador como se persigue a quien desea uno que se escape. Su correspondencia era más afectuosa con el otro hermano, el prefecto retirado, buen hombre muy digno que vivía en París, en la calle de Cassette. Así pues, monseñor Bienvenu tuvo también su momento de mentalidad partidista, su momento de amargura, su nube. La sombra de las pasiones de la época cruzó por esa mente dulce y grande pendiente de las cosas eternas. Un hombre así, desde luego, habría merecido no tener opiniones políticas. Que no se nos interprete mal, no confundimos eso que llaman «opiniones políticas» con la noble aspiración al progreso, con la sublime fe patriótica, democrática y humana que, en nuestros días, debe hallarse en el mismísimo fondo de toda inteligencia generosa. Sin ahondar en cuestiones que no tienen que ver sino indirectamente en el asunto de este libro, nos limitamos a decir lo siguiente: habría sido algo espléndido que monseñor Bienvenu no hubiera sido monárquico y que no hubiera apartado la vista ni por un instante de esa contemplación serena donde vemos resplandecer, por encima de los fingimientos y los odios de este mundo, por encima de los vaivenes tormentosos de los asuntos humanos, estas tres luces puras: la Verdad, la Justicia y la Caridad.

Sin dejar de admitir que Dios no llamaba a monseñor Bienvenu por el camino de los cometidos políticos, habríamos entendido y admirado la protesta en nombre del derecho y de la libertad, la oposición orgullosa, la resistencia arriesgada y justa a un Napoleón todopoderoso. Pero lo que nos agrada para los que están en ascenso nos agrada menos para los que caen. No nos gusta el combate sino cuando entraña peligro; y, en todos los casos, sólo los combatientes del primer momento tienen derecho a ser los exterminadores del último. Quien no haya sido acusador empecinado en tiempos de prosperidad debe callar en tiempo de hundimiento. Únicamente quien denunció el éxito es el legítimo justiciero de la caída. En lo que a nosotros se refiere, cuando la Providencia toma cartas en el asunto y golpea, la dejamos a su aire. El año 1812 empezó a desarmarnos. En 1813, cuando rompió su silencio aquel cuerpo legislativo taciturno, al que envalentonó la catástrofe, no había motivo sino para la indignación, y aplaudir era un error; en 1814, ante la traición de los mariscales, ante aquel Senado que iba de un enfangamiento a otro, insultando tras haber divinizado, ante aquella idolatría que daba marcha atrás y escupía al ídolo, era un deber volver la cabeza; en 1815, como ya se veían venir los desastres supremos, como Francia se estremecía con aquella tétrica proximidad, como ya podía divisarse borrosamente que Waterloo se abría ante Napoleón, en la dolorosa aclamación del ejército y del pueblo al condenado del destino nada había que pudiera mover a risa, y, con todas las reservas en lo referido al déspota, cabe pensar que un corazón como el del obispo de Digne no habría debido quizá dejar de percatarse de cuán augusto y conmovedor era, al filo del abismo, el estrecho abrazo de una gran nación y de un gran hombre.

Al margen de esto, el obispo era y fue justo en todo, sincero, equitativo, inteligente, humilde y digno; benefactor y benevolente, que es otra forma de beneficencia. Era un sacerdote, un sabio y un hombre. E incluso, hay que decirlo, en esa opinión política que acabamos de reprocharle, y que estamos dispuestos a juzgar casi con severidad, era tolerante y asequible, quizá más que nosotros, que estamos hablando aquí. Al portero de la Casa de la Villa lo había colocado en ese puesto el emperador. Había sido suboficial de la vieja guardia, lo habían condecorado en Austerlitz y era más bonapartista que el águila. A ese pobre diablo se le escapaban a veces palabras dichas al buen tuntún que la ley de aquel momento tildaba de manifestaciones sediciosas. Desde que habían suprimido de la Legión de Honor el perfil del emperador, ya no se vestía nunca según las ordenanzas, como él decía, para no verse obligado a ponerse la condecoración. Le había quitado en persona, con mucha devoción, la efigie imperial que le había impuesto Napoleón; quedaba un agujero donde no había consentido en poner nada a cambio.

«¡Antes muerto —decía— que llevar encima del corazón los tres sapos!» Se reía de buen grado y en voz alta de Luis XVIII. «El viejo gotoso ese —decía—, con sus polainas de inglés, que se vaya a Prusia con esa coletilla que le cuelga de la peluca.» Estaba encantado de poder unir en la misma imprecación las dos cosas que más aborrecía: Prusia e Inglaterra. Tanto dijo que perdió el puesto. Se quedó en la calle con su mujer y sus hijos. El obispo lo mandó venir, lo riñó con blandura y lo hizo pertiguero de la catedral.

En nueve años, a fuerza de acciones santas y de modales afectuosos, monseñor Bienvenu colmó la ciudad de Digne de algo parecido a una veneración tierna y filial. Incluso su comportamiento con Napoleón se lo aceptó y se lo perdonó tácitamente, por decirlo así, el pueblo, rebaño bueno y débil, que adoraba a su emperador pero que quería a su obispo.

XII
SOLEDAD DE MONSEÑOR BIENVENU

A un obispo lo rodea siempre una cuadrilla de sacerdotes jóvenes, de la misma forma que a un general lo rodea una bandada de oficiales jóvenes. Es lo que aquel delicioso san Francisco de Sales llama en algún sitio «los sacerdotes zangones». En toda carrera hay aspirantes que forman el cortejo de los que ya han llegado a la meta. No hay poder que no tenga séquito ni fortuna que no tenga cortesanos. Quienes buscan el porvenir revolotean en torno al presente espléndido. En toda metrópoli hay un estado mayor. Todo obispo con algo de influencia tiene cerca una patrulla de querubines seminaristas que hace la ronda y mantiene el orden en el palacio episcopal y monta guardia en torno a la sonrisa de monseñor. Agradar a un obispo es tener el pie en el estribo de un subdiaconado. No queda más remedio que hacer camino; el apostolado no le hace ascos a la canonjía.

En todas partes hay peces gordos, también en la Iglesia hay peces gordos mitrados. Son los obispos bien situados, ricos, con buenas rentas, habilidosos, que cuentan con reconocimiento social, que saben rezar, desde luego, pero que también saben pedir, que no sienten escrúpulos en ser la antesala de toda la diócesis, vínculo entre la sacristía y la diplomacia, antes abades que sacerdotes, antes prelados que obispos. ¡Dichoso quien se acerque a ellos! Son personas influyentes que reparten a manos llenas, entre los asiduos y los recomendados y entre toda esa juventud que sabe agradar las buenas parroquias, las prebendas, los archidiaconados, las capellanías y los cargos catedralicios, en lo que llegan las dignidades episcopales. Según van avanzando ellos, progresan sus satélites; es un sistema solar completo en marcha. Sus rayos tiñen de púrpura a su séquito. Su prosperidad va echando miguitas en forma de ascensos pequeños, pero golosos. Cuanto mayor es la diócesis del jefe, más suculenta es la parroquia del favorito. Y además ahí está Roma. Un obispo que sabe llegar a arzobispo, un arzobispo que sabe llegar a cardenal, se lo lleva a uno de acompañante al cónclave, y así te metes en el tribunal de la Rota, así tienes derecho a palio, así acabas de auditor, de camarlengo, de monsignore; y de Su Ilustrísima a Su Eminencia no hay más que un paso, y de Su Eminencia a Su Santidad no hay más que el humo de una votación. Todo casquete puede soñar con la tiara. Y en nuestros días el sacerdote es el único hombre que puede llegar a rey con arreglo a las normas. ¡Y qué rey! El rey supremo. ¡Qué semillero de aspiraciones es, pues, un seminario! ¡Cuántos monaguillos ruborosos, cuántos curas jóvenes llevan en la cabeza el cántaro de la lechera! ¿Sabe alguien cómo la ambición puede pasar con facilidad a llamarse vocación?

¡Quizá de buena fe, y engañándose a sí misma, la muy inocente!

Monseñor Bienvenu, humilde, pobre, peculiar, no figuraba en la lista de los peces gordos mitrados. Se notaba en que no lo rondaba ningún sacerdote joven. Ya vimos que en París «no cuajó». A ningún porvenir se le ocurría injertarse en aquel anciano solitario. Ninguna ambición en agraz cometía la locura de madurar a su sombra. Sus canónigos y sus vicarios episcopales eran honrados y viejos, hombres del pueblo hasta cierto punto, como él, y enclaustrados como él en aquella diócesis sin salida hacia el cardenalato, y se parecían a su obispo con la diferencia de que ellos estaban acabados pero él era una obra acabada. Era tan patente la imposibilidad de ir a más quedándose junto a monseñor Bienvenu que, nada más salir del seminario, los jóvenes a quienes había ordenado conseguían que los recomendasen en los arzobispados de Aix o de Auch y se iban a todo correr. Porque, en fin de cuentas, y como ya hemos dicho, todo el mundo quiere que le echen una mano para prosperar. Un santo que vive en un arrebato de abnegación es un vecino peligroso, y entra dentro de lo posible que nos contagie una pobreza incurable, el anquilosamiento de las articulaciones necesarias para progresar y, en última instancia, más capacidad de renuncia de la que deseamos; y la gente huye como de la sarna de esas prendas. Por eso estaba aislado monseñor Bienvenu. Vivimos en una sociedad sombría. Medrar: tal es la enseñanza que destila gota a gota la corrupción que se cierne sobre nosotros.

Dicho sea de paso, el éxito es algo bastante repulsivo. El falso parecido que tiene con el mérito engaña a los hombres. Para el gentío, el éxito tiene casi el mismo rostro que la supremacía. El éxito, ese menecmo del talento, tiene embaucada a la historia. Los únicos que refunfuñan son Juvenal y Tácito. En nuestros días, ha entrado a servir al éxito una filosofía casi oficial, lleva su librea y atiende en su antesala. Medrad, tal es la teoría. La prosperidad implica capacidad. Quien gane a la lotería será un hombre capaz. Veneran a quien triunfa. ¡Naced con buena estrella! En eso consiste todo. Tened suerte y lo demás se os dará por añadidura; sed afortunados y os creerán grandes. Si dejamos aparte las cinco o seis excepciones gigantescas que dan lustre a un siglo, la admiración contemporánea no es sino miopía. Lo dorado es de oro. Da igual ser cualquiera siempre y cuando seas un nuevo rico cualquiera. La vulgaridad es un Narciso viejo que se adora a sí mismo y a quien aplaude el vulgo. Esa capacidad enorme que convierte a un hombre en Moisés, en Esquilo, en Dante, en Miguel Ángel o en Napoleón, el gentío se la concede de entrada por aclamación a cualquiera que llegue a la meta en lo que sea. Si un notario llega a diputado, si un Corneille de pega escribe Tirídates, si un eunuco consigue tener un harén, si un Prudhomme militar gana por casualidad la batalla decisiva de una época, si un boticario inventa las suelas de cartón para el ejército de Sambre-et- Meuse y saca, de ese cartón vendido por cuero, cuatrocientas mil libras de renta, si un buhonero se desposa con la usura y la preña de siete u ocho millones cuyo padre es él y cuya madre es la ya citada usura, si un predicador llega a obispo porque tiene habla gangosa, si un intendente de una buena casa es tan rico al dejar ese empleo que lo hacen ministro de finanzas, los hombres llaman a eso Genialidad, de la misma forma que llaman Hermosura a la cara de Mousqueton y Majestad a la envergadura de

Claudio. Confunden con las constelaciones del abismo esas estrellas que las patas de las aves palmípedas dejan en el cieno blando del lodazal.

<h1 style="text-align:center">XIII
QUÉ CREÍA</h1>

Desde el punto de vista de la ortodoxia, no es menester que sondeemos al señor obispo de Digne. Ante un alma así, sólo nos apetece el respeto. Basta con la palabra de la conciencia del justo para que la creamos. Por lo demás, hay caracteres en los que admitimos que pueden prosperar todas las bellezas de la virtud humana dentro del marco de unas creencias que no coincidan con las nuestras.

¿Qué opinaba de este dogma o de aquel misterio? De esos secretos del fuero interno de cada cual sólo sabe la intimidad del sepulcro, donde las almas entran desnudas. De lo que estamos seguros es de que nunca resolvía las dificultades de la fe con hipocresías. En el diamante no puede darse podredumbre alguna. Creía lo más que podía creer. Credo in Patrem, exclamaba con frecuencia. Y, por lo demás, sacaba de las buenas obras la cantidad necesaria de satisfacción que le basta a la conciencia y le dice a uno en voz baja: ¡estás con Dios!

De lo que creemos que debemos dejar constancia es de que, fuera de su fe, por decirlo de alguna manera, más allá de esa fe, al obispo le sobraba amor. Y por eso mismo, quia multum amavit, es por lo que les parecía vulnerable a «los hombres serios» y «las personas circunspectas», apelativos favoritos de este mundo nuestro tan triste donde la pedantería da consignas al egoísmo. ¿En que qué consistía ese exceso de amor? En una sonrisa bondadosa, que iba más allá de los hombres y, como ya indicamos anteriormente, llegaba a abarcar a las cosas. Vivía sin desdén, era indulgente con la creación de Dios. Todo hombre, incluso el mejor, alberga una dureza irreflexiva que se les reserva a los animales. En el obispo de Digne no había esa dureza, que es peculiar no obstante de muchos sacerdotes. No llegaba a ser un brahmán, pero parecía haber meditado en este dicho del Eclesiastés: «¿quién sabe dónde va el alma de los animales?». La fealdad en el aspecto y la deformidad en el instinto no lo alteraban ni lo indignaban. Lo emocionaban y casi lo enternecían. Daba la impresión de que, pensativo, iba a buscar causas, explicaciones o disculpas más allá de la vida aparente. A veces, parecía estar pidiéndole a Dios indultos. Examinaba sin ira y con la mirada del lingüista que descifra un palimpsesto todo el caos que aún se halla en la naturaleza. Esta ensoñación le arrancaba a veces frases extrañas. Una mañana estaba en su jardín y convencido de estar a solas, pero su hermana iba andando detrás de él sin que la viera; de pronto se detuvo y miró algo que había en el suelo; era una araña muy grande, negra, peluda, horrorosa. Su hermana oyó que decía:

—¡Pobre bicho! ¿Qué culpa tiene él?

¿Por qué no íbamos a contar estas niñerías casi divinas de la bondad? Puerilidades, sí; pero esas puerilidades sublimes fueron las de san Francisco de Asís y de Marco Aurelio. Un día se torció un tobillo por no querer pisar a una hormiga.

Así vivía aquel hombre justo. A veces se quedaba dormido en su jardín y entonces no podía darse nada más venerable.

Monseñor Bienvenu había sido antaño, si nos fiamos de los relatos referidos a su juventud e incluso a su edad viril, un hombre apasionado y quizá violento. Aquella mansedumbre universal suya es, más que un instinto natural, el resultado de una gran convicción que la vida le había ido destilando en el corazón y había caído en él despacio, pensamiento a pensamiento; porque tanto en una forma de ser cuanto en una roca puede haber agujeros de gotas de agua. Esas excavaciones no se pueden borrar; esas formaciones no se pueden destruir.

Creemos haber dicho ya en que en 1815 cumplió los setenta y cinco años; pero no aparentaba más de sesenta. No era alto, estaba algo grueso y, para combatirlo, gustaba de dar largas caminatas; tenía el paso firme y no estaba casi encorvado, detalle del que no pretendemos sacar conclusión alguna; Gregorio XVI, a los ochenta años, iba muy tieso y sonriente, lo que no le impedía ser un mal papa. Monseñor Bienvenu tenía eso que la gente llama «una cabeza hermosa», pero tan afable que se olvidaba uno de que era hermosa.

Cuando charlaba con ese buen humor infantil, que era uno de sus encantos y que ya hemos mencionado, quienes tenía al lado se sentían a gusto; era como si de toda su persona brotase el júbilo. La tez de buen color y lozana y los dientes muy blancos, de los que no le faltaba ni uno y que se le veían al reírse, le daban esa expresión abierta y llana que hace que se diga de un hombre: es muy buena persona, y de un anciano: es muy campechano. Tal fue, recordémoslo, el efecto que le causó a Napoleón. De entrada, y a quien lo veía por primera vez, no le parecía, efectivamente, sino un buen hombre campechano. Pero para quien pasase con él unas cuantas horas, y a poco que lo viera pensativo, aquel buen hombre se iba transfigurando poco a poco y adquiría un no sé qué que imponía; la frente ancha y formal, que tornaba augusta el pelo blanco, también era augusta por la meditación; de aquella bondad se desprendía majestad sin que dejase, por ello, de resplandecer la bondad;

se notaba ante ella algo de esa emoción que causaría ver a un ángel sonriente abrir despacio las alas sin dejar de sonreír. A quien lo mirase lo iba invadiendo gradualmente el respeto, un respeto indecible que le subía hasta el corazón, y notaba que tenía ante sí a una de esas almas fuertes, probadas e indulgentes en que el pensamiento es tan grande que sólo puede serlo tanto porque es dulce.

Como ya hemos visto, la oración, la celebración de los oficios religiosos, la limosna, el consuelo a los afligidos, el cultivo de un trocito de tierra, la fraternidad, la frugalidad, la hospitalidad, la renuncia, la confianza, el estudio y el trabajo colmaban todos y cada uno de los días de su vida. Colmaban es la palabra exacta, y, desde luego, los días del obispo estaban llenos a rebosar de buenos pensamientos, de buenas palabras y de buenas obras. No obstante, le faltaba algo si el tiempo frío o lluvioso le impedía pasar, por las noches, cuando ya se habían retirado las dos mujeres, una hora o dos en su jardín antes de irse a dormir. Parecía que algo así fuera para él como un rito para prepararse al sueño con la meditación en presencia de los majestuosos espectáculos del cielo nocturno. A veces, a horas bastante avanzadas de la noche incluso, si las dos solteronas no dormían, lo oían andar despacio por los paseos. Estaba allí a solas consigo mismo, sumido en el recogimiento, sosegado, en adoración, comparando la serenidad de su corazón con la serenidad del éter, emocionándose entre las tinieblas con los esplendores visibles de las constelaciones y los esplendores invisibles de Dios, abriendo el alma a esos pensamientos que bajan desde lo Desconocido. En aquellos momentos, brindándole el corazón a esa hora en que las flores nocturnas brindan su aroma, encendido como una lámpara en el centro de la noche estrellada, expandiéndose en éxtasis en medio del resplandor universal de la creación, quizá no habría podido siquiera decir qué le pasaba por la mente; notaba que algo le salía volando de dentro y que algo se le metía dentro. ¡Misteriosos intercambios del alma con los abismos del universo!

Pensaba en la grandeza y en la presencia de Dios; en la eternidad futura, ese extraño misterio; en la eternidad pasada, misterio más extraño aún; en todos los infinitos que, ante su mirada, se hundían por doquier; y, sin intentar entender lo incomprensible, lo miraba. No estudiaba a Dios; dejaba que lo deslumbrase. Miraba esos esplendorosos encuentros de los átomos que proporcionan apariencias a la materia, revelan fuerzas al dejar constancia de ellas, crean las individualidades dentro de la unidad, las proporciones dentro de la extensión, lo indecible dentro de lo infinito y, mediante la luz, producen la belleza. Esos encuentros se anudan y se desanudan continuamente; de ahí la vida y la muerte.

Se sentaba en un banco de madera adosado a un emparrado decrépito; miraba los astros a través de las siluetas raquíticas de sus árboles frutales. Le tenía cariño a aquel cuarto de área, tan pobremente plantado, tan atestado de cuchitriles y cobertizos, y le bastaba.

¿Qué más necesitaba aquel anciano que repartía los ocios de su vida, en la que tan poco ocio había, entre la jardinería de día y la contemplación de noche? Aquel cercado modesto, al tener por techo el cielo, ¿no era acaso suficiente para poder adorar a Dios, por turnos, en sus obras más deliciosas y en sus obras más sublimes? ¿No reside todo en eso, efectivamente, y en la que se puede querer más allá de ello? Un jardincillo para pasear y la inmensidad para soñar. A los pies, lo que puede cultivarse y recolectarse; por encima de la cabeza, lo que puede estudiarse y sobre lo que es posible meditar; unas pocas flores en la tierra y todas las estrellas en el cielo.

XIV
QUÉ PENSABA

Una última palabra.

Como este tipo de detalles podría, sobre todo en la época en que vivimos, y por recurrir a una expresión que está ahora de moda, dar al obispo de Digne cierta fisonomía «panteísta» y dar a creer, bien para censurarlo, bien para alabarlo, que tenía una de esas filosofías personales, propias de nuestro siglo, que germinan a veces en las mentes solitarias y en ellas se edifican y crecen hasta ocupar el lugar de las religiones, insistimos en el hecho de que ni uno solo de quienes conocieron a monseñor Bienvenu se habría creído autorizado a pensar nada por el estilo. Lo que iluminaba a aquel hombre era el corazón. Su sabiduría consistía en la luz que de ahí procede.

Ningún sistema y muchas obras. En las especulaciones abstrusas hay vértigo; nada indica que el obispo se aventurase por los apocalipsis. El apóstol puede ser atrevido, pero el obispo debe ser tímido. Probablemente le habría supuesto escrúpulos de conciencia ahondar demasiado en algunos problemas reservados, como quien dice, a las mentes preclaras y excelsas. Hay terror sagrado bajo los soportales de los enigmas; esos huecos sombríos están ahí, abiertos, pero hay algo que nos dice a los transeúntes de la vida que no entremos. ¡Ay de quien penetre en ellos! Los genios, en las honduras inauditas de la abstracción y de la especulación pura, colocándose como quien dice por encima de los dogmas, le proponen sus ideas a Dios. Su oración brinda audazmente la discusión. Su adoración interroga. Así es la religión directa, colmada de ansiedad y de responsabilidad para quien intenta escalar sus escarpadas pendientes.

La meditación humana es ilimitada. Por su cuenta y riesgo analiza su propio deslumbramiento y ahonda en él. Podríamos casi decir que, por algo así como una reacción espléndida, deslumbra a su vez a la naturaleza; el misterioso mundo que nos rodea devuelve lo que recibe; es probable que a los contempladores los contemplen. Fuere como fuere, existen en la tierra hombres —¿son acaso hombres?— que divisan con claridad, al fondo de los horizontes del sueño, la cima de lo absoluto y que tienen la visión terrible de la montaña infinita. Monseñor Bienvenu no era de ésos; monseñor Bienvenu no era un genio. Lo habrían amedrentado esas cosas tan sublimes desde las que algunos, incluso los de mucha envergadura, como Swedenborg y Pascal, fueron cayendo en la demencia. Cierto es que esas poderosas ensoñaciones tienen su utilidad moral y por esos caminos arduos nos acercamos a la perfección ideal. Él tiraba por el camino más corto, el Evangelio.

No intentaba hacer en su casulla las jaretas del manto de Elías; no proyectaba ningún rayo de luz de futuro en el oleaje tenebroso de los acontecimientos; no intentaba condensar en llamas el resplandor de las cosas; no había en él nada del profeta ni nada del mago. Aquella alma humilde amaba; eso es todo.

Es harto probable que dilatase la oración hasta una aspiración sobrehumana; pero, de la misma forma que es imposible amar demasiado, no es posible orar demasiado; y si fuera una herejía orar más allá de los textos, santa Teresa y san Jerónimo serían unos heréticos.

Monseñor Bienvenu se inclinaba sobre cuanto gime y sobre cuanto expía. Veía el universo como una enfermedad gigantesca; sentía doquier la fiebre, auscultaba doquier el sufrimiento y, sin intentar intuir el enigma, procuraba vendar la llaga. El temible espectáculo de las cosas creadas desarrollaba en él la ternura; se entregaba por completo a hallar para sí y a inspirar a los demás la mejor forma de compadecer y aliviar; cuanto existe era para ese sacerdote bueno y fuera de lo común motivo permanente de tristeza que intentaba consolar.

Hay hombres que trabajan extrayendo oro; él se dedicaba a extraer compasión. La miseria universal era su mina. El dolor por doquier no era sino una ocasión para la bondad a todas horas. Amaos los unos a los otros; lo decía tal cual, no deseaba nada más y no tenía más doctrina que ésa. Un día, aquel hombre que se creía «filósofo», aquel senador de quien ya hemos hablado, le dijo al obispo:

—Pero mire Su Ilustrísima el espectáculo del mundo; todos en guerra contra todos; el más fuerte es el más listo. Ese amaos los unos a los otros es una necedad.

—Pues si es una necedad —contestó monseñor Bienvenu sin discutir—, el alma debe encerrarse en ella como la perla en la ostra.

Y se encerraba, vivía encerrado en ello, le bastaba por completo y daba de lado las preguntas prodigiosas que atraen y espantan, las perspectivas insondables de la abstracción, los precipicios de la metafísica, todas esas honduras que, para el apóstol, convergen en Dios, y, para el ateo, en la nada: el destino, el bien y el mal, la guerra del ser contra el ser, la conciencia del hombre, el sonambulismo meditabundo del animal, la transformación que llega con la muerte, la recapitulación de existencias que cabe en el sepulcro, el injerto incomprensible de los amores sucesivos en el yo persistente, la esencia, la sustancia, Nil y Ens, el alma, la naturaleza, la libertad, la necesidad; problemas como barrancos a pico; densidades lúgubres, a las que se asoman los arcángeles desmesurados de la inteligencia humana; abismos formidables que Lucrecio, Manu, san Pablo y Dante contemplan con esa mirada fulgurante que, cuando se clava en el infinito, hace que en él se abran estrellas.

Monseñor Bienvenu era sencillamente un hombre que tomaba constancia desde fuera de las cuestiones misteriosas sin escrutarlas, sin darles vueltas y sin alterar con ellas su mente; y llevaba en el alma el solemne respeto de la sombra.

LIBRO SEGUNDO: LA CAÍDA

I
POR LA NOCHE TRAS UN DÍA DE CAMINATA

En los primeros días del mes de octubre de 1815, alrededor de una hora antes de que se pusiera el sol, entraba en la población de Digne un hombre que viajaba a pie. Los pocos vecinos que estaban en ese momento asomados a la ventana o en el umbral de la puerta de su casa miraban a aquel viajero con algo parecido a la inquietud. Habría sido difícil dar con un transeúnte de aspecto más mísero. Era un hombre de estatura media, achaparrado y robusto, en la flor de la vida. Podía tener cuarenta y seis o cuarenta y ocho años. Una gorra con la visera de cuero doblada hacia abajo le tapaba a medias la cara atezada, tostada por el sol, que chorreaba sudor. Por la camisa de lienzo basto y amarillo, cuyo cuello cerraba un ancla de plata pequeña, le asomaba el pecho velludo;

llevaba una corbata retorcida como una cuerda; un pantalón de dril azul, gastado y raído, blanco en una rodilla y con un agujero en la otra; un blusón viejo, gris y andrajoso, remendado en uno de los codos con un trozo de paño verde cosido con bramante; a la espalda un macuto de soldado, muy lleno, bien cerrado y nuevecito; en la mano un bastón enorme y nudoso; no llevaba medias y calzaba zapatos con clavos; tenía la cabeza afeitada y la barba crecida.

El sudor, el calor, el viaje a pie, el polvo añadían un toque sórdido a aquel conjunto tan deteriorado.

Llevaba el pelo al rape, pero también tieso, porque estaba empezando a crecerle un poco y parecía como si llevase cierto tiempo sin cortárselo.

Nadie lo conocía. Estaba claro que no era sólo alguien que fuera de paso. ¿De dónde venía? Del sur. Quizá de orillas del mar. Porque entraba en Digne por la misma carretera que había visto pasar, siete meses antes, al emperador Napoleón camino de París desde Cannes. Aquel hombre debía de llevar todo el día andando. Parecía muy cansado. Unas mujeres de la parte antigua, que queda al pie de la colina, lo vieron pararse bajo los árboles del bulevar de Gassendi y beber en la fuente que está al final del paseo. Debía de tener mucha sed porque unos niños que lo iban siguiendo vieron que se volvía a parar para beber doscientos pasos más allá, en la fuente de la plaza del mercado.

Al llegar a la esquina de la calle de Poichevert, giró a la izquierda y se encaminó al ayuntamiento. Entró y salió pasado un cuarto de hora. Un gendarme estaba sentado junto a la puerta, en el banco de piedra al que se subió el general Drouot el 4 de marzo para leer al gentío pasmado de Digne la proclamación de la playa de Golfo Juan. El hombre se quitó la gorra y saludó al gendarme con humildad.

El gendarme, sin responder al saludo, lo miró atentamente, lo siguió un rato con la vista y luego se metió en el ayuntamiento.

Había a la sazón en Digne una buena posada en cuyo rótulo ponía La Croix-de-Colbas. El posadero se llamaba Jacquin Labarre y era hombre considerado en la ciudad porque era pariente de otro Labarre, que regentaba en Grenoble la posada de Les Trois Dauphins y había servido en un regimiento de guías. En la época del desembarco del emperador, corrieron muchos rumores en la comarca acerca de esa posada de Les Trois Dauphins. Contaban que el general Bertrand, disfrazado de carretero, la había visitado con frecuencia en el mes de enero y había repartido allí cruces de honor a los soldados y puñados de napoleones a los vecinos. Lo cierto es que el emperador, tras entrar en Grenoble, no quiso alojarse en el edificio de la prefectura; le dio las gracias al alcalde y dijo: «Voy a casa de un buen hombre que es conocido mío». Y fue a

Les Trois Dauphins. Esa gloria del Labarre de Les Trois Dauphins repercutía en el Labarre de La Croix-de- Colbas. Decían de él en la ciudad: «Es el primo del de Grenoble».

El hombre tomó el camino de esa posada, que era la mejor de la comarca. Entró en la cocina, que daba directamente a la calle. Todos los fogones estaban encendidos; un buen fuego ardía alegremente en la chimenea. El posadero, que era además el jefe de cocina, iba del hogar a las cacerolas, muy ocupado vigilando una cena excelente para unos carreteros a quienes se oía reír y charlar a voces en la sala vecina. Quien haya viajado sabe que no hay quien coma mejor que los carreteros. Una marmota rolliza, rodeada de perdices nivales y de urogallos daba vueltas ante el fuego, ensartada en un largo espetón, en los fogones cocían dos carpas de buen tamaño del lago de Lauzet y una trucha del lago de Alloz.

El posadero, al oír abrirse la puerta y entrar a un recién llegado, dijo sin alzar la vista de los fogones:

—¿Qué quiere el señor?

—Comer y dormir —dijo el hombre.

—Nada más fácil —respondió el posadero. En ese momento volvió la cabeza, abarcó de una ojeada al viajero en conjunto y añadió—: pagando.

El hombre sacó una bolsa grande de cuero del bolsillo del blusón y contestó:

—Tengo dinero.

—En ese caso, a su disposición.

El hombre volvió a meterse la bolsa en el bolsillo, soltó el macuto, lo dejó en el suelo, cerca de la puerta, no soltó el bastón y fue a sentarse en un escabel junto al fuego. Digne está en la montaña. Los atardeceres de octubre son fríos.

Entretanto, mientras iba y venía, el posadero le pasaba revista al viajero.

—¿Se cena pronto? —dijo el hombre.

—Dentro de un rato —dijo el posadero.

Mientras el recién llegado se calentaba, de espaldas a la sala, el digno posadero Jacquin Labarre se sacó un lapicero del bolsillo; luego, rasgó un pico de un periódico viejo que andaba rodando encima de una mesita, cerca de la ventana. En el margen en blanco escribió una línea o dos, dobló el jirón de papel sin sellarlo y se lo dio a un niño que aparentemente le hacía las veces al tiempo de marmitón y de lacayo. El posadero le dijo unas palabras al oído al marmitón y el niño salió corriendo en dirección al ayuntamiento.

El viajero no había visto nada de todo aquello. Volvió a preguntar:

—¿Se cena pronto?

—Dentro de un rato —dijo el posadero.

El niño regresó. Volvía con el papel. El posadero se apresuró a abrirlo, como quien está esperando una respuesta. Pareció leer atentamente, luego movió la cabeza y se quedó pensativo un momento. Por fin, dio un paso en dirección al viajero, que parecía sumido en reflexiones poco serenas.

—Señor —dijo—, no puedo darle posada. El hombre se incorporó a medias.

—¿Cómo es eso? ¿Teme que no pague? ¿Quiere que pague por adelantado? Le digo que tengo dinero.

—No es eso.

—Pues ¿qué es?

—Usted tiene dinero…

—Sí —dijo el hombre.

—Y yo —dijo el posadero— no tengo cuarto. El hombre dijo tranquilamente:

—Póngame a dormir en la cuadra.

—No puedo.

—¿Por qué?

—Los caballos la tienen ocupada del todo.

—Bien está —dijo el hombre—, pues un rincón en el desván. Un haz de paja. Ya lo veremos después de cenar.

—No puedo darle de cenar.

Aquella declaración, hecha en tono comedido, pero firme, le pareció de mucha gravedad al forastero. Se puso de pie.

—Pero, hombre, si me estoy muriendo de hambre. Llevo andando desde que salió el sol. He recorrido doce leguas. Pago y quiero comer.

—No tengo nada —dijo el posadero.

El hombre se echó a reír y se volvió hacia la chimenea y los fogones:

—¡Nada! ¿Y todo eso?

—Lo tengo todo apalabrado.

—¿Por quién?

—Por esos señores, los carreteros.

—¿Cuántos son?

—Doce.

—Hay ahí comida para veinte.

—Lo han apalabrado todo y han pagado por adelantado. El hombre volvió a sentarse y dijo, sin alzar la voz:

—Estoy en la posada, tengo hambre y me quedo.

El posadero se le arrimó entonces al oído y le dijo con un tono que lo sobresaltó:

—Váyase.

El viajero estaba agachado en aquel momento y empujaba unas cuantas brasas en la chimenea con la punta herrada del bastón; se dio la vuelta muy deprisa y, cuando iba a abrir la boca para replicar, el posadero lo miró fijamente y añadió, sin subir el tono de voz:

—Mire, vamos a dejarlo estar. ¿Quiere que le diga cómo se llama? Se llama Jean Valjean. Y ahora, ¿quiere que le diga quién es? Al verlo entrar, me he maliciado algo y he mandado a alguien al ayuntamiento; y esto me han contestado. ¿Sabe leer?

Mientras así hablaba, le alargaba al forastero, desdoblado, el papel que acababa de viajar de la posada al ayuntamiento y del ayuntamiento a la posada. El hombre le echó una ojeada. El posadero añadió, tras un silencio:

—Acostumbro a ser educado con todo el mundo. Váyase.

El hombre agachó la cabeza, recogió el macuto que había dejado en el suelo y se fue.

Tiró por la calle mayor. Iba recto, al azar, pegado a las paredes de las casas como un hombre humillado y triste. No se volvió ni una vez. Si lo hubiera hecho, habría visto al posadero de La Croix-de-Colbas en el umbral de la puerta, rodeado de todos los viajeros de la posada y de todos los que pasaban por la calle, hablando animadamente y señalándolo con el dedo; y, por las miradas de desconfianza y de susto del grupo, habría intuido que su llegada no tardaría mucho en ser un acontecimiento en toda la ciudad.

No vio nada de todo eso. Las personas agobiadas no miran atrás. Saben de sobra que la mala suerte las va siguiendo.

Siguió andando así un rato, sin pararse, caminando al azar por calles que no conocía, olvidándose del cansancio, como ocurre cuando se está triste. De pronto, notó con fuerza el hambre. Se acercaba la noche. Miró en torno para ver si encontraba algún cobijo.

La posada cómoda le había cerrado las puertas; buscaba una taberna muy humilde, algún cuchitril muy pobre.

Precisamente, había una luz encendida al cabo de la calle; una rama de pino colgada de una escuadra de hierro se dibujaba contra el cielo blanco del crepúsculo. Se encaminó hacia allí.

Era efectivamente una taberna. La taberna de la calle de Chaffaut.

El viajero se detuvo un momento y miró por la luna de la fachada el interior de la sala de techo bajo de la taberna, que iluminaba una lamparita encima de una mesa y un buen fuego en la chimenea. Unos cuantos hombres bebían. El tabernero se calentaba junto al fuego. Al calor de las llamas hervía con un borboteo un caldero colgado de unas llaves.

Se entra en esa taberna, que es también una especie de posada, por dos puertas. Una da a la calle, la otra abre a un patinillo lleno de estiércol.

El viajero no se atrevió a entrar por la puerta de la calle. Se escurrió dentro del patio, volvió a pararse y, luego, alzó tímidamente la falleba y empujó la puerta.

—¿Quién va? —dijo el dueño.

—Alguien que querría cenar y dormir.

—Muy bien. Aquí se cena y se duerme.

Entró. Todos los que bebían se volvieron. La lámpara lo iluminaba por un lado y el fuego por el otro. Lo estuvieron mirando un rato mientras soltaba el macuto.

El tabernero le dijo:

—Ahí está el fuego. La cena se está haciendo en el caldero. Venga a calentarse, compañero.

Fue a sentarse junto al hogar. Estiró hacia el fuego los pies doloridos por el cansancio; salía del caldero un grato olor. Todo cuanto se le podía ver de la cara bajo la gorra echada hacia los ojos adquirió una vaga apariencia de bienestar entremezclado con esa otra expresión tan dolorosa que da el hábito de sufrir.

Era, por lo demás, un perfil recio, enérgico y triste. Aquella fisonomía tenía una curiosa constitución: al principio parecía humilde y acababa por parecer severa. La mirada brillaba bajo las cejas como un fuego entre matorrales.

Pero uno de los hombres sentados a una de las mesas era un pescadero que, antes de entrar en la taberna de la calle de Chaffaut, había ido a dejar el caballo en la cuadra de Labarre. Quiso la casualidad que aquella misma mañana se hubiera encontrado con aquel forastero con mala pinta que iba a pie entre Bras d'Asse y... (se me ha olvidado el nombre, creo que es Escoublon). Ahora bien, el hombre, que parecía ya muy cansado, le pidió que lo llevase en la grupa, a lo que el pescadero no contestó sino doblando el paso de la caballería. Ese pescadero formaba parte, media hora antes, del grupo que rodeaba a Jacquin Labarre y había referido su desagradable encuentro de por la mañana a los de La Croix-de-Colbas. Le hizo desde el sitio en que estaba una seña discreta al tabernero. Éste se le acercó. Cruzaron unas cuantas palabras en voz baja. El hombre estaba absorto en sus pensamientos.

El tabernero volvió junto a la chimenea, le puso bruscamente la mano en el hombro al hombre y le dijo:

—Márchate de aquí.

El forastero se volvió y contestó con mansedumbre:

—Ah, está enterado…

—Sí.

—Me han echado de la otra posada.

—Y te echamos de ésta.

—¿Dónde quiere que vaya?

—A otra parte.

El hombre cogió el bastón y el macuto y se fue.

Según salía, unos cuantos niños, que lo habían seguido desde La Croix- de-Colbas y que parecían estar esperándolo, le tiraron piedras. Retrocedió iracundo y los amenazó con el bastón; los niños se dispersaron como una bandada de pájaros.

Pasó delante de la cárcel. En la puerta colgaba una cadena de hierro unida a una campana. Llamó.

Se abrió una mirilla.

—Señor portero —dijo, quitándose respetuosamente la gorra—, ¿tendría a bien abrirme y darme cobijo por esta noche?

Una voz contestó:

—Una cárcel no es una posada. Haga algo para que lo detengan y le abriremos.

La mirilla se cerró.

Entró en una callejuela donde hay muchos jardines. Algunos sólo están cerrados con setos, lo que alegra la calle. Entre esos jardines y esos setos vio una casita de una sola planta en cuya ventana había luz. Miró por el cristal, como había hecho en la taberna. Era una habitación grande y encalada con una cama con cortinas de indiana estampada y una cuna en un rincón, unas cuantas sillas de madera y una escopeta de dos tiros colgada de la pared. En el centro de la habitación había una mesa servida. Una lámpara de cobre iluminaba el mantel, de lienzo basto y blanco, el jarro de estaño que relucía como plata y estaba lleno de vino y la sopera parda que humeaba. A aquella mesa estaba sentado un hombre de alrededor de cuarenta años, de cara alegre y expresión abierta, que jugaba a caballito con un niño pequeño subido a las rodillas. A su lado, una mujer muy joven daba de mamar a otro niño. El padre reía, el niño reía, la madre sonreía.

El forastero se quedó un momento pensativo ante aquel espectáculo dulce y sosegador. ¿Qué le pasaba por dentro? Sólo él habría podido decirlo. Es probable que pensara que aquella casa alegre sería hospitalaria y que en un lugar donde veía tanta dicha a lo mejor hallaba algo de compasión.

Dio en el cristal un golpecito muy flojo. No lo oyeron.

Dio otro.

Oyó que la mujer decía:

—Marido, me parece que están llamando.

—No —contestó el hombre. Dio un tercer golpe.

El marido se levantó, cogió la lámpara, fue a la puerta y la abrió.

Era un hombre de estatura elevada, a medias campesino y a medias artesano. Llevaba un delantal grande de cuero que le subía hasta el hombro izquierdo y en que le abultaban el vientre un martillo, un pañuelo rojo, un cebador de pólvora, objetos varios que el cinturón sujetaba como en un bolsillo. Echaba la cabeza hacia atrás; la camisa desabrochada y el cuello doblado le dejaban al aire el pescuezo de toro, de piel muy blanca. Tenía las cejas tupidas, unas patillas negras enormes, los ojos saltones y la parte de abajo de la cara parecida a un hocico, y todo ello envuelto en esa expresión de estar en casa propia que no se puede describir.

—Caballero, disculpe —dijo el viajero—. Pagando, ¿podría darme un plato de sopa y un rincón para dormir en ese cobertizo que tiene ahí, en el jardín? ¿Podría, diga? Pagando.

—¿Quién es usted? —preguntó el dueño de la casa. El hombre contestó:

—Vengo de Puy-Moisson. Llevo todo el día andando. Una jornada de doce horas. ¿Podría usted? Pagando.

—No diría yo que no a alojar a una persona de bien que pagase —repuso el campesino—. Pero ¿por qué no va a la posada?

—No hay sitio.

—¡Vaya, no puede ser! No es día de feria ni de mercado. ¿Ha ido a la posada de Labarre?

—Sí.

—¿Y qué?

El viajero contestó, apurado:

—No sé. No me han dejado quedarme.

—¿Y ha ido al sitio ese de la calle de Chaffaut?

El forastero estaba cada vez más apurado; balbució:

—Tampoco me han dejado quedarme.

Al campesino se le puso cara de desconfianza; volvió a mirar al recién llegado de arriba abajo y, de repente, exclamó con algo así como un escalofrío:

—¿No será usted el hombre ese?

Le echó otra mirada al forastero, retrocedió tres pasos, dejó la lámpara encima de la mesa y descolgó de la pared la escopeta.

Al tiempo, al oír las palabras del campesino: «¿No será usted el hombre ese?», la mujer se levantó, cogió en brazos a los dos niños y buscó apresuradamente refugio detrás de su marido, mirando al forastero con espanto, con el pecho al aire y ojos de susto, susurrando: "¡Tunante!".

Todo lo anterior ocurrió en menos tiempo del que se necesita para imaginarlo. Tras quedarse unos momentos mirando fijamente al hombre igual que si viese una víbora, el dueño de la casa volvió a la puerta y dijo:

—¡Vete!

—Un vaso de agua, por compasión.

—¡Un tiro de escopeta! —dijo el campesino.

Luego cerró la puerta con violencia y el hombre oyó cómo corría dos cerrojos grandes. Un momento después cerraron los postigos de la ventana y se oyó desde fuera el ruido que hacían al colocar una barra de hierro.

Seguía acercándose la noche. Soplaba el viento frío de los Alpes. A las últimas luces del día, el forastero divisó en uno de los jardines que bordean la carretera algo así como una choza que le pareció construida con pellas de hierba. Cruzó resueltamente una cerca de madera y entró en el jardín. Se acercó a la choza; la puerta era una abertura estrecha y muy baja, y parecía una de esas construcciones que levantan al filo de la carretera los peones camineros.

Seguramente pensó que era efectivamente una choza de cantonero; el frío y el hambre lo hacían padecer; se había resignado al hambre, pero al menos se resguardaría del frío. Los alojamientos como ése no suelen estar ocupados de noche. Se tendió de bruces en el suelo y se metió a rastras en la choza. Era abrigada, y encontró una cama de paja decente. Se quedó tendido en aquella cama un momento, sin poder moverse de puro cansancio. Luego, como le molestaba el macuto que llevaba a la espalda y que, además, era la almohada perfecta, empezó a desatar una de las correas. En ese instante, oyó un gruñido feroz. Alzó los ojos. La cabeza de un dogo se perfilaba en la sombra de la abertura de la choza.

Era la caseta de un perro.

El forastero también era fuerte y temible; se armó con el bastón, hizo del macuto un escudo y salió como pudo de la caseta, no sin destrozarse aún más los harapos.

Salió también del jardín, pero andando de espaldas, pues, para mantener apartado al dogo, no le quedó más remedio que recurrir a esa maniobra del bastón que los maestros en ese tipo de esgrima llaman la rosa cubierta.

Cuando volvió a cruzar, no sin trabajo, la cerca y se vio en la calle, solo, sin alojamiento, sin techo, sin refugio, expulsado incluso de aquella cama de paja y de aquella caseta mísera, se desplomó, más que sentó, en una piedra y parece ser que un transeúnte que pasaba por allí lo oyó exclamar:

«¡No soy ni siquiera un perro!».

No tardó en incorporarse y en echar a andar otra vez. Salió de la ciudad con la esperanza de dar con algún árbol o algún almiar, en un campo, y refugiarse allí.

Anduvo así durante un rato, aún con la cabeza gacha. Cuando notó que estaba lejos de toda vivienda humana, alzó los ojos y miró en torno. Estaba en un campo; de frente tenía una de esas colinas bajas cubiertas de rastrojo cortado a ras de tierra que, pasada la siega, parecen cabezas afeitadas.

El horizonte estaba negrísimo; no era sólo la oscuridad de la noche; eran también unas nubes muy bajas que parecían apoyarse en la propia colina y seguían hacia arriba, llenando por completo el cielo. No obstante, como iba a salir la luna y aún flotaba en el cenit un resto de luz crepuscular, esas nubes formaban, en lo más alto del cielo, algo semejante a una bóveda blanquecina de la que bajaba a la tierra un fulgor.

Estaba, pues, la tierra más iluminada que el cielo, lo que resulta de un efecto singularmente tétrico; y la colina, de perfil pobre y encanijado, destacaba vaga y blanquecina contra el horizonte tenebroso. El conjunto era repugnante, estrecho, lúgubre y limitado. Nada había en el campo y en la colina sino un árbol deforme que se retorcía, escalofriado, a pocos pasos del viajero.

Estaba claro que aquel hombre distaba mucho de poseer esos exquisitos hábitos de inteligencia e ingenio que vuelven a las personas sensibles a los aspectos misteriosos de las cosas; no obstante, había en aquel cielo, en aquella colina, en aquella llanura y en aquel árbol algo tan hondamente desolado que, tras quedarse quieto y pensativo por un momento, dio media vuelta de pronto. Hay instantes en que la naturaleza parece hostil.

Desanduvo lo andado. Las puertas de Digne estaban cerradas. En 1815, aún rodeaban Digne —que sostuvo sitios durante las guerras de religión— unas murallas viejas que flanqueaban unas torres cuadradas que más adelante derribaron. Entró por una brecha y regresó a la ciudad.

Podían ser las ocho de la tarde. Como no conocía las calles, reinició el paseo al azar.

Llegó así a la prefectura y, luego, al seminario. Al pasar por la plaza de la catedral, le enseñó el puño a la iglesia.

En una esquina de esa plaza hay una imprenta. En ella imprimieron por primera vez las proclamas del emperador y de la guardia imperial al ejército, que el propio Napoleón trajo de la isla de Elba tras redactarlas personalmente.

Exhausto, y no esperando ya nada, se tendió en el banco de piedra que hay a la puerta de esa imprenta.

Una anciana salió de la iglesia en ese momento. Vio al hombre tendido en la oscuridad.

—¿Qué hace ahí, amigo mío? —dijo. Respondió airado y con tono duro:

—Ya lo ve, buena mujer, me estoy acostando.

La buena mujer, muy merecedora de ese apelativo efectivamente, era la marquesa de R.

—¿En ese banco? —preguntó.

—Tuve un colchón de madera durante diecinueve años —dijo el hombre—; hoy tengo un colchón de piedra.

—¿Ha sido soldado?

—Sí, buena mujer. Soldado.

—¿Por qué no va a la posada?

—Porque no tengo dinero.

—Por desgracia —dijo la señora de R.—, sólo llevo encima veinte céntimos.

—Menos es nada.

El hombre cogió los veinte céntimos. La señora de R. siguió diciendo:

—No puede ir a la posada con tan poco dinero. Pero, sin embargo, ¿ha probado? No puede pasar la noche así. Seguramente tiene frío y hambre. Podrían haberle dado posada por caridad.

—He llamado a todas las puertas.

—¿Y qué?

—Me han echado de todas partes.

La «buena mujer» le dio al hombre un golpecito en el brazo y le indicó, al otro lado de la plaza, una casita baja que estaba junto al obispado.

—¿Ha llamado a todas las puertas? —repitió.

—Sí.

—¿Ha llamado a ésa?

—No.

—Llame.

LA PRUDENCIA QUE DEBE TENER LA SENSATEZ

Esa noche, el señor obispo de Digne se había quedado bastante rato metido en su cuarto después del habitual paseo por la ciudad. Estaba escribiendo un voluminoso trabajo acerca de los Deberes, que, por desgracia, dejó sin concluir. Estaba entresacando todo cuanto dijeron los Padres y los Doctores acerca de este tema transcendente. Su libro se dividía en dos partes; primero, los deberes de todos; y, luego, los deberes de cada cual, según la categoría a la que pertenecieran. Los deberes de todos son los deberes grandes. Existen cuatro. San Mateo los enumera: deberes para con Dios (Mat., VI); deberes para con uno mismo (Mat., V, 29, 30); deberes para con el prójimo (Mat., VII, 12); deberes para con las criaturas (Mat., VI, 20, 25).

En cuanto a los demás deberes, el obispo los había hallado indicados y prescritos en otros lugares: para con los soberanos y los súbditos, en la Epístola a los romanos; para con los magistrados, las esposas, las madres y los jóvenes, en san Pedro; para con los maridos, los padres, los hijos y los sirvientes, en la Epístola a los efesios; para con los fieles, en la Epístola a los hebreos; para con las vírgenes, en la Epístola a los corintios. Realizaba laboriosamente con todas esas prescripciones un conjunto armonioso que quería brindar a las almas.

A las ocho, todavía estaba entregado al trabajo, escribiendo de forma bastante incómoda en unos trocitos cuadrados de papel y con un libro grueso abierto en las rodillas, cuando entró la señora Magloire, como solía, para coger los cubiertos de plata en la alacena que estaba junto a la cama. Un momento después, el obispo, al caer en la cuenta de que estaba la mesa puesta y de que su hermana quizá lo estaba esperando, cerró el libro, se levantó de su mesa y entró en el comedor.

El comedor era una habitación alargada, con chimenea, puerta a la calle (ya lo hemos dicho) y puerta al jardín.

La señora Magloire estaba acabando, efectivamente, de poner la mesa. Mientras lo hacía, charlaba con la señorita Baptistine.

Había una lámpara encima de la mesa; la mesa estaba junto a la chimenea. Había un fuego bastante bueno.

Es fácil imaginar a ambas mujeres, ninguna de las dos cumplía ya los sesenta: la señora Magloire, baja, gruesa, vivaracha; la señorita Baptistine, dulce, delgada, frágil, algo más alta que su hermano, con un vestido de seda del color marrón rojizo que estaba de moda allá por 1806, que había comprado a la sazón en París y que todavía le duraba. Recurriendo a expresiones vulgares que tienen el mérito de decir en dos palabras una idea que una página bastaría apenas para expresar, la señora Magloire parecía de pueblo, y la señorita Baptistine, una señora. La señora Magloire llevaba un gorro blanco encañonado; al cuello, una cruz de oro con una cinta de terciopelo, la única alhaja femenina que había en la casa; una pañoleta muy blanca que le asomaba de un vestido de estameña negra con mangas anchas y cortas; un delantal de algodón de cuadros rojos y verdes, atado a la cintura con un lazo verde, y con peto a juego, sujeto con dos imperdibles; y calzaba zapatos gruesos y medias amarillas, como las mujeres de Marsella. El corte del vestido de la señorita Baptistine correspondía a patrones de 1806: talle alto, falda estrecha; en las mangas, hombreras abotonadas. Ocultaba el pelo gris con una peluca rizada conocida por a lo niño.

La señora Magloire parecía inteligente, avispada y buena; las comisuras de la boca, a diferente altura, y el labio superior, más abultado que el labio inferior, le daban cierta expresión ruda y mandona. Mientras monseñor estaba callado, le hablaba resueltamente con una mezcla de respeto y confianza; pero en cuanto monseñor hablaba, como ya hemos visto, lo obedecía tan pasivamente como su señorita. La señorita Baptistine ni siquiera hablaba. Se limitaba a obedecer y a complacer. No había sido bonita ni de joven; tenía ojos azules y saltones y la nariz larga y aguileña; pero una bondad inefable le impregnaba todo el rostro y toda su persona, como ya dijimos al principio. Estuvo siempre predestinada a la mansedumbre, pero la fe, la caridad y la esperanza, esas tres virtudes que caldean suavemente el alma, habían elevado poco a poco esa mansedumbre hasta convertirla en santidad. La naturaleza sólo hizo de ella una oveja, la religión la convirtió en un ángel.

¡Pobre y santa mujer! ¡Dulce recuerdo desaparecido!

La señorita Baptistine contó después tantas veces lo que pasó aquella noche en el obispado que varias personas que aún viven recuerdan los mínimos detalles.

Cuando entró el señor obispo, la señora Magloire estaba hablando con cierta vehemencia. Le comentaba a la señorita un tema que le era habitual y al que estaba acostumbrado el obispo. Se trataba de la falleba de la puerta de entrada.

Al parecer, según iba a comprar unas cuantas cosas para la cena, la señora Magloire había oído ciertos rumores en varios sitios. Se hablaba de un merodeador con mala pinta; de que había llegado un vagabundo sospechoso; de que debía de andar por algún punto de la ciudad y que entraba dentro de lo posible que quienes tuvieron la ocurrencia de volver tarde a casa aquella noche tuvieran algún mal encuentro. Decían también, por lo demás, que la policía funcionaba muy mal porque el señor prefecto y el señor alcalde no se llevaban bien e intentaban perjudicarse mutuamente propiciando sucesos. Que, por lo tanto, eran las personas sensatas las que tenían que ejercer de policías y guardarse bien; y todo el mundo debería tener cuidado por su cuenta de cerrar y atrancar la casa como es debido y echar los cerrojos y cerrar bien las puertas.

La señora Magloire recalcó esta última frase, pero el obispo venía de su cuarto, donde había pasado bastante frío, se había sentado ante la chimenea y se estaba calentando y, además, pensando en otra cosa. No se dio por aludido con aquella frase intencionada que acababa de soltar la señora Magloire. Ésta la repitió. Entonces, la señorita Baptistine, deseosa de complacer a la señora Magloire sin disgustar a su hermano, se atrevió a decir tímidamente:

—Hermano mío, ¿está oyendo lo que dice la señora Magloire?

—Algo he oído —respondió el obispo.

Luego, volviendo a medias la silla, poniéndose ambas manos en las rodillas y alzando hacia la anciana sirvienta el rostro cordial y fácilmente regocijado, que el fuego iluminaba desde abajo, dijo:

—Vamos a ver. ¿Qué sucede? ¿Qué sucede? ¿Así que corremos un gran peligro?

Entonces, la señora Magloire volvió a contar la historia desde el principio, exagerándola un poco sin darse cuenta. Por lo visto, un gitano, un vagabundo desharrapado, algo así como un mendigo peligroso andaba en aquellos momentos por la ciudad. Había ido a pedirle posada a Jacquin Labarre, que no había querido hospedarlo. Lo habían visto llegar por el bulevar Gassendi y andar rondando por las calles a la caída de la noche. Carne de horca; y con una cara espantosa.

—¿En serio? —dijo el obispo.

Que el obispo tuviera a bien hacerle una pregunta animó a la señora Magloire; parecía indicio de que estaba a punto de alarmarse; y siguió diciendo, triunfal:

—Sí, monseñor. Como se lo cuento. Esta noche pasará alguna desgracia en la ciudad. Todo el mundo lo dice. Y además la policía funciona tan mal (repetición inútil). ¡Mira que vivir en una zona de montañas y no tener siquiera faroles de noche por la calle! ¡Sale una y como la boca de un horno, vamos! Y digo yo, monseñor, y la señorita aquí presente dice, igual que yo…

—Yo no digo nada —interrumpió la hermana—. Lo que haga mi hermano bien hecho está.

La señora Magloire siguió, como si nadie hubiera protestado:

—Decimos que esta casa no es nada segura y que, si monseñor lo permite, voy a ir a decirle a Paulin Musebois, el cerrajero, que venga y que vuelva a colocar los cerrojos que había antes en la puerta; los tenemos ahí guardados, es cosa de un minuto; y digo que hacen falta cerrojos, monseñor, aunque no fuera más que para esta noche, porque digo yo que no hay nada más terrible que una puerta con una falleba que puede abrir desde fuera el primero que pase; y encima monseñor tiene la costumbre de mandar siempre que pasen, y además, en plena noche, ay, Dios mío, no hace falta ni pedir permiso...

En ese momento llamaron a la puerta con un golpe bastante violento.

—Pase —dijo el obispo.

III
HEROÍSMO DE LA OBEDIENCIA PASIVA

Se abrió la puerta.

Se abrió deprisa, de par en par, como si alguien la empujase de forma enérgica y resuelta.

Entró un hombre.

Ya conocemos a ese hombre. Es el viajero que vimos antes vagar de un lado a otro buscando cobijo.

Entró, dio un paso y se detuvo, dejando la puerta abierta a su espalda. Llevaba el macuto al hombro, el bastón en la mano y una expresión ruda, atrevida, cansada y violenta en los ojos. El fuego de la chimenea lo iluminaba. Era repulsivo. Era una aparición siniestra.

La señora Magloire no tuvo ni fuerzas para gritar. Dio un respingo y se quedó con la boca abierta.

La señorita Baptistine se volvió, vio al hombre que entraba y, del susto, se incorporó a medias; luego, volviendo poco a poco otra vez la cabeza hacia la chimenea, empezó a mirar a su hermano y otra vez tuvo en el rostro una expresión sosegada y serena.

El obispo tenía clavada en el hombre una mirada tranquila.

Cuando estaba abriendo la boca para preguntarle al recién llegado qué deseaba, el hombre apoyó las dos manos a un tiempo en el bastón, paseó los ojos, por turnos, por el anciano y por las mujeres y, sin esperar a que hablase el obispo, dijo con voz fuerte:

—Esto es lo que hay. Me llamo Jean Valjean. Soy un presidiario. He pasado diecinueve años en presidio. Me soltaron hace cuatro días y voy de camino para Pontarlier, que es mi punto de destino. Llevo cuatro días andando desde Tolón. Hoy he hecho doce leguas a pie. Esta noche, al llegar a esta comarca, fui a una posada de donde me echaron porque había enseñado el pasaporte amarillo en el ayuntamiento. No me quedaba más remedio. Fui a otra posada. Me dijeron: «¡Vete!». Fui de casa en casa. Nadie me quiso. Fui a la cárcel y el portero no me abrió. Me metí en la caseta de un perro. El perro me mordió y me echó, igual que si fuera un hombre. Me fui al campo, a dormir al raso. El cielo no estaba raso. Pensé que iba a llover y que no había un Dios que impidiese que lloviera y me volví a la ciudad para buscar el hueco de una puerta. Ahí, en la plaza, iba a dormir encima de una piedra; una buena mujer me indicó su casa y me dijo: llama ahí. He llamado. ¿Dónde estoy? ¿Es una posada? Llevo dinero, la masita. Ciento nueve francos con setenta y cinco céntimos que me gané en presidio con mi trabajo de diecinueve años. Pagaré. No me importa. Tengo dinero. Estoy muy cansado, doce leguas a pie, tengo mucha hambre. ¿Me deja que me quede?

—Señora Magloire —dijo el obispo—, ponga otro cubierto.

El hombre dio tres pasos y se acercó a la lámpara que estaba encima de la mesa:

—Mire —siguió diciendo, como si no hubiese entendido bien—, no es eso. ¿Me ha oído? Soy un presidiario. Un forzado. Vengo de presidio —se sacó entonces del bolsillo una hoja grande de papel amarillo y la desdobló—. Aquí tiene mi pasaporte. Amarillo, ya lo ve. Sirve para que me echen de todos los sitios adonde voy. ¿Quiere leerlo? Yo sé leer. Aprendí en presidio. Hay una escuela para los que quieran. Mire, esto han puesto en el pasaporte: «Jean Valjean, presidiario con la pena cumplida, nacido en…», eso a usted le da lo mismo… «ha estado diecinueve años en presidio. Cinco años por robo con fractura. Catorce años por haber intentado escaparse cuatro veces. Es un hombre muy peligroso». Ahí lo tiene. Todo el mundo me ha echado. ¿Usted quiere aceptarme? ¿Esto es una posada? ¿Quiere darme de comer y un sitio para dormir? ¿Tiene una cuadra?

—Señora Magloire —dijo el obispo—, ponga sábanas blancas en la cama de la alcoba.

Ya hemos explicado cómo era la obediencia de aquellas dos mujeres. La señora Magloire salió para cumplir las órdenes.

El obispo se volvió hacia el hombre:

—Siéntese, señor, y caliéntese. Cenaremos dentro de un momento y, mientras cena, le harán la cama.

Ahora el hombre lo entendió del todo. La expresión del rostro, hasta entonces sombría y dura, se tiñó de asombro, de duda, de alegría, y se volvió extraordinaria. Empezó a balbucir como un hombre loco:

—¿De verdad? ¿Cómo? ¿Me deja que me quede? ¿No me echa? ¡Un presidiario! ¡Me llama señor! ¡No me tutea! ¡Vete, perro!, eso es lo que me dicen siempre. Estaba convencido de que me iba a echar. Así que dije de entrada quién soy. ¡Ay, qué buena mujer la que me mandó aquí! ¡Voy a cenar! ¡Una cama con colchón y sábanas! ¡Como todo el mundo! ¡Una cama! ¡Hace diecinueve años que no duermo en una cama! Le parece bien que me quede. Son ustedes personas cabales. Además, tengo dinero. Pagaré. Perdone, señor posadero, ¿cómo se llama? Pagaré lo que me pida. Es usted un buen hombre. Es usted posadero, ¿verdad?

—Soy —dijo el obispo— un sacerdote que vive aquí.

—¡Un sacerdote! —siguió diciendo el hombre—. ¡Ah, un sacerdote muy bueno! ¿Así que no me pide dinero? Es el párroco, ¿verdad? ¿El párroco de esa iglesia grande? ¡Anda, es verdad, qué tonto soy! No le había visto el casquete.

Sin parar de hablar, había dejado el macuto y el bastón en un rincón, se había vuelto a meter el pasaporte en el bolsillo y se había sentado. La señorita Baptistine lo miraba con dulzura. El hombre siguió diciendo:

—Usted es humano, señor cura, no me desprecia. Qué cosa tan buena es un buen sacerdote. ¿Así que no hace falta que pague?

—No —dijo el obispo—, guárdese el dinero. ¿Cuánto tiene? ¿Me ha dicho que ciento nueve francos?

—Con setenta y cinco céntimos —añadió el hombre.

—Ciento nueve francos con setenta y cinco céntimos. ¿Y cuánto tiempo tardó en ganarlos?

—Diecinueve años.

—¡Diecinueve años!

El obispo lanzó un hondo suspiro. El hombre siguió diciendo:

—Tengo todavía todo el dinero. En cuatro días no me he gastado más que un franco con veinticinco céntimos que me gané ayudando a descargar coches en Grasse. Como es usted cura, le voy a contar una cosa: teníamos un capellán en presidio. Y además un día vi a un obispo. Lo llaman monseñor. Era el obispo de La Major, la catedral de Marsella. Es el cura que manda en los curas. Ya me entiende, disculpe, lo digo mal, pero ¡es que a mí me pilla tan lejos! Dese cuenta… nosotros… Dijo misa en medio del presidio, en un altar, llevaba una cosa puntiaguda, de oro, en la cabeza. Brillaba con el sol del mediodía. Estábamos en fila, en tres de los lados, y enfrente teníamos los cañones, con la mecha encendida. No se veía bien. Habló, pero estaba muy al fondo y no se oía. Eso es un obispo.

Mientras hablaba, el obispo fue a cerrar la puerta, que se había quedado de par en par.

Volvió la señora Magloire. Traía un cubierto, que puso encima de la mesa.

—Señora Magloire —dijo el obispo—, ponga ese cubierto lo más cerca posible del fuego.

Y, volviéndose hacia su huésped, añadió:

—Cuesta soportar el viento nocturno de los Alpes. Debe de tener frío, señor.

Cada vez que decía esa palabra, señor, con aquella voz tan dulcemente seria y tan amistosa, se le iluminaba la cara al hombre. Decirle señor a un presidiario es un vaso de agua a un náufrago de La Méduse. La ignominia está sedienta de consideración.

—Qué poca luz da esta lámpara —siguió diciendo el obispo.

La señora Magloire entendió la intención y fue a buscar a la chimenea del cuarto de monseñor los dos candeleros de plata, que puso en la mesa ya encendidos.

—Señor cura —dijo el hombre—, usted es bueno y no me desprecia. Me recibe en su casa. Enciende para mí sus velas. Y eso que no le he ocultado de dónde vengo y que soy un hombre desgraciado.

El obispo, sentado a su lado, le dio un golpecito suave en la mano.

—No hacía falta que me dijese quién era. Ésta no es mi casa, es la casa de Jesucristo. Esa puerta no le pregunta a quien entra si tiene nombre, sino si tiene algún padecimiento. Usted tiene padecimientos; tiene hambre y frío; sea bienvenido. Y no me dé las gracias, no me diga que lo recibo en mi casa. Nadie está aquí en su casa salvo quien precisa asilo. Y a usted, que está de paso, le digo que ésta es su casa más que la mía. Cuanto hay aquí es suyo. ¿Qué falta me hace saber su nombre? Además, antes de que me lo dijera, yo sabía ya un nombre que usted tiene.

El hombre abrió unos ojos asombrados.

—¿En serio? ¿Sabía cómo me llamo?

—Sí —contestó el obispo—, se llama hermano mío.

—Mire, señor cura —exclamó el hombre—, tenía mucha hambre al entrar, pero es usted tan bueno que ahora no sé ya qué tengo; se me ha pasado el hambre.

El obispo lo miró y le dijo:

—¿Lo ha pasado muy mal?

—Ay, sí, la chaqueta roja, la bola de presidiario en el tobillo, una tabla para dormir, el calor, el frío, el trabajo, la chusma, los bastonazos, la cadena doble al menor pretexto, el calabozo por una palabra, incluso aunque estuvieras enfermo en cama, y la cadena. ¡Los perros, los perros lo pasan mejor! ¡Diecinueve años! Tengo cuarenta y seis. Y ahora el pasaporte amarillo. Eso es lo que hay.

—Sí —dijo el obispo—, sale de un lugar de tristeza. Escuche, habrá más alegría en el cielo por las lágrimas de un pecador arrepentido que por la túnica blanca de cien justos. Si sale de ese lugar doloroso con pensamientos de odio e ira contra los hombres, es digno de compasión; si sale con pensamientos de benevolencia, dulzura y paz, vale más que cualquiera de nosotros.

Entretanto, la señora Magloire había servido la sopa; una sopa hecha con agua, aceite, pan y sal; algo de tocino; un trozo de cordero; higos; queso fresco y una hogaza de pan de centeno. Y había añadido por iniciativa propia a la dieta habitual del señor obispo una botella de vino añejo de Mauves.

Al obispo se le pintó de pronto en la cara esa expresión regocijada propia de los caracteres hospitalarios.

—A cenar —dijo con mucha animación, como acostumbraba cuando cenaba con él algún forastero. Sentó al hombre a su derecha. La señorita Baptistine se sentó a su izquierda tranquilamente y con total naturalidad.

El obispo bendijo la mesa y, luego, sirvió personalmente la sopa, como solía hacer. El hombre empezó a comer con avidez.

De repente, dijo el obispo:

—Me parece que en esta mesa falta algo.

Efectivamente, la señora Magloire sólo había puesto los tres cubiertos indispensables. Ahora bien, era costumbre de la casa que cuando el señor obispo tuviera algún invitado a cenar se colocasen en la mesa los seis cubiertos de plata, una exhibición inocente. Aquella amable apariencia de lujo era algo así como una puerilidad encantadora en aquella casa dulce y severa que exaltaba la pobreza hasta convertirla en dignidad.

La señora Magloire entendió el comentario, salió sin decir palabra y enseguida relucieron encima del mantel los tres cubiertos que había reclamado el obispo, simétricamente colocados delante de los tres comensales.

<h1 style="text-align:center">IV</h1>

PORMENORES DE LAS QUESERÍAS DE PONTARLIER

Ahora, para dar una idea de qué ocurrió en esa mesa, no podríamos hacer nada mejor que transcribir aquí parte de una carta de la señorita Baptistine a la señora de Boischevron, que refiere con candorosa minuciosidad la conversación del presidiario y del obispo.

«… Aquel hombre no se fijaba en mí en absoluto. Comía con voracidad de hambriento. El caso es que, después de cenar, dijo:

—Señor cura, bendito de Dios, todo esto no deja de ser demasiado para mí, pero debo decir que los carreteros que no quisieron dejarme cenar con ellos comen mejor que usted.

Dicho sea entre nosotras, el comentario me escandalizó un poco.

Mi hermano contestó:

—Se cansan más que yo.

—No —contestó el hombre—, tienen más dinero que usted. Usted es pobre, bien lo veo. A lo mejor ni siquiera es cura. ¿Es usted cura? Ah, desde luego, si Dios fuera justo, sí que debería ser cura.

—Dios es más que justo —dijo mi hermano.

Añadió, inmediatamente después:

—Señor Jean Valjean, ¿a Pontarlier es a dónde va?

—Con itinerario forzoso.

Creo que eso fue lo que dijo el hombre. Luego, siguió diciendo:

—Tengo que estar ya de camino mañana al amanecer. Es duro el viaje. Las noches son frías, pero de día hace calor.

—Va usted —añadió mi hermano— a una comarca buena. Mi familia se arruinó con la Revolución y me refugié, al principio, en Franche-Comté, donde viví cierto tiempo de la fuerza de mis brazos. Tenía buena voluntad. Encontré quehacer. Se puede elegir. Hay fábricas de papel, tenerías, destilerías, almazaras, fábricas de acero, fábricas de cobre, veinte fábricas de hierro por lo menos, cuatro de las cuales están en Lods, Châtillon, Audincourt y Beure y son muy importantes…

Creo que no me confundo y que ésos fueron los nombres que citó mi hermano; luego se interrumpió y se dirigió a mí:

—Mi querida hermana, ¿no tenemos parientes en esa zona?

Contesté:

—Teníamos, entre otros, al señor de Lucenet, que era capitán de las puertas de Pontarlier en el antiguo régimen.

—Sí —dijo mi hermano—, pero en 1793 nadie tenía ya parientes, teníamos sólo brazos para trabajar. Trabajé. Tienen, en la zona de Pontarlier, ahí donde va usted, señor Valjean, una industria completamente patriarcal; y deliciosa, querida hermana. Son las queserías de la región, a las que llaman por allí fruteras.

Entones, mi hermano, al tiempo que animaba a comer a ese hombre, le explicó con mucho detalle qué eran las fruteras de Pontarlier y que había que diferenciar dos clases: las granjas grandes, que son de los ricos y donde hay cuarenta o cincuenta vacas y que producen entre siete y ocho mil quesos todos los veranos, y las fruteras asociadas, que son de los pobres; los campesinos de la zona mediana de la montaña juntan las vacas y comparten los productos. Toman a sueldo a un quesero, al que llaman grurin; los socios le entregan la leche tres veces al día y él marca la cantidad en una talla doble; las queserías empiezan a trabajar a finales de abril y los queseros llevan a las vacas a la montaña a mediados de junio.

El hombre se reanimaba a medida que comía. Mi hermano le ponía en el vaso ese vino tan bueno de Mauves que él no bebe porque dice que es un vino caro. Mi hermano le contaba todos esos detalles con esa jovialidad llana que ya le conoce usted, intercalando en sus palabras detalles amables destinados a mí. Insistió mucho en esa profesión tan provechosa del grurin, como si desease que aquel hombre entendiera, sin aconsejárselo él directa y bruscamente, que sería un asilo que podría convenirle. Me llamó la atención una cosa. Aquel hombre era quien ya le he dicho. Pues bien, ni en toda la cena ni en toda la velada, salvo las pocas palabras cuando entró, mi hermano nada dijo que pudiera recordarle a ese hombre quién era ni informar al hombre de quién era mi hermano.

Aparentemente era una buena ocasión para echar un breve sermón y para que el obispo presionara algo al presidiario para dejarle la marca de haber pasado por aquí. A lo mejor a otro le habría parecido que venía a cuento, al tener a mano a aquel desventurado, alimentarle el alma al mismo tiempo que el cuerpo y hacerle algún reproche aderezado con consideraciones morales y consejos, o compadecerlo un poco y exhortarlo a que se portase mejor en el futuro. Mi hermano ni siquiera le preguntó de dónde era, ni por su historia. Porque en su historia estaba su culpa, y mi hermano, al parecer, estaba evitando todo cuanto pudiera recordársela.

Hasta tal punto que hubo un momento en que, al hablar mi hermano de los montañeses de Pontarlier, que tienen un trabajo grato cerca del cielo y que, añadió, son felices porque son inocentes, se detuvo en seco temeroso de que en aquella palabra que se le había escapado hubiera algo que pudiera herir al hombre. A fuerza de darle vueltas, creo haber entendido lo que sucedía en el corazón de mi hermano. Pensaba seguramente que aquel hombre llamado Jean Valjean ya tenía presente de sobra su desgracia y que lo mejor era distraerlo y hacerle creer, aunque no fuera más que por unos momentos, que era una persona como las demás comportándose con él de forma completamente normal. ¿No es acaso una caridad bien entendida?

¿No hay, mi buena amiga, algo realmente evangélico en esa delicadeza que se abstiene de echar sermones, de consideraciones morales y de alusiones, y la compasión mejor no es acaso, cuando a un hombre le duele algo, no tocar donde le duele? Me pareció que eso era lo que podía estar pensando mi hermano en su fuero interno. En cualquier caso, lo que sí puedo decir es que, si se le ocurrieron todas esas cosas, no lo hizo notar, ni siquiera me lo hizo notar a mí; fue de principio a fin el mismo hombre de todas las noches y cenó con Jean Valjean con la misma cara y de la misma forma que habría cenado con el señor Gédéon, el magistrado, o con el señor cura párroco.

Ya al final de la cena, cuando estábamos tomando los higos, llamaron a la puerta. Era la pobre Gerbaud, con su niño en brazos. Mi hermano le dio al niño un beso en la frente y me pidió prestados setenta y cinco céntimos que llevaba yo encima para dárselos. El hombre, mientras tanto, no hacía mucho caso. Ya no hablaba y parecía muy cansado. Cuando se fue la pobre Gerbaud mi hermano dio las gracias por los alimentos recibidos y luego se volvió hacia el hombre y le dijo: "Debe de estar muy necesitado de meterse en la cama". La señora Magloire recogió enseguida la mesa. Me di cuenta de que debíamos retirarnos para dejar dormir al viajero y subimos las dos. Pero mandé poco después a la señora Magloire que llevase a la cama de aquel hombre una piel de corzo de la Selva Negra que está en mi cuarto. Las noches son gélidas, y es una piel muy abrigada. Es una pena que esté tan vieja; se le está cayendo todo el pelo. Mi hermano la compró cuando estaba en Alemania, en Tottlingen, junto a las fuentes del Danubio, y también el cuchillito con mango de marfil que uso en la mesa.

La señora Magloire volvió a subir casi enseguida, estuvimos rezando en el salón donde tendemos la ropa y luego nos fuimos cada una a nuestro cuarto sin decirnos nada.»

V
TRANQUILIDAD

Después de dar las buenas noches a su hermana, monseñor Bienvenu cogió de la mesa uno de los candeleros de plata, le dio el otro al huésped y le dijo:

—Voy a llevarlo a su cuarto, señor. El hombre lo siguió.

Como ya hemos podido observar por lo anteriormente dicho, la distribución de la vivienda era tal que para ir al oratorio donde estaba la alcoba, o para salir de él, había que pasar por el dormitorio del obispo.

Cuando cruzó por el dormitorio, la señora Magloire estaba guardando la plata en la alacena que había a la cabecera de la cama. Era lo último que hacía todas las noches antes de irse a acostar.

El obispo acomodó a su huésped en la alcoba. Estaba preparada una cama blanca y recién hecha. El hombre puso el candelero en una mesita.

—Que pase una buena noche —dijo el obispo—. Mañana por la mañana, antes de irse, tomará una taza de leche calentita de nuestras vacas.

—Gracias, señor cura —dijo el hombre.

Nada más decir esas palabras rebosantes de paz, de repente y sin transición, hizo algo raro que habría dejado heladas de espanto a las dos benditas solteronas si lo hubieran presenciado. Incluso ahora nos resulta difícil entender qué lo movía en aquel momento. ¿Quería avisar o amenazar? ¿Obedecía sencillamente a algo parecido a un impulso instintivo y confuso incluso para él? Se volvió bruscamente hacia el anciano, se cruzó de brazos y, mirando a su anfitrión con mirada salvaje, exclamó con voz ronca:

—¡Pero bueno! ¿Me da un cuarto dentro de la casa, al lado de usted, así, sin más?

Se interrumpió y añadió, con una risa en la que había algo monstruoso:

—¿Lo ha pensado bien? ¿Quién le dice a usted que no soy un asesino? El obispo contestó:

—Eso es de la competencia de Dios.

Luego, muy serio y moviendo los labios como alguien que reza o habla para sí, al zó dos dedos de la mano derecha y bendijo al hombre, que no se inclinó, y, sin volver la cabeza ni mirar atrás, se fue a su cuarto.

Cuando dormía alguien en la alcoba, en el oratorio corrían una cortina grande de sarga, que tapaba el altar. El obispo se arrodilló al pasar ante la cortina y rezó brevemente.

Un instante después estaba en el jardín, caminando, soñando, contemplando, con toda el alma y todo el pensamiento puestos en esas cosas magnas y misteriosas que Dios muestra de noche a los ojos que se quedan abiertos.

En cuanto al hombre, estaba realmente tan cansado que ni siquiera disfrutó de aquellas acogedoras sábanas blancas. Apagó la vela soplando por la nariz, como hacen los presidiarios, y se desplomó vestido encima de la cama, donde se quedó en el acto profundamente dormido.

Daban las doce cuando entró el obispo en su cuarto, viniendo del jardín. Pocos minutos después, todo dormía en la casita.

VI
JEAN VALJEAN

Jean Valjean se despertó mediada la noche.

Jean Valjean era de una familia de campesinos pobres de Brie. De niño, no aprendió a leer. Al llegar a la edad adulta, era podador en Faverolles. Su madre se llamaba Jeanne Mathieu; su padre se llamaba Jean Valjean o Vlajean, un mote probablemente, una contracción de voilà Jean.

Jean Valjean era de carácter ensimismado, sin llegar a triste, lo que es propio de los caracteres afectuosos. Pero, en resumidas cuentas, aquel Jean Valjean era alguien no poco apático y no poco insignificante, al menos en apariencia. Perdió a muy tierna edad a sus padres. La madre se murió de unas fiebres puerperales mal curadas. El padre, podador como él, se mató al caer de un árbol. A Jean Valjean sólo le quedó una hermana mayor, viuda y con siete hijos, entre chicos y chicas. Esa hermana crió a Jean Valjean y, mientras vivió su marido, tuvo en su casa y alimentó al hermano menor. El marido falleció. El mayor de los siete niños tenía ocho años; el más pequeño, uno. Jean Valjean acababa de cumplir veinticinco. Sustituyó al padre y, a su vez, proveyó a las necesidades de la hermana que lo había criado.

Fue algo evidente, como un deber, e incluso con cierta hosquedad por parte de Jean Valjean. Se le iba la juventud en un trabajo duro y mal pagado. Nunca le habían visto en la comarca festejar a ninguna chica. No le daba tiempo a enamorarse.

Por la noche llegaba cansado y se comía la sopa sin decir palabra. Su hermana, la señora Jeanne, le quitaba con frecuencia de la escudilla, mientras comía, lo mejor de la cena, el trozo de carne, la loncha de tocino, el cogollo de la col, para dárselo a alguno de sus hijos; él seguía comiendo, inclinado sobre la mesa, metiendo casi la cabeza en la sopa, y el pelo largo le caía en torno a la escudilla y le tapaba los ojos; era como si no se diera cuenta de nada y lo consentía todo. Había en Faverolles, no lejos de la cabaña de los Valjean, del otro lado de la calleja, una granjera llamada Marie-Claude; los niños Valjean, hambrientos casi siempre, iban a veces a pedirle fiada a Marie-Claude una pinta de leche de parte de su madre y se la bebían detrás de un seto o en la revuelta de cualquier camino, quitándose de las manos la lechera y con tantas prisas que las niñas se tiraban la leche por el delantal y por el pecho; si la madre se hubiera enterado de ese hurto, habría castigado con severidad a los jóvenes delincuentes. Jean Valjean, brusco y gruñón, le pagaba a Marie-Claude, a espaldas de la madre, la pinta de leche y así los niños se ahorraban un castigo.

En la estación de la poda ganaba noventa céntimos diarios; luego, se colocaba de segador, de peón, de mozo de granja y de boyero, de jornalero para todo. Hacía lo que podía. Su hermana trabajaba también.

Pero ¿qué hacer con siete niños pequeños? Era un grupo desdichado al que la miseria fue rodeando y oprimiendo poco a poco. Llegó un invierno muy duro. Jean no encontró trabajo. La familia se quedó sin pan. Sin pan. Literalmente. Siete niños.

Un domingo por la noche, Maubert Isabeau, panadero de la plaza de L'Église de Faverolles, estaba a punto de acostarse cuando oyó un fuerte golpe en la luna, protegida con una verja, de la tienda. Llegó a tiempo de ver un brazo metido por el agujero abierto de un puñetazo en la verja y en la luna. El brazo cogió un pan y se lo llevó. Isabeau salió a toda prisa; el ladrón escapaba a carrera tendida. Isabeau corrió detrás y lo detuvo. El ladrón había tirado el pan, pero aún tenía el brazo ensangrentado. Era Jean Valjean.

Ocurría esto en 1795. Llevaron a Jean Valjean ante los tribunales de la época «por robo con fractura, con nocturnidad y en poblado». Tenía una escopeta, era tirador de primera y, a veces, cazador furtivo; eso lo perjudicó. Existe un prejuicio legítimo contra los cazadores furtivos. El furtivo, igual que el contrabandista, no le anda lejos al bandido. No obstante, dicho sea de paso, hay un abismo entre esas razas de hombres y el repulsivo asesino de las ciudades. El furtivo vive en el bosque; el contrabandista, en la montaña o en mar. Las ciudades convierten a los hombres en feroces porque los convierten en corruptos. La montaña, el mar, el bosque crían hombres asilvestrados, desarrollan la faceta arisca, pero con gran frecuencia no destruyen la faceta humana.

Declararon culpable a Jean Valjean. Lo que decía el Código era irrebatible. Hay en nuestra civilización horas temibles; son esos momentos en que el derecho penal sentencia un naufragio. ¡Qué fúnebre es ese minuto en que la sociedad se aleja y consuma el abandono irreparable de un ser pensante! Condenaron a Jean Valjean a cinco años de presidio.

El 22 de abril de 1796 vocearon por París la victoria de Montenotte, que había conseguido el general en jefe del ejército de Italia, a quien el mensaje del Directorio a los Quinientos, fechado el 2 de floreal del año IV, llama Buonaparte; ese mismo día aherrojaron a una larga cadena de presos en Bicêtre. Jean Valjean iba en esa cadena. Un antiguo carcelero, que tiene ahora casi noventa años, recuerda aún a la perfección al desdichado al que aherrojaron al final de la cuarta cuerda, en la esquina norte del patio. Estaba sentado en el suelo, como todos los demás. Parecía no entender nada de la situación en que estaba, salvo que era espantosa. Es posible que desentrañase también, a través de las ideas inconcretas de un pobre hombre de la mayor ignorancia, que había allí algo excesivo. Mientras le remachaban a martillazos el perno del collar de hierro por detrás de la cabeza, lloraba y lo ahogaban las lágrimas y le impedían hablar; sólo conseguía decir de tanto en tanto: Yo era podador en Faverolles. Luego, sin dejar de sollozar, levantaba la mano derecha y la iba bajando gradualmente siete veces, como si tocase una tras otra siete cabezas de altura desigual; y quien veía ese ademán intuía que lo que hubiera hecho, fuere lo que fuere, había sido para vestir y alimentar a siete niños pequeños.

Salió para Tolón. Llegó tras un viaje de veintisiete días, en una carreta y con la cadena al cuello. En Tolón le pusieron el blusón rojo. Quedó borrado cuanto había sido su vida, incluso el nombre; ni siquiera siguió siendo Jean Valjean; fue el número 24601. ¿Qué fue de su hermana? ¿Qué fue de los siete niños? ¿A quién le importa eso? ¿Qué es del puñado de hojas del árbol joven al que sierran por el pie?

La historia es siempre la misma. Esos pobres seres vivos, esas criaturas de Dios, sin tener en adelante dónde apoyarse, sin guía, sin asilo, caminaron al azar, quién sabe incluso si cada cual por su cuenta, y se fueron hundiendo poco a poco en esa fría bruma que se traga los destinos solitarios, esas tinieblas taciturnas en las que van desapareciendo sucesivamente tantas cabezas infortunadas en el sombrío avance del género humano. Se marcharon de su comarca. El campanario del que había sido su pueblo los olvidó; el mojón de lo que había sido su campo los olvidó; tras unos años de estancia en el presidio, el propio Jean Valjean los olvidó. En ese corazón donde había habido una llaga hubo una cicatriz. Eso es todo. Durante todo el tiempo que pasó en Tolón apenas si supo algo de su hermana en una ocasión. Fue, creo, a finales del cuarto año de cautiverio. No sé ya por qué vía le llegó esa información. Alguien, que los conocía del pueblo, había visto a la hermana. Estaba en París. Vivía en una calle mísera cerca de Saint-Sulpice, la calle de Le Geindre.

No tenía ya consigo más que a uno de sus hijos, un niño, el más pequeño. ¿Dónde estaban los otros seis? Quizá no lo sabía ni ella. Iba todas las mañanas a una imprenta que estaba en el número 3 de la calle de Le Sabot, donde era dobladora y encuadernadora. Tenía que llegar antes de las seis de la mañana, mucho antes de que se hiciera de día en invierno. En el edificio de la imprenta había una escuela; llevaba a esa escuela a su niño, que tenía siete años. Pero, como ella entraba en la imprenta a las seis y la escuela no abría hasta las siete, el niño tenía que esperar una hora en el patio a que abriera la escuela: en invierno, una hora en que era de noche, al aire libre. No dejaban entrar al niño en la imprenta porque decían que molestaba. Los obreros veían por la mañana, al pasar, a aquel pobre ser menudo sentado en los adoquines, cayéndose de sueño y, muchas veces, dormido en la sombra, hecho un ovillo y echado encima de la cesta.

Cuando llovía, una anciana, la portera, se compadecía de él y le daba acogida en su chiscón, donde no había más que un jergón, una rueca y dos sillas de madera; y allí dormía el niño, en un rincón, apretujándose contra el gato para tener menos frío. A las siete, abría la escuela y el niño entraba. Eso fue lo que le dijeron a Jean Valjean. Se lo contaron un día y fue un momento, un relámpago, algo así como una ventana que se abriera de repente y mostrara el destino de aquellos seres a los que había querido; luego todo volvió a cerrarse; no volvió a oír hablar de ellos nunca más. Nada de ellos volvió a llegar hasta él; nunca volvió a verlos, nunca se los encontró, y en la continuación de esta dolorosa historia nunca nos volveremos a topar con ellos.

A finales de ese cuarto año, le tocó el turno de evadirse a Jean Valjean. Sus compañeros lo ayudaron, como se hace en ese triste sitio. Se escapó. Anduvo dos días vagando por el campo en libertad, en el supuesto de que sea estar libre estar acorralado, volver la cabeza a cada instante, sobresaltarse al mínimo ruido, sentir miedo de todo: del tejado que humea, del hombre que pasa, del perro que ladra, del caballo que galopa, de la hora que da, del día porque se ve y de la noche porque no se ve, de la carretera, del sendero, del matorral, del sueño. Al atardecer del segundo día lo cogieron. Llevaba treinta y seis horas sin comer ni dormir. El tribunal marítimo lo condenó por ese delito a tres años más de condena, con lo que se le puso en ocho años. El sexto año le volvió a tocar el turno de evadirse; hizo uso de él, pero no pudo consumar la fuga. Faltaba cuando pasaron lista. Dispararon el cañón y, por la noche, la ronda lo encontró escondido debajo de la quilla de un barco en construcción; opuso resistencia a los guardias que lo detuvieron. Evasión y rebelión.

Castigaron tales hechos, contemplados en el código especial, con cinco años más, de los cuales dos de cadena doble. Trece años. Le volvió a tocar el turno al décimo año y lo aprovechó otra vez. No tuvo mayor éxito. Tres años por ese nuevo intento. Dieciséis años. Creo que fue, por fin, en el año decimotercero cuando lo intentó por última vez y sólo consiguió que lo atrapasen después de haber pasado fuera cuatro horas. Tres años por esas cuatro horas. Diecinueve años. Lo pusieron en libertad en 1815; había llegado en 1796 por haber roto un cristal y cogido un pan.

Dejemos sitio para un breve paréntesis. Es la segunda vez que, en sus estudios acerca de la cuestión penal y la condena a las penas del infierno mediante la ley, el autor de este libro se encuentra con el robo de un pan como punto de partida de un destino desastroso. Claude

Gueux[3] robó un pan; Jean Valjean robó un pan; una estadística inglesa deja constancia de que en Londres, de cada cinco robos, la causa inmediata de cuatro de ellos es el hambre.

Jean Valjean entró en presidio sollozando y tembloroso; salió impasible.

Entró desesperado; salió taciturno.

¿Qué había sucedido en aquella alma?

VII
LA DESESPERACIÓN POR DENTRO

Intentemos explicarlo.

La sociedad tiene que ver estas cosas, no queda más remedio, ya que es ella la causante.

Jean Valjean era, ya lo hemos dicho, ignorante, pero no era un estúpido. Brillaba en él la luz natural. La desdicha, que tiene sus propias luces, incrementó la poca claridad que había en aquella inteligencia. Sometido al bastón, sometido a la cadena, al calabozo, al cansancio, bajo el sol abrasador del presidio, en la cama de tablones de los presidiarios, se ensimismó en su conciencia y pensó.

Se erigió en tribunal.

Empezó por juzgarse a sí mismo.

Reconoció que no era un inocente que padecía un castigo injusto. Se confesó que había cometido una acción extremosa y censurable; que, a lo mejor, si hubiera pedido ese pan, no se lo habrían negado; que, en cualquier caso, habría valido más esperarlo bien de la compasión, bien del trabajo; que no sirve por completo de justificación sin posible réplica el decir:

¿puede uno esperar cuando tiene hambre? Que, para empezar, muy pocas veces muere nadie literalmente de hambre; que, además, por desdicha o por suerte, el hombre es de tal naturaleza que puede sufrir mucho y por mucho tiempo moral y físicamente sin morirse; que, por lo tanto, era necesario tener paciencia; que habría valido más tenerla, incluso pensando en aquellos niños; que era una locura suya que él, un hombre pobre y débil, agarrase violentamente por el cuello a la sociedad entera y supusiera que de la miseria se sale robando; que no era, fuere como fuere, la puerta por la que se entra en la infamia la adecuada para salir de la miseria; en resumidas cuentas, que no tenía razón.

Luego se preguntó:

Si era el único que no había tenido razón en aquella fatídica historia. Si no era, para empezar, un hecho grave que a él, un obrero, le hubiera faltado trabajo; si a él, que era trabajador, le hubiera faltado el pan. Si, a continuación, ya cometida y confesada la culpa, no había sido el castigo feroz y desmedido. Si no había por parte de la ley abuso mayor en la pena que el abuso del culpable al cometer la culpa. Si no pesaba de más uno de los platillos de la balanza, ese en que está la expiación. Si la demasía en la culpa no borraba el delito y no desembocaba en el resultado de darle la vuelta a la situación, de sustituir la culpa del delincuente por la culpa de la represión, de convertir al culpable en víctima y al deudor en acreedor, de colocar definitivamente el derecho de parte de ese mismo que lo había violado. Si esa pena, que complicaron ampliaciones sucesivas debidas a los intentos de evasión, no se convertía a la postre en algo así como un atentado del más fuerte sobre el más débil, un crimen de la sociedad contra el individuo, un crimen que volvía a empezar a diario, un crimen que llevaba durando diecinueve años.

Se preguntó si la sociedad humana podía tener derecho a imponer a sus miembros, de idéntica forma, en un caso su imprevisión irrazonable y en otro su previsión despiadada y a atrapar para siempre a un pobre hombre entre una carencia y un exceso, carencia de trabajo y exceso de castigo.

Si no era desorbitado que la sociedad diera precisamente ese trato a sus miembros peor provistos en ese reparto de los bienes que lleva a cabo el azar y, por consiguiente, a los más dignos de miramientos.

Tras hacerse esas preguntas y contestarlas, juzgó a la sociedad y la condenó.

La condenó a su odio.

La hizo responsable de la suerte que padecía y se dijo que no titubearía quizá en pedirle cuentas un día. Se dijo a sí mismo que no había equilibrio entre el daño que había causado él y el daño que le causaban; llegó, finalmente, a la conclusión de que su castigo no era, a decir verdad, una injusticia, pero que no cabía duda de que era una iniquidad.

La ira puede ser demente y absurda; uno puede sentirse irritado sin tener razón; pero sólo se indigna cuando tiene razón en el fondo en algunos aspectos. Jean Valjean estaba indignado.

Y, además, la sociedad humana sólo le había causado daño; nunca le había visto más que ese rostro enojado al que llama su Justicia y que les muestra a los que ésta castiga. Los hombres no lo habían tocado sino para magullarlo. Cualquier contacto con ellos había sido un golpe. Nunca, desde la infancia, desde su madre, desde su hermana, nunca se había encontrado con una palabra amiga y una mirada benévola. De sufrimiento en sufrimiento, llegó poco a poco a la convicción de que la vida era una guerra; y que, en esa guerra, el vencido era él. No tenía más arma que su odio. Decidió afilarlo en presidio y llevárselo consigo cuando se fuera.

Había en Tolón una escucla para los presidiarios a cargo de los hermanos de san Juan de Dios donde enseñaban lo más necesario a quienes, de entre aquellos desdichados, tenían buena voluntad. Jean Valjean fue uno de esos hombres de buena voluntad, asistió a la escuela a los cuarenta años y aprendió a leer, a escribir y a hacer cuentas. Notó que fortificar la inteligencia era fortificar el odio. Hay casos en que la instrucción y la luz pueden hacerle de alargadera al mal.

Es triste decirlo: tras haber juzgado a la sociedad, autora de su desdicha, juzgó a la Providencia, autora de la sociedad, y la condenó también.

Así fue como, durante esos diecinueve años de tortura y esclavitud, aquella alma subió y bajó al tiempo. Entraron en ella luz, por un lado, y tinieblas por otro.

Ya hemos visto que Jean Valjean no era malo de natural. Aún era bueno al llegar a presidio. Allí condenó a la sociedad y notó que se volvía malo; allí condenó a la Providencia y notó que se volvía impío.

Llegados a este punto, es difícil no quedarse meditando un instante.

¿La naturaleza humana se transforma así de arriba abajo y por completo? ¿Al hombre, a quien Dios creó bueno, puede volverlo malo el hombre? ¿Puede el destino volver a darle nueva forma por completo al alma y volverla mala cuando el destino es malo? ¿Puede el corazón volverse deforme y contraer fealdades e invalideces incurables bajo la presión de una desgracia desproporcionada, de la misma forma que la columna vertebral bajo una bóveda baja en exceso? ¿No hay acaso en toda alma humana, y no había en el alma de Jean Valjean en particular, una chispa primera, un elemento divino, incorruptible en este mundo, inmortal en el otro, que el bien puede desarrollar, atizar, encender y hacer que lance espléndidos rayos de luz y que el mal nunca puede apagar del todo?

Preguntas serias y oscuras, a la última de las cuales cualquier fisiólogo habría respondido que no probablemente, y sin vacilar, si hubiera visto en Tolón, en las horas de descanso, que eran para Jean Valjean horas de ensimismamiento, sentado, con los brazos cruzados, en la barra de un cabrestante con el extremo de la cadena metido en el bolsillo para que no arrastrara, a aquel presidiario taciturno, serio, silencioso y pensativo, paria de las leyes que miraba al hombre con ira, a aquel condenado de la civilización que miraba al cielo con severidad.

No cabe duda, y no vamos a disimularlo, de que el fisiólogo observador habría visto en ese espectáculo una miseria irremediable; es posible que hubiera compadecido a ese enfermo desde el punto de vista de la ley, pero ni tan siquiera habría probado un tratamiento; habría apartado la mirada de las cavernas entrevistas en aquella alma; y, como Dante a la puerta de los infiernos, habría borrado de esa existencia la palabra que el dedo de Dios escribió empero en la frente de todos los hombres: ¡Esperanza!

¿Aquel estado de su alma que hemos probado a analizar le resultaba a Jean Valjean de una claridad tan meridiana como la que hemos intentado hacerles patente a quienes nos lean? ¿Veía Jean Valjean, a medida que se iban instruyendo, todos los elementos de que se componía su miseria espiritual? ¿Se había dado cuenta con nitidez aquel hombre rudo e iletrado de la sucesión de ideas que, peldaño a peldaño, lo habían hecho subir y bajar hasta los lúgubres aspectos que eran, desde hacía tantos años ya, el horizonte interior de su mente? ¿Tenía conciencia en realidad de todo cuanto había sucedido en su fuero interno y de todo lo que en él bullía?

Eso es lo que no nos atreveríamos a decir; es incluso lo que no creemos. Había demasiada ignorancia en Jean Valjean para que, incluso después de tantas desdichas, no quedara en él mucha imprecisión. A ratos, ni siquiera sabía con exactitud qué sentía. Jean Valjean estaba en tinieblas; sufría en tinieblas; aborrecía en tinieblas; habría podido decirse que aborrecía cuanto tuviera por delante. Solía vivir en esa oscuridad, yendo a tientas como un ciego o como un soñador. Pero, de tanto en tanto, le llegaba de pronto, desde sí mismo y desde el exterior, un sobresalto de ira, una ampliación del sufrimiento, un relámpago pálido y veloz que le iluminaba el alma entera y con el que aparecían de repente, rodeándolo por todas partes, delante y detrás, en el resplandor de una luz espantosa, los repulsivos precipicios y las sombrías perspectivas de su destino.

Cuando ya había pasado el relámpago, la oscuridad volvía; y ¿dónde estaba? Ya no lo sabía.

Lo propio de las penas de esta clase, en las que predomina lo despiadado, es decir, lo que embrutece, es que convierte poco a poco, con algo así como una transfiguración estúpida, a un hombre en una fiera, y, a veces, en un fiera sanguinaria. Los intentos de evasión de Jean Valjean, sucesivos y obstinados, bastarían para demostrar esa peculiar labor de la ley en el alma humana. Jean Valjean habría repetido esos intentos, tan absolutamente inútiles y dementes, tantas veces cuantas se le hubiera presentado la ocasión, sin pensar ni por un momento ni en el resultado ni en las experiencias anteriores. Se evadía impetuosamente, de la misma forma que el lobo que se encuentra con la jaula abierta. El instinto le decía:

¡Escapa! La razón le habría dicho: ¡Quédate! Pero, ante una tentación tan violenta, la razón desaparecía; sólo quedaba ya el instinto. Sólo obraba el animal. Cuando lo volvían a coger, los nuevos rigores que le imponían sólo servían para aturdirlo más.

Un detalle que no debemos omitir es que tenía una fuerza física a la que no llegaba ni de lejos ninguno de los ocupantes del presidio. En las tareas fatigosas, para desenrollar un cable, para tirar de un cabrestante, Jean Valjean valía por cuatro. Levantaba a veces pesos enormes y se los echaba a la espalda; y, llegado el caso, hacía las veces de esa herramienta llamada gato y que antaño se llamaba orgullo, y que, dicho sea de paso, dio su nombre a la calle de Montorgueil, cerca del mercado de abastos de París. Sus compañeros lo habían apodado Jean el Gato. Una vez, cuando estaban reparando el balcón del ayuntamiento de la ciudad de Tolón, una de las admirables cariátides de Puget, que sustentan ese balcón, se desprendió de la pared y estuvo a punto de caer. Jean Valjean, que estaba allí, sujetó con el hombro la cariátide y dio tiempo a que llegaran los obreros.

Era aún más flexible que vigoroso. Algunos presidiarios, que sueñan perpetuamente con evasiones, acaban por convertir la combinación de fuerza y habilidad en una auténtica ciencia. Es la ciencia de los músculos. Los presos, que están siempre envidiando a las moscas y a las aves, practican a diario toda una estática misteriosa. Trepar en vertical y hallar puntos de apoyo donde apenas se ve un saliente era un juego para Jean Valjean. Desde una esquina de un muro, con la tensión de la espalda y de las pantorrillas, encajando los codos y las rodillas en las asperezas de la piedra, se izaba como por arte de magia hasta un tercer piso. A veces subía así hasta el tejado del presidio.

Hablaba poco. No se reía. Era menester una emoción extremada para arrancarle, una o dos veces al año, esa risa lúgubre del presidiario que es como un eco de la risa del demonio. Al mirarlo, parecía concentrado continuamente en la visión de algo terrible.

Estaba absorto, efectivamente.

A través de las percepciones enfermizas de un carácter incompleto y de una inteligencia agobiada, notaba confusamente que pesaba sobre él algo monstruoso. En aquella penumbra oscura y descolorida por la que reptaba, siempre que giraba el cuello e intentaba alzar la vista, veía, con terror entremezclado con rabia, cómo se edificaba, crecía de planta en planta y se elevaba hasta perderse de vista por encima de su cabeza, con tremendas escarpaduras, algo así como un apilamiento aterrador de cosas, de leyes, de prejuicios, de hombres y de hechos cuyos contornos no alcanzaba a ver, cuya mole lo espantaba y que no era sino esa prodigiosa pirámide que llamamos la civilización. Divisaba acá y allá, en aquel conjunto pululante y deforme, ora a su lado, ora lejos y en mesetas inaccesibles, algún grupo, algún detalle iluminado con vivo resplandor, aquí el carcelero y su bastón, allí el gendarme y su sable, allá el arzobispo mitrado, arriba del todo, en algo parecido a un sol, el emperador coronado y deslumbrante.

Le parecía que esos esplendores lejanos no sólo no disipaban la oscuridad suya sino que, antes bien, la tornaban más fúnebre y más negra. Todo aquello, leyes, prejuicios, hechos, hombres, cosas, iba y venía por encima de su persona, siguiendo el movimiento complicado y misterioso que Dios imprime a la civilización, pisándolo y aplastándolo con un no sé qué reposado dentro de la crueldad e inexorable dentro de la indiferencia. Almas caídas a lo hondo del infortunio posible, hombres desdichados perdidos en lo más bajo de ese limbo donde nadie vuelve a mirar, los réprobos de la ley notan cómo les agobia la cabeza con todo su peso esa sociedad humana tan tremenda para quien se halla fuera de ella, tan aterradora para quien se halla debajo.

En tal situación, Jean Valjean reflexionaba; ¿y de qué tipo podía ser esa reflexión?

Si el grano de mijo bajo la muela tuviera pensamientos, seguramente pensaría lo que pensaba Jean Valjean.

Todo aquello, aquellas realidades colmadas de espectros, aquellas fantasmagorías colmadas de realidades, había acabado por crearle algo semejante a un estado interior casi indecible.

A ratos, en pleno trabajo del presidio, se detenía. Se ponía a pensar. La razón, a la vez más madura y más turbada que antes, se rebelaba. Todo cuanto le había sucedido le parecía absurdo; todo cuanto lo rodeaba le parecía imposible. Se decía: es un sueño. Miraba al carcelero a pocos pasos de él; el carcelero le parecía un fantasma; de repente, el fantasma le daba un bastonazo.

Apenas si existía para él la naturaleza que está a la vista. Acertaríamos casi del todo si dijéramos que no había para Jean Valjean ni sol, ni días hermosos de verano, ni cielo radiante, ni frescos amaneceres de abril. No sé qué claridad de tragaluz le iluminaba normalmente el alma.

Resumiendo, para concluir, todo cuanto, de entre lo que acabamos de explicar, puede resumirse y traducirse en resultados positivos, nos limitaremos a dejar constancia de que, en diecinueve años, Jean Valjean, el inofensivo podador de Faverolles, el temible galeote de Tolón, se había vuelto capaz, merced a la forma en que lo había moldeado el presidio, de dos categorías de malas acciones: la primera, una mala acción rápida, irreflexiva, muy atolondrada, completamente instintiva, algo así como unas represalias por el daño sufrido; la segunda, una mala acción grave, seria, concienzudamente preparada y meditada con las ideas erróneas que puede aportar una desdicha como la suya. Lo que premeditaba pasaba por las tres fases sucesivas que sólo los caracteres de cierto temple pueden recorrer: razonamiento, voluntad, obstinación. Lo movían la acostumbrada indignación, la amargura del alma, la honda sensación de las iniquidades padecidas, la reacción incluso contra los buenos, los inocentes y los justos, si los hubiere.

El odio a la ley humana era tanto el punto de partida cuanto el punto de llegada de todos sus pensamientos; ese odio que, a menos que algún incidente providencial detenga su desarrollo, se convierte, pasado un tiempo, en odio a la sociedad, luego en odio al género humano, luego en odio a la creación, y se manifiesta en un inconcreto, incesante y brutal deseo de hacer daño a quien sea, a cualquier ser vivo.

Como puede verse, no le faltaba razón al pasaporte al tildar a Jean Valjean de hombre muy peligroso.

De año en año, aquella alma se había secado cada vez más, despacio, pero fatalmente. Al corazón seco corresponden unos ojos secos. Cuando salió de presidio, llevaba diecinueve años sin verter una lágrima.

VIII
EL MAR Y LA SOMBRA

¡Hombre al agua!

¡Qué más da! El barco no se detiene. El viento sopla, ese barco sombrío tiene un derrotero al que no le queda más remedio que atenerse. Pasa de largo.

El hombre desaparece, vuelve luego a aparecer, se sumerge y regresa a la superficie, llama, tiende los brazos, no lo oyen; el barco, vibrando en el huracán, no atiende sino a su maniobra; los marineros y los pasajeros no ven ya siquiera al hombre hundido en el agua; la pobre cabeza no es ya sino un punto entre la enormidad de las olas.

Lanza en las profundidades gritos desesperados. ¡Esa vela que se aleja es un espectro terrible! La mira, la mira con frenesí. Se aleja, palidece, mengua. Hace un momento él estaba allí, formaba parte de la tripulación, iba y venía por el puente con los demás, le correspondía su ración de aire para respirar y de sol, era un ser vivo. Ahora, ¿qué ha sucedido? Resbaló, cayó, y ya está.

Se halla en el agua monstruosa. Sólo tiene ya bajo los pies algo que huye y se desploma. Las olas, que el viento rasga y hace jirones, lo rodean horrorosamente; los cabeceos del abismo lo arrastran; todos los harapos del agua se mueven en torno a su cabeza; un populacho de olas le escupe; confusas cavidades se lo tragan a medias; cada vez que se hunde, vislumbra precipicios repletos de noche; espantosas vegetaciones desconocidas lo aferran, le anudan los pies, tiran de él; nota que se vuelve abismo; forma parte de la espuma; las oleadas se lo lanzan, de una a otra; bebe amargura; el océano se obstina en ahogarlo; la enormidad juega con su agonía. Es como si toda esa agua fuera odio.

No obstante, lucha. Intenta defenderse, intenta mantenerse a flote, se esfuerza, nada. Él, esa pobre fuerza que se agota enseguida, combate contra lo inagotable.

¿Dónde estará el barco? Allá lejos. Casi no se lo ve entre las pálidas tinieblas del horizonte.

Soplan las ráfagas; todas las espumas lo agobian. Alza los ojos y no ve sino las livideces de las nubes. Presencia, agonizante, la gigantesca demencia del mar. Esa locura es un suplicio. Oye ruidos ajenos al hombre que parecen venir de más allá de la tierra y no se sabe de qué exterior espantoso.

Hay aves en las nubes, de la misma forma que hay ángeles por encima de los desvalimientos humanos, pero ¿qué podrían hacer por él? Vuelan, cantan y planean; y él suelta un estertor.

Siente que lo sepultan a la vez esos dos infinitos, el océano y el cielo; uno es tumba y el otro es sudario.

Cae la noche, lleva horas nadando, ya no le quedan fuerzas; aquel barco, aquel objeto lejano en el que había hombres, se ha esfumado, está solo en el formidable abismo crepuscular, se hunde, se resiste, se retuerce, nota por debajo de él los inconcretos monstruos de lo invisible; llama.

Ya no hay hombres. ¿Dónde está Dios?

Llama. ¡Que conteste alguien! ¡Alguien! Sigue llamando. Nada en el horizonte. Nada en el cielo.

Implora a la extensión, a las olas, a las algas, al arrecife; están sordos. Suplica a la tempestad; la tempestad, imperturbable, sólo obedece al infinito.

En torno, la oscuridad, la bruma, la soledad, el tumulto tempestuoso e inconsciente, los pliegues infinitos de las aguas hoscas. En él, el espanto y el cansancio. Bajo él, la caída. No hay punto de apoyo. Piensa en las aventuras tenebrosas del cadáver en la sombra ilimitada. El frío sin fondo lo paraliza. Se le crispan las manos, y se cierran y aferran la nada. ¡Vientos, nubes, torbellinos, ráfagas, estrellas inútiles! ¿Qué hacer? El desesperado cede; quien está cansado toma la decisión de morir; deja que suceda lo que sea, se deja ir, rinde las armas; y cae para siempre en las profundidades lúgubres del que se ahoga.

¡Ay, caminar implacable de las sociedades humanas! ¡Con hombres y almas quedándose por el camino! ¡Océano donde cae todo cuanto deja caer la ley! ¡Desaparición siniestra del socorro! ¡Ay, muerte moral!

El mar es la inexorable noche social a la que arrojan los penales a sus condenados. El mar es la miseria inmensa.

El alma, cayendo a pique en ese abismo, puede convertirse en un cadáver. ¿Quién la resucitará?

IX
NUEVOS AGRAVIOS

Llegada la hora de salir del presidio, cuando le sonó en los oídos a Jean Valjean esa frase tan rara: ¡estás libre!, fue aquél un momento inverosímil e inaudito; un rayo de brillante luz, un rayo de la luz verdadera de los vivos se le metió dentro de repente. Pero ese rayo de luz no tardó en palidecer. A Jean Valjean lo había deslumbrado la idea de la libertad. Creyó en una vida nueva. No tardó en caer en la cuenta de que era una libertad con pasaporte amarillo.

Y, además de ésa, otras muchas amarguras. Había calculado que la masita, mientras estuvo en presidio, tenía que haber llegado a ciento setenta y un francos. Hay que decir que se le había olvidado, al echar la cuenta, el descanso forzoso de los domingos y los días festivos, que, en diecinueve años, suponía una merma de alrededor de veinticuatro francos. Fuere como fuere, la masita se había quedado, debido a diversas retenciones locales, en ciento nueve francos con setenta y cinco céntimos, que le entregaron al salir.

No lo entendió y se creyó perjudicado. No nos andemos con rodeos: robado.

Al día siguiente de la liberación, en Grasse, vio ante la puerta de una destilería de flor de azahar a unos hombres que estaban descargando unos fardos. Ofreció sus servicios. El trabajo apremiaba, lo cogieron. Puso manos a la obra. Era inteligente, robusto y hábil; ponía cuanto podía de su parte; el amo parecía satisfecho. Mientras estaba trabajando, pasó un gendarme, se fijó en él y le pidió los papeles. Tuvo que enseñar el pasaporte amarillo. Luego, Jean Valjean siguió trabajando. Un poco antes, les había preguntado a unos obreros de cuánto era el jornal en aquel trabajo; le contestaron: un franco y medio. Al caer la tarde, como tenía que irse a la mañana siguiente, fue a ver al dueño de la destilería y le pidió que le pagara. El dueño no dijo ni palabra y le dio un franco con veinticinco céntimos. Reclamó. Le contestaron: Para ti, de sobra. Insistió. El dueño le miró a la cara y le dijo: ¡A ver si acabas en el trullo!

También en esta ocasión consideró que le habían robado.

La sociedad y el Estado, al mermarle la masita, le habían robado a lo grande. Ahora le tocaba la vez al individuo, que le robaba a pequeña escala.

Que lo pongan a uno en libertad no quiere decir que lo liberen. Del presidio se sale; de la condena, no.

Esto fue lo que le sucedió en Grasse. Ya hemos visto qué acogida le dieron en Digne.

X
EL HOMBRE QUE SE DESPIERTA

Estaban dando, pues, las dos en el reloj de la catedral cuando Jean Valjean se despertó.

Lo que lo despertó fue que la cama era excesivamente buena. Llevaba casi veinte años sin acostarse en una cama y, aunque no se había desnudado, era una sensación demasiado nueva para no alterarle el sueño.

Había dormido más de cuatro horas. Se le había pasado el cansancio. Estaba acostumbrado a no dedicar muchas horas al descanso.

Abrió los ojos y se quedó un momento mirando, en la oscuridad, lo que tenía en torno; luego los volvió a cerrar para volver a dormirse.

Cuando han alborotado el día muchas sensaciones diversas, cuando hay cosas que tienen preocupada la mente, nos quedamos dormidos, pero no podemos volver a dormirnos. Al sueño le cuesta menos llegar que volver. Eso fue lo que le pasó a Jean Valjean. No pudo volver a dormirse y se puso a pensar.

Se hallaba en uno de esos momentos en que las ideas que tenemos en el pensamiento están turbias. Jean Valjean tenía en la cabeza algo así como un vaivén confuso. Los recuerdos antiguos y los recuerdos inmediatos flotaban, revueltos, y se cruzaban nebulosamente, perdiendo la forma, creciendo de forma desmedida y esfumándose luego de pronto como en unas aguas fangosas y turbulentas. Le acudían muchos pensamientos, pero había uno que regresaba sin cesar y que apartaba a todos los demás. Vamos a decir cuál era ese pensamiento: le habían llamado la atención los seis cubiertos de plata y el cucharón que la señora Magloire había colocado en la mesa.

Esos seis cubiertos de plata lo obsesionaban. Estaban ahí. A pocos pasos. Al cruzar el cuarto contiguo para entrar en el que estaba ahora, la anciana criada los estaba metiendo en una alacenita que había a la cabecera de la cama. Se había fijado muy bien en esa alacena. A la derecha, según se entraba desde el comedor. Eran de plata maciza. Y antigua. Por el cucharón se podían pedir por lo menos doscientos francos. El doble de lo que había ganado él en diecinueve años. Cierto es que habría ganado más si la administración no le hubiera robado.

Le anduvo oscilando el pensamiento una hora entera en fluctuaciones con las que se mezclaba, desde luego, cierta resistencia. Dieron las tres. Volvió a abrir los ojos, se incorporó bruscamente, estiró los brazos, palpó el macuto que había arrojado en el rincón de la alcoba; luego sacó las piernas, las dejó colgando, puso los pies en el suelo y, casi sin saber cómo, se encontró sentado en la cama.

Se quedó un rato, pensativo, en esa postura, que le habría parecido un tanto siniestra a quien hubiera divisado así, en la sombra, a la única persona despierta en la casa dormida. De pronto se agachó, se quitó los zapatos y los colocó despacio en la alfombrilla que había a los pies de la cama; luego tornó a la postura pensativa y se quedó inmóvil otra vez.

En esta meditación horrorosa, las ideas que acabamos de mencionar le daban vueltas sin cesar por la cabeza, entraban, salían, volvían a entrar, ejercían sobre él algo así como una presión; y, además, pensaba también, sin saber por qué, y con esa obstinación maquinal propia de la ensoñación, en un condenado llamado Brevet a quien había conocido en presidio y que llevaba sujetos los pantalones con un único tirante, de punto de algodón. El dibujo en damero de ese tirante se le venía sin parar a las mientes.

Aquella situación duraba, y quizá habría seguido de forma indefinida hasta el amanecer, si el reloj no hubiera dado una campanada, el cuarto o la media. Fue como si esa campanada le hubiese dicho: ¡Adelante!

Se puso de pie, titubeó un momento aún y prestó oído; todo callaba en la casa; entonces se fue derecho y a pasitos hasta la ventana, que veía a medias. La noche no era demasiado oscura; la luna estaba llena y corrían por encima de ella nubes anchas que empujaba el viento, con lo que en el exterior había alternancias de luz y de sombra, eclipses y, luego, claros; y dentro, algo semejante a un crepúsculo. Aquel crepúsculo, suficiente para poder orientarse, intermitente por causa de las nubes, se parecía a esa especie de lividez que entra por el tragaluz de un sótano por delante del cual van y vienen transeúntes. Al llegar a la ventana, Jean Valjean le pasó revista. No tenía rejas, daba al jardín y sólo se cerraba, como sucedía en la comarca, con una clavijita. La abrió, pero, al entrar de repente en la habitación un aire frío y cortante, volvió a cerrarla enseguida. Miró el jardín con esa mirada atenta que más que mirar estudia. Rodeaba el jardín una tapia blanca bastante baja, fácil de escalar. Al fondo, más allá, divisó las cimas, espaciadas regularmente, de unos árboles, lo que indicaba que aquella tapia separaba el jardín de una avenida o de una calleja arbolada.

Tras esa ojeada, hizo el ademán de un hombre que ha tomado una decisión, fue hacia la alcoba, cogió el macuto, lo abrió, hurgó en él, sacó algo que dejó encima de la cama, se metió los zapatos en un bolsillo, se puso en la cabeza la gorra, cuya visera se echó hacia los ojos, buscó el bastón a tientas y fue a dejarlo en la esquina de la ventana, volvió luego hacia la cama y agarró resueltamente lo que había dejado encima de ella. Parecía una barra de hierro corta con uno de los extremos afilado como una estaca.

Habría costado distinguir en las tinieblas para qué uso se había fabricado aquel trozo de hierro. ¿Sería una palanca? ¿Sería una maza?

De día habría sido fácil percatarse de que no se trataba sino de un pistolete de minero. Ponían por entonces a veces a los presidiarios a sacar rocas de las colinas elevadas que rodean Tolón, y no era raro que dispusieran de herramientas de minero. Los pistoletes de los mineros son de hierro macizo y terminan en la extremidad inferior con una punta que permite clavarlos en la roca.

Jean Valjean cogió el pistolete con la mano derecha y, conteniendo el aliento y ahogando el ruido de los pasos, se encaminó hacia la puerta de la habitación contigua, la del obispo, como ya sabemos. Al llegar a esta puerta, se la encontró entornada. El obispo no la había cerrado.

<h1 style="text-align:center">XI</h1>
<h2 style="text-align:center">LO QUE HACE</h2>

Jean Valjean escuchó. Ningún ruido. Empujó la puerta.

La empujó con la punta del dedo, levemente, con esa suavidad furtiva e inquieta de un gato que quiere entrar.

La puerta cedió a esa presión y se movió de una forma imperceptible y callada que agrandó un tanto la rendija.

Esperó un momento, luego empujó la puerta otra vez, con mayor atrevimiento.

Siguió cediendo en silencio. La abertura era ahora suficientemente grande para permitirle el paso. Pero había cerca de la puerta una mesita que formaba con ella un ángulo molesto y tapaba la entrada.

Jean Valjean se percató de esa dificultad. La abertura tenía que ser mayor, no quedaba más remedio.

Se decidió y empujó la puerta por tercera vez con más energía que las dos anteriores. En esta ocasión, una bisagra mal engrasada soltó de pronto en la oscuridad un grito ronco y prolongado.

Jean Valjean se sobresaltó. El ruido de aquella bisagra le sonó en los oídos como algo tan estridente y tremendo como la trompeta del juicio final.

En las exageraciones fantásticas del primer minuto, llegó casi a imaginarse que aquella bisagra acababa de cobrar vida, una vida terrible, y ladraba como un perro para avisar a todo el mundo y despertar a quienes estuvieran durmiendo.

Se detuvo, trémulo, espantado; iba de puntillas, bajó de golpe los pies y apoyó los talones. Oyó cómo le palpitaban las arterias en las sienes como dos martillos de herrero y le dio la impresión de que le salía el aliento del pecho con el ruido del viento que sale de una cueva. Le parecía imposible que el tremendo clamor de aquella bisagra airada no hubiera inmutado a todos los de la casa igual que la sacudida de un terremoto; había empujado la puerta y ésta se había alarmado y había llamado; el anciano iba a levantarse, las dos ancianas chillarían, acudiría gente a socorrerlas; antes de un cuarto de hora, la ciudad estaría sobre aviso, y los gendarmes, alertados. Por un momento se creyó perdido.

Se quedó en el sitio, petrificado como la estatua de sal, sin atreverse a hacer ni un movimiento.

Pasaron unos minutos. La puerta se había abierto de par en par. Se arriesgó a echarle una ojeada a la habitación. Nada se había movido. Prestó oído. Nada rebullía en la casa. El ruido de la bisagra no había despertado a nadie.

Había pasado el primer peligro, pero aún le quedaba por dentro un horrible tumulto. Sin embargo, no retrocedió. Ni siquiera al creerse perdido había retrocedido. No pensó ya más que en acabar cuanto antes. Dio un paso adelante y entró en la habitación.

La habitación estaba completamente tranquila. Se divisaban acá y allá formas confusas e inconcretas que, de día, eran papeles dispersos encima de una mesa, libros infolio abiertos, tomos apilados encima de un taburete, un sillón cargado de ropa, un reclinatorio, y que, a aquellas horas, no eran ya sino rincones tenebrosos y lugares blanquecinos. Jean Valjean anduvo sigilosamente, con cuidado de no tropezar en los muebles. Oía, al fondo de la habitación, la respiración regular y sosegada del obispo dormido.

Se detuvo de pronto. Estaba junto a la cama. Había llegado más deprisa de lo que se esperaba.

La naturaleza entremezcla a veces sus impresiones y sus espectáculos con nuestros actos en algo semejante a un sentido de la oportunidad brumoso e inteligente, como si quisiera hacernos reflexionar. Una nube grande llevaba casi media hora tapando el cielo. En el preciso instante en que Jean Valjean se paró junto a la cama, la nube se abrió, como si lo hubiera hecho aposta, y un rayo de luna, cruzando por la ventana alargada, le iluminó de pronto la cara pálida al obispo. Dormía tranquilamente. Se había acostado casi vestido porque en los Bajos Alpes las noches son frías y llevaba una prenda de lana parda que le cubría los brazos hasta las muñecas. Tenía la cabeza echada hacia atrás en la almohada en la postura confiada del descanso; le colgaba fuera de la cama la mano ornada con el anillo pastoral y de la que habían salido tantas buenas obras y tantas acciones santas. Le iluminaba la cara entera el esbozo de una expresión de contento, de esperanza y de beatitud. Era más que una sonrisa y casi un resplandor. Llevaba en la frente la indecible reverberación de una luz invisible. El alma de los justos contempla durante el sueño un cielo misterioso.

Un reflejo de ese cielo caía sobre el obispo.

Era, al tiempo, una transparencia luminosa, porque aquel cielo lo llevaba dentro. Aquel cielo era su conciencia.

Cuando el rayo de luna se superpuso, por así decirlo, a aquella claridad interior, el obispo dormido apareció como en un nimbo. Y, no obstante, todo siguió siendo dulce y velado con una media luz inefable. Aquella luna en el cielo, aquella naturaleza dormida, aquel jardín sin un temblor, aquella casa tan tranquila, la hora, el momento, el silencio añadían un no se sabe qué solemne e indecible al venerable reposo de aquel hombre y envolvían en una especie de aureola majestuosa y serena ese pelo blanco y esos ojos cerrados, ese rostro en que todo era confianza, esa cabeza de anciano y ese sueño de niño.

Había casi algo divino en aquel hombre, augusto sin saberlo.

Jean Valjean estaba en la sombra, con el pistolete de hierro en la mano, de pie, quieto, estupefacto ante aquel anciano luminoso. Nunca había visto nada igual. Aquella confianza lo espantaba. El mundo de lo moral no cuenta con espectáculo de mayor magnitud que éste: una conciencia alterada e intranquila, al filo de una mala acción, contemplando el sueño de un justo.

En ese sueño, en ese aislamiento que tenía por vecino a alguien como él, había algo sublime que Jean Valjean notaba de forma imprecisa, pero imperiosa.

Nadie habría podido decir qué estaba ocurriendo en su fuero interno, ni siquiera él. Para intentar darse cuenta, hay que imaginar lo más violento que existir pueda en presencia de lo más suave. Ni siquiera en la cara se le habría podido notar nada de forma cierta. Había en ella algo así como un pasmo despavorido. Jean Valjean miraba. Y nada más. Pero ¿qué pensaba?

Habría sido imposible adivinarlo. Lo que resultaba evidente es que estaba emocionado y trastornado. Pero ¿de qué clase era la emoción aquella?

No apartaba la vista del anciano. Lo único que se le desprendía con claridad de la actitud y de la fisonomía era una indecisión extraña. Hubiérase dicho que titubeaba entre estos dos abismos: ese en que el hombre se pierde y ese otro en que se salva. Parecía a punto de romper aquella cabeza o de besar aquella mano.

Al cabo de unos instantes, alzó despacio hacia la frente el brazo izquierdo, se quitó la gorra y, luego, el brazo volvió a caer con igual lentitud; y Jean Valjean volvió a sumirse en aquella contemplación, con la gorra en la mano izquierda, la maza en la mano derecha y el pelo erizado en la hosca cabeza.

El obispo seguía durmiendo en una paz profunda bajo aquella mirada aterradora.

Un reflejo de luna permitía ver confusamente encima de la chimenea el crucifijo, que parecía abrirles los brazos a ambos con una bendición para uno y un perdón para otro.

De pronto, Jean Valjean se volvió a poner la gorra, echada hacia la frente, y fue rápidamente y en derechura, bordeando la cama y sin mirar al obispo, hasta la alacena que veía a medias junto a la cabecera; alzó el pistolete de hierro, como para forzar la cerradura; estaba la llave puesta; abrió la alacena; lo primero que vio fue la cesta con la cubertería de plata; la cogió, cruzó la habitación a zancadas sin tomar precauciones y sin cuidarse del ruido, llegó a la puerta, entró en el oratorio, abrió la ventana, cogió el bastón, pasó por encima del alféizar de la planta baja, metió los cubiertos de plata en el macuto, tiró la cesta, cruzó el jardín, saltó la tapia como un tigre y salió huyendo.

XII
EL OBISPO TRABAJA

Al día siguiente, al salir el sol, monseñor Bienvenu paseaba por el jardín. La señora Magloire fue a su encuentro completamente trastornada.

—¡Monseñor, monseñor! —exclamó—. ¿Sabe Su Ilustrísima dónde está la cesta de los cubiertos de plata?

—Sí —dijo el obispo.

—¡Alabado sea Dios! —contestó ella—. No sabía qué había sido de ella.

El obispo acababa de recoger la cesta en una platabanda. Se la tendió a la señora Magloire.

—Aquí está.

—Pero ¿y esto? —dijo ella—. ¡No hay nada dentro! ¿Y los cubiertos?

—¡Ah! —respondió el obispo—. ¿Eran los cubiertos lo que andaba buscando? No sé dónde están.

—¡Por los clavos de Cristo! ¡Los han robado! ¡Los ha robado el hombre de ayer por la noche!

En un abrir y cerrar de ojos, y con todos sus bríos de anciana vivaracha, la señora Magloire fue corriendo al oratorio, entró en la alcoba y regresó donde estaba el obispo. Éste acababa de agacharse y miraba con un suspiro un plantón de coclearia que la cesta había roto al caer en medio de la platabanda. Se enderezó al oír el grito de la señora Magloire.

—¡Monseñor, el hombre se ha ido! ¡Han robado los cubiertos de plata!

Según soltaba esa exclamación, le cayó la mirada en una esquina del jardín donde se veían trazas de la escalada. Estaba arrancada la albardilla de la tapia.

—¡Mire! Por ahí se fue. Saltó a la calleja de Cochefilet. ¡Ay, qué abominación! ¡Nos ha robado nuestros cubiertos de plata!

El obispo se quedó callado un momento; luego alzó unos ojos muy serios y le dijo suavemente a la señora Magloire:

—Como primera providencia, ¿eran nuestros esos cubiertos de plata?

La señora Magloire se quedó cortada. Hubo otro silencio y, luego, el obispo siguió diciendo:

—Señora Magloire, tenía en mi poder y desde hace mucho esos cubiertos. Eran de los pobres. ¿Quién era ese hombre? Un pobre, está claro.

—¡Señor, Dios mío! —respondió la señora Magloire—. No lo digo por mí, ni por la señorita. Nos da completamente igual. Lo digo por monseñor.

¿Con qué va a comer monseñor ahora?

El obispo la miró con expresión de extrañeza.

—¡Cómo! ¿Es que no hay cubiertos de estaño? La señora Magloire se encogió de hombros.

—El estaño tiene olor.

—Pues cubiertos de hierro, entonces.

La señora Magloire hizo una mueca expresiva.

—El hierro tiene sabor.

—Bueno —dijo el obispo—, pues cubiertos de palo.

Pocos momentos después estaba desayunando en esa misma mesa a la que Jean Valjean se había sentado la víspera. Al tiempo que desayunaba, monseñor Bienvenu hacía notar a su hermana, que no decía nada, y a la señora Magloire, que refunfuñaba en sordina, que no se necesita ni poco ni mucho ni cuchara ni tenedor, ni tan siquiera de palo, para mojar un trozo de pan en una taza de leche.

—¡Es que a quién se le ocurre! —decía la señora Magloire para su capote según iba y venía—. ¡Mira que recibir a un hombre así! ¡Y acomodarlo al lado de uno! ¡Y agradecidos tenemos que estar de que sólo nos haya robado! ¡Ay, Dios mío, si es que dan escalofríos cuando se piensa!

Iban a levantarse de la mesa ambos hermanos cuando llamaron a la puerta.

—¡Adelante! —dijo el obispo.

Se abrió la puerta. Un grupo raro y violento apareció en el umbral. Tres hombres que llevaban a otro agarrado por el cuello del blusón. Tres de esos hombres eran gendarmes; el cuarto era Jean Valjean.

Un brigadier de la gendarmería, que parecía al mando del grupo, estaba junto a la puerta. Entró y se acercó al obispo con un saludo militar.

—Monseñor… —dijo.

Al oír esta palabra, Jean Valjean, que estaba muy hosco y parecía abatido, alzó la cabeza con expresión estupefacta.

—¡Monseñor! —susurró—. Entonces no es el párroco…

—Silencio —dijo un gendarme—. Es el señor obispo.

En tanto, monseñor Bienvenu se había acercado tan deprisa como se lo permitía su avanzada edad.

—¡Ah, está usted aquí! —exclamó mirando a Jean Valjean—. Me alegro mucho de verlo. ¡Pero bueno! Si le había dado también los candeleros, que son de plata como lo demás y a los que les puede sacar muy bien doscientos francos. ¿Por qué no se los llevó con sus cubiertos?

Jean Valjean abrió mucho los ojos y miró al venerable obispo con una expresión que ninguna lengua humana podría expresar.

—Monseñor —dijo el brigadier de gendarmería—, ¿así que este hombre decía la verdad? Nos hemos encontrado con él. Iba como alguien que escapa. Lo hemos detenido por si acaso. Llevaba estos cubiertos de plata…

—¿Y les ha dicho —interrumpió el obispo, sonriendo— que se los había dado un cura viejo en cuya casa había pasado la noche? Ya veo. Y lo han vuelto a traer. Es un malentendido.

—¿Así que podemos dejar que se vaya? —preguntó el brigadier.

—Desde luego —contestó el obispo.

Los gendarmes soltaron a Jean Valjean, que retrocedió.

—¿Me sueltan de verdad? —dijo con voz casi inarticulada y como si hablase en sueños.

—Sí, te soltamos, ¿no lo estás oyendo? —dijo un gendarme.

—Amigo mío —añadió el obispo—, antes de que se vaya, aquí tiene sus candeleros. Cójalos.

Fue a la chimenea, cogió los dos candeleros de plata y se los llevó a Jean Valjean. Las dos mujeres lo miraban sin decir palabra, sin un ademán, sin una mirada que pudiera estorbar al obispo.

A Jean Valjean le temblaba todo el cuerpo. Cogió los dos candeleros maquinalmente y con expresión extraviada.

—Ahora —dijo el obispo— vaya en paz. Por cierto, cuando vuelva, amigo mío, no se moleste en entrar por el jardín. Por la puerta de la calle puede entrar y salir siempre. Está cerrada sólo con falleba de día y de noche.

Luego, volviéndose hacia los gendarmes.

—Señores, pueden retirarse. Los gendarmes se fueron.

Jean Valjean estaba como un hombre que fuera a desmayarse. El obispo se le acercó y le dijo en voz baja:

—Que no se le olvide, que no se le olvide nunca que me ha prometido utilizar ese dinero en convertirse en un hombre honrado.

Jean Valjean, que no recordaba haber prometido nada, se quedó cortado. El obispo había usado un tono insistente al decirlo. Añadió solemnemente:

—Jean Valjean, hermano mío, ya no pertenece al mal, sino al bien. Le compro el alma; se la quito a las ideas negras y al espíritu de perdición y se la doy a Dios.

XIII
PETIT-GERVAIS

Jean Valjean salió de la ciudad como quien huye. Echó a andar a toda prisa a campo traviesa, metiéndose por los caminos y los senderos que se le ponían delante sin darse cuenta de que desandaba lo andado a cada paso. Anduvo así toda la mañana, sin comer y sin notar hambre. Era presa de una multitud de sensaciones nuevas. Notaba algo así como ira; no sabía contra quién. No habría podido decir si estaba conmovido o humillado. A ratos sentía una ternura extraña que combatía y a la que hacía frente con el endurecimiento de los últimos veinte años. Aquel estado lo cansaba. Veía con preocupación que se le desplomaba en su fuero interno aquella especie de calma espantosa que le aportaba la injusticia de su desventura. Se preguntaba qué iba a sustituirla. A veces habría preferido en serio estar en la cárcel con los gendarmes y que las cosas no hubieran sucedido como lo habían hecho; habría sido menos intranquilizador. Aunque la estación estaba ya bastante entrada, había aún, acá y allá, en los setos, algunas flores tardías cuyo aroma, entre el que cruzaba al andar, le traía recuerdos de infancia. Esos recuerdos le resultaban casi insoportables, de tanto como hacía que los tenía olvidados.

Así se le fueron acumulando durante todo el día unos pensamientos indecibles.

Cuando el sol iba ya hacia poniente, alargando por el suelo la sombra de la mínima piedra, Jean Valjean estaba sentado detrás de un matorral en una llanura ancha, rojiza, completamente desierta. En el horizonte sólo se veían los Alpes. Ni tan siquiera el campanario de un pueblo lejano. Jean Valjean podía hallarse a unas tres leguas de Digne. Un sendero, que cruzaba el llano, corría a pocos pasos del matorral.

Sumido en esa meditación que, si alguien se hubiera topado con él, habría contribuido no poco a dar a sus andrajos un aspecto temible, oyó un ruido jubiloso.

Volvió la cabeza y vio que venía por el sendero un niño, un deshollinador de unos diez años que iba cantando, con la zanfona pegada al costado y la caja con la marmota echada a la espalda; uno de esos niños dulces y alegres que van de comarca en comarca enseñando las rodillas por los agujeros de los pantalones.

Sin dejar de cantar, el niño se paraba de vez en cuando y jugaba a las tabas con unas cuantas monedas que llevaba en la mano, toda su fortuna probablemente. Entre ellas, había una de dos francos.

El niño se detuvo junto al matorral sin ver a Jean Valjean y tiró al aire el puñado de calderilla que hasta el momento había recogido entero con bastante maña en el dorso de la mano.

En esta ocasión se le escapó la moneda de dos francos, que rodó hacia el matorral y llegó donde estaba Jean Valjean.

Jean Valjean puso encima el pie.

Pero el niño había seguido la moneda con la mirada y lo vio. No mostró extrañeza y se dirigió en derechura al hombre.

Era un lugar completamente solitario. Hasta donde abarcaba la vista, no había nadie ni en la llanura ni en el sendero. Sólo se oían los grititos débiles de una bandada de aves que iban de paso y cruzaban por el cielo a gran altura. El niño estaba de espaldas al sol, que le ponía hebras de oro en el pelo y ponía también la púrpura de un resplandor sanguinolento en la cara feroz de Jean Valjean.

—Señor —dijo el niño deshollinador con esa confianza de la infancia que se compone de ignorancia y de inocencia—. ¿Me da mi moneda?

—¿Cómo te llamas? —dijo Jean Valjean.

—Petit-Gervais, señor.

—Vete —dijo Jean Valjean.

—Señor —volvió a decir el niño—, devuélvame la moneda. Jean Valjean agachó la cabeza y no contestó.

El niño repitió:

—¡Mi moneda, señor!

Jean Valjean siguió con los ojos clavados en el suelo.

—¡Mi moneda! —gritó el niño—. ¡Mi dinero!

Era como si Jean Valjean no oyera. El niño lo agarró por el cuello del blusón y lo zarandeó. Y, al tiempo, se esforzaba por mover el zapatón con clavos que estaba pisando su tesoro.

—¡Quiero mi moneda! ¡Mi moneda de dos francos!

El niño lloraba. Jean Valjean alzó la cabeza. Seguía sentado. Tenía los ojos turbios. Miró al niño con algo parecido al asombro; estiró luego la mano hacia el bastón y gritó con voz terrible:

—¿Quién anda ahí?

—Yo, señor —respondió el niño—. ¡Petit-Gervais! ¡Yo! ¡Yo!

¡Devuélvame mis dos francos, se lo ruego! ¡Quite el pie, señor, se lo ruego!

Luego, airado pese a ser tan niño, y poniéndose casi amenazador:

—¡Ya está bien! ¿Va a quitar el pie? ¡Quite el pie, caray!

—¡Anda! ¿Otra vez tú? —dijo Jean Valjean.

Y poniéndose de pie de pronto, sin levantar el zapatón de la moneda, añadió:

—¿Quieres largarte de una vez?

El niño lo miró; luego empezó a temblar de pies a cabeza; y, tras unos segundos de estupor, emprendió la huida corriendo tan deprisa como podía sin atreverse a mirar atrás ni a soltar ni un grito.

No obstante, a cierta distancia, tuvo que detenerse porque estaba sin resuello; y Jean Valjean, a través de su ensimismamiento, lo oyó sollozar.

Al cabo de unos instantes, el niño se había esfumado. El sol se había puesto.

Iba creciendo la sombra en torno a Jean Valjean. No había comido nada en todo el día; probablemente tenía fiebre.

Seguía de pie y no había cambiado de postura desde que el niño había salido huyendo. La respiración le hinchaba el pecho a intervalos espaciados e irregulares. Los ojos, clavados a diez o doce pasos ante sí, parecían estar examinando con honda atención la forma de un cascote viejo de loza azul caído en la hierba. Se sobresaltó de pronto: acababa de notar el frío del atardecer.

Se echó más la gorra hacia las cejas, intentó automáticamente cruzarse y abotonarse la chaqueta y se agachó para recoger el bastón del suelo.

En ese momento vio la moneda de dos francos que casi había hundido con el pie en la tierra y brillaba entre dos guijarros. Notó una especie de conmoción galvánica:

—¿Qué es eso? —se dijo entre dientes.

Retrocedió tres pasos; luego, se detuvo sin poder apartar la mirada de ese punto que hollaba con el pie hacía unos momentos, como si eso que relucía en la oscuridad hubiera sido un ojo abierto que se clavara en él.

Al cabo de unos minutos, se abalanzó convulsivamente hacia la moneda, la cogió y, enderezándose, empezó a mirar a lo lejos, por la llanura, lanzando a la vez la mirada hacia todos los puntos del horizonte, de pie y tiritando como una fiera que busca un asilo.

No vio nada. Caía la noche, la llanura estaba fría y borrosa, anchos retazos de niebla violeta se alzaban en la claridad crepuscular.

Dijo: «¡Ah!». Y echó a andar deprisa en la dirección en que había desaparecido el niño. Tras dar unos treinta pasos, se detuvo, miró y no vio nada.

Gritó entonces con todas sus fuerzas:

—¡Petit-Gervais! ¡Petit-Gervais! Calló y esperó.

Ninguna respuesta.

El campo estaba desierto y desabrido. Y él en medio de aquella amplia extensión. Sólo tenía alrededor una sombra donde se perdía la mirada y un silencio donde se perdía la voz.

Soplaba un viento del norte gélido que prestaba una vida lúgubre a las cosas que lo rodeaban. Unos arbolitos sacudían los brazos cortos y flacos con furia increíble. Era como si amenazasen y persiguiesen a alguien.

Echó a andar otra vez; luego, echó a correr y, de vez en cuando, se detenía y gritaba en aquellas soledades, con una voz que era lo más tremendo y desconsolado que oírse pueda: «¡Petit-Gervais! ¡Petit-Gervais!».

Es indudable que, si el niño lo hubiera oído, se habría guardado muy mucho se dejarse ver. Pero el niño estaba muy lejos ya, seguramente.

Se encontró con un sacerdote que iba a caballo. Se le acercó y le dijo:

—Señor cura, ¿no habrá visto usted pasar a un niño?

—No —dijo el sacerdote.

—Uno que se llama Petit-Gervais.

—No he visto a nadie.

Jean Valjean se sacó del bolsillo dos monedas de cinco francos y se las entregó al sacerdote.

—Para sus pobres, señor cura. Es un niño de unos diez años que lleva una marmota, me parece, y una zanfona. Iba de camino. Uno de esos deshollinadores, ¿sabe?

—No lo he visto.

—Petit-Gervais. ¿No será de algún pueblo de por aquí? ¿No sabría decirme?

—Por lo que dice, amigo mío, es un niño forastero. Pasan por la zona y no los conocemos.

Jean Valjean cogió con violencia otras dos monedas de cinco francos y se las dio al sacerdote.

—Para sus pobres —dijo. Añadió, luego, extraviado:

—Señor cura, mande que me detengan. Soy un ladrón.

El sacerdote espoleó la cabalgadura y salió huyendo, despavorido.

Jean Valjean echó a correr en la dirección que había tomado al principio.

Recorrió así un buen trecho, mirando, llamando y gritando, pero no volvió a encontrarse con nadie. Dos o tres veces corrió llanura adelante hacia algo que le dio la impresión de ser una persona echada o sentada en el suelo; sólo era maleza, o rocas a flor del suelo. Por fin se detuvo en la encrucijada de tres caminos. Había salido la luna. Paseó la vista por la lejanía y llamó por última vez: «¡Petit-Gervais! ¡Petit-Gervais! ¡Petit-Gervais!». La niebla ahogó el grito, que no despertó siquiera un eco. Volvió a susurrar: «¡Petit-Gervais!», pero con voz débil y casi inarticulada. No hizo más esfuerzos; se le doblaron de golpe las pantorrillas, como si una fuerza invisible lo agobiase de pronto con el peso de la mala conciencia; se desplomó agotado en una piedra grande, con los puños en el pelo y el rostro pegado a las rodillas, y gritó: «¡Soy un miserable!».

Entonces le estalló el corazón y se echó a llorar. Era la primera vez que lloraba en diecinueve años.

Al salir Jean Valjean de casa del obispo, como ya hemos visto, se hallaba fuera de todo cuanto había sido su forma de pensar hasta entonces. No podía percatarse de qué le estaba pasando por dentro. Se resistía a la acción angélica y a las dulces palabras del anciano. «Me ha prometido convertirse en un hombre honrado. Le compro el alma; se la quito al espíritu de perversidad y se la doy a Dios.» Le volvían continuamente a la cabeza. Oponía a aquella indulgencia celestial el orgullo, que es en los hombres como la fortaleza del mal. Notaba confusamente que el perdón de aquel sacerdote era el mayor asalto y el ataque más formidable que hubieran intentado quebrantarlo hasta entonces; que se endurecería de forma definitiva si se resistía a esa clemencia; que, si cedía, tendría que renunciar a aquel odio con que le habían colmado el alma durante tantos años las acciones de los demás hombres y que le agradaba; que en esta ocasión tenía que vencer o dejar que lo vencieran, y que había comenzado la lucha, una lucha colosal y definitiva, entre su maldad y la bondad de aquel hombre.

En presencia de todos aquellos fulgores, avanzaba como un hombre borracho. Mientras caminaba de esa manera, con mirada extraviada, ¿tenía acaso una percepción clara de los resultados que podría tener para él la aventura de Digne? ¿Oía todos esos zumbidos misteriosos que avisan a la mente o la importunan en algunos momentos de la vida? ¿Le decía al oído una voz que acababa de cruzar la hora solemne de su destino; que ya no había para él término medio; que, si no era en adelante el mejor de los hombres, sería el peor; que, por así decirlo, ahora tenía que subir más alto que el obispo o caer más bajo que el galeote; que, si quería volverse bueno, tenía que volverse ángel; que, si quería seguir siendo malo, tenía que convertirse en monstruo?

Una vez más tenemos que hacernos ahora las preguntas que ya nos hemos hecho en otros puntos: ¿Captaba confusamente el pensamiento de Jean Valjean alguna sombra de todo esto? Cierto es que, como ya hemos dicho, la desventura le había educado la inteligencia; es dudoso, no obstante, que Jean Valjean estuviera en condiciones de desentrañar cuanto exponemos aquí. Si es que esas ideas le daban alcance, más que verlas las entreveía, y todo cuanto conseguían era ponerlo en un estado de alteración indecible y casi doloroso. Al salir de aquel sitio deforme y negro que se llama presidio, el obispo le había herido el alma de la misma forma que una luz demasiado violenta le habría hecho daño a la vista al salir de las tinieblas. La vida futura, la vida posible que se le brindaba a partir de ahora, tan pura y radiante, lo colmaba de temblores y ansiedades. No sabía ya en verdad en qué punto estaba. Como si fuera una lechuza que ve salir el sol de repente, al presidiario lo había deslumbrado, y como cegado, la virtud.

Lo indudable, aunque él no lo sospechaba, era que había dejado de ser el hombre de antes; era que todo había cambiado en él; era que no estaba ya en su mano conseguir que el obispo no le hubiera hablado y no lo hubiera impresionado.

En aquel estado de ánimo, se encontró con Petit-Gervais y le robó sus dos francos. ¿Por qué? Seguramente no habría sido capaz de explicarlo; ¿se trataba de un efecto postrero y de algo así como un esfuerzo supremo de los malos pensamientos que se había traído del presidio, un resto de impulso, un resultado de eso que se llama en estática la fuerza adquirida? De eso se trataba, y quizá se trataba incluso de algo más sencillo. Digámoslo sin rodeos: no era él quien había robado, no era el hombre: era la bestia la que, por costumbre y por instinto, había puesto neciamente el pie encima de ese dinero, mientras la inteligencia se debatía entre tantas obsesiones inauditas y nuevas. Cuando la inteligencia despertó y vio esa acción de la bestia, Jean Valjean, angustiado, dio un paso atrás y soltó un grito de espanto.

Y es que, extraño fenómeno y que no era posible sino en la situación en que se hallaba, al robar ese dinero a aquel niño había hecho algo de lo que ya no era capaz.

Fuere como fuere, aquella mala acción postrera tuvo en él un efecto decisivo; cruzó bruscamente por aquel caos que tenía en la inteligencia y lo disipó, apartó a un lado las sombras densas y al otro la luz y obró en su alma, en el estado en que ésta estaba, como lo hacen algunos reactivos químicos en una mezcla turbia, al precipitar un elemento y clarificar otro.

De entrada, antes incluso de mirarse a sí mismo y de reflexionar, desatinadamente, como alguien que prueba a salvarse, intentó dar con el niño para devolverle el dinero; luego, cuando admitió que era inútil e imposible, se paró, desesperado. Cuando gritó: «¡Soy un miserable!», acababa de verse tal y como era, y estaba ya hasta tal punto distanciado de sí mismo que le parecía que no era ya sino un fantasma y que tenía ante sí, en carne y hueso, con el bastón en la mano y el blusón ceñido a la cintura, con el saco lleno de objetos robados a la espalda, con aquel rostro resuelto y taciturno, con el pensamiento colmado de proyectos abominables, al repulsivo presidiario Jean Valjean.

Ya hemos comentado que el exceso de desdichas lo había convertido hasta cierto punto en un visionario. Lo que acabamos de explicar fue, pues, como una visión. Vio de verdad a ese Jean Valjean, a ese rostro siniestro, ante sí. Casi llegó a preguntarse quién era aquel hombre, y le inspiró espanto.

Le pasaba el ánimo por uno de esos instantes violentos y, no obstante, espantosamente tranquilos en que el ensimismamiento es tan hondo que absorbe la realidad. No vemos ya lo que tenemos delante y las figuras que tenemos en la mente las vemos como si estuviesen fuera de nosotros.

Se contempló, pues, cara a cara, por así decirlo; y, al tiempo, a través de aquella alucinación, veía en una hondura misteriosa algo parecido a una luz, que tomó al principio por una antorcha. Al mirar más atentamente aquella luz que se le aparecía a la conciencia, reconoció que tenía forma humana y que esa antorcha era el obispo.

Examinó con la conciencia a aquellos dos hombres que tenía así delante: el obispo y Jean Valjean. Para destemplar a éste había sido necesario nada menos que aquél. Por uno de esos efectos singulares propios de ese tipo de éxtasis, a medida que se prolongaba el ensimismamiento veía al obispo crecer y resplandecer y a Jean Valjean menguar y esfumarse. Llegó un momento en que no fue ya más que una sombra. De repente, desapareció. Sólo quedaba el obispo.

Le colmaba a aquel ser miserable toda el alma con un resplandor magnífico.

Jean Valjean estuvo llorando mucho rato. Lloró a lágrima viva, sollozó, más débil que una mujer, más asustado que un niño.

Mientras lloraba, cada vez era mayor el albor en la mente, un albor extraordinario, un albor arrebatador y terrible a la vez. Su vida pasada, su primera falta, su larga expiación, su endurecimiento externo, su liberación, que se alegró con tantos planes de venganza, lo sucedido en casa del obispo, su última acción, aquel robo de dos francos a un niño, crimen tanto más cobarde y monstruoso por venir tras el perdón del obispo, todo lo recordó y todo se le apareció con claridad, pero con una claridad que nunca había visto hasta entonces. Miró su vida y le pareció horrible; se miró el alma y le pareció espantosa. No obstante, caía sobre aquella vida y sobre aquella alma una claridad suave. Le parecía estar viendo a Satanás a la luz del paraíso.

¿Cuántas horas pasó llorando así? ¿Qué hizo tras aquel llanto? ¿Dónde fue? No se ha sabido nunca. Sólo parece probado que, esa misma noche, el trajinante que cubría a la sazón el servicio de Grenoble y llegaba a Digne a eso de las dos de la madrugada vio, al cruzar la calle del obispado, a un hombre en actitud de orar, de rodillas en los adoquines, delante de la puerta de monseñor Bienvenu.

I
EL AÑO 1817

1817 es el año que Luis XVIII, con cierto aplomo regio que no carecía de ufanía, llamaba el vigésimo segundo de su reinado. Es el año en que el señor Bruguiere de Sorsum era famoso. Todos los establecimientos de los peluqueros, que contaban con el empolvado y el regreso del ave regia, estaban pintados de azul y decorados con flores de lis. Era la época cándida en que el conde Lynch se sentaba todos los domingos, como mayordomo de fábrica, en el banco de Saint-Germain-des-Pres reservado para los de su cargo, vestido de senador, con su cordón rojo y su nariz larga y esa majestad en el perfil propia de un hombre que ha llevado a cabo una proeza sonada. La proeza sonada que había llevado a cabo el señor Lynch consistía en lo siguiente: haber entregado la ciudad con prisa excesiva, cuando era alcalde de Burdeos, el 12 de marzo de 1814, al señor duque de Angoulême.

De ahí el cargo de senador. En 1817, la moda metía a los niños de entre cuatro y seis años debajo de unas gorras enormes, de tafilete de imitación y con orejeras, bastante parecidas a gorros esquimales. El ejército francés iba vestido de blanco, a la austriaca; los regimientos se llamaban legiones; en vez de número tenían nombre de departamentos. Napoleón estaba en Santa Elena y, como Inglaterra le negaba paño de color verde, mandaba que les dieran la vuelta a sus levitas. En 1817, Pellegrini cantaba y la señorita Bigottini bailaba; Potier reinaba; Odry aún no existía.

La señora Saqui se hacía cargo de la sucesión de Forioso. Todavía quedaban prusianos en Francia. El señor Delatot era un personaje. La legitimidad acababa de consolidarse cortándoles el puño y, luego, la cabeza a Pleignier, a Carbonneau y a Tolleron. El príncipe de Talleyrand, gran chambelán, y el padre Louis, ministro de Hacienda por designación, se miraban riendo con la risa de dos augures; ambos habían celebrado, el 14 de julio de 1790, la misa de la federación en Le Champ-de-Mars; Talleyrand la dijo como obispo y Louis la sirvió como diácono. En 1817, en los paseos laterales de ese mismo Champ-de-Mars, se vislumbraban, caídos bajo la lluvia, pudriéndose en la hierba, unos cilindros gruesos de madera pintados de azul con rastros de águilas y abejas que habían perdido el dorado. Eran las columnas que, dos años antes, habían sujetado el estrado del emperador en la asamblea del Campo de Mayo.

En algunas zonas las ennegrecía la chamusquina de los vivaques de los austriacos que habían acampado cerca de Le Gros-Caillou. Dos o tres de esas columnas habían desaparecido en las hogueras de aquellos vivaques y les habían calentado las manazas a los kaiserlicks. Lo notable de la asamblea del Campo de Mayo era que se había celebrado en junio en Le Champ-de-Mars. En aquel año de 1817 había dos cosas populares: el Voltaire-Touquet y las tabaqueras con la Carta Constitucional. La emoción parisina más reciente era el crimen de Dautun, que arrojó la cabeza de su hermano en la represa de Le Marché-aux-Fleurs. En el ministerio de Marina estaban empezando a preocuparse porque seguían sin noticias de La Méduse, esa fragata fatídica que iba a ser el bochorno de Chaumareix y la gloria de Géricault. El coronel Selves iba a Egipto a convertirse en Suleimán Bajá.

El palacio de Les Thermes, en la calle de La Harpe, lo usaba de tienda un tonelero. Se veía aún en la plataforma de la torre octogonal del palacio de Cluny la garita de tablas que le hizo las veces de observatorio a Messier, astrónomo de la marina en tiempos de Luis XVI. La duquesa de Duras les leía a tres o cuatro amigos, en su tocador amueblado con silletines tapizados de satén azul celeste, el texto inédito de Ourika. En el Louvre estaban raspando las N. El puente de Austerlitz capitulaba y pasaba a llamarse puente de Le Jardin du Roi, doble enigma que disfrazaba a la vez el puente de Austerlitz y el Jardín Botánico. A Luis XVIII, a quien, al tiempo que anotaba al margen a Horacio, tenían intranquilo los héroes que se convierten en emperadores y los zapateros que se convierten en delfines, lo preocupaban dos personas: Napoleón y Mathurin Bruneau. La Academia Francesa proponía como tema para un premio: La dicha que aporta el estudio. El señor Bellart era oficialmente elocuente. Podía verse crecer a su sombra a De Broë, ese futuro fiscal del reino, destinado a soportar los sarcasmos de Paul-Louis Courier.

Había un Chateaubriand falso que se llamaba Marchangy a la espera de que hubiera un Marchangy falso llamado D'Arlincourt; Claire d'Albe y Malek-Adel eran obras maestras; consideraban a la señora Cottin la mejor escritora de la época. El Instituto consentía en que quitasen de su lista al académico Napoleón Bonaparte. Una real ordenanza convertía a Angulema en Escuela Naval porque, como el duque de Angoulême era almirante mayor, resultaba evidente que la ciudad de Angulema tenía por derecho todas las características de un puerto de mar, so pena de que sufriera menoscabo el principio monárquico. Se debatía en el consejo de ministros la cuestión de saber si debían tolerarse esas viñetas en que aparecían volatines y eran el aderezo de los carteles de Franconi porque traían consigo aglomeraciones de los arrapiezos callejeros.

El señor Paër, autor de Agnese, un individuo de cara cuadrada y con una verruga en la mejilla, dirigía los conciertos caseros de la marquesa de Sassenaye en la calle de La Ville-l'Évêque. Todas las jóvenes cantaban L'Ermite de Saint-Avelle, con letra de Edmond Géraud. Le Nain jaune pasó a llamarse Le Miroir. El café Lemblin era partidario del emperador y se enfrentaba con el café Valois, que lo era de los Borbones. Acababan de casar con una princesa de Sicilia al duque de Berry, a quien Louvel miraba ya desde lo hondo de la sombra. La señora de Staël llevaba un año muerta. Los guardias de corps silbaban a la señorita Mars. Los grandes diarios eran pequeñísimos. Tenían un formato limitado, pero la libertad era grande. Le Constitutionnel era constitucional. La Minerve llamaba Chateaubriant a Chateaubriand. Y esa t le valía a la clase media para reírse del gran escritor. En los periódicos vendidos unos periodistas prostituidos insultaban a los proscritos de 1815; David había dejado de tener talento, Arnault ya no tenía ingenio y Carnot ya no era probo; Soult no había ganado batalla alguna; cierto es que Napoleón ya no era un genio. Todo el mundo sabe que es muy poco frecuente que las cartas enviadas por correo a un exiliado le lleguen; las policías se tomaban como un deber interceptarlas religiosamente.

No es nada nuevo; ya se quejaba de ello Descartes proscrito. Ahora bien, que David manifestase cierto descontento en un diario belga por no recibir las cartas que le escribían les hacía mucha gracia a las familias monárquicas, que aprovechaban la ocasión para hacer mofa y befa del proscrito. Decir los regicidas o decir los votantes de la Convención, decir los enemigos o decir los aliados, decir Napoleón o decir Buonaparte eran cosas que separaban a dos hombres más que un abismo. Todas las personas de sentido común coincidían en que Luis XVIII, apodado «el autor inmortal de la Carta», había clausurado para siempre la era de las revoluciones. En el terraplén del Pont-Neuf esculpían la palabra Redivivus en el pedestal que estaba esperando la estatua de Enrique IV.

El señor Piet esbozaba en el número 4 de la calle de Thérese su conciliábulo para consolidar la monarquía. Los dirigentes de la derecha decían en circunstancias graves: «hay que escribir a Bacot». Los señores Canuel O'Mahony y De Chappedelaine bosquejaban, con la aprobación tácita de Monsieur, el hermano del rey, lo que fue más adelante «la conspiración de la terraza de Le Bord-de-l'Eau»; la sociedad secreta L'Épingle noire conspiraba por su cuenta. Delaverderie se abocaba con Trogoff. El señor Decazes, de mente liberal hasta cierto punto, prevalecía. Chateaubriand, de pie todas las mañanas ante su ventana del número 27 de la calle de Saint- Dominique, con pantalones con trabillas, en pantuflas y cubriendo el pelo gris con un pañuelo de madrás, clavaba los ojos en un espejo teniendo abierto ante sí un neceser completo de cirujano dentista y se hurgaba en los dientes, que tenía muy bonitos, mientras le dictaba La Monarchie selon la Charte al señor Pilorge, su secretario.

Los críticos de mayor autoridad preferían Lafon a Talma. El señor de Féletz firmaba A.; el señor Hoffmann firmaba Z. Charles Nodier escribía Thérese Aubert. Abolían el divorcio. Llamaban colegios a los liceos. Los colegiales, cuyos cuellos llevaban de adorno una flor de lis dorada, se peleaban a cuenta del rey de Roma. La policía secreta de palacio le iba a Su Alteza, la mujer de Monsieur, con la denuncia de que el retrato del señor duque de Orleans estaba en todas partes y éste tenía mejor fachada con uniforme de coronel general de húsares que el señor duque de Berry de uniforme de coronel general de dragones: grave inconveniente. La villa de París encargaba que volvieran a dorar de nuevo a expensas suyas la cúpula de Les Invalides. Los hombres sensatos se preguntaban qué haría, en tal o cual circunstancia, el señor de Trinquelague; el señor Clausel de Montals se distanciaba, en varias cuestiones, del señor Clausel de Coussergues; el señor de Salaberry estaba contrariado. El cómico Picard, que pertenecía a esa misma Academia a la que no había podido pertenecer el cómico Moliere, montaba la representación de Les deux Philibert en L'Odéon, en cuyo frontón, aunque hubieran arrancado las letras, podía aún leerse claramente: TEATRO DE LA EMPERATRIZ. La gente estaba a favor o en contra de Cugnet de Montarlot. Fabvier era un faccioso; Bavoux era revolucionario. El librero Pélicier publicaba una edición de Voltaire con el siguiente título: Obras de Voltaire, de la Academia francesa.

«Estas cosas animan a los compradores», decía ese editor ingenuo. La opinión generalizada era que el señor Charles Loyson iba a ser el genio del siglo; la envidia empezaba a hincarle el diente, síntoma de gloria; y le aplicaban el siguiente verso:

A Loyson, aunque vuele, se le notan las patas.

Como el cardenal Fesch se negaba a dimitir, monseñor de Pins, arzobispo de Amasia, administraba la diócesis de Lyon. Comenzaba el contencioso del valle de Les Dappes entre Suiza y Francia con un memorial del capitán Dufour, que luego ascendió a general. Saint-Simon, de quien nadie hacía caso, bosquejaba su sueño sublime. Había en la Academia de Ciencias un Fourier famoso que la posteridad ha olvidado y en no sé qué sotabanco un Fourier desconocido que los tiempos por venir recordarán. Lord Byron empezaba a despuntar; una nota de un poema de Millevoye lo anunciaba en Francia con estas palabras: un tal lord Baron. David d'Angers probaba a amasar el mármol. El padre Caron elogiaba ante un reducido auditorio de seminaristas, en el callejón de Les Feuillantines, a un sacerdote desconocido, llamado Félicité Robert, que más adelante fue Lamennais. Un objeto que humeaba y chapoteaba por el Sena con el mismo ruido que un perro cuando nada iba y venía bajo las ventanas de Les Tuileries, desde el Pont-Royal hasta el puente Louis XV; era una maquinaria que no valía para nada, una especie de juguete, un sueño de inventor con cabeza a pájaros, una utopía: un barco de vapor. Los parisinos miraban aquel trasto inútil con indiferencia. El señor de Vaublanc, reformador del Instituto a base de golpes de Estado, ordenanzas y hornadas, creador distinguido de varios académicos, tras haber metido a otros, no podía entrar él. El barrio de Saint- Germain y el pabellón Marsan deseaban que fuera prefecto de policía el señor Delaveau porque era devoto. Dupuytren y Récamier se enzarzaban en el anfiteatro de la facultad de Medicina y se amenazaban con el puño a cuenta de la divinidad de Jesucristo. Cuvier, con un ojo puesto en el Génesis y el otro en la naturaleza, se esforzaba por agradar a los reaccionarios beatos cohonestando los fósiles con los textos y obligando a los mastodontes a bailarle el agua a Moisés. El señor Francois de Neufchâteau, loable cultivador de la memoria de Parmentier, hacía esfuerzos mil para que pomme de terres se pronunciara parmentiere y no lo conseguía.

El padre Grégoire, antes obispo, antes miembro de la Convención, antes senador, había pasado ahora, en la polémica monárquica, al estado de «infame Grégoire». Esta expresión que acabamos de utilizar: pasar al estado de, la denunciaba, por ser neologismo, el señor Royer-Collard. Aún llamaba la atención, por el color blanco, bajo el tercer arco del puente de Iéna, la piedra nueva con la que, dos años antes, taparon el agujero de mina que hizo Blücher para volar el puente. La justicia hacía comparecer a un hombre que, al ver entrar al conde de Artois en Notre-Dame, dijo en voz alta:

¡Caramba! Echo de menos los tiempos en que veía a Bonaparte y a Talma entrar del brazo en Le Bal-Sauvage. Palabras sediciosas. Seis meses de cárcel. Había traidores que no se recataban; hombres que se habían pasado al enemigo en vísperas de una batalla no ocultaban en absoluto la recompensa recibida y caminaban impúdicamente a pleno sol entre el cinismo de las riquezas y las dignidades; desertores de Ligny y de Les Quatre-Bras, con el desaliño de su ignominia remunerada, hacían gala al desnudo de su devoción para con la monarquía, olvidando lo que ponen en Inglaterra en la pared interior de los váteres públicos: Please adjust your dress before leaving.

He aquí, junto y revuelto, cuanto sale a flote confusamente en la superficie del año 1817, hoy olvidado. La historia descuida casi todas estas particularidades, y no puede hacer otra cosa; el infinito la invadiría. No obstante, esos detalles, que es un error llamar pequeños —no hay ni hechos pequeños en la humanidad ni hojas pequeñas en la vegetación— son de utilidad. De la fisonomía de los años se compone el rostro de los siglos.

En aquel año de 1817, cuatro parisinos jóvenes gastaron una «broma divertidísima».

II
DOBLE CUARTETO

Esos parisinos eran uno de Toulouse, otro de Limoges, el tercero de Cahors y el cuarto de Montauban; pero eran estudiantes, y quien dice estudiante dice parisino; estudiar en París es nacer en París.

Esos jóvenes eran insignificantes; todo el mundo ha visto caras como ésas; cuatro ejemplares del primero que pase por la calle; ni buenos ni malos, ni eruditos ni ignorantes, ni genios ni imbéciles; con la hermosura de ese abril adorable que llamamos los veinte años. Eran cuatro Oscars cualesquiera; porque por entonces aún no existían los Arthurs. Que para él se quemen los perfumes de Arabia, exclamaba la romanza, ¡Se acerca Oscar! ¡Oscar, ya voy a verte! Todo nacía de Ossian; la elegancia era escandinava y caledonia, el estilo inglés puro sólo se impuso más adelante, y el primero de los Arthurs, Wellington, apenas si acababa de ganar la batalla de Waterloo.

Estos Oscars se llamaban, uno de ellos Félix Tholomyes, de Toulouse; otro, Listolier, de Cahors; otro, Fameuil, de Limoges, y el último, Blachevelle, de Montauban. Y cada uno tenía, por descontado, a su amante. Blachevelle quería a Favourite, así llamada porque había ido a Inglaterra; Listolier adoraba a Dahlia, que había escogido como nombre de guerra un nombre de flor; Fameuil idolatraba a Zéphine, diminutivo de Joséphine; Tholomyes tenía a Fantine, llamada la Rubia por sus hermosos cabellos del color del sol.

Favourite, Dahlia, Zéphine y Fantine eran cuatro muchachas preciosas, perfumadas y radiantes, en las que algo quedaba de la operaria, pues no habían dejado del todo la aguja; los amoríos las tenían distraídas, pero conservaban en el rostro restos de la serenidad del trabajo y en el alma esa flor de honestidad que, en la mujer, sobrevive a la primera caída. A una de las cuatro la llamaban la joven, porque era la menor; la vieja tenía veintitrés años. Para no ocultar nada, las tres primeras tenían más experiencia, más despreocupación y más incursiones por el barullo de la vida que Fantine la Rubia, que vivía la primera ilusión.

Ni Dahlia, ni Zéphine ni, sobre todo, Favourite podrían haber dicho lo mismo. Había ya más de un episodio en la novela apenas empezada de sus existencias, y el enamorado que se llamaba Adolphe en el primer capítulo resultaba que era Alphonse en el segundo y Gustave en el tercero. Pobreza y coquetería son dos consejeras nefastas: una reniega y la otra halaga; y ambas les hablan al oído, cada una por su lado, a las muchachas del pueblo que son guapas. Y esas almas mal custodiadas las atienden. De ahí las caídas que padecen y las piedras que les arrojan. Las condenan citando el esplendor de lo inmaculado y lo inaccesible. ¡Ay de la Jungfrau si pasara hambre!

Zéphine y Dahlia eran admiradoras de Favourite porque había estado en Inglaterra. Tuvo muy pronto casa propia. Su padre era un profesor anciano de matemáticas, brutal y fanfarrón; no estaba casado y daba clases particulares a domicilio pese a la edad que tenía. Aquel profesor, de joven, vio un día que a la doncella de una casa se le enganchaba el vestido en un protector de cenizas de la chimenea; se había enamorado de ese accidente. El resultado había sido Favourite. Coincidía de tanto en tanto con su padre, que la saludaba. Una mañana, una anciana de aspecto monjil se le metió en casa y le dijo:

—¿No me conoce, señorita?

—No.

—Soy tu madre.

Luego la vieja abrió el aparador, bebió, comió, mandó que trajeran un colchón que tenía y se acomodó en la casa. Aquella madre, gruñona y devota, no le hablaba nunca a Favourite, se pasaba horas sin despegar los labios, almorzaba, comía y cenaba por cuatro y bajaba de tertulia a casa del portero, donde hablaba mal de su hija.

Lo que había llevado a Dahlia hacia Listolier, hacia otros a lo mejor y hacia la ociosidad era que tenía unas uñas sonrosadas demasiado bonitas.

¿Cómo iba a poner a trabajar a unas uñas así? Quien pretenda seguir siendo virtuosa no debe compadecerse de sus manos. En cuanto a Zéphine, había conquistado a Fameuil por aquella manera suya, traviesa y mimosa, de decir: Sí, caballero.

Como los jóvenes eran compañeros, las muchachas eran amigas. A los amores así los acompañan siempre amistades como ésas.

Recato y filosofía son cosas diferentes; y la prueba es que, sin querer meternos a opinar acerca de esos juveniles emparejamientos irregulares,

Favourite, Zéphine y Dahlia eran muchachas filosóficas, y Fantine, una muchacha recatada.

¿Recatada?, se nos dirá. ¿Y Tholomyes? Salomón contestaría que el amor forma parte del sabio recato. Nosotros nos limitamos a decir que el amor de Fantine era un primer amor, un amor único, un amor fiel.

Era la única de las cuatro a la que tuteaba un único hombre.

Fantine era una de esas criaturas que brotan, por así decirlo, en lo más hondo del pueblo. Salida de las insondables densidades de la sombra social, llevaba en la frente la señal de lo anónimo y lo desconocido. Había nacido en Montreuil-sur-Mer. ¿De qué padres? ¿Quién podría decirlo? Nunca le conoció nadie ni padre ni madre. Se llamaba Fantine. ¿Por qué Fantine? Nunca supo nadie que tuviera otro nombre. Nació cuando todavía existía el Directorio. No tenía un apellido familiar, no tenía familia; ni tampoco nombre de pila, no había ya Iglesia. Se llamó como quiso llamarla el primer transeúnte que se la encontró, de muy chiquitina, descalza por la calle. Le cayó un nombre como le caía el agua de las nubes en la cabeza cuando llovía. La llamaron Fantine. Nadie sabía nada más. Aquel ser humano había aparecido en la vida como espontáneamente. A los diez años, Fantine se marchó de la ciudad a servir con unos granjeros de los alrededores. A los quince años fue a París a «buscar fortuna». Fantine era guapa y siguió siendo pura todo el tiempo que pudo. Era una rubia preciosa y con dientes bonitos. Su dote consistía en perlas y oro, pero el oro lo llevaba en la cabeza, y las perlas, en la boca.

Trabajó para vivir; y luego, también para vivir, porque el corazón también tiene un hambre propia, se enamoró.
Se enamoró de Tholomyes.

Amorío para él, pasión para ella. Las calles del Barrio Latino, que rebosan del hormigueo de los estudiantes y las grisetas, presenciaron el inicio de ese sueño. Fantine, en esos dédalos de la colina del Panthéon, donde tantas aventuras comienzan y concluyen, había pasado mucho tiempo esquivando a Tholomyes, pero de forma tal que siempre se lo encontraba. Hay una manera de esquivar que se parece a la de buscar. En pocas palabras, hubo égloga.

Blachevelle, Listolier y Fameuil formaban algo parecido a un grupo cuya cabeza era Tholomyes. Él era el ingenioso.

Tholomyes era el clásico estudiante entrado en años, como los de antes; era rico; tenía cuatro mil francos de renta; cuatro mil francos de renta, un escándalo por todo lo alto en la colina de Sainte-Genevieve. Tholomyes era un vividor de treinta años que se conservaba mal. Tenía arrugas y le faltaban dientes; y le estaba empezando una calvicie de la que él mismo decía sin tristeza alguna: cabeza a los treinta, rodilla a los cuarenta. Le costaba digerir y le lagrimeaba un ojo. Pero a medida que se le extinguía la juventud, él encendía el buen humor; sustituyó los dientes por bufonadas; el pelo, por alegría; la salud, por ironía; y el ojo lloroso se reía continuamente. Estaba deteriorado, pero floreciente. Su juventud, que se despedía mucho antes de tiempo, se retiraba en buen orden, soltaba la carcajada y nadie se daba cuenta. Le habían rechazado una obra de teatro en Le Vaudeville. Hacía por acá y por allá versos mediocres. Además dudaba supinamente de todo, que es una gran fuerza desde el punto de vista de los débiles. Por lo tanto, como era irónico y calvo, era el jefe. Iron es una palabra inglesa que quiere decir hierro. ¿Será de ahí de donde viene ironía?

Un día, Tholomyes se llevó aparte a los otros tres, adoptó una actitud de oráculo y les dijo:

—Hace casi un año que Fantine, Dahlia, Zéphine y Favourite nos están pidiendo que les demos una sorpresa. Se lo hemos prometido solemnemente. Siempre nos lo están recordando, sobre todo a mí. Igual que en Nápoles las viejas le gritan a san Genaro: Faccia gialluta, fa o miracolo, cara amarilla, haz el milagro, nuestras bellezas no dejan de decirme: Tholomyes, ¿cuándo vas a traer al mundo la sorpresa? Y al mismo tiempo nuestros padres nos escriben. Una lata por las dos partes. Me parece que ha llegado el momento. Vamos a hablarlo.

Llegado a ese punto, Tholomyes bajó la voz y pronunció misteriosamente algo tan gracioso que de las cuatro bocas brotó a la vez una risotada entusiasta y Blacheville exclamó: «¡Ésa sí que es una buena idea!».

Les salió al paso una taberna llena de humo; entraron y el resto de aquella conferencia se perdió en la sombra.

El resultado de esas tinieblas fue una salida festiva deslumbradora al domingo siguiente. Los cuatro jóvenes invitaron a las cuatro muchachas.

III
DE CUATRO EN CUATRO

Resulta difícil concebir hoy en día lo que era hace cuarenta y cinco años una salida al campo de estudiantes y de grisetas. Los alrededores de París no son ya los mismos; el aspecto de eso que podríamos llamar la vida circumparisina ha cambiado por completo en el último medio siglo; donde antes había un coucou de dos ruedas ahora hay un vagón; donde había un patache ahora hay un barco de vapor; hoy decimos Fécamp como antes decían Saint-Cloud. El París de 1862 es una ciudad cuyo suburbio es Francia.

Las cuatro parejas cumplieron concienzudamente con todas las fantasías campestres a su alcance a la sazón. Empezaba la temporada de las vacaciones y era un día de verano cálido y despejado. La víspera, Favourite, la única que sabía escribir, le había escrito lo siguiente a Tholomyes en nombre de las cuatro: «Al que madruga dos lo ayudan». En vista de lo cual se levantaron a las cinco de la mañana. Fueron luego a Saint-Cloud en diligencia, vieron la cascada seca y exclamaron: «¡Qué bonita debe de ser cuando tiene agua!», almorzaron en La Tête-Noire, por donde aún no había pasado Castaing, se permitieron el lujo de una partida de juego de anillas en el quincunce del estanque grande, subieron a la linterna de Diógenes, jugaron a la ruleta del puente de Sevres para ganar mostachones, cortaron ramos de flores en Puteaux, compraron espantasuegras en Neuilly, comieron empanadillas dulces de manzana por todas partes y fueron completamente felices.

Las muchachas estaban rumorosas y parlanchinas como un vuelo de currucas. Aquello era un delirio. De tanto en tanto les daban cachetitos a los jóvenes. ¡Embriaguez matutina de la vida! ¡Años adorables! ¡Se estremecen las alas de las libélulas! ¡Ay! Quienquiera que seas y leas esto, ¿lo recuerdas? ¿Has caminado por entre la maleza apartando las ramas porque detrás viene una cara encantadora? ¿Has resbalado entre risas por un talud húmedo de lluvia con una mujer amada que te sujeta de la mano y exclama:

«¡Ay, cómo se me están poniendo los borceguíes recién estrenados!»?

Digamos sin más tardanza que a esta concurrencia bien humorada le faltó esa jubilosa contrariedad que consiste en un chaparrón, aunque Favourite había dicho, al salir, con tono entendido y maternal: Las babosas salen de paseo por los caminos. Señal de lluvia, hijos míos.

Las cuatro estaban terriblemente bonitas. Un campechano poeta clásico que estaba entonces de moda, un buen hombre que tenía una Éléonore, el caballero de Labouïsse, vagabundeaba ese día bajo los castaños de Saint- Cloud; las vio pasar a eso de las diez de la mañana y exclamó: ¡Sobra una!, acordándose de las Gracias. Favourite, la amiga de Blachevelle, la de veintitrés años, la vieja, iba corriendo delante bajo las grandes ramas verdes, se saltaba las cunetas, salvaba de una zancada, como loca, los matorrales y presidía todo aquel júbilo con elocuencia de faunesa joven. Zéphine y Dahlia, a las que el azar había hecho hermosas de forma tal que, al estar cerca, se realzaban y se completaban, no se separaban, más por instinto de coquetería que por amistad, y, recostándose una en otra, adoptaban poses inglesas; los primeros álbumes de recuerdos acababan de ponerse de moda, estaba apuntando la melancolía en las mujeres, de la misma forma que apuntó más adelante el byronismo en los hombres, y las melenas del sexo débil empezaban a tener apariencia afligida. Zéphine y Dahlia se peinaban con rizos. Listolier y Fameuil, enzarzados en una charla acerca de sus profesores, le explicaban a Fantine qué diferencia había entre el señor Delvincourt y el señor Blondeau.

A Blacheville parecía que lo habían creado ex profeso para llevar al brazo los domingos el chal con pretensiones de casimir de Favourite.

Detrás iba Tholomyes, dominando el grupo. Estaba muy alegre, pero se le notaba el mando; había algo de dictadura en su jovialidad; su principal ornato eran unos pantalones de pata de elefante, de nanquín, con trabillas de cobre trenzado; empuñaba un junquillo recio de doscientos francos; y, como se lo consentía todo, una cosa extraña, llamada puro, en la boca. Dado que para él no existía nada sagrado, iba fumando.

—Este Tholomyes es un fenómeno —decían los otros con veneración

—¡Qué pantalones! ¡Qué energía!

En cuanto a Fantine, era la alegría personificada. Estaba claro que a sus dientes esplendorosos les había dado Dios un cometido: la risa. Llevaba, de preferencia en la mano y no en la cabeza, un sombrerito de paja cosida con largos lazos blancos. La abundante cabellera rubia, propensa a ir flotando y que se le soltaba con tanta facilidad que tenía que recogérsela continuamente, parecía hecha para la huida de Galatea bajo los sauces. Los labios sonrosados parloteaban de forma encantadora. Las comisuras de los labios, que miraban voluptuosamente hacia arriba como sucede en los mascarones antiguos de Erígone, parecían dar alas a los atrevimientos, pero las largas pestañas umbrosas caían discretamente sobre la algazara de la parte baja del rostro como para darle el alto. Había en todo su atavío un no sé qué cantarín y resplandeciente. Llevaba un vestido de barés malva, unos zapatitos cobrizos en forma de coturno cuyas cintas dibujaban unas X sobre las medias finas, blancas y caladas, y esa especie de chaqueta corta de muselina, invento marsellés, cuyo nombre, canesú, corrupción de las palabras quinze août pronunciadas con el acento propio de La Canebiere, significa buen tiempo, calor y tierras del sur. Las otras tres, menos tímidas como ya hemos dicho, iban escotadas sin más, cosa que, en verano y con sombreros cubiertos de flores, tiene mucho encanto y resulta muy insinuante; pero, comparado con esos arreglos atrevidos, el canesú de la rubia Fantine, con sus transparencias, sus indiscreciones y sus reticencias, ocultando y enseñando a la vez, parecía un hallazgo que provocaba a la decencia, y la célebre corte de amor que presidía la vizcondesa de Cette, la de los ojos verde mar, quizá habría otorgado el premio a la coquetería a ese canesú que competía en pro de la castidad. Lo más ingenuo es a veces lo más elaborado. Son cosas que pasan.

Esplendorosa de frente, delicada de perfil, con ojos de un azul profundo, párpados carnosos, pies arqueados y menudos, muñecas y tobillos de admirable encajadura, piel blanca que mostraba a trechos las arborescencias azuladas de las venas, mejillas pueriles y lozanas, cuello robusto como las Junos eginéticas, la nuca fuerte y flexible, los hombros dignos de que los hubiera modelado Coustou y con un voluptuoso hoyuelo en medio que podía verse a través de la muselina; una alegría con un barniz de ensoñación, escultural y exquisita: así era Fantine; y podía intuirse bajo aquellos trapos y aquellas cintas una escultura; y, en esa escultura, un alma.

Fantine era guapa sin saberlo del todo. Los escasos soñadores, sacerdotes misteriosos de la hermosura, que comparan todo en silencio con la perfección, habrían vislumbrado en esa joven operaria, a través de la transparencia del encanto parisino, la antigua eufonía sacra. En aquella hija de la sombra había raza. Era hermosa con las dos especies, a saber, el estilo y el ritmo. El estilo es la forma de lo ideal; el ritmo es la forma en que se mueve.

Hemos dicho que Fantine era la alegría; Fantine era el pudor también.

Para un observador que la hubiera estudiado atentamente, lo que de ella se desprendía a través de toda aquella embriaguez de la edad, de la estación y del amorío era una expresión invencible de reserva y de modestia. Seguía estando algo extrañada. Aquel casto asombro es el matiz que separa a Psique de Venus. Fantine tenía los dedos largos, blancos y finos de la vestal que revuelve en las cenizas del fuego sagrado con un alfiler de oro. Aunque no le hubiera negado nada, demasiado pronto vamos a verlo, a Tholomyes, era su rostro, en estado de reposo, soberanamente virginal; algo parecido a una dignidad seria y casi austera se adueñaba de él en algunas circunstancias; y nada había más singular y turbador que ver cómo se apagaba en ese rostro el júbilo tan deprisa y el recogimiento ocupaba sin transición el lugar de la plenitud. Aquella seriedad súbita, muy acentuada a veces, semejaba el desdén de una diosa. Tenía en la frente, la nariz y la barbilla ese equilibrio de líneas, muy diferente del equilibrio de la proporción, cuyo resultado es la armonía del rostro; en ese intervalo tan característico que separa la base de la nariz del labio superior había ese pliegue imperceptible y adorable, señal misteriosa de la castidad, que hizo que Barbarroja se enamorase de una Diana aparecida en las excavaciones de Icona.

El amor es una culpa, admitámoslo. Fantine era la inocencia que salía a flote en la superficie de la culpa.

IV
THOLOMYÈS ESTÁ TAN ALEGRE QUE CANTA UNA CANCIÓN ESPAÑOLA

Aquel día estaba hecho de aurora de punta a cabo. La naturaleza toda parecía entregada al asueto y risueña. Los parterres de Saint-Cloud aromatizaban el aire; el aliento del Sena movía blandamente las hojas; las ramas gesticulaban al viento; las abejas saqueaban los jazmines; todo un mundo bohemio de mariposas revoloteaba encima de las aquileas, los tréboles y las avenas fatuas; había en el augusto parque del rey de Francia un montón de vagabundos: los pájaros.

Las cuatro alegres parejas, mezclándose con el sol, los campos, las flores y los árboles, resplandecían.

Y todas, en esa comunidad paradisíaca, que hablaba, cantaba, corría, bailaba, perseguía a las mariposas, cortaba campanillas, y se mojaba las medias caladas de color de rosa en las hierbas altas, lozanas, alocadas y sin ápice de maldad, recibían donde cayeran los besos de todos, menos Fantine, encerrada en su inconcreta resistencia, soñadora y esquiva, y que estaba enamorada.

—Tú —le decía Favourite— eres siempre un poco rara.

En eso consisten las alegrías. Cuando pasan parejas felices es como una llamada honda a la vida y a la naturaleza, y de todo hacen brotar caricias y luz. Había una vez un hada que hizo los prados y los árboles ex profeso para los enamorados. De ahí viene ese eterno escaparse los amantes como se escapan los escolares de las aulas, que vuelve a empezar una y otra vez y durará mientras haya aulas y escolares. De ahí que la primavera sea tan popular entre los pensadores. El patricio y el ganapán, y el par y el duque y el humilde, los de corte y los de ciudad, como se decía antes, todos ellos son súbditos de esa hada. Ríen, se buscan, hay en el aire una luz de apoteosis. ¡Cómo transfigura amar! Los pasantes de notario son dioses. Y los chilliditos, las persecuciones por la hierba, las cinturas abrazadas al vuelo, esas jergas que son melodías, esas adoraciones que estallan en la forma de decir una sílaba, esas cerezas que una boca le quita a otra, todo resplandece y transita en nimbos celestiales. Las muchachas hermosas se despilfarran tiernamente. Y es creencia común que nada de esto concluirá nunca. Los filósofos, los poetas y los pintores miran esos éxtasis y no saben qué hacer con ellos, de tan deslumbrados como los dejan. ¡Embarquemos hacia Citerea!, exclama Watteau; Lancret, el pintor del pueblo llano, contempla a esa clase media suya que alza el vuelo por el cielo azul; Diderot les tiende los brazos a todos esos amoríos, y D'Urfé les añade druidas.

Tras el almuerzo, las cuatro parejas fueron a ver, en el lugar que se llamaba a la sazón la glorieta del rey, una planta recién llegada de la India, cuyo nombre no conseguimos recordar ahora mismo y que, por entonces, movía a todo París a ir a Saint-Cloud; era un arbolillo raro y delicioso, de copa alta, cuyas incontables ramitas, delgadas como hilos, despeinadas y sin hojas, estaban cubiertas de un millón de rositas blancas, con lo que el arbusto parecía una melena con piojos que eran flores. Siempre había una muchedumbre admirándolo.

Tras ver el arbusto, Tholomyes exclamó: ¡Invito a un paseo en burro! Y, tras ajustar el precio con el burrero, volvieron por Vanves e Issy. En Issy, un incidente. El parque, un bien nacional que en aquella época pertenecía al proveedor del ejército Bourguin, estaba por casualidad abierto de par en par. Cruzaron la verja, fueron a visitar al muñeco anacoreta a su gruta, probaron los artificios misteriosos del famoso cuarto de los espejos, una artimaña lasciva digna de un sátiro convertido en millonario o de Turcaret metamorfoseado en Príapo. Sacudieron vigorosamente la amplia red que hacía de columpio atada a los dos castaños que ponderó el padre De Bernis. Al tiempo que columpiaban por turno a las bellas, con lo que, entre risas generalizadas, volaban pliegues de falda que no hubieran dejado descontento a Greuze, Tholomyes, algo español por ser de Toulouse, que es prima de Tolosa, cantaba con una melopea melancólica la antigua canción gallega cuya fuente de inspiración fue seguramente alguna muchacha hermosa que volaba por las alturas en una cuerda entre dos árboles:

Soy de Badajoz. Amor me llama. Toda mi alma es en mis ojos porque enseñas a tus piernas.

La única que no quiso columpiarse fue Fantine.

—No me gustan esos melindres —dijo por lo bajo Favourite en un tono bastante agrio.

Tras dejar los burros, nueva alegría; cruzaron el Sena en barco y, desde Passy, a pie, llegaron al portillo de L'Étoile. Recordemos que llevaban levantados desde las cinco de la mañana; pero ¡bah!, los domingos no se cansa uno, decía Favourite; los domingos el cansancio libra. A eso de las tres, las cuatro parejas, aturdidas de dicha, bajaban a toda velocidad por la montaña rusa, edificación singular que ocupaba entonces los altos de la Quinta Beaujon y cuya línea serpenteante se divisaba por encima de los árboles de Les Champs-Élysées.

De vez en cuando, Favourite exclamaba:

—¿Y la sorpresa? Quiero la sorpresa.

—Paciencia —contestaba Tholomyes.

V

EN EL CAFÉ BOMBARDA

Tras sacarle todo el jugo a la montaña rusa, pensaron en cenar; y el radiante octeto, algo cansado por fin, fue a encallar en el café Bombarda, sucursal que había abierto en Les Champs-Élysées el famoso Bombarda, el cartel de cuyo restaurante podía verse por entonces en la calle de Rivoli junto al pasaje Delorme.

Una habitación grande, pero fea, con alcoba y cama al fondo (en vista de lo lleno que estaba el café los domingos tuvieron que aceptar aquel hospedaje); dos ventanas desde las que se podía contemplar, a través de los olmos, el muelle y el río; un espléndido rayo de luz de agosto rozando las ventanas; dos mesas; en una, una montaña triunfal de ramos revueltos con sombreros de hombre y de mujer; en la otra, las cuatro parejas sentadas alrededor de un alegre atascamiento de fuentes, platos, copas y botellas; jarros de cerveza revueltos con frascas de vino; poco orden en la mesa y unos cuantos desórdenes por debajo:

Hacían bajo la mesa un ruido, un triquitraque de pies insoportable, dice Moliere.

Y en ésas estaba alrededor de las cuatro y media de la tarde la égloga que había empezado a las cinco de la mañana. El sol iba bajando, y el apetito, agotándose.

Les Champs-Élysées, llenos de sol y de gente, no eran sino luz y polvo, las dos cosas de que se compone la gloria. Los caballos de Marly, esos mármoles relinchantes, se encabritaban en una nube de oro. Las carrozas iban y venían. Un escuadrón de apuestos guardias de corps, con el clarín en cabeza, bajaba por la avenida de Neuilly; la bandera blanca, algo sonrosada bajo el sol poniente, flotaba en la cúpula de Les Tuileries: La plaza de La Concorde, que había vuelto a ser plaza de Luis XV, rebosaba de paseantes satisfechos. Muchos llevaban la flor de lis de plata colgando de la cinta blanca de moaré que, en 1817, no había desaparecido aún de los ojales. Acá y allá, entre los transeúntes que hacían círculo y aplaudían, corros de niñas lanzaban al viento una bourrée borbónica muy conocida a la sazón, que pretendía fulminar el recuerdo de los Cien Días y cuyo estribillo era:

A nuestro padre de Gante devolvednos. A nuestro padre devolvednos.

Muchísimos vecinos de los arrabales con la ropa de los domingos, luciendo a veces incluso la flor de lis como las personas acomodadas, dispersos entre la glorieta grande y la glorieta de Marigny, jugaban a las anillas o daban vueltas en los caballitos de madera; otros bebían; algunos, aprendices de imprenta, llevaban gorros de papel; se los oía reír. Todo estaba radiante. Era innegablemente un tiempo de paz y de honda seguridad monárquica, era la época en que un informe privado y especial del prefecto de policía Angles dirigido al rey y referido a los arrabales de París concluía con estas líneas: «Bien pensado, Majestad, no hay nada que temer de esas gentes. Son despreocupadas e indolentes como gatos. El pueblo llano de las provincias se mueve; el de París, no. Todos son hombrecillos, Majestad, harían falta dos subidos uno encima de otro para llegarle a uno de vuestros granaderos. No hay nada que temer del populacho de la capital. Es de notar que la estatura de ese vecindario ha menguado aún más en los últimos cincuenta años; y el pueblo de los arrabales de París es más bajo que antes de la Revolución. No es peligroso. Es resumidas cuentas, es chusma, pero buena».

Que un gato pueda convertirse en león es algo que los prefectos de policía no creen que pueda ser posible; y, no obstante, ocurre, y tal es el milagro del pueblo de París. Por lo demás, a ese gato al que tanto despreciaba el conde Angles lo estimaban las repúblicas de la Antigüedad; encarnaba para ellas la libertad y, como para hacer juego con la Minerva áptera del Pireo, había en la plaza pública de Corinto el coloso en bronce de

un gato. La ingenua policía de la Restauración veía al pueblo de París demasiado «de color de rosa». No es, por mucho que alguien lo crea, «chusma buena». El parisino es al francés lo que el ateniense al griego; nadie duerme mejor que él, nadie es frívolo y perezoso más a las claras, nadie parece tan olvidadizo; pero no hay que fiarse; tiende a todo tipo de indolencias, pero cuando al final del camino está la gloria, es admirable en toda clase de furias. Dadle una pica, y saldrá el 10 de agosto; dadle un fusil, y saldrá Austerlitz. Es el punto de apoyo de Napoleón y el recurso de Danton. ¿Que se trata de la patria? Se alista. ¿Que se trata de la libertad? Arranca los adoquines. ¡Cuidado! Su cabello airado es épico; su blusón lo cubre con pliegues de clámide. Andad con cuidado. Convertirá la primera calle de Greneta que se le ponga a mano en unas horcas caudinas. Llegada la hora, ese hombre de los arrabales crecerá, ese hombrecillo se pondrá en pie y mirará de un modo terrible, y el aliento se le volverá tempestad y de ese pobre pecho encanijado saldrá viento suficiente para mover los plegamientos de los Alpes. Al hombre de los arrabales de París le debe la Revolución, unida a los ejércitos, el haber conquistado Europa. Canta, eso lo alegra. ¡Dadle una canción acorde con su forma de ser y ya veréis! Mientras no tiene más estribillo que la Carmañola, sólo derroca a Luis XVI; dadle a cantar La Marsellesa y liberará el mundo.

Y tras escribir esta nota en el margen del informe Angles, volvamos a nuestras cuatro parejas. Como ya hemos dicho, la cena estaba acabando.

VI
CAPÍTULO EN QUE TODOS SE ADORAN

Charlas en la mesa y charlas de amor: son aquéllas tan inaprensibles como éstas; las charlas de amor son nubes, las charlas en la mesa son humo. Fameuil y Dahlia tarareaban; Tholomyes bebía, Zéphine reía, Fantine sonreía, Listolier tocaba una trompeta de madera que había comprado en

Saint-Cloud, Favourite miraba tiernamente a Blachevelle y decía:

—Blachevelle, te adoro.

Con lo que a Blachevelle se le ocurrió una pregunta:

—¿Qué harías, Favourite, si dejase de quererte?

—¿Yo? —exclamó Favourite—. ¡Ay, no me digas eso ni siquiera en broma! Si dejases de quererme te saltaría encima, te arañaría, te clavaría las uñas, te tiraría al agua, te mandaría detener.

Blachevelle sonrió con la fatuidad voluptuosa de un hombre a quien le están halagando el amor propio. Favourite siguió diciendo:

—¡Sí, llamaría a la guardia! ¡Desde luego que no me pararía en barras! ¡Canalla!

Blachevelle, extasiado, se recostó en la silla y cerró orgullosamente ambos ojos.

Dahlia, sin dejar de comer, le dijo por lo bajo a Favourite entre el barullo.

—¿Así que a ese Blachevelle tuyo lo idolatras?

—¿Yo? Lo aborrezco —contestó Favourite en el mismo tono de voz volviendo a coger el tenedor—. Es un tacaño. Al que quiero es al muchacho que vive enfrente de mí. Está muy bien el joven ese, ¿lo conoces? Se nota que vale para actor. Me gustan los actores. En cuanto vuelve a casa, su madre dice: «¡Ay, Dios mío! Se acabó la tranquilidad. Ya se va a poner a chillar. ¡Pero, querido, que me das dolor de cabeza!». Porque va por la casa, por los desvanes con ratas, por unos agujeros negros, tan arriba como puede subir, ¡y canta y declama y no sé qué más!, y se lo oye desde abajo. Gana ya un franco diario con un procurador escribiendo cosas de pleitos. Es hijo de un antiguo chantre de Saint-Jacques-du-Haut-Pas. ¡Ay, qué bien está! Lo tengo tan loco que un día, cuando me vio haciendo la masa de las crepes, me dijo: «Señorita, haga buñuelos con sus guantes y me los comeré». Sólo a los artistas se les ocurren cosas así. ¡Ay, qué bien está! Estoy siendo muy insensata con ese chico. Pero a Blachevelle le digo que lo adoro. ¡Cómo miento, eh, cómo miento!

Favourite hizo una pausa y prosiguió:

—Dahlia, estoy muy triste. No ha dejado de llover en todo el verano, el viento me irrita, y el viento sigue como una fiera, Blachevelle es muy rácano, casi no hay guisantes en el mercado, no sabe una qué comer, tengo spleen, como dicen los ingleses. ¡La mantequilla está tan cara! Y además mira qué espanto, estamos cenando en un sitio en que hay una cama. ¡Es para cogerle asco a la vida!

VII
LA SABIDURÍA DE THOLOMYÈS

Entretanto, mientras unos cantaban, otros charlaban bulliciosamente, todos al tiempo; ya no era todo sino un barullo. Tholomyes intervino.

—No hablemos al azar ni demasiado deprisa —exclamó—. Meditemos si es que queremos ser deslumbrantes. Demasiada improvisación vacía neciamente el ingenio. A cervezas necias, ingenios romos… Señores, sin prisas. Mezclemos la majestad con la francachela; comamos con recogimiento; banqueteemos despacio. No nos apresuremos. Fíjense en la primavera; si se adelanta, está jugando con fuego, porque se hiela. Con el exceso de celo se pierden los melocotoneros y los alberchigueros. El exceso de celo mata el encanto y la alegría de las buenas cenas. ¡Nada de celo, señores! Grimod de la Reyniere está de acuerdo con Talleyrand.

Una sorda rebelión rugió en el grupo.

—Tholomyes, déjanos de paz —dijo Blachevelle.

—¡Abajo el tirano! —dijo Fameuil.

—¡Bombarda, zalagarda y pularda! —gritó Listolier.

—Los domingos existen —añadió Fameuil.

—Estamos sobrios —apostilló Listolier.

—Tholomyes —dijo Blachevelle—, no me alteras, soy como el marqués.

—Qué va, mucho mejor —contestó Tholomyes.

Aquel juego de palabras tan malo cayó como una piedra en una charca. El marqués de Montcalm era por entonces un monárquico famoso. Todas las ranas se callaron.

—Amigos míos —exclamó Tholomyes con el tono de un hombre que recupera el imperio—, recobraos. Este retruécano caído del cielo no hay que recibirlo con excesivo estupor. No todo lo que cae así es necesariamente digno de entusiasmo y respeto. El retruécano es la cagada del ingenio que vuela. Las bufonadas caen en cualquier parte; y el ingenio, tras poner una necedad como quien pone un huevo, se pierde en el azul del cielo. Una mancha blancuzca que se aplasta contra una roca no le impide volar al cóndor. ¡Lejos de mí la intención de meterme con el retruécano! Lo honro cuanto se merece; y nada más. La parte más augusta, sublime y adorable de la humanidad ha hecho juegos de palabras. Jesucristo hizo un retruécano acerca de san Pedro; Moisés, de Isaac; Esquilo, de Polínice; Cleopatra, de Octavio. Y fijaos bien en que ese retruécano de Cleopatra fue anterior a la batalla de Actium y que, sin él, nadie se acordaría de la ciudad de Toryne, nombre griego que quiere decir cucharón. Admitido lo cual, vuelvo a mi alegato. Lo repito, hermanos, nada de celo, nada de barullo, nada de excesos, ni tan siquiera en las guasas, las gracias, las juergas y los juegos de palabras. Hacedme caso, que tengo la prudencia de Anfiarao y la calvicie de César. Todo tiene un límite, incluso lo rebuscado, como se insinúa en Est modus in rebus. Todo tiene un límite, incluso las cenas. Les gustan las empanadillas dulces de manzana, señoras mías, no abusen de ellas. Incluso para los empanados se precisa sentido común y arte. La glotonería castiga al glotón. Gula castiga a Gulax. A la indigestión le tiene encargado Dios que les lea la cartilla a los estómagos. Y que no se les olvide a ustedes: todas nuestras pasiones, incluso el amor, tienen un estómago que no hay que llenar en exceso. En todo hay que escribir a tiempo la palabra finis, hay que contenerse; cuando el asunto se vuelve urgente, hay que cerrarle la puerta con cerrojo al apetito, meter en la trena la fantasía y llevarse uno personalmente al cuartelillo. El sabio es quien, en determinado momento, se detiene a sí mismo. Fiaos un poco de mí. Porque haya estudiado algo de derecho, si no mienten mis exámenes, porque sepa la diferencia entre la cuestión presentada y la cuestión pendiente, porque haya defendido una tesis en latín sobre la manera en que torturaban en Roma en los tiempos en que Munacio Demens era el cuestor encargado de los asuntos criminales, porque vaya a ser doctor a lo que parece, no se desprende obligatoriamente de todo eso que sea un imbécil. Os recomiendo la moderación en los deseos. ¡Hay que ver lo bien que hablo! Es tan cierto como que me llamo Félix Tholomyes.

¡Dichoso quien, cuando llega la hora, toma un partido heroico y abdica como Silas, u Orígenes!

Favourite escuchaba con honda atención.

—¡Félix! —dijo—. ¡Qué palabra tan bonita! Me gusta ese nombre. Es latín. Quiere decir Próspero.

Tholomyes siguió diciendo:

—¡Quirites, gentlemen, caballeros, amigos míos! ¿Desean no sentir aguijón alguno y prescindir del lecho nupcial y desafiar al amor? Nada más sencillo. He aquí la receta: la limonada, el ejercicio exagerado, el trabajo forzado, cansaos hasta el agotamiento, arrastrad bloques, no durmáis, velad; atiborraos de bebidas nitrosas y de tisanas de ninfeas, paladead emulsiones de adormideras y de añocasto, aliñadme todo lo dicho con una dieta severa, moríos de hambre, sumad los baños fríos, los cinturones de hierbas, la aplicación de una chapa de plomo, las lociones con licor de Saturno y los fomentos de oxicrato.

—Prefiero una mujer —dijo Listolier.

—¡La mujer! —repuso Tholomyes—. Desconfiad de ella. ¡Desdichado el que se entrega al corazón cambiante de la mujer! La mujer es pérfida y tortuosa. Aborrece a la serpiente por celos del oficio. La serpiente es la tienda de enfrente.

—¡Tholomyes! —exclamó Blachevelle—. ¡Estás borracho!

—¡Ya lo creo! —dijo Tholomyes.

—Pues entonces sé alegre —añadió Blachevelle.

—Consiento en ello —contestó Tholomyes. Y, llenando la copa, se puso de pie:

—¡Gloria al vino! Nunc te, Bacche, canam! Perdón, señoritas, hablaba en español. Y la prueba, señoras, hela aquí: como es el pueblo es el tonel. En la arroba de Castilla entran dieciséis litros; en el cántaro de Alicante, doce; en el almud de las Canarias, veinticinco; en el cuartillo de las Baleares, veintiséis; en la bota del zar Pedro, treinta. ¡Viva ese zar que era grande y viva su bota, que era aún mayor! Señoras, un consejo de amigo: yerren al elegir al vecino, si bien les parece. Lo propio del amor es equivocarse. El amorío no está hecho para tirarse al suelo y embrutecerse como una criada inglesa que padezca el callo de la fregona en las rodillas. ¡No es ésa su razón de ser, anda vagando alegremente, el dulce amorío! Se ha dicho: errar es humano; y yo digo: errar es amoroso. Señoras, las idolatro a todas. ¡Ay, Zéphine, ay, Joséphine, de rostro más que engurruñado, sería encantadora si no tuviera la cara al bies! Es como si alguien se hubiera sentado por descuido encima de una cara bonita. En cuanto a Favourite, ¡oh, ninfas, oh musas!, un día en que Blachevelle saltaba el arroyo de la calle de Guérin-Boisseau, vio a una joven hermosa con medias blancas y bien tirantes que enseñaba las piernas. Le gustó aquel preámbulo, y Blachevelle se enamoró. Era de Favourite de quien se enamoró. Ay, Favourite, tienes labios jónicos. Existió un pintor griego, llamado Euforión, a quien apodaron el pintor de los labios. Sólo ese griego habría sido digno de pintar esta boca tuya. ¡Escucha! Antes de ti, no hubo criatura alguna digna de ese nombre. Estás hecha para recibir la manzana, igual que Venus, o para cometértela, como Eva. La belleza empieza en ti. Acabo de nombrar a Eva, tú fuiste quien la creó. Te mereces la patente de invención de la mujer bonita. ¡Ay, Favourite!, dejo de tutearla porque paso de la poesía a la prosa. Se refirió a mi nombre hace un rato, y eso me enterneció; pero, seamos quienes seamos, desconfiemos de los nombres. Pueden equivocarse. Me llamo Félix y no soy feliz. Las palabras son mentirosas. No aceptemos ciegamente las indicaciones que nos proporcionan. Sería un error escribir a Lieja para comprar tapones y a Pau para comprar guantes. Miss Dahlia, si yo estuviera en su lugar, me llamaría Rosa. La flor tiene que oler bien y la mujer tiene que ser sutil. No digo nada de Fantine, es una soñadora, una ensoñadora, una pensativa, una sensitiva; ¡es un fantasma con forma de ninfa y pudor de monja, que anda extraviada por la vida de griseta, pero que busca refugio en las ilusiones, y que canta, y que reza, y que mira el azul del cielo sin saber muy bien qué ve ni qué hace y que, con los ojos alzados al firmamento, va errante por un jardín donde hay más aves de las que existen! ¡Ay, Fantine, debes saber lo siguiente: yo, Tholomyes, soy una ilusión! ¡Pero esa hija rubia de las quimeras ni me oye! Por lo demás, todo en ella es lozanía, suavidad, juventud, dulce luz matutina. ¡Ay, Fantine, muchacha digna de llamarse Marguerite o Perle, es usted una mujer del más bello oriente! Señoras, otro consejo: no se casen; el matrimonio es un injerto; prende bien o prende mal: huyan de ese riesgo. Pero ¡bah!, ¿qué demonios ando diciendo? Es un despilfarro de palabras. Las muchachas son incurables en lo referido al casorio; y todo cuanto podamos decir nosotros, los sabios, no les impedirá a las chalequeras y a las ojeteras de botinas soñar con maridos ricos en diamantes. En fin, bien está; pero, hermosas muchachas, que no se os olvide esto: coméis demasiado azúcar. Sólo cometéis un error en una cosa, ¡oh, mujeres!, y es en andar comiscando azúcar. ¡Ay, sexo roedor de azúcar, tus bonitos dientecillos blancos se pirran por el azúcar! Pero atended bien: el azúcar es una sal. Toda sal seca. El azúcar es la sal que más seca. Chupa a través de las venas los líquidos de la sangre; de ahí se deriva la coagulación y, luego, la solidificación de la sangre; de ahí los tubérculos en el pulmón; de ahí la muerte. Y por eso la diabetes es vecina de la tisis. ¡Así que no toméis azúcar y viviréis! Ahora voy con los hombres: señores, hagan conquistas. Arrebataos unos a otros a vuestras bien amadas sin remordimiento. Paso cruzado. En amor, no hay amistades. En cualquier sitio donde haya una mujer bonita, están abiertas las hostilidades. ¡Guerra a discreción y sin cuartel! Una mujer guapa es un casus belli: una mujer guapa es un flagrante delito. Todas las invasiones de la historia las decidieron unas enaguas. La mujer es el derecho del hombre. Rómulo raptó a las sabinas; Guillermo raptó a las sajonas; César raptó a las romanas. El hombre a quien nadie ama planea como un buitre por encima de las amantes ajenas; y, en lo que a mí se refiere, les lanzo a esos desventurados que están viudos la proclama sublime de Bonaparte al ejército de Italia: «Soldados, os falta de todo. Al enemigo, no...».

Tholomyes se interrumpió.

—Descansa un poco, Tholomyes —dijo Blachevelle.

Al tiempo, Blachevelle, con la colaboración de Listolier y de Fameuil, empezó a cantar, con música lastimera, una de esas canciones de taller cuya letra se compone de las primeras palabras que se le pasan a uno por la cabeza, rimadas profusamente pero sin rima, vacías de sentido como el gesto del árbol y el ruido del viento, que nacen del vapor de las pipas y se disipan y alzan el vuelo con él. Ésta es la estrofa con que el grupo respondió a la arenga de Tholomyes:

Unos pazguatos le dieron un dinero a un recadero para hacer papa en San Juan a Clermont-Tonnerre sin más, y papa no pudo ser

porque cura nunca fue. Y el rabioso recadero se volvió con el dinero.

No era lo más adecuado para aplacar la improvisación de Tholomyes; vació el vaso, lo volvió a llenar y prosiguió.

—¡Abajo la sensatez! Olvidados de todo lo que he dicho. No seamos ni prudentes ni prusianos ni con prurito. Brindo por el júbilo; ¡seamos jubilosos! Completemos nuestra clase de derecho con la insensatez y la alimentación. Indigestión y digesto. ¡Que Justiniano sea el macho y Comilona sea la hembra! ¡Alegría en las profundidades! ¡Vive, oh, creación! El mundo es un diamante enorme. Soy feliz. Los pájaros son asombrosos. ¡Qué fiesta por doquier! El ruiseñor es un Jean Elleviou que canta gratis! ¡Te saludo, verano! ¡Oh, Luxembourg! ¡Oh, Geórgicas de la calle de Madame y de la avenida de L'Observatoire! ¡Ay, militronches soñadores! ¡Ay, todas esas niñeras adorables que, al tiempo que vigilan a los niños, se entretienen bosquejando otros! Me agradarían las pampas de América si no tuviera los soportales de L'Odéon. Me alza el vuelo el alma por las selvas vírgenes y las sabanas. Todo es hermoso. Las moscas zumban en los rayos de sol. El sol ha estornudado un colibrí. ¡Bésame, Fantine!

Se equivocó y besó a Favourite.

VIII
LA MUERTE DE UN CABALLO

—Se cena mejor en Édon que en Bombarda —exclamó Zéphine.

—Me gusta más Bombarda que Édon —declaró Blachevelle—. Hay más lujo. Resulta más asiático. Fijaos en la sala de abajo. Está llena de espejos.

—Yo lo que quiero que estén llenos son los platos —dijo Favourite. Blachevelle insistió:

—Fijaos en los cuchillos. Los mangos son de plata en Bombarda y de hueso en Édon. Ahora bien, la plata es más valiosa que el hueso.

—Menos para quienestienen la barbillade plata —comentó Tholomyes.

Estaba mirando en aquel instante la cúpula de los Inválidos, que se veía desde las ventanas del café Bombarda.

Hubo una pausa.

—Tholomyes —voceó Fameuil—, hace un rato teníamos una discusión Listolier y yo.

—Una discusión es buena —contestó Tholomyes—; una pelea es mejor.

—Discutíamos de filosofía.

—Bien está.

—Entre Descartes y Spinoza, ¿con quién te quedas?

—Con Désaugiers —dijo Tholomyes.

Y tras dictar sentencia tal, bebió y siguió diciendo:

—Consiento en vivir. No todo está acabado en este mundo, puesto que todavía podemos desbarrar. Doy gracias a los dioses inmortales. Mentimos, pero nos reímos. Afirmamos, pero dudamos. Lo inesperado brota del silogismo. Es algo hermoso. Todavía existen aquí abajo humanos que saben abrir y cerrar alegremente la caja de sorpresas de la paradoja. ¡Esto, señoras mías, que están bebiendo tan tranquilas es vino de Madeira, para que lo sepan, de los viñedos de Coural das Freiras, que está a trescientas diecisiete toesas por encima del nivel del mar! ¡Ojito al beberlo! ¡Trescientas diecisiete toesas por encima del nivel del mar! ¡Y el señor Bombarda, ese espléndido miembro del negocio de los restaurantes, les da a ustedes estas trescientas diecisiete toesas por cuatro francos y medio!

Fameuil volvió a interrumpir:

—Tholomyes, tus opiniones tienen fuerza de ley. ¿Cuál es tu autor favorito?

—Ber…

—¿Berquin?

—No. Berchoux.

Y Tholomyes siguió diciendo:

—¡Honor a Bombarda! Igualaría a Munofis de Elefanta si pudiera sacar de algún sitio una almea; y a Tigelión de Queronea si pudiera traerme una hetaira, pues, oh, señoras mías, había Bombardas en Grecia y en Egipto. Nos lo dice Apuleyo. Siempre lo mismo, por desgracia, y nada nuevo. ¡Ya no queda nada inédito en la creación del creador! Nil sub sole novum, dice Salomón; amor omnibus idem, dice Virgilio; y Carabina embarca con Carabin en la galeota de Saint-Cloud, igual que Aspasia se embarcaba con Pericles en la flota de Samos. Una cosa más, la última. ¿Saben quién era Aspasia, señoras mías? Aunque vivió en una época en que las mujeres no tenían alma todavía, era un alma; un alma de una tonalidad rosa y púrpura, más llameante que el fuego, más lozana que la aurora; era la prostituta diosa. Manon Lescaut sumada a Sócrates. A Aspasia la crearon por si Prometeo precisaba de una puta.

Habría costado hacer callar a Tholomyes, que estaba lanzado, si no se hubiera desplomado un caballo en el muelle en aquel preciso instante. Con el choque, la carreta y el orador se pararon en seco. Se trataba de una yegua de Beauce, vieja, flaca y que estaba ya para el matadero, que iba tirando de una carreta muy pesada. Al llegar delante de Bombarda, el animal, agotado y agobiado, se había negado a seguir andando. Apenas le dio tiempo al carretero, que maldecía indignado, a pronunciar con la energía oportuna una blasfemia ritual: ¡Virgen!, reforzada con un latigazo implacable, cuando el penco cayó para no volver a levantarse más. Al barullo de los transeúntes, los alegres oyentes de Tholomyes volvieron la cabeza y Tholomyes aprovechó para poner punto final a la alocución con estos versos melancólicos:

El lucero del alba la vio nacer potranca.

La vio morir jamelgo la noche que llegaba. Corta, virgen, las rosas en su primera flor.

—¡Pobre caballo! —suspiró Fantine. Y Dahlia exclamó:

—Resulta que ahora a Fantine le van a dar pena los caballos. ¡Pero cómo se puede ser tan tonta!

Precisamente entonces, Favourite, cruzándose de brazos y echando la cabeza hacia atrás, miró resueltamente a Tholomyes y dijo:

—¡Por cierto! ¿Y la sorpresa?

—Ha llegado el momento, efectivamente —contestó Tholomyes.

—Caballeros, ha llegado el momento de sorprender a las señoras. Señoras, espérennos un momento.

—La sorpresa empieza con un beso —dijo Blachevelle.

—En la frente —añadió Tholomyes.

Todos les dieron, muy serios, un beso en la frente a sus respectivas amantes; luego, se encaminaron los cuatro, en fila, hacia la puerta, llevándose el dedo a los labios.

Favourite batió palmas cuando salieron:

—Qué divertido está resultando ya —dijo.

—No tardéis mucho —susurró Fantine—. Os esperamos.

IX
ALEGRE FINAL DE LA ALEGRÍA

Tras quedarse solas, las muchachas se acodaron de dos en dos en el antepecho de las ventanas, charloteando, asomando la cabeza y hablándose de un hueco a otro.

Vieron a los jóvenes salir del café Bombarda cogidos del brazo; se volvieron, les hicieron, riéndose, señas con la mano y se esfumaron entre ese polvoriento gentío de los domingos que invade cada siete días Les Champs-Élysées.

—¡No tardéis mucho! —gritó Fantine.

—¿Qué nos traerán? —dijo Zéphine.

—Seguro que será algo bonito —dijo Dahlia.

—Yo —añadió Favourite— quiero que sea de oro.

No tardó en distraerlas el barullo que había a la orilla del agua, que divisaban entre las ramas de los árboles altos y que las divertía mucho. Era la hora en que salían las sillas de posta y las diligencias. Casi todas las mensajerías del sur y del oeste pasaban a la sazón por Les Champs-Élysées. La mayoría iba siguiendo el muelle y salía por el portillo de Passy. A cada minuto, algún carruaje grande, pintado de amarillo y de negro, cargadísimo, con un tiro estruendoso, deformado a fuerza de baúles, de lonas y de maletas, repleto de cabezas que desaparecían en el acto, machacando la calzada, convirtiendo los adoquines en piedras de mechero, hendía la muchedumbre soltando todas las chispas de una fragua, el polvo haciéndole las veces de humo y con aspecto desatinado. Tanto escándalo divertía a las muchachas. Favourite exclamaba:

—¡Qué jaleo! Es como si saliera volando un montón de cadenas.

Hubo un momento en que uno de aquellos carruajes, que se divisaban con dificultad entre las frondas tupidas de los olmos, se detuvo un instante para arrancar luego otra vez al galope. Fantine se quedó extrañada.

—¡Qué curioso! —dijo—. Creía que las diligencias no se paraban nunca.

Favourite se encogió de hombros:

—Esta Fantine es un caso. La trato por curiosidad. La deslumbran las cosas más tontas. Vamos a suponer que soy un viajero y le digo a la diligencia: «Me adelanto, recójame en el muelle, al pasar». La diligencia pasa, me ve, se detiene y me subo. Son cosas que ocurren a diario. No sabes nada de la vida, mi querida amiga.

Transcurrió así un rato. De repente, Favourite hizo un gesto como de alguien que se despierta.

—¡Bueno! —dijo—. ¿Y la sorpresa?

—Hombre, sí —añadió Dahlia—. ¿Y la famosa sorpresa?

—¡Están tardando mucho! —dijo Fantine.

No bien había soltado ese suspiro, entró el camarero que había servido la cena. Llevaba en la mano algo que parecía una carta.

—¿Y eso qué es? —preguntó Favourite. El camarero contestó:

—Es un papel que han dejado los caballeros para las señoras.

—¿Y por qué no lo subió enseguida?

—Porque los caballeros —contestó el camarero— me mandaron que no se lo diera a las señoras hasta pasada una hora.

Favourite le arrebató el papel de las manos al camarero. Era una carta, efectivamente.

—¡Anda! —dijo—. No hay señas. Pero mirad lo que pone:
ÉSTA ES LA SORPRESA.

Se apresuró a quitarle las obleas a la carta, la abrió y leyó (sabía leer):
«¡Oh, amantes nuestras!

Sabed que tenemos padres. Vosotras de padres no sabéis mucho. En el código civil, pueril y honrado, los llaman padres y madres. Esos padres se lamentan, esos ancianos nos llaman, esos buenazos y esas buenazas nos llaman hijos pródigos, desean que regresemos y nos ofrecen matar becerros. Obedecemos, pues somos virtuosos. Cuando leáis esto, cinco caballos fogosos nos estarán llevando junto a nuestros papás y nuestras mamás. Nos largamos, como diría Bossuet. Nos vamos, ya nos hemos ido. Huimos en brazos de Laffitte y en alas de Caillard. La diligencia de Toulouse nos saca del abismo; y el abismo sois vosotras, ¡hermosas niñas nuestras! Volvemos a la buena sociedad, al deber y al orden. Le importa mucho a la patria que seamos, como todo el mundo, prefectos, padres de familia, guardas forestales y consejeros de Estado. Veneradnos. Os sacrificamos. Lloradnos deprisa y reemplazadnos sin tardar. Si esta carta os destroza, devolvedle el agravio. Adiós.

Os hemos hecho felices casi dos años. No nos lo tengáis en cuenta.
Firmado: BLACHEVELLE
FAMEUIL

LISTOLIER

FÉLIX THOLOMYES

POSTDATA. La cena está pagada».

Las cuatro jóvenes se miraron.

Favourite fue la primera en romper el silencio.

—Pues no deja de ser una broma estupenda.

—Tiene mucha gracia —dijo Zéphine.

—Se le debe de haber ocurrido a Blachevelle —siguió diciendo Favourite—. Y me enamora. En cuanto se va, lo quiero. Así son las cosas.

—No —dijo Dahlia—, ha sido idea de Tholomyes. Se nota.

—Pues en tal caso —saltó Favourite—, ¡abajo Blachevelle y viva Tholomyes!

—¡Viva Tholomyes! —gritaron Dahlia y Zéphine. Y se echaron a reír.

Fantine se rió, como las otras.

Una hora después, tras regresar a su habitación, lloró. Era, como ya hemos dicho, su primer amor; se había entregado a Tholomyes como a un marido; y la pobre muchacha tenía una hija.

LIBRO CUARTO
A VECES ENCOMENDAR ES ENTREGAR

I
UNA MADRE SE ENCUENTRA CON OTRA

Había, en el primer cuarto de este siglo, en Montfermeil, cerca de París, un a modo de figón que ya no existe en la actualidad. El figón aquel lo llevaban unas personas apellidadas Thénardier, que eran marido y mujer. Estaba en la callejuela de Le Boulanger. Podía verse encima de la puerta una tabla clavada en la pared, bien pegada a ella. En aquella tabla habían pintado algo que parecía un hombre que llevase a otro hombre cargado a las espaldas; y éste lucía abultadas charreteras de general, doradas y con estrellas plateadas muy anchas; unas manchas rojas remedaban la sangre; el resto del cuadro consistía en humo y representaba probablemente una batalla. Debajo se leía la inscripción siguiente: El sargento de Waterloo.

Nada más habitual que un carro con volquete o una carreta a la puerta de una posada. No obstante, el vehículo o, más bien, el trozo de vehículo que empantanaba la calle, delante de El sargento de Waterloo, una tarde de primavera de 1818, no cabe duda que abultaba tanto que le habría llamado la atención a cualquier pintor que hubiera pasado por allí.

Era el tren delantero de uno de esos remolques que usan en las comarcas con bosques y sirven para transportar tablones y troncos de árboles. Aquel tren delantero se componía de un eje macizo de hierro con pivote donde encajaba un pesado brazo y se apoyaba en dos ruedas de tamaño exagerado. El conjunto era achaparrado, apabullante y deforme. Hubiérase dicho la cureña de un cañón gigante. Los baches de las rodadas habían dejado en las ruedas, las llantas, los cubos, el eje y el brazo una capa de cieno, una enjalbegadura repulsiva y amarillenta bastante parecida a esa con la que gustan muchas veces de adornar las catedrales. El barro tapaba la madera; y el orín, el hierro. Bajo el eje, colgaba, como si de un paño se tratara, una cadena de hierro muy gruesa digna de Goliat preso. Aquella cadena traía a la mente no las vigas que le correspondía trasportar, sino los mastodontes y los mammóns que habrían podido engancharse al carro; recordaba al presidio, pero a un presidio ciclópeo y sobrehumano; era como si se la hubieran quitado a algún monstruo. Homero habría atado con ella a Polifemo, y Shakespeare, a Calibán.

¿Por qué aquel tren delantero de un remolque estaba en aquel punto de la calle? De entrada, para tenerla empantanada; luego, para acabar de oxidarse. Hay en el antiguo orden social gran cantidad de instituciones con las que nos topamos de esa misma forma, al pasar, a cielo abierto, y que no tienen ninguna otra razón de ser para estar donde están.

El centro de la cadena colgaba debajo del eje casi rozando el suelo; y en la curva, como en la cuerda de un columpio, estaban sentadas y juntas, aquella tarde, deliciosamente enlazadas, dos niñas, una de unos dos años y medio y la otra de dieciocho meses, la menor en brazos de la mayor. Un pañuelo diestramente atado impedía que se cayeran. Una madre había visto aquella cadena espantosa y había dicho: «¡Anda! Un juguete para mis niñas».

Por lo demás, las dos niñas, arregladas con gracia y cierto rebuscamiento, estaban radiantes. Parecían dos rosas entre la chatarra; los ojos eran un triunfo; las mejillas lozanas reían. Una tenía el pelo de color castaño y la otra era morena. Los rostros ingenuos eran dos asombros extasiados; un matorral en flor que había cerca enviaba a los transeúntes aromas que parecían proceder de ellas; la de dieciocho meses llevaba al aire la barriguita con esa casta indecencia de los niños pequeños. Por encima y alrededor de esas dos cabezas delicadas, amasadas en dicha e inundadas de luz, el tren delantero gigantesco, negro de orín, casi terrible, de curvas enredadas y ángulos feroces, era como el arco de la entrada de una cueva. A pocos pasos, sentada en el umbral de la posada, la madre, una mujer de aspecto, por lo demás, poco grato, pero enternecedora en aquellos momentos, columpiaba a las dos niñas con un cordel largo, sin quitarles ojo por temor a un accidente, con esa expresión animal y celestial propia de la maternidad; en todos los vaivenes, los repulsivos eslabones soltaban un ruido estridente que parecía un grito de ira; las niñas estaban extasiadas, el sol poniente participaba en aquel júbilo y nada podía concebirse tan encantador como aquel capricho del azar que había convertido una cadena de titanes en un balancín de serafines.

Mientras columpiaba a las dos niñas, la madre canturreaba, con voz desafinada, una romanza muy conocida por entonces:

Es preciso, decía un guerrero…

La canción y la contemplación de sus hijas le impedían oír y ver lo que sucedía en la calle.

Pero entretanto alguien se le había acercado mientras empezaba la primera estrofa de la romanza y, de pronto, oyó una voz que le decía junto al oído:

—Qué niñas tan bonitas tiene usted, señora.

—A la hermosa y tierna Imogina

Respondió la madre, siguiendo con la romanza; luego, volvió la cabeza.

Tenía delante, a pocos pasos, a una mujer. Y también esa mujer tenía una niña, a la que llevaba en brazos.

Llevaba, además, un bolso de viaje bastante grande que parecía pesar mucho.

La niña de aquella mujer era uno de los seres más divinos que darse puedan. Tenía entre dos y tres años. Habría podido rivalizar con las otras dos en la coquetería del atuendo; llevaba una capota de tela fina, cintas en la camisita y puntillas de Valenciennes en el gorro. Por un pliegue levantado de la falda le asomaba el muslo blanco, regordete y firme. Era admirablemente sonrosada y sana. Daban ganas de hincarles el diente a las manzanas de las mejillas de aquella niña tan guapa. Nada podía decirse de los ojos, sino que debían de ser muy grandes y tenían unas pestañas espléndidas. Iba dormida.

Dormía con ese sueño de confianza absoluta propio de su edad. Los brazos de la madre están hechos de ternura; los niños duermen profundamente en ellos.

En cuanto a la madre, tenía una apariencia pobre y triste. Iba vestida como una operaria que tiende a ser de nuevo campesina. ¿Era joven? ¿Era guapa? A lo mejor; pero así vestida no se le notaba. El pelo, del que asomaba un mechón rubio, parecía muy abundante, pero lo cubría severamente una cofia de beguina, fea, pegada, estrecha y anudada debajo de la barbilla. Cuando una tiene dientes bonitos, se le pueden ver al reírse; pero esta mujer no se reía. Los ojos no parecían llevar mucho rato secos. Estaba pálida; parecía muy cansada y un tanto enferma; miraba a su hija, dormida en sus brazos, con esa expresión propia de las madres que han amamantado a sus hijos. Un pañuelo azul ancho, como esos que usan los inválidos para sonarse, doblado en forma de pañoleta, le tapaba toscamente la cintura. Tenía las manos tostadas y salpicadas de pecas, la aguja le había encallecido y destrozado el índice; llevaba un mantón de lana tosca, un vestido de retor y unos zapatones. Era Fantine.

Era Fantine. Resultaba difícil reconocerla. Sin embargo, mirándola atentamente, no había perdido la belleza. Un pliegue triste, que parecía un principio de ironía, le arrugaba la mejilla derecha. En cuanto al atuendo, aquel vestido aéreo de muselina y lazos, que parecía hecho de alegría, locura y música, lleno de cascabeles y oliendo a lilas, se había desvanecido como esas escarchas hermosas y resplandecientes que, al sol, parecen diamantes; se derriten y la rama se queda negra.

Habían pasado diez meses desde la «broma tan graciosa».

¿Qué había ocurrido en esos diez meses? Podemos adivinarlo.

Tras el abandono, los apuros económicos. Fantine perdió enseguida de vista a Favourite, Zéphine y Dahlia; al quebrarse el vínculo por la parte de los hombres, se desanudó por la parte de las mujeres; pasados quince días, se habrían quedado muy extrañadas si alguien les hubiera dicho que eran amigas; ya no tenía razón de ser que lo fueran. Fantine se quedó sola. Cuando se marchó el padre de su hija —esas rupturas son, por desdicha, irrevocables— se vio completamente aislada, tras haber perdido el hábito del trabajo y haber ganado la afición a pasarlo bien. La relación con Tholomyes la había llevado a desdeñar el oficio modesto que sabía desempeñar; había dado de lado las salidas que podía tener y éstas se habían cerrado. Ningún recurso. Fantine apenas si sabía leer y no sabía escribir; de pequeña sólo le enseñaron a firmar con el nombre; fue al amanuense para que le escribiera una carta a Tholomyes; y, luego, otra, y otra más.

Tholomyes no contestó a ninguna. Un día, Fantine oyó decir a unas comadres que miraban a su hija: «¿Se toma alguien en serio a estos niños?

¡Estos niños no le importan a nadie!». Se acordó entonces de Tholomyes, a quien no le importaba nada su hija y no se tomaba en serio a aquel ser inocente; y se le ensombreció el corazón en cuanto tuviera que ver con aquel hombre. Pero ¿qué partido tomar? Ya no sabía a quién dirigirse. Había cometido una falta, pero recordemos que tenía, en el fondo, una forma de ser recatada y virtuosa. Notó de forma inconcreta que estaba en vísperas de caer en la desesperación y resbalar hacia lo peor. Debía tener valor; lo tuvo y sacó fuerzas. Se le ocurrió que podría volver a su ciudad natal, Montreuil-sur-Mer. Allí, a lo mejor la conocía alguien y le daba trabajo. Sí, pero tendría que ocultar su falta. E intuía confusamente la posible necesidad de una separación aún más dolorosa que la primera. Se le oprimió el corazón, pero se decidió. Fantine, como ya veremos, tenía el indómito coraje de la vida. Ya había renunciado valientemente a arreglarse, y se vistió de rector, y todas las sedas, todos los trapitos, todos los lazos y todos los encajes se los puso a su hija, la única vanidad que le quedaba y que, en este caso, era una vanidad santa. Vendió todo lo que tenía y sacó doscientos francos; tras pagar unas cuantas deudas menudas, sólo le quedaron unos ochenta. A los veintidós años, una hermosa mañana de primavera, salió de París con la niña echada a la espalda. Quien las hubiera visto pasar a las dos habría sentido lástima. Aquella mujer no tenía en el mundo más que a aquella niña, y aquella niña no tenía en el mundo más que a aquella mujer. Fantine había amamantado a su hija; se había quedado débil del pecho y tosía un poco.

No volveremos a tener ocasión de mencionar de nuevo al señor Félix Tholomyes. Nos limitaremos a decir que, veinte años después, durante el reinado de Luis Felipe, era un importante procurador de provincias, influyente y rico, elector sensato y jurado muy severo; y que seguía siendo juerguista.

Mediado el día, tras haber cogido a ratos, para descansar, previo pago de quince o veinte céntimos por legua, lo que a la sazón se llamaban los Cochecitos Suburbanos de París, llegó Fantine a Montfermeil y a la callejuela de Le Boulanger.

Según pasaba delante de la posada Thénardier, las dos niñas, encantadas con su balancín gigante, la deslumbraron por decirlo de alguna manera y se quedó parada ante esa visión alegre.

Existen hechizos. Aquellas dos niñas fueron un hechizo para esa madre. Las miraba, muy conmovida. La presencia de los ángeles anuncia el paraíso. Le pareció ver encima de esa posada el misterioso AQUÍ de la providencia. ¡Estaba claro que aquellas dos niñas eran felices! Las miraba y las admiraba, tan enternecida que, cuando la madre se interrumpió entre dos versos de la canción para tomar aliento, no pudo por menos de decirle esa frase que acabamos de leer:

—Qué niñas tan bonitas tiene usted, señora.

A las fieras más ariscas las deja inermes que acaricien a sus crías. La madre alzó la cabeza, dio las gracias e invitó a sentarse a la transeúnte en el banco de la puerta mientras ella seguía sentada en el umbral. Las dos mujeres charlaron.

—Soy la señora Thénardier —dijo la madre de las dos niñas—. Llevamos esta posada.

No se le iba la romanza de la cabeza y siguió con ella entre dientes Es preciso, soy caballero y me marcho a Palestina.

La señora Thénardier era una mujer pelirroja, metida en carnes, angulosa: el tipo mismo de la soldadera en su peor apariencia. Y, cosa rara, melindrosa, hecho que le debía a su afición a leer novelas. Era una remilgada hombruna. Las novelas viejas que se van deshilachando en la imaginación de las taberneras producen efectos así. Todavía era joven; apenas si tendría treinta años. Si esa mujer, que estaba sentada en el suelo, hubiese estado erguida, a lo mejor la estatura elevada y la anchura de espalda de un coloso de feria habrían espantado de entrada a la viajera y enturbiado su confianza y se habría esfumado lo que vamos a referir. Una persona sentada, y no de pie: de cosas así dependen los destinos.

La viajera contó su historia, con ciertos cambios.

Que era una operaria; que su marido había muerto; que no tenía trabajo en París y que iba a ver si lo encontraba en otra parte; en su tierra chica; que había salido de París esa misma mañana a pie; que, como llevaba a la niña en brazos, al notar el cansancio y toparse con el coche de Villemomble, lo había tomado; que desde Villemomble había llegado a pie a Montfermeil; que la niña había andado un rato, pero no mucho, era tan pequeña, y que había tenido que cogerla; y que el tesorito se había quedado dormido.

Y, al decir esto, le dio a su hija un beso apasionado que la despertó. La niña abrió los ojos, unos ojos grandes y azules como los de su madre, y miró, ¿qué?, nada, todo, con esa expresión seria y, a veces, severa de los niños pequeños, que es un misterio de su luminosa inocencia ante nuestras virtudes crepusculares. Diríase que notan que son ángeles y que saben que somos hombres. Luego la niña se echó a reír y, aunque la madre la sujetaba, se escurrió hasta el suelo con la indomable energía de un ser pequeño que quiere correr. De pronto, divisó a las otras dos niñas en el columpio, se detuvo en seco y sacó la lengua, lo cual era síntoma de admiración.

La Thénardier desató a sus hijas, las bajó del balancín y dijo:

—Juega las tres juntas.

En esas edades la confianza nace deprisa; y, pasado un minuto, las niñas Thénardier estaban jugando con la recién llegada a hacer hoyos en el suelo, placer inmenso.

Aquella recién llegada era muy alegre; la bondad de la madre puede leerse en el carácter alegre del niño; había cogido una astillita, que le hacía las veces de pala, y excavaba con energía una fosa del tamaño de una mosca. La obra del enterrador se vuelve risueña cuando la hace un niño.

Las dos mujeres seguían charlando.

—¿Cómo se llama su cría?

—Cosette.

Cosette, léase Euphrasie. La niña se llamaba Euphrasie. Pero la madre había convertido Euphrasie en Cosette por ese dulce y encantador instinto de las madres y del pueblo, que cambian Josefa por Pepita y Francoise por Sillette. Es éste un tipo de derivados que da al traste con toda la ciencia de los etimólogos y la desconcierta. Conocimos a una abuela que había conseguido convertir en Gnon el nombre de Théodore.

—¿Qué edad tiene?

—Va a cumplir tres años.

—Como la mía mayor.

Entretanto las tres niñas se habían agrupado en una postura de honda ansiedad y beatitud: había ocurrido un acontecimiento; una lombriz muy grande acababa de salir del suelo; tenían miedo y estaban extasiadas.

Las frentes radiantes se tocaban; hubiérase dicho que eran tres cabezas dentro de una aureola.

—¡Hay que ver cómo se hacen amigos enseguida los niños! —exclamó la Thénardier—. Ahí donde las ve, parecen tres hermanas.

Ésa fue la chispa que estaba esperando probablemente la otra madre. Le cogió la mano a la Thénardier, la miró fijamente y le dijo:

—¿Quiere cuidarme a mi niña?

La Thénardier hizo uno de esos ademanes de sorpresa que ni consienten ni rechazan.

La madre de Cosette siguió diciendo:

—Ya ve, no puedo llevarme a mi hija a mi tierra. No es posible por el trabajo. Con un niño, no hay quien encuentre colocación. Son tan ridículos en la zona esa. Ha sido Dios el que me ha hecho pasar por delante de su posada. Cuando he visto a sus hijitas, tan guapas y tan arregladas y tan felices, me ha dado un vuelco el corazón. He dicho: ahí está una buena madre. Eso es: serán tres hermanas. Y yo además no tardaré mucho en volver. ¿Quiere cuidarme a mi niña?

—Sería cosa de pensarlo —dijo la Thénardier.

—Pagaría seis francos al mes.

Al llegar a ese punto, una voz de hombre gritó desde el fondo del figón:

—Menos de siete francos ni hablar. Y seis meses por adelantado.

—Seis por siete, cuarenta y dos —dijo la Thénardier.

—Los pagaré —dijo la madre.

—Y, aparte, quince francos para los primeros gastos —añadió la voz de hombre.

—Cincuenta y siete francos en total —dijo la señora Thénardier. Y, entre esas cantidades, canturreaba distraídamente: "Es preciso, decía un guerrero".

—Los pagaré —dijo la madre—. Tengo ochenta francos. Me quedará bastante para llegar a mi tierra, si voy a pie. Allí ganaré dinero y en cuanto tenga un poco volveré a buscar a mi joyita.

La voz de hombre siguió diciendo:

—¿La criatura tiene ajuar?

—Es mi marido —dijo la Thénardier.

—Pues claro que tiene ajuar, pobrecita mía. Ya me he dado cuenta de que era su marido. ¡Y hay que ver qué ajuar! Un ajuar de primera. Todo por docenas; y vestidos de seda, como una señora. Aquí lo llevo, en el bolso de viaje.

—Tendrá que dejarlo —añadió la voz de hombre.

—¡Pues claro que lo dejaré! —dijo la madre—. ¡Tendría gracia que dejase a mi hija en cueros!

Apareció la cara del dueño.

—Está bien —dijo.

Llegaron a un arreglo. La madre pasó la noche en la posada, pagó el dinero y dejó a su hija, volvió a cerrar el saco de viaje, sin el bulto del ajuar y de poco peso a partir de ese momento, y se fue a la mañana siguiente, contando con volver pronto. Esas separaciones se organizan con calma, pero desesperan.

Una vecina de los Thénardier se cruzó con aquella madre según se iba y volvió diciendo:

—Acabo de ver a una mujer llorando por la calle que partía el alma.

Cuando se hubo marchado la madre de Cosette, el hombre le dijo a su mujer:

—Con eso voy a poder cubrir el pagaré de ciento diez francos que vence mañana. Me faltaban cincuenta francos. ¿Sabes que me habrían mandado al agente judicial y me lo habrían protestado? Menuda trampa cebaste con tus niñas.

—Sin querer —dijo la mujer.

II
PRIMER ESBOZO DE DOS CARAS QUE NO SON TRIGO LIMPIO

El ratón que había caído en la trampa era muy poca cosa, pero el gato se alegra incluso cuando el ratón es flaco.

¿Quiénes eran los Thénardier?

Digamos algo ahora mismo, sin esperar más. Ya completaremos el croquis más adelante.

Eran seres que pertenecían a esa especie bastarda que se compone de gente zafia que ha ido a más y de gente inteligente que ha ido a menos, que se halla entre la llamada clase media y la llamada clase inferior y que combina algunos de los fallos de ésta con casi todos los vicios de aquélla, careciendo del generoso impulso del obrero y del orden honrado del burgués.

Eran de esos caracteres enanos que, si por casualidad los calienta algún fuego oscuro, se vuelven con facilidad monstruosos. La mujer tenía un fondo bestial; y el hombre, calaña de granuja. Ambos eran harto probablemente capaces de esa especie de progreso repulsivo que se encamina hacia el mal. Existen almas de cangrejo, que retroceden continuamente hacia las tinieblas, que van marcha atrás por la vida, y no hacia adelante, y utilizan la experiencia para incrementar la deformidad, empeorando continuamente e impregnándose cada vez más de una perversidad en ascenso. Aquel hombre y aquella mujer tenían un alma de ésas.

Thénardier, sobre todo, pondría en apuros a un fisonomista. Basta con mirar a ciertos hombres para desconfiar de ellos, porque se los nota tenebrosos se los mire por donde se los mire. Vistos por detrás, son inquietos; vistos por delante, amenazadores. Lo desconocido mora en ellos. Ni es posible responder de lo que hicieron ni de lo que harán. La sombra que llevan en la mirada los delata. En cuanto se los oye decir una palabra o se los ve hacer un gesto, se intuyen sombríos secretos en su pasado y sombríos misterios en su futuro.

El Thénardier que nos ocupa, si nos fiamos de lo que contaba, había sido soldado: sargento, a lo que decía; era probable que hubiera participado en la campaña de 1815, e incluso se había portado con bastante valor, por lo visto. Ya veremos más adelante qué sucedió en realidad. El rótulo de su taberna hacía alusión a uno de sus hechos de armas. Lo había pintado personalmente porque sabía hacer un poco de todo, pero mal.

Eran los años en que la antigua novela clásica, que tras haber sido Clelia no era ya más que Lodoiska, siempre noble, aunque cada vez más vulgar, degradada de la señorita de Scudéri a la señora de Bournon-Malarme y de la señora de Lafayette a la señora Barthélemy-Hadot, incendiaba las almas amantes de las porteras de París y causaba incluso ciertos estragos en el extrarradio. A la señora Thénardier le llegaba la inteligencia al punto justo para leer esa clase de libros. Se nutría de ellos. Ahogaba en ellos los pocos sesos que tenía; de ello sacó, mientras fue muy joven, e incluso algo más adelante, algo así como una actitud reflexiva ante su marido, granuja con cierto fondo, golfo letrado a no ser por la ausencia de gramática, zafio y agudo al tiempo, pero, en lo tocante a lo sentimental, lector de Pigault-Lebrun, y, «en todo lo referido al bello sexo», como decía en su jerga, palurdo correcto y sin mezcla alguna. Le llevaba a su mujer doce o quince años. Más adelante, cuando la melena novelescamente lacia como un sauce llorón se le empezó a poner gris, cuando la personalidad de la Harpía se separó del personaje de Pamela, la Thénardier no fue ya sino una mujer muy mala que se había deleitado con novelas estúpidas. No se leen sandeces con impunidad. La consecuencia fue que su hija mayor se llamaba Éponine. En cuanto a la pequeña, la pobre niña estuvo a punto de llamarse Gulnare; le debió a no sé qué feliz diversión, obra de una novela de Ducray-Duminil, llamarse nada más Azelma.

Por lo demás, y dicho sea de paso, no todo fue ridículo y superficial en esa peculiar época a la que estamos aludiendo y que podríamos llamar de la anarquía de los nombres de pila. Junto al elemento novelesco que acabamos de reseñar, está el síntoma social. Sucede con cierta frecuencia hoy en día que el mozo yuntero se llame Arthur, Alfred o Alphonse y el vizconde —si es que aún quedan vizcondes— se llame Thomas, Pierre o Jacques. Ese desplazamiento que le pone el nombre «elegante» al plebeyo y el nombre campesino al aristócrata no es sino una corriente de igualdad. La irresistible penetración del aire nuevo está en eso como en todo lo demás. Tras esa discordancia aparente, hay algo grande y hondo, la Revolución Francesa.

III
LA ALONDRA

Para prosperar no basta con ser mala persona. El figón iba mal.

Gracias a los cincuenta y siete francos de la viajera, Thénardier pudo librarse de un protesto y cumplir con su firma. Al mes siguiente volvieron a necesitar dinero; la mujer se llegó a París y empeñó en el monte de piedad el ajuar de Cosette por sesenta francos. En cuanto se gastaron esa cantidad, los Thénardier se acostumbraron a no ver en la niña más que a una criatura que tenían en casa por caridad y la trataron a tenor de ello. Como ya no tenía ropa, la vistieron con las faldas viejas y las camisas viejas de las niñas Thénardier, es decir, con harapos. Le dieron de comer los restos de todo el mundo, algo mejor que al perro y algo peor que al gato. Por lo demás, el gato y el perro eran sus compañeros de mesa habituales; Cosette comía con ellos debajo de la mesa en un cuenco de madera igual que el suyo.

La madre, que se había afincado, como veremos más adelante, en Montreuil-sur-Mer, escribía, o mejor dicho, mandaba que escribieran todos los meses para saber de su hija. Los Thénardier contestaban invariablemente: «Cosette está de maravilla».

Cuando transcurrieron los seis primeros meses, la madre mandó siete francos para el mes siguiente y siguió con los envíos todos los meses con bastante puntualidad. Aún no había concluido el año cuando dijo Thénardier: «¡Se creerá que nos está haciendo un favor! ¿Qué quiere que hagamos con siete francos?». Y escribió para exigir doce. La madre, a la que tenían convencida de que la niña era feliz y «se criaba bien», cedió y envió los doce francos.

Hay caracteres que no pueden querer por un lado si no odian por el otro. La Thénardier quería con pasión a sus hijas y, por eso, aborreció a la forastera. Es triste pensar que el amor de una madre pueda tener lados feos.

Por muy poco lugar que ocupara en su casa Cosette, le parecía que se lo quitaba a su familia y que por culpa de esa criatura sus hijas tenían menos aire para respirar. Aquella mujer, como muchas mujeres de su categoría, tenía que gastar a diario cierta cantidad de caricias y cierta cantidad de golpes y de insultos. Si no hubiera estado Cosette, no cabe duda de que, por mucho que idolatrase a sus hijas, les habría tocado de todo; pero la forastera les sirvió para desviar los golpes. Sus hijas sólo recibieron caricias. Con cualquier gesto que hiciera, a Cosette le llovía una granizada de castigos violentos e inmerecidos. ¡Criatura débil y dulce que seguramente no entendía nada ni de este mundo ni de Dios; a quien continuamente castigaban, reñían, maltrataban, pegaban; y que veía a su lado a dos niñas como ella que vivían en un rayo de aurora!

La Thénardier era mala con Cosette; Éponine y Azelma fueron malas con ella. Los niños, a esa edad, no son sino ediciones de su madre. Sólo que en un formato más pequeño.

Pasó un año; luego, otro. Decían en el pueblo:

—Qué buenas personas son los Thénardier. ¡Tienen poco dinero y crían a una pobre niña que dejaron abandonada en su casa!

Creían que a Cosette la había abandonado su madre.

Pero Thénardier, al enterarse por a saber qué vías turbias de que probablemente la niña era una bastarda y que la madre no podía confesarlo, exigió quince francos mensuales, diciendo que «la criatura» crecía y comía, y amenazando con mandársela. «¡A mí que no me fastidie —exclamaba— o le planto a su mocosa en medio de sus tapujos! Quiero un aumento.» La madre pagó los quince francos.

De año en año, la niña fue creciendo, y su miseria también.

Mientras era pequeñita, fue la víctima de las otras dos niñas; en cuanto creció un poco, es decir, antes incluso de cumplir cinco años, se convirtió en la criada de la casa.

Habrá quien diga: cinco años, qué inverosímil. Por desgracia, es cierto. El sufrimiento social empieza a cualquier edad. ¿No hemos visto acaso, hace poco, el juicio de un tal Dumolard, un huérfano convertido en bandido que ya desde los cinco años, dicen los documentos oficiales, como estaba solo en el mundo, «trabajaba para vivir y robaba»?

A Cosette la mandaban a los recados, barría las habitaciones, el patio y la calle, fregaba los platos e incluso llevaba bultos pesados. Los Thénardier se sentían con tanto más derecho a comportarse así cuanto que la madre, que seguía en Montreuil-sur-Mer, empezó a pagar mal. Les debía unos cuantos meses.

Si aquella madre hubiera regresado a Montfermeil al cabo de aquellos tres años, no habría reconocido a su hija. Cosette, tan bonita y tan lozana al llegar a aquella casa, estaba ahora flaca y pálida. Tenía un indefinible aspecto de intranquilidad. «¡Es muy falsa!», decían los Thénardier.

La injusticia la había vuelto hosca y la miseria la había vuelto fea. Ya sólo le quedaban los hermosos ojos, que daban pena porque, al ser tan grandes, parecía que se le viera en ellos una cantidad mayor de tristeza.

Partía el corazón ver en invierno a aquella pobre niña, que no había cumplido aún los seis años, titiritando con unos pingos viejos y llenos de agujeros, barrer la calle antes de que fuera de día con una escoba grandísima en las manitas rojas y una lágrima en aquellos ojos tan grandes.

En la comarca la llamaban la Alondra. El pueblo, a quien le gustan las imágenes, había dado en ponerle ese nombre a aquella criatura menuda que no abultaba más que un pájaro, trémula, asustada y estremecida de frío, que se despertaba antes que nadie de la casa y del pueblo todas las mañanas y que siempre estaba en la calle o en el campo antes de amanecer.

Sólo que la pobre alondra no cantaba nunca.

**LIBRO QUINTO
HACIA ABAJO**

**I
HISTORIA DE UN PROGRESO EN LOS ABALORIOS DE
CRISTAL NEGRO**

Pero, en tanto, esa madre que, según la gente de Montfermeil, había abandonado a su hija, ¿qué era de ella?, ¿qué estaba haciendo?

Tras dejarles a los Thénardier a su Cosette, siguió adelante y llegó a Montreuil-sur-Mer.

Recordemos que estábamos en 1818.

Fantine se había ido de su ciudad de provincias hacía alrededor de diez años. Montreuil-sur-Mer había cambiado de aspecto. Mientras Fantine iba hacia abajo, despacio, de miseria en miseria, su ciudad natal había prosperado.

Hacía más o menos dos años había ocurrido allí uno de esos sucesos industriales que son los grandes acontecimientos de las comarcas pequeñas.

Se trata de un detalle importante y nos parece que debemos tratarlo in extenso; e incluso destacarlo, diríamos.

Desde tiempos inmemoriales, la industria de Montreuil-sur-Mer era la imitación de los azabaches ingleses y de los abalorios de cristal negro de Alemania. Aquella industria había vegetado siempre por el elevado precio de las materias primas, que repercutía en la mano de obra. Cuando llegó Fantine a Montreuil-sur-Mer, había ocurrido una transformación inaudita en la referida producción de los «artículos negros». A finales de 1815, un hombre, un desconocido, se afincó en la ciudad; y se le ocurrió usar en esa fabricación goma laca en vez de resina y, para las pulseras en particular, eslabones de chapa ajustada en vez de eslabones de chapa soldada. Ese cambio tan insignificante fue toda una revolución.

Ese cambio tan insignificante, efectivamente, redujo extraordinariamente el precio de la materia prima, lo que permitió, en primer lugar, subirle el sueldo a la mano de obra, lo que benefició a la comarca; a continuación, mejorar la fabricación, lo que supuso una ventaja para el consumidor, y, en tercer lugar, vender más barato al tiempo que se triplicaban los beneficios, en provecho del industrial.

Una idea conseguía así tres resultados.

En menos de tres años, el autor de ese procedimiento se hizo rico, cosa que está bien, y enriqueció todo cuanto lo rodeaba, cosa que está aún mejor. Era forastero en la provincia. Nada se sabía de su origen; de sus comienzos, poca cosa.

Contaban que había llegado de la ciudad con muy poco dinero, unos pocos cientos de francos como mucho.

De ese magro capital, puesto al servicio de una idea ingeniosa y fecundado mediante el orden y la inteligencia, había conseguido su fortuna y la fortuna de toda la comarca.

Al llegar a Montreuil-sur-Mer sólo tenía lo puesto, y el aspecto y la forma de hablar de un obrero.

Al parecer, el mismo día que hizo su entrada sin mayor ostentación en la población modesta de Montreuil-sur-Mer, cayendo la tarde de un día de diciembre, con el petate a la espalda y el bastón de espino en la mano, acababa de declararse un incendio tremendo en la casa consistorial. Aquel hombre se había metido arrojadamente entre el fuego y había salvado, poniendo en peligro su propia vida, a dos niños que habían resultado ser hijos del capitán de los gendarmes, en vista de lo cual, a nadie se le ocurrió pedirle el pasaporte. Más adelante se supo cómo se llamaba. Se apellidaba Madeleine.

II
MADELEINE

Era un hombre de unos cincuenta años, que tenía expresión preocupada y era bueno. Eso era cuanto podía decirse de él.

Merced a los rápidos progresos de aquella industria que había renovado de forma tan admirable, Montreuil-sur-Mer se había convertido en un centro de negocios de envergadura. España, donde se usa mucho el azabache artificial, hacía anualmente pedidos enormes. En aquel ramo del comercio, Montreuil-sur-Mer le hacía casi la competencia a Londres y a Berlín. Los beneficios de Madeleine eran tales que ya en el segundo año pudo edificar una fábrica grande en la que había dos talleres muy amplios, uno para los hombres y otro para las mujeres. Todo el que pasara hambre podía presentarse con la seguridad de hallar trabajo y pan. Madeleine pedía a los hombres que fueran de buena voluntad; a las mujeres, que fueran de costumbres honestas; y a todos les pedía probidad. Había dividido los talleres para que ambos sexos estuvieran separados y que las mujeres pudieran seguir siendo virtuosas. En ese punto era inflexible. Era el único en que era hasta cierto punto intolerante. Tenía tanto más motivo para esa severidad cuanto que Montreuil-sur-Mer era una ciudad de guarnición y abundaban las ocasiones para corromperse. Por lo demás, su llegada había sido una bendición, y su presencia era providencial. Antes de que llegase Madeleine, todo languidecía en la comarca: ahora todo estaba vivo con la vida sana del trabajo. Una circulación vigorosa lo caldeaba todo y penetraba por doquier. El paro y la miseria eran algo desconocido. No había bolsillo tan sombrío que no hubiera en él algo de dinero, ni hogar tan pobre que no hubiera en él algo de alegría.

Madeleine daba trabajo a todo el mundo. Sólo exigía una cosa: hombres honrados y mujeres honestas.

Como ya hemos dicho, con aquella actividad de la que era causa y eje, Madeleine se había enriquecido, pero, hecho bastante singular en un simple comerciante, no parecía ser ésa su principal preocupación. Daba la impresión de que pensaba mucho en los demás y muy poco en sí mismo. En 1820, se sabía que tenía seiscientos treinta mil francos a su nombre en la banca Laffitte; pero, antes de reservar para sí esos seiscientos treinta mil francos, se había gastado más de un millón en la ciudad y en los pobres.

El hospital tenía muy poca dotación; él dotó diez camas. Montreuil-sur- Mer se dividía en Montreuil de arriba y Montreuil de abajo. En Montreuil de abajo, que era donde vivía, no había más que una escuela, una casucha de mala muerte que se estaba viniendo abajo; construyó dos, una de chicas y otra de chicos. Pagaba de su bolsillo a ambos maestros una indemnización que era el doble de los parcos emolumentos oficiales, y un día le dijo a alguien que manifestó extrañeza: «Los dos funcionarios más importantes del Estado son el ama de cría y el maestro de escuela». Dotó una sala de asilo, cosa a la sazón casi desconocida en Francia, y una caja de ayuda para los obreros viejos e inválidos. Como su manufactura era un foco, a su alrededor creció enseguida un barrio nuevo donde había no pocas familias indigentes; abrió una farmacia gratuita.

Al principio, cuando lo vieron empezar, unas cuantas personas de pro dijeron: «Es un barbián que quiere hacerse rico». Cuando vieron que enriquecía la comarca, esas mismas personas de pro dijeron: «Es un ambicioso». Y parecía tanto más probable cuanto que era hombre piadoso, e incluso practicante hasta cierto punto, cosa muy bien vista por entonces. Iba todos los domingos, con regularidad, a misa, aunque no a la misa mayor. Al diputado local, que se olía competidores por todos lados, no tardó en preocuparlo tanta devoción. Aquel diputado, que había sido miembro del cuerpo legislativo del Imperio, coincidía en ideas religiosas con un padre del oratorio conocido con el nombre de Fouché, duque de Otranto, cuyo protegido y amigo había sido. En la intimidad, Dios le importaba un bledo. Pero cuando vio a Madeleine, el acaudalado dueño de las manufacturas, ir a misa de siete, intuyó un posible candidato y decidió tomarle la delantera; empezó a confesarse con un jesuita y fue a misa mayor y a vísperas. En aquellos tiempos, había que desposarse con la ambición llevándola al altar.

Los pobres se beneficiaron de aquel temor tanto como Dios, porque el honorable diputado dotó también dos camas de hospital, con lo cual sumaron doce.

En ésas estaban cuando, en 1819, corrió una mañana el rumor por la ciudad de que, a propuesta del prefecto, y en consideración a los servicios prestados a la región, el rey iba a nombrar a Madeleine alcalde de Montreuil-sur-Mer. Quienes habían tildado al recién llegado de «ambicioso» cazaron al vuelo con entusiasmo esa ocasión que todos los hombres desean de poder exclamar: «¡Si ya lo decía yo!». Montreuil entero fue un runrún. El rumor era fundado. Pocos días después Le Moniteur publicó el nombramiento. Al día siguiente, Madeleine lo rechazó.

En ese mismo año de 1819, los productos del nuevo procedimiento que había inventado Madeleine figuraron en la exposición de industria; tras el informe del jurado, el rey nombró al inventor caballero de la Legión de Honor. Nuevo runrún en la ciudad de provincias. ¡Claro! ¡Si eso era que lo que quería: la condecoración! Madeleine rechazó la condecoración.

Definitivamente, aquel hombre era un enigma. Las personas de pro salieron del paso diciendo: «Bien pensado, es algo así como un aventurero». Ya hemos visto que la región le debía mucho y los pobres se lo debían todo; era de tanta utilidad que, al final, no había quedado más remedio que honrarlo; y era tan manso que al final no había quedado más remedio que quererlo; sus obreros, sobre todo, lo adoraban; y él vivía con esa adoración echándole algo parecido a una seriedad melancólica. Cuando ya lo dieron por rico, «las fuerzas vivas» lo saludaron y en la ciudad lo llamaron señor Madeleine; sus obreros y los niños siguieron sin llamarlo señor, y con eso era con lo que sonreía de mejor gana. Según iba ascendiendo, le llovían las invitaciones. «La buena sociedad» lo reclamaba. Los salones de quiero y no puedo de Montreuil-sur-Mer, tan estirados, que, por descontado, habían estado cerrados al principio para el artesano, se le abrieron de par en par al millonario. Se le insinuaron miles de veces. No se dio por enterado.

Tampoco ahora se quedaron sin nada que decir las personas de pro. «Es un hombre ignorante y sin educación. A saber de dónde habrá salido. No sabría comportarse en sociedad. No está nada claro que sepa leer.»

Cuando lo vieron ganar dinero, dijeron: es un comerciante. Cuando lo vieron repartir el dinero, dijeron: es un ambicioso. Cuando lo vieron rechazar los honores, dijeron: es un aventurero. Cuando lo vieron rechazar el trato social, dijeron: es un borrico.

En 1820, cinco años después de su llegada a Montreuil-sur-Mer, los servicios que había prestado a la región eran tan notorios y los deseos de la comarca fueron tan unánimes que el rey volvió a nombrarlo alcalde de la ciudad. Tampoco ahora lo aceptó, pero el prefecto se resistió a aceptar la negativa, todos los notables acudieron a rogárselo, el pueblo se lo suplicaba por la calle, tanta fue la insistencia que acabó por aceptar. Todo el mundo se fijó en que lo que más pareció decidirlo fue una anciana del pueblo que lo increpó a voces desde el umbral de su puerta con mal humor: Un buen alcalde tiene su utilidad. ¿Puede uno quedarse atrás si está en su mano hacer un bien?

Fue la tercera fase de su ascensión. Madeleine se había convertido en el señor Madeleine, y el señor Madeleine se convirtió en el señor alcalde.

III
CANTIDADES DEPOSITADAS EN LA BANCA LAFFITTE

Por lo demás, seguía tan sencillo como el primer día. Tenía el pelo gris, la mirada seria, la piel curtida del obrero, la cara pensativa de un filósofo. Solía llevar un sombrero de ala ancha y una levita larga de paño grueso, abotonada hasta la barbilla. Cumplía con su cometido de alcalde, pero, aparte de eso, vivía aislado. Hablaba con poca gente. Evitaba tener que andarse con cumplidos, saludaba de refilón, se escabullía enseguida, sonreía para no tener que charlar. Las mujeres decían de él: «Es un lobo solitario, pero un buenazo». Lo que más le gustaba era pasear por el campo.

Comía siempre solo, con un libro abierto ante sí y leyendo. Tenía una biblioteca pequeña y bien escogida. Le gustaban los libros; los libros son amigos seguros con la cabeza fría. A medida que iba teniendo más dinero y, por lo tanto, más ratos de ocio, daba la impresión de que aprovechaba para cultivar la inteligencia. Desde que vivía en Montreuil-sur-Mer, se iba notando que, de año en año, hablaba con mayor educación y con palabras más escogidas y más mansas.

Le agradaba llevarse una escopeta cuando salía a pasear, pero pocas veces la usaba. Cuando lo hacía, por casualidad, tenía una puntería infalible que daba miedo. Nunca mataba un animal inofensivo. Nunca le disparaba a un pajarillo.

Aunque ya no era joven, decían que tenía una fuerza prodigiosa. Le echaba una mano a quien lo necesitara, ponía en pie un caballo, empujaba una rueda atascada en el barro, paraba un toro escapado agarrándolo por los cuernos. Llevaba siempre los bolsillos llenos de calderilla cuando salía, y vacíos al regreso. Cuando pasaba por un pueblo, los arrapiezos harapientos corrían alegremente en pos de él y lo rodeaban como una nube de mosquitas.

Podía intuirse que había debido de vivir antes en el campo, porque tenía muchísimos secretos útiles que les contaba a los campesinos. Les enseñaba a acabar con la polilla del trigo rociando el granero e inundando las rendijas del suelo con una disolución de sal común; y a ahuyentar a los gorgojos colgando por todos lados, en las paredes y del tejado, en los pastos y en las casas, esclarea en flor. Sabía «recetas» para erradicar de un sembrado la vicia, el añublo, la ervilla, la rabaniza, la cola de zorra y todas esas plantas parásitas que se comen el trigo. Defendía una conejera contra las ratas sólo con el olor de un conejillo de Indias que metía dentro.

Un día, viendo a gente de por allí muy afanosa arrancando ortigas, miró el montón de plantas, arrancadas de raíz y ya secas, y dijo: «Están muertas. Y, sin embargo, serían algo bueno sabiéndolo aprovechar. Cuando la ortiga es joven, las hojas son una verdura excelente; cuando envejece, tiene filamentos y fibras, como el cáñamo y el lino. Los tejidos de ortiga no desmerecen de los de cáñamo. Picadas, las ortigas son buenas para las aves de corral; machacadas, para las reses. Las semillas de la ortiga, mezcladas con el forraje, le dan brillo al pelo de los animales; la raíz, mezclada con sal, proporciona un bonito color amarillo. Es, por lo demás, un heno excelente que se puede segar en dos veces. Y ¿qué necesita la ortiga? Poca tierra, ninguna atención y ningún cultivo. Sólo que la semilla va cayendo según madura y cuesta recogerla. Y eso es todo. Tomándose algún trabajo, la ortiga sería útil. No le hacemos caso, y se vuelve nociva. Y entonces la matamos. ¡Cuántos hombres se parecen a las ortigas!». Añadió, tras un silencio: «Amigos míos, que no se os olvide esto: no hay ni malas hierbas ni hombres malos. Sólo hay malos labriegos».

Los niños lo querían, además, porque sabía hacer objetos deliciosos con paja y cocos.

Cuando veía colgaduras negras en la puerta de una iglesia, entraba; buscaba los entierros igual que otros buscan los bautizos. Era de carácter tan dulce que sentía atracción por la viudedad y las penas de los demás; se unía a los amigos de luto, a las familias vestidas de negro, a los sacerdotes que gemían junto a un ataúd. Daba la impresión de que gustaba, para sus reflexiones, de esas salmodias fúnebres colmadas de la visión de otro mundo. Con la mirada vuelta al cielo, escuchaba, con algo parecido a una aspiración hacia todos los misterios del infinito, esas voces tristes que cantan al filo del abismo sombrío de la muerte.

Hacía a escondidas muchísimas buenas obras, igual que se hacen a escondidas las malas. Entraba a hurtadillas por la noche en las casas; subía furtivamente las escaleras. Algún pobre diablo, al volver a su sotabanco, se encontraba con que le habían abierto la puerta, e incluso la habían forzado, mientras no estaba en casa. El pobre hombre ponía el grito en el cielo: «¡Ha estado aquí un malhechor!». Entraba y lo primero que veía era una moneda de oro olvidada encima de un mueble. «El malhechor» que había estado allí era Madeleine.

Era persona afable y triste. La gente del pueblo decía: «Mira, un hombre rico que no se lo tiene creído. Mira, un hombre feliz que no parece contento».

Había quien aseguraba que era un personaje misterioso y afirmaba que nadie entraba nunca en su cuarto, que era una auténtica celda de anacoreta amueblada con relojes de arena con alas y decorada con tibias cruzadas y calaveras. Y se hablaba mucho del asunto, de forma tal que algunas mujeres jóvenes, elegantes y maliciosas de Montreuil-sur-Mer fueron un día a su casa y le pidieron: «Señor alcalde, enséñenos su cuarto. Dicen que es una cueva». Él sonrió y las llevó en el acto a la «cueva». Y ellas quedaron escarmentadas de su curiosidad. Era un dormitorio que tenía, sin más, unos muebles de caoba bastante feos, como todos los muebles de esa clase, y, en las paredes, un papel de sesenta céntimos. Nada les llamó la atención, a no ser dos candeleros de factura antigua que estaban encima de la chimenea y parecían de plata, porque «llevaban control», que es detalle en que se fijan las ciudades pequeñas.

No por ello dejaron de decir que nadie entraba nunca en aquella habitación y que era una cueva de ermitaño, un soñadero, un agujero, un sepulcro.

También cuchicheaban que tenía cantidades «inmensas» en la banca Laffitte, con la peculiaridad de que estaban siempre y en el acto a su disposición, de forma tal, añadían, que entraba dentro de lo posible que el señor Madeleine llegase un día a las oficinas de Laffitte, firmase un recibo y retirase sus dos o tres millones en diez minutos. De hecho, esos «dos o tres millones», como ya hemos dicho, se reducían a seiscientos treinta o seiscientos cuarenta mil francos.

IV
LUTO DEL SEÑOR MADELEINE

A principios de 1821, la prensa anunció el fallecimiento de monseñor Myriel, obispo de Digne, «conocido como monseñor Bienvenu», que había muerto en olor de santidad a la edad de ochenta y dos años.

El obispo de Digne, dicho sea por añadir aquí un detalle que se omitió en los periódicos, llevaba, cuando murió, varios años ciego; y contento con su ceguera porque tenía a su hermana consigo.

Digamos de paso que ser ciego y que lo quieran a uno es, efectivamente, en este mundo en que nada es completo, una de las formas más curiosamente exquisitas de la felicidad. Tener continuamente al lado a una mujer, una hija, una hermana, una criatura adorable, que está ahí porque la necesitas y porque ella no puede vivir sin ti, saberse indispensable para quien nos es necesario, poder medir incesantemente su afecto por la cantidad de presencia que nos entrega y decirte: «si me da su tiempo por entero es porque tengo su corazón por entero»; ver el pensamiento ya que no se puede ver el rostro, comprobar la fidelidad de un ser en el eclipse del mundo, notar el roce de un vestido como si fuera un ruido de alas, oírla ir y venir, salir, volver, hablar, cantar, y saber que eres el centro de esos pasos, de esas palabras, de esa canción, demostrar a cada minuto la propia atracción, sentirse tanto más poderoso cuanto más inválido, volverse en la oscuridad y por la oscuridad el astro alrededor del que gravita el ángel, pocas dichas pueden igualarse a ésa. La felicidad suprema en la vida es el convencimiento de que nos quieren; de que nos quieren por nosotros mismos o, mejor dicho, pese a nosotros mismos; el ciego cuenta con ese convencimiento.

En tamaño desvalimiento, que nos sirvan es como si nos acariciaran. ¿Carece acaso el ciego de algo? No. Porque no se pierde la luz si se tiene el amor. ¡Y qué amor! Un amor virtuoso de pies a cabeza. No hay ceguera donde hay certidumbre. El alma busca a tientas al alma y la encuentra. Y esa alma hallada y probada es una mujer. Te sujeta una mano, es la de ella; una boca te roza la frente, es su boca; oyes muy cerca una respiración, es ella. Recibirlo todo de ella, desde su culto hasta su compasión; que nunca te deje; recibir socorro de esa dulce debilidad; apoyarte en ese junco inquebrantable; tocar a la Providencia con las manos y poder estrecharla entre los brazos, poder palpar a Dios. ¡Qué arrobo! El corazón, esa flor celestial y oscura, accede a un florecimiento misterioso.

¿Quién iba a cambiar una sombra así por la claridad toda? Ahí está el alma ángel, siempre ahí; si se aleja, es para regresar; se disipa como un sueño y aparece de nuevo como la realidad. Notas la calidez que se acerca, aquí está. Rebosas serenidad, buen humor y éxtasis; eres un resplandor radiante en la oscuridad. Y cuántas atenciones menudas. Naderías que son enormes en un vacío así. Los acentos más inefables de la voz femenina empleados para acunarte y que te hacen las veces del universo desvanecido. Te acarician con el alma. No ves nada, pero sientes que te adoran. Es un paraíso de tinieblas.

De ese paraíso pasó monseñor Bienvenu al otro.

La comunicación de su fallecimiento la reprodujo el periódico local de Montreuil-sur-Mer. El señor Madeleine apareció al día siguiente de luto riguroso y con un crespón en el sombrero.

En la ciudad llamó la atención ese duelo y hubo chismorreos. Se tomó como una luz referida a los orígenes del señor Madeleine. Llegaron a la conclusión de que en algo estaba relacionado con el venerable obispo. Va de luto por el obispo de Digne, dijeron los salones; y eso le dio mucho realce al señor Madeleine y le proporcionó de pronto y de golpe cierta consideración en los ambientes nobiliarios de Montreuil-sur-Mer. El microscópico barrio de Saint-Germain del lugar se planteó concluir con la cuarentena del señor Madeleine, probable pariente de un obispo. El señor Madeleine se percató del ascenso al ver que las señoras de edad le hacían más inclinaciones y las jóvenes le sonreían más. Una noche, una de las decanas de aquel gran mundo tan pequeño, curiosa por privilegios de la edad, se atrevió a decirle:

—El señor alcalde era seguramente primo del difunto obispo de Digne.

—No, señora —contestó.

—Pero si va usted de luto por él —siguió diciendo la matrona.

—Es que de joven fui lacayo de su familia —le respondió.

Otra cosa que se comentaba es que, siempre que pasaba por la ciudad un niño deshollinador, que recorría la comarca buscando chimeneas que deshollinar, el señor alcalde lo mandaba llamar, le preguntaba cómo se llamaba y le daba dinero. Los niños se lo contaban unos a otros, y pasaban muchos.

V

RELÁMPAGOS INCONCRETOS EN EL HORIZONTE

Poco a poco, andando el tiempo, desaparecieron todas las oposiciones. Primero hubo contra el señor Madeleine, pues es algo así como una ley que padecen siempre quienes ascienden, perfidias y calumnias; luego sólo hubo ya malicias; luego todo se desvaneció por completo; el respeto se volvió absoluto, unánime, cordial, y momento llegó, allá por 1821, en que las siguientes palabras: «el señor alcalde», se dijeron en Montreuil-sur-Mer casi con el mismo tono con que estas otras: «el señor obispo», se decían en Digne en 1815. Acudían de diez leguas a la redonda a consultar al señor Madeleine. Zanjaba las diferencias de opinión, impedía los pleitos, reconciliaba a los enemigos. Todos lo tomaban por juez para sus derechos. Era como si tuviera por alma el libro de la ley natural. Fue como una veneración contagiosa que, en seis o siete años, y de conocido en conocido, se extendió por toda la comarca.

Sólo hubo un hombre en la ciudad y en el municipio que se libró de ese contagio por completo y, por mucho que hiciera Madeleine, siguió rebelándose contra él, como si una especie de instinto, incorruptible e imperturbable, lo mantuviera alerta y lo intranquilizara. Existe, por lo visto, en algunos hombres un auténtico instinto animal, puro e íntegro, como todos los instintos, que crea las antipatías y las simpatías, que separa fatalmente unas formas de ser de otras, que nunca titubea, ni se altera, ni calla, ni se desdice nunca, meridiano en su oscuridad, infalible, imperioso, refractario a cualesquiera consejos de la inteligencia y a todos los disolventes de la razón y que, sean como sean los destinos, avisa secretamente al hombre-perro de la presencia del hombre-gato, y al hombre-zorro de la presencia del hombre-león.

Con frecuencia, cuando el señor Madeleine pasaba por una calle, sosegado, afectuoso, rodeado de las bendiciones de todos, acontecía que un hombre de elevada estatura que vestía una levita gris del color del hierro, armado con un bastón grueso y tocado con un sombrero echado hacia los ojos, se volvía de pronto tras cruzarse con él y lo seguía con la vista hasta que desaparecía, moviendo despacio la cabeza y empujando con el labio inferior el labio superior hasta que le llegaba a la nariz; una mueca significativa que quería decir: «Pero ¿quién demonios es ese hombre? Estoy seguro de haberlo visto en alguna parte. Fuere como fuere, a mí no me engaña».

Aquel personaje, serio con una seriedad casi amenazadora, era de esos que, incluso vistos de refilón, preocupan al observador.

Se llamaba Javert y era de la policía.

Cumplía en Montreuil-sur-Mer el cometido penoso, pero útil, de inspector. No había visto los comienzos de Madeleine. Javert debía el puesto que ocupaba a la protección del señor Chabouillet, el secretario del conde Angles, ministro de Estado, que era a la sazón el prefecto de policía de París. Cuando llegó Javert a Montreuil-sur-Mer, el importante dueño de las manufacturas ya era rico y Madeleine se había convertido en el señor Madeleine.

Algunos oficiales de policía tienen una apariencia física peculiar y que se complica con una expresión de bajeza entremezclada con otra expresión de autoridad. Javert tenía esa apariencia, pero sin bajeza.

Tenemos el convencimiento de que, si las almas fueran algo visible, se vería con claridad esa rareza de que a todos y cada uno de los individuos de la especie humana les corresponde una de las especies de la creación animal; y es una verdad, que el pensador apenas vislumbra, pero que podría comprobarse fácilmente, que desde la ostra hasta el águila, desde el cerdo hasta el tigre, el hombre tiene cabida para todos los animales y todos ellos están cada uno en un hombre. Y, a veces, varios a la vez.

Los animales no son sino los rostros de nuestras virtudes y de nuestros vicios, que nos deambulan ante los ojos, los fantasmas visibles de nuestras almas. Dios nos los muestra para que reflexionemos. Salvo que, como los animales no son sino sombras, Dios no los hizo educables en el sentido completo de la palabra; ¿para qué? Por el contrario, como nuestras almas son realidades y tienen una finalidad propia, Dios les dio inteligencia, es decir, posibilidad de educación. La educación social bien llevada puede siempre sacar de un alma, fuere cual fuere, la utilidad que reside en ella.

Dicho sea todo esto, por descontado, desde el punto de vista restringido de la vida terrestre aparente, y sin prejuzgar acerca de la honda cuestión de la personalidad anterior o posterior de los seres que no son el hombre. El yo que está a la vista no autoriza en forma alguna al pensador a negar el yo latente. Tras hacer constar esa reserva, sigamos adelante.

Y ahora, si ha quedado admitido por un momento, a tenor de la opinión que hemos expuesto, que en todo hombre está una de las especies animales de la creación, nos resultará fácil decir qué era el oficial de paz Javert.

Los campesinos asturianos creen firmemente que en cualquier camada de una loba hay un perro y que la madre lo mata porque, si no, al crecer, se comería a las demás crías.

Pongámosle rostro humano a ese perro hijo de una loba; y será Javert.

Javert había nacido en la cárcel y era el hijo de una echadora de cartas cuyo marido estaba en presidio. Al crecer, pensó que se hallaba fuera de la sociedad y no creyó que pudiera encontrar nunca un lugar en ella. Se fijó en que la sociedad deja irremisiblemente fuera a dos categorías de hombres: los que la atacan y los que la custodian; no tenía elección sino entre esas dos categorías; al tiempo, notaba en sí a saber qué fondo de rigidez, de regularidad y de probidad, al que se sumaba un odio indecible hacia esa raza de gitanos a la que pertenecía. Ingresó en la policía. Le fue bien. A los cuarenta años ya era inspector.

De joven estuvo destinado en los presidios del sur de Francia.

Antes de seguir adelante, pongámonos de acuerdo acerca de qué entendemos por la expresión «rostro humano» que hace un momento le aplicábamos a Javert.

El rostro humano de Javert consistía en una nariz chata de ventanas muy profundas hacia las que subían dos patillas enormes. Quien veía por primera vez esos dos bosques y esas dos cavernas se sentía incómodo. Cuando Javert se reía, lo que era infrecuente y terrible, los labios delgados se apartaban y asomaban no sólo los dientes, sino también las encías y alrededor de la nariz aparecían unas arrugas aplastadas y feroces, como en el hocico de una fiera. Cuando estaba serio, Javert era un dogo; cuando se reía, era un tigre. Por lo demás, era de cabeza pequeña y mandíbula enorme; el pelo le tapaba la frente y le caía sobre las cejas; entre ambos ojos, en el centro, un fruncimiento permanente, como una estrella de ira; la mirada, sombría; los labios, apretados, y temibles; la expresión, de mando despiadado.

Se componía aquel hombre de dos sentimientos muy simples y muy buenos dentro de un orden, pero que convertía casi en malos a fuerza de exagerarlos: el respeto por la autoridad y el aborrecimiento por la rebelión; y, desde su punto de vista, el robo, el asesinato, todos los crímenes no eran sino formas de rebelión. Arropaba en algo parecido a una fe ciega y profunda todo cuanto desempeña una función en el Estado, desde el primer ministro hasta el guarda forestal. Cubría de desprecio, de aversión y de asco todo cuanto hubiera cruzado una vez el umbral legal del mal. Era de opiniones absolutas y no admitía excepciones. Por un lado, decía: «El funcionario no puede equivocarse; el magistrado siempre tiene razón». Por otra: «Ésos están perdidos irremediablemente. Nada bueno puede salir de ellos». Participaba por completo de la opinión de esas mentes extremosas que le atribuyen a la ley humana no se sabe qué poder de fabricar demonios o, si se prefiere, de dejar constancia de ellos y que ponen una Estigia en la parte baja de la sociedad. Era estoico, serio, austero; tristemente ensimismado; humilde y altanero como los fanáticos. Tenía una mirada como una barrena, fría y taladradora. Cabía toda su vida entre estas dos palabras: la vigilia y la vigilancia. Había introducido la línea recta en lo más tortuoso; era consciente de que era útil, de que sus funciones eran una religión, de que era espía como otros son sacerdotes. ¡Pobre del que cayera en sus manos! Habría detenido a su padre si se hubiera escapado del penal y denunciado a su madre si hubiera quebrantado el destierro. Y lo habría hecho con esa especie de satisfacción interior que proporciona la virtud. A eso sumaba una vida de privaciones: aislamiento, abnegación, castidad, ningún entretenimiento nunca. Era el deber implacable, la policía entendida de la misma forma que entendían Esparta los espartanos, una guardia inflexible, una honradez implacable, un miembro de la pasma de mármol. Bruto encarnado en Vidocq.

Toda la persona de Javert era la expresión del hombre que espía y hurta el bulto. La escuela mística de Joseph de Maistre, que, por entonces, eso que recibía el nombre de prensa ultra aliñaba con elevada cosmogonía, no habría perdido oportunidad de decir que Javert era un símbolo. No se le veía la frente, que se ocultaba bajo el sombrero; no se le veían los ojos, que se perdían bajo las cejas; no se le veía la barbilla, que se sumía en la corbata; no se le veían las manos, que se le metían en las mangas; no se le veía el bastón, que llevaba debajo de la levita. Pero, si llegaba la ocasión, de pronto se veían salir de toda aquella sombra, como de una emboscada, una frente angulosa y estrecha, una mirada funesta, una barbilla amenazadora, unas manos enormes y una tranca monstruosa.

En los ratos de ocio, que eran poco frecuentes, aunque aborrecía los libros, leía, razón por la cual no era del todo iletrado. Se le notaba en cierto énfasis que tenía al hablar.

No tenía vicio alguno, como ya hemos dicho. Cuando estaba satisfecho de sí mismo, se permitía una pulgarada de rapé. Sólo eso lo entroncaba a la humanidad.

No costará entender que Javert era el espanto de toda esa clase que las estadísticas anuales del ministerio de Justicia incluye en la rúbrica: Nómadas y vagabundos. Al oír nombrar a Javert, salían huyendo; al ver la cara de Javert, se quedaban petrificadas.

Tal era aquel hombre formidable.

Javert era como un ojo siempre clavado en el señor Madeleine. Ojo repleto de sospechas y de conjeturas. El señor Madeleine había acabado por darse cuenta, pero dio la impresión de que le parecía algo insignificante. Ni le hizo pregunta alguna a Javert, ni lo buscaba ni lo evitaba; soportaba, como si no la notara, aquella mirada molesta y casi agobiante. Trataba a Javert como a todo el mundo, con desenvoltura y bondad.

Por unas cuantas palabras que se le habían escapado a Javert, se intuía que había investigado en secreto, con esa curiosidad que depende de la raza y en la que entra tanto instinto como voluntad, todos los rastros anteriores que Madeleine hubiera podido dejar en otros lugares. Parecía saber, y lo decía a veces con palabras encubiertas, que alguien había dado con ciertas informaciones en cierta región acerca de cierta familia que había desaparecido. Una vez llegó a decir, hablando consigo mismo: «¡Creo que ya lo he pillado!». Luego estuvo tres días pensativo, sin decir ni palabra. Por lo visto el hilo que creía tener cogido se había roto.

Por lo demás, y en esto reside el enderezamiento necesario para el sentido demasiado absoluto que podrían tener algunas palabras, en criatura humana alguna puede haber nada verdaderamente infalible, y lo propio del instinto es precisamente que puede alterarse, despistarse y desconcertarse. Pues, en caso contrario, sería superior a la inteligencia, y el animal tendría entonces mayores luces que el hombre.

Estaba claro que a Javert lo desconcertaban un tanto la absoluta naturalidad y la calma del señor Madeleine.

Hubo un día, no obstante, en que su peculiar forma de ser pareció impresionar al señor Madeleine. He aquí en qué circunstancias.

<h2 style="text-align:center">VI
FAUCHELEVENT</h2>

Pasaba el señor Madeleine una mañana por una callejuela sin pavimentar de Montreuil-sur-Mer. Oyó ruido y vio un grupo a cierta distancia. Se acercó. Un viejo, que se llamaba Fauchelevent, acababa de caerse debajo del carro cuyo caballo se había desplomado.

El tal Fauchelevent era de los pocos enemigos que le quedaban aún al señor Madeleine por entonces. Cuando llegó Madeleine a la comarca, Fauchelevent, antiguo escribano y campesino casi instruido, tenía un comercio al que empezaba a irle mal. Fauchelevent vio cómo hacía dinero aquel simple obrero, mientras que él, un propietario, se arruinaba. Aquello lo llenó de envidia y en cualesquiera ocasiones hizo cuanto pudo para perjudicar a Madeleine. Luego llegó la quiebra, y el viejo, que no tenía ya sino un carro y un caballo, ni tenía tampoco familia ni hijos por lo demás, se hizo carretero para ganarse la vida.

Al caballo se le habían roto los dos muslos y no podía levantarse. El anciano se había quedado atrapado entre las ruedas. La caída había sido tan desafortunada que todo el peso del vehículo le oprimía el pecho. El carro llevaba una carga bastante pesada. Fauchelevent soltaba estertores angustiosos. Habían intentado sacarlo, pero en vano. Un esfuerzo descontrolado, una ayuda torpe, una sacudida en falso podían rematarlo. Era imposible liberarlo más que levantando el carruaje por debajo. Javert, que había llegado en el momento del accidente, había enviado a buscar un gato.

Llegó el señor Madeleine. Se apartaron todos respetuosamente.

—¡Socorro! —gritaba Fauchelevent—. ¿Quién será la buena persona que salve a este viejo?

El señor Madeleine se volvió hacia los presentes.

—¿Tenemos un gato?

—Han ido a buscar uno —contestó un labriego.

—¿Cuánto tardará en llegar?

—Han ido al sitio que caía más cerca, al caserío de Flachot, donde hay una buena herrería; pero el caso es que hará falta un cuarto de hora largo.

—¡Un cuarto de hora! —exclamó el señor Madeleine.

Había llovido la víspera, el suelo estaba empapado, el carro se iba hundiendo en la tierra por momentos y le oprimía cada vez más el pecho al carretero. Estaba claro que antes de que pasaran cinco minutos le rompería las costillas.

—No podemos esperar un cuarto de hora —les dijo Madeleine a los labriegos que estaban mirando.

—¡No queda más remedio!

—¡Pero ya será tarde! ¿No os dais cuenta de que el carro se está hundiendo?

—¡Ya!

—¡A ver! —siguió diciendo Madeleine—. Todavía queda sitio suficiente debajo del carruaje para que se meta un hombre y lo levante con la espalda. Bastará con medio minuto para sacar a este pobre hombre. ¿Hay aquí alguien con fuerza y con coraje? ¡Puede ganarse cinco luises de oro!

Nadie se movió en el grupo.

—¡Diez luises! —dijo el señor Madeleine.

Los presentes bajaban la vista. Uno de ellos susurró: «Habría que ser endemoniadamente fuerte. ¡Y además se arriesga uno a que lo aplaste!».

—¡Venga! —insistió el señor Madeleine—. ¡Veinte luises! El mismo silencio.

—No es buena voluntad lo que les falta.

El señor Madeleine se volvió y reconoció a Javert. No lo había visto al llegar.

Javert siguió diciendo:

—Lo que les falta es fuerza. Menudo hombretón habría que ser para levantar un carruaje así con la espalda.

Luego, mirando fijamente al señor Madeleine, prosiguió, recalcando todas las palabras que iba diciendo:

—Señor Madeleine, no he conocido nunca más que a un hombre capaz de hacer lo que está usted pidiendo.

Madeleine se sobresaltó. Javert añadió con expresión indiferente, pero sin quitarleojo a Madeleine:

—Era un presidiario.

—¡Ah! —dijo Madeleine.

—Del penal de Tolón. Madeleine se puso pálido.

Entretanto, la carreta seguía hundiéndose despacio. Fauchelevent vociferaba entre estertores:

—¡Me asfixio! ¡Se me rompen las costillas! ¡Un gato! ¡Algo! ¡Ay! Madeleine miró en torno:

—¿Así que no hay nadie que quiera ganarse veinte luises y salvarle la vida a este pobre viejo?

Ninguno de los presentes se movió. Javert añadió:

—Sólo he conocido a un hombre que pudiera hacer lo que un gato, y era ese presidiario.

—¡Ay, que ya me aplasta! —gritó el anciano.

Madeleine alzó la cabeza, se topó con la mirada de halcón de Javert, que seguía clavada en él; miró luego a los labriegos inmóviles y sonrió con tristeza. Luego, sin decir palabra, se puso de rodillas y, antes incluso de que el gentío hubiera podido soltar un grito, ya estaba debajo del coche.

Hubo un espantoso momento de expectación y de silencio.

Vieron cómo Madeleine, casi de bruces bajo aquel peso espantoso, intentaba en vano por dos veces acercar los codos a las rodillas. Le gritaron:

«¡Madeleine! ¡Quítese de ahí!». El propio Fauchelevent dijo: «¡Señor Madeleine! ¡Váyase! ¡Será que me toca morirme, ya ve! ¡Déjeme! ¡Lo va a aplastar a usted también!». Madeleine no contestó.

Los presentes jadeaban. Las ruedas se habían seguido hundiendo y ya era casi imposible que Madeleine saliera de debajo del coche.

De repente vieron que aquella mole enorme se movía; el carro se elevaba despacio, las ruedas salían a medias del surco de las rodadas. Se oyó una voz ahogada que decía: «¡Daos prisa! ¡Echad una mano!». Era Madeleine, que acababa de hacer un último esfuerzo.

Todos se abalanzaron. La abnegación de uno les había dado a todos fuerza y coraje. Veinte brazos retiraron el carro. Fauchelevent se había salvado.

Madeleine se incorporó. Estaba lívido, aunque el sudor le chorreaba. Tenía la ropa rota y cubierta de barro. Todos lloraban. El anciano le besaba las rodillas y decía que era Dios. Y él tenía en el rostro una indefinible expresión de sufrimiento dichoso y celestial y clavaba la mirada tranquila en Javert, que seguía mirándolo.

VII
FAUCHELEVENT ENTRA DE JARDINERO EN PARÍS

Fauchelevent se había dislocado la rodilla en la caída. Madeleine mandó que lo llevasen a una enfermería que había creado para los obreros en el propio edificio de la fábrica y que atendían dos hermanas de la caridad. A la mañana siguiente, el anciano halló un billete de mil francos en la mesilla de noche con la siguiente nota de puño y letra de Madeleine: Le compro el carro y el caballo. El carro estaba roto y el caballo se había muerto. Fauchelevent sanó, pero se le quedó la rodilla anquilosada. El señor Madeleine, por recomendación de las hermanas y del párroco, consiguió que el buen hombre entrase de jardinero en un convento de monjas del barrio de Saint-Antoine de París.

Poco tiempo después, al señor Madeleine lo hicieron alcalde. La primera vez que Javert vio al señor Madeleine llevando la banda que le daba autoridad total en la ciudad notó esa especie de estremecimiento que notaría un dogo que olfatease a un lobo dentro de la ropa de su amo. A partir de ese momento lo evitó cuanto pudo. Cuando las necesidades del servicio se lo exigían imperiosamente y no le quedaba más remedio que reunirse con el señor alcalde, le hablaba con un profundo respeto.

Aquella prosperidad de Montreuil-sur-Mer, obra del señor Madeleine, tenía, además de las señas visibles que hemos indicado, otro síntoma que, no por invisible, era menos significativo. Es algo que nunca engaña. Cuando la población padece, cuando el trabajo falta, cuando no hay comercio, el contribuyente se resiste a pagar los impuestos por penuria, agota los plazos y los rebasa, y al Estado le salen muy caros los gastos de apremio y cobro. Cuando el trabajo abunda, cuando la comarca es feliz y rica, los impuestos se pagan de buen grado y le cuestan poco al Estado. Puede decirse que la miseria y la riqueza públicas cuentan con un termómetro infalible: los gastos de cobro de los impuestos. En siete años, los gastos de cobro de los impuestos se habían quedado en la cuarta parte en el distrito de Montreuil-sur-Mer, con lo que aquel distrito lo citaba con frecuencia, destacándolo de todos los demás, el señor de Villele, a la sazón ministro de Hacienda.

Tal era la situación de la comarca cuando regresó Fantine. Nadie se acordaba ya de ella. Por fortuna, la puerta de la fábrica del señor Madeleine era como un rostro amigo. Allí se presentó y la cogieron en el taller de mujeres. El oficio le resultaba completamente nuevo a Fantine, no podía darse mucha maña y, por lo tanto, sacaba poca cosa de la jornada de trabajo, pero le bastaba; a fin de cuentas, el problema estaba resuelto, se ganaba la vida.

VIII
LA SEÑORA VICTURNIEN SE GASTA TREINTA Y CINCO FRANCOS EN ARAS DE LAS BUENAS COSTUMBRES

Cuando Fantine vio que podía vivir, tuvo un arrebato de alegría. ¡Vivir honradamente del trabajo, qué merced del cielo! Recobró en serio el gusto por el trabajo. Se compró un espejo, se alegró de ver en él su juventud, su bonito pelo y sus bonitos dientes, se le olvidaron muchas cosas, no pensó ya sino en su Cosette y en el porvenir posible y fue casi feliz. Alquiló una habitacioncita y la amuebló a crédito a cuenta del trabajo futuro, un resto de sus hábitos de desorden.

Como no podía decir que estaba casada, tuvo buen cuidado, como hemos insinuado ya, de no mencionar a su niña.

En esos comienzos, ya lo hemos visto, pagaba con regularidad a los Thénardier. Como no sabía más que firmar, no le quedaba más remedio que recurrir al escribano para escribirles.

Escribía con frecuencia. Y llamó la atención. Empezaron a decir por lo bajo en el taller de mujeres que Fantine «escribía cartas» y que «hacía cosas raras».

No hay nadie que más espíe lo que hace la gente que aquellos a quienes ni les va ni les viene. «¿Por qué no vuelve nunca ese señor hasta que ya es casi de noche? ¿Por qué Fulanito de Tal no deja nunca la llave colgada del clavo los jueves? ¿Por qué va siempre por las calles estrechas? ¿Por qué esa señora se baja siempre del coche de punto antes de llegar a su puerta? ¿Por qué manda a comprar un bloc de papel de cartas si "tiene hojas a porrillo en la caja de papel de cartas"?», etc., etc. Hay personas que, para enterarse de la clave de esos enigmas, que, por lo demás, no van con ellos en absoluto, gastan más dinero, le echan más tiempo y se toman más trabajo de los que necesitarían para llevar a cabo diez buenas obras; y todo ello gratuitamente, por gusto, sin que nada los compense de esa curiosidad sino la curiosidad misma. Se pasarán días enteros siguiendo a éste o a aquélla, se quedarán horas de plantón en las esquinas, debajo de portones de verjas, de noche, con frío y con lluvia, corromperán a recaderos, emborracharán a cocheros de punto y a lacayos, pagarán a una doncella, comprarán a un portero. ¿Para qué? Para nada. Pura cabezonería de ver, de saber, de enterarse. Pura comezón por contarlo. Y, con frecuencia, cuando se saben esos secretos, cuando se publican esos misterios, cuando salen a la luz del día esos enigmas, suceden catástrofes, duelos, quiebras; hay familias que se arruinan, existencias destrozadas para mayor regocijo de quienes «lo han descubierto todo» sin interés alguno y sólo por puro instinto. ¡Qué cosa más triste!

Algunas personas son malas sólo por necesidad de hablar. Su conversación, charla de salón, cotorreo de antecámara, es como esas chimeneas que queman deprisa la leña; necesitan mucho combustible; y el combustible es el prójimo.

Así que hubo quien observó a Fantine.

De propina, más de una le tenía envidia por aquel pelo rubio y aquellos dientes blancos.

Se percataron de que en el taller, mezclada con las otras, volvía la cara con frecuencia para secarse una lágrima. Le sucedía cuando se acordaba de su niña; quizá también del hombre al que había querido.

Cortar con las sombrías ataduras del pasado era una tarea dolorosa.

Comprobaron que escribía por lo menos dos veces al mes, siempre a las mismas señas, y que franqueaba la carta. Consiguieron esas señas: Señor Thénardier, posadero. Montfermeil. Le tiraron de la lengua en la taberna al escribano, un viejo que no podía llenarse el estómago de vino tinto sin vaciarse de secretos los bolsillos. En resumidas cuentas, se enteraron de que Fantine tenía una hija. «Debía de ser una cualquiera.» Y hubo una comadre que fue a Montfermeil, habló con los Thénardier y dijo al volver: «Me habrá costado treinta y cinco francos, pero ya está todo claro. ¡He visto a la niña!».

La comadre que hizo tal cosa era una Gorgona que se llamaba señora Victurnien y era la guardiana y la portera de la decencia de todo el mundo.

La señora Victurnien tenía cincuenta y seis años y a la careta de la fealdad sumaba la careta de la vejez. Hablaba como si balase y era de mente capricante. Cosa asombrosa: aquella vieja había sido joven. En su juventud, en 1793 sin ir más lejos, se casó con un monje que había huido del claustro calándose un gorro rojo y se había pasado de los bernardos a los jacobinos. Era reseca, rasposa, ríspida, punzante y pinchuda, casi venenosa, sin haber echado al olvido a aquel monje del que era viuda y que la había domado y doblegado no poco. Era una ortiga a la que se le notaba el roce del hábito. Tras la Restauración se había vuelto beata, y con tantos bríos que los curas le habían perdonado la boda con el monje. Tenía una finquita y se le llenaba la boca diciendo que se la legaría a una comunidad religiosa. Estaba muy bien vista en el obispado de Arras. Así que aquella señora Victurnien fue a Montfermeil y volvió diciendo: «He visto a la niña».

Todo lo dicho llevó tiempo. Fantine llevaba más de un año en la fábrica cuando una mañana la vigilante del taller le dio, de parte del alcalde, cincuenta francos y le dijo que ya no formaba parte de las operarias del taller, al tiempo que la animaba, de parte del alcalde, a irse de la comarca.

Sucedió precisamente en el mismo mes en que los Thénardier, tras haber pedido doce francos en vez de seis, acababan de exigir quince francos en vez de doce.

Fantine se quedó aterrada. No podía irse de la comarca, debía el alquiler y los muebles. Cincuenta francos no bastaban para pagar la deuda. Balbució unas cuantas palabras suplicantes. La vigilante le comunicó que tenía que irse en el acto del taller. Por lo demás, Fantine era una operaria mediocre. Agobiada más aún de vergüenza que de desesperación, se fue del taller y volvió a su habitación. ¡Así que ahora todo el mundo estaba al tanto de su pecado!

No se sintió con fuerzas para añadir ni una palabra. Le aconsejaron que fuera a ver al señor alcalde; no se atrevió. El señor alcalde le daba cincuenta francos porque era bueno y la despedía porque era justo. Se resignó a esa sentencia.

IX
TRIUNFO DE LA SEÑORA VICTURNIEN

La viuda del monje había valido, pues, para algo.

Por lo demás, el señor Madeleine no se había enterado de nada. Fue una de esas combinaciones de circunstancias que tanto abundan en la vida. El señor Madeleine tenía por costumbre no entrar casi nunca en el taller de las mujeres. Había puesto al frente de ese taller a una solterona que le había recomendado el párroco; y tenía plena confianza en aquella vigilante, una persona de lo más respetable, de carácter firme, equitativa, íntegra, rebosante de esa caridad que consiste en dar, pero que no contaba, en igual grado, con la caridad que consiste en entender y perdonar. El señor Madeleine le tenía encomendado todo. A los mejores hombres no les queda con frecuencia más remedio que delegar su autoridad. Fue con esos plenos poderes y con el convencimiento de que estaba obrando bien como instruyó el juicio la vigilante, juzgó a Fantine, la condenó y la ejecutó.

En cuanto a los cincuenta francos, los cogió, para dárselos, de una cantidad que ponía a su disposición el señor Madeleine para limosnas y socorros a sus obreras y de la que no tenía que rendir cuentas.

Fantine intentó colocarse de sirvienta en la comarca; fue de casa en casa. Nadie la quiso. No había podido irse de la ciudad. El prendero a quien le debía los muebles, ¡y qué muebles!, le había dicho: «Si se marcha, hago que la detengan por ladrona». El casero, al que le debía el alquiler, le dijo:

«Es usted joven y bonita; puede pagar». Repartió los cincuenta francos entre el casero y el prendero, devolvió al tendero las tres cuartas partes de los muebles, se quedó sólo con lo indispensable y se encontró sin trabajo, sin oficio, sin más posesión que la cama y con una deuda, todavía, de alrededor de cien francos.

Se puso a hacer camisas bastas para los soldados de la guarnición y ganaba sesenta céntimos diarios. Su hija le constaba cincuenta. Fue entonces cuando empezó a pagar con irregularidad a los Thénardier.

Hubo una anciana, que le encendía su vela cuando Fantine volvía por las noches y que le enseñó el arte de vivir en la miseria. Más allá de vivir con poco está vivir con nada. Son dos habitaciones; la primera es oscura, la segunda es negra.

Fantine aprendió cómo prescindir por completo de fuego todo el invierno; cómo se renuncia a un pájaro que se come cada dos días un céntimo de mijo; cómo se usa la enagua de manta y la manta de enagua, cómo se gasta menos en velas cenando con la luz de la ventana de enfr ente. Ignoramos todo lo que algunos seres débiles, que envejecieron míseros y honrados, saben sacarles a cinco céntimos. Acaba por convertirse en un talento. Fantine adquirió ese sublime talento y recobró cierto coraje.

Por aquella época, le decía a una vecina: «Bueno, me digo que si duermo nada más cinco horas y me paso todo el resto del tiempo cosiendo, podré ganar más o menos para pan. Y, además, cuando una está triste, come menos, Así que con los sufrimientos y las preocupaciones, un poco de pan por acá y unas penas por allá, ya me iré alimentando».

En aquel estado de desvalimiento, tener consigo a la niña habría sido una felicidad excepcional. Pensó en traérsela. Pero ¡cómo iba a hacer que compartiera su indigencia! ¡Y, además, les debía dinero a los Thénardier!

¿Cómo saldar la deuda? ¡Y el viaje! ¿Cómo lo iba a pagar?

La vieja que le había dado lo que podríamos llamar clases de vida menesterosa era una solterona, toda una santa, que se llamaba Marguerite, piadosa con piedad verdadera, pobre y caritativa con los pobres e incluso con los ricos, que apenas si sabía escribir para poder firmar Margeritte, y que creía en Dios, que es en lo que consiste la ciencia.

Abajo hay muchas virtudes así; algún día estarán arriba. Esa vida tiene un mañana.

Al principio, Fantine estaba tan avergonzada que no se atrevía a salir.

En cuanto pisaba la calle, intuía que la gente se volvía y que la señalaba con el dedo; todo el mundo la miraba y nadie la saludaba; el desprecio agrio y helado de los transeúntes se le metía en la carne y en el alma como un cierzo.

En las ciudades pequeñas, es como si una desventurada estuviera en cueros ante el sarcasmo y la curiosidad de todos. En París, por lo menos, nadie conoce a nadie, y esa oscuridad es una prenda de ropa. ¡Ay, cuánto le habría gustado irse a París! Imposible.

No le quedó más remedio que acostumbrarse a la falta de consideración, de la misma forma que se había acostumbrado a la indigencia. Poco a poco se fue haciendo a la idea. Pasados dos o tres meses, se quitó la vergüenza de encima y empezó a salir como si tal cosa. «Me da lo mismo», dijo. Fue y volvió con la cabeza alta, con una sonrisa amarga, y notó que se estaba convirtiendo en una descarada.

La señora Victurnien la veía pasar, a veces, por la ventana, y se fijaba en el desvalimiento de «aquella cualquiera», a quien «habían puesto en su sitio» gracias a ella; y se congratulaba. La felicidad de los malos es negra.

El exceso de trabajo cansaba a Fantine, y la tosecilla seca que solía tener fue a más. A veces, le decía a la vecina: «Toque, mire qué calientes tengo las manos».

Pero por las mañanas, cuando se peinaba con un peine viejo y roto la cascada de la hermosa melena, que caía como una seda lasa, por un momento era presumida y feliz.

X

PROSIGUE EL ÉXITO

La habían despedido a finales de invierno; pasó el verano, pero volvió el invierno. Días cortos, menos trabajo. En invierno, ni calor, ni luz, ni mediodía; se junta el anochecer con la mañana: niebla, crepúsculo, la ventana está gris, no se ve. El cielo es un tragaluz. El día entero es un sótano. El sol parece un mendigo. ¡Qué estación tan espantosa! El invierno convierte en piedra el agua del cielo y el corazón del hombre. Sus acreedores la acosaban.

Lo que Fantine ganaba era poco. Habían crecido las deudas. Los Thénardier, a los que pagaba mal, le escribían cada dos por tres cartas cuyo contenido la dejaba desconsolada y cuyos portes eran ruinosos. Un día le escribieron que su Cosette iba en cueros con el frío que hacía, que necesitaba una falda de lana y que la madre tenía que mandar por lo menos diez francos para comprarla. Fantine recibió la carta y se pasó el día sobándola. A última hora de la tarde, entró en una barbería que estaba en la esquina y se quitó el peinecillo. La preciosa melena rubia le cayó hasta las caderas.

—¡Qué pelo tan bonito! —exclamó el barbero.

—¿Cuánto me daría? —preguntó ella.

—Diez francos.

—Córtemelo.

Compró una falda de lana y se la mandó a los Thénardier.

La falda enfureció a los Thénardier. Lo que querían era dinero. Le dieron la falda a Éponine. La pobre Alondra siguió tiritando.

Fantine pensó: «Mi niña ya no tiene frío. La he vestido con mi pelo». Se ponía unos gorritos redondos que le tapaban la cabeza esquilada y con los que seguía estando guapa.

Un proceso tenebroso iba ocurriendo en el corazón de Fantine. Cuando vio que ya no podía peinarse, empezó a odiar todo cuanto la rodeaba. Durante mucho tiempo había venerado, como todo el mundo, a Madeleine; no obstante, a fuerza de repetirse que era él quien la había despedido y que era el culpable de sus desdichas, acabó por odiarlo también. Cuando pasaba delante de la fábrica a la hora en que los obreros estaban en la puerta, hacía gala de reír y cantar.

Una operaria vieja, que la vio una vez cantar y reírse así, dijo: «Esta muchacha va a acabar mal».

Se echó un amante, el primero que pasó, un hombre a quien no quería, por desafío, con el corazón rebosante de rabia. Era un miserable, algo así como un músico mendigo, un vago y un pordiosero que le pegaba y que la dejó de la misma forma que lo había aceptado ella, con asco.

Adoraba a su hija.

Cuanto más bajaba y más se ensombrecía todo a su alrededor, más le resplandecía dentro del alma el dulce angelito. Decía: «Cuando sea rica, mi Cosette estará conmigo; y se reía». La tos no se le iba y le corría el sudor por la espalda.

Un día recibió de los Thénardier una carta que decía lo siguiente:

«Cosette tiene una enfermedad que anda por la zona. Fiebre miliar le dicen. Hacen falta medicinas caras. Es una ruina, ya no podemos gastar más. Si no nos manda cuarenta francos antes de ocho días, dé a la niña por muerta».

Fantine soltó la carcajada y le dijo a la vieja que era vecina suya: «¡Ay, qué gracia tienen! ¡Cuarenta francos! ¡Nada menos! ¡Eso son dos napoleones! ¿De dónde quieren que los saque? ¡Cuidado que son tontos esos paletos!».

Pero se fue a las escaleras, junto a un tragaluz, y volvió a leer la carta.

Luego bajó las escaleras y salió corriendo y dando brincos, sin dejar de reírse.

Alguien que se cruzó con ella le dijo: «¿Cómo es que está tan alegre?».

Fantine contestó: «Una tontería muy grande que me acaban de escribir unos del campo. Me piden cuarenta francos. ¡Serán paletos!».

Según pasaba por la plaza, vio a mucha gente alrededor de un coche de forma rara, en cuya imperial peroraba de pie un hombre vestido de rojo. Era un sacamuelas que andaba de gira y ofrecía al público dentaduras postizas completas, opiatos, polvos y elixires.

Fantine se metió en el grupo y se rió como los demás con aquella arenga donde había una jerga para el populacho y otra para las personas como es debido. El sacamuelas vio reírse a aquella guapa chica y exclamó de repente: «Oiga, usted, la chica que se está riendo, qué dientes tan bonitos. Si me quiere vender las dos paletas, le doy un napoleón de oro por cada una».

—¿Y qué es eso de las paletas? —preguntó Fantine.

—Las paletas —contestó el maestro dentista— son los dientes de delante, los dos de arriba.

—¡Qué horror! —exclamó Fantine.

—¡Dos napoleones! —refunfuñó una vieja desdentada que andaba por allí—. ¡Menuda suerte que tiene!

Fantine salió huyendo y se tapó los oídos para no oír la voz ronca del hombre, que le gritaba:

—¡Piénselo, guapa! Dos napoleones pueden venir bien. Si le apetece, venga esta noche a la posada Le tillac d'argent y allí me encontrará.

Fantine se volvió a casa; estaba furiosa y le contó el asunto a su bondadosa vecina Marguerite: «Pero, ¿se da cuenta? ¿No es un hombre abominable? ¿Cómo dejan a personas así andar por la comarca?

¡Sacarme los dos dientes de delante! ¡Estaría horrorosa! ¡El pelo vuelve a crecer, pero los dientes! ¡Ay, qué monstruo de hombre! ¡Preferiría tirarme de cabeza desde un quinto piso! Me ha dicho que estaría esta noche en Le tillac d'argent».

—¿Y cuánto pagaba? —preguntó Marguerite.

—Dos napoleones.

—Eso son cuarenta francos.

—Sí —dijo Fantine—, eso son cuarenta francos.

Se quedó pensativa y se puso con la labor. Al cabo de un cuarto de hora, dejó la costura y se fue otra vez a las escaleras, para volver a leer la carta de los Thénardier.

Al volver, le dijo a Marguerite, que cosía a su lado:

—¿Qué es eso de una fiebre miliar? ¿Usted lo sabe?

—Sí —contestó la solterona—. Es una enfermedad.

—¿Y hacen falta muchas medicinas?

—¡Huy, unas medicinas tremendas!

—¿Y cómo se coge?

—Es una enfermedad que viene cuando viene.

—¿Y la cogen los niños?

—Sobre todo los niños.

—¿Y se puede uno morir de ella?

—Ya lo creo.

Fantine salió y se fue una vez más a leer la carta en las escaleras.

Por la noche, bajó y la vieron ir hacia la calle de Paris, donde están las posadas.

A la mañana siguiente, cuando entró Marguerite en la habitación de Fantine antes de que fuera de día, porque siempre cosían juntas y así sólo encendían una vela para dos, se encontró a Fantine sentada en la cama, pálida y helada. No se había acostado. Tenía el gorro caído en las rodillas. La vela había estado encendida toda la noche y se había consumido casi por completo.

Marguerite se quedó en el umbral, petrificada ante aquel desorden, y exclamó:

—¡Señor! ¡La vela toda consumida! ¡Pues sí que han debido de pasar cosas!

Luego miró a Fantine, que volvía hacia ella la cabeza sin pelo. Fantine había envejecido diez años desde la víspera.

—¡Jesús! —dijo Marguerite—. Pero ¿qué le pasa, Fantine?

—No me pasa nada —contestó Fantine—. Al contrario. Mi niña no se morirá de esa enfermedad horrible porque le falte ayuda. Estoy contenta.

Mientras lo decía, le enseñaba a la solterona dos napoleones que relucían encima de la mesa.

—¡Ay, Jesús Dios mío! —dijo Marguerite—. Pero si es una fortuna. ¿De dónde ha sacado esos luises de oro?

—Los he ganado —contestó Fantine.

Según lo decía, sonrió. La vela le iluminaba la cara. Era una sonrisa ensangrentada. Una saliva rojiza le ensuciaba la comisura de los labios y tenía un agujero negro en la boca.

Le habían sacado los dos dientes.

Mandó los cuarenta francos a Montfermeil.

Por lo demás, era una treta de los Thénardier para conseguir dinero.

Cosette no estaba enferma.

Fantine tiró el espejo por la ventana. Había dejado desde hacía mucho la celda del segundo piso y vivía en un sotabanco, que cerraba con una falleba, debajo del tejado; uno de esos desvanes cuyo techo está en ángulo con el suelo y con el que se pega uno siempre en la cabeza. Los pobres no pueden ir hasta el fondo de su cuarto más que como al fondo de su destino, agachándose cada vez más. Ya no tenía cama, le quedaba un andrajo, al que llamaba colcha, un colchón en el suelo y una silla con el asiento de paja roto. Un rosalito que tenía se había secado en un rincón, olvidado. En la otra esquina, había un tarro de mantequilla para poner el agua, que se helaba en invierno, y donde unos círculos de hielo indicaban durante mucho tiempo los diferentes niveles del agua. Había perdido la vergüenza y ahora perdió la coquetería. El último síntoma. Salía con los gorros sucios. Bien por falta de tiempo, bien por indiferencia, ya no se cosía la ropa.

Según se le iban gastando los talones de las medias, se las iba metiendo más en los zapatos. Se notaba en algunas arrugas perpendiculares. Le echaba remiendos al corsé, viejo y gastado, con trozos de calicó que se rasgaban al menor movimiento. Las personas a quienes debía dinero le «montaban escenas» en la calle y no la dejaban nunca en paz. Se las encontraba por la calle, se las encontraba en las escaleras. Se pasaba las noches llorando y pensando. Le brillaban mucho los ojos y notaba un dolor fijo en el hombro, por la parte de arriba del omóplato derecho. Tosía mucho. Odiaba profundamente a Madeleine y no se quejaba. Cosía diecisiete horas diarias; pero un asentador del trabajo en las cárceles que ponía a trabajar a las presas por menos dinero, de pronto hizo bajar los precios, con lo que el día de trabajo de las operarias libres se quedó en cuarenta y cinco céntimos.

¡Diecisiete horas de trabajo diarios por cuarenta y cinco céntimos! Sus acreedores estaban más despiadados que nunca. El prendero, que se había vuelto a llevar casi todos los muebles, le decía continuamente: «¿Cuándo vas a pagarme, bribona?». Pero ¿qué demonios querían de ella? Se sentía acosada e iba adquiriendo un aspecto de animal feroz. También por entonces, Thénardier le escribió que estaba claro que se había portado demasiado bien esperando tanto y que necesitaba cien francos inmediatamente porque, si no, pondría de patitas en la calle a Cosette, en plena convalecencia de su grave enfermedad, con tiempo frío, por los caminos, y que sería de ella lo que tuviera que ser, que por él podía reventar. «Cien francos —pensó Fantine—. Pero ¿dónde hay un oficio en que se gane cinco francos diarios?»

—¡Vamos! —dijo—. Vendamos lo que queda. La infortunada se hizo ramera.

XI
CHRISTUS NOS LIBERAVIT

¿En qué consiste la historia de Fantine? Es la sociedad comprando a una esclava.

¿A quién? A la miseria.

Al hambre, al frío, al aislamiento, al abandono, a la indigencia. Mercado doloroso. Un alma por un trozo de pan. La miseria ofrece, la sociedad acepta.

La santa ley de Cristo gobierna nuestra civilización, pero la civilización aún no se ha impregnado de ella. Dicen que la esclavitud ha desaparecido de la civilización europea. Es una equivocación. Sigue existiendo, pero ya sólo la soporta la mujer, y se llama prostitución.

La soporta la mujer, o sea el encanto, la debilidad, la belleza, la maternidad. No es ésta una de las menores vergüenzas del hombre.

En el punto de este doloroso drama al que hemos llegado, ya no le queda nada a Fantine de lo que antes fue. Se ha vuelto mármol al hacerse barro. Quien la toca nota frío. Sigue hacia adelante, nos soporta y hace caso omiso de nosotros; es la figura deshonrada y adusta. La vida y el orden social han dicho la última palabra. Le ha sucedido ya todo cuanto le va a suceder. Lo ha experimentado todo, lo ha soportado todo, lo ha padecido todo, lo ha perdido todo, lo ha llorado todo. Está resignada, con esa resignación que se parece a la indiferencia como la muerte se parece al sueño. Ya no elude nada. Ya no teme nada. ¡Que le caiga encima todo el nubarrón, que le pase por encima todo el océano! ¡Qué más le da! Es una esponja empapada.

O, al menos, lo cree, pero es un error imaginarse que podemos agotar todos los acasos y tocar fondo en algo. ¿Qué son, ay, todos esos destinos que van así a empellones, todos revueltos? ¿Dónde van? ¿Por qué son así? Quien lo sabe ve toda la sombra. Está solo. Se llama Dios.

XII
LA OCIOSIDAD DEL SEÑOR BAMATABOIS

Hay en todas las ciudades pequeñas, y había en Montreuil-sur-Mer en particular, una categoría de jóvenes que se van comiendo como roedores en provincias mil quinientas libras de renta con el mismo talante con que sus pares engullen doscientos mil francos al año en París. Son seres de esa dilata especie neutra: eunucos, parásitos, nulidades, que tienen algunas tierras, algo de necedad y algo de ingenio, que serían unos patanes en un salón y se creen caballeros en la taberna, que dicen: mis prados, mis bosques, mis campesinos, silban a las actrices en el teatro para demostrar que son personas de buen gusto, buscan pelea con los oficiales de la guarnición para demostrar que son guerreros, cazan, fuman, bostezan, beben, huelen a tabaco, juegan al billar, miran cómo se bajan los viajeros de la diligencia, viven en el café, cenan en la posada, tienen un perro que se come los huesos debajo de la mesa y una amante que pone las fuentes encima, escatiman cinco céntimos, exageran las modas, admiran la tragedia, desprecian a las mujeres, apuran las botas viejas, copian a Londres pasado por París y a París pasado por Pont-a-Mousson, envejecen alelados, no trabajan, no sirven para nada y no perjudican demasiado.

Félix Tholomyes, si se hubiera quedado en su ciudad de provincias y no hubiera estado nunca en París, habría sido uno de esos hombres.

Si fueran más ricos, se diría de ellos: son personas elegantes; si fueran más pobres, se diría: son unos vagos. Son sencillamente personas ociosas. Entre esos ociosos hay fastidiosos, fastidiados, fantasiosos y algunos pícaros.

En aquella época un elegante se componía de un cuello ancho, una corbata ancha, un reloj con dijes, tres chalecos de colores diferentes, unos encima de otros con el azul y el rojo por dentro, un frac verde oliva alto de talle y de cola cerrada y doble fila de botones de plata muy juntos que suben hasta el hombro; y de un pantalón de un verde oliva más claro, adornado en ambas costuras con un número indeterminado de filetes, pero siempre impares y que puede variar de uno a once, límite que nunca se traspasaba. Sumemos a lo antedicho zapato abotinado con hierrecitos en el tacón, una chistera de ala estrecha, un tupé, un bastón enorme y una conversación aliñada con retruécanos. De remate, espuelas y bigotes. En aquella época, los bigotes querían decir persona acomodada; y las espuelas, peatón.

El elegante de provincias llevaba las espuelas más grandes y los bigotes más feroces.

Eran los tiempos de la lucha de las repúblicas de la América meridional contra el rey de España, de Bolívar contra Morillo. Los sombreros de ala estrecha eran monárquicos y se llamaban morillos; los liberales llevaban sombreros de ala ancha, que se llamaban bolívares.

Así pues, pasados ocho o diez meses de lo referido en las páginas anteriores, allá por los primeros días de enero de 1823, un atardecer en que había nevado, uno de esos elegantes, uno de esos ociosos, un hombre «bien pensante», ya que llevaba morillo, que iba además bien arropado en uno de esos gabanes anchos que, por tiempo frío, completaban el atuendo de moda, se entretenía metiéndose con una mujerzuela que andaba rondando, con vestido de baile, muy escotada y con flores en la cabeza, por delante de la cristalera del café de los oficiales. El elegante fumaba, porque estaba muy de moda también, desde luego.

Cada vez que la mujer le pasaba por delante, le soltaba, junto con una bocanada de humo del puro, algunos comentarios que le parecían ingeniosos y alegres, tales como: «¡Eres muy fea! ¡Lárgate, que eres una ofensa para la vista! ¡No tienes dientes!», etc., etc. Aquel caballero se apellidaba Bamatabois. La mujer, un espectro triste y emperifollado, que iba y venía por la nieve, no le contestaba, no lo miraba siquiera, y seguía, pese a todo, en silencio y con regularidad sombría, el paseo que la volvía a poner cada cinco minutos al alcance de los sarcasmos, igual que el soldado condenado que vuelve al azote. Con tan menguado éxito debió de picarse el ocioso, quien, aprovechando un momento en que la mujer se dio la vuelta, se le acercó por detrás con paso quedo y, ahogando la risa, se agachó, cogió del suelo un puñado de nieve y se lo metió de pronto por la espalda, entre los hombros, que llevaba al aire. La mujer soltó un alarido, se volvió, dio un salto de pantera y se abalanzó sobre el hombre, clavándole las uñas en la cara y profiriendo las palabras más tremendas que pueda un cuerpo de guardia soltar en el arroyo. Aquellos insultos, que vomitaba una voz que enronquecía el aguardiente, salían, repugnantes, de una boca en que faltaban, efectivamente, los dos dientes delanteros. Era la Fantine.

Al oír el escándalo, salieron en tropel del café los oficiales, se arremolinaron los transeúntes y se formó un corro ancho que reía, abucheaba y aplaudía alrededor de aquel torbellino que se componía de dos personas a las que costaba identificar, un hombre y una mujer: el hombre forcejeaba y se le había caído el sombrero, la mujer le daba patadas y puñetazos, desgreñada, chillando, desdentada y pelona, lívida de ira, espantosa.

De repente, un hombre de elevada estatura salió deprisa de entre el gentío, agarró a la mujer por el cuerpo del vestido de satén cubierto de barro y le dijo: «¡Ven conmigo!».

La mujer alzó la cabeza; cesaron de pronto los gritos furiosos. Tenía la mirada vidriosa; de lívida había pasado a pálida y la estremecía un temblor aterrado. Había reconocido a Javert.

El elegante aprovechó este incidente para esfumarse.

XIII
SE VENTILAN UNAS CUANTAS CUESTIONES DE POLÍTICA MUNICIPAL

Javert apartó a los mirones, abrió el corro y echó a andar a zancadas hacia el puesto de policía que está al final de la plaza, llevando a rastras a la infeliz. Ella se dejaba conducir, mecánicamente. Ninguno de los dos decía palabra. La bandada de espectadores, en un paroxismo de júbilo, iba detrás, soltando pullas. El colmo de la miseria da pie a las obscenidades.

Al llegar al puesto de policía, que era una planta baja que caldeaba una estufa y custodiaba un cuerpo de guardia, y daba a la calle por una puerta acristalada y con rejas, abrió Javert esa puerta, entró con la Fantine y la volvió a cerrar para mayor chasco de los curiosos, que se pusieron de puntillas y estiraron el pescuezo apostados frente al cristal turbio, intentando ver qué pasaba dentro. La curiosidad es una golosina. Ver es como comer con avidez.

Al entrar, la Fantine fue a caer en un rincón, inmóvil y callada, acurrucada como una perra medrosa.

El sargento del puesto trajo una vela encendida y la puso encima de una mesa. Javert se sentó, se sacó del bolsillo una hoja de papel timbrado y empezó a escribir.

Nuestras leyes dejan por completo a discreción de la policía a esa clase de mujeres. Ésta hace con ellas lo que quiere, las castiga como le parece y se incauta a placer de esas dos tristes cosas que ellas llaman su negocio y su libertad. Javert estaba impasible; no le asomaba emoción alguna al rostro serio. No obstante, estaba grave y hondamente preocupado. Era uno de esos momentos en que ejercía sin cortapisas pero con todos los escrúpulos de una conciencia severa su temible poder discrecional. Notaba en aquel momento que su taburete de agente de la policía era un tribunal. Juzgaba. Juzgaba y condenaba. Reunía cuantas ideas podían venírsele a la cabeza relativas a aquello tan importante que estaba haciendo. Cuanto más examinaba el caso de aquella buscona, más indignado se sentía. Estaba claro que acababa de presenciar un crimen. Acababa de presenciar en plena calle cómo una mujerzuela de lo más bajo insultaba y atacaba a un propietario y elector. Una prostituta había atentado contra un vecino de buena familia. Y él, Javert, lo había visto. Escribía en silencio.

Cuando acabó, firmó, dobló la hoja y le dijo al sargento del puesto, según se la daba: «¡Coja a tres hombres y lleve a esta mujer a la cárcel». Luego, volviéndose hacia la Fantine: «Te han caído seis meses».

La desdichada se sobresaltó.

—¡Seis meses, seis meses de cárcel! —exclamó—. ¡Seis meses ganando treinta y cinco céntimos diarios! Pero ¿qué va a ser de Cosette? ¡Mi hija, mi hija! Pero si todavía les debo más de cien francos a los Thénardier, señor inspector. ¿Estaba usted enterado de eso?

Se arrastró por las baldosas que habían humedecido las botas enfangadas de todos aquellos hombres, sin ponerse de pie, juntando las manos, avanzando de rodillas como a zancadas.

—Señor Javert —dijo—, tenga compasión de mí. Le aseguro que tenía razón. ¡Si hubiera visto cómo empezó todo, le juro por Dios que habría visto que he tenido razón! Fue ese señor al que no conozco el que me metió nieve por la espalda. ¿Hay derecho a meterle a una nieve por la espalda cuando pasa tan tranquila sin meterse con nadie? Me pilló de sorpresa. Estoy un poco enferma, ¿sabe? Y además él llevaba ya un rato diciéndome cosas. ¡Eres muy fea! ¡No tienes dientes! Ya lo sé yo que no tengo dientes. Yo no estaba haciendo nada; me decía: es un señor que está de guasa. Yo me portaba como es debido y no le decía nada. Pero fue entonces cuando me metió la nieve. ¡Mi buen señor Javert, señor inspector! ¿No hay nadie que lo haya visto y le pueda decir que es verdad? A lo mejor hice mal en enfadarme. Ya sabe, de entrada, una no se controla. Una tiene su genio. Y además que te metan por la espalda algo tan frío cuando no te lo esperas… Hice mal en estropearle el sombrero al señor. ¿Por qué se ha ido? Le pediría perdón. ¡Ay, Dios mío, no me costaría nada pedirle perdón! Tenga compasión por esta vez, señor Javert. Mire, usted no sabe que en la cárcel sólo se ganan treinta y cinco céntimos; no es que tenga la culpa el gobierno, pero se ganan treinta y cinco céntimos y, fíjese, y yo tengo que pagar cien francos, porque si no me echan a la calle a mi niña. ¡Ay, Dios mío, y no me la puedo traer! ¡Me dedico a algo tan feo! ¡Ay, mi Cosette, mi angelito de la Santísima Virgen! ¿Qué va a ser de ella, pobrecita mía? Mire lo que le digo, los Thénardier son unos posaderos, gentes del campo, ¡no razonan! Quieren dinero. ¡No me meta en la cárcel! Oiga, pondrían a una niña en el camino real, para que se las apañase como pudiera, en pleno invierno; hay que compadecerse de casos así, señor Javert. Si fuera mayor, se ganaría la vida, pero con la edad que tiene no puede ser. Yo no soy mala en el fondo. No soy lo que soy ni por cobardía ni por glotonería. Si bebo aguardiente es por la miseria. No me gusta, pero me aturde. Cuando me iba mejor, cualquiera podría haberme mirado el armario y habría visto que no era una presumida que viviera de cualquier manera. Tenía ropa blanca, mucha ropa blanca. ¡Compadézcase de mí, señor Javert!

Así hablaba, doblada en dos, sacudida de sollozos, cegada de lágrimas, con el pecho al aire, retorciéndose las manos, tosiendo con tos seca y breve, balbuciendo mansamente con voz de agonía. Las penas grandes son un rayo divino y terrible que transfigura a los miserables. En esos momentos, la Fantine volvía a ser guapa. A ratos dejaba de hablar y le besaba con ternura los faldones de la levita al de la pasma. Hubiera enternecido a un corazón de granito; pero a un corazón de madera no hay quien lo enternezca.

—¡Bien está —dijo Javert—; ya te he escuchado! ¿Has terminado? ¡Pues ahora andando! Te han caído seis meses y ni el mismísimo Padre Eterno podría remediarlo.

Al oír esa frase solemne: ni el mismísimo Padre Eterno podría remediarlo, ella se dio cuenta de que ya estaba sentenciada. Se encogió susurrando:

—¡Por compasión!

Javert le dio la espalda.

Los soldados la agarraron del brazo.

Había entrado un hombre hacía unos minutos sin que nadie hubiera reparado en él. Tras cerrar la puerta, se había apoyado en ella y había oído los ruegos desesperados de la Fantine.

En el preciso instante en que los soldados le pusieron la mano encima a la desdichada, que no quería incorporarse, dio un paso, salió de la sombra y dijo:

—¡Un momento, por favor!

Javert alzó la vista y reconoció al señor Madeleine. Se descubrió y, saludando con algo así como una desmaña molesta, dijo:

—Disculpe, señor alcalde...

Esas palabras, «señor alcalde», surtieron un curioso efecto en la Fantine. Se puso de pie, muy erguida, como un espectro que brota del suelo, apartó a los soldados con ambos brazos y se fue derecha al señor Madeleine antes de que nadie pudiera sujetarla; y, mirándolo fijamente con expresión extraviada, exclamó:

—¡Ah, así que tú eres el señor alcalde! Luego se echó a reír y le escupió a la cara. El señor Madeleine se limpió la cara y dijo:

—Inspector Javert, deje en libertad a esta mujer.

A Javert le pareció que estaba a punto de volverse loco. Notaba en aquel momento, una tras otra y muy seguidas, las emociones más violentas que hubiera sentido en la vida. Ver a una mujer pública escupirle a la cara al alcalde era algo tan monstruoso que, en sus hipótesis más espantosas, habría considerado sacrílego creerlo posible. Por otra parte, en lo hondo de la mente, establecía confusamente una relación repugnante entre lo que era esa mujer y lo que podía ser ese alcalde y vislumbraba entonces con espanto un no sé qué muy sencillo en aquel atentado increíble. Pero cuando vio al alcalde aquel, al magistrado aquel, limpiarse tranquilamente la cara y decir: deje en libertad a esta mujer, le dio como un vahído de estupor; le faltaron por igual las ideas y las palabras; estaba más allá del súmmum del asombro posible. Se quedó mudo.

Aquella frase no había afectado menos ni de forma menos extraordinaria a la Fantine. Alzó el brazo desnudo y se aferró al tiro de la estufa, como una persona que se tambalea. En tanto, miraba a su alrededor y empezó a hablar en voz baja, como para sus adentros.

—¡En libertad! ¡Que dejan que me vaya! ¡Que no voy seis meses a la cárcel! ¿Quién ha dicho eso? No puede ser que nadie haya dicho eso. He oído mal. ¡No puede ser el monstruo ese del alcalde! ¿Ha sido usted, mi buen señor Javert, el que ha dicho que me dejen en libertad? ¡Ay, mire, se lo voy a contar y usted dejará que me vaya! Ese monstruo de alcalde, ese sinvergüenza de alcalde, es quien tiene la culpa de todo. ¡Fíjese, señor Javert, me despidió! Por culpa de un montón de guarras que cotillean en el taller. ¡A ver si no es espantoso! ¡Despedir a una pobre mujer que trabaja como es debido! Así que dejé de ganar lo suficiente y vinieron todas las desgracias. Para empezar, hay una mejora de la que los señores de la policía deberían ocuparse, y que sería impedir a los asentadores del trabajo en las cárceles que perjudicasen a los pobres. Mire, se lo voy a explicar. Si una está ganando sesenta céntimos con las camisas y se le quedan en cuarenta y cinco, ya no hay forma de vivir. Así que tienes que recurrir a lo que sea. Yo tenía a mi niña, a Cosette, y no me quedó más remedio que hacerme una mala mujer. Ahora entenderá que toda la culpa la tiene ese granuja de alcalde. Luego le pisé el sombrero al caballero ese, delante del café de los oficiales. Pero él me había estropeado el vestido con la nieve. Nosotras sólo tenemos un vestido de seda para por las noches. Mire usted, yo nunca he hecho daño a nadie aposta, señor Javert, se lo aseguro, y veo por todas partes a mujeres mucho peores que yo que tienen mucha más suerte. Ay, señor Javert, es usted quien ha dicho que me suelten, ¿verdad? Infórmese, hable con mi casero, ahora pago el alquiler con puntualidad, y le dirá que soy honrada. ¡Ay, Dios mío, discúlpeme, he tocado sin querer el tiro de la estufa y está echando humo!

El señor Madeleine la escuchaba con profunda atención. Mientras ella hablaba, había rebuscado en el chaleco, había sacado una bolsa y la había abierto. Estaba vacía y se la volvió a meter en el bolsillo. Le dijo a la Fantine:

—¿Cuánto ha dicho que debía?

La Fantine, que sólo estaba pendiente de Javert, se volvió hacia él:

—¿Es que estoy hablando contigo? Luego, dirigiéndose a los soldados:

—¡Eh, vosotros! ¿Habéis visto cómo le he escupido a la cara? Alcalde granuja, vienes a meterme miedo, pero yo no te tengo miedo. Tengo miedo del señor Javert. ¡Le tengo miedo a mi buen señor Javert.

Mientras lo decía, se volvía hacia el inspector:

—Y además, mire, señor inspector, seamos justos. Yo comprendo que es usted justo, señor inspector. En realidad la cosa es muy sencilla, un hombre que se entretiene metiéndole un poco de nieve por la espalda a una mujer les hacía gracia a los oficiales, algo tienen que hacer para divertirse, ¡y para eso estamos nosotras, vaya, para que se lo pasen bien! Y, claro, usted llega y no le queda más remedio que poner orden, y detiene a la mujer que se porta mal, pero luego se lo piensa, y como es bueno, dice que me dejen en libertad, por lo de la niña, porque con seis meses de cárcel, yo no podría dar de comer a mi hija. ¡Pero no vuelvas a hacerlo, bribona! ¡No, no lo haré más, señor Javert! Ahora ya pueden hacerme lo que sea que ni me moveré. Es que hoy, mire, grité porque me dolió, no me esperaba la nieve de ese caballero, y además ya le he dicho que no ando muy bien de salud, toso, y tengo aquí en el estómago como una bola que me quema; si hasta el médico me ha dicho: cuídese. Mire, toque, deme la mano, no tenga miedo, es aquí.

Había dejado de llorar y la voz era acariciadora; se apoyaba en el pecho blanco y fino la manaza ruda de Javert y lo miraba, sonriente.

De repente, se puso orden con presteza en la ropa, se bajó los vuelos de la falda, que, al ir arrastrándose, se le había subido casi hasta las rodillas, y se encaminó a la puerta, diciendo a media voz a los soldados con una inclinación amistosa de cabeza:

—Muchachos, el señor inspector ha dicho que me suelten; me marcho. Puso la mano en el picaporte. Un paso más y estaba en la calle.

Javert había seguido hasta entonces de pie, quieto, con la vista clavada en el suelo, en medio de esa escena, como una estatua que han movido de sitio y espera que la coloquen en alguna parte.

El ruido del picaporte lo espabiló. Alzó la cabeza con expresión de autoridad soberana, expresión tanto más amedrentadora cuanto más bajo se sitúe el poder, carnicera en la fiera, atroz en el hombre de poca monta.

—¡Sargento! —gritó—. ¿No ve que se marcha esa bribona? ¿Quién le ha mandado soltarla?

—Yo —dijo Madeleine.

La Fantine se había estremecido con la voz de Javert y había soltado el picaporte, como un ladrón suelta el objeto robado cuando lo pillan. Al oír la voz de Madeleine, se volvió; y, a partir de ese momento, sin decir palabra, sin atreverse siquiera a soltar con libertad el aliento, miró alternativamente a Madeleine y a Javert, y a Javert y a Madeleine, según hablase uno u otro.

Quedaba claro que Javert tenía que estar «fuera de sus casillas», como suele decirse, para que se permitiera increpar al agente como lo había hecho tras la intimación del alcalde de dejar libre a Fantine. ¿Se le había olvidado acaso la presencia del señor alcalde? ¿Había acabado por decirse a sí mismo que era imposible que una «autoridad» hubiera dado semejante orden y que no cabía duda de que el señor alcalde había dicho, sin querer, una cosa por otra? ¿O bien, ante las monstruosidades que llevaba dos horas presenciando, se decía que era preciso regresar a las resoluciones supremas, que era menester que el pequeño se creciera, que uno de la pasma se convirtiera en magistrado, que el policía se volviera hombre de leyes y que, en aquella extremidad asombrosa, el orden, la ley, la decencia, el gobierno, la sociedad entera se personificasen en él, en Javert?

Fuere como fuere, cuando el señor Madeleine dijo ese yo que acabamos de oír, pudo verse cómo el inspector de policía Javert se volvía hacia el señor alcalde, pálido, frío, con los labios azules y la mirada desesperada, con todo el cuerpo temblándole imperceptiblemente y, cosa inaudita, le decía, con la mirada baja, pero con la voz firme:

—Señor alcalde, no puede ser.

—¿Cómo? —dijo el señor Madeleine.

—Esta desgraciada ha insultado a un caballero de la burguesía.

—Inspector Javert —contestó el señor Madeleine con acento conciliador y reposado—, óigame. Es usted un hombre honrado y no tengo inconveniente alguno en darle mis razones. Esto es lo que sucedió. Pasaba yo por la plaza cuando estaba usted llevándose a esta mujer y todavía quedaban algunos grupos. Pedí información, me enteré de todo y el que actúo mal y a quien, en justicia, habría que haber detenido fue el caballero.

Javert siguió diciendo:

—Esta miserable acaba de insultar al señor alcalde.

—Eso es cosa mía —dijo el señor Madeleine—. Mi insulto es mío, supongo. Puedo hacer con él lo que quiera.

—Ruego al señor alcalde que me disculpe. Su insulto no es suyo, es de la justicia.

—Inspector Javert —replicó el señor Madeleine—, la primera justicia es la conciencia. He oído lo que decía esta mujer. Sé lo que hago.

—Y yo, señor alcalde, no sé lo que estoy viendo.

—Entonces limítese a obedecer.

—Obedezco a mi deber. Mi deber exige que esta mujer pase seis meses en la cárcel.

El señor Madeleine respondió con voz suave:

—Óigame bien. No pasará en la cárcel ni un día.

Ante esa frase decisiva, Javert se atrevió a mirar fijamente al alcalde y le dijo, aunque con un tono de voz que seguía siendo hondamente respetuoso:

—Me consterna resistirme al señor alcalde; es la primera vez en la vida, pero se dignará permitirme que le haga notar que estoy dentro de los límites de mis atribuciones. Me limito, puesto que así lo quiere el señor alcalde, a lo referido al caballero. Yo estaba presente. Fue esta mujer la que se abalanzó sobre el señor Bamatabois, que es elector y propietario de esa hermosa casa con balcón que hace esquina a la explanada, de tres pisos y toda ella de piedra de talla. ¡Es que, vamos, hay cosas que...! En cualquier caso, señor alcalde, es un suceso de policía en la vía urbana que me compete, y detengo a la llamada Fantine.

Entonces el señor Madeleine se cruzó de brazos y dijo con una voz severa que nadie en la ciudad había oído aún:

—El suceso al que se refiere entra dentro del ámbito de la policía municipal. Según los artículos nueve, once, quince y sesenta y seis del código de instrucción criminal, soy yo quien decide. Y ordeno que pongan en libertad a esta mujer.

Javert quiso hacer un último esfuerzo.

—Pero, señor alcalde...

—Le recuerdo el artículo ochenta y uno de la ley de 13 de diciembre de 1799 que se refiere a la detención arbitraria.

—Señor alcalde, permita...

—Ni una palabra más.

—No obstante...

—Salga —dijo el señor Madeleine.

Javert recibió el golpe a pie firme, de cara y en todo el pecho, como un soldado ruso. Le hizo una profunda inclinación al señor alcalde y salió.

Fantine se apartó de la puerta y miró estupefacta cómo pasaba ante ella.

Pero ella también padecía un trastorno extraño. Acababa de ver, en cierto modo, cómo se la disputaban dos poderes enfrentados. Había presenciado cómo luchaban ante ella dos hombres que tenían en las manos su libertad, su vida, su alma, a su hija; uno de esos hombres tiraba de ella hacia la sombra; el otro la devolvía a la luz. En aquella lucha que había intuido a través de la lente de aumento del espanto, aquellos dos hombres le habían parecido dos gigantes; uno hablaba como su demonio y el otro como su ángel bueno. El ángel había vencido al demonio, y lo que la estremecía de la cabeza a los pies era que el ángel, el liberador, era precisamente el hombre a quien aborrecía, aquel alcalde al que había tenido tanto tiempo por causante de todos sus males, ¡el Madeleine aquel! ¡Y la salvaba precisamente cuando ella acababa de insultarlo de forma atroz! ¿Se había equivocado? ¿Tenía que cambiar todos los sentimientos de su alma? No sabía qué hacer y temblaba. Escuchaba, fuera de sí; miraba, estupefacta. Y con cada palabra que decía el señor Madeleine notaba que se le derretían y se le venían abajo por dentro las espantosas tinieblas del odio y que le nacía en el corazón algo reconfortante e inefable que era alegría, confianza y amor.

Cuando se hubo ido Javert, el señor Madeleine se volvió hacia ella y le dijo con voz despaciosa y costándole hablar, como le sucede a un hombre serio que no quiere llorar:

—He oído lo que decía. No estaba al tanto de nada de lo que ha contado. Creo que es verdad y siento que es verdad. Ni siquiera sabía que no trabajase ya usted en mis talleres. ¿Por qué no vino a verme? Esto es lo que vamos a hacer: pagaré sus deudas y mandaré a buscar a su hija, o irá usted a buscarla. Vivirá aquí, en París o donde quiera. Me hago cargo de la niña y de usted. No tendrá que volver a trabajar, si no quiere. Le daré todo el dinero que precise. Cuando vuelva a ser feliz volverá a ser una mujer honesta. ¡E incluso, atienda bien, le digo desde ahora mismo que, si todo es como usted cuenta, y no dudo de que lo sea, nunca, ay, pobre mujer, dejó de ser santa y virtuosa a los ojos de Dios!

Aquello era más de lo que podía soportar la pobre Fantine. ¡Tener consigo a Cosette! ¡Salir de aquella vida infame! ¡Vivir libre, rica, feliz, honesta, con Cosette! ¡Ver de repente cómo florecían, en medio de la miseria, todas aquellas realidades paradisíacas! Miró, como atontada, a aquel hombre que le hablaba y sólo pudo soltar dos o tres sollozos: ¡ah, ah, ah! Se le doblaron las pantorrillas, se arrodilló delante del señor Madeleine y él notó, antes de que pudiera impedirlo, que le agarraba la mano y ponía los labios en ella.

Luego, Fantine se desmayó.

LIBRO SEXTO
JAVERT

I
COMIENZA EL DESCANSO

El señor Madeleine mandó llevar a la Fantine a la enfermería que tenía en su propia casa. Se la confió a las monjas, que la metieron en la cama. Se le había declarado una fiebre alta. Pasó parte de la noche delirando y hablando en voz alta. Pero acabó por quedarse dormida.

A la mañana siguiente, Fantine se despertó a eso de las doce; oyó una respiración muy cerca de su cama, corrió la cortina y vio al señor Madeleine de pie, mirando algo que estaba más arriba de su cabeza. Era una mirada llena de compasión y de angustia, suplicante. Fantine miró en la misma dirección y vio que esa mirada iba a un crucifijo clavado en la pared. Ahora Fantine veía al señor Madeleine transfigurado. Le parecía rodeado de luz. Estaba absorto en algo que parecía una plegaria. Ella lo estuvo mirando mucho rato sin atreverse a interrumpirlo. Por fin, le dijo con

timidez:

—¿Qué hace aquí?

El señor Madeleine llevaba allí una hora. Estaba esperando a que Fantine se despertase. Le cogió la mano, le tomó el pulso y contestó:

—¿Cómo se encuentra?

—Bien; he dormido —dijo ella—; creo que estoy mejor. No será nada.

Él siguió diciendo, respondiendo, como si la acabase de oír, a la pregunta que le había hecho Fantine de entrada:

—Le estaba rezando a ese mártir de ahí arriba.

Y añadió con el pensamiento: «Por la mártir que está aquí abajo».

El señor Madeleine se había pasado la noche y la mañana informándose. Ahora estaba al tanto de todo. Sabía la historia de Fantine, con todos sus desgarradores detalles. Siguió diciendo:

—Ha sufrido mucho, pobre madre. ¡Ay, no se queje, ahora cuenta con la dote de los elegidos! Así es como los hombres se vuelven ángeles.

No tienen ellos la culpa; es que no saben apañárselas de otro modo. Ese infierno del que ha salido es la primera forma del cielo, ¿sabe? Tenía que empezar por ahí.

Dio un hondo suspiro. Pero ella le sonreía con esa sonrisa sublime a la que le faltaban dos dientes.

Esa misma noche Javert había escrito una carta. La llevó personalmente al día siguiente por la mañana a la oficina de correos de Montreuil-sur-Mer. Iba a París y en el sobre ponía: A la atención del señor Chabouillet, secretario del señor prefecto de policía. Como había corrido la voz de lo sucedido en el cuerpo de guardia, la jefa de la oficina de correos y unas cuantas personas más que vieron la carta antes de que saliera y reconocieron en las señas la letra de Javert pensaron que enviaba su dimisión.

Al señor Madeleine le faltó tiempo para escribir a los Thénardier. Fantine les debía ciento veinte francos. Les mandó trescientos, diciéndoles que se cobrasen de esa cantidad y que llevasen a la niña en el acto a Montreuil-sur-Mer, donde su madre, enferma, la reclamaba.

Thénardier se quedó deslumbrado.

—¡Demonios! —le dijo a su mujer—. No hay que soltar a la niña. Resulta que esa simple va a convertirse en una vaca lechera. Adivino qué ha sucedido. Algún bobo se habrá encaprichado de la madre.

Respondió con unas cuentas muy bien hechas de quinientos francos y pico. En esas cuentas figuraban dos facturas irrebatibles de más de trescientos francos, una de un médico y otra de un boticario, quienes habían atendido en dos largas enfermedades a Éponine y Azelma y proporcionado los medicamentos. Ya hemos dicho que Cosette no había estado enferma. Bastó con un sencillo cambio de nombres. Thénardier puso al final de la memoria: recibidos a cuenta trescientos francos.

El señor Madeleine envió en el acto otros trescientos francos y escribió: Dense prisa en traer a Cosette.

—¡Por Cristo! —dijo Thénardier—. No hay que soltar a la niña.
Entretanto, Fantine no mejoraba. Seguía en la enfermería.

Las monjas, al principio, recibieron y atendieron a «aquella perdida» con repugnancia. Quienes hayan visto los bajorrelieves de Reims recordarán cómo sacan el labio las vírgenes prudentes cuando miran a las vírgenes necias. Ese antiguo desprecio de las vestales por las sambucistrias es uno de los instintos más afincados de la dignidad femenina; las monjas lo experimentaron y la religión lo reforzó. Pero en pocos días Fantine ya las había desarmado. Decía todo tipo de cosas humildes y dulces y la madre que había en ella enternecía. Un día, las monjas la oyeron decir, presa de la fiebre: «He sido una pecadora, pero cuando tenga a mi niña conmigo eso querrá decir que Dios me ha perdonado. Mientras me estaba portando mal, no habría querido tener conmigo a mi Cosette, no habría podido soportar sus ojos asombrados y tristes. Aunque era por ella por quien me portaba mal y por eso me perdona Dios. Notaré la bendición de Dios cuando Cosette esté aquí. La miraré y me sentará bien ver a esa inocente. No está enterada de nada. Es un ángel, ¿saben, hermanas? A esa edad todavía no se han caído las alas».

El señor Madeleine iba a verla dos veces al día; y ella le preguntaba siempre:

—¿Veré pronto a mi Cosette? Él le contestaba:

—Mañana por la mañana a lo mejor. Llegará de un momento a otro, la estoy esperando.

Y a la madre se le ponía radiante el rostro pálido:

—¡Ay —decía—, qué feliz voy a ser!

Acabamos de decir que no mejoraba. Antes bien, su estado parecía empeorar de semana en semana. Aquel puñado de nieve directamente encima de la piel, entre los dos omóplatos, trajo consigo un corte repentino de la transpiración tras la que se manifestó por fin con violencia la enfermedad que llevaba años incubando. Se estaba empezando por entonces a seguir, en el estudio y el tratamiento de las enfermedades del pecho, las estupendas indicaciones de Laënnec. El médico auscultó a Fantine y movió la cabeza.

El señor Madeleine le dijo al médico:

—¿Qué hay?

—¿No tiene una hija a la que quiere ver? —dijo el médico.

—Sí.

—Pues dese prisa en hacer que la traigan. El señor Madeleine se sobresaltó.

Fantine le preguntó:

—¿Qué ha dicho el médico?

El señor Madeleine se esforzó en sonreír.

—Ha dicho que traigamos enseguida a la niña. Que eso le devolverá la salud.

—¡Ay, qué razón tiene! —contestó ella—. Pero ¿qué hacen los Thénardier esos que no sueltan a mi Cosette? ¡Ay, va a venir! ¡Por fin veo la felicidad muy cerca!

Pero Thénardier «no soltaba a la niña» y daba cien malas razones. Cosette estaba un poco delicada para emprender un viaje en invierno. Y además quedaban unas cuantas deudas menudas, pero llamativas, por la comarca y estaba reuniendo las facturas, etc., etc.

—Mandaré a alguien a buscar a Cosette —dijo Madeleine—. Si es menester, iré yo mismo.

Escribió esta carta que le dictó Fantine y que él le dio a firmar:

«Señor Thénardier:

»Entregue a Cosette a esta persona.

»Se le pagarán todas las cosas menudas.

»Reciba un atento saludo.

»FANTINE».

En éstas, ocurrió un grave incidente. Por mucho que labremos lo mejor que podamos el bloque misterioso de que está hecha nuestra vida, la veta negra del destino vuelve a aparecer siempre.

II
DE CÓMO JEAN PUEDE CONVERTIRSE EN CHAMP

Una mañana, el señor Madeleine estaba en su gabinete de trabajo, ocupado en dejar zanjados de antemano unos cuantos asuntos urgentes del ayuntamiento por si se decidía a hacer el viaje a Montfermeil, cuando le dijeron que el inspector de policía Javert quería hablar con él. Al oír ese nombre, el señor Madeleine no pudo evitar una impresión desagradable. Desde la aventura en el puesto de policía, Javert había evitado más que de costumbre coincidir con él, y el señor Madeleine no había vuelto a verlo.

—Hágalo pasar —dijo. Javert entró.

El señor Madeleine se había quedado sentado junto a la chimenea, con una pluma en la mano y la mirada puesta en una carpeta que estaba hojeando y anotando y en la que había atestados de multas de la policía de la red viaria. No lo dejó para atender a Javert. No podía impedir acordarse de la pobre Fantine y le convenía comportarse de forma muy fría.

Javert saludó respetuosamente al señor alcalde, que le daba la espalda. El señor alcalde no lo miró y siguió poniendo notas en los papeles de la carpeta.

Javert avanzó dos o tres pasos por el gabinete y se detuvo sin romper el silencio.

Un fisonomista familiarizado con el carácter de Javert que llevase tiempo estudiando a ese salvaje puesto al servicio de la civilización, a ese compuesto peculiar de romano, de espartano, de monje y de cabo, a ese espía incapaz de decir una mentira, a ese hombre de la pasma virginal, un fisonomista que hubiera estado al tanto de la secreta y antigua aversión que le inspiraba el señor Madeleine, de su conflicto con el alcalde en el caso de la Fantine, y que hubiera mirado en ese momento a Javert, se había preguntado: ¿qué ha sucedido? Era evidente para quien conociera esa conciencia recta, clara, sincera, proba, austera y feroz que Javert se había encarado con algún importante suceso interior. Javert no tenía nada en el alma que no tuviera también en la cara. Era, como todas las personas de carácter violento, propenso a los cambios de rumbo bruscos. Nunca había mostrado una fisonomía más extraña e inesperada. Al entrar, le hizo una inclinación al señor Madeleine con una mirada en que no había ni rencor, ni ira ni desconfianza, y se detuvo a pocos pasos del sillón del alcalde; y ahora estaba ahí, de pie, en actitud casi disciplinaria, con la rudeza ingenua y fría de un hombre que nunca fue manso y siempre fue paciente; esperaba, sin decir palabra, sin hacer ni un movimiento, con una humildad auténtica y una resignación tranquila, a que el señor alcalde tuviera a bien darse la vuelta; esperaba sereno, serio, con el sombrero en la mano, con los ojos bajos y una expresión que estaba entre el soldado ante su oficial y el culpable ante su juez. Todos los sentimientos y todos los recuerdos que se le habrían podido suponer habían desaparecido. No quedaba ya nada en aquel rostro impenetrable y sencillo como el granito sino una tristeza adusta. Toda su persona respiraba sumisión y firmeza y algo así como un agobio llevado con coraje.

Por fin soltó la pluma el señor alcalde y se volvió a medias:

—¿Y bien? ¿Qué hay? ¿Qué sucede, Javert?

Javert se quedó callado un instante, como si buscara el recogimiento; alzó luego la voz con una especie de solemnidad triste que, sin embargo, no excluía la sencillez.

—Lo que sucede, señor alcalde, es que se ha cometido una acción culpable.

—¿Qué acción?

—Un agente de la autoridad de rango inferior le ha faltado al respeto a un magistrado de la forma más grave. Vengo, como es mi deber, a poner el hecho en su conocimiento.

—¿Quién es ese agente? —preguntó el señor Madeleine.

—Yo —dijo Javert.

—¿Usted?

—Sí.

—¿Y qué magistrado podría tener queja de ese agente?

—Usted, señor alcalde.

El señor Madeleine se incorporó en el sillón. Javert siguió diciendo, con expresión severa y sin levantar la vista:

—Señor alcalde, vengo a rogarle que tenga a bien pedirle a la autoridad mi destitución.

El señor Madeleine, atónito, abrió la boca. Javert lo interrumpió.

—Me dirá que podría presentar mi dimisión, pero con eso no basta. Presentar la dimisión es algo honroso. Yo he cometido una falta y hay que castigarme. Hay que expulsarme.

Y, tras una pausa, añadió:

—Señor alcalde, el otro día fue severo conmigo injustamente. Séalo hoy de forma justa.

—Pero ¿por qué, vamos a ver? —exclamó el señor Madeleine—. ¿Qué galimatías es ése? ¿A qué viene todo esto? ¿Dónde está esa acción culpable que ha cometido usted contra mí? ¿Qué me ha hecho? ¿En qué me ha perjudicado? Se acusa, quiere que lo sustituyan...

—Que me expulsen —dijo Javert.

—De acuerdo, que lo expulsen. Bien está. Pero no lo entiendo.

—Va a entenderlo, señor alcalde.

Javert lanzó un suspiro desde lo más hondo del pecho y siguió diciendo, sin perder ni la frialdad ni la tristeza:

—Señor alcalde, hace seis semanas, tras la escena por causa de aquella mujer, estaba furioso y lo denuncié a usted.

—¿Denunciado?

—A la prefectura de la policía de París.

El señor Madeleine, que no solía reírse mucho más que Javert, se echó a reír.

—¿Por meterme como alcalde en el terreno de la policía?

—Por expresidiario.

El alcalde se puso lívido.

Javert, que no había alzado la vista, siguió diciendo:

—Eso era lo que yo creía. Tenía unas cuantas ideas desde hacía mucho. El parecido, unos informes que pidió usted en Faverolles, su fuerza, el caso de Fauchelevent, su habilidad como tirador, esa leve cojera que tiene. ¿Yo qué sé? ¡Naderías! Pero el caso es que lo tomaba por un tal Jean Valjean.

—¿Un tal qué...? ¿Qué nombre ha dicho?

—Jean Valjean. Es un presidiario a quien vi hace veinte años cuando era ayudante del cómitre en Tolón. Al salir de presidio, el Jean Valjean ese, por lo visto, cometió un robo en casa de un obispo y luego robó a mano armada y en descampado a un niño deshollinador. Llevaba zafándose ocho años, nadie sabía cómo, pero lo andaban buscando. Yo me había imaginado... ¡En fin, eso fue lo que hice! La ira me decidió y lo denuncié en la prefectura.

El señor Madeleine, que había vuelto a coger la carpeta desde hacía unos momentos, siguió preguntando con tono de perfecta indiferencia:

—¿Y qué le han contestado?

—Que estaba loco.

—¿Y qué?

—Que tenían razón.

—¡Menos mal que lo reconoce!

—No me queda más remedio, ya que ha aparecido el auténtico Jean Valjean.

Al señor Madeleine se le escapó de las manos la hoja que tenía en ellas; alzó la cabeza, miró fijamente a Javert y le dijo en tono indescriptible:

—¡Ah!

Javert siguió diciendo:

—Esto es lo que hay, señor alcalde. Por lo visto había por la comarca, por la zona de Ailly-le-Haut-Clocher, un individuo al que llamaban Champmathieu. Muy mísero; nadie se fijaba en él. La gente así nadie sabe de qué vive. Hace poco, este otoño, detuvieron a Champmathieu por robar unas manzanas de sidra en… bueno, da lo mismo. Hubo robo con escalo y ramas rotas. Detuvieron al tal Champmathieu. Todavía tenía en la mano la rama del manzano. Lo encierran. Hasta aquí todo se queda en un caso de pena correccional. Pero hay que ver cómo son las cosas de la Providencia. Como el calabozo estaba en mal estado, al señor juez de instrucción le parece oportuno disponer que trasladen a Champmathieu a Arras, donde está la prisión provincial. Y en esa prisión de Arras hay un antiguo presidiario, llamado Brevet, al que han detenido por no sé qué y al que han puesto de responsable de galería por buen comportamiento. Nada más caer por allí Champmathieu, señor alcalde, exclama Brevet: «¡Anda! Pero si yo conozco a ese hombre. Éste ha llevado bola. ¡Míreme, buen hombre! ¡Usted es Jean Valjean!». «¿Jean Valjean? ¿Qué Jean Valjean?» El Champmathieu se hacía de nuevas. «No te hagas el lila —dice Brevet—. Tú eres Jean Valjean y has estado en el presidio de Tolón. Hace veinte años. Estuvimos juntos.» El Champmathieu lo niega. ¡Lógico, ya se hará cargo! Empiezan a averiguar y a rebuscar en el asunto. Y encuentran lo siguiente. El tal Champmathieu fue podador hace alrededor de treinta años en varios sitios, y en particular en Faverolles. Allí se le pierde el rastro. Mucho después, aparece en Auvernia; luego, en París, donde dice que fue carpintero de carros y que tenía una hija lavandera, pero la cosa no está probada; y, por fin, en esta comarca. Ahora bien, antes de ir a presidio, ¿qué era Jean Valjean? Podador. ¿Dónde? En Faverolles. Otro hecho. El Valjean aquel se llamaba de nombre de pila Jean y su madre se apellidaba Mathieu. ¿Qué más natural que pensar que al salir de presidio adoptó el apellido de la madre para ocultarse y se hizo llamar Jean Mathieu? Se va a Auvernia. La forma de pronunciar de la zona convierte Jean en Chan. Nuestro hombre lo deja correr y hete aquí que se convierte en Champmathieu. Me sigue,

¿verdad? Piden informes en Faverolles. La familia de Jean Valjean no vive

ya allí. No se sabe dónde anda. Hágase cargo, en personas de esa clase con frecuencia se esfuma así una familia. Se la busca y ya no se da con nada. Esa gente, cuando no es barro, es polvo. Y además, todas estas historias empezaron hace más de treinta años, ya no queda nadie en Faverolles que haya conocido a Jean Valjean. Buscaron informaciones en Tolón. Además de Brevet, sólo quedan otros dos presidiarios que hayan visto a Jean Valjean. Cochepaille y Chenildieu, que tienen condena perpetua. Los sacan del presidio y los traen. Les hacen un careo con el supuesto Champmathieu. No titubean. Para ellos, igual que para Brevet, es Jean Valjean. La misma edad, tiene cincuenta y cuatro años; la misma estatura; el mismo aspecto; el mismo hombre, vamos, es él. Entonces fue cuando envié la denuncia a la prefectura de París. Me contestan que no sé lo que me digo y que Jean Valjean está en Arras en manos de la justicia. ¡Ya se dará cuenta de mi asombro, yo que creía que tenía aquí mismo a ese mismo Jean Valjean!

Escribo al señor juez de instrucción. Me hace ir y me ponen delante al Champmathieu…

—¿Y qué? —interrumpió el señor Madeleine. Javert respondió, con su cara incorruptible y triste:

—Señor alcalde, la verdad es la verdad. Me contraría, pero ese hombre es Jean Valjean. Yo también lo he reconocido.

El señor Madeleine respondió en voz muy baja:

—¿Está seguro?

Javert se echó a reír con esa risa dolorosa que nace de un convencimiento profundo:

—¡Ya lo creo que estoy seguro!

Se quedó pensativo un momento, pellizcando maquinalmente el serrín del platillo de secar la tinta, que estaba encima de la mesa, y añadió:

—Y ahora que he visto al verdadero Jean Valjean, ni siquiera entiendo cómo pude pensar otra cosa. Le pido perdón, señor alcalde.

Al dirigirle esa frase suplicante y tan seria a quien lo había humillado seis semanas antes en pleno cuerpo de guardia y le había dicho:

«¡Salga!», Javert, aquel hombre altanero, rebosaba sin saberlo sencillez y dignidad. El señor Madeleine no respondió a ese ruego sino con esta pregunta brusca:

—¿Y ese hombre qué dice?

—Pues la verdad, señor alcalde, es que el asunto está feo. Si es Jean Valjean, es reincidente. Saltar una tapia, romper una rama, hurtar unas manzanas es una travesura si se trata de un niño; cuando se trata de un presidiario, es un crimen. Escalo y robo, no falta de nada. Ya no es cosa de la policía correccional, sino de la sala de lo criminal. No son ya unos cuantos días de cárcel, sino el presidio a perpetuidad. Y además está el caso del deshollinador, que espero que vuelva a salir. ¡Demonios! La cosa está como para no resignarse, ¿verdad? Sí, si fuera otro y no Jean Valjean. Pero Jean Valjean es muy ladino. También en esto lo reconozco. Otro notaría que la cosa está que arde; se pondría como una fiera, chillaría, el hervidor canta cuando lo arriman al fuego, no querría ser Jean Valjean, etc. Éste hace como que no entiende. Dice: ¡Soy Champmathieu y de ahí no habrá quien me saque! Se hace el asombrado, el borrico; vale más. ¡Ah, es muy hábil el bribón! Pero da igual, ahí están las pruebas. Lo han reconocido cuatro personas; condenarán al muy sinvergüenza. Se va a ver el caso en el tribunal de lo criminal de Arras. Iré de testigo. Me han citado.

El señor Madeleine se había vuelto a su escritorio, había cogido otra vez la carpeta y la hojeaba tranquilamente, leyendo y escribiendo por turno, como un hombre atareado. Se volvió hacia Javert.

—¡Ya está bien, Javert! La verdad es que todos esos detalles me interesan muy poco. Estamos perdiendo el tiempo y tenemos asuntos urgentes. Javert, vaya ahora mismo a ver a esa buena mujer que se llama Buseaupied y vende hierbas en la esquina de la calle de Saint-Saulve. Dígale que denuncie al carretero Pierre Chesnelong. Ese hombre es un animal que estuvo a punto de arrollar a esa mujer y a su hijo. No puede quedar sin castigo. Vaya luego a casa del señor Charcellay, que vive en la calle Montre-de-Champigny. Se queja de que hay un canalón en la casa de al lado que le echa a él el agua de lluvia y le socava los cimientos de la casa. Compruebe luego unas multas de la policía que me indican en la calle de Guibourg, en casa de la viuda Doris, y en la calle de Le Garraud-Blanc, en casa de la señora Renée Bossé, y redacte un atestado. Pero le estoy dando mucho trabajo. ¿No iba a estar de viaje? ¿No me ha dicho que iba a Arras para ese caso dentro de ocho o diez días?

—Antes, señor alcalde.

—¿Qué día entonces?

—Creía haberle dicho al señor alcalde que el caso se juzgaba mañana y que me iba en la diligencia de esta noche.

El señor Madeleine hizo un ademán imperceptible.

—¿Y cuánto tiempo durará el juicio?

—Un día como mucho. Dictarán sentencia como muy tarde mañana por la noche. Pero no me quedaré hasta la sentencia, que no puede ser más que una. En cuanto actúe, volveré.

—Muy bien —dijo el señor Madeleine.

Y despidió a Javert con un ademán de la mano. Javert no se marchó.

—Con su permiso, señor alcalde.

—¿Qué sucede ahora? —preguntó el señor Madeleine.

—Señor alcalde, me queda una cosa por recordarle.

—¿Cuál es?

—Que tiene que destituirme.

El señor Madeleine se puso de pie.

—Javert, es usted un hombre de bien y le tengo aprecio. Está exagerando su culpa. Por lo demás, esa ofensa es cosa mía. Javert, usted se merece ascender y no degradarse. Quiero que conserve su puesto.

Javert miró al señor Madeleine con aquellas pupilas cándidas en cuyo fondo parecía vérsele la conciencia, de pocas luces, pero rígida y casta, y dijo con voz serena:

—Señor alcalde, eso no se lo puedo conceder.

—Le repito —replicó el señor Madeleine— que ese asunto es cosa mía.

Pero Javert, que sólo atendía a lo que tenía él en la cabeza, siguió diciendo:

—En lo de exagerar, no exagero. Éste es mi razonamiento. He sospechado de usted injustamente. Eso no tiene importancia. Nosotros estamos en nuestro derecho cuando sospechamos, aunque, sin embargo, haya abuso en sospechar a los que tenemos por encima. Pero, sin pruebas, en un acceso de ira, para vengarme, le denuncié como presidiario, ¡a usted, un hombre respetable, un alcalde, un magistrado! Eso es algo grave, muy grave. ¡Ofendí a la autoridad en su persona, yo, un agente de la autoridad! Si uno de mis subordinados hubiera hecho algo así, lo habría considerado indigno de estar en activo y lo habría echado. ¿Se da cuenta? Mire, señor alcalde, sólo una cosa más. He sido severo en la vida muchas veces. Con los demás. Y era justo. Hacía bien. Si ahora no fuese severo conmigo, todas las cosas justas que he hecho se volverían injustas. ¿Debo ser más indulgente conmigo que con los demás? No. ¡Cómo! ¿Sólo habría valido para castigar al prójimo y a mí no? Pero ¡entonces sería un miserable! ¡Entonces los que dicen de mí:

ese bellaco de Javert, tendrían razón! Señor alcalde, no quiero que me trate bondadosamente, bastantes disgustos me ha dado su bondad cuando era para los demás, no la quiero para mí. La bondad que consiste en dar la razón a la mujer pública contra el vecino de buena familia, al agente de policía contra el alcalde, a quien está abajo contra quien está arriba, eso es lo que yo llamo una bondad mala. Con esa clase de bondad es como se desorganiza la sociedad. ¡Dios mío, ser bueno es muy fácil; lo difícil es ser justo! Mire, si hubiera sido usted lo que yo pensaba, ¡yo no habría sido bueno con usted! ¡Ya lo habría visto, señor alcalde! Señor alcalde, tengo que darme el trato que le daría a cualquier otro. Cuando reprimía a los malhechores, cuando castigaba a pillos, me dije muchas veces a mí mismo: tú, como falles, como te pille en falta alguna vez, ¡ya verás! He fallado, me he pillado en falta, ¡qué le vamos a hacer! ¡Adelante: despedido, degradado, expulsado! ¡Como tiene que ser! Tengo brazos, labraré la tierra, no me importa. Señor alcalde, el bien del servicio exige un ejemplo. Sólo pido que destituya al inspector Javert.

Dijo todo lo anterior con un tono humilde, orgulloso, desesperado y convencido que infundía no se sabe qué extraña grandeza a aquel hombre honrado tan peculiar.

—Ya veremos —dijo el señor Madeleine. Y le alargó la mano.

Javert retrocedió y dijo con tono hosco:

—Perdone, señor alcalde, pero eso no debe ser. Un alcalde no le da la mano a uno de la pasma.

Añadió, entre dientes:

—Uno de la pasma, sí; desde el momento de que he usado mal el cargo de policía ya soy sólo uno de la pasma.

Hizo luego una marcada inclinación y se encaminó hacia la puerta. Al llegar a ella, se volvió y, sin alzar la vista:

—Señor alcalde —dijo—, seguiré en el servicio hasta que me sustituyan.

Y se fue. El señor Madeleine se quedó pensativo, mientras oía cómo se alejaba por las baldosas del corredor aquel paso firme y seguro.

LIBRO SÉPTIMO
EL CASO CHAMPMATHIEU

I

SOR SIMPLICE

No todos los incidentes que han de leerse a continuación se supieron en Montreuil-sur-Mer, pero lo poco que traslució dejó en esa ciudad un recuerdo tal que supondría para este libro una grave laguna que no los refiriésemos en sus mínimos detalles.

En dichos detalles, el lector hallará dos o tres circunstancias inverosímiles que no suprimimos por respeto a la verdad.

En la tarde que siguió a la visita de Javert, el señor Madeleine fue a ver a Fantine como solía.

Antes de llegar donde ella estaba, pidió que avisaran a sor Simplice.

Las dos monjas que se ocupaban de la enfermería, lazaristas de la congregación de san Vicente de Paúl, como todas las hermanas de la caridad, se llamaban sor Perpétue y sor Simplice.

Sor Perpétue era una aldeana cualquiera, una hermana de la caridad tosca, que había entrado al servicio de Dios como quien entra a servir de criada. Era monja como otras son cocineras. Es una categoría que no escasea en exceso. Las órdenes monásticas no ponen dificultades en aceptar esa loza labriega tan basta, que puede moldearse con facilidad para convertirla en capuchino y en ursulina. Esos caracteres rústicos hallan empleo en las tareas toscas de la devoción. La transición de un boyero a un carmelita no es accidentada; aquél se convierte en éste sin mayor esfuerzo; la común ignorancia básica de la aldea y del claustro es una preparación idónea que pone en el acto al campesino al mismo nivel que el monje. En cuanto se le da algo más de holgura al blusón, ya se convierte en hábito. Sor Perpétue era una monja recia, de Marines, cerca de Pontoise, cuyo dialecto hablaba, salmodiadora, refunfuñona, que le ponía azúcar a las tisanas a tenor de la beatería o la hipocresía del paciente, brusca con los enfermos, ruda con los moribundos, a quienes casi les refregaba a Dios por las narices, que lapidaba las agonías con oraciones airadas, atrevida, honrada y coloradota.

Sor Simplice era pálida, de una blancura de cera. Al lado de sor Perpétue, era el cirio junto a la vela de sebo. Vicente de Paúl definió divinamente la figura de la hermana de la caridad con estas palabras admirables donde aúna tanta libertad a tanta servidumbre: «No tendrán más monasterio que la casa de los enfermos, ni más celda que un cuarto de alquiler, ni más capilla que la iglesia de su parroquia, ni más claustro que las calles de la ciudad o las salas de los hospitales, ni más clausura que la obediencia, ni más reja que el temor de Dios, ni más velo que la modestia». Aquel ideal estaba vivo en sor Simplice. Nadie podría decir qué edad tenía sor Simplice; nunca fue joven y parecía que nunca sería vieja. Era una persona —no nos atrevemos a decir una mujer— dulce, austera, de trato agradable, fría, que no había mentido nunca. Era tan dulce que parecía frágil, pero, no obstante, más resistente que el granito. Tocaba a los desdichados con dedos adorables, finos y puros. Había, por decirlo de alguna forma, silencio en sus palabras; decía sólo lo necesario y tenía una voz que, al tiempo, habría edificado en un confesionario y deleitado en un salón.

Tanta exquisitez se acomodaba bien con el hábito de estameña, y hallaba en aquel rudo contacto un recuerdo continuo del cielo y de Dios. Insistamos en un detalle. No haber mentido nunca, no haber dicho nunca, fuere por el interés que fuere, ni siquiera en cosas sin importancia, nada que no fuera cierto, que no fuera santamente cierto, tal era el rasgo distintivo de sor Simplice; tal era el acento de su virtud. Esa veracidad imperturbable la hacía casi célebre en la congregación. El padre Sicard habla de sor Simplice en una carta al sordomudo Massieu. Por muy sinceros y puros que seamos, todos llevamos en nuestro candor la grieta de la mentirilla inocente. Ella no. Mentirilla, mentira inocente, ¿es que acaso existe algo así? Mentir es el mal absoluto. Es imposible mentir un poco; quien miente miente la mentira entera; mentir es el mismísimo rostro del demonio; Satanás tiene dos nombres, se llama Satanás y se llama Mentira. Así es como pensaba sor Simplice. Y ponía en práctica lo que pensaba. El resultado era esa blancura que ya hemos mencionado, una blancura cuya irradiación incluía incluso los labios y los ojos.

Tenía una sonrisa blanca, tenía una mirada blanca. No había ni una telaraña, no había ni una mota de polvo en el cristal de aquella conciencia. Al profesar en la obediencia de la congregación de san Vicente de Paúl eligió cuidadosamente el nombre de Simplice. Simplicia de Sicilia fue, sabido es, aquella santa que prefirió que le cortasen los pechos antes que decir, habiendo nacido en Siracusa, que había nacido en Segesta, mentira que la habría salvado. Patrona tal era la adecuada para aquella alma.

Al profesar, sor Simplice tenía dos defectos, de los que se había enmendado un poco; antes le gustaban los dulces y le gustaba recibir cartas. No leía nunca sino un devocionario de letra grande y en latín. No entendía el latín, pero entendía el devocionario.

La piadosa hermana le había cobrado afecto a Fantine y, como era harto probable que intuyera la virtud latente, se había dedicado casi en exclusiva a atenderla.

El señor Madeleine se llevó aparte a sor Simplice y le recomendó a Fantine con un tono singular que recordó más adelante la monja.

Al dejar a la monja, se acercó a Fantine.

Fantine esperaba a diario la aparición del señor Madeleine como quien espera un rayo de calor y de alegría. Les decía a las monjas: «No vivo más que cuando está aquí el señor alcalde».

Aquel día tenía una fiebre muy alta. En cuanto vio al señor Madeleine, le preguntó:

—¿Y Cosette?

Él contestó, sonriente:

—Pronto.

El señor Madeleine se comportó con Fantine como siempre. Pero se quedó una hora en vez de media, para mayor contento de Fantine. Hizo mil recomendaciones a todo el mundo para que no le faltase de nada a la enferma. No pasó inadvertido que hubo un momento en que se le ensombreció mucho la expresión. Pero quedó aclarado cuando se supo que el médico se había inclinado para decirle al oído:

—Está bajando mucho.

Luego regresó al ayuntamiento y el escribiente vio que miraba atentamente un mapa de las carreteras de Francia que estaba colgado en su gabinete de trabajo. Anotó a lápiz unos cuantos números en un papel.

II
PERSPICACIA DE MAESE SCAUFFLAIRE

Desde el ayuntamiento, se fue a la salida de la ciudad, a ver a un flamenco, maese Scaufflaer, a cuyo apellido le habían dado la forma afrancesada de Scaufflaire, que alquilaba caballos y «cabriolés a discreción».

Para ir a casa del tal Scaufflaire, lo más rápido era tomar por una calle poco frecuentada donde estaba la rectoral de la parroquia a que pertenecía el señor Madeleine. Se decía del párroco que era hombre digno, respetable y de buen consejo. Cuando el señor Madeleine llegó ante la rectoral, sólo había en la calle un transeúnte, y el transeúnte se fijó en lo siguiente: el señor alcalde, tras pasar de largo ante la casa parroquial, se detuvo, se quedó quieto, dio luego marcha atrás y desanduvo el camino hasta la puerta de la rectoral, que era una puerta ni principal ni de servicio y con llamador de hierro. Llevó la mano con vehemencia al llamador y lo alzó; volvió a detenerse y se quedó quieto y como pensativo; tras unos segundos, en vez de soltar el llamador de golpe, lo bajó despacio y siguió andando con una especie de prisa que no llevaba antes.

El señor Madeleine encontró a maese Scaufflaire en su casa y recosiendo unos arneses.

—Maese Scaufflaire —preguntó—, ¿tiene un caballo bueno?

—Señor alcalde —dijo el flamenco—, todos mis caballos son buenos.

¿Qué entiende por un caballo bueno?

—Entiendo un caballo que pueda hacer veinte leguas en un día.

—¡Demonios! —dijo el flamenco—. ¡Veinte leguas!

—Sí.

—¿Tirando de un cabriolé?

—Sí.

—¿Y cuánto tiempo podrá descansar después de la carrera?

—Tiene que volver a salir al día siguiente, si menester fuere.

—¿Para hacer el mismo trayecto?

—Sí.

—¡Demonios, demonios! ¿Y son veinte leguas?

El señor Madeleine se sacó del bolsillo el papel donde había anotado los números. Se los enseñó al flamenco. Eran: 5, 6, 8 ½.

—Mire —dijo—. En total, diecinueve y media, que es como decir veinte leguas.

—Señor alcalde —contestó el flamenco—, tengo lo que necesita. Mi caballito blanco. Ha debido de verlo pasar de vez en cuando. Es un animal pequeño, de Le Bas-Boulonnais. Muy fogoso. Primero quisieron hacer de él un caballo de montar. ¡Bah! Se encabritaba y tiraba al suelo a todo el mundo. Decían que era repropio y no sabían qué hacer con él. Lo compré y lo puse a tirar del cabriolé. Eso era lo que quería, señor alcalde. Es dócil como una niña, va como el viento. ¡Eso sí, que a nadie se le ocurra subírsele encima! Eso de que lo monten no va con él. Cada cual tiene sus propias ambiciones. Tirar, sí; llevar, no; se conoce que eso fue lo que se dijo a sí mismo.

—¿Y hará esa carrera?

—Las veinte leguas que usted quiere. Siempre al trote, y en menos de ocho horas. Pero voy a decirle en qué condiciones.

—Diga.

—Primero, tiene que dejarlo descansar una hora a medio camino; que coma, y que haya alguien delante mientras come para que el mozo de la posada no le robe la avena; porque he notado que en las posadas la avena más que comérsela los caballos se la beben los mozos de cuadra.

—Habrá alguien delante.

—Segundo… ¿El cabriolé es para el señor alcalde?

—Sí.

—¿El señor alcalde sabe conducir?

—Sí.

—Pues el señor alcalde tiene que viajar solo y sin equipaje para no cargar demasiado al caballo.

—De acuerdo.

—Pero como el señor alcalde no llevará a nadie consigo, tendrá que tomarse la molestia de vigilar personalmente la avena.

—Dicho queda.

—Le costará treinta francos diarios. Los días de descanso también se cobran. Ni un céntimo menos, y la manutención del caballo corre con ella el señor alcalde.

El señor Madeleine sacó tres napoleones de la bolsa y los puso encima de la mesa.

—Aquí tiene dos días pagados por adelantado.

—En cuarto lugar, para una carrera así, un cabriolé sería demasiado pesado y cansaría al caballo. El señor alcalde tendría que acceder a viajar en un tílburi pequeño que tengo.

—Accedo a ello.

—Pesa poco, pero no tiene capota.

—Me da igual.

—¿El señor alcalde se ha dado cuenta de que estamos en invierno?… El señor Madeleine no contestó. El flamenco siguió diciendo:

—¿Y de que hace mucho frío?

El señor Madeleine siguió callado. Maese Scaufflaire prosiguió:

—¿Y de que puede llover?

El señor Madeleine alzó la cabeza y dijo:

—El tílburi y el caballo tienen que estar delante de la puerta de mi casa mañana a las cuatro y media de la madrugada.

—Muy bien, señor alcalde —contestó Scaufflaire. Luego, rascando con la uña del pulgar una mancha que había en la madera de la mesa, añadió, con esa expresión despreocupada que los flamencos suelen compaginar tan bien con su agudeza:

—Pero ¡ahora que caigo! El señor alcalde no me ha dicho dónde va. ¿Dónde va el señor alcalde?

No pensaba en otra cosa desde el principio de la conversación, pero, sin saber por qué, no se había atrevido a preguntarlo.

—¿Su caballo tiene buenas patas delanteras? —dijo el señor Madeleine.

—Sí, señor alcalde. Sujételo un poco en las cuestas abajo. ¿Hay muchas cuestas abajo desde aquí hasta el sitio donde va?

—No se le olvide estar delante de mi puerta a las cuatro y media en punto de la madrugada —contestó el señor Madeleine. Y se fue.

El flamenco se quedó «como tonto», según decía él mismo algún tiempo después.

Había salido el señor alcalde hacía dos o tres minutos cuando volvió a abrirse la puerta; era el señor alcalde.

Seguía con la misma expresión impasible y preocupada.

—Señor Scaufflaire —dijo—, ¿en cuánto calcula usted, los dos juntos, el valor del caballo y el del tílburi que me va a alquilar para que lo lleve el caballo?

—Los dos juntos, no; uno delante y otro detrás —dijo el flamenco con una risotada.

—Bien está. ¿Cuánto?

—¿Me los quiere comprar el señor alcalde?

—No, pero quiero cubrir esa cantidad por lo que pueda pasar. Cuando regrese, me la devuelve. ¿En cuánto valora el cabriolé y el caballo?

—En quinientos francos, señor alcalde.

—Aquí los tiene.

El señor Madeleine dejó un billete de banco encima de la mesa, se fue y esta vez ya no volvió.

Maese Scaufflaire lamentó muchísimo no haber dicho mil francos. Por lo demás, el caballo y el tílburi, los dos juntos, valían cien escudos.

El flamenco llamó a su mujer y le contó el asunto. ¿Dónde demonios irá el señor alcalde? Deliberaron. «Va a París», dijo la mujer. «No creo», dijo el marido. Al señor Madeleine se le había olvidado encima de la chimenea el papel donde había apuntado los números. El flamenco lo cogió y lo estudió.

«¿Cinco, seis y ocho y medio? Debe de ser la distancia entre las casas de posta.» Se volvió a su mujer: «Ya lo tengo». «¿Y cómo?» «Hay cinco leguas de aquí a Hesdin, seis de Hesdin a Saint-Pol y ocho y media de Saint-Pol a Arras. Va a Arras.»

En tanto, el señor Madeleine había regresado a su casa.

Para volver desde casa del señor Scaufflaire, había ido por el camino más largo, como si la puerta de la rectoral fuera para él una tentación que quería evitar. Subió a su cuarto y se encerró en él, lo que no tenía nada de particular porque era amigo de acostarse temprano. Pero a la portera de la fábrica, que era también la única criada del señor Madeleine, le llamó la atención que apagó la luz a las ocho y media, y se lo dijo al cajero, que volvía a casa, añadiendo luego:

—¿Estará enfermo el señor alcalde? Le he notado una cara un poco peculiar.

Dicho cajero vivía en una habitación que estaba precisamente debajo de la del señor Madeleine. No prestó atención a las palabras de la portera, se acostó y se durmió. A eso de las doce de la noche, se despertó de repente; había oído, entre sueños, un ruido en el techo. Atendió. Eran unos pasos que iban y venían, como si alguien paseara por la habitación de arriba. Prestó más atención y reconoció el paso del señor Madeleine. Se quedó extrañado; no solía haber ruido alguno en la habitación del señor Madeleine antes de la hora en que se levantaba. Luego movieron un mueble, hubo un silencio y volvieron a oírse los pasos. El cajero se sentó en la cama, se espabiló del todo, miró y, por los cristales de la ventana, vio, en la pared de enfrente, la reverberación rojiza de una ventana encendida. Por la dirección de los rayos de luz, no podía ser sino la ventana del señor Madeleine. La reverberación temblaba, como si viniera más bien de un fuego encendido que de una luz. No se veía el dibujo de los bastidores de los cristales, lo que indicaba que la ventana estaba abierta de par en par. Resultaba sorprendente aquella ventana abierta con el frío que hacía. El cajero se volvió a quedar dormido. Volvió a despertarse una hora o dos después. Los mismos pasos, lentos y regulares, seguían yendo y viniendo por encima de su cabeza.

No había desaparecido la reverberación en la pared, pero ahora era

pálida y tranquila, como el reflejo de una lámpara o de una vela. La ventana seguía abierta.

Esto es lo que estaba sucediendo en la habitación del señor Madeleine.

<h1 style="text-align:center">III</h1>
<h2 style="text-align:center">UNA TEMPESTAD EN UNA CABEZA</h2>

El lector ha adivinado sin duda que el señor Madeleine no es otro que Jean Valjean.

Ya escudriñamos antes las honduras de esa conciencia; ha llegado el momento de volver a escudriñarlas. No lo hacemos sin que nos emocione y nos estremezca. No hay nada más terrible que esa especie de contemplación. Los ojos de la mente no pueden hallar en parte alguna ni resplandores más cegadores ni tinieblas mayores de las que halla en el hombre; no pueden quedarse clavados en cosa alguna que resulte más temible, más complicada, más misteriosa y más infinita. Hay un espectáculo mayor que el mar, y es el cielo; hay un espectáculo mayor que el cielo, y es el alma por dentro.

Escribir el poema de la conciencia humana, aunque no fuera sino en lo referido a un único hombre y aunque no fuera éste más que el más ínfimo de los hombres, sería fundir todas las epopeyas en una epopeya superior y definitiva. La conciencia es el caos de las quimeras, de las ansias y de los intentos, el horno de los sueños, el antro de las ideas de las que nos avergonzamos; es el pandemónium de los sofismas, es el campo de batalla de las pasiones. Penetrad en algunos momentos, a través del rostro lívido de un ser humano que piensa, y mirad lo que hay detrás, mirad en esa alma, mirad en esa oscuridad. Hay ahí, bajo el silencio externo, combates de gigantes igual que en Homero, refriegas de dragones y de hidras y bandadas de fantasmas como en Milton, espirales visionarias como en Dante. ¡Es sombrío ese infinito que todo hombre lleva en sí y al que enfrenta con desesperación las voluntades del cerebro y los hechos de la vida!

Alighieri se topó un día con una puerta lóbrega ante la que titubeó. Y ahora nos hemos topado con una también nosotros, en cuyo umbral titubeamos. Entremos no obstante.

Poco podemos añadir a lo que el lector ya sabe en lo tocante a lo que le había sucedido a Jean Valjean desde la aventura con Petit-Gervais. Como ya hemos visto, a partir de ese momento fue otro hombre. Lo que había querido hacer el obispo, lo ejecutó él. Fue más que una transformación, fue una transfiguración.

Consiguió esfumarse, vendió los cubiertos de plata del obispo, no quedándose más que con los candeleros, como recuerdo, fue escurriéndose de ciudad en ciudad, cruzó Francia, llegó a Montreuil-sur-Mer, se le ocurrió la idea que ya hemos referido, llevó a cabo lo que hemos contado, consiguió volverse inaprensible e inaccesible y, a partir de ese momento, afincado en Montreuil-sur-Mer, dichoso por sentir que su pasado le entristecía la conciencia y que la última parte de su vida negaba la primera, vivió sereno, tranquilizado y esperanzado, sin pensar ya más que en dos cosas: ocultar su nombre y santificar su vida; escapar de los hombres y volver a Dios.

Esos dos pensamientos iban tan unidos en su mente que sólo eran uno; ambos eran igual de absorbentes e imperiosos y regían sus mínimos actos. Solían estar de acuerdo para ordenar la forma de conducir su vida; lo orientaban hacia la sombra; hacían que fuera bondadoso y sencillo; le aconsejaban las mismas cosas. A veces, no obstante, entraban en conflicto. En semejante circunstancia, hemos de recordarlo, el hombre a quien toda la comarca de Montreuil-sur-Mer llamaba señor Madeleine no dudaba en sacrificar el disimulo del nombre a la santificación de la vida, la seguridad a la virtud. Así, pese a toda reserva y toda prudencia, se había quedado con los candeleros del obispo, se había puesto de luto al morir éste, llamaba y hacía preguntas a todos los niños deshollinadores que pasaban, había pedido informes de las familias de Faverolles y le había salvado la vida al anciano Fauchelevent pese a las inquietantes insinuaciones de Javert. Parecía opinar, como ya hemos comentado, que, siguiendo el ejemplo de todos los sabios, santos y justos, la primera de sus obligaciones no era para consigo.

Debemos decir, no obstante, que nunca había surgido aún nada como lo de ahora. Nunca las dos ideas que gobernaban al pobre hombre cuyos sufrimientos estamos narrando habían reñido un combate de tanta enjundia. Se dio cuenta de ello, de forma confusa, pero muy honda, en cuanto oyó las primeras palabras que dijo Javert al entrar en su gabinete. En el momento en que éste pronunció de forma tan peculiar aquel nombre que él había enterrado bajo tantas capas, se adueñó de él un estupor; la siniestra rareza de su destino fue casi como una borrachera y, a través de ese estupor, notó el sobresalto que precede a las grandes conmociones; se inclinó como un roble cuando se acerca la tormenta, como un soldado cuando se acerca un ataque. Notó que se le venían encima sombras llenas de rayos y relámpagos. Mientras oía hablar a Javert, lo primero que se le ocurrió fue salir corriendo a denunciarse, sacar al tal Champmathieu de la cárcel y meterse dentro él; fue doloroso y punzante como una incisión en carne viva; luego, se le pasó y se dijo: «¡Vamos a ver, vamos a ver!». Reprimió ese primer impulso generoso y retrocedió ante el heroísmo.

Sería muy hermoso, seguramente, que, tras las santas palabras del obispo, tras tantos años de arrepentimiento y de abnegación, en plena penitencia admirablemente iniciada, aquel hombre, incluso en presencia de una coyuntura tan tremenda, no se hubiera inmutado ni por un instante y hubiera seguido caminando sin que se le alterase el paso hacia aquel precipicio abierto en cuyo fondo estaba el cielo; sería hermoso, pero no sucedió así. No nos queda más remedio que dejar constancia de lo que ocurría en aquella alma y sólo podemos decir lo que había en ella. Lo que predominó ante todo fue el instinto de conservación; reunió deprisa todas las ideas, ahogó las emociones, tuvo en cuenta que estaba presente Javert, que suponía un peligro tan grande, pospuso cualquier resolución con la firmeza del espanto, no quiso pensar en lo que habría que hacer y recuperó la calma como un luchador recoge el escudo.

Pasó el resto del día en ese mismo estado, un torbellino por dentro, una honda calma por fuera; sólo adoptó lo que podríamos llamar «medidas de conservación». Todo estaba aún confuso y los pensamientos chocaban entre sí dentro del cerebro; era tal la turbación que no le veía la forma claramente a ninguna idea; y de sí mismo no habría sabido decirse gran cosa a no ser que acababa de recibir un golpe tremendo. Acudió como siempre junto al lecho de dolor de Fantine y alargó la visita por un instinto bondadoso, diciéndose que tenía que portarse así y encomendársela mucho a las monjas por si se daba el caso de que tuviera que ausentarse. Notaba de forma inconcreta que a lo mejor tenía que ir a Arras; y, aunque no estaba ni poco ni mucho decidido a hacer ese viaje, se dijo que, ya que estaba libre de toda sospecha, no había inconveniente en que presenciara lo que iba a suceder; y reservó el tílburi de Scaufflaire para estar preparado para cualquier acontecimiento.

Cenó con bastante buen apetito.

Cuando hubo vuelto a su habitación, empezó a meditar.

Examinó la situación y le pareció inaudita; tan inaudita que, en medio de aquel recogimiento, por a saber qué arrebato de ansiedad casi inexplicable, se levantó de la silla y corrió el cerrojo de la puerta. Temía que entrase algo más. Alzaba una barricada contra lo posible.

Un momento después sopló la luz. Lo molestaba. Le parecía que podían verlo.

¿Quiénes podían verlo?

Por desgracia lo que quería dejar fuera ya había entrado; lo que quería cegar, lo estaba mirando. Su conciencia.

Su conciencia, es decir, Dios.

No obstante, al principio, se hizo ilusiones; notó una sensación de seguridad y de soledad; tras correr el cerrojo, pensó que nadie podría atraparlo; tras apagar la vela, se sintió invisible. Entonces tomó posesión de sí mismo; puso los codos en la mesa, apoyó la cabeza en la mano y se puso a pensar, en tinieblas.

«¿En qué punto estoy? ¿No estaré soñando? ¿Qué me han dicho? ¿Es verdad que he visto a Javert y que me ha hablado como me ha hablado?

¿Quién será ese Champmathieu? ¿Así que se me parece? ¿Será posible?

¡Cuando pienso que ayer estaba tan tranquilo y tan lejos de sospechar nada!

¿Qué estaba haciendo ayer a estas horas? ¿Qué hay en este incidente?

¿Cómo será el desenlace? ¿Qué hacer?»

En esta tormenta andaba. El cerebro se le había quedado sin fuerzas para retener las ideas, pasaban como olas y él se agarraba la frente con ambas manos para detenerlas.

De aquel tumulto que le desbarataba la voluntad y la razón y del que intentaba sacar una evidencia y una decisión sólo se desprendía angustia.

Le ardía la cabeza. Fue a la ventana y la abrió de par en par. No había estrellas en el cielo. Volvió a sentarse junto a la mesa.

Así trascurrió la primera hora.

Poco a poco, no obstante, empezaban a surgir líneas imprecisas y se le quedaban fijas en la meditación; y pudo intuir con la precisión de la realidad no la situación en conjunto, pero sí algunos detalles.

Empezó por reconocer que, por muy extraordinaria y crítica que fuera aquella situación, no por ello dejaba él de tener el control absoluto.

Y con aquello su estupor fue a más.

Dejando aparte el objetivo severo y religioso al que tendían sus acciones, todo cuanto había hecho hasta la fecha no había sido sino un agujero que cavaba para enterrar su nombre. Lo que más había temido siempre, en las horas en que se había replegado en sí mismo, en las noches de insomnio, era volver a oír pronunciar aquel nombre; se decía que para él sería el fin de todo; que el día en que ese nombre volviera a aparecer, se le desvanecería en torno la vida nueva, e incluso, ¿quién sabe?, el alma nueva en su interior. Temblaba sólo con pensar que pudiera ser posible. Desde luego, si alguien le hubiera dicho en aquellos momentos que hora llegaría en que ese nombre le retumbara en los oídos; en que esas palabras repulsivas, Jean Valjean, surgieran de pronto de la oscuridad y se irguieran ante él y aquella luz formidable, prendida para disipar el misterio en que se envolvía, le luciera de pronto encima de la cabeza y el nombre aquel no fuera una amenaza que aquella luz no produjera sino una oscuridad más densa; que el velo desgarrado incrementara el misterio; que aquel terremoto consolidara su edificio; que aquel incidente prodigioso no tuviera más resultado, si así lo quería él, que volverle la existencia a la vez más clara y más impenetrable y que de la confrontación con el fantasma de Jean Valjean el señor Madeleine, vecino bondadoso y digno, saliera más tranquilo y más respetado que nunca; si alguien le hubiera dicho algo así, habría movido la cabeza y considerado que se trababa de palabras insensatas. Pues bien, ¡todo aquello acababa de suceder precisamente; toda aquella acumulación de lo imposible era un hecho, y Dios había permitido que aquellas locuras se convirtieran en realidades!

El pensamiento se le iba aclarando. Cada vez se daba más cuenta de la posición en que estaba.

Le parecía que acababa de despertarse de a saber qué sueño y que resbalaba por una pendiente, en la oscuridad, de pie, tiritando, retrocediendo en vano al filo del abismo. Veía a medias, claramente, en la sombra, a un desconocido, un extraño, a quien el destino tomaba por él y empujaba a la sima en lugar suyo. Para que la sima se cerrase tenía que caer alguien en ella, o él o el otro.

Bastaba con que dejase correr las cosas.

La claridad se hizo total y se confesó a sí mismo lo siguiente: que su lugar en el presidio estaba vacante; que, por mucho que hiciera, lo seguía esperando; que el robo de Petit-Gervais volvía a conducirlo allí; que aquel sitio vacío lo esperaba y tiraría de él hasta que lo ocupara, que era inevitable y fatídico. Y, luego, se dijo: que en aquel momento tenía un sustituto; que, por lo visto, un tal Champmathieu tenía aquella mala suerte y que él, por su parte, presente a partir de ahora en presidio en la persona de ese Champmathieu, presente en la sociedad apellidándose señor Madeleine, no tenía ya nada que temer con tal de que no impidiese a los hombres que le sellasen sobre la cabeza al Champmathieu aquel la piedra de la infamia que, igual que la piedra del sepulcro, cae una vez y no vuelve a alzarse nunca.

Todo aquello era tan violento y tan extraño que se dio en él de pronto esa especie de conmoción indescriptible que ningún hombre nota más de dos o tres veces en la vida, algo así como una convulsión de la conciencia que remueve cuantas cosas poco firmes hay en el corazón, que se compone de ironía, de alegría y de desesperación y que podríamos llamar una carcajada interior.

Volvió a encender la vela.

—¿Qué ocurre? —se dijo—. ¿De qué tengo miedo? ¿Por qué ando dándole tantas vueltas? Estoy salvado. Ya acabó todo. No me quedaba ya más que una puerta entornada por la que podía irrumpir el pasado en mi vida; ¡y esa puerta ya está tapiada! ¡Para siempre! Ese Javert que hace tanto que me altera, ese instinto temible que parecía haberme intuido, ¡que me había intuido, vive el Cielo!, y que me seguía a todas partes, ese perro de caza espantoso, siempre como un perro de muestra que me perseguía, ¡ahora se ha despistado, está pendiente de otra cosa, ha perdido el rumbo por completo! ¡Ya está satisfecho, me dejará en paz, ya ha pescado a su Jean Valjean! ¿Quién sabe? ¡Es probable que quiera incluso irse de la ciudad! ¡Y todo eso ha ocurrido sin intervención mía! ¡Y no tengo ni arte ni parte! Pero ¡vamos a ver! ¿Dónde está la desgracia en todo esto? ¡Palabra de honor que quien me viera pensaría que me ha sucedido una catástrofe! En última instancia, si algo malo hay en todo esto para alguien, yo no tengo culpa de nada. Todo ha sido cosa de la Providencia. ¡Al parecer es ella quien lo quiere! ¿Soy yo quién para desarreglar lo que ella arregla? ¿Y ahora qué quiero? ¿En qué me meto? No va conmigo. ¡Cómo! ¿No estoy contento? Pues ¿qué más quiero? La meta a la que llevo pretendiendo llegar tantos años, el sueño de mis noches, el objeto de mis oraciones al cielo, la seguridad, ¡ya la he conseguido! Es Dios quien así lo quiere. Yo no pinto nada llevándole la contraria a la voluntad de Dios. ¿Y por qué lo quiere Dios? ¡Para que siga lo que he empezado, para que haga el bien, para que sea algún día un ejemplo grande y alentador, para que pueda decirse que hubo al fin un poco de dicha en esta penitencia que he soportado y en esta virtud a la que he regresado! La verdad, no entiendo por qué me ha dado tanto miedo entrar en casa de nuestro buen párroco y contarle todo como a un confesor y pedirle consejo; todo esto es, claro está, lo que me habría dicho. ¡Decidido, dejemos correr las cosas! ¡Dejemos que haga Dios su voluntad!

Se hablaba así en las profundidades de la conciencia, inclinado sobre lo que podríamos llamar su propio abismo. Se levantó de la silla y empezó a andar por la habitación. «¡Vamos! —dijo—, no le des más vueltas. ¡Ya está tomada la decisión!» Pero no notaba alegría alguna.

Al contrario.

No podemos impedir al pensamiento que vuelva a una idea como no se puede impedir al mar que vuelva a una orilla. Para el marinero, eso se llama la marea; para el culpable se llama el remordimiento. Dios hace crecer el alma como el océano.

Al cabo de pocos instantes, por más que hizo, el señor Madeleine volvió a aquel diálogo sombrío en el que hablaba y escuchaba, diciendo lo que habría querido callar, escuchando lo que no habría querido oír, cediendo a ese poder misterioso que le decía: ¡piensa!, igual que le decía hace dos mil años a otro condenado: ¡camina!

Antes de seguir adelante, y para que se nos entienda del todo, insistamos en una observación necesaria.

Es cierto que hablamos con nosotros mismos; no hay ser pensante que no haya pasado por ello. Podemos decir incluso que el verbo no es nunca un misterio más espléndido que cuando discurre, por dentro de un hombre, del pensamiento a la conciencia y vuelve de la conciencia al pensamiento. Es sólo en ese sentido como hay que entender estas palabras que con tanta frecuencia aparecen en el presente capítulo: dijo, exclamó. Nos decimos, nos hablamos, exclamamos en nuestro fuero interno sin que se quiebre el silencio exterior. Hay un gran tumulto; todo habla en nosotros menos la boca. No por no ser visibles ni palpables son menos realidad las realidades del alma.

El señor Madeleine se preguntó, pues, en qué punto estaba. Se preguntó por esa «decisión tomada». Se confesó a sí mismo que todo cuanto acababa de organizar en su mente era monstruoso, que «dejar correr las cosas, dejar que hiciera Dios su voluntad» era algo sencillamente espantoso. ¡Dejar que se consumara aquel error del destino y de los hombres, no impedirlo, plegarse a él callando, o sea, no hacer nada, era hacerlo todo! ¡Era el colmo de la indignidad hipócrita! ¡Era un crimen ruin, cobarde, solapado, abyecto, repulsivo!

Por primera vez desde hacía ocho años, el pobre hombre acababa de notar el sabor amargo de un mal pensamiento y de una mala acción.

Lo escupió con asco.

Siguió haciéndose preguntas. Se preguntó severamente qué había querido decir con esto: «¡Ya he llegado a la meta!». Se dijo que tenía efectivamente una meta en la vida. Pero ¿qué meta? ¿Ocultar cómo se llamaba? ¿Engañar a la policía? ¿Para algo tan pequeño había hecho cuanto había hecho? ¿No tenía acaso otra meta que era la importante, que era la verdadera? Salvar no su persona, sino su alma. Volver a ser honrado y bueno. ¡Ser un justo! ¿Es que no era eso ante todo, no era eso sólo lo que siempre había querido, lo que le había ordenado el obispo. ¿Cerrarle la puerta al pasado? ¡Pero si no la estaba cerrando, por Dios! ¡Volvía a abrirla al cometer una acción infame! ¡Volvía a ser un ladrón, y el más odioso de los ladrones! ¡Le robaba a otro la existencia, la vida, la paz, el lugar al sol!

¡Se convertía en asesino! ¡Mataba, mataba moralmente a un pobre hombre, le infligía esa muerte espantosa en vida, esa muerte a cielo abierto a la que llaman presidio! ¡Y, por el contrario, entregarse, salvar a ese hombre que padecía aquel error lúgubre, volver a llamarse como se llamaba, ser otra vez por sentido del deber el presidiario Jean Valjean, eso sí era en verdad culminar su resurrección y clausurar para siempre el infierno del que había salido! ¡Volver en apariencia a él era, en realidad, salir! ¡Tenía que hacerlo!

¡Si no lo hacía, era como si no hubiera hecho nada! Toda su vida era inútil, toda su penitencia era cosa perdida y sólo le quedaba ya por decir: ¿para qué? Notaba que estaba allí el obispo, que el obispo estaba tanto más presente cuanto que había muerto, que el obispo lo miraba fijamente, que a partir de ahora el alcalde Madeleine, con todas sus virtudes, le resultaría abominable y que el presidiario Jean Valjean sería ante él admirable y puro. Que los hombres le veían la máscara, pero que el obispo le veía la cara. Que los hombres veían su vida, pero que el obispo le veía la conciencia. ¡Así que tenía que ir a Arras, liberar al Jean Valjean falso y denunciar al auténtico! Era, ¡ay!, el mayor de los sacrificios, la victoria más dolorosa, el último paso por dar; pero era necesario. ¡Qué doloroso destino! ¡Sólo entraría en la santidad a ojos de Dios si entraba de nuevo en la infamia a ojos de los hombres!

—¡Pues tomemos ese partido! —dijo—. ¡Cumplamos con nuestro deber! ¡Salvemos a ese hombre!

Dijo estas palabras en voz alta sin darse cuenta de que lo hacía.

Cogió sus libros, los repasó, los puso en orden. Echó al fuego un fajo de recibos de cantidades prestadas a pequeños comerciantes en apuros. Escribió una carta que lacró y en cuyo sobre habría podido leer quien hubiera estado en la habitación en ese momento: Al señor Laffitte, banquero, calle de Artois, París.

Sacó de un secreter una cartera en que había varios billetes de banco y el pasaporte que había usado ese mismo año para las elecciones.

Quien lo hubiera visto mientras llevaba a cabo esas tareas, que iban unidas a una meditación tan adusta, no habría podido sospechar qué le sucedía por dentro. Sólo se les movían a ratos los labios; en otros momentos alzaba la cabeza y clavaba la mirada en un punto cualquiera de la pared como si precisamente en él hubiera algo que quisiera aclarar o a lo que quisiera hacer alguna pregunta.

Tras acabar la carta para el señor Laffitte, se la metió en el bolsillo, y también la cartera, y empezó otra vez a dar paseos.

Su ensimismamiento no había cambiado de rumbo. Seguía viendo claramente cuál era su deber, escrito en letras luminosas cuyas llamas le ardían ante los ojos y se movían cuando movía las pupilas: ¡Adelante! ¡Di cómo te llamas! ¡Denúnciate!

También veía, y como si se le movieran delante con formas sensibles, las dos ideas que habían sido hasta entonces la doble norma de su vida: ocultar el nombre y santificar el alma. Por primera vez le parecía que eran dos cosas distintas y veía la diferencia que las separaba. Reconocía que una de aquellas ideas era buena necesariamente, mientras que la otra podía llegar a ser mala; que una era abnegada y la otra era personal; que una decía el prójimo y la otra decía yo, que una nacía de la luz y la otra de la oscuridad.

Luchaban entre sí, y él las veía luchar. Según pensaba más y más en ellas, le crecían ante los ojos de la mente; ahora tenían una estatura colosal; le parecía ver cómo reñían en su fuero interno, en ese infinito al que nos referíamos antes, entre oscuridades y luces, una diosa y una gigante.

Estaba colmado de espanto, pero le daba la impresión de que el pensamiento bueno llevaba ventaja.

Notaba que estaba llegando a otro momento decisivo de su conciencia y su destino; que el obispo había determinado la primera fase de su vida nueva y que el Champmathieu aquel determinaba la segunda. Tras la gran crisis, la gran prueba.

En tanto, la fiebre, que se le había calmado por unos instantes, volvía poco a poco. Cruzaban por él mil pensamientos, pero lo seguían fortificando en la resolución que había tomado.

Hubo un momento en que se dijo que a lo mejor se estaba tomando el asunto demasiado a pecho; que, bien pensado, el tal Champmathieu no merecía la pena; que, a fin de cuentas, había robado.

Se contestó: «Si bien es cierto que ese hombre ha robado unas cuantas manzanas, eso es un mes de cárcel. De ahí al presidio hay un buen trecho. Pero, incluso, ¿quién sabe? ¿Ha robado? ¿Es algo probado? El nombre de Jean Valjean lo condena y parece excusar las pruebas. ¿No es así como suelen comportarse los fiscales del rey? Lo toman por ladrón porque saben que es presidiario».

Hubo otro momento en que se le ocurrió que, cuando se denunciase, a lo mejor tenían en cuenta el heroísmo de aquella acción, de la vida honrada que llevaba desde hacía siete años y de lo que había hecho por la comarca y lo perdonaban.

Pero no tardó en desvanecerse esa suposición y sonrió con amargura al pensar en que haberle robado aquellos dos francos a Petit-Gervais lo convertía en reincidente, que aquel caso era seguro que saldría a relucir y que, en aplicación estricta de la ley, le correspondía pena de trabajos forzados a perpetuidad.

Dio de lado cualquier ilusión, la tierra le fue cada vez más ajena y buscó consuelo y fuerza en otra parte. Se dijo que tenía que cumplir con su obligación; que era posible incluso que no fuera más desdichado tras haber cumplido con ella que tras haberla eludido; que si dejaba correr las cosas, que si se quedaba en Montreuil-sur-Mer, sería un crimen lo que serviría de aliño a la consideración de la que gozaba, la buena reputación que tenía, sus buenas obras, la deferencia, la veneración, la caridad que ejercía, las riquezas que tenía, su popularidad y virtud. ¡Y qué sabor iban a tener todas aquellas cosas santas unidas a aquella otra cosa repulsiva! ¡Mientras que, si llevaba a cabo aquel sacrificio, iría unida una idea celestial al presidio, a la picota y la argolla, al gorro verde, al trabajo sin descanso, a la vergüenza sin compasión!

Se dijo por fin que era necesario, que su destino era así, que él no era quién para estorbar las disposiciones de más arriba, que siempre había que elegir: o la virtud por fuera y la abominación por dentro o la santidad por dentro y la infamia por fuera.

No le desfallecía el valor por andar dando vueltas a tantas ideas lúgubres, pero se le cansaba la mente. Empezaba a pensar, sin pretenderlo, en otras cosas, en cosas indiferentes.

Le latían con violencia las arterias en las sienes. Seguía paseando arriba y abajo. Dieron las doce, primero en la iglesia parroquial y luego en la casa consistorial. Contó las doce campanadas de ambos relojes y comparó el sonido de ambas campanas. Recordó entonces que pocos días antes había visto en un chatarrero una campana vieja en venta en la que estaba grabado el siguiente nombre: Antoine Albin de Romainville.

Tenía frío. Encendió un fuego pequeño. No se le ocurrió cerrar la ventana.

Había vuelto, en tanto, al estupor. Tenía que hacer un esfuerzo bastante intenso para acordarse de qué estaba pensando antes de que dieran las doce. Por fin lo consiguió.

—¡Ah, sí! —se dijo—. Había tomado la decisión de denunciarme. Luego, de pronto, se acordó de la Fantine.

—¡Anda! —dijo—. ¿Y esa pobre mujer? Y se presentó una nueva crisis.

Cuando Fantine surgió de pronto en su ensimismamiento hizo las veces de un rayo de luz inesperado. Le pareció que todo cambiaba de aspecto en torno; exclamó:

—¡Pero si es que hasta ahora sólo he pensado en mí! ¡Sólo he tenido en cuenta lo que me convenía a mí! Me conviene callarme o denunciarme, ocultar mi personalidad o salvar mi alma, ser un magistrado despreciable y respetado o un presidiario infame y digno de veneración; ¡yo, siempre yo, sólo yo! ¡Pero, Dios mío, todo eso no es sino egoísmo! ¡Diversas formas de egoísmo, pero egoísmo! ¿Y si pensara un poco en los demás? Lo primero de la santidad es pensar en el prójimo. A ver, vamos a examinar las cosas. Me pongo al margen, me olvido de mí, ¿que pasará con todo lo demás?

¿Qué pasa si me denuncio? Me detienen, sueltan al tal Champmathieu, me mandan a presidio, bien está. ¿Y después? ¿Aquí qué ocurre? ¡Ah, pues que aquí hay una comarca, una ciudad, unas fábricas, una industria, unos obreros, unos hombres, unas mujeres, unos abuelos ancianos, unos niños, pobre gente! He creado todo esto y lo mantengo vivo: en todas las chimeneas que humean yo he puesto el tizón en el fuego y la carne en el puchero; he creado la holgura, la circulación del dinero, el crédito; antes de mí no había nada; he levantado, vivificado, infundido actividad, fecundado, estimulado, enriquecido a toda la comarca; si yo falto, faltará el alma. Yo me quito de en medio y todo se muere. ¡Y esa mujer que ha sufrido tanto, que tiene tantas prendas pese a su caída, todas cuyas desdichas he causado yo sin querer! ¡Y esa niña a la que quería ir a buscar; se lo he prometido a su madre! ¿No le debo acaso también algo a esa mujer, como reparación por el mal que le hice? Si yo desaparezco, ¿qué sucede? La madre se muere. A la niña le pasa lo que le tenga que pasar. Eso es lo que sucede si me denuncio. ¿Y si no me denuncio? A ver, ¿y si no me denuncio?

Tras hacerse esa pregunta, dejó de pensar; tuvo algo así como un momento de titubeo, trémulo; pero ese momento duró poco y se respondió, con calma:

—Pues entonces ese hombre va a presidio, es cierto, pero ¡qué demonios! ¡Ha robado! Por mucho que me diga yo que no ha robado, ¡sí ha robado! Yo me quedo aquí y sigo adelante. Dentro de diez años habré ganado diez millones, los reparto por la comarca, no tengo nada mío, ¿a mí que más me da? ¡No lo hago por mí! Va a más la prosperidad de todos, las industrias se despiertan y se animan, las manufacturas y las fábricas se multiplican, las familias, ¡cien familias, mil familias!, son felices; se puebla la región; nacen pueblos donde sólo hay casas de labor; nacen casas de labor donde no hay nada; desaparece la miseria ¡y, con la miseria, desaparecen la depravación, la prostitución, el robo, el asesinato, todos los vicios, todos los crímenes! ¡Y esa pobre madre cría a su hija! ¡Y toda la comarca será rica y honrada! ¡Ay, estaba loco, estaba siendo absurdo! Pero ¿qué estaba diciendo de denunciarme? Hay que tener cuidado, la verdad, y no precipitarse en nada. ¡Cómo! Me da por hacerme el magnánimo y el generoso —que no deja de ser ponerse melodramático, bien pensado—, me da por no pensar sino en mí, en mí solamente, vamos, para salvar de un castigo, un tanto exagerado, quizá, pero justo en el fondo, a saber a quién, a un ladrón, a un bribón desde luego, ¡y, en vista de eso, tiene que perecer toda una comarca, tiene que reventar en el hospital una pobre mujer, tiene que reventar en la calle una pobre niña, como perros! Pero ¡eso es algo abominable! ¡Sin que la madre haya vuelto siquiera a ver a la hija! ¡Sin que la hija haya conocido apenas a la madre! ¡Y todo por ese pillo, ese ladrón de manzanas que seguro que, si no ha sido por eso, se tendrá merecido el presidio por cualquier otra cosa! ¡Bonitos escrúpulos que salvan a un culpable y sacrifican a unos inocentes, que salvan a un vagabundo viejo, a quien sólo le quedan unos años de vida, bien pensado, y no será más desdichado en presidio que en su chamizo, y sacrifican a toda una población, madres, mujeres, niños! ¡Esa pobrecita Cosette que sólo me tiene a mí en el mundo y que seguramente está ahora azul de frío en el cuchitril de los Thénardier! ¡Otros canallas! ¿Y voy yo a fallar en mis obligaciones para con todos esos infelices? ¿Y me voy a ir a denunciarme? ¿Esa estupidez tan absurda iba a cometer? Pongámonos en lo peor. Supongamos que cometo una mala acción y que llega un día en que me lo reprocha la conciencia; aceptar, por el bien del prójimo, esos reproches que sólo me afectan a mí, esa mala acción que sólo compromete mi alma, eso es lo abnegado, eso es lo virtuoso.

Se levantó y volvió a pasear. Ahora sí le parecía que estaba contento.

Sólo se hallan los diamantes en las tinieblas de la tierra; sólo se hallan las verdades en las honduras del pensamiento. Le parecía que, tras haber descendido a esas profundidades, tras haber andado a tientas mucho rato en lo más negro de esas tinieblas, acababa por fin de dar con uno de esos diamantes, con una de esas verdades, y que la tenía en la mano; y lo deslumbraba mirarla.

—Sí —pensó—, eso es. Estoy en lo cierto. Tengo la solución. A algo hay que atenerse al final. He tomado una decisión. ¡Lo dejaremos correr!

No vacilemos más, no retrocedamos más. Ése es el interés de todos, no el mío. Soy Madeleine y seguiré siendo Madeleine. ¡Lo siento por el que sea Jean Valjean! Yo he dejado ya de serlo. No conozco a ese hombre, ya no sé quién es. ¡Si resulta que ahora alguien es Jean Valjean, que se las apañe! No es cosa mía. Es un nombre fatídico que flota en la oscuridad; ¡si se detiene y cae sobre una cabeza, peor para esa cabeza!

Se miró en el espejito que tenía encima de la chimenea y dijo:

—¡Mira! Me ha aliviado tomar una decisión. Ya tengo otra cara bien diferente.

Dio unos cuantos pasos más y se detuvo en seco:

—¡Vamos allá! —dijo—. No hay que titubear ante ninguna de las consecuencias de la decisión, una vez tomada. Quedan todavía hilos que me vinculan con ese Jean Valjean. ¡Es menester quebrarlos! En esta misma habitación hay objetos que me acusarían, cosas mudas que serían testigos; o sea, que todo tiene que desaparecer.

Rebuscó en el bolsillo, sacó la bolsa, la abrió y cogió una llavecita.

Metió esa llave en una cerradura cuyo hueco se veía apenas, pues se perdía entre los matices más oscuros del dibujo del papel pintado de la pared. Se abrió un escondrijo, algo así como un armario disimulado dispuesto entre la esquina de la pared y la campana de la chimenea. No había en ese escondrijo sino unos cuantos harapos, un blusón de lienzo azul, un pantalón viejo, un macuto viejo y un bastón grueso de espino, herrado en los dos extremos. A quienes vieron a Jean Valjean por la época en que pasó por Digne, en octubre de 1815, no les habría costado reconocer todas las piezas de aquel atuendo mísero.

Las había conservado como había conservado los candeleros de plata, para acordarse siempre del punto de partida. Sólo que aquello, que procedía del presidio, lo tenía oculto; y dejaba a la vista los candeleros, que procedían del obispo.

Lanzó una mirada furtiva a la puerta, como si hubiera temido que se abriera pese al cerrojo que la bloqueaba; luego, con un ademán vehemente y brusco y de una sola brazada, sin echar una ojeada siquiera a aquellas cosas que tantos años había conservado tan religiosa y arriesgadamente, lo cogió todo, harapos, bastón, macuto, y lo arrojó al fuego.

Cerró el armario disimulado y, extremando las precauciones, inútiles ya, puesto que estaba vacío, corrió un mueble grande para tapar la puerta.

Al cabo de unos segundos, una gran reverberación, roja y temblona, iluminó la habitación y la pared de enfrente. Todo se estaba quemando. El bastón de espino crepitaba y soltaba chispas hasta el centro de la habitación. El macuto, al consumirse junto con los espantosos trapos que contenía, había dejado al aire algo que brillaba entre la ceniza. Quien se hubiera inclinado habría reconocido fácilmente una moneda. Seguramente los dos francos que Jean Valjean le había robado al niño deshollinador.

Él no miraba el fuego e iba de un lado para otro, con el mismo paso.

De pronto, se le posó la vista en los dos candeleros de plata que, con la reverberación, brillaban débilmente encima de la chimenea.

—¡Anda! —pensó—. También en eso está Jean Valjean entero, y también habrá que destruirlo.

Cogió los dos candeleros.

Había fuego bastante para poder deformarlos con rapidez y convertirlos en algo así como un lingote imposible de reconocer.

Se inclinó sobre el fuego y se calentó unos instantes. Notó un auténtico bienestar. «¡Qué calor tan bueno», dijo.

Removió las brasas con uno de los dos candeleros. Un minuto más y habrían acabado los dos en el fuego.

En ese momento, le pareció que oía una voz que le gritaba por dentro:

—¡Jean Valjean! ¡Jean Valjean!

Se le pusieron los pelos de punta y se convirtió en un hombre que oye algo espantoso.

—¡Sí! ¡Eso es! ¡Concluye la tarea! —decía la voz—. ¡Remata lo que estás haciendo! ¡Destruye esos candeleros! ¡Reduce a la nada ese recuerdo!

¡Olvida al obispo! ¡Olvídalo todo! ¡Sé la perdición de ese Champmathieu!

¡Venga, bien está! ¡Congratúlate! Así ya queda todo acordado, resuelto, dicho; ¡hay un hombre, un anciano que no sabe qué pretenden de él, que a lo mejor no ha hecho nada, un inocente que no tiene más desgracia que tu nombre, al que agobia tu nombre como un crimen, al que van a detener por ti, a quien van a condenar, que acabará sus días en la abyección y el espanto! Bien está. Tú sé un hombre honrado. ¡Sigue siendo el señor alcalde, sigue siendo honorable; sigue siendo a quien honran, enriquece la ciudad, da de comer a los indigentes, cría a los huérfanos, vive feliz, virtuoso y admirado; y, mientras tanto, mientras tú estás aquí en la alegría y la luz, habrá alguien con tu chaqueta roja puesta, que llevará tu nombre en la ignominia y que irá arrastrando tu cadena por el presidio! ¡Sí, qué bien arreglado queda todo así! ¡Ah, miserable!

Le corría el sudor por la frente. Clavaba en los candeleros unos ojos extraviados. Pero quien hablaba no había acabado. La voz seguía:

—¡Jean Valjean! Te rodearán muchas voces que harán mucho ruido, que hablarán muy alto y te bendecirán; y sólo una que nadie oirá y que te maldecirá en las tinieblas. ¡Pues atiende, infame! ¡Todas esas bendiciones volverán a bajar antes de alcanzar el cielo, y sólo la maldición subirá hasta Dios!

Aquella voz, muy débil primero, y que se había alzado desde lo más oscuro de su conciencia, se había ido volviendo gradualmente atronadora y formidable, y ahora la tenía en los oídos. Le parecía que había salido de su cuerpo y ahora le hablaba desde fuera. Creyó oír las últimas palabras con tal claridad que miró por la habitación con algo parecido al terror.

—¿Hay alguien aquí? —preguntó en voz alta y como loco. Añadió luego, con una risa que parecía la risa de un idiota:

—¡Seré tonto ¡Si no puede haber nadie!

Sí que había alguien; pero era de esos que la mirada humana no puede ver.

Dejó los candeleros encima de la chimenea.

Reanudó entonces ese paseo monótono y lúgubre que le alteraba el sueño y despertaba sobresaltado al hombre que dormía abajo.

Andar así lo aliviaba y, al tiempo, lo emborrachaba. Parece a veces que en las circunstancias supremas nos movemos para pedir consejo a todo cuanto podamos hallar en nuestro camino según cambiamos de sitio. Al cabo de unos instantes, ya no sabía dónde estaba.

Ahora lo echaban para atrás, causándole igual espanto, las dos decisiones que había adoptado sucesivamente. Los dos pensamientos que lo aconsejaban le parecían nefastos por igual. ¡Qué fatalidad! ¡Mira que haberse topado con ese Champmathieu, a quien tomaban por él! ¡Que precisamente lo despeñase aquel medio que la Providencia parecía, de entrada, haber elegido para darle una posición más firme!

Hubo un momento en que miró detalladamente el porvenir. ¡Denunciarse, por Dios santo! ¡Entregarse! Consideró con inmensa desesperación todo cuanto tendría que dejar, todo aquello con lo que tendría que volver a cargar. ¡Debería, pues, despedirse de aquella existencia tan grata, tan pura, tan radiante, de aquel respeto que todos le tenían, del honor, de la libertad! ¡Ya no iría a pasear por el campo, ya no oiría cantar a los pájaros en el mes de mayo, ya no daría limosna a los niños! ¡No notaría ya la dulzura de las miradas de agradecimiento y de amor que clavaban en él!

¡Dejaría aquella casa que había construido, aquel cuartito! Todo le parecía encantador en aquel momento. Ya no leería esos libros, ya no escribiría en aquella mesita de madera de pino. Esa anciana que era su portera y su única criada ya no le subiría el café por las mañanas. ¡Santo cielo! ¡En vez de todo eso, la chusma, la argolla, la chaqueta roja, la cadena en el tobillo, el cansancio, el calabozo, el camastro, todos esos horrores que ya conocía! ¡A su edad y después de haber sido lo que era! ¡Si al menos fuera joven! ¡Pero, siendo viejo, que lo tutease a uno el primero que pasara, que lo registrara el cómitre, que le diera palos el sotacómitre! ¡Llevar los pies descalzos dentro de los zapatones con clavos! ¡Alargarle por las mañanas y por las noches, durante las rondas de vigilancia, la pierna al martillo del guardia que inspecciona la manilla! ¡Soportar la curiosidad de los extraños a quienes les dirían: Ése es el famoso Jean Valjean, que fue alcalde de Montreuil-sur- Mer! ¡Por las noches, chorreando sudor, agobiado de cansancio, con el gorro verde caído encima de los ojos, subir de dos en dos, bajo el látigo del sargento, la escala del presidio flotante! ¡Ay, qué miseria! ¿Así que el destino puede ser perverso como un ser inteligente y volverse monstruoso como un corazón humano?

E, hiciera lo que hiciera, siempre volvía a aquel doloroso dilema, que era el fondo de sus pensamientos: ¡quedarse en el paraíso y allí volverse demonio o regresar al infierno y allí volverse un ángel!

¿Qué hacer, santo cielo, qué hacer?

La tormenta de la que tanto le había costado salir volvió a arreciar. Otra vez se le entremezclaban las ideas. Cayeron en ese estado estupefacto y maquinal que es propio de la desesperación. Le volvía sin cesar a la mente el nombre de Romainville con dos versos de una canción que había oído hacía mucho. Pensaba que Romainville es un bosquecillo próximo a París donde los enamorados van a cortar lilas en el mes de abril.

Trastabillaba tanto por fuera como por dentro. Caminaba como un niño pequeño al que dejan que ande solo.

Había momentos en que, luchando contra el cansancio, se esforzaba por recuperar el control de la inteligencia. Intentaba plantearse por última vez y de forma definitiva aquel problema en que había ido a caer, como quien dice, por agotamiento. ¿Denunciarse? ¿Callar? No conseguía ver nada con claridad. Los aspectos inconcretos de todos los razonamientos que había ido esbozando en su ensimismamiento se estremecían y se desvanecían en humo uno tras otro. De lo único de lo que se percataba era de que, adoptase el partido que adoptase, algo en él moriría necesariamente y sin que le fuera posible evitarlo; de que, tanto si iba a la derecha como a la izquierda, entraba en un sepulcro; de que estaba viviendo una agonía, la de su dicha o la de su virtud.

Todas sus irresoluciones habían vuelto, desgraciadamente, a adueñarse de él. No estaba más adelantado que al principio.

Así se debatía en la angustia aquella pobre alma. Mil ochocientos años antes de aquel hombre infortunado, el ser misterioso que resume todas las santidades y todos los sufrimientos de la humanidad también había estado mucho rato apartando, mientras el viento feroz del infinito estremecía los olivos, el espantoso cáliz que divisaba, chorreando sombra y desbordante de tinieblas, en unas profundidades repletas de estrellas.

<h3 style="text-align:center">IV</h3>

FORMAS QUE ADOPTA EL SUFRIMIENTO DURANTE EL SUEÑO

Acababan de dar las tres de la mañana y llevaba cinco horas paseando así, casi sin interrupción, cuando se desplomó en la silla.

En ella se quedó dormido y tuvo un sueño.

Ese sueño, como la mayoría de los sueños, no tenía que ver con la situación más que por un toque funesto y doloroso, pero lo dejó impresionado. Aquella pesadilla le causó tanto efecto que, andando el tiempo, la escribió. Es uno de los papeles de su puño y letra que quedan de él. Nos parece que debemos transcribirlo aquí textualmente.

Fuere cual fuere ese sueño, la historia de aquella noche quedaría incompleta si lo omitiéramos. Es la sombría aventura de un alma enferma.

Helo aquí. En el sobre vemos escrita esta línea: El sueño que tuve aquella noche.

«Estaba en el campo. Un campo triste y grande en que no había hierba. No me parecía que fuera ni de día ni de noche. Paseaba con mi hermano, el hermano de mis años de infancia, ese hermano del que debo decir que nunca pienso en él y del que casi no me acuerdo. Íbamos charlando y nos cruzábamos con transeúntes. Hablábamos de una vecina que habíamos tenido hace años y que, desde que vivía en una casa que daba a la calle, trabajaba siempre con la ventana abierta. Según charlábamos, notábamos frío por culpa de esa ventana abierta. No había árboles en el campo.

Vimos pasar a un hombre por nuestro lado. Era un hombre que iba completamente desnudo, era de color ceniza y montaba un caballo de color tierra. El hombre no tenía pelo; se le veían la cabeza y las venas de la cabeza. Llevaba en la mano una varita que era flexible como un sarmiento y pesada como el hierro. El jinete pasó y no nos dijo nada.

Mi hermano me dijo: "Vamos por el camino encajonado".

Había un camino encajonado donde no se veía ni un matorral ni una brizna de musgo. Todo era color tierra, incluso el cielo. Dimos unos pasos y nadie me respondía ya cuando hablaba. Caí en la cuenta de que mi hermano no iba conmigo. Vi un pueblo y entré en él. Pensé que debía de ser Romainville (¿por qué Romainville?)

La primera calle en la que me metí estaba desierta. Me metí por otra. Pasado el cruce de las dos calles, había un hombre de pie, pegado a la pared. Le dije a ese hombre: "¿Qué comarca es ésta? ¿Dónde estoy?". El hombre no contestó. Vi que la puerta de una casa estaba abierta y entré.

La primera habitación estaba desierta. Entré en la segunda. Detrás de la puerta de esa habitación, había un hombre de pie, pegado a la pared. Le pregunté a ese hombre: "¿De quién es esta casa? ¿Dónde estoy?". El hombre no contestó.

La casa tenía un jardín. Salí de la casa y me metí en el jardín. El jardín estaba desierto. Detrás del primer árbol, encontré a un hombre que estaba de pie. Le dije a ese hombre: "¿Qué jardín es éste? ¿Dónde estoy?". El hombre no contestó.

Anduve errante por el pueblo y me di cuenta de que era una ciudad. Todas las calles estaban desiertas, todas las puertas estaban abiertas. No pasaba alma viviente por las calles, ni andaba por las habitaciones ni paseaba por los jardines. Pero detrás de todas las esquinas, detrás de todas las puertas, detrás de todos los árboles había un hombre de pie que callaba. Sólo se veía a la vez. Esos hombres me miraban pasar.

Salí de la ciudad y fui andando por el campo.

Al cabo de un rato, me volví y vi que me seguía una muchedumbre. Reconocí a todos los hombres a quienes había visto en la ciudad. Tenían unas caras muy raras. No parecían apretar el paso, pero sin embargo andaban más deprisa que yo. En un instante, aquella muchedumbre me alcanzó y me rodeó. Las caras de esos hombres eran de color tierra.

Entonces, el primero a quien había visto y había hecho una pregunta al entrar en la ciudad me dijo: "¿Dónde va? ¿Es que no sabe que lleva mucho tiempo muerto?".

Abrí la boca para contestar y me di cuenta de que a mi alrededor no había nadie.»

Se despertó. Estaba helado. Un viento que era frío como el viento del amanecer hacía girar en los goznes las hojas de la ventana, que se había quedado abierta. El fuego se había apagado. La vela se estaba consumiendo. Todavía era noche cerrada.

Se levantó y fue a la ventana. Seguía sin haber estrellas en el cielo.

Desde su ventana se veían el patio de la casa y la calle. Un ruido seco y duro que retumbó de pronto contra el suelo le hizo bajar los ojos.

Vio debajo de la ventana dos estrellas rojas cuyos rayos de luz crecían y menguaban de una forma muy curiosa en la oscuridad.

Como tenía el pensamiento sumido aún a medias en la bruma de los sueños, pensó: «¡Anda! No hay estrellas en el cielo. Ahora están en la tierra».

Pero aquella confusión se disipó, otro ruido semejante al primero acabó de espabilarlo, miró y cayó en la cuenta de que aquellas dos estrellas eran los faroles de un carruaje. A la luz que despedían, pudo distinguir la forma del carruaje. Era un tílburi del que tiraba un caballito blanco. El ruido que había oído era el de las patas del caballo en los adoquines.

«¿Qué coche es ése? —se dijo—. ¿Quién viene tan temprano?» En ese momento dieron un golpecito en la puerta de su cuarto. Se estremeció de pies a cabeza y gritó con voz terrible:

—¿Quién está ahí? Alguien respondió:

—Yo, señor alcalde.

Reconoció la voz de la anciana que era su portera.

—¿Qué pasa? —añadió.

—Señor alcalde, van a ser las cinco.

—¿Y a mí qué me importa?

—Señor alcalde, es el cabriolé.

—¿Qué cabriolé?

—El tílburi.

—¿Qué tílburi?

—¿El señor alcalde no pidió un tílburi?

—No.

—El cochero dice que viene a buscar al señor alcalde.

—¿Qué cochero?

—El cochero del señor Scaufflaire.

—¿El señor Scaufflaire?

Ese nombre lo sobresaltó como si le hubiera pasado un relámpago por delante de la cara.

—¡Ah, sí! —añadió—. El señor Scaufflaire.

Si la anciana hubiera podido verle el rostro en ese momento, se habría quedado espantada.

Hubo un silencio bastante prolongado. El señor Madeleine miraba con expresión alelada la vela, cogía cera ardiendo de alrededor de la mecha y hacía bolitas con los dedos. La vieja esperaba. No obstante, se atrevió a volver a alzar la voz:

—¿Qué le digo, señor alcalde?

—Dígale que está bien, que ahora bajo.

V

UN VIAJE QUE NO VA SOBRE RUEDAS

El servicio de silla de posta de Arras a Montreuil-sur-Mer lo atendían a la sazón unos vehículos pequeños de tiempos del Imperio. Eran tales vehículos unos cabriolés de dos ruedas, tapizados por dentro de cuero leonado, con amortiguadores telescópicos y que sólo tenían dos plazas, una para el correo y otra para el pasajero. Las ruedas llevaban el arma ofensiva de esos cubos largos que mantienen a distancia a los demás carruajes y todavía se ven por las carreteras de Alemania. El baúl para la correspondencia, una caja alargada gigantesca, iba colocado detrás del cabriolé y formaba parte de la carrocería. Ese baúl iba pintando de negro, y el cabriolé de amarillo.

Esos coches, a los que no se parece en la actualidad ningún otro, tenían un no sé qué deforme y jorobado y, al verlos pasar de lejos y reptar por alguna carretera allá en el horizonte, se parecían a esos insectos a los que creo que llaman termitas y que tienen el tórax pequeño y una parte trasera muy grande. Por lo demás, corrían mucho. La silla de posta que salía de Arras todas las noches a la una, después de que pasara el correo de París, llegaba a Montreuil-sur-Mer poco antes de las cinco de la mañana.

Aquella noche, el carruaje que iba hacia Montreuil-sur-Mer por la carretera de Hesdin tuvo un enganchón, al girar en una esquina, cuando estaba entrando en la ciudad, con un tílburi pequeño del que tiraba un caballo blanco, que venía en sentido contrario y en el que no iba más que una persona, un hombre envuelto en un gabán. La rueda del tílburi recibió un impacto bastante grande. El correo le dijo a voces al hombre aquel que se parase, pero el viajero no le hizo caso y siguió su camino a trote largo.

—¡Menuda prisa del demonio lleva ese hombre! —dijo el correo.

El hombre que se apresuraba así era el mismo que acabamos de ver debatiéndose en convulsiones que movían sin lugar a dudas a compasión.

¿Dónde iba? No habría sabido decirlo. ¿Por qué corría? No lo sabía. Iba al azar, hacia delante. ¿Adónde? A Arras, seguramente; pero a lo mejor iba también a otro sitio. Caía en la cuenta de ello a ratos y se sobresaltaba. Se hundía en aquella oscuridad como en un abismo. Había algo que lo perseguía y algo que lo atraía. Lo que le pasaba por dentro, nadie podría decirlo y todo el mundo lo entenderá. ¿Qué hombre no ha penetrado al menos una vez en la vida en esa oscura caverna de lo desconocido?

Por lo demás, no había resuelto nada, no había decidido nada, no había determinado nada, no había hecho nada. Ninguna de las diligencias de su conciencia había sido definitiva. Estaba, más que nunca, como al principio.

¿Por qué iba a Arras?

Se repetía lo que ya se había dicho al reservar el cabriolé de Scaufflaire, que, fuere cual fuere el resultado, no había inconveniente alguno en ver las cosas con sus propios ojos, en valorar las cosas personalmente; que sería incluso prudente, que había que saber lo que ocurría; que era imposible decidir nada sin ver ni observar; que, visto de lejos, de todo hacía uno una montaña; que, en resumidas cuentas, cuando hubiera visto al tal Champmathieu, un infame seguramente, su conciencia sentiría gran alivio al consentir en que fuera a presidio en su lugar; que la verdad era que estarían allí Javert, y Brevet, Chenildieu y Cochepaille, aquellos antiguos presidiarios que lo habían conocido, pero que, seguramente, no lo reconocerían, ¡bah, cómo lo iban a reconocer!; que Javert distaba mucho de figurárselo; que todas las conjeturas y todas las suposiciones estaban centradas en el tal Champmathieu, y que no hay nada más empecinado que las suposiciones y las conjeturas, y que, por lo tanto, no había peligro alguno.

Que, seguramente, era un momento tenebroso, pero que saldría adelante; que, bien pensado, tenía su destino, por malo que pudiera ser, en la mano; que mandaba él. Se aferraba a aquel pensamiento.

En el fondo, si hay que decirlo todo, habría preferido no ir a Arras. Pero iba.

Mientras cavilaba, fustigaba al caballo, que trotaba con ese buen trote regular y seguro que cubre dos leguas y media en una hora.

A medida que el cabriolé avanzaba, notaba que algo retrocedía en sí.

Al apuntar el día estaba en pleno campo; la ciudad de Montreuil-sur-Mer quedaba ya bastante lejos a su espalda. Miró cómo se ponía blanco el horizonte; miró, sin verlas, cómo le pasaban por delante todas las imágenes frías de un amanecer de invierno. La mañana, igual que le sucede a la noche, tiene sus espectros. No los veía, pero, sin que se diera cuenta, y por algo semejante a una penetración casi física, esas siluetas negras de árboles y de colinas le añadían al estado violento del alma un toque taciturno y lúgubre.

Cada vez que pasaba ante una de esas casas aisladas que están a veces junto a las carreteras, se decía: «¡Y resulta que ahí dentro hay gente dormida!».

El trote del caballo, los cascabeles del arnés, las ruedas en los adoquines, todo formaba un ruido suave y monótono. Son cosas deliciosas para quien está alegre, y sombrías para quien está triste.

Era ya completamente de día cuando llegó a Hesdin. Se detuvo ante una posada para que descansara el caballo y que le dieran de comer.

Era ese caballo, como había dicho Scaufflaire, de esa raza de animales pequeños de Le Boulonnais que tiene demasiada cabeza, demasiado vientre, y en cambio le falta cuello, pero que es de pecho ancho, de ancas grandes, de pierna enjuta y de pie seguro; raza fea, pero robusta y sana. El animalito había hecho cinco leguas en dos horas y no tenía ni una gota de sudor en la grupa.

Jean Valjean no había bajado del tílburi. El mozo de cuadra que traía la avena se agachó de pronto para examinar la rueda izquierda.

—¿Va lejos? —dijo el hombre.

El señor Madeleine contestó, casi sin salir del ensimismamiento:

—¿Por qué?

—¿Viene de lejos? —preguntó el mozo.

—Llevo recorridas cinco leguas.

—¡Ah!

—¿Por qué dice: ah?

El mozo volvió a agacharse, se quedó callado un ratito con la vista clavada en la rueda y, luego, se enderezó, diciendo:

—Es que esta rueda acabará de hacer cinco leguas, es posible, pero seguro que ahora no hace ya ni un cuarto de legua.

El señor Madeleine se bajó del tílburi de un salto.

—¿Qué me dice, amigo mío?

—Digo que es un milagro que haya hecho cinco leguas sin que el caballo y usted no hayan ido a parar a una cuneta del camino real. Mire.

La rueda estaba efectivamente muy dañada. El choque con la silla de posta le había partido dos radios y socavado el cubo, cuya tuerca no aguantaba ya.

—Amigo mío —le dijo el señor Madeleine al mozo de cuadra—, ¿hay aquí un carpintero de carros?

—Por supuesto, caballero.

—Hágame el favor de ir a buscarlo.

—Está a dos pasos. ¡Eh, maese Bourgaillard!

Maese Bourgaillard, el carpintero de carros, estaba en el umbral de su casa. Acudió a examinar la rueda e hizo la misma mueca que un cirujano mirando una pierna rota.

—¿Puede reparar esta rueda ahora mismo?

—Sí, señor.

—¿Y cuándo podré seguir camino?

—Mañana.

—¡Mañana!

—Tiene para un día entero de trabajo. ¿El señor lleva prisa?

—Mucha. Tengo que volver a salir dentro de una hora como mucho.

—Imposible, caballero.

—Le pagaré lo que me pida.

—Imposible.

—Está bien, pues dentro de dos horas.

—Hoy, imposible. Hay que hacer dos radios y un cubo nuevos. El señor no podrá irse antes de mañana.

—El caso es que no puedo esperar hasta mañana. ¿Y si, en vez de reparar la rueda, la cambiásemos?

—Y eso ¿cómo?

—¿Es usted carpintero de carros?

—Por supuesto, caballero.

—¿Y no me puede vender una rueda? Podría irme ahora mismo.

—¿Una rueda de recambio?

—Sí.

—No tengo una rueda ya hecha para su cabriolé. Las ruedas van de dos en dos. Dos ruedas no van juntas por casualidad.

—Pues en tal caso véndame un par de ruedas.

—Caballero, no todas las ruedas encajan en todos los ejes.

—Mire a ver.

—Es inútil, señor. Sólo tengo a la venta ruedas de carro. Éste es un sitio pequeño.

—¿Y me puede alquilar un cabriolé?

El maestro carpintero se había dado cuenta a la primera ojeada de que el tílburi era un coche de alquiler. Se encogió de hombros.

—¡Menudo trato les da usted a los cabriolés que le alquilan! No le alquilaría uno ni aunque lo tuviera.

—Bueno, pues ¿tiene uno que me pueda vender?

—No, no tengo.

—¿Cómo? ¿Ni un calesín? Ya ve que no soy exigente.

—Éste es un sitio pequeño. Sí que tengo en esa cochera —añadió el carpintero— una calesa vieja, que es de un caballero de la ciudad que me la deja aquí para que se la guarde y que la usa de higos a brevas. Se la alquilaría, ¿qué más me da a mí?, pero habría que tener cuidado de que no lo viera pasar el caballero ese. Y, además, es una calesa, le harían falta dos caballos.

—Usaré dos caballos de posta.

—¿Dónde va el señor?

—A Arras.

—¿Y el señor quiere llegar hoy?

—Pues sí.

—¿Usando caballos de posta?

—¿Por qué no?

—¿Al señor le da igual llegar esta noche a las cuatro de la mañana?

—Desde luego que no.

—Es que, mire, hay que saber una cosa, si toma caballos de posta… ¿El señor lleva su pasaporte?

—Sí.

—Bueno, pues usando caballos de posta el señor no llegará a Arras antes de mañana. No estamos en el camino real. Las postas están mal atendidas, los caballos están en el campo. Empieza la temporada de los arados grandes, hacen falta tiros fuertes y se cogen los caballos donde los haya, incluidas las postas. El señor tendrá que esperar tres o cuatro horas en cada parada. Y además irán al paso. Hay muchas cuestas arriba.

—Entonces, iré a caballo. Desenganche el cabriolé. Espero que me vendan una silla por aquí, en alguna parte.

—Eso desde luego. Pero ¿el caballo este soporta la silla?

—Es verdad, ahora que me lo dice. No la soporta.

—Pues entonces…

—Pero podré encontrar en el pueblo un caballo de alquiler.

—¿Para ir a Arras de un tirón?

—Sí.

—Haría falta un caballo como no los tenemos por aquí. Para empezar, tendría que comprarlo, porque no es usted persona conocida. Pero ¡no lo encontraría, ni en alquiler ni en venta, ni por quinientos francos, ni por mil!

—¿Y qué se puede hacer?

—Lo mejor, se lo digo honradamente, es que yo le arregle la rueda y aplace usted el viaje hasta mañana.

—Mañana ya será tarde.

—¡Qué quiere el señor que le diga!

—¿No hay una silla de posta que vaya a Arras? ¿Cuándo pasa?

—Esta noche. Las dos hacen el servicio por la noche, la que sube y la que baja.

—¿Y cómo es que le hace falta un día para arreglar esta rueda?

—¡Hace falta un día, y enterito!

—¿Poniendo a ello a dos obreros?

—¡Como si se ponen diez!

—¿Y atando los radios con unas cuerdas?

—Los radios, sí. Pero el cubo, no. Y además también está en mal estado la llanta.

—¿Hay alguien que alquile coches en la ciudad?

—No.

—¿Hay otro carpintero de carros?

El mozo de cuadra y el maestro carpintero respondieron al tiempo, negando con la cabeza.

—No.

El señor Madeleine sintió una alegría inmensa.

Estaba claro que la Providencia tomaba cartas en el asunto. Ella le había roto la rueda al tílburi y no lo dejaba seguir camino. No se había rendido ante esa especie de primera intimación; acababa de hacer todos los esfuerzos posibles para seguir viaje; había agotado todos los medios leal y escrupulosamente; no había retrocedido ni ante el invierno ni ante el cansancio ni ante el gasto; no tenía nada que reprocharse. Si no podía seguir, ya no era cosa suya. Ya no era culpa suya, no era responsabilidad de su conciencia, sino responsabilidad de la Providencia.

Respiró. Respiró libremente y hondo por primera vez desde la visita de Javert. La parecía que el puño de hierro que llevaba veinte horas oprimiéndole el corazón acababa de soltarlo.

Ahora le parecía que Dios estaba de su parte y lo manifestaba.

Se dijo que había hecho cuanto estaba en su mano y que ahora lo que le quedaba era desandar lo andado tranquilamente.

Si su conversación con el carpintero hubiera transcurrido en una habitación de la posada, no habría sido ante testigos, nadie la habría oído, las cosas se habrían quedado así y es probable que no hubiéramos tenido que contar ninguno de los sucesos que vamos a leer; pero la conversación había ocurrido en la calle. Alrededor de cualquier plática callejera se forma inevitablemente un corro. Siempre hay personas que están deseando hacer de espectadoras. Mientras le hacía preguntas al carpintero, unos cuantos viandantes se habían detenido junto a ellos. Tras escuchar unos minutos, un muchacho en el que no se había fijado nadie se apartó corriendo del grupo. Cuando el viajero, tras la deliberación interna que acabamos de referir, estaba tomando la decisión de volverse por donde había venido, se presentó el muchachito. Lo acompañaba una anciana.

—Caballero —dijo la mujer—, me dice mi chico que quiere usted alquilar un cabriolé.

Aquella sencilla frase que decía una vieja a la que guiaba un niño hizo que al señor Madeleine le corriera el sudor por la parte baja de la espalda. Creyó notar que la mano que lo había soltado volvía a hacer acto de presencia, en la sombra, por detrás, dispuesto a volver a agarrarlo.

Contestó:

—Sí, buena mujer, busco un cabriolé de alquiler. Y se apresuró a añadir:

—Pero no hay ninguno por la zona.

—Sí que lo hay —dijo la vieja.

—¿Dónde? —preguntó el carpintero.

—En mi casa —replicó la vieja.

El señor Madeleine tuvo un sobresalto. La mano fatídica había vuelto a agarrarlo.

La vieja tenía, efectivamente, en un cobertizo algo así como una tartana de mimbre. El carpintero de carros y el mozo de la posada, desconsolados porque se les escapaba el cliente, intervinieron:

«Era un trasto asqueroso.» «Iba directamente encima del eje.» «Aunque era cierto que los asientos iban colgados por dentro con tiras de cuero.»

«Entraba la lluvia.» «Las ruedas estaban oxidadas y comidas de humedad.»

«No iba a llegar mucho más allá que el tílburi.» «¡Menudo coche de mala muerte.» «El señor no andaría muy acertado si se subía en eso, etc., etc.».

Todo aquello era cierto, pero aquel trasto, aquel coche de mala muerte, aquel objeto, fuera como fuera, tenía dos ruedas que rodaban y podía ir a Arras.

Pagó lo que le pidieron, le dejó el tílburi al carpintero para que lo arreglase y recogerlo a la vuelta, mandó enganchar el caballo blanco a la tartana, se subió y volvió a la carretera que iba siguiendo desde por la mañana.

En el momento en que el coche arrancaba, se confesó a sí mismo que pocos momentos antes había sentido cierta alegría al pensar en que no iba a ir adonde iba. Examinó esa alegría con algo parecido a la ira y le pareció absurda. ¿Por qué iba a alegrarlo dar marcha atrás? A fin de cuentas, aquel viaje lo hacía libremente. Nadie lo forzaba a hacerlo.

Y, desde luego, no iba a pasar nada que él no quisiera que pasara.

Según salía de Heslin, oyó una voz que le gritaba: «¡Pare, párese!». Detuvo la tartana con un gesto vehemente donde había todavía un algo febril y convulso que tenía un parecido con la esperanza.

Era el niño de la anciana.

—Señor —dijo—, la tartana se la he conseguido yo.

—¿Y qué?

—Que no me ha dado nada.

Al señor Madeleine, que daba a todo el mundo con tanta facilidad, le pareció una pretensión desorbitada y casi odiosa.

—¡Ah! ¿Has sido tú, bribón? —dijo—. ¡Ni te lo voy a dar! Dio un latigazo al caballo y volvió a arrancar a trote largo.

Había perdido mucho tiempo en Hesdin y le habría gustado recuperarlo. El caballito era valiente y tiraba por dos; pero estaban en febrero, había llovido y los caminos estaban en mal estado. Y además aquello no era ya el tílburi. La tartana era dura y pesaba mucho. Y había muchas cuestas.

Tardó casi cuatro horas en ir de Hesdin a Saint-Pol. Cuatro horas para cinco leguas.

En Saint-Pol, en la primera posada con que se topó, mandó que desengancharan al caballo y que lo llevasen a la cuadra. Como se había comprometido con Scaufflaire, se quedó junto al pesebre mientras el caballo comía. Pensaba en cosas tristes y confusas.

La mujer del posadero entró en la cuadra.

—¿No quiere almorzar el señor?

—¡Anda, pues es verdad! —dijo—. Si además tengo mucho apetito.

Fue en pos de la mujer, que era de cara lozana y regocijada. Lo llevó a una sala de la planta baja donde había mesas con hules en vez de manteles.

—Rápido —añadió—, que tengo que seguir camino. Llevo prisa.

Una gruesa criada flamenca puso la mesa a toda velocidad. El señor Madeleine miraba a la sirvienta con una sensación de bienestar.

«Eso es lo que me pasaba —pensó—. Estaba sin almorzar.»

Le sirvieron. Se abalanzó sobre el pan, le dio un mordisco y, luego, lo dejó despacio encima de la mesa y no lo volvió a tocar.

Un carretero comía en otra mesa. Le dijo a aquel hombre:

—¿Por qué tienen un pan tan amargo aquí? El carretero era alemán y no lo entendió.

Volvió a la cuadra, junto al caballo.

Una hora después ya había salido de Saint-Pol y se dirigía a Tinques, que está solo a cinco leguas de Arras.

¿Qué iba haciendo durante el trayecto? ¿En qué pensaba? Como por la mañana, miraba pasar los árboles, los tejados de bálago, los sembrados y cómo se desvanecía el paisaje, que se disloca en cada revuelta del camino. Es ésta una contemplación que, a veces, le basta al alma y casi la dispensa de pensar. ¡Qué puede resultar más melancólico y de más hondura que ver miles de objetos por primera y última vez! Viajar es nacer y morir a cada instante. Quizá, en la zona más imprecisa de la mente, relacionaba esos horizontes cambiantes con la existencia humana. Todas las cosas de la vida huyen perpetuamente ante nosotros. Se entremezclan los oscurecimientos y las claridades. Tras un deslumbramiento, un eclipse; miramos, apretamos el paso, tendemos las manos para asir lo que pasa; todos los acontecimientos son una revuelta de la carretera; y, de repente, uno se ha hecho viejo. Notamos algo así como una sacudida, todo está negro, divisamos una puerta oscura, el sombrío caballo de la vida que tiraba de nosotros se detiene y vemos que alguien desconocido y cubierto con un velo lo está desenganchando entre las tinieblas.

Anochecía cuando unos niños que salían del colegio vieron entrar en Tinques a ese viajero. Cierto es que estaban todavía en los días cortos del año. No se detuvo en Tinques. Según dejaba atrás el pueblo, un peón caminero que estaba empedrando la carretera alzó la cabeza y dijo:

—¡Qué caballo tan cansado!

El pobre animal sólo iba ya al paso efectivamente.

—¿Va usted a Arras? —añadió el peón caminero.

—Sí.

—Pues a ese paso, no va a llegar muy pronto que digamos. El señor Madeleine detuvo el caballo y le preguntó al peón:

—¿Cuánto queda todavía para Arras?

—Casi siete leguas bien hermosas.

—¿Cómo que siete leguas? En el libro de posta sólo constan cinco leguas y cuarto.

—¡Ah! —contestó el peón—. ¿Es que no sabe que la carretera está en obras? A un cuarto de hora de aquí se la va a encontrar cortada. No se puede pasar.

—¿Qué me dice?

—Tome a la izquierda el camino que va a Carency y cruce el río; y, al llegar a Camblin, tuerza a la derecha; es la carretera de Mont-Saint-Éloy, que va a Arras.

—Pero se está haciendo de noche y me perderé.

—¿No es usted de la zona?

—No.

—Y encima todas son trochas. Mire, caballero —siguió diciendo el peón—, ¿quiere que le dé un consejo? Su caballo está cansado, vuelva a Tinques. Hay una buena posada. Quédese a dormir y vaya mañana a Arras.

—Tengo que estar allí esta noche.

—Eso es diferente. Pues entonces vuélvase de todas formas a la posada y coja un caballo de refuerzo. El mozo de cuadra le hará de guía por la trocha.

Siguió el consejo del peón caminero, desanduvo lo andado y media hora después pasaba por el mismo sitio, pero al trote, con un buen caballo de refuerzo. Un mozo de cuadra, que se llamaba a sí mismo postillón, iba sentado en la vara de la tartana.

Pero el señor Madeleine notaba que se le iba el tiempo. Ya era completamente de noche.

Se metieron por la trocha. El camino estaba en un estado espantoso. La tartana iba dando tumbos de una rodada a otra. Le dijo al postillón:

—Siga al trote y le doblo la propina. En un bache se rompió el balancín.

—Señor —dijo el postillón—, se ha roto el balancín y no sé cómo atar mi caballo; esta carretera está muy mala de noche; si no le importase volver a Tinques, podríamos salir mañana temprano para Arras.

El señor Madeleine contestó:

—¿Tienes un trozo de cuerda y una navaja?

—Sí, señor.

Cortó una rama de árbol e hizo un balancín.

En eso se les fueron otros veinte minutos; pero siguieron luego camino al galope.

La llanura estaba tenebrosa. Unas brumas bajas, breves y negras reptaban por las colinas y se soltaban de ellas como humo. Había fulgores blanquecinos en las nubes. Un viento fuerte que venía del mar hacía por todas las esquinas del horizonte el mismo ruido que alguien que moviera muebles. Todo cuanto podía divisarse tenía posturas de terror. ¡Cuántas cosas se estremecen en esos anchos alientos de la noche!

El frío se le metía dentro. Llevaba sin comer desde la víspera. Recordaba vagamente aquel otro recorrido nocturno por la extensa llanura de las inmediaciones de Digne. Hacía ocho años de eso, y le parecía que había sido ayer.

Dio una hora en un campanario lejano y le preguntó al mozo:

—¿Qué hora ha dado?

—Las siete, señor. Estaremos en Arras a las ocho. Sólo nos faltan ya tres leguas.

Fue entonces cuando se le ocurrió por primera vez la siguiente reflexión, y le pareció raro que no se le hubiera ocurrido antes: que a lo mejor era inútil todo el trabajo que se estaba tomando; que ni siquiera sabía la hora del juicio; que, por lo menos, debería haberlo preguntado; que era extravagante ir así, hacia adelante, sin saber si valdría para algo.

Luego echó unas cuantas cuentas: que las sesiones del tribunal de lo criminal solían empezar a las nueve de la mañana; que el caso aquel no debía de ser largo; que el robo de las manzanas duraría muy poco rato; que ya sólo quedaría una cuestión de identidad, cuatro o cinco testimonios, y los abogados tendrían poco que decir; ¡que iba a llegar cuando hubiera concluido todo!

El postillón fustigaba los caballos. Ya habían cruzado el río y dejado atrás Mont-Saint-Éloy.

La noche era cada vez más oscura.

VI
SOR SIMPLICE PUESTA A PRUEBA

Entretanto, en aquel preciso momento, Fantine estaba alegre.

Había pasado muy mala noche. Tos espantosa, subida de la fiebre; tuvo sueños. Por la mañana, cuando pasó el médico, deliraba. Éste pareció alarmado y pidió que lo avisaran en cuanto llegase el señor Madeleine.

Fantine estuvo taciturna toda la mañana y les hizo dobleces a las sábanas susurrando en voz baja cuentas que parecían ser cálculos de distancias. Tenía la mirada fija y los ojos hundidos. Parecían casi apagados y, luego, a ratos, se encendían y resplandecían como estrellas. Por lo visto, cuando está próxima cierta hora sombría, a quienes está abandonando la claridad de la tierra los colma la claridad del cielo.

Siempre que le preguntaba sor Simplice cómo estaba, respondía: «Bien.

Querría ver al señor Madeleine».

Pocos meses antes, cuando Fantine acababa de perder el último pudor, la última vergüenza y la última alegría, era la sombra de sí misma; ahora era el espectro. El daño físico había completado la obra del daño moral. Aquella criatura de veinticinco años tenía la frente arrugada, las mejillas fláccidas, las ventanas de la nariz apretadas, los dientes desencarnados, el cutis plomizo, el cuello huesudo, las clavículas salientes, los miembros encanijados, la piel terrosa y entre el pelo rubio le crecían canas grises. ¡Ay, cómo se las apaña la enfermedad para improvisar la vejez!

A mediodía, volvió el médico, recetó unas cuantas cosas, preguntó si el señor alcalde había aparecido por la enfermería y movió la cabeza.

El señor Madeleine solía ir a las tres a ver a la enferma. Como la puntualidad era bondad, era puntual.

A eso de las dos y media, Fantine empezó a ponerse nerviosa. En veinte minutos le preguntó más de diez veces a la monja: «¿Qué hora es, hermana?».

Dieron las tres. Con la tercera campanada, Fantine se incorporó y se sentó, ella que normalmente apenas si podía moverse en la cama; unió con algo parecido a un apretón convulso las manos descarnadas y amarillas, y la monja oyó que le salía del pecho uno de esos hondos suspiros que parecen sacudirse un agobio. Luego Fantine se volvió y miró hacia la puerta.

No entró nadie; la puerta no se abrió.

Se quedó así un cuarto de hora, con la vista clavada en la puerta, quieta y como conteniendo al aliento. La monja no se atrevía a hablarle. Dio el cuarto de las tres en la iglesia. Fantine volvió a desplomarse en la almohada.

No dijo nada y volvió a hacerles dobleces a las sábanas.

Dio la media; luego la hora. No vino nadie. Cada vez que sonaba el reloj, Fantine se enderezaba y miraba hacia la puerta; luego, volvía a echarse.

Se veía claramente lo que estaba pensando, pero no decía nombre alguno, no se quejaba, no acusaba a nadie. Se limitaba a toser de forma lúgubre. Hubiérase dicho que se le iba viniendo encima algo oscuro. Estaba lívida y tenía los labios azules. A ratos, sonreía.

Dieron las cinco. Entonces la monja oyó que decía muy bajito: «¡Pues si me voy a ir mañana, hace mal en no venir hoy!».

A la propia sor Simplice la extrañaba el retraso del señor Madeleine.

Pero Fantine estaba mirando el cielo de la cama. Parecía que intentaba recordar algo. De repente se puso a cantar con una voz débil como un soplo. La monja atendió. Esto era lo que cantaba Fantine:

Vamos a comprar cosas muy bonitas cuando de paseo vayamos las dos.

Azules son los azulejos y rosa las rosas son.

Azules son los azulejos, a mis amores quiero yo.

La Virgen María con manto bordado cerca de la estufa se apareció ayer.

Me dijo: en el velo mira lo que guardo: el niño que un día quisiste tener.

Hasta la ciudad habrá que ir volando. Dedal, tela e hilo habrá que traer.

Vamos a comprar cosas muy bonitas cuando de paseo vayamos las dos.

Pegada a la estufa, Virgencita buena, le he puesto una cuna; de lazos mil, que aunque Dios me diera la mejor estrella prefiero yo al niño que me traes por fin.

—Señora, ¿qué hago con la tela esta?

—Una canastilla para el chiquitín.

Azules son los azulejos y rosa las rosas son.

Azules son los azulejos, a mis amores quiero yo.

—Lave usted la tela. —¿Y dónde? —En el río. Y haga con cuidado, con mucho primor, para que los borde con flores sin tino, una camisita y un lindo faldón.

—Ya se nos fue el niño. ¿La tela la tiro? Haga una mortaja, también me voy yo.

Vamos a comprar cosas muy bonitas cuando de paseo vayamos las dos.

Azules son los azulejos y rosa las rosas son.

Azules son los azulejos, a mis amores quiero yo.

Aquella canción era una nana antigua con la que dormía antes a su Cosette y de la que llevaba sin acordarse en los cinco años que había pasado sin su niña. La cantaba con una voz tan triste y con una tonada tan dulce que le entraban ganas de llorar a cualquiera, incluso a una monja. La hermana, acostumbrada a las cosas austeras, notó que le asomaba una lágrima.

El reloj dio las seis. Fue como si Fantine no lo oyera. Parecía no fijarse ya en nada de lo que la rodeaba.

Sor Simplice envió a una sirvienta para preguntarle a la portera de la fábrica si había regresado el señor alcalde y si iba a tardar mucho en pasarse por la enfermería. La sirvienta volvió al cabo de pocos minutos.

Fantine seguía inmóvil y parecía pendiente de algunas ideas que le rondaban por la cabeza.

La sirvienta la contó muy bajo a sor Simplice que el señor alcalde se había ido esa misma mañana antes de las seis en un tílburi pequeño del que tiraba un caballo blanco, con el frío que hacía; que se había ido solo, ni siquiera llevaba un cochero, que nadie sabía por qué camino había tirado, que había gente que decía que lo había visto girar por la carretera de Arras y que otras personas aseguraban que se lo habían encontrado por la carretera de París. Que, al irse, estaba como solía, muy tranquilo, y que sólo le había dicho a la portera que no lo esperasen aquella noche.

Mientras las dos mujeres, dando la espalda a la cama de la Fantine, cuchicheaban, la monja preguntando y la sirvienta haciendo conjeturas, la Fantine, con esa vivacidad febril de algunas enfermedades orgánicas que mezcla movimientos libres de la salud con la espantosa flaqueza de la muerte, se había puesto de rodillas en la cama, apoyando los dos puños crispados en el travesero, y asomaba la cabeza por la rendija de las cortinas. De repente, exclamó:

—¡Están hablando del señor Madeleine! ¿Por qué hablan tan bajo? ¿Qué hace? ¿Por qué no viene?

Tenía una voz tan brusca y tan ronca que a las dos mujeres les pareció oír una voz de hombre; se dieron la vuelta, asustadas.

—¡Contesten! —gritó Fantine. La sirvienta balbució:

—Me ha dicho la portera que hoy no iba a poder venir.

—Hija mía —dijo la monja—, no se altere, vuelva a acostarse.

Fantine, sin cambiar de postura, siguió diciendo en voz alta y con un tono al tiempo imperioso y desgarrador:

—¿No va a poder venir? ¿Y por qué? Saben el motivo. Lo andaban cuchicheando entre las dos. Quiero saberlo.

La sirvienta se apresuró a decirle al oído a la monja: «Dígale que está ocupado en la reunión del consejo municipal».

Sor Simplice se ruborizó levemente; la sirvienta le estaba proponiendo que mintiera. Por una parte, le parecía, efectivamente, que decirle la verdad a la enferma sería seguramente darle un disgusto terrible y que eso era algo grave en el estado en que se hallaba Fantine. El rubor duró poco. La monja alzó hacia Fantine la mirada sosegada y triste y dijo:

—El señor alcalde se ha ido.

Fantine se incorporó y se sentó en los talones. Le brillaron los ojos. Una alegría inaudita iluminó aquella fisonomía doliente.

—¡Se ha ido! —exclamó—. ¡Ha ido a buscar a Cosette!

Alzó luego ambas manos hacia el cielo y el rostro le adquirió una expresión inefable. Movía los labios; estaba rezando en voz baja.

Cuando acabó de rezar, dijo: «Hermana, está bien, me volveré a meter en la cama, voy a hacer todo lo que me manden; hace un rato me he portado mal, le pido perdón por haber hablado tan alto, está muy mal eso de hablar alto, ya lo sé, hermanita, pero es que estoy muy contenta, ¿sabe? Dios es bueno y el señor Madeleine es bueno, fíjese, ha ido a buscar a mi Cosette a Montfermeil».

Volvió a meterse en la cama, ayudó a la monja a colocar bien la almohada y besó una crucecita de plata que llevaba al cuello y que le había dado sor Simplice.

—Hija mía —dijo la monja—, ahora intente descansar y no hable más.

Fantine tomó en las manos madorosas la mano de la monja, que sufría al notar ese sudor.

—Se ha marchado esta mañana para ir a París. En realidad no tiene ni que pasar por París. Montfermeil está un poco a la izquierda, según se viene. ¿Se acuerda de cómo me decía ayer cuando le hablaba de Cosette: pronto, pronto? Es que me quiere dar una sorpresa. ¿Sabe? Me hizo firmar una carta para sacarla de casa de los Thénardier. No podrán decir nada, ¿verdad? Devolverán a Cosette. Si ya han cobrado. Las autoridades no dejarían que se quedase con un niño alguien que ya ha cobrado. Hermana, no me haga señas para que no hable. Soy muy feliz, y estoy muy bien, ya no me duele nada, voy a volver a ver a Cosette; si hasta tengo mucha hambre. Hace casi cinco años que no la veo. ¡No se figura lo que tiran los niños! Y además estará tan guapa, ¡ya verá! ¡Si supiera qué deditos color de rosa tan bonitos tiene! Para empezar, tendrá unas manos preciosas. Con un año tenía unas manos ridículas. ¡Así! Ahora ya debe de estar muy alta. Siete años ya. Es una señorita. La llamo Cosette, pero se llama Euphrasie. Fíjese, esta mañana estaba mirando el polvo de encima de la chimenea y tenía como una impresión de que iba a volver a ver pronto a Cosette. ¡Dios mío, qué equivocación eso de estar años sin ver a los hijos de uno! Habría que pararse a pensar que la vida no es eterna. ¡Ay, qué bueno es el señor alcalde por haberse ido! ¿Es verdad que hace mucho frío? Llevaría el gabán, por lo menos. Estará aquí mañana, ¿verdad? Mañana será fiesta. Mañana por la mañana, hermana, recuérdeme que me ponga ese gorrito que tengo que lleva encaje. Montfermeil es una comarca. Hace tiempo hice el camino a pie. Qué lejos estaba para mí. ¡Pero las diligencias corren mucho! Estará aquí mañana con Cosette. ¿Cuánto hay de aquí a Montfermeil?

La monja, que no sabía nada de las distancias, contestó: «Sí, yo creo que podrá estar aquí mañana».

—¡Mañana! ¡Mañana! —dijo Fantine—. ¡Veré a Cosette mañana! Mire, hermanita de Dios, ya no estoy mala. Estoy loca. Bailaría si alguien me lo pidiera.

Quien la hubiera visto un cuarto de hora antes no habría entendido nada. Ahora estaba sonrosada, hablaba con voz vivaracha y natural, el rostro entero era una sonrisa. A veces se reía, hablando en voz baja consigo misma. La alegría de una madre es casi como la alegría de un niño.

—Bueno —siguió diciendo la monja—, ahora que es feliz, obedézcame y no hable más.

Fantine apoyó la cabeza en la almohada y dijo a media voz: «Sí, vuelve a meterte en la cama, pórtate bien que vas a tener a tu niña. Tiene razón, sor Simplice. Todos los que están aquí tienen razón».

Luego, sin moverse, sin girar la cabeza, empezó a mirar para todos lados con los ojos abiertos de par en par y expresión jubilosa y no dijo nada más.

La monja cerró las cortinas con la esperanza de que se quedase dormida. Entre las siete y a las ocho vino el médico. Al no oír ruido alguno, pensó que Fantine estaría durmiendo; entró despacio y se acercó a la cama de puntillas. Entreabrió las cortinas y, a la luz de la lamparilla, vio que lo miraban los ojos grandes y tranquilos de Fantine.

Le dijo: «Doctor, ¿verdad que la dejarán que duerma en una camita a mi lado?».

El médico creyó que estaba delirando. Ella añadió:

—Mire, hay el sitio justo.

El médico se llevó aparte a sor Simplice, quien le explicó lo que pasaba: que el señor Madeleine estaba fuera por uno o dos días y que, en la duda, a nadie le había parecido oportuno desengañar a la enferma, que creía que el señor alcalde había ido a Montfermeil; que, por lo demás, era posible que hubiera acertado. Al médico le pareció bien.

Se acercó a la cama de Fantine, que añadió:

—Es que mire, así por las mañanas, cuando se despierte, le daré los buenos días a la pobrecita mía, y por la noche, como yo no duermo, la oiré dormir. Me sentará bien esa respiración suya, floja y tan dulce.

—Deme la mano —dijo el médico.

Fantine le alargó el brazo y exclamó, riéndose:

—¡Ay! ¡Por cierto, es verdad que no está usted enterado! Ya estoy curada. Cosette llega mañana.

El médico se quedó sorprendido. Había mejorado. La opresión era menor. El pulso había recobrado fuerza. Una especie de vida, surgida de pronto, reanimaba a aquella pobre criatura exhausta.

—Doctor —siguió diciendo Fantine—, ¿le ha dicho la hermana que el señor alcalde había ido a buscar a mi muñeca?

El médico recomendó silencio y que se evitase cualquier emoción desagradable. Recetó una infusión de quinina pura si volvía la fiebre por la noche y una poción calmante. Al irse, le dijo a la monja: «Está mejor. Si por fortuna volviera mañana el señor alcalde con la niña, ¿quién sabe? Se dan crisis tan asombrosas; se han visto grandes alegrías que acababan con algunas enfermedades; ya sé que ésta es una enfermedad orgánica y en estado muy avanzado, pero ¡todas estas cosas son tan misteriosas! A lo mejor la salvábamos».

EL VIAJERO, TRAS LLEGAR, TOMA PRECAUCIONES PARA MARCHARSE

Eran cerca de las ocho de la tarde cuando la tartana que hemos dejado en camino entró por la puerta cochera del Hôtel de la Poste de Arras. El hombre a quien hemos ido siguiendo hasta ahora respondió, al apearse, con expresión distraída a las atenciones del personal de la posada, mandó de vuelta al caballo de refuerzo y llevó personalmente al caballito blanco a la cuadra; abrió luego la puerta de un salón de billar que había en la planta baja, se sentó y se puso de codos en una mesa. Había tardado catorce horas en aquel trayecto que contaba hacer en seis. Reconocía que él no había tenido la culpa; pero en el fondo no estaba contrariado.

Entró la dueña de la fonda.

—¿El señor va a querer una habitación? ¿El señor va a querer cenar? Él negó con la cabeza.

—¡El mozo de cuadra dice que el caballo del señor está muy cansado! El viajero rompió entonces el silencio:

—¿Podrá volver a viajar el caballo mañana por la mañana?

—¡Huy, caballero, va a necesitar lo menos dos días de descanso! El viajero preguntó:

—¿No está aquí la oficina de correos?

—Sí, señor.

La dueña lo llevó a la oficina; él enseñó el pasaporte y pidió información acerca de si podría volver esa misma noche a Montreuil-sur-Mer en la silla de posta; precisamente estaba vacante el asiento contiguo al del correo; lo reservó y lo pagó.

—Caballero —dijo el empleado de la oficina—, no deje de estar aquí a la una en punto de la mañana, que es la hora de salida.

Tras dejar aquello zanjado, salió del hotel y echó a andar por la ciudad.

No conocía Arras, las calles estaban oscuras e iba al azar. No obstante, parecía tener empeño en no preguntar a los viandantes. Cruzó el Crinchon, un río pequeño, y se vio en un dédalo de callejuelas estrechas donde se perdió. Pasaba por allí un vecino con un farol. Tras pensárselo un poco, tomó la decisión de preguntarle a ese vecino, no sin haber mirado primero hacia adelante y hacia detrás, como si temiera que alguien oyera la pregunta que iba a hacer.

—Caballero —dijo—, ¿el Palacio de Justicia, por favor?

—¿No es usted de aquí, caballero? —respondió el vecino, que era un hombre de bastante edad—. Pues venga conmigo. Precisamente voy a la zona del Palacio de Justicia, es decir, por la zona del edificio de la prefectura, porque ahora mismo el palacio está en obras y, de forma provisional, se celebran las audiencias de los tribunales en la prefectura.

—¿Actúa allí el tribunal de lo criminal?

—Desde luego, caballero. Mire, lo que es ahora la prefectura fue el obispado antes de la Revolución. Monseñor Conzié, que era el obispo en 1782, mandó construir una sala grande. Y en esa sala se celebran los juicios.

De camino, el vecino le comentó:

—Si lo que pretende el señor es asistir a un juicio, es un poco tarde. Normalmente, las sesiones concluyen a las seis.

Llegaron en éstas a la plaza mayor y el vecino le indicó cuatro ventanas altas encendidas en la fachada de un amplio edificio a oscuras.

—Pues debo decir, caballero, que llega usted a tiempo, ha tenido suerte. ¿Ve esas cuatro ventanas? Es el tribunal de lo criminal. Hay luz. Así que no han terminado. El caso se habrá alargado y estarán celebrando una audiencia nocturna. ¿Le interesa ese caso? ¿Es un juicio criminal? ¿Es usted testigo?

El viajero respondió:

—No vengo por ningún caso. Sólo tengo que hablar con un abogado.

—Eso es diferente —dijo el vecino—. Mire, señor, ésa es la puerta. Donde está el plantón. Basta con que suba por la escalinata.

El viajero se atuvo a las indicaciones del vecino y, pocos minutos después, estaba en una sala donde había mucha gente y grupos varios de abogados vestidos con togas cuchicheaban acá y allá.

Siempre es algo que oprime el corazón ver esos corrillos de hombres vestidos de negro que susurran entre sí, en voz baja, en el umbral de las salas de los juicios. Raras veces dan esas palabras un fruto de caridad y compasión. Las más de las veces, el resultado son condenas decididas ya de antemano. Todos esos grupos le parecen al observador que pasa por allí y reflexiona oscuras colmenas donde zumban unas mentes que construyen de consuno toda clase de edificios tenebrosos.

Aquella sala, espaciosa y a la que daba luz una única lámpara, era una antigua estancia del obispado y hacía las veces de salón de pasos perdidos. Una puerta de dos hojas, cerrada en aquellos momentos, la separaba de la sala de buen tamaño donde actuaba el tribunal de lo criminal.

Estaba todo tan oscuro que el viajero no tuvo reparo en dirigirse al primer abogado con el que se topó.

—¿En qué punto está la cosa, caballero? —dijo.

—Ya ha concluido —dijo el abogado.

—¡Concluido!

Repitió la palabra en tono tal que el abogado se volvió.

—Usted perdonc, caballero; ¿es quizá un pariente?

—No. No conozco a nadie aquí. Y ¿se ha dictado condena?

—Desde luego. No había otra posibilidad.

—¿A trabajos forzados?

—A perpetuidad.

El viajero siguió preguntando con voz tan débil que apenas se lo oía:

—¿Y ha quedado establecida la identidad?

—¿Qué identidad? —respondió el abogado—. No había que establecer ninguna identidad. El caso era sencillo. Esa mujer había matado a su hijo, ha quedado probado el infanticidio, el jurado descartó la premeditación y la han condenado a la perpetua.

—¿Así que era una mujer? —dijo el viajero.

—Pues claro. La Limosin. Pero, ¿de qué me habla entonces?

—De nada. Pero, si ya ha concluido, ¿cómo es que todavía hay luz en la sala?

—Es por el otro caso, que ha empezado hace más o menos dos horas.

—¿Qué otro caso?

—¡Ah, ése también está muy claro! Es un granuja, o algo parecido, un reincidente, un presidiario, que ha cometido un robo. No me acuerdo ya de cómo se llama. Menuda cara de bandido tiene. Sólo con verle la cara esa lo mandaría yo a presidio.

—Caballero, ¿hay posibilidad de entrar en la sala?

—No lo creo, la verdad. Hay mucha gente. Pero ahora está suspendida la audiencia. Hay personas que han salido y, cuando se reanude, puede usted probar.

—¿Por dónde se entra?

—Por esa puerta grande.

El abogado se fue. En un breve espacio de tiempo había sentido el viajero a un tiempo, casi mezcladas, todas las emociones posibles. Las palabras de aquel indiferente le habían atravesado por turno el corazón como agujas de hielo y como espadas de fuego. Cuando vio que nada había concluido, respiró; pero no hubiera podido decir si lo que sentía era contento o dolor.

Se acercó a varios grupos y estuvo escuchando lo que decían. Como el registro de la sesión estaba muy cargado, el presidente había fijado para ese mismo día dos casos sencillos y breves. Habían empezado con el infanticidio y ahora estaban con el presidiario, el reincidente, el que «volvía a las andadas». El hombre aquel había robado unas manzanas, pero no estaba demostrado del todo; lo que sí estaba demostrado es que ya había estado en presidio en Tolón. Eso era lo que complicaba su caso. Por lo demás, ya habían concluido el interrogatorio del hombre y las declaraciones de los testigos; pero todavía quedaban el alegato del abogado y la exposición del ministerio público; era probable que no acabasen antes de las doce de la noche. Condenarían al hombre seguramente; el fiscal era muy bueno, y no erraba el tiro con sus acusados; era un hombre ingenioso que escribía versos.

Un ujier estaba de pie junto a la puerta que daba paso a la sala del tribunal. Le preguntó a ese ujier:

—¿Abrirán pronto la puerta?

—No se va a abrir —dijo el ujier.

—¿Cómo? ¿No van a abrirla cuando se reanude la audiencia? ¿No está interrumpida la audiencia?

—La audiencia acaba de reanudarse —contestó el ujier—, pero no se va a abrir la puerta.

—¿Por qué?

—Porque la sala está llena.

—¿Cómo? ¿No queda ningún sitio?

—Ni uno. La puerta está cerrada. Nadie puede entrar ya. El ujier añadió, tras un silencio:

—La verdad es que quedan todavía dos o tres sitios detrás del señor presidente, pero el señor presidente sólo admite que los ocupen funcionarios públicos.

Dicho esto, el ujier le dio la espalda.

El viajero se retiró con la cabeza gacha, cruzo el vestíbulo y volvió a bajar las escaleras despacio, como si titubease en todos y cada uno de los peldaños. Es probable que estuviera deliberando consigo mismo. El violento combate que estaba entablado desde la víspera no había acabado; y, a cada instante, pasaba por una peripecia nueva. Al llegar al rellano de las escaleras, apoyó la espalda en la barandilla y se cruzó de brazos. De pronto, se abrió la levita, sacó la cartera, tomó en ella un lápiz, arrancó una hoja y escribió deprisa en esa hoja, a la luz del farol, la siguiente línea: Señor Madeleine, alcalde de Montreuil-sur-Mer. Volvió luego a subir las escaleras a zancadas, hendió el gentío, se fue derecho al ujier, le entregó el papel y le dijo en tono autoritario: «Llévele esto al señor presidente».

El ujier cogió el papel, le echó una ojeada y obedeció.

VIII
PASE DE FAVOR

El alcalde de Montreuil-sur-Mer era, sin sospecharlo, algo así como una celebridad. Hacía siete años que su reputación de hombre virtuoso corría por toda la comarca de Le Bas-Boulonnais y había acabado por cruzar las fronteras de una zona tan pequeña y por extenderse por las dos o tres provincias vecinas. Además del servicio considerable que le había hecho a la capital de la provincia al volver a poner en marcha la industria de los abalorios de cristal negro, no había ni uno de los ciento cuarenta y un municipios del distrito de Montreuil-sur-Mer que no le debiera algún beneficio. Había sabido incluso, llegado el caso, ayudar a las industrias de los demás distritos y fecundarlas. Por ejemplo apoyó, cuando fue menester, con su crédito y sus fondos, la fábrica de tul de Boulogne, las hilaturas de lino mecánicas de Frévent y la manufactura hidráulica de tejidos de Boubers-sur-Canche. Por todas partes se decía con veneración el nombre del señor Madeleine. Arras y Douai le envidiaban el alcalde a la venturosa población de Montreuil-sur-Mer.

El consejero del tribunal de la corona de Douai, que presidía en Arras aquella sesión del tribunal de lo criminal, conocía, como todo el mundo, aquel nombre que todos honraban profunda y universalmente. Cuando el ujier, abriendo discretamente la puerta de comunicación entre la sala del consejo y la audiencia, se inclinó, por detrás del sillón del presidente, y le entregó el papel donde estaba escrita la línea que acabamos de leer, añadiendo: «Este caballero desea asistir a la audiencia», el presidente, con un ademán vehemente de deferencia, cogió una pluma, escribió unas cuantas palabras en la parte de abajo del papel y se lo devolvió al ujier diciendo: «Hágalo pasar».

El desventurado cuya historia estamos contando se había quedado cerca de la puerta de la sala, en el mismo sitio y en la misma postura con que lo había dejado el ujier. Oyó, en su ensimismamiento, que alguien le decía:

«¿Tiene el señor la bondad de seguirme?». Era ese mismo ujier que le había dado la espalda poco antes y que, ahora, le hacía una reverencia hasta el suelo. Al tiempo, el ujier le entregó el papel. Lo desdobló y, como estaba cerca de la lámpara, pudo leer:

«El presidente del tribunal presenta sus respetos al señor Madeleine».

Arrugó el papel entre las manos como si aquellas pocas palabras tuvieran para él un regusto raro y amargo.

Fue en pos del ujier.

Pocos minutos después estaba solo en algo así como un gabinete con las paredes forradas de madera, de aspecto severo, que alumbraban dos velas colocadas encima de una mesa con tapete verde. Aún le sonaban en los oídos las últimas palabras del ujier que acababa de irse: «Caballero, está usted en la sala del consejo; bastará con que gire el picaporte de cobre de aquella puerta y estará en la audiencia, detrás del sillón del señor presidente». Aquellas palabras se le mezclaban en la cabeza con un recuerdo vago de unos corredores estrechos y unas escaleras oscuras que acababa de recorrer.

El ujier lo había dejado solo. Había llegado el momento supremo. Intentaba concentrarse y no lo conseguía. Es sobre todo en las horas en que necesitaríamos más unirlos a las realidades dolorosas de la vida cuando se rompen en el cerebro los hilos del pensamiento. Estaba en el sitio preciso donde los jueces deliberan y condenan. Miraba con una calma rayana en el pasmo aquella sala tranquila y temible donde habían quedado destrozadas tantas existencias, donde retumbaría su nombre dentro de un rato y por donde cruzaba en aquellos momentos su destino. Miraba la pared, y luego se miraba a sí mismo, asombrándose de que aquella sala fuera aquella sala y de que él fuera él.

Llevaba más de veinticuatro horas sin comer, lo había dejado rendido el traqueteo de la tartana, pero no se daba cuenta; le parecía que no sentía nada.

Se acercó a un marco negro que estaba colgado en la pared y donde había, tras un cristal, una carta antigua y autógrafa de Jean Nicolas Pache, alcalde de París y ministro, fechada, seguramente por equivocación, el 9 de junio del año II, y en la que Pache mandaba al municipio la lista de los ministros y diputados que tenían detenidos. Un testigo que hubiera podido verlo y lo hubiese estado observando en ese instante habría pensado, seguramente, que aquella carta le parecía curiosísima, porque no apartaba la vista de ella y la leyó dos o tres veces. La leía sin enterarse y sin darse cuenta. Estaba pensando en Fantine y en Cosette.

Mientras estaba ensimismado, se volvió y los ojos se le toparon con el picaporte de cobre de la puerta que lo separaba de la sala del juicio. Casi se le había olvidado aquella puerta. La mirada, sosegada al principio, se detuvo en ese picaporte de cobre y se quedó clavada en él; se le puso luego asustada y fija y, poco a poco, la fue invadiendo el espanto. Le nacían entre el pelo gotas de sudor y le chorreaban por las sienes.

Hubo un momento en que, con una especie de autoridad mezclada con rebelión, hizo ese ademán indescriptible que quiere decir y dice tan claramente: «¡Demontres! ¿Quién me obliga a hacerlo?». Luego se dio la vuelta con brío, vio ante sí la puerta por la que había entrado, fue hacia ella, la abrió y salió. Ya no estaba en la sala aquella, estaba fuera, en un corredor, un corredor largo, estrecho, que interrumpían peldaños y pasadizos abovedados, con vueltas y revueltas, que alumbraban acá y allá unos faroles semejantes a lamparillas de enfermos, el corredor por el que había venido. Respiró, aguzó el oído, no oyó ningún ruido a su espalda ni ningún ruido por delante; emprendió la huida como si lo persiguieran.

Tras doblar varias de las revueltas de aquel corredor, volvió a escuchar. Seguían reinando en torno el mismo silencio y la misma oscuridad. Estaba sin resuello y se tambaleaba; se apoyó en la pared. La piedra estaba fría; el sudor se le helaba en la frente, se enderezó tiritando.

Entonces, allí, a solas, de pie en aquella oscuridad, temblando de frío y quizá de algo más, pensó.

Llevaba pensando toda la noche, llevaba pensando todo el día; ya sólo oía por dentro una voz que le decía: ¡ay!

Transcurrió así un cuarto de hora. Por fin, agachó la cabeza, suspiró angustiado, dejó caer los brazos y desanduvo lo andado. Caminaba despacio y como agobiado. Parecía alguien a quien hubieran detenido huyendo y a quien llevasen al punto de partida.

Entró otra vez en la sala del consejo. Lo primero que vio fue el picaporte de la puerta. Aquel picaporte, redondo y de cobre bruñido, lo veía relucir como una estrella espantosa. Lo miraba como un cordero miraría los ojos de un tigre.

No podía apartar la vista de él.

De vez en cuando, daba un paso y se acercaba a la puerta.

Si hubiera escuchado, habría oído, como un rumor confuso, el ruido de la sala contigua; pero no escuchaba y no oía.

De repente, y sin saber cómo, se vio junto a la puerta. Asió con mano convulsa el picaporte; la puerta se abrió.

Estaba en la sala de audiencia.

IX
UN LUGAR EN QUE ESTÁN NACIENDO UNOS CONVENCIMIENTOS

Dio un paso, cerró automáticamente la puerta tras entrar y se quedó de pie, contemplando lo que veía.

Era un recinto bastante amplio y poco iluminado, ora colmado de rumores, ora colmado de silencio, donde todo el aparato de un juicio criminal transcurría con su seriedad mezquina y lúgubre, entre el gentío.

En un extremo de la sala, aquel en que él estaba, había jueces con expresión distraída y toga raída, que se comían las uñas o entornaban los párpados; en el otro extremo, una muchedumbre andrajosa; abogados en todas las posturas, soldados de rostro honrado y duro; paneles de madera vieja y manchada, un techo sucio, unas meses cubiertas de una sarga más amarilla que verde, puertas que las manos habían ennegrecido; en unos clavos hincados en las paredes forradas de madera, unos quinqués de taberna que daban más humo que luz; encima de la mesa, velas de sebo en candeleros de cobre; oscuridad, fealdad, tristeza; y de todo eso se desprendía una impresión austera y augusta, porque se notaba esa trascendental cosa humana que llamamos la ley y esa trascendental cosa divina que llamamos la justicia.

Nadie de todo aquel gentío se fijó en él. Todas las miradas convergían en un punto único, un banco de madera pegado a una puertecita, siguiendo la línea de la pared, a la izquierda del presidente. En ese banco, que alumbraban varias velas de sebo, había un hombre entre dos gendarmes.

Aquel hombre era el hombre.

No lo buscó, lo vio. Se le fueron los ojos hacia él espontáneamente, como si hubieran sabido de antemano dónde estaba esa cara.

Creyó verse a sí mismo avejentado; no de rostro absolutamente semejante, desde luego, pero igual en la postura y el aspecto, con el pelo tieso, las pupilas fieras e inquietas, el blusón, tal y como era él el día en que entró en Digne, rebosante de rabia y escondiendo en el alma aquel repulsivo tesoro de pensamientos espantosos que había tardado diecinueve años en recoger del empedrado del presidio. Se dijo, con un escalofrío:

—¡Dios mío! ¿Volveré a ser así?

Aquel ser parecía tener al menos sesenta años. Había en él un no sé qué rudo, estúpido y amedrentado.

Al oír el ruido de la puerta, hubo quienes se apartaron para hacerle sitio y el presidente volvió la cabeza y, dándose cuenta de que el personaje que acababa de entrar era el señor alcalde de Montreuil-sur-Mer, lo saludó. El fiscal, que había visto al señor Madeleine en Montreuil-sur-Mer, donde había tenido que ir más de una vez por motivos de su ministerio, lo reconoció y lo saludó también. Él apenas si se dio cuenta. Era presa de una suerte de alucinación; miraba.

Jueces, un secretario del tribunal, gendarmes, una muchedumbre de caras cruelmente curiosas, ya había visto todo aquello una vez, tiempo atrás, hacía veintisiete años. Volvía a encontrarse con aquellas cosas nefastas; allí estaban, se movían, existían. No se trataba ya de un esfuerzo de su memoria, de un espejismo de sus pensamientos, eran gendarmes de verdad y jueces de verdad, una auténtica muchedumbre de hombres de verdad, de carne y hueso. Ya era un hecho, veía aparecer de nuevo y resucitar a su alrededor, con toda la fuerza temible de la realidad, los aspectos monstruosos de su pasado.

Todo aquello se abría ante él.

Le causó espanto, cerró los ojos y exclamó en lo más hondo del alma: ¡nunca!

¡Y, por un juego trágico del destino, que le conmocionaba todas las ideas y casi lo volvía loco, el que estaba allí era otro él en persona! ¡A aquel hombre a quien estaban juzgando todos lo llamaban Jean Valjean!

Tenía ante los ojos, visión inaudita, algo así como una representación del momento más horroroso de su vida que interpretaba su fantasma.

No faltaba nada: el mismo ceremonial, la misma hora de la noche, casi las mismas caras de los jueces, de los soldados y de los espectadores. La única diferencia era que encima de la cabeza del presidente estaba colgado un crucifijo, cosa de que carecían los tribunales cuando lo condenaron a él. Cuando lo juzgaron, Dios estaba ausente.

Tenía una silla detrás; se desplomó en ella, aterrado al pensar que podían verlo. Tras sentarse, aprovechó un montón de carpetas que había encima de la mesa de los jueces para ocultar la cara a toda la sala. Ahora podía ver sin que lo vieran. Poco a poco se fue recobrando. Se impuso en él por completo la sensación de la realidad; llegó a esa etapa de tranquilidad en que es posible escuchar.

El señor Bamatabois era uno de los jurados.

Buscó a Javert, pero no lo vio. La mesa del secretario tapaba el banco de los testigos. Y además, como acabamos de decir, la sala estaba casi a oscuras.

Cuando entró, el abogado del acusado estaba concluyendo el alegato. La atención de todo el mundo estaba en su punto máximo; hacía tres horas que había empezado el juicio. Aquel gentío llevaba tres horas viendo cómo se doblegaba poco a poco bajo el peso de unas apariencias terriblemente verosímiles un hombre, un desconocido, una especie de criatura mísera, tremendamente estúpida o tremendamente hábil. Sabido es ya que aquel hombre era un vagabundo que habían encontrado en un sembrado llevándose una rama cargada de manzanas maduras que había arrancado de un manzano en un cercado vecino, que llamaban Le Clos

Pierron. ¿Quién era aquel hombre? Hubo una investigación; acababan de oír a unos testigos y habían sido unánimes; el juicio oral, en conjunto, había aclarado mucho las cosas.

La acusación decía: «No sólo hemos cogido a un ladrón de fruta, a un merodeador; hemos echado el guante a un bandido, un reincidente que ha quebrantado el destierro, un ex presidiario, un facineroso peligrosísimo, un malhechor que se llama Jean Valjean a quien la justicia lleva buscando mucho tiempo y que, hace ocho años, al salir del presidio de Tolón, cometió un robo en descampado y a mano armada cuya víctima fue un niño deshollinador llamado Petit-Gervais, delito que contempla el artículo 383 del código penal y para el que nos reservamos un proceso posterior, cuando la identidad quede jurídicamente establecida. Acaba de cometer otro robo. Es un caso de reincidencia. Condénenlo por el nuevo hecho; más adelante lo juzgarán por el hecho pasado». Ante esta acusación, ante la unanimidad de los testigos, el acusado parecía asombrado más que nada. Hacía ademanes y gestos que querían decir que no, o miraba al techo. Le costaba hablar, contestaba con torpeza, pero toda su persona era una negación, de la cabeza a los pies. Era como un idiota en presencia de todas aquellas inteligencias dispuestas en orden de batalla a su alrededor, y como un extraño en medio de aquella sociedad que lo prendía.

Pero, entre tanto, se estaba jugando el porvenir más ominoso; la verosimilitud iba a más por momentos; y todo aquel gentío miraba con ansiedad mayor que la suya aquella sentencia colmada de calamidades que cada vez se le acercaba más. Había una eventualidad incluso que permitía vislumbrar, además del presidio, una posible pena de muerte si quedaba determinada la identidad y si el caso Petit-Gervais concluía más tarde con una condena. ¿Quién era aquel hombre? ¿De qué clase era aquella apatía suya? ¿Era estupidez o astucia? ¿Entendía demasiado o no entendía nada en absoluto? Preguntas que tenían dividido al gentío y parecían dividir al jurado. Había en aquel proceso lo que asusta y lo que intriga; el drama no era solamente sombrío, era oscuro.

El abogado había pronunciado un alegato bastante bueno, en esa lengua provinciana en que consistió durante bastante tiempo la elocuencia en el foro y a la que recurrían antes todos los abogados, tanto los de París cuanto los de Romorantin o de Montbrison, y que ahora, como se ha convertido en clásica, no hablan ya sino los oradores oficiales de los tribunales, a quienes les viene bien porque es sonora, circunspecta y de porte majestuoso; una lengua en que un marido es un esposo; una mujer, una esposa; París, el centro de las artes y de la civilización; el rey, el monarca; el obispo, un santo pontífice; el fiscal, el elocuente intérprete de la vindicta; el alegato, los acentos que acabamos de oír; el siglo de Luis XIV, el gran siglo; un teatro, el templo de Melpómene; la familia reinante, la augusta sangre de nuestros reyes; un concierto, un solemne acontecimiento músico; el general a cuyo mando está la provincia, el ilustre guerrero que…, etc.; los alumnos del seminario, esos tiernos levitas; los errores imputados a los periódicos, la impostura que destila su veneno en las columnas de esos órganos, etc. Así que el abogado había empezado por referirse al robo de las manzanas, cosa dificultosa en estilo elevado; pero el mismísimo Bénigne Bossuet se vio en la obligación de aludir a una gallina en plena oración fúnebre y salió del paso con pompa y boato.

El abogado había dejado establecido que no había pruebas materiales del robo de las manzanas. A su cliente, a quien, en su calidad de defensor, se obstinaba en llamar Champmathieu, no lo había visto nadie escalar la tapia o quebrar la rama. Lo habían detenido provisto de esa rama (que el abogado prefería llamar ramo); pero decía que la había encontrado en el suelo y la había recogido. ¿Dónde estaban las pruebas de lo contrario? Seguramente aquella rama la había quebrado y robado, tras un escalo, un merodeador, quien, alarmado, la había dejado tirada; había un ladrón, desde luego. Pero ¿cuál era la prueba de que aquel ladrón fuera Champmathieu? Sólo una cosa. Su condición de expresidiario.

El abogado no negaba que aquella cualidad no pareciera bien probada por desgracia; el acusado había residido en Faverolles; el nombre de Champmathieu podía efectivamente venir de Jean Mathieu; todo ello era cierto; y, finalmente, cuatro testigos reconocían sin vacilar y positivamente en Champmathieu al presidiario Jean Valjean; a esas indicaciones, a esos testimonios, el abogado no podía oponer más que la negación de su cliente, negación interesada; pero, suponiendo que fuera el presidiario Jean Valjean, ¿probaba eso que hubiera robado las manzanas?

Era como mucho una presunción, no una prueba; cierto era que el acusado —y el defensor, «con su buena fe», tenía que admitirlo— había adoptado «un sistema malo de defensa». Se obstinaba en negarlo todo, el robo y que fuera un presidiario. Confesar ese último punto habría sido preferible, desde luego, y le habría valido la indulgencia de sus jueces; el abogado se lo había aconsejado; pero el acusado se había negado con obstinación, por creer, seguramente, que lo salvaba todo si no confesaba nada. Era un error; pero ¿no había que tener acaso en cuenta lo corto que era de inteligencia? Aquel hombre estaba claro que era estúpido. Una prolongada desdicha en presidio y una prolongada miseria fuera del presidio lo habían embrutecido, etc., etc. Se defendía mal; ¿era ésa una razón para condenarlo? En cuanto al caso Petit-Gervais, el abogado no tenía por qué referirse a él porque no entraba en aquel juicio. El abogado terminaba rogando al jurado y al tribunal, si la identidad de Jean Valjean les parecía evidente, que le aplicasen las penas policiales que tienen que ver con la ruptura de destierro y no el espantoso castigo que cae sobre el presidiario reincidente.

El fiscal respondió al defensor. Fue violento y florido, como suelen serlo los fiscales.

Le dio al defensor la enhorabuena por su «lealtad» y le sacó partido hábilmente a esa lealtad. Hirió al acusado mediante todas las concesiones que había hecho el abogado. El abogado parecía aceptar que el acusado era Jean Valjean. Tomó buena nota de ello. Así que aquel hombre era Jean Valjean. Eso lo tenía claro la acusación y no podía ya ponerse en duda. Al llegar aquí, mediante una hábil antonomasia, remontándose a las fuentes y a las causas de la criminalidad, el fiscal soltó rayos y centellas contra la inmoralidad de la escuela romántica, en sus albores entonces, recurriendo al nombre de escuela satánica que le habían concedido los críticos de La Quotidienne y de L'Oriflamme; atribuyó, no sin verosimilitud, a la influencia de esa literatura perversa el delito de Champmathieu o, mejor dicho, de Jean Valjean. Pasó a hablar de Jean Valjean propiamente dicho.

¿Quién era el tal Jean Valjean? Describió a Jean Valjean. Un monstruo a quien había vomitado, etc. El modelo de ese tipo de descripciones está en el relato de Terámenes, que no le resulta de utilidad a la tragedia pero presta a diario grandes servicios a la elocuencia judicial. El auditorio y los jurados «se estremecieron». Tras concluir esa descripción, el fiscal siguió diciendo, en un arrebato de oratoria pensado para llevar a la cima a la mañana siguiente el entusiasmo de Le Journal de la Préfecture: «Y es un hombre así, etc., etc, etc., vagabundo, mendigo, sin medios de subsistencia, etc., etc., a quien su vida pasada tiene acostumbrado a las acciones culpables, y al que enmendó poco su estancia en el presidio, como demuestra el delito del que fue víctima Petit-Gervais, etc., etc., ¡es un hombre así quien, hallado en la vía pública en flagrante delito de robo, a pocos pasos de la tapia que había escalado, llevando aún en la mano el objeto robado, niega el flagrante delito, el robo, el escalo, lo niega todo, niega hasta cómo se llama, niega hasta su identidad! Además de otras cien pruebas que no repetiremos, cuatro testigos lo reconocen, Javert, el íntegro inspector de policía Javert, y tres de sus antiguos compañeros de ignominia, los presidiarios Brevet, Chenildieu y Cochepaille. ¿Y qué es lo que opone a esa unanimidad fulminante? Niega. ¡Qué hombre tan endurecido! Señores del jurado, hagan ustedes justicia, etc., etc.». Mientras hablaba el fiscal, el acusado escuchaba con la boca abierta, con algo parecido a un asombro donde entraba incluso cierta admiración. Estaba claro que lo sorprendía que un hombre pudiera hablar así. De vez en cuando, en los momentos más «enérgicos» de la alegación, en esos momentos en que la elocuencia, que no consigue refrenarse, se desborda en un flujo de epítetos mancilladores y envuelve al acusado en algo semejante a una tormenta, movía despacio la cabeza de derecha a izquierda y de izquierda a derecha, una especie de protesta triste y muda con la que llevaba contentándose desde el principio del juicio oral. En dos o tres ocasiones, los espectadores que estaban sentados más cerca de él lo oyeron decir a media voz: «¡Éstas son las cosas que pasan por no haberle preguntado al señor Baloup!». El fiscal llamó la atención al jurado acerca de aquel comportamiento alelado, fruto evidente de un cálculo, que indicaba no imbecilidad, sino habilidad, astucia y el hábito de engañar a la justicia, y que dejaba completamente al descubierto «la honda perversidad» de aquel hombre. Concluyó haciendo las correspondientes reservas en lo referido al caso Petit-Gervais y pidiendo una condena severa.

Esa condena era, de momento, como se recordará, la de trabajos forzados a perpetuidad.

El defensor se puso de pie, empezó por elogiarle al «señor fiscal» su «admirable don de la palabra» y, luego, contestó como pudo, pero se iba debilitando; estaba claro que estaba perdiendo pie.

<h1 style="text-align:center">X</h1>

EL SISTEMA DE NEGATIVAS

Había llegado el momento de cerrar el juicio oral. El presidente mandó al acusado que se pusiera en pie y le hizo la pregunta habitual:

—¿Tiene algo que alegar en su defensa?

El hombre, de pie, dando vueltas entre las manos a un gorro feísimo que tenía, pareció no haberlo oído.

El presidente repitió la pregunta.

En esta ocasión, el hombre lo oyó. Pareció entender, hizo el ademán de un hombre que se despierta, paseó la mirada en torno, miró al público, a los gendarmes, a su abogado, a los jurados, al tribunal, apoyó un puño monstruoso en el filo de la moldura de madera que había delante de su banco, volvió a mirar y, de pronto, clavando los ojos en el fiscal, rompió a hablar. Fue como una erupción. Parecía, por la forma en que le salían las palabras de la boca, incoherentes, impetuosas, atropelladas, manga por hombro, que se le agolpaban todas a la vez para salir a un tiempo. Dijo:

—Esto tengo que decir. Que fui carpintero de carros en París, y hasta puedo decir que estaba con el señor Baloup. Es un oficio duro. En esto de ser carpintero de carros se trabaja siempre al aire libre, en patios, en cobertizos si el amo es bueno, pero nunca en talleres cerrados, porque, miren ustedes, tiene que haber sitio. En invierno tiene uno tanto frío que se pega golpes con los brazos para entrar en calor; pero a los amos no les gusta, dicen que se pierde el tiempo. Andar manejando hierro cuando hay hielo entre los adoquines es duro. Un hombre se desgasta corriendo. Uno es viejo desde muy joven en ese oficio. A los cuarenta años ya está acabado un hombre. Yo tenía cincuenta y tres y se me hacía muy cuesta arriba. ¡Y además, qué malos son los obreros! ¡Cuando un pobre hombre deja de ser joven, lo llaman a todas horas carcamal y vejestorio! Ya no ganaba más que franco y medio diario, me pagaban lo menos que podían, los amos se aprovechaban de mi edad. Además, tenía una hija lavandera en el río. Algo ganaba. Entre los dos nos apañábamos. También lo pasaba mal. Todo el día metida hasta medio cuerpo en el cajón, con lluvia, con nieve, con ese viento que te corta la cara; tanto si hiela como si no, hay que lavar; hay personas que no tienen mucha ropa blanca y no se las puede hacer esperar; si no vas a lavar, se te marcha la parroquia. Los tablones no encajan bien y te caen gotas de agua por todos lados. Tienes las faldas mojadas, las de arriba y las de abajo. Y va haciendo mella. Trabajó también en el lavadero de Les Enfants-Rouges, donde llega el agua por unos grifos. No hay que meterse en el cajón. Lavas delante del grifo y aclaras detrás, en el pilón. Como es un sitio cerrado, pasas menos frío. Pero hay un vapor de agua caliente que es malísimo para los ojos. Volvía a las siete de la tarde y se metía en la cama enseguida de cansada que estaba. Su marido le pegaba. Se murió. No hemos tenido mucha suerte que digamos. Era una buena chica que no iba al baile ni se metía en nada. Me acuerdo de un martes de carnaval en que ya estaba acostada a las ocho. Y así son las cosas. Digo la verdad. Lo que tienen que hacer es preguntar. ¡Ah, sí, claro, preguntar! Qué tonto soy. París es un pozo sin fondo. ¿Quién conoce al Champmathieu? Pero ya les tengo dicho que me conoce el señor Baloup. Pregunten donde el señor Baloup. Y, además, yo no sé por qué andan ustedes conmigo a vueltas.

El hombre calló y se quedó de pie. Había dicho todo aquello con voz alta, apresurada, ronca, dura y afónica, con algo así como una ingenuidad irritada y arisca. Se interrumpió una vez para saludar a alguien de entre el gentío. Esas especies de afirmaciones que parecía soltar al azar, abruptamente, le salían como hipidos, y les añadía a todas el ademán del leñador cortando leña. Cuando hubo acabado, el auditorio se echó a reír. Miró al público y, al ver que la gente se reía, él también se rió.

Aquello era lúgubre.

El presidente, hombre atento y benévolo, intervino.

Recordó a los «señores del jurado» que «habían citado en vano al señor Baloup, el exmaestro carpintero con el que el acusado decía haber trabajado. Había quebrado y no habían podido localizarlo». Luego, volviéndose hacia el acusado, lo instó a atender a lo que iba a decirse y añadió:

—Está en una situación en que hay que reflexionar. Pesan sobre usted las presunciones más serias y que pueden acarrearle consecuencias capitales. Acusado, por su propio interés me dirijo a usted por última vez, explíquese claramente acerca de estos dos hechos: el primero, ¿escaló usted sí o no la tapia de Le Clos Pierron, arrancó la rama y robó las manzanas, es decir, cometió el delito de robo con escalo? Y el segundo, ¿es usted sí o no el presidiario en libertad Jean Valjean?

El acusado asintió con la cabeza, con expresión competente, como un hombre que ha entendido bien y que sabe lo que va a contestar. Abrió la boca, se volvió hacia el presidente y dijo:

—Para empezar…

Luego miró el gorro, miró al techo y se calló.

—Acusado —añadió el fiscal con voz severa—, tenga cuidado. No está contestando a nada de lo que le preguntan. Su turbación lo condena. Está claro que no se llama Champmathieu, que es el presidiario Jean Valjean, que se ocultó primero con el nombre de Jean Mathieu, que era el apellido de su madre, que estuvo en Auvernia y que nació en Faverolles, donde era podador. Está claro que robó con escalo unas manzanas maduras en Le Clos Pierron. Los señores del jurado opinarán.

El acusado había acabado por volver a sentarse; se puso de pie de repente, cuando acabó de hablar el fiscal, y exclamó:

—¡Es usted un hombre muy malo! Eso es lo que quería decir. Hace un rato no me venían las ideas. No he robado nada. Soy un hombre que no come a diario. Venía de Ailly, iba por la zona aquella después de un chaparrón que había dejado el campo amarillo del todo, que hasta las charcas se desbordaban y que de la arena no asomaban ya más que briznas de hierba al filo de la carretera; me encontré en el suelo con una rama arrancada donde había manzanas, recogí la rama sin saber que me iba a traer un disgusto. Llevo tres meses preso y me llevan de acá para allá. Y a ver qué más voy a decir; se meten conmigo, me dicen: ¡responda! El gendarme, que es muy buena persona, me da con el codo y me dice por lo bajo: «Venga, responde». Y yo no sé explicar las cosas, no tengo estudios, soy un pobre hombre. No darse cuenta de eso es lo que hacen ustedes mal. No robé, recogí cosas que había en el suelo. ¡Dicen Jean Valjean y Jean Mathieu! Yo no conozco a esas personas. Serán de algún pueblo. Yo trabajé con el señor Baloup, en el bulevar de L'Hôpital. Me llamo Champmathieu. Son muy listos cuando me dicen dónde nací. Yo no lo sé. No todo el mundo tiene casa para venir al mundo. Sería muy fácil. Creo que mis padres eran gente que iba por los caminos. No estoy enterado de nada más. Cuando era pequeño, me llamaban Niño; ahora me llaman Viejo. Ésos son mis nombres de pila. Lo pueden tomar como les parezca. ¡Estuve en Auvernia, estuve en Faverolles, qué demonios! ¿Y eso qué? ¿No puede uno haber estado en Auvernia y haber estado en Faverolles sin haber estado en presidio? Les digo que no he robado y que soy el Champmathieu. Trabajé con el señor Bal oup, y allí estaba domiciliado. ¡Ya estoy harto de tanta tontería! ¿Por qué se mete conmigo todo el mundo con esa saña?

El fiscal se había quedado de pie; se dirigió al presidente:

—Señor presidente, en vista de las negativas confusas, pero habilísimas, del acusado, que tiene mucho empeño en que lo tomemos por idiota, pero que no lo va a conseguir —avisado queda—, solicitamos de usted que tenga a bien volver a llamar a este recinto a los condenados Brevet, Cochepaille y Chenildieu y al inspector de policía Javert para preguntarles por última vez si la identidad del acusado es la del presidiario Jean Valjean.

—Hago notar al señor fiscal —dijo el presidente— que el inspector de policía Javert, cuya presencia requerían sus obligaciones en una vecina capital de provincia, se ausentó de la audiencia e incluso de la ciudad nada más testificar. Lo autorizamos a ello con el beneplácito del señor fiscal y del defensor del acusado.

—Efectivamente, señor presidente —respondió el fiscal—. En ausencia del señor Javert, me creo en la obligación de recordar a los señores del jurado lo que dijo aquí en persona hace pocas horas. Javert goza de consideración y honra con su probidad rigurosa y estricta su cometido, inferior pero importante. Éstas son las palabras con que testificó: «No preciso siquiera las presunciones morales ni las pruebas materiales que desmienten las negativas del acusado. Lo reconozco sin lugar a dudas. Ese hombre no se llama Champmathieu, es un expresidiario, muy mala persona y muy temido, que se llama Jean Valjean. Lamentaron mucho tener que dejarlo en libertad cuando cumplió la condena. Estuvo diecinueve años cumpliendo trabajos forzados por robo con agravantes. Intentó evadirse cinco o seis veces. Además del robo Petit-Gervais y del robo Pierron, sospecho que cometió un robo también en casa de Su Ilustrísima, el difunto obispo de Digne. Lo vi con frecuencia cuando era ayudante del cómitre en el presidio de Tolón. Repito que lo reconozco sin lugar a dudas».

Aquella declaración tan específica pareció impresionar mucho al público y al jurado. El fiscal concluyó insistiendo en que, a falta de Javert, volvieran a oír a los tres testigos Brevet, Chenildieu y Cochepaille y se les preguntase solemnemente.

El presidente le dio una orden a un ujier y, poco después, se abrió la puerta de la sala de los testigos. El ujier, a quien acompañaba un gendarme listo para auxiliarlo, hizo pasar al condenado Brevet. El auditorio estaba en vilo y todos los pechos latían como si tuvieran un alma única.

El antiguo presidiario Brevet vestía la chaqueta negra y gris de los penales. Brevet era un hombre de unos sesenta años que tenía la cara de un hombre de negocios y la expresión de un sinvergüenza. Son cosas que van a veces juntas. Había llegado, en la cárcel adonde había vuelto por nuevos delitos, a algo así como carcelero. Decían de él sus jefes: Intenta resultar de utilidad. Los capellanes daban buenos informes acerca de sus hábitos piadosos. No debemos olvidar que todo esto sucedía en tiempos de la Restauración.

—Brevet —dijo el presidente— es reo de una pena infamante y, por lo tanto, no puede prestar juramento.

Brevet bajó la vista.

—No obstante —añadió el presidente—, incluso en el hombre a quien la ley ha degradado puede seguir habiendo, cuando así lo permite la compasión divina, un sentimiento de honor y de equidad. A ese sentimiento apelo en esta hora decisiva. Si todavía lo posee en usted, y eso espero, reflexione antes de contestarme; tenga en cuenta, por una parte, a este hombre, a quien puede perder una palabra suya; y tenga en cuenta, por otra, a la justicia, a la que puede aportar luz una palabra suya. Es un instante solemne y está usted a tiempo de retractarse si cree haberse equivocado.

Póngase en pie, acusado. Brevet, mire bien al acusado, reúna los recuerdos y díganos, en conciencia, si persiste en reconocer en este hombre a su antiguo compañero de presidio Jean Valjean.

Brevet miró al acusado y, luego, se dirigió al tribunal.

—Sí, señor presidente. Fui el primero en reconocerlo y persisto. Ese hombre es Jean Valjean, que llegó a Tolón en 1796 y salió en 1815. Yo salí el año siguiente. Ahora parece un animal, así que será la edad la que lo ha embrutecido. En presidio era solapado. Lo reconozco positivamente.

—Vaya a sentarse —dijo el presidente—. Acusado, siga de pie.

Hicieron pasar a Chenildieu, condenado a perpetuidad al presidio, como lo indicaban la chaqueta roja y el gorro verde. Cumplía condena en el presidio de Tolón, de donde lo habían sacado para el caso aquel. Era un hombrecillo de alrededor de cincuenta años, vivaracho, arrugado, enteco, amarillo, descarado y febril, que tenía en todos los miembros y en toda su persona una especie de debilidad enfermiza y, en la mirada, una fuerza inmensa. Sus compañeros de presidio le habían puesto de mote De-Dios-reniego.

El presidente le dijo más o menos lo mismo que a Brevet. Cuando le recordó aquella condición infamante suya que le impedía prestar juramento, Chenildieu alzó la cabeza y miró cara a cara al público. El presidente lo instó a que se concentrara y le preguntó, como a Brevet, si persistía en reconocer al acusado.

Chenildieu soltó la carcajada.

—¡Anda, ya lo creo que lo reconozco! Estuvimos cinco años sujetos a la misma cadena. ¿No me ajuntas ya, amigo?

—Vaya a sentarse —dijo el presidente.

El ujier trajo a Cochepaille. Aquel otro condenado a perpetuidad, que venía del presidio e iba vestido de rojo como Chenildieu, era un campesino de Lourdes y oso de los Pirineos a medias. Había sido pastor en la montaña y de pastor había pasado a bandido. Cochepaille no estaba menos asilvestrado que el acusado y parecía aún más estúpido. Era uno de esos desdichados que son, por obra y gracia de la naturaleza, esbozos de fiera y a quienes la sociedad remata haciéndolos presidiarios.

El presidente intentó inmutarlo con unas cuantas palabras patéticas y serias y le preguntó, como a los otros, si persistía, sin turbación ni titubeo, en reconocer al hombre que tenía delante.

—Es Jean Valjean —dijo Cochepaille—. Y además lo llamaban Jean el Gato por lo fuerte que era.

Todas las afirmaciones de aquellos tres hombres, evidentemente sinceras y de buena fe, habían conseguido del auditorio un murmullo de muy mal augurio para el acusado, un murmullo que crecía y duraba más cada vez que una nueva declaración se sumaba a la anterior. El acusado, por su parte, las había oído con aquella cara de asombro que, según la acusación, era su principal medio de defensa. Con la primera, los gendarmes lo oyeron refunfuñar entre dientes: «¡Ah, muy bien! ¡Ya tenemos uno!». Después de la segunda, dijo algo más alto y casi con cara de satisfacción: «¡Vaya!». Y, tras la tercera, exclamó: «¡Estupendo!».

El presidente se dirigió a él:

—Acusado, ya lo ha oído. ¿Qué tiene que decir? Éste contestó:

—¡Digo que estupendo!

Brotó un murmullo del público en el que casi participó el jurado.

Resultaba evidente que el hombre estaba perdido.

—Ujieres —dijo el presidente—. Impongan silencio. Voy a cerrar el juicio oral.

En ese momento, hubo una alteración muy cerca del presidente. Se oyó una voz que gritaba:

—¡Brevet, Chenildieu, Cochepaille! Mirad hacia acá.

Todos cuantos oyeron esa voz se quedaron helados, de tan lamentable y terrible como era. Se volvieron las miradas hacia el punto del que procedía. Un hombre que se hallaba entre los espectadores privilegiados que se sentaban detrás del tribunal había empujado la puerta de la barandilla que separaba el tribunal de la sala de audiencias y estaba de pie, en medio de la sala. El presidente, el fiscal, el señor Bamatabois, veinte personas, lo reconocieron y exclamaron a un tiempo:

—¡El señor Madeleine!

XI
CHAMPMATHIEU CADA VEZ MÁS ASOMBRADO

Efectivamente era él. La lámpara del secretario le iluminaba el rostro. Tenía el sombrero en la mano y ningún desorden en la ropa; llevaba la levita primorosamente abrochada. Estaba muy pálido y temblaba un poco. Tenía ahora el pelo, gris aún al llegar a Arras, blanco del todo. Había encanecido en la hora que llevaba allí.

Todas las cabezas se enderezaron. La sensación fue indescriptible. Hubo en el auditorio un breve titubeo. La voz había sido tan dolorosa y el hombre que estaba allí parecía tan sereno que, de entrada, nadie entendió nada. Todo el mundo se preguntaba quién había gritado. No podía nadie creer que fuera aquel hombre tan tranquilo quien había soltado ese grito aterrador.

Aquella indecisión sólo duró unos segundos. Antes incluso de que el presidente y el fiscal hubiesen podido decir palabra, antes de que los gendarmes y los ujieres hubieran podido hacer un gesto, el hombre a quien todos llamaban aún en aquel momento señor Madeleine se había acercado a los testigos Cochepaille, Brevet y Chenildieu.

—¿No me reconocéis? —preguntó.

Los tres se quedaron desconcertados e indicaron moviendo la cabeza que no lo conocían. Cochepaille, intimidado, hizo un saludo militar. El señor Madeleine se volvió hacia los miembros del jurado y hacia el tribunal y dijo con voz suave:

—Señores del jurado, pidan que pongan en libertad al acusado. Señor presidente, mande que me detengan. El hombre que buscan no es él, soy yo. Soy Jean Valjean.

Ni una boca respiraba. Tras la primera conmoción de asombro vino un silencio sepulcral. Se notaba en la sala esa especie de terror religioso que se adueña de la muchedumbre cuando sucede algo grande.

No obstante, el rostro del presidente mostraba simpatía y tristeza; cruzó una seña rápida con el fiscal y unas cuantas palabras en voz baja con los consejeros asesores. Dirigiéndose al público, preguntó con una entonación que todos entendieron:

—¿Hay un médico en la sala? El fiscal tomó la palabra:

—Señores del jurado, este incidente tan extraño e inesperado que interfiere en la audiencia no nos inspira, como también les sucederá a ustedes, sino un sentimiento que no necesitamos expresar. Todos conocen, al menos de reputación, al honorable señor Madeleine, alcalde de Montreuil-sur-Mer. Si hay un médico entre el auditorio, nos sumamos al señor presidente para rogarle que tenga a bien auxiliar al señor Madeleine y llevarlo a su domicilio.

El señor Madeleine no dejó que el fiscal general terminase de hablar. Lo interrumpió con una entonación rebosante de mansedumbre y de autoridad. Éstas son las palabras que pronunció, tal y como las escribió después de la audiencia uno de los testigos de la escena, tal y como les retumban aún en los oídos a quienes las oyeron hace, en la actualidad, casi cuarenta años.

—Le estoy muy agradecido, señor fiscal, pero no estoy loco. Ya verá. Estaban ustedes a punto de cometer una gran equivocación, suelten a ese hombre; cumplo con un deber, yo soy ese desventurado condenado. Soy el único aquí que ve las cosas como son y les digo la verdad. Lo que estoy haciendo en este momento lo está mirando Dios, que está allá arriba, y con eso basta. Pueden detenerme, ya que estoy aquí. Y eso que lo hice todo lo mejor que supe. Me oculté con otro nombre; me hice rico, llegué a alcalde; quise volver a las filas de la gente honrada. Por lo visto, no es posible. En fin, hay muchas cosas que no puedo decir, no voy a contarles mi vida, ya se sabrá algún día. Robé al señor obispo, es cierto; robé a Petit-Gervais, es cierto. Tenía razón quien ha dicho que Jean Valjean era un desgraciado y muy mala persona. Quizá no sea todo culpa suya. Atiendan, señores jueces, un hombre que ha caído tan bajo como yo no puede reprocharle nada a la Providencia ni darle consejo alguno a la sociedad; pero, miren ustedes, la infamia de la que intenté salir es muy dañina. El presidio hace al presidiario. Que les quede claro esto, si les parece. Antes del presidio, yo era un pobre campesino con muy poca inteligencia, algo así como un idiota; el presidio me cambió. Era tonto y me volví malo; era tronco y me volví tizón. Andando el tiempo, me salvaron la indulgencia y la bondad, igual que me había perdido la severidad. Pero les pido perdón, no pueden entender qué les estoy diciendo. Encontrarán en mi casa, entre las cenizas de la chimenea, la moneda de dos francos que le robé hace siete años a Petit- Gervais. No tengo nada que añadir. Deténganme. Ya veo, ya, que el señor fiscal general mueve la cabeza. Se está diciendo: el señor Madeleine se ha vuelto loco. ¡Y no me cree! ¡Me disgusta mucho. Pero al menos no condenen a este hombre! ¡Cómo! ¡Éstos no me reconocen! Me gustaría que estuviera aquí Javert. ¡Él sí que me reconocería!

Nada podría expresar cuánta melancolía bondadosa y taciturna había en el tono que acompañaba a aquellas palabras.

Se volvió hacia los tres presidiarios:

—¡Pues yo sí que os reconozco! ¡Brevet! ¿Se acuerda…? Se interrumpió, titubeó un momento y dijo:

—¿Te acuerdas de aquellos tirantes a cuadros de punto que tenías en presidio?

Brevet tuvo un sobresalto de sorpresa y lo miró de pies a cabeza con expresión asustada. El señor Madeleine siguió diciendo:

—Chenildieu, te pusiste tú mismo el apodo De-Dios-reniego; tienes una quemadura tremenda en todo el hombro derecho porque te tiraste un día encima de un infiernillo lleno de brasas para borrar las letras T. F. P. que, pese a todo, se siguen viendo. ¿Es cierto? Contesta.

—Es cierto —dice Chenildieu. Se dirigió a Cochepaille:

—Cochepaille, junto a la sangría del brazo izquierdo llevas una fecha grabada en letras azules con pólvora quemada. Es la fecha del desembarco del emperador en Cannes, 1º de marzo de 1815. Súbete la manga.

Cochepaille se subió la manga y todas las miradas de los de alrededor fueron a clavarse en el brazo al aire. Un gendarme acercó una lámpara; allí estaba la fecha.

El pobre hombre se volvió hacia el auditorio y hacia los jueces con una sonrisa que consterna aún a cuantos la vieron cuando la recuerdan. Era la sonrisa de la victoria, pero también era la sonrisa de la desesperación.

—Ya ven que soy Jean Valjean.

No había ya en el recinto ni jueces, ni acusadores, ni gendarmes; sólo había miradas fijas y corazones enternecidos. Nadie se acordaba ya del papel que tenía que desempeñar; al fiscal se le olvidaba que estaba allí para acusar, al presidente que estaba para presidir, y al abogado que estaba para defender. Cosa extraordinaria, nadie hizo pregunta alguna, no intervino ninguna autoridad. Lo propio de los espectáculos sublimes es que se adueñan de todas las almas y convierten a todos los testigos en espectadores. Es posible que nadie se diera cuenta de lo que notaba; seguramente ninguno se decía que estaba viendo brillar una luz muy grande; todos se sentían deslumbrados por dentro.

Era evidente que tenían delante a Jean Valjean. Y era una aparición radiante que había bastado para colmar de claridad aquella aventura tan oscura pocos momentos antes. Sin que fueran ya necesarias más explicaciones, toda aquella muchedumbre, como por una revelación eléctrica, entendió en el acto y de una simple ojeada aquella historia sencilla y espléndida de un hombre que se entregaba para que no condenasen a otro hombre en su lugar. Los detalles, las vacilaciones, las menudas resistencias posibles se perdieron en aquel desmedido acontecimiento luminoso.

Fue una impresión que se disipó pronto, pero que, sobre la marcha, fue irresistible.

—No quiero entorpecer por más tiempo la audiencia —añadió Jean Valjean—. Me marcho, ya que no me detienen. Tengo que hacer varias cosas. El señor fiscal sabe quién soy, sabe dónde voy y me mandará detener cuando le parezca.

Se encaminó hacia la puerta de salida. No se alzó ni una voz, ni se tendió brazo alguno para impedírselo. Todo el mundo se apartó. Había en aquel momento ese toque divino que hace que las muchedumbres retrocedan y se pongan en fila para dejar pasar a un hombre. Cruzó entre el gentío con andares reposados. Nunca se supo quién abrió la puerta, pero el caso es que la puerta estaba abierta cuando llegó a ella. Una vez allí, se volvió y dijo:

—Señor fiscal, quedo a su disposición.

Luego, se dirigió al auditorio:

—A todos cuantos están aquí les parezco digno de compasión, ¿verdad? ¡Dios mío! Cuando pienso en lo que estuve a punto de hacer, me considero digno de envidia. Aunque habría preferido que no ocurriera nada de esto.

Salió y la puerta se cerró de la misma forma que se había abierto, porque quienes hacen ciertas cosas soberanas tienen siempre la seguridad de que alguien de entre el gentío se pondrá a su servicio.

Había transcurrido menos de una hora cuando el veredicto del jurado desestimó toda acusación contra el llamado Champmathieu; y Champmathieu, a quien pusieron en libertad en el acto, se fue, estupefacto, pensando que todos los hombres estaban locos y sin entender nada de la visión que había presenciado.

**LIBRO OCTAVO
REPERCUSIONES**

**I
EN QUÉ ESPEJO SE MIRÓ EL PELO EL SEÑOR
MADELEINE**

Empezaba a apuntar el día. Fantine había pasado una noche de fiebre e insomnio, aunque, por otra parte, repleta de imágenes hermosas: se quedó dormida al amanecer. Sor Simplice, que la había estado velando, aprovechó ese sueño para ir a preparar otra poción de quinina. La buena hermana llevaba unos momentos en el laboratorio de la enfermería, inclinada sobre las drogas y los frasquitos, y mirándolo todo de muy cerca debido a esa bruma con que el crepúsculo matutino cubre los objetos. Volvió de repente la cabeza y dio un leve grito. Tenía ante sí al señor Madeleine. Acababa de entrar sin hacer ruido.

—¡Es usted, señor alcalde! —exclamó. Él contestó en voz baja:

—¿Cómo está esa pobre mujer?

—No está mal ahora mismo. Pero ¡le aseguro que nos ha tenido muy preocupados!

Le explicó lo que había ocurrido, que Fantine estaba muy mal la víspera y que ahora estaba mejor porque creía que el señor alcalde había ido a buscar a su hija a Montfermeil. La monja no se atrevió a hacerle preguntas al señor alcalde, pero le notó perfectamente por el aspecto que no venía de ese sitio.

—Todo eso está muy bien —dijo—; ha acertado no desengañándola.

—Sí —respondió la monja—, pero ahora, señor alcalde, cuando lo vea a usted y no vea a la niña, ¿qué vamos a decirle?

Él se quedó pensativo un ratito.

—Dios nos inspirará —dijo.

—Pero no podremos mentirle pese a todo —susurró la monja a media voz.

Ya era completamente de día en la habitación. La luz le dio de lleno al señor Madeleine. Quiso la casualidad que la monja alzase la vista.

—¡Dios mío, señor alcalde! —exclamó—. ¿Qué le ha sucedido? ¡Se le ha puesto todo el pelo blanco!

—¿Blanco? —dijo él.

263

Sor Simplice no tenía espejo; rebuscó en un botiquín y sacó un espejito que usaba el médico de la enfermería para comprobar que un enfermo había fallecido y ya no respiraba. El señor Madeleine cogió el espejo, se miró el pelo y dijo: «¡Anda!».

Lo dijo con indiferencia y como si estuviera pensando en otra cosa.

La monja sintió que la dejaba helada algo desconocido que vislumbraba. Él preguntó:

—¿Puedo verla?

—¿El señor alcalde no le va a traer a su niña? —dijo la hermana, atreviéndose apenas a hacer una pregunta.

—Desde luego que sí, pero harán falta por lo menos dos o tres días.

—Si hasta entonces no viera al señor alcalde —siguió diciendo tímidamente la monja—, no sabría que el señor alcalde ha vuelto, sería fácil conseguir que tuviera paciencia y, cuando llegase la niña, pensaría lógicamente que el señor alcalde ha vuelto con ella. Y no tendríamos que decir una mentira.

El señor Madeleine pareció que se quedaba pensando por unos momentos; luego dijo con su tranquila seriedad:

—No, hermana, he de verla. A lo mejor tengo prisa.

La monja no pareció fijarse en aquel «a lo mejor» que daba un sentido misterioso y singular a las palabras del señor alcalde. Contestó, bajando respetuosamente los ojos y la voz:

—En tal caso, está descansando, pero el señor alcalde puede pasar.

Él hizo unos cuantos comentarios acerca de una puerta que cerraba mal y cuyo ruido podía despertar a la enferma, luego entró en la habitación de Fantine, se acercó a la cama y entreabrió las cortinas. Estaba dormida. Le brotaba la respiración del pecho con ese ruido trágico propio de enfermedades como aquélla y que consterna a las pobres madres cuando velan de noche a su hijo condenado y dormido. Pero aquella respiración penosa apenas si alteraba algo que tenía en la cara, semejante a una serenidad inefable, que la transfiguraba durante el sueño. La palidez se había vuelto blancura: tenía las mejillas sonrojadas. Las largas pestañas rubias, la única hermosura que aún conservaba de los tiempos de virginidad y juventud, palpitaban, aunque sin alzarse. Se estremecía toda ella con a saber qué despliegue de alas a punto de abrirse a medias y llevársela, cuyo estremecimiento se notaba, aunque no fuera aparente. Al verla así, nadie habría podido creer que era una enferma en estado casi desesperado. Parecía más un ser que va a echar a volar que un ser que va a morir.

La rama, cuando se acerca una mano para cortar la flor, siente un escalofrío y parece que al tiempo se hurta y se brinda. En el cuerpo humano hay algo de ese estremecimiento cuando llega el instante en que los dedos misteriosos de la muerte van a cortar el alma.

El señor Madeleine se quedó un rato inmóvil junto a aquella cama, mirando por turnos a la enferma y el crucifijo, como había hecho dos meses antes cuando fue por primera vez a verla a aquel asilo. Otra vez estaban allí ambos en la misma postura: ella dormía y él rezaba; pero ahora, tras aquellos dos meses, ella tenía canas grises, y él, el pelo blanco.

La monja no había entrado con él. Y él estaba junto a la cama, de pie, con un dedo en los labios, como si hubiera habido en la habitación alguien a quien mandar callar.

Fantine abrió los ojos y lo vio; y dijo tranquilamente, con una sonrisa:

—¿Y Cosette?

II
FANTINE FELIZ

No tuvo ni un ademán de sorpresa ni un ademán de alegría; la alegría en persona era ella. Aquella sencilla pregunta: «¿Y Cosette?», la hizo con una fe tan profunda, con tanta certidumbre, con una ausencia tan completa de preocupación y de duda, que él no supo qué decir. Ella añadió:

—Sabía que estaba usted aquí. Estaba dormida, pero lo veía. Hace mucho que lo veo. Lo he seguido con la vista toda la noche. Estaba en un nimbo y tenía alrededor muchas figuras celestiales de todas clases.

Él alzó la mirada hacia el crucifijo.

—Pero —siguió diciendo Fantine—, dígame dónde está Cosette. ¿Por qué no me la ha puesto encima de la cama para cuando me despertara?

El señor Madeleine contestó automáticamente algo que nunca pudo recordar más adelante.

Afortunadamente entró el médico, a quien habían avisado. Acudió en ayuda del señor Madeleine.

—Hija mía —dijo el médico—, tranquilícese. Ha llegado su hija.

A Fantine se le iluminaron los ojos, que le inundaron de claridad todo el rostro. Unió las manos con una expresión en que estaba toda la violencia y toda la dulzura que pueden darse a un tiempo en la oración:

—¡Ay! —exclamó—. ¡Que la traigan!

¡Conmovedora ilusión de madre! Cosette seguía siendo para ella la niña pequeña a la que hay que traer.

—Todavía no —dijo el médico—. Ahora mismo, no. Tiene usted todavía un resto de fiebre. Ver a su hija la alteraría y le sentaría mal. Primero tiene que curarse.

Ella lo interrumpió impetuosamente:

—¡Pero si ya estoy curada! ¡Le digo que estoy curada! ¡Será borrico este médico! ¡Ea, quiero ver a mi niña!

—Ya ve —dijo el médico— cómo se pone. Mientras esté así, me opondré a que vea a su hija. No basta con verla, hay que vivir para ella. Cuando se porte usted bien, se la traeré yo mismo.

La pobre madre agachó la cabeza.

—Le pido perdón, doctor. Le pido perdón de verdad. Antes no habría hablado como acabo de hacerlo; me han ocurrido tantas desgracias que a veces no sé ya ni lo que digo. Le da a usted miedo la emoción, lo entiendo; esperaré todo lo que usted quiera, pero le juro que no me habría sentado mal ver a mi hija. La estoy viendo, no le quito la vista de encima desde ayer por la noche. ¿Sabe? Si me la trajeran ahora me pondría a hablarle despacito. Y nada más. ¿No es de lo más natural que tenga ganas de ver a mi niña, a la que han ido a buscarme expresamente a Montfermeil? No estoy enfadada. Sé que voy a ser feliz. Me he pasado la noche viendo cosas blancas y personas que me sonreían. Cuando al doctor le parezca, me traerá a mi Cosette. Ya no tengo fiebre, porque estoy curada; noto perfectamente que ya no me pasa nada; pero voy a hacer como si estuviera enferma y a no moverme para darles gusto a las hermanas de aquí. Cuando todo el mundo vea que estoy muy tranquila, dirán: hay que darle a su niña.

El señor Madeleine se había sentado en una silla que había junto a la cama. Fantine se volvió hacia él; hacía esfuerzos visibles para parecer tranquila y «portarse muy bien», como decía ella en esa debilidad de la enfermedad que se parece a la infancia, para que, al verla tan sosegada, no pusieran pegas para traerle a Cosette. Pero, al tiempo que se contenía, no podía por menos de hacerle mil preguntas al señor Madeleine.

—¿Ha tenido buen viaje, señor alcalde? ¡Ay, qué bueno ha sido de haber ido a buscármela! Dígame nada más cómo está. ¿Aguantó bien el viaje? ¡Ay, no me va a reconocer! ¡Ha pasado tanto tiempo!, ¡se habrá olvidado de mí, la chiquitina! Los niños no tienen memoria. Son como pájaros. Hoy ven una cosa y mañana otra y no se acuerdan de nada. ¿Tendría ropa blanca, no? ¿Los Thénardier esos la tenían como es debido? ¿Qué le daban de comer? ¡Ay, si supiera cuánto he sufrido cuando estaba en la miseria y me hacía todas esas preguntas! Ahora ya pasó. Estoy alegre. ¡Ay, cuánto me gustaría verla! Señor alcalde, ¿le ha parecido guapa? ¿Verdad que es guapa mi hija? ¡Ha debido usted de pasar mucho frío en la diligencia! ¿No podrían traérmela sólo un momentito? Y, luego, que se la llevaran enseguida. ¡Ande, dígalo usted, que es el que manda! ¡Si usted quisiera!

El señor Madeleine le cogió la mano:

—Cosette es guapa —dijo—, Cosette está bien, pronto la verá, pero tranquilícese. Habla con demasiada vehemencia y, además, se destapa los brazos y le da tos.

Efectivamente, a Fantine le cortaban la palabra cada dos por tres los accesos de tos.

Fantine no protestó; temió que aquellas quejas suyas, demasiado apasionadas, hubieran puesto en entredicho la confianza que quería inspirar; y se puso a hablar de cosas indiferentes.

—No está mal Montfermeil, ¿verdad? En verano la gente va allí de jira.

¿Les va bien el negocio a los Thénardier? No pasa mucha gente por la zona en que están ellos. Es algo así como un figón la posada esa.

El señor Madeleine le seguía teniendo la mano cogida y la miraba ansiosamente; estaba claro que había ido para decirle algunas cosas y ahora no acababa de decidirse. El médico, tras pasar consulta, se había marchado. Sólo sor Simplice se había quedado con ellos.

En éstas, en medio del silencio, Fantine exclamó:

—¡La oigo, Dios mío, la oigo!

Alargó el brazo para mandar callar a quienes la rodeaban, contuvo el aliento y se puso a atender con arrobo.

Había un niño jugando en el patio; el niño de la portera o de cualquiera de las operarias. Se trataba de una de esas casualidades que siempre ocurren y que parecen pertenecer a la misteriosa escenificación de los acontecimientos lúgubres. Era una niña, que iba, venía, corría para entrar en calor, se reía y cantaba alto. ¡Ay, con qué no se mezclan los juegos de los niños! Era a esa niña a quien oía cantar Fantine.

—¡Ah! —siguió diciendo—. ¡Es mi Cosette! ¡Le reconozco la voz!

La niña se alejó como había venido y la voz dejó de oírse. Fantine estuvo atendiendo otro rato y luego se le ensombreció la cara y el señor Madeleine oyó que decía en voz baja:

—¡Qué malo es ese médico que no me deja ver a mi hija! ¡Qué cara tan antipática tiene ese hombre!

Pero le volvieron las ideas risueñas. Siguió hablando consigo misma, con la cabeza en la almohada: «¡Qué felices vamos a ser! ¡Para empezar, tendremos un jardincito! El señor Madeleine me lo ha prometido. Mi hija jugará en el jardín. A estas alturas debe de saberse el alfabeto. La haré deletrear. Correrá por la hierba con las mariposas. La miraré. Y además hará la primera comunión. A ver, ¿cuándo hará la primera comunión?».

Se puso a contar con los dedos.

—… Uno, dos, tres, cuatro… tiene siete años. Dentro de cinco años. Llevará un velo blanco y medias caladas, parecerá una mujercita. ¡Ay, hermanita, no sabe qué tonta estoy! ¿Pues no estoy pensando en la primera comunión de mi hija?

Y se echó a reír.

El señor Madeleine le había soltado la mano a Fantine. Escuchaba aquellas palabras como quien escucha cómo sopla el viento, con los ojos clavados en el suelo y la mente sumida en reflexiones insondables. Fantine, de repente, dejó de hablar; y el señor Madeleine alzó automáticamente la cabeza. Daba miedo ver a Fantine.

Ya no hablaba, ya no respiraba; se había incorporado y estaba sentada a medias; un hombro flaco le asomaba del camisón; el rostro, radiante hacía un momento, se le había puesto lívido y parecía mirar fijamente algo tremendo que tuviera delante, en la otra punta de la habitación, con pupilas que dilataba el terror.

—¡Dios mío! —exclamó el señor Madeleine—. ¿Qué le pasa, Fantine?

Ella no contestó ni apartó la vista de lo que estuviera mirando; le dio en el brazo con una mano y con la otra le hizo una seña para que mirase a su espalda.

El señor Madeleine se volvió y vio a Javert.

III
JAVERT CONTENTO

Había sucedido lo siguiente.

Acababan de dar las doce y media cuando el señor Madeleine salió de la sala de audiencias de Arras. Volvió a la posada con el tiempo justo para marcharse en la silla de posta donde recordaremos que había reservado un asiento. Poco antes de las seis de la mañana, llegó a Montreuil-sur-Mer y lo primero que hizo fue enviar por correo la carta al señor Laffitte y entrar, luego, en la enfermería a ver a Fantine.

Entre tanto, en cuanto hubo salido él de la sala de audiencias del tribunal de lo criminal, el fiscal, recuperado del primer sobresalto, tomó la palabra para lamentar el arrebato de locura del honorable alcalde de Montreuil-sur-Mer, declarar que aquel peculiar incidente, que se aclararía más adelante, no modificaba en absoluto sus convencimientos y requerir, por el momento, la condena de Champmathieu, que no podía por menos de ser el auténtico Jean Valjean. La persistencia del fiscal estaba claro que no se compadecía con el sentimiento de los demás, del público, del tribunal y del jurado. Al defensor le costó poco refutar esa arenga y dejar demostrado que, tras las revelaciones del señor Madeleine, es decir, del auténtico Jean Valjean, el caso había dado un vuelco completo. Lo que tenía ante los ojos el jurado era un inocente. El abogado sacó de ahí unos cuantos epifonemas, bastante manidos por desgracia, acerca de los errores judiciales, etc., etc.; el presidente, en el resumen que llevó a cabo, se sumó al defensor y el jurado tardó pocos minutos en excluir del proceso a Champmathieu.

Pero el fiscal necesitaba un Jean Valjean y, como se había quedado sin Champmathieu, echó mano de Madeleine.

No bien estuvo en libertad Champmathieu, el fiscal se encerró con el presidente. Deliberaron «acerca de la necesidad de llevar a cabo la detención de la persona del señor alcalde de Montreuil-sur-Mer». Esa frase, en que había muchos de, es del fiscal, escrita de punta a cabo y de su puño y letra en la minuta de su informe al procurador general del reino. Pasada la primera conmoción, el presidente no puso objeciones. La justicia tenía que seguir adelante, no quedaba más remedio. Y, además, por no callarnos nada, aunque el presidente fuera un hombre bueno y bastante inteligente, era también muy monárquico, casi fervorosamente monárquico, y le había molestado que el alcalde de Montreuil-sur-Mer, al hablar del desembarco en Cannes, hubiera dicho el emperador y no Buonaparte.

Se expidió, pues, la orden de detención. El fiscal la envió a Montreuil- sur-Mer a cargo de un mensajero que galopó a rienda suelta para encomendar la detención al inspector de policía Javert.

Sabemos que Javert habría regresado a Montreuil-sur-Mer inmediatamente después de prestar testimonio.

Javert estaba recién levantado cuando el mensajero le entregó la orden de prender a Jean Valjean para que compareciera ante el juez.

El mensajero era también policía y muy entendido y, en dos palabras, puso a Javert al tanto de lo que había sucedido en Arras. La orden de detención, que llevaba la firma del fiscal, decía lo siguiente: «El inspector Javert ha de detener al hombre conocido por Madeleine, alcalde de Montreuil-sur-Mer, cuya identidad ha quedado establecida en la audiencia del día de hoy y es la de Jean Valjean, liberado en su día del presidio».

Quien no conociera a Javert y lo hubiera visto en el momento en que entró en el vestíbulo de la enfermería no habría podido intuir nada de lo que estaba sucediendo y le habría parecido que tenía un aspecto de lo más normal. Estaba frío, tranquilo, serio, llevaba el pelo gris atusado a la perfección en las sienes y acababa de subir la escalera de la forma pausada en que solía. Quien lo conociera a fondo y lo examinase atentamente se habría estremecido. En vez de llevar el pasador de cuello de cuero en la nuca, lo llevaba debajo de la oreja izquierda. Y eso revelaba una agitación insólita.

Javert era íntegro a más no poder; era impecable en el cumplimiento del deber y el respeto al uniforme; metódico con los granujas, rígido con los botones de la levita.

Para que se hubiera puesto mal el pasador de cuello tenía que haber padecido una de esas emociones que podríamos llamar terremotos internos.

Había acudido, sin más; había solicitado un cabo y cuatro soldados en el cuartel vecino, había dejado a los soldados en el patio y había preguntado por la habitación de Fantine a la portera, que no se malició nada, pues estaba acostumbrada a ver que personas armadas preguntaban por el señor alcalde.

Al llegar a la habitación de Fantine, Javert giró la llave, empujó la puerta con suavidad de enfermero o de policía y entró.

Hablando con propiedad, no entró. Se quedó de pie en la puerta entornada, con el sombrero en la cabeza y la mano izquierda en la levita abrochada hasta la barbilla. En el doblez del codo podía verse el pomo de plomo del gigantesco bastón, que ocultaba tras de sí.

Se quedó en esa postura casi un minuto sin que nadie se percatase de su presencia. De repente, Fantine alzó los ojos, lo vio e hizo que el señor Madeleine se diese la vuelta.

En el preciso instante en que la mirada de Madeleine se cruzó con la de Javert, Javert, sin moverse del sitio, sin hacer un movimiento, sin acercarse, se volvió horroroso. Ningún sentimiento humano consigue ser tan espantoso como la alegría.

Fue la cara de un demonio que acaba de echarle la vista encima a su réprobo.

La certidumbre de tener por fin atrapado a Jean Valjean le sacó a la cara cuanto tenía en el alma. El fondo subió hasta la superficie. La humillación de haber perdido la pista un tanto y de haberse confundido por unos minutos con el tal Champmathieu desaparecía con el orgullo de haberlo adivinado con tanto tino al principio y de haber conservado tanto tiempo un instinto acertado. El contento de Javert estalló en su actitud soberana. La deformidad del triunfo floreció en esa frente estrecha. Fue un despliegue de todo el espanto que puede causar una cara de satisfacción.

Javert en esos momentos estaba en los cielos. Sin darse cuenta con claridad, pero, no obstante, con una intuición confusa de su necesidad y de su éxito, él, Javert, era la personificación de la justicia, de la luz y de la verdad en su cometido celestial de aplastar el mal. Tenía tras de sí y a su alrededor, hasta un horizonte infinito, la autoridad, la razón, la autoridad de la cosa juzgada, la conciencia legal, la vindicta pública, todas las estrellas; protegía el orden, del rayo hacía nacer la ley, vengaba la sociedad, acudía en ayuda de lo absoluto; se erguía en el centro de una aureola; había en su triunfo un resto de desafío y de combate; a pie firme, altanero, relumbrante, exhibía en pleno azur la bestialidad sobrehumana de un arcángel feroz; la sombra temible de lo que estaba llevando a cabo convertía en visible, en su puño crispado, la llama intuida de la espada social; feliz e indignado, hollaba bajo su planta el crimen, el vicio, la rebeldía, la perdición, el infierno; estaba radiante, exterminaba, sonreía, y en aquel san Miguel monstruoso había una grandeza innegable.

En Javert, espantoso, no había nada innoble.

La probidad, la sinceridad, el candor, el convencimiento, la idea del deber son cosas que, cuando yerran el camino, pueden volverse repulsivas pero que, incluso repulsivas, siguen siendo grandes; su majestad, propia a la conciencia humana, persiste en lo espantoso. Son virtudes que adolecen de un vicio: el error. La despiadada alegría honrada de un fanático en plena comisión de una atrocidad conserva a saber qué irradiación lúgubremente respetable. Sin sospecharlo, Javert, sumido en aquella dicha tremenda, era digno de compasión, como todo ignorante que triunfa. Nada tan doloroso y tan terrible como aquel rostro donde aparecía lo que podríamos llamar todo lo malo de lo bueno.

IV
LA AUTORIDAD VUELVE POR SUS FUEROS

La Fantine no había visto a Javert desde el día en que el alcalde se la había arrancado de las manos a ese mismo Javert. Su cerebro enfermo no se percató de nada, se atuvo a la certidumbre de que volvía a buscarla. No pudo soportar aquel rostro espantoso, se sintió morir, se tapó la cara con ambas mano y gritó, angustiada:

—¡Señor Madeleine, sálveme!

Jean Valjean —así lo llamaremos ya siempre a partir de ahora— se había puesto de pie. Le dijo a Fantine, con su voz más suave y más serena:

—No se preocupe. No viene por usted. Se dirigió luego a Javert y le dijo:

—Ya sé lo que quiere. Javert contestó:

—¡Vamos, rápido!

Hubo, en la inflexión que acompañó a esas dos palabras, un no sé qué frenético y propio de una fiera. Javert no dijo: «¡Vamos, rápido!». Dijo:

«¡Amosápido!». No hay ortografía que pueda reflejar el tono con que lo pronunció; no era una voz humana, era un rugido.

No hizo como solía; no entró en materia; no enseñó la orden de comparecer ante el juez. Para él Jean Valjean era algo así como un combatiente misterioso e inaprensible, un luchador tenebroso al que llevaba abrazado cinco años sin poder derribarlo. Aquella detención no era un comienzo, sino un final. Se limitó a decir: «¡Vamos, rápido!».

Al decirlo, no dio un paso; le lanzó a Jean Valjean aquella mirada que lanzaba como un garfio y con la que tenía costumbre de tirar hacia sí de los miserables.

Era aquella mirada la que notó Fantine dos meses atrás cómo le llegaba hasta la médula de los huesos.

Al oír el grito de Javert, Fantine volvió a abrir los ojos. Pero el señor alcalde estaba allí. ¿Qué podía temer?

Javert avanzó hasta el centro de la habitación y gritó:

—¿Vienes o no?

La desdichada miró a su alrededor. Allí no había nadie más que la monja y el señor alcalde. ¿A quién podía dirigirse aquel tuteo abyecto? Sólo a ella. Se estremeció.

Entonces vio algo inaudito, tan inaudito que nunca había visto nada igual en los más negros delirios de la fiebre.

Vio al de la pasma Javert agarrar del cuello de la levita al señor alcalde; vio al señor alcalde agachar la cabeza. Le pareció que el mundo se esfumaba.

Efectivamente, Javert había agarrado a Jean Valjean por el cuello de la levita.

—¡Señor alcalde! —gritó Fantine.

Javert se echó a reír con aquella risa espantosa que le dejaba al aire todos los dientes.

—¡Aquí no hay ya ningún señor alcalde!

Jean Valjean no intentó apartar la mano que le tenía cogido el cuello de la levita. Dijo:

—Javert...

Javert lo interrumpió:

—A mí me llamas señor inspector.

—Señor —siguió diciendo Jean Valjean—, me gustaría decirle unas palabras en privado.

—¡En voz alta! ¡Habla en voz alta! —contestó Javert—. A mí se me habla en voz alta.

Jean Valjean prosiguió, bajando la voz:

—Es un ruego que tengo que hacerle…

—Te digo que hables alto.

—Pero es que sólo tiene que oírlo usted.

—¿Y a mí qué me importa? ¡No te oigo!

Jean Valjean se volvió hacia él y le dijo deprisa y muy por lo bajo:

—¡Concédame tres días! ¡Tres días para ir a buscar a la hija de esta pobre mujer! Pagaré lo que sea. Acompáñeme si quiere.

—¡Estás de guasa! —exclamó Javert—. ¡Desde luego, no te tenía por tan tonto! ¿Dices que es para ir a buscar a la hija de esa pérdida? ¡Qué gracia, pero qué gracia tiene!

Fantine se estremeció.

—¡Mi niña! —exclamó—. ¡Ir a buscar a mi niña! Pero ¿es que no está aquí? Hermana, contésteme, ¿dónde está Cosette? ¡Quiero a mi niña!

¡Señor Madeleine! ¡Señor alcalde!

Javert dio una patada en el suelo.

—¡Y ahora empieza la otra! ¡A callar, bribona! ¡Vaya país este en que los presidiarios son magistrados y a las rameras las tratan como a condesas! Pero todo esto va a cambiar. ¡Ya iba siendo hora!

Miró fijamente a Fantine y añadió, agarrando otra vez a puñados la corbata, la levita y el cuello de la levita de Jean Valjean:

—Te digo que aquí no hay ni más señor Madeleine ni más señor alcalde.

¡Lo que hay es un ladrón, lo que hay es un bandido, un presidiario que se llama Jean Valjean! ¡Este al que tengo cogido! ¡Eso es lo que hay!

Fantine se irguió, sobresaltada, apoyada en los brazos tiesos y en ambas manos; miró a Jean Valjean, miró a Javert, miró a la monja, abrió la boca como si fuera a hablar, le salió un estertor de lo hondo de la garganta, le castañetearon los dientes, estiró los brazos, angustiada, abriendo las manos convulsivamente; buscó en torno, como alguien que se ahoga, y luego se desplomó de golpe encima de la almohada. La cabeza golpeó contra la cabecera de la cama y le cayó, luego, sobre el pecho, con la boca abierta, con los ojos de par en par y apagados.

Estaba muerta.

Jean Valjean puso la mano encima de la de Javert, que lo tenía agarrado, y se la abrió, como se la habría abierto a un niño; luego, le dijo a Javert:

—Ha matado usted a esa mujer.

—¡Acabemos de una vez! —gritó Javert, furioso—. No estoy aquí para atender a razonamientos. Vamos a ahorrarnos cosas de éstas. La guardia está abajo. ¡Andando! ¡Y ahora mismo, o te llevo esposado por los pulgares!

Había en un rincón de la habitación una cama vieja de hierro, en bastante mal estado, que les servía a las monjas de catre cuando se quedaban velando a un enfermo. Jean Valjean se acercó a esa cama, desencajó en un abrir y cerrar de ojos la cabecera, ya muy deteriorada, cosa fácil para unos músculos como los suyos, aferró el larguero mayor y miró a Javert. Javert retrocedió hacia la puerta.

Jean Valjean, con la barra de hierro en la mano, se acercó despacio a la cama de Fantine. Al llegar, se volvió y le dijo a Javert con una voz casi inaudible:

—Le aconsejo que no me moleste ahora. Lo cierto es que Javert estaba temblando.

Se le ocurrió ir a buscar a la guardia, pero Jean Valjean podía aprovechar ese minuto para escapar. Así que se quedó, asió el bastón por la punta y apoyó la espalda en la jamba de la puerta sin apartar la vista de Jean Valjean.

Jean Valjean puso el codo en el boliche de la cabecera de la cama y, apoyando la frente en la mano, se puso a mirar a Fantine, inmóvil y echada. Se quedó así, absorto, mudo; y estaba claro que no pensaba en ninguna otra cosa en el mundo. No tenía ya en la cara y en el ademán sino una compasión indecible. Tras unos instantes de ensimismamiento, se inclinó hacia Fantine y le habló en voz baja.

¿Qué le dijo? ¿Qué podía decir aquel réprobo a aquella mujer muerta?

¿Qué palabras fueron ésas? Nadie en la tierra las oyó. ¿Las oyó la muerta? Hay ilusiones enternecedoras que son quizá realidades sublimes. De lo que no cabe duda es de que sor Simplice, único testigo de lo que estaba sucediendo, refirió muchas veces que, en el momento en que Jean Valjean le habló al oído a Fantine, vio con toda claridad que apuntaba una sonrisa inefable en esos labios pálidos y en esas pupilas vagas, colmadas del estupor de la tumba.

Jean Valjean le cogió con ambas manos la cabeza a Fantine y se la colocó en la almohada como habría hecho una madre con su hijo, le ató el cordón del camisón y le metió el pelo en el gorro. Y, después, le cerró los ojos.

Parecía como si la cara de Fantine la iluminase en aquellos momentos un extraño resplandor.

La muerte es la entrada en la luz suprema.

Le colgaba la mano fuera de la cama. Jean Valjean se arrodilló junto a esa mano, la alzó con dulzura y la besó.

Luego, se enderezó y dijo, volviéndose hacia Javert:

—Ahora puede disponer de mí.

V

SEPULTURA DECENTE

Javert dejó a Jean Valjean en la cárcel municipal.

La detención del señor Madeleine causó en Montreuil-sur-Mer una sensación o, mejor dicho, una conmoción extraordinaria. Nos entristece no poder ocultar que bastó con esta frase: era un presidiario, para que casi todo el mundo lo dejase abandonado. En menos de dos horas quedó olvidado todo el bien que había hecho y no fue ya sino «un presidiario». Es de justicia decir que aún no se sabían los detalles del acontecimiento de Arras. Se oían todo el día y por todas partes en la ciudad conversaciones como la siguiente: «¿No se ha enterado? Había salido de presidio».

«¿Quién?» «El alcalde.» «Pero ¿qué me dice? ¿El señor Madeleine?» «Sí.»

«¿En serio?» «No se llamaba Madeleine. Tiene un apellido horroroso, Béjean, Bojean, Boujean.» «¡Ay, Dios mío!» «Lo han detenido.»

«¿Detenido?» «Está en la cárcel municipal, esperando que lo trasladen.»

«¡Que lo trasladen! ¡Lo van a trasladar! ¿Y adónde lo van a trasladar?» «Lo van a juzgar por lo criminal por un robo en descampado que había cometido hace tiempo» «Bueno, pues yo tenía mis sospechas. Ese hombre era demasiado bueno, demasiado perfecto, demasiado devoto. No quería que lo condecorasen, les daba dinero a todos los pillastres con los que se cruzaba. Siempre pensé que detrás de todo eso había alguna historia que no estaba clara».

«Los salones» sobre todo abundaron en esa opinión.

Una señora anciana suscrita a Le drapeau blanc hizo este comentario, demasiado hondo para poder llegar al fondo de él:

—Me alegro. ¡Así escarmentarán los buonapartistas!

Y de esa forma se esfumó en Montreuil-sur-Mer aquel fantasma que se había llamado señor Madeleine. Sólo tres o cuatro personas en toda la ciudad siguieron fieles a su recuerdo. La anciana portera que había sido además su sirvienta fue una de ellas.

La noche de ese mismo día, esa digna anciana estaba sentada en la portería, sumida aún en medroso desconcierto y tristes pensamientos. La fábrica había cerrado todo el día, la puerta cochera tenía el cerrojo echado, la calle estaba desierta. No había en el edificio sino las dos monjas, sor Perpétue y sor Simplice, que velaban el cuerpo de Fantine.

Más o menos a la hora en que el señor Madeleine solía volver a casa, la buena mujer se puso de pie automáticamente, sacó la llave del cuarto del señor Madeleine de un cajón y cogió la palmatoria que usaba todas las noches para subir a su cuarto; colgó luego la llave del clavo donde tenía él por costumbre cogerla y puso la palmatoria al lado, como si lo estuviera esperando. Volvió a sentarse luego en la silla y siguió pensando. La pobre anciana lo hizo todo sin darse cuenta.

Hasta que no hubieron pasado más de dos horas no salió de su ensimismamiento y exclamó: «¡Anda! ¡Dulce Jesús mío, pues no he puesto su llave en el clavo!».

En ese momento se abrió el cristal de la portería y asomó por el hueco una mano que cogió la llave y la palmatoria y encendió la vela en otra vela, que estaba encendida.

La portera alzó la vista y se quedó con la boca abierta y, en la garganta, se le quedó un grito que reprimió.

Conocía esa mano, ese brazo, la manga de esa levita. Era el señor Madeleine.

La portera tardó unos segundos en poder articular palabra, sobrecogida,

como decía ella más adelante al contar la aventura.

—Dios mío, señor alcalde —exclamó por fin—, si creía que estaba usted…

Se detuvo porque el final de la frase le habría faltado al respeto a la primera parte. Jean Valjean seguía siendo para ella el señor alcalde.

Él remató lo que estaba pensando ella.

—En la cárcel. Allí estaba. He roto un barrote de una ventana, he saltado desde un tejado y aquí estoy. Voy a mi habitación, vaya usted a buscarme a la hermana Simplice. Debe de estar con esa pobre mujer.

La anciana obedeció a toda prisa.

Jean Valjean no le hizo recomendación alguna; estaba completamente seguro de que lo guardaría mejor de lo que podría guardarse él mismo.

Nunca se supo cómo consiguió entrar en el patio sin pedir que le abrieran la puerta cochera. Poseía, y llevaba siempre encima, una llave maestra que abría una puertecita lateral; pero tenían que haberlo registrado y haberle quitado la llave maestra. Ese punto no se ha aclarado.

Subió las escaleras que conducían a su habitación. Al llegar arriba, dejó la palmatoria en los últimos peldaños de las escaleras, abrió su puerta haciendo muy poco ruido y fue, a tientas, a cerrar la ventana y el postigo; luego volvió por la vela y entró en la habitación.

La precaución era inútil; recordemos que esa ventana se veía desde la calle.

Echó una ojeada alrededor, a la mesa, a la silla, a la cama que llevaba tres días sin deshacerse. No quedaba ningún desorden de la noche antepasada. La portera había «aviado el cuarto». Pero había recogido de entre las cenizas y colocado primorosamente encima de la mesa las dos conteras de hierro del bastón y la moneda de dos francos que había ennegrecido el fuego.

Cogió una hoja de papel en la que escribió: Éstas son las dos conteras de mi bastón y la moneda de dos francos que le robé a Petit-Gervais y que mencioné ante el tribunal. Y colocó encima de esa hoja la moneda y los dos pedazos de hierro, de forma tal que fuese lo primero que se viera al entrar en la habitación. Sacó del armario una camisa vieja y la rompió. Se hizo así con unos trozos de tela en los que envolvió los dos candeleros de plata. Por lo demás, ni se daba prisa ni estaba nervioso y, según embalaba los candeleros del obispo, mordía un zoquete de pan negro. Es probable que fuera el pan de la cárcel, que se había llevado al escapar.

De ello tenemos constancia por las migas de pan que encontraron en las baldosas de su cuarto, cuando la justicia, más adelante, hizo un registro.

Dieron dos golpecitos en la puerta.

—Adelante —dijo. Era sor Simplice.

Estaba pálida, tenía los ojos encarnados y la vela que llevaba le temblaba en la mano. Las violencias del destino tienen esa particularidad: que, por muy duchos o muy fríos que nos hayamos vuelto, nos sacan del fondo de las entrañas nuestra naturaleza humana y la obligan a mostrarse en superficie. Con las emociones de ese día, la monja había vuelto a ser mujer. Había llorado y estaba temblorosa.

Jean Valjean acababa de escribir unas pocas líneas en un papel que le alargó a la monja, diciendo:

—Hermana, dele esto al señor párroco. El papel estaba desdoblado. Ella lo miró.

—Puede leerlo —dijo él.

La monja leyó: «Ruego al señor párroco que se haga cargo de cuanto dejo aquí. Que tenga la bondad de pagar con ello los gastos de mi juicio y el entierro de la mujer que falleció hoy. Lo demás que sea para los pobres».

La monja quiso hablar, pero apenas si pudo balbucir unos cuantos sonidos inarticulados. Consiguió decir, no obstante:

—¿No quiere el señor alcalde ver por última vez a esa pobre desdichada?

—No —dijo él—. Me persiguen; podrían detenerme en su cuarto y eso la perturbaría.

Apenas había acabado de decir esto cuando hubo un escándalo en las escaleras. Oyeron un tumulto de pasos que subían y a la anciana portera que decía con la voz más chillona y penetrante que tenía:

—Pero, mi buen caballero, ¡le juro por Dios que no ha entrado nadie aquí ni en todo el día ni en todo lo que va de noche y que yo no me he separado de la puerta!

Un hombre contestó:

—Pues pese a todo hay luz en esa habitación. Reconocieron la voz de Javert.

La habitación tenía una disposición tal que la puerta, al abrirse, tapaba el rincón de la derecha. Jean Valjean apagó la vela de un soplo y se metió en ese rincón.

Sor Simplice cayó de rodillas junto a la mesa. Se abrió la puerta.

Entró Javert.

Se oían en el pasillo el cuchicheo de varios hombres y las protestas de la portera.

La monja no alzó la vista. Estaba rezando.

La vela estaba encima de la chimenea y daba muy poca luz. Javert vio a la monja y se detuvo, cortado.

Ya sabemos que el mismísimo fundamento de Javert, su elemento, el medio en que podía respirar, era el respeto por cualquier autoridad. Era monolítico y no admitía ni objeciones ni restricciones. Para él, por supuesto, la autoridad eclesiástica era la primera y principal; él era, en esos asuntos, persona religiosa, superficial y correcta, como en todo. Desde su punto de vista, un sacerdote era una mente que no se engaña y una monja era un ser que no peca. Eran almas emparedadas en este mundo y con una puerta única que no se abría nunca más que para dejar que saliera la verdad.

Al ver a la monja, su primer impulso fue retirarse.

No obstante, se debía a otra obligación que lo empujaba imperiosamente en sentido contrario. Su segundo impulso fue el de quedarse y atreverse a hacer al menos una pregunta.

Quien estaba allí era la mismísima sor Simplice, quien no había mentido en la vida. Javert lo sabía y sentía por ella una veneración muy particular.

—Hermana —dijo—, ¿está usted sola en esta habitación?

Hubo un momento espantoso durante el que la pobre portera se sintió desfallecer.

La monja alzó la mirada y contestó:

—Sí.

—O sea que, y disculpe si insisto —añadió Javert—, es que es mi deber: ¿no ha visto esta noche a una persona, a un hombre? Se ha escapado y lo estamos buscando, es ese que se llama Jean Valjean. ¿No lo ha visto?

La monja contestó:

—No.

Mintió. Mintió dos veces seguidas, una tras otra, sin titubear, deprisa, como un acto de abnegación.

—Disculpe —dijo Javert; y se retiró tras una profunda inclinación.

¡Ah, santa mujer! Dejaste de pertenecer a este mundo ya hace mucho; fuiste a reunirse en la luz con tus hermanas las vírgenes y tus hermanos los ángeles. ¡Que en el paraíso sumen a tus méritos esa mentira!

La afirmación de la monja fue para Javert algo tan decisivo que ni siquiera se fijó en lo curioso que era que humease encima de la mesa una vela como si acabasen de apagarla de un soplo.

Una hora después, un hombre, cruzando por entre los árboles y las brumas, se alejaba rápidamente de Montreuil-sur-Mer en dirección a París. Aquel hombre era Jean Valjean. El testimonio de dos o tres carreteros que se lo encontraron dejó probado que llevaba un paquete y vestía un blusón.

¿De dónde había sacado ese blusón? Nunca se supo. Pero un obrero viejo de la fábrica había muerto pocos días antes en la enfermería de la fábrica sin dejar más que el blusón. A lo mejor era ése.

Una última cosa acerca de Fantine.

Todos tenemos una madre: la tierra. Devolvieron a Fantine a esa madre. Al párroco le pareció que hacía bien, y quizá hizo bien efectivamente, apartando, de lo que había dejado Jean Valjean, la mayor cantidad posible de dinero para los pobres. A fin de cuentas, ¿quiénes eran aquellos dos? Un presidiario y una ramera. Por eso simplificó el entierro de Fantine y lo dejó

en lo estrictamente necesario, es decir, la fosa común.

Así que enterraron a Fantine en el rincón gratuito del cementerio que es de todos y de nadie. Menos mal que Dios sabe dónde localizar las almas. Tendieron a Fantine en las tinieblas, entre los primeros huesos que había rodado por allí; padeció la promiscuidad de las cenizas. La arrojaron a la fosa común. Su sepultura fue a imagen y semejanza de su cama.

SEGUNDA PARTE: COSETTE

LIBRO PRIMERO
WATERLOO

I
LO QUE NOS ENCONTRAMOS VINIENDO DE NIVELLES

El año pasado (1861), una hermosa mañana de mayo, un viandante, el que refiere esta historia, llegaba de Nivelles y se dirigía a La Hulpe. Iba a pie. Transitaba, entre dos hileras de árboles, por una calzada ancha que ondulaba entre colinas que se van sucediendo, elevan la carretera, la dejan caer y forman por esa zona algo así como unas olas enormes. Había dejado atrás Lillois y Bois-Seigneur-Isaac. Divisaba, al oeste, el campanario de pizarra de Braine-l'Alleud que tiene la forma de un jarrón puesto bocabajo. Acababa de dejar atrás un bosque, en una elevación, y en la revuelta de una trocha, junto a una especie de poste carcomido en que ponía: Antiguo portillo n.º 4, una taberna que llevaba este letrero en la fachada: Aux quatre vents. Échabeau, café particular.

Medio cuarto de legua después de haber pasado la taberna, llegó al fondo de un valle pequeño donde hay agua que corre por debajo de un arco abierto en el terraplén de la carretera. El grupo de árboles, ralo pero muy verde, que ocupa todo el valle a un lado de la calzada, se dispersa por unos prados en el otro y se va, grácil y desordenado, hacia Braine-l'Alleud.

Había allí, a la derecha, a la orilla de la carretera, una posada, un carro de cuatro ruedas delante de la puerta, un haz grande de varas para el lúpulo, un arado, un montón de maleza seca junto a un seto verde, cal humeante en un hoyo cuadrado y una escalera cruzada en un cobertizo viejo de tabiques de paja. Una joven escardaba un campo donde ondeaba al viento un cartel grande, amarillo, seguramente el anuncio de un espectáculo de alguna feria. En la esquina de la posada, junto a una charca donde navegaba una flotilla de patos, un sendero mal pavimentado se internaba entre los matorrales. El viandante se metió por él.

Al cabo de un centenar de pasos, tras haber caminado a lo largo de una tapia del siglo XV que coronaba un gablete puntiagudo de ladrillos alternados, se halló ante el arco cimbrado de una puerta de piedra grande, de imposta rectilínea, construida en el solemne estilo Luis XIV y con dos medallones planos a los lados. Una fachada severa se erguía a ambos lados de la puerta; una pared perpendicular a la fachada llegaba casi hasta esa puerta y la flanqueaba con un repentino ángulo recto. En el prado, delante de la puerta, había, caídos, tres rastrillos a través de cuyas rejas florecían, entremezcladas, todas las flores de mayo. La puerta estaba cerrada. La clausuraban dos hojas decrépitas que adornaba un llamador viejo y oxidado. El sol era delicioso; había en las ramas ese suave temblor de mayo que parece fruto más de los nidos que del viento. Un animoso pajarillo, enamorado sin duda, trinaba como loco en un árbol alto.

El viandante se inclinó y examinó, en la piedra de la izquierda, en la parte de abajo del pie derecho de la puerta, una excavación bastante honda, circular, que parecía el alveolo de una esfera. En ese momento se abrieron las hojas de esta puerta y salió una campesina.

Reparó en el viandante y se dio cuenta de lo que estaba mirando.

—Eso lo hizo una bala de cañón francesa —le dijo. Y añadió:

—Lo que ve ahí, más arriba, en la puerta, junto a un clavo, es el agujero de una bala grande de un vizcaíno, que no atravesó la madera.

—¿Cómo se llama este sitio? —preguntó el viandante.

—Hougomont —dijo la campesina.

El viandante se enderezó. Dio unos pasos y fue a mirar por encima de los setos. Vio en el horizonte, a través de las ramas, algo parecido a un montículo y, en ese montículo, algo que, de lejos, parecía un león.

Estaba en el campo de batalla de Warterloo.

II
HOUGOMONT

Hougomont fue un lugar fúnebre, el comienzo del obstáculo, la primera resistencia con que se topó en Waterloo ese gran leñador de Europa a quien llamaron Napoleón; fue el primer nudo en que tropezó el hacha.

Era un castillo y ya no es más que una casa de labor. Hougomont, para un anticuario, es Hugomons. Esa casa señorial la construyó Hugo, señor de Somerel, el mismo que dotó la sexta capellanía de la abadía de Villiers.

El viandante empujó las hojas de la puerta, pasó, bajo un porche, junto a una calesa vieja y entró en el patio.

Lo primero que le llamó la atención en aquel patio con soportales fue una puerta del siglo XVI que finge estar cumpliendo un cometido de arcada, pues todo lo de alrededor se ha desplomado. El aspecto monumental nace con frecuencia del hecho de estar en ruinas. Cerca de la arcada se abre en la pared otra puerta, cuyos sillares de clave son de tiempos de Enrique IV y por la que pueden verse los árboles de un huerto de frutales. Junto a esa puerta, un foso de estiércol, picos y palas, unas cuantas carretas, un pozo viejo con su tablero y su polea, un potro saltarín, un pavo haciendo la rueda, una capilla que remata un campanario pequeño, un peral en flor apoyado en una espaldera en la pared de la capilla: tal es el patio con cuya conquista soñó Napoleón. Si hubiera podido apoderarse de él, ese trozo de tierra quizá le habría dado el mundo. Unas gallinas esparcen el polvo con el pico. Se oye un gruñido: es un perro grande que enseña los dientes, el sustituto de los ingleses.

Aquí los ingleses se comportaron de forma admirable. Las cuatro compañías de la guardia de Cooke resistieron siete horas con el encarnizamiento de un ejército.

Hougomont, visto en el mapa, en plano geométrico, incluyendo las edificaciones y el cercado, es una especie de triángulo irregular uno de cuyos ángulos hubieran rebajado. En ese ángulo está la puerta meridional, que protege ese muro que la fusila a quemarropa. Hougomont tiene dos puertas: la puerta meridional, la del castillo, y la puerta septentrional, la de la granja. Napoleón envió contra Hougomont a su hermano Jérôme; las divisiones Guilleminot, Foy y Bacheu se tropezaron allí; echó mano al cuerpo entero de Reille y éste fracasó, las balas de cañón de Kellermann se agotaron contra ese lienzo de pared heroico. No bastó con la brigada Bauduin para forzar a Hougomont por el norte; y la brigada Soye sólo pudo conseguir que se tambaleara por el sur, sin tomarlo.

Los edificios de la granja rodean el patio por el sur. Un trozo de la puerta norte, que rompieron los franceses, cuelga de la pared. Son cuatro tablones clavados en dos traveseros y en los que se ven las cuchilladas del ataque.

La puerta septentrional, que los franceses derribaron, y a la que le han puesto un remiendo para sustituir al entrepaño que cuelga de la muralla, se entorna, al fondo, para dar a un patio porticado; se abre sin más ceremonias en una pared que es de piedra por abajo y de ladrillo por arriba y cierra el patio por el norte. Es una simple puerta de carros como las hay en todas las casas de labranza, dos hojas grandes de tablas rústicas; más allá, prados. La pelea en aquella entrada fue cruenta. Durante mucho tiempo se vieron en los largueros de la puerta toda clase de huellas de manos ensangrentadas. Allí fue donde mataron a Bauduin.

Todavía perdura este patio la tormenta del combate; es visible el espanto; las convulsiones de la refriega se han quedado petrificadas en ese lugar; los seres están vivos, y luego muertos; fue ayer. Las paredes agonizan, las piedras se caen, las brechas vocean; los agujeros son llagas; los árboles inclinados y estremecidos parecen esforzarse por escapar.

En aquel patio, en 1815, había más edificaciones que ahora. Construcciones que posteriormente derribaron trazaban entrantes y salientes, ángulos y codos en escuadra.

Los ingleses se habían encerrado en él; los franceses entraron pero no pudieron sostener la posición. Junto a la capilla, un ala del castillo, el último resto que queda de la mansión de Hougomont, se yergue destrozada, reventada podríamos decir. El castillo hizo las veces de torreón y la capilla hizo las veces de fortín. Allí se exterminaron entre sí los combatientes. Los franceses, acribillados por todos lados, desde detrás de las murallas, desde la parte alta de los graneros, desde lo hondo de los sótanos, por todas las ventanas, por todas las lumbreras, por todas las rendijas de las piedras, trajeron fajinas y prendieron fuego a las paredes y a los hombres; el incendio fue la respuesta a la metralla.

Se vislumbran, en el ala en ruinas, a través de las ventanas con rejas de hierro, las habitaciones desmanteladas del cuerpo principal, de ladrillo; la guardia inglesa se había emboscado en esas habitaciones; la espiral de las escaleras, hendida desde la planta baja hasta el tejado, tiene la apariencia del interior de una concha rota. Son unas escaleras de dos pisos; los ingleses, asediados en las escaleras y agolpados en los peldaños superiores, habían cortado los peldaños inferiores. Son losas anchas de piedra azul que están amontonadas entre las ortigas. Quedan alrededor de diez peldaños sujetos aún a la pared; en el primero tallaron la imagen de un tridente. Esos escalones inaccesibles siguen sólidos en sus alveolos. Todo el resto parece una mandíbula desdentada. Hay dos árboles viejos; uno está muerto; el otro, herido en la parte de abajo, reverdece en abril. Desde 1815, crece a través de la escalera.

Hubo una matanza en la capilla. Ahora que ha vuelto la calma, todo resulta muy raro allí dentro. No han vuelto a decir misa desde aquella carnicería. Pero allí sigue el altar, un altar basto de madera, adosado a un respaldo de piedra en bruto. Cuatro paredes encaladas, una puerta enfrente del altar, dos ventanitas cimbradas; encima de la puerta, un crucifijo grande de madera; encima del crucifijo, un respiradero cuadrado que tapona un manojo de heno; en un rincón, en el suelo, un bastidor con cristales y destrozado: ésa es la capilla. Cerca del altar está clavada una imagen de madera de santa Ana del siglo XV. Un disparo de vizcaíno se llevó por delante la cabeza del Niño Jesús. Los franceses tomaron primero la capilla y, cuando los desalojaron de ella, la incendiaron. Aquel zaquizamí se llenó de llamas y se convirtió en un horno; la puerta se quemó, la tarima del suelo se quemó, el Cristo de madera no se quemó. El fuego le carcomió los pies, de los que sólo quedan los muñones, y luego se detuvo. Un milagro, según dicen los lugareños. El Niño Jesús decapitado tuvo menos suerte que el Cristo.

Las paredes están cubiertas de inscripciones. Junto a los pies del Cristo se lee este apellido: Henquínez. Y luego esto otro: Conde de Río Mayor. Marqués y marquesa de Almagro (La Habana). Hay apellidos franceses con puntos de admiración, señales de ira. Enjalbegaron la pared en 1849. Las naciones se insultaban en ella.

A la puerta de esta capilla recogieron un cadáver que llevaba un hacha en la mano. Ese cadáver era el subteniente Legros.

Al salir de la capilla, se ve un pozo a la izquierda. Hay dos en ese patio. Uno se pregunta: ¿por qué en éste no hay ni cubo ni polea? Es porque ya no sacan agua de él. ¿Y por qué no sacan ya agua? Porque está lleno de esqueletos.

El último en sacar agua de este pozo se llamaba Guillaume van Kylsom. Era un campesino que vivía en Hougomont, donde era jardinero. El 18 de junio de 1815, su familia salió huyendo y fue a esconderse en los bosques.

El bosque que rodea la abadía de Villiers dio abrigo durante varios días con sus noches a todos esos desdichados vecindarios desperdigados. Todavía hoy restos antiguos y reconocibles, tales como troncos viejos de árboles quemados, indican el lugar de esos humildes vivaques temblorosos en lo hondo de los matorrales.

Guillaume van Kylsom se quedó en Hougomont «para velar por el castillo» y se acurrucó en un sótano. Los ingleses lo descubrieron. Lo sacaron de mala manera del escondrijo y, pegándole con el sable de plano, obligaron a servirlos a aquel hombre asustado. Tenían sed y el tal Guillaume les traía de beber. Sacaba el agua de ese pozo. Muchos bebieron ahí su último sorbo. Ese pozo, del que bebieron tantos muertos, tenía que morir también.

Al concluir la acción les entró la prisa por enterrar los cadáveres. La muerte tiene una forma muy suya de acosar a la victoria y, tras la gloria, trae la peste. El tifus es un anexo del triunfo. Aquel pozo era profundo y lo convirtieron en sepultura. Arrojaron a él a trescientos muertos. Quizá se dieron demasiada prisa. ¿Estaban todos muertos? La leyenda dice que no.

Al parecer, la noche siguiente al enterramiento, se oyeron salir del pozo voces débiles que llamaban.

Ese pozo está aislado en medio del patio. Tres paredes, a medias de piedra y a medias de ladrillo, plegadas como las hojas de un biombo y que simulan una torre cuadrada, lo rodean por tres lados. El cuarto está abierto. Por ahí se iba a buscar agua. En la pared del fondo hay algo así como un ojo de buey informe, un agujero de un proyectil de obús, quizá. Esta torrecilla tenía un techo del que sólo quedan las vigas. Los herrajes que sujetan la pared de la derecha trazan una cruz. Si uno se asoma, la mirada se pierde en un profundo cilindro de ladrillo que colma un apiñamiento de tinieblas. Alrededor del pozo, las ortigas tapan la parte de abajo de las paredes.

Ese pozo no tiene delante la ancha losa azul que hace de tablero en todos los pozos de Bélgica. En vez de la losa azul hay un travesero en que se apoyan cinco o seis trozos deformes de madera, nudosos y anquilosados, que parecen osamentas de gran tamaño. No hay ya cubo, ni cadena ni polea; pero está todavía la cubeta de piedra que servía de desaguadero. Allí se junta el agua de lluvia y, de vez en cuando, un ave de los bosques vecinos viene a beber y luego alza el vuelo.

En una casa de esas ruinas, la casa de la granja, todavía vive gente. La puerta de esa casa da al patio. Junto a una bonita plancha de cerradura gótica hay en esa puerta un picaporte de hierro con tréboles, colocado al bies. Cuando el teniente hannoveriano Wilda asía ese picaporte para refugiarse en la granja, un zapador francés le cortó la mano de un hachazo.

El abuelo de la familia que vive en la casa es el antiguo jardinero Van Kylsom, que murió hace mucho. Una mujer de pelo gris nos dice: «Yo estaba aquí. Tenía tres años. Mi hermana mayor tenía miedo y lloraba. Nos llevaron al bosque. Mi madre me llevaba en brazos. Pegábamos el oído al suelo para escuchar. Yo imitaba a los cañones y decía bum, bum».

Ya hemos dicho que una puerta del patio, a la izquierda, da al huerto de frutales.

Ese huerto es tremendo.

Tiene tres zonas y casi podríamos decir que tiene tres actos. La primera zona es un jardín; la segunda, el huerto; la tercera es un bosque. Esas partes tienen una cerca común; por la parte de la entrada, los edificios del castillo y de la granja; a la izquierda, un seto; a la derecha una tapia, y al fondo otra tapia. La tapia de la derecha es de ladrillo; la tapia del fondo es de piedra. Se entra primero en el jardín. Está a un nivel más bajo, plantado de groselleros; lo empantanan plantas silvestres y lo cierra un terraplén monumental de piedra de talla con balaustres de doble barril. Era un jardín señorial de ese primitivo estilo francés inmediatamente anterior a Lenôtre; hoy es ruinas y zarzas. Rematan las columnas unos globos que parecen balas de cañón de piedra. Todavía pueden contarse cuarenta y tres balaustres sobre sus pedestales cúbicos; los demás están caídos en la hierba. Casi todos tienen arañazos de mosquetería. Un balaustre partido está colocado encima del remate como una pierna rota.

Es en este jardín, que está a un nivel más bajo que el huerto, donde seis infantes del 1.º de infantería ligera que se habían metido allí y no podían volver a salir, atrapados y acosados como osos en el foso, aceptaron el combate con dos compañías hannoverianas, una de las cuales iba armada con carabinas. Los hannoverianos se hallaban a lo largo de la balaustrada y disparaban desde arriba. Los infantes que contestaban desde abajo, seis contra doscientos, intrépidos, sin más amparo que los groselleros, tardaron un cuarto de hora en morir.

Subiendo unos pocos peldaños, se pasa del jardín al huerto de frutales propiamente dicho. Allí, en esos pocos metros cuadrados, cayeron mil quinientos hombres en menos de una hora. El muro parece dispuesto a reanudar el combate. Las treinta y ocho aspilleras que abrieron los ingleses a alturas irregulares todavía siguen ahí. Delante de la decimosexta hay dos tumbas inglesas de granito. Sólo hay aspilleras en el muro oriental porque de ahí venía el ataque principal. Ese muro lo tapa por fuera un seto verde muy alto; los franceses llegaron, pensando que sólo tenían que habérselas con el seto, lo cruzaron y se dieron de bruces con el muro, obstáculo y emboscada, con la guardia inglesa detrás y las treinta y ocho aspilleras disparando a la vez, una tormenta de metralla y de balas; y allí se estrelló la brigada Soye. Así empezó Waterloo.

Tomaron el huerto, no obstante. No tenían escalas, y los franceses treparon con las uñas. Combatieron cuerpo a cuerpo bajo los árboles. Toda esta hierba estuvo en su día empapada de sangre. Aquí cayó fulminado un batallón de Nassau: setecientos hombres. Por fuera, el muro, al que apuntaron las dos baterías de Kellermann, está carcomido de metralla.

Este huerto es tan sensible como otro cualquiera a la llegada del mes de mayo. Tiene sus ranúnculos y sus margaritas, la hierba es alta y la pacen los caballos que tiran de los carros, los intervalos entre los árboles los cruzan unas cuerdas de esparto donde está puesta a secar la ropa y que obligan a los que pasan a agachar la cabeza; hay que pisar por ese baldío y los pies se hunden en los agujeros de los topos. En medio de la hierba, llama la atención un tronco desenraizado, caído, verde de musgo. En él apoyó la espalda el mayor Blackmann para expirar. Bajo un árbol alto próximo cayó el general alemán Duplat, que descendía de una familia francesa que buscó refugio en ese país tras la revocación del edicto de Nantes. Muy cerca se inclina un manzano viejo y enfermo que lleva una venda de paja y arcilla. Casi todos los manzanos se están cayendo de viejos. No hay uno que no tenga la correspondiente bala o el correspondiente disparo de vizcaíno. Abundan en este huerto los esqueletos de árboles muertos. Los cuervos vuelan de rama en rama; al fondo hay un bosque lleno de violetas.

Bauduin, muerto; Foy, herido; el incendio, la matanza, la carnicería, un riachuelo compuesto de sangre inglesa, de sangre alemana y de sangre francesa íntimamente entremezcladas; un pozo atestado de cadáveres; el regimiento de Nassau y el regimiento de Brunswick, destruidos; Duplat, muerto; Blackmann, muerto; la guardia inglesa, mutilada; veinte batallones franceses, de los cuarenta del cuerpo de Reille, diezmados; tres mil hombres muertos a sablazos, destripados, degollados, fusilados, quemados; y todo para que ahora un campesino le diga a un viajero: Caballero, deme tres francos; ¡si le apetece, le cuento lo de Waterloo!

III
EL 18 DE JUNIO DE 1815

Retrocedamos, es uno de los derechos del narrador, y volvamos a situarnos en el año 1815, e incluso algo antes de la época en que comienza la acción referida en la primera parte de este libro.

Si no hubiera llovido en la noche del 17 al 18 de junio de 1815, el porvenir de Europa habría cambiado. Unas cuantas gotas de agua de más o de menos doblegaron a Napoleón. Para que Waterloo fuera el final de Austerlitz, la Providencia sólo necesitó un poco de lluvia y una nube que cruzó por el cielo a contrapelo de la estación y bastó para que se derrumbase un mundo.

La batalla de Waterloo, y esto es lo que le dio a Blücher el tiempo necesario para llegar, no pudo empezar hasta las once y media. ¿Por qué? Porque el suelo estaba mojado. Hubo que esperar a que se endureciese un poco para que pudiera maniobrar la artillería.

Napoleón era oficial de artillería y se resentía de ello. Lo que llevaba en el fondo aquel capitán prodigioso era al hombre que, en el informe al Directorio acerca de Abukir, decía: Esta o aquella de nuestras balas de cañón mató a seis hombres. Todos sus planes de batalla estaban pensados para los proyectiles. Que la artillería convergiera en un punto determinado: tal era la clave de su victoria. Le daba a la estrategia del general enemigo el trato que le habría dado a una ciudadela y la atacaba hasta hacerla tambalear. Agobiaba a metralla el punto débil; el enlace y el desenlace de las batallas era el cañón. Su genialidad residía en los disparos. Desbaratar los cuadros, pulverizar los regimientos, romper las líneas, destrozar y dispersar a las masas, para él todo consistía en eso, golpear, golpear, golpear continuamente, y esa tarea se la encomendaba a la bala de cañón. Sistema temible y que, unido a la genialidad, convirtió en invencible durante quince años a ese sombrío atleta del pugilato de la guerra.

El 18 de junio de 1815 contaba tanto más con la artillería cuanto que el número estaba a su favor. Wellington sólo disponía de ciento cincuenta y nueve bocas de fuego; Napoleón tenía doscientas cuarenta.

Imaginemos el suelo seco para que pudiera rodar la artillería: la acción habría comenzado a las seis de la mañana. A las dos la batalla habría estado acabada y ganada, tres horas antes de la peripecia prusiana.

¿Cuánta culpa tuvo Napoleón de que se perdiera esa batalla? ¿Se le puede imputar el naufragio al piloto?

¿Al declive físico evidente de Napoleón se sumaba a la sazón la complicación de cierta mengua interna? ¿En aquellos veinte años de guerra habían tenido igual desgaste la espada y la vaina, el alma y el cuerpo?

¿Influía desafortunadamente el veterano en el capitán? En pocas palabras, ¿aquel genio, como han opinado muchos historiadores de envergadura, se estaba eclipsando? ¿Iba cayendo en el frenesí para ocultarse a sí mismo que se debilitaba? ¿Empezaba a tremolar bajo el extravío de un viento de aventura? ¿Estaba perdiendo, cosa grave en un general, la conciencia del peligro? En esta categoría de grandes hombres de lo material a quienes se puede llamar gigantes de la acción, ¿hay una edad para la miopía del genio? La vejez no hace presa en los genios de lo ideal; para los Dante y los Miguel Ángel, envejecer es crecer; para los Aníbal y los Bonaparte, ¿es menguar? ¿Había perdido Napoleón el sentido directo de la victoria?

¿Había llegado a ese punto en que no se reconoce ya el escollo, no se intuye la trampa, no se distingue el filo a punto de derrumbarse de los abismos?

¿Le fallaba el olfato de las catástrofes? Él, que conocía antaño todos los caminos del triunfo y, subido a su carro de relámpagos, los señalaba con dedo soberano, ¿padecía ahora un pasmo siniestro con que conducía a los precipicios a su tumultuoso tiro de legiones? ¿Había caído a los cuarenta y seis años en una locura suprema? ¿Aquel cochero titánico del destino no era ya sino un temerario?

Creemos que no.

Todo el mundo está de acuerdo en que tenía un plan de batalla que era una obra de arte. Ir en derechura al centro de la línea de los aliados, abrir un agujero en el enemigo, dividirlo en dos, empujar a la mitad británica hacia Hal y a la mitad prusiana hacia Tongres, hacer de

Wellington y Blücher dos fragmentos, tomar Mont-Saint-Jean, apoderarse de Bruselas, arrojar al alemán al Rin y al inglés al mar. Todo eso era lo que para Napoleón cabía en esa batalla. Luego, ya se vería.

Huelga decir que no pretendemos escribir aquí la historia de Waterloo; una de las escenas generadoras del drama que estamos refiriendo tiene que ver con esta batalla, pero nuestro tema no es esa historia; por lo demás, la historia esa ya la han escrito, y magistralmente, Napoleón desde un punto de vista y, desde otro punto de vista, una pléyade de historiadores. En lo que a nosotros se refiere, dejamos la liza para los historiadores; no somos sino un testigo a distancia, alguien que pasa por la llanura, alguien que para buscar se inclina sobre esta tierra amasada con carne humana y confunde quizá las apariencias con las realidades; no somos quiénes para oponernos, en nombre de la ciencia, a un conjunto de hechos en los que hay sin duda parte de espejismo; no tenemos ni la experiencia militar ni la competencia estratégica que dan validez a un sistema; en nuestra opinión, en Waterloo se impuso a los dos capitanes un encadenamiento de casualidades; y, cuando se trata del destino, de ese misterioso acusado, juzgamos como el pueblo, ese juez ingenuo.

IV

A

A quienes quieran hacerse una idea clara de la batalla de Waterloo les bastará con colocar en el suelo con el pensamiento una A mayúscula. La pierna izquierda de la A es la carretera de Nivelles; la pierna derecha es la carretera de Genappe; la barra es el camino encajonado que va de Ohain a Braine-l'Alleud. El pico de la A es Mont-Saint-Jean; ahí está Wellington; el extremo inferior izquierdo es Hougomont; ahí está Reille con Jérôme Bonaparte; el extremo inferior derecho es La Belle-Alliance, ahí está Napoleón. Un poco más abajo del punto en que la barra de la A se encuentra con la pata derecha y la divide está La Haie-Sainte. En el centro de la barra se halla el punto exacto en que se dijo la última palabra de la batalla. Ahí es donde se colocó el león, símbolo involuntario del heroísmo supremo de la guardia imperial.

El triángulo de la parte de arriba de la A, entre las dos piernas y la barra, es la llanura de Mont-Saint-Jean. En la pelea por esa meseta consistió toda la batalla.

Las alas de los dos ejércitos se extienden a derecha e izquierda de las dos carreteras, la de Genappe y la de Nivelles; D'Erlon la daba la cara a Picton; y Reille, a Hill.

Detrás del pico de la A, detrás de la meseta de Mont-Saint-Jean, está el bosque de Soignes.

En cuanto a la llanura en sí, imaginemos un terreno extenso y ondulado; cada plegamiento es algo más alto que el plegamiento siguiente, y todas las ondulaciones suben hacia Mont-Saint-Jean y van a dar al bosque.

Dos ejércitos enemigos en un campo de batalla son dos luchadores. Es una lucha a brazo partido. Cada cual intenta que resbale el otro. Se aferran a lo que sea; un matorral es un punto de apoyo; la esquina de una pared es un espaldón; si le falta una casucha a la que adosarse, un regimiento cede terreno; una depresión en la llanura, un movimiento del terreno, un camino transversal oportuno, un bosque, un barranco pueden sujetar el talón de ese coloso al que llamamos ejército e impedir que retroceda. Quien se salga del campo está derrotado. Por eso el jefe que corre con la responsabilidad está en la necesidad de examinar el mínimo bosquecillo e investigar a fondo el mínimo relieve.

Los dos generales habían estudiado atentamente la llanura de Mont-Saint-Jean, que recibe hoy el nombre de llanura de Waterloo. Ya el año anterior, Wellington, con previsora sagacidad, la había examinado como posibilidad para una gran batalla. En aquel terreno y para ese duelo, el 18 de junio a Wellington le había tocado el lado bueno y a Napoleón el malo. El ejército inglés estaba arriba, y el ejército francés, abajo.

Esbozar aquí el aspecto de Napoleón a caballo, con el catalejo en la mano, en la colina de Rossomme, en la madrugada del 18 de junio de 1815, está casi de más. Antes de que alguien lo muestre, todo el mundo lo ha visto ya. Ese perfil sereno bajo el sombrero pequeño de la Escuela de Brienne, ese uniforme verde, la vuelta blanca que tapa la medalla, el gabán que tapa las charreteras, el pico del cordón rojo bajo el chaleco, el pantalón de montar de cuero, el caballo blanco con la gualdrapa de terciopelo púrpura que lleva en las esquinas la letra N con una corona y unas águilas, las botas altas y flexibles y, debajo, las medias de seda, las espuelas de plata, la espada de Marengo, la figura completa del último césar se yergue en las imaginaciones, y unos la aclaman y otros la miran con severidad.

Esta figura estuvo mucho tiempo toda ella a plena luz; era debido a cierto oscurecimiento legendario que se desprende de la mayoría de los héroes y oculta en mayor o menor grado la verdad; pero hoy en día hay historia y luz.

Esta claridad, la historia, es despiadada; hay en ella esa condición extraña y divina: que, por muy luz que sea, y precisamente porque es luz, pone muchas veces sombras donde veíamos rayos luminosos; convierte al mismo hombre en dos fantasmas diferentes y uno ataca al otro y hace justicia, y las tinieblas del déspota luchan con el deslumbramiento del capitán. De ahí se deriva una dimensión más certera en la valoración definitiva de los pueblos. Babilonia violada empequeñece a Alejandro; Roma encadenada empequeñece a César; Jerusalén asesinada empequeñece a Tito. La tiranía va en pos del tirano. Para un hombre es una desdicha dejar tras de sí una oscuridad que tenga su forma.

V

EL QUID OBSCURUM DE LAS BATALLAS

Todo el mundo está al tanto de la primera fase de esta batalla; inicio confuso, titubeante, ominoso para ambos ejércitos, pero más aún para los ingleses que para los franceses.

Había llovido toda la noche; el aguacero había llenado el suelo de baches; el agua se había acumulado acá y allá en los hoyos de la llanura como en palanganas; en algunas zonas a los trenes de artillería les llegaba el agua a los ejes; de las cinchas de los tiros goteaba el barro líquido; si aquella aglomeración de transporte rodado en marcha no hubiera acamado el trigo y el centeno, cuyas espigas rellenaron las rodadas que hizo las veces de pajaza para las ruedas, habría sido imposible moverse, sobre todo en los valles que caían por Papelotte.

La cosa empezó tarde; era costumbre de Napoleón, como ya hemos explicado, tener toda la artillería en la mano como si fuera una pistola, apuntando ora a ese punto de la batalla, ora a aquél; y quiso esperar a que las baterías que ya tenían enganchado el tiro pudieran rodar y galopar libremente; para eso tenía que salir el sol y secar el suelo. Pero el sol no salió. Ya no era la cita de Austerlitz. Cuando dispararon el primer cañón, el general inglés Colville miró el reloj y comprobó que eran las doce menos veinticinco.

La acción la entabló con furia, más furia quizá de la que habría querido el emperador, el ala izquierda francesa, en Hougomont. Al tiempo, Napoleón atacó el centro lanzando la brigada Quiot sobre La Haie-Sainte y Ney movió el ala derecha francesa contra el ala izquierda inglesa que se apoyaba en Papelotte.

El ataque a Hougomont tenía algo de simulación; atraer hacia allí a Wellington, conseguir que se escorase a la izquierda: tal era el plan. Ese plan habría tenido éxito si las cuatro compañías de la guardia inglesa y los arrojados belgas de la división Perponcher no hubieran mantenido firmemente la posición; y Wellington, en vez de agolpar tropas en ella, pudo limitarse a no enviar más refuerzos que otras cuatro compañías de la guardia y un batallón de Brunswick.

El ataque del ala derecha francesa sobre Papelotte era un ataque a fondo: dar al traste con el ala izquierda inglesa, cortar el camino de Bruselas, impedir el paso a los posibles prusianos, forzar Mont-Saint-Jean, hacer retroceder a Wellington hacia Hougomont y, desde ahí, hasta Braine- l'Alleud y luego hasta Hal, nada podía haber más claro. Dejando aparte algunos incidentes, ese ataque tuvo éxito: tomaron Papelotte y se hicieron con La Haie-Sainte.

Un detalle que hay que tener en cuenta: había en la infantería inglesa, sobre todo en la brigada de Kempt, muchos reclutas. Esos soldados jóvenes se portaron con gran valor ante nuestra temible infantería; su inexperiencia salió del paso con intrepidez; hicieron ante todo una excepcional labor de tiradores; el soldado cuando hace de tirador depende hasta cierto punto sólo de sí mismo, se convierte por así decirlo en su propio general; aquellos reclutas mostraron en parte la inventiva y la furia francesas. Aquella infantería novicia estuvo inspirada. Y eso desagradó a Wellington.

Tras la toma de La Haie-Sainte, se notó un titubeo en la batalla.

Hay en aquel día, entre el mediodía y las cuatro de la tarde, un intervalo oscuro; el centro de esa batalla se distingue muy mal y participa de la oscuridad de la refriega. Transcurre en un crepúsculo. Se intuyen entre esa bruma amplias fluctuaciones, un espejismo vertiginoso, los atuendos bélicos de entonces, casi desconocidos hoy, los colbacs con flama, los portapliegos al viento, los arreos de cuero cruzados, las cartucheras de granadas, los dormanes de los húsares, las botas rojas de mil arrugas, los pesados chacós con sus guirnaldas de cordones trenzados, la infantería casi negra de Brunswick revuelta con la infantería escarlata de Inglaterra, los soldados ingleses que llevaban, en vez de charreteras, unas abultadas almohadillas blancas circulares en las sisas, la caballería ligera hannoveriana con su casco de cuero oblongo con tiras de cobre y plumeros de crines rojas, los escoceses con las rodillas al aire y los mantos de cuadros, las altas polainas blancas de nuestros granaderos; cuadros, no líneas estratégicas; lo que precisa Salvator Rosa y no lo que precisa Gribeauval.

En una batalla siempre hay una parte de tempestad. Quid obscurum, quid divinum. Cada historiador traza hasta cierto punto las líneas que le agradan en esas mescolanzas. Fuere cual fuere la combinación de los generales, las masas armadas, al chocar, tienen reflujos incalculables; en la acción, los dos planes de los dos jefes se embuten uno en otro y se deforman entre sí. Hay zonas del campo de batalla que se tragan más combatientes que otras, como esos suelos más o menos esponjosos que beben más o menos deprisa el agua que se vierte en ellos. No queda más remedio que volver a verter allí más soldados de los deseados. Gastos que son imprevistos. La línea de combate fluctúa y serpentea como un hilo; los rastros de sangre chorrean sin lógica; los frentes de los ejércitos ondulan; los regimientos, yendo hacia adelante y hacia atrás, forman cabos o golfos; todos esos escollos se mueven continuamente, unos ante otros; donde estaba la infantería, llega la artillería; donde estaba la artillería, acude la caballería; los batallones son humaredas. Allí había algo, buscadlo, ha desaparecido; se desplazan los claros; los repliegues oscuros avanzan y retroceden; algo parecido al viento del sepulcro empuja, repele, hinche y dispersa a esas muchedumbres trágicas. ¿Qué es una refriega? Una oscilación. La inmovilidad de un plan matemático equivale a un minuto y no a un día. Para pintar una batalla se necesitan esos pintores poderosos que llevan el caos en el pincel; vale más Rembrandt que Vandermeulen. Vandermeulen, exacto a mediodía, miente a las tres. La geometría induce a error; sólo es cierto el huracán. De ahí toma Folard autorización para contradecir a Polibio. Añadamos que siempre llega un instante en que la batalla degenera en combate, se particulariza, se dispersa en incontables hechos detallados que, por utilizar la expresión del propio Napoleón, «pertenecen más bien a la biografía de los regimientos que a la historia del ejército». En casos así, el historiador tiene el evidente derecho de resumir. Sólo puede captar los perfiles principales de la lucha, y a ningún narrador le es dado, por muy concienzudo que sea, dejar establecida de manera absoluta la forma de esa espantosa nube que recibe el nombre de batalla.

Lo dicho, que es cierto para todos los grandes enfrentamientos armados, es particularmente aplicable al caso de Waterloo.

No obstante, por la tarde, hubo determinado momento en que la batalla se concretó.

VI
LAS CUATRO DE LA TARDE

A eso de las cuatro, la situación del ejército inglés era muy grave. El príncipe de Orange estaba al mando del centro; Hill, del ala derecha; Picton, del ala izquierda. El príncipe de Orange, desesperado e intrépido, gritaba a belgas y holandeses: ¡Nassau! ¡Brunswick! ¡Retroceder, nunca! Hill, debilitado, acudía para adosarse a Wellington; Picton había muerto. En el preciso instante en que los ingleses arrebataban a los franceses la bandera del 105.º regimiento de infantería de línea, los franceses dejaban a los ingleses sin el general Picton de un balazo que le atravesó la cabeza. La batalla tenía para Wellington dos puntos de apoyo Hougomont y La Haie- Sainte; Hougomont todavía aguantaba, pero estaba en llamas; La Haie- Sainte había caído. Del batallón alemán que la defendía sólo quedaban vivos cuarenta y dos hombres; todos los oficiales menos cinco habían muerto o habían caído prisioneros. Tres mil combatientes se habían matado entre sí en aquel pajar. Con un sargento de la guardia inglesa, el mejor boxeador de Inglaterra, que gozaba de la reputación de invulnerable entre sus compañeros, acabó allí un tamborcillo francés. Desalojan a Baring, Alten muere a sablazos. Se habían perdido varias banderas, entre ellas una de la división Alten y otra del batallón de Luneburgo que llevaba un príncipe de la familia de Deux-Ponts. Los escoceses grises habían dejado de existir; los tremendos dragones de Ponsonby estaban hechos picadillo. Esa valiente caballería había cedido ante los lanceros de Bro y los coraceros de Travers; de mil doscientos caballos quedaban seiscientos; de los tres tenientes coroneles, dos yacían en el suelo: Hamilton, herido y Mater, muerto; Ponsonby había caído atravesado de siete lanzadas. Gordon había muerto, Marsh había muerto. Dos divisiones, la quinta y la sexta, habían quedado destruidas.

Con Hougomont en la cuerda floja y La Haie-Sainte tomada, no quedaba ya sino un nudo, el centro. Ese nudo seguía resistiéndose. Wellington lo reforzó. Mandó llamar a Hill, que estaba en Merbe-Braine; mandó llamar a Chassé, que estaba en Braine-l'Alleud.

El centro del ejército inglés, algo cóncavo, muy denso y muy compacto, tenía una situación firme. Ocupaba la meseta de Mont-Saint-Jean y tenía a la espalda el pueblo y ante sí la cuesta, bastante empinada a la sazón. Le guardaba la espalda esa robusta casa de piedra que era por entonces una finca de dominio público de Nivelles y que señala el cruce de las dos carreteras, una mole del siglo dieciséis tan robusta que las balas de cañón rebotaban sin causarle daños. Alrededor de toda la meseta, los ingleses habían podado acá y allá los setos, abierto huecos en los espinos albares, puesto una boca de cañón entre dos ramas, almenado los matorrales. Tenían la artillería emboscada bajo la maleza. Aquella obra púnica, lícita sin duda en la guerra, que admite las trampas, estaba tan bien hecha que Haxo, a quien el emperador había enviado a las nueve de la mañana a reconocer las baterías enemigas, no vio nada y regresó a decirle a Napoleón que no había obstáculos, salvo las dos barricadas que cortaban las carreteras de Nivelles y de Genappe. Era la época en que las cosechas están bien crecidas; en las lindes de la meseta, un batallón de la brigada Kempt, el 95.º, armado de carabinas, estaba cuerpo a tierra en los trigales altos.

Así asegurado y apoyado, el centro del ejército anglo-holandés estaba en posición ventajosa.

El peligro de aquella posición era el bosque de Soignes, contiguo en ese momento al campo de batalla y que cortaban en dos los estanques de Groenendael y de Boitsfort. Allí un ejército no habría podido retroceder sin deshacerse; los regimientos se habrían disgregado enseguida. La artillería se habría perdido en los pantanos. La retirada, en opinión de varios hombres del oficio, que hay que decir que otros ponían en entredicho, habría sido un sálvese quien pueda.

Wellington añadió a ese centro una brigada de Chassé, que retiró del ala derecha, y una brigada de Wincke, retirada del ala izquierda, más la división Clinton. A sus ingleses, a los regimientos de Halkett, a la brigada de Mitchell y a la guardia de Maitland les dio como espaldones y contrafuertes a la infantería de Brunswick, al contingente de Nassau, a los hannoverianos de Kielmansegge y a los alemanes de Ompteda. Con eso tenía a mano veintiséis batallones. El ala derecha, como dice Charras, se desplazó al centro. Unos sacos terreros camuflaban una batería de gran tamaño en ese lugar que ahora llaman «el museo de Waterloo». Wellington tenía además en un plegamiento del terreno a la guardia de dragones de Somerset, mil cuatrocientos caballos. Era la otra mitad de esa caballería inglesa tan merecidamente famosa. Destruido Ponsonby, quedaba Somerset.

La batería, que, si hubiera estado concluida, habría sido casi un reducto, estaba situada detrás de la tapia muy baja de un jardín, forrado deprisa y corriendo con sacos de arena y un terraplén muy ancho. La obra no estaba rematada; ni siquiera habían tenido tiempo de hacer una empalizada.

Wellington, preocupado pero impasible, estaba a caballo y así siguió todo el día en la misma postura, un poco adelantado respecto al molino viejo de Mont-Saint-Jean, que todavía existe, debajo de un olmo, que, posteriormente, un inglés, vandálico pero entusiasta, compró por doscientos francos, cortó y se llevó. Wellington se comportó de forma fríamente heroica. Llovían las balas de cañón. Gordon, el ayuda de campo, acababa de caer a su lado. Lord Hill, señalándole el estallido de un proyectil de obús, le dijo: «Milord, qué instrucciones y órdenes nos deja si consigue que lo maten». Que hagáis lo mismo que yo, contestó Wellington. A Clinton le dijo lacónicamente: Aguantar aquí hasta el último hombre. Estaba claro que la cosa se estaba poniendo fea. Wellington gritaba a sus antiguos compañeros de Talavera, de Vitoria y de Salamanca: Boys (muchachos), ¿a quién le cabe en la cabeza que podamos retroceder? ¡Acordaos de nuestra Inglaterra!

A eso de las cuatro, la línea inglesa echó a andar hacia atrás. De repente no se vio ya en la cresta de la meseta más que la artillería y a los tiradores, lo demás desapareció; los regimientos, a los que expulsaban los proyectiles de obús y las balas de cañón franceses, se replegaron hacia el fondo, por el que pasa todavía hoy el camino de servicio de la granja de Mont-Saint-Jean; hubo un movimiento de retroceso, el frente de batalla inglés hurtó el cuerpo, Wellington retrocedió. «Comienzo de retirada», gritó Napoleón.

VII
NAPOLEÓN DE BUEN HUMOR

El emperador, aunque enfermo y molesto a caballo por una dolencia local, no había estado nunca de tan buen humor como aquel día. Desde por la mañana su impenetrabilidad era sonriente. El 18 de junio de 1815, de aquella alma honda, enmascarada de mármol, brotaba una irradiación ciega. El hombre que estuvo adusto en Austerlitz estuvo alegre en Waterloo. Los predestinados más excelsos cometen contrasentidos así. Nuestras alegrías son oscuridad. La sonrisa suprema pertenece a Dios.

Ridet Caesar, Pompeius flebit, decían los legionarios de la Legio Fulminatrix. En esta ocasión, Pompeyo no iba a llorar, pero lo cierto es que César reía.

Ya la víspera, a la una de la madrugada, recorriendo a caballo, entre la tormenta y la lluvia, con Bertrand, las colinas del vecindario de Rossomme, satisfecho al ver la prolongada línea de las hogueras inglesas que iluminaba todo el horizonte, desde Frischemont hasta Braine-l'Alleud, le había parecido que el destino, al que había citado con fecha fija en los campos de Waterloo, había sido puntual; detuvo el caballo y se quedó unos momentos quieto, mirando los relámpagos, escuchando el trueno; y oyeron a aquel fatalista soltar entre las sombras esta frase misteriosa: «Estamos de acuerdo». Napoleón se equivocaba. Ya no estaban de acuerdo.

No se permitió ni un minuto de sueño, todos los instantes de aquella noche llevaron para él la marca de una alegría. Recorrió toda la línea de los cuerpos de la guardia mayor deteniéndose acá y allá para decirles algo a los más destacados. A las dos y media, cerca del bosque de Hougomont, oyó el paso de una columna en marcha; por un momento, creyó que Wellington retrocedía. Dijo: Es la retaguardia inglesa que se pone en marcha para largarse. Haré prisioneros a los seis mil ingleses que acaban de llegar a Ostende. Estaba expansivo; había recuperado la elocuencia inspirada del 1 de marzo, cuando le señalaba al gran mariscal al campesino entusiasta del golfo Juan al tiempo que exclamaba: ¡Mira, Bertrand, ya nos llegan refuerzos! La noche del 17 al 18 se reía de Wellington: Ese inglesito necesita que le den una lección, decía Napoleón. Llovía cada vez más; tronaba mientras hablaba el emperador.

A las tres y media de la mañana se había quedado sin una ilusión; unos oficiales enviados para llevar a cabo un reconocimiento le comunicaron que el enemigo no estaba haciendo movimiento alguno. Nada se movía; no estaba apagada ni una sola hoguera de los vivaques. El ejército inglés dormía. Reinaba un silencio profundo en la tierra; sólo había ruido en el cielo. A las cuatro, los batidores le trajeron a un campesino; ese campesino había hecho de guía a una brigada de caballería inglesa, probablemente la brigada Vivian, que iba a tomar posición en el pueblo de Ohain, en la zona más a la izquierda. A las cinco, dos desertores belgas le contaron que acababan de irse de su regimiento y que el ejército inglés estaba a la espera de la batalla. ¡Mejor! —exclamó Napoleón—. Prefiero darles un revolcón que repelerlos.

Por la mañana, en el talud de la revuelta del camino de Plancenoit, se apeó del caballo en pleno barrizal, mandó que le trajeran de la granja de Rossomme una mesa de cocina y una silla de labriego, se sentó, con un manojo de paja a modo de alfombra, y desplegó encima la mesa el mapa del campo de batalla, diciéndole a Soult: ¡Bonito tablero de ajedrez!

Por culpa de las lluvias de la noche, los convoyes de víveres, empantanados en las carreteras llenas de baches, no pudieron llegar por la mañana y los soldados no habían dormido y estaban mojados y en ayunas; ello no impidió a Napoleón gritarle alegremente a Ney: Tenemos noventa posibilidades sobre cien. A las ocho, trajeron el almuerzo del emperador. Había invitado a varios generales. Mientras almorzaban, se comentó que Wellington estaba la antevíspera en un baile en Bruselas, en casa de la duquesa de Richmond; y Soult, guerrero rudo con cara de arzobispo, dijo: El baile es hoy. El emperador le gastó bromas a Ney, que decía: Wellington no será tan simple como para esperar a su majestad. Ésa era su forma de ser, por lo demás: Era amigo de bromear, dice Fleury de Chaboulon. En el fondo era de carácter jovial, dice Gourgaud. Decía muchas cosas chistosas, más peculiares que ingeniosas, dice Benjamin Constant. Esa jovialidad de gigante merece que insistamos en ella. Fue él quien puso de nombre a sus granaderos «los gruñones»; les pellizcaba la oreja y les tiraba del bigote. El emperador siempre andaba haciéndonos travesuras: es una frase de uno de ellos. Durante el misterioso trayecto desde la isla de Elba a Francia, el 27 de febrero, en alta mar, un bric de guerra francés, el Zéphir, se cruzó con el bric

L'Inconstant, donde iba escondido Napoleón; y, cuando le preguntó a L'Inconstant qué sabían de Napoleón, el emperador, que todavía llevaba en el sombrero la escarapela blanca y amaranto sembrada de abejas, que usaba en la isla de Elba, cogió riéndose la bocina y le contestó en persona: El emperador está bien de salud. Quien ríe así tiene un trato familiar con los acontecimientos. A Napoleón le dieron varios ataques de risa durante el almuerzo de Waterloo. Después de almorzar, se ensimismó un cuarto de hora y luego dos generales se sentaron en el haz de paja con una pluma en la mano y una hoja apoyada en la rodilla y el emperador les dictó el orden de batalla.

A las nueve, en el instante en que el ejército francés, escalonado y desplazándose en cinco columnas, se desplegó, con las divisiones en dos líneas, la artillería entre las brigadas, la música en cabeza tocando la marcha de honor, el redoble de los tambores y los toques de las trompetas, poderoso, grande, alegre, un mar de cascos, de sables y de bayonetas sobre el fondo del horizonte, el emperador, emocionado, exclamó por dos veces:

«¡Espléndido, espléndido!».

Entre las nueve y las diez y media, todo el ejército, cosa que parece imposible, había tomado posición y había formado en seis líneas, trazando, según la expresión del emperador, «la figura de seis uves». Pocos segundos después de que estuviera formado el frente de batalla, entre ese hondo silencio de comienzo de tormenta que precede las refriegas, al ver desfilar las tres baterías de doce, sacadas por orden suya de los tres cuerpos de Erlon, de Reille y de Lobau y destinadas a iniciar la acción cañoneando Mont-Saint-Jean, donde está la intersección de las carreteras de Nivelles y de Genappe, el emperador le dio una palmada en la espalda a Haxo al tiempo que le decía: Aquí tenemos veinticuatro mozas muy guapas, general.

Seguro del desenlace, animó con una sonrisa, cuando pasó ante él, a la compañía de zapadores del primer cuerpo, que había designado personalmente para que se hiciera fuerte en Mont-Saint-Jean en cuanto se tomara el pueblo. Por toda esa serenidad sólo cruzó una frase de compasión altanera; al ver a su izquierda, en un lugar en que hay ahora una tumba muy grande, la concentración, junto con sus espléndidos caballos, de esos admirables escoceses grises, dijo: ¡Qué lástima!

Subió luego a caballo, fue más allá de Rossomme y eligió para observatorio una loma estrecha de césped a la derecha de la carretera de Genappe a Bruselas, que fue su segundo estacionamiento durante la batalla. El tercero, el de las siete de la tarde entre La Belle-Alliance y La Haie- Sainte, es temible; un otero bastante elevado que todavía existe y tras el que estaba reunida la guardia en un declive de la llanura. Alrededor de ese otero, las balas de cañón rebotaban en los adoquines de la calzada hasta el emplazamiento de Napoleón. Como en Brienne, le pasaban por encima de la cabeza el silbido de las balas y de los vizcaínos. Se recogieron casi en el mismo lugar en que posaba los cascos su caballo balas de cañón mohosas, hojas viejas de sable y proyectiles informes comidos de orín. Scabra rubigine. Hace unos años desenterraron un proyectil de obús del sesenta, cargado aún, cuyo cohete se había roto al ras de la bomba. Fue en este último emplazamiento donde el emperador le decía a su guía, Lacoste, un campesino hostil, sobresaltado, atado a la silla de un húsar, que se daba la vuelta con cada descarga de metralla e intentaba esconderse detrás de él:

¡Imbécil! Qué vergüenza. Vas a conseguir que te maten por la espalda.

Quien escribe estas líneas encontró personalmente en el suelo poco consistente del talud de ese otero, excavando en la arena, los restos del cuello de una bomba que había descompuesto el óxido de cuarenta y seis años y unos fragmentos viejos de hierro que se quebraban con los dedos como ramitas de saúco.

Nadie ignora que las ondulaciones, de inclinación variada, de las llanuras donde se encontraron Napoleón y Wellington no son ya como eran el 18 de junio de 1815. Al tomar de ese campo fúnebre lo necesario para hacer un monumento, le quitaron su relieve real, y la historia, desconcertada, no sabe ya por dónde se anda. Lo desfiguraron para glorificarlo. Wellington, dos años después, al volver a ver Waterloo, exclamó: Me han cambiado mi campo de batalla. Donde está hoy la gran pirámide de tierra que corona el león había una cresta que, en dirección a la carretera de Nivelles, bajaba formando una rampa transitable, pero, del lado de la calzada de Genappe, era casi una escarpa. La elevación de esa escarpa puede aún calcularse hoy por la altura de los dos túmulos de las dos sepulturas grandes que encajonan la carretera de Genappe a Bruselas; una es la tumba inglesa, a la izquierda; la otra, la tumba alemana, a la derecha. No hay tumba francesa. Para Francia toda la llanura es un sepulcro. Gracias a los miles de carretadas de tierra usadas para ese túmulo de ciento cincuenta pies de altura y media milla de contorno, a la meseta de Mont- Saint-Jean se puede llegar hoy en día por una cuesta poco empinada; el día de la batalla, sobre todo por la parte de La Haie-Sainte, el acceso era áspero y abrupto. La pendiente era tan pina allí que los cañones ingleses no veían, en la parte de arriba, la casa de labor que estaba al fondo del valle y era el punto central del combate. El 18 de junio de 1815, las lluvias, además, habían excavado torrenteras en aquel tramo tan escarpado y el barro complicaba la subida; no sólo había que trepar sino que se hundía uno en el fango. A lo largo de la cresta de la meseta corría algo así como un foso que un espectador alejado no podía intuir.

¿Qué era ese foso? Vamos a explicarlo. Braine-l'Alleud es un pueblo de Bélgica, y Ohain, otro. A esos pueblos, ocultos ambos en unas revueltas del terreno, los une un camino de legua y media más o menos que cruza por una llanura ondulada y, frecuentemente, se interna y se hunde entre colinas como si fuera un surco, con lo cual en varios puntos ese camino es un barranco. En 1815, igual que hoy en día, esa carretera cortaba la cresta de la meseta de Mont-Saint-Jean entre ambas calzadas, la de Genappe y la de Nivelles; sólo que en la actualidad está a la misma altura que la llanura; a la sazón era un camino encajonado. Para construir el túmulo monumental le quitaron los dos taludes. La mayor parte del recorrido de esa carretera era, y es aún, una zanja; una zanja de una docena de pies a veces, y cuyos taludes, escarpados en demasía, se venían abajo acá y allá, sobre todo en invierno, con los aguaceros. Ocurrían accidentes. La carretera era tan estrecha a la entrada de Braine-l'Alleud que un carro despedazó a un transeúnte, de lo que da fe una cruz de piedra que se yergue junto al cementerio e informa del nombre del muerto, Bernard Debrye, comerciante de Bruselas, y la fecha del accidente, febrero de 1637[16]. Corría tan hondo en la meseta de Mont-Saint-Jean que a un campesino, Mathieu Nicaise, lo aplastó en 1783 un desprendimiento del talud, de lo que dejaba constancia otra cruz de piedra cuya parte de arriba desapareció durante las obras de desmonte pero cuyo pedestal puede verse aún hoy en la cuesta de césped que está a la izquierda de la calzada que va de La Haie-Sainte a la granja de Mont-Saint- Jean.

En un día de batalla, ese camino encajonado del que nada daba aviso, al filo de la cresta de Mont-Saint-Jean, en la cima de la escarpa, ese surco oculto en el terreno, era invisible, es decir, terrible.

VIII
EL EMPERADOR HACE UNA PREGUNTA AL GUÍA LACOSTE

Así que aquella mañana el emperador estaba contento.

Hacía bien; el plan de batalla que había concebido, como ya hemos podido verlo, era, efectivamente, admirable.

Ya entablada la batalla, sus peripecias, muy diversas; la resistencia de Hougomont; la tenacidad de La Haie-Sainte; Bauduin, muerto; Foy, fuera de combate; el muro inesperado contra el que se estrelló la brigada Soye; el despiste fatídico de Guilleminot, que no tenía ni petardos ni sacos de pólvora; las baterías hundidas en el barro; las quince piezas sin escolta que arrojó Uxbridge por un camino encajonado; el escaso efecto de las bombas al caer en las líneas inglesas y hundirse en el suelo empapado de lluvia sin conseguir sino volcanes de barro, de forma tal que la metralla no era sino salpicaduras; la inutilidad de la maniobra de Piré en Braine-l'Alleud; toda aquella caballería, quince escuadrones, casi anulada; el ala derecha inglesa mal hostigada; el ala izquierda mal abordada; el extraño malentendido de Ney, que concentró, en vez de escalonarlas, las cuatro divisiones del primer cuerpo, veintisiete filas de ancho por frentes de doscientos hombres expuestos así a la metralla; el espantoso boquete de las balas de cañón en aquellas masas; las columnas de ataque desunidas; la repentina aparición por el flanco, desembocada, de la batería lateral; Bourgeois, Donzelot y Durutte en situación comprometida; Quiot repelido; el teniente Vieux, ese hércules que venía de la Escuela Politécnica, herido en el momento en que derribaba a hachazos la puerta de La Haie-Sainte mientras la barricada inglesa que cortaba el recodo de la carretera de Genappe a Bruselas disparaba desde más arriba; la división Marcognet, atrapada entre la infantería y la caballería, a la que tiroteaban a quemarropa Best y Pack en los trigales y atacaba con arma blanca Ponsonby; su batería de siete piezas, clavada; el príncipe de Sajonia-Weymar apoderándose de la bandera del 105.º regimiento y de la bandera del 45.º y conservándolas, pese al conde de Erlon, Frischemont y Smohain; aquel húsar negro prusiano que detuvieron los batidores de la columna volante de trescientos cazadores que iban a la descubierta entre Wavre y Plancenoit y las cosas intranquilizadoras que contó aquel prisionero; el retraso de Grouchy; los mil quinientos hombres muertos en menos de una hora en el huerto de frutales de Hougomont; los mil ochocientos hombres abatidos en menos tiempo aún alrededor de La Haie-Sainte, todos esos incidentes tormentosos, que pasaron como las nubes de la batalla por delante de Napoleón, apenas si le turbaron la mirada y no ensombrecieron aquel rostro imperial de la certidumbre. Napoleón estaba acostumbrado a mirar con fijeza la guerra; no hacía nunca, cantidad a cantidad, la suma dolorosa de los detalles; las cantidades le importaban poco con tal de que arrojasen el siguiente total: la victoria; no lo alarmaba que los principios se descarriasen porque se creía amo y dueño del final; sabía esperar, pues daba por hecho que él no estaba en juego, y trataba al destino de igual a igual. Era como si le dijera a la suerte: no te atreverás.

Luz a medias y sombra a medias, Napoleón se sentía protegido en el bien y tolerado en el mal. Podía contar, o creía que podía contar, con una avenencia con los acontecimientos, con una complicidad de éstos, podríamos decir casi, que equivalía a la invulnerabilidad que se daba en la Antigüedad.

No obstante, quien tenía a la espalda el Beresina, Leipsick y Fontainebleau tenía razones para pensar que había motivos de desconfianza en Waterloo. Un misterioso fruncimiento de entrecejo iba apareciendo en lo hondo del cielo.

En el momento en que Wellington retrocedió, Napoleón se sobresaltó. Vio de pronto que la meseta de Mont-Saint-Jean se vaciaba y que el frente del ejército inglés desaparecía. Se estaba reuniendo, pero hurtaba el bulto. El emperador se enderezó a medias en los estribos. Le pasó por los ojos el relámpago de la victoria.

Wellington, acorralado contra el bosque de Soignes y destruido, era Francia derribando definitivamente a Inglaterra; era vengar Crécy, Poitiers, Malplaquet y Ramillies. El hombre de Marengo borraba Azincourt.

El emperador entonces, meditando sobre la terrible peripecia, paseó por última vez el catalejo por todos los puntos del campo de batalla. Su guardia, detrás de él, con el arma en posición de descanso, lo observaba desde abajo con algo parecido a una creencia religiosa. Él meditaba: examinaba las vertientes, tomaba nota de las cuestas, escudriñaba el bosquecillo, el sembrado de centeno, el sendero; parecía estar contando todos y cada uno de los matorrales. Miró con cierta intensidad las barricadas inglesas de las dos calzadas, dos montones altos de árboles cortados: la de la calzada de Genappe, por encima de La Haie-Sainte, armada con dos cañones, los únicos de toda la artillería inglesa que tuvieran a la vista la parte del fondo del campo de batalla; y la de la calzada de Nivelles, donde relucían las bayonetas holandesas de la brigada Chassé. Se fijó, cerca de esa barricada, en la antigua capilla de Saint-Nicolas, pintada de blanco, que está en el recodo de la trocha que va hacia Braine-l'Alleud. Se inclinó y le habló a media voz al guía Lacoste. El guía hizo con la cabeza una seña negativa, pérfida seguramente.

El emperador se enderezó y se ensimismó.

Wellington había retrocedido. Bastaba con rematar ese retroceso para aplastarlo.

Napoleón se dio la vuelta de forma brusca y envió a una estafeta a París, a rienda suelta, para que anunciase que la batalla estaba ganada.

Napoleón era uno de esos genios de los que nace el trueno. Acababa de dar con su rayo.

Ordenó a los coraceros de Milhaud que tomasen la meseta de Mont-Saint-Jean.

IX
LO INESPERADO

Eran tres mil quinientos. Formaban un frente de un cuarto de legua. Eran hombres gigantescos subidos en caballos colosales. Eran veintiséis escuadrones; tenían detrás, para apoyarlos, a la división de Lefebvre-Desnouettes, los ciento seis gendarmes de elite, los cazadores de la guardia, mil ciento noventa y siete hombres, y los lanceros de la guardia, ochocientas ochenta lanzas. Llevaban casco sin penacho y coraza de hierro forjado, con pistolas de arzón en sus fundas y el largo sable-espada. Todos los habían admirado por la mañana cuando, a las nueve, a toque de clarín, y con todas las bandas entonando velemos por el bienestar del Imperio, se presentaron, columna prieta, con una de sus baterías en un flanco y la otra en el centro, se desplegaron en dos filas entre la calzada de Genappe y la de Frischemont y ocuparon su puesto en la batalla en esa segunda línea tan potente, que tan sabiamente había compuesto Napoleón, y que, con los coraceros de Kellermann en el extremo izquierdo y, en el extremo derecho, los coraceros de Milhaud, tenía, por así decir, dos alas de hierro.

El ayudante de campo Bernard les llevó la orden del emperador. Ney sacó la espada y se colocó en cabeza. Los enormes escuadrones se pusieron en marcha.

Se vio entonces un espectáculo formidable.

Toda aquella caballería, con los sables en alto y los estandartes y las trompetas al viento, formada en una columna por división, bajó con el mismo impulso y como un solo hombre, con la precisión de un ariete de bronce que abre una brecha, la colina de La Belle-Alliance, se hundió en aquel fondo ominoso donde habían caído ya tantos hombres y desapareció entre el humo; luego, saliendo de aquella sombra, volvió a aparecer del otro lado del valle, siempre compacta y prieta, subiendo a galope tendido, a través de una nube de metralla que se le venía encima, la espantosa cuesta de la meseta de Mont-Saint-Jean. Subían serios, amenazadores, imperturbables; en los intervalos de la mosquetería y de la artillería se oía ese ruido de cascos colosal. Como eran dos divisiones, iban en dos columnas; la división Wathier iba a la derecha; la división Delord, a la izquierda. De lejos, era como ver dos inmensas culebras de acero que se estiraban hacia la cresta de la meseta. Cruzaron por la batalla como un prodigio.

No se había visto nada semejante desde que la caballería pesada tomó el reducto del Moscova; faltaba Murat, pero allí estaba Ney otra vez. Era como si aquella mole se hubiera convertido en un monstruo y no tuviera sino una sola alma. Todos los escuadrones ondulaban y se henchían como un anillo del pólipo. Se los divisaba entre una humareda dilatada que se desgarraba acá y allá. Una mescolanza de cascos, gritos, sables, brincos tormentosos de las grupas de los caballos entre los cañones y las fanfarrias, tumulto disciplinado y terrible; y, por encima, las corazas, como las escamas que cubren la hidra.

Estos relatos parecen de edades pasadas. Seguramente algo semejante a esta visión salía en las remotas epopeyas órficas que hablaban de los hombres-caballo, los antiguos hipantropos, esos titanes de rostro humano y pecho ecuestre cuyo galope escaló el Olimpo, horribles, invulnerables, sublimes; dioses y bestias.

Curiosa coincidencia numérica, veintiséis batallones iban a recibir a esos veintiséis escuadrones. Detrás de la cresta de la meseta, a la sombra de la batería emboscada, la infantería inglesa, formada en trece cuadros, dos batallones por cuadro, y en dos líneas, siete en la primera y seis en la segunda, con la culata echada al hombro, apuntando a cuanto iba a llegar, serena, muda, quieta, esperaba. No veía a los coraceros y los coraceros no la veían. Oía cómo subía esa marea de hombres. Oía cómo crecía el ruido de los tres mil caballos, el golpeteo alterno y simétrico de los cascos a galope tendido, el roce de las corazas, el entrechocar de los sables, y una especie de ráfaga fuerte y feroz. Hubo un silencio ominoso; luego, de repente, una fila larga de brazos en alto que blandían sables apareció por encima de la cresta, y los cascos, y las trompetas, y los estandartes, y tres mil caras con bigotes grises que gritaban: ¡viva el emperador! Aquella caballería irrumpió toda ella en la meseta y fue como si apareciera un terremoto.

De repente, acontecimiento trágico, a la izquierda de los ingleses, a nuestra derecha, la cabeza de la columna de coraceros se encabritó con un clamor espantoso. Al llegar al punto culminante de la cresta, desenfrenados, entregados a su furia y a su carrera exterminadora hacia los cuadros y los cañones, los coraceros acababan de vislumbrar entre ellos y los ingleses un foso, una fosa. Era el camino encajonado de Ohain.

El momento fue espantoso. Allí estaba el barranco, inesperado, abierto, cortado a pico bajo las patas de los caballos, de cuatro metros de profundidad entre los dos taludes; la segunda fila empujó a la primera, y la tercera empujó a la segunda; los caballos se encabritaban, se echaban hacia atrás, caían sobre la grupa, resbalaban con las cuatro patas en el aire, machacando y desbaratando a los jinetes; no había forma de retroceder, toda la columna no era ya sino un proyectil, la fuerza adquirida para aplastar a los ingleses aplastó a los franceses; el barranco inexorable no podía rendirse hasta que estuviera lleno hasta arriba; los jinetes y los caballos cayeron por él revueltos, destrozándose mutuamente, convirtiéndose en una sola carne en ese abismo; y cuando la fosa estuvo llena de hombres vivos, los demás los pisotearon y pasaron. Casi una tercera parte de la brigada Dubois se desplomó en ese abismo.

Aquí empezó a perderse la batalla.

Una tradición local, exagerada, por descontado, cuenta que dos mil caballos y mil quinientos hombres quedaron sepultados en el camino encajonado de Ohain. Esta cifra incluye seguramente todos los demás cadáveres que arrojaron a ese barranco al día siguiente del combate.

Dejemos constancia de paso de que la brigada Dubois, tan funestamente castigada, fue la que, una hora antes, cargando por su cuenta, se había apoderado de la bandera del batallón de Luneburgo.

Napoleón, antes de ordenar aquella carga de los coraceros de Milhaud, había examinado el terreno, pero no había podido ver ese camino encajonado que no hacía ni una arruga en la superficie de la meseta. No obstante, le había llamado la atención y puesto sobre aviso la capillita blanca que marca el recodo en la calzada de Nivelles y probablemente preguntó al guía Lacoste por la eventualidad de un obstáculo. El guía le contestó que no. Casi podría decirse que de aquel movimiento de la cabeza de un campesino salió la catástrofe de Napoleón.

Iban a surgir otras fatalidades.

¿Era posible que Napoleón ganase aquella batalla? Contestamos que no.

¿Por qué? ¿Debido a Wellington? ¿Debido a Blücher? No. Debido a Dios.

Bonaparte vencedor en Waterloo no entraba ya en las reglas del siglo XIX. Se estaba preparando otra serie de hechos en que ya no había sitio para Napoleón. La mala voluntad de los acontecimientos llevaba mucho tiempo anunciándose.

Ya era hora de que cayera hombre tan dilatado.

La fuerza de gravedad excesiva de ese hombre en el destino humano alteraba el equilibrio. Aquel individuo tenía más importancia él solo que el grupo universal. Esas plétoras de toda la vitalidad humana concentrada en una única cabeza, el mundo subiéndosele al cerebro a un hombre: si tal cosa duraba, sería mortal para la civilización. A la incorruptible equidad suprema le había llegado el momento de tomar medidas.

Posiblemente los principios y los elementos de los que dependen las gravitaciones regulares, tanto en el orden moral cuanto en el material, estaban quejosas. La sangre que humea, la falta de espacio en los cementerios, las madres deshechas en llanto son alegatos temibles. Cuando la tierra padece una sobrecarga, hay misteriosos gemidos de la sombra que el abismo oye.

A Napoleón lo habían denunciado en el infinito y había quedado decidido que caería.

Era una molestia para Dios.

Waterloo no es una batalla; es el cambio de frente del universo.

X
LA MESETA DE MONT-SAINT-JEAN

Al mismo tiempo que aparecía el barranco, salió a la luz la batería.

Sesenta cañones y los trece cuadros fulminaron a los coraceros a quemarropa. El intrépido general Delord le hizo el saludo militar a la batería inglesa.

Toda la artillería volante inglesa había regresado al galope a los cuadros. A los coraceros no les dio tiempo ni a hacer una pausa. El desastre del camino encajonado los había diezmado, pero no desanimado. Eran de esa clase de hombres que cuando menguan en número crecen en valor.

Sólo la columna Wathier había padecido el desastre; la columna Delord, a la que Ney había hecho desviarse a la izquierda, como si presintiera el escollo, había llegado entera.

Los coraceros se arrojaron sobre los cuadros ingleses.

Como una exhalación, a rienda suelta, con el sable entre los dientes y empuñando las pistolas, así fue el ataque.

Hay momentos en las batallas en que el alma endurece al hombre hasta convertir al soldado en estatua y en que toda carne se vuelve granito. Los batallones ingleses, ante aquel asalto ciego, no se movieron.

Lo que pasó entonces fue espantoso.

Atacaron a la vez todas las caras de los cuadros ingleses. Los envolvió un movimiento giratorio frenético. Aquella gélida infantería siguió impasible. La primera fila, rodilla en tierra, recibía a los coraceros con las bayonetas; la segunda fila los tiroteaba; detrás de la segunda fila los artilleros cargaban las piezas, la parte frontal del cuadro se abría, dejaba pasar una erupción de metralla y se volvía a cerrar. Los coraceros respondían aplastándolos. Sus caballos enormes se encabritaban, franqueaban las filas, saltaban por encima de las bayonetas y caían, gigantescos, entre aquellas cuatro paredes vivas. Las balas de cañón abrían claros en los coraceros. Los coraceros abrían brechas en los cuadros. Desaparecían filas de hombres, triturados bajo los caballos. Las bayonetas se hundían en los vientres de aquellos centauros. Y el resultado era una deformidad de las heridas que quizá no se vio nunca en parte alguna. Los cuadros, que carcomía aquella caballería frenética, menguaban sin inmutarse. Con reservas inagotables de metralla, estallaban entre los asaltantes. El aspecto de aquel combate era monstruoso. Aquellos cuadros no eran ya batallones, eran cráteres; aquellos coraceros no eran ya una caballería, eran una tormenta. Cada cuadro era un volcán al que atacaba una nube; la lava luchaba contra el rayo.

Los primeros encontronazos aniquilaron casi por completo el cuadro que estaba más a la derecha, el más expuesto porque estaba desguarnecido. Lo componía el 75.º regimiento de highlanders. El gaitero que estaba en el centro, mientras los demás se exterminaban en torno, bajando al suelo con hondo ensimismamiento la mirada melancólica colmada del reflejo de los bosques y los lagos, sentado en un tambor, con la gaita escocesa bajo del brazo, interpretaba tonadas de las montañas. Aquellos escoceses morían pensando en el monte Lothian de la misma forma que los griegos recordando Argos. El sable de un coracero, al cortar la gaita y el brazo que la sujetaba, acabó con el canto al matar al cantor.

Los coraceros, que eran poco numerosos relativamente por haberlos menguado la catástrofe del barranco, se enfrentaban con casi todo el ejército inglés, pero se multiplicaban y cada hombre valía por diez. En éstas, varios batallones hannoverianos cedieron. Wellington lo vio y pensó en su caballería. Si en ese preciso momento Napoleón hubiera pensado en su infantería, habría ganado la batalla. Ese olvido fue su falta mayor y fatídica.

De pronto, los coraceros asaltantes notaron que los asaltaban. Se les venía encima, por la espalda, la caballería inglesa. Delante, los cuadros; detrás, Somerset; Somerset era los mil cuatrocientos hombres de la guardia de dragones. A la derecha de Somerset estaba Dornbe rg con la caballería ligera alemana; y, a la izquierda, Trip con los carabineros belgas; los coraceros, a quienes la infantería y la caballería atacaban por el flanco y por la cabeza, por delante y por detrás, tuvieron que atender a todo. ¿Qué les importaba? Su esencia era el torbellino. Su valentía se volvió indecible.

Tenían detrás, a mayor abundamiento, la batería, que no dejaba de tronar. Sólo algo así podría haber herido a esos hombres por la espalda.

Una de sus corazas, con el agujero de un vizcaíno en el omóplato izquierdo, está en la colección del museo de Waterloo.

Para franceses como aquéllos, qué menos que ingleses como aquéllos.

Aquello no era ya una refriega, sino una oscuridad, una furia, un arrebato vertiginoso de almas y valentías, un huracán de espadas claras. En un abrir y cerrar de ojos, los mil cuatrocientos dragones de la guardia se habían quedado en ochocientos; Fuller, su teniente coronel, cayó muerto. Ney acudió con los lanceros y los cazadores de Lefebvre-Desnouettes. Los coraceros se apartaban de la caballería para volver a la infantería, o, mejor dicho, toda aquella turba formidable luchaba entre sí sin excluir a nadie. Los cuadros seguían resistiendo. Hubo doce asaltos. A Ney le mataron en cuatro ocasiones a los caballos en que cabalgaba. La mitad de los coraceros se quedó en la meseta. Aquel combate duró dos horas.

El ejército inglés quedó muy dañado. No cabe duda de que, si no los hubiera debilitado en el primer impacto el desastre del camino encajonado, los coraceros habrían dado al traste con el centro y decidido la victoria. Aquella caballería extraordinaria dejó petrificado a Clinton, que había estado en Talavera y Badajoz. Wellington, vencido mucho más que a medias, mostraba una admiración heroica. Decía por lo bajo: «¡sublime!».

Los coraceros aniquilaron, de trece cuadros, siete; se apoderaron de sesenta cañones o los clavaron, y arrebataron a los regimientos ingleses seis banderas, que tres coraceros y tres cazadores de la guardia le llevaron al emperador, que estaba delante de la granja de La Belle-Alliance.

La situación de Wellington había empeorado. Aquella extraña batalla era como un duelo entre dos heridos encarnizados que, cada uno por su lado, sin dejar de combatir y resistiendo aún, se están desangrando. ¿Cuál de los dos caerá primero?

En la meseta seguía el combate.

¿Hasta dónde llegaron los coraceros? Nadie podría decirlo. Lo que sí es seguro es que, al día siguiente de la batalla, un coracero y su caballo aparecieron muertos en el armazón de la báscula de pesaje de carruajes de Mont-Saint-Jean, en el punto preciso en que se cortan y coinciden las cuatro carreteras de Nivelles, de Genappe, de La Hulpe y de Bruselas. Aquel jinete había cruzado las líneas inglesas. Uno de los hombres que hallaron el cadáver vive todavía en Mont-Saint-Jean. Se llama Dehaze. Tenía a la sazón dieciocho años.

Wellington notaba el declive. Se acercaba la crisis.

Los coraceros no habían tenido éxito en el sentido de que no habían hundido el centro. Todo el mundo era dueño de la meseta, pero por eso mismo no era de nadie y, en última instancia, seguía siendo en su mayor parte de los ingleses. De Wellington eran el pueblo y la llanura culminante; de Ney, sólo la cresta y la cuesta. Por ambas partes, era como si hubieran echado raíces en aquel suelo fúnebre.

Pero el debilitamiento de los ingleses parecía irremediable. La hemorragia de ese ejército era espantosa. Kempt, en el ala izquierda, pedía refuerzos. No los hay —respondía Wellington—. Que luche hasta que lo maten. Casi en ese mismo momento, coincidencia singular que retrata el agotamiento de ambos ejércitos, Ney le pedía infantería a Napoleón y Napoleón exclamaba: ¡Infantería! ¿Y de dónde quiere que la saque? ¿Qué quiere, que la fabrique?

No obstante, el más enfermo era el ejército inglés. Las acometidas furiosas de aquellos grandes escuadrones de corazas de hierro y corazones de acero habían hecho trizas a la infantería. Algunos hombres, alrededor de una bandera, indicaban la posición de un regimiento; batallones había que no tenían ya al mando sino a un capitán o un teniente; habían destruido casi la división Alten, tan maltratada ya en La Haie-Sainte; los intrépidos belgas de la brigada Van Kluze cubrían los sembrados de centeno a lo largo de la carretera de Nivelles; no quedaba casi nada de aquellos granaderos holandeses que, en 1811, incluidos en España en las filas francesas, combatieron contra Wellington y, en 1815, unidos a los ingleses, combatían contra Napoleón. La pérdida de oficiales era considerable. Lord Uxbridge, quien, al día siguiente, dispuso el entierro de su pierna, tenía la rodilla destrozada. Por el lado francés, en la lucha de los coraceros, habían quedado fuera de combate Delord, Lhéritier, Colbert, Dnop, Travers y Blancard, pero, por el lado inglés, Alten estaba herido, Barne estaba herido, Delancey estaba muerto, Van Meeren estaba muerto, Ompteda estaba muerto, todo el estado mayor de Wellington estaba diezmado e Inglaterra llevaba la peor parte en aquel sangriento equilibrio. El 2.º regimiento de la guardia de a pie había perdido cinco tenientes coroneles, cuatro capitanes y tres banderas; el primer batallón del 30.º de infantería había perdido veinticuatro oficiales y ciento doce soldados; el 79.º de montaña tenía veinticuatro oficiales heridos, dieciocho oficiales muertos, cuatrocientos cincuenta soldados muertos. Los húsares hannoverianos de Cumberland, un regimiento entero a cuya cabeza iba su coronel, Hacke, al que más adelante juzgaron y depusieron, habían dado media vuelta ante la refriega y huían por el bosque de Soignes, sembrando el desbarajuste hasta Bruselas.

Los carros, los transportes de municiones, el bagaje y los furgones repletos de heridos, al ver que los franceses ganaban terreno y se acercaban al bosque, se metían en él a toda prisa; los holandeses, a quienes herían los sables de la caballería francesa, gritaban: ¡alarma! Desde Vert-Coucou hasta Groenendael, abarcando casi dos leguas en dirección a Bruselas, se agolpaban, según cuentan testigos que aún viven, los fugitivos. Fue tal el pánico que llegó la noticia hasta el príncipe de Condé en Malinas y hasta Luis XVIII en Gante. Dejando aparte la escasa reserva escalonada detrás de la ambulancia establecida en la granja de Mont-Saint-Jean y de las brigadas Vivian y Vandeleur, que flanqueaban el ala derecha, a Wellington no le quedaba ya caballería. Muchas baterías estaban en el suelo, desmontadas. Estos hechos los reconoce Siborne; y Pringle, exagerando el desastre, llega a decir que del ejército anglo-holandés no quedaban ya sino treinta y cuatro mil hombres. El duque de hierro conservaba la serenidad, pero tenía los labios blancos. El comisario austriaco, Vincent, y el comisario español, Álava, que presenciaban la batalla desde el estado mayor inglés, opinaban que el duque estaba perdido.

A las cinco, Wellington sacó el reloj y lo oyeron susurrar esta frase misteriosa: ¡Blücher o la noche!

En ese mismo momento fue cuando una línea lejana de bayonetas brilló por las elevaciones de la zona de Frischemont.

Aquí llega la peripecia de este drama gigantesco.

<h1 style="text-align:center">XI</h1>

MAL GUÍA PARA NAPOLEÓN, BUEN GUÍA PARA BÜLOW

Es conocida la dolorosa confusión de Napoleón; espera a Grouchy y aparece Blücher; la muerte en vez de la vida.

Hay en el destino giros así; te esperabas el trono del mundo y divisas Santa Elena.

Si el pastorcillo que le hacía de guía a Bülow, teniente de Blücher, le hubiese aconsejado salir del bosque más arriba de Frischemont en vez de más abajo de Plancenoit, es posible que la forma del siglo XIX hubiera sido diferente. Napoleón habría ganado la batalla de Waterloo. Por cualquier otro camino que no hubiera sido el que caía más abajo de Plancenoit, el ejército prusiano habría llegado a un barranco que la artillería no habría podido cruzar y Bülow no habría llegado.

Ahora bien, una hora de retraso, lo dice el general prusiano Muffling, y Blücher ya no habría encontrado a Wellington en pie; «la batalla estaba perdida».

Vemos, pues, que ya era hora de que llegase Bülow. Por lo demás, lo habían retrasado muchas cosas. Había vivaqueado en Dion-le-Mont y había salido al alba. Pero los caminos estaban intransitables y las divisiones se empantanaron en el barro. Las ruedas de los cañones se hundían en los baches hasta el cubo. Además hubo que cruzar el Dyle por el puente, tan estrecho, de Wavre; los franceses habían incendiado la calle que llevaba al puente y, como los carros y los furgones de la artillería no podían pasar entre dos filas de casas ardiendo, tuvieron que esperar a que se apagase el incendio. Eran ya las doce del mediodía y la vanguardia de Bülow no había podido llegar aún a Chapelle-Saint-Lambert.

Si la acción hubiera empezado dos horas antes, habría acabado a las cuatro y Blücher se había encontrado con que Napoleón había ganado la batalla. Tales son esas inmensas casualidades, del tamaño de un infinito que se nos escapa.

Ya a mediodía había sido el emperador el primero en divisar con el catalejo, muy lejos, en el horizonte, algo que le había llamado la atención. Dijo: «Veo allá lejos una nube que me parece que son tropas». Le preguntó luego al duque de Dalmacia: «Soult, ¿qué ve por Chapelle-Saint- Lambert?». El mariscal encaró el catalejo y contestó: «Cuatro o cinco mil hombres, majestad. Grouchy, por supuesto». Pero lo que fuera seguía sin moverse entre la bruma. Todos los catalejos del estado mayor estudiaron «la nube» que indicaba el emperador. Hubo quien dijo: «Son unas columnas que han hecho un alto». La mayoría dijo: «Son árboles». Bien es cierto que la nube no se movía. El emperador envió a la división de caballería ligera de Domon para que hiciera un reconocimiento en dirección a aquel punto oscuro.

Bülow no se movía, efectivamente. La vanguardia era muy escasa y no valía para nada. Debía esperar al grueso del ejército y tenía orden de concentrarse antes de entrar en combate; pero, a las cinco, al ver el peligro que corría Wellington, Blücher ordenó a Bülow que atacase y dijo esta frase admirable: «Hay que darle aire al ejército inglés para que respire».

Poco después, las divisiones Losthin, Hiller, Hacke y Ryssel se desplegaban ante el cuerpo de Lobau; la caballería del príncipe Guillermo de Prusia salía del bosque de París, Plancenoit estaba en llamas y las balas de cañón prusianas empezaban a llover incluso en las filas de la guardia que estaba en reserva detrás de Napoleón.

XII
LA GUARDIA

El resto es sabido; la irrupción de un tercer ejército; la batalla dislocada; ochenta y seis bocas de fuego que empezaron a atronar de repente; Pirch 1.º que llega con Bülow; la caballería de Zieten al mando de Blücher en persona; los franceses repelidos; Marcognet barrido de la meseta de Ohain; Durutte expulsado de Papelotte; Donzelot y Quiot retrocediendo; Lobau atacado por el flanco; una batalla nueva viniéndoles encima, al caer la tarde, a nuestros regimientos desmantelados; toda la línea inglesa recuperando la ofensiva y avanzando; el claro gigantesco que la ayuda mutua de la metralla inglesa y la metralla prusiana abrió en el ejército francés; el exterminio; el desastre al frente, el desastre por el flanco; la guardia entrando en combate bajo aquel espantoso desplome.

Como la guardia se daba cuenta de que iba a morir, gritó: ¡viva el emperador! No hay nada más conmovedor en la historia que aquella agonía estallando en aclamaciones.

El cielo había estado nublado todo el día. De repente, en ese preciso instante, eran las ocho de la tarde, se abrieron las nubes y dejaron pasar a través de los olmos de la carretera de Nivelles el dilatado rubor siniestro del sol poniente. Lo habíamos visto amanecer en Austerlitz.

Para este desenlace, todos los batallones de la guardia estaban al mando de un general. Allí estaban Friant, Michel, Roguet, Harlet, Mallet, Poret de Morvan. Cuando los gorros altos de los granaderos de la guardia, con la ancha chapa del águila, aparecieron, simétricos, en fila, tranquilos, espléndidos, en la bruma de aquella refriega, el enemigo sintió respeto por Francia; fue como ver veinte victorias entrar en el campo de batalla, con las alas desplegadas; y los que ya eran vencedores, considerándose vencidos, retrocedieron; pero Wellington gritó: ¡En pie, guardias, y apuntad bien!, y el regimiento rojo de la guardia inglesa, cuerpo a tierra tras los setos, se levantó; una nube de metralla agujereó la bandera tricolor que tremolaba en torno a nuestras águilas; todos se abalanzaron y comenzó la carnicería suprema. La guardia imperial notó, entre las sombras, que el ejército retrocedía a su alrededor y también la enorme conmoción de la desbandada, oyó el ¡sálvese quien pueda! que había sustituido al ¡viva el emperador! y, con la huida a sus espaldas, siguió avanzando, cada vez más fulminada y muriendo cada vez más con cada paso que daba.

No hubo ni titubeantes ni tímidos. En aquella tropa el soldado era tan héroe como el general. Ni un hombre faltó a la cita con el suicidio.

Ney, desesperado, grande con toda la grandeza de la muerte aceptada, se brindaba a todos los golpes en aquella tormenta. Fue entonces cuando le mataron el quinto caballo que montaba. Sudoroso, con los ojos en llamas y espuma en los labios, con el uniforme desabrochado, una de las charreteras cortada a medias por el sablazo de un horse-guard, con la chapa del águila abollada por una bala, ensangrentado, cubierto de barro, espléndido, con una espada rota en la mano, decía: ¡Venid a ver cómo muere un mariscal de Francia en el campo de batalla! Pero en vano, no murió. Estaba desencajado e indignado. Le preguntaba a voces a Drouet d'Erlon: Pero, ¿qué haces que no te matan? Gritaba, entre toda aquella artillería, pisoteando a un puñado de hombres: ¿Es que no hay nada para mí? ¡Ah, querría que todas esas balas de cañón inglesas me entrasen en el vientre!

¡Estabas reservado para unas balas francesas, desventurado!

XIII
LA CATÁSTROFE

La desbandada a espaldas de la guardia fue lúgubre.

El ejército cedió de pronto por todas partes a la vez, desde Hougomont, desde La Haie-Sainte, desde Papelotte, desde Plancenoit. Tras el grito ¡traición! vino el grito ¡sálvese quien pueda! Un ejército en desbandada es un deshielo. Todo se doblega, se agrieta, se quiebra, flota, rueda, cae, tropieza, se apresura, se precipita. Desagregación inaudita. Ney toma prestado un caballo, se sube a él de un brinco y, sin sombrero, sin corbata, sin espada, se atraviesa en la carretera de Bruselas, deteniendo a la vez a los ingleses y a los franceses. Intenta contener al ejército, lo llama, lo insulta, se aferra a la desbandada. Lo desbordan. Los soldados huyen de él gritando:

—¡Viva el mariscal Ney!

Dos regimientos de Durutte van y vienen, espantados, como traídos y llevados de los sables de los ulanos a los disparos de las brigadas de Kempt, de Best, de Pack y de Rylandt; la desbandada es la peor de las refriegas; los amigos se matan entre sí para huir; los escuadrones y los batallones se rompen y se dispersan, chocan unos con otros, espuma gigantesca de la batalla. A Lobau en un extremo y a Reille en otro los arrolla la oleada. En vano alza Napoleón murallas con lo que le queda de la guardia; en vano dilapida en un último esfuerzo a sus escuadrones de servicio. Quiot retrocede ante Vivian; Kellermann ante Vandeleur; Lobau ante Bülow; Morand ante Pirch; Domon y Subervic ante el príncipe Guillermo de Prusia. Guyot, que condujo a la carga a los escuadrones del emperador, cae a los pies de los dragones ingleses. Napoleón galopa a lo largo de las filas de los que huyen, los arenga, los intima, los amenaza, los suplica. Todas las bocas que gritaban por la mañana «viva el emperador» ahora se quedan abiertas; apenas si lo reconocen. La caballería prusiana, recién llegada, se abalanza, vuela, hiere con el sable, hiende, corta, mata y extermina. Los tiros de caballos corren a toda prisa, los cañones huyen; los soldados del tren de artillería desenganchan los carros de municiones y cogen los caballos para escapar; hay furgones volcados, con las cuatro ruedas al aire, que cortan la carretera y dan lugar a matanzas. Todos se atropellan, se pisotean; pisan a los muertos y a los vivos. Los brazos no saben qué hacer. Una muchedumbre vertiginosa llena las carreteras, los senderos, los puentes, las llanuras, las colinas, los valles y los bosques, que quedan obstruidos con aquella huida de cuarenta mil hombres. Gritos, desesperación, macutos y fusiles arrojados a los sembrados de centeno, caminos abiertos a golpe de espada; ya no hay ni compañeros, ni oficiales ni generales; un terror indecible. Los sablazos de Zieten hieren a Francia a placer. Los leones se vuelven corzos. Así fue aquella huida.

En Genappe, intentaron revolverse, hacer frente, poner coto. Lobau reunió a trescientos hombres. Alzaron una barricada a la entrada del pueblo; pero, con la primera descarga de metralla prusiana, todos reanudaron la huida y Lobau cayó prisionero. Todavía puede verse esa descarga estampada en el gablete de una casucha vieja de ladrillo, a la derecha de la carretera, pocos minutos antes de llegar a la entrada de Genappe. Los prusianos irrumpieron en Genappe, furiosos seguramente por ser tan escasamente vencedores. La persecución fue monstruosa. Blücher ordenó el exterminio. Roguet había dado ese lúgubre ejemplo: amenazar con la muerte a cualquier granadero francés que le trajese a un prisionero prusiano. Blücher llegó más allá que Roguet. El general de la guardia joven, Duhesme, acorralado en la puerta de una posada en Genappe, entregó la espada a un soldado que cogió la espada y mató al prisionero. La victoria culminó con el asesinato de los vencidos. Castiguemos, ya que somos la historia: el veterano Blücher se deshonró. Aquella ferocidad fue el colmo del desastre. La desbandada desesperada cruzó por Genappe, cruzó por Les Quatre-Bras, cruzó por Gosselies, cruzó por Frasnes, cruzó por Charleroi, cruzó por Thuin y no se detuvo hasta llegar a la frontera. ¿Y quién, ay, huía así? El Gran Ejército.

Aquel vértigo, aquel terror, aquella caída en la ruina de la valentía más excelsa que dejara nunca asombrada a la historia, ¿carece acaso de causa?

No. La sombra de una diestra enorme se proyecta sobre Waterloo. Es el día del destino. La fuerza que está por encima del hombre ejerció ese día. De ahí viene la mueca espantada de las caras; de ahí todos esos hombres de bien entregando la espada. Los que habían vencido a Europa se hundieron, sin nada ya que decir o que hacer, sintiendo en la sombra una presencia terrible. Hoc erat in fatis. Aquel día cambió la perspectiva del género humano. Waterloo es la bisagra del siglo XIX. La desaparición del gran hombre era necesaria para el advenimiento de ese gran siglo. Alguien a quien no se le replica lo tomó a su cargo. Se explica el pánico de los héroes. En la batalla de Waterloo hay algo más que nubes, hay un meteoro. Dios pasó por allí.

Al caer la noche, en un sembrado cerca de Genappe, Bernard y Bertrand detuvieron, agarrándolo por el faldón del gabán, a un hombre que iba andando, desencajado, ensimismado, lúgubre, a quien había arrastrado hasta allí la corriente de la desbandada; acababa de desmontar, se había pasado al brazo las bridas del caballo y, con la mirada extraviada, se volvía solo a Waterloo. Era Napoleón, que intentaba aún seguir adelante, sonámbulo gigantesco de aquel sueño que se había venido abajo.

XIV
EL ÚLTIMO CUADRO

Algunos cuadros de la guardia, inmóviles en medio de la corriente de la derrota como rocas en el agua que fluye, aguantaron hasta la noche. Llegaba la noche y la muerte también; esperaron en aquella doble oscuridad e, inquebrantables, dejaron que los envolviera. Todos y cada uno de los regimientos, aislados entre sí y sin nexo alguno ya con el ejército, deshecho por todos lados, morían por su cuenta. Estaban en aquellas posiciones para llevar a cabo esa postrera acción, unos en las alturas de Rossomme, otros en la llanura de Mont-Saint-Jean. Allí, abandonados, vencidos, tremendos, agonizaban de forma extraordinaria. Ulm, Wagram, Jena, Friedland perecían en ellos.

Al crepúsculo, a eso de las nueve de la noche, más abajo de la meseta de Mont-Saint-Jean, quedaba un cuadro. Combatía en aquel valle funesto, al pie de aquella cuesta por la que habían subido los coraceros y que inundaban ahora las muchedumbres inglesas, bajo los fuegos convergentes de la artillería enemiga victoriosa, bajo una densidad espantosa de proyectiles. Lo mandaba un oficial insignificante llamado Cambronne. Con cada descarga el cuadro menguaba y respondía. Replicaba a la metralla con disparos de fusil, y se aproximaban continuamente entre sí sus cuatro costados. Desde lejos, los fugitivos se detenían un momento, jadeantes, y oían entre las tinieblas aquel sombrío trueno que iba a menos.

Cuando aquella legión no fue ya sino un puñado, cuando su bandera no fue ya sino un andrajo, cuando sus fusiles, tras agotarse las balas, no fueron ya sino palos, cuando el montón de cadáveres fue mayor que el grupo que aún estaba vivo, invadió a los vencedores algo así como un terror sagrado conforme rodeaban a aquellos moribundos sublimes, y la artillería inglesa calló para recuperar el resuello. Fue una especie de tregua. Aquellos combatientes tenían en torno algo parecido a un pulular de espectros, siluetas de hombres a caballo, el perfil negro de los cañones, el cielo blanco entrevisto entre las ruedas y las cureñas; esa calavera colosal que los héroes vislumbran siempre entre el humo, en el horizonte de la batalla, se les iba acercando y los miraba. Pudieron oír en la sombra crepuscular que estaban cargando las piezas; las mechas encendidas, como ojos de tigre en la oscuridad, les rodearon de un nimbo las cabezas; todos los botafuegos de las baterías inglesas se acercaron a los cañones y, entonces, conmovido, dejando en suspenso sobre aquellos hombres el minuto supremo, un general inglés, hay quien dice que Colville y quien dice que Maitland, les gritó:

«¡Rendíos, valientes franceses!». Cambronne contestó: «¡A la mierda!».

<h1 style="text-align:center">XV
CAMBRONNE</h1>

Como el lector francés exige respeto, no se le puede referir la palabra más hermosa quizá que haya dicho nunca un francés. Prohibido deponer el tono sublime en la historia.

Bajo nuestra responsabilidad, vamos a transgredir esa prohibición. Así pues, entre aquellos gigantes, hubo un titán: Cambronne.

Decir esa palabra y morir acto seguido, ¿hay algo más sublime? Porque querer morir es morir, y si ese hombre, herido de metralla, sobrevivió, no fue culpa suya.

El hombre que ganó la batalla de Waterloo no fue Napoleón con su ejército en desbandada, no fue Wellington, retrocediendo a las cuatro y desesperado a las cinco, no fue Blücher, quien no llegó a combatir; el hombre que ganó la batalla de Waterloo fue Cambronne.

Fulminar con una palabra así ese trueno que te mata, eso es vencer. Darle esa respuesta a la catástrofe; decirle algo así al destino; proporcionarle ese pedestal al futuro león; espetarles esa respuesta a la lluvia, a la oscuridad, al muro traicionero de Hougomont, al camino encajonado de Ohain, al retraso de Grouchy, a la llegada de Blücher; ser ironía en el sepulcro; apañarse para seguir de pie después de haber caído; ahogar en tan pocas sílabas la coalición europea; brindarles a los reyes esas letrinas ya conocidas de los césares; convertir la palabra más baja en la más alta poniendo en ella el relámpago de Francia; ponerle insolentemente a Waterloo el punto final de un martes de carnaval; rematar a Leónidas con Rabelais; resumir esa victoria en una palabra suprema que está feo decir; perder el terreno y quedarse con la historia; después de carnicería tal, poner de parte de uno a los risueños: eso es algo inmenso.

Es el insulto al rayo. Es del orden de la grandeza de Esquilo.

La palabra de Cambronne es una fractura. Es el desdén fracturando un pecho; es la explosión de un exceso de agonía. ¿Quién venció? ¿Wellington? No. Sin Blücher, estaba perdido. ¿Blücher? No. Si Wellington no hubiera empezado, Blücher no habría podido concluir. Ese Cambronne, ese transeúnte de última hora, ese soldado de quien nadie sabía nada, ese infinitamente pequeño de la guerra, nota que hay en esto una mentira, una mentira dentro de una catástrofe, una duplicación dolorosa, y, en el momento en que va a reventar de rabia, le hacen esa oferta irrisoria: ¡la vida! ¿Cómo no iba a saltar? Ahí están, todos los reyes de Europa, los generales afortunados, los Júpiter tonantes; tienen cien mil soldados victoriosos y, detrás de esos cien mil, un millón; sus cañones están con la mecha encendida y la boca abierta; tienen bajo el talón a la guardia imperial y al Gran Ejército; acaban de aplastar a Napoleón; y ya sólo queda Cambronne; sólo queda esa lombriz para protestar. Pues protestará. Entonces busca una palabra como quien busca una espada. Le sube por dentro una espuma, y esa espuma es la palabra. Ante esa victoria prodigiosa y mediocre, ante esa victoria sin victoriosos, aquel desesperado se yergue; padece aquella enormidad, pero comprueba que es la nada; y hace algo más que escupirle; y, agobiándolo el número, la fuerza y la materia, encuentra una forma de expresar el alma: el excremento. Repetimos que decir eso, hacer eso, dar con eso, eso es ser el vencedor.

El espíritu de los días grandes entró en aquel hombre desconocido en aquel minuto fatídico. Cambronne da con la palabra de Waterloo como Rouget de l'Isle dio con La Marsellesa: lo visitó el aliento de allá arriba. Un efluvio del huracán divino se desprende y pasa por entre esos hombres; y ellos se sobresaltan; y uno de ellos canta el canto supremo y el otro lanza el grito tremendo. Esa palabra del desdén titánico, Cambronne no se la espeta sólo a Europa en nombre del Imperio, eso sería poca cosa; se la espeta al pasado en nombre de la Revolución. Al oírla, reconocemos en Cambronne el alma antigua de los gigantes. Es como si hablase Danton o rugiera Kléber.

A la palabra de Cambronne, la voz inglesa respondió: ¡fuego! Las baterías llamearon, la colina se estremeció, de todas aquellas bocas de bronce salió un último vómito de metralla, espantoso; pasó una humareda dilatada, que la luna, al salir, blanqueaba levemente; y, cuando se disipó el humo, ya no quedaba nada. Ya estaba aniquilado aquel resto formidable; la guardia había muerto. Las cuatro paredes del reducto de carne y hueso estaban caídas; apenas si se vislumbraba aún, acá y allá, entre los cadáveres, un estremecimiento; y así fue como las legiones francesas, más grandes que las legiones romanas, expiraron en Mont-Saint-Jean sobre la tierra húmeda de lluvia y sangre, entre los trigos oscuros, en ese sitio por el que pasa ahora, a las cuatro de la mañana, silbando y fustigando alegremente el caballo, Joseph, que tiene a su cargo el servicio de la silla de posta de Nivelles.

XVI
QUOT LIBRAS IN DUCE?

La batalla de Waterloo es un enigma. Tan poco clara para quienes la ganaron como para quien la perdió. Para Napoleón, se debió al pánico[18]; Blücher no ve nada; Wellington no entiende nada. Véanse los informes. Los boletines son confusos y los comentarios, liosos. Unos balbucean; otros tartamudean. Jomini divide la batalla de Waterloo en cuatro momentos; Muffling la parte en tres peripecias; Charras, aunque en algunos puntos no coincidamos con él, es el único que captó, con su perspicacia tan capaz, las líneas básicas que caracterizan esa catástrofe de la genialidad humana enfrentada al azar divino. Todos los demás historiadores están deslumbrados hasta cierto punto y, en ese deslumbramiento, van a tientas. Día fulgurante, desde luego; se desploma la monarquía militar que, para mayor asombro de todos los soberanos, arrastró a todos los reinos; desplome de la fuerza; desbandada de la guerra.

En este acontecimiento, que lleva la impronta de una necesidad sobrehumana, poco tienen que ver los hombres.

¿Quitarles Waterloo a Wellington o a Blücher es quitarles algo a Inglaterra y Alemania? No. Ni esa ilustre Inglaterra ni esa augusta Alemania quedan en entredicho en el problema de Waterloo. Gracias al cielo, los países son grandes más allá de las lúgubres aventuras de la espada. Ni Alemania, ni Inglaterra ni Francia caben en una vaina. En estos tiempos en que Waterloo no es ya sino un entrechocar de sables, por encima de Blücher, Alemania tiene a Goethe, y por encima de Wellington, Inglaterra tiene a Byron. Un anchuroso amanecer de ideas es lo propio de nuestro siglo y, en esa aurora, la luz de Inglaterra y Alemania es esplendorosa. Son majestuosas porque piensan. El altísimo nivel que aportan a la civilización les es intrínseco; emana de ellas y no de un accidente. No es Waterloo el manantial de su creciente grandeza en el siglo

XIX. Sólo los pueblos bárbaros tienen crecidas súbitas después de una victoria. Es la vanidad pasajera de los torrentes crecidos tras la tormenta. Los pueblos civilizados, sobre todo en los tiempos que corren, ni van a más ni van a menos por la buena o la mala fortuna de un capitán. Su peso específico en el género humano es fruto de algo más que un combate. Su honor, a Dios gracias, su dignidad, su luz, su genio no son números que los héroes y los conquistadores puedan jugarse en la lotería de las batallas. Con frecuencia una batalla perdida es un progreso conquistado. Menos gloria, más libertad. El tambor calla y la razón toma la palabra. Es el juego de quien pierde gana. Hablemos, pues, fríamente de Waterloo por ambos lados. Demos al azar lo que es del azar y a Dios lo que es de Dios. ¿Qué es Waterloo? ¿Una victoria? No. Una quina.

Quina que ganó Europa y pagó Francia.

No puede decirse que mereciera la pena poner ahí un león.

Waterloo es, por lo demás, el más extraño encuentro que darse pueda en la historia. Napoleón y Wellington. No son enemigos, son contrarios. Nunca Dios, que gusta de las antítesis, creó un contraste más sobrecogedor ni una confrontación más extraordinaria. Por una parte, la precisión, la previsión, la geometría, la prudencia, la retirada asegurada, las reservas atendidas, una sangre fría obstinada, un método imperturbable, la estrategia que le saca partido al terreno, la táctica que equilibra los batallones, la carnicería a cordel, la guerra regulada reloj en mano, nada dejado al azar de forma deliberada, el antiguo valor clásico, la corrección absoluta; y, por otra, la intuición, la adivinación, la peculiaridad militar, el instinto sobrehumano, la ojeada luminosa, un algo que mira como el águila y golpea como el rayo, un arte prodigioso dentro de una impetuosidad desdeñosa, todos los misterios de un alma con hondura, la alianza con el destino, la intimación al río, a la llanura, al bosque, a la colina, a quienes no les queda, como quien dice, más remedio que obedecer, el déspota que llega hasta a tiranizar al campo de batalla, la fe en la buena estrella mezclada con la ciencia estratégica, incrementándola, pero alterándola. Wellington era el Barême de la guerra; Napoleón era el Miguel Ángel; y, en esta ocasión, a la genialidad la venció el cálculo.

Por ambas partes estaban esperando a alguien. El que triunfó fue el que atinó en el cálculo. Napoleón esperaba a Grouchy; y no vino. Wellington esperaba a Blücher; y vino.

Wellington es la guerra clásica, que se toma la revancha. Bonaparte, en sus albores, se había encontrado con esa guerra en Italia y la había derrotado espléndidamente. La lechuza vieja huyó ante el buitre joven. La táctica antigua quedó no sólo fulminada, sino escandalizada. ¿Quién demonios era aquel corso de veintiséis años? ¿Qué sentido tenía aquel ignorante espléndido que, teniéndolo todo en contra y nada a favor, sin víveres, sin municiones, sin cañones, sin zapatos, casi sin ejército, con un puñado de hombres para enfrentarse a muchedumbres, se abalanzaba sobre Europa coaligada y conseguía absurdamente victorias en un ámbito imposible? ¿De dónde salía aquel loco fulgurante que, casi sin recobrar el resuello y con la misma baraja de combatientes en la mano, pulverizaba uno tras otro a los cinco ejércitos del emperador de Alemania, arrollando a Beaulieu tras Alvinzi, a Wurmser tras Beaulieu, a Mélas tras Wurmser, a Mack tras Mélas? ¿De dónde salía aquel recién llegado a la guerra que tenía el desparpajo de un astro? La Escuela Militar lo excomulgaba al tiempo que daba un paso atrás. La consecuencia fue un rencor implacable del cesarismo viejo contra el nuevo, del sable académico contra la espada flamígera y del tablero de ajedrez contra el genio. El 18 de junio de 1815 aquel rencor dijo la última palabra y debajo de Lodi, de Montebello, de Montenotte, de Mantua, de Marengo, de Arcole, escribió: Waterloo. Triunfo de los mediocres que les resulta grato a las mayorías. El destino accedió a esa ironía. En su declive, Napoleón tuvo otra vez enfrente a Wurmser joven.

Efectivamente, para conseguir un Wurmser basta con ponerle canas a Wellington.

Waterloo es una batalla de esa primera categoría que ganó un capitán de la segunda.

Lo que hay que admirar en la batalla de Waterloo es a Inglaterra, es la firmeza inglesa, es la decisión inglesa, es la sangre inglesa; lo soberbio del comportamiento de Inglaterra fue, lo quiera o no, que fue Inglaterra, tal cual. No fue cosa de su capitán, fue cosa de su ejército.

Wellington, curiosamente ingrato, le dice en una carta a lord Bathurst que su ejército, el ejército que luchó el 18 de junio de 1815, era un «ejército detestable». ¿Qué opinará de eso esa oscura mescolanza de esqueletos enterrados bajo los surcos de Waterloo?

Inglaterra fue demasiado modesta en lo referido a Wellington. Darle tanta estatura a Wellington es rebajar la de Inglaterra. Wellington no es sino un héroe como tantos otros. Esos escoceses grises, esos horseguards, esos regimientos de Maitland y de Mitchell, esa infantería de Pack y de Kempt, esa caballería de Ponsonby y de Somerset, esos highlanders que tocaban la gaita escocesa, esos batallones de Rylandt, esos reclutas recién llegados que apenas si sabían manejar el mosquete y les plantaban cara a los veteranos de Essling y de Rivoli, eso es lo grande. Wellington fue tenaz, en eso consistió su mérito, y no se lo regateamos, pero el más humilde de sus soldados de infantería y caballería fue tan resistente como él. El iron-soldier vale tanto como el iron-duke. Por lo que a nosotros se refiere, glorificamos por completo al soldado inglés, al ejército inglés, al pueblo inglés. Si hubiera que otorgar un trofeo, a Inglaterra le corresponde. La columna de Waterloo sería más justa si, en vez de la figura de un hombre, encumbrara hasta las nubes la estatua de un pueblo.

Pero a esa gran Inglaterra la irritará lo que estamos diciendo aquí. Aún persiste en ella, tras su 1688 y nuestro 1789, la ilusión feudal. Cree en la herencia y en la jerarquía. Ese pueblo al que ningún otro sobrepasa en potencia y gloria, se tiene estima como nación, no como pueblo. Y, como pueblo, se subordina de buen grado y confunde a un lord con un dirigente. Cuando es workman, deja que lo desdeñen; cuando es soldado, deja que le den de palos. Recordemos que en la batalla de Inkermann a un sargento que, por lo visto, había salvado al ejército no lo pudo mencionar lord Raglan porque la jerarquía militar inglesa no permite citar en un parte a ningún héroe que esté por debajo del grado de oficial.

Lo que admiramos por encima de todo en un enfrentamiento como el de Waterloo es la prodigiosa habilidad del azar. Lluvia nocturna, tapia de Hougomont, camino encajonado de Ohain, Grouchy que no oye el cañón, guía de Napoleón que lo engaña, guía de Bülow que lo informa bien: todo ese cataclismo maravilloso es fruto de una conducción estupenda.

En resumidas cuentas, hay que decirlo, Waterloo fue más una matanza que una batalla.

Waterloo es, de todas las batallas campales, la de frente más reducido para tal cantidad de combatientes. Napoleón, tres cuartos de legua; Wellington, media legua; setenta y dos mil combatientes por cada lado. De esa densidad vino la carnicería.

Se ha hecho el siguiente cálculo y se ha establecido la siguiente proporción. Pérdida de hombres: en Austerlitz, el catorce por ciento de los franceses; el treinta y cinco por ciento de los rusos; el cuarenta y cuatro por ciento de los austriacos. En Wagram, el trece por ciento de los franceses; el catorce por ciento de los austriacos. En el Moscova, el treinta y siete por ciento de los franceses y el cuarenta y cuatro por ciento de los rusos. En Bautzen, el trece por ciento de los franceses y el catorce por ciento de los rusos y prusianos. En Waterloo, el cincuenta y seis por ciento de los franceses y el treinta y uno por ciento de los aliados. Total para Waterloo: el cuarenta y uno por ciento. Ciento cuarenta y cuatro mil combatientes y sesenta mil muertos.

En el campo de Waterloo reina en la actualidad la tranquilidad propia de la tierra, soporte impasible del hombre, y se parece a todas las llanuras.

No obstante, por las noches se desprende de él algo parecido a una bruma visionaria, y si algún viajero pasea por allí, si mira, si escucha, si sueña como Virgilio en las funestas llanuras de Filipos, se adueña de él la alucinación de la catástrofe. El espantoso 18 de junio renace; se esfuma la falsa colina monumental, ese león tan vulgar desaparece, el campo de batalla recobra la realidad; unas líneas de infantería ondulan en la llanura, unas galopadas frenéticas cruzan por el horizonte; el espectador pensativo, con asustado asombro, ve el relámpago de los sables, la chispa de las bayonetas, el llamear de las bombas, el cruce monstruoso de truenos; oye, igual que un estertor en lo hondo de una tumba, el clamor inconcreto de la batalla fantasmal; esas sombras son los granaderos; esos resplandores son los coraceros; ese esqueleto es Napoleón; ese esqueleto es Wellington; todo eso dejó ya de existir pero sigue chocando y combatiendo; y los barrancos se tiñen de rojo, y los árboles tiritan, y hay furia hasta en las nubes, y, en las tinieblas, todas esas elevaciones hoscas, Mont-Saint-Jean, Hougomont,

Frischemont, Papelotte, Plancenoit, parece que las coronan unos confusos torbellinos de espectros que se exterminan mutuamente.

XVII
¿TIENE QUE PARECERNOS BUENO WATERLOO?

Existe una escuela liberal muy respetable a la que no le causa enfado Waterloo. No pertenecemos a ella. Para nosotros Waterloo no es sino la fecha estupefacta de la libertad. Que semejante águila salga de semejante huevo es, desde luego, lo inesperado.

Waterloo, si nos situamos en la perspectiva culminante de la cuestión, es, por las intenciones, una victoria contrarrevolucionaria. Es Europa contra Francia; es Petersburgo, Berlín y Viena contra París; es el statu quo contra la iniciativa; es aprovechar el 20 de marzo de 1815 para atacar el 14 de julio de 1789; es el zafarrancho de combate de las monarquías contra el indomeñable motín francés. Apagar a este inmenso pueblo que llevaba veintiséis años en erupción: con eso soñaban.

Solidaridad con los Borbones de los Brunswick, de los Nassau, de los Romanov, de los Hohenzollern, de los Habsburgo. Waterloo lleva subido a la grupa el derecho divino. Cierto es que, por haber sido despótico el Imperio, la monarquía, por reacción natural de las cosas, tenía forzosamente que ser liberal, y que un orden constitucional nació de mala gana de Waterloo, para mayor disgusto de los vencedores.

Es que a la Revolución no se la puede vencer de verdad y que, por ser providencial y completamente fatídica, vuelve siempre: antes de Waterloo, con Bonaparte derribando los tronos viejos; después de Waterloo, con Luis XVIII que otorga y tolera la Carta. Bonaparte puso a un postillón en el trono de Nápoles y a un sargento en el trono de Suecia, utilizando la desigualdad para demostrar la igualdad; Luis XVIII en Saint-Ouen refrenda la declaración de los derechos del hombre. Quien quiera darse cuenta de qué es la Revolución, que la llame el Progreso; y quien quiera darse cuenta de lo que es el progreso, que lo llame el Mañana. El Mañana lleva a cabo su obra de forma irresistible, y lo hace desde hoy mismo. Siempre alcanza la meta de forma peculiar. Utiliza a Wellington para convertir a Foy, que sólo era un soldado, en un orador. Foy cae en Hougomont y vuelve a levantarse en la tribuna. Así obra el progreso. No hay herramientas malas para ese obrero. Encaja su trabajo divino sin desconcertarse: el hombre que cruzó los Alpes de una zancada y el anciano campechano y enfermo que no se tenía de pie y a quien atendía el padre Élysée. Recurre tanto al gotoso cuanto al conquistador; al conquistador, fuera; al gotoso, dentro. Waterloo, al acabar con la demolición por la espada de los tronos europeos, tuvo, ni más ni menos, el efecto de proseguir con el trabajo revolucionario por otro camino. Se acabaron los que manejaban el sable; ahora les toca a los pensadores. Ese siglo que Waterloo pretendía detener le pasó por encima y siguió adelante. A aquella victoria siniestra la venció la libertad.

En resumidas cuentas, es innegable que lo que triunfaba en Waterloo, lo que sonreía detrás de Wellington, lo que le traía todos los bastones de mariscal de Europa, incluido, a lo que dicen, el bastón de mariscal de Francia, lo que rodaba jubilosamente en las carretillas de tierra repleta de huesos para alzar el túmulo del león, lo que escribió triunfalmente en el pedestal la siguiente fecha: 18 de junio de 1815, lo que daba ánimos a Blücher cuando perseguía a sablazos la desbandada, lo que desde lo alto de la meseta de Mont-Saint-Jean se inclinaba hacia Francia como si fuera una presa, era la contrarrevolución. La contrarrevolución era la que susurraba esta palabra infame: desmembramiento. Al llegar a París, vio el cráter de cerca, notó que aquella ceniza le quemaba los pies y rectificó. Regresó al tartamudeo de una Carta.

No veamos en Waterloo sino lo que hay en Waterloo. Intenciones de libertad, ninguna. La contrarrevolución era liberal involuntariamente, de la misma forma que, por un fenómeno equivalente, Napoleón era revolucionario involuntariamente. El 18 de junio de 1815 tiraron del caballo al jinete Robespierre.

XVIII
RECRUDESCENCIA DEL DERECHO DIVINO

Fin de la dictadura. Se vino abajo todo un sistema europeo.

El Imperio se desplomó entre unas sombras que se parecen a las del Imperio romano moribundo. Volvieron a vislumbrarse abismos, como en tiempos de los bárbaros. Pero la barbarie de 1815, a la que hay que llamar con su nombre de andar por casa, la contrarrevolución, era corta de aliento, perdió fuelle enseguida y se quedó a medias. Reconozcamos que hubo ojos que lloraron el Imperio, ojos heroicos. Si la gloria reside en la espada que se convierte en cetro, entones el Imperio fue la mismísima gloria. Expandió por la tierra toda la luz que la tiranía puede emitir: luz sombría. Digamos más aún: luz oscura. Comparada con la luz auténtica, es oscuridad. Esa desaparición de la oscuridad fue como un eclipse.

Luis XVIII regresó a París. Los bailes en corro del 8 de julio borraron los entusiasmos del 20 de marzo. El corso se convirtió en la antítesis del bearnés. La bandera de la cúpula de Les Tuileries fue blanca. Ahora mandaban los exiliados. Colocaron la mesa de madera de abeto de Hartwell delante del sillón con flores de lis de Luis XVIII. Se habló de Bouvines y de Fontenoy como si hubieran sucedido ayer; en cambio Austerlitz estaba pasado de moda. El altar y el trono confraternizaron majestuosamente. Una de las formas menos discutidas para la salvación de la sociedad en el siglo

XIX imperó en Francia y en el continente. Europa adoptó la escarapela blanca. Trestaillon se hizo famoso. El lema non pluribus impar volvió a aparecer entre unos rayos de piedra que imitaban el sol en la fachada del cuartel del muelle de Orsay. Donde había una guardia imperial hubo una casa roja. El arco de triunfo de Le Carrousel, cargado hasta arriba de victorias inapropiadas, sintiéndose ajeno entre aquellas novedades, un poco avergonzado quizá de Marengo y de Arcole, salió del paso con la estatua del duque de Angulema. El cementerio de La Madeleine, temible fosa común de 1793, se cubrió de mármol y jaspe pues las osamentas de Luis

XVI y de María Antonieta estaban entre aquel polvo. En el foso de Vincennes, un cipo funerario surgió del suelo para recordar que el duque de Enghien murió el mismo mes en que coronaron a Napoleón. El papa Pío VII, que lo había coronado a pocos días de aquella muerte, bendijo la caída con la misma tranquilidad con la que había bendecido el ascenso. Hubo en Schœnbrunn una sombra menuda de cuatro años a la que se consideró sedicioso llamar rey de Roma. Y esas cosas sucedieron, y esos reyes volvieron a sus tronos, y al dueño de Europa lo metieron en una jaula, y el antiguo régimen se convirtió en el nuevo, y toda la sombra y toda la luz de la tierra cambiaron de lugar porque una tarde de un día de verano un pastor le dijo a un prusiano en un bosque: «¡Vaya por aquel sitio, no por éste!».

Aquel 1815 fue una especie de abril lúgubre. Las antiguas realidades malsanas y venenosas se cubrieron de apariencias nuevas. La mentira moldeó 1789; el derecho divino lo disimularon con una Carta; las ficciones se volvieron constitucionales; a los prejuicios, las supersticiones y las segundas intenciones, con el artículo 14 en pleno centro, les dieron una mano de barniz liberal. Las serpientes cambiaron de piel.

Napoleón había hecho a un tiempo crecer y menguar al hombre. El ideal, en aquel reino de material espléndido, recibió el curioso nombre de ideología. Grave imprudencia de un gran hombre eso de no tomarse en serio el porvenir. Los pueblos, no obstante, aquella carne de cañón enamorada del artillero, lo buscaban con la vista. ¿Dónde está? ¿Qué hace? Napoleón ha muerto, le decía un viandante a un mutilado de Marengo y Waterloo. «¿Que se ha muerto? ¡Bien mal lo conoce!», exclamó aquel soldado. Las imaginaciones deificaban a aquel hombre hundido. El fondo de Europa fue tenebroso después de Waterloo. Algo muy grande se quedó vacío mucho tiempo cuando se desvaneció Napoleón.

Los reyes se colaron en ese vacío. La antigua Europa aprovechó para reformarse. Hubo una Santa Alianza. Belle-Alliance había dicho de antemano el campo fatídico de Waterloo.

En presencia de aquella Europa antigua, y encaradas con ella, se esbozaron las líneas maestras de una Francia nueva. El porvenir, del que se había burlado el emperador, se presentó. Llevaba en la frente esta estrella: Libertad. Los ojos ardientes de las generaciones jóvenes se volvieron hacia él. Cosa singular, la gente se enamoró a un tiempo de aquel porvenir, Libertad, y de aquel pasado, Napoleón. La derrota había dado una talla mayor al vencido. Bonaparte caído parecía más alto que Napoleón de pie. Los triunfadores se asustaron. Inglaterra encargó su custodia a Hudson Lowe y Francia mandó a Montchenu que lo espiara. Aquellos brazos cruzados se convirtieron en la intranquilidad de los tronos. Alejandro lo llamaba «mi insomnio». Aquel espanto nacía de la tasa de revolución que llevaba en sí. Eso es lo que explica y disculpa el liberalismo bonapartista. Aquel fantasma hacía temblar al viejo mundo. A los reyes se les hizo incómodo reinar con la roca de Santa Elena en el horizonte.

Mientras Napoleón agonizaba en Longwood, los sesenta mil hombres caídos en el campo de Waterloo se pudrieron tranquilamente y algo de su paz se extendió por el mundo. El congreso de Viena la usó para hacer los tratados de 1815, y a eso Europa lo llamó restauración.

Y esto es Waterloo.

Pero ¿qué le importa al infinito? Toda aquella tormenta, toda aquella nube, toda aquella guerra, y luego aquella paz, toda aquella sombra, no alteró ni por un momento el resplandor del ojo inmenso para el que un pulgón saltando de brizna en brizna de hierba es igual que el águila que vuela de campanario en campanario hasta las torres de Notre-Dame.

XIX
EL CAMPO DE BATALLA POR LA NOCHE

Regresemos, porque este libro lo precisa, a aquel campo de batalla fatídico.

El 18 de junio de 1815 había luna llena. Aquella claridad le facilitó a Blücher la persecución encarnizada, delató las huellas de los fugitivos, entregó a aquella muchedumbre desventurada a la caballería prusiana y colaboró en la matanza. Se dan a veces en las catástrofes complacencias de la oscuridad así de trágicas.

Tras el último cañonazo, la llanura de Mont-Saint-Jean quedó desierta.

Los ingleses ocuparon el campamento de los franceses; tal es la comprobación usual de la victoria: dormir en la cama del vencido. Vivaquearon más allá de Rossomme. Los prusianos, lanzados en pos de la desbandada, llegaron más allá aún. Wellington fue al pueblo de Waterloo para redactar el parte para lord Bathurst.

Si alguna vez fue de aplicación el sic vos non vobis, fue desde luego en ese pueblo de Waterloo. Waterloo no hizo nada y se quedó a media legua de la acción. Cañonearon Mont-Saint-Jean, quemaron Hougomont, quemaron Papelotte, quemaron Plancenoit, tomaron por asalto La Haie-Sainte, La Belle-Alliance presenció el abrazo de los dos vencedores; apenas si sabe alguien esos nombres; y Waterloo, que no tuvo ni arte ni parte en la batalla, se lleva todos los honores.

No somos de esos que andan con halagos con la guerra; cuando se presenta la ocasión, le decimos las verdades que se merece. La guerra tiene hermosuras espantosas que no hemos disimulado; también tiene, hemos de reconocerlo, algunas fealdades. Una de las más sorprendentes es la rapidez con que despojan a los muertos después de la victoria. El alba que viene tras una batalla siempre se alza sobre cadáveres desnudos.

¿Quién hace tal cosa? ¿Quién mancilla el triunfo? ¿Cuál es esa repugnante mano furtiva que se cuela en el bolsillo de la victoria? ¿Quiénes son esos rateros que se dedican a sus malas artes a espaldas de la gloria? Hay filósofos, entre ellos Voltaire, que afirman que son precisamente aquellos que posibilitaron la gloria. Son los mismos, dicen, no hay recambio, los que siguen en pie desvalijan a los que cayeron. El héroe de día es vampiro de noche. Bien pensando, uno está en su derecho cuando saquea más o menos un cadáver del que es autor. Nosotros creemos que no. Cosechar laureles y robarle los zapatos a un muerto nos parece imposible que sea obra de la misma mano.

De lo que no cabe duda es de que detrás de los vencedores suelen llegar los ladrones. Pero no pongamos en entredicho al soldado, sobre todo al soldado contemporáneo.

Todo ejército lleva una cola, y ahí es donde hay que buscar a quien acusar. Seres murciélago, entre bandidos y lacayos; todas las categorías de vespertilio que engendra ese crepúsculo al que llaman la guerra, que llevan uniforme, pero no combaten; enfermos fingidos, baldados ominosos, cantineros turbios que van al trote, a veces con sus mujeres, en carritos y roban lo que luego revenden, pordioseros que se ofrecen como guías a los oficiales, mozos de campaña, merodeadores: los ejércitos de antaño —no estamos hablando de los tiempos presentes— llevaban todo eso en pos, de forma tal que, en la lengua propia, los llamaban «los zagueros».

Ningún ejército, ninguna nación era responsable de esos seres; hablaban italiano e iban siguiendo a los alemanes; hablaban francés e iban siguiendo a los ingleses. Fue uno de esos miserables, un zaguero español que hablaba francés, el que mató a traición y robó al marqués de Fervacques, quien, al engañarlo su jerga picarda, lo tomó por uno de los nuestros, en el mismísimo campo de batalla la noche siguiente a la batalla de Cerisoles. Del merodeo nacía el merodeador. El fruto del abominable precepto vivir del enemigo era esa lepra que sólo una disciplina severa podía curar. Hay reputaciones engañosas; no siempre sabemos por qué algunos generales, grandes generales por lo demás, fueron tan populares. A Turenne lo adoraban sus soldados porque toleraba el saqueo; permitir el mal es parte de la bondad; Turenne era tan bueno que les permitió que pasaran a sangre y fuego por el Palatinado. Detrás de los ejércitos iban más o menos merodeadores según lo rígido que fuera el jefe. Hoche y Marceau no llevaban zagueros; Wellington, no tenemos inconveniente en reconocérselo, llevaba muy pocos.

No obstante, en la noche del 18 al 19 de junio saquearon a los muertos. Wellington fue estricto y ordenó que pasaran por las armas a todo el que sorprendieran en delito flagrante; pero la rapiña es tenaz. Los merodeadores robaban en un extremo del campo de batalla mientras los fusilaban en el opuesto.

La luna, sobre aquella llanura, tenía una apariencia siniestra.

A eso de la medianoche, un hombre rondaba, o más bien reptaba por la zona del camino encajonado de Ohain. Era, según todas las apariencias, uno de esos a los que acabamos de describir, ni inglés, ni francés, ni campesino, ni soldado, menos hombre que vampiro, a quien atraía el olor de los muertos, cuya victoria era el robo y que acudía a desvalijar Waterloo. Llevaba un blusón que tenía algo de capote, era nervioso y audaz, caminaba de frente y miraba hacia atrás. ¿Quién era ese hombre? La noche sabía más de él seguramente que el día. No llevaba ninguna bolsa, pero sí, estaba claro, unos bolsillos amplios por dentro del capote. De vez en cuando se detenía, examinaba la llanura que tenía alrededor como para ver si no lo estaba observando nadie, se agachaba de golpe, movía en el suelo algo silencioso y quieto y, luego, se enderezaba y se apartaba. La forma de escurrirse, las posturas, el ademán rápido y misterioso le daban un parecido con esas larvas crepusculares que frecuentan las ruinas y a las que las antiguas leyendas normandas dan el nombre de los Ambulantes.

Hay algunas aves zancudas nocturnas que muestran siluetas así en los pantanos.

Si alguien hubiera aguzado la mirada por entre aquella bruma se habría fijado, a poca distancia, detenido y como oculto detrás de la casucha que está al borde de la calzada de Nivelles, en el recodo de la carretera entre Mont-Saint-Jean y Braine-l'Alleud, un a modo de furgón pequeño de vivandero techado con mimbres embreados que llevaba enganchado un caballejo hambriento que pacía las ortigas a través del bocado; y, en el furgón, una mujer sentada encima de unos baúles y unos paquetes. Era posible que existiera una relación entre aquel furgón y aquel merodeador.

Había una oscuridad serena. Ni una nube en el cénit. Poco importa que la tierra esté roja, la luna sigue siendo blanca. Tal es la indiferencia del cielo. En los prados, ramas de árbol que había tronchado la metralla, pero que no se habían caído y aún sujetaba la corteza, se balanceaban despacio al viento de la noche. Un soplo, una respiración casi, movía los matorrales. Había en la hierba estremecimientos que parecían de almas que se marchaban.

A lo lejos, se oía confusamente cómo iban y venían las patrullas y los oficiales de ronda del campamento inglés.

Hougomont y La Haie-Sainte seguían ardiendo y, un pueblo al este y otro al oeste, eran dos llamaradas altas a las que se unían, como un collar de rubíes extendido y con dos carbunclos, uno en cada punta, el cordón de hogueras del vivac inglés que se estiraba, formando un semicírculo gigantesco, por las colinas del horizonte.

Ya hemos referido la catástrofe del camino encajonado de Ohain. Lo que fue aquella forma de morir para aquellos valientes espanta al corazón cuando se piensa.

Si hay algo horroroso, si existe una realidad que va más allá del sueño, es ésta: vivir, ver el sol, hallarse en plena posesión de la fuerza viril, tener salud y alegría, reír valientemente, correr hacia una gloria que tienes por delante, deslumbradora, notarse en el pecho unos pulmones que respiran, un corazón que late, una voluntad que razona, hablar, pensar, tener esperanza, amar, tener una madre, tener una mujer, tener hijos, tener la luz y, de repente, en lo que dura un grito, en menos de un minuto, desplomarse en un abismo, caer, rodar, estrellarse, que te aplasten, ver espigas de trigo, flores, hojas, ramas, no poder agarrarse a nada, sentir que no te sirve el sable para nada, tener hombres debajo, caballos encima, revolverse en vano, que te quiebre los huesos una coz en las tinieblas, notar que un talón te está sacando los ojos, morder con rabia cascos de caballos, asfixiarse, vociferar, retorcerse, estar debajo de todo eso y decirse: ¡hace un momento estaba vivo!

Donde habían retumbado los estertores de aquel desastre deplorable ahora todo era silencio. El espacio del camino encajonado estaba repleto de caballos y de jinetes en un apilamiento intrincado. Maraña tremenda. Ya no había talud, los cadáveres ponían el camino al nivel de la carretera y llegaban hasta el borde igual que una medida de cebada bien colmada. Un montón de muertos en la parte de arriba, un río de sangre en la parte de abajo; así era aquel camino en la noche del 18 de junio de 1815. La sangre corría hasta la calzada de Nivelles y extravasaba en una charca grande delante de la barricada de árboles que cortaba la calzada, en un lugar que todavía se enseña. Está, como recordaremos, en el extremo opuesto, por la zona de la carretera de Genappe, donde se habían desplomado los coraceros. El grosor del montón de cadáveres era proporcional a la profundidad del camino encajonado. En el centro, donde se volvía plana, por donde había pasado la división Delord, la capa de muertos era más delgada.

El merodeador nocturno que acabamos de hacer que el lector vislumbre se encaminaba hacia ese lugar. Husmeaba en aquella tumba inmensa. Miraba. Les pasaba a saber qué repulsiva revista a los muertos. Andaba pisando sangre.

De pronto de detuvo.

A pocos pasos, en el camino encajonado, en el punto en que terminaba el montón de muertos, de debajo de aquella acumulación de hombres y caballos salía una mano abierta que iluminaba la luna.

Esa mano tenía algo brillante en el dedo, un anillo de oro.

El hombre se agachó, estuvo un ratito en cuclillas y, al levantarse, ya no había en aquella mano anillo alguno.

En realidad, no se levantó; se quedó en una postura forzada y medrosa, dando la espalda al montón de muertos, escrutando el horizonte, de rodillas, apoyando la parte delantera del cuerpo en los dos dedos índices que apoyaba en el suelo y asomando la cabeza acechante por encima del filo del camino encajonado. En algunas acciones encajan bien las cuatro patas del chacal.

Se decidió, luego, a ponerse de pie.

En ese momento se sobresaltó. Notó que alguien lo agarraba por detrás.

Se volvió; era la mano abierta, que se había cerrado y le había agarrado el faldón del capote.

Un hombre honrado habría sentido miedo. Éste se echó a reír.

—Vaya —dijo—, sólo es el muerto. Prefiero un fantasma a un gendarme.

En éstas, la mano se aflojó y lo soltó. El esfuerzo se agota pronto en la tumba.

—¡Bueno! —siguió diciendo el merodeador—. ¿Será que este muerto está vivo? Vamos a verlo.

Volvió a inclinarse, hurgó en el montón, apartó los obstáculos, agarró la mano, aferró el brazo, liberó la cabeza, sacó el cuerpo y, pocos momentos después, arrastraba en la oscuridad del camino encajonado a un hombre inanimado o, al menos, desvanecido. Era un coracero, un oficial, e incluso un oficial de bastante graduación; por debajo de la coraza asomaba una charretera dorada de buen tamaño; aquel oficial no llevaba ya casco. Le cruzaba la cara, donde sólo se veía sangre, un sablazo tremendo. Por lo demás, no parecía tener ningún miembro roto y, por alguna feliz casualidad, si es que esa palabra es de recibo aquí, los muertos habían formado por encima de él como un arbotante que había evitado que quedase aplastado. Tenía los ojos cerrados.

Llevaba sobre la coraza la cruz de plata de la Legión de Honor.

El merodeador le quitó de un tirón esa cruz, que desapareció en uno de los abismos que llevaba debajo del capote.

Palpó luego el bolsillo del chaleco del oficial, notó que había un reloj dentro y lo cogió. Le registró luego el chaleco, encontró una bolsa y se la metió en el bolsillo.

Cuando estaba en ese punto de la ayuda que estaba prestando a aquel moribundo, el oficial abrió los ojos.

—Gracias —dijo con voz débil.

Los movimientos bruscos del hombre que lo zarandeaba, el relente de la noche, el aire que respiraba libremente lo habían sacado del letargo.

El merodeador no respondió. Alzó la cabeza. Se oía ruido de pasos en la llanura; probablemente se acercaba una patrulla.

El oficial susurró, pues le quedaba aún agonía en la voz.

—¿Quién ha ganado la batalla?

—Los ingleses —contestó el merodeador. El oficial añadió:

—Mire en mis bolsillos. Encontrará una bolsa y un reloj. Cójalos. Era cosa hecha.

El merodeador fingió hacer lo que le pedía y dijo:

—No hay nada.

—Me han robado —siguió diciendo el oficial—. Qué contrariedad. Habría sido para usted.

Los pasos de la patrulla se oían cada vez con mayor claridad.

—Alguien viene —dijo el merodeador, haciendo ademán de irse. El oficial alzó trabajosamente el brazo y lo sujetó:

—Me ha salvado la vida. ¿Quién es usted?

El merodeador respondió deprisa y en voz baja:

—Estaba en el ejército francés como usted. Tengo que marcharme. Si me cogen, me fusilarán. Le he salvado la vida. Ahora apáñeselas.

—¿Qué graduación tiene?

—Sargento.

—¿Cómo se llama?

—Thénardier.

—No olvidaré ese apellido —dijo el oficial—. Y usted no olvide el mío.

Me llamo Pontmercy.

LIBRO SEGUNDO
EL NAVÍO L'ORION

I
JEAN VALJEAN SE CONVIERTE EN EL NÚMERO 9.430

Habían apresado de nuevo a Jean Valjean.

El lector nos agradecerá que no entremos en detalles dolorosos. Nos limitaremos a reproducir dos sueltos que aparecieron en la prensa de la época pocos meses después de los acontecimientos sorprendentes sucedidos en Montreuil-sur-Mer.

Se trata de unos artículos un tanto sumarios. Recordemos que por entonces no existía aún la Gazette des Tribunaux.

Tomamos el primero de Le Drapeau blanc. Lleva fecha del 25 de julio de 1823:

«Un distrito de Le Pas-de-Calais acaba de ser el escenario de un acontecimiento poco usual. Un forastero en esta provincia, apellidado señor Madeleine, había vuelto a poner en marcha desde hacía unos años, merced a sistemas recientes, una antigua industria local: la fabricación de azabache y abalorios negros. Se enriqueció y, fuerza es decirlo, enriqueció al distrito. En agradecimiento a sus servicios, recibió el nombramiento de alcalde. La policía ha descubierto que el señor Madeleine no era sino un expresidiario que había quebrantado el destierro, condenado por robo en 1796, y de nombre Jean Valjean. Han devuelto a Jean Valjean a presidio. Parece ser que, antes de que lo detuvieran, consiguió retirar de la banca Laffitte más de medio millón que tenía depositado en ella y, por lo demás, había ganado muy legítimamente, por lo que dicen, en su actividad de comerciante. No se ha podido averiguar, desde que volvió a ingresar en el presidio de Tolón, dónde ha ocultado Jean Valjean dicha cantidad».

El segundo artículo, algo más detallado, está tomado de Le Journal de Paris y es de la misma fecha.

«Acaba de comparecer ante el tribunal de lo criminal de Le Var, y en circunstancias que llaman la atención, un expresidiario liberado llamado Jean Valjean. Este granuja había conseguido burlar la celosa vigilancia de la policía; cambió de nombre y se las ingenió para que lo nombrasen alcalde de una de nuestras poblaciones del norte. Creó en dicha población una industria de bastante envergadura. La infatigable diligencia del ministerio público lo ha desenmascarado y detenido por fin. Tenía por concubina a una mujer de la vida que murió del susto en el momento de la detención. Ese miserable, que cuenta con una fuerza hercúlea, consiguió evadirse; pero tres o cuatro días después de la evasión la policía volvió a echarle el guante en el propio París, en el momento en que se estaba subiendo a uno de esos cochecitos que hacen el trayecto de la capital al pueblo de Montfermeil (Seine-et-Oise). Dicen que aprovechó el intervalo de esos tres o cuatro días de libertad para retirar una cantidad considerable que tenía colocada en una de nuestras principales bancas. Se calcula que esa cantidad es de entre seiscientos y setecientos mil francos. Por lo que dice la acusación, ha debido de enterrarla en un lugar que sólo él sabe y no se ha podido incautar. Fuere como fuere, el llamado Jean Valjean acaba de comparecer ante el tribunal de lo criminal de la provincia de Le Var, acusado de un robo en descampado cometido a mano armada hace unos ocho años y del que fue víctima uno de esos honrados chiquillos que, como refiere el patriarca de Ferney en versos inmortales,

"… de Saboya nos llegan cada año y limpian con su mano diligente los canalones, del hollín cegados".

»Este bandido renunció a defenderse. El habilidoso y elocuente representante del ministerio público dejó probado que el robo se había cometido con cómplices y que Jean Valjean pertenecía a una partida de ladrones del sur de Francia. En consecuencia, contra Jean Valjean, declarado culpable, se dictó la sentencia de pena de muerte. El criminal rechazó recurrir en casación. El rey, con su inagotable clemencia, se ha dignado conmutarle esa pena por la de trabajos forzados a perpetuidad. Se ha enviado en el acto a Jean Valjean al presidio de Tolón.»

Recordemos que Jean Valjean tenía en Montreuil-sur-Mer costumbres piadosas. Algunos periódicos, entre otros Le Constitutionnel, presentaron esta conmutación como un logro del partido de los curas.

Jean Valjean cambió de número en presidio. Se llamó 9.430.

Por lo demás, digámoslo ahora mismo y demos carpetazo al asunto, al desaparecer el señor Madeleine, desapareció la prosperidad de Montreuil- sur-Mer; cuanto previó éste durante su noche de fiebre y titubeos ocurrió; cuando él faltó, faltó el alma efectivamente. Cuando él desapareció, hubo en Montreuil-sur-Mer ese reparto egoísta de las magnas existencias caídas, ese despedazamiento fatídico de los asuntos florecientes que ocurre a diario, sin que se note, en la comunidad humana y en que la historia sólo se fijó una vez porque ocurrió tras la muerte de Alejandro. Los lugartenientes se coronan reyes; los contramaestres se convirtieron en fabricantes improvisados. Surgieron las rivalidades envidiosas. Los grandes talleres del señor Madeleine cerraron, los edificios se convirtieron en ruinas, los obreros se dispersaron. Unos dejaron la comarca, otros dejaron el oficio. Todo a partir de entonces se hizo a lo pequeño en vez de a lo grande; por el lucro, en vez de hacerse para el bien. No había ya centro; competidores por todas partes, y competidores encarnizados. El señor Madeleine mandaba en todo y dirigía. Cuando él cayó, cada cual fue a lo suyo; tras el espíritu de organización, llegó el espíritu de lucha; tras la cordialidad llegó la codicia y tras la benevolencia del fundador para con todos, los odios mutuos. Las hebras que había anudado el señor Madeleine se enredaron y se rompieron; falsificaron los procedimientos, envilecieron los productos, mataron la confianza; disminuyeron las salidas, hubo menos encargos; bajaron los salarios, los talleres pararon, llegó la quiebra. Y, después, los pobres se quedaron sin nada. Todo se desvaneció.

El propio Estado notó que en alguna parte habían aplastado a alguien.

Menos de cuatro años después de la sentencia del tribunal de lo criminal que dejaba sentado, en beneficio del presidio, que el señor Madeleine y Jean Valjean eran la misma persona, los gastos de recaudación de los impuestos se habían duplicado en el distrito de Montreuil-sur-Mer y el señor de Villele lo comentaba en el Parlamento en el mes de febrero de 1827.

II
DONDE PODRÁN LEERSE DOS VERSOS QUE SON QUIZÁ DE MANO DEL DIABLO

Antes de seguir adelante, conviene contar con cierto detalle un hecho singular que ocurrió por esa misma época en Montfermeil y que quizá no deja de tener ciertas coincidencias con algunas conjeturas del ministerio público.

Existe en la comarca de Montfermeil una superstición muy antigua, tanto más curiosa y tanto más valiosa cuanto que una superstición popular en las proximidades de París es como un áloe en Siberia. Somos de los que respetan todo cuanto se halle en estado de planta exótica. Ésta es la superstición de Montfermeil: se cree que el Diablo escogió el bosque desde tiempos inmemoriales para esconder en él sus tesoros. Las mujerucas afirman que es frecuente encontrarse, al caer el día, en los lugares recoletos del bosque, a un hombre negro, con aspecto de carretero o de leñador, calzado con zuecos, vistiendo unos pantalones y un blusón de retor, y al que es posible reconocer porque, en vez de gorra o sombrero, lleva en la cabeza dos cuernos gigantescos. Eso es algo que no puede por menos de facilitar que lo reconozcan. Ese hombre suele estar abriendo un hoyo. Hay tres formas de sacarle partido a ese encuentro. La primera es acercarse al hombre y dirigirle la palabra.

Entonces te das cuenta de que ese hombre es, sin más, un labriego, que parece negro porque está anocheciendo, que no está abriendo un hoyo sino segando hierba para las vacas y que lo que se ha tomado por unos cuernos no es sino una horca para el estiércol, que lleva a la espalda y cuyas puntas, merced a la perspectiva de esa hora de la tarde, parece que le salen de la cabeza. Te vuelves a casa y te mueres esa misma semana. La segunda es quedarse observándolo, esperar a que termine de abrir el hoyo, a que lo cierre y a que se vaya; y, luego, ir corriendo hasta el agujero, volver a abrirlo y sacar el «tesoro» que el hombre negro no ha podido por menos de meter en él. En ese caso, te mueres dentro del mes. Por último, la tercera forma es no hablar con el hombre negro, no mirarlo y salir a todo correr. Te mueres dentro del año.

Como las tres formas tienen sus inconvenientes, la segunda, que, al menos, brinda ciertas ventajas, entre otras la de tener un tesoro, aunque no sea más que un mes, es la que con más frecuencia suele adoptarse. Los hombres osados, a quienes tientan todas las oportunidades, han vuelto a abrir, pues, en bastantes ocasiones, por lo que se dice, los hoyos que cava el hombre negro y han intentado robar al Diablo. Por lo visto los resultados no dan para mucho. Al menos si hemos de creer lo que cuenta la tradición y, en particular, los dos versos enigmáticos en latín bárbaro que dejó al respecto un mal monje normando, un tanto brujo, llamado Tryphon. El tal Tryphon está enterrado en la abadía de Saint-Georges de Bocherville, cerca de Ruan, y de su tumba nacen sapos.

Así que, por lo visto, uno hace esfuerzos tremendos porque esos agujeros son extraordinariamente hondos; uno suda, rebusca, se pasa la noche manos a la obra, porque esas cosas se hacen de noche, se le queda a uno empapada la camisa, se gasta toda la vela, mella el pico y, cuando por fin llega al fondo del agujero, cuando le echa el guante al «tesoro», ¿con qué se encuentra? ¿Cuál es el tesoro del Diablo? Una moneda de cinco céntimos, un escudo a veces, una piedra, un esqueleto, un cadáver ensangrentado, en ocasiones un espectro doblado en cuatro como una hoja de papel en una cartera, a veces nada. Eso es lo que parecen anunciar a los curiosos indiscretos los versos de Tryphon:

Fodit, et in fossa thesauros condit opaca,

As, nummos, lapides, cadaver, simulacra, nihilque.

Parece ser que, en nuestros días, también se encuentran ora un cebador con pólvora y unas balas, ora una baraja vieja, grasienta y chamuscada que es indudable que ha usado el Diablo. Tryphon no deja constancia de esos dos hallazgos, dado que Tryphon vivió en el siglo XII y no parece verosímil que el Diablo inventara la pólvora antes de Roger Bacon ni los naipes antes de Carlos VI.

Por lo demás, quien juegue con esos naipes puede tener la seguridad de que perderá cuanto posea; y en cuanto a la pólvora del cebador, tiene la propiedad de hacer que la escopeta te reviente en plena cara.

Ahora bien, muy poco tiempo después de la época en que opinó el ministerio público que el presidiario liberado Jean Valjean, durante su breve evasión de unos días, había andado rondando por las inmediaciones de Montfermeil, notaron que, en ese mismo pueblo, un peón caminero viejo, de nombre Boulatruelle, hacía «cosas raras» en el bosque. Se decía en la comarca que el tal Boulatruelle había estado en presidio; la policía lo vigilaba hasta cierto punto y, como no encontraba trabajo en parte alguna, la administración lo empleaba como peón, a precio de saldo, en la trocha que va de Gagny a Lagny.

A Boulatruelle lo miraban mal las personas del lugar: demasiado respetuoso, demasiado humilde, muy dispuesto a quitarse el gorro ante cualquiera, tembloroso y sonriente con los gendarmes, afiliado a una banda seguramente, a lo que decían, sospechoso de emboscadas en un recodo de los bosquecillos al caer la noche. Sólo tenía a su favor que era un borracho.

Esto es lo que a la gente le parecía que había notado:

Desde hacía una temporada, Boulatruelle dejaba muy temprano la tarea de empedrar la carretera y de su mantenimiento y se iba al bosque con el pico. Se lo encontraban por la noche en los claros más desiertos, entre las malezas más silvestres; parecía buscar algo y, a veces, cavaba hoyos. Las mujerucas que pasaban lo tomaban, de entrada, por Belcebú; luego, reconocían a Boulatruelle, cosa que no las dejaba mucho más tranquilas. Aquellos encuentros parecían contrariar mucho a Boulatruelle. Era patente que intentaba ocultarse y que en lo que hacía había algún misterio.

En el pueblo decían: «Está claro que ha debido de aparecerse el Diablo. Boulatruelle lo ha visto y anda buscando. Por cierto, que es capaz de echarle mano a la talega de Lucifer». Los discípulos de Voltaire añadían:

«¿Pillará Boulatruelle al Diablo o será el Diablo el que pille a Boulatruelle?».

Las viejas se santiguaban mucho.

En éstas, Boulatruelle dejó de andar enredando por el bosque y volvió con regularidad a su labor de peón caminero. La gente empezó a hablar de otra cosa.

No obstante, a algunas personas no se les había pasado la curiosidad y pensaban que todo aquello tenía que ver probablemente no con los fabulosos tesoros de la leyenda, sino con algún provecho más serio y más palpable que los billetes de banco del Diablo y cuyo secreto debía de haber sorprendido a medias el peón caminero. Los más «intrigados» eran el maestro de escuela y el tabernero Thénardier, que se llevaba bien con todo el mundo y no le había hecho ascos a trabar amistad con Boulatruelle.

—¿Estuvo en presidio? —decía Thénardier—. ¡Son cosas que pasan! Nunca se sabe ni quién está ni quién estará.

Una noche, el maestro de escuela afirmaba que en otros tiempos la justicia habría indagado qué iba a hacer Boulatruelle al bosque, que no le habría quedado a éste más remedio que contarlo y que, si hubiese sido menester, le habrían dado tormento y Boulatruelle no habría aguantado, por ejemplo, el tormento del agua.

—Vamos a darle el tormento del vino —dijo Thénardier.

Entre cuatro hicieron beber al anciano peón caminero. Boulatruelle bebió muchísimo y habló poco. Combinó con arte admirable y en unas proporciones magistrales la sed de un goliardo y la discreción de un juez. No obstante, a fuerza de volver a la carga, y de relacionar y exprimir las pocas palabras oscuras que se le escaparon, esto es lo que creyeron entender Thénardier y el maestro de escuela.

Una mañana, cuando Boulatruelle iba a trabajar con las claras del alba, le sorprendió ver en un rincón del bosque, debajo de un matorral, una pala y un pico, como quien dice escondidos. Pero, por lo visto, pensó que debían de ser la pala y el pico de Six-Fours, el aguador, y no se volvió a acordar del asunto. Pero, al atardecer de ese mismo día, vio, al parecer sin que lo pudieran ver a él porque lo tapaba un árbol muy grande, que iba desde la carretera hacia lo más intrincado del bosque «un individuo que no era ni poco ni mucho de la zona y a quien él, Boulatruelle, conocía muy bien». Lo que Thénardier tradujo por: un compañero de presidio. Boulatruelle se negó obstinadamente a decir cómo se llamaba. El tal individuo llevaba un paquete, un objeto cuadrado, que parecía una caja grande o una arqueta pequeña. Boulatruelle se quedó muy sorprendido. Aunque hasta que no hubieron transcurrido siete u ocho minutos, no se le ocurrió, a lo que decía, seguir al «individuo». Pero ya era demasiado tarde, el individuo ya se había internado entre los matorrales, se había hecho de noche y Boulatruelle no pudo darle alcance. Tomó entonces la decisión de vigilar las lindes del bosque. «Había luna.» Transcurridas dos o tres horas, Boulatruelle vio al individuo de marras salir de entre los árboles, y ahora ya no llevaba la arqueta o el maletín, sino un pico y una pala. Boulatruelle dejó que pasara el individuo y no se le ocurrió dirigirle la palabra, porque se dijo que el otro era tres veces más fuerte que él e iba armado con un pico, y que lo más seguro era que se lo cargase en cuanto lo reconociera y viera que él también lo había reconocido. Conmovedoras efusiones de dos viejos compañeros que se vuelven a encontrar. Pero la pala y el pico fueron como una iluminación para Boulatruelle; fue corriendo a los matorrales de por la mañana y ya no había ni pala ni pico. Sacó de ello la conclusión de que el individuo se había internado en el bosque, había cavado un hoyo con el pico, había enterrado la arqueta y había vuelto a cerrar el hoyo con la pala. Ahora bien, la arqueta era demasiado pequeña para que cupiera un cadáver, así que tenía que haber en ella dinero. De ahí todas aquellas investigaciones suyas. Boulatruelle había explorado, escudriñado y registrado en todos los lugares en que le pareció que habían removido la tierra hacía poco. En vano.

No había «pescado nada». Nadie volvió a acordarse del asunto en Montfermeil. Sólo unas cuantas comadres dijeron: «Que no le quepa duda a nadie de que el peón caminero de Gagny no organizó todo aquel barullo por nada; seguro que vino el Diablo».

III
DE QUE FORZOSAMENTE LA CADENA DE LA ARGOLLA TENÍA QUE HABER PASADO POR CIERTA LABOR PREPARATORIA PARA QUE SE LA PUDIERA ROMPER ASÍ DE UN MARTILLAZO

A finales de octubre de ese mismo año de 1823, los vecinos de Tolón vieron entrar en el puerto, tras un temporal y para reparar varias averías, el navío L'Orion, que más adelante utilizaron en Brest como barco-escuela y pertenecía a la sazón a la escuadra del Mediterráneo.

El barco, por muy tocado que estuviera, porque el mar lo había maltratado, causó un gran efecto al entrar en la rada. Llevaba no recuerdo ya qué pabellón que le valió el saludo reglamentario de once cañonazos, que él devolvió puntualmente: veintidós en total. Se ha calculado que en salvas, tratamientos regios y militares, intercambios de escandaleras corteses, señales de etiqueta, requisitos de radas y ciudadelas, amaneceres y puestas de sol que saludan a diario todas las fortalezas y todos los barcos de guerra, puertas abiertas y cerradas, etc., el mundo civilizado gastaba la pólvora en toda la tierra, cada veinticuatro horas, con ciento cincuenta mil cañonazos inútiles. A seis francos cada cañonazo, son novecientos mil francos diarios, trescientos millones al año, que se van en humo. Esto no es sino un detalle. Mientras tanto los pobres se mueren de hambre.

El año 1823 era lo que la Restauración llamó «la época de la guerra de España».

En aquella guerra se daban muchos acontecimientos en uno solo y sucedían muchas cosas peculiares. Un asunto de familia de gran envergadura para la casa de Borbón; la rama francesa socorría y protegía a la rama de Madrid, es decir, ejercía de primogénita; era un retorno aparente a nuestras tradiciones nacionales, que complicaba la servidumbre y la sujeción a los gobiernos del norte: el duque de Angulema, a quien los periódicos liberales llamaban el héroe de Andújar, encajaba con gran esfuerzo en una actitud triunfal, que desentonaba un tanto con su aspecto apacible; el terrorismo viejo y muy real del Santo Oficio entraba en liza con el terrorismo quimérico de los liberales; los sans-culottes resucitaban, para mayor susto de las ancianas de buena sociedad, con el nombre de descamisados; la monarquía obstaculizaba el progreso, al que tildaban de anarquía; las teorías de 1789 se atascaban de pronto en la zapa; realizaba su viaje de aprendizaje, dándole la vuelta al mundo, una intimación europea a darle el alto a la idea de Francia; codo con codo con el príncipe de la casa real y generalísimo, el príncipe de Carignano, más adelante Carlos Alberto, se enroló en esa cruzada de los reyes contra los pueblos como voluntario luciendo charreteras de granadero de lana roja; los soldados del Imperio entraron otra vez en campaña, pero tras ocho años de descanso, envejecidos, tristes y con la escarapela blanca; la bandera tricolor la enarboló en el extranjero un puñado heroico de franceses, de la misma forma que se enarboló la bandera blanca en Coblenza treinta años antes; los monjes se mezclaron con nuestra clase de tropa; las bayonetas volvieron a ajustarle las cuentas al espíritu de la libertad y de la novedad; se reprimieron los principios a cañonazos; Francia deshizo por las armas lo que había hecho con la inteligencia; por lo demás, los jefes enemigos vendidos, los soldados titubeantes, millones asediando las ciudades, ningún peligro militar y no obstante estallidos posibles como en cualquier mina tomada por sorpresa e invadida, poca sangre vertida, poco honor conquistado, vergüenza para unos cuantos y gloria para nadie. Tal fue esa guerra que hicieron unos príncipes que descendían de Luis XIV y dirigieron unos generales que procedían de Napoleón. Tuvo la triste suerte de no tener parecido alguno ni con la guerra de altura ni con la política de altura.

Algunos hechos de armas tuvieron su importancia; la toma del Trocadero, entre otros, fue una acción militar hermosa; pero, en resumidas cuentas, volvemos a decirlo, las trompetas de esa guerra desafinan, el conjunto fue sospechoso, la historia le da la razón a Francia cuando a ésta le cuesta aceptar ese triunfo falso. Pareció evidente que algunos oficiales españoles a cuyo cargo corría la resistencia se doblegaban con excesiva facilidad, y la idea de la corrupción se desprendió de la victoria; dio la impresión de que, más que ganar las batallas, alguien se había ganado a los generales; y los soldados vencedores regresaron humillados. Guerra amenguadora, efectivamente, donde pudo leerse Banco de Francia en los pliegues de la bandera.

Los soldados de la guerra de 1808, a quienes se les había venido encima con fuerza formidable Zaragoza, fruncían el ceño en 1823 al ver con qué facilidad se abrían las puertas de las ciudadelas, y empezaban a echar de menos a Palafox. Así es el carácter francés: prefiere enfrentarse a Rostopchine que a Ballesteros.

Desde un punto de vista aún más grave, y en el que conviene insistir también, esta guerra, que en Francia ofendía al espíritu militar, indignaba al espíritu democrático. Era una empresa de sojuzgamiento. En aquella campaña, el objetivo del soldado francés, hijo de la democracia, era conquistar un yugo para otros. Contrasentido repugnante. Lo propio de Francia es despertar el alma de los pueblos, no asfixiarla. Desde 1792, todas las revoluciones de Europa son la Revolución Francesa: Francia irradia libertad. Es un hecho solar. ¡Quien no lo vea es ciego! Lo dijo Bonaparte.

La guerra de 1823, un atentado contra la generosa nación española, era pues al mismo tiempo un atentado a la Revolución Francesa. Ese abuso de autoridad monstruoso era obra de Francia, obra realizada a la fuerza, pues, si descartamos las guerras liberadoras, todo cuanto hacen los ejércitos lo hacen a la fuerza. Lo indica la expresión obediencia pasiva. Un ejército es una peculiar obra maestra que consiste en una combinación en que la fuerza es la consecuencia de una gigantesca cantidad de impotencia. Tal es la explicación de la guerra, que es algo que lleva a cabo la humanidad contra la humanidad pese a la humanidad.

En cuanto a los Borbones, la guerra de 1823 les fue fatídica. La tomaron por un éxito. No vieron el peligro de matar una idea con una consigna. Se confundieron, en su ingenuidad, hasta el punto de introducir en su asentamiento, a modo de elemento de fuerza, el factor debilitante de un crimen. La mentalidad de asechanza alevosa entró en su política. 1830 fue la germinación de 1823. La campaña de España pasó a ser en sus consejos un argumento a favor de la imposición por la fuerza y de las aventuras de derecho divino. Puesto que Francia había devuelto el poder en España al rey neto, bien podía volver a implantar la monarquía absoluta en casa propia. Cayeron en ese temible error de confundir la obediencia del soldado con el consentimiento de la nación. Confianzas así llevan a los tronos a la perdición. No hay que quedarse dormido ni a la sombra de un manzanillo ni a la sombra de un ejército.

Volvamos al navío L'Orion.

Durante las operaciones del ejército al mando del príncipe-generalísimo, una escuadra navegaba por el Mediterráneo. Acabamos de decir que L'Orion pertenecía a esa escuadra y que los avatares del mar lo devolvieron al puerto de Tolón.

Hay en la presencia de un barco de guerra en un puerto un no sé qué que atrae al gentío y lo tiene pendiente de ella. Es que es algo grande, y al gentío le gusta lo que es grande.

Un barco de crucero es uno de los encuentros más espléndidos que pueda tener la genialidad del hombre con el poderío de la naturaleza.

Un barco de crucero lo componen a la vez lo más pesado y lo más liviano, porque tiene que vérselas al tiempo con las tres formas de la sustancia, lo sólido, lo líquido y lo gaseoso, y tiene que luchar contra las tres. Tiene once garfios de hierro para aferrar el granito del fondo del mar, y más alas y más antenas que los insectos voladores para hacerse con el viento de las nubes. Le sale el aliento por los ciento veinte cañones como por unos clarines enormes y responde con altanería al rayo. El océano intenta extraviarlo con la ominosa semejanza de sus olas, pero el navío tiene su alma, la brújula, que lo controla y siempre le señala el norte. En las noches oscuras sus fanales suplen a las estrellas. Así es como contra el viento tiene la cuerda y el trapo; contra el agua, la madera; contra la roca, el hierro, el cobre y el plomo; contra la sombra, la luz; contra la inmensidad, una aguja.

Si queremos hacernos una idea de todas esas proporciones gigantescas cuyo conjunto constituye el barco de crucero, basta con entrar en una de las atarazanas cubiertas y de seis pisos de los puertos de Brest o de Tolón. Los barcos en construcción están allí, por así decirlo, metidos en una campana. Esa viga colosal es una verga; esa gruesa columna de madera que hay en el suelo y se alarga hasta perderse de vista es el palo mayor. Medido desde la raíz, desde la cala, hasta la cumbre, entre las nubes, llega a las sesenta toesas y tiene tres pies de diámetro en la base. El palo mayor inglés se alza doscientos diecisiete pies por encima de la línea de flotación. La marina de nuestros padres usaba cables; la nuestra, cadenas. El simple montón de cadenas de un navío de cien cañones tiene cuatro pies de alto, veinte pies de ancho y ocho pies de grueso. ¿Y cuánta madera se precisa para construir un barco? Tres mil estéreos. Es un bosque flotante.

Y eso que, dejémoslo claro, sólo estamos hablando aquí de un buque militar de hace cuarenta años, del simple barco de vela; el vapor, aún en sus albores, ha añadido a partir de entonces nuevos milagros a ese prodigio al que llaman barco de guerra. En la actualidad, por ejemplo, el navío mixto de hélice es una máquina sorprendente que mueve un velamen de tres mil metros cuadrados de superficie y lleva una caldera con una fuerza de dos mil quinientos caballos.

Por no hablar de esas maravillas nuevas, el barco antiguo de Cristóbal Colón y de Ruyter es una de las obras maestras del hombre. De fuerza inagotable y de infinitos alientos, almacena el viento en las velas, posee precisión entre la inmensa expansión de las olas, flota e impera.

Llega una hora, sin embargo, en que la borrasca quiebra como una paja esa verga de sesenta pies de largo, en que el viento dobla como un junco ese mástil de cuatrocientos pies de alto, en que esa ancla que pesa diez mil libras se retuerce en las fauces de las olas como el anzuelo de un pescador en la boca de un sollo, en que esos cañones monstruosos sueltan rugidos lastimeros e inútiles que el huracán arrastra hacia el vacío y la oscuridad, en que toda esa fuerza y esa majestad se abisman dentro de un fuerza y una majestad superiores.

Siempre da que pensar a los hombres ver que se desencadena una fuerza inmensa para desembocar en una debilidad inmensa. Por eso, en los puertos, abundan tanto los curiosos, sin entender a veces por completo el porqué, alrededor de esas maravillosas máquinas de guerra y navegación.

Todos los días, pues, de la mañana a la noche, los muelles, el extremo de los espigones y las escolleras rebosaban de gran número de ociosos y de mirones, como se los llama en París, cuyas ocupaciones consistían en contemplar L'Orion.

L'Orion llevaba mucho siendo un barco enfermo. En sus anteriores navegaciones, gruesas capas de conchas se le habían ido acumulando en la obra viva, tantas que iba a media velocidad; lo habían puesto en dique seco el año anterior para raspar esas conchas y volvió luego a navegar. Pero el raspado causó daños en el empernado de la carena. A la altura de las Baleares, el forro de cubierta se resintió y se abrió y, como las vagras no eran a la sazón de chapa, el barco hizo agua. Llegó un fuerte chubasco de equinoccio que hundió a babor el beque y una porta y dañó la mesa de guarnición de mesana. Tras esas averías, L'Orion volvió a Tolón.

Estaba anclado cerca del arsenal. Lo estaban avituallando y reparando. El casco no había sufrido daños a estribor, pero habían desclavado en varios sitios algunas tablonerías, como solía hacerse, para que se ventilase la carcasa.

Una mañana, el gentío que estaba mirando presenció un accidente.

La tripulación estaba envergando las velas. El gaviero que debía agarrar la empuñidura de la gavia del mastelero mayor de estribor perdió el equilibrio. Lo vieron trastabillar; la muchedumbre que se agolpaba en el muelle del arsenal soltó un grito; el hombre cayó de cabeza y giró alrededor de la verga, alargando las manos hacia el abismo; agarró, al pasar, el marchapié, primero con una mano y, después, con las dos, y se quedó colgando. Abajo estaba el mar, a una profundidad vertiginosa. Con la sacudida que dio al caer, el marchapié empezó a oscilar violentamente como un columpio. El vaivén del hombre colgado del cabo era el de la piedra de una honda.

Acudir a socorrerlo era exponerse a un peligro espantoso. No se atrevía ninguno de los marineros, todos ellos pescadores de la costa que procedían de una leva reciente. Entretanto el desventurado gaviero iba acusando el cansancio; no se le podía ver la angustia en la cara, pero sí se le intuía el agotamiento en todos los miembros. Los brazos, espantosamente tensos, se le retorcían. Ninguno de los esfuerzos que hacía para volver a encaramarse servía sino para que fueran a más las oscilaciones del marchapié. No gritaba por temor a malgastar las fuerzas. Nadie esperaba ya sino el minuto en que soltara la cuerda; y, a ratos, todas las caras se desviaban para no ver la caída. Hay momentos en que un trozo de cuerda, una pértiga, una rama de árbol son la mismísima vida; y es espantoso ver cómo un ser vivo se suelta y cae como una fruta madura.

De repente, todos vieron a un hombre que trepaba por el aparejo con la agilidad de un gato salvaje. El hombre iba vestido de rojo, era un presidiario; llevaba un gorro verde: era un presidiario con condena perpetua. Al llegar a la altura de la cofa, una ráfaga de viento se llevó el gorro y dejó al aire una cabeza completamente cana; no era un hombre joven.

Efectivamente, un presidiario de los que el presidio enviaba para trabajar a bordo se había acercado apresuradamente en los primeros momentos al oficial de guardia y, entre la alteración y los titubeos de la tripulación, mientras todos los marineros temblaban y retrocedían, le pidió permiso al oficial para arriesgar la vida intentando salvar al gaviero. El oficial asintió con la cabeza y entonces él rompió de un martillazo la cadena soldada a la argolla que llevaba en el pie y, luego, cogió una cuerda y se abalanzó hacia los obenques. A nadie le llamó la atención en aquellos momentos la facilidad con que se había roto la cadena. No lo recordaron hasta más adelante.

En un abrir y cerrar de ojos ya estaba en la verga. Se detuvo unos segundos y pareció medirla con la mirada. Aquellos segundos durante los que el viento columpiaba al gaviero en la punta del cabo les parecieron siglos a los que estaban mirando. Por fin el presidiario alzó la vista al cielo y dio un paso. El gentío respiró. Lo vieron correr por la verga. Al llegar a la punta, ató un trozo de cuerda que llevaba consigo y dejó colgar el otro extremo; empezó luego a bajar con las manos por esa cuerda y la angustia se volvió de pronto indecible: en vez de un hombre colgando sobre el abismo, había dos.

Hubiérase dicho una araña que se disponía a cazar una mosca; pero en este caso la araña llevaba consigo la vida y no la muerte. Diez mil miradas estaban clavadas en el grupo aquel. Ni un grito, ni una palabra; el mismo estremecimiento fruncía todos los entrecejos. Todas las bocas contenían al aliento como si hubieran temido sumar el mínimo hálito al viento que sacudía a aquellos dos pobres hombres.

Entretanto, el presidiario había conseguido arrimarse al marinero. Ya era hora; un minuto más y el hombre, agotado y desesperado, se habría dejado caer al abismo; el presidiario lo ató sólidamente con la cuerda a la que se sujetaba con una mano mientras usaba la otra. Lo vieron por fin subir a la verga y tirar del marinero; lo mantuvo allí un momento para que recobrase las fuerzas y, luego, lo cogió en brazos y lo llevó, andando por la verga, hasta el tamborete y, de allí, a la cofa, donde lo dejó en manos de sus compañeros.

En ese instante el gentío aplaudió; hubo cómitres viejos que lloraron; las mujeres se besaban en el muelle; y se oyó que todas las voces gritaban con algo así como una violencia enternecida: «¡Que indulten a ese hombre!».

En tanto, él había empezado a bajar sin demora para volver al trabajo. Para llegar antes, se fue deslizando por el aparejo y corrió por una verga baja. Todas las miradas lo seguían. Hubo un momento en que todo el mundo temió por él; o estaba cansado o le daba vueltas la cabeza; vieron que titubeaba y trastabillaba. De pronto el gentío soltó un grito tremendo: el presidiario acababa de caerse al mar.

La caída era peligrosa. La fragata Algeciras estaba anclada junto a L'Orion, y el pobre presidiario había caído entre ambos navíos. Era de temer que fuera a parar debajo de uno de los dos. Cuatro hombres se metieron a toda prisa en una barca. El gentío los animaba; otra vez había regresado la ansiedad a todas las almas. El hombre no había vuelto a aparecer en la superficie. Había desaparecido en el mar sin levantar ni una salpicadura, como si hubiese caído en un tonel de aceite. Echaron sondas, bucearon. Fue en vano. Estuvieron buscándolo hasta la noche; ni tan siquiera encontraron el cuerpo.

Al día siguiente, el diario de Tolón publicaba estas pocas líneas: «17 de noviembre de 1823. — En el día de ayer, un presidiario que estaba trabajando a bordo de L'Orion cayó al mar y se ahogó cuando acababa de socorrer a un marinero. No ha sido posible localizar el cadáver. Es de suponer que se quedó metido debajo de los pilotes del extremo del arsenal. Dicho hombre llevaba el número de registro carcelario 9.430 y se llamaba Jean Valjean».

LIBRO TERCERO
QUEDA CUMPLIDA LA PROMESA HECHA A LA MUERTA

I
LA CUESTIÓN DEL AGUA EN MONTFERMEIL

Montfermeil está entre Livry y Chelles, en las lindes meridionales de esta meseta elevada que separa el Ourcq del Marne. En la actualidad es una población bastante grande que cuenta todo el año con el ornato de villas de escayola y, los domingos, con el de una clase media radiante. En 1823, no había en Montfermeil ni tantas casas blancas ni tantos miembros satisfechos de la clase media. No era sino un pueblo entre bosques. Cierto es que había acá y allá algunas mansiones de recreo del siglo pasado, que era posible identificar por el aspecto señorial, los balcones de hierro forjado y esas ventanas altas cuya multitud de vidrios tiñen la blancura de las contraventanas cerradas con todo tipo de verdes diferentes. Mas no por ello dejaba Montfermeil de ser un pueblo. Los comerciantes de paños retirados y los procuradores mercantiles que iban a pasar temporadas de descanso no lo habían descubierto aún. Era un lugar tranquilo y encantador, que no estaba camino de parte alguna; se podía vivir por poco dinero con ese tipo de vida campesina tan abundante y fácil. Lo único que escaseaba era el agua por la elevación de la meseta.

Había que ir a buscarla bastante lejos. El extremo del pueblo que cae del lado de Gagny tomaba el agua de los estanques espléndidos que hay en esos bosques; el extremo opuesto, que está en las inmediaciones de la iglesia y cae del lado de Chelles, no tenía agua potable sino en un manantial pequeño, a mitad de la cuesta, cerca de la carretera de Chelles, más o menos a un cuarto de hora de Montfermeil.

Hacerse con provisiones de agua era, pues, en todos los hogares una tarea bastante penosa. Las casas ricas, la aristocracia, y también el figón de los Thénardier, pagaban un céntimo por cada cubo de agua a un buen hombre que a eso se dedicaba y ganaba con aquel negocio del agua en

Montfermeil unos cuarenta céntimos diarios; pero el mencionado buen hombre sólo trabajaba hasta las siete de la tarde en verano y hasta las cinco en invierno, y, cuando caía la noche y estaban ya cerrados los postigos de las plantas bajas, quien no tuviera agua para beber o iba a buscarla o se las apañaba sin ella.

Eso era lo que tenía aterrorizada a esa pobre criaturita de quien el lector no puede haberse olvidado: Cosette. Recordemos que Cosette les era útil a los Thénardier de dos formas: le cobraban a la madre y tenían a su servicio a la niña. En consecuencia, cuando la madre dejó de pagar del todo, ya hemos leído el porqué en los capítulos anteriores, los Thénardier no echaron a Cosette. Les ahorraba el gasto de una criada. Y, como criada, ella era la que iba corriendo por agua cuando hacía falta. Y la niña, a la que espantaba el pensamiento de ir al manantial de noche, se cuidaba muy mucho de que nunca faltase el agua en la casa.

Las Navidades del año 1823 fueron especialmente sonadas en Montfermeil. El comienzo del invierno había sido de temperatura clemente; no había helado ni nevado. Habían llegado de París unos titiriteros y el señor alcalde les dio permiso para colocar sus casetas en la calle mayor; y un grupo de vendedores ambulantes, disfrutando de igual permiso, levantaron sus tenderetes en la plaza de la iglesia, e incluso en la callejuela de Le Boulanger, donde estaba, como el lector recordará seguramente, el figón de los Thénardier. Con todo aquello se llenaron las posadas y las tabernas y esa comarca pequeña y tranquila cobró una animación ruidosa y alegre. Debemos decir incluso, para cumplir fielmente con el papel de historiador, que, entre las curiosidades que se exhibían en la plaza, había una casa de fieras donde unos feriantes horrorosos, cubiertos de andrajos y que procedían a saber de dónde, les enseñaban en 1823 a los campesinos de Montfermeil uno de esos espantosos buitres del Brasil de los que nuestro real museo no cuenta con un ejemplar sino desde 1845 y que tienen por ojos unas escarapelas tricolores. Los naturalistas llaman, creo, a esa ave Caracara Polyburus; es del orden de los pícidos y de la familia de los falcónidos. Unos cuantos antiguos soldados bonapartistas, personas sencillas, iban a ver el animal aquel con devoción. Los feriantes presentaban lo de la escarapela tricolor como un fenómeno único, obra exclusiva de Dios, en su bondad, para aquella casa de fieras.

Aquella Nochebuena, varios hombres, carreteros y buhoneros, estaban sentados y bebiendo alrededor de cuatro o cinco velas de sebo en la sala de la planta baja de la posada Thénardier. Esa sala se parecía a la de todas las tabernas; mesa, jarros de estaño, botellas, bebedores, fumadores; poca luz, mucho ruido. Pese a todo, la fecha en que estaban,

1823, la indicaban los dos objetos de moda a la sazón entre la clase media, que estaban encima de una mesa, a saber, un caleidoscopio y una lámpara de hojalata tornasolada. La Thénardier atendía a la cena, que se estaba asando en una buena lumbre; Thénardier, el marido, bebía con sus huéspedes y hablaba de política.

Además de las conversaciones políticas que trataban sobre todo de la guerra de España y del señor duque de Angulema, podían oírse, entre el barullo, paréntesis locales como el siguiente:

—Por la zona de Nanterre y de Suresnes se ha dado bien el vino. Contaban con 2.200 litros y salieron 2.600. Rindió mucho el lagar.

—Pero ¿estaba la uva madura?

—En esa zona no tiene que estar la uva madura para vendimiar. Si vendimias la uva madura, el vino tiene grasa en cuanto llega la primavera.

—¿Así que es un vino muy local?

—Más todavía que los de aquí. Hay que vendimiar la uva verde. Etcétera.

Otras veces era un molinero quien exclamaba:

—¿Somos nosotros responsables de lo que hay en los sacos? Nos encontramos con un montón de grano menudo que no nos podemos poner a escoger y que no queda más remedio que dejar que pase por la muela; hablo de cizaña, de vicia, de añublo, de ervilla, de rabaniza, de cáñamo, de cola de zorra, y otras muchas cosas de mala calidad, por no mencionar las piedras, que abundan en algunos trigos, sobre todo en los trigos bretones. No tengo ninguna afición a moler trigo bretón, igual que los aserradores de armazones no se la tienen a aserrar vigas donde haya clavos. Piensen en cuánto rendimiento de polvo malo. Y luego se nos quejan de la harina. Y hacen mal. Nosotros no tenemos la culpa de la harina.

En un hueco entre dos ventanas, un segador, sentado a una mesa con el dueño de unas tierras que quería asentar el precio para la siega de un prado en primavera, decía:

—No pasa nada si está húmeda la hierba. Se corta mejor. El rocío es bueno. De todas formas, esa hierba suya es joven y tiene todavía mucha dificultad. Que si está muy tierna… que si el hierro la dobla…

Etcétera.

Cosette estaba en el lugar donde solía, sentada en el travesaño de la mesa de cocina, cerca de la chimenea. Iba vestida de andrajos, calzada con zuecos y sin medias, y estaba tejiendo a la luz de la lumbre unas medias de lana para las niñas Thénardier. Un gatito muy joven jugaba por debajo de las sillas. En una habitación continua se oía la risa y la charla de dos frescas voces infantiles; eran Éponine y Azelma.

Junto a la chimenea había un zurriago, colgado de un clavo.

De vez en cuando, el llanto de un niño muy pequeño, que estaba en algún lugar de la casa, se imponía al ruido de la taberna. Era un niño que la Thénardier había tenido uno de los inviernos anteriores —«sin saber a santo de qué —decía ella—; cosas del frío»— y tenía algo más de tres años. La madre le había dado de mamar, pero no lo quería. Cuando los gritos tenaces del chiquillo resultaban excesivamente molestos, Thénardier decía: «Tu hijo anda piando. Ve a ver qué quiere». «Bah —respondía la madre—. Es un latoso.» Y el niño abandonado seguía llorando en las tinieblas.

II
DONDE SE COMPLETAN DOS RETRATOS

Aún no hemos visto en este libro a los Thénardier más que de perfil; ha llegado el momento de dar vueltas alrededor de esa pareja y mirarla por todas las caras.

Thénardier acababa de cumplir los cincuenta años; la señora Thénardier rondaba los cuarenta, que son, en la mujer, como los cincuenta; de forma que la edad de la mujer y la del marido estaban equilibradas.

Es posible que a los lectores se les haya quedado, desde la primera vez que apareció, algún recuerdo de la Thénardier, alta, rubia, colorada, gruesa, de buenas carnes, de espaldas cuadradas, enorme y ágil; ya hemos dicho que había en ella algo de esa raza de mujeres colosales y salvajes que se doblan para atrás en las ferias con adoquines colgando de la melena. Se hacía cargo de todo en la casa: las camas, la limpieza de las habitaciones, la colada, la comida y lo que se terciara y llevaba en todo la voz cantante. No tenía más sirvienta que Cosette: un ratón al servicio de un elefante. Cuando ella alzaba la voz, todo temblaba, los cristales, los muebles y las personas. La cara ancha, cuajada de pecas, parecía una espumadera. Tenía barba. Era la imagen ideal de un descargador del mercado de abastos disfrazado de mujer. Blasfemaba estupendamente; se jactaba de cascar una nuez de un simple puñetazo. De no ser por las novelas que había leído y que, a ratos, permitían intuir a la relamida tras la ogresa, nunca se le habría ocurrido a nadie decir de ella: es una mujer. La tal Thénardier era algo así como el fruto del injerto de una cursi en una verdulera. Cuando la oían hablar, decían: «Es un gendarme»; cuando la veían beber, decían: «Es un carretero»; cuando la veían tratar a Cosette, decían: «Es el verdugo». Cuando se estaba quieta, le asomaba de la boca un diente.

El Thénardier era un hombre bajo, flaco, pálido, anguloso, huesudo, encanijado, que parecía enfermo y estaba como una rosa: ahí empezaban sus embaucos. Solía sonreír por precaución y era educado con casi todo el mundo, incluso con el pordiosero a quien negaba un céntimo. Tenía mirada de garduña y aspecto de hombre de letras. Se parecía mucho a los retratos del padre Delille. Tenía la coquetería de beber con los carreteros. Nunca había conseguido nadie emborracharlo. Fumaba una pipa muy grande. Llevaba blusón y, debajo del blusón, un frac negro viejo. Tenía pretensiones de literato y de materialista. Pronunciaba con frecuencia unos cuantos nombres para fundamentar en ellos las cosas inanes que decía: Voltaire, Raynal, Parny y, cosa curiosa, san Agustín. Aseguraba que tenía un «sistema». Por lo demás, era muy fullero. Un fullósofo. Es una variedad que existe. Recordemos que aseguraba que había servido en el ejército; narraba Waterloo con cierto lujo de detalles; era sargento en un 6.º regimiento de infantería ligera, o un 9.º, vaya usted a saber; él solo, enfrentado con un escuadrón de húsares de la muerte, había protegido con su propio cuerpo y salvado, cruzando entre la metralla, a «un general peligrosamente herido». De ahí el flamante cartel de la fachada y, para la posada, el nombre, en la comarca, de «taberna del sargento de Waterloo». Era liberal, clásico y bonapartista. Había aportado fondos para el Campamento de Asilo. Decían en el pueblo que había estudiado para cura.

Nosotros creemos que había estudiado en Holanda, sencillamente, para posadero. Este pillo, de orden compuesto, era probablemente un flamenco de Lille en Flandes, un francés en París, un belga en Bruselas, muy cómodo a caballo entre dos fronteras. Su proeza en Waterloo ya sabemos cuál fue. Y ya vemos que exageraba un tanto. Su existencia consistía en flujo y reflujo, meandros y aventura. De una conciencia desgarrada viene una vida deshilvanada; y es muy probable que, en aquella época tormentosa del 18 de junio de 1815, Thénardier perteneciera a esa variedad de cantineros merodeadores de la que ya hemos hablado, que iban a la descubierta, vendiendo a éstos, robando a aquéllos y viajando en familia, el marido, la mujer y los niños, en una tartana coja, en pos del avance de las tropas, con el instinto de sumarse siempre al ejército victorioso. Tras finalizar esa campaña, y al contar, como decía él, con «cumquibus», se fue a Montfermeil y abrió el figón.

Dicho cumquibus, que se componía de las bolsas, los relojes, las sortijas de oro y las cruces de plata cosechadas en los tiempos de siega de los surcos sembrados de cadáveres, no era gran cosa y no llevó muy lejos al vivandero convertido en dueño de figón.

Thénardier tenía ese toque rectilíneo en el ademán que, si blasfema, recuerda al cuartel, y si se santigua, al seminario. Hablaba bien. Insinuaba que era erudito. Pero el maestro de escuela se había fijado en que no siempre pronunciaba bien. Redactaba la nota de los viajeros con pretensiones de superioridad, pero unos ojos duchos en la materia daban a veces con faltas de ortografía. Thénardier era solapado, glotón, perezoso y hábil. No les hacía ascos a las sirvientas, y por eso su mujer había prescindido de ellas. Aquella giganta era celosa. Opinaba que ese hombrecillo flaco y amarillento no podía por menos de inspirar unas ansias universales.

Thénardier, hombre ante todo astuto y equilibrado, era un granuja del género morigerado. Es la especie peor, porque a lo anterior se suma la hipocresía.

No es que Thénardier no fuera, llegado el caso, capaz de ira, tanto al menos como su mujer; pero sucedía muy pocas veces, y, en esos momentos, como la emprendía con todo el género humano; como llevaba dentro un profundo horno de odio; como era de esas personas que se vengan a perpetuidad, que acusan a cuanto se les pone por delante de todo cuanto les ha sucedido y están siempre dispuestas a pagar con el primero que se presente, igual que si de un agravio legítimo se tratara, cuantas decepciones, bancarrotas y calamidades hayan padecido en la vida; como toda aquella levadura leudaba en él y se le salía a borbotones por la boca y por los ojos, en esas ocasiones se volvía espantoso. ¡Pobre del que pasase en momentos así al alcance de su rabia!

Además de todas estas prendas, Thénardier era atento y agudo, callado o charlatán según el momento y siempre con muchísimo tino. Tenía en la mirada algo de los marinos acostumbrados a guiñar los ojos para mirar por los catalejos. Thénardier era un hombre de Estado.

Cuando un recién llegado entraba en el figón, decía, al ver a la Thénardier: es la que manda en casa. Error. Ni siquiera era el ama de casa. El marido era el amo y el ama. Ella hacía y él creaba. Lo dirigía todo con una especie de acción magnética invisible y continua. Le bastaba con una palabra, y a veces con una seña, y el mastodonte obedecía. El Thénardier era para la Thénardier, sin que ella se diera cuenta del todo, un ser peculiar y soberano. Ella tenía las virtudes de su carácter; nunca se le habría ocurrido disentir, en detalle alguno, del «señor Thénardier», hipótesis inadmisible, por lo demás; nunca le habría quitado la razón en público a su marido en ningún asunto. Nunca habría cometido «delante de forasteros» esa falta que tantas veces cometen las mujeres y que, en lenguaje parlamentario, se llama dejar en descubierto a la corona. Aunque ese buen acuerdo entre ambos no tuviera más resultado que el mal, había contemplación en la sumisión de la Thénardier a su marido. Aquella montaña de ruido y carne se movía sometida al dedo meñique de ese déspota enteco. Era, en su vertiente enana y grotesca, esa cosa universal tan grande: la materia adorando al espíritu puro; porque hay algunas fealdades cuya razón de ser nace de las mismísimas profundidades de la belleza eterna. En Thénardier tenía cabida lo desconocido; de ahí el imperio absoluto de aquel hombre sobre su mujer. Había ocasiones en que ella lo veía como una vela encendida; en otras, lo sentía como una garra.

Aquella mujer era un ser tremendo que sólo quería a sus hijos y sólo temía a su marido. Era madre porque era mamífero. Por lo demás, su maternidad se limitaba a las hijas y, como veremos, no llegaba hasta los hijos varones. Él, el hombre, sólo pensaba en una cosa: hacerse rico.

No lo conseguía. A aquel gran talento le faltaba un escenario digno. Thénardier se arruinaba en Montfermeil, en el caso de que sea posible arruinarse cuando nada se tiene; en Suiza o en los Pirineos, aquel pelagatos habría llegado a millonario. Pero el posadero tiene que pastar donde lo ate el destino.

Quede claro que la palabra posadero se utiliza aquí con un sentido limitado y no abarca una categoría entera.

Ese mismo año de 1823, Thénardier tenía alrededor de mil quinientos francos de deudas acuciantes, cosa que lo tenía preocupado.

Por muy tozudamente injusto que fuera el destino con él, el Thénardier era uno de los hombres que mejor entendían, con mayor profundidad y de la forma más moderna, eso que es una virtud en los pueblos bárbaros y una mercancía entre los pueblos civilizados: la hospitalidad. Era, por lo demás, un cazador furtivo admirable, y su puntería tenía fama. Se reía de cierta forma fría y tranquila que era especialmente peligrosa.

Sus teorías de posadero le brotaban a veces como relámpagos. Tenía aforismos profesionales que le metía en la cabeza a su mujer. «¡El deber del posadero —le decía un día con violencia y en voz baja— es venderle al primero que llegue pitanza, descanso, luz, fuego, sábanas sucias, pulgas, sonrisas y a la criada; es detener a los viandantes, vaciar las bolsas pequeñas y aliviar como es debido las grandes; dar albergue respetuoso a las familias que van de camino; dejar raspado al hombre, desplumar a la mujer, mondar al niño; cobrar por la ventana abierta, por la ventana cerrada, por un sitio junto a la lumbre, por el sillón, por la silla, por el taburete, por el escabel, por el lecho de plumas, por el colchón y por el brazado de paja; saber cuánto desgasta la sombra el espejo y ponerle un precio al desgaste; y, por cien mil demonios, hacerle al viajero pagar por todo, incluso por las moscas que se come su perro.»

Aquel hombre y aquella mujer eran el matrimonio de la astucia y la rabia, las dos caballerías de un tiro repulsivo y terrible.

Mientras el marido rumiaba las cosas y urdía apaños, la Thénardier no pensaba en los acreedores ausentes, no se preocupaba ni del ayer ni del mañana, y vivía arrebatada y entregada por completo al minuto.

Así eran aquellas dos personas. Cosette estaba entre ambas, soportaba la doble presión, como un ser a quien, al tiempo, triturase una muela e hicieran trizas unas tenazas. El hombre y la mujer tenían modales diferentes. A Cosette la molían a palos, eso era cosa de la mujer; iba descalza en invierno, eso era cosa del hombre.

Cosette subía, bajaba, lavaba, cepillaba, frotaba, barría, corría, se afanaba, jadeaba, movía bultos pesados y, aunque endeble, hacía todas las tareas más duras. No había compasión para ella: un ama feroz, un amo venenoso. El figón de los Thénardier era como una telaraña donde Cosette estaba atrapada y temblorosa. Aquella domesticidad siniestra cumplía con los ideales de la opresión. Era algo así como la mosca sirviendo a las arañas.

La pobre niña, pasiva, no decía nada.

Cuando se hallan así, desde el alba misma, tan pequeñas, tan desnudas entre los hombres, ¿qué sucede en esas almas que acaban de separarse de Dios?

III
LOS HOMBRES NECESITAN VINO Y LOS CABALLOS, AGUA

Habían llegado otros cuatro viajeros.

Cosette reflexionaba tristemente; porque, aunque sólo tuviera ocho años, había padecido tanto ya que se quedaba pensativa con la expresión lúgubre de una anciana.

Tenía un ojo negro, porque la Thénardier le había dado un puñetazo; con lo cual, la Thénardier decía de cuando en cuando: «Lo fea que está con ese ojo pocho».

Así que Cosette estaba pensando que era de noche, muy de noche, que había sido menester llenar de improviso el jarro del lavabo y la jarra de la mesilla en las habitaciones de los viajeros recién llegados y que ya no quedaba agua en la fuente de la cocina.

Lo que la tranquilizaba un poco era que en casa de los Thénardier no se bebía mucha agua. No es que faltasen allí personas sedientas; pero tenían ese tipo de sed que tiene que ver más con la jarra de vino que con la de agua. Aquellos hombres habrían tomado por un salvaje a quien pidiera un vaso de agua entre aquellos vasos de vino. Hubo un momento, no obstante, en que la niña se estremeció; la Thénardier alzó la tapa de una cazuela que hervía en el fogón, cogió luego un vaso y se fue con presteza hacia la fuente. Abrió el grifo; la niña había levantado la cabeza y estaba pendiente de todos sus movimientos. «¡Anda! ¡Si ya no queda agua!», dijo la Thénardier. Luego se quedó callada un rato. La niña no respiraba.

—¡Bah! —añadió la Thénardier, mirando el vaso a medio llenar—. Tendré bastante con esto.

Cosette volvió a su labor, pero estuvo más de un cuarto de hora notando cómo le daba brincos el corazón en el pecho, igual que un copo grande.

Contaba los minutos que iban pasando, y le habría gustado mucho que fuera ya la mañana siguiente.

De vez en cuando, alguno de los bebedores miraba la calle y exclamaba:

«¡Está más oscuro que la boca de un horno!». O: «¡Habría que ser gato para salir a estas horas sin un farol!». Y Cosette se sobresaltaba.

De pronto, uno de los buhoneros que paraban en la posada entró y dijo con voz dura:

—No le han dado de beber a mi caballo.

—Claro que sí —dijo la Thénardier.

—Le digo que no, comadre —contestó el vendedor. Cosette había salido de debajo de la mesa.

—¡Que sí, señor, que sí! —dijo—. El caballo ha bebido. Bebió del cubo. Si hasta se bebió el cubo entero. Le llevé de beber yo, y le hablé.

No era cierto. Cosette mentía.

—Mira ésta, abulta lo que un comino y dice mentiras como una casa — exclamó el vendedor—. ¡Te digo que no ha bebido, bribonzuela! Sabré yo cómo resopla cuando no ha bebido.

Cosette no se desdijo y añadió, con voz ronca de angustia, que apenas se oía:

—¡Y muy bien que bebió!

—Vamos a dejarnos de tonterías —dijo el vendedor, enfadado—. ¡Que le den de beber a mi caballo y acabemos con esto!

Cosette se volvió a meter debajo de la mesa.

—Pues es verdad —dijo la Thénardier—. Si el animal no ha bebido, tendrá que beber.

Luego, mirando alrededor:

—¿Dónde se ha metido ésta ahora?

Se agachó y descubrió a Cosette acurrucada en la otra punta de la mesa, casi entre los pies de los bebedores.

—¿Vienes o no? —gritó la Thénardier.

Cosette salió de aquella especie de agujero donde se había escondido. La Thénardier siguió diciendo:

—Tú, chucho-sin-nombre, ve a dar de beber a ese caballo.

—Pero, señora —dijo Cosette muy bajito—, es que no queda agua.

La Thénardier abrió de par en par la puerta de la calle.

—¡Bueno, pues ve a buscarla!

Cosette agachó la cabeza y fue a buscar un cubo vacío que estaba junto a la chimenea.

El cubo aquel era más grande que ella y la niña podría haberse sentado dentro y caber de sobra.

La Thénardier se volvió a los fogones y probó el guiso de la cazuela con una cuchara de palo mientras refunfuñaba:

—En el manantial sí que queda agua. Así de sencillo. Creo que me habría valido más sofreír las cebollas.

Rebuscó luego en un cajón donde había calderilla, pimienta y escalonias.

—Toma, señorita Sapo —añadió—, según vuelves, te traes un pan grande de la panadería. Aquí tienes una moneda de setenta y cinco céntimos.

Cosette tenía un bolsillito a un lado del delantal; cogió la moneda sin decir palabra y se la metió en ese bolsillo.

Se quedó luego quieta, con el cubo en la mano delante de la puerta abierta. Parecía estar esperando que alguien viniera a socorrerla.

—¡Vete de una vez! —voceó la Thénardier. Cosette salió. La puerta volvió a cerrarse.

IV

ENTRA EN ESCENA UNA MUÑECA

Recordemos que la fila de tenderetes al aire libre que empezaba en la iglesia llegaba hasta la posada. Como los vecinos acomodados pasarían dentro de un rato para ir a misa del gallo, esos comercios estaban muy iluminados con velas que ardían dentro de unos embudos de papel, lo que, como decía el maestro de escuela de Montfermeil, que estaba en aquellos momentos sentado en el figón de los Thénardier, era de un «efecto mágico». En cambio, en el cielo no se veía ni una estrella.

El último tenderete, que estaba precisamente delante de la puerta de los Thénardier, era un comercio de juguetes y baratijas, que resplandecía todo él de oropeles, abalorios y objetos espléndidos de hojalata. En primera fila, y muy a la vista, el vendedor había colocado, sobre un fondo de servilletas blancas, una muñeca grandísima, de casi dos pies, que llevaba un vestido de crespón rosa y espigas de oro en la cabeza y tenía pelo de verdad y ojos de esmalte. Aquella maravilla llevaba todo el día expuesta al pasmo de los transeúntes de menos de diez años sin que hubiera aparecido en Montfermeil una madre con dinero bastante o suficiente prodigalidad para regalársela a su hija. Éponine y Azelma se habían pasado horas contemplándola y la propia Cosette, también es cierto que a hurtadillas, se había atrevido a mirarla.

En el momento en que salió Cosette con el cubo en la mano, por muy apagada y agobiada que estuviera, no pudo impedir alzar la vista hacia aquella muñeca prodigiosa, hacia la señora, como la llamaba. La pobre niña se detuvo petrificada, Aún no había visto la muñeca de cerca. Toda la caseta parecía un palacio; aquella muñeca no era una muñeca, era una visión. Era la alegría, el esplendor, la riqueza, la felicidad que se le aparecían entre algo parecido a un resplandor quimérico a aquella pobre criaturita tan profundamente hundida en una miseria fúnebre y fría. Cosette calibraba con esa sagacidad candorosa y triste de la infancia el abismo que la separaba de aquella muñeca. Se decía que había que ser reina o, al menos, princesa para tener «una cosa» así. Miraba fijamente el precioso vestido rosa, el precioso pelo liso, y pensaba: «¡Qué feliz debe de ser esa muñeca!». No podía apartar los ojos de aquel comercio fantástico. Cuanto más lo miraba, más deslumbrada estaba. Le parecía que estaba viendo el paraíso. Había otras muñecas detrás de la muñeca grande que le parecían hadas y genios. Le daba la impresión de que el comerciante, que andaba de acá para allá al fondo de su caseta, era, en cierto modo, Dios Padre.

Sumida en esa adoración se olvidaba de todo, incluso del recado que tenía que hacer. De repente, la voz ruda de la Thénardier la devolvió a la realidad: «¡Cómo, pánfila! ¿Todavía no te has ido? ¡Espera que voy para allá! ¿Qué demonios estará haciendo ahí? ¡So bicho raro!».

La Thénardier había echado una ojeada a la calle y había visto a Cosette en pleno éxtasis.

Cosette salió corriendo con el cubo, dando las zancadas mayores que podía.

V

POBRE NIÑA SOLITA

Como la posada de los Thénardier estaba en esa parte del pueblo que cae junto a la iglesia, al manantial que estaba en el bosque, de camino a Chelles, era donde tenía que ir Cosette a coger agua.

No miró ni un puesto más. Mientras estuvo en la callejuela de Le Boulanger y en las inmediaciones de la iglesia, los comercios encendidos iluminaban el camino, pero no tardó en desaparecer la luz del último tenderete. La pobre niña se vio a oscuras. Se hundió en esa oscuridad. Pero, como se iba sintiendo cada vez más impresionada, según andaba movía cuanto podía el asa del cubo. Hacía un ruido que la acompañaba.

Cuanto más avanzaba, más densas se volvían las tinieblas. Ya no había nadie por las calles. No obstante, se cruzó con una mujer que se volvió al verla pasar y se quedó quieta mascullando: «Pero ¿adónde irá esta niña?

¿Será una niña lobisona?». Luego, la mujer reconoció a Cosette y dijo: «¡Anda! ¡Si es la Alondra!».

Cosette cruzó así por aquel laberinto de calles tortuosas y desiertas por las que se sale del pueblo de Montfermeil camino de Chelles. Mientras hubo casas, o incluso sólo tapias, a ambos lados del camino fue andando con bastante determinación. De vez en cuando, veía el resplandor de una vela a través de la rendija de un postigo: era luz y era vida, había gente por allí cerca y eso la tranquilizaba. Pero, según avanzaba, iba andando más despacio sin hacerlo aposta. Cuando hubo dejado atrás la esquina de la última casa, Cosette se detuvo. Ir más allá del último comercio había sido difícil; ir más allá de la última casa era imposible. Dejó el cubo en el suelo, se hundió la mano en el pelo y empezó a rascarse la cabeza despacio, un gesto que hacen los niños aterrados e indecisos. Aquello no era ya Montfermeil, era el campo. Tenía delante una extensión negra y desierta.

Miró con desesperación aquella oscuridad donde ya no había nadie, donde había animales, donde a lo mejor había fantasmas. Miró bien y oyó a los animales andar por la hierba y vio claramente a los fantasmas que se movían en los árboles. Entonces volvió a agarrar el cubo; el miedo la volvía atrevida. Se dijo: «¡Bah! ¡Le diré que no quedaba agua!». Y volvió a entrar muy decidida en Montfermeil.

No había dado cien pasos cuando volvió a pararse y a rascarse la cabeza. Quien se le aparecía ahora era la Thénardier; la Thénardier, repulsiva con aquella boca de hiena y la ira ardiéndole en los ojos. La niña lanzó una ojeada lastimera hacia adelante y hacia atrás. ¿Qué hacer?

¿Qué iba a ser de ella? ¿Dónde ir? Por delante, el espectro de la Thénardier; por detrás, todos los fantasmas de la noche y del bosque. Fue ante la Thénardier ante quien retrocedió. Volvió a tomar el camino de la fuente y echó a correr. Salió del pueblo corriendo, se metió en el bosque corriendo, sin mirar nada, sin escuchar nada. No dejó de correr hasta que se quedó sin aliento; pero no dejó de andar. Iba de frente, descompuesta.

Mientras corría tenía ganar de llorar.

El temblor nocturno del bosque la rodeaba por completo. Ya no pensaba, ya no veía. La noche inmensa enfrentada a aquel ser tan pequeño. De un lado, toda la sombra; del otro, un átomo.

Sólo había siete u ocho minutos desde la linde del bosque hasta el manantial. Cosette se sabía el camino porque lo había hecho más de una vez de día. Cosa rara, no se perdió. Un resto de instinto la guiaba más o menos. Pero no miraba ni a derecha ni a izquierda por temor a ver cosas en las ramas y en los matorrales. Así llegó al manantial.

Era una estrecha cubeta natural que había excavado el agua en un suelo arcilloso, con una profundidad de unos dos pies, rodeada de musgo y de esas hierbas grandes y gofradas a las que llaman gorgueras de Enrique IV; unas cuantas piedras grandes hacían de pavimento. Salía de allí un arroyo que hacía un ruidito apacible.

Cosette no se detuvo a respirar. Estaba muy oscuro, pero estaba acostumbrada a ir a ese manantial. Buscó con la mano izquierda, en la oscuridad, un roble joven que se inclinaba hacia el manantial y solía servirle de punto de apoyo, dio con una rama, se colgó de ella, se agachó y metió el cubo en el agua. Era presa de tal tensión en aquellos momentos que se le triplicaban las fuerzas. Mientras estaba así inclinada, no se dio cuenta de que se le vaciaba el bolsillo del delantal en el manantial. La moneda de setenta y cinco céntimos cayó al agua. Cosette ni la vio ni la oyó caer. Sacó el cubo casi lleno y lo dejó en la hierba.

Entonces se dio cuenta de que estaba exhausta. Le habría gustado irse enseguida; pero el esfuerzo de llenar el cubo había sido tan grande que no pudo dar ni un paso. No le quedó más remedio que sentarse. Se desplomó en la hierba y allí se quedó, acurrucada.

Cerró los ojos y luego los volvió a abrir, sin saber por qué, pero no podía evitarlo.

Junto a ella, el agua que se movía en el cubo hacía redondeles que parecían serpientes de fuego blanco.

Más arriba de su cabeza, cubrían el cielo grandes nubes negras que eran como lienzos de humo. La máscara trágica de la sombra parecía inclinarse de forma inconcreta sobre aquella niña.

Júpiter se estaba poniendo, allá arriba. La niña miraba con ojos extraviados aquella estrella grande que no conocía y que le daba miedo. Efectivamente, el planeta estaba en aquellos momentos muy cerca del horizonte y se transparentaba entre una densa capa de bruma que le daba un tono rojo espantoso. Esa bruma, lúgubremente purpúrea, aumentaba el tamaño del astro. Parecía una llaga luminosa.

Llegaba un viento frío desde la llanura. El bosque era tenebroso, no había roce alguno de hojas, no había ninguno de esos inconcretos y frescos resplandores del verano. Ramajes altos se erguían espantosamente. Matorrales encanijados y deformes silbaban en los claros. Las hierbas altas bullían con el viento helado, como anguilas. Las zarzas se retorcían como brazos largos armados de garras que intentaban aferrar alguna presa. Unos cuantos brezos secos, que empujaba el viento, pasaban deprisa y parecían huir atemorizados de algo que venía detrás. Por todos lados había extensiones lúgubres.

La oscuridad da vértigo. El hombre necesita claridad. Quien se hunde en lo contrario de la luz nota el corazón oprimido. Cuando los ojos ven la negrura, la mente ve turbio. En el eclipse de la noche, en la opacidad fuliginosa hay ansiedad incluso para los más fuertes. Nadie camina solo y de noche por el bosque sin estremecerse. Sombras y árboles, dos densidades ominosas. Surge una realidad quimérica en la hondura imprecisa. Lo inconcebible se esboza a pocos pasos por delante con una nitidez espectral. Vemos flotar, por el espacio o en nuestras propias mentes, a saber qué cosas inconcretas e inaprensibles como los sueños de las flores dormidas. Sobre el telón de fondo del horizonte hay posturas fieras. Respiramos los efluvios del gran vacío negro. Sentimos miedo y ganas de mirar lo que tenemos a la espalda. Las cavidades de la noche, las cosas que se han vuelto desencajadas: perfiles taciturnos que se disipan cuanto nos acercamos, desmelenamientos oscuros, matas irritadas, charcos lívidos, lo lúgubre reflejado en lo fúnebre, la inmensidad sepulcral del silencio, los posibles seres desconocidos, inclinaciones de ramas misteriosas, espantosos torsos de árboles, largos puñados de hierbas trémulas: estamos indefensos ante todo eso. No hay coraje que no se sobresalte y no note la proximidad de la angustia. Notamos algo repulsivo, como si el alma se amalgamase con la sombra. Esa forma en que se nos meten dentro las tinieblas es tan siniestra en un niño que no se puede ni expresar.

Los bosques son apocalipsis, y el batir de alas de un alma niña hace un ruido agónico bajo su bóveda monstruosa.

Sin darse cuenta de qué sentía, Cosette notaba que se adueñaba de ella esa enormidad negra de la naturaleza. No era ya sólo el terror lo que la invadía, era algo más terrible incluso que el terror. Tiritaba. Faltan las palabras para decir por qué era tan extraño aquel escalofrío que le helaba hasta el fondo del corazón. Se le había vuelto la mirada hosca. Le parecía notar que a lo mejor no iba a poder impedirse regresar allí al día siguiente a la misma hora.

Entonces, por una suerte de instinto, para salir de aquel estado singular que no entendía, pero que la atemorizaba, empezó a contar en voz alta, uno, dos, tres, cuatro, hasta diez, y, al acabar, empezó otra vez. Recuperó así la percepción auténtica de las cosas que la rodeaban. Notó el frío en las manos, que se había mojado al coger agua. Se puso de pie. Le había vuelto un miedo natural e irreprimible. Sólo pensó ya en salir huyendo; en salir huyendo a todo correr bosque a través, campo a través, hasta las casas, hasta las ventanas, hasta las velas encendidas. Puso los ojos en el cubo que tenía delante. Le inspiraba tal miedo la Thénardier que no se atrevió a escapar sin llevarse el cubo de agua. Cogió el asa con ambas manos. Le costó levantar el cubo.

Dio una docena de pasos, pero el cubo estaba lleno, pesaba, no le quedó más remedio que volver a dejarlo en el suelo. Tomó aire un instante, luego volvió a tirar del asa y echó a andar; esta vez tardó algo más en pararse. Pero tuvo que hacerlo otra vez. Tras descansar unos segundos, siguió adelante. Andaba encorvada y con la cabeza gacha, como una vieja; el peso del cubo le tensaba y le endurecía los brazos flacos, el asa de hierro acababa de entumecerle y helarle las manitas mojadas; de vez en cuando, no le quedaba más remedio que detenerse; y siempre que lo hacía, el agua fría que salpicaba fuera del cubo le caía en las piernas, que llevaba al aire. Todo esto sucedía en lo hondo de un bosque, de noche, en invierno, lejos de toda mirada humana; era una niña de ocho años. Sólo Dios en aquellos momentos veía aquello tan triste.

¡Y su madre seguramente, por desdicha!

Porque hay cosas que hacen que los muertos abran los ojos en la tumba. Jadeaba con una especie de estertor doloroso; los sollozos le oprimían la garganta, pero no se atrevía a llorar, de tanto como temía a la Thénardier, incluso a distancia. Tenía por costumbre pensar que estaba siempre en presencia de la Thénardier.

Pero no podía adelantar mucho en aquellas condiciones, y avanzaba muy despacio, por mucho que acortase las paradas y caminase cada vez el mayor trecho posible. Pensaba angustiada que iba a necesitar más de una hora para volver así a Montfermeil y que la Thénardier le iba a dar una paliza. Se le mezclaba aquella angustia con el espanto de estar sola y de noche en el bosque. Estaba exhausta y aún no había salido de él. Al llegar a un castaño viejo que le era familiar, hizo una última parada, más larga que las otras, para estar muy descansada; hizo luego acopio de todas sus fuerzas, volvió a coger el cubo y echó a andar de nuevo valientemente. Pero, no obstante, la pobre criaturita desesperada no pudo por menos de exclamar: «¡Ay, Dios mío, Dios mío!».

En ese momento, notó de repente que ya no le pesaba el cubo. Una mano que le pareció gigantesca acababa de coger el asa y la alzaba vigorosamente. La niña levantó la cabeza. Una forma grande y negra, tiesa y erguida, caminaba junto a ella en la oscuridad. Era un hombre que había llegado por detrás y a quien no había oído acercarse. Aquel hombre, sin decir palabra, había agarrado por el asa el cubo que ella llevaba.

Existen instintos para todos los encuentros de la vida. La niña no tuvo miedo.

VI
ALGO QUE QUIZÁ DEMUESTRE LA INTELIGENCIA DE BOULATRUELLE

En la tarde de aquel mismo día de Nochebuena, un hombre anduvo paseando bastante rato por la parte menos concurrida del bulevar de L'Hôpital de París. Aquel hombre tenía aspecto de andar buscando alojamiento y parecía fijarse de preferencia en las casas más modestas de esas lindes destartaladas del arrabal de Saint-Marceau.

Veremos más adelante que, efectivamente, aquel hombre había alquilado una habitación en ese barrio aislado.

El hombre, tanto en la indumentaria cuanto en el aspecto personal, se ajustaba al tipo de eso que podría llamarse el mendigo de confianza: la miseria extremada unida a la más escrupulosa pulcritud. Se trata de una mezcla bastante infrecuente que inspira a las personas inteligentes ese doble respeto que sentimos por quien es muy pobre y por quien es muy digno. Llevaba un sombrero de media copa, viejísimo y cepilladísimo; una levita tazada de grueso paño de tono ocre, color que no resultaba raro por entonces; un chaleco holgado y con bolsillos de corte anticuado; un calzón negro que se había vuelto gris en las rodillas; medias de lana negra y zapatones con hebillas de cobre. Hubiérase dicho un antiguo preceptor de buena familia regresado de la emigración. Por el pelo, blanco del todo, por la frente arrugada, por los labios lívidos, por el rostro del que no trascendía sino agobio y cansancio de la vida, se le habrían podido echar mucho más de sesenta años. Por el paso firme, aunque despacioso, por el vigor singular que impregnaba todos sus movimientos apenas se le habrían echado cincuenta. Las arrugas de la frente eran armoniosas, y a cualquiera que lo mirase atentamente le hablarían a su favor. Le contraía los labios una mueca curiosa, que parecía severa y era humilde. Tenía en lo hondo de los ojos a saber qué serenidad adusta. Llevaba en la mano izquierda un paquetito dentro de un pañuelo anudado; con la mano derecha se apoyaba en una especie de palo cortado de un seto. Estaba tallado aquel palo con cierto esmero y tenía bastante buen aspecto; se les había sacado partido a los nudos y con cera roja se había simulado una empuñadura de coral; era un garrote y parecía un bastón.

Pasa poca gente por ese bulevar, sobre todo en invierno. Aquel hombre parecía, aunque sin aspavientos, más bien evitarla que encontrarse con ella.

Por aquella época, el rey Luis XVIII iba casi a diario a Choisy-le-Roi. Era uno de sus paseos favoritos. A eso de las dos, de forma casi invariable, se veían pasar a galope tendido el coche y el real séquito por el bulevar de L'Hôpital.

A las mujeres pobres del barrio les hacía las veces de saboneta y de reloj de pared; decían: «Son las dos; ya se vuelve a Les Tuileries».

Y había quienes acudían y había quienes se apartaban; porque un rey que pasa es siempre un barullo. Por lo demás, la aparición y la desaparición de Luis XVIII siempre causaban cierta impresión en las calles de París. Eran veloces, pero majestuosas. A aquel rey tullido le gustaban los caballos al galope; como no podía andar, quería correr; a aquel baldado sin piernas le habría gustado que tirase de él el relámpago. Pasaba, pacífico y serio, entre sables desenvainados. La mole de su berlina, dorada de arriba abajo, con ramas de lirio muy grandes pintadas en los entrepaños, rodaba ruidosamente. Apenas si daba tiempo a echarle una ojeada. Se veía en la esquina de la derecha, al fondo, sobre unos almohadones acolchados de raso blanco, una cara ancha, recia y encarnada; una peluca «a lo pájaro real» recién empolvada; una mirada altanera, dura y aguda; una sonrisa de letrado; dos charreteras abultadas y con flecos en un frac burgués; el toisón de oro; la cruz de san Luis; la cruz de la Legión de Honor; la placa de plata del Espíritu Santo; una tripa grande y un cordón azul ancho: era el rey. Fuera de París, llevaba el sombrero de plumas blancas en las rodillas, metidas en altas polainas inglesas; cuando entraba en la ciudad, se ponía el sombrero y saludaba poco. Miraba al pueblo con frialdad y el pueblo se comportaba a la recíproca. Cuando apareció por primera vez en el barrio de Saint-Marceau, no tuvo más reconocimiento que esta frase que le dijo un vecino del barrio a otro vecino: «Ese gordo es el gobierno».

Aquel paso infalible del rey a la misma hora era, pues, el acontecimiento cotidiano del bulevar de L'Hôpital.

Estaba claro que el paseante de la levita amarilla no era del barrio y, seguramente, tampoco era de París, porque no estaba al tanto de ese detalle. Cuando, a las dos, el coche regio, rodeado de un escuadrón de guardias de corps con galones de plata, irrumpió en el bulevar tras haber girado en La Salpêtrière, pareció sorprendido y casi asustado. Sólo estaba él en el paseo lateral; se amparó deprisa tras una esquina de la muralla, lo que no impidió que el duque de Havré lo divisara. El duque de Havré, que estaba ese día de servicio como capitán de la guardia, iba sentado en el coche enfrente del rey. Le dijo a Su Majestad: «Qué mala pinta tiene ese hombre». Unos policías que despejaban el camino por el que pasaba el rey se fijaron en él también y le dieron la orden a uno de ellos de que lo siguiera. Pero el hombre se internó en las callejuelas solitarias del arrabal y, como empezaba a bajar la luz, el agente le perdió el rastro, de lo que queda constancia en un informe que esa misma noche recibió el conde Angles, ministro de Estado y prefecto de policía.

Cuando el hombre de la levita amarilla hubo despistado al agente, apretó el paso, no sin volverse en muchas ocasiones para asegurarse de que no lo seguían. A las cuatro y cuarto, es decir, ya de noche cerrada, pasó delante del teatro de la Porte de Saint-Martin, donde ponían ese día Los dos presidiarios. El cartel, que iluminaban los faroles del teatro, le llamó la atención porque, aunque caminaba deprisa, se detuvo para leerlo. Poco después estaba en el callejón sin salida de La Planchette y entraba en Le Plat d'Étain, donde estaban a la sazón las oficinas del coche de Lagny. El coche salía a las cuatro y media. Los caballos ya estaban enganchados y los viajeros, a quienes había llamado el cochero, subían presurosos por la escalerilla de hierro del carruaje.

El hombre preguntó:

—¿Le queda un asiento?

—Uno solo, a mi lado, en el pescante —dijo el cochero.

—Lo cojo.

—Suba.

No obstante, antes de salir, el cochero le echó una ojeada al atuendo no muy lucido del viajero y al tamaño tan pequeño del paquete que llevaba y le pidió que le pagara el viaje.

—¿Va hasta Lagny? —preguntó el cochero.

—Sí —dijo el hombre.

El viajero pagó hasta Lagny.

Arrancaron. Tras cruzar el portillo, el cochero intentó pegar la hebra, pero el viajero sólo contestaba con monosílabos. El cochero resolvió silbar e insultar a los caballos.

El cochero se arrebujó en el gabán. Hacía frío. El hombre no parecía darse cuenta de ello. Cruzaron así Gournay y Neuilly-sur-Marne.

A eso de las seis estaban en Chelles. El cochero se detuvo, para que descansaran los caballos, ante la posada de carreteros que hay en los edificios viejos de la abadía real.

—Me quedo aquí —dijo el hombre.

Cogió el paquete y el palo y se bajó de un salto del coche. Un segundo después ya había desaparecido.

No había entrado en la posada.

Cuando, al cabo de unos minutos, el coche volvió a arrancar camino de Lagny, no se lo encontraron por la calle mayor de Chelles.

El cochero se volvió hacia los viajeros que iban en el coche.

—Ese hombre no es de por aquí —dijo—, porque no lo conozco. Da la impresión de no tener ni cinco, aunque no escatima el dinero; paga la plaza hasta Lagny y se queda en Chelles. Es de noche, todas las casas están cerradas, no entra en la posada y no nos lo volvemos a encontrar. Así que se lo ha tragado la tierra.

Al hombre no se lo había tragado la tierra, sino que había recorrido a toda prisa, en la oscuridad, la calle mayor de Chelles; luego, había tirado a la izquierda, antes de llegar a la iglesia, por el camino vecinal que va a Montfermeil, como persona que conoce la zona y ha estado ya otras veces en ella.

Iba deprisa por aquel camino. En el punto en que lo cruza la antigua carretera flanqueada de árboles que va de Gagny a Lagny, oyó acercarse a unos transeúntes. Se escondió a toda prisa en la cuneta y esperó a que aquellas personas pasaran y se alejasen. En cualquier caso, la precaución casi estaba de más porque, como ya hemos dicho, era una noche de diciembre muy oscura. Apenas si se veían una o dos estrellas en el cielo.

En ese punto es donde empieza la cuesta que sube a la colina. El hombre no se metió por el camino de Montfermeil; tiró a la derecha, a campo traviesa, y llegó a zancadas al bosque.

Cuando estuvo en el bosque, aminoró el paso y empezó a mirar cuidadosamente todos los árboles, avanzando paso a paso, como si buscase y siguiera un camino misterioso que sólo conociese él. Hubo un momento en que pareció que estaba perdido y se detuvo, indeciso. Por fin llegó, titubeando una y otra vez, a un claro donde había un montón de voluminosas piedras blancas. Se acercó deprisa a esas piedras y las examinó atentamente por entre la bruma de la noche, como si les pasara revista. Había a pocos pasos del montón de piedras un árbol grande, cubierto de esos bultos que son las verrugas de la vegetación. Se dirigió hacia ese árbol y paseó la mano por la corteza del tronco, como si intentase encontrar y contar todas las verrugas.

Enfrente de aquel árbol, que era un fresno, había un castaño, enfermo tras perder la corteza, al que habían vendado con una tira de cinc clavada. Se puso de puntillas y tocó la tira de cinc.

Estuvo un rato pisoteando el suelo en el espacio entre el árbol y las piedras, como si quisiera comprobar que no habían removido la tierra hacía poco.

Hecho esto, se orientó y siguió andando por el bosque.

Era con ese hombre con quien acababa de encontrarse Cosette.

Mientras iba, entre los árboles, hacia Montfermeil, divisó aquella sombra menuda que se movía con un gemido, que dejaba un bulto en el suelo y, luego, volvía a cogerlo y echaba a andar otra vez. Se acercó y cayó en la cuenta de que era una niña muy pequeña cargada con un cubo de agua enorme. Entonces se acercó a la niña y cogió, sin decir nada, el asa del cubo.

VII
COSETTE Y EL DESCONOCIDO JUNTOS EN LA OSCURIDAD

Ya hemos dicho que Cosette no se asustó.

El hombre le habló. Hablaba con voz profunda y casi en voz baja.

—Hijita, esto pesa mucho. Cosette alzó la cabeza y contestó:

—Sí, señor.

—Suelta —dijo el hombre—. Ya lo llevo yo.

Cosette soltó el cubo. El hombre echó a andar a su lado.

—Pesa mucho, desde luego —dijo entre dientes. Luego añadió: "¿Cuántos años tienes, pequeña?".

—Ocho, señor.

—¿Y vienes de lejos con esto?

—Del manantial que está en el bosque.

—¿Y vas lejos?

—A un cuarto de hora largo de aquí.

El hombre se quedó callado un rato; luego dijo de golpe:

—¿No tienes madre?

—No lo sé, señor —contestó la niña.

Antes de que al hombre le diera tiempo de volver a hablar, añadió:

—Me parece que no. Las demás sí tienen. Pero yo no. Y, tras un silencio, siguió diciendo:

—Me parece que nunca he tenido.

El hombre se paró, dejó el cubo en el suelo, se agachó y le puso ambas manos en los hombros a la niña, esforzándose por mirarla y verle la cara en la oscuridad.

La cara flaca y desmejorada de Cosette se dibujaba vagamente a la luz lívida del cielo.

—¿Cómo te llamas? —dijo el hombre.

—Cosette.

Fue como si al hombre le diera una descarga eléctrica. La miró otra vez; luego le quitó las manos de los hombros a Cosette, cogió el cubo y echó a andar otra vez.

Al cabo de unos instantes, preguntó:

—¿Dónde vives, pequeña?

—En Montfermeil, que no sé si lo conocerá usted.

—¿Ahí es donde vamos?

—Sí, señor.

Él hizo otra pausa y, después, siguió preguntando:

—¿Y quién te ha mandado a estas horas a buscar agua al bosque?

—La señora Thénardier.

El hombre siguió preguntando con un tono de voz que pretendía que fuera indiferente, pero en el que había, no obstante, un temblor singular.

—¿Y a qué se dedica la tal señora Thénardier?

—Es mi ama —dijo la niña—. Es la dueña de la posada.

—¿De la posada? —dijo el hombre—. Bueno, pues me voy a quedar en la posada esta noche. Llévame.

—Allí vamos —dijo la niña.

El hombre andaba bastante deprisa. Cosette lo seguía sin esfuerzo. Ya no notaba el cansancio. De vez en cuando, alzaba la vista hacia aquel hombre con una especie de tranquilidad y una confianza indecible. Nunca le habían enseñado a pedir nada a la Providencia ni a rezar. Pero, sin embargo, sentía por dentro algo que se parecía a la esperanza y a la alegría y que se elevaba hacia el cielo.

Pasaron unos minutos. El hombre siguió preguntando:

—¿Y no hay criada en casa de la señora Thénardier?

—No, señor.

—¿Estás tú sola?

—Sí, señor.

Hubo otra interrupción. Se alzó la voz de Cosette:

—Bueno, están las dos niñas.

—¿Qué niñas?

—Ponine y Zelma.

Así simplificaba la niña los nombres novelescos que tanto le gustaban a la Thénardier.

—¿Y quiénes son Ponine y Zelma?

—Son las señoritas de la señora Thénardier. Sus hijas, vamos.

—¿Y a ésas qué les pasa?

—¡Ah —dijo la niña—, pues tienen muñecas muy bonitas, y cosas con oro, y muchísimo de todo! Juegan y se lo pasan bien.

—¿Todo el día?

—Sí, señor.

—¿Y tú?

—Yo trabajo.

—¿Todo el día?

La niña alzó los ojos grandes donde había unas lágrimas que no se veían porque era de noche. Y contestó bajito:

—Sí, señor.

Tras un intervalo en silencio, añadió:

—A veces, cuando he terminado el trabajo y me dejan, también me lo paso bien.

—¿Y cómo te lo pasas bien?

—Como puedo. Me dejan, pero no tengo muchos juguetes. Ponine y Zelma no quieren que juegue con sus muñecas. Nada más tengo un sable pequeñito de plomo, que sólo es así de largo.

Y la niña enseñaba el meñique.

—¿Y que no corta?

—Sí que corta, señor —dijo la niña—. Corta la ensalada y les corta la cabeza a las moscas.

Llegaron al pueblo; Cosette guió al forastero por las calles. Pasaron delante de la panadería, pero Cosette no se acordó del pan que tenía que llevar. El hombre había dejado de hacerle preguntas y ahora estaba callado, con un silencio taciturno. Cuando dejaron atrás la iglesia, el hombre, al ver todos aquellos tenderetes al aire libre, le preguntó a Cosette:

—¿Hay una feria?

—No, señor. Es Navidad.

Cuando ya estaban llegando a la posada, Cosette le tocó el brazo con timidez.

—Señor…

—¿Qué, hijita?

—Ya estamos muy cerca de casa.

—¿Y qué?

—¿Me devuelve el cubo?

—¿Por qué?

—Es que si la señora ve que me lo ha llevado alguien, me pegará.

El hombre le dio el cubo. Un momento después, estaban delante de la puerta del figón.

VIII
DE LOS INCONVENIENTES DE RECIBIR A UN POBRE QUE A LO MEJOR ES UN RICO

Cosette no pudo por menos de mirar de reojo la muñeca grande que seguía expuesta en la juguetería; luego llamó. Se abrió la puerta. Apareció la Thénardier con una vela de sebo en la mano.

—¡Ah, eres tú, so golfa! ¡Anda y que no te lo has tomado con calma! ¡Se habrá entretenido jugando la muy bribona!

—Señora —dijo Cosette, temblando—, este señor busca habitación.

La Thénardier trocó en el acto la cara hosca por una mueca amable, un cambio a la vista del público muy propio de los posaderos, y buscó ávidamente con la mirada al recién llegado.

—¿Es este señor?

—Sí, señora —contestó el hombre, llevándose la mano al sombrero.

Los viajeros ricos no son tan educados. Aquel gesto y la inspección de la indumentaria y el equipaje del forastero, a quien pasó revista la Thénardier de una ojeada, consiguieron que se desvaneciera la mueca amable y volviera a aparecer la expresión hosca. Dijo, muy seca:

—Entre, buen hombre.

El «buen hombre» entró. La Thénardier le echó otra ojeada, se fijó en especial en la levita, que estaba de lo más tazado, y en el sombrero, algo abollado, y consultó con una inclinación de cabeza, arrugando la nariz y guiñando los ojos, a su marido, que seguía bebiendo con los carreteros. El marido contestó con ese imperceptible movimiento del dedo índice que, remachado con la mueca de sacar los labios hacia fuera, quiere decir en casos así: más pobre que las ratas. En vista de ello, la Thénardier exclamó:

—Vaya, buen hombre, ¡no sabe cuánto lo siento! Pero no me queda sitio.

—Póngame donde quiera —dijo el hombre—, en el desván o en la cuadra. Pagaré como si me diera una habitación.

—Dos francos.

—Dos francos, de acuerdo.

—Pues muy bien.

—¡Dos francos, dos francos! —le dijo por lo bajo un carretero a la Thénardier—. Pero ¡si es un franco nada más!

—Son dos francos para él —contestó la Thénardier con el mismo tono de voz—. No doy posada a los pobres por menos.

—Es que —añadió el marido con todo suave— tener a gente así desprestigia el negocio.

Entretanto, el hombre, tras haber dejado en un banco el paquete y el bastón, se había sentado a una mesa encima de la cual Cosette se había apresurado a dejar una botella de vino y un vaso. El comerciante que había pedido el cubo de agua había ido personalmente a dar de beber a su caballo. Cosette había vuelto a su lugar debajo de la mesa de la cocina y a su labor de punto.

El hombre, que apenas si había humedecido los labios en el vaso de vino que se había puesto, miraba a la niña con una atención muy peculiar.

Cosette era fea. Si hubiera sido feliz, a lo mejor habría sido bonita. Ya hemos esbozado esa silueta menuda y sombría. Cosette era flaca y pálida; tenía casi ocho años y apenas si aparentaba seis. Los ojos grandes, hundidos en algo así como una sombra, estaban casi apagados a fuerza de llorar. Las comisuras de la boca tenían esa curva de la angustia habitual que suele verse en los condenados y en los enfermos desahuciados. Tenía las manos, como había intuido su madre, «perdidas de sabañones». El fuego, que la iluminaba en ese momento, resaltaba los picos salientes de los huesos y tornaba aquella delgadez espantosamente aparente. Como siempre estaba tiritando, había cogido la costumbre de apretar las rodillas. Cuanto llevaba encima eran andrajos que habrían movido a compasión en verano y causaban espanto en invierno. Todo cuanto la cubría era de lienzo y lleno de agujeros; ni un trapo de lana. Se le veía la piel a trozos y, por todas partes, se vislumbraban manchas azules o negras que indicaban los sitios en que la Thénardier le había puesto la mano encima. Tenía las piernas, que llevaba al aire, rojas y canijas. El hueco entre ambas clavículas daba ganas de llorar. Toda su persona, el aspecto, la actitud, el tono de voz, los intervalos entre una palabra y otra, la mirada, los silencios, los mínimos gestos, expresaban y traducían una única idea: el temor.

Llevaba el temor derramado por encima; la cubría, por así decirlo; el temor le pegaba los codos a las caderas, le metía los talones bajo la falda, la impulsaba a ocupar el menor espacio posible, no le dejaba más aliento que el indispensable y se había convertido en lo que podríamos llamar su actitud habitual, sin más cambio posible que el de ir a más. Tenía en lo hondo de las pupilas un rincón asombrado donde residía el terror.

Era tal aquel temor que Cosette, al llegar, aunque estuviera empapada, no se había atrevido a acercarse al fuego para secarse y había vuelto en silencio a su labor.

La expresión de la mirada de aquella niña de ocho años solía ser tan taciturna y, a veces, tan trágica que, por momentos, parecía que se estuviera idiotizando o convirtiendo en demonio.

Nunca, ya lo hemos dicho, había sabido qué era rezar, nunca había pisado una iglesia. «¡Como si no tuviera yo nada más que hacer!», decía la Thénardier.

El hombre de la levita amarilla no apartaba la vista de Cosette. De repente, la Thénardier exclamó:

—¡Por cierto! ¿Y el pan?

Cosette, como solía hacer siempre que la Thénardier subía el tono de voz, salió a toda prisa de debajo de la mesa.

Se le había olvidado por completo el pan. Recurrió al expediente de los niños que siempre están atemorizados. Mintió.

—Estaba cerrada la panadería, señora.

—Pues haber llamado.

—Ya llamé, señora.

—¿Y qué?

—No me abrieron.

—Ya me enteraré mañana de si eso es verdad —respondió la Thénardier—, y como hayas mentido, te vas a llevar una buena tunda. De momento, devuélveme los setenta y cinco céntimos.

Cosette se metió la mano en el bolsillo del delantal y se puso verde. No estaba ya la moneda de setenta y cinco céntimos.

—¿Qué pasa? —dijo la Thénardier—. ¿No me has oído?

Cosette le dio la vuelta al bolsillo. Estaba vacío. ¿Qué habría sido del dinero? La pobre niña no daba con las palabras. Estaba petrificada.

—¿Has perdido la moneda? —gruñó la Thénardier—. ¿O es que pretendes robármela?

Mientras lo decía, alargó el brazo hacia el zurriago que estaba colgado junto a la chimenea.

Aquel ademán temible le devolvió a Cosette fuerzas para gritar:

—¡Perdón, señora! ¡Señora, no lo haré más!

Entretanto el hombre de la levita amarilla había rebuscado en el bolsillo del chaleco sin que nadie se fijara en el gesto. Por lo demás, los otros viajeros estaban bebiendo o jugando a las cartas y no se enteraban de nada.

Cosette se había hecho un ovillo, angustiada, junto a la chimenea, intentando encoger y hurtar sus pobres miembros medio desnudos. La Thénardier alzó el brazo.

—Disculpe, señora —dijo el hombre—, pero hace un rato vi que se le caía algo a la niña del bolsillo y salía rodando. A lo mejor es esto.

Y, mientras lo decía, se agachó e hizo como que buscaba un momento por el suelo.

—Aquí está precisamente —añadió, incorporándose. Y le alargó una moneda a la Thénardier.

—Sí, ésta es —respondió ella.

No era ésa, porque era una moneda de un franco, pero a la Thénardier le salía a cuenta. Se metió la moneda en el bolsillo y se limitó a echarle una mirada feroz a la niña, diciéndole: «¡Y que no te vuelva a pasar nunca más!».

Cosette se volvió a meter en lo que la Thénardier llamaba «su caseta» y en los ojos grandes, clavados en el viajero desconocido, empezó a aparecerle una expresión que nunca habían tenido. No era aún sino un asombro candoroso, pero se mezclaba con él algo semejante a una confianza estupefacta.

—Por cierto, ¿quiere cenar? —le preguntó la Thénardier al viajero.

Éste no contestó. Parecía sumido en profundos pensamientos.

—Pero ¿de dónde sale este hombre? —dijo la Thénardier entre dientes—. Es un pobre asqueroso. No tiene ni para cenar. A ver si no me paga el hospedaje. Y menos mal que no se le ha ocurrido robar el dinero que estaba en el suelo.

En éstas, se abrió una puerta y entraron Éponine y Azelma.

Eran en verdad dos niñas muy guapas, más de clase media que campesinas, encantadoras, una con trenzas de color castaño y lustrosas, la otra con largas trenzas negras que le caían por la espalda; las dos eran vivarachas, aseadas, rellenitas, lozanas y tan sanas que daba gusto verlas. Llevaban ropa abrigada, pero la madre las vestía con tal arte que el grosor de las telas no menguaba en absoluto la coquetería del atuendo, que tenía en cuenta el invierno sin prescindir de la primavera. Brotaba luz de ambas niñas. Y, además, eran como reinas. En la forma de vestir, en su buen humor, en el ruido que hacían había un toque soberano. Cuando entraron, la Thénardier les dijo con un tono gruñón rebosante de adoración:

—¡Anda, mira por dónde vienen éstas!

Luego, sentándoselas en las rodillas por turnos, atusándoles el pelo, volviendo a anudarles los lazos y soltándolas luego con esa forma de zarandear tan dulce que tienen las madres, exclamó: «Pero ¡qué pintas me traen!».

Se sentaron las dos junto al fuego. Tenían una muñeca, a la que daban vueltas y más vueltas encima de las rodillas con toda clase de gorjeos alegres. De vez en cuando, Cosette alzaba la vista de la labor de punto y las miraba jugar con expresión lúgubre.

Éponine y Azelma no miraban a Cosette. Para ellas era como el perro. Aquellas tres niñas no sumaban veinticuatro años entre las tres y ya representaban la sociedad humana entera; la envidia por un lado y el desdén por otro.

La muñeca de las hermanas Thénardier estaba muy sobada, muy vieja y muy rota, pero no por ello le parecía menos admirable a Cosette, que no había tenido en la vida una muñeca, una muñeca de verdad, por recurrir a una expresión que todos los niños entenderán.

De repente, la Thénardier, que seguía yendo y viniendo por el local, se fijó en que Cosette se distraía y, en vez de hacer punto, estaba pendiente de los juegos de las niñas.

—¡Ah, muy bonito! —exclamó—. ¡Así es como trabajas! ¡Ya te voy a hacer trabajar yo a zurriagazos!

El forastero, sin levantarse de la silla, se volvió hacia la Thénardier.

—Señora —dijo, sonriendo con expresión casi medrosa—, ¡bah, mujer, déjela que juegue!

Viniendo de cualquier viajero que se hubiera tomado una tajada de pierna de cordero y bebido dos botellas de vino para cenar y no tuviera pinta de ser un pobre asqueroso, un deseo así habría sido una orden. Pero que un hombre con un sombrero como aquél se permitiera desear algo y que un hombre con una levita como aquélla se permitiera querer algo, eso era lo que la Thénardier no estaba dispuesta a tolerar. Contestó con acritud:

—Si come, tendrá que trabajar. No la mantengo para que haga el vago.

—¿Y qué está haciendo? —preguntó el forastero, con aquella voz suave que contrastaba de forma tan curiosa con la ropa de pedigüeño y los hombros de mozo de cuerda.

La Thénardier se dignó contestar:

—Pues unas medias, para que lo sepa. Unas medias para mis niñas, que no tienen medias que ponerse, como quien dice, y dentro de poco van a tener que ir descalzas.

El hombre miró los pobres pies enrojecidos de Cosette y siguió diciendo:

—¿Y cuando acabe ese par de medias?

—Todavía tiene tarea para tres o cuatro días largos por lo menos, la muy zángana.

—¿Y cuánto puede valer ese par de medias cuando esté acabado? La Thénardier le lanzó una ojeada despectiva.

—Franco y medio por lo menos.

—¿Lo vendería usted por cinco francos? —preguntó el hombre.

—¡Por los clavos de Cristo! —exclamó con una risotada un carretero que estaba atendiendo—. ¿Cinco francos? ¡Ya lo creo! ¡Cinco francos, caramba!

Al Thénardier le pareció oportuno intervenir.

—Sí, caballero, si tiene ese capricho, le venderemos este par de medias por cinco francos. No somos capaces de negarles nada a los viajeros.

—Tendría que pagarme ahora mismo —dijo la Thénardier, con sus modales bruscos y perentorios.

—Compro ese par de medias —contestó el hombre. Y —añadió, sacándose del bolsillo una moneda de cinco francos que puso encima de la mesa— lo pago.

Luego se volvió hacia Cosette.

—Ahora tu trabajo es mío. Juega, hijita.

El carretero se quedó tan emocionado con la moneda de cinco francos que soltó el vaso y se acercó.

—¡Pues es verdad! —exclamó, examinándola—. ¡Una rueda trasera auténtica! ¡Y que no es falsa!

El Thénardier se acercó y se metió en silencio la moneda en el bolsillo del chaleco.

La Thénardier no pudo protestar. Se mordió los labios y se le puso en la cara una expresión de odio.

Pero Cosette estaba temblando. Se atrevió a preguntar:

—¿De verdad, señora? ¿Puedo jugar?

—¡Juega! —dijo la Thénardier con una voz terrible.

—Gracias, señora —dijo Cosette.

Y mientras le daba las gracias con los labios a la Thénardier, se las daba con toda su alma de niña al viajero.

El Thénardier estaba otra vez bebiendo. Su mujer le dijo al oído:

—¿Quién será ese hombre amarillo?

—Tengo vistos —respondió el Thénardier con tono soberano— a millonarios que llevaban levitas así.

Cosette había dejado de hacer punto de media, pero no se había movido del sitio. Cosette se movía siempre lo menos posible. Había sacado de una caja que tenía detrás unos cuantos trapos viejos y su sable de juguete de plomo.

Éponine y Azelma no estaban atentas a nada de lo que sucedía. Acababan de llevar a cabo una operación de envergadura: se habían adueñado del gato. Habían tirado la muñeca al suelo y Éponine, que era la mayor, estaba fajando al gatito, pese a que maullaba y se retorcía, con diversas ropas y andrajos rojos y azules. Mientras se entregaba a esa importante y ardua tarea, le decía a su hermana en esa lengua dulce y adorable de los niños cuyo encanto, que se asemeja al esplendor de las alas de las mariposas, se evapora cuando queremos fijarlo:

—Mira, hermana, esta muñeca es más divertida que la otra. Se mueve, grita, no está fría. Mira, hermana, vamos a jugar con ella. Era mi hijita. Yo era una señora. Venía a hacerte una visita y tú la mirabas. Poco a poco le veías los bigotes y te parecía raro. Y luego le veías las orejas y, luego, la cola, y te parecía raro. Y tú me decías: «¡Ay, Dios mío!». Y yo te decía: «Sí, señora, es una niña que me ha salido así. Las niñas de ahora son así».

Azelma escuchaba a Éponine con admiración.

Entretanto, los bebedores se habían puesto a cantar una canción obscena y se reían tanto que vibraba el techo. El Thénardier los animaba y los acompañaba.

De la misma forma que los pájaros hacen un nido con cualquier cosa, las niñas hacen una muñeca con lo que sea. Mientras Éponine y Azelma fajaban al gato, Cosette, por su parte, había fajado el sable. Después, lo había cogido en brazos y le cantaba con dulzura para dormirlo.

La muñeca es una de las necesidades más imperiosas y, al tiempo, uno de los instintos más deliciosos de la infancia femenina. Cuidar, ataviar, engalanar, vestir, desnudar, volver a vestir, enseñar, reñir un poquito, acunar, mimar, dormir, imaginarse que algo es alguien, ahí está todo el porvenir de la mujer. Mientras sueña y charla, mientras prepara diminutas canastillas y diminutos ajuares, mientras cose vestiditos, corpiños y camisitas, la niña llega a muchachita, la muchachita llega a joven, la joven llega a mujer. El primer hijo es la continuación de la última muñeca.

Una niña sin muñeca es casi tan desdichada y tan enteramente imposible como una mujer sin hijos.

Así que Cosette se había hecho una muñeca con el sable. La Thénardier se había acercado al hombre amarillo.

«Tiene razón mi marido —pensaba—, a lo mejor es el señor Laffitte. ¡Hay ricos tan guasones!»

Fue a ponerse de codos en su mesa.

—Señor… —dijo.

Al oír la palabra señor, el hombre se volvió. La Thénardier no lo había llamado hasta entonces sino buen hombre.

—Mire, señor —siguió diciendo, poniendo su expresión melosa, que era aún más desagradable que la expresión feroz—, a mí no me parece mal que la niña juegue este ratito, no me opongo, pero vale por una vez, porque es usted generoso. Mire usted, no tiene nada y tiene que trabajar.

—¿Así que esa niña no es suya? —preguntó el hombre.

—¡Huy, no, señor, por Dios! Es una pobre que recogimos por caridad. Algo así como una niña imbécil. Debe de tener agua en la cabeza. Ya ve que tiene la cabeza muy grande. Hacemos por ella lo que podemos, porque no somos ricos. Por mucho que escribimos a su pueblo, hace seis meses que ya no nos contestan. Se debe de haber muerto la madre.

—¡Ah! —dijo el hombre. Y volvió a su ensimismamiento.

—Su madre era una cualquiera —añadió la Thénardier—. Tenía abandonada a su hija.

Mientras duró aquella conversación, Cosette, como si la hubiera avisado un instinto de que estaban hablando de ella, no le había quitado ojo a la Thénardier. Atendía más o menos. Oía palabras sueltas.

Pero los bebedores, casi borrachos del todo, repetían el mismo estribillo repugnante cada vez más regocijados. Era una procacidad de exquisito gusto en que salían la Virgen y el Niño Jesús. La Thénardier se había ido para participar en las carcajadas. Cosette, debajo de la mesa, miraba el fuego, que le reverberaba en las pupilas quietas; acunaba otra vez el rebujo que había hecho y, al tiempo que lo mecía, cantaba en voz baja: «¡Mi madre está muerta! ¡Mi madre está muerta! ¡Mi madre está muerta!».

Al insistirle la posadera, el hombre amarillo, «el millonario», accedió por fin a cenar.

—¿Qué quiere el señor?

—Pan y queso —dijo el hombre.

«Está claro que es un pordiosero», pensó la Thénardier.

Los borrachos seguían con su canción y la niña, debajo de la mesa, con la suya.

De repente, Cosette se interrumpió. Acababa de darse la vuelta y de divisar la muñeca de las niñas Thénardier, que éstas habían dejado por el gato y estaba en el suelo, a pocos pasos de la mesa de la cocina.

Soltó entonces el sable envuelto en pañales, que no le bastaba sino a medias; luego, paseó la vista despacio por la taberna. La Thénardier hablaba en voz baja con su marido y contaba el dinero. Ponine y Zelma jugaban con el gato; los viajeros comían, o bebían, o cantaban; nadie la miraba. No podía perder ni un segundo. Salió de debajo de la mesa arrastrándose a cuatro patas, volvió a asegurarse de que nadie la acechaba y, luego, se escurrió deprisa hasta la muñeca y la cogió. Un momento después ya estaba en su sitio, sentada, quieta, pero vuelta de forma tal que le hacía sombra a la muñeca que tenía en brazos. Aquella dicha de jugar con una muñeca era tan infrecuente que para ella tenía toda la violencia de una voluptuosidad.

Nadie la había visto, excepto el viajero, que comía despacio la parca cena.

Aquella alegría duró casi un cuarto de hora.

Pero, por muchas precauciones que tomara Cosette, no se dio cuenta de que uno de los pies de la muñeca asomaba y que el fuego de la chimenea lo iluminaba con fuerza. Aquel pie sonrosado y luminoso que salía de entre las sombras le llamó de repente la atención a Azelma, que le dijo a Éponine:

«Anda, mira, hermana».

Las dos niñas se quedaron quietas y estupefactas. ¡Cosette se había atrevido a coger la muñeca!

Éponine se levantó y, sin soltar al gato, fue hacia su madre y empezó a tirarle de las faldas.

—Pero ¡déjame ya! —dijo la madre—. ¿Qué quieres?

—Madre —dijo la niña—. ¡Mira! Y señalaba a Cosette con el dedo.

Cosette, completamente sumida en el éxtasis de la posesión, ni veía ni oía nada.

En el rostro de la Thénardier apareció esa expresión concreta que se compone de una mezcla de lo tremendo con las naderías de la vida y por la que se les da el nombre de arpías a las mujeres que la tienen.

En esta ocasión el orgullo herido exacerbaba la ira. Cosette había traspasado todos los límites; Cosette había atentado contra la muñeca de «las señoritas».

Una zarina que viera a un mujik probarse el cordón azul de la Orden del Espíritu Santo de su hijo el emperador no habría puesto una cara diferente.

Gritó con voz ronca de indignación:

—¡Cosette!

Cosette se sobresaltó como si la tierra le hubiera temblado bajo los pies.

Se dio la vuelta.

—¡Cosette! —repitió la Thénardier.

Cosette cogió la muñeca y la puso despacio en el suelo con algo así como una veneración entremezclada con desesperación. Entonces, sin apartar la vista de ella, juntó las manos y, hecho espantoso si se cuenta de una niña de esa edad, se las retorció; luego, cosa que no había conseguido ninguna de las emociones del día, ni el recorrido por el bosque, ni el peso del cubo de agua, ni la pérdida del dinero, ni la amenaza del zurriago, ni tan siquiera la sombría frase que le había oído decir a la Thénardier, se echó a llorar. Rompió en sollozos.

En éstas, el viajero se puso de pie.

—¿Qué pasa? —le dijo a la Thénardier.

—¿No lo ve? —dijo la Thénardier, señalando con el dedo el cuerpo del delito, caído a los pies de Cosette.

—¿Y qué? —volvió a preguntar el hombre.

—¡La golfa esta —contestó la Thénardier— se ha permitido tocar la muñeca de las niñas!

—¡Tanto escándalo por tan poca cosa! —dijo el hombre—. ¿Y qué pasa porque juegue con esa muñeca?

—¡La ha tocado con esas sucias manos suyas! —siguió diciendo la Thénardier—. ¡Con esas asquerosas manos suyas!

Al oírla, Cosette lloró más.

—¡A callar! —gritó la Thénardier.

El hombre se fue derecho hacia la puerta, la abrió y salió.

En cuanto salió, la Thénardier aprovechó aquella ausencia para darle a Cosette por debajo de la mesa una patada tremenda, que hizo chillar a la niña.

Volvió a abrirse la puerta y entró otra vez el hombre; llevaba, agarrada con las dos manos, la muñeca fabulosa que ya hemos mencionado y que todos los chiquillos del pueblo llevaban contemplando desde por la mañana y la puso de pie ante Cosette diciendo:

—Toma, es para ti.

Es de suponer que, como llevaba allí más de una hora, sumido en sus pensamientos, se había fijado más o menos en aquel tenderete de juguetería, tan estupendamente iluminado con farolillos y velas que se lo veía a través de los cristales de la taberna como un resplandor.

Cosette alzó la mirada. Había visto que se le acercaba el hombre con aquella muñeca como si hubiera visto acercarse el sol; oyó esas palabras inauditas: es para ti; lo miró, miró la muñeca, luego retrocedió despacio y fue a esconderse al fondo del todo, debajo de la mesa, en el rincón de la pared.

Ya no lloraba, ya no chillaba, parecía como si ya no se atreviera a respirar.

La Thénardier, Éponine y Azelma eran otras tantas estatuas. Incluso los bebedores se habían quedado quietos. Se había hecho un silencio solemne en la taberna.

La Thénardier, petrificada y muda, volvía a sus conjeturas.

«Pero ¿quién es este viejo? ¿Es un pobre? ¿Es un millonario? A lo mejor es las dos cosas, o sea, un ladrón.»

Se le veía en la cara al Thénardier ese rictus expresivo que acentúa el rostro humano cuando asoma a él el instinto dominante con todo su poder bestial. El dueño del figón miraba por turnos la muñeca y al viajero; parecía estar olfateando al hombre como si hubiera olfateado una bolsa de dinero. Le duró sólo lo que dura un relámpago. Se acercó a su mujer y le dijo por lo bajo:

—Ese trasto vale por lo menos treinta francos. Déjate de tonterías. ¡A ese hombre hay que lamerle el trasero!

Las formas de ser plebeyas tienen en común con las formas de ser ingenuas lo siguiente: no hay en ellas transiciones.

—Bueno, Cosette —dijo la Thénardier con voz que quería ser dulce y consistía toda ella en esa miel agria de las mujeres malvadas—, ¿no coges tu muñeca?

Cosette se arriesgó a salir del agujero.

—Mi querida niña —añadió el Thénardier con una expresión cariñosa—, este señor te regala una muñeca. Cógela. Es tuya.

Cosette miraba la muñeca maravillosa con algo parecido al terror. Tenía aún la cara cubierta de lágrimas, pero se le estaban empezando a llenar los ojos, como el cielo en el crepúsculo matutino, de los extraños rayos de luz de la alegría. Lo que sentía en aquellos momentos era parecido hasta cierto punto a lo que habría sentido si le hubieran dicho de pronto: «Pequeña, sois la reina de Francia».

Le parecía que si tocaba aquella muñeca, de ella saldría el trueno.

Lo que era cierto dentro de un orden, porque se decía que la Thénardier la reñiría y le pegaría.

No obstante, pudo más la atracción. Acabó por acercarse y susurró tímidamente, volviéndose hacia la Thénardier:

—¿Me deja, señora?

No hay expresión que pueda dar cuenta de aquella cara a un tiempo desesperada, espantada y embelesada.

—¡Toma ya, pues claro! —dijo la Thénardier—. Es tuya. Si este señor te la regala…

—¿De verdad, señor? —volvió a preguntar Cosette—. ¿De verdad? ¿La señora es mía?

Daba la impresión de que el forastero tenía los ojos llenos de lágrimas. Parecía hallarse en esa fase de la emoción en que no hablamos para no echarnos a llorar. Asintió con la cabeza y puso en la manita de Cosette la mano de «la señora».

Cosette apartó la mano a toda prisa como si se la quemase la mano de la señora y empezó a mirar al suelo. No nos queda más remedio que añadir que, en aquellos momentos, sacaba la lengua de forma desmedida. De pronto, se dio la vuelta y cogió la muñeca con arrebato.

—La voy a llamar Catherine —dijo.

Fue un instante raro ese en que los andrajos de Cosette tropezaron con los lazos y las rozagantes muselinas de color de rosa de la muñeca y los abrazaron.

—Señora —añadió—, ¿puedo ponerla en una silla?

—Sí, hijita —respondió la Thénardier.

Ahora eran Éponine y Azelma las que miraban con envidia a Cosette. Cosette puso a Catherine en una silla y, luego, se sentó en el suelo,

delante, y se quedó quieta, sin decir palabra, en actitud contempladora.

—Juega, Cosette —dijo el forastero.

—¡Si ya estoy jugando! —contestó la niña.

Aquel forastero, aquel desconocido que le parecía a Cosette una visita de la Providencia, era, en ese momento, lo que más aborrecía en el mundo la Thénardier. Pero tenía que forzarse. Eran más emociones de las que podía soportar, por más acostumbrada que estuviera a disimular al tratar de copiar todos los comportamientos de su marido en cuanto éste hacía. Se apresuró a mandar a sus hijas a la cama y, luego, le pidió permiso al hombre amarillo para mandar también a la cama a Cosette, que ha tenido hoy un día muy cansado, añadió con cara maternal. Cosette fue a acostarse llevándose a Catherine en brazos.

La Thénardier iba de vez en cuando a la otra punta del local, donde estaba su marido, para aliviarse el alma, como decía ella. Cruzaba con el marido unas cuantas palabras tanto más rabiosas cuanto que no se atrevía a decirlas en alto:

—¡Menudo borrico! Pero ¡qué cosas se le ocurren! ¡Venir a molestar!

¡Querer que ese monstruo de niña juegue! ¡Darle muñecas! ¡Darle muñecas de cuarenta francos a una perra que yo se la daría por dos francos a quien la quisiera! ¡Un poco más y sería capaz de llamarla majestad, como a la duquesa de Berry! ¿Es de sentido común algo así? ¿Está loco perdido el viejo misterioso ese?

—¿Por qué? Si es muy sencillo —replicaba Thénardier—. ¡Si a él le gusta! A ti te gusta que la niña trabaje, y a él le gusta que juegue. Está en su derecho. Un viajero, cuando paga, puede hacer lo que le dé la gana. Si ese viejo es un filántropo, ¿a ti qué más te da? Y si es un imbécil, a ti no te importa. ¿En qué te metes, si tiene dinero?

Lenguaje de amo y razonamiento de posadero: ninguna de los dos admitían réplica.

El hombre se había acodado en la mesa y otra vez parecía ensimismado. Todos los demás viajeros, comerciantes y carreteros, se habían apartado un poco y habían dejado de cantar. Lo miraban de lejos con algo así como un temor respetuoso. Aquel individuo tan pobremente vestido que se sacaba del bolsillo con tanta facilidad las ruedas traseras y regalaba muñecas gigantescas a merdellonas calzadas con zuecos era, por descontado, un hombre extraordinario y temible.

Transcurrieron varias horas. Ya estaba dicha la misa del gallo y concluida la cena de Nochebuena; los bebedores se habían ido; la taberna estaba cerrada; la sala de abajo, desierta; el fuego, apagado; el forastero seguía en el mismo sitio y en la misma postura. De vez en cuando cambiaba de codo y se apoyaba en el otro. Y nada más. Pero no había dicho ni palabra desde que se había ido Cosette.

Los Thénardier eran los únicos que se habían quedado en la sala de la taberna, por educación y por curiosidad.

—¿Se irá a pasar la noche así? —refunfuñaba la Thénardier. Cuando dieron las dos de la mañana, se rindió y le dijo a su marido:

—Yo me voy a la cama. Tú haz con él lo que quieras.

El marido se sentó a una mesa de un rincón, encendió una vela y se puso a leer Le Courrier français.

Transcurrió así una hora larga. El digno posadero se había leído ya Le Courrier français por lo menos tres veces desde la fecha hasta el pie de imprenta. El forastero no se movía.

El Thénardier rebulló, tosió, escupió, se sonó, hizo crujir la silla. El hombre siguió sin hacer movimiento alguno.

«¿Estará dormido?», pensó el Thénardier.

El hombre no dormía, pero nada podía despertarlo.

Por fin Thénardier se quitó el gorro, se acercó despacio y se aventuró a decir:

—¿El señor no va a retirarse a descansar?

No va a acostarse le habría parecido exagerado y un exceso de confianza. Descansar sonaba a lujo y a respeto. Palabras así tienen la propiedad misteriosa y admirable de hinchar el montante de la factura. Una habitación para acostarse cuesta un franco; una habitación para descansar cuesta veinte francos.

—¡Vaya! —dijo el forastero—. Tiene usted razón. ¿Dónde está la cuadra?

—Señor —dijo Thénardier sonriente—, voy a acompañar al señor.

Cogió la vela; el hombre cogió el paquete y el bastón y Thénardier lo llevó a una habitación del primer piso que era de inusual boato, amueblada toda ella con muebles de caoba, cama barco y cortinas de calicó rojo.

—¿Y esto qué es? —dijo el viajero.

—Es nuestra propia habitación nupcial —dijo el posadero—. Mi esposa y yo ocupamos otra. No entra nadie aquí salvo tres o cuatro veces al año.

—Me habría dado lo mismo dormir en la cuadra —dijo el hombre con tono brusco.

El Thénardier hizo como que no había oído esa respuesta, tan poco cortés.

Encendió dos velas de cera nuevecitas que estaban encima de la chimenea. Ardía en el hogar un fuego bastante grande.

Había encima de la chimenea, debajo de un fanal, un tocado femenino hecho de hilos de plata y flores de azahar.

—¿Y esto qué es? —volvió a preguntar el forastero.

—Es el sombrero de novia de mi esposa, señor —dijo el Thénardier.

El viajero miró aquel objeto con unos ojos que parecían decir: ¿hubo, pues, una época en que ese monstruo era una virgen?

Por lo demás, el Thénardier estaba mintiendo. Al arrendar aquellas cuatro paredes para convertirlas en figón, se había encontrado con esta habitación y había comprado esos muebles y había encontrado aquellas flores de azahar en un chamarilero pensando que así proyectaría una sombra encantadora sobre «su esposa» y ello redundaría en bien del negocio, dándole eso que los ingleses llaman respetabilidad.

Cuando el viajero se dio media vuelta, el hostelero ya no estaba. El Thénardier se había esfumado discretamente, sin atreverse a dar las buenas noches, pues no quería tratar con cordialidad carente de respeto a un hombre al que se disponía a desplumar por todo lo alto a la mañana siguiente.

El posadero se retiró a su cuarto. Su mujer estaba en la cama, pero no dormía. Cuando oyó los pasos de su marido, se volvió y le dijo:

—Que sepas que mañana pongo a Cosette de patitas en la calle. El Thénardier contestó fríamente:

—¡Vaya forma de tomarte las cosas!

No cruzaron más palabras y pocos momentos después ya habían apagado la vela.

Por su parte, el viajero dejó en un rincón el bastón y el paquete. Cuando se fue el hospedero, se sentó en un sillón y se quedó pensativo un rato. Luego, se quitó los zapatos, cogió una de las velas, apagó la otra de un soplido, empujó la puerta y salió de la habitación, mirando a su alrrededor como quien busca algo. Cruzó un corredor y llegó a las escaleras. Allí oyó un ruidito muy suave que parecía una respiración infantil. Dejó que lo guiara ese ruido y llegó a una especie de recoveco triangular que había debajo de las escaleras o, mejor dicho, que formaban las propias escaleras. Aquel recoveco no era sino la parte de debajo de los peldaños. Allí, entre todo tipo de cestos viejos y de cristales rotos viejos, entre el polvo y las telarañas, había una cama, si es que se puede llamar cama a un jergón lleno de agujeros por los que asomaba la paja y una manta llena de agujeros por los que se veía el jergón. Sábanas no había. Estaba tirado en el suelo, encima de las baldosas. En esa cama dormía Cosette.

El hombre se acercó y la miró.

Cosette estaba profundamente dormida y vestida del todo. En invierno no se desnudaba para pasar menos frío.

Apretaba entre los brazos la muñeca, cuyos ojazos, abiertos, relucían en la oscuridad. De vez en cuando daba un hondo suspiro, como si fuera a despertarse, y estrechaba la muñeca casi convulsivamente. Junto a la cama, sólo había un zueco.

Por una puerta abierta junto al cuchitril de Cosette podía verse una habitación bastante grande y a oscuras. El forastero entró en ella. Al fondo, a través de una puerta acristalada, se divisaban dos camitas gemelas muy blancas. Eran las de Azelma y Éponine. Las camas ocultaban a medias una cuna de mimbre sin dosel donde dormía el niño que se había pasado la velada llorando.

El forastero supuso que aquella habitación comunicaba con la del matrimonio Thénardier. Iba a retirarse cuando le tropezó la vista con la chimenea; una de esas enormes chimeneas de las posadas donde hay siempre un fuego tan parco en las ocasiones en que hay fuego y que dan tanto frío cuando se las mira. En ésta no había fuego, ni siquiera había cenizas; pero lo que sí había en cambio le llamó la atención al viajero. Eran dos zapatitos de niña de forma coquetona y tamaño desigual; el viajero recordó la deliciosa e inmemorial costumbre de los niños, que ponen un zapato la noche de Navidad con la esperanza de que, entre las tinieblas, su hada buena les deje un regalo deslumbrador. A Éponine y Azelma no se les había olvidado ni por asomo y las dos habían puesto los zapatos en la chimenea.

El viajero se inclinó.

El hada, es decir, la madre, ya había pasado por allí y en cada zapato relucía una estupenda moneda nuevecita de medio franco.

Se incorporó el hombre, y ya iba a marcharse cuando divisó otro objeto al fondo, apartado, en el rincón más oscuro del hogar. Se fijó y vio que era un zueco, un zueco feísimo de la madera más basta, medio roto y todo lleno de ceniza y de barro seco. Era el zueco de Cosette. Cosette, con esa enternecedora confianza de los niños que puede quedar chasqueada siempre pero que nunca se desanima, había puesto también en la chimenea su zueco.

La esperanza de un niño que nunca ha sabido más que de desesperación es sublime y dulce.

En ese zueco no había nada.

El forastero rebuscó en el chaleco, se agachó y puso dentro del zueco de Cosette un luis de oro.

Luego se volvió a su cuarto con pasos quedos.

IX
THÉNARDIER CON LAS MANOS EN LA MASA

A la mañana siguiente, dos horas por lo menos antes de que se hiciera de día, Thénardier, sentado junto a una vela de sebo en el local de la taberna y con una pluma en la mano, estaba redactando la nota del viajero de la levita amarilla.

La mujer, de pie, medio inclinada sobre él, lo seguía con la vista. No cruzaban ni una palabra. Uno meditaba hondamente, la otra le profesaba esa admiración religiosa con la que miramos nacer y florecer una maravilla de la mente humana. Se oía un ruido en la casa; era la Alondra, que estaba barriendo las escaleras.

Tras un cuarto de hora largo y unas cuantas tachaduras, el Thénardier dio a luz esta obra maestra:

En vez de servicio, ponía servizio.

—¡Veintitrés francos! —exclamó la mujer con tono en que se mezclaban el entusiasmo y cierta vacilación.

Como todos los grandes artistas, el Thénardier no estaba satisfecho.

—¡Bah! —dijo.

Era el mismo tono de Castlereagh redactando en el congreso de Viena la factura que había que pasarle a Francia.

—Señor Thénardier, tienes razón, nos lo debe —susurró la mujer acordándose de la muñeca que le había dado el hombre a Cosette en presencia de sus hijas—. Es justo, pero es demasiado. No querrá pagar.

El Thénardier soltó su risa fría y dijo:

—Pagará.

Aquella risa era el colmo de la seguridad y de la autoridad. Lo dicho así tenía que suceder. La mujer no insistió. Empezó a colocar las mesas en su sitio; el marido paseaba arriba y abajo por el local. Poco después, añadió:

—¿Es que no debo yo mil quinientos francos?

Fue a sentarse junto la chimenea y se puso a pensar con los pies en las cenizas tibias.

—¡Por cierto! —dijo la mujer—. ¿No se te habrá olvidado que hoy pongo a Cosette de patitas en la calle? ¡Menudo monstruo! ¡Me reconcome el corazón con la muñeca esa! ¡Preferiría casarme con Luis XVIII que tenerla un día más en casa!

El Thénardier encendió la pipa y contestó entre dos bocanadas:

—Dale la nota al hombre ese. Luego se fue.

Apenas había salido de la sala de la taberna, entró el viajero.

El Thénardier volvió a aparecer en el acto, detrás de él, y se quedó quieto tras la puerta entornada; sólo podía verlo su mujer.

El hombre amarillo llevaba en la mano el bastón y el paquete.

—¡Cuánto ha madrugado! —dijo la Thénardier—. ¿Ya nos deja el señor?

Mientras lo decía, le daba vueltas a la nota entre las manos, con cara apurada, y le hacía dobleces con las uñas. Tenía en el rostro, de expresión dura, un matiz que no solía tener: timidez y escrúpulos.

Presentarle aquella nota a un hombre que tenía tanta pinta de «pobre» le resultaba violento.

El viajero parecía preocupado y distraído. Contestó:

—Sí, señora, me marcho.

—¿Así que el señor no tenía asuntos que tratar en Montfermeil?

—No. Estoy de paso y nada más. Señora —añadió—, ¿qué le debo? La Thénardier, sin contestar, le alargó la nota doblada.

El hombre desdobló el papel y lo miró, pero estaba claro que tenía la atención en otra parte.

—Señora —siguió diciendo—, ¿les va bien el negocio en Montfermeil?

—Regular, señor —contestó la Thénardier, estupefacta al no presenciar ningún estallido.

Siguió diciendo, con tono elegiaco y lastimero:

—¡Ay, señor, son unos tiempos muy malos! ¡Y además en sitios como éste hay tan pocas personas acomodadas! Por aquí sólo hay gentecilla,

¿sabe? ¡Si no vinieran de vez en cuando viajeros generosos y ricos como el señor! Tenemos tantas cargas. Mire, la niña esa nos sale por un ojo de la cara.

—¿Qué niña?

—¡Pues la niña, ya sabe! ¡Cosette! ¡La Alondra, como la llaman por aquí!

—¡Ah! —dijo el hombre. Ella siguió diciendo:

—¡Serán tontos los campesinos con esos motes que ponen! ¡Si más parece un murciélago que una alondra! Ya ve, señor, nosotros no pedimos limosna, pero tampoco podemos darla. No ganamos nada y tenemos muchos gastos. ¡La licencia, los impuestos, la tasa por puertas y ventanas, la contribución! Ya sabe el señor todo el dinero que pide el gobierno. Y además, tengo a mis hijas. Lo que me faltaba era dar de comer a los hijos ajenos.

El hombre dijo, con aquella voz que hacía esfuerzos para que sonase indiferente y en la que había un temblor:

—¿Y si alguien la librase a usted de ella?

—¿De quién? ¿De la Cosette?

—Sí.

A la dueña del figón le iluminó la cara roja y violenta una alegría repulsiva.

—¡Ay, señor! ¡Mi buen señor! ¡Quédese con ella, quédese con ella, llévesela, váyase con ella, póngala en almíbar, póngale trufas, bébasela, cómasela y que la Santa Virgen y todos los santos del paraíso lo bendigan!

—Dicho queda.

—¿De verdad? ¿Se la lleva?

—Me la llevo.

—¿Ahora mismo?

—Ahora mismo. Llame a la niña.

—¡Cosette! —voceó la Thénardier.

—Mientras tanto, le voy a ir pagando el gasto que he hecho —siguió diciendo el hombre—. ¿Cuánto es?

Le echó una ojeada a la nota y no pudo contener un ademán de sorpresa:

—¡Veintitrés francos!

Miró a la dueña del figón y repitió:

—¿Veintitrés francos?

Había en aquellas palabras, así repetidas, el tono que separa el punto de admiración del punto de interrogación.

A la Thénardier le había dado tiempo a prepararse para el envite.

Contestó, muy segura de sí misma:

—¡Pues sí, señor! ¡Veintitrés francos!

El forastero dejó cinco monedas de cinco francos encima de la mesa.

—Vaya a buscar a la niña —dijo.

En ese momento, el Thénardier entró, llegó hasta la mitad de la sala y dijo:

—El señor debe franco y medio.

—¡Franco y medio! —exclamó la mujer.

—Un franco por la habitación —siguió diciendo el Thénardier— y lo demás por la cena. Y en lo de la niña, necesito hablarlo un poco con el señor. Déjanos solos, mujer.

La Thénardier notó uno de esos pasmos que dan los relámpagos inesperados del talento. Sintió que entraba en escena el gran actor, no replicó ni palabra y se fue.

En cuanto se quedaron a solas, el Thénardier le ofreció una silla al viajero. El viajero se sentó; el Thénardier se quedó de pie y se le puso en la cara una singular expresión de campechanía y sencillez.

—Mire lo que le voy a decir, señor —dijo—: es que yo a esa niña la quiero muchísimo.

El forastero lo miró fijamente.

—¿A qué niña?

Thénardier siguió diciendo:

—¡Resulta tan curiosa esta ley que se les coge a los niños! ¿Qué pinta aquí todo este dinero? Guárdese sus monedas de cinco francos. A esa niña la quiero muchísimo.

—¿A quién? —preguntó el forastero.

—¡Pues a nuestra Cosette! ¿No dice usted que se la quiere llevar? Bueno, pues, sinceramente, tan cierto como que es usted un hombre honrado, no puedo consentirlo. Echaría de menos a esa niña. Uno la ha visto tan pequeñita. ¡Es verdad que nos cuesta dinero, es verdad que tiene defectos, es verdad que no somos ricos, es verdad que me he gastado más de cuatrocientos francos sólo en medicinas una de las veces que estuvo mala! Pero algo hay que hacer para agradar a Dios. No tiene ni padre ni madre, y la he criado yo. Tengo pan para ella y para mí. El caso es que le tengo apego a esa niña. Ya me entiende, le he cogido cariño; yo soy un buenazo; no me paro a razonar; quiero a esa niña; mi mujer tiene un genio muy vivo, pero también la quiere. Ya ve usted, es como si fuera hija nuestra. Necesito oírla parlotear por la casa.

El forastero continuaba mirándolo fijamente. Thénardier siguió diciendo:

—Usted perdone, señor, pero nadie le da un niño suyo al primero que pasa. ¿A que tengo razón? Dicho lo cual, pues vaya usted a saber, usted es rico, parece muy buena persona. ¿Y si fuera por el bien de la niña? Pero habría que mirarlo, ¿me entiende? Vamos a suponer que dejo que se vaya y que me sacrifico. Pues querría saber dónde va, no me gustaría perderla de vista, querría saber en casa de quién está para ir a verla de vez en cuando y que sepa que su protector que la crió está ahí y vela por ella. Hay cosas que no pueden ser, vamos. No sé ni como se llama usted. Si se la llevara, me diría: ¿Y la Alondra? ¿Qué ha sido de ella? Por lo menos necesitaría algún papelucho, algo así como un pasaporte. ¡Algo!

El forastero, sin dejar de mirar a Thénardier con esa mirada que, como quien dice, llega al fondo de la conciencia, le contestó con tono serio y firme:

—Señor Thénardier, nadie lleva un pasaporte para viajar a cinco leguas de París. Si me llevo a Cosette, me la llevaré, y se acabó. Ni sabrá usted cómo me llamo, ni sabrá dónde vivo ni sabrá donde va a estar, y mi intención es que no vuelva a verlo a usted en la vida. Corto el hilo que lleva atado al pie y se marcha. ¿Le conviene a usted, sí o no?

De la misma forma que los demonios y los genios reconocen por determinadas señales la presencia de un dios superior, el Thénardier se dio cuenta de que se las tenía que ver con alguien muy listo. Fue como una intuición; lo entendió con su presteza clara y sagaz. La víspera, mientras bebía con los carreteros, mientras fumaba y cantaba procacidades, se había pasado la velada observando al forastero, acechándolo como un gato y estudiándolo como un matemático. Lo había espiado, al tiempo, por cuenta propia, por gusto y por instinto, y lo había espiado como si lo hubieran pagado para hacerlo. Ni un ademán, ni un movimiento del hombre del capote amarillo se le había pasado por alto. Antes incluso de que el desconocido manifestase de forma tan clara el interés que le inspiraba Cosette, el Thénardier ya lo había intuido. Había sorprendido las miradas hondas de aquel viejo, que volvían siempre a la niña. ¿Por qué aquel interés? ¿Quién era aquel hombre? ¿Por qué aquel atuendo tan mísero si tanto dinero llevaba en la bolsa? Se hacía esas preguntas, no podía darles respuesta y lo irritaban. Se había pasado la noche cavilando. No podía ser el padre de Cosette. ¿Un abuelo? Entonces ¿por qué no se daba a conocer de entrada? Cuando uno tiene derecho a algo, lo dice. Estaba claro que aquel hombre no tenía derecho alguno sobre Cosette. ¿Quién era entonces? El Thénardier se perdía en suposiciones. Veía todo a medias, pero no veía nada. Fuere como fuere, al empezar a hablar con aquel hombre, seguro de que en todo aquello había algún secreto, seguro de que al hombre le interesaba quedarse en la sombra, se sentía fuerte; tras la respuesta clara y firme del forastero, cuando vio con qué naturalidad era misterioso aquel personaje misterioso, se sintió débil. No contaba con nada semejante. Fue una desbandada de todas sus conjeturas. Recapacitó. Lo sopesó todo en un segundo. El Thénardier era de esos hombres que calibran una situación de una ojeada. Le pareció que era el momento de avanzar recto y deprisa. Hizo como los grandes capitanes en ese instante decisivo que sólo ellos saben reconocer; dejó al aire de pronto su batería.

—Señor —dijo—, necesito mil quinientos francos.

El forastero se sacó del bolsillo lateral una cartera vieja de cuero negro y cogió de ella tres billetes de banco que puso encima de la mesa. Luego, apoyó el ancho pulgar encima de los billetes y le dijo al dueño del figón:

—Que venga Cosette.

Mientras sucedía todo esto, ¿qué estaba haciendo Cosette?

Cosette, al despertarse, había ido corriendo a buscar el zueco. Había encontrado la moneda de oro. No era un Napoleón, era una de esas monedas de veinte francos recién acuñadas, de la Restauración, en cuya efigie la coleta prusiana había sustituido a la corona de laurel. Cosette se quedó deslumbrada. Su destino estaba empezando a embriagarla. No sabía qué era una moneda de oro, nunca había visto ninguna; la escondió corriendo en el bolsillo, como si la hubiera robado. Pero notaba que era suya efectivamente, intuía de dónde le venía aquel regalo, sentía algo parecido a una alegría colmada de temor. Estaba contenta; estaba sobre todo estupefacta. Aquellas cosas tan espléndidas y tan bonitas no le parecían reales. La muñeca la daba miedo; la moneda de oro le daba miedo. Se estremecía vagamente ante aquellas magnificencias. El único que no le daba miedo era el forastero. Antes bien, le daba seguridad. Llevaba desde el día anterior, por entre tantos asombros, por entre el sueño, pensando con su cabecita de niña en aquel hombre que parecía viejo y pobre y triste y que era tan rico y tan bueno. Desde que se había encontrado a aquel hombre en el bosque, todo había cambiado para ella. Cosette, con menos suerte que la más humilde golondrina del cielo, nunca había sabido qué era buscar refugio a la sombra de su madre y bajo el cobijo de un ala. La pobre niña llevaba cinco años, es decir, hasta donde podía recordar, temblando y tiritando. Siempre había estado desnuda bajo el cierzo agrio de la desdicha y ahora le parecía que estaba vestida. Antes tenía frío en el alma, ahora tenía calor. Ya no le tenía tanto miedo a la Thénardier. Ya no estaba sola; ahora tenía a alguien.

Se había puesto enseguida a hacer las tareas de todas las mañanas. Aquel luis que llevaba encima, en ese mismo bolsillito del que se le había caído la víspera la moneda de setenta y cinco céntimos, la distraía. No se atrevía a tocarla, pero se pasaba cinco minutos largos mirándola; y sacando la lengua, que todo hay que decirlo. Mientras barría la escalera, se paraba y se quedaba en el sitio, quieta, olvidada de la escoba y del mundo entero, ocupada en mirar cómo le brillaba aquella estrella en el fondo del bolsillo.

En una de esas contemplaciones estaba cuando llegó la Thénardier.

Había ido a buscarla por orden de su marido. Cosa inaudita, ni le dio un cachete ni la insultó.

—Cosette —dijo casi con suavidad—, ven ahora mismo. Momentos después, Cosette entraba en la sala de la taberna.

El forastero cogió el paquete que había traído y deshizo el nudo del pañuelo. En aquel paquete había un vestidito de lana, un delantal, una camisa de franela, unas enaguas, una pañoleta, unas medias de lana, unos zapatos, un equipo completo para una niña de ocho años. Todo negro.

—Hijita —dijo el hombre—, coge esto y ve a vestirte deprisa.

Estaba empezando a hacerse de día cuando los vecinos de Montfermeil, que comenzaban a abrir las puertas, vieron pasar por la calle de París a un individuo pobremente vestido que llevaba de la mano a una niña de luto riguroso con una muñeca rosa en brazos. Iban hacia Livry.

Eran nuestro hombre y Cosette.

Nadie conocía al hombre; como Cosette no iba ya vestida de harapos, muchos no la reconocieron.

Cosette se marchaba. ¿Con quién? Lo ignoraba. ¿Dónde? No lo sabía. De lo único de lo que se daba cuenta era de que dejaba atrás el figón de los Thénardier. A nadie se le ocurrió decirle adiós, ni ella le había dicho adiós a nadie. Salía de aquella casa odiada y odiando.

¡Pobre y dulce criatura cuyo corazón había estado oprimido hasta entonces!

Cosette caminaba muy seria, abriendo de par en par los ojos y mirando el cielo. Se había metido el luis de oro en el bolsillo del delantal nuevo. De vez en cuando agachaba la cabeza y le echaba una ojeada; luego, miraba al hombre. Notaba algo así como si llevase a su lado a Dios.

X
QUIEN BUSCA LO MEJOR PUEDE TOPARSE CON LO PEOR

La Thénardier había dejado las cosas en manos de su marido, como solía. Esperaba grandes acontecimientos. Cuando se hubieron marchado el hombre y Cosette, el Thénardier esperó un cuarto de hora largo y, luego, se la llevó aparte y le enseñó los mil quinientos francos.

—¿Nada más? —dijo ella.

Era la primera vez, desde el principio de su matrimonio, que se atrevía a criticar una acción del dueño y señor.

El tiro dio en el blanco.

—Pues tienes razón —dijo él—. Soy un imbécil. Dame el sombrero.

Dobló los tres billetes de banco, se los metió en el bolsillo y salió a toda prisa, pero se equivocó y, de entrada, tiró a la derecha. Unos cuantos vecinos, a quienes preguntó, lo pusieron sobre la pista; habían visto a la Alondra y al hombre camino de Livry. Siguió esas indicaciones andando a zancadas y monologando:

«Está claro que ese hombre es un millón vestido de amarillo, y yo, un borrico. Primero soltó un franco; luego, cinco; luego, cincuenta; luego, mil quinientos; y siempre con la misma facilidad. Habría soltado quince mil francos. Pero lo voy a alcanzar».

Además estaba aquel paquete de ropa que traía ya preparado para la niña; todo aquello era muy raro; había muchos misterios. Y cuando uno ha pescado un misterio, no debe soltarlo. Los secretos de los ricos son esponjas empapadas de oro, hay que saber estrujarlas. Todas esas ideas le daban vueltas en la cabeza como un torbellino. «Soy un borrico», decía.

Al salir de Montfermeil, y tras llegar al recodo de la carretera que va a Livry, el viajero la tiene ante sí y la ve, en lontananza, estirarse por la meseta. Al llegar a ese recodo, Thénardier calculó que debería avistar al hombre y a la niña. Miró hasta tan lejos como le alcanzó la vista y no vio nada. Volvió a preguntar. Pero estaba perdiendo tiempo. Unas transeúntes le dijeron que el hombre y la niña que buscaba se habían encaminado hacia el bosque por la parte de Gagny. Apretó el paso en esa dirección.

Le llevaban adelanto, pero una niña anda despacio, y él iba deprisa. Y además, conocía bien la comarca.

De pronto se detuvo y se dio una palmada en la frente como hombre a quien se le ha olvidado lo esencial y está dispuesto a desandar lo andado.

—¡Debería haber cogido la escopeta!

Thénardier tenía una de esas formas de ser con dos vertientes con las que a veces nos cruzamos sin darnos cuenta y que se esfuman sin que hayamos llegado a conocerlas porque el destino sólo desveló uno de sus aspectos. Tal es el destino de muchos hombres: vivir así, enterrado a medias. En una situación tranquila y sin altibajos, Thénardier contaba con todo lo necesario para hacer como que era —no decimos que para ser— eso que se da en llamar un comerciante honrado y un buen ciudadano de la clase media. Al tiempo, si se daban determinadas circunstancias y algunas sacudidas le hacían aflorar la forma de ser que había debajo, contaba con todo lo necesario para ser un granuja. Era un tendero en cuyo interior había un monstruo. Satanás debía de sentarse a ratos en algún rincón del cuchitril en que vivía Thénardier y sumirse en una ensoñación ante aquella obra maestra repulsiva.

Tras titubear un momento, pensó: «¡Bah! Les daría tiempo a escaparse». Y siguió adelante, caminando con rapidez y casi con expresión de ir sobre seguro, con la sagacidad del zorro que olfatea una bandada de

perdices.

Efectivamente, tras dejar atrás los estanques y cruzar al bies el ancho claro que cae a la derecha de la avenida de Bellevue, al llegar a ese paseo de césped que da casi la vuelta a la colina y cubre la bóveda del antiguo canal de desagüe de la abadía de Chelles, divisó por encima de unos matorrales un sombrero acerca del que ya había lucubrado mucho. Era el sombrero del hombre. Los matorrales eran bajos. Thénardier cayó en la cuenta de que el hombre y Cosette estaban sentados allí. No se veía a la niña porque era bajita, pero se divisaba la cabeza de la muñeca.

El Thénardier no se equivocaba. El hombre se había sentado para que Cosette pudiera descansar un poco. El dueño del figón dio la vuelta a los matorrales y se presentó de pronto ante la vista de aquellos a los que habían andado buscando.

—Disculpe, señor —dijo sin aliento—, pero aquí tiene sus mil quinientos francos.

Y, según lo decía, le alargaba al forastero los tres billetes de banco. El hombre alzó la mirada.

—¿Y eso qué significa?

El Thénardier contestó respetuosamente:

—Señor, eso significa que me llevo otra vez a Cosette.

Cosette se estremeció y se arrimó al hombre.

Éste respondió, mirando a Thénardier a los ojos y silabeando:

—¿Que-se-lle-va-o-tra-vez a Cosette?

—Sí, señor, me la llevo otra vez. Se lo voy a explicar, lo he estado pensando. En realidad, no tengo derecho a dársela. Yo soy un hombre honrado, ¿sabe? Esta niña no es mía, es de su madre. Su madre la dejó a mi cargo y sólo se la puedo dar a su madre. Usted me dirá que la madre ha muerto. Bien está. En tal caso, sólo puedo devolverle la niña a una persona que me traiga un escrito con la firma de la madre que diga que le tengo que entregar a la niña a esa persona. Está muy claro.

El hombre, sin contestar, rebuscó en el bolsillo y Thénardier volvió a ver la cartera de los billetes de banco.

El dueño del figón se estremeció de júbilo.

«¡Vaya! —pensó—. Comportémonos. Va a sobornarme.»

Antes de abrir la cartera, el viajero echó una ojeada en torno. El lugar estaba completamente desierto. No había un alma ni en el bosque ni en el valle. El hombre abrió la cartera y sacó no el puñado de billetes de banco que se esperaba Thénardier sino un simple papelito que desdobló y le entregó, abierto, al posadero, diciendo:

—Tiene usted razón. Lea.

El Thénardier cogió el papel y leyó:

Montreuil-sur-Mer, 25 de marzo de 1823

«Señor Thénardier:
Entregue a Cosette al portador. Se le pagarán todas las cosas menudas.
Reciba un atento saludo.
FANTINE».

—¿Reconoce la firma? —añadió el hombre.

Era efectivamente la firma de Fantine. El Thénardier la reconoció.

No podía replicar nada. Notó dos despechos violentos, el despecho de renunciar al soborno que esperaba y el despecho de verse derrotado. El hombre añadió:

—Puede quedarse con el papel para cubrir su responsabilidad.

El Thénardier se replegó en buen orden.

—No está mal imitada la firma esta —masculló entre dientes—. ¡En fin, bien está!

Probó luego con un intento a la desesperada.

—De acuerdo, caballero —dijo—. Ya que es usted esa persona, el portador… Pero tendrá que pagarme «todas las cosas menudas». Se me debe mucho dinero.

El hombre se puso de pie y dijo, sacudiéndose con unas tobas la manga rozada donde había algo de polvo:

—Señor Thénardier, en enero la madre calculaba que le debía ciento veinte francos; usted le mandó en febrero una nota de quinientos francos; recibió usted trescientos a finales de febrero y otros trescientos a primeros de marzo. Desde entonces han pasado nueve meses, a quince francos, que fue la cantidad acordada, son ciento treinta y cinco francos. Se le habían pagado cien francos de más. Faltaban treinta y cinco. Acabo de darle mil quinientos.

El Thénardier notó lo que nota el lobo cuando siente que lo muerde y lo agarra la mandíbula de acero de la trampa.

«¿Quién es este demonio de hombre?», pensó.

E hizo lo que hace el lobo, pegó un tirón. La audacia ya le había dado resultado una vez.

—Señor-que-no-sé-cómo-se-llama —dijo con tono resuelto y descartando esta vez los buenos modales—, me llevo a Cosette si no me da mil escudos.

El forastero dijo, tan tranquilo:

—Ven, Cosette.

Cogió a Cosette con la mano izquierda y, con la derecha, recogió el bastón, que estaba en el suelo.

El Thénardier se fijó en que el garrote era enorme y el lugar estaba desierto.

El hombre se internó en el bosque con la niña, dejando al dueño del figón inmóvil y desconcertado.

Mientras se alejaba, el Thénardier miraba aquellos hombros anchos y algo encorvados y aquellos puños tan recios.

Luego se miraba a sí mismo y se veía los brazos endebles y las manos flacas.

«La verdad es que soy de lo más borrico —pensaba—. ¡Mira que no haber cogido la escopeta, yendo como iba de caza!»

Pero el posadero no se resignaba a perder la presa.

«Quiero saber adónde va», dijo.

Y se puso a seguirlos a distancia. Le quedaban dos cosas en las manos: una ironía, el papelucho con la firma de Fantine; y un consuelo, los mil quinientos francos.

El hombre iba con Cosette en dirección a Livry y Bondy. Andaba despacio, con la cabeza gacha, en actitud reflexiva y triste. Como era invierno, el bosque estaba ralo, y Thénardier no los perdía de vista aunque los siguiera a bastante distancia. De vez en cuando, el hombre se volvía a ver si lo seguían. De pronto vio a Thénardier. Se metió con Cosette entre un grupo de árboles que los tapaban a los dos.

—¡Diantre! —dijo Thénardier. Y apretó el paso.

La maleza era tan prieta que no le quedó más remedio que acercarse más. Cuando el hombre llegó a la zona de más espesura, se volvió. Por mucho que Thénardier quiso esconderse entre las ramas, no pudo impedir que el hombre lo viera. El hombre le echó una ojeada intranquila; luego movió la cabeza y siguió andando. El posadero volvió a seguirlo. Dieron así doscientos o trescientos pasos. De pronto, el hombre se volvió otra vez. Divisó al posadero. Esta vez lo miró con una expresión tan amenazadora que al Thénardier le pareció «inútil» seguir adelante. Thénardier dio media vuelta.

XI
VUELVE A APARECER EL NÚMERO 9.43O Y A COSETTE LE TOCA CON ESE NÚMERO LA LOTERÍA

Jean Valjean no había muerto.

Cuando cayó al mar, o, mejor dicho, cuando se tiró al mar, iba, como ya hemos dicho, sin grilletes. Nadó entre dos aguas hasta llegar debajo de un barco anclado al que estaba amarrado un bote. Se las apañó para esconderse en ese bote hasta que cayó la tarde. Cuando se hizo de noche, volvió a echarse al agua y llegó a nado hasta la costa, a poca distancia del cabo Brun. Allí, como no era de dinero de lo que carecía, pudo conseguir ropa. Un merendero de las inmediaciones de Balaguier era por entonces el guardarropa de los presidiarios evadidos, especialidad muy lucrativa. Luego, Jean Valjean, como todos esos desdichados fugitivos que intentan no dar pistas al acecho de la ley y la fatalidad social, fue siguiendo un itinerario oscuro y ondulante. Dio con un primer refugio en Les Pradeaux, cerca de Beausset. Se encaminó luego hacia Le Grand-Villard, cerca de Brian;on, en Les Hautes-Alpes. Huida a tientas y desasosegada, camino de topo cuyas ramificaciones nadie sabe. Pudo, más adelante, hallarse alguna traza de su paso por la provincia de Ain, en la comarca de Civrieux; y en los Pirineos, en Accons, en un lugar llamado La Grange-de-Doumecq, cerca de la aldea de Chavailles; y en las inmediaciones de Périgueux, en Brunies, en el cantón de La Chapelle-Gonaguet. Llegó a París. Y acabamos de verlo en Montfermeil.

Lo primero que hizo al llegar a París fue comprar ropa de luto para una niña de entre siete y ocho años y, luego, hacerse con un sitio donde vivir. Después, fue a Montfermeil.

Recordaremos que ya durante su evasión anterior había hecho a aquellos alrededores un viaje misterioso del que algún eco había llegado a las autoridades.

Por lo demás, lo daban por muerto, con lo cual las sombras que lo rodeaban se habían vuelto aún más densas. En París, le cayó en las manos uno de los periódicos que daban constancia del suceso. Y eso lo tranquilizó, se notó casi en paz, como si se hubiera muerto de verdad.

La misma noche del día en que Jean Valjean sacó a Cosette de las garras de los Thénardier estaba entrando en París. Llegaba al caer la noche, con la niña, por el portillo de Monceaux. Allí tomó un cabriolé que lo llevó a la explanada del Observatorio. Bajó, pagó al cochero, cogió a Cosette de la mano y los dos, ya de noche cerrada, por las calles desiertas que caen cerca de L'Ourcine y de La Glaciere, se encaminaron hacia el bulevar de L'Hôpital.

Había sido para Cosette un día raro y repleto de emociones; habían comido detrás de unos setos pan y queso comprados en figones aislados, habían cambiado de coche muchas veces, habían hecho a pie parte del camino; la niña no se quejaba, pero estaba cansada, y Jean Valjean lo notó porque cada vez le tiraba más de la mano al andar. Se la echó a la espalda; Cosette, sin soltar a Catherine, le apoyó la cabeza en el hombro a Jean Valjean y se quedó dormida.

LIBRO CUARTO
EL CASERÓN GORBEAU

I
EL PROCURADOR GORBEAU

Hace cuarenta años, el paseante solitario que se aventuraba por ese barrio remoto de La Salpêtriere y subía por el bulevar hasta el portillo de Italie llegaba a sitios donde habría podido decirse que París desaparecía. No era un lugar solitario, porque pasaba gente; no era el campo, porque había casas y calles; no era una ciudad, porque en las calles había rodadas y baches como en los caminos reales y crecía la hierba; no era un pueblo porque las casas tenían demasiados pisos. ¿Qué era? Era un lugar habitado donde no había nadie; era un lugar desierto donde había alguien; era un bulevar de la gran ciudad, una calle de París, más hosca por la noche que un bosque, más taciturna de día que un cementerio.

Era el barrio viejo de Le Marché-aux-Chevaux.

Si dicho paseante se arriesgaba a ir más allá de las cuatro paredes caducas de Le Marché-aux-Chevaux, si accedía incluso a dejar atrás la calle de Le Petit-Banquier, tras haber dejado a la derecha un jardincillo al resguardo de unas tapias altas, y luego un prado donde se alzaban unos almiares de cortezas de roble semejantes a chozas de castores gigantes, y luego un terreno tapiado repleto de vigas de madera y de muchos tocones, serrín y virutas, en lo alto de cuyos montones ladraba un perro grande, y luego una pared baja y ruinosa, con una puertecita negra y enlutada, cubierta de musgo que se cuajaba de flores en primavera, y luego, en la parte más desierta, un edificio espantoso y decrépito en el que se leía en letras grandes: PROIVIDO PEGAR CARTELES, aquel paseante aventurero llegaba a la esquina de la calle de Les Vignes-Saint-Marcel, que era una latitud poco conocida. Allí, cerca de una fábrica y entre las tapias de dos jardines, se veía en aquellos tiempos una casa que, a primera vista, parecía tan pequeña como una choza y, en realidad, era tan grande como una catedral. Desde la vía pública sólo se la podía ver de lado, por la parte del gablete; de ahí aquella exigüidad aparente. Casi toda la casa estaba oculta. Sólo estaban a la vista la puerta y una ventana.

Aquel caserón era de un solo piso.

Al examinarlo, el primer detalle que llamaba la atención era que aquella puerta no había podido ser nunca sino la puerta de un tabuco, mientras que aquella ventana, si se hubiera abierto en un muro de piedra de talla y no en mampuesto, podría haber sido la ventana de un palacete.

La puerta era sólo una unión de tablones carcomidos que juntaban groseramente unas traviesas que parecían leños mal desbastados. Daba directamente a unas escaleras muy empinadas de peldaños altos, llenos de barro, de yeso y de polvo, tan anchos como la puerta, y, desde la calle, se los veía subir como una escala y desaparecer entre la sombra de las dos paredes. La parte de arriba de la extraña abertura que tapaba esa puerta la cubría una chilla estrecha en cuyo centro habían serrado un ventano triangular, que, cuando la puerta estaba cerrada, era al tiempo tragaluz y montante. Por la parte de dentro de la puerta, un pincel mojado en tinta había trazado de dos puñetazos el número 52; y, encima de la chilla, ese mismo pincel había garabateado el número 50; de forma tal que entraba la duda. ¿Dónde estamos? En la parte de arriba de la puerta pone que es el número 50; la parte interior replica: no, es el 52. Unos indefinibles trapos de color polvo colgaban a modo de repostero en el tragaluz triangular.

La ventana era amplia, bastante alta, provista de celosías y de hojas con cristales grandes; aunque esos cristales tenían heridas varias, que ocultaba y revelaba a un tiempo un ingenioso vendaje de papel; y las celosías, dislocadas y despegadas, eran más bien una amenaza para los viandantes que una protección para los moradores de la casa. Las tablillas horizontales faltaban en varias partes y las habían sustituido ingenuamente por tablas clavadas perpendicularmente, de forma tal que la contraventana empezaba como celosía y acababa como postigo.

Aquella puerta, que tenía un aspecto inmundo, y aquella ventana, que tenía un aspecto decente aunque destartalado, vistas en la misma casa parecían dos mendigos que no entonaban entre sí; iban juntos y caminaban codo con codo con dos apariencias diferentes bajo los mismos harapos, pero uno había sido siempre un pelagatos y el otro había sido un caballero.

La escalera conducía a un edificio muy amplio que parecía un cobertizo que hubieran transformado en vivienda. El tubo intestinal de aquel edificio era un corredor largo al que daban, a derecha e izquierda, algo así como compartimentos de tamaños diversos, donde se podía vivir si no quedaba más remedio y que más parecían tendejones que celdas. Esas habitaciones tomaban la luz de los solares de los alrededores. Todo era oscuro, desagradable, descolorido, melancólico, sepulcral; cruzaban por allí, según que las rendijas estuvieran en el tejado o en la puerta, rayos de luz fríos o vientos helados. Una particularidad interesante y pintoresca de ese tipo de vivienda es la tremenda cantidad de arañas.

A la izquierda de la puerta de entrada, en el bulevar, a la altura de un hombre, un tragaluz, que habían tapiado hacía poco, formaba una hornacina cuadrada llena de piedras que los niños arrojaban allí al pasar.

Han derribado recientemente parte de ese edificio. Lo que queda ahora permite aún hacerse una idea de lo que fue. En conjunto no tiene más de cien años. Cien años es la juventud de una iglesia y la vejez de una casa. Da la impresión de que los alojamientos de los hombres participan de su brevedad, y el de Dios, de su eternidad.

Los carteros llamaban a ese caserón el número 50-52; pero en el barrio lo conocían con el nombre de la casa Gorbeau.

Vamos a referir de dónde le venía ese nombre.

Los cosechadores de acontecimientos nimios, que confeccionan herbarios de anécdotas y pinchan en su memoria las fechas fugaces con un alfiler, saben que había en París el siglo pasado, allá por 1770, en Le Châtelet, dos procuradores de la corona que se apellidaban uno Corbeau, y el otro, Renard[21]. Dos apellidos que ya tenía previstos La Fontaine. La oportunidad era demasiado tentadora para que los servidores de la justicia no se rieran a mandíbula batiente. La parodia fue de boca en boca de inmediato, en versos un tanto cojos, por las galerías del Palacio de Justicia:

Maese Corbeau, posado en un legajo, tenía en el pico un embargo; maese Renard, al que el olor atrajo, acudió a él con los siguientes cargos:

¡Hola, hola!, etc.

Los dos honrados legistas, a quienes molestaban las chanzas y cuyo porte menoscababan las carcajadas que los iban siguiendo, resolvieron librarse de sus apellidos y tomaron el partido de dirigirse al rey. La petición llegó hasta Luis XV el mismo día en que el nuncio del papa, por una parte, y el cardenal de La Roche-Aymon, por otra, devotamente arrodillados ambos, le pusieron cada uno una zapatilla en los pies descalzos, en presencia del rey, a la señora Du Barry según se levantaba de la cama. El rey, que estaba muerto de risa, se rió más, pasó regocijado de atender a los dos obispos a atender a los dos procuradores y les perdonó los apellidos a ambos leguleyos, o casi. A Corbeau le permitió el rey añadirle una rayita a la inicial y llamarse Gorbeau; Renard tuvo menos suerte, lo único que se le concedió fue que pusiera una P delante de la R y se apellidase Prenard; de forma tal que este segundo apellido no era mucho menos fidedigno que el primero.

Ahora bien, cuentan las tradiciones locales que el tal Gorbeau fue el propietario de la edificación que llevaba los números 50 y 52 del bulevar de L'Hôpital. Era incluso el autor de la ventana monumental.

Por eso se llamaba aquel caserón la casa Gorbeau.

Enfrente del número 50-52 se yergue, entre las plantaciones del bulevar, un olmo grande casi muerto del todo; un poco más allá empieza la calle donde está el portillo de Les Gobelins, calle sin casas a la sazón y sin adoquinar, plantada de árboles enfermizos, verde o embarrada según la estación, que iba a dar directamente a la muralla de circunvalación de París. De los tejados de una fábrica vecina sale a bocanadas un olor a sulfatos.

El portillo estaba allí mismo. En 1823 aún existía la muralla de circunvalación.

Ese portillo en sí traía a la mente imágenes funestas. Era el camino de Bicêtre. Por él entraban en París, en tiempos del Imperio y de la Restauración, los condenados a muerte el día de la ejecución. Allí se cometió, allá por 1829, ese misterioso asesinato llamado «del portillo de Fontainebleau» cuyos autores no consiguió descubrir la justicia, cuestión fúnebre que no pudo aclararse, enigma espantoso que no fue posible despejar. Si damos unos cuantos pasos, nos encontramos con esa calle fatídica, la calle de Croulebarbe, donde Ulbach apuñaló a la cabrera de Ivry mientras tronaba, igual que en un melodrama. Unos pasos más y llegamos a los abominables olmos desmochados del portillo de Saint-Jacques, ese recurso de los filántropos que disimula el patíbulo, esa mezquina y vergonzosa plaza de Greve de una sociedad de tenderos y burgueses que retrocede al vérselas con la pena de muerte y no se atreve ni a abolirla con magnanimidad ni a mantenerla con autoridad.

Hace treinta y siete años, si dejamos aparte esa plaza de Saint-Jacques, que estaba predestinada, podríamos decir, y fue siempre espantosa, el punto más lóbrego quizá de todo ese bulevar tan lóbrego era el lugar, tan poco atractivo aún hoy en día, donde estaba el caserón con los números 50 y 52.

Las casas de clase media no comenzaron a aparecer por esa zona hasta pasados veinticinco años. El sitio era sombrío. Por las ideas fúnebres que se adueñaban de quien pasaba por allí, notaba éste que estaba entre La Salpêtriere, cuya cúpula se divisaba, y Bicêtre, cuyo portillo estaba allí mismo; es decir, entre la demencia de la mujer y la demencia del hombre. Hasta donde alcanzaba la vista, sólo se veían los mataderos, la muralla de circunvalación y unas pocas fachadas de fábricas, que parecían cuarteles o monasterios; por todas partes barracones y cascotes, paredes viejas, negras como mortajas, y paredes nuevas, blancas como sudarios; por todas partes filas paralelas de árboles, edificaciones trazadas a cordel, construcciones anodinas, líneas largas y frías y la tristeza lúgubre de los ángulos rectos. Ni un accidente del terreno, ni un capricho arquitectónico, ni una arruga. Era un conjunto glacial, regular, repulsivo. No hay nada que oprima tanto el corazón como la simetría. Y es que la simetría es el aburrimiento, y el aburrimiento es la propia esencia del duelo. La desesperación bosteza. Se puede concebir algo más terrible que un infierno donde suframos, y es un infierno donde nos aburramos. Si ese infierno existiera, ese trozo del bulevar de L'Hôpital podría haber sido su avenida.

No obstante, cuando cae la noche, en el momento en que se va la luz, sobre todo en invierno, a la hora en que el frío viento crepuscular les arranca a los olmos las últimas hojas rojas, cuando la sombra es honda y sin estrellas, o cuando la luna y el viento horadan las nubes, ese bulevar se volvía de pronto aterrador. Las líneas negras se hundían y se perdían entre las tinieblas como un infinito a pedazos. El transeúnte no podía por menos de acordarse de las incontables tradiciones patibularias del lugar. En la soledad de aquel sitio donde se habían cometido tantos crímenes había algo espantoso. Parecían presentirse trampas en esa oscuridad; todas las formas confusas de la sombra parecían sospechosas, y los largos huecos cuadrados que se divisaban entre los árboles parecían fosas. De día, era todo muy feo; al atardecer, era lúgubre; de noche, era siniestro.

En verano, al caer la tarde, podían verse acá y allá a algunas viejas, sentadas al pie de los olmos en bancos que había enmohecido la lluvia. Esas buenas ancianas solían pedir limosna.

Por lo demás, ese barrio, que más bien parecía anticuado que antiguo, tendía ya a transformarse. Ya por entonces quien quisiera verlo no podía perder tiempo. Todos los días desaparecía alguno de los detalles de ese conjunto. En la actualidad, y desde hace veinte años, está ahí la estación del ferrocarril de Orleans, junto al antiguo arrabal, y lo transforma. En cualquier sitio en que pongan, en las lindes de una capital, una estación de ferrocarril, muere un arrabal y nace una ciudad. Es como si alrededor de esos grandes núcleos del movimiento de las poblaciones, con el rodar de esas máquinas poderosas, con el hálito de esos monstruosos caballos de la civilización que comen carbón y vomitan fuego, la tierra repleta de gérmenes se estremeciera y se abriera para tragarse las antiguas moradas de los hombres y dejar que salgan las nuevas. Se hunden las casas viejas y se alzan las casas nuevas.

Desde que la estación de la vía férrea de Orleans invadió los terrenos de La Salpêtrière, se inmutan las antiguas calles estrechas, próximas a los fosos de Saint-Victor y al Jardín Botánico, cuando las cruzan tres o cuatro veces al día esos flujos de diligencias, coches de punto y ómnibus que, con el tiempo, hacen retroceder las casas a derecha e izquierda; porque hay cosas que resultan raras cuando se cuentan pero son rigurosamente ciertas, y, de la misma forma que es cierto que en las grandes ciudades el sol hace que prosperen y crezcan las fachadas de las casas orientadas al sur, no cabe duda de que el paso frecuente de carruajes ensancha las calles. Son evidentes los síntomas de una nueva vida. En ese antiguo barrio provinciano con recovecos silvestres a más no poder aparece el adoquinado y las aceras empiezan a reptar y a alargarse incluso por donde aún no transita nadie. Una mañana, una mañana memorable de julio de 1845, se vieron de repente humear allí las marmitas negras del asfalto; ese día pudo decirse que la civilización había llegado a la calle de L'Ourcine y que París había entrado en el arrabal de Saint-Marceau.

II
NIDO PARA BÚHO Y CURRUCA

Delante de ese caserón Gorbeau fue donde se detuvo Jean Valjean. Lo mismo que las aves esquivas, había escogido aquel lugar desierto para anidar.

Rebuscó en el chaleco y sacó una especie de llave maestra, abrió la puerta, entró, volvió a cerrarla luego y subió la escalera sin soltar a Cosette. Al llegar al final de la escalera, se sacó del bolsillo otra llave con la que abrió otra puerta. La habitación en que entró y volvió a cerrar en el acto era algo así como un sotabanco bastante espacioso que amueblaban un colchón puesto en el suelo, una mesa y unas pocas sillas. En un rincón había una estufa encendida donde relucían unas brasas. El farol del bulevar iluminaba apenas aquella vivienda pobre. Al fondo había un gabinete con una cama de tijera. Jean Valjean llevó a la niña a esa cama y la dejó en ella sin que ésta se despertara.

Prendió el chisquero y encendió una vela de sebo; todo estaba ya preparado encima de la mesa; y, como había hecho la víspera, se puso a mirar a Cosette con ojos colmados de éxtasis en que la expresión de bondad y ternura llegaba casi al extravío. La niña, con esa confianza serena que sólo es propia de la fuerza extremada y de la debilidad extremada, se había quedado dormida sin saber con quién estaba y seguía durmiendo sin saber dónde estaba.

Jean Valjean se inclinó y le besó la mano a la niña.

Nueve meses antes había besado la mano de la madre que también acababa de dormirse.

Idéntico sentimiento doloroso, religioso, agudo, le llenaba el corazón. Se arrodilló junto a la cama de Cosette.

Ya entrada la mañana, la niña seguía durmiendo. Un rayo pálido del sol de diciembre entraba por la ventana del sotabanco y paseaba por el techo largas hebras de sombra y de luz. De pronto, un carro de cantero que llevaba una carga pesada sonó en el caserón como un trueno y lo hizo estremecerse de arriba abajo.

—¡Sí, señora! —gritó Cosette, que se despertó sobresaltada—. ¡Ya voy, ya voy!

Y se tiró de la cama; el profundo sueño le cerraba aún a medias los párpados y alargaba los brazos hacia el rincón.

—¡Ay, Dios mío! ¿Y mi escoba? —dijo.

Abrió del todo los ojos y vio la cara sonriente de Jean Valjean.

—¡Anda, es verdad! —dijo la niña—. Buenos días, señor.

Los niños aceptan enseguida y con naturalidad la alegría y la felicidad, pues ellos son por naturaleza la felicidad y la alegría.

Cosette vio a Catherine a los pies de la cama y la cogió; y, mientras jugaba, le hacía mil preguntas a Jean Valjean: ¿dónde estaba?, ¿era muy grande París?, ¿estaba muy lejos la señora Thénardier?, ¿volvería con ella?, etc., etc. De repente, exclamó:

—¡Qué bonita es esta casa!

Era un cuchitril horroroso, pero se sentía libre.

—¿Tengo que barrer? —peguntó por fin.

—Juega —dijo Jean Valjean.

Y así transcurrió el día. Cosette, sin preocuparse por entender lo que pasaba, era indeciblemente feliz entre aquella muñeca y aquel hombre.

III
EL RESULTADO DE JUNTAR DOS DESDICHAS ES LA FELICIDAD

Al despuntar el día siguiente, Jean Valjean estaba otra vez junto a la cama de Cosette. Esperaba, sin moverse, y la vio despertarse.

Algo nuevo se le metía en el alma.

Jean Valjean nunca había sentido cariño por nadie. Llevaba veinticinco años solo en el mundo. Nunca había sido padre, amante, marido, amigo. En presidio era malo, adusto, casto, ignorante y hosco. El corazón de aquel presidiario viejo estaba rebosante de virginidades. De su hermana y los hijos de su hermana no tenía sino un recuerdo inconcreto y lejano que, andando el tiempo, se había desvanecido casi por completo. Se había esforzado cuanto había podido para localizarlos, y, como no había podido, los había olvidado. Tal es la naturaleza humana. Las demás emociones tiernas de la juventud, si es que las había tenido, habían caído en un abismo.

Cuando vio a Cosette, cuando la cogió, se la llevó y la liberó, notó que se le removían las entrañas. Cuantos sentimientos de pasión y afecto llevaba dentro despertaron y se abalanzaron hacia esa niña. Se acercaba a la cama en que dormía y se estremecía de gozo; sentía dolores de parto como una madre y no sabía qué era aquello; pues esa vibración tan grande y extraña de un corazón que empieza a amar es muy misteriosa y muy dulce.

¡Pobre corazón viejo y tan nuevo!

Pero, como tenía cincuenta y cinco años y Cosette, ocho, todo el amor que habría podido tener en la vida se juntó en algo así como un resplandor inefable.

Era la segunda aparición blanca con que topaba. El obispo hizo amanecer en su corazón la virtud; Cosette hacía que amaneciera el amor.

Los primeros días transcurrieron en ese deslumbramiento.

¡También Cosette, la pobre criaturita, se iba volviendo otra sin darse cuenta! Era tan niña cuando la dejó su madre que ya no la recordaba. Como todos los niños, que son como los zarcillos de la parra que se enganchan en todo, intentó querer. No lo consiguió. Todos la rechazaron: los Thénardier, sus hijas, los demás niños. Quiso al perro y el perro se murió. Luego nada ni nadie quisieron saber nada de ella. Es lúgubre decirlo y ya lo habíamos indicado: a los ocho años tenía el corazón helado. No era culpa suya, no es que le faltase la facultad de amar, sino, ¡ay!, la posibilidad. Y en consecuencia desde el primer día todo cuanto en ella sentía y pensaba empezó a querer a aquel pobre hombre. Notaba lo que no había notado nunca: una sensación de plenitud.

Y el hombre no le parecía ya ni viejo ni pobre. Jean Valjean le parecía guapo, de la misma forma que el cuchitril aquel le parecía bonito.

Son impresiones de aurora, de infancia, de juventud, de alegría. La novedad de la tierra y de la vida tiene que ver con ellas. Nada hay tan delicioso como el reflejo de la dicha que colorea el desván. Todos tenemos en nuestro pasado un sotabanco azul.

La naturaleza había puesto la enorme separación de cincuenta años de intervalo entre Jean Valjean y Cosette; y el destino abolió esa separación. El destino unió repentinamente y emparejó con su poder irresistible esas dos existencias sin raíces, diferentes en la edad, semejantes en el duelo. Y, efectivamente, se completaban. El instinto de Cosette buscaba un padre de la misma forma que el instinto de Jean Valjean buscaba un hijo. Conocerse fue hallarse. En el momento misterioso en que las dos manos se tocaron, se quedaron soldadas. Cuando esas dos almas se vieron, se reconocieron, reconocieron que se necesitaban y se fundieron en un estrecho abrazo.

Si tomamos las palabras en su acepción más amplia y absoluta, podríamos decir que, al separarlos de los demás unos muros sepulcrales, Jean Valjean era el Viudo y Cosette, la Huérfana. Aquella situación convirtió, de forma celestial, a Jean Valjean en el padre de Cosette.

Y, en verdad, aquella impresión misteriosa que le hizo a Cosette, en lo hondo del bosque de Chelles, la mano de Jean Valjean cuando cogió la suya en la oscuridad no era una ilusión, sino una realidad. La aparición de ese hombre en el destino de esa niña fue como la llegada de Dios.

Por lo demás, Jean Valjean había elegido bien el refugio. Tenía allí una seguridad que podía parecer completa.

La habitación con gabinete que ocupaba con Cosette era la que tenía ventana al bulevar. Como aquella ventana era única en la casa, no había que temer las miradas de los vecinos, ni de lado ni de frente.

La planta baja del número 50-52, una especie de cobertizo destartalado, la usaban de almacén unos hortelanos y no tenía comunicación con el primer piso, del que lo separaba el suelo, sin trampilla ni escaleras, que era como el diafragma del caserón. En el primer piso había, como ya hemos dicho, varias habitaciones y unos cuantos desvanes, de los cuales sólo estaba ocupado uno, donde vivía una anciana que le hacía la limpieza a Jean Valjean. En el resto del caserón no vivía nadie.

Era aquella anciana, que ostentaba el título de inquilina principal y, en realidad, desempeñaba el cometido de portera, la que le había alquilado aquella vivienda el día de Nochebuena. Se había presentado como un rentista que se había arruinado con los bonos españoles y se iba a ir a vivir ahí con su nieta. Pagó seis meses por adelantado y dejó encargada a la anciana de amueblarle la habitación y el gabinete, como ya hemos visto. Era esa buena mujer quien había encendido la estufa y preparado todo la noche en que llegaron.

Fueron pasando las semanas. Aquellos dos seres llevaban en aquel cuchitril mísero una vida dichosa.

Cosette reía desde que amanecía; parloteaba, cantaba. Los niños tienen sus cantos matutinos, como los pájaros.

A veces, Jean Valjean le cogía la manita encarnada y con las grietas de los sabañones y se la besaba. La pobre niña, acostumbrada a que le pegasen, no sabía a qué venía aquello y se iba, muy avergonzada.

De vez en cuando se ponía seria y miraba fijamente el vestidito negro. Cosette ya no iba hecha una andrajosa; iba de luto. Salía de la miseria y entraba en la vida.

Jean Valjean había empezado a enseñarle a leer. A veces, mientras la niña deletreaba, él pensaba que había aprendido a leer en presidio con la intención de hacer daño. Y aquella idea se había convertido en que ahora enseñaba a leer a una niña. Entonces el anciano presidiario sonreía con la sonrisa meditabunda de los ángeles.

Notaba que había en aquello una premeditación de más arriba, una voluntad de alguien que no era humano, y se perdía en ensoñaciones. Los pensamientos buenos también tienen abismos, igual que los malos.

Enseñar a leer a Cosette y dejarla jugar, en eso consistía casi toda la vida de Jean Valjean. Y además le hablaba de su madre y la hacía rezar.

Ella lo llamaba padre y no sabía que tuviera ningún otro nombre.

Él se pasaba las horas muertas mirando cómo vestía y desnudaba a la muñeca y oyéndola gorjear. La vida le parecía ya interesantísima; opinaba que los hombres eran buenos y justos; ya no le reprochaba in mente nada a nadie; no veía razón alguna para no vivir hasta muy viejo ahora que aquella niña lo quería. Veía por delante un porvenir que Cosette iluminaba con un fulgor delicioso. Los mejores hombres no están libres de algún pensamiento egoísta. De vez en cuando pensaba, con algo parecido a la alegría, que Cosette iba a ser fea.

Lo que sigue no es sino una opinión personal; pero, por no callarnos nada, diremos que, en el punto en que se hallaba Jean Valjean cuando empezó a querer a Cosette, no tenemos la seguridad de si no necesitaría aquel abastecimiento para perseverar en el bien. Acababa de ver desde perspectivas nuevas la maldad de los hombres y la miseria de la sociedad, perspectivas incompletas y que adolecían de la fatalidad de no mostrar sino uno de los aspectos de la verdad, la suerte de la mujer resumida en Fantine, la autoridad pública personificada en Javert; había vuelto a presidio, y en esta ocasión por haber hecho lo que debía; había probado nuevas amarguras; volvían a adueñarse de él el asco y el cansancio; incluso el recuerdo del obispo estaba quizá aproximándose a un eclipse, con la salvedad de que luego podría aparecer de nuevo luminoso y triunfante, pero el hecho era que aquel recuerdo santo se iba debilitando. ¿Quién sabe si Jean Valjean no estaba en vísperas de desanimarse y recaer? Quiso y volvió a ser fuerte. Por desgracia, no era menos frágil que Cosette. Él la protegió y ella le dio firmeza. Gracias a ella pudo caminar por la vida; gracias a ella pudo perseverar en la virtud. Fue el sostén de aquella niña y aquella niña fue su punto de apoyo. ¡Ah, misterio insondable y divino del equilibrio del destino!

IV
LAS OBSERVACIONES DE LA INQUILINA PRINCIPAL

Jean Valjean tenía la prudencia de no salir nunca de día. Todas las tardes, cuando llegaba el crepúsculo, daba un paseo de una hora o dos, a veces solo y frecuentemente con Cosette, buscando los paseos laterales de los bulevares más solitarios y entrando en las iglesias a la caída de la tarde. Le gustaba ir a Saint-Médard, que es la iglesia más cercana. Cuando no se llevaba a Cosette, ésta se quedaba con la anciana, pero la alegría de la niña era salir con el hombre. Prefería incluso estar una hora con él que los ratos deliciosos que pasaba a solas con Catherine. Él andaba, llevándola de la mano y diciéndole cosas cariñosas.

Resultó que Cosette era una niña muy alegre.

La vieja hacía la limpieza y guisaba e iba a la compra.

Vivían sobriamente, sin prescindir de un poco de fuego, pero como personas con muchos apuros. Jean Valjean no había cambiado ninguno de los muebles del primer día; nada más había mandado poner una puerta maciza en el gabinete de Cosette en vez de la puerta acristalada.

Seguía usando la levita amarilla, el calzón negro y el sombrero viejo. En la calle, lo tomaban por un pobre. A veces algunas buenas mujeres se volvían y le daban cinco céntimos. Jean Valjean cogía los cinco céntimos y hacía una profunda inclinación. Otras veces ocurría que se cruzaba con algún pobre miserable que pedía limosna; entonces miraba hacia atrás, por si lo estaba viendo alguien, se acercaba furtivamente al desdichado y le ponía en la mano una moneda, una moneda de plata en muchas ocasiones, y se alejaba deprisa. Aquello tenía sus inconvenientes. Estaban empezando a llamarlo en el barrio el mendigo que da limosna.

La anciana inquilina principal, una persona malhumorada rebosante de atención envidiosa por el prójimo, se fijaba mucho en Jean Valjean sin que él lo sospechara. Estaba un poco sorda, lo que la hacía charlatana. Le quedaban, de tiempos pasados, dos dientes, uno arriba y otro abajo, y los chocaba siempre entre sí. Le había hecho preguntas a Cosette, que, como no sabía nada, no había podido decir nada, sólo que venía de Montfermeil. Una mañana, la acechadora aquella vio a Jean Valjean entrar, con una expresión que a la buena mujer le pareció peculiar, en una de las habitaciones vacías del caserón. Lo siguió con pisadas de gata vieja y pudo ver sin ser vista por la rendija de la puerta, que estaba encajada, pero no cerrada. Jean Valjean, para tomar más precauciones seguramente, estaba de espaldas a dicha puerta. La vieja vio que rebuscaba en el bolsillo y sacaba un neceser, tijeras e hilo; empezó luego a descoser el dobladillo de uno de los faldones de la levita y sacó de la abertura un trozo de papel amarillento que desdobló. La vieja, espantada, cayó en la cuenta de que se trataba de un billete de mil francos. Era el segundo o el tercero que veía desde que había venido al mundo. Escapó, muy asustada.

Un ratito después, Jean Valjean se le acercó y le rogó que fuera a cambiarle el billete de mil francos, añadiendo que era el semestre de sus rentas que había cobrado la víspera.

«¿Dónde? —pensó la vieja—. No ha salido hasta las seis de la tarde, y seguro que a esa hora la caja del gobierno no está abierta.»

La vieja fue a cambiar el billete e hizo sus conjeturas personales. Aquel billete de mil francos, comentado y multiplicado, dio pie a muchísimas conversaciones de las comadres estupefactas de la calle de Les Vignes- Saint-Marcel.

Pocos días después, Jean Valjean, que llevaba puesta la chaqueta solamente, aserraba leña en el corredor. La vieja estaba limpiando la habitación a solas, porque Cosette estaba admirando la operación de aserrar leña; la vieja vio la levita colgada de un clavo y la examinó. Habían vuelto a coser el dobladillo. La buena mujer la palpó atentamente y le pareció notar en los faldones y en las sisas bultos de papel. ¡Más billetes de mil francos seguramente!

Se fijó, además, en que en los bolsillos había multitud de cosas. No sólo las agujas, las tijeras y el hilo que había visto, sino una cartera muy abultada, una navaja muy grande y, detalle sospechoso, varias pelucas de diferentes colores. Todos los bolsillos de aquella levita parecían dispuestos en previsión de acontecimientos inesperados.

Así llegaron los habitantes del caserón a los últimos días del invierno.

V

UNA MONEDA DE CINCO FRANCOS QUE SE CAE AL SUELO METE MUCHO RUIDO

Había cerca de Saint-Médard un pobre que se sentaba en el brocal de un pozo comunal condenado y a quien Jean Valjean solía dar limosna. Nunca pasaba delante de ese hombre sin darle unos céntimos. A veces le dirigía la palabra. Quienes le tenían envidia a ese mendigo decían que era de la policía. Se trataba de un ex pertiguero de setenta y cinco años que siempre estaba mascullando oraciones.

Una tarde, a última hora, cuando pasaba por allí Jean Valjean sin Cosette, vio al mendigo en el lugar habitual, debajo del farol que acababan de encender. El hombre, como de costumbre, parecía rezar y estaba hecho un ovillo. Jean Valjean se le acercó y le puso en la mano la limosna habitual. El mendigo alzó de repente la vista, miró fijamente a Jean Valjean y, luego, agachó corriendo la cabeza. Aquel movimiento fue como el fogonazo de un relámpago; Jean Valjean se sobresaltó. Le pareció ver a medias, a la luz del farol, no la cara plácida y beatífica del anciano pertiguero, sino un rostro espantoso y conocido. Le dio la misma impresión que notaría quien se encontrase de pronto en la oscuridad ante un tigre. Retrocedió aterrado y petrificado, sin atreverse ni a respirar, ni a hablar, ni a quedarse ni a salir huyendo, mirando al mendigo, que había bajado la cabeza, cubierta con un andrajo, y parecía no darse cuenta ya de que Jean Valjean estaba allí. En aquel momento extraño, por instinto, quizá el misterioso instinto de la conservación, Jean Valjean no dijo ni palabra. El mendigo tenía la misma estatura, los mismos harapos, la misma apariencia que los demás días. «¡Bah! —dijo Jean Valjean—. ¡Estoy loco! ¡Estoy soñando! ¡Imposible!» Y se volvió a casa, muy alterado.

Apenas si se atrevía a reconocer ante sí mismo que aquella cara que le había parecido ver era la cara de Javert.

Por la noche, dándole vueltas al asunto, lamentó no haberle preguntado algo al hombre para obligarlo a levantar otra vez la cabeza.

Al día siguiente, al caer la noche, volvió por allí. El mendigo seguía en el mismo sitio.

—¿Qué hay, buen hombre? —le dijo resueltamente Jean Valjean, dándole cinco céntimos.

El mendigo alzó la cabeza y contestó con voz lastimera:

—Gracias, mi buen señor.

Era, desde luego, el anciano pertiguero.

Jean Valjean se tranquilizó por completo. Se echó a reír. «¿Cómo demonios pudo parecerme que era Javert? —pensó—. ¿Será que ahora veo visiones?» Y lo echó al olvido.

Pocos días después, podían ser las ocho de la tarde y estaba en su cuarto haciendo deletrear en voz alta a Cosette cuando oyó que se abría y luego se volvía a cerrar la puerta del caserón. Le pareció raro. La vieja, que era la única que vivía en el caserón además de ellos, se acostaba siempre en cuanto se hacía de noche para no gastar en velas. Jean Valjean le hizo una seña a Cosette para que se callara. Oyó que alguien subía las escaleras. Bien pensado, podía ser la vieja, que a lo mejor se había sentido indispuesta y había ido a la botica. Jean Valjean se quedó escuchando. Eran pasos recios y sonaban como los pasos de un hombre; pero la vieja usaba zapatones, y no hay nada que se parezca más a los pasos de un hombre que los pasos de una mujer vieja. Sin embargo, Jean Valjean apagó la vela de un soplo.

Mandó a Cosette a la cama, diciéndole en voz baja:

—Acuéstate sin hacer ruido.

Y, mientras le daba un beso en la frente, los pasos se detuvieron. Jean Valjean se quedó callado, inmóvil, dándole la espalda a la puerta, sentado en la silla, de la que no se había movido, conteniendo el aliento en la oscuridad. Al cabo de un rato bastante largo, como ya no oía nada, se dio la vuelta sin hacer ruido y, al alzar la vista hacia la puerta de su cuarto, vio una luz por el agujero de la cerradura. Aquella luz era como una estrella siniestra en la negrura de la puerta y de la pared. Estaba claro que allí había alguien que llevaba una vela en la mano y estaba escuchando.

Pasaron unos minutos y la luz se fue. Pero no oyó ruido alguno de pasos, lo que parecía indicar que quien había venido a escuchar en la puerta se había quitado los zapatos.

Jean Valjean se dejó caer vestido en la cama y no pudo pegar ojo en toda la noche.

Despuntaba el día cuando, según se estaba quedando amodorrado, rendido por el cansancio, lo espabiló el chirrido de una puerta que se abría en alguno de los desvanes que había al fondo del corredor; y oyó luego el mismo paso de hombre que había subido por las escaleras la víspera. Los pasos se acercaban. Se tiró de la cama y pegó el ojo al agujero de la cerradura, que era bastante grande, con la esperanza de ver, al pasar, al individuo, fuere quien fuere, que había entrado de noche en el caserón y había estado escuchando en su puerta. Quien pasó fue un hombre, efectivamente, que esta vez no se detuvo ante la habitación de Jean Valjean. El corredor estaba aún demasiado oscuro para que se le pudiera ver la cara; pero, cuando el hombre llegó a las escaleras, un rayo de la luz del exterior recortó su silueta y Jean Valjean lo vio de espaldas y por completo. El hombre era alto y llevaba una levita larga y un garrote debajo del brazo. Aquéllas eran las espaldas formidables de Javert.

Jean Valjean podría haber intentado verlo otra vez por la ventana que daba al bulevar. Pero tendría que haber abierto la ventana y no se atrevió.

Estaba claro que aquel hombre había entrado con una llave y como quien entra en su casa. ¿Quién le había dado la llave? ¿Qué quería decir todo aquello?

A las siete de la mañana, cuando la vieja vino a limpiar, Jean Valjean le echó una ojeada penetrante, pero no le preguntó nada. La buena mujer se portaba como de costumbre.

Mientras barría, le dijo:

—A lo mejor el señor ha oído a alguien entrar esta noche.

A la edad de esa mujer y en aquel bulevar, las ocho de la tarde eran noche cerrada a más no poder.

—Ah, pues sí —contestó él con el tono más natural—. ¿Quién era?

—Es un inquilino nuevo que tenemos en la casa —dijo la vieja.

—¿Y cómo se llama?

—No me acuerdo muy bien. Dumont o Daumont. Un apellido de ese estilo.

—¿Y quién es ese señor Dumont?

La vieja lo miró con sus ojillos de garduña y contestó:

—Un rentista como usted.

A lo mejor lo decía sin intención. Pero a Jean Valjean le pareció notar alguna.

Cuando se fue la vieja, hizo un canuto con unos cien francos que tenía en un armario y se lo metió en el bolsillo. Aunque lo hizo con mucho cuidado para que no lo oyesen manejar dinero, se le escapó de las manos una moneda de cinco francos, que rodó ruidosamente por las baldosas.

Cuando empezó a caer la tarde, bajó y miró con cuidado a ambos lados del bulevar. No vio a nadie. El bulevar parecía completamente desierto. Cierto es que es posible esconderse detrás de los árboles.

Volvió a subir.

—Ven —le dijo a Cosette.

La cogió de la mano y salieron los dos.

LIBRO QUINTO
A ESCOPETAS NEGRAS, REHALA MUDA

I
LOS ZIGZAGS DE LA ESTRATEGIA

Es necesario aquí un comentario para las páginas que vamos a leer y para otras que vendrán a continuación.

Hace ya muchos años que el autor de este libro, que se ve forzado a hablar de sí mismo, falta de París. Desde que se fue, París ha cambiado. Ha nacido una ciudad nueva que, como quien dice, le es desconocida. No es menester que diga que le gusta París; París es la ciudad natal de su mente. Debido a los derribos y a las nuevas edificaciones, el París de su juventud, aquel París que se llevó religiosamente en la memoria, es, a estas alturas, un París de antaño. Que se le permita hablar de aquel París como si siguiera existiendo. Entra dentro de lo posible que allá adonde conduzca el autor a los lectores diciendo: «En tal calle hay tal casa», no queden ya ni la casa ni la calle. Los lectores podrán comprobarlo si quieren tomarse esa molestia. En lo que a él se refiere, nada sabe del París nuevo, y escribe con el París antiguo ante los ojos presa de una ilusión que le es muy cara.

Le resulta muy dulce soñar que ha quedado, tras irse él, algo de lo que veía cuando estaba en su patria y que no todo se ha desvanecido. Mientras uno va y viene por la tierra natal, se imagina que le son indiferentes esas calles, que esas ventanas, esos tejados y esas puertas le dan lo mismo, que esas paredes le son ajenas, que esos árboles son unos árboles cualesquiera, que esas casas en que no entra no le valen para nada, que esos adoquines que pisa son sólo piedras. Más adelante, cuando ya no está allí, se da cuenta de que esas calles le son queridas, de que echa de menos esos tejados, esas ventanas y esas puertas, de que necesita esas paredes, de que esos árboles son dilectos para él, de que en esas casas donde no entraba sí entraba a diario y de que en esos adoquines se ha dejado las entrañas, la sangre y el corazón. Todos esos sitios que ya no ve, que a lo mejor no volverá a ver ya, y cuya imagen conserva, adquieren un encanto doloroso, regresan a la memoria con la melancolía de una aparición, vuelven visible esa tierra santa y son, por así decirlo, la mismísima forma de Francia, y uno las quiere y las evoca tal y como son, tal y como eran, y se empecina, y no quiere cambiar nada, porque le tenemos el mismo apego al rostro de la patria que al rostro de nuestra madre.

Que se nos permita, pues, hablar en presente del pasado. Dicho esto, rogamos al lector que lo tenga en cuenta y proseguimos.

Jean Valjean dejó enseguida el bulevar y se internó por las calles, evitando la línea recta cuanto podía y desandando lo andado a veces para asegurarse de que no lo seguían.

Esa maniobra es propia del ciervo acosado. En los terrenos en que no puede quedar el rastro es una maniobra que tiene, entre otras ventajas, la de engañar a los cazadores y a los perros haciéndolos ir en dirección equivocada. Es lo que se llama en la caza del venado el falso emboscamiento.

Era una noche de luna llena. A Jean Valjean no lo contrarió. La luna, muy cerca aún del horizonte, dividía las calles en anchos lienzos de sombra y de luz. Jean Valjean podía escurrirse pegado a las casas y a las paredes por la zona de sombra y vigilar la zona iluminada. Es posible que no pensara lo suficiente en que la zona oscura no podía vigilarla. No obstante, en todas las callejuelas desiertas próximas a la calle de Poliveau creyó tener la seguridad de que nadie caminaba detrás de él.

Cosette andaba sin hacer preguntas. Los sufrimientos de los seis primeros años de su vida le habían dado un carácter pasivo hasta cierto punto. Por lo demás, y es ésta una observación que volverá a salir más de una vez, se había acostumbrado, sin darse demasiada cuenta, a las singularidades de aquel hombre y a las cosas raras del destino. Y, además, con él se sentía segura.

Jean Valjean no sabía dónde iba más de lo que lo sabía Cosette. Se ponía en manos de Dios como la niña se ponía en las suyas. Le daba la impresión de que a él también lo llevaba de la mano alguien mayor; le parecía sentir a un ser que lo guiaba, invisible. Por lo demás, no tenía nada determinado, ningún plan, ningún proyecto. Ni siquiera tenía la absoluta seguridad de que fuera Javert, y, además, podía ser Javert sin que Javert supiera que él era Jean Valjean. ¿Acaso no iba disfrazado? ¿No lo habían dado por muerto? No obstante, desde hacía unos días pasaban cosas cada vez más singulares. Con eso le bastaba. Estaba decidido a no volver a la casa Gorbeau. Igual que animal expulsado de la madriguera, buscaba un rincón donde esconderse a la espera de dar con uno donde vivir.

Jean Valjean recorrió varios laberintos diversos en el barrio de Mouffetard, dormido ya como si estuviera aún sometido a la disciplina de la Edad Media y al yugo del toque de queda; combinó de formas varias, con hábiles estrategias, la calle de Censier y la calle de Copeau, la calle de Le Battoir-Saint-Victor y la calle de Le Puits-l'Ermite. Hay hospedaje por esa zona, pero ni siquiera entraba porque no veía nada que le conviniera. Aunque no dudaba de que si, por casualidad, anduvieran buscando su rastro, lo habrían perdido ya.

Daban las once en Saint-Étienne-du-Mont cuando cruzaba la calle de Pontoise, por delante de las oficinas del comisario de la policía que está en el número 14. Pocos instantes después, ese instinto, al que nos referíamos antes, lo hizo volverse. En aquel momento vio con toda claridad pasar sucesivamente debajo del farol por el lado oscuro de la calle, gracias al farol del comisario, que los traicionaba, a tres hombres, que lo iban siguiendo de bastante cerca. Uno de esos tres hombres se metió por la entrada de la casa del comisario. El que iba en cabeza le pareció, desde luego, muy sospechoso.

—Ven, hijita —le dijo a Cosette. Y se apresuró a salir de la calle de Pontoise.

Escogió un circuito, rodeó el pasaje de Les Patriarches, que estaba cerrado por la hora, recorrió la calle de L'Épée-de-Bois y la calle de L'Arbalete y se metió por la calle de Les Postes.

Hay ahí un cruce donde está ahora el internado Rollin y de donde arranca la calle Neuve-Sainte-Genevieve.

(Ni que decir tiene que la calle Neuve-Sainte-Genevieve es una calle antigua, por más que se llame nueva, y que por la calle de Les Postes no pasa una silla de posta ni en diez años. En esa calle de Les Postes vivían en el siglo XIII unos alfareros, y su nombre auténtico es el de calle de Les Pots, de los jarros.)

La luna alumbraba con intenso resplandor la encrucijada aquella. Jean Valjean se emboscó en un portal, echándose la cuenta de que, si esos hombres todavía lo venían siguiendo, no podría por menos de verlos perfectamente cuando cruzasen por esa claridad.

Efectivamente, no habían pasado tres minutos cuando aparecieron los hombres. Ahora eran cuatro: todos ellos altos, vistiendo levitas largas y pardas, con sombreros de media copa y bastones gruesos en la mano. No resultaban menos inquietantes por la elevada estatura y los anchos puños que por la forma de caminar, tan siniestra entre las tinieblas. Parecían cuatro espectros disfrazados de vecinos de la ciudad.

Se detuvieron en plena encrucijada y se agruparon como si estuvieran celebrando consulta. Parecían indecisos. El que aparentemente estaba al mando se volvió y señaló vehementemente con la mano derecha la dirección que había tomado Jean Valjean; otro parecía indicar con cierta obstinación la dirección opuesta. Cuando el primero se dio la vuelta, la luna le alumbró de lleno la cara. Jean Valjean reconoció a la perfección a Javert.

HAY QUE CONGRATULARSE DE QUE POR EL PUENTE DE AUSTERLITZ PASEN COCHES

A Jean Valjean se le habían acabado las dudas; afortunadamente, a esos hombres aún les duraban las suyas. Aprovechó aquel titubeo; era tiempo que ellos perdían y que ganaba él. Salió del portal donde se había agazapado y siguió por la calle de Les Postes hacia la zona del Jardín Botánico. Cosette empezaba a estar cansada; la cogió en brazos. No pasaba un alma y no habían encendido los faroles porque había luna llena.

Apretó el paso.

En pocas zancadas llegó a la alfarería Goblet, en cuya fachada la luz de la luna permitía leer con gran claridad la antigua inscripción:

Es Goblet hijo un probo comerciante. Venid, llevaos cántaros y jarros, tiestos, ladrillos y atanores varios.

De corazón: más duran que diamantes.

Dejó atrás la calle de La Clef, luego la fuente de Saint-Victor, fue siguiendo la tapia del Jardín Botánico por las calles de más abajo y llegó al muelle. Allí, se volvió. El muelle estaba desierto. Las calles estaban desiertas. No llevaba a nadie detrás. Respiró.

Llegó al puente de Austerlitz.

Todavía había que pagar peaje en aquellos años.

Se presentó en la oficina del peajero y le dio cinco céntimos.

—Son diez céntimos —dijo el inválido del puente—. Lleva en brazos a una niña que puede andar. Pague usted por dos.

Pagó, contrariado de que al pasar hubieran tenido que hacerle un comentario. Toda huida debe llevarse a cabo como escurriéndose.

Al tiempo que él, un carro grande, que iba también a la orilla derecha, cruzaba el Sena. Le sacó partido. Pudo cruzar el puente entero a la sombra de ese carro.

Cuando estaba más o menos a mitad del puente, a Cosette se le habían dormido los pies y quiso seguir andando. La dejó en el suelo y volvió a cogerla de la mano.

Tras cruzar el puente, divisó, de frente y un poco a la derecha, unos depósitos al aire libre y se dirigió hacia allí. Para llegar, tenía que aventurarse por un tramo bastante ancho, al descubierto e iluminado. No se lo pensó dos veces. Estaba claro que había despistado a los perseguidores, y Jean Valjean pensaba que estaba fuera de peligro. Lo buscaban, sí; pero no lo seguían.

Una callejuela, la calle de Le Chemin-Vert-Saint-Antoine, se abría entre dos zonas de depósitos que rodeaban unas tapias. Era una calle estrecha y oscura, como pensada exprofeso para él. Antes de internarse en ella miró hacia atrás.

Desde el lugar en que estaba veía entero el puente de Austerlitz. Cuatro sombras acababan de meterse por el puente.

Esas sombras le daban la espalda al Jardín Botánico y se encaminaban hacia la orilla derecha.

Esas cuatro sombras eran los cuatro hombres.

Jean Valjean se estremeció como el animal que siente que lo han vuelto a atrapar.

Le quedaba una esperanza: que esos hombres a lo mejor no habían entrado aún en el puente y no lo habían visto cuando cruzó, con Cosette de la mano, la zona iluminada.

En tal caso, si se internaba en la callejuela que tenía delante y, si conseguía llegar a los depósitos, los huertos, los sembrados y los solares, podía librarse de ellos.

Le pareció que aquella callejuela silenciosa era de fiar. Se internó en ella.

III
VER EL PLANO DE PARÍS DE L727

Al cabo de trescientos pasos llegó a un punto en que la calle se bifurcaba. Se dividía en dos calles: una torcía a la izquierda, y otra, a la derecha. Jean Valjean tenía delante algo así como las dos ramas de una Y.

¿Por cuál decidirse?

No se lo pensó y tiró a la derecha.

¿Por qué?

Porque el ramal izquierdo iba hacia los arrabales, es decir, hacia sitios habitados, y el ramal derecho hacia el campo, es decir, hacia sitios desiertos.

Pero ya no caminaban deprisa. El paso de Cosette acortaba el paso de Jean Valjean.

Volvió a cogerla en brazos. Cosette apoyaba la cabeza en el hombro del hombre y no decía ni palabra.

Él se volvía a mirar de vez en cuando. Tenía buen cuidado de estar siempre en el lado oscuro de la calle. La calle era recta. Las dos o tres primeras veces en que se volvió, no vio nada; reinaba un profundo silencio; siguió caminando, algo tranquilizado. De repente, en un momento dado, al volverse le pareció ver que, en la parte de la calle por la que acababa de pasar, allá en la oscuridad, se movía algo.

Más que andar se abalanzó hacia adelante, con la esperanza de dar con alguna callejuela lateral, escapar por ella y volver a borrar su rastro.

Llegó a una tapia.

Pero dicha tapia no le impedía seguir adelante; iba bordeando una callejuela transversal en la que desembocaba la calle por la que se había metido Jean Valjean.

También ahora había que tomar una decisión; tirar a la derecha o tirar a la izquierda.

Miró a la derecha. El tramo de callejuela seguía entre edificios que eran cobertizos o pajares y, luego, terminaba en un callejón sin salida. Se veía claramente el fondo: una elevada pared blanca.

Miró a la izquierda. Por aquel lado, la calleja estaba expedita y, al cabo de doscientos pasos más o menos, iba a dar a otra calle de la que era como un afluente. Por esa parte estaba la salvación.

En el preciso instante en que Jean Valjean estaba pensando en girar a la izquierda para intentar llegar a la calle que veía a medias al final de la callejuela, divisó, en la esquina de la callejuela y de esa otra calle hacia la que estaba a punto de encaminarse, algo así como una estatua negra e inmóvil.

Era una persona, un hombre a quien estaba claro que acababan de apostar allí y que, cortando el paso, esperaba.

Jean Valjean retrocedió.

El punto de París en que se encontraba Jean Valjean, sito entre el barrio de Saint-Antoine y La Râpée, es uno de esos que las obras recientes han transformado de arriba abajo, afeándolo según unos y transfigurándolo según otros. Han desaparecido los sembrados, los depósitos y las edificaciones viejas. Ahora hay calles anchas y nuevas, hemiciclos, circos, hipódromos, embarcaderos, ferrocarriles y la prisión de Mazas; el progreso, como puede verse, y su correctivo.

Hace medio siglo, en esa lengua que suele usar el pueblo, basada toda ella en tradiciones, que se obstina en llamar al Instituto de Francia Les Quatre-Nations y a la Ópera Cómica, Feydeau, el sitio concreto al que había llegado Jean Valjean se llamaba Le Petit-Picpus. La Porte de Saint-Jacques, la Porte de Paris, el portillo de Les Sergents, Les Porcherons, La Galiote, Les Célestins, Les Capucins, Le Mail, La Bourbe, L'Arbre-a- Cracovie, La Petite-Pologne, Le Petit-Picpus son los nombres del París antiguo que sobrenadan en el París nuevo. La memoria del pueblo flota en esos pecios del pasado.

Le Petit-Picpus, que, por lo demás, apenas si llegó a existir y nunca fue sino un proyecto de barrio, tenía casi el aspecto monástico de una ciudad española. Pocos caminos estaban adoquinados, y pocas calles tenían edificios. Si exceptuamos las dos o tres calles que vamos a mencionar, todo lo demás eran tapias y soledad. Ni un comercio, ni un coche; apenas si se veía en las ventanas, acá o allá, una vela encendida; todas las luces estaban ya apagadas pasadas las diez. Jardines, conventos, depósitos, huertos; pocas casas, y bajas, y tapias tan altas como las casas.

Así era ese barrio el siglo pasado. La Revolución lo maltrató mucho. Los ediles republicanos lo derribaron, lo agujerearon, lo horadaron. Había escombros permanentes. Hace treinta años, a ese barrio lo estaban borrando las construcciones nuevas. En la actualidad ya está suprimido del todo. Le Petit-Picpus, del que no queda huella en ningún plano actual, puede verse con bastante claridad en el plano de 1727, publicado en París, en la imprenta de Denis Thierry de la calle de Saint-Jacques, frente a la calle de Le Plâtre; y en Lyon, en la imprenta de Jean Girin de la calle de Merciere, en La Prudence. En Le Petit-Picpus había eso que acabamos de llamar una Y que formaba la calle de Le Chemin-Vert-Saint-Antoine, que se dividía en dos ramales y tomaba, a la izquierda, el nombre de calleja de Picpus y, a la derecha, el nombre de calle de Polonceau. Las dos ramas de la Y las unía, en la parte de arriba, una especie de barrera. Dicha barrera se llamaba calle de Droit-Mur. Allí iba a parar la calle de Polonceau; la calleja de Picpus seguía y subía hacia el mercado Lenoir. Quien, viniendo desde el Sena, llegase al final de la calle de Polonceau tenía a la izquierda la calle de Droit-Mur, que giraba de repente formando un ángulo recto; delante, la tapia de esa calle; y, a la derecha, una prolongación truncada de la calle de Droit-Mur, sin salida, que se llamaba el callejón de Genrot.

En ese punto estaba Jean Valjean.

Como acabamos de decir, al divisar la silueta negra, que destacaba en la esquina de la calle de Droit-Mur y de la calleja de Picpus, retrocedió. No le cabía duda de que ese fantasma lo acechaba.

¿Qué hacer?

Ya no era posible dar marcha atrás. Lo que había visto moverse en la sombra a cierta distancia, detrás de él, poco antes, debía de ser Javert con su cuadrilla. Javert debía de estar ya a la entrada de la calle al final de la que estaba Jean Valjean. Según todas las apariencias, Javert conocía ese reducido dédalo y había tomado todas las precauciones enviando a uno de sus hombres a que custodiase la salida. Tales conjeturas, que tanto se parecían a unas evidencias, no tardaron en girar, como los torbellinos de un puñado de polvo que sale volando con un viento repentino, en la dolorida mente de Jean Valjean. Pasó revista al callejón de Genrot: estaba cortado. Pasó revista a la calleja de Picpus: había un centinela. Veía la figura oscura, que resaltaba, en negro, sobre el fondo de los adoquines blancos que bañaba la luna. Seguir adelante era toparse con aquel hombre. Retroceder era caer en manos de Javert. Jean Valjean se sentía atrapado como en una red que se fuera cerrando despacio. Alzó la vista al cielo con desesperación.

<h2 style="text-align:center">IV
LA EVASIÓN A TIENTAS</h2>

Para entender lo que viene a continuación, hay que imaginarse con exactitud la calleja de Droit-Mur y, en particular, la esquina que quedaba a la izquierda al salir de la calle de Polonceau para meterse en esa calleja. La calleja de Droit-Mur la bordeaban casi entera a la derecha, hasta la calleja de Picpus, unas casas de aspecto humilde; a la izquierda, un único edificio, de línea severa, compuesto de varios cuerpos que ganaban gradualmente una planta o dos según se iban acercando a la calleja de Picpus, de forma tal que, aquel edificio, muy alto por el lado de la calleja de Picpus, era bastante bajo por el lado de la calle de Polonceau. En esa esquina que hemos mencionado, bajaba tanto que no constaba ya sino un muro. Ese muro no daba directamente a la calle; formaba un ángulo matado muy retranqueado, y sus dos esquinas lo ocultaban a dos observadores que hubieran estado uno en la calle de Polonceau, y el otro, en la calle de Droit-Mur.

Desde las dos esquinas de ese lienzo en ángulo matado, el muro seguía por la calle de Polonceau hasta una casa que era el número 49, y por la calle de Droit-Mur, cuyo tramo era mucho más corto, hasta el edificio oscuro del que ya hemos hablado y cuyo gablete cortaba, formando así en la calle otra esquina más, que miraba hacia dentro. La fachada del gablete era de aspecto triste; sólo se veía en ella una ventana, o, mejor dicho, dos postigos forrados con una hoja de cinc y siempre cerrados.

La descripción del lugar que damos aquí es rigurosamente exacta, y no cabe duda de que les traerá a la mente unos recuerdos muy concretos a los vecinos antiguos del barrio.

El lienzo del ángulo matado lo cubría por completo algo que parecía una puerta colosal y mísera. Era un ensamblaje fenomenal e informe de tablas perpendiculares, las de arriba más anchas que las de abajo, que unían unas largas tiras de hierro transversales. Al lado había una puerta cochera de dimensiones normales, que estaba claro que no tenía más de cincuenta años.

Un tilo asomaba las ramas por encima del ángulo matado, y el muro estaba cubierto de hiedra por el lado de la calle de Polonceau.

En el inminente peligro en que se hallaba Jean Valjean, aquel edificio sombrío tenía un algo que lo hacía parecer deshabitado y solitario y le resultaba tentador. Lo recorrió deprisa con la mirada. Se decía que, si conseguía entrar, a lo mejor estaba salvado. Tuvo para empezar una idea y una esperanza.

En la parte central de la fachada de aquel edificio que daba a la calle de Droit-Mur había en las ventanas de todas las plantas unas cubetas viejas de plomo, en forma de embudo, cuyas ramificaciones, que partían de una tubería central para desembocar en todas esas cubetas, trazaban en la fachada algo así como un árbol. Esas ramificaciones de tuberías y sus cientos de codos se asemejaban a las cepas de parra viejas y sin hojas que se retuercen en la pared delantera de las granjas antiguas.

Aquella peculiar espaldera de ramas de chapa y hierro fue lo primero que le llamó la atención a Jean Valjean. Sentó a Cosette con la espalda apoyada en un mojón, recomendándole que se quedase callada, y corrió hacia el sitio en que la tubería llegaba a la altura del suelo. A lo mejor había una forma de trepar por ahí y entrar en la casa. Pero la tubería estaba en mal estado y fuera de servicio, y apenas si se sujetaba en el sitio. Además, en todas las ventanas de aquella casa silenciosa había gruesas rejas de hierro, incluso en las de los desvanes, en el tejado. Y, de propina, la luna daba de lleno en aquella fachada y el hombre que la estaba observando desde el extremo de la calle habría visto la escalada de Jean Valjean. Y, en último término, ¿qué iba a hacer con Cosette? ¿Cómo subirla hasta lo alto de una casa de tres plantas?

Renunció a trepar por la tubería y fue reptando, pegado al muro, para meterse en la calle de Polonceau.

Cuando llegó al ángulo matado donde había dejado a Cosette, cayó en la cuenta de que allí no podía verlo nadie. Estaba, como ya hemos explicado, fuera del alcance de todas las miradas, vinieran de donde vinieran. Además, estaba en la sombra. Y, finalmente, había dos puertas. A lo mejor era posible forzarlas. El muro por encima del cual asomaba el tilo y la hiedra estaba claro que daba a un jardín donde, al menos, podría ocultarse, aunque los árboles estuvieran aún sin hojas, y pasar en él el resto de la noche.

Corría el tiempo. Tenía que darse prisa.

Palpó la puerta cochera y se dio cuenta enseguida de que estaba condenada por dentro y por fuera.

Se acercó a la otra puerta, a la grande, más esperanzado. Estaba espantosamente decrépita, su propio tamaño desorbitado la hacía menos sólida, las tablas estaban podridas y las tiras de hierro, que sólo eran tres, estaban oxidadas. Parecía posible hacer un agujero en aquella barrera carcomida.

Al examinarla, vio que aquella puerta no era una puerta. No tenía ni goznes, ni pernios, ni cerradura ni abertura en el centro. Las tiras de hierro la atravesaban de parte a parte sin solución de continuidad. Por las grietas de las tablas entrevió unos mampuestos y unas piedras unidas de mala manera con cemento que estaban aún a la vista de los transeúntes diez años antes. No le quedó más remedio que reconocer, consternado, que aquella puerta aparente era sencillamente el paramento de madera de una edificación, a la que estaba adosada. Era fácil arrancar una tabla, pero uno se daría de bruces con una pared.

V
ALGO IMPOSIBLE CON EL ALUMBRADO DE GAS

En ese momento empezó a oírse a cierta distancia un ruido sordo y cadencioso. Jean Valjean se arriesgó a echar una ojeada más allá de la esquina de la calle. Siete u ocho soldados en pelotón acababan de entrar en la calle de Polonceau. Veía brillar las bayonetas. Venían hacia él.

Esos soldados, al frente de los cuales divisaba la alta silueta de Javert, avanzaban despacio y con cuidado. Se detenían con frecuencia. Estaba claro que iban explorando todos los recovecos de las paredes y todos los huecos de las puertas y los paseos de entrada.

Se trataba, y aquí la conjetura no podía por menos de ser atinada, de alguna patrulla con la que se había cruzado Javert y cuya ayuda había pedido.

Los dos acólitos de Javert se habían incorporado a sus filas.

Visto el paso que llevaban y las paradas que hacían, necesitarían alrededor de un cuarto de hora para llegar al sitio en que estaba Jean Valjean. Fue un momento espantoso. Pocos minutos separaban a Jean Valjean de aquel precipicio horrible que se abría ante él por tercera vez. Y, ahora, el presidio no era ya sólo el presidio; era perder a Cosette para siempre, es decir, una vida igual que el interior de una tumba.

Sólo quedaba ya una posibilidad.

Jean Valjean tenía la peculiaridad siguiente: podría decirse que llevaba dos macutos; en uno guardaba los pensamientos de un santo; en el otro, los temibles talentos de un presidiario. Rebuscaba en uno o en otro, según las ocasiones.

Entre otros recursos, gracias a sus numerosas evasiones del presidio de Tolón, era maestro, como recordaremos, en el arte increíble de trepar, sin escalas y sin ganchos, sólo con la fuerza muscular, apoyándose en la nuca, en los hombros, en las caderas y en las rodillas, ayudándose apenas con los escasos relieves de la piedra, por el ángulo recto de un muro, hasta un sexto piso si menester fuere; arte que dio tanta fama, volviéndolo tan espantoso, a ese rincón del patio de La Conciergerie de París por donde se escapó, hará alrededor de veinte años, el condenado Battemolle.

Jean Valjean midió con la vista la tapia por cuya cima asomaba el tilo. Tenía unos dieciocho pies de alto. El rincón que formaba con la fachada del gablete del edificio principal lo rellenaba, por la parte inferior, un saliente macizo, de obra y de forma triangular, destinado probablemente a proteger aquel rincón, demasiado propicio de las paradas de esos creadores de estercoleros a los que llamamos transeúntes. Esa forma preventiva de rellenar los rincones es muy usual en París.

El saliente macizo era de unos cinco pies de altura. Subido en él, lo que faltaba por salvar para llegar a la cima de la tapia no era sino de catorce pies.

La tapia la coronaba una piedra plana y sin caballete.

La dificultad residía en Cosette. Cosette no sabía trepar por una pared.

¿Abandonarla? A Jean Valjean ni se le pasaba por las mientes. Llevarla consigo era imposible. Un hombre precisa todas sus fuerzas para llevar a cabo con bien esas peculiares ascensiones. La mínima carga le alteraría el centro de gravedad y se caería.

Habría hecho falta una cuerda. Jean Valjean no la tenía. ¿Dónde hallar una cuerda a las doce de la noche en la calle de Polonceau? No cabe duda de que si en aquellos momentos Jean Valjean hubiera tenido un reino lo habría dado por una cuerda.

En todas las situaciones extremas hay relámpagos que o nos ciegan o nos iluminan.

Los ojos desesperados de Jean Valjean se toparon con la escuadra del farol del callejón de Genrot.

En aquella época, no había alumbrado de gas en las calles de París. Al caer la noche, encendían faroles, colocados a intervalos, que subían y bajaban con una cuerda que cruzaba la calle de parte a parte y se enganchaba en la ranura de una escuadra. El torniquete del que se desenroscaba esa cuerda iba sellado debajo del fanal, en un armarito de hierro cuya llave tenía el farolero; la cuerda en sí la protegía una funda de metal.

Jean Valjean, con las energías de un combate supremo, cruzó la calle de un salto, entró en el callejón, hizo saltar el pestillo del armarito con la punta de la navaja y, un instante después, ya estaba otra vez junto a Cosette. Tenía una cuerda. Los adustos buscadores de recursos, a brazo partido con la fatalidad, trabajan deprisa.

Ya hemos dicho que esa noche no habían encendido los faroles. En consecuencia, el del callejón de Genrot estaba apagado, como los demás, y era posible pasar al lado sin darse cuenta siquiera de que el fanal no estaba ya en su sitio.

Entretanto la hora, el lugar, la oscuridad, la preocupación de Jean Valjean, sus gestos tan peculiares, sus idas y venidas, todo aquello estaba empezando a intranquilizar a Cosette. Cualquier otra niña se habría puesto a escandalizar mucho antes. Ella se limitó a tirarle a Jean Valjean del faldón de la levita. Se oía cada vez con mayor claridad el ruido de la patrulla que se acercaba.

—Padre —dijo bajito—, tengo miedo. ¿Quién viene?

—¡Chisssss! —contestó el pobre hombre—. Es la Thénardier. Cosette dio un respingo. Él añadió:

—No digas nada. Déjame a mí. Si gritas, si lloras, la Thénardier está al acecho. Viene para cogerte otra vez.

Entonces, sin prisa pero sin tener que repetir ningún gesto, con una precisión firme y concisa, tanto más notable en semejante momento cuanto que la patrulla y Javert podían aparecer en cualquier instante, se quitó la corbata, se la pasó alrededor del cuerpo a Cosette por debajo de los sobacos, con cuidado de que no pudiera lastimar a la niña, ató la corbata al extremo de la cuerda con ese nudo que la gente de mar llama «nudo de golondrina», se puso la otra punta de la cuerda entre los dientes, se quitó los zapatos y las medias, que arrojó por encima de la tapia, se subió encima del saliente de obra y empezó a subir por el ángulo que formaba la tapia con la fachada del gablete con la misma firmeza y seguridad que si hubiera tenido peldaños para apoyar los talones y los codos. No había transcurrido ni medio minuto y ya estaba de rodillas encima de la tapia.

Cosette lo miraba pasmada, sin decir palabra. La recomendación de Jean Valjean y el nombre de la Thénardier la habían dejado helada.

De repente, oyó la voz de Jean Valjean que le gritaba, aunque muy por lo bajo:

—Pégate de espaldas a la pared. Obedeció.

—No digas nada y no tengas miedo —añadió Jean Valjean. Cosette notó que se alzaba por los aires.

Antes de que hubiera podido darse cuenta, ya estaba en lo alto de la tapia.

Jean Valjean la agarró, se la echó a la espalda, le cogió ambas manitas con la mano izquierda, se tumbó bocabajo y reptó por la parte alta de la tapia hasta el ángulo matado. Como había supuesto, había allí una edificación cuyo techo arrancaba de la valla de madera y bajaba casi hasta el suelo, en pendiente muy suave, rozando el tilo.

Feliz circunstancia, porque la tapia era mucho más alta por aquel lado que por la parte de la calle. Jean Valjean veía el suelo, a sus pies, muy abajo.

Acababa de llegar al plano inclinado del tejado y todavía no había soltado la cresta de la tapia cuando un alboroto tremendo anunció la llegada de la patrulla. Se oyó la voz atronadora de Javert:

—¡Registrad el callejón! La calle de Droit-Mur está vigilada, la callejuela de Picpus también. ¡Respondo de que está en el callejón!

Los soldados se abalanzaron dentro del callejón.

Jean Valjean resbaló por el tejado, sin soltar a Cosette, llegó al tilo y saltó al suelo. Bien porque estuviera aterrada, bien porque fuera valiente, Colette no había dicho esta boca es mía. Tenía las manos un poco desolladas.

VI
PRINCIPIO DE UN ENIGMA

Jean Valjean estaba en algo así como un jardín muy grande y con una apariencia singular; uno de esos jardines tristes que parecen pensados para mirarlos en invierno y de noche. Aquel jardín era alargado, con un paseo de álamos altos al fondo, unos bosquecillos bastante elevados en las esquinas y un espacio sin sombra en el centro, donde se divisaba un árbol muy grande y aislado y, además, unos cuantos frutales retorcidos y erizados como matorrales espesos, unos cuadros de hortalizas, un melonar cuyas campanas brillaban a la luz de la luna y un pozo negro antiguo. Había acá y allá bancos de piedra que parecían negros de musgo. Los paseos tenían a ambos lados arbustos bajos, oscuros y muy rectos. La hierba cubría la mitad de los paseos, y un moho verde, el resto.

Al lado de Jean Valjean estaba la edificación cuyo tejado había usado para bajar, un montón de haces de leña y, detrás de los haces de leña, pegada a la pared, una estatua de piedra cuyo rostro mutilado no era ya sino una máscara informe que se veía vagamente en la oscuridad.

La edificación era algo así como una ruina donde se divisaban habitaciones desmanteladas, una de las cuales, atestada de objetos, debía de haber servido de almacén.

El edificio principal de la calle de Droit-Mur, que hacía esquina con la calleja de Picpus, tenía dos fachadas en escuadra que daban a ese jardín. Esas fachadas, vistas desde dentro, eran aún más dramáticas que las que daban a la calle. En todas las ventanas había rejas. No se veía luz alguna. En los pisos superiores había extractores como en las cárceles. Una de esas fachadas estaba a la sombra de la otra, que caía sobre el jardín como un paño negro enorme.

No se veían más casas. El fondo del jardín se perdía en la bruma y la oscuridad. No obstante, se intuían de forma confusa paredes que se cortaban entre sí, como si hubiera otros cultivos más allá, y los tejados bajos de la calle de Polonceau.

No podía concebirse nada más arisco y solitario que aquel jardín. No había nadie, cosa que parecía lógica dada la hora; pero no parecía un lugar pensado para que alguien paseara por él, ni siquiera a las doce de la mañana.

De lo primero que se ocupó Jean Valjean fue de buscar los zapatos y volver a calzarse; luego entró en el almacén con Cosette. A quien anda huyendo nunca le parece que está bastante escondido. La niña, que seguía pensando en la Thénardier, compartía aquel instinto de ponerse lo más al resguardo posible.

Cosette temblaba y se arrimaba a Jean Valjean. Se oía el escándalo de la patrulla, que registraba el callejón y la calle, los culatazos contra las piedras, a Javert llamando a los de la pasma a quienes tenía apostados y sus maldiciones, revueltas con palabras que no se entendían.

Al cabo de un cuarto de hora, pareció que aquel rugido de tormenta empezaba a alejarse. Jean Valjean no respiraba.

Le había tapado suavemente a Cosette la boca con la mano.

Por lo demás, aquella soledad donde se hallaba era tan curiosamente serena que el barullo tremendo, tan rabioso y cercano, no parecía alterarla mínimamente. Era como si aquellos muros estuvieran construidos con esas piedras sordas de que hablan las Escrituras.

De repente, en medio de aquella honda calma, se alzó un ruido nuevo; un ruido celestial, divino, inefable, tan delicioso como horrible era el otro. Era un himno que nacía de las tinieblas, un deslumbramiento de oración y armonía en el oscuro y amedrentador silencio de la noche; voces femeninas, pero voces que se componían a un tiempo del acento puro de las vírgenes y del acento candoroso de los niños, voces de esas que no son terrenales y que se parecen a las que los recién nacidos oyen aún y los moribundos oyen ya. Aquel cántico venía del edificio adusto que se alzaba en el jardín. En el momento en que se alejaba el escándalo de los demonios, hubiérase dicho que un coro de ángeles se acercaba en la oscuridad.

Cosette y Jean Valjean cayeron de rodillas.

No sabían qué era aquello, no sabían dónde estaban, pero notaban ambos, el hombre y la niña, el penitente y la inocente, que tenían que ponerse de rodillas.

Aquellas voces eran extrañas porque no impedían que el edificio pareciera desierto. Eran como un cántico sobrenatural en una morada vacía.

Mientras cantaban esas voces, Jean Valjean ya no pensaba en nada. Ya no veía la noche, veía un cielo azul. Le parecía notar que se le desplegaban esas alas que todos llevamos dentro.

Se apagó el canto. Quizá hubiera durado mucho. Jean Valjean no habría podido decirlo. Las horas de éxtasis duran siempre un minuto.

Todo había vuelto al silencio. Nada ya en la calle, nada ya en el jardín. Lo que amenazaba, lo que tranquilizaba, todo se había desvanecido. El viento rozaba en la cresta de la tapia unas cuantas hierbas secas, que hacían un ruidito suave y lúgubre.

VII
PROSIGUE EL ENIGMA

Se había levantado el viento frío de la noche, lo que quería decir que debía de ser entre la una y las dos de la mañana. La pobre Cosette no decía nada. Como estaba sentada a su lado y había reclinado la cabeza en él, Jean Valjean pensó que se había dormido. Se agachó y la miró. Cosette tenía los ojos abiertos de par en par y una expresión meditabunda que le resultó dolorosa a Jean Valjean.

Seguía temblando.

—¿Tienes sueño? —le dijo Jean Valjean.

—Tengo mucho frío —contestó ella. Un momento después, añadió:

—¿Sigue ahí?

—¿Quién? —dijo Jean Valjean.

—La señora Thénardier.

Jean Valjean no se acordaba ya del sistema a que había recurrido para que Cosette estuviera callada.

—¡Ah! —dijo—. Ya se ha ido. Ya no tienes que tener miedo de nada. La niña suspiró como si se le quitase un peso del pecho.

La tierra estaba húmeda; el almacén, abierto por todos lados; el viento era cada vez más frío. El hombre se quitó la levita y envolvió en ella a Cosette.

—¿Así tienes menos frío?

—¡Ya lo creo, padre!

—Bueno, pues espérame un momento, que ahora vuelvo.

Salió de las ruinas y caminó a lo largo del edificio principal, buscando algún refugio mejor. Encontró puertas, pero estaban cerradas. Había rejas en todas las ventanas de la planta baja.

Cuando acababa de dejar atrás la esquina interior del edificio, se fijó en que estaba llegando a unas ventanas abovedadas, y vio algo de claridad. Se puso de puntillas y miró por una de esas ventanas. Daban todas a una sala bastante amplia, pavimentada con grandes baldosas, que interrumpían arcos y columnas, y donde sólo se veía una lucecita y muchas sombras. La luz venía de una lamparilla encendida en un rincón. Aquella sala estaba desierta y nada se movía en ella. Pero, a fuerza de mirar, le pareció ver en el suelo, en las baldosas, algo que parecía tapado con un sudario y recordaba una forma humana. Estaba bocabajo, con la cara pegada a la piedra y los brazos en cruz, en la inmovilidad de la muerte. Hubiérase dicho, porque había una especie de serpiente tirada en el suelo, que aquella forma siniestra llevaba una cuerda al cuello.

Toda la sala estaba sumida en esa bruma de los lugares con poca luz que los torna aún más espantosos.

Muchas veces dijo luego Jean Valjean que, aunque en la vida se había cruzado con muchos espectáculos fúnebres, nunca había visto nada que helase más la sangre ni más terrible que aquella figura enigmática cumpliendo con a saber qué rito misterioso y desconocido en aquel lugar oscuro, vislumbrada así en la noche y la oscuridad. Espantaba pensar que, a lo mejor, estaba muerta; y espantaba más aún pensar que podía estar viva.

Tuvo el coraje de pegar la frente al cristal y de acechar, por si aquello se movía. Por mucho que se quedó allí un rato que le pareció muy largo, la forma tirada en el suelo no hacía movimiento alguno. De pronto, lo embargó un terror inexplicable y salió huyendo. Echó a correr hacia el almacén sin atreverse a mirar atrás. La parecía que, si volvía la cabeza, vería que la figura iba tras él a zancadas moviendo los brazos.

Llegó a las ruinas, jadeante. Se le doblaban las rodillas; le corría el sudor por los riñones.

¿Dónde estaba? ¿Quién habría podido suponer nunca que existía en pleno París algo semejante a aquella especie de sepulcro? ¿Qué era aquella casa extraña? ¡Un edificio rebosante de misterio nocturno, que llamaba a las almas desde la sombra con la voz de los ángeles y, cuando acudían, les brindaba de pronto esa visión espantosa, que les prometía abrirles la puerta del cielo y les abría la puerta horrible del sepulcro! ¡Y se trataba efectivamente de un edificio, una casa que tenía número y estaba en una calle! ¡No era un sueño! Necesitaba tocar las piedras para creerlo.

Con el frío, la ansiedad, la preocupación y las emociones de la velada le había entrado fiebre de verdad, y todas las ideas le tropezaban unas con otras en la cabeza. Se acercó a Cosette. Estaba dormida.

VIII
EL ENIGMA VA A MÁS

La niña había apoyado la cabeza en una piedra y se había quedado dormida.

Se sentó junto a ella y se puso a mirarla. Poco a poco, mientras lo hacía, se iba tranquilizando y recobraba la libertad de la mente.

Veía claramente la siguiente verdad, lo que a partir de ahora iba a ser lo esencial en su vida: que mientras la niña estuviera con él, mientras él la tuviese consigo, no necesitaría nada a menos que fuera para ella, ni temería nada más que lo que temiera por ella. Ni siquiera notaba que tenía mucho frío por haberse quitado la levita para arropar a la niña.

Entretanto, a través del ensimismamiento en que había caído, llevaba un rato oyendo un ruido curioso. Como si alguien tocase un cascabel. Era un ruido que estaba en el jardín. Se lo oía con claridad, aunque no muy fuerte. Se parecía a esa música inconcreta que hacen las esquilas de las reses de noche en los pastos.

Jean Valjean se volvió al oír ese ruido. Miró y vio que había alguien en el jardín.

Un ser que parecía un hombre andaba entre las campanas de los melones, incorporándose y agachándose, deteniéndose con movimientos regulares, como si estuviera arrastrando algo o colocándolo por el suelo. Parecía que cojeaba.

Jean Valjean se sobresaltó con ese temblor permanente de los desdichados. Todo les resulta hostil y sospechoso. Desconfían de la luz del día, porque contribuye a que los vean, y de la oscuridad de la noche, porque contribuye a que los sorprendan. Un rato antes, temblaba porque el jardín estaba desierto; ahora, temblaba porque había alguien en el jardín.

Volvió de los temores quiméricos a los temores reales. Se dijo que Javert y los de la pasma a lo mejor no se habían ido, que seguramente habían dejado a gente apostada en la calle, que si aquel hombre lo descubría en el jardín gritaría: «¡Al ladrón!», y lo entregaría. Cogió con suavidad a Cosette dormida en brazos y la llevó detrás de un montón de muebles viejos, en el rincón más recoleto del almacén. Cosette no se movió.

Desde allí Jean Valjean estuvo observando a la persona que estaba en el melonar. Lo curioso era que el ruido de cascabel acompañaba todos los movimientos del hombre. Cuando aquel hombre se acercaba, se acercaba el ruido; cuando se alejaba, se alejaba el ruido; si hacía un ademán brusco, un repiqueteo acompañaba al ademán; cuando se detenía, el ruido se detenía. Parecía claro que el hombre llevaba un cascabel; pero, en tal caso, ¿qué quería decir aquello? ¿Quién era aquel hombre que llevaba colgada una campanilla como un carnero o un buey?

Mientras Jean Valjean se hacía esas preguntas, le tocó las manos a Cosette. Las tenía heladas.

—¡Ay, Dios mío! —dijo. La llamó en voz baja:

—¡Cosette!

No abrió los ojos.

La sacudió con vehemencia. No se despertó.

—¿Se habrá muerto? —dijo. Y se enderezó, temblando de pies a cabeza.

Las ideas más espantosas le cruzaron, revueltas, por la cabeza. Hay momentos en que las suposiciones horrorosas nos asedian como un tropel de furias y nos fuerzan con violencia los tabiques del cerebro. Cuando se trata de las personas a las que queremos, nuestra prudencia inventa todo tipo de locuras. Recordó que el sueño al aire libre en una noche fría puede resultar mortal.

Cosette, pálida, había vuelto a desplomarse, tendida en el suelo, a sus pies, sin hacer un movimiento.

Le acechó el aliento; respiraba, pero con una respiración que le parecía débil y a punto de apagarse.

¿Cómo hacerla entrar en calor? ¿Cómo despertarla? Cualquier otra cosa que no fuese ésa se le borró de la mente. Se abalanzó, frenético, fuera de las ruinas.

Era de todo punto indispensable que antes de un cuarto de hora Cosette estuviera delante de un fuego y en una cama.

EL HOMBRE DEL CASCABEL

Se fue derecho al hombre a quien divisaba en el jardín. Llevaba en la mano el canuto de dinero que se había metido en el bolsillo del chaleco.

El hombre tenía la cabeza gacha y no lo veía acercarse. Jean Valjean se plantó a su lado en pocas zancadas.

Le dijo gritando:

—¡Cien francos!

El hombre se sobresaltó y alzó la vista.

—¡Le pago cien francos si me da asilo por esta noche! —añadió Jean Valjean.

La luna le daba de lleno en la cara descompuesta a Jean Valjean.

—¡Anda, si es usted, compadre Madeleine! —dijo el hombre.

Aquel nombre, que un desconocido decía en aquella hora tan oscura en aquel lugar también desconocido, hizo retroceder a Jean Valjean.

Se esperaba cualquier cosa menos aquello. Quien le hablaba era un anciano encorvado y cojo, vestido más o menos como un campesino, que llevaba en la rodilla izquierda una rodillera de cuero de la que colgaba una campanilla de buen tamaño. No se le veía la cara, que estaba en la sombra.

Pero el hombre se había quitado el gorro y exclamaba, trémulo:

—¡Ay, Dios mío! Pero ¿qué está usted haciendo aquí, compadre Madeleine? ¡Jesús, Jesús! ¿Por dónde ha entrado? ¿Ha caído del cielo? Que no es que sea de extrañar, porque si alguna vez cae usted de alguna parte, de ahí tendrá que ser. Pero ¿qué pintas lleva? ¡Sin corbata, sin sombrero, sin levita! ¿Sabe que le habría dado un buen susto a alguien que no lo conociera? ¡Sin levita! ¡Señor, Señor! ¿Es que en estos tiempos se vuelven locos los santos? Pero ¿cómo ha entrado aquí?

Se le atropellaban las palabras. El viejo hablaba con locuacidad campesina donde nada había que pudiera resultar intranquilizador. Todo lo decía con una mezcla de asombro y de campechanía candorosa.

—¿Quién es usted? ¿Y qué casa es ésta? —preguntó Jean Valjean.

—¡Cuerpo de Cristo, ésta sí que es buena! —exclamó el anciano—. Soy la persona a la que usted encontró acomodo aquí y esta casa fue en la que me encontró ese acomodo. ¿Cómo? ¿No me reconoce?

—No —dijo Jean Valjean—. ¿Y cómo es que usted sí me conoce?

—Me salvó usted la vida —dijo el hombre.

Se dio la vuelta, le subrayó el perfil un rayo de luna y Jean Valjean reconoció a Fauchelevent.

—¡Ah! —dijo Jean Valjean—. ¿Es usted? Sí, lo reconozco.

—Vaya, menos mal —dijo el viejo, con tono de reproche.

—¿Y qué hace usted aquí? —siguió preguntando Jean Valjean.

—¡Anda! ¡Pues tapando los melones, claro!

Fauchelevent tenía efectivamente en la mano en el momento en que se le había acercado Jean Valjean la punta de una estera que estaba colocando por encima del melonar. Ya había puesto unas cuantas en la hora, más o menos, que llevaba en el jardín. Por esa operación era por lo que llevaba a cabo los peculiares ademanes que le habían llamado la atención a Jean Valjean desde el almacén.

Añadió:

—Me he dicho: la luna está clara, va a helar. ¿Y si les pusiera el gabán a mis melones?

Y añadió, mirando a Jean Valjean con una risotada:

—¡Usted habría hecho lo mismo, ya lo creo! Pero ¿cómo es que está usted aquí?

Jean Valjean, al ver que el hombre lo conocía, al menos con el apellido de Madeleine, iba ahora con pies de plomo. Hacía más y más preguntas. Cosa curiosa, los papeles estaban invertidos. Era él, el intruso, quien preguntaba.

—¿Y qué es la campanilla esa que lleva en la rodilla?

—¿Esto? —contestó Fauchelevent—. Es para que no se encuentren conmigo.

—¿Cómo que para que no se encuentren con usted? Fauchelevent hizo un guiño con una expresión inefable.

—¡Ay, amigo, es que en esta casa hay mujeres! Muchas jovencitas. Y por lo visto encontrarse conmigo sería un peligro. La campanilla las avisa. Cuando yo llego, ellas se van.

—Pues ¿qué casa es ésta?

—Anda, si ya lo sabe usted.

—No, no lo sé.

—Pero ¡si fue por su mediación por lo que me dieron el puesto de jardinero!

—¡Contésteme como si no supiera nada!

—¡Bueno, pues es el convento de Le Petit-Picpus!

A Jean Valjean le volvían los recuerdos. El azar, es decir, la Providencia, lo había puesto precisamente en aquel convento del barrio de Saint-Antoine donde habían admitido a Fauchelevent, tras dejarlo inválido la caída del carro, por recomendación suya, hacía ya dos años. Repitió, como si hablase para sus adentros:

—¡El convento de Le Petit-Picpus!

—Pero bueno, por cierto —siguió diciendo Fauchelevent—, ¿cómo demonios se las ha apañado para entrar, compadre Madeleine? Porque, por muy santo que sea, es un hombre; y aquí no hay hombres.

—Usted sí que está.

—Sólo estoy yo.

—Pues se da el caso de que tengo que quedarme —dijo Jean Valjean.

—¡Ay, Dios mío! —exclamó Fauchelevent.

Jean Valjean se acercó al viejo y le dijo con voz muy seria:

—Fauchelevent, le salvé la vida.

—Yo lo dije primero —contestó Fauchelevent.

—Bueno, pues ahora puede usted hacer por mí lo que hice yo por usted hace tiempo.

Fauchelevent agarró con las manos viejas, arrugadas y temblonas las dos manos robustas de Jean Valjean y, por unos segundos, pareció que no podía hablar. Por fin, exclamó:

—¡Ay, sería una bendición de Dios si se lo pudiera devolver aunque fuera poco! ¡Yo! ¡Yo salvarle la vida! ¡Señor alcalde, disponga de este viejo!

Un gozo admirable había transfigurado al anciano. Parecía que del rostro le brotaban rayos de luz.

—¿Qué quiere que haga? —añadió.

—Ya se lo explicaré. ¿Tiene una habitación?

—Tengo una cabaña apartada, ahí, detrás de las ruinas del convento viejo, en un rincón que no ve nadie. Tiene tres habitaciones.

Las ruinas tapaban la cabaña tan bien, efectivamente, y estaba tan bien colocada para que no la viera nadie, que Jean Valjean no se había fijado en ella.

—Bien —dijo Jean Valjean—. Ahora le voy a pedir dos cosas.

—¿Cuáles, señor alcalde?

—La primera, que no le diga a nadie lo que sabe de mí. Y lo segundo, que no intente enterarse de nada más.

—Lo que usted diga. Bien sé que todo lo que haga usted tiene que ser honrado y que siempre ha sido un hombre de Dios. Y, además, fue usted el que me metió aquí. Todo esto es cosa suya. Disponga de mí.

—Dicho queda. Ahora, venga conmigo. Vamos a buscar a la niña.

—¡Ah! —dijo Fauchelevent—. ¿Hay una niña?

No añadió nada más y fue en pos de Jean Valjean como un perro que sigue al amo.

No había pasado ni media hora y ya dormía Cosette, que había recobrado los colores, junto a un buen fuego, en la cama del anciano jardinero. Jean Valjean se había vuelto a poner la corbata y la levita;

habían encontrado y recogido el sombrero, que había tirado por encima de la tapia; mientras Jean Valjean se ponía la levita, Fauchelevent se había quitado la rodillera, que ahora, colgada de un clavo junto a un cuévano, decoraba la pared. Los dos hombres estaban entrando en calor acodados a una mesa en la que Fauchelevent había puesto un trozo de queso, un pan de centeno, una botella de vino y dos vasos; y el viejo le decía a Jean Valjean, poniéndole la mano en la rodilla:

—¡Ay, compadre Madeleine! ¡Mira que no reconocerme enseguida! ¡Le salva usted la vida a la gente y luego se olvida de ella! ¡Qué mal está eso!

¡La gente sí que se acuerda de usted! ¡Es usted un ingrato!

X
DE CÓMO JAVERT NO DIO CON LA PRESA Y SE QUEDÓ CON TRES PALMOS DE NARICES

Los acontecimientos cuyo envés, por así decirlo, hemos presenciado habían sucedido en condiciones sencillísimas.

Cuando Jean Valjean, la misma noche del día en que lo detuvo Javert junto al lecho de muerte de Fantine, se escapó de la cárcel municipal de Montreuil-sur-Mer, la policía dio por hecho que el presidiario evadido había ido a París. París es un maelstrom donde todo se pierde, y todo desaparece en ese ombligo del mundo igual que en el ombligo del mar. No hay bosque que oculte a un hombre como ese gentío. Lo saben los fugitivos de cualquier categoría. Van a París como si fueran a que se los tragase la tierra; y que la tierra te trague puede ser una forma de salvación. También la policía lo sabe, y lo que pierde en otros lugares lo busca en París. Buscó allí al ex alcalde de Montreuil-sur-Mer. Llamaron a Javert a París para que colaborase en las pesquisas. Javert, efectivamente, fue de gran ayuda en la captura de Jean Valjean. El celo y la inteligencia de Javert en ocasión tal no le pasaron inadvertidos al señor Chabouillet, secretario de la prefectura de policía a cuyo frente estaba el conde Angles. El señor Chabouillet, que, por lo demás, había ejercido ya anteriormente de protector de Javert, destinó al inspector de Montreuil-sur-Mer al cuerpo de policía de París. En él Javert resultó, digámoslo así, aunque la palabra parezca inesperada referida a servicios tales, de honorable utilidad.

No pensaba ya en Jean Valjean —a esos perros que andan siempre detrás de la presa el lobo de hoy les hace olvidar al lobo de ayer— cuando, en diciembre de 1823, leyó un periódico, él que nunca leía periódicos; pero Javert, hombre monárquico, había tenido interés en enterarse de los detalles de la entrada triunfal del «príncipe generalísimo» en Bayona. Según estaba acabando de leer el artículo que lo interesaba, un nombre, el nombre de Jean Valjean, le llamó la atención en la parte de abajo de una página. El periódico anunciaba que el presidiario Jean Valjean había muerto y publicaba el hecho de forma tan categórica que Javert no lo puso en duda. Se limitó a decir: mucho mejor que un asiento en el registro del penal. Luego tiró el periódico y no volvió a pensar en ello.

Poco tiempo después aconteció que la prefectura de Seine-et-Oise envió una nota de la policía a la prefectura de policía de París relacionada con el rapto de una niña que había sucedido, a lo que decían, en circunstancias peculiares, en el municipio de Montfermeil. Un desconocido, decía la nota, había robado una niña de siete u ocho años, cuya madre la había dejado bajo la tutela de un posadero de la zona; la niña respondía al nombre de Cosette y era hija de una prostituta llamada Fantine, que había muerto en un hospital no se sabía ni cuándo ni dónde. Aquella nota la leyó Javert y se quedó pensativo.

Le era muy conocido el nombre de Fantine. Recordaba que Jean Valjean le había hecho soltar la carcajada, a él, a Javert, al pedirle un aplazamiento de tres días para ir a buscar a la niña de aquella ramera. Recordó que a Jean Valjean lo habían detenido en París cuando estaba subiendo al coche de Montfermeil. Algunas indicaciones habían incluso destacado, por entonces, que era la segunda vez que subía a aquel coche y que la misma víspera de ese día había realizado una primera incursión por las inmediaciones de ese pueblo, porque no lo habían visto en el pueblo propiamente dicho. ¿Qué tenía que hacer en aquella comarca de Montfermeil? Nadie había sido capaz de intuirlo. Javert lo entendía ahora. Allí estaba la hija de Fantine. Jean Valjean iba a buscarla. Ahora bien, a aquella niña acababa de robarla un desconocido. ¿Quién podía ser aquel desconocido? ¿Sería Jean Valjean? Pero Jean Valjean había muerto. Javert, sin decirle nada a nadie, cogió el coche que salía de Le Plat d'Étain, en el callejón de La Planchette, y fue a Montfermeil.

Creía que iba encontrarse con muchas aclaraciones; se encontró con mucha oscuridad.

En los primeros días, los Thénardier, despechados, habían andado cotorreando. Se había comentado en el pueblo la desaparición de la Alondra. Enseguida aparecieron varias versiones de la historia, que acabó por convertirse en el robo de una niña. De ahí la nota de la policía. Pero cuando se le pasó el primer ataque de malhumor, el Thénardier, con su admirable instinto, cayó en la cuenta de que nunca resulta práctico poner sobre aviso al señor procurador del reino y que el primer resultado de sus quejas relacionadas con el rapto de Cosette sería que se iban a fijar en él, Thénardier, y en muchos asuntos turbios que se traía entre manos, las deslumbrantes pupilas de la justicia. Lo que menos quieren los búhos es que les arrimen una vela. Y, además, ¿cómo iba a explicar los mil quinientos francos recibidos? Cortó el asunto en seco, le cerró la boca a su mujer y fingía quedarse atónito cuando le mencionaban el robo de una niña. No entendía qué le estaban diciendo; era probable que se hubiera quejado, sobre la marcha, de que le «arrebatasen» tan de repente a aquella niña querida; le habría gustado, porque sentía por ella gran afecto, tenerla consigo dos o tres días más; pero había venido su «abuelo» a buscarla, lo cual era lo más natural del mundo. Había añadido aquel detalle del abuelo, que quedaba muy bien. Con esa historia fue con la que se encontró Javert cuando llegó a Montfermeil. Aparecía el abuelo y desaparecía Jean Valjean. Javert, no obstante, introdujo unas cuantas preguntas, como si fueran sondas, en la historia de Thénardier. ¿Quién era ese abuelo y cómo se llamaba?

Thénardier contestó con gran sencillez:

—Es un agricultor con mucho dinero. Vi su pasaporte. Creo que se llama Guillaume Lambert.

Lambert es un apellido campechano y muy tranquilizador. Javert se volvió a París.

—Jean Valjean está de lo más muerto —se dijo—, y yo soy un pánfilo.

Ya se le estaba olvidando otra vez toda aquella historia cuando, en el mes de marzo de 1824, oyó hablar de un individuo muy raro que vivía en la parroquia de Saint-Médard y a quien llamaban «el mendigo que da limosna». Decían que el individuo aquel era un rentista cuyo nombre no sabía nadie con exactitud y que vivía solo con una niña de ocho años que no sabía nada de sí misma salvo que venía de Montfermeil. ¡Montfermeil! Aquel nombre aparecía continuamente y le puso a Javert la mosca detrás de la oreja. Un pordiosero viejo, que era un soplón y había sido pertiguero, a quien el personaje aquel daba limosna, añadía algunos detalles más: el rentista era una persona muy hosca; sólo salía de noche; no hablaba con nadie, únicamente con los pobres, a veces; y no dejaba que se le acercase nadie. Vestía una levita vieja y amarilla feísima que valía varios millones porque llevaba billetes de banco en todas las costuras. Todo aquello despertó la curiosidad de Javert. Para ver a aquel rentista legendario muy de cerca sin espantarlo le cogió prestados los harapos un día al pertiguero, así como el sitio en que el soplón se acurrucaba todas las noches, mascullando oraciones con voz gangosa y espiando mientras rezaba.

«El individuo sospechoso» se acercó efectivamente a Javert con aquella ropa y le dio una limosna. En ese momento Javert alzó la cabeza y la sacudida que sintió Jean Valjean cuando le pareció reconocer a Javert fue la misma que sintió Javert cuando le pareció reconocer a Jean Valjean.

No obstante, la oscuridad podía haberlo engañado; la muerte de Jean Valjean era oficial; a Javert le quedaban dudas muy serias; y, cuando dudaba, Javert, hombre escrupuloso, no le echaba el guante a nadie.

Fue siguiendo a su hombre hasta el caserón Gorbeau y le tiró de la lengua a «la vieja», cosa que no resultaba difícil. La vieja le confirmó lo de la levita forrada de millones y le refirió el episodio del billete de mil francos. ¡Lo había visto! ¡Lo había tocado! Javert alquiló una habitación. Fue a instalarse en ella esa misma noche. Pegó el oído a la puerta del inquilino misterioso, con la esperanza de oírle la voz, pero Jean Valjean vio la vela por la cerradura y burló al espía al guardar silencio.

Al día siguiente, Jean Valjean levantó el campo. Pero a la vieja le llamó la atención el ruido de la moneda de cinco francos que se le cayó y, al oírlo andar con dinero, se dio cuenta de que se mudaba y se apresuró a avisar a Javert. Por la noche, cuando salió Jean Valjean, Javert lo estaba esperando detrás de los árboles del bulevar con dos hombres.

Javert había pedido refuerzos a la prefectura, pero sin decir el nombre del individuo al que pensaba capturar. Era un secreto suyo y como tal lo guardaba por tres motivos: primero, porque la mínima indiscreción podía poner sobre aviso a Jean Valjean; después, porque echarle el guante a un expresidiario al que consideraban muerto, a un condenado que los documentos de la justicia habían situado para siempre entre los malhechores de la categoría más peligrosa era una hazaña espléndida que los veteranos de la policía parisina no le dejarían desde luego a un recién llegado como Javert, y éste temía que le robasen a su presidiario; y, finalmente, porque Javert era un artista a quien le gustaba lo imprevisto. Aborrecía esos éxitos anunciados que, al comentarse con mucha antelación, quedan desflorados. Tenía empeño en llevar a cabo obras maestras en la sombra y desvelarlas luego de repente.

Javert siguió a Jean Valjean de árbol en árbol y, luego, de esquina en esquina, y no lo perdió de vista ni un momento. Incluso cuando Jean Valjean se creía más seguro, Javert no le quitaba ojo.

¿Por qué no detuvo Javert a Jean Valjean? Porque todavía le quedaban dudas.

Debemos recordar que, por entonces, la policía no puede decirse que se sintiera a gusto; la prensa libre era un estorbo. Algunas detenciones arbitrarias, que había denunciado la prensa, habían llegado hasta las cámaras parlamentarias y la prefectura se había vuelto tímida. Atentar contra la libertad individual era un hecho grave. Los agentes tenían miedo de equivocarse; el prefecto la pagaba con ellos; un error traía consigo una destitución. ¡Imagine el lector, efectivamente, qué efecto habría causado en París la publicación en veinte diarios del siguiente suelto: «Ayer detuvieron a un abuelo anciano de pelo blanco, a un rentista respetable que paseaba con su nieta, una niña de ocho años, y lo llevaron a la prisión preventiva de la prefectura tachándolo de ser un presidiario evadido»!

Repitamos, además, que Javert tenía sus propios escrúpulos; las recomendaciones de su conciencia se sumaban a las recomendaciones del prefecto. Tenía dudas de verdad.

Jean Valjean le daba la espalda y caminaba en la oscuridad.

La tristeza, la preocupación, la ansiedad, el agobio de esta nueva desdicha que lo obligaba a escapar de noche y buscar al azar un refugio en París para Cosette y para él, la necesidad de ajustar el paso al paso de una niña, todas estas cosas, incluso sin saberlo él, le habían cambiado la forma de andar a Jean Valjean y le prestaban un porte tan senil que incluso la policía, encarnada en Javert, podía engañarse, y se engañó.

La imposibilidad de acercarse mucho, el atuendo de preceptor viejo y emigrado, las palabras de Thénardier, que lo convertían en abuelo, y, en última instancia, la creencia de que había muerto en presidio se sumaban a las incertidumbres que le enturbiaban la mente a Javert.

Se le ocurrió, en un momento dado, pedirle de repente la documentación. Pero si ese hombre no era Jean Valjean y si ese hombre no era un honrado y anciano rentista, entonces sería probablemente alguna buena pieza profunda y diestramente relacionada con la trama oscura de las fechorías parisinas, el jefe de alguna banda, peligroso, que daba limosnas para ocultar otros talentos: un recurso clásico. Tendría hombres de confianza, cómplices, viviendas para un apuro, donde seguramente iba a buscar refugio. Todos aquellos rodeos que iba dando por las calles parecían indicar que no era un buen hombre cualquiera. Detenerlo demasiado pronto era «matar la gallina de los huevos de oro». ¿Qué inconveniente había en esperar? Javert estaba seguro de que no se le iba a escapar.

Iba caminando, pues, bastante perplejo, haciéndose cientos de preguntas acerca de aquel personaje enigmático.

Tardó bastante, ya en la calle de Pontoise, en reconocer definitivamente a Jean Valjean merced a la fuerte luz que salía de una taberna.

Hay en este mundo dos seres que notan la misma sacudida hondísima: la madre que vuelve a encontrar a su hijo y el tigre que vuelve a encontrar a su presa. Ésa fue la sacudida que notó Javert.

No bien hubo reconocido sin lugar a dudas a Jean Valjean, el temible presidiario, cayó en la cuenta de que eran sólo tres, y mandó a pedir refuerzos al comisario de policía de la calle de Pontoise. Hay que ponerse guantes antes de agarrar un garrote de espino.

Aquella demora y la parada en el cruce del internado Rollin para ponerse de acuerdo con sus agentes estuvieron a punto de hacerle perder la pista. No había tardado, sin embargo, en intuir que Jean Valjean quería interponer el río entre quienes le iban dando caza y él. Reflexionó, con la cabeza gacha, como un sabueso que pega el hocico al suelo para no salirse mínimamente del rastro. Movido por el poderoso tino de su instinto, Javert fue en derechura hacia el puente de Austerlitz. Una frase del peajero lo puso al tanto: «¿Ha visto a un hombre con una niña?». «Le he cobrado diez céntimos», contestó el peajero. Javert llegó al puente a tiempo de ver, en la otra orilla del río, a Jean Valjean cruzando, con Cosette de la mano, la zona que iluminaba la luna. Lo vio meterse por la calle de Le Chemin-Vert-Saint- Antoine, se acordó del callejón de Genrot que estaba allí como una trampilla, y de la salida única de la calle de Droit-Mur a la calleja de Picpus. Se apostó por dónde pasaría la presa, como dicen los cazadores: envió a toda prisa, dando un rodeo, a uno de sus agentes para que guardara esa salida. Pasó una patrulla, que volvía al cuartel de L'Arsenal; solicitó su ayuda e hizo que lo acompañase. En partidas como ésa, los soldados son triunfos. Por lo demás, disponen los principios que para acabar con un jabalí se precisan la ciencia del montero y la fuerza de los perros. Tras conjugar estas disposiciones y viendo a Jean Valjean atrapado entre el callejón de Genrot a la derecha, el agente a la izquierda y él, Javert, a la espalda, tomó una pulgarada de tabaco.

Luego empezó con el juego. Tuvo un momento delicioso e infernal; dejó que su hombre siguiera adelante, sabedor de que lo tenía cogido pero deseoso de retrasar cuanto fuera posible el momento de la detención, dichoso al saberlo preso y verlo libre, arropándolo con la mirada con esa voluptuosidad de la araña que deja que revolotee la mosca y del gato que deja correr al ratón. Las zarpas y las garras proporcionan una sensualidad monstruosa: el rebullir invisible del animal que esa tenaza apresa. ¡Qué delicia asfixiarlo así!

Javert disfrutaba. Tenía bien atadas las mallas de la red. Estaba seguro del éxito; ya no le quedaba sino cerrar la mano.

Con el acompañamiento que llevaba, ni siquiera cabía la posibilidad de una resistencia, por muy enérgico y muy robusto que fuese Jean Valjean ni por muy desesperado que estuviera.

Javert avanzó despacio, sondeando y registrando, al pasar, todos los recovecos de la calle como si fueran los bolsillos de un ladrón.

Al llegar al centro de la telaraña, la mosca ya no estaba. Hagámonos cargo de su exasperación.

Preguntó al centinela de las calles de Droit-Mur y de Picpus; aquel agente, que se había quedado, imperturbable, en su puesto, no había visto pasar al hombre.

Sucede a veces que el ciervo se reembosca, es decir, se escapa aunque tenga ya a la jauría encima, y entonces los cazadores más veteranos no saben qué decir. Duvivier, Ligniville y Desprez se quedan sin palabras. Al llevarse un chasco así, Artonge exclamó: No es un ciervo, es un hechicero.

A Javert le habría gustado soltar esa misma exclamación.

En su decepción, hubo por unos momentos desesperación y furor.

Es cierto que Napoleón cometió errores en la guerra de Rusia, que Alejandro cometió errores en la guerra de la India, que César cometió errores en la guerra de África, que Ciro cometió errores en la guerra de Escitia y que Javert cometió errores en esta campaña contra Jean Valjean. Es muy probable que se equivocara en los titubeos para reconocer al expresidiario. Habría debido bastarle con la primera ojeada. Se equivocó al no detenerlo sin más en el caserón. Se equivocó al no detenerlo cuando lo reconoció sin lugar a dudas en la calle de Pontoise. Se equivocó al ponerse de acuerdo con sus auxiliares en el cruce del internado Rollin, a la luz de la luna. Cierto es que las consultas son útiles y que es bueno conocer a los perros, que son merecedores de confianza, y preguntarles; pero el cazador no debe excederse en las precauciones cuando caza animales inquietos, tales como lobos y presidiarios. Javert, al poner sobre la pista a demasiados sabuesos, alarmó a la presa, dándole barruntos, y la espantó. Se equivocó, sobre todo, en cuanto dio con el rastro en el puente de Austerlitz, al jugar a ese juego tremendo y pueril de sujetar a un hombre así, en la punta de un hilo. Se creyó más listo de lo que era y supuso que podría jugar al ratón con un león. Al tiempo, se creyó más débil de lo que era cuando estimó que tenía que sumar refuerzos. Precaución fatídica que le hizo perder un tiempo precioso. Javert cometió todas esas faltas aunque era uno de los espías más duchos y atinados que hayan existido nunca. Era, con todas las de la ley, eso que en las monterías llaman un perro sabio. Pero ¿hay alguien perfecto?

Los grandes estrategas tienen eclipses.

Los deslices considerables se componen a veces, como las sogas gruesas, de muchas criznejas. Si tomamos un cabo brizna a brizna, si separamos todos los motivos mínimos determinantes, podemos quebrarlos uno tras otro y decir: ¡Tampoco era para tanto! Si los trenzamos y los retorcemos juntos son tremendos; es Atila titubeando entre Marcio a Levante y Valentiniano a Occidente; es Aníbal demorándose en Capua; es Danton a quien se le va el santo al cielo en Arcis-sur-Aube.

Fuere como fuere, en el preciso instante en que Javert cayó en la cuenta de que se le escapaba Jean Valjean, no perdió la cabeza. Con la seguridad de que el presidiario fugado no podía andar muy lejos, puso centinelas, organizó ratoneras y emboscadas y pasó revista minuciosa al barrio durante toda la noche. Lo primero que vio fue el mal estado del farol, al que le habían cortado la cuerda. Indicio valiosísimo, pero que lo confundió, porque encarriló la búsqueda por el callejón de Genrot. Hay en ese callejón tapias bastante bajas que dan a jardines cuyos muros son colindantes con solares enormes. Estaba claro que Jean Valjean tenía que haber escapado por ahí. El caso es que, si se hubiera internado algo más en el callejón de Genrot, eso es lo que habría hecho seguramente, y en tal caso habría estado perdido. Javert exploró esos jardines y esos terrenos como si buscase una aguja.

Con las claras del alba, dejó apostados a dos hombres inteligentes y volvió a la prefectura de policía abochornado como uno de la pasma al que hubiera atrapado un ladrón.

LIBRO SEXTO
LE PETIT-PICPUS

I
EL 62 DE LA CALLEJA DE PICPUS

No había, hace medio siglo, nada que se pareciera más a una puerta cochera cualquiera que la puerta cochera del número 62 de la calleja de Picpus. Esa puerta, que solía estar entornada de la forma más incitante, permitía ver dos cosas en que no hay nada que se pueda tildar de fúnebre: un patio de muros cubiertos de parras y la cara de un portero ocioso. Por encima de la pared del fondo se divisaban árboles muy altos. Cuando un rayo de sol animaba el patio y cuando un vaso de vino le animaba la cara al portero, resultaba difícil pasar por delante de la puerta del número 62 de la calleja de Picpus sin llevarse de él una idea risueña. Y, no obstante, el lugar entrevisto era un lugar sombrío.

El umbral sonreía; la casa oraba y lloraba.

Si alguien conseguía, empresa nada fácil, ir más allá del portero —cosa que era imposible, incluso, para casi todo el mundo, porque había un sésamo que era preciso saber—, si alguien, pues, tras ir más allá del portero, entraba, a la derecha, en un recibidor pequeño al que daban unas escaleras encajonadas entre dos paredes y tan estrechas que no podía pasar de frente sino una persona, si ese alguien no dejaba que lo espantase el enlucido amarillo canario con zócalo de color chocolate que cubría las paredes de esas escaleras y si ese alguien se atrevía a subir, rebasaba entonces el primer rellano, luego otro más, y llegaba al primer piso, a un pasillo en que el temple amarillo y el plinto chocolate lo seguían acompañando con enseñamiento apacible. Dos ventanas muy hermosas daban luz a las escaleras y el pasillo. El pasillo hacía un recodo y se volvía oscuro. Quien doblase ese cabo llegaba, tras dar unos cuantos pasos, a una puerta tanto más misteriosa cuanto que no estaba cerrada. Si la empujaba, entraba en una habitación pequeña, de unos seis pies cuadrados, con suelo de baldosas fregadas, limpias y frías y con las paredes empapeladas de papel imitación de tela de nanquín con florecillas verdes de a setenta y cinco céntimos el rollo. Una luz blanca y mate venía de una ventana grande de cristalitos pequeños que estaba a la izquierda y abarcaba todo el ancho de la habitación. Si miraba, no veía a nadie; si escuchaba, no oía ni un paso ni un susurro humano. Las paredes estaban desnudas; en la habitación no había muebles; ni una silla.

Quien siguiera mirando vería en la pared, de cara a la puerta, un agujero cuadrangular de alrededor de un pie cuadrado, con una reja de hierro de barrotes cruzados, negros, nudosos, recios, que formaban cuadros, diría casi que mallas, con una diagonal de menos de pulgada y media. Las florecillas verdes del papel de nanquín llegaban, tranquilas y ordenadas, hasta esos barrotes de hierro sin que aquel contacto fúnebre las amedrentase y las esparciera en torbellinos. En el supuesto de que un ser humano hubiera sido tan pasmosamente flaco como para intentar entrar o salir por aquel agujero cuadrado, la reja se lo habría impedido. No dejaba pasar los cuerpos, pero dejaba pasar la vista, es decir, la mente. Tal cosa parecía estar prevista, pues lo habían acompañado de una lámina de hojalata embutida en la pared algo más atrás y que horadaban mil agujeros más microscópicos que los agujeros de una espumadera. En la parte de abajo de esa chapa había una abertura igual que la boca de un buzón. Una cinta de lino que movía una campanilla colgaba a la derecha del agujero con la reja.

Si alguien tiraba de esa cinta, sonaba la campanilla y se oía una voz, muy cerca, tan cerca que sobresaltaba.

—¿Quién está ahí? —preguntaba la voz.

Era una voz de mujer, una voz tan dulce, tan dulce que resultaba lúgubre.

También aquí había una palabra mágica que había que saberse. Si no la sabías, la voz se callaba y la pared volvía al silencio, como si del otro lado se hallase la oscuridad medrosa del sepulcro.

Si sabías la palabra, la voz añadía:

—Pase por la derecha.

Veía uno entonces a la derecha, enfrente de la ventana, una puerta de cristales con un montante acristalado y pintada de gris. Alzaba el pestillo, cruzaba la puerta y tenía exactamente la misma impresión que cuando entramos en un teatro, en un palco con celosía antes de que abran la celosía y enciendan la araña. Estaba, efectivamente, en algo así como el palco de un teatro, que apenas iluminaba la luz imprecisa de la puerta acristalada, estrecho, amueblado con dos sillas viejas y una estera medio deshecha, un auténtico palco con una parte delantera a la altura de los codos que constaba de una tablilla de madera negra. Era un palco con celosía, pero no era una celosía de madera dorada como en la Ópera; era una cuadrícula monstruosa de barras de hierro espantosamente trenzadas y selladas a la pared con unas soldaduras enormes que parecían puños cerrados.

Transcurridos los primeros minutos, cuando la mirada empezaba a hacerse a aquella penumbra de sótano, intentaba cruzar la verja, pero no podía llegar más allá de seis pulgadas. Allí se topaba con una barrera de postigos negros, afianzados y reforzados con travesaños de madera pintados de amarillo alfajor. Esos postigos eran articulados, hechos de tablas largas y delgadas, y tapaban toda la reja. Siempre estaban cerrados.

Al cabo de unos momentos, se oía una voz que lo llamaba a uno desde detrás de los postigos y decía:

—Estoy aquí. ¿Qué quiere de mí?

Era una voz querida, una voz adorada a veces. No se veía a nadie. Apenas si se oía el ruido de un hálito. Parecía que lo que hablaba a través del tabique de la tumba era una evocación.

Quien cumpliera con determinados requisitos, en muy pocas ocasiones, veía abrirse la estrecha tablilla de uno de los postigos y la evocación se convertía en aparición. Detrás de la verja, detrás del postigo, divisaba, tanto como se lo permitiera la reja, una cara de la que no se veía sino la boca y la barbilla; lo demás lo cubría un velo negro. Podía intuirse un griñón negro y una forma apenas definida cubierta con un sudario negro. La cabeza le hablaba a uno, pero no lo miraba y no le sonreía jamás.

La claridad que venía de detrás estaba dispuesta de forma tal que uno la veía blanca y ella lo veía a uno negro. Esa claridad era un símbolo.

En tanto, la mirada se colaba con avidez en aquella abertura que había surgido en aquel lugar cerrado a todas las miradas. Una falta de concreción absoluta rodeaba aquella forma enlutada. Los ojos hurgaban en lo inconcreto e intentaban averiguar qué había en torno de la aparición. Al cabo de muy poco tiempo, podía verse que no se veía nada. Lo que se veía era oscuridad, vacío, tinieblas, una bruma invernal entremezclada con el vaho de una tumba, algo así como una paz espantosa; un silencio del que no podía sacarse nada, ni siquiera suspiros; una sombra en la que no se divisaba nada, ni siquiera fantasmas.

Aquello que se veía era el interior de una clausura.

Era el interior de aquella casa adusta y severa que recibía el nombre de convento de las bernardas de la Adoración Perpetua. El palco en que estaba uno era el locutorio, y aquella voz, la primera que había hablado, la de la hermana tornera, que siempre estaba sentada, quieta y callada, del otro lado de la pared, junto a la abertura cuadrada que defendían la reja de hierro y la chapa de mil agujeros, como una visera doble.

La oscuridad en que estaba sumido el palco enrejado venía de que el locutorio tenía una ventana del lado del siglo, pero ninguna del lado del convento. Los ojos profanos no tenían que ver nada de aquel lugar sacro.

Pero había algo más allá de aquella sombra, había una luz; había una vida en aquella muerte. Aunque ese convento fuera el más cerrado de todos, vamos a intentar entrar en él y contar, sin perder la mesura, cosas que los cronistas nunca vieron y, en consecuencia, no contaron nunca.

II
LA REGLA DE MARTÍN VERGA

Este convento, que, en 1824, llevaba ya muchos años en la calleja de Picpus, era una comunidad de bernardas de la regla de Martín Verga.

Estas bernardas, por lo tanto, no pertenecían a Claraval, como los bernardos, sino al Císter, como los benedictinos. Dicho de otro modo, no eran de la obediencia de san Bernardo, sino de san Benito.

Cualquiera que haya revuelto en unos cuantos infolios sabe que Martín Verga fundó en 1425 una congregación de bernardas benedictinas cuyo convento principal estaba en Salamanca, con una sucursal en Alcalá.

Dicha congregación se ramificó por todos los países católicos de Europa.

Estos injertos de una orden en otra no son inusuales ni poco ni mucho en la iglesia latina. Por no mencionar sino la orden de san Benito, de la que hablamos aquí, a esa orden se suman, sin contar la regla de Martín Verga, cuatro congregaciones: dos en Italia, Montecasino y Santa Justina de Padua; dos en Francia, Cluny y Saint-Maur, y nueve órdenes: Valombrosa, Grammont, los celestinos, los camandulenses, los cartujos, los humillados, los olivetanos, los silvestrinos y, finalmente, el Císter; pues el propio Císter, tronco de otras órdenes, no es para san Benito sino un retoño. El Císter nace en tiempos de san Roberto, abad de Molesme, en la diócesis de Langres, en 1098. Ahora bien, fue en 529 cuando san Benito, con diecisiete años, expulsó del antiguo templo de Apolo, donde vivía, al Diablo, que se había retirado al desierto de Subiaco (era ya viejo. ¿Se había metido acaso a ermitaño?).

Después de la regla de las carmelitas, que van descalzas, llevan en el pecho un zarzo de mimbre y no se sientan nunca, la regla más dura es la de las bernardas benedictinas de Martín Verga. Van vestidas de negro, con un griñón que, por disposición expresa de san Benito, llega hasta la barbilla. Una túnica de sarga de mangas anchas, un velo largo de lana, el griñón hasta la barbilla cortado en cuadro a la altura del pecho y la toca hasta los ojos: ése es el hábito. Todo negro, salvo la toca, que es blanca. Las novicias llevan el mismo hábito, pero van todas de blanco. Las que ya profesaron llevan además un rosario colgado a un costado.

Las bernardas benedictinas de Martín Verga son adoratrices perpetuas, igual que las benedictinas conocidas como monjas del Santísimo Sacramento, quienes, a principios de este siglo, tenían dos conventos en París, uno en Le Temple y el otro en la calle Neuve-Sainte-Genevieve. Por lo demás, las bernardas benedictinas de Le Petit-Picpus, a las que nos estamos refiriendo, eran una orden diferente por completo de las adoratrices del Santísimo Sacramento cuyos conventos estaban en la calle Neuve- Sainte-Genevieve y en Le Temple. Las reglas eran muy distintas; había diferencias en el hábito. El griñón de las bernardas benedictinas de Le Petit- Picpus era negro, y el de las benedictinas del Santísimo Sacramento y de la calle Neuve-Sainte-Genevieve, blanco; y, además, llevaban en el pecho un santísimo sacramento de unas tres pulgadas de alto de plata sobredorada o de cobre dorado. Las monjas de Le Petit-Picpus no llevaban ese santísimo sacramento. Aunque la adoración perpetua sea común al convento de Le Petit-Picpus y al convento de Le Temple, las dos órdenes se diferencian perfectamente. Sólo existe parecido entre las adoratrices del Santísimo Sacramento y las bernardas de Martín Verga en esa práctica, de la misma forma que había semejanza, en lo tocante al estudio y la glorificación de todos los misterios relacionados con la infancia, la vida y la muerte de Jesucristo y la Virgen, entre dos órdenes, muy distantes empero y enemigas llegado el caso: el Oratorio de Italia, que fundó en Florencia Felipe Neri, y el Oratorio de Francia, que fundó en París Pierre de Bérulle. El Oratorio de París aspiraba a la primacía porque Felipe Neri sólo era santo y Bérulle era cardenal.

Regresemos a la dura regla española de Martín Verga.

Las bernardas benedictinas de esa regla practican la abstinencia todo el año, ayunan en cuaresma y otros muchos días propios de su orden, se levantan del primer sueño después de la una de la madrugada y hasta las tres para leer el breviario y cantar maitines, duermen en sábanas de sarga en todas las estaciones y en jergones de paja, no usan el baño, no encienden nunca fuego, se azotan con disciplinas todos los viernes, observan la regla del silencio, no se hablan sino en los recreos, que son muy breves, y llevan seis meses al año camisas de sayal, desde el 14 de septiembre, que es la exaltación de la Santa Cruz, hasta la Pascua de Resurrección. Esos seis meses son una merced, pues la regla dice que son para todo el año, pero esa camisa de sayal, insoportable con los calores del verano, les daba fiebre y espasmos nerviosos. Hubo que restringir el uso. Incluso con esa mitigación, cuando las monjas se ponen el 14 de septiembre la camisa, les entra fiebre tres o cuatro días. Obediencia, pobreza, castidad, clausura: esos son los votos que hacen y que la regla vuelve mucho más penosos.

A la superiora la eligen por tres años las madres, que se llaman madres vocales porque tienen voz en el capítulo. A una superiora no se la puede volver a elegir más de dos veces, lo que establece que el reinado más largo de una superiora es de nueve años.

Nunca ven al sacerdote oficiante, que les oculta siempre un paño de sarga colgado a nueve pies de altura. Durante el sermón, cuando el predicador está en la capilla, se echan el velo por la cara. Tienen que hablar siempre en voz baja, caminar con la vista clavada en el suelo y la cabeza gacha. Sólo un hombre puede entrar en el convento: el arzobispo diocesano. Aunque hay otro, que es el jardinero; pero es siempre un anciano, y, para que esté siempre solo en el jardín y las monjas queden avisadas y eviten encontrarse con él, le atan una campanilla a la rodilla.

Están sometidas a la superiora con una sumisión absoluta y pasiva. Es la sujeción canónica en su plena abnegación. Como ante la voz de Cristo, ut voci Christi, ante el ademán, ante la primera seña, ad nutum, ad primum signum, en el acto, con alegría, con perseverancia, con obediencia cierta y ciega, prompte, hilariter, perseveranter et cæca quadam obedientia, como la lima en la mano del operario, quasi limam in manibus fabri, sin poder leer ni escribir nada sin permiso expreso, legere vel scribere non addiscerit sine expressa superioris licentia.

Cumplen por turno con lo que llaman el desagravio. El desagravio es la oración por todos los pecados, por todas las culpas, por todos los desórdenes, por todas las violaciones, por todas las iniquidades, por todos los crímenes que se cometen en el mundo. Durante doce horas consecutivas, de cuatro de la tarde a cuatro de la mañana o de cuatro de la mañana a cuatro de la tarde, la hermana que hace el desagravio está arrodillada en el suelo de piedra, ante el Santísimo Sacramento, con las manos juntas y la soga al cuello. Cuando el cansancio se vuelve insoportable, se prosterna bocabajo, con la cara pegada al suelo y los brazos en cruz; ése es todo el alivio que se le permite. En esa postura, reza por todos los culpables del universo. Tiene esto una grandeza que raya en lo sublime.

Como ese acto se lleva a cabo ante un poste encima del que arde un cirio, se dice a veces hacer el desagravio y a veces estar en el poste. Las monjas prefieren incluso por humildad esta expresión, que recuerda la ejecución y la humillación.

Hacer el desagravio es un cometido en que el alma se absorbe. La hermana que está en el poste no se daría la vuelta aunque cayese un rayo detrás de ella.

Hay siempre, además, una monja de rodillas delante del Santísimo Sacramento. Esa estación dura una hora. Se relevan igual que los soldados de guardia. En eso consiste la adoración perpetua.

Las superioras y las madres llevan casi siempre nombres impregnados de una solemnidad particular y que recuerdan no a santas ni a mártires, sino momentos de la vida de Jesucristo, tales como madre Natividad, madre Concepción, madre Presentación, madre Pasión. No obstante, no están prohibidos los nombres de santas.

Quien las ve no les ve nunca más que la boca. Todas tienen los dientes amarillos. Nunca ha entrado un cepillo de dientes en el convento. Lavarse los dientes está en la parte de arriba de una escala en cuya parte de abajo está: perder el alma.

Nunca dicen mío. No tienen nada y no tienen que tener nada. De todo dicen nuestro; por ejemplo: nuestro velo, nuestro rosario; si hablaran de su camisa, dirían nuestra camisa. A veces le cogen apego a algún objeto menudo, a un libro de horas, a una reliquia, a una medalla bendecida. En cuanto se percatan de que empiezan a aficionarse a ese objeto, tienen que regalarlo. Recuerdan la frase de santa Teresa, a quien dijo una dama principal en el momento de entrar en su orden: «Permitid, madre, que mande a buscar una santa biblia con la que estoy muy encariñada». ¿Ah, estáis encariñada con algo? Pues en tal caso no vengáis a esta casa.

Tienen prohibido todas encerrarse, tener un lugar propio, una habitación. Viven en celdas abiertas. Al empezar a hablarse, una dice: ¡Sea por siempre bendito y alabado el Santísimo Sacramento del altar! Y la otra contesta: ¡Por siempre! Y la misma ceremonia cuando una llama a la puerta de otra. No bien roza alguna la puerta, se oye del otro lado una voz suave que dice a toda prisa: «¡Por siempre!». Como pasa con todas las cosas habituales, se convierte en algo automático; y a veces alguna dice: ¡Por siempre! antes de que a la otra le haya dado tiempo a decir: ¡Sea por siempre bendito y alabado el Santísimo Sacramento del altar!, frase bastante larga por cierto. Entre las visitandinas, la monja que entra dice: Ave Maria, y la otra monja, en cuya celda entra, dice: Gratia plena. Es su forma de saludo, que, efectivamente está «lleno de gracia».

En todas las horas del día, la campana de la iglesia del convento da tres campanadas de más. Al oír ese señal, la superiora, las madres vocales, las profesas, las legas, las novicias y las postulantes interrumpen lo que estén diciendo, lo que estén haciendo o lo que estén pensando y dicen todas a un tiempo si, por ejemplo, son las cinco: ¡A las cinco y a todas horas bendito y alabado sea el Santísimo Sacramento del altar! Si son las ocho: ¡A las ocho y a todas horas, etc., y así consecutivamente, según la hora que sea.

Esta costumbre, cuya finalidad es interrumpir los pensamientos y volver a dirigirlos continuamente hacia Dios, existe en muchas comunidades: lo único que cambia es la frase. Por ejemplo, en la congregación del Niño Jesús dicen: ¡Que a esta hora y a todas horas el amor de Jesús me inflame el corazón!

Las benedictinas bernardas de Martín Vergas que viven en clausura hace cincuenta años en Le Petit-Picpus cantan los oficios con una salmodia grave, canto llano puro, y a voz en cuello durante todo el oficio. Siempre que hay un asterisco en el misal, hacen una pausa y dicen en voz baja: Jesús, María y José. En el oficio de difuntos, cantan en un tono tan grave que unas voces de mujer apenas si pueden bajar tanto. El efecto es sobrecogedor y trágico.

Las monjas de Le Petit-Picpus habían mandado hacer una cripta debajo del altar mayor para enterrar a las de su comunidad. El gobierno, como decían ellas, no permitió que bajasen ataúdes a esa cripta. Salían, pues, del convento cuando estaban muertas. Era algo que las afligía y las consternaba, como si cometieran una infracción.

Habían conseguido el mediocre consuelo de que las enterrasen a una hora determinada y en un rincón aparte en el antiguo cementerio de Vaugirard, que estaba en unos terrenos que habían pertenecido antes a la comunidad.

Los jueves esas monjas asisten a misa mayor, a vísperas y a todos los oficios como si fuera domingo. Además observan escrupulosamente todas las fiestas menores, que la gente no conoce en el siglo y de las que la iglesia era pródiga antes en Francia y lo es aún en España y en Italia. El tiempo que pasan en la capilla es interminable. En cuanto a la cantidad y la duración de sus oraciones, no podemos dar mejor idea de ello que citar esta frase ingenua de una de esas monjas: Las oraciones de las postulantes dan miedo; las oraciones de las novicias son peores aún, y las oraciones de las profesas, peores.

Una vez por semana se reúne el capítulo: la superiora preside, las madres vocales asisten. Todas las hermanas se arrodillan cuando les llega la vez en el suelo de piedra y confiesan en voz alta delante de todas las faltas y los pecados que han cometido durante la semana. Las madres vocales se consultan después de cada confesión y ponen las penitencias en voz alta.

Además de la confesión en alta voz, para la que se dejan las faltas algo más graves, para las faltas veniales está lo que llaman el arrepentimiento. Arrepentirse es prosternarse boca abajo durante el oficio delante de la superiora hasta que ésta, a la que no se le da más nombre que nuestra madre, avise a la paciente, con un golpecito en la madera de la silla del coro, de que se puede levantar. Los arrepentimientos son por muy poca cosa: un vaso roto; un velo con un siete; un retraso involuntario, a veces de pocos segundos, a un oficio; una nota desafinada en la iglesia, etc., ya son motivos suficientes para un arrepentimiento. El arrepentimiento es una manifestación espontánea; es la propia arrepentida la que se juzga y se lo inflige. Los días de fiesta y los domingos hay cuatro madres del coro que salmodian los oficios ante un facistol con cuatro pupitres. Un día, una madre del coro entonó un salmo que empezaba por Ecce, y, en vez de Ecce, dijo en voz alta estas tres notas: do, si, sol. Por esa distracción pasó por un arrepentimiento que duró todo el oficio. Lo que convertía aquella falta en tremenda es que el capítulo se había reído.

Cuando llaman a una monja al locutorio, aunque sea la superiora, se baja el velo de forma tal que, como ya hemos dicho, no se le vea más que la boca.

Sólo la superiora puede hablar con extraños. Las demás sólo pueden ver a sus familiares más próximos y muy de vez en cuando. Si, por casualidad, una persona de fuera se presenta para visitar a una monja a quien conoció o a quien quiso en el siglo, se precisa una negociación con todas las de la ley. Si es una mujer, a veces puede autorizarse la visita; la monja acude y le hablan a través de los postigos, que no se abren más que para una madre o una hermana. Ni que decir tiene que a los hombres siempre se les niega ese permiso.

Tal es la regla de san Benito, que hizo más rigurosa Martín Verga.

Estas monjas nunca son alegres, sonrosadas y lozanas, como lo son con frecuencia las de las demás órdenes. Son pálidas y serias. Entre 1825 y 1830 tres se volvieron locas.

III
RIGORES

Son postulantes dos años y, con frecuencia, cuatro; cuatro años, novicias. Es raro que los votos definitivos puedan pronunciarse antes de los veintitrés o los veinticuatro años. Las bernardas benedictinas de Martín Verga no admiten viudas en su orden.

En sus celdas llevan a cabo muchas maceraciones desconocidas que no deben mencionar nunca.

El día en que profesa una novicia, la visten con sus mejores galas, la coronan de rosas blancas, le cepillan el pelo y se lo peinan con ondas; luego, se prosterna; le ponen por encima un velo grande y negro y cantan el oficio de difuntos. Entonces, las monjas se separan en dos filas; una fila pasa por su lado, diciendo con tono lastimero: nuestra hermana ha muerto; y la otra fila responde con voz triunfal: ¡Vive en Jesucristo!

En la época en que transcurre esta historia, existía un internado que dependía del convento. Un internado de muchachas de la nobleza, acaudaladas la mayoría, entre las que destacaban las señoritas de Sainte-Aulaire y de Bélissen y una inglesa que llevaba el ilustre apellido católico Talbot. Esas jóvenes, a las que educaban aquellas monjas entre cuatro paredes, crecían en el horror del siglo y del mundo. Una de ellas nos decía un día: Cuando veía los adoquines de la calle, temblaba de pies a cabeza. Vestían de azul con un gorro blanco y un Espíritu Santo de plata sobredorada o de cobre prendido en el pecho. En algunos días de fiesta mayor, sobre todo el día de santa Marta, les permitían como favor extremado y dicha suprema que se vistiesen de monjas y participasen un día entero en los oficios y las normas de san Benito. En los primeros tiempos, las monjas les prestaban sus ropajes negros. Pareció profano, y la superiora lo prohibió. Sólo se les permitió un préstamo así a las novicias. Es algo que llama la atención que aquellas representaciones, toleradas y fomentadas sin duda en el convento con un ánimo secreto de proselitismo y para dar a esas niñas cierto regusto anticipado del hábito santo, eran para las internas una alegría real y un auténtico recreo. Se divertían con toda naturalidad. Era algo nuevo, era un cambio. Candorosas razones de la infancia que, por lo demás, no consiguen que nuestras mundanas personas entiendan esa felicidad que consiste en tener un hisopo en la mano y pasarse de pie horas enteras cantando entre cuatro delante de un facistol.

Las alumnas, si exceptuamos las austeridades, cumplían con todas las prácticas del convento. Hubo jóvenes que, tras incorporarse al mundo y después de varios años de matrimonio, aún no habían conseguido quitarse la costumbre de decir a toda prisa cada vez que llamaban a su puerta: ¡Por siempre! Igual que las monjas, las internas no veían a sus padres sino en el locutorio. Ni siquiera sus madres conseguían que les permitieran darles un beso, tanta era la severidad en aquel aspecto. Un día una joven recibió la visita de su madre, a quien acompañaba una hermanita de tres años. La joven lloraba porque habría querido darle un beso a su hermana. Imposible. Rogó que al menos se le permitiese a la niña meter la manita por los barrotes para que ella pudiera besársela. Se lo negaron casi como si fuera un escándalo.

IV
DONAIRES

No por ello dejaban aquellas muchachas de llenar esa casa adusta de recuerdos encantadores.

Había horas en que la infancia resplandecía en aquella clausura. Tocaban la campana del recreo. Una puerta giraba sobre los goznes. Los pájaros decían: «¡Ah, ya vienen las niñas!». Una irrupción de juventud inundaba aquel jardín que dividía una cruz, como si fuera un sudario. Rostros radiantes, cutis blancos, ojos ingenuos colmados de un resplandor alegre, toda clase de auroras se desperdigaban por aquellas tinieblas. Tras las salmodias, las campanadas, los repiques, los toques de difuntos, los oficios, de pronto estallaba el ruido aquel de niñas, más suave que un ruido de abejas. Se abría la colmena de la alegría y todas traían su miel. Jugaban, se llamaban, se juntaban en grupos o corrían; dientecillos blancos parloteaban en los rincones; los velos vigilaban de lejos las risas; las sombras acechaban los rayos de luz. Pero ¡qué más da! Había rayos de luz y risas. Aquellas cuatro paredes lúgubres tenían su minuto deslumbrador. Presenciaban, levemente teñidas de la blancura del reflejo de tanta alegría, ese dulce revoloteo de enjambres. Era como una lluvia de rosas que cruzase por aquel luto. Las muchachas retozaban ante la mirada de las monjas; la mirada de la impecabilidad no estorba a la inocencia. Gracias a aquellas niñas, entre tantas horas austeras había una hora ingenua. Las más pequeñas brincaban, las mayores bailaban. En aquel claustro, el juego participaba del cielo. Nada tan delicioso y augusto como aquellas almas lozanas y en flor. Homero habría acudido a reír con Perrault, y había en aquel jardín negro juventud, salud, ruido, gritos, atolondramiento, placer y felicidad suficientes para que sonrieran todas las abuelas, las de las epopeyas y las de los cuentos, las de los tronos y las de las cabañas, desde Hécuba hasta la abuela de Caperucita.

Se dijeron en aquella casa, más que en cualquier otra parte quizá, gracias de niños de esas que tienen tanto encanto y nos hacen reír con risa colmada de ensueño. Entre esas cuatro paredes fúnebres exclamó un día una niña de cinco años: ¡Madre! Me acaba de decir una mayor que ya sólo me quedan por estar aquí nueve años y diez meses. ¡Qué bien!

También en esta casa ocurrió este diálogo memorable: UNA MADRE VOCAL: ¿Por qué llora, hija mía?

LA NIÑA (seis años), sollozando: Le he dicho a Alix que me sabía la lección de Historia de Francia. Y dice que no me la sé. Y sí que me la sé.

ALIX (la mayor, nueve años): No, no se la sabe.

LA MADRE: ¿Por qué dice eso, hija mía?

ALIX: Me ha dicho que abriera el libro por donde quisiera y que le hiciera cualquier pregunta del libro y que contestaría.

—¿Y qué ha pasado?

—Que no ha contestado.

—Vamos a ver, ¿qué le preguntó?

—Abrí el libro por donde quise como me dijo y le hice la primera pregunta que vi.

—¿Y qué pregunta era ésa?

—Era: ¿Y qué sucedió después?

En esta casa se hizo este comentario tan profundo acerca de una cotorra un tanto golosa que era de una señora de piso que vivía en el convento:

"¡Qué mona es! ¡Se come lo que hay untado en la rebanada de pan como una persona!".

De una de las baldosas de ese claustro recogieron esta confesión, que había escrito de antemano, para que no se le olvidase nada, una pecadora de siete años:

«Acúsome, padre, de haber sido avara.

Acúsome, padre, de haber sido adúltera.

Acúsome, padre, de haber mirado a los señores».

En uno de los bancos de césped de aquel jardín improvisó una boca sonrosada de seis años este cuento, que escucharon unos ojos azules de entre cuatro y cinco años:

Había una vez tres gallitos que tenían un país donde había muchas flores. Cortaron las flores y se las metieron en el bolsillo. Luego, cortaron las hojas, y las pusieron con sus juguetes. Había un lobo en el país, y había muchos bosques; y el lobo estaba en el bosque y se comió a los gallitos».

Y también este poema:

«Hubo un estacazo
que le dio Polichinela al gato. No le gustó nada y le dolió.

Y a Polichinela una señora a la cárcel se lo llevó».

Y aquí dijo una niñita abandonada, una expósita a quien educaban en el convento por caridad, esta frase dulce y que atribula. Oía a las demás hablar de sus madres y susurró, metida en su rincón: ¡Es que cuando yo nací, mi madre no estaba!

Había una tornera gruesa a quien se veía siempre corriendo por los pasillos con su manojo de llaves y que se llamaba sor Agathe. Las mayores del todo —las de más de diez años— la llamaban Agatocles.

El refectorio, una estancia cuadrangular y alargada, en que sólo entraba la luz por un claustro con arquivoltas, estaba al mismo nivel del jardín; era oscuro y húmedo y, como decían las niñas, lleno de bichos. Todos los lugares colindantes aportaban su cuota de insectos. Las cuatro esquinas las habían bautizado las internas con un nombre propio y expresivo. Estaba la esquina de las Arañas, la esquina de las Orugas, la esquina de las Cochinillas y la esquina de los Grillos. La esquina de los Grillos estaba cerca de la cocina y era muy valorada. Hacía menos frío que en otras partes. Del refectorio, los nombres habían pasado al internado y los usaban, como en el antiguo internado Mazarin, para nombrar a cuatro naciones. Todas las alumnas eran de una de esas cuatro naciones según en qué esquina se sentasen en las comidas. Un día, el señor arzobispo, en visita pastoral, vio entrar en el aula por la que pasaba a una niña preciosa, de muy buen color y con una melena rubia digna de admiración; le preguntó a otra interna, una morenita encantadora de mejillas lozanas, que estaba junto a él:

—¿Esa niña quién es?

—Es una araña, eminencia.

—¡Caramba! ¿Y aquella otra?

—Es un grillo.

—¿Y esa de ahí?

—Es una oruga.

—¿De verdad? ¿Y usted?

—Yo soy una cochinilla, eminencia.

Todos los conventos de esa clase tienen sus peculiaridades. A principios del presente siglo, Écouen era uno de esos lugares elegantes y severos donde crece, en una penumbra casi augusta, la infancia de las muchachas. En Écouen, para participar en la procesión del Corpus había dos divisiones, las vírgenes y las floristas. También estaban «los palios» y «los incensarios»: unas llevaban las cintas del palio y las otras incensaban el Santísimo Sacramento. Las flores eran cosa de las floristas. Cuatro «vírgenes» iban delante. En la mañana de aquel día grande no era infrecuente oír en el dormitorio:

—¿Quién es virgen?

La señora Campan citaba la frase de una «pequeña» de siete años a una «mayor» de dieciséis que encabezaba la procesión mientras que ella, la pequeña, iba a la cola: «Tú es que eres virgen. Yo no».

V

DISTRACCIONES

Encima de la puerta del refectorio estaba escrita en letras grandes y negras esta oración que llamaban el padrenuestro blanco y tenía la propiedad de llevar a las personas en derechura al paraíso:

«Padrenuestro blanco y bonito, que Dios hizo, que Dios dijo, que Dios puso en el paraíso. Por la noche al irme a acostar con tres ángeles me encontré, uno a los pies, dos al cabezal; y en medio la Virgen está, que me dijo: Vete a acostar y de nada has de dudar. Es Dios mi padre; y la Virgen, mi madre; los tres apóstoles son mis hermanos, y las tres vírgenes, hermanas mías; llevo la camisa de Dios soberano, en que él nació una mañana; la cruz de santa Margarita en el pecho la llevo escrita; la señora Virgen se va por el campo, a Dios llorando, se encuentra con un santo, se va a encontrar con el señor san Juan. ¿De dónde venís? Del Ave Salus. ¿A Dios no habéis visto? He visto a Cristo, en el árbol de la cruz, los pies que le colgaban y las manos clavadas, con un capuz de espina blanca. Quien tres veces lo repita cuando sea de noche, quien tres veces lo diga cuando sea de día, se irá al paraíso al final de sus días».

En 1827, esta oración característica había desaparecido de la pared; la tapaban tres manos de pintura. Y ya se está borrando de la memoria de algunas jóvenes de entonces que ahora son ya ancianas.

Un crucifijo de buen tamaño colgado de la pared completaba la decoración de aquel refectorio, cuya puerta única, como nos parece haber dicho ya, daba al jardín. Dos mesas estrechas, que flanqueaban dos bancos de madera, formaban dos largas líneas paralelas de un extremo a otro del refectorio. Las paredes eran blancas, las mesas eran negras: estos dos colores de luto son los únicos que se alternan en los conventos. Las comidas eran desabridas, e incluso lo que tomaban las niñas era austero. Un plato único, de carne y verdura revueltas, o pescado en salazón: no había más lujos. Y ese régimen escueto, del que sólo disfrutaban las internas, era excepcional. Las niñas comían en silencio mientras las vigilaba la madre de semana, quien, de vez en cuando, si a una mosca se le ocurría volar o zumbar en contra de lo que disponía la regla, abría y volvía a cerrar estruendosamente un libro de madera. Aquel silencio lo aliñaban vidas de santos, que leían en voz alta en una tarima baja con un atril situado debajo del crucifijo. La lectora de semana era una alumna de las mayores. De trecho en trecho, había encima de la mesa sin mantel un lebrillo de barro donde las propias niñas lavaban la escudilla y los cubiertos y, a veces, tiraban algunos restos, carne dura o pescado en mal estado, cosa que se castigaba. Llamaban a esos lebrillos corros de agua.

La niña que rompía el silencio hacía una «cruz de lengua». ¿Dónde? En el suelo. Lamía el pavimento. Corría a cargo del polvo, ese final de todas las alegrías, el castigo de aquellos pobres pétalos de rosa culpables de haber gorjeado.

Había en el convento un libro que nunca se llegó a imprimir sino en un único ejemplar y que está prohibido leer. Es la regla de san Benito, Arcano en el que no debe entrar ninguna mirada profana. Nemo regulas, seu constitutiones nostras, externis communicabit.

Las internas consiguieron un día robar aquel libro y se pusieron a leerlo con avidez, lectura que interrumpió con frecuencia el temor de que las sorprendieran, por lo que cerraban el volumen a toda prisa. De aquel peligro que corrieron no sacaron ninguna satisfacción que mereciera la pena. Unas cuantas páginas ininteligibles acerca de los pecados de los muchachos, eso fue lo «más interesante».

Jugaban en un paseo del jardín que bordeaban unos cuantos árboles frutales raquíticos. Pese a la vigilancia extremosa y los castigos severos, cuando el viento movía las ramas a veces conseguían recoger furtivamente una manzana verde, un albaricoque pasado o una pera agusanada. Le cedo la palabra ahora a una carta que tengo ante la vista, una carta que escribió hace veinticinco años una antigua interna que es hoy en día la duquesa de ***, una de las mujeres más elegantes de París. Cito textualmente: «Cada cual esconde la pera o la manzana como puede. Cuando sube a dejar el velo encima de la cama mientras llega la hora de la cena, la mete debajo de la almohada y, de noche, se la come en la cama, y, si no puede, se la come en el excusado». En eso consistía una de las voluptuosidades mayores de que podían disfrutar.

En una ocasión, también fue esta vez durante una visita al convento del señor arzobispo, una de las jóvenes, la señorita Bouchard, que estaba emparentada con los Montmorency, apostó a que le pediría un día de asueto, algo desaforado en una comunidad tan austera. Las demás aceptaron la apuesta, pero ninguna creía que fuera capaz. Llegado el momento, cuando el arzobispo pasaba delante de las internas, la señorita Bouchard, ante el espanto indecible de sus compañeras, salió de la fila y dijo:

«Eminencia, un día de asueto». La señorita Bouchard era lozana y alta, con una carita sonrosada deliciosa. Su Eminencia, monseñor De Quélen, sonrió y dijo: ¡Cómo que un día de asueto, mi querida niña! Tres días, faltaría más. Les concedo tres días. La superiora no podía protestar, el arzobispo había hablado. Escándalo en el convento y gran regocijo en el internado. Imagíneselo el lector.

Aquella clausura hosca no tenía, no obstante, tan altas las paredes como para que no entrasen la vida de las pasiones de fuera, el drama e, incluso, lo novelesco. Para demostrarlo, nos limitaremos a dejar constancia aquí, refiriéndolo brevemente, de un hecho real e innegable que, por lo demás, no tiene en sí mismo relación alguna ni nada que ver con la historia que estamos contando. Si mencionamos este hecho es para que le quede completa en la mente al lector la fisonomía del convento.

Por aquel entonces, pues, había en el convento una persona misteriosa que no era monja, a la que trataban con muchísimo respeto y a quien llamaban señora Albertine. No se sabía nada de ella sino que estaba loca y que, en el siglo, la tenían por muerta. Decían que detrás de aquella historia había arreglos de dinero necesarios para una boda muy importante.

Aquella mujer, que apenas si habría cumplido los treinta años, morena, bastante agraciada, tenía unos ojos grandes y negros de mirada perdida.

¿Veía? Podía dudarse de ello. Más que andar, resbalaba; no hablaba nunca; no parecía muy seguro que respirase. Tenía las ventanas de la nariz apretadas y lívidas como tras exhalar el último suspiro. Tocarle la mano era tocar la nieve. Tenía una extraña elegancia espectral. Cuando entraba en algún sitio, quienes estaban allí notaban frío. Un día, una hermana, al verla pasar, le dijo a otra: «La dan por muerta». La otra respondió: «A lo mejor lo está».

Se contaban cientos de cosas de la señora Albertine. Despertaba continuamente la curiosidad de las internas. Había en la capilla una tribuna a la que llamaban el ojo de buey. Era desde aquella tribuna, que no tenía sino una ventana redonda, un ojo de buey, desde la que asistía la señora Albertine a los oficios. Solía estar sola en ella, porque en aquella tribuna, que estaba en el primer piso, podía verse al predicador o al oficiante, cosa que las monjas tenían prohibida. Un día, ocupaba el púlpito un sacerdote joven de alta cuna, el señor duque de Rohan, par de Francia, oficial de los mosqueteros rojos en 1815 cuando era príncipe de Léon y que murió después de 1830 siendo cardenal y arzobispo de Besan;on. Era la primera vez que el señor de Rohan predicaba en el convento de Le Petit-Picpus. La señora Albertine solía asistir a los sermones y a los oficios en completa tranquilidad y absoluta inmovilidad. Aquel día, en cuanto vio al señor de Rohan, se levantó a medias y dijo en voz alta en el silencio de la capilla:

«¡Anda! ¡Auguste!». Toda la comunidad, estupefacta, volvió la cabeza y el predicador alzó la vista, pero la señora Albertine estaba otra vez inmóvil. Un soplo del mundo exterior, un resplandor de vida había pasado brevemente por aquel rostro apagado y helado; luego todo se desvaneció y la loca volvió a ser un cadáver.

No obstante, esas dos palabras dieron mucho que hablar a todas las que podían hablar en el convento. Cuántas cosas había en aquellas palabras:

¡Anda! ¡Auguste! ¡Cuántas revelaciones! El señor de Rohan se llamaba Auguste, efectivamente. Era evidente que la señora Albertine pertenecía a la sociedad más elevada, ya que conocía al señor de Rohan, e incluso que ocupaba en ella una posición preeminente puesto que hablaba de tan gran señor con tanta confianza y tenía con él una relación quizá de parentesco, pero, en cualquier caso, muy íntima, dado que sabía su nombre de pila.

Dos duquesas muy serias, las señoras de Choiseul y de Sérent, iban de visita con frecuencia a la comunidad, donde entraban sin duda en virtud del privilegio Magnates mulieres, y las internas les tenían mucho miedo.

Cuando pasaban las dos ancianas, todas las muchachas, pobrecitas, se estremecían y bajaban la vista.

Por lo demás, las internas estaban muy pendientes del señor de Rohan, sin que él lo sospechara. Acaban de nombrarlo, por entonces, mientras llegaba el momento de hacerlo obispo, vicario mayor del arzobispo de París. Solía ir frecuentemente a cantar a los oficios a la capilla de las monjas de Le Petit-Picpus. Ninguna de las jóvenes reclusas podía verlo, porque lo impedía la cortina de sarga, pero tenía una voz dulce y un tanto aflautada que habían llegado a conocer y a distinguir.

Había sido mosquetero y, además, decían que era presumido, que iba muy bien peinado, que tenía un pelo castaño bonito que llevaba metido para dentro y que usaba un espléndido cinturón ancho de moaré y una sotana negra de un corte elegantísimo. Se había hecho el amo de todas aquellas imaginaciones de dieciséis años.

No entraba en el convento ningún ruido del exterior. Pero hubo un año en que entró el sonido de una flauta. Fue todo un acontecimiento, y las internas de entonces lo recuerdan aún.

Alguien del vecindario tocaba la flauta. Y esa flauta tocaba siempre la misma melodía, una melodía ya muy olvidada en la actualidad: Mi Zétulbé, ven a reinar en mi alma; se oía dos o tres veces al día. Las muchachas se pasaban las horas muertas escuchándola; las madres vocales estaba trastornadas; las cabezas no paraban de imaginar; los castigos llovían. La situación duró varios meses. Todas las internas estaban más o menos enamoradas del músico desconocido. Todas soñaban que eran su Zétulbé. El sonido de la flauta venía del lado de la calle de Droit-Mur; habrían dado lo que fuera, lo habrían puesto todo en juego, intentado todo para ver, aunque no fuera más que por un instante, para entrever al «joven» que tocaba de forma tan deliciosa aquella flauta y, sin sospecharlo, jugueteaba al tiempo con todas aquellas almas. Hubo algunas que se escaparon por una puerta de servicio y subieron al tercer piso, que daba a la calle de Droit-Mur, para intentar verlo por los respiraderos. Imposible. Una incluso llegó a sacar el brazo por la verja, levantándolo por encima de la cabeza, y agitó un pañuelo blanco. Dos fueron aún más atrevidas. Encontraron forma de trepar hasta un tejado, se subieron a él y consiguieron, por fin, ver al «joven». Era un caballero emigrado, ciego y arruinado que tocaba la flauta en un sotabanco para hallar consuelo.

VI
EL CONVENTO PEQUEÑO

Había en el recinto de Le Petit-Picpus tres construcciones totalmente separadas: el convento grande, donde vivían las monjas, el internado, donde vivían las alumnas, y, por último, lo que llamaban el convento pequeño. Era un edificio con jardín en el que vivían juntas todo tipo de monjas ancianas de diversas órdenes, lo que quedaba de conventos de clausura con que había acabado la Revolución; una reunión abigarrada de hábitos negros, grises y blancos, de todas las comunidades y de todas las variedades posibles; algo que podría llamarse, si fuera posible emparejar esas dos palabras, un convento arlequín.

En tiempos del Imperio concedieron a todas esas pobres mujeres desperdigadas y desorientadas que buscasen refugio bajo las alas de la benedictinas bernardas. El gobierno les pagaba una modesta pensión; las monjas de Le Petit-Picpus las recibieron de mil amores. Era una mescolanza extraña. Cada cual se atenía a su regla. A veces se permitía a las internas, como si fuera un recreo extraordinario, que fueran a verlas, con lo que en aquellas memorias jóvenes se quedó, entre otros, el recuerdo de la madre Sainte-Basile, de la madre Sainte-Scolastique y de la madre Jacob.

Una de aquellas refugiadas estaba casi en su propia casa. Era una monja de Sainte-Aure, la única superviviente de esa orden. El antiguo convento de las monjas de Sainte-Aure ocupaba, desde comienzos del siglo XVIII, ese mismo edificio de Le Petit-Picpus precisamente que fue más delante de las benedictinas de Martín Verga. Aquella santa mujer, demasiado pobre para llevar el espléndido hábito de su orden, que era una túnica blanca con el escapulario escarlata, se lo había puesto fervorosamente a un maniquí pequeño que gustaba de enseñar y que legó al convento al morir. En 1824 no quedaba sino una monja de esa orden; hoy en día sólo queda una muñeca.

Además de esas dignas monjas, algunas ancianas de buena sociedad habían conseguido de la superiora, lo mismo que la señora Albertine, permiso para retirarse al convento pequeño. Estaban entre ellas las señora de Beaufort d'Hautpoul y la señora condesa Dufresne. Hubo otra de la que nunca se supo nada en el convento más que el ruido estruendoso que hacía al sonarse. Las alumnas la llamaban la señora Vacarmini[2S].

Allá por 1820 o 1821, la señora de Genlis, que redactaba por aquel entonces una modesta publicación periódica llamada L'Intrépide, solicitó que la admitieran como señora de piso en el convento de Le Petit-Picpus. Traía la recomendación del señor duque de Orleans. Zumbidos en la colmena; a las madres vocales no les llegaba la camisa al cuerpo. La señora de Genlis había escrito novelas. Pero aseguró que quien más aborrecía aquellas novelas era ella; y además había entrado en una etapa de fiera devoción. Dios mediante, y también duque mediante, ingresó. Se fue al cabo de seis u ocho meses alegando que en el jardín no había sombra. Las monjas se quedaron encantadas de la vida. Aunque era viejísima, todavía tocaba el arpa, y muy bien.

Al irse, dejó su huella en la celda. La señora de Genlis era supersticiosa y latinista. Estas dos palabras la definen bastante bien. Hace pocos años, podían verse aún, pegados dentro de un armarito de su celda, donde guardaba el dinero y las joyas, estos cinco versos latinos, escritos de su puño y letra con tinta roja en un papel amarillo, que, en opinión suya, tenían la propiedad de ahuyentar a los ladrones:

Imparibus meritis pendent tria corpora ramis: Dismas et Gesmas, media est divina potestas; Alta petit Dismas, infelix, infima, Gesmas.

Nos et res nostras conservet summa potestas. Hos versus dicas, ne tu furto tua perdas.

Estos versos, en latín del siglo VI, plantean la cuestión de saber si los dos ladrones del calvario se llamaban, como suele creerse, Dimas y Gestas o Dismas y Gesmas. Esta ortografía podría haber desbaratado las pretensiones que tenía en el siglo pasado el vizconde de Gestas de descender del mal ladrón. Por lo demás, que estos versos son de gran utilidad es artículo de fe en la orden de los hospitalarios.

Como es natural, el internado, el convento grande y el convento pequeño compartían la iglesia, edificada de forma tal que separase, como un auténtico tajo, el convento grande del internado. Incluso se admitía en ella a personas de fuera, que entraban por algo parecido a una puerta de lazareto que daba a la calle. Pero la disposición era tal que ninguna de las que vivían en clausura podía ver ningún rostro de fuera. Imagine el lector una iglesia cuyo coro asiera una mano gigantesca y doblase para convertirlo no ya, como en las iglesias corrientes, en una prolongación detrás del altar, sino en una especie de sala o de cueva oscura a la derecha del oficiante; imagine que esa sala la cierra la cortina de siete pies de alto que ya hemos mencionado; agrupe prietamente en la sombra de esa cortina, en unos asientos de coro de madera, a las profesas a la izquierda; a las internas, a la derecha; a las legas y a las novicias, al fondo; y podrá hacerse una idea de cómo asistían a los oficios divinos las monjas de Le Petit-Picpus. Aquella cueva, a la que llamaban coro, daba al claustro por un corredor. La luz de la iglesia venía del jardín. Cuando las monjas asistían a oficios en que su regla les imponía el silencio, los asistentes de fuera sólo sabían de su presencia por el ruido de las misericordias al alzarse o al bajarse.

<h1 style="text-align:center">VII</h1>
<h2 style="text-align:center">ALGUNAS SILUETAS DE ESA OSCURIDAD</h2>

Durante los seis años que van de 1819 a 1825, la superiora de Le Petit- Picpus fue la señorita de Blemeur, cuyo nombre de religión era la madre Innocente. Pertenecía a la familia de Marguerite de Blemeur, autora de la Vida de los santos de la orden de san Benito. La habían elegido varias veces. Era una mujer de alrededor de sesenta años, baja, gruesa y que desafinaba «como un gato acatarrado», dice la carta anteriormente citada; por lo demás, excelente persona, la única alegre de todo el convento y, por eso mismo, muy querida por todas.

La madre Innocente había salido a su antepasada Marguerite, que había sido la Anne Dacier de la Orden. Era letrada, erudita, culta, competente, con peculiares prendas de historiadora, colmada de latín, atiborrada de griego, repleta de hebreo y más benedictino que benedictina.

La vicesuperiora era una monja española vieja y casi ciega, la madre Cineres.

Las principales de entre las vocales eran la madre Sainte-Honorine, la tesorera; la madre Sainte-Gertrude, la maestra mayor de novicias; la madre Saint-Ange, la maestra adjunta de novicias; la madre Annonciation, la sacristana; la madre Saint-Augustin, la enfermera y la única del convento que era mala persona; estaban también la madre Sainte-Mechtilde (la señorita Gauvain), jovencísima y con una voz admirable; la madre de Les Anges (la señorita Drouet), que había estado en el convento de Les Filles- Dieu y en el convento de Le Trésor, entre Gisors y Magny; la madre Saint- Joseph (la señorita de Cogolludo); la madre Sainte-Adélaïde (la señorita de Auverney); la madre Miséricorde (la señorita de Cifuentes, que no pudo soportar todas aquellas austeridades); la madre Compassion (la señorita de La Miltiere, que ingresó a los sesenta años, pese a lo que disponía la regla, y era muy rica); la madre Providence (la señorita de Laudiniere); la madre Présentation (la señorita de Sigüenza), que fue superiora en 1847; y, para terminar, la madre Sainte-Céligne (la hermana del escultor Ceracchi), que se volvió loca, y la madre Sainte-Chantal (la señorita de Suzon), que se volvió loca.

Entre las más bonitas había una joven encantadora de veintitrés años, que era de la isla Bourbon y descendía del caballero Roze; habría sido en el siglo la señorita Roze y se llamaba madre Assomption.

La madre Sainte-Mechtilde tenía a su cargo el canto y el coro y le gustaba recurrir a las internas. Solía escoger de entre ellas una gama completa, es decir, siete, de entre diez años y dieciséis, ambas edades incluidas, con voces y estaturas armonizadas, a las que colocaba, al cantar, de pie en fila, una al lado de otra, por edades, de la más baja a la más alta. Al verlas, parecían un caramillo de muchachitas, algo así como una flauta de Pan de carne y hueso hecha con ángeles.

De entre las hermanas legas, las preferidas de las internas eran la hermana Sainte-Euphrasie, la hermana Sainte-Marguerite, la hermana Sainte-Marthe, que era de pocos alcances, y la hermana Saint-Michel, que tenía una nariz tan larga que les daba risa.

Todas aquellas mujeres eran cariñosas con las niñas. Las monjas no eran severas sino consigo mismas. Sólo se encendía fuego en el internado, y las comidas, comparadas con las del convento, eran exquisitas. Además, las cuidaban primorosamente. Únicamente, cuando una niña pasaba junto a una monja y le dirigía la palabra, la monja no le contestaba.

La consecuencia de aquella regla del silencio era que, en todo el convento, la palabra, de la que se privaba a las criaturas humanas, se les concedía a los objetos inanimados. Ora hablaba la campana de la iglesia, ora hablaba la campanilla del jardinero. Un timbre muy ruidoso, que tenía al lado la tornera, y se oía en todo el convento, indicaba, con toques varios, que eran una especie de telégrafo acústico, todas las acciones de la vida material que había que llevar a cabo, y llamaba al locutorio, si era menester, a esta o a aquella moradora de la casa. Todas las personas y todas las cosas tenían un toque propio. El de la superiora era uno y uno; el de la vicesuperiora, uno y dos. Cinco-seis era la clase, de forma tal que las alumnas nunca decían ir a clase, sino ir a cinco-seis. Cuatro-cuatro era el toque de la señora de Genlis. Sonaba con mucha frecuencia. «Mete ruido por cuatro», decían las maliciosas. Diecinueve timbrazos anunciaban un acontecimiento importante. Era que abrían la puerta de la clausura, una tabla tremenda erizada de cerrojos que no giraba sobre sus goznes más que para dejar pasar al arzobispo.

Ya hemos dicho que, salvo él y el jardinero, no entraba hombre alguno en el convento. Las internas veían a otros dos; uno era el capellán, el padre Banes, viejo y feo, a quien podían contemplar en el coro a través de una reja; el otro era el profesor de dibujo, el señor Ansiaux, a quien esa carta, algunas de cuyas líneas hemos leído, llama señor Anciot y tilda de jorobado viejo y espantoso.

Nótese que todos los hombres estaban muy bien escogidos. Tal era esta peculiar casa.

VIII
POST CORDA LAPIDES

Tras haber esbozado el aspecto espiritual, no estará de más decir unas cuantas palabras de la disposición material. Algo de ella sabe ya el lector.

El convento de Le Petit-Picpus-Saint-Antoine ocupaba casi por completo el ancho trapecio que formaban, al cruzarse, la calle de Polonceau, la calle de Droit-Mur, la calleja de Picpus y la callecita condenada que, en los planos antiguos, se llama calle de Aumarais. Esas cuatro calles rodeaban el aludido trapecio como si fueran un foso. El convento lo componían varios edificios y un jardín. El edifico principal, tomado en conjunto, era una yuxtaposición de construcciones híbridas que, a vista de pájaro, reproducían con bastante exactitud la forma de una horca tumbada en el suelo. El brazo largo de la horca ocupaba todo el tramo de la calle de Droit-Mur incluido entre la calleja de Picpus y la calle de Polonceau; el brazo corto era una fachada con una verja, alta, gris y adusta, que daba a la calleja de Picpus; acababa en la puerta cochera que llevaba el número 62. En la parte central de esa fachada, el polvo y las cenizas pintaban de blanco una puerta vieja, baja y de arco donde las arañas tejían sus telas y que no se abría sino una hora o dos los domingos y en las pocas ocasiones en que salía del convento el ataúd de una monja. Era la entrada de la iglesia para el público. El codo de la horca era una sala cuadrada que hacía las veces de repostería y que las monjas llamaban la despensa. En el brazo largo estaban las celdas de las madres y de las hermanas y el noviciado. En el brazo corto, las cocinas, el refectorio con el claustro en paralelo y la iglesia. Entre la puerta que llevaba el número 62 y la esquina de la callecita condenada, la calle de Aumarais, estaba el internado, que no se veía desde fuera. En el resto del trapecio estaba el jardín, a un nivel mucho más bajo que la calle de Polonceau, con lo que las tapias eran mucho más altas por la parte interior que por fuera.

El jardín, levemente abombado, tenía en el centro, en lo alto de un cerrillo, un hermoso abeto puntiagudo y cónico, del que salían, como del redondel en relieve del centro de un escudo, cuatro paseos anchos y, dispuestos de dos en dos en los cruces de los paseos principales, otros ocho pequeños, de forma tal que, si el recinto hubiera sido circular, el plano geométrico de los paseos habría tenido parecido con una cruz colocada encima de una rueda. Los paseos, que acababan todos en las tapias, muy irregulares, del jardín, eran de longitud desigual. Los bordeaban unos groselleros. Al fondo, un paseo de elevados álamos iba de las ruinas del convento antiguo, que estaba en la esquina de la calle de Droit-Mur, hasta el convento pequeño, que estaba en la esquina de la calle de Aumarais. Delante del convento pequeño estaba lo que llamaban el jardín pequeño. Sumemos a este conjunto un patio, rincones varios de los cuerpos interiores de los edificios, unas paredes carcelarias y ninguna vista ni ningún vecindario que no fuera la larga línea negra de los tejados que había en la otra acera de la calle de Polonceau y podremos hacernos una idea completa de cómo era, hace cuarenta y cinco años, el convento de las bernardas de Le Petit-Picpus. Esta santa casa la habían edificado precisamente en el lugar en que estuvo un juego de pelota muy conocido entre los siglos XIV y XVI, llamado el garito de los once mil diablos.

Por lo demás, todas esas calles estaban entre las más ant iguas de París. Esos nombres, Droit-Mur y Aumarais, son antiquísimos; y las calles que los llevan lo son mucho más. La callecita de Aumarais se llamó la calleja de Maugout; la calle de Droit-Mur se llamó la calle de Les Églantiers, porque Dios ya abría las flores antes de que el hombre tallase las piedras.

IX
UN SIGLO BAJO UN GRIÑÓN

Ya que nos hemos metido en detalles en lo tocante a lo que fue antaño el convento de Le Petit-Picpus y nos hemos atrevido a abrir una ventana para mirar dentro de ese discreto asilo, que nos permita el lector otra breve digresión, ajena al verdadero tema de este libro, pero característica y útil porque contribuya a que se entienda que incluso en los claustros hay personajes originales.

Vivía en el convento pequeño una centenaria que procedía de la abadía de Fontevrault. Antes de la Revolución, había vivido incluso en el siglo. Citaba con frecuencia al señor de Miromesnil, guardián de los sellos en el reinado de Luis XVI, y a una tal presidenta Duplat a la que había conocido mucho. Le agradaba mucho sacar a relucir cada dos por tres esos nombres y se ufanaba de ello. Decía maravillas de la abadía de Fontevrault: que era como una ciudad y que en el monasterio había calles.

Hablaba en un dialecto picardo que divertía mucho a las internas. Todos los años hacía una renovación solemne de los votos y, en el momento de prometerlos, le decía al sacerdote: «El señor san Francisco lo allegó al señor san Julián; el señor san Julián lo allegó al señor san Eusebio; el señor san Eusebio lo allegó al señor san Procopio, etc., etc.; y así yo a vos os lo allego, padre». Y las internas se reían, no bajo cuerda, sino bajo el velo; unas risitas ahogadas y encantadoras con las que las madres vocales fruncían el ceño.

En otras ocasiones, la centenaria refería historias. Decía que en su juventud los bernardos no tenían nada que envidiarles a los mosqueteros. Por su boca hablaba un siglo, pero era el siglo XVIII. Contaba la costumbre de Champaña y Borgoña de los cuatro vinos, anterior a la Revolución. Cuando un personaje importante, un mariscal de Francia, un príncipe, un duque y par, pasaba por una ciudad de Borgoña o de Champaña, las autoridades municipales acudían a saludarlo y le presentaban cuatro bernegales de plata en que había cuatro vinos diferentes. En el primero se leía la siguiente inscripción: vino de mono;

en el segundo, vino de león; en el tercero, vino de cordero, y en el cuarto, vino de cerdo. Esos cuatro marbetes nombraban los cuatro peldaños por los que va bajando el borracho; el primer estado de embriaguez, el que alegra; el segundo, el que irrita; el tercero, el que atonta, y, finalmente, el cuarto, el que embrutece.

Guardaba bajo llave en un armario un objeto misterioso al que tenía mucho apego. La regla de Fontevrault no se lo prohibía. No quería enseñarle ese objeto a nadie. Se encerraba, cosa que permitía la regla, y a veces se escondía cuando quería mirarlo. Si oía a alguien andar por el corredor, cerraba el armario tan deprisa como se lo permitían las viejas manos. En cuanto se lo mencionaban, se callaba, ella, tan charlatana. Las más curiosas no pudieron con su silencio; y las más tenaces no pudieron con su obstinación. También esto daba pie a comentarios entre quienes estuvieran ociosas o aburridas en el convento. ¿Qué podía ser aquello tan valioso y tan secreto que era el tesoro da la centenaria? ¿Algún libro santo, probablemente? ¿Algún rosario único? ¿Alguna reliquia probada? Todo el mundo se perdía en conjeturas. Al morir la pobre anciana, corrieron hacia el armario, con más prisas quizá de las que aconsejaba el decoro, y lo abrieron. Hallaron el objeto envuelto en tres paños, como una patena bendita. Era una fuente de Faenza donde había pintados unos amorcillos que salían volando perseguidos por unos mancebos de botica armados con lavativas enormes. La persecución rebosaba de muecas y posturas cómicas. A uno de los deliciosos amorcillos lo tienen ya ensartado. Se defiende, mueve las alitas e intenta salir volando, pero el matachín ríe con risa satánica. Moraleja: la diarrea vencedora del amor. Esta fuente, muy curiosa por lo demás, y a la que quizá le cupo el honor de inspirar a Moliere, existía aún en septiembre de 1845: estaba en venta en una chamarilería del bulevar de Beaumarchais.

Esta buena anciana no quería que viniese a visitarla nadie de fuera porque, decía, el locutorio resulta muy triste.

X
ORIGEN DE LA ADORACIÓN PERPETUA

Por lo demás, aquel locutorio casi sepulcral del que hemos intentado dar una idea al lector es completamente local, y no son así de adustos en los demás conventos. En el convento de la calle de Le Temple en particular, que, todo hay que decirlo, era de otra orden, en vez de postigos negros había unas cortinas pardas, y el locutorio en sí era un salón con suelo de tarima cuyas ventanas enmarcaban unos pabellones de muselina blanca y cuyas murallas toleraban todo tipo de marcos, el retrato de una benedictina con la cara destapada, ramos pintados e incluso una cabeza de turco.

Es en el jardín del convento de la calle de Le Temple donde estaba ese castaño de Indias que se consideraba el más hermoso y el mayor de Francia y tenía la reputación entre el pueblo llano del siglo XVIII de ser el padre de todos los castaños del reino.

Ya hemos dicho que en ese convento de Le Temple residían las benedictinas de la Adoración Perpetua, benedictinas que no tenían nada que ver con las que dependían de Císter. Esa orden de la Adoración Perpetua no es excesivamente antigua ni tiene más de doscientos años. En 1649 profanaron con pocos días de intervalo el Santísimo Sacramento en dos iglesias de París, en Saint-Sulpice y en Saint-Jean en Greve, sacrilegio espantoso e infrecuente que inmutó a toda la ciudad. El prior y vicario mayor de Saint-Germain-des-Prés ordenó una procesión solemne de todos sus sacerdotes en la que ofició el nuncio del papa. Pero aquella expiación no les pareció suficiente a dos dignas damas, la señora Courtin, marquesa de Boucs, y la condesa de Châteauvieux. Aquel ultraje al «santísimo sacramento del altar», aunque pasajero, no se les iba de la cabeza a esas dos almas piadosas, y les pareció que la única reparación posible era una «adoración perpetua» en algún convento de monjas. Ambas, una en 1652 y la otra en 1653, donaron cantidades considerables a la madre Catherine de Bar, llamada del Santísimo Sacramento, monja benedictina, para que fundase, con tan piadosa finalidad, un convento de la orden de san Benito; el primer permiso para esa fundación se lo dio a la madre Catherine de Bar el obispo de Metz y abad de Saint-Germain, «a condición de que no pueda ingresar ninguna doncella que no aporte trescientas libras de pensión, que son seis mil libras de capital». Tras el abad de Saint-Germain, otorgó el rey cartas patentes, y todo ello, la carta abacial y las cédulas reales, las homologaron el Tribunal de Cuentas y el Parlamento en 1654.

Tales son los orígenes y la acreditación legal de la fundación de las benedictinas de la Adoración Perpetua del Santísimo Sacramento en París. El primer convento se «levantó de obra nueva» en la calle de Cassette a costa de las señoras de Boucs y de Châteauvieux.

Como vemos, esta orden no era la misma de las benedictinas conocidas como del Císter. Dependía del abad de Saint-Germain-des-Prés de la misma forma que las monjas del Sagrado Corazón dependen del general de los jesuitas, y las hermanas de la caridad, del general de los lazaristas.

Era también diferente por completo de las bernardas de Le Petit-Picpus, cuyo convento acabamos de mostrar por dentro. En 1657, el papa

Alejandro VII, mediante un breve especial, autorizó a las bernardas de Le Petit-Picpus a practicar la Adoración Perpetua igual que las benedictinas del Santísimo Sacramento. Pero ambas órdenes siguieron siendo distintas.

<h2 style="text-align:center">XI</h2>

<h1 style="text-align:center">FIN DE LE PETIT-PICPUS</h1>

El convento de Le Petit-Picpus empezó a decaer nada más iniciarse la Restauración, lo que forma parte de la muerte general de la orden, que, transcurrido el siglo XVIII, va desapareciendo como todas las demás órdenes religiosas. La contemplación y también la oración son necesidades de la humanidad; pero, como todo aquello que ha pasado por la Revolución, se transforman, y, de hostiles al progreso social, se convierten en partidarias de él.

El convento de Le Petit-Picpus se iba quedando vacío a toda velocidad. En 1840 ya no existían el convento pequeño ni el internado. Ya no estaban ni las ancianas ni las muchachitas; aquéllas se habían muerto y éstas se habían ido. Volaverunt.

La regla de la Adoración Perpetua es tan rígida que espanta; las vocaciones disminuyen y no hay incorporaciones nuevas a la orden. En 1845 todavía llegaban algunas legas; pero ya no había profesiones. Hace cuarenta años, había casi cien monjas; hace quince años, eran sólo veintiocho. ¿Cuántas serán ahora? En 1847, la superiora era joven, síntoma de que el círculo se reduce cada vez más. A medida que va habiendo menos monjas, aumenta el cansancio y las obligaciones se hacen más penosas; ya se estaba viendo llegar el momento en que no serían más que una docena de hombros doloridos e inclinados para cargar con la pesada regla de san Benito. La carga es implacable, y no varía sean pocas o muchas. Agobiaba, aplastaba. Además, también se mueren. Cuando el autor de este libro vivía todavía en París, murieron dos. Una tenía veinticinco años; la otra, veintitrés. Ésta puede decir, como Julia Alpinula: Hic jaceo. Vixi annos viginti et tres. Por esa decadencia es por lo que el convento ha renunciado a tener educandas.

No nos ha sido posible pasar por delante de esa casa extraordinaria, desconocida, ignota, sin entrar y sin que entrasen con nosotros las mentes que nos acompañan y que atienden a la narración, quizá para provecho de algunas, de la historia melancólica de Jean Valjean. Hemos entrado en esa comunidad llena de prácticas antiguas que, hoy en día, parecen tan nuevas. Es el jardín cerrado. Hortum conclusus. Hemos hablado de ese sitio singular con todo detalle, pero con respeto, al menos con todo el respeto que puede resultar conciliable con el detalle. No lo entendemos todo, pero no insultamos nada. Estamos a igual distancia del hosanna de Joseph de Maistre, que acaba por reivindicar al verdugo, que de la risa sarcástica de Voltaire, que llega incluso a mofarse del crucifijo.

Peca Voltaire de falta de lógica, dicho sea de paso; porque Voltaire habría defendido a Jesús igual que defendió a Calas; y para esos mismos que niegan las encarnaciones sobrehumanas, ¿qué representa el crucifijo? Al sabio asesinado.

En el siglo XIX, las ideas religiosas entran en crisis. Se desaprenden una serie de cosas, y muy bien desaprendidas están con tal de que, al desaprender aquello, se aprenda otra cosa. Que no haya vacíos en el corazón humano. Hay demoliciones, y es bueno que las haya, pero a condición de que luego se construya.

Entre tanto, examinemos lo que ya no existe. Es necesario saberlo, aunque no sea más que para evitarlo. Las imitaciones del pasado adoptan nombres fingidos y de buen grado toman el nombre de porvenir. Ese fantasma, el pasado, tiene tendencia a usar un pasaporte falso. Caigamos en la cuenta de la trampa. Desconfiemos. El pasado tiene un rostro: la superstición, y una máscara: la hipocresía. Denunciemos el rostro y arranquemos la máscara.

En cuanto a los conventos, son un tema complejo. Tema de civilización, que los condena; tema de libertad, que los ampara.

LIBRO SÉPTIMO
PARÉNTESIS

I
EL CONVENTO, IDEA ABSTRACTA

Este libro es un drama, cuyo primer personaje es lo infinito. El segundo es el hombre.

En vista de eso, como se nos cruzó en el camino un convento, tuvimos que entrar. ¿Por qué? Es que el convento pertenece tanto a Oriente como a Occidente, tanto a la Antigüedad como a los tiempos modernos, tanto al paganismo, al budismo, al mahometismo como al cristianismo, es uno de los aparatos de óptica con el que el hombre observa lo infinito.

No es éste el lugar adecuado para desarrollar determinadas ideas más allá de ciertos límites; no obstante, sin prescindir en absoluto de nuestras reservas, nuestras restricciones e incluso nuestras indignaciones, no podemos por menos de decir que siempre que nos topamos en el hombre con lo infinito, bien o mal entendido, el respeto se adueña de nosotros. Hay en la sinagoga, en la mezquita, en la pagoda, en el wigwam un aspecto repugnante que aborrecemos y un aspecto sublime que veneramos. ¡Qué contemplación para la inteligencia y qué ensoñación sin fondo! La reverberación de Dios en el muro humano.

II
EL CONVENTO, HECHO HISTÓRICO

Desde el punto de vista de la historia, de la razón y de la verdad, el monacato está condenado.

Los monasterios, cuando abundan en una nación, son nudos en la circulación, instituciones que estorban, centro de pereza en los lugares en que se precisan centros de trabajo. Las comunidades monásticas son a la gran comunidad social lo que el muérdago al roble, lo que la verruga al cuerpo humano. Su prosperidad y su robustez son el empobrecimiento del país. El régimen monástico, provechoso cuando empiezan las civilizaciones, útil para que lo espiritual empiece a mermar la brutalidad, es malo para la virilidad de los pueblos. Además, cuando se relaja y entra en su etapa de desgobierno, como sigue sirviendo de ejemplo, se convierte en malo por las mismas razones que lo hacían salutífero en su período de pureza.

Ha pasado el tiempo de las clausuras. Los claustros, útiles para la primera educación de la civilización moderna, estorban su crecimiento y perjudican su desarrollo. En tanto en cuanto instituciones y herramienta de formación del hombre, los monasterios, buenos en el siglo X, discutibles en el siglo XV, son infames en el siglo XIX. La lepra monástica carcomió casi hasta el esqueleto a dos naciones admirables, Italia y España, aquélla la luz y ésta el esplendor de Europa durante siglos; y, en los tiempos que corren, esos dos ilustres pueblos no están empezando a mejorar más que gracias a la sana y vigorosa higiene de 1789.

El convento, el antiguo convento de mujeres, sobre todo, tal y como lo vemos aún en los umbrales de este siglo en Italia, en Austria, en España, es una de las plasmaciones más sombrías de la Edad Media. El claustro, ese claustro, es el punto de intersección de los espantos. El claustro católico propiamente dicho está repleto de la irradiación negra de la muerte.

El convento español, sobre todo, es fúnebre. Allí dentro se alzan en la oscuridad, bajo bóvedas colmadas de brumas, bajo cúpulas inconcretas de tan sombrías, macizos altares babélicos, elevados como catedrales;

allí cuelgan de cadenas, entre las tinieblas inmensas, crucifijos blancos; allí se brindan, desnudos sobre el ébano, enormes Cristos de marfil, más que ensangrentados, sanguinolentos; son repulsivos y espléndidos, por los codos les asoman los huesos, por las rótulas les asoman los tegumentos, por las llagas asoma la carne; los coronan espinas de plata, los clavan clavos de oro, llevan gotas de sangre de rubíes en la frente y lágrimas de brillantes en los ojos.

Los brillantes y los rubíes parecen húmedos y hacen llorar, abajo, en la sombra, a criaturas envueltas en velos, con los costados heridos por el cilicio y por el látigo de puntas de hierro, con pechos que aplastan unos zarzos de mimbre, con rodillas que la oración despelleja; unas mujeres que se creen esposas, unos espectros que se creen serafines. ¿Estas mujeres piensan? No. ¿Tienen voluntad? No. ¿Aman? No. ¿Viven? No. Los nervios se les han vuelto huesos; los huesos se les han vuelto piedras. El velo que llevan es noche tejida. El hálito, bajo el velo, parece a saber qué respiración trágica de la muerte. La abadesa, una larva, las santifica y las aterroriza. Ahí está, montaraz, lo inmaculado. Así son los antiguos monasterios de España. Guaridas de la devoción terrible; antros de vírgenes; lugares feroces.

La España católica era más romana que la mismísima Roma. El convento español era el convento católico por excelencia. Se mascaba Oriente. El arzobispo, eunuco mayor del cielo, encerraba bajo llave y espiaba a ese harén de almas reservadas para Dios. La monja era la odalisca, el sacerdote era el eunuco. Elegían en sueños a las fervorosas y éstas poseían a Cristo. Por las noches, el apuesto joven desnudo bajaba de la cruz y se convertía en el éxtasis de la celda. Elevadas murallas guardaban de toda distracción que tuviera que ver con la vida a la sultana mística, cuyo sultán era el crucificado. Una mirada hacia el exterior era una infidelidad. El in-pace sustituía al saco de cuero. Lo que en Oriente echaban al mar en Occidente se lo echaban a la tierra. En ambos lugares, las mujeres se retorcían los brazos; las olas, para aquéllas; la tierra, para éstas; allá las ahogadas, acá las enterradas. Paralelismo monstruoso.

Hoy en día, los valedores del pasado, como ya no pueden negar tales cosas, han tomado el partido de sonreír. Se ha puesto de moda una forma cómoda y peculiar de suprimir las revelaciones de la historia, de debilitar los comentarios de la filosofía y de eludir todos los hechos molestos y todas las cuestiones sombrías. Cosas de charlatanes, dicen los que son hábiles. Charlatanerías, repiten los pánfilos. Jean-Jacques, un charlatán; Diderot, un charlatán; Voltaire al referirse a Calas, La Barre y Sirven, un charlatán. A alguien, no sé a quién, se le ha ocurrido últimamente que

Tácito era un charlatán, que Nerón era una víctima y que, desde luego, había que compadecer a «ese pobre Holofernes».

Los hechos, pese a todo, no se dejan intimidar y se empecinan. El autor de este libro vio con sus propios ojos, a ocho leguas de Bruselas, he aquí la Edad Media tal cual al alcance de quien lo desee, en la abadía de Villiers, el agujero de las mazmorras, en medio del prado que fue el patio del claustro; y, a orillas del Dyle, cuatro calabozos de piedra, a medias enterrados y a medias debajo del agua. Eran unos in-pace. Todos esos calabozos tienen unos restos de puerta de hierro, una letrina y un tragaluz con barrotes que, por fuera, está a dos pies por encima del nivel del río y, por dentro, a seis pies por debajo del nivel del suelo. Cuatro pies de río corren por fuera a lo largo del muro. El suelo siempre está húmedo. La cama de quien viva en el in-pace es esa tierra húmeda. En uno de los calabozos hay un trozo de collar de hierro sellado en la pared; en otro puede verse algo así como un cajón cuadrado hecho con cuatro hojas de granito, demasiado corto para echarse, demasiado bajo para estar de pie. Ahí metían a un ser vivo y cerraban el cajón con una tapa de piedra. Así son las cosas. Se pueden ver. Se pueden tocar. Esos in-pace, esos calabozos, esos goznes de hierro, esos collares, ese tragaluz alto a ras del cual corre el río, ese cajón de piedra que cierra una tapa de granito como si fuera una tumba, con la diferencia de que en este caso el muerto estaba vivo, ese suelo que es barro, ese agujero de la letrina, esas paredes que rezuman humedad, ¡qué charlatanes!

III
A CONDICIÓN DE QUÉ PODEMOS RESPETAR EL PASADO

El monacato, tal y como existió en España y tal como existe en el Tíbet, es para la civilización una especie de tisis. Detiene la vida en seco. Por decirlo sin rodeos, despuebla. Claustrar, castrar. Fue una plaga en Europa. Sumemos a eso la frecuencia con que se violentaron las conciencias, las vocaciones forzadas, el feudalismo asentándose en el claustro, la primogenitura desaguando en el monacato el sobrante de las familias, las ferocidades que acabamos de mencionar, los in-pace, las bocas cerradas, las mentes emparedadas, tantas inteligencias desventuradas encerradas en el calabozo de los votos perpetuos, la toma de hábito, el entierro en vida de las almas. Añádanse los suplicios individuales a las degradaciones nacionales y nadie podrá por menos de estremecerse ante la cogulla y el velo, esos dos sudarios que inventó el hombre.

No obstante, en algunos aspectos y en algunos lugares, pese a la filosofía, pese al progreso, el espíritu monástico persiste en pleno siglo XIX y un extraño recrudecimiento del ascetismo asombra en este momento al mundo civilizado. El empecinamiento de las instituciones anticuadas por perpetuarse se parece a la obstinación del perfume rancio que reivindicase un derecho a que nos lo pongamos en el pelo, a la pretensión del pescado podrido que querría que nos lo comiéramos, a la persecución de un traje de niño que querría vestir al hombre y al tierno afecto de unos cadáveres que volvieran para besar a los vivos.

«¡Ingratos! —dice el traje—. Os protegí el cuerpo cuando hacía mal tiempo. ¿Por qué no me queréis ya?» «Vengo de alta mar», dice el pescado.

«Fui una rosa», dice el perfume. «Os quise», dice el cadáver. «Os civilicé», dice el convento.

Sólo hay una respuesta para todos ellos: Antaño.

Soñar con prolongar indefinidamente, embalsamándolos, las cosas difuntas y el gobierno de los hombres, restaurar los dogmas en mal estado, volver a dorar las urnas, volver a enjalbegar los claustros, volver a bendecir los relicarios, actualizar las supersticiones, volver a abastecer los fanatismos, volver a poner mangos a los hisopos y empuñaduras a los sables, reconstruir el monacato y el militarismo, creer que salvar la sociedad es aumentar el número de parásitos, imponerle el pasado al presente resulta muy extraño. Y hay, sin embargo, teóricos para defender esas teorías. Esos teóricos, que no son tontos, por lo demás, cuentan con un procedimiento muy sencillo: le aplican al pasado un enlucido que llaman orden social, derecho divino, moral, familia, respeto por los antepasados, autoridad de los antiguos, santa tradición, legitimidad, religión; y van pregonando:

«Compren, compren, buenas gentes». Esa lógica ya se conocía en la Antigüedad. Los arúspices la usaban. Embadurnaban de greda una novilla negra y decían: Es blanca. Bos cretatus.

Nosotros respetamos algunas cosas y, sobre todo, indultamos al pasado con tal de que se avenga a estar muerto. Si quiere seguir vivo, lo atacamos e intentamos matarlo.

Supersticiones, beaterías, mojigaterías, prejuicios, todas esas larvas, por muy larvas que sean, son tenaces y se aferran a la vida; aunque envueltas en humo, tienen garras y dientes; y hay que luchar con ellas cuerpo a cuerpo y guerrear con ellas, y hacerlo sin tregua porque una de las fatalidades de la humanidad es que estamos condenados a pelear eternamente con fantasmas. Es difícil agarrar por el pescuezo a la sombra y dar con ella en tierra.

Un convento en Francia, en pleno mediodía del siglo XIX, es un colegio de búhos que se enfrenta a la luz. Un claustro en flagrante delito de ascetismo en pleno centro de la ciudad de 1789, de 1830 y de 1848, Roma floreciendo en París, es un anacronismo. En épocas normales, para disolver un anacronismo y conseguir que se desvanezca basta con obligarle a decir en qué año estamos. Pero ésta no es una época normal.

Luchemos.

Luchemos, pero diferenciemos. Lo propio de la verdad es no ser nunca excesiva. ¿Qué necesidad tenemos de exagerar? Está lo que hay que destruir y lo que basta sencillamente con iluminar y mirar. El examen benevolente y serio, ¡qué gran fuerza! No llevemos las llamas donde basta con la luz.

Así pues, y dado que el siglo XIX es un hecho, somos contrarios, en general y para todos los pueblos, tanto en Asia como en Europa, tanto en la India como en Turquía, a las clausuras ascéticas. Quien dice convento dice pantano. Es evidente que se pudren, que es un estancamiento malsano, que por esa fermentación suya los pueblos padecen fiebres y decaen; van a más y son como las plagas de Egipto. No podemos pensar sin espantarnos en esos países en que los faquires, los bonzos, los santones, los caloyeros, los morabitos, los talopoines y los derviches pululan hasta convertirse en un hervidero venenoso.

Dicho esto, sigue en pie el tema de la religión. Es un tema con ciertos aspectos misteriosos, casi temibles; permítasenos que lo miremos cara a cara.

IV
EL CONVENTO DESDE EL PUNTO DE VISTA DE LOS PRINCIPIOS

Unos hombres se reúnen y viven juntos. ¿En virtud de qué derecho? En virtud del derecho de asociación.

Se encierran en el lugar en que viven. ¿En virtud de qué derecho? En virtud del derecho que tiene todo hombre a abrir o cerrar su puerta.

No salen. ¿En virtud de qué derecho? En virtud del derecho de ir y venir, que implica el derecho de quedarse en casa.

Y allí, en su casa, ¿qué hacen?

Hablan bajo; llevan la vista baja; trabajan. Renuncian al mundo, a las ciudades, a las sensualidades, a los placeres, a las vanidades, a los orgullos, a los intereses. Visten de lana basta o de lienzo basto. Ninguno tiene nada que sea de su propiedad. Cuando entra en ese lugar, el que era rico se vuelve pobre. Lo que tiene se lo da a todos los demás. El que era eso que llamamos noble, caballero, señor, es el igual del que era labriego. La celda es idéntica para todos. Todos se hacen la misma tonsura, llevan la misma cogulla, comen el mismo pan negro, duermen en la misma paja, mueren en la misma ceniza. La misma tela de saco en el cuerpo, el mismo cordel en la cintura. Si lo acordado es que vayan descalzos, van todos descalzos. Puede haber entre ellos un príncipe; ese príncipe es una sombra igual a las demás. Ya no hay títulos. Han desaparecido los apellidos. Sólo tienen nombres. Todos se doblegan a la igualdad de los nombres de pila. Han disuelto la familia carnal y creado, dentro de su comunidad, la familia espiritual. No tienen ya más parientes que los hombres todos. Socorren a los pobres, cuidan a los enfermos. Eligen a aquellos a quienes obedecen. Se llaman entre sí hermanos.

El lector me interrumpirá para exclamar: ¡Pero eso es el convento ideal!

Basta con que sea el convento posible para que deba tenerlo en cuenta.

De ahí que, en el libro anterior, haya hablado de un convento con tono respetuoso. Si damos de lado la Edad Media, si damos de lado Asia, si no entramos en las cuestiones histórica y política, desde el punto de vista puramente filosófico, dejando aparte las necesidades de la política militante, con la condición de que el monasterio sea absolutamente voluntario y no haya entre sus paredes sino consentimientos, siempre miraré la comunidad claustral con cierta ponderación atenta y, en algunos aspectos, deferente. Donde hay comunidad, hay comuna; donde hay comuna, está el derecho. El monasterio es fruto de la fórmula: Igualdad y Fraternidad. ¡Ah, qué grande es la Libertad! ¡Y qué transfiguración espléndida! Basta con la Libertad para convertir al monasterio en república.

Prosigamos.

Pero esos hombres, o esas mujeres, que están detrás de esas cuatro paredes se visten de sayal, son iguales, se llaman hermanos; bien está, pero

¿hacen algo más?

Sí.

¿Qué?

Miran la oscuridad, se arrodillan y juntan las manos.

¿Eso que significa?

V
LA ORACIÓN

Rezan.

¿A quién?

A Dios.

Rezar a Dios, ¿eso qué quiere decir?

¿Existe un infinito fuera de nosotros? ¿Ese infinito es uno, inmanente, permanente, necesariamente sustancial ya que es infinito, y que, si le faltase la materia, tendría esa limitación? ¿Necesariamente inteligente, ya que es infinito, y que, si le faltase la inteligencia, en eso sería finito? ¿Despierta ese infinito en nosotros la idea de esencia, mientras que no podemos atribuirnos a nosotros más idea que la de existencia? Dicho en otras palabras, ¿no es acaso ese absoluto del que nosotros somos lo relativo?

Al tiempo que hay un infinito fuera de nosotros, ¿es que no hay acaso un infinito en nosotros? Esos dos infinitos (¡qué plural terrible!) ¿no se superponen? ¿No subyace el segundo infinito en el primero, por así decirlo?

¿No es su espejo, su reflejo, su eco, abismo concéntrico de otro abismo?

¿Es también inteligente ese segundo infinito? ¿Piensa? ¿Ama? ¿Quiere? Si los dos infinitos son inteligentes, ambos poseen un principio volente, y hay un yo en el infinito de arriba de la misma forma que hay un yo en el infinito de abajo. El yo de abajo es el alma; el yo de arriba es Dios.

A poner en contacto mediante el pensamiento el infinito de abajo y el infinito de arriba lo llamamos rezar.

No le quitemos nada a la mente humana; suprimir es malo. Hay que reformar y transformar. El hombre tiene algunas facultades que se orientan hacia lo Desconocido; el pensamiento, la ensoñación, la oración. Lo Desconocido es un océano. ¿Qué es la conciencia? Es la brújula de lo Desconocido. Pensamiento, ensoñación, oración: he aquí unas irradiaciones misteriosas. Respetémoslas. ¿Dónde van esas irradiaciones majestuosas del alma? A la oscuridad; es decir, a la luz.

La grandeza de la democracia reside en que ni niega nada ni reniega de nada que tenga que ver con la humanidad. Junto al derecho del Hombre, o, al menos, a su lado, está el derecho del Alma.

Aplastar los fanatismos y venerar lo infinito, tal es la ley. No nos limitemos a prosternarnos a los pies del árbol Creación y a contemplar sus ramas inmensas cargadas de astros. Tenemos un deber: trabajar en pro del alma humana; defender el misterio contra el milagro; adorar lo incomprensible y rechazar lo absurdo; no admitir sino lo indispensable en el ámbito de lo inexplicable; sanear la creencia; quitarle de encima las supersticiones a la religión; quitarle las orugas a Dios.

VI
BONDAD ABSOLUTA DE LA ORACIÓN

En cuanto a la forma de rezar, todas son buenas con tal de que sean sinceras. Poned el libro del revés e id a lo infinito.

Existe, sabido es, una filosofía que niega lo infinito. También existe una filosofía, clasificada como patología, que niega el sol; esa filosofía se llama ceguera.

Convertir un sentido que nos falta en fuente de verdad es un descaro de ciego.

Lo curioso es el aire altanero, superior y compasivo que esa filosofía a tientas adopta frente a la filosofía que ve a Dios. Es como si oyésemos exclamar a un topo: ¡Qué pena me dan esos que hablan del sol!

Existen, sabido es, ateos ilustres y fortísimos. En el fondo, como su propia fuerza los devuelve a la verdad, no están muy seguros de ser ateos, en lo que a ellos se refiere todo se queda en una cuestión de definiciones y, en cualquier caso, aunque no crean en Dios, son unas inteligencias tan grandes que son la demostración de Dios.

Honramos en ellos a los filósofos al tiempo que calificamos su filosofía inexorablemente.

Prosigamos.

Lo admirable también es la facilidad con que algunos se contentan con las palabras. Una escuela metafísica del norte, un tanto impregnada de niebla, creyó aportar una revolución al entendimiento humano sustituyendo la palabra Fuerza por la palabra Voluntad.

Decir «la planta quiere» en vez de «la planta crece» sería fecundo, en verdad, si añadiésemos «el universo quiere». ¿Por qué? Porque el resultado sería el siguiente: la planta quiere, por lo tanto tiene un yo; el universo quiere, por lo tanto tiene un Dios.

En cuanto a nosotros, que, no obstante, al revés de lo que hace esa escuela, no descartamos nada a priori, una voluntad en la planta, que esa escuela acepta, nos parece más difícil de admitir que una voluntad en el universo, que esa escuela niega.

Negar la voluntad de infinito, es decir, a Dios, sólo es posible si negamos lo infinito. Lo hemos demostrado.

La negación de lo infinito conduce en derechura al nihilismo. Todo se convierte en «concepto de la mente».

Con el nihilismo no hay discusión posible. Porque el nihilista lógico duda de la existencia de su interlocutor y no tiene plena seguridad de la propia existencia.

Desde su punto de vista, es posible que él mismo no sea para sí mismo sino un «concepto de su mente».

Lo que sucede es que no cae en la cuenta de que todo cuanto niega lo admite en bloque en cuanto pronuncia la palabra «mente».

En resumidas cuentas, no existe ningún camino abierto al pensamiento para una filosofía que hace que todo conduzca al monosílabo: No.

Sólo una cosa puede responderse a No: Sí. El nihilismo carece de alcance.

La nada no existe. Cero no existe. Todo es algo. Nada es nada. El hombre vive de afirmaciones más aún que de pan.

Ver y mostrar, ni siquiera basta con eso. La filosofía tiene que ser una energía; su esfuerzo y su efecto tienen que ser volver mejor al hombre. Sócrates tiene que meterse en Adán y que el resultado sea Marco Aurelio; dicho de otro modo, tiene que sacar del hombre de la felicidad al hombre de la sabiduría. Cambiar el Edén en Liceo. La ciencia tiene que ser un cordial. Gozar: ¡qué pobre meta y qué ambición canija! El bruto goza. Pensar: tal es el auténtico triunfo del alma. Brindar el pensamiento a la sed de los hombres; darles a todos, a modo de elixir, la noción de Dios; conseguir que confraternicen en ellos la conciencia y la ciencia; volverlos justos mediante esa confrontación misteriosa: para eso vale la auténtica filosofía. La ética es un florecimiento de verdades. La contemplación conduce a la acción. Lo absoluto tiene que ser práctico. La mente humana tiene que poder respirar, beber y comer lo ideal. Lo ideal es lo que tiene derecho a decir: Tomad y comed, ésta es mi carne, ésta es mi sangre. La sabiduría es una comunión sagrada. Con esa condición es como deja de ser un amor estéril por la ciencia para convertirse en la forma primera y soberana de unirse los hombres y como llegar de la categoría de filosofía a la categoría de religión. La filosofía no debe ser un voladizo construido para descollar por encima del misterio y mirarlo a gusto, sin más resultado que redundar en comodidad de la curiosidad.

Nosotros, que dejaremos para mejor ocasión el desarrollo de lo que opinamos, nos limitamos a decir que no concebimos ni al hombre como punto de partida, ni el progreso como meta, sin esas dos fuerzas, que son los dos motores: creer y amar.

El progreso es la meta, el ideal es el tipo.

¿Qué es el ideal? Es Dios.

Ideal, absoluto, perfección, infinito: palabras idénticas.

VII
PRECAUCIONES QUE SE DEBEN TOMAR EN LA REPROBACIÓN

La historia y la filosofía tienen obligaciones sempiternas que son, al mismo tiempo, obligaciones sencillas: combatir a Caifás, por ser obispo; a Dracón, por ser juez; a Trimalción, por ser legislador; a Tiberio, por ser emperador; ésas son cosas claras, directas y límpidas y no hay en ellas oscuridad alguna. Pero el derecho de vivir aparte, incluso con sus inconvenientes y sus abusos, requiere que dejemos constancia de él y tengamos miramientos. La vida cenobial es un problema humano.

Cuando hablamos de los conventos, de esos lugares de error, pero de inocencia; de extravío, pero de buena voluntad; de ignorancia, pero de abnegación; de suplicio, pero de martirio, hay que decir casi siempre sí y no.

Un convento es una contradicción. La finalidad es la salvación; el medio es el sacrificio. El convento es el egoísmo supremo cuya resultante es la abnegación suprema.

Abdicar para reinar parece ser la divisa del monacato.

En el claustro, se sufre para gozar. Se emite una letra de cambio a cuenta de la muerte. Se descuenta en oscuridad terrenal la luz celestial. En el claustro se acepta el infierno como anticipo de herencia del paraíso.

Tomar los hábitos, el velo o la cogulla es un suicido que se cobra en moneda de eternidad.

No creemos que en un asunto como éste sea de recibo la mofa. Todo en él es serio, lo bueno y lo malo.

El hombre justo frunce el entrecejo, pero nunca sonríe con sonrisa maliciosa. Podemos entender la ira, pero no la malicia.

VIII
FE, LEY

Unas cuantas palabras más.

Censuramos a la Iglesia cuando se halla saturada de intrigas; despreciamos lo espiritual ávido de ganancias temporales; pero honramos, esté donde esté, al hombre ensimismado.

Nos inclinamos ante quien se arrodilla.

Una fe: eso es lo que el hombre necesita. ¡Desdichado quien no cree en nada!

La persona absorta no está ociosa. Existen la labor visible y la labor invisible.

Contemplar es labrar; pensar es actuar. Los brazos cruzados trabajan; las manos juntas hacen. La mirada alzada al cielo es una obra.

Tales estuvo cuatro años quieto. Fundó la filosofía.

Para nosotros, los cenobitas no son unos ociosos, y los solitarios no son unos vagos.

Pensar en la Oscuridad es una cosa muy seria.

Sin renunciar a nada de cuanto acabamos de decir, creemos que a los vivos les conviene un recuerdo constante de la tumba. En este punto coinciden el sacerdote y el filósofo. Hemos de morir. El prior de la Trapa dialoga con Horacio.

Poner en la vida cierta presencia del sepulcro es ley para el sabio; y es ley para el asceta. En este punto convergen el asceta y el sabio.

Está el crecimiento material; lo queremos. Está también la grandeza moral; no renunciamos a ella.

Las mentes irreflexivas y raudas dicen:

—¿Para qué esas figuras inmóviles por la zona del misterio? ¿De qué sirven? ¿Qué hacen?

En presencia, ¡ay!, de la oscuridad que nos rodea y nos espera, no sabiendo que hará con nosotros la dispersión inmensa, contestamos: No existe quizá obra más sublime que la que llevan a cabo esas almas. Y añadimos: No existe quizá tarea más útil.

No queda más remedio: tienen que existir quienes rezan siempre por quienes no rezan nunca.

Para nosotros, todo reside en cuánto pensamiento se mezcla con la oración.

Leibniz rezando: eso es algo grande; Voltaire adorando: eso es algo hermoso. Deo erexit Voltaire.

Estamos a favor de la religión y en contra de las religiones.

Somos de quienes creen en la miseria de los rezos y en lo sublime de la oración.

Por lo demás, en estos momentos por los que estamos pasando, momentos que, por ventura, no configurarán el siglo XIX, en esta hora en que tantos hombres tienen la cabeza gacha y el alma poco elevada, entre tantos vivos cuya única moral es el goce y sólo prestan atención a las cosas chatas y deformes de la materia, cualquiera que elija el destierro nos parece digno de veneración. El monasterio es una renuncia. El sacrificio, aunque cojee, sigue siendo sacrificio. Tomar un grave error por un deber tiene su grandeza.

Tomado en sí mismo y en una dimensión ideal, y por darle a la verdad todas las vueltas posibles hasta agotar imparcialmente todas las perspectivas, el convento de mujeres sobre todo, porque en nuestra sociedad quien más sufre es la mujer, y en ese exilio del claustro hay protesta, el convento de mujeres tiene cierta majestad.

Esa existencia claustral, tan austera y tan taciturna, algunas de cuyas líneas acabamos de indicar, no es la vida, porque no es la libertad; no es la tumba, porque no es la plenitud; es el extraño lugar desde el que se divisa, como desde la cima de una montaña elevada, a un lado el abismo en que nos hallamos y, al otro, el abismo en que nos hallaremos; es una frontera estrecha y brumosa que separa dos mundos y que ambos iluminan y oscurecen al tiempo, donde el rayo de luz debilitado de la vida se mezcla con el rayo de luz desvaído de la muerte; es la penumbra del sepulcro.

En cuanto a nosotros, que no creemos en lo que creen esas mujeres, pero que, como ellas, vivimos mediante la fe, nunca hemos podido mirar sin algo así como un espanto religioso y tierno, sin algo así como una compasión colmada de envidia, a esas criaturas abnegadas, trémulas y confiadas, a esas almas humildes y augustas que se atreven a vivir a la orilla misma del misterio, esperando, entre el mundo cerrado y el cielo que no está abierto, vueltas hacia la claridad que no se ve, sin más dicha que el pensamiento de que saben dónde está, aspirando al abismo y a lo desconocido, con la vista clavada en la oscuridad quieta, arrodilladas, despavoridas, estupefactas, estremecidas, y a quienes arrebatan a ratos las ráfagas hondas de la eternidad.

LIBRO OCTAVO
LOS CEMENTERIOS TOMAN LO QUE LES DAN

I
DONDE SE TRATA DE LA FORMA DE ENTRAR EN EL CONVENTO

En ese convento es donde Jean Valjean, en palabras de Fauchelevent, había «caído del cielo».

Había saltado la tapia del jardín que hacía esquina a la calle de Polonceau. Aquel himno angélico que había oído en plena noche eran las monjas cantando maitines; aquella sala que había visto a medias en la oscuridad era la capilla; aquel fantasma que había visto tirado en el suelo era la hermana que estaba haciendo el desagravio; aquel cascabel cuyo ruido le había causado tanta extrañeza era el cascabel del jardinero atado a la rodilla de Fauchelevent.

Tras acostar a Cosette, Jean Valjean y Fauchelevent, como ya hemos visto, cenaron un vaso de vino y un trozo de queso delante de un buen fuego; pero la única cama de la cabaña la ocupaba Cosette, así que se echaron ambos en sendos haces de paja. Antes de cerrar los ojos, Jean Valjean había dicho: «Ahora tengo que quedarme aquí». Aquella frase le estuvo dando vueltas toda la noche por la cabeza a Fauchelevent.

A decir verdad, no durmieron ninguno de los dos.

Jean Valjean, al darse cuenta de que lo habían encontrado y de que Javert andaba tras su pista, sabía que tanto él como Cosette estaban perdidos si volvían a París. Ya que la nueva ráfaga de viento que acababa de empujarlo lo había hecho naufragar en aquel claustro, Jean Valjean en lo único que pensaba ya era en no moverse de él. Ahora bien, para un desventurado en sus circunstancias, aquel convento era al tiempo el lugar más peligroso y el más seguro; el más peligroso porque, ya que ningún hombre podía entrar en él, si lo encontraban lo cogían en flagrante delito, y para Jean Valjean sólo habría un paso del convento a la cárcel; y el más seguro porque, si conseguía que lo admitieran y quedarse a vivir allí, ¿quién iba a ir a buscarlo a aquel lugar? La salvación consistía en vivir en un sitio imposible.

Por su parte, Fauchelevent se estaba devanando los sesos. Empezaba por decirse que no entendía nada. Con unas tapias como aquéllas, ¿cómo estaba allí el señor Madeleine? No se pueden sortear de una zancada las tapias de un claustro. ¿Y cómo es que estaba allí con una niña? No se puede escalar una pared cortada a pico con una niña en brazos. ¿Quién era esa niña? ¿De dónde venían los dos? Desde que Fauchelevent había llegado al convento, no había vuelto a oír hablar de Montreuil-sur-Mer y no sabía nada de cuanto había sucedido. El señor Madeleine tenía una expresión de esas que no animan a hacer preguntas; y, además, Fauchelevent se decía: «A un santo no se le hacen preguntas». El señor Madeleine seguía conservando íntegro su prestigio para él. Pero, por algunas palabras que se le habían escapado a Jean Valjean, al jardinero le pareció que podía llegar a la conclusión de que seguramente el señor Madeleine había quebrado, ya que corrían unos tiempos muy duros, y que lo perseguían sus acreedores; o que se había comprometido en algún asunto político y se andaba escondiendo, cosa que no disgustó a Fauchelevent, que, como muchos de nuestros campesinos del norte de Francia, conservaba simpatías bonapartistas. Al buscar un sitio donde esconderse, el señor Madeleine había elegido el asilo del convento, y era normal que quisiera quedarse. Pero lo inexplicable, el hecho al que Fauchelevent volvía una y otra vez y contra el que se daba de cabezazos, era que el señor Madeleine estuviera allí y que estuviera con aquella niña. Fauchelevent los veía, los tocaba, les hablaba y no se lo acababa de creer.

Lo incompresible acababa de entrar en la cabaña de Fauchelevent. Fauchelevent conjeturaba a tientas y lo único que veía claro era lo siguiente: el señor Madeleine me salvó la vida. Sólo con aquella certidumbre ya le bastaba, y le hizo tomar una decisión. Se dijo para sus adentros: «Ahora me toca a mí». Y añadió, en conciencia: «El señor Madeleine no se lo pensó tanto cuando tuvo que meterse debajo del carro para sacarme». Decidió que salvaría al señor Madeleine.

Se hizo, no obstante, varias preguntas y se dio varias respuestas:

«Después de lo que hizo por mí, si fuera un ladrón, ¿lo salvaría? Pues sí. Si fuera un asesino, ¿lo salvaría? Pues sí. Y como es un santo, ¿lo salvaré? Pues sí».

Pero lo de conseguir que se quedase en el convento, ¡menudo problema! Ante aquel intento casi quimérico, Fauchelevent no se arredró; aquel humilde campesino picardo, sin más escala que su abnegación, su buena voluntad y algo de su vieja astucia campesina, puesta esta vez al servicio de una intención generosa, emprendió la escalada de las imposibilidades de la clausura y las abruptas escarpaduras de la regla de san Benito. Fauchelevent era un viejo que había sido egoísta toda la vida y a quien, al final de sus días, cojo, inválido, sin tener ya apego alguno al mundo, le pareció grato ser agradecido y, al ver que podía llevar a cabo un acto virtuoso, se aferró a él como un hombre que, en el instante de morir, encontrase a mano una copa de un vino bueno que nunca hubiera probado y lo bebiera con avidez. Podemos añadir que el aire que llevaba ya varios años respirando en aquel convento le había socavado la personalidad y había acabado por infundirle la necesidad de hacer una buena obra, fuera cual fuera.

Tomó, pues, una resolución: consagrarse en cuerpo y alma al señor Madeleine.

Acabamos de decir que era un humilde campesino picardo. Es una calificación acertada, pero incompleta. En el punto al que hemos llegado en esta historia, no nos vendrá mal hablar algo de la fisiología de Fauchelevent. Era campesino, pero había sido escribiente, lo que sumaba triquiñuelas a su astucia e intuición a su candidez. Tras haberle ido mal en los negocios por causas varias, de escribiente había ido bajando a carretero y peón. Pero, pese a las blasfemias y los latigazos que requieren los caballos, le había quedado, por lo visto, algo del escribiente. Tenía incluso cierta inteligencia natural; no hablaba mal; podía mantener una conversación, cosa infrecuente en el pueblo; y los demás campesinos decían de él: habla casi como un señor de sombrero. Fauchelevent pertenecía, efectivamente, a esa categoría a la que el vocabulario impertinente y superficial del siglo pasado tildaba de a caballo entre la clase media y los paletos y que las metáforas que el castillo aplicaba a la choza clasificaban en el casillero de los plebeyos: medio de campo, medio de ciudad; entre dos aguas. Fauchelevent, aunque la suerte lo había tratado mal y lo tenía muy gastado, una pobre alma vieja a la que se le veía la trama, era, no obstante, hombre de reacciones espontáneas y se atenía a lo que le salía de dentro: virtud valiosa que impide la maldad. Los defectos y los vicios, y los había tenido, fueron superficiales; en pocas palabras, tenía una de esas fisonomías que le caen bien al observador. En aquel rostro anciano no había ninguna de esas enfadosas arrugas en la parte de arriba de la frente que indican maldad o necedad.

Con las claras del alba, tras mucho pensar, Fauchelevent abrió los ojos y vio al señor Madeleine, sentado en su haz de paja, mirando dormir a Cosette. Fauchelevent se incorporó, se sentó y dijo:

—Ahora que ya está aquí, ¿cómo se las va a apañar para entrar?

Aquella frase resumía la situación y sacó a Jean Valjean de su ensimismamiento.

Los dos hombres celebraron consejo.

—En primer lugar —dijo Fauchelevent—, tiene que empezar por no poner los pies fuera de este cuarto, ni la niña tampoco. Si da un paso por el jardín, estamos frescos.

—Tiene razón.

—Señor Madeleine —siguió diciendo Fauchelevent—, ha llegado en muy buen momento, o sea, malo, quiero decir; una de las madres está muy enferma. Así que no se fijarán mucho en lo que pasa por aquí. Por lo visto, se está muriendo. Le rezan las Cuarenta Horas. Toda la comunidad está en vilo. Así que están ocupadas. La que se está yendo es una santa. La verdad es que aquí todos somos unos santos. La única diferencia que hay entre ellas y yo es que ellas dicen: nuestra celda y yo digo: mi chiscón. Habrá oraciones por los agonizantes y, luego, oraciones de difuntos. Por hoy estaremos tranquilos aquí; pero no respondo de mañana.

—Pero, sin embargo —comentó Jean Valjean—, esta cabaña está en el entrante de la tapia, la tapan algo así como unas ruinas, hay árboles, no se la ve desde el convento.

—Y añadiré que las monjas no se acercan nunca por aquí.

—¿Y entonces? —dijo Jean Valjean.

El punto de interrogación que daba entonación a ese: ¿Y entonces? quería decir: Me parece que uno puede esconderse aquí. A ese punto de interrogación fue al que respondió Fauchelevent al decir:

—Están las niñas.

—¿Qué niñas? —preguntó Jean Valjean.

Según estaba abriendo la boca Fauchelevent para explicar lo que acababa de decir, sonó de repente una campana.

—Ya se ha muerto la monja —dijo—. Están tocando a muerto. Le hizo una seña a Jean Valjean para que atendiera.

La campana volvió a sonar.

—Está doblando la campana, señor Madeleine. Dará un toque cada minuto durante veinticuatro horas, hasta que salga el cuerpo de la iglesia. Es que las niñas juegan, ¿sabe? En los recreos, basta con que una pelota salga rodando para que se presenten aquí, aunque lo tienen prohibido, para buscar y revolver por todas partes. Son unos demonios esos querubines.

—¿Quiénes? —preguntó Jean Valjean.

—Las niñas. Seguro que lo descubrirían enseguida. Gritarían: «¡Anda! ¡Un hombre!». Pero hoy no hay peligro. No habrá recreo. Todo el día se irá en rezos. Ya está oyendo la campana. Como le decía, un toque por minuto. Tocan a muerto.

—Ya me hago cargo, Fauchelevent. Hay internas. Y Jean Valjean pensó para sus adentros:

—Sería la solución para la educación de Cosette. Fauchelevent exclamó:

—¡Ya lo creo que hay internas! ¡Menudo guirigay formarían si lo vieran! ¡Y saldrían corriendo! En esta casa ser hombre es como ser un apestado. Ya ve que me atan un cascabel a la pata como si fuera un animal feroz.

Jean Valjean pensaba más y más.

—Este convento sería nuestra salvación —mascullaba. Luego, dijo en voz alta:

"Sí; lo difícil es quedarse aquí".

—No —dijo Fauchelevent—, lo difícil es salir.

Jean Valjean notó que se quedaba sin sangre en las venas.

—¡Salir!

—Sí, señor Madeleine, para entrar, primero tiene que salir.

Y, tras callar hasta que volvió a doblar la campana, Fauchelevent siguió diciendo:

—No puede aparecer usted aquí dentro así como así. ¿De dónde ha salido? Para mí, ha caído del cielo, porque lo conozco; pero las monjas quieren que la gente entre por la puerta.

De repente se oyó el toque, un tanto enrevesado, de otra campana.

—¡Ah! —dijo Fauchelevent—, llaman a capítulo a las madres vocales. Siempre se celebra capítulo cuando se muere alguien. La monja se ha muerto al despuntar el día. La gente suele morirse al despuntar el día. Pero, ¿no podría usted salir por donde entró? Veamos, no es que quiera atosigarlo a preguntas, pero ¿por dónde entró?

Jean Valjean se puso pálido. Temblaba sólo con pensar en volver a aquella calle tremenda. Quien haya salido de una selva llena de tigres que suponga, cuando esté ya fuera, que un amigo le aconseja que vuelva. Jean Valjean se imaginaba a la policía en pleno pululando aún por el barrio, a agentes en puestos de observación, a centinelas por todas partes, puños espantosos que se alargaban para cogerlo por el cuello de la levita. A lo mejor Javert estaba en una esquina del cruce.

—¡Imposible! —dijo—. Pongamos que caí de las alturas, Fauchelevent.

—Ya, si eso es lo que creo yo —contestó Fauchelevent—. No tiene ni que decírmelo. Se lo habrá puesto Dios en la palma de la mano para mirarlo de cerca y luego lo habrá soltado. Sólo que quería dejarlo en un convento de hombres y se equivocó. Vaya, otro toque. Ése es para avisar al portero de que vaya a dar aviso a la tenencia de alcaldía para que llamen al médico de los muertos y que venga a comprobar que hay una muerta. Así es la ceremonia de morirse. A estas buenas monjas no les gusta mucho la visita esa. Los médicos no se fían. Levantan los velos. A veces, incluso, levantan otras cosas. ¡Qué pronto avisan al médico esta vez! ¿Qué pasará? Su pequeña sigue durmiendo. ¿Cómo se llama?

—Cosette.

—¿Es hija de usted? O sea, ¿es usted su abuelo?

—Sí.

—A ella será fácil sacarla. Cuento con la puerta de servicio que da al patio. Llamo. El portero me abre. Llevo el cuévano a la espalda y la niña va dentro. Salgo. Fauchelevent sale con el cuévano, la cosa más natural. Le dirá usted a la niña que se esté quietecita. Irá tapada con la lona. La dejaré el tiempo que sea menester en la tienda de una frutera que es una buena amiga mía desde hace mucho, en la calle de Le Chemin-Vert; está sorda y en la frutería hay una camita. Le diré a gritos al oído a la frutera que es una sobrina mía y que me la cuide hasta mañana. Luego la niña volverá con usted. Porque haré que vuelva usted. No hay más remedio. Pero, usted,

¿cómo va a salir?

Jean Valjean movió la cabeza.

—Lo que hace falta es que nadie me vea, Fauchelevent. Dé con una forma de sacarme como a Cosette, dentro de un cuévano y debajo de una lona.

Fauchelevent se rascaba el lóbulo de la oreja con el dedo corazón de la mano izquierda, síntoma de grave apuro.

Vino a distraerlos un tercer toque.

—Ya se va el médico de los muertos —dijo Fauchelevent—. Ha mirado y ha dicho: está muerta, adelante. Cuando el médico le pone el visado al pasaporte para el paraíso, las pompas fúnebres mandan un ataúd. Si es una madre, las madres la meten dentro; si es una hermana, las hermanas la meten dentro. Luego llego yo a poner los clavos. Forma parte de mis tareas de jardinero. Un jardinero tiene algo de sepulturero. La ponen en una sala baja de la iglesia que da a la calle y donde no puede entrar más hombre que el médico de los muertos. Ni los enterradores ni yo contamos como hombres. En esa sala clavo el ataúd. Vienen a buscarla los enterradores y ¡arre, caballito! Así son los viajes al cielo. Traen una caja en que no hay nada y se la llevan con algo dentro. En eso consiste el entierro. De profundis.

Un rayo de sol le rozaba la cara a Cosette dormida, que tenía la boca algo abierta y parecía un ángel que bebiera luz. Jean Valjean la miraba. Había dejado de atender a lo que decía Fauchelevent.

Que no lo escuchen a uno no es razón para callarse. El buen jardinero seguía tranquilamente a lo suyo:

—Se cava la fosa en el cementerio de Vaugirard. Dicen que van a quitar el cementerio ese. Es un cementerio antiguo que no cumple con los reglamentos, que va a su aire y al que van a dar el retiro. Es una pena, porque resulta cómodo. Tengo un amigo allí, mi compadre Mestienne, el sepulturero. Las monjas de aquí tienen un privilegio, y es que las llevan al cementerio al caer la noche. Hay una disposición de la prefectura sólo para ellas. Pero ¡cuántas cosas han pasado desde ayer! La madre Crucifixion está muerta y el señor Madeleine…

—Está enterrado —dijo Jean Valjean con una sonrisa triste.

Fauchelevent cogió la palabra al vuelo.

—Caramba, yo lo creo. Si estuviera usted ya fijo aquí sería un entierro de verdad.

Sonó un cuarto toque. Fauchelevent se apresuró a descolgar del clavo la rodillera con el cascabel y se la volvió a poner en la rodilla.

—Ése es para mí. Me llama la madre superiora. Vaya, ya me he pinchado con el hebijón. Señor Madeleine, no se mueva y espéreme. Hay novedades. Si tiene hambre, ahí están el vino, el pan y el queso.

Y salió de la cabaña diciendo: «¡Ya voy! ¡Ya voy!».

Jean Valjean lo vio cruzar por el jardín apretando el paso con toda la velocidad que le permitía la pierna deforme y mirando el melonar de reojo según pasaba.

No habían transcurrido diez minutos cuando Fauchelevent, cuyo cascabel iba causando desbandadas de monjas, ya estaba llamando con un golpecito en una puerta y una voz suave le contestaba: Por siempre, es decir: Adelante.

Esa puerta era la del locutorio reservado al jardinero para las necesidades del servicio. El locutorio aquel estaba pared por medio con la sala del capítulo. La superiora, sentada en la única silla del locutorio, esperaba a Fauchelevent.

II
FAUCHELEVENT SE ENFRENTA CON CIERTAS DIFICULTADES

Estar nervioso y serio en las ocasiones críticas es algo característico de ciertos caracteres y profesiones, sobre todo en los sacerdotes y demás religiosos. Cuando entró Fauchelevent, esa doble apariencia de la preocupación se había adueñado de la fisonomía de la superiora, que era la ya citada señorita de Blemeur, tan encantadora y sabia, la madre Innocente, tan alegre habitualmente.

El jardinero la saludó medrosamente y se quedó en el umbral de la celda. La superiora, que estaba pasando las cuentas del rosario, alzó la vista y dijo:

—¡Ah, es usted, Fauvent!

Ésa era la abreviación que usaban en el convento. Fauchelevent repitió el saludo.

—Lo he mandado llamar, Fauvent.

—Aquí me tiene, reverenda madre.

—Tengo que hablar con usted.

—Yo también tengo algo que decirle a la reverenda madre —respondió Fauchelevent con un atrevimiento que, en su fuero interno, lo tenía asustado.

La superiora lo miró:

—¡Ah! ¿Tiene algo que comunicarme?

—Algo que suplicarle.

—Pues dígalo.

El buen Fauchelevent, antiguo escribiente, pertenecía a la categoría de los campesinos con desparpajo. Hay cierta ignorancia mañosa que tiene fuerza: nadie desconfía y todo el mundo cae en el lazo. Fauchelevent llevaba algo más de dos años en la comunidad y le había ido bien. Siempre solo, al tiempo que se dedicaba a sus tareas de jardinero no tenía nada más en que ocuparse que en ser curioso. Por hallarse a prudencial distancia de todas aquellas mujeres veladas que iban y venían, sólo tenía ante los ojos unas sombras en movimiento. A fuerza de atención y de intuición, había conseguido ponerles carne a todos aquellos fantasmas, y esas muertas para él estaban vivas. Era como un sordo cuya vista se desarrolla y como un ciego a quien se le aguza el oído. Había puesto mucho empeño en desentrañar lo que querían decir los diversos toques, y lo había conseguido, de forma tal que en aquella clausura enigmática y taciturna no había nada que él no supiera; aquella esfinge le contaba al oído todos sus secretos. Fauchelevent lo sabía todo y lo ocultaba todo.

En eso residía su arte. Todo el convento lo tenía por un simple, lo cual es un gran mérito desde el punto de vista de la religión. Las madres vocales tenían en cuenta a Fauchelevent. Era un mudo peculiar. Inspiraba confianza. Además era de costumbres regulares y sólo salía para atender las necesidades probadas de los frutales y del huerto. Semejante discreción en el comportamiento hablaba mucho a su favor. Aunque ésta no le había impedido tirarles de la lengua a dos hombres: en el convento, al portero, y así sabía los entresijos del locutorio; y, en el cementerio, al sepulturero, y así sabía las singularidades de la sepultura; de forma tal que, en lo tocante a las monjas, contaba con dos iluminaciones, una referida a la vida, y otra referida a la muerte. Pero no abusaba de ninguna de ellas. La congregación le tenía aprecio. Viejo, cojo, cegato y, con seguridad, algo sordo, ¡cuántas prendas! Habría sido difícil dar con otro mejor.

El buen hombre, con el aplomo de quien sabe que lo aprecian, se engolfó con la reverenda madre superiora en una proclama campesina bastante inconcreta y de mucha enjundia. Habló largo y tendido de la edad que tenía, de los achaques que padecía, de la carga incrementada de los años, que, a su edad, valían por dos, de las exigencias del trabajo, que iban a más, del tamaño del jardín, de las noches en blanco, como, por ejemplo, la anterior, en que había tenido que ponerles esteras a los melones por culpa de la luna; y acabó por llegar a lo siguiente: tenía un hermano (gesto de la superiora), un hermano que ya no era joven (otro gesto de la superiora, pero esta vez de persona que se tranquiliza), que, si no había inconveniente, ese hermano suyo podría irse a vivir con él y echarle una mano, que era muy buen jardinero, que a la comunidad le haría muy buenos servicios, mejores que los suyos; y que, de otro modo, si no admitían a su hermano, como él, el mayor, notaba que estaba muy cascado y no podía con el trabajo, pues, lamentándolo mucho, no le quedaría más remedio que irse; y que su hermano tenía una niña que traería consigo, que se criaría en el convento en el amor de Dios y que, a lo mejor, vaya usted a saber, llegaba algún día a hacerse monja.

Cuando acabó de hablar, la monja dejó de pasar las cuentas del rosario y le dijo:

—¿Podría, de aquí a la noche, hacerse con una barra fuerte de hierro?

—¿Para qué?

—Para usarla de palanca.

—Sí, reverenda madre —contestó Fauchelevent.

La superiora, sin decir nada más, se levantó y entró en la sala contigua, que era la sala del capítulo, y donde, probablemente, estaban reunidas las madres vocales. Fauchelevent se quedó solo.

III
LA MADRE INNOCENTE

Transcurrió más o menos un cuarto de hora. Regresó la superiora y volvió a sentarse en la silla.

Ambos interlocutores parecían preocupados. Levantamos acta de la mejor forma de que somos capaces del diálogo que vino a continuación.

—¿Fauvent?

—¿Reverenda madre?

—¿Conoce la capilla?

—Tengo en ella un jaulón para oír misa y los oficios.

—¿Y su trabajo lo ha obligado a entrar en el coro alguna vez?

—Dos o tres veces…

—Hay que levantar una piedra.

—¿Pesada?

—La losa que hay en el suelo, junto al altar.

—¿La piedra que cierra la cripta?

—Sí.

—Ésa es una de las ocasiones en que sería bueno contar con dos hombres.

—La madre Ascension, que tiene la fuerza de un hombre, lo ayudará.

—Una mujer nunca será un hombre.

—Sólo tenemos una mujer para ayudarlo. Cada cual hace lo que puede. Si dom Mabillon recopila cuatrocientas diecisiete epístolas de san Bernardo y Merlo Horstius sólo recopila trescientas setenta y siete, no por eso desprecio a Merlo Horstius.

—Ni yo tampoco.

—El mérito reside en trabajar según las propias fuerzas. Un convento de clausura no es un taller.

—Y una mujer no es un hombre. Mi hermano ¡ése sí que tiene fuerza!

—Y, además, tendrá usted una palanca.

—Ésa es la única clase de llave que sirve para esa clase de puertas.

—Hay una argolla de hierro.

—Pasaré por ahí la palanca.

—Y la piedra es pivotante.

—Bien está, reverenda madre. Abriré la cripta.

—Y las cuatro madres del coro lo ayudarán.

—¿Y cuando esté abierta la cripta?

—Habrá que volver a cerrarla.

—¿Algo más?

—Sí.

—Mándeme lo que me tenga que mandar su reverencia, reverenda madre.

—Fauvent, tenemos confianza en usted.

—Estoy aquí para hacer de todo.

—Y para callárselo todo.

—Sí, reverenda madre.

—Cuando esté abierta la cripta…

—La volveré a cerrar.

—Sí, pero antes…

—¿Qué, reverenda madre?

—Habrá que bajar algo.

Hubo un silencio. La superiora, tras hacer un gesto con el labio inferior que indicaba un titubeo, lo quebró:

—Fauvent.

—Reverenda madre.

—¿Sabe que esta mañana se ha muerto una madre?

—No.

—¿Es que no ha oído la campana?

—No se oye nada desde el fondo del jardín.

—¿De veras?

—Apenas si oigo mi toque cuando me llaman a mí.

—Murió al despuntar el día.

—Y además esta mañana el viento no soplaba de mi lado.

—Se trata de la madre Crucifixion. Una bienaventurada.

La superiora calló, movió por unos momentos los labios como si rezase mentalmente y siguió diciendo:

—Hace tres años, sólo por haber visto rezar a la madre Crucifixion, una jansenista, la señora de Béthune, volvió a la ortodoxia.

—Ah, sí, ahora oigo doblar la campana, reverenda madre.

—Las madres la han llevado al cuarto de las muertas, que da a la iglesia.

—Lo sé.

—Ningún hombre que no sea usted puede y debe entrar en ese cuarto. No se descuide. ¡Estaría bonito que entrase un hombre en el cuarto de las muertas!

—¡Hasta ahí podríamos llegar!

—¿Cómo?

—¡Hasta ahí podríamos llegar!

—¿Qué dice?

—Digo que hasta ahí podríamos llegar.

—¿Quiénes podrían llegar hasta ahí?

—Reverenda madre, no digo que vaya a llegar alguien, digo que hasta ahí podríamos llegar.

—No lo entiendo. ¿Por qué dice que podrían llegar hasta ahí?

—Para abundar en lo que ha dicho su reverencia, reverenda madre.

—Yo no he dicho que pudiera llegar nadie a ninguna parte.

—No lo ha dicho, pero yo lo he dicho para abundar en lo que decía su reverencia.

En ese momento, dieron las nueve.

—¡A las nueve de la mañana y a todas horas bendito y alabado sea el Santísimo Sacramento del altar! —dijo la superiora.

—Amén —dijo Fauchelevent.

La hora dio muy oportunamente. Cortó en seco lo de que hasta ahí podríamos llegar. Es probable que sin eso la superiora y Fauchelevent no hubieran conseguido nunca desenredar aquella madeja.

Fauchelevent se enjugó la frente.

La superiora volvió a susurrar algo para sus adentros, algo santo seguramente, y alzó de nuevo la voz.

—En vida, la madre Crucifixion hacía conversiones; después de muerta, hará milagros.

—¡Los hará! —contestó Fauchelevent, poniéndose al mismo paso que la superiora y esforzándose para no volver a salirse de él ni rechistar.

—Fauvent, la madre Crucifixion bendijo a la comunidad. No cabe duda de que no a todo el mundo le es dado morir como al cardenal De Bérulle, mientras decía la santa misa, ni exhalar el alma hacia Dios diciendo estas palabras: Hanc igitur oblationem. Pero, sin aspirar a tan magna dicha, la madre Crucifixion ha tenido una muerte valiosísima. Estuvo consciente hasta el último momento. Nos hablaba y, luego, hablaba a los ángeles. Nos dejó sus últimos mandatos. Si tuviera usted algo más de fe y si hubiese podido estar en su celda, le habría curado la pierna tocándosela. Sonreía. Notábamos que estaba resucitando en Dios. En esa muerte ha habido algo del paraíso.

Fauchelevent creyó que era el final de una oración.

—Amén —dijo.

—Fauvent, hay que hacer lo que quieren los muertos.

La superiora pasó unas cuantas cuentas del rosario. Fauchelevent no decía nada. La superiora prosiguió:

—He consultado al respecto a varios eclesiásticos que laboran en Nuestro Señor y se dedican al ejercicio de la vida clerical con un fruto admirable.

—Reverenda madre, se oye mucho mejor doblar la campana desde aquí que desde el jardín.

—Además, ya no es una muerta, es una santa.

—Como su reverencia, reverenda madre.

—Llevaba veinte años durmiendo en su ataúd por permiso expreso de nuestro santo padre Pío VII.

—El que coronó al emper… a Buonaparte.

En un hombre tan hábil como Fauchelevent, había sido un recuerdo desafortunado. Afortunadamente, la superiora estaba sumida en sus pensamientos y no lo oyó. Siguió diciendo:

—Fauvent.

—Reverenda madre.

—San Diodoro, obispo de Capadocia, dispuso que se escribiera sobre su tumba sólo esta palabra: Accarus, que quiere decir lombriz. Y lo hicieron,

¿verdad?

—Sí, reverenda madre.

—El beato Mezzocane, abad de Aquila, quiso que lo enterrasen debajo del patíbulo; y se hizo.

—Muy cierto.

—San Terencio, obispo de Porto, en la desembocadura del Tíber al mar, pidió que grabasen en su lápida la misma señal que ponían en la fosa de los parricidas, con la esperanza de que los viandantes escupieran en su tumba. Y se hizo. Hay que obedecer a los muertos.

—Así sea.

—El cuerpo de Bernard Guidonis, nacido en Francia, junto a Roche-Abeille, lo llevaron, como había dispuesto él y en contra de la voluntad del rey de Castilla, a la iglesia de los dominicos de Limoges, aunque Bernard Guidonis era obispo de Tuy, en España. ¿Hay quien diga lo contrario?

—Desde luego que no, reverenda madre.

—Lo atestigua Plantavit de la Fosse.

Pasó, en silencio, unas pocas cuentas más del rosario. Luego, siguió diciendo:

—Fauvent, a la madre Crucifixion la enterraremos en el ataúd en que durmió durante veinte años.

—Me parece muy justo.

—Es una continuación del sueño.

—¿Así que tendré que clavarla en ese ataúd?

—Sí.

—¿Y no usaremos la caja de las pompas fúnebres?

—Eso mismo.

—Estoy a las órdenes de su reverencia, reverenda madre.

—Las cuatro madres del coro lo ayudarán.

—¿A clavar el ataúd? No me hace falta.

—No. A bajarlo.

—¿Adónde?

—A la cripta.

—¿Qué cripta?

—La de debajo del altar. Fauchelevent dio un respingo.

—¡La cripta de debajo del altar!

—La de debajo del altar.

—Pero...

—Tendrá usted una barra de hierro.

—Sí, pero...

—Levantará la piedra con la barra metiéndola por la argolla.

—Pero...

—Hay que obedecer a los muertos. Que la entierren en la cripta, debajo del altar de la capilla; que no la lleven a un suelo profano; seguir en la muerte en el mismo sitio en que rezó en vida: ése ha sido el deseo supremo de la madre Crucifixion. Nos lo pidió, lo que es como decir que nos lo ordenó.

—Pero si está prohibido.

—Los hombres lo prohíben y Dios lo manda.

—¿Y si llega a saberse?

—Nos fiamos de usted.

—Huy, yo soy como una piedra de la tapia del convento.

—Está reunido el capítulo. Las madres vocales, a las que acabo de consultar otra vez y que están deliberando, han decidido que enterremos a la madre Crucifixion como deseaba, en su ataúd y debajo de nuestro altar. Fíjese, Fauvent, ¿y si empezasen a suceder milagros aquí? ¡Qué gloria en el seno de Nuestro Señor para la comunidad! Los milagros salen de las tumbas.

—Pero, reverenda madre, ¿y si el agente de la comisión de sanidad...?

—San Benedicto II, en cuestiones de enterramientos, le plantó cara a Constantino Pogonato.

—Sí, pero el comisario de policía...

—Ghnodomero, uno de los siete reyes alemanes que entraron en las Galias durante el reinado del emperador Constancio, les reconoció expresamente a los religiosos el derecho a que los inhumasen como a tales, es decir, debajo del altar...

—Pero el inspector de la prefectura...

—El mundo no es nada en presencia de la cruz... Martín, undécimo general de los cartujos, le dio este lema a su orden: Stat crux dum volvitur orbis.

—Amén —dijo Fauchelevent, que siempre recurría a esa forma de salir del paso en cuanto oía hablar en latín.

Cualquier auditorio le basta a quien ha estado callado demasiado tiempo. El día en que el retórico Gymnástoras salió de la cárcel, llevando entre pecho y espalda muchos dilemas y silogismos reprimidos, se paró delante del primer árbol con que se topó, le echó una arenga y se esforzó mucho por convencerlo. La superiora, que solía estar sometida al embalse del silencio y tenía el depósito a rebosar, se puso de pie y exclamó con una locuacidad de compuerta abierta:

—Tengo a Benito a la derecha y a Bernardo a la izquierda. ¿Quién es Bernardo? El primer abad de Claraval. Fontaine, en Borgoña, es una tierra bendita porque lo vio nacer. Su padre se llamaba Técélin, y su madre, Alethe. Empezó en Císter y acabó en Claraval; lo ordenó abad el obispo de Châlons-sur-Saône, Guillermo de Champeaux; tuvo setecientos novicios y fundó ciento sesenta monasterios; venció a Abelardo en el sínodo de Sens en 1140, y a Pedro de Bruys y a Enrique, su discípulo, y a unos descarriados a quienes llamaban los Apostólicos; confundió a Arnaldo de Brescia, fulminó al monje Raúl, el matador de judíos, fue preponderante en 1148 en el concilio de Reims, consiguió que condenasen a Gilberto Porretano, obispo de Poitiers, consiguió que condenasen a Eón de la Estrella, zanjó los conflictos de los príncipes, le aportó sus luces al rey Luis el Joven, aconsejó al papa Eugenio III, dio una regla a la Orden del Temple, predicó la cruzada, hizo doscientos cincuenta milagros en su vida y hasta treinta y nueve en un día. ¿Quién es Benito? Es el patriarca de Montecasino, es el segundo fundador de la santidad claustral, es el Basilio de Occidente. De su orden proceden cuarenta papas, doscientos cardenales, cincuenta patriarcas, mil seiscientos arzobispos, cuatro mil seiscientos obispos, cuatro emperadores, doce emperatrices, cuarenta y seis reyes, cuarenta y una reinas, tres mil seiscientos santos canonizados y ahí sigue desde hace mil cuatrocientos años. ¡De un lado, san Bernardo, y del otro, el agente de sanidad! ¡De un lado san Benito, y del otro, el inspector de los servicios de limpieza! El Estado, los servicios de limpieza, las pompas fúnebres, los reglamentos, la administración, ¿qué se nos da a nosotras de todo eso? Habría viandantes que se indignarían si vieran cómo nos tratan. ¡No tenemos ni el derecho de darle nuestros restos a Jesucristo! Esa sanidad suya es un invento de la Revolución. Dios subordinado al comisario de policía; así es este siglo. ¡Cállese, Fauvent!

Fauchelevent no estaba demasiado a gusto que digamos con aquel chaparrón. La superiora siguió diciendo:

—Del derecho del monasterio para dar sepultura no duda nadie. Hay que ser un fanático o estar en el error para negarlo. Vivimos en unos tiempos de confusión terrible. La gente ignora lo que habría que saber y sabe lo que habría que ignorar. Es de una ignorancia crasa, e impía. Hay en esta época personas que no distinguen entre el magno san Bernardo y el Bernardo a quien llaman de los Pobres Católicos, un buen sacerdote que vivió en el siglo XIII. Otros blasfeman y llegan incluso a comparar el cadalso de Luis XVI con la cruz de Jesucristo. Luis XVI sólo era un rey.

¡Ojo con Dios! Ya no quedan ni justos ni injustos. Es conocido el nombre de Voltaire y ya nadie sabe el nombre de César de Bus. Y, sin embargo, César de Bus es un beato y Voltaire es un desdichado. El último arzobispo, el cardenal de Périgord, ni siquiera sabía que tras Bérulle vino Charles de Gondren; y tras Gondren, Fran;ois Bourgoin; y tras Bourgoin, Jean- Fran;ois Senault; y tras Jean-Fran;ois Senault, el padre Sainte-Marthe. Es conocido el nombre del padre Coton no porque sea uno de los tres que impulsaron la fundación del oratorio, sino porque lo usó para blasfemar el rey hugonote Enrique IV. A las personas de buena sociedad les gusta san Francisco de Sales porque hacía trampas en el juego. Y además la gente se mete con la religión. ¿Por qué? Porque hubo malos sacerdotes, porque Sagitario, obispo de Gap, era hermano de Salon, obispo de Embrun, y ambos siguieron a Mummol. ¿Y eso qué más dará? ¿Impide eso que san Martín de Tours fuera un santo y le diera a un pobre la mitad de la capa? Persiguen a los santos. Se cierran los ojos ante la verdad. Lo que se lleva son las tinieblas. Los animales más feroces son los animales ciegos. Nadie piensa en serio en el infierno. ¡Ah, qué mal pueblo! Por el rey ahora quiere decir por la Revolución. Ya no se sabe ni qué se les debe a los vivos ni qué se les debe a los muertos. Está prohibido morir santamente. El sepulcro es asunto civil. Causa espanto. San León II escribió dos cartas taxativas, una a Pierre Notaire y la otra al rey de los visigodos, para combatir y rechazar, en las cuestiones que tuvieran que ver con los muertos, la autoridad del exarca y la supremacía del emperador. Gualterio, obispo de Châlons, pasaba por delante, en este asunto, de Otón, duque de Borgoña. La magistratura antigua lo confirmaba. Antaño teníamos voz incluso en las cosas del siglo. El abad de Císter, general de la orden, era consejero nato del Parlamento de Borgoña. Hacemos con nuestros muertos lo que nos parece. ¿No está acaso en Francia el cuerpo del propio san Benito, en la abadía de Fleury, llamada de Saint-Benoît-sur-Loire, aunque murió en Italia, en Montecasino, un sábado 21 del mes de marzo del año 543? Todo esto es indiscutible. Aborrezco a los salmodiantes, odio a los priores, abomino de los herejes, pero todavía odiaría más a quien me dijera lo contrario. Basta con leer a Arnoul Wion, Gabriel Bucelinus, Tritheme, Maurolico y dom Luc d'Achery.

La superiora tomó aliento y, luego, se volvió hacia Fauchelevent.

—¿Está entendido, Fauvent?

—Entendido, reverenda madre.

—¿Podemos contar con usted?

—Obedeceré.

—Muy bien.

—Pertenezco al convento en cuerpo y alma.

—Bien está. Cerrará el ataúd. Las hermanas lo llevarán a la capilla. Rezaremos el oficio de difuntos. Luego volveremos a la clausura. Entre las once y las doce de la noche, vendrá usted con la barra de hierro. Todo transcurrirá en el mayor secreto. Sólo estarán en la capilla las cuatro madres del coro, la madre Ascension y usted.

—¿Y la hermana que esté en el poste?

—No se dará la vuelta.

—Pero oirá.

—No atenderá. Por lo demás, lo que sabe la clausura el siglo lo ignora. Hubo otra pausa. La priora siguió diciendo.

—Se quitará el cascabel. No hace falta que la hermana que esté en el poste se entere de que está usted presente.

—Reverenda madre.

—¿Qué, Fauvent?

—¿Ya ha venido el médico de los muertos?

—Vendrá hoy a las cuatro. Dimos el toque para que viniese el médico de los muertos. Pero ¿es que no oye ningún toque?

—Sólo me fijo en el mío.

—Eso está muy bien, Fauvent.

—Reverenda madre, voy a necesitar una palanca de seis pies por lo menos.

—¿De dónde la va a sacar?

—Donde no faltan verjas no faltan barras de hierro. Tengo un montón de chatarra al fondo del jardín.

—Unos tres cuartos de hora antes de la medianoche, que no se le olvide.

—Reverenda madre.

—¿Qué?

—Si, por casualidad, tuviera su reverencia más tareas como ésta, el que tiene mucha fuerza es mi hermano. ¡Un turco!

—Lo hará usted tan deprisa como pueda.

—No es que vaya muy deprisa. Soy un tullido; por eso necesitaría una ayuda. Estoy cojo.

—Cojear no es nada malo, y puede ser una bendición. El emperador Enrique II, que se opuso al antipapa Gregorio y devolvió el papado a Benedicto VIII, tiene dos motes: el Santo y el Cojo.

—Eso de las dos dotes está muy bien —masculló Fauchelevent, que, en realidad, estaba un tanto sordo.

—Ahora que lo pienso, Fauvent, vamos a tomarnos una hora entera. No estará de más. Esté junto al altar mayor con la barra de hierro a las once. El oficio empieza a las doce. Tiene que estar todo acabado un cuarto de hora largo antes.

—Haré cuanto pueda para que la comunidad vea cuánto me importa. Ya está dicho. Clavaré el ataúd. A las once en punto estaré en la capilla. Allí estarán las hermanas del coro y estará la madre Ascension. Más valdrían dos hombres. ¡En fin, vamos a dejarlo! Llevaré la palanca. Abriremos la cripta, bajaremos el ataúd y volveremos a cerrar la cripta. Y no quedará ni rastro. El gobierno no se lo maliciará. Reverenda madre, ¿así queda todo en orden?

—No.

—Pues, ¿qué queda?

—Queda la caja vacía.

Se quedaron callados un rato. Fauchelevent pensaba. La superiora pensaba.

—Fauvent, ¿qué haremos con la caja?

—La enterraremos.

—¿Vacía?

Otro silencio. Fauchelevent hizo con la mano izquierda ese ademán que prescinde de una pregunta embarazosa.

—Reverenda madre, la caja la clavo yo en la habitación de debajo de la iglesia y sólo puedo entrar yo, y le pondré por encima a la caja el paño mortuorio.

—Sí, pero los que carguen con ella, cuando la pongan en el coche fúnebre y la bajen a la fosa, notarán que no hay nada dentro.

—¡Ah, diab...! —exclamó Fauchelevent.

La superiora empezó a santiguarse y miró fijamente al jardinero. El «blos» se le quedó atragantado.

Se apresuró a inventarse algo para que quedase olvidada la palabrota.

—Reverenda madre, llenaré la caja de tierra. Y así parecerá que hay alguien dentro.

—Tiene razón. La tierra y el hombre son una misma cosa. ¿Así que se encarga usted de la caja vacía?

—Es cosa mía.

A la superiora se le serenó el rostro, hasta aquel momento nublado y sombrío. Hizo el ademán del superior que despide al inferior. Fauchelevent se encaminó hacia la puerta. Cuando iba a salir, la superiora alzó la voz y dijo con tono suave:

—Fauvent, estoy satisfecha de usted; mañana, después del entierro, tráigame a su hermano, y dígale que me traiga a su hija.

IV

EN EL QUE DA POR COMPLETO LA IMPRESIÓN DE QUE JEAN VALJEAN HABÍA LEÍDO A AUSTIN CASTILLEJO

Las zancadas de un cojo son como las ojeadas de un tuerto; tardan en llegar a la meta. Además, Fauchelevent estaba perplejo. Tardó casi un cuarto de hora en volver a la cabaña del jardín. Cosette ya estaba despierta. Jean Valjean la había sentado junto al fuego. Cuando entró Fauchelevent, le estaba señalando el cuévano del jardinero, colgado en la pared, y le decía:

—Escúchame bien, queridita. Vamos a tener que irnos de esta casa, pero volveremos y estaremos muy bien en ella. El buen hombre que vive aquí te meterá ahí dentro y te llevará a la espalda. Me esperarás en casa de una señora. Iré a buscarte. ¡Y, sobre todo, si no quieres que la Thénardier se quede contigo otra vez, obedece y no digas nada!

Cosette asintió con expresión muy seria.

Al oír el ruido que hizo Fauchelevent al empujar la puerta, Jean Valjean se volvió.

—¿Qué hay?

—Todo está solucionado y nada está solucionado —dijo Fauchelevent

—. Tengo permiso para que entre usted; pero antes de que entre, hay que sacarlo. Ahí está el intríngulis. ¡Con la niña no hay dificultad!

—¿Se la llevará usted?

—¿Se estará callada?

—Respondo de ello.

—Pero ¿y usted, señor Madeleine?

Y, tras un silencio en el que había ansiedad, Fauchelevent exclamó:

—Pero ¿por qué no sale por donde entró?

Igual que la primera vez, Jean Valjean se limitó a contestar:

—Imposible.

Fauchelevent, hablando más consigo mismo que con Jean Valjean, refunfuñó:

—Hay otra cosa que me preocupa. He dicho que metería tierra. Pero estoy pensando que ahí la tierra, en vez de un cuerpo, no se va a parecer, no va a hacer apaño, cambiará de sitio, se moverá. Los hombres se darán cuenta. Hágase cargo, señor Madeleine, el gobierno se enterará.

Jean Valjean lo miró a los ojos y pensó que estaba delirando. Fauchelevent siguió diciendo:

—¿Cómo di… antres va a salir de aquí? ¡Es que todo tiene que estar listo mañana! Es mañana cuando lo traigo a usted. La superiora lo está esperando.

Entonces le explicó a Jean Valjean que era un premio porque él, Fauchelevent, le iba a hacer un favor a la comunidad. Que entraba en sus atribuciones participar en los entierros, que clavaba las cajas y ayudaba al sepulturero en el cementerio. Que la monja que se había muerto por la mañana había pedido que le dieran sepultura en el ataúd que le hacía las veces de cama y la enterrasen en la cripta, debajo del altar de la capilla. Que lo prohibían los reglamentos de la policía, pero que era una de esas muertas a quienes no se les niega nada. Que la superiora y las madres vocales estaban dispuestas a cumplir con el deseo de la difunta. Que el gobierno que se fastidiase. Que él, Fauchelevent, iba a clavar el ataúd en la celda, que levantaría la piedra en la capilla y bajaría a la muerta a la cripta. Y que, para agradecérselo, la superiora admitía en el convento a su hermano, de jardinero, y a su sobrina, de educanda. Que su hermano era el señor Madeleine y que su sobrina era Cosette. Que la superiora le había dicho que llevase a su hermano al día siguiente por la tarde, después del entierro fingido en el cementerio. Pero no podía llevar desde la calle al señor Madeleine si el señor Madeleine no estaba en la calle. Que ése era el primer problema. Y que además había otro problema: el de la caja vacía.

—¿Qué es eso de la caja vacía? —preguntó Jean Valjean.

Fauchelevent contestó:

—La caja de la administración.

—¿Qué caja? ¿Y qué administración?

—Se muere una monja. Viene el médico del ayuntamiento y dice: hay una monja muerta. El gobierno manda una caja. Al día siguiente, manda un coche fúnebre y a unos enterradores para que cojan la caja y la lleven al cementerio. Llegarán los enterradores y cargarán con la caja; y no habrá nada dentro.

—Meta algo.

—¿Un muerto? No tengo ninguno.

—No.

—¿Y qué meto?

—Un vivo.

—¿A qué vivo?

—A mí —dijo Jean Valjean.

Fauchelevent, que se había sentado, se levantó como si le hubiera estallado un petardo debajo de la silla.

—¿A usted?

—¿Y por qué no?

Jean Valjean sonrió con una de esas infrecuentes sonrisas suyas que aparecían a veces como una luz en un cielo invernal.

—Acuérdese, Fauchelevent, de que dijo usted: la madre Crucifixion está muerta. Y que yo añadí: y el señor Madeleine está enterrado. Pues así será.

—Ah, bueno, se está usted riendo. No habla en serio.

—Muy en serio. ¿Hay que salir de aquí?

—Desde luego.

—Le dije que buscase para mí también un cuévano y una lona.

—Sí. ¿Y qué?

—El cuévano será de madera de pino y la lona será un paño negro.

—Un paño blanco, eso para empezar. A las monjas se las entierra de blanco.

—Adelante con el paño blanco.

—No es usted un hombre como los demás, señor Madeleine.

Enterarse de aquellas ideas, que no son sino los salvajes y temerarios inventos del presidio, salirse de las cosas apacibles que lo rodeaban y mezclarse con lo que él llamaba «la rutina al aire del convento» era para Fauchelevent un asombro comparable al de un transeúnte que viera una gaviota pescando en el arroyo de la calle de Saint-Denis.

Jean Valjean siguió diciendo:

—De lo que se trata es de salir sin que lo vean a uno. Ésa es una forma de hacerlo. Pero, antes, deme información. ¿Cómo está la cosa? ¿Dónde está esa caja?

—¿La vacía?

—Sí.

—Abajo, en un sitio al que llaman la sala de las muertas. Está en unos caballetes y tiene encima el paño mortuorio.

—¿Cómo es de larga?

—Seis pies.

—¿Qué es la sala de las muertas?

—Es un cuarto, en la planta baja, que tiene una ventana con reja que da al jardín y que se cierra desde fuera con un postigo y dos puertas; una por la que se entra al convento y otra por la que se entra a la iglesia.

—¿Qué iglesia?

—La iglesia de la calle, la de todo el mundo.

—¿Tiene las llaves de esas dos puertas?

—No. Tengo la llave de la puerta que da al convento; el portero tiene la llave de la puerta que da a la iglesia.

—¿Y cuándo abre el portero esa puerta?

—Sólo para que puedan entrar los enterradores que vienen a buscar la caja. Cuando sacan la caja, la vuelve a cerrar.

—¿Quién clava la caja?

—Yo.

—¿Quién le pone el paño encima?

—Yo.

—¿Lo hace a solas?

—Ningún otro hombre, salvo el médico de la policía, puede entrar en la sala de las muertas. Si hasta lo pone en la pared.

—¿Puede esconderme esta noche, cuando todo el mundo esté durmiendo en el convento, en esa sala?

—No. Pero puedo esconderle en un chiscón sin ventanas que da a la sala de las muertas, donde guardo las herramientas para los entierros; está a mi cargo y tengo la llave.

—¿A qué hora vendrá mañana el coche fúnebre a buscar la caja?

—A eso de las tres de la tarde. El entierro es en el cementerio de Vaugirard, poco antes de que anochezca. No pilla cerca.

—Me quedaré escondido en el chiscón de las herramientas toda la noche y toda la mañana. ¿Algo para comer? Tendré hambre.

—Ya le llevaré algo.

—Podría venir a clavar la caja conmigo dentro a las dos.

Fauchelevent retrocedió y se tiró de los dedos para que le crujieran.

—Pero ¡eso es imposible!

—¡Bah! ¡Coger un martillo y clavar unos clavos en una tabla!

Lo que a Fauchelevent le parecía inaudito era, repitámoslo, de lo más sencillo para Jean Valjean. Jean Valjean había cruzado por estrechos mucho más peligrosos. Cualquiera que haya estado en presidio domina el arte de encogerse para adaptarse al diámetro de las evasiones. El preso pasa por la huida como el enfermo por la crisis, que lo salva o lo mata. Una evasión es una curación. ¿A qué no estaríamos dispuestos para curarnos? A que nos metan dentro de un cajón, lo claven y se nos lleven como un paquete; a vivir mucho rato dentro de una caja; a encontrar aire donde no lo haya; a pasar horas enteras aguantando la respiración; a saber asfixiarse sin morirse; ése era uno de los lóbregos talentos de Jean Valjean.

Por lo demás, un ataúd con un ser vivo dentro, ese recurso de presidiario, es también un recurso de emperador. Por lo que cuenta el monje Austin Castillejo, tal fue el medio al que recurrió Carlos V cuando quiso, tras su abdicación, ver otra vez a la Plombes[28], para que ésta entrase en el monasterio de Yuste y volviera a salir de él.

Fauchelevent, que se había recobrado un tanto, exclamó:

—Pero ¿cómo va a respirar?

—Respiraré.

—¡En esa caja! A mí, sólo de pensarlo, me entran ahogos.

—Supongo que tiene un berbiquí. Puede hacer unos cuantos agujeritos repartidos por la zona de la boca, y no clave mucho la tabla de arriba.

—¡Bien! ¿Y suele usted toser o estornudar?

—Los que se evaden ni tosen ni estornudan. Y Jean Valjean añadió:

—Fauchelevent, tenemos que tomar una decisión: o me cogen aquí o aceptamos que hay que salir en el coche fúnebre.

¿Quién no se ha fijado en cuánto les gusta a los gatos detenerse y pasar el rato entre las dos hojas de una puerta entornada? ¿Quién no le habrá dicho a un gato: «Entra de una vez»? Hay hombres que, cuando tienen delante un incidente abierto a medias, tienen esa misma tendencia a dudar entre dos soluciones y se exponen a que el destino los aplaste al cerrar de golpe la aventura. Quienes se pasan de prudentes, por muy gatos que sean, y porque son gatos, corren a veces más peligro que los atrevidos. Fauchelevent tenía ese carácter indeciso. Pero la sangre fría de Jean Valjean se iba adueñando de él pese a todo. Refunfuñó:

—La verdad es que no hay otra forma. Jean Valjean añadió:

—Lo único que me preocupa es qué ocurrirá en el cementerio.

—Eso es precisamente lo que no me apura a mí —exclamó Fauchelevent—. Si usted tiene la seguridad de salir vivo de la caja, yo tengo la seguridad de poder sacarlo de la fosa. El sepulturero es un borracho muy amigo mío. Se llama Mestienne. Un borracho veterano. El sepulturero mete a los muertos en la fosa y yo tengo al sepulturero en el bote. Le cuento lo que va a pasar. Llegaremos poco antes de que empiece a hacerse de noche, tres cuartos de hora antes de que cierren la verja del cementerio. El coche irá hasta la fosa. Yo iré detrás; para eso estoy. Llevaré un martillo, un cortafríos y unas tenazas en el bolsillo. El coche fúnebre se para, los enterradores le atan una cuerda a la caja y la bajan. El sacerdote reza, hace la señal de la cruz, echa agua bendita y se larga. Yo me quedo solo con Mestienne. Ya le digo que es amigo mío. Pueden pasar dos cosas: que esté borracho o que no esté borracho. Si no está borracho, le digo: «Vamos a echar un trago antes de que cierre Le Bon Coing». Me lo llevo y lo emborracho: no se tarda mucho en emborrachar a Mestienne porque siempre ha empezado él por su cuenta; lo tumbo debajo de la mesa, le cojo la tarjeta para volver a entrar en el cementerio y me vuelvo sin él. Y ya estamos solos usted y yo. Si está borracho, le digo: «Vete, que ya te hago yo el trabajo». Se va y yo lo saco a usted del agujero.

Jean Valjean le alargó la mano y Fauchelevent se apresuró a cogérsela con enternecedora efusividad campesina.

—Muy bien, Fauchelevent. Todo saldrá bien.

—Con tal de que no se tuerza nada —pensó Fauchelevent—. ¡Mira que si pasa algo horroroso!

V

DE QUE NO BASTA CON SER BORRACHO PARA SER INMORTAL

Al día siguiente, cuando ya estaba bajando el sol, los pocos que transitaban por el bulevar de Le Maine se descubrían al paso de un coche fúnebre de un modelo antiguo, adornado con calaveras, tibias y lágrimas. En aquel coche iba una caja tapada con un paño blanco que cubría una cruz grande y negra, como una muerta de gran tamaño con los brazos colgando. Una carroza enlutada, en la que podía verse a un sacerdote con sobrepelliz y a un monaguillo tocado de rojo, iba detrás. Dos enterradores con uniforme gris de vueltas negras caminaban a derecha e izquierda del coche. Detrás, un anciano con ropas de operario, que cojeaba. El acompañamiento se dirigía hacia el cementerio de Vaugirard.

Del bolsillo del hombre asomaba el mango de un martillo, la hoja de un cortafríos y la doble antena de unas tenazas.

El cementerio de Vaugirard era una excepción entre los cementerios de París. Tenía usos particulares, de la misma forma que tenía puerta cochera y puerta secundaria, que los viejos del barrio, que no renunciaban al uso tenaz de los giros antiguos, llamaban la puerta de a caballo y la puerta de a pie. Ya hemos dicho que a las bernardas benedictinas de Le Petit-Picpus les habían concedido que las enterrasen en un rincón aparte y de noche porque aquellos terrenos habían pertenecido antaño a la comunidad. Los enterradores realizaban, por tanto, un servicio vespertino en verano y nocturno en invierno, lo que les imponía una disciplina especial. Las puertas de los cementerios de París se cerraban por aquel entonces al ponerse el sol y, por tratarse de una disposición municipal, el cementerio de Vaugirard tenía que observarla como los demás. La puerta de a caballo y la puerta de a pie eran dos verjas contiguas al lado de un pabellón del arquitecto Perronnet donde vivía el portero del cementerio. Esas verjas giraban, pues, inexorablemente, sobre los goznes en el preciso instante en que el sol desaparecía detrás de la cúpula de los Inválidos. Si, en aquellos momentos, se había demorado algún sepulturero dentro del cementerio, no tenía más recurso para salir que la tarjeta de sepulturero que facilitaba la administración de las pompas fúnebres. Había algo así como un buzón en el postigo de la ventana del portero. El sepulturero metía la tarjeta en ese buzón, el portero la oía caer, tiraba del cordón y se abría la puerta de a pie. Si el sepulturero no tenía la tarjeta, daba su nombre; el portero, que a veces estaba ya en la cama y dormido, se levantaba, iba a ver si conocía al sepulturero y abría la puerta con la llave; el sepulturero salía, pero le ponían una multa de quince francos.

Aquel cementerio, con esas originalidades propias que se salían de la norma, era un estorbo para la simetría administrativa. Lo suprimieron poco después, en 1830. Tomó el relevo el cementerio de Montparnasse, que heredó la famosa taberna colindante con el cementerio de Vaugirard, que coronaba una tabla con un membrillo pintado y que hacía esquina; en un lado estaban las mesas de los parroquianos; por el otro, daba a las tumbas. En el rótulo ponía: Au Bon Coing.

El cementerio de Vaugirard era lo que podríamos llamar un cementerio mustio. Entraba en la senectud. Lo invadía el moho y lo abandonaban las flores. La clase media no quería que la enterrasen en el cementerio de Vaugirard; era cosa de pobres. ¡En Le Pere-Lachaise, eso sí! Que lo entierren a uno en Le Pere-Lachaise es como tener muebles de caoba. En cosas así se nota la elegancia. El cementerio de Vaugirard era un recinto venerable organizado como un jardín francés antiguo. Paseos rectos, bojes, tuyas, acebos, sepulturas viejas bajo tejos viejos, la hierba muy alta. El crepúsculo resultaba trágico. Tenía un trazado muy lúgubre.

Aún no se había puesto el sol cuando el coche fúnebre del paño blanco y la cruz negra entró en la avenida del cementerio de Vaugirard. El hombre que iba detrás no era otro que Fauchelevent.

El entierro de la madre Crucifixion en la cripta, debajo del altar, la salida del convento de Cosette, el ingreso de Jean Valjean en la sala de las muertas, todo había transcurrido sin contratiempos y no había habido incidentes.

Digamos de pasada que la inhumación de la madre Crucifixion debajo del altar del convento nos parece algo completamente venial. Es una de esas faltas que parecen un deber. Las monjas la habían llevado a cabo no sólo sin alterarse sino con el aplauso de sus conciencias. En las clausuras, eso que llamamos el «gobierno» no es sino una intromisión en la autoridad, una intromisión siempre discutible. Primero, la regla; y el código, ya veremos. Hombres, haced todas las leyes que os venga en gana, pero para aplicároslas a vosotros. El peaje al César no es nunca más que la calderilla del peaje a Dios. ¿Qué es un príncipe comparado con un principio?

Fauchelevent cojeaba en pos del coche fúnebre, más contento que unas pascuas. Sus dos conspiraciones gemelas, una con las monjas y otra con el señor Madeleine, una a favor del convento y la otra en contra, iban ambas viento en popa. La calma de Jean Valjean era una de esas serenidades poderosas que se contagian. A Fauchelevent ya no le quedaba duda de que todo iba a salir bien. Lo que faltaba ya por hacer no era nada. En dos años había emborrachado diez veces al sepulturero, el buenazo de Mestienne, un hombre carrilludo. Su compadre Mestienne era un juguete en sus manos, hacía de él lo que quería. Le encasquetaba su voluntad y sus caprichos. La cabeza de Mestienne pensaba dentro del gorro de Fauchelevent. Fauchelevent estaba tranquilísimo.

En el momento en que el acompañamiento entró en la avenida que conducía al cementerio, Fauchelevent, contento, miró el coche fúnebre y se frotó las manazas diciendo a media voz:

—¡Menuda broma!

De pronto, el coche fúnebre se detuvo; habían llegado a la verja. Había que enseñar el permiso de inhumación. El empleado de las pompas fúnebres parlamentó con el portero del cementerio. Durante esa plática, que se traduce siempre en una parada de uno o dos minutos, alguien, un desconocido, se colocó detrás del coche fúnebre y al lado de Fauchelevent. Era algo así como un operario que llevaba una chaqueta con los bolsillos muy grades y un azadón debajo del brazo.

Fauchelevent miró al desconocido.

—¿Quién es usted? —preguntó. El hombre contestó:

—El sepulturero.

Quien sobreviviera tras darle en pleno pecho una bala de cañón pondría la misma cara que puso Fauchelevent.

—¡El sepulturero!

—Sí.

—¡Usted!

—Yo.

—El sepulturero es Mestienne.

—Era.

—¿Cómo que era?

—Se ha muerto.

Fauchelevent se lo había esperado todo menos esto, que un sepulturero pudiera morirse. Pero es algo que sucede; también los sepultureros se mueren. De tanto cavar las fosas de los demás, van abriendo la suya.

Fauchelevent se quedó con la boca abierta. Apenas si tuvo fuerzas para tartamudear:

—Pero ¡si no es posible!

—Pero es así.

—Pero —siguió diciendo con voz desfallecida Fauchelevent— si el sepulturero es Mestienne.

—Después de Napoleón, Luis XVIII. Después de Mestienne, Gribier.

Paleto, me llamo Gribier.

Fauchelevent, palidísimo, miraba al tal Gribier.

Era un hombre alto y flaco, lívido, de lo más fúnebre. Parecía un matasanos que se hubiera hecho sepulturero.

Fauchelevent se echó a reír.

—Pero ¡qué cosas pasan! Así que el compadre Mestienne se ha muerto. El pobre compadre Mestienne se ha muerto, pero ¡viva el compadre Lenoir!

¿Sabe quién es el compadre Lenoir? Es el jarro de tinto de 30 céntimos. ¡El jarro de Suresne, mecachis! ¡El auténtico Suresne de París! ¿Así que se ha muerto el amigo Mestienne? Pues lo siento, porque le gustaba la vida regalada. Pero también a usted le gustará la vida regalada, ¿no, compañero? Dentro de un rato nos vamos a echar un trago juntos.

El hombre contestó:

—Yo tengo estudios. Llegué a tercero. No bebo nunca.

El coche fúnebre había vuelto a ponerse en marcha y rodaba por el paseo principal del cementerio.

Fauchelevent andaba más despacio. Cojeaba más aún por preocupado que por impedido.

El sepulturero iba delante de él.

Fauchelevent volvió a pasarle revista al inesperado Gribier.

Era uno de esos hombres que, aunque jóvenes, parecen viejos y, aunque flacos, tienen mucha fuerza.

—¡Compañero! —gritó Fauchelevent. El hombre se volvió.

—Yo soy el sepulturero del convento.

—Colega mío —dijo el hombre.

Fauchelevent, aunque inculto, pero muy agudo, se dio cuenta de que estaba tratando con una categoría temible, un pedante.

Refunfuñó:

—Así que Mestienne se ha muerto. El hombre contestó:

—Del todo. Dios Nuestro Señor fue a mirar la libreta de vencimientos.

Le tocaba a Mestienne. Mestienne se ha muerto.

Fauchelevent repitió automáticamente:

—Dios Nuestro Señor…

—Dios Nuestro Señor —dijo el hombre con tono de ser una autoridad

—. Para los filósofos, el Padre Eterno; para los jacobinos, el Ser Supremo.

—¿Y no vamos a conocernos mejor usted y yo? —balbució Fauchelevent.

—Ya nos hemos conocido. Usted es un paleto y yo soy parisino.

—La gente no se conoce hasta que no ha bebido junta. Quien vacía el vaso vacía el corazón. Tiene que venir usted a tomar un trago conmigo. A cosas así no se les dice que no.

—Primero la obligación. Fauchelevent pensó: estoy perdido.

Ya faltaba muy poco para llegar al paseo pequeño que llevaba al rincón de las monjas.

El sepulturero siguió diciendo:

—Paleto, yo tengo siete mocosos que alimentar. Como ellos tienen que comer, yo no puedo beber.

Y añadió, con la satisfacción de una persona seria que dice una frase ingeniosa:

—Su hambre es la enemiga de mi sed.

El coche fúnebre dio la vuelta a un grupo de cipreses, salió del paseo principal, se metió por uno más pequeño, rodó por la tierra y se hundió en un matorral. Eso era seña de que la sepultura estaba allí mismo. Fauchelevent acortaba el paso, pero no podía hacer que lo acortase el coche fúnebre. Afortunadamente, la tierra estaba blanda y húmeda con las lluvias del invierno, las ruedas se llenaban de barro y el coche avanzaba más despacio.

Fauchelevent se arrimó al sepulturero.

—¡Hay un vinillo de Argenteuil más rico! —susurró.

—Lugareño —dijo el hombre—, yo no debería estar de sepulturero. Mi padre era portero en el colegio para hijos de militares y me destinaba a la literatura. Pero tuvo contratiempos. Perdió dinero en la Bolsa. Yo he tenido que renunciar al estado de autor. Aunque todavía soy amanuense.

—¿Así que no es sepulturero? —respondió Fauchelevent, agarrándose a esa rama, aunque fuera muy delgada.

—Una cosa no quita la otra. Cumulo. Fauchelevent no entendió la última palabra.

—Vamos a beber —dijo.

Aquí se impone un comentario. Fauchelevent, por mucha que fuera su ansiedad, proponía un trago, pero no aclaraba un punto: quién iba a pagar. Habitualmente, Fauchelevent proponía y Mestienne pagaba. Una invitación era lógica en la nueva situación que había creado el sepulturero nuevo y se imponía, pero el anciano jardinero no mencionaba, intencionadamente, quién se haría cargo de «la dolorosa». Y él, Fauchelevent, por muy conmocionado que estuviera, no tenía intención de pagar.

El sepulturero siguió diciendo, con sonrisa de superioridad.

—Hay que comer. He aceptado el puesto de Mestienne. Cuando uno ha acabado casi los estudios, es un filósofo. Al trabajo de la mano he añadido el del brazo. Tengo mi puesto de amanuense en el mercado de la calle de Sevres. Ya sabe, el mercado de Les Parapluies. Todas las cocineras de La Croix-Rouge recurren a mí. Les escribo unas declaraciones chapuceras a los sorches. Por la mañana escribo cartas de amor y por la tarde cavo fosas. Así es la vida, rústico.

El coche seguía adelante. Fauchelevent, loco de preocupación, miraba a todos lados. Le corrían por la frente gruesas gotas de sudor.

—Sin embargo —siguió diciendo el sepulturero—, no se puede servir a dos amantes. Voy a tener que escoger entre la pluma y el azadón. El azadón me estropea la letra.

El coche fúnebre se detuvo.

El monaguillo bajó del coche de luto; luego, bajó el sacerdote.

Una de las ruedas pequeñas del coche estaba algo más alta, encima de un montón de tierra detrás del que se veía una fosa abierta.

—¡Menuda broma! —repitió Fauchelevent consternado.

VI
ENTRE CUATRO TABLAS

¿Quién iba en la caja? Ya lo sabemos. Jean Valjean.

Jean Valjean se las había apañado para seguir vivo ahí dentro y respiraba más o menos.

Es muy curioso hasta qué punto una conciencia tranquila da tranquilidad para lo demás. Toda la combinación que había premeditado Jean Valjean iba bien; e iba bien desde la víspera. Contaba, como Fauchelevent, con Mestienne. No le cabía duda de cómo iba a acabar aquello. Nunca una situación más crítica se vivió con tranquilidad más absoluta.

De las cuatro tablas del ataúd se desprende una especie de paz aterradora. Era como si parte del descanso de los muertos se sumase a la serenidad de Jean Valjean.

Desde lo hondo de aquella caja había podido seguir, y continuaba siguiendo, todas las fases del tremendo drama que estaba interpretando con la muerte.

Poco después de que Fauchelevent hubiera acabado de clavar la tabla de arriba, Jean Valjean notó que lo llevaban en vilo; luego, que iban rodando. Cuando disminuyeron las sacudidas, notó que pasaban de los adoquines a la tierra apisonada, es decir, que salían de las calles y llegaban a los bulevares. Por el ruido sordo, intuyó que estaban cruzando el puente de Austerlitz. Con la primera parada, cayó en la cuenta de que entraban en el cementerio; con la segunda, se dijo: hemos llegado a la fosa.

Sintió de pronto que unas manos agarraban la caja; luego, un frotamiento rudo contra las tablas; comprendió que estaban atando una cuerda alrededor del ataúd para bajarlo al agujero.

Tuvo luego algo así como un mareo.

Seguramente, el empleado de la empresa de pompas fúnebres y el sepulturero habían desnivelado el ataúd y lo habían bajado de cabeza. Volvió en sí por completo cuando se notó en posición horizontal y quieto. Acababa de llegar al fondo.

Notó algo de frío.

Se alzó una voz, por encima de él, gélida y solemne. Oyó pasar, tan despacio que podía captarlas una tras otra, unas palabras en latín que no entendía:

—Qui dormiunt in terræ pulvere, evigilabunt; alii in vitam æternam, et alii in opprobrium, ut videant semper.

Una voz infantil contestó:

—De profundis.

La voz grave siguió diciendo:

—Requiem æternum dona ei, Domine. La voz infantil contestó:

—Et lux perpetua luceat ei.

Oyó encima de la tabla que lo cubría algo así como el golpeteo suave de unas pocas gotas de lluvia. Debía de ser el agua bendita.

Pensó: «Ya falta poco. Algo más de paciencia. Ahora se irá el sacerdote. Fauchelevent se llevará a Mestienne para ir a echar un trago. Me dejarán solo. Luego, Fauchelevent volverá solo y yo podré salir. Será cosa de una hora larga».

La voz grave volvió a oírse:

—Requiescat in pace. Y la voz infantil dijo:

—Amen.

Jean Valjean, aguzando el oído, oyó algo como pasos que se alejaban.

«Ya se van —pensó—. Estoy solo.»

De pronto, oyó por encima de sí un ruido que le pareció un trueno. Era una paletada de tierra que había caído sobre el ataúd.

Cayó otra.

Uno de los agujeros por lo que respiraba se taponó. Cayó la tercera paletada.

Luego, la cuarta.

Hay cosas que pueden con el hombre más fuerte. Jean Valjean se desmayó.

VII
DONDE EL LECTOR HALLARÁ EL ORIGEN DE LA EXPRESIÓN: NO DEJAR QUE SE LE VAYA A UNO EL SANTO AL CIELO

Esto es lo que estaba pasando en el nivel superior al de la caja en la que estaba Jean Valjean.

Cuando se hubo alejado el coche fúnebre, cuando el sacerdote y el monaguillo volvieron a subirse a su carruaje y se marcharon, Fauchelevent, que no le quitaba ojo al sepulturero, lo vio agacharse y agarrar la pala, que tenía clavada en el montón de tierra.

Entonces Fauchelevent tomó una decisión suprema.

Se interpuso entre la sepultura y el sepulturero, se cruzó de brazos y dijo:

—¡Yo convido!

El sepulturero lo miró asombrado y contestó:

—¿Qué dice, paleto? Fauchelevent repitió:

—Yo convido.

—¿Qué?

—A vino.

—¿Qué vino?

—Argenteuil.

—¿Cómo que Argenteuil?

—En Le Bon Coing.

—¡Vete al infierno!

Y echó una paletada de tierra encima del ataúd.

Fue un sonido cavernoso. Fauchelevent notó que trastabillaba y estaba a punto de caer también él a la fosa. Gritó, con voz en que empezaba a asomar el ahogo del estertor:

—¡Compañero, antes de que cierren Le Bon Coing!

El sepulturero volvió a llenar de tierra la pala. Fauchelevent repitió:

—¡Yo convido!

Y le agarró el brazo al sepulturero.

—Atienda, compañero. Soy el sepulturero del convento y vengo a echarle una mano. Es una tarea que se puede hacer de noche. Vamos primero a echar un trago.

Y, mientras lo decía, al tiempo que se aferraba a esa insistencia desesperada, se le ocurría esta reflexión lúgubre:

«Y, suponiendo que eche el trago, ¿se emborrachará?».

—Provinciano —dijo el sepulturero—, si se empeña, accedo. Beberemos. Después de la obligación; antes, nunca.

Y movió la pala. Fauchelevent lo sujetó:

—¡Es un Argenteuil de treinta céntimos!

—Vamos a ver —dijo el sepulturero—, ¿es usted campanero o qué? Ding, dong, ding, dong. ¿Sólo sabe decir eso? ¡Váyase a paseo!

Y echó la segunda paletada.

Fauchelevent estaba llegando a ese estado en que ya no sabe uno lo que dice.

—Pero venga a echar un trago, caramba —gritó—. ¿No le digo que convido yo?

—Cuando acostemos a la criatura —dijo el sepulturero. Y echó la tercera paletada.

Luego hundió la pala en la tierra y añadió:

—Mire, va a hacer frío esta noche y la muerta se enfadaría con nosotros si la dejásemos plantada sin arroparla.

En ese momento, al llenar la pala de tierra, el sepulturero se agachó y se le ahuecó el bolsillo de la chaqueta.

La mirada extraviada de Fauchelevent cayó automáticamente en ese bolsillo y se le quedó clavada en él.

Todavía no se había metido el sol tras el horizonte; había luz bastante para que pudiera verse algo blanco dentro de aquel bolsillo abierto.

El relámpago mayor que puede pasarle por la mirada a un picardo le iluminó las pupilas a Fauchelevent. Se le acababa de ocurrir una idea.

Sin que se percatase el sepulturero, pendiente de llenar la pala de tierra, le metió por detrás la mano en el bolsillo y sacó el objeto blanco que había en el fondo.

El sepulturero soltó en la fosa la cuarta paletada.

En el preciso instante en que se volvía para coger la quinta, Fauchelevent lo miró con mucha tranquilidad y le dijo:

—Por cierto, novato, ¿lleva la tarjeta? El sepulturero se quedó parado.

—¿Qué tarjeta?

—Se va a poner el sol.

—Pues muy bien; que se ponga el gorro de dormir.

—Van a cerrar la verja del cementerio.

—¿Y qué?

—¿Lleva la tarjeta?

—¡Ah, sí, la tarjeta! —dijo el sepulturero. Y se hurgó en el bolsillo.

Tras hurgar en uno, hurgó en el otro. Pasó luego a los bolsillos del chaleco, registró uno y le dio la vuelta al otro.

—Pues no —dijo—, no llevo la tarjeta. Se me habrá olvidado.

—Quince francos de multa —dijo Fauchelevent.

El sepulturero se puso verde. El verde es la palidez de las personas lívidas.

—¡Me cisco en las zapatillas de la Virgen! —exclamó—. ¡Quince francos de multa!

—Tres monedas de cinco —dijo Fauchelevent. Al sepulturero se le cayó la pala.

Ahora le tocaba mandar a Fauchelevent.

—Bueno, recluta —dijo—, no hay que desesperarse. No es cosa de suicidarse y aprovechar la fosa. Quince francos son quince francos, y además hay una posibilidad de que se los ahorre. Yo soy viejo y usted es un novato. Me sé los trucos, los truecos y los truques. Voy a darle un consejo de amigo. Hay una cosa clara, y es que el sol se pone, ya está llegando a la cúpula y el cementerio cierra dentro de cinco minutos.

—Es verdad —dijo el sepulturero.

—En cinco minutos no le da tiempo a llenar la fosa, que está más hueca que el demonio, y llegar a tiempo a la verja para salir antes de que la cierren.

—Cierto.

—Y, en ese caso, quince francos de multa.

—Quince francos.

—Pero sí le da tiempo a… ¿Dónde vive?

—A dos pasos del portillo. A un cuarto de hora de aquí. En el 87 de la calle de Vaugirard.

—Pues le da tiempo, si corre como un galgo, a salir ahora mismo.

—Efectivamente.

—En cuanto salga por la verja, se va al galope hasta su casa, coge la tarjeta, vuelve y el portero del cementerio le abre. Como lleva la tarjeta, no tiene que pagar. Y entierra a la muerta. Yo me quedo aquí a cuidársela para que no se escape.

—Le debo la vida, paleto.

—Lárguese de una vez —dijo Fauchelevent.

El sepulturero, agradecidísimo, le estrechó la mano con vehemencia y salió corriendo.

En cuanto se perdió de vista el sepulturero entre los matorrales, Fauchelevent aguzó el oído hasta que oyó que se desvanecía el ruido de los pasos; luego, se asomó a la fosa y dijo a media voz:

—¡Señor Madeleine! No hubo respuesta.

Fauchelevent se estremeció. Rodó más que bajó hasta el fondo de la fosa, se abalanzó hacia la cabecera del ataúd y gritó:

—¿Está ahí? Silencio en la caja.

Fauchelevent, temblando tanto que no podía ni respirar, cogió el cortafríos y el martillo e hizo saltar la tabla de arriba. Apareció en el crepúsculo la cara de Jean Valjean, con los ojos cerrados, pálida.

A Fauchelevent se le pusieron los pelos de punta; se enderezó y cayó luego, adosado a uno de los lados de la fosa, a punto de desplomarse sobre la caja. Miró a Jean Valjean.

Jean Valjean yacía lívido e inmóvil.

Fauchelevent susurró en voz baja que era como un soplo:

—¡Está muerto!

Y, enderezándose, cruzando los brazos con violencia tal que se dio un fuerte golpe con los puños cerrados en ambos hombros, gritó:

—¡Vaya una forma de salvarlo que he tenido!

Entonces el pobre hombre rompió en sollozos. Y monologaba, pues es un error creer que el monólogo no es cosa espontánea. Quien padece un fuerte estado de agitación habla frecuentemente en voz alta.

—La culpa la tiene Mestienne. ¿Por qué se murió el imbécil ese? ¿Qué necesidad tenía de morirse sin avisar? Al señor Madeleine lo ha matado él.

¡Señor Madeleine! Ahí está, en la caja. Ya no hay que traerlo, ya está aquí. Se acabó. Pero ¿cómo pueden pasar cosas de éstas? ¡Ay, Dios mío, está muerto! ¿Y qué hago yo ahora con la niña? ¿Qué va a decir la frutera?

¿Será posible que se muera un hombre así? ¡Cuando pienso que se metió debajo de mi carro! ¡Señor Madeleine! ¡Señor Madeleine! Pardiez, se ha asfixiado, ya lo decía yo. No quiso hacerme caso. ¡Pues estamos apañados! Se ha muerto este hombre bueno, ¡el hombre mejor de entre todos los hombres buenos! ¿Y la niña? Pues yo no vuelvo, desde luego. Me quedo aquí. ¡Mira lo que hemos hecho! ¿Qué ventaja tiene ser dos viejos si resulta que hemos sido dos viejos chochos? Pero, de entrada, ¿cómo se las había apañado para entrar en el convento? ¡Por ahí empezó todo! Esas cosas no se hacen. ¡Señor Madeleine! ¡Señor Madeleine! ¡Madeleine! ¡Madeleine!

¡Señor Madeleine! ¡Señor alcalde! No me oye. ¿A ver qué hago yo ahora?

Y se tiraba de los pelos.

Se oyó a lo lejos, entre los árboles, un chirrido agudo. Estaban cerrando la verja del cementerio.

Fauchelevent se inclinó sobre Jean Valjean y, de repente, pegó un brinco y retrocedió todo cuanto se puede retroceder dentro de una fosa. Jean Valjean tenía los ojos abiertos y lo estaba mirando.

Ver una muerte asusta; ver una resurrección asusta casi lo mismo. Fauchelevent se quedó de piedra, pálido, desencajado, trastornado por tantas emociones, no sabiendo si se las tenía que ver con un vivo o con un muerto, mirando a Jean Valjean, que lo miraba.

—Me estaba quedando dormido —dijo Jean Valjean. Y se sentó.

Fauchelevent cayó de rodillas.

—¡Santísima Virgen! ¡Qué susto me ha dado! Luego se puso de pie y exclamó:

—¡Gracias, señor Madeleine!

Jean Valjean sólo estaba desmayado. El aire libre lo había despertado.

La alegría es el reflujo del terror. Fauchelevent tenía tanto que hacer como Jean Valjean para recobrar el sentido.

—¡Así que no se ha muerto! ¡Ay, qué listo es usted! Lo he llamado tanto que ha vuelto. Cuando lo vi con los ojos cerrados, dije: ¡Hala, ya se ha asfixiado! Me habría vuelto loco, un loco de verdad, de camisa de fuerza. Me habían metido en Bicêtre. ¿Qué iba a hacer yo si usted se había muerto?

¿Y la niña? La frutera se habría quedado pasmada. ¡Le endilgamos a la niña y el abuelo se muere! ¡Menuda historia! ¡Ay, está vivo! ¡Menos mal!

—Tengo frío —dijo Jean Valjean.

Esta frase devolvió del todo a la apremiante realidad a Fauchelevent. Ambos hombres, aunque ya habían vuelto en sí, tenían, sin darse cuenta, la mente confusa y algo raro les rondaba por dentro: el siniestro extravío de estar en aquel lugar.

—Salgamos de aquí a toda prisa —exclamó Fauchelevent.

Se hurgó en el bolsillo y sacó una cantimplora que había llevado.

—¡Pero lo primero un traguito! —dijo.

La cantimplora remató lo que había iniciado el aire libre. Jean Valjean tomó un sorbo de aguardiente y volvió a ser dueño de su persona.

Salió de la caja y ayudó a Fauchelevent a volver a clavar la tapa. Tres minutos después estaban fuera de la fosa.

Por lo demás, Fauchelevent estaba tranquilo. No se anduvo con prisas. El cementerio estaba cerrado. No era de temer que apareciera el sepulturero Gribier. El «recluta» estaba en su casa, buscando la tarjeta, y no había cuidado de que la encontrase allí puesto que la tenía Fauchelevent en el bolsillo. Sin tarjeta no podía volver a entrar en el cementerio.

Fauchelevent cogió la pala, y Jean Valjean, el azadón, y entre los dos enterraron la caja vacía.

Cuando estuvo llena de tierra la fosa, Fauchelevent le dijo a Jean Valjean:

—Vámonos. Me quedo con la pala; llévese el azadón. Caía la noche.

A Jean Valjean le costó cierto trabajo moverse y andar. Dentro de aquella caja de muerto se había quedado tieso y se había convertido en cadáver hasta cierto punto. Entre aquellas cuatro tablas se había adueñado de él el anquilosamiento de la muerte. Tuvo, por decirlo así, que quitarse el hielo del sepulcro.

—Está usted entumecido —dijo Fauchelevent—. Es una pena que yo sea cojo. Podríamos correr para quitarle el frío.

—¡Bah! —contestó Jean Valjean—. En cuanto dé cuatro pasos, me volverán a responder las piernas.

Fueron por los paseos por donde había pasado el coche fúnebre. Al llegar ante la verja cerrada y la garita del portero, Fauchelevent, que llevaba en la mano la tarjeta del sepulturero, la metió en el buzón, el portero tiró del cordel, se abrió la puerta y salieron.

—¡Qué bien está saliendo todo! —dijo Fauchelevent—. ¡Qué buena idea tuvo, señor Madeleine!

Cruzaron el portillo de Vaugirard con toda naturalidad. En las inmediaciones de un cementerio, una pala y un azadón son dos pasaportes.

La calle de Vaugirard estaba desierta.

—Señor Madeleine —dijo Fauchelevent según iba andando, alzando la mirada hacia las casas—, tiene mejor vista que yo. Dígame cuál es el número 87.

—Ahí está precisamente —dijo Jean Valjean.

—No hay nadie en la calle —siguió diciendo Fauchelevent—. Deme el azadón y espéreme dos minutos.

Fauchelevent entró en el número 87, subió hasta el último piso, guiado por ese instinto que lleva siempre al pobre al desván, y llamó, en la oscuridad, a la puerta de un sotabanco. Una voz respondió:

—Adelante.

Era la voz de Gribier.

Fauchelevent empujó la puerta. La casa del sepulturero era, como todas esas viviendas infortunadas, una buhardilla sin muebles y llena de trastos. Un cajón de embalaje —una caja de muerto, quizá— hacía las veces de cómoda, una orza de mantequilla hacía las veces de tinaja, un jergón hacía las veces de cama, las baldosas del suelo hacían las veces de sillas y de mesa. Había en un rincón, encima de un harapo que era un jirón viejo de alfombra, una mujer flaca y muchos niños, todos amontonados. En aquella casa pobre andaba todo manga por hombro.

Hubiérase dicho que había pasado por allí un terremoto «individual». Las tapaderas estaban fuera de su sitio; los andrajos, dispersos; el jarro, roto; la madre había llorado; a los niños les habían pegado seguramente; había rastros de pesquisas encarnizadas y airadas. Estaba claro que el sepulturero había buscado la tarjeta como loco y echado la culpa de la pérdida a cuanto había en la buhardilla, desde el jarro hasta su mujer. Parecía desesperado.

Pero Fauchelevent se encaminaba a demasiada velocidad hacia el desenlace de la aventura para fijarse en aquella vertiente triste de su triunfo.

Entró y dijo:

—Le traigo la pala y el azadón. Gribier lo miró, pasmado.

—¿Es usted, paleto?

—Y mañana por la mañana encontrará la tarjeta en la garita del portero del cementerio.

Y dejó en el suelo la pala y el azadón.

—¿Y eso qué quiere decir? —preguntó Gribier.

—Eso quiere decir que se le cayó la tarjeta del bolsillo, que me la encontré en el suelo después de irse usted, que enterré a la muerta, que llené de tierra la fosa, que le he hecho el trabajo, que el portero le devolverá la tarjeta y que no tendrá que pagar quince francos. Y nada más, recluta.

—¡Gracias, lugareño! —exclamó Gribier deslumbrado—. La próxima vez convido yo.

VIII
UN INTERROGATORIO CUMPLIDO

Una hora después, ya entrada la noche, dos hombres y una niña se presentaron en el número 62 de la calleja de Picpus. El más viejo de los hombres alzó el llamador y lo dejó caer.

Eran Fauchelevent, Jean Valjean y Cosette.

Los dos hombres habían ido a buscar a Cosette a la frutería de la calle de Le Chemin-Vert donde la había dejado Fauchelevent el día anterior. Cosette se había pasado aquellas veinticuatro horas sin entender nada y temblando en silencio. Temblaba tanto que no había llorado. Tampoco había comido, ni dormido. La buena de la frutera le hizo mil preguntas sin conseguir más respuesta que una mirada taciturna, siempre la misma. Cosette no había dejado que se le escapase nada de lo que había oído y visto en los dos últimos días. Intuía que estaban pasando por una crisis. Notaba en lo más hondo que tenía que «portarse bien». Todos estamos al tanto del poder soberano de estas tres palabras cuando se le dicen con cierta entonación al oído a una criaturita asustada: ¡No digas nada! El miedo es mudo. Por lo demás, nadie guarda un secreto tan bien como un niño.

Pero cuando, tras aquellas veinticuatro horas lúgubres, volvió a ver a Jean Valjean, soltó un grito tal de alegría que cualquiera dado a meditar que lo hubiera oído habría adivinado en aquel grito la salida de un abismo.

Fauchelevent era de la casa y sabía todas las contraseñas. Todas las puertas se abrieron.

Y así quedó resuelto el doble y tremendo problema: salir y entrar.

El portero, que había recibido instrucciones, abrió la puerta de servicio pequeña que daba del patio al jardín y que, hace veinte años, podía verse aún desde la calle, en la pared del fondo del patio, enfrente de la puerta cochera. El portero los hizo pasar a los tres por esa puerta y, desde allí, fueron al locutorio interior y reservado donde a Fauchelevent, la víspera, le había ordenado la superiora lo que tenía que hacer.

La superiora los estaba esperando con el rosario en la mano. Una madre vocal, con el velo echado por la cara, estaba de pie a su lado. Una vela discreta alumbraba, o podríamos decir casi que hacía como que alumbraba, el locutorio.

La superiora le pasó revista a Jean Valjean. No hay nada que examine mejor que la mirada baja.

Luego, le preguntó:

—¿Es usted el hermano?

—Sí, reverenda madre —contestó Fauchelevent.

—¿Cómo se llama? Fauchelevent contestó:

—Ultime Fauchelevent.

Había tenido, efectivamente, un hermano llamado Ultime que había muerto.

—¿De dónde es? Fauchelevent contestó:

—De Picquigny, cerca de Amiens.

—¿Qué edad tiene? Fauchelevent contestó:

—Cincuenta años.

—¿Qué profesión tiene? Fauchelevent contestó:

—Jardinero.

—¿Es buen cristiano? Fauchelevent contestó:

—Todos lo somos en la familia.

—¿Esta niña es suya? Fauchelevent contestó:

—Sí, reverenda madre.

—¿Es usted su padre? Fauchelevent contestó:

—Su abuelo.

La madre vocal le dijo a media voz a la superiora:

—Contesta bien.

Jean Valjean no había dicho ni palabra.

La superiora miró atentamente a Cosette y le dijo a media voz a la madre vocal:

—Va a ser fea.

Las dos madres charlaron unos cuantos minutos en voz muy baja en una esquina del locutorio; luego, la superiora se volvió y dijo:

—Fauvent, le vamos a dar otra rodillera con un cascabel. Ahora hacen falta dos.

Al día siguiente, en efecto, se oían dos cascabeles por el jardín y las monjas caían irresistiblemente en la tentación de alzar una punta del velo. Veían al fondo, bajo los árboles, a dos hombres cavando uno junto a otro, Fauvent y otro más. Todo un acontecimiento. Hasta quebrantaron el silencio para decirse unas a otras: «Es un ayudante del jardinero».

Las madres vocales añadían: «Es un hermano de Fauvent».

Jean Valjean, efectivamente, ya estaba afincado allí con todas las de la ley; llevaba la rodillera de cuero y el cascabel; su presencia era ya oficial. Se llamaba Ultime Fauchelevent.

El motivo determinante de mayor peso para la admisión había sido el comentario de la superiora acerca de Cosette: Va a ser fea.

La superiora, en cuanto hizo ese pronóstico, se encariñó en el acto con Cosette y la admitió en el internado como educanda de caridad.

Nada más lógico. Por mucho que no hubiera espejos en el convento, las mujeres tienen conciencia de su cara; ahora bien, las muchachas que notan que son bonitas no suelen dejar que las metan monjas; como la vocación tiene mucha tendencia a darse en proporción inversa a la belleza, se ponen más esperanzas en las feas que en las guapas. De ahí esa vehemente afición a las poco agraciadas.

Toda esta aventura dio una dimensión nueva al buen Fauchelevent; quedó muy bien por partida triple: con Jean Valjean, a quien salvó y cobijó; con el sepulturero Gribier, que se decía: «Me libró de la multa»; con el convento, que, gracias a él, al quedarse con el ataúd de la madre Crucifixion enterrado bajo el altar, dio esquinazo al César y satisfizo a Dios. Hubo una caja de muerto con cadáver en Le Petit-Picpus y una caja de muerto sin cadáver en el cementerio de Vaugirard; no cabe duda de que fue una tremenda alteración del orden público, pero nadie se enteró. En cuanto al convento, le estaba agradecidísimo a Fauchelevent. Fauchelevent se convirtió en el mejor de los servidores y en el más valioso de los jardineros. En la siguiente visita del arzobispo, la superiora se lo contó a Su Ilustrísima, en parte confesándolo y también jactándose de ello. El arzobispo, al salir del convento, se lo contó, congratulándose de ello y muy por lo bajo, al padre Latil, confesor de Monsieur, el hermano del rey, y, más adelante, al arzobispo de Reims, que también era cardenal. La admiración por Fauchelevent prosperó, pues llegó hasta Roma. Hemos tenido ocasión de ver una notita que le escribió el papa reinante a la sazón, León XII, a uno de sus familiares, prelado destinado en la nunciatura de París y apellidado como él Della Genga; pueden leerse en ella las siguientes líneas: «Al parecer, hay en un convento de París un jardinero excelente, llamado Fauvent, que es un santo». De nada de esta fama triunfal tuvo noticia Fauchelevent en su cabaña; siguió injertando, escardando y abrigando los melones sin estar al tanto ni de su excelencia ni de su santidad. No sospechó nada de su gloriosa fama como tampoco lo sospecha un buey de Durham o de Surrey cuyo retrato se publica en el Illustrated London News con el siguiente pie: Buey premiado en el concurso de reses.

IX
CLAUSURA

En el convento, Cosette siguió callada.

Cosette creía con toda naturalidad que era hija de Jean Valjean. Por lo demás, como nada sabía, nada podía decir, y, fuere como fuere, no habría dicho nada. Acabamos de comentar que no hay nada que instruya tanto a los niños en el silencio como la desgracia. Cosette había sufrido tanto que le tenía miedo a todo, incluso a hablar, incluso a respirar. ¡Tantas veces se le había venido encima una avalancha por una única palabra! Sólo estaba empezando a sentirse algo segura desde que estaba con Jean Valjean. Se acostumbró bastante pronto al convento. Aunque echaba de menos a Catherine, pero no se atrevía a decirlo. Una vez, no obstante, le dijo a Jean Valjean: «Padre, si lo hubiera sabido, la habría cogido».

Cosette, al convertirse en alumna interna del convento, tuvo que vestir como las educandas de la casa. Jean Valjean consiguió que le entregasen la ropa que ya no iba a usar. Era esa misma ropa de luto que le puso cuando se la llevó del figón de los Thénardier. Todavía no estaba muy gastada. Jean Valjean guardó esas prendas y, además, las medias de lana y los zapatos, con mucho alcanfor y todas esas plantas aromáticas que abundan en los conventos, en una maletita con la que halló forma de hacerse. Puso esa maleta en una silla, junto a su cama, y siempre llevaba la llave consigo. Cosette le preguntó un día: «Padre, ¿qué hay en esa caja que huele tan bien?».

Fauchelevent, aparte de esa fama gloriosa que acabamos de referir y de la que no supo nada, vio recompensada su buena acción; para empezar, se sintió dichoso; y, además, tuvo mucho menos trabajo puesto que lo repartieron. Finalmente, como le gustaba mucho el tabaco, le encontraba a la presencia del señor Madeleine la ventaja de que tomaba mucho más tabaco que antes, y con muchísima más voluptuosidad, porque el señor Madeleine se lo regalaba.

Las monjas no adoptaron el nombre de Ultime; llamaban a Jean Valjean el otro Fauvent.

Si esas santas mujeres hubieran tenido, mínimamente, los ojos de Javert, habrían acabado por notar que, cuando había que hacer un recado fuera del convento para el cuidado del jardín, era siempre el Fauchelevent de más edad, el viejo, el tullido, el cojo, quien salía; y el otro, nunca; pero bien porque la vista siempre clavada en Dios no sepa espiar, o bien porque prefirieran dedicarse a acecharse entre sí, no les llamó la atención.

Por lo demás, Jean Valjean hizo muy bien en no asomar y no moverse en absoluto. Javert estuvo más de un mes vigilando el barrio.

Aquel convento era para Jean Valjean como una isla rodeada de abismos. Aquellas cuatro paredes eran para él, en adelante, el mundo. Veía el cielo lo suficiente para sentirse sereno y a Cosette lo suficiente para sentirse dichoso.

Volvió a empezar una vida que le resultaba muy dulce.

Vivía con Fauchelevent en la cabaña del fondo del jardín. Esa casucha, hecha con escombros, que existía aún en 1845, constaba, como ya sabemos, de tres habitaciones completamente desguarnecidas y que sólo tenían las paredes. La principal se la había cedido a la fuerza Fauchelevent al señor Madeleine, aunque Jean Valjean se había resistido a ello en vano. La pared de esa habitación, además de los dos clavos destinados a colgar la rodillera y el cuévano, la adornaba un ejemplar de papel moneda de la monarquía, de 1793, pegado en la pared encima de la chimenea cuyo facsímil exacto es el siguiente:

Este asignado de Vendea lo había puesto en la pared el jardinero anterior, que había sido chuán; había fallecido en el convento y Fauchelevent había ocupado su puesto.

Jean Valjean trabajaba a diario en el jardín, donde era de gran utilidad. Había sido hacía tiempo podador y le gustaba verse convertido en jardinero. Recordemos que tenía toda clase de recetas y secretos para los cultivos. Les sacó provecho. Casi todos los árboles del huerto de frutales estaban asilvestrados; les hizo injertos de escudete y consiguió que dieran una fruta excelente.

A Cosette le permitían que fuera todos los días a pasar una hora con él. Como las hermanas eran tristes y él era bueno, la niña lo comparaba con ellas y lo adoraba. Cuando llegaba la hora, acudía a la cabaña. Cuando entraba en la casucha, la llenaba de paraíso. Jean Valjean se regocijaba y notaba que crecía su dicha con la dicha que le daba a Cosette. Ahí reside la magia de la alegría que damos: en vez de debilitarse, como hacen siempre los reflejos, vuelve más radiante aún. Durante los recreos, Jean Valjean miraba desde lejos cómo Cosette jugaba y corría y distinguía su risa de la de las demás.

Porque Cosette ahora reía.

A Cosette le había cambiado incluso la cara hasta cierto punto. Había desaparecido de ella la expresión sombría. La risa es el sol; expulsa al invierno del rostro humano.

Cuando acababa el recreo, cuando Cosette se iba, Jean Valjean miraba las ventanas de su aula; y, de noche, se levantaba para mirar las ventanas de su dormitorio.

Por lo demás, Dios tiene sus caminos; el convento, y también Cosette, apuntalaron y completaron en Jean Valjean la obra del obispo. No cabe duda de que la virtud, por uno de sus extremos, desemboca en el orgullo. Existe ahí un puente que edificó el Diablo. Jean Valjean estaba, quizá sin saberlo, bastante cerca de aquel extremo y de aquel puente cuando la Providencia lo puso en el convento de Le Petit-Picpus. Mientras sólo se comparó con el obispo, se vio indigno y fue humilde; pero llevaba una temporada comparándose con los hombres y el orgullo iba naciendo.

¿Quién sabe? A lo mejor habría acabado por regresar poco a poco al odio.

El convento lo detuvo en esa pendiente.

Era el segundo lugar de cautividad que veía. En la juventud, en lo que para él habían sido los inicios de la vida, y, otra vez más adelante, hacía muy poco, había visto otro, un lugar espantoso, un lugar terrible y cuyos rigores le habían parecido siempre la iniquidad de la justicia y el crimen de la ley. En la actualidad, tras el presidio, veía el claustro; y, pensando que había pertenecido al presidio y que ahora era, por así decirlo, un espectador del claustro, los comparaba ansiosamente con el pensamiento.

A veces se acodaba en la laya e iba bajando despacio por las espirales sin fondo de la ensoñación.

Se acordaba de sus antiguos compañeros; qué desdichados eran; se levantaban al amanecer y trabajaban hasta que se hacía de noche; apenas si les dejaban tiempo para el sueño; dormían en catres donde sólo estaban permitidos colchones de dos pulgadas de grueso, en salas sin calentar a no ser en los meses más duros del año; llevaban unos blusones rojos espantosos; les concedían, como una gracia, que cuando hacía mucho calor usasen pantalones de algodón y que se pusieran un tabardo de lana cuando hacía mucho frío; ni bebían vino ni comían carne salvo cuando iban «al fatigue». En la vida sólo se los conocía por un número, ya no tenían nombre; por decirlo así, los habían convertido en números que bajaban la vista, que bajaban la voz, con el pelo rapado, bajo la amenaza del palo, cubiertos de vergüenza.

Luego se fijaba en las personas que tenía ante los ojos.

Esas personas vivían también con el pelo rapado, la vista baja, bajando la voz; no cubiertas de vergüenza, pero entre las burlas de la gente; no con la espalda dolorida por el palo, pero con los hombros desollados por las disciplinas. También su nombre se había esfumado de la memoria de los hombres; ya no existían sino con denominaciones austeras. Nunca comían carne y nunca bebían vino; muchas veces no probaban alimento alguno hasta la noche; vestían no un blusón rojo, sino un sudario negro, de lana, que agobiaba en verano, que no abrigaba en invierno, sin poder quitarle nada ni añadirle nada, sin contar siquiera, según la estación, con el recurso de la prenda de algodón o del chaquetón de lana; y seis meses al año llevaban unas camisas de sarga que les daban fiebre. Vivían no en salas donde sólo se encendía fuego cuando el frío era riguroso, sino en celdas donde no se encendía nunca; dormían no en colchones de dos pulgadas, sino encima de la paja. Y, por último, ni tan siquiera las dejaban dormir; todas las noches, tras un día de trabajo, en plena extenuación del primer descanso, en ese momento en que se estaban quedando dormidas y habían entrado apenas en calor, tenían que despertarse, levantarse e ir a rezar a una capilla helada y oscura, de rodillas en la piedra.

En determinados días todas estas personas, por turno, tenían que pasarse doce horas seguidas arrodilladas en el suelo o prosternadas boca abajo con los brazos en cruz.

Aquellas personas eran hombres; éstas eran mujeres.

¿Qué habían hecho aquellos hombres? Habían robado, violado, saqueado, matado, asesinado. Eran bandidos, falsificadores, envenenadores, incendiarios, asesinos, parricidas. ¿Qué habían hecho estas mujeres? No habían hecho nada.

Allá, bandidaje, fraude, dolo, violencia, lubricidad, homicidio, todas las formas del sacrilegio, todas las variedades del atentado; aquí, una única cosa, la inocencia.

La inocencia perfecta, levitando casi en una misteriosa asunción, participando aún en la tierra mediante la virtud, participando ya en el cielo mediante la santidad.

Allá, confidencias de crímenes hechas en voz baja. Aquí, confesión de los pecados hecha en voz alta. ¡Y qué crímenes! ¡Y qué pecados!

Allá, miasmas; aquí, un aroma inefable. Allá, una peste moral, detenida, apriscada bajo la vigilancia del cañón, devora despacio a sus apestados; aquí un casto arder de todas las almas en el mismo fóculo. Allá, las tinieblas; aquí, la sombra, pero una sombra repleta de claridades, y de claridades repletas de rayos de luz.

Dos lugares de esclavitud; pero en aquél la posibilidad de la liberación, unos límites legales siempre a la vista y, además, la evasión. En éste la perpetuidad; la única esperanza, en el extremo remoto del porvenir: ese fulgor de libertad al que los hombres llaman muerte.

En aquél, sólo encadenan las cadenas; en éste, encadena la fe.

¿Qué se desprendía de aquél? Una maldición gigantesca, chirriar de dientes, odio, maldad desesperada, un grito de rabia contra la sociedad humana, un sarcasmo del cielo.

¿Qué surgía de éste? Bendición y amor.

Y en esos dos lugares, tan parecidos y tan diferentes, esas dos categorías de personas cumplían con la misma tarea: la expiación.

Jean Valjean entendía la expiación de aquéllas: expiación personal, expiación para sí. Pero no entendía la de éstas, la de estos seres sin reproche ni mancilla, y se preguntaba, trémulo: ¿Expiación de qué? ¿Qué expiación?

Una voz, en el interior de su conciencia, le respondía: la más divina de las generosidades humanas, la expiación del prójimo.

Llegados aquí, no entraremos en cualesquiera teorías personales; sólo narramos; nos ponemos en el punto de vista de Jean Valjean y reproducimos sus impresiones.

Tenía ante los ojos la cumbre sublime de la abnegación, la cima más alta a la que puede llegar la virtud; la inocencia que perdona a los hombres sus pecados y los expía en lugar suyo; la servidumbre asumida, la tortura aceptada, el suplicio que reclaman unas almas que no han pecado para ahorrárselo a las almas caídas; el amor a la humanidad abismándose en el amor a Dios pero sin confundirse con él, y suplicante; criaturas dulces y débiles, con las penas de los castigados y la sonrisa de los premiados.

¡Y se acordaba de que se había atrevido a quejarse!

Muchas veces, en plena noche, se levantaba para oír el canto de agradecimiento de aquellos seres inocentes que agobiaban los rigores y notaba que le corría un fuego por las venas al pensar en quienes padecían un castigo merecido y no alzaban la voz al cielo sino para blasfemar y al recordar que él, mísero, había amenazado con el puño a Dios.

Había algo sorprendente y que lo sumía en hondas meditaciones, como un aviso en voz baja de la mismísima Providencia: la escalada, las barreras que había cruzado, la aventura aceptada hasta la muerte, la ascensión dificultosa y dura, todos esos esfuerzos que había llevado a cabo para salir del otro lugar de expiación los había llevado a cabo para entrar en éste. ¿Era acaso un símbolo de su destino?

Aquella morada era también una cárcel y tenía un parecido lúgubre con la otra de la que había escapado; y, no obstante, él no había pensado nunca que pudiera existir algo así.

Volvía a encontrarse con las rejas, los cerrojos, los barrotes de hierro.

¿Y a quién encerraban? A unos ángeles.

Aquellos muros altos que había visto rodeando a los tigres los volvía a ver rodeando a los corderos.

Era un lugar de expiación, no de castigo; y, sin embargo, era aún más austero, más taciturno y más despiadado que el otro. A aquellas vírgenes las doblegaba una carga mayor que la de los presidiarios. Un viento frío y áspero, ese viento que le había helado la juventud, cruzaba por el foso de los buitres, que cerraban rejas y candados; un cierzo aún más agrio y doloroso soplaba en la jaula de las palomas. ¿Por qué?

Cuando pensaba en aquellas cosas, todo cuando había en él se anonadaba en aquel misterio sublime.

El orgullo se esfumó entre todas aquellas meditaciones. Pensó en sí mismo una y otra vez; sintió que era muy poca cosa y lloró en muchas ocasiones. Cuanto había aparecido en su vida desde hacía seis meses lo volvía a conducir a las santas intimaciones del obispo: Cosette con el amor y el convento con la humildad.

A veces, por las tardes, a la hora del crepúsculo, cuando estaba desierto el jardín, se lo podía ver arrodillado en medio del paseo que corría a lo largo de la capilla, delante de la ventana por la que había mirado la noche en que llegó, vuelto hacia el sitio en que sabía que una hermana que hacía el desagravio rezaba, prosternada. Y él rezaba arrodillado ante aquella hermana.

Era como si no se atreviese a arrodillarse directamente delante de Dios. Se empapaba despacio de cuanto lo rodeaba: aquel jardín tranquilo, aquellas flores perfumadas, aquellas niñas que gritaban alegremente, aquellas mujeres serias y sencillas, aquel claustro silencioso; y, poco a poco, el alma se le iba componiendo de silencio como el del claustro, de aroma como el de las flores, de paz como la del jardín, de sencillez como la de aquellas mujeres, de alegría como la de aquellas niñas. Y, además, pensaba que, en dos momentos críticos de su vida, lo habían acogido, sucesivamente, dos moradas de Dios, la primera cuando se le cerraban todas las puertas y la sociedad humana lo rechazaba, la segunda cuando la sociedad humana volvía a perseguirlo y se le volvían a abrir las puertas del presidio; y pensaba que sin aquélla habría vuelto a caer en el crimen; y, sin ésta, en el suplicio.

Se le deshacía el corazón de agradecimiento y cada vez había más sitio para el amor.

Así transcurrieron varios años; Cosette crecía.

TERCERA PARTE: MARIUS

**LIBRO PRIMERO
PARÍS ESTUDIADO EN SU ÁTOMO**

**I
PARVULUS**

París tiene un niño y el bosque tiene un pájaro; el nombre del pájaro es el gorrión; el nombre del niño es el golfillo.

Que el lector empareje estas dos ideas, en una de las cuales cabe toda la hoguera y en la otra toda la aurora; que golpee estas dos chispas: París y la infancia; lo que brota es una personita, Homuncio, diría Plauto.

Es una personita alegre. No come a diario, pero, si le apetece, va al teatro todas las noches. No le ampara el cuerpo una camisa, no calza zapatos ni tiene tejado alguno encima de la cabeza; es como las moscas del cielo, que no cuentan con nada de eso. Tiene entre los siete y los trece años, vive en bandadas, anda de acá para allá; reside al aire libre; lleva un pantalón viejo de su padre que le tapa los talones, un sombrero viejo del padre de cualquier otro que le tapa las orejas, un único tirante de orillo, de tono amarillento; corre, acecha, busca, pierde el tiempo, cura las pipas, blasfema como un maldito, frecuenta la taberna, conoce a ladrones, tutea a rameras, habla en jerga, canta canciones obscenas y no tiene maldad alguna en el corazón. Porque en el alma tiene una perla, la inocencia, y las perlas no se disuelven en el barro. Mientras el hombre es niño, Dios dispone que sea inocente.

Si le preguntásemos a la ciudad gigantesca: ¿Y éste quién es?, respondería: Mi cachorrito.

**II
ALGUNAS DE SUS SEÑAS PARTICULARES**

El golfillo de París es el enano de la giganta.

No exageremos: ese querubín del arroyo a veces tiene camisa, pero, en tal caso, no tiene más que una; a veces tiene zapatos, pero entonces están sin suelas; a veces tiene casa y siente apego por ella y tiene allí a una madre, pero prefiere la calle, porque es donde encuentra libertad. Tiene sus propios juegos, su picardía propia que se fundamenta en el odio por los burgueses; y sus metáforas personales: morirse se dice comerse los dientes de león por la raíz; sus oficios son: llamar a los coches de punto; bajar los estribos de los carruajes; crear zonas de tránsito entre las dos aceras de una calle en días de mucha lluvia, a lo que llama hacer un Pont-des-Arts; vocear los discursos que pronuncian las autoridades para provecho del pueblo francés; rascar las separaciones de los adoquines; tiene su propia moneda, que consiste en todos los pedacitos de cobre labrado que puedan hallarse en la vía pública. Esa curiosa moneda, que recibe el nombre de loque, «andrajo», tiene un curso fijo y muy bien regulado entre los chiquillos de esa vida bohemia menuda.

Tiene, finalmente, su propia fauna, que observa con afán estudioso por los rincones: la mariquita; el pulgón de la calavera; el segador, «el diablo», un insecto negro que amenaza retorciendo la cola armada con dos cuernos. Tiene su monstruo fabuloso, con escamas en la tripa y no es un lagarto, con pústulas en el lomo y no es un sapo, que vive en los agujeros de los hornos de cal viejos y en los pozos negros secos: es negro, peludo, viscoso, reptante, a veces lento y a veces veloz; no chilla, pero mira, y es tan terrible que nadie lo ha visto nunca; a ese monstruo lo llama «el sordo». Buscar sordos entre las piedras es un placer que entra en la categoría de lo temible. Otro placer: levantar repentinamente un adoquín y ver cochinillas. Conoce cada zona de París por los hallazgos interesantes que pueden hacerse en ella. En los tajos del convento de las Ursulinas hay tijeretas; en el Panthéon, hay escolopendras; hay renacuajos en las cunetas de Le Champ de Mars.

En lo tocante a los dichos, este niño se parece a Talleyrand. No es menos cínico, pero es más honrado. Posee algo así como una jovialidad inesperada. Se ríe de forma irreprimible y desconcierta a los comerciantes. Tiene un repertorio que abarca con desenfado desde la comedia de caracteres a la farsa.

Pasa un entierro. Entre las personas del acompañamiento va un médico.

—¡Anda! —exclama un golfillo—. ¿Desde cuándo los médicos se hacen cargo de entregar personalmente el trabajo?

Otro golfillo está metido en una aglomeración. Un hombre muy serio, con gafas y dijes, se vuelve, indignado:

—¡Fresco! Le acabas de coger «el talle» a mi mujer.

—¿Yo, caballero? Que me registren.

III
ES SIMPÁTICO

Por las noches, con unos céntimos que siempre consigue, el homuncio entra en un teatro. Al cruzar ese umbral mágico se transfigura: era un golfillo y se convierte en el titi parisino. Los teatros son algo así como barcos puestos del revés, con la sentina arriba. En esa sentina se agolpan los titis, que son al golfillo lo que la falena a la oruga; el mismo ser, pero que ha alzado el vuelo y planea. Basta con que estén ahí, irradiando dicha, potentes de entusiasmo y alegría, con ese batir de las manos que parece un batir de alas, para que esa sentina estrecha, fétida, oscura, sórdida, malsana, repulsiva, abominable, se llame el paraíso.

Dadle a alguien lo inútil y quitadle lo necesario y el resultado será el golfillo.

El golfillo no carece de cierta intuición literaria. No es que sea dado, y lo decimos lamentándolo cuanto sea preciso lamentarlo, al gusto clásico. Es, por naturaleza, poco académico. Por poner un ejemplo, la popularidad de la señorita Mars la aliñaba aquel público menudo de niños bulliciosos con cierta ironía. Los golfillos la llamaban la señorita Más.

El golfillo berrea, bromea, se pitorrea, pelea, va vestido de retales como un niño pequeño y de harapos como un filósofo, pesca en la alcantarilla, caza en la cloaca, saca buen humor de la inmundicia, flagela con sus dichos ingeniosos los cruces de calles, ríe con sarcasmo y muerde, silba y canta, aclama y abuchea, le quita hierro al aleluya con los estribillos de las óperas cómicas, canturrea todas las músicas desde el De Profundis hasta las chirigotas de carnaval, halla sin buscar, sabe lo que ignora; de tan espartano como es resulta ser un rata; de tan loco, un sabio; de tan lírico, soez; se pondría en cuclillas en el Olimpo, se revuelca en el estiércol y se levanta cubierto de estrellas. El golfillo de París es un Rabelais en miniatura.

No le gustan los pantalones que no tienen bolsillo para el reloj.

Pocas cosas lo extrañan y menos aún lo asustan; ridiculiza las supersticiones, desinfla las exageraciones, se ríe de los misterios, les saca la lengua a los fantasmas, les quita la poesía a los zancos, caricaturiza los aspavientos épicos. No es que sea prosaico, ni mucho menos; pero pone en el lugar de la visión solemne la fantasmagoría humorística. Si se le apareciera Adamastor, el golfillo diría: «¡Anda! ¡El hombre del saco!».

IV
PUEDE RESULTAR ÚTIL

París empieza en el papanatas y acaba en el golfillo, dos seres que no pueden darse en ninguna otra ciudad: la aceptación pasiva, que se contenta con mirar, y la iniciativa inagotable; Prudhomme y Fouillou. Sólo en la historia natural de París hay algo así. El papanatas es la quintaesencia de la monarquía. El golfillo es la quintaesencia de la anarquía.

Ese hijo pálido de los arrabales de París vive y crece, se urde y «se desurde» con dolor, en presencia de las realidades sociales y de los sucesos humanos, testigo meditabundo. Se toma por despreocupado, pero no lo es. Mira, dispuesto a echarse a reír; dispuesto también a otra cosa. Quienquiera, sea quien sea, a quien se lo conozca por el nombre de Prejuicio, Abuso, Ignominia, Opresión, Iniquidad, Despotismo, Injusticia, Fanatismo, Tiranía, que tenga cuidado con el golfillo decidido.

Ese niño crecerá.

¿Con qué arcilla lo amasaron? Con el primer fango que tuvieron a mano. Un puñado de barro, un hálito y ya tenemos a Adán. Basta con que pase un dios. Por un golfillo siempre ha pasado un dios. La fortuna moldea a ese ser menudo. Cuando decimos la fortuna queremos decir, hasta cierto punto, la aventura. Ese pigmeo, modelado con tierra basta y corriente, ignorante, iletrado, despistado, vulgar, populachero, ¿será jónico o beocio? No tengáis prisa, currit rota, el alma de París, ese demonio que crea del azar a los niños y a los hombres del destino, al revés de lo que hacía el alfarero latino, convierte el jarro en ánfora.

V

SUS FRONTERAS

Al golfillo le gusta la ciudad; también le gusta estar solo, porque hay en él alguna de las características del sabio. Urbis amator, como Fusco; ruris amator, como Flaco.

Andar sin rumbo mientras piensa, es decir, pasear ociosamente, es para un filósofo una estupenda actividad; sobre todo en esa especie de campiña un tanto híbrida, bastante fea, pero curiosa y que se compone de dos tipos de naturaleza, que rodea algunas ciudades y París en particular. Mirar los arrabales es mirar lo anfibio. Acaban los árboles, empiezan los tejados; acaba la hierba, empiezan los adoquines; acaban los surcos, empiezan las tiendas; acaban las rodadas, empiezan las pasiones; acaba el susurro divino, empieza el rumor humano; por eso tienen un interés extraordinario.

De ahí que por esos lugares poco atractivos y a los que los viandantes han puesto para siempre ya la marca del epíteto triste, pasee, aparentemente sin meta, el hombre que cavila.

Quien escribe estas líneas ha rondado mucho por los portillos de París y es ello una fuente de recuerdos muy hondos. Esa hierba corta, esos senderos pedregosos, esa greda, esas margas, esos yesos; esas ásperas monotonías de los baldíos y los barbechos; los cultivos de hortalizas tempranas de los hortelanos, que se divisan de repente, al fondo; esa mezcla de lo silvestre y lo urbano; esos extensos esquinazos despoblados donde los tambores de la guarnición tienen puesta escuela y fingen el tartamudeo de una batalla; esas tebaidas de día, que son malos pasos de noche; el molino desgarbado cuyas aspas giran al viento; las ruedas de extracción de las canteras; los merenderos pared por medio con los cementerios; el encanto misterioso de las tapias altas y sombrías que dividen gigantescos solares inundados de sol y llenos de mariposas: todo le resultaba atractivo.

Casi nadie en el mundo conoce esos sitios singulares, La Glaciere, La Cunette, el espantoso muro de Grenelle atigrado de balas, Le Mont-Parnasse, La Fosse-aux-Loups, Les Aubiers a orillas del Marne, Mont-Souris, La Tombe-Issoire, La Pierre-Plate de Châlons donde hay una cantera vieja y agotada que no sirve ya más que para cultivar setas y cierra, a ras del suelo, una trampilla de tablas podridas. La campiña romana es un concepto; los arrabales parisinos, otro; no ver en lo que nos brinda un horizonte nada que no sean casas o árboles es no pasar de la superficie: todos los aspectos de las cosas son pensamientos de Dios. El punto en que una llanura se junta con una ciudad lo impregna siempre a saber qué melancolía penetrante. Allí nos hablan a la vez la naturaleza y la humanidad. Se hacen patentes las originalidades locales.

Quien haya deambulado como nosotros por esas soledades contiguas a nuestros arrabales que podríamos llamar el limbo de París habrá vislumbrado acá y allá, en el sitio más dejado de la mano de Dios, detrás de un seto escuálido o en el entrante de una tapia lúgubre, grupos bulliciosos de niños, malolientes, embarrados, polvorientos, andrajosos, hirsutos, que juegan a la pulga, coronados de acianos. Son todos los niños fugados de las familias pobres. Los paseos de ronda son la atmósfera en que respiran; los arrabales les pertenecen. Viven allí un perpetuo asueto. Cantan ingenuamente su repertorio de canciones indecentes. Están ahí o, mejor dicho, existen ahí, apartados de todas las miradas, en la luz suave de mayo o de junio, arrodillados alrededor de un hoyo hecho en el suelo, golpeando las canicas con el pulgar, peleándose por una moneda, sin responsabilidades, evadidos, sueltos, dichosos; y, cuando te ven, se acuerdan de que tienen un negocio y necesitan ganarse la vida y acuden a ofrecerte una media de lana vieja llena de abejorros o un manojo de lilas. Esos encuentros con niños extraños son uno de los encantos deliciosos y, al mismo tiempo, dolorosos de los alrededores de París.

A veces, en esas aglomeraciones de niños, hay niñas —¿serán hermanas suyas?—, casi muchachitas, flacas, febriles, con manos en que la piel tostada remeda unos guantes, pecosas, tocadas con espigas de centeno y con amapolas, alegres, esquivas, descalzas. Algunas comen cerezas en los trigales. Al caer la tarde se las oye reír. Esos grupos, que ilumina la luz cálida del mediodía o vemos a medias en el crepúsculo, tardan en írsele de la cabeza al meditabundo; y esas visiones se le entremezclan con los sueños.

París, el centro, los arrabales, su circunferencia; para esos niños son la tierra entera. Nunca se arriesgan a ir más allá. No pueden salir de la atmósfera parisina como los peces no pueden salir del agua. Para ellos, a dos leguas de los portillos, ya no hay nada. Ivry, Gentilly, Arcueil, Belleville, Aubervilliers, Ménilmontant, Choisy-le-Roi, Billancourt, Meudon, Issy, Vanvre, Sevres, Puteaux, Neuilly, Gennevilliers, Colombes, Romainville, Chatou, Asnieres, Bougival, Nanterre, Enghien, Noisy-le-Sec, Nogent, Gournay, Drancy, Gonesse, tales son los límites donde acaba el universo.

VI
ALGO DE HISTORIA

En la época, casi contemporánea por lo demás, en que transcurre esta historia no había, como hoy en día, un guardia en todas las esquinas (ventaja que no es ahora el momento de discutir); abundaban en París los niños vagabundos. Las estadísticas hablan de doscientos sesenta niños sin domicilio que, a la sazón, recogían anualmente las rondas de la policía en los solares sin tapiar, las casas en construcción y bajo los puentes. De uno de esos nidos, que sigue siendo famoso, salieron las «golondrinas del puente de Arcole». Es éste, por lo demás, uno de los síntomas sociales más desastrosos. Todos los crímenes del hombre empiezan en los vagabundeos del niño.

Exceptuemos, no obstante, París. Dentro de un orden, y pese al recuerdo que acabamos de citar, es una excepción justificada. Mientras que en cualquier otra gran ciudad un niño vagabundo es un hombre perdido; mientras que en casi todas partes el niño que no tiene a quien recurrir está, como quien dice, abocado y entregado a algo así como una inmersión fatídica en los vicios públicos que le socava la honradez y la conciencia, el golfillo de París, debemos insistir en ello, por muy tosco que sea y muy mellada que tenga la superficie, por dentro está casi completamente intacto. Constancia espléndida y que se revela con toda claridad en nuestras revoluciones populares: si es cierta la idea de que con el aire de París pasa como con la sal que hay en el agua del océano, existe cierta imposibilidad de corromperse. Respirar en París conserva el alma.

Lo dicho no merma el encogimiento de corazón que notamos cada vez que nos topamos con uno de esos niños en torno a los que parece que vemos flotar los hilos de la familia rota. En la civilización actual, tan incompleta todavía, no suelen ser demasiado anómalas esas fracturas de las familias, que se vacían en la sombra, sin llegar a saber qué ha sido de los niños, y sueltan las entrañas en la vía pública. De ahí proceden esos destinos ignotos. Es un fenómeno que se llama, porque esos sucesos tan tristes han acabado por convertirse en frase hecha, «quedarse en París en medio de la calle».

Dicho sea de paso, esa forma de abandonar a los niños no le parecía mal a la monarquía antigua. Un toque de Egipto y Bohemia en las clases bajas agradaba a las clases altas y les venía bien a los poderosos. El aborrecimiento a la idea de proporcionar enseñanza a los niños del pueblo era un dogma. ¿Para qué andarse con «instrucciones a medias»? Ésa era la consigna. Y el niño vagabundo es el corolario del niño ignorante.

Por lo demás, la monarquía necesitaba a veces niños. Y entonces salía a robarlos a la calle.

En el reinado de Luis XIV, por no remontarnos más en el tiempo, el rey quería, y con razón, crear una flota. La idea era buena. Pero veamos los medios. No hay flota si, junto al barco de vela, juguete del viento, y para remolcarlo si necesario fuere, no se pone el barco que decide dónde va, bien con remos, bien con vapor; las galeras eran a la sazón para la marina lo que son hoy los vapores. Era preciso, pues, tener galeras; pero la galera sólo la mueve el galeote; así que hacían falta galeotes. Colbert se encargaba de que los intendentes de las provincias y los parlamentos proveyesen de la mayor cantidad posible de forzados. La magistratura ponía mucho empeño. ¿Que un hombre no se quitaba el sombrero al pasar una procesión? Comportamiento de hugonote; lo mandaban a galeras. ¿Que encontraban a un niño por la calle? Con tal de que tuviese quince años y no tuviese donde dormir, lo mandaban a galeras. Un gran reinado y un gran siglo.

En tiempos de Luis XV, los niños desaparecían de París. La policía los raptaba y nadie sabía con qué fines misteriosos. Se cuchicheaban con espanto conjeturas monstruosas relacionadas con los baños de púrpura del rey. Barbier habla ingenuamente de esos temas. A veces ocurría que los exentos, si se les quedaba corto el cupo de niños, se llevaban a los que tenían padres. Los padres, desesperados, se les echaban encima a los exentos. En esos casos el Parlamento intervenía y mandaba ahorcar ¿a quiénes?, ¿a los exentos? No, a los padres.

VII
EL PILLUELO PODRÍA TENER CABIDA EN LAS CLASIFICACIONES DE LA INDIA

Los golfillos parisinos son casi una casta. Podríamos decir que no es golfillo quien quiere.

Esa palabra, gamin —golfillo—, se imprimió por primera vez y llegó a la lengua popular desde la lengua literaria en 1834. Hizo su aparición en un opúsculo titulado Claude Gueux. Fue todo un escándalo. La palabra cuajó.

Los elementos de que se compone la consideración de los golfillos entre sí son muy diversos. Conocimos y tratamos a uno que gozaba de mucho respeto y gran admiración porque había visto caer a un hombre desde las torres de Notre-Dame; a otro le pasaba lo mismo porque había conseguido colarse en el patio trasero donde estaban momentáneamente depositadas las estatuas de la cúpula de Les Invalides y les había «aliviado» plomo; otro más había visto volcar una diligencia; y otro «conocía» a un soldado que había estado a punto de reventarle un ojo a un paisano.

Lo dicho explica esta exclamación de un golfillo parisino, un epifonema de gran calado con el que el vulgo se ríe sin entenderlo: ¡Rediós! ¡Si tendré mala pata que todavía no he visto a nadie caerse de un quinto piso!

Es, desde luego, una espléndida frase la de ese campesino que contestó, cuando le dijeron: «Se le ha muerto la mujer de enfermedad, amigo. ¿Por qué no mandó llamar al médico?».

—Mire, caballero, nosotros los pobres ya nos encargamos de morirnos solos.

Pero, si toda la pasividad de los campesinos está en esa frase, toda la anarquía librepensadora del chiquillo de los arrabales está, no cabe duda, en esta otra: un condenado a muerte, en la carreta, atiende a lo que le dice su confesor. El chiquillo parisino se indigna: ¡Pues no va hablando con el corona! ¡Será capón!

Cierta dosis de atrevimiento en asuntos religiosos da prestigio al golfillo. Es importante ser descreído.

Asistir a las ejecuciones es una obligación. Señalan la guillotina y se ríen. Le ponen apodos chistosos: el final del rancho, la regañona, la comadre del viaje azul (del viaje al cielo), el último bocado, etc., etc. Para no perderse nada, trepan por las paredes, se suben a los balcones, gatean por los árboles, se cuelgan de las verjas, se agarran a las chimeneas. El golfillo nace trastejador, como también nace marinero. Ni un tejado ni un mástil le dan miedo. Ni hay fiesta mejor que la de la plaza de Greve. Sanson, el verdugo, y el padre Montés, el capellán de la cárcel, son los nombres más populares. Abuchean al reo para darle ánimos. A veces, lo admiran. Lacenaire, cuando era un golfillo, al ver al monstruoso Dautun morir con coraje, dijo la siguiente frase, que encerraba todo un porvenir: Me dio envidia. La casta de los golfillos no sabe quién es Voltaire, pero sabe quién es Papavoine. Aúna en la misma leyenda a los «políticos» y a los asesinos. Conoce las tradiciones de la última prenda que vistieron todos. Sabido es que Tolleron llevaba un gorro de ayudante de forja; Avril, una gorra de nutria; Louvel, un sombrero de copa redonda; que el anciano Delaporte era calvo y fue sin nada en la cabeza; que Castaing era sonrosado y muy guapito; que Bories tenía una perilla romántica; que Jean Martin no se quitó los tirantes; que Lecouffé y su madre iban riñendo. «No os peléis por el cesto», les gritó un golfillo. Otro, para ver pasar a Debacker, como era bajito y estaba entre el gentío, ve el farol del muelle y se sube. Un gendarme, que está de servicio, frunce el entrecejo. «Déjeme que me suba, señor gendarme», dice el chiquillo. Y para enternecer a la autoridad, añade:

«De verdad que no me voy a caer». «¿Y a mí qué me importa que te caigas?», contesta el gendarme.

En la casta de los golfillos, un accidente memorable es muy apreciado. Quien se haga un corte profundo, «hasta el hueso», llegará al colmo de la consideración.

Los puños no son un elemento baladí a la hora de darse a respetar. Una de las cosas que el golfillo dice con más frecuencia es: ¡Anda y que no tengo yo fuerza! A los zurdos los envidian. Ser bizco está muy bien valorado.

VIII
DONDE PODRÁ LEERSE UN DICHO DELICIOSO DEL ÚLTIMO REY

En verano, se metamorfosea en rana y, por las tardes, al caer la noche, delante de los puentes de Austerlitz e Iéna, desde lo alto de los trenes carboneros y de los barcos de las lavanderas, se mete de cabeza en el Sena y en todas las infracciones habidas y por haber a las leyes del pudor y la policía. No obstante, los guardias están atentos y el resultado es una situación de gran dramatismo cuyo fruto fue, en una ocasión, un grito fraterno y memorable; ese grito, que se hizo famoso allá por 1830, es una advertencia estratégica de un golfillo a otro; se escande como un verso de Homero, con una notación casi tan indecible como la melopea eleusina de las Panateneas, y oímos en él el Evohé de la Antigüedad: Eh, titi, eh, que hay madera, hay golondros; coge la farda y largo, ve por la alcantarilla.

A veces esa mosquita —que así se llama a sí mismo— sabe leer; a veces sabe escribir; siempre sabe pintarrajear. No vacila en adquirir, por no se sabe qué misteriosa instrucción mutua, todas las artes que pueden resultar de utilidad en los asuntos públicos; entre 1815 y 1830, imitaba el grito del pavo; entre 1830 y 1848, garabateaba peras en las paredes. Una tarde de verano, Luis Felipe, que volvía a pie a palacio, vio a uno, un pequeñajo muy bajito, sudar tinta y ponerse de puntillas para dibujar con carbón una pera gigantesca en uno de los pilares de la verja de Neuilly; el rey, con esa bonachonería que había heredado de Enrique IV, le echó una mano al golfillo, acabó de dibujar la pera y le dio al niño una moneda de un luis, diciendo: También aquí está la pera. Al golfillo le gusta el jaleo. Le agrada cierta dosis de violencia. Aborrece a «los curas». Un día, en la calle de la Universidad, uno de esos golfillos le hacía morisquetas a la puerta cochera del número 69. «¿Por qué haces eso delante de esa puerta?», le preguntó un transeúnte. El niño contestó: «Ahí vive un cura». Es ahí, efectivamente, donde reside el nuncio del papa. No obstante, por muy volteriano que sea el golfillo, si se le presenta ocasión de meterse a monaguillo es posible que acepte y, en tal caso, ayuda a misa con mucha formalidad. Hay dos situaciones en que es como Tántalo y siempre ansía llegar a ellas sin conseguirlo nunca: derribar al gobierno y que le remienden los pantalones.

El golfillo consumado se sabe de memoria a todos los guardias de París y, cuando se encuentra con uno, siempre es capaz de ponerle nombre. Los cuenta de corrido. Estudia sus costumbres y tiene notas especiales para cada uno. Lee como en un libro abierto en las almas de la policía. Puede decir con naturalidad y sin inmutarse: «Fulano es un falso; mengano es muy malo; zutano es grande; perengano es ridículo» (todas esas palabras, falso, malo, grande, ridículo, tienen en sus labios una acepción particular); «ése se cree que el Pont-Neuf es suyo y no deja al personal pasearse por la cornisa, por fuera de los antepechos»; «aquél tiene la manía de tirarle de las orejas al prójimo», etc., etc.

IX
EL ESPÍRITU DE LA GALIA ANTIGUA

Algo había de ese niño en Poquelin, hijo de mercaderes; y también en Beaumarchais. El golfillo es un matiz de la forma de ser gala. Cuando va mezclado ese matiz con el sentido común, a veces le añade fuerza, como el alcohol al vino. A veces es un defecto. Homero es machacón, bien está; podríamos decir que Voltaire es golfillo. Camille Desmoulins era arrabalero. Championnet, que no se andaba con miramientos con los milagros, procedía de los adoquines de París; de pequeño, regó el porche de Saint-Jean de Beauvais y de Saint-Étienne du Mont; se había tomado suficientes confianzas con la urna de los restos de santa Genoveva como para permitirse dar órdenes a la ampolla de san Genaro.

El golfillo de París es respetuoso, irónico e insolente. Tiene feos los dientes porque come mal y su estómago lo acusa, y ojos hermosos porque es ingenioso. Saltaría a la pata coja por las escaleras del paraíso en presencia de Jehová. Es campeón en el juego de savate. Puede medrar en lo que sea. Juega en el arroyo y se yergue para la algarada; conserva el descaro ante la metralla; era un golfillo y es un héroe; como el niño tebano, desuella al león; el tamborcillo Bara era un golfillo de París; grita: «¡Adelante!» como piafa de contento el caballo de las Escrituras; y le basta un minuto para pasar de chiquillo a general.

Este hijo del lodazal es también el hijo de los ideales. Calcule el lector esa envergadura que va de Moliere a Bara.

En resumidas cuentas, y para concretarlo todo en una frase, el golfillo es alguien que se divierte porque no es feliz.

X
ECCE PARÍS, ECCE HOMO

Por resumirlo más aún, el golfillo de París es hoy en día lo que fue antaño el græculus de Roma, es el pueblo niño que lleva en la frente la arruga del mundo viejo.

El golfillo es una gracia que se le concede a una nación y, al tiempo, es una enfermedad. Una enfermedad que hay que curar. ¿Cómo? Con la luz.

La luz sanea.

La luz enciende.

Todas las irradiaciones sociales generosas salen de la ciencia, de las letras, de las artes, de la enseñanza. Haced hombres, haced hombres. Iluminadlos para que os den calor. Antes o después, la espléndida cuestión de la instrucción universal se planteará con la irresistible autoridad de la verdad absoluta; y entonces quienes gobiernen bajo la vigilancia del pensamiento francés tendrán que hacer la siguiente elección: los hijos de Francia o los golfillos de París; llamas en la luz o fuegos fatuos en las tinieblas.

El golfillo es la expresión de París y París es la expresión del mundo.

Porque París es una totalidad. París es el techo del género humano. Toda esta ciudad prodigiosa es un compendio de las costumbres muertas y de las costumbres vivas. Quien ve París cree ver el envés de toda la historia, con cielo y constelaciones en los intervalos. París tiene un Capitolio, la Casa de la Villa; un Partenón, Notre-Dame; un monte Aventino, el barrio de Saint- Antoine; un Asinario, la Sorbona; un Panteón, el Panthéon; una Vía Sacra, el bulevar de Les Italiens; una Torre de los Vientos, la opinión: y, para sustituir a las Gemonias, tiene el ridículo. Su majo es el faraud, el presumido; su trasteverino es el faubourien, el arrabalero; su hammal es el fort de la halle, el soguero del mercado de abastos; su lazzarone es el pegre, el haragán; su cockney es el gandin, el elegante de barrio. Todo lo que esté en otro lugar está en París. La verdulera de Dumarsais puede dialogar con la vendedora de hierbas de Eurípides; el discóbolo Veiano renace en el funámbulo Forioso; Therapontigonus, el soldado fanfarrón, podría ir del brazo del granadero Valdeboncœur; Damasipo, el coleccionista de antigüedades, se sentiría a gusto entre los prenderos; Vincennes detendría a Sócrates y también el Ágora encarcelaría a Diderot: Grimod de la Reyniere inventó el rosbif al sebo como Curtilo inventó el erizo asado; vemos aparecer debajo del globo del arco de L'Étoile el trapecio de Plauto; el tragasables del Pecile a quien conocía Apuleyo es el tragasables del Pont- Neuf; el sobrino de Rameau y Curculio hacen buena pareja; Ergasilo le pediría a D'Aigrefeuille que lo presentase para que lo recibiera Cambacéres; los cuatro currutacos de Roma, Alcesimarco, Fedromo, Diábolo y Argiripo, vienen del desfile de carnaval de La Courtille en la silla de posta de Labatut; Aulo Gelio no le hacía más caso a Congrio que Charles Nodier a Polichinela; Marton no es una tigresa, pero Pardalisca no era un dragón; Pantolabo, el truhán, se burla en el Café Anglais de Nomentano, el vividor; Hermógenes es tenor en Les Champs-Élysées y, junto a él, Trasio, el pordiosero, disfrazado de Bobeche, pasa el platillo; el importuno que te detiene en Les Tuileries agarrándote por el botón del frac te obliga a repetir, dos mil años después de la increpación de Tesprión: «quis properantem me prehendit pallio?». El vino de Suresnes es una parodia del vino de Alba; la copa llena hasta arriba de Désaugiers hace juego con esa otra copa, grande, de Balatrón; del Pere-Lachaise brotan cuando llueve de noche los mismos fulgores nocturnos que en las Esquilinas, y la fosa del pobre, comprada por cinco años, equivale al ataúd alquilado del esclavo.

Busque el lector algo de lo que París carezca. En la cubeta de Trofonio no hay nada que no esté en la bañera de Mesmer; Ergafilas resucita en Cagliostro; el brahmán Vasaphanta se reencarna en el conde de Saint- Germain; en el cementerio de Saint-Médard ocurren milagros tan buenos como en la mezquita de los Omeyas de Damasco.

París cuenta con un Esopo, que es Mayeux; y con una Canidia, que es la señorita Lenormand. Se espanta igual que Delfos ante las realidades fulgurantes de la visión; dan vueltas aquí los veladores como en Dodona los trípodes. Sienta en un trono a las modistillas igual que Roma sienta a las cortesanas; y, en resumidas cuentas, aunque Luis XV sea peor que Claudio, la señora Dubarry es preferible a Mesalina. París combina en un individuo inaudito que vivió y con el que nos codeamos la desnudez griega, la úlcera hebraica y los chistes gascones. Hace una mezcla de Diógenes, Job y el Payaso, viste un espectro con números atrasados de Le Constitutionnel y el resultado es Chodruc Duclos.

Aunque Plutarco dice: el tirano no envejece, Roma, tanto con Sila como con Domiciano, se resignaba y aguaba el vino con frecuencia. El Tíber era un Leteo si nos fiamos de la alabanza un tanto doctrinaria de Vario Vibisco: Contra Gracchos, Tiberim habemus. Bibere Tiberim, id est seditionem oblivisci. París bebe un millón de litros de agua diarios, pero no le impide, cuando se tercia, tocar a generala y a rebato.

Dicho esto, París es campechano. Lo acepta todo tan tranquilo; no es exigente en lo referido a Venus; su calipigia es hotentote; si ríe, concede una amnistía; la fealdad le hace gracia; con la deformidad se muere de risa, el vicio lo entretiene; si eres pícaro, podrás ser un pícaro; ni siquiera lo subleva la hipocresía, ese cinismo supremo; es tan literario que no se tapa la nariz ante Don Basilio, ni lo escandaliza Tartufo cuando reza ni tampoco lo disgusta el «hipo» de Príapo. No le falta al perfil de París rasgo alguno del rostro universal. El baile Mabille no es la danza polimniana del Janículo, pero la vendedora de artículos de tocador y adornos de segunda mano mira con tierno interés a la loreta exactamente igual que la alcahueta Esáfila acechaba a la virgen Planesio. El portillo de Le Combat no es un Coliseo, pero son allí tan feroces como si tuvieran a César de espectador. La tabernera siria tiene más encanto que la hostelera Saguet, pero, si bien Virgilio frecuentaba la taberna romana, David d'Angers, Balzac y Charlet se sentaron en el figón parisino. París reina. Los genios resplandecen, los cómicos prosperan. Adonai pasa en su carro de doce ruedas de trueno y relámpagos; Sileno entra en la ciudad subido en su borrico. En vez de Sileno, léase Ramponneau.

París es sinónimo de Cosmos. París es Atenas, Roma, Síbaris, Jerusalén, Pantin. Ahí están todas las civilizaciones compendiadas, todas las barbaries también. A París lo contrariaría mucho no tener una guillotina.

Es buena una dosis de plaza de Greve. ¿Qué sería de esa fiesta eterna sin tal aliño? Nuestras leyes han proveído sabiamente y, gracias a ellas, esa cuchilla gotea sobre este martes de carnaval.

XI
REÍR, REINAR

En París, nada de límites. Ninguna ciudad tuvo ese imperio que a veces escarnece lo que subyuga. ¡Agradaros, ay, atenienses!, exclamaba Alejandro. París impone más que la ley, impone la moda; París impone más que la moda, impone la rutina. París puede ser necio, si le parece oportuno; a veces se permite ese lujo; entonces el universo es necio con él; luego, París se despierta, se frota los ojos, dice: «¡Seré estúpido!», y se echa a reír en las narices del género humano. ¡Qué maravilla una ciudad así! ¡Qué peculiar que tanta grandiosidad y tanta bufonería se lleven bien, que tanta parodia no estorbe a tanta majestad, y que los mismos labios puedan hoy soplar en la trompeta del juicio final y mañana en un mirlitón! París tiene una jovialidad soberana. Su buen humor es como el rayo, y su farsa lleva cetro. Su huracán nace a veces de una mueca. ¡Sus estallidos, sus batallas, sus obras maestras, sus prodigios, sus epopeyas llegan hasta la otra punta del universo, y sus incoherencias también! Su risa es la boca de un volcán que salpica la tierra entera. Sus burlas son pavesas. Les impone a los pueblos sus caricaturas y también sus ideales; los mayores monumentos de la civilización humana aceptan sus ironías y prestan su eternidad a travesuras. Es espléndido; tiene un 14 de julio prodigioso que libera el orbe; impone a todas las naciones el juramento del juego de pelota; su noche del 4 de agosto disuelve en tres horas mil años de feudalismo; convierte su lógica en el músculo de la voluntad unánime; se multiplica con todas las formas de lo sublime; inunda con su luz a Washington, Kosciusko, Bolívar, Botzaris, Riego, Bem, Manin, López, John Brown, Garibaldi; doquier esté, se enciende el porvenir: en Boston en 1779; en la isla de León en 1820; en Pesth en 1848; en Palermo en 1860; les cuchichea al oído la poderosa consigna Libertad a los abolicionistas americanos reunidos en el transbordador de Harper's Ferry y a los patriotas de Ancona en asamblea en la sombra de los Archi, delante de la posada Gozzi, a orillas del mar; crea a Canaris; crea a Quiroga; crea a Pisacane; manda por la tierra los rayos de la grandeza; muere Byron en Missolonghi y Mazet muere en Barcelona yendo a donde los empuja su aliento; es tribuna bajo los pies de Mirabeau y cráter bajo los pies de Robespierre; sus libros, su teatro, su arte, su ciencia, su literatura, su filosofía son los manuales del género humano;

tiene a Pascal, a Régnier, a Corneille, a Descartes, a Jean-Jacques, a Voltaire para todos los minutos; a Moliere para todos los siglos; hace que la boca universal hable en su lengua, y esa lengua se vuelve verbo; edifica en todas las mentes la idea de progreso; los dogmas liberadores que forja son para las generaciones espadas de cabecera; y es con el alma de sus pensadores y de sus poetas con la que se amasaron desde 1789 todos los héroes de todos los pueblos; eso no le impide hacer chiquilladas; y ese genio enorme al que llaman París, al tiempo que transfigura el mundo con su luz, pinta con carbón la nariz de Bouginier en la pared del templo de Teseo y escribe Crédeville ladrón en las pirámides.

París siempre enseña los dientes; cuando no ruge, ríe.

Así es París. Los humos de sus tejados son las ideas del universo. Montones de barro y de piedra, si se quiere, pero, por encima de todo, una entidad moral. Es más que grande, es inmenso. ¿Por qué? Porque se atreve.

Atreverse: tal es el precio del progreso.

Todas las conquistas sublimes son, en mayor o menor grado, premios a la osadía. Para que la revolución nazca, no basta con que la presienta Montesquieu, con que la anuncie Beaumarchais, con que la planee Condorcet, con que la prepare Arouet, con que la premedite Rousseau; tuvo que atreverse Danton.

El grito: ¡Audacia! es un Fiat lux. Para que avance el género humano tiene que haber en las cumbres, permanentemente, orgullosas lecciones de valor. Las temeridades deslumbran a la historia y son una de las grandes lumbreras del hombre. La aurora, cuando asoma, se está atreviendo. Intentar, desafiar, persistir, perseverar, ser fiel a sí mismo, pelear a brazo partido con el destino, dejar asombrada a la catástrofe cuando ve qué poco miedo nos da, ora enfrentarse al poder injusto y ora rebelarse contra la victoria ebria, resistir, plantar cara: ése es el ejemplo que necesitan los pueblos y la luz que los electriza. El mismo relámpago formidable va desde la antorcha de Prometeo a la cachimba de Cambronne.

XII
EL PORVENIR LATENTE EN EL PUEBLO

En cuanto al pueblo de París, incluso hombre hecho y derecho, sigue siendo el golfillo; retratar al niño es retratar la ciudad; y por eso hemos escogido el gorrión vulgar para estudiar el águila.

Es sobre todo en los arrabales, hay que insistir en ello, donde se muestra la raza parisina: ahí está el pura sangre; ahí está su auténtica fisonomía; ahí trabaja y sufre ese pueblo, y el sufrimiento y el trabajo son los dos rostros del hombre. Hay ahí capas profundas de seres desconocidos por donde pululan los tipos más peculiares, desde el soguero de La Râpée hasta el matarife de Montfaucon. Fex urbis, exclama Cicerón; mob, añade Burke, indignado; turbas, muchedumbres, populacho. Cuesta muy poco decir tales palabras. Pero admitámoslas. ¿Qué más da? ¿Qué más me da que vayan descalzos? No saben leer. ¡Qué le vamos a hacer! ¿Vamos a abandonarlos por eso? ¿Vamos a convertir su desamparo en una maldición? ¿No puede penetrar la luz en esas masas? Volvamos a este grito: ¡Luz! ¡Y obstinémonos en él! ¡Luz! ¡Luz! ¿Quién sabe si esas tinieblas opacas no se volverán transparentes? ¿Acaso las revoluciones no son transfiguraciones? Adelante, filósofos, enseñad, iluminad, encended, pensad en voz alta, hablad en voz alta, corred jubilosos al aire libre, confraternizad en las plazas públicas, anunciad las buenas nuevas, prodigad los alfabetos, proclamad los derechos, cantad las Marsellesas, sembrad los entusiasmos, arrancad ramas verdes de los robles. Convertid la idea en un torbellino. Podemos sublimar a esa muchedumbre. Sepamos usar ese anchuroso incendio de los principios y las virtudes, que chisporrotea, se alza y se estremece en algunas ocasiones. Esos pies descalzos, esos brazos al aire, esos andrajos, esas ignorancias, esas abyecciones pueden utilizarse para conquistar el ideal. Mirad a través del pueblo y veréis la verdad. Esa arena infame que holláis, que la arrojen al horno encendido para que allí se derrita y allí hierva; se convertirá en cristal esplendoroso y, merced a él, Galileo y Newton descubrirán los astros.

XIII
UN NIÑO: GAVROCHE

Ocho o nueve años después de los acontecimientos referidos en la segunda parte de esta historia, llamaba la atención en el bulevar de Le Temple y las inmediaciones del Château-d'Eau un niño de entre once y doce años que habría cumplido bastante bien con ese ideal del golfillo que esbozamos más arriba si no fuera porque, aunque tenía en los labios la risa propia de su edad, tenía en el corazón únicamente oscuridad y vacío. Aquel niño llevaba, sí, un pantalón de hombre, pero no era de su padre; y una camisola de mujer, pero no era de su madre. Personas desconocidas lo habían vestido con trapos viejos por caridad. Tenía, no obstante, padre y madre. Pero su padre no le hacía caso y su madre no lo quería. Era uno de esos niños dignos de compasión donde los haya porque tienen padres pero son huérfanos.

Aquel niño no se sentía nunca en ninguna parte más a gusto que en la calle. Le resultaban menos duros los adoquines que el corazón de su madre.

Sus padres lo habían echado a la vida de una patada. Y él, sencillamente, había alzado el vuelo.

Era un muchacho alborotador, pálido, desenvuelto, despierto, guasón, de aspecto vivaracho y enfermizo. Iba, venía, cantaba, jugaba al gua con monedas, limpiaba el arroyo, robaba algo, pero, como los gatos y los pardales, alegremente; se reía cuando lo llamaban galopín, se enfadaba cuando lo llamaban golfante. No tenía hogar, ni pan, ni fuego, ni cariño; pero estaba alegre porque era libre.

Cuando esas pobres criaturas son hombres, la muela del orden social los alcanza casi siempre y los destroza; pero mientras sean niños, consiguen escapar porque son menudos. Cualquier hoyo los salva.

No obstante, por muy abandonado que estuviera aquel niño, a veces, cada dos o tres meses, decía: «¡Anda, voy a ir a ver a mamá!». Y entonces dejaba el bulevar, el Circo, la puerta Saint-Martin, bajaba por los muelles, pasaba los puentes, llegaba a los arrabales y hasta La Salpêtrière y ¿adónde llegaba? Pues precisamente a ese número doble, 50-52, que el lector conoce con el nombre de caserón Gorbeau.

En esa época, en el caserón número 50-52, que solía estar solitario y con el eterno adorno del cartel: «Se alquilan habitaciones», vivían, cosa rara, varios individuos que, por lo demás, como sucede siempre en París, no tenían relación alguna entre sí. Pertenecían todos a esa clase indigente que empieza en el último miembro en apuros de la clase media y se va prolongando, de miseria en miseria, por los bajos fondos de la sociedad, hasta llegar a esos dos seres a los que van a desembocar todas las cosas materiales de la civilización: el barrendero, que quita el barro, y el trapero, que recoge los andrajos.

La que había sido «inquilina principal» en tiempos de Jean Valjean había muerto, y en su lugar había otra idéntica. No sé qué filósofo dijo: «De viejas nunca anda uno corto».

Esa vieja nueva se llamaba señora Burgon y no tenía en la vida nada digno de mención a no ser una dinastía de tres loros, que habían reinado en su corazón sucesivamente.

Los más míseros de todos los que vivían en el caserón eran los cuatro miembros de una familia: los padres y dos hijas ya crecidas; se alojaban los cuatro en la misma buhardilla, en una de esas celdas de las que ya hemos hablado.

A aquella familia no se le veía nada de particular de entrada, salvo que estaba en la miseria más absoluta. El padre, al alquilar el cuarto, dijo llamarse Jondrette. Poco tiempo después de la mudanza, que se había parecido muchísimo, por recurrir a la frase memorable de la inquilina principal, a llegar sin nada de nada, el tal Jondrette le dijo a la mujer aquella, que, por haber sido la primera en llegar, era también la portera y barría las escaleras: «Señora, si por casualidad viene alguien preguntando por un polaco o un italiano, o, a lo mejor, un español, ése soy yo».

Esa familia era la familia del alegre desarrapado. Llegaba y se encontraba allí con la pobreza, el desamparo y, lo más triste, sin ninguna sonrisa: frío en la chimenea y frío en los corazones. Cuando entraba, le preguntaban: «¿De dónde vienes?». Él contestaba: «De la calle». Cuando se iba, le preguntaban: «¿Dónde vas?». Él contestaba: «A la calle». Su madre le decía: «¿A qué vienes?».

Aquel niño vivía con aquella carencia de cariño igual que esas hierbas pálidas que salen en los sótanos. No padecía por ello y no le guardaba rencor a nadie. No estaba muy enterado de cómo tenían que ser un padre y una madre.

Por lo demás, su madre quería a sus hermanas.

Se nos ha olvidado decir que en el bulevar de Le Temple llamaban al niño Gavroche. ¿Por qué se llamaba Gavroche? Probablemente porque el padre se llamaba Jondrette.

Cortar el hilo parece ser lo instintivo en algunas familias míseras.

El cuarto en que vivían los Jondrette en el caserón Gorbeau era el último al final del pasillo. La celda de al lado la ocupaba un joven muy pobre a quien llamaban señor Marius.

Digamos quién era el tal Marius.

LIBRO SEGUNDO
EL GRAN BURGUÉS

I
NOVENTA AÑOS Y TREINTA Y DOS DIENTES

En la calle de Boucherat, en la calle de Normandie y en la calle de Saintonge quedan todavía algunos vecinos antiguos que recuerdan a un buen señor que se llamaba señor Gillenormand y hablan de él con agrado. Aquel señor era viejo cuando ellos eran jóvenes. Para quienes contemplan con melancolía ese impreciso pulular de sombras que llamamos el pasado no se ha desvanecido aún del todo esa silueta del laberinto de las calles cercanas a Le Temple a las que pusieron, en tiempos de Luis XIV, los nombres de todas las provincias de Francia, exactamente de la misma forma que les han puesto en la actualidad a las calles del nuevo barrio de Tivoli los nombres de todas las capitales de Europa; es una progresión, dicho sea de paso, en donde se palpa el progreso.

El señor Gillenormand, que estaba vivo y bien vivo en 1831, era uno de esos hombres que llaman la atención a quienes los miran sólo porque han vivido muchos años y resultan raros pues antes se parecían a todo el mundo y ahora ya no se parecen a nadie. Era un anciano peculiar y, desde luego, un hombre de otra época, el auténtico burgués de pies a cabeza, y un tanto altanero, del siglo dieciocho, que se ufanaba de su burguesía de rancio abolengo con los mismos aires que los marqueses se ufanaban de su marquesado. Había cumplido ya los noventa, andaba muy tieso, hablaba alto, veía perfectamente, no le ponía agua al vino, comía, dormía y roncaba. No le faltaba ninguno de sus treinta y dos dientes. Sólo se ponía gafas para leer. Lo suyo era tener amores, pero decía que desde hacía alrededor de diez años había renunciado decididamente y del todo a las mujeres. Ya no podía gustar, aseguraba; y no añadía: «Soy demasiado viejo», sino: «Soy demasiado pobre». Decía: «Si no estuviera arruinado… ejem, ejem…». Efectivamente, sólo le quedaban unas quince mil libras de renta. Soñaba con heredar de alguien y contar con cien mil francos de renta para tener amantes. Como podemos ver, no pertenecía a esa variedad enfermiza de octogenarios que, como el señor de Voltaire, se pasaron la vida moribundos; no era una longevidad cascada; ese anciano tan lozano había tenido siempre buena salud. Era superficial y precipitado; se encolerizaba con facilidad. Se subía a la parra a las primeras de cambio, la más de las veces sin razón. Cuando lo contradecían, enarbolaba el bastón; pegaba a la gente como en el siglo de Luis XIV. Tenía una hija de cincuenta años cumplidos, soltera, a la que no tenía empacho en dar una somanta cuando estaba airado; y, con gusto, la habría azotado. La trataba como a una niña de ocho años. Abofeteaba enérgicamente a los criados y les decía: «¡So carroña!» Una de sus maldiciones era: ¡Por la pantuflocha de la pantuflochada! Tenía despreocupaciones curiosas: lo afeitaba a diario un barbero que había estado loco y lo aborrecía, porque tenía celos del señor Gillenormand por culpa de su mujer, que era una barbera guapa y coqueta. El señor Gillenormand admiraba su propio discernimiento en todo y aseguraba que era muy sagaz; he aquí uno de sus dichos: «Tengo, no cabe duda, no poca perspicacia; cuando una pulga me pica, soy capaz de decir de qué mujer me viene». Las palabras que con más frecuencia decía eran: el hombre sensible y la naturaleza. No le daba a esta última la trascendental acepción que le ha devuelto nuestra época, sino que la colocaba, a su aire, en sus satirillas domésticas: «La naturaleza —decía—, para que en la civilización haya un poco de todo, le proporciona incluso ejemplares de barbarie muy graciosos. Europa cuenta con muestras de Asia y de África en formato reducido. El gato es un tigre de salón; el lagarto es un cocodrilo de bolsillo. Las bailarinas de la Ópera son salvajes de color de rosa. No se comen a los hombres, los trituran. ¡Y las magas, otras que tal! Los convierten en ostras y se los tragan. Los caribes sólo dejan los huesos, y ellas sólo dejan la concha. Ésas son nuestras costumbres. No devoramos, roemos; no exterminamos, arañamos».

II
A TAL DUEÑO, TAL DOMICILIO

Vivía en el barrio de Le Marais, en el número 6 de la calle de Les Filles- du-Calvaire. La finca era suya. El edificio de entonces lo han derribado y vuelto a levantar, y es muy probable que haya cambiado de número en esas revoluciones de numeración que padecen las calles de París. Ocupaba, en la primera planta, un piso antiguo y amplio, que daba a la calle por un lado y a unos jardines por otro, amueblado hasta el techo con grandes tapices de gobelinos y de Beauvais que representaban escenas pastoriles; los motivos de los techos y de los entrepaños se repetían, en miniatura, en los sillones. Alrededor de la cama tenía un biombo ancho, de nueve paneles, de laca de Coromandel. Unos cortinones largos y sueltos colgaban delante de las ventanas y caían en pliegues grandes y bien marcados de muy buen efecto. El jardín, que estaba inmediatamente debajo de las ventanas, comunicaba con la de esquina por unas escaleras de doce o quince peldaños que el buen hombre subía y bajaba a buen paso. Además de una biblioteca, pared por medio con su dormitorio, había un tocador al que tenía muchísimo aprecio, un retiro licencioso cuyas paredes cubría una espléndida estera florida y blasonada con flores de lis, tejida en las cárceles de Luis XIV y que encargó el señor de Vivonne a sus presidiarios para su amante. El señor Gillenormand la había heredado de una tía abuela materna muy huraña que murió centenaria. Había tenido dos mujeres. Sus modales estaban a medio camino entre el cortesano que nunca fue y el magistrado que habría podido ser. Era alegre y mimoso cuando quería. De joven, había sido de esos hombres a quienes engaña siempre su mujer pero nunca su amante porque son, al tiempo, el marido más desabrido y el amante más delicioso que darse pueda. Entendía de pintura. Tenía en su dormitorio un retrato maravilloso de a saber quién, obra de Jordaens, pintado a brochazos, con millones de detalles, hecho como con desorden y al azar. El señor Gillenormand no llevaba casaca Luis XV, ni tampoco casaca Luis XVI, sino que vestía como los petimetres del Directorio. Hasta entonces se había considerado muy joven y había ido siguiendo las modas. La levita era de paño fino, con vueltas anchas, de cola cerrada y con botones grandes de acero. La completaba con calzón y zapatos de hebilla. Siempre llevaba las manos metidas en los bolsillos del chaleco. Decía tajantemente: La Revolución francesa es una pandilla de tunantes.

III
LUC-ESPRIT

A los dieciséis años, una noche, en la Ópera, dos bellezas, maduras a la sazón y a quienes había celebrado y cantado Voltaire, la Camargo y la Sallé, le hicieron el honor de echarle el ojo con los prismáticos las dos al tiempo. Atrapado entre dos fuegos, llevó a cabo una retirada heroica hacia una bailarina del cuerpo de baile, una muchachita que se llamaba Nahenry y tenía dieciséis años como él, a quien no conocía nadie y de la que estaba enamorado. Le rebosaban recuerdos. Exclamaba: «¡Qué bonita estaba aquella Guimard-Guimardini-Guimardinilla la última vez que la vi en Longchamps, con esos rizos de sentimientos elevados, esas bagatelas de turquesas, ese vestido color de advenediza y ese manguito de revuelo!». Había llevado en la adolescencia una chaqueta de paño londrino de la que hablaba con frecuencia y efusivamente. «Iba vestido como un turco del Levante levantino», decía. La señora de Boufflers, quien lo vio por casualidad a los veinte años, lo llamó «loco encantador». Lo escandalizaban todos los apellidos que veía metidos en política y en el poder pues le parecían de baja estofa y de clase media. Leía los periódicos, los noticieros, las gacetas, como decía él, conteniendo las carcajadas. «¡Ay! —decía—. Pero ¿quiénes son ésos? ¡Corbiere, Humann, Casimir Périer! ¡Y esas gentecillas son ministros! Me imagino que pusiera en un periódico: ¡Señor Gillenormand, ministro! ¡Menuda guasa! Bueno, pues son tan tontos que colaría». Les daba, sin empacho, a todas las cosas el nombre correspondiente, el conveniente o el inconveniente, y no le importaba que hubiera señoras delante. Decía groserías, obscenidades y cochinadas poniendo en ello un algo de despreocupación y falta de extrañeza que resultaba elegante. Era desenfadado al estilo de su siglo. Hay que hacer constar que los tiempos de las perífrasis en verso fueron los tiempos de las crudezas en prosa. Su padrino predijo que sería hombre de ingenio y le puso estos dos nombres significativos: Luc-Esprit.

IV
ASPIRANTE A CENTENARIO

Le habían dado premios de pequeño en el internado de Moulins, de donde era oriundo, y lo coronó de laurel la mano del duque de Nivernais, a quien él llamaba duque de Nevers. Ni la Convención, ni la muerte de Luis XVI, ni Napoleón, ni el regreso de los Borbones: nada pudo borrar el recuerdo de esa coronación. El duque de Nevers era para él la figura magna del siglo. «¡Qué gran señor tan encantador! —decía—. ¡Y qué bien le sentaba aquel cordón azul!» Desde el punto de vista del señor Gillenormand, Catalina II había reparado el crimen del reparto de Polonia al comprar por tres mil rublos el secreto del elixir de oro a Bestuchef. Cuando salía ese tema a relucir, se entusiasmaba mucho: «¡El elixir de oro! —exclamaba—. La tintura amarilla de Bestuchef, las gotas del general Lamotte, era, en el siglo XVIII, a un luis el frasco de media onza, el remedio supremo contra las catástrofes del amor, la panacea contra Venus. Luis XV le enviaba doscientos frascos al papa».

Lo habrían irritado muchísimo y sacado de sus casillas si le hubieran dicho que el elixir de oro no era sino el percloruro de hierro. El señor Gillenormand adoraba a los Borbones y aborrecía 1789; contaba continuamente cómo se había salvado del Terror y cómo había precisado mucho buen humor y mucho ingenio para que no le cortasen la cabeza. Si a algún joven se le ocurría alabar delante de él a la República, se ponía de color azul y se enfadaba tanto que estaba a punto de perder el conocimiento. A veces aludía a sus noventa años y decía: Espero no tener que pasar dos veces por otro noventa y tres. En otras ocasiones, ponía en conocimiento de la gente que pensaba vivir cien años.

V

BASQUE Y NICOLETTE

Tenía teorías. He aquí una de ellas: «Cuando un hombre quiere con pasión a las mujeres y tiene una mujer propia que le importa muy poco, fea, agria, legítima, colmada de derechos, aferrada al código y celosa si se tercia, no hay más que una forma de salir del paso y de conseguir que te deje en paz, y es dejarle a ella los cordones de la bolsa. Esa abdicación le concede la libertad. Su mujer, entonces, tiene de qué ocuparse; le entra pasión por el manejo del dinero contante y sonante, se mancha de cardenillo los dedos, se dedica a la crianza de aparceros y a meter en cintura a los labradores; convoca a los procuradores, dirige a los notarios, arenga a los escribanos, va a ver a los leguleyos, está pendiente de los pleitos, redacta los arrendamientos, dicta los contratos, se siente dueña y señora, vende, compra, paga, mangonea, promete y compromete, vincula y rescinde, cede, concede y retrocede, compone y descompone, ahorra y despilfarra; mete la pata, felicidad magistral y personal, lo cual es un gran consuelo. Mientras su marido la desdeña, ella se da el gusto de arruinar a su marido».

Esta teoría se la había aplicado a sí mismo el señor Gillenormand y se había convertido en su propia historia. Su mujer, la segunda, había administrado su fortuna de forma tal que al señor Gillenormand le quedaba, cuando se quedó viudo, lo justo para vivir si lo colocaba todo en renta vitalicia: unos quince mil francos de renta, los tres cuartos de la cual desaparecerían con él. No se lo pensó dos veces, pues le daba igual no dejar herencia. Por lo demás, ya tenía visto que a los patrimonios les podían pasar muchas cosas peregrinas, por ejemplo convertirse en bienes nacionales; había presenciado las transformaciones del tercio consolidado y no creía gran cosa en el libro mayor. ¡Cosas de la calle de Quincampoix!, decía. Ya hemos dicho que la casa de la calle de Les Filles-du-Calvaire era suya. Tenía dos criados, «varón y hembra». Cuando entraba un criado a su servicio, el señor Gillenormand lo volvía a bautizar. Les ponía a los hombres el nombre de la provincia de que procedían: Nîmois, Comtois, Poitevin, Picard. Su último ayuda de cámara era un hombre grueso, de piernas hinchadas y corto de aliento; tenía cincuenta y cinco años y era incapaz de correr veinte pasos seguidos, pero, como había nacido en Bayona, el señor Gillenormand lo llamaba Basque. En cuanto a las sirvientas, todas las de su casa se llamaban Nicolette (incluso la Magnon, de la que hablaremos más adelante). Un día se presentó una estupenda cocinera, un cordon bleu, de noble estirpe de porteros. «¿Cuánto quiere ganar?», le preguntó el señor Gillenormand.

«Treinta francos.» «¿Cómo se llama?» «Olympie.» «Te pagaré cincuenta francos y te llamarás Nicolette.»

VI

DONDE EL LECTOR VISLUMBRA A LA MAGNON Y A SUS DOS HIJOS PEQUEÑOS

En el señor Gillenormand el dolor se manifestaba en forma de ira; lo ponía furioso estar desesperado. Tenía todos los prejuicios posibles y se tomaba todas las licencias. Una de las cosas con que construía su apariencia exterior y su satisfacción íntima era, como acabamos de indicar, seguir siendo un vert galant, como decían de Enrique IV, un galán lozano, y que se lo tuviera rotundamente por tal. Decía que era una «reputación regia». Esa reputación regia le proporcionaba a veces singulares bicocas. Un día le trajeron a casa en una banasta, como un cesto de ostras, a un recién nacido robusto, que chillaba a pulmón herido, envuelto oportunamente en pañales, que una criada despedida seis meses antes le adjudicaba. El señor Gillenormand tenía por entonces ochenta y cuatro años, ni uno menos. Indignación y clamores entre las personas de su entorno. ¿Quién creía esa pícara descarada que se iba a tragar aquello? ¡Qué atrevimiento! ¡Qué calumnia abominable! El señor Gillenormand no se enfadó ni poco ni mucho. Miró al rorro con la beatífica sonrisa de un hombre a quien halaga la calumnia y dijo a nadie en particular y a todo el mundo en general: «A ver… ¿Qué? ¿Qué pasa? ¿Qué sucede? ¿Qué ocurre? Mucho os asombráis, y, a decir verdad, como personas ignorantes. El señor duque de Angulema, bastardo de su majestad Carlos X, se casó a los ochenta y cinco años con una redicha de quince años; el señor Virginal, marqués de Alluye, hermano del cardenal De Sourdis, arzobispo de Burdeos, tuvo a los ochenta y tres años, de una doncella de la señora presidenta Jacquin, un hijo, un verdadero hijo del amor, que fue caballero de Malta y consejero de Estado de espada; uno de los grandes hombres de este siglo, el padre Tabaraud, es hijo de un hombre de ochenta y siete años. Cosas así no tienen nada de extraordinario.

¡Y qué me decís de la Biblia! Dicho esto, declaro que este hombrecito no es mío. Que lo atiendan. Él no tiene culpa de nada». Fue un proceder bondadoso. La pelandusca aquella, que se llamaba Magnon, le hizo un segundo envío al año siguiente. Otro niño. En vista de eso, el señor Gillenormand capituló. Le devolvió los arrapiezos a su madre y se comprometió a pagar, para mantenerlos, ochenta francos mensuales con la condición de que la ya citada madre no volviera a las andadas. Añadió:

«Quiero que la madre los trate bien. Iré a verlos de vez de cuando». Cosa que hizo. Había tenido un hermano sacerdote que fue a los treinta y tres años rector de la academia de Poitiers y murió a los setenta y nueve. Se me murió muy joven, decía. Aquel hermano, del que no han quedado grandes recuerdos, era un avaro apacible que, por ser sacerdote, se creía en la obligación de dar limosna a los pobres con los que se cruzaba, pero nunca les daba más que monedas de cobre de tiempos de la Revolución o céntimos que estaban ya fuera de circulación, dando así con el sistema para ir al infierno por el camino del paraíso. Nuestro Gillenormand, el hermano mayor, no escatimaba las limosnas y las daba con frecuencia y como Dios manda. Era benévolo, brusco, caritativo y, si hubiera sido rico, habría tirado por la senda de la esplendidez. Quería que todo cuanto tuviera que ver con él se hiciera a lo grande, incluso las granujadas. Un día, en un asunto de herencia, tras robarle un hombre de negocios de una forma burda y evidente, soltó esta exclamación solemne: «¡Por vida de…! ¡Vaya forma torpe de hacerlo! ¡Me dan una vergüenza estas malas artes! Todo ha degenerado en este siglo, incluso los sinvergüenzas. ¡Pardiez! A un hombre como yo no es manera de robarle. Me ha robado como un salteador en pleno bosque, se ha dado muy mala maña. Sylvæ sint consule dignæ!». Ya hemos dicho que había tenido dos mujeres; y, de la primera, una hija, que se había quedado soltera; y, de la segunda, otra hija, muerta cuando andaba por los treinta años, que se había casado, por amor o por azar, o de otra forma cualquiera, con un militar, aunque no de carrera, que sirvió en los ejércitos de la República y del Imperio, a quien condecoraron en Austerlitz e hicieron coronel en Waterloo. «Es la vergüenza de mi familia», decía el anciano burgués. Tomaba mucho rapé y tenía un arte peculiar para desordenar los encajes de la chorrera. Creía mucho en Dios.

VII
NORMA: NO RECIBIR A NADIE A NO SER A ÚLTIMA HORA DE LA TARDE

Tal era Luc-Esprit Gillenormand, a quien no se le había caído el pelo, que tenía más gris que blanco y llevaba siempre con tufos más abajo de las orejas, ese peinado que llamaban orejas de perro. En resumidas cuentas, y con todo lo dicho, hombre venerable.

Era como el siglo XVIII: frívolo y grande.

En los primeros años de la restauración, el señor Gillenormand, que todavía era joven —sólo tenía setenta y cuatro años en 1814—, vivía en el barrio de Saint-Germain, en la calle de Servandoni, cerca de Saint-Sulpice. No se retiró al barrio de Le Marais hasta que dejó la vida de sociedad, ya cumplidos de sobra los ochenta años.

Cuando dejó la vida social, se encerró en sus costumbres. La principal, y de la que no se apeaba nunca, era la de tener cerrada a cal y canto la puerta de día y no recibir a nadie, fuere para lo que fuere, hasta última hora de la tarde. Cenaba a las cinco y, luego, tenía la puerta franca. Ésa había sido la moda de su siglo y no pensaba desistir de ella. «El día es plebeyo —decía— y sólo se merece un postigo cerrado. Las personas como es debido encienden la inteligencia cuando el cenit enciende las estrellas.» Atrancaba la casa y no le habría abierto ni al rey. Antigua elegancia de sus tiempos.

<h1 style="text-align:center">VIII</h1>
<h2 style="text-align:center">UN PAR QUE NO HACÍA JUEGO</h2>

En lo tocante a las hijas del señor Gillenormand, acabamos de mencionarlas. Nacieron con diez años de intervalo. De jóvenes, se parecieron muy poco, y, tanto por la forma de ser cuanto por el rostro, fueron lo menos hermanas que se puede ser. La menor tenía un alma adorable vuelta hacia todo cuanto fuera luz; le importaban las flores, los versos, la música, y alzaba el vuelo por espacios gloriosos, entusiasta, etérea, prometida desde la infancia, en un ámbito ideal, a una imprecisa figura heroica. También la mayor tenía su quimera; veía en el azul del cielo a un proveedor del ejército, un intendente importante, vulgar y muy rico, un marido gloriosamente tonto, un millón hecho hombre; o un prefecto: recepciones en el palacio de la prefectura, un portero en el recibimiento, con una cadena colgando del cuello; los bailes oficiales, los discursos del ayuntamiento; ser «la señora prefecta», todo eso le daba vueltas en la imaginación. Así disparataban de jóvenes las dos hermanas, cada una extraviada en su sueño. Las dos tenían alas, una como un ángel y la otra como una oca.

No hay ambición que se cumpla del todo, al menos en este mundo.

Ningún paraíso se vuelve terrestre en la época en que vivimos. La menor se casó con el hombre de sus sueños, pero se murió. La mayor no se casó.

En el momento en que aparece en la historia que estamos refiriendo, era una mujer vieja y virtuosa, una gazmoña irredenta, una de las narices más puntiagudas y una de las mentes más obtusas que darse puedan. Detalle significativo: más allá del círculo de familia más íntimo, nadie supo jamás el nombre de pila. La llamaban la señorita Gillenormand, la mayor.

En cuestiones de canto, que es la mojigatería inglesa, la señorita Gillenormand habría dejado corta a una miss. Era la personificación del pudor más extremoso. Tenía, en la vida, un recuerdo espantoso; un día, un hombre le había visto la liga.

Aquel pudor inmisericorde había ido a más con la edad. Nunca era la pechera del vestido lo bastante opaca ni lo bastante cerrada. Multiplicaba los corchetes y los alfileres en los sitios que a nadie se le ocurría mirar. Lo propio de la gazmoñería es colocar tantos más guardias cuanto menos amenazada está la fortaleza.

No obstante, y que explique quien pueda esos misterios de inocencia de vieja, no le hacía ascos a que la besase un oficial de lanceros que era sobrino nieto suyo y se llamaba Théodule.

Pese a aquel favoritismo por el lancero, la etiqueta de gazmoña con que la hemos clasificado le iba como anillo al dedo. La señorita Gillenormand era algo así como un alma crepuscular. La gazmoñería es medio virtud y medio vicio.

A la gazmoñería sumaba la beatería, que es la compañía más adecuada. Era de la cofradía de la Virgen, llevaba un velo blanco en algunas fiestas, mascullaba oraciones especiales, adoraba la «Sangre Preciosa», veneraba al «Sagrado Corazón», se quedaba horas en contemplación ante un altar rococó-jesuita de una capilla donde no podía entrar el común de los fieles y allí dejaba que alzara su alma el vuelo entre nubecillas de mármol y cruzando por entre anchos rayos de luz hechos de madera dorada.

Tenía una amiga de capilla, una virgen vieja como ella, que se llamaba la señorita Vaubois, atontada a más no poder y junto a la cual la señorita Gillenormand tenía la satisfacción de ser un águila. Dejando aparte los agnus dei y las avemarías, la señorita Vaubois no tenía luces más que en lo tocante a las diferentes formas de hacer mermelada. La señorita Vaubois, perfecta en su categoría, era el armiño de la estupidez, sin una sola mácula de inteligencia.

Todo hay que decirlo: al envejecer, la señorita Gillenormand más bien había ganado que perdido. Es lo que pasa con los caracteres pasivos. Nunca había sido mala, lo cual es una bondad relativa; y, luego, como los años dejan romas las esquinas, el paso del tiempo la fue suavizando. Era triste con una tristeza brumosa de cuyo secreto no estaba enterada ni siquiera ella.

Había en toda su persona el estupor de una vida acabada que no había empezado.

Llevaba la casa de su padre. El señor Gillenormand tenía consigo a su hija como ya hemos visto que monseñor Bienvenu tenía consigo a su hermana. Esas parejas de un anciano y una solterona no son infrecuentes y tienen siempre el aspecto conmovedor de dos debilidades que se apoyan una en otra.

Había además en la casa, entre esa solterona y ese anciano, un niño, un muchachito siempre trémulo y callado en presencia del señor Gillenormand. El señor Gillenormand nunca le dirigía la palabra a aquel niño sino con voz severa y, a veces, con el bastón en alto. ¡Venga aquí, caballero! ¡Bellaco, bribón, acérquese! ¡Conteste, granuja! ¡Aquí quiero verlo, tunante!, etc., etc. Lo idolatraba. Era su nieto. Volveremos a ver a este niño.

LIBRO TERCERO
EL ABUELO Y EL NIETO

I
UN SALÓN A LA ANTIGUA

Cuando el señor Gillenormand vivía en la calle de Servandoni, frecuentaba varios salones muy selectos y muy aristocráticos. Aunque fuera un burgués, recibían al señor Gillenormand. Como tenía ingenio por partida doble, primero el suyo propio y además el que le atribuían, era incluso persona buscada y agasajada. No iba a parte alguna salvo si no iba a llevar la voz cantante. Hay quienes quieren al precio que sea tener influencia y que les hagan caso; donde no pueden ser oráculos, se hacen bufones. No era ése el carácter del señor Gillenormand; el imperio que tenía en los salones monárquicos no le pasaba contribución al respeto que se tenía a sí mismo. Era oráculo por doquier. A veces le llevaba la contraria al señor de Bonald, e incluso al señor Bengy-Puy-Vallée.

Allá por 1817, pasaba invariablemente dos tardes por semana en una casa vecina, en la calle de Férou, en casa de la señora baronesa de T., mujer digna y respetable cuyo marido había sido, durante el reinado de Luis XVI, embajador de Francia en Berlín. El barón de T., quien en vida tenía una apasionada afición por los éxtasis y las visiones magnéticas, murió arruinado en la emigración y no dejó más fortuna que, en diez tomos manuscritos encuadernados en tafilete rojo y con los cantos dorados, una serie de escritos curiosísimos acerca de Mesmer y su bañera. La señora de

T. no publicó esos escritos por dignidad, y vivía de una renta modesta que había quedado a flote sin que se supiera muy bien cómo. La señora de T. vivía alejada de la corte, un ambiente muy revuelto, según decía ella, en un aislamiento noble, orgulloso y pobre. Algunos amigos se reunían dos veces por semana alrededor del fuego de su chimenea de viuda y el resultado era una tertulia monárquica en estado puro. Tomaban el té; soltaban, según soplase el viento a favor de la elegía o del ditirambo, lamentos o exclamaciones horrorizadas referidos al siglo en que vivían, a la Carta, a los buonapartistas, a la prostitución del cordón azul de la Orden del Espíritu Santo concedido a burgueses y al jacobinismo de Luis XVIII; hablaban en voz muy queda de las esperanzas puestas en Monsieur, el hermano del rey, que luego fue Carlos X.

Acogían con arrebatos de alegría canciones populacheras que llamaban Nicolas a Napoleón. Había duquesas, mujeres de mundo de lo más exquisito y encantador, que se deleitaban con estrofas como la siguiente, referidas a «los federados»:¡Remeteos los faldones de la camisa en los pantalones que un patriota no se arranca ondeando bandera blanca!

Se entretenían con retruécanos que les parecían atrevidísimos, con juegos de palabras inocentes que tenían por venenosos y con cuartetos, e incluso con pareados; por ejemplo, acerca de los ministros de Dessolles, jefe de un gobierno moderado, entre los que se encontraban los señores Decazes y Deserre:

Para afirmar el trono y que sea más capaz hay que cambiar de sol y de ser y de caz.

O manipulaban la lista de la Cámara Alta, «una cámara abominablemente jacobina», y combinaban en ella alianzas de apellidos para que salieran, por ejemplo, frases como ésta: Damas, Sabran, Gouvion Saint-Cyr; y todo ello con muy buen humor.

En aquellas reuniones se hacían parodias de la Revolución. Les entraban a saber qué veleidades de atizar las mismas iras, pero en sentido contrario. Cambiaban en el Ça ira a los aristócratas por los bonapartistas: ¡A los de Buonaparte los ahorcarán!

Las canciones son como la guillotina; cortan lo que les ponen delante, hoy esta cabeza y mañana aquella otra. Son sólo variantes.

En el proceso Fualdes, que es de por entonces, de 1816, se ponían de parte de Bastide y Jausion porque Fualdes era «bunoapartista». A los liberales los llamaban los hermanos y amigos. Era el mayor insulto.

Como en los campanarios de algunas iglesias, en el salón de la baronesa de T. había dos gallos. Uno era el señor Gillenormand, y el otro, el conde de Lamothe-Valois, del que se decían unos a otros por lo bajo: ¿No sabe? Es el Lamothe del asunto del collar. Los partidos conceden a veces amnistías singulares.

Añadamos lo siguiente: en la burguesía, las situaciones honoríficas las hacen ir a menos las relaciones demasiado fáciles; hay que tener cuidado de con quién se trata uno; de la misma forma que hay una pérdida calórica en las inmediaciones de quienes tienen frío, hay una mengua de consideración al acercarse a personas despreciadas. La alta sociedad de antes estaba por encima de esa ley como también por encima de todas las demás. A Marigny, hermano de la Pompadour, lo reciben en casa del príncipe de Soubise. ¿Pese a que…? No; porque. A Du Barry, padrino de la Vaubernier, lo acogen de mil amores en casa del mariscal de Richelieu. Esa sociedad es el Olimpo. Mercurio y el príncipe de Guéménée están en su casa. Admiten a los ladrones con tal de que sean dioses.

El conde de Lamothe, que en 1815 era un anciano de setenta y cinco años, no tenía nada notable a no ser la expresión callada y sentenciosa y el rostro anguloso y frío, los modales exquisitamente corteses, el frac abrochado hasta la corbata y las piernas, larguísimas y siempre cruzadas, metidas en un pantalón largo y lacio color de siena tostada. Tenía la cara del mismo color que el pantalón.

El tal señor de Lamothe «contaba» en este salón porque era «famoso» y, cosa muy curiosa, pero cierta, por el apellido Valois.

En cuanto al señor Gillenormand, lo consideraban mucho, y por sus propios méritos. Era toda una autoridad. Por muy frívolo que fuera, tenía, y sin menoscabo para su buen humor, una forma de ser imponente, digna, honrada y de burguesa altanería; y su edad avanzada se sumaba a lo dicho. Nadie es impunemente la encarnación de todo un siglo. Los años acaban por rodearle a uno la cabeza de un desmelenamiento venerable.

Tenía además frases de esas que son hallazgos del más rancio abolengo. Por ejemplo, cuando el rey de Prusia, tras restaurar a Luis XVIII, vino a verlo con el nombre de conde de Ruppin, el descendiente de Luis XIV lo recibió hasta cierto punto como marqués de Brandeburgo y con la impertinencia más sutil. El señor Gillenormand le dio la razón: Todos los reyes que no son el rey de Francia —dijo— son reyes de provincias. Un día hicieron, estando él delante, la siguiente pregunta y dio la siguiente respuesta: «¿A qué han condenado al redactor de Le Courrier français?».

«Lo van a suspender.» «Sobra el sus», comentó el señor Gillenormand. Frases así dejan bien asentada una situación.

En un tedeum universitario por el regreso de los Borbones, al ver pasar al señor de Talleyrand, dijo: Ahí va Su Excelencia el Mal.

Al señor Gillenormand solía acompañarlo su hija, esa señorita alta y flaca que tenía entonces los cuarenta cumplidos y aparentaba cincuenta, y un niño muy guapo de siete años, blanco, sonrosado y lozano, de mirada feliz y confiada, que no aparecía nunca en el salón sin que todas las voces empezasen a zumbar a su alrededor: ¡Qué niño tan precioso! ¡Qué pena!

¡Pobre niño! Era el niño a quien hemos mencionado hace poco. Lo llamaban pobre niño porque su padre era un «bandido del Loira».

Aquel bandido del Loira era el yerno del señor Gillenormand de quien ya hemos hablado y a quien el señor Gillenormand tildaba de vergüenza de la familia.

II
UNO DE LOS ESPECTROS ROJOS DE AQUELLA ÉPOCA

A quien hubiera visitado en aquella época la población de Vernon y paseado por el hermoso puente monumental al que pronto sustituirá, no perdamos la esperanza, algún puente metálico espantoso, podría haberle llamado la atención, si miraba desde lo alto del parapeto, un hombre de unos cincuenta años tocado con una gorra de cuero, vestido con un pantalón y una chaqueta de grueso paño gris a la que iba cosido algo amarillo que había sido una cinta roja, calzado con zuecos, tostado por el sol, con la cara casi negra, el pelo casi blanco y una cicatriz ancha en la frente que seguía por la mejilla, doblado, encorvado, envejecido prematuramente, que paseaba a diario como quien dice, con una laya y una podadera en la mano, por una de esas divisiones rodeadas de tapias que están junto al puente y bordean, como una hilera de terrazas, la orilla izquierda del Sena: unos cercados deliciosos repletos de flores de los que podría decirse, si fueran más grandes, que son jardines, y, si fueran más pequeños, que son ramilletes. Todos esos cercados acaban por un lado en el río y, por el opuesto, en una casa. El hombre de chaqueta y zuecos del que acabamos de hablar vivía, allá por 1817, en el más estrecho de esos cercados y la más humilde de esas casas. Residía allí solo y solitario, callado y pobre, con una mujer ni joven ni vieja, ni fea ni guapa, ni campesina ni de ciudad, que le hacía las veces de sirvienta. El cuadro de tierra al que llamaba jardín era famoso en la ciudad por la belleza de las flores que en él cultivaba. Las flores eran la ocupación a que se dedicaba.

A fuerza de trabajo, de perseverancia, de cuidados y de cubos de agua,

había conseguido crear a la zaga del creador; y había inventado unos tulipanes y unas dalias de los que parecía que se había olvidado la naturaleza. Era ingenioso; se anticipó a Soulange Bodin en la constitución de macizos pequeños de tierra de brezo para el cultivo de los exóticos y valiosos arbustos de América y China. Con las claras del alba, en verano, ya estaba en los paseos, cavando, podando, escardando, regando, caminando entre las flores con expresión triste y bondadosa, soñador e inmóvil a veces durante horas, escuchando el canto de un pájaro en un árbol, el gorjeo de un niño en una casa, o con los ojos clavados en la punta de una brizna de hierba, en una gota de rocío que el sol convertía en un carbunclo. Era muy parco en el comer y bebía más leche que vino. Un chiquillo lo convencía, su criada lo reñía. Era tan tímido que parecía hosco, salía muy poco y no veía sino a los pobres que llamaban al cristal de la ventana y a su párroco, el padre Mabeuf, un buen hombre ya mayor. Sin embargo, si vecinos de la ciudad o forasteros o cualquiera que pasara por allí tenían curiosidad por ver sus tulipanes o sus rosas y llamaba a la puerta de la casita, les abría sonriente. Era el bandido del Loira.

A quien hubiera leído, por esa misma época, los memoriales militares, las biografías, Le Moniteur y los boletines del ejército napoleónico, le podría haber llamado la atención un nombre que aparece en ellos con bastante frecuencia, el nombre de Georges Pontmercy. De muy joven, ese Georges Pontmercy era soldado en el regimiento de Saintonge. Estalló la Revolución. El regimiento de Saintonge formó parte del ejército del Rin. Pues los antiguos regimientos de la monarquía conservaron los nombres de sus provincias incluso después de la caída de la monarquía y no se convirtieron en brigadas hasta 1794. Pontmercy luchó en Spire, en Worms, en Neustadt, en Turkheim, en Alzey, en Maguncia, donde estuvo entre los doscientos que formaban la retaguardia de Houchard. Resistió, estando en duodécimo lugar, al cuerpo del príncipe de Hesse, detrás de la muralla vieja de Andernach, y no se replegó al grueso del ejército hasta que el cañón enemigo no abrió la brecha desde el cordón del parapeto hasta la escarpa. Estuvo a las órdenes de Kléber en Marchiennes y en la batalla del Mont-Palissel, donde le rompió un brazo una bala de vizcaíno. Llegó luego a la frontera de Italia y fue uno de los treinta granaderos que defendieron el puente de Tende con Joubert. Nombraron a Joubert ayudante mayor, y a Pontmercy, subteniente. Pontmercy estaba junto a Berthier entre la metralla en aquella batalla de Lodi que hizo decir a Bonaparte: Berthier ha sido artillero, soldado de caballería y granadero. Vio a quien había sido su general, Joubert, caer en Novi, en el preciso instante en que, con el sable en alto, gritaba: «¡Adelante!». Tras embarcar con su compañía, por necesidades de la campaña, en una gabarra que iba de Génova a no recuerdo ya qué puertecillo de la costa, cayó en un avispero de siete u ocho barcos de vela ingleses. El comandante genovés quería arrojar los cañones al mar, esconder a los soldados en el entrepuente y escurrirse entre las sombras, pasando por navío mercante. Pontmercy mandó izar los colores en la driza del asta y pasó altaneramente ante el cañón de las fragatas británicas.

A veinte leguas de allí, cada vez más atrevido, atacó y capturó con la gabarra un transporte inglés de buen tamaño que llevaba tropas a Sicilia, tan cargado de hombres y de caballos que el navío iba atestado hasta las brazolas. En 1805 perteneció a esa división Malher que arrebató Gunzburgo al archiduque Fernando. En Weltingen recogió en sus brazos, bajo una granizada de balas, al coronel Maupetit, herido de muerte al frente del 9.º de dragones. Se distinguió en Austerlitz en ese admirable avance escalonado bajo el fuego enemigo. Cuando la caballería de la guardia imperial rusa aplastó a un batallón del 4.º de infantería de línea, Pontmercy fue de los que tomaron desquite y desbarataron esa guardia. El emperador lo nombró caballero de la Legión de Honor. Pontmercy vio caer prisioneros sucesivamente a Wurmser en Mantua, a Mélas en Alejandría, a Mack en Ulm. Perteneció al octavo cuerpo del Gran Ejército, al mando de Mortier, que se apoderó de Hamburgo. Pasó luego al 55.º de infantería de línea, que era el antiguo regimiento de Flandes. En Eylau, estaba en el cementerio en que el heroico capitán Louis Hugo, tío del autor de este libro, soportó solo con su compañía de ochenta y tres hombres, durante dos horas, todo el empuje del ejército enemigo. Pontmercy fue uno de los tres que salieron vivos de ese cementerio. Estuvo en Friedland. Estuvo en Moscú luego; y luego en el Beresina; y luego en Lutzen, Bautzen, Dresde, Wachau, Leipzig, y en los desfiladeros de Gelenhausen; luego en Montmirail, Château- Thierry, Craon, las orillas del Marne, las orillas del Aisne y la temible posición de Laon. En Arnay-le-Duc, cuando era capitán, atravesó con el sable a diez cosacos y salvó no a su general, sino a su cabo. En esta ocasión recibió muchos tajos y le sacaron veintisiete esquirlas sólo del brazo izquierdo.

Ocho días antes de la capitulación de París acababa de hacer una permuta con un compañero y de pasar a caballería. Tenía eso que llamaban en el antiguo régimen doble mano, es decir, que servía igual para manejar, como soldado, el sable o el fusil; y, como oficial, un escuadrón o un batallón. De esa capacidad, perfeccionada con la educación militar, nacieron algunos cuerpos especiales, los dragones por ejemplo, que son al tiempo de caballería y de infantería. Acompañó a Napoleón a la isla de Elba. En Waterloo era jefe de escuadrón de coraceros en la brigada Dubois. Fue él quien le quitó la bandera al batallón de Luneburgo. Fue a arrojar esa bandera a los pies del emperador. Estaba cubierto de sangre. Al arrebatar la bandera le habían dado un sablazo en la cara. El emperador, contento, le gritó: ¡Eres coronel, eres barón, eres oficial de la Legión de Honor! Pontmercy le contestó: Majestad, os lo agradezco en nombre de mi viuda. Una hora después, caía en el barranco de Ohain. Dicho esto, ¿quién era este George Pontmercy? Era el anteriormente citado bandido del Loira.

Algo hemos visto ya de su historia. Después de Waterloo, Pontmercy, que ya sabemos que se salvó del camino encajonado de Ohain, consiguió reunirse con el ejército e irse a rastras, de ambulancia en ambulancia, hasta los acantonamientos del Loira.

La Restauración lo dejó a media paga, y luego lo envió en residencia, es decir, bajo vigilancia, a Vernon. El rey Luis XVIII, que consideraba que cuanto había ocurrido durante los Cien Días no existía, no le reconoció ni el grado de oficial de la Legión de Honor, ni el de coronel, ni el título de barón. Él, por su parte, no desperdiciaba ocasión de firmar coronel barón Pontmercy. Sólo tenía un frac viejo de color azul y nunca salía sin prenderse en él la roseta de la Legión de Honor. El procurador de la corona mandó que lo avisaran de que el Ministerio Fiscal lo iba a procesar por «uso ilegal de esa condecoración». Cuando le dio ese aviso un intermediario oficioso, Pontmercy respondió con una sonrisa amarga: «No sé si será que ya no entiendo el francés o si es usted quien ya no lo habla; pero el hecho es que no comprendo lo que me está diciendo». Acto seguido, salió ocho días seguidos con la roseta. No se atrevieron a meterse con él. En dos o tres ocasiones, el ministerio de la Guerra y el general que estaba al frente de la provincia le escribieron con este tratamiento: Al comandante Pontmercy.

Devolvió las cartas sin abrir. En ese mismo momento, Napoleón, en Santa Helena, daba el mismo trato a las misivas de sir Hudson Lowe dirigidas al general Bonaparte. Pontmercy tenía ahora en la boca, y que se nos perdone la expresión, la misma saliva que su emperador.

Hubo de esa misma forma en Roma soldados cartagineses prisioneros que se negaban a saludar a Flaminio y en quienes había algo del alma de Aníbal.

Una mañana se encontró con el procurador de la corona en una calle de Vernon; se le acercó y le dijo: «Señor procurador de la corona, ¿se me permite llevar puesta la cuchillada de la cara?».

No contaba sino con su muy escasa media paga de jefe de escuadrón. Alquiló en Vernon la casa más pequeña que pudo encontrar. Vivía en ella solo, acabamos de ver en qué condiciones. En tiempos del Imperio, entre dos guerras, buscó tiempo para casarse con la señorita Gillenormand. El anciano burgués, indignado en el fondo, consintió en ello suspirando y diciendo: Hasta las familias más grandes tienen que pasar por cosas de éstas. En 1815, la señora Pontmercy, mujer, por cierto, totalmente admirable, de miras elevadas, poco corriente y digna de su marido, murió, dejando un niño. Aquel niño habría sido la alegría del coronel en su soledad; pero el abuelo reclamó imperiosamente a su nieto, declarando que, si no se lo entregaban, lo desheredaría. El padre cedió, en interés del niño, y, al quedarse sin su hijo, se encariñó con las flores.

Por lo demás, había renunciado a todo; ni andaba revolviendo en nada ni conspiraba. Repartía el pensamiento entre las cosas inocentes que hacía y las grandes cosas que había hecho. Pasaba el tiempo esperando que se abriera un clavel o recordando Austerlitz.

El señor Gillenormand no tenía relación alguna con su yerno. Para él, el coronel era «un bandido»; y él, para el coronel, era «un zote». El señor Gillenormand no mencionaba nunca al coronel a no ser, a veces, para hacer alusiones burlonas a «su baronía». Estaba acordado de forma expresa que Pontmercy no intentaría nunca ver a su hijo ni hablarle, so pena de que se lo devolviera tras expulsarlo de su casa y desheredarlo. Para los Gillenormand, Pontmercy era un apestado. Querían educar al niño como les pareciera. Es posible que el coronel se equivocase al aceptar esas condiciones, pero las soportó, pensando que hacía lo mejor y que sólo se sacrificaba él. La herencia de Gillenormand era poca cosa, pero la herencia de la señorita Gillenormand, la hermana mayor, era considerable. Aquella tía que se había quedado soltera era muy rica por parte de madre, y el hijo de su hermana era su heredero natural.

El niño, que se llamaba Marius, sabía que tenía un padre, pero nada más. Nadie le habló nunca de él. No obstante, en la vida social a la que lo llevaba su abuelo, los cuchicheos, las palabras a medias y los guiños acabaron por llegar, a la larga, a la mente del niño y éste acabó por entender algunas cosas; y como adoptaba, por algo parecido a una infiltración y un embebecimiento despacioso, las ideas y las opiniones que eran, por decirlo así, el ambiente que respiraba, acabó, poco a poco, por no pensar en su padre sino avergonzado y con el corazón oprimido.

Mientras crecía así, cada dos o tres meses el coronel hacía una escapada, viajaba furtivamente a París, como un preso que quebranta el destierro e iba a apostarse en Saint-Sulpice a la hora en que la tía llevaba a misa a Marius. Allí, temblando al pensar que la tía podía volverse, escondido detrás de un pilar, inmóvil, sin atreverse a respirar, miraba a su hijo. Ese hombre de la cara acuchillada le tenía miedo a esa solterona.

De esa misma circunstancia había nacido su relación con el párroco de Vernon, el padre Mabeuf.

Aquel digno sacerdote tenía un hermano mayordomo en Saint-Sulpice, quien se fijó varias veces en aquel hombre que miraba a su hijo, en la cicatriz que tenía en la mejilla y las gruesas lágrimas que tenía en los ojos. Aquel hombre que era tan hombre y lloraba como una mujer le llamó la atención al mayordomo. Se le quedó grabada la cara. Un día, fue a Vernon a ver a su hermano, coincidió en el puente con el coronel

Pontmercy y reconoció al hombre de Saint-Sulpice. El mayordomo se lo contó al párroco y ambos, con un pretexto cualquiera, fueron a hacerle una visita al coronel. Tras esa visita, vinieron otras. El coronel, muy reservado al principio, acabó por explayarse, y el párroco y el mayordomo se enteraron a la postre de toda la historia y de cómo Pontmercy sacrificaba su dicha al porvenir de su hijo. Ello inspiró al párroco mucha veneración y mucho afecto; y el coronel, por su parte, le cobró afecto al párroco. Además, cuando quiere la casualidad que ambos sean sinceros y buenos, no hay nadie que se comprenda y se amalgame mejor que un sacerdote viejo y un soldado viejo. En el fondo, se trata del mismo hombre. Uno se ha entregado a la patria de abajo y el otro a la patria de arriba; es la única diferencia.

Dos veces al año, el 1 de enero y el día de san Jorge, Marius escribía a su padre cartas de compromiso que le dictaba su tía y que parecían sacadas de algún manual; era cuanto consentía el señor Gillenormand; y el padre contestaba con cartas rebosantes de cariño que el abuelo se metía en el bolsillo sin leerlas.

III
REQUIESCANT

El salón de la señora de T. era cuanto conocía Marius Pontmercy de la vida en sociedad. Era la única abertura por la que podía mirar la existencia. Esa abertura era sombría y por ese tragaluz le llegaba más frío que calor y más oscuridad que claridad. Aquel niño, que no era sino alegría y luz cuando llegó a aquel mundo extraño, se volvió triste en poco tiempo y, lo que es aún más opuesto a esa edad, serio. Rodeado de todas aquellas personas que imponían tanto y eran tan singulares, miraba a su alrededor con un asombro circunspecto. Todo contribuía a que aquella estupefacción fuera a más. Había en el salón de la señora de T. damas nobles y ricas, muy venerables, que se llamaban Mathan, Noé y Lévis, que se pronunciaba Lévi, y Cambis, que se pronunciaba Cambyse.

Esos rostros antiguos y esos apellidos bíblicos se le mezclaban al niño con el Antiguo Testamento que se aprendía de memoria, y, cuando estaban todas sentadas en corro alrededor de un fuego agonizante y las iluminaba apenas una lámpara velada de verde, con aquellos perfiles severos, aquel pelo gris o blanco, aquellos vestidos tan largos y de otra época, de los que sólo se veían los colores lúgubres, diciendo muy de vez en cuando palabras a un tiempo majestuosas y hoscas, Marius las miraba con ojos asustados y le parecía que estaba viendo no mujeres, sino patriarcas y magos, no seres reales, sino fantasmas.

Con esos fantasmas se mezclaban varios   sacerdotes,   visitantes habituales de aquel salón viejo, y unos cuantos caballeros nobles; el marqués de Sassenaye, secretario al servicio de la señora de Berry; el vizconde de Valory, que publicaba con el pseudónimo Charles-Antoine odas monorrimas; el príncipe de Beauffremont, que, aunque era bastante joven, tenía el pelo gris y una mujer bonita e ingeniosa cuyos vestidos de terciopelo escarlata con bordados de oro espantaban aquellas tinieblas; el marqués de Coriolis d'Espinouse, el hombre que más sabía en Francia de «cortesía proporcional»; el conde de Amendre, de barbilla benévola, y el señor de Port-de-Guy, puntal de la biblioteca del Louvre, llamada el gabinete del rey. El señor de Port-de-Guy, calvo y más envejecido que viejo, refería que, en 1793, a los dieciséis años, lo mandaron a presidio por insumiso; iba aherrojado con un octogenario, el obispo de Mirepoix, también insumiso, pero en su calidad de sacerdote, mientras que él lo era como soldado. Era en Tolón. Su cometido era ir por las noches a recoger al cadalso las cabezas y los cuerpos de los guillotinados del día anterior; se llevaban, cargados a la espalda, aquellos cuerpos ensangrentados y tenían en la nuca, en los blusones rojos de presidiarios, una costra de sangre que estaba seca por la mañana y húmeda por la noche. Esos relatos trágicos abundaban en el salón de la señora de T.; a fuerza de maldecir a Marat, acababan por aplaudir a Trestaillon. Unos cuantos diputados de la «cámara inencontrable» jugaban al whist: los señores Thibord du Chalard, Lemarchant de Gomicourt y el célebre burlón de la derecha, el señor Cornet-Dincourt. El juez ordinario de Ferrette, de calzón corto y pantorrillas flacas, pasaba a veces por aquel salón de camino hacia el del señor de Talleyrand. Había sido compañero de francachelas del señor conde de Artois y, a la inversa que Aristóteles haciendo de caballo para Campaspe, puso a cuatro patas a la Guimard y enseñó así a las edades cómo venga un juez a un filósofo.

En cuanto a los sacerdotes, estaban el padre Halma, ese mismo a quien decía el señor Larose, colaborador suyo en La Foudre: ¡Bah! ¿Y quién no tiene cincuenta años? ¡Unos cuantos lechuguinos, si a mano viene!; el padre Letourneur, predicador del rey; el padre Frayssinous, que no era todavía ni conde ni obispo, ni ministro, ni miembro de la Cámara Alta, y llevaba una sotana vieja a la que le faltaban botones, y el padre Keravenant, párroco de Saint-Germain-des-Pres; y también el nuncio del papa, que, a la sazón, era monseñor Macchi, arzobispo de Nisibi, que fue, más adelante, cardenal y tenía una notable nariz, larga y meditabunda; y otro monseñor al que llamaban abbate Palmieri, prelado doméstico, uno de los siete protonotarios apostólicos de la Santa Sede, canónigo de la insigne basílica liberiana, postulador de la causa de los santos, postulatore di santi, cargo que tiene que ver con los asuntos de canonización y quiere decir, más o menos, letrado del Tribunal de Cuentas del Paraíso; y, finalmente, dos cardenales, De La Luzerne y De Clermont-Tonnerre. El cardenal de La Luzerne era escritor y tuvo el honor, pocos años después, de firmar artículos en Le Conservateur codo con codo con Chateaubriand; el cardenal de Clermont-Tonnerre era arzobispo de Toulouse y solía pasar temporadas en París en casa de su sobrino, el marqués de Tonnerre, que fue ministro de Marina y de la Guerra. El cardenal de Clermont-Tonnerre era un anciano menudo y alegre que se remangaba la sotana y enseñaba las medias rojas; su especialidad era aborrecer la Enciclopedia y jugar apasionadamente al billar, y quienes pasaban en las tardes de verano por la calle de Madame, donde estaba entonces el palacete de Clermont-Tonnerre, se paraban para oír entrechocarse las bolas y la voz chillona del cardenal que le decía a voces a su conclavista, monseñor Cottret, obispo in partibus de Caryste: Carambola, cura; apunta.

Al cardenal de Clermont-Tonnerre lo presentó en casa de la señora de T. su amigo más íntimo, monseñor Roquelaure, que había sido obispo de Senlis y uno de los cuarenta. Monseñor Roquelaure destacaba por su elevada estatura y su asidua asistencia a la Academia. Por la puerta acristalada de la sala contigua a la biblioteca, donde celebraba las sesiones por entonces la Academia Francesa, los curiosos podían todos los jueves contemplar al antiguo obispo de Senlis, las más de las veces de pie, con el pelo recién empolvado y medias de color violeta, dándole la espalda a la puerta seguramente para que se le viera mejor el cuello de clérigo. Todos esos eclesiásticos, aunque fueran la mayoría tan cortesanos como hombres de iglesia, daban mayor seriedad aún al salón de T., cuyo aspecto señorial se incrementaba más todavía con la presencia de cinco pares de Francia: el marqués de Vibraye, el marqués de Talaru, el marqués de Herbouville, el vizconde Dambray y el duque de Valentinois. Dicho duque de Valentinois, aunque príncipe de Mónaco, es decir, príncipe soberano de un país extranjero, tenía una idea tan alta de Francia y de la condición de par que todo lo veía a través de ese prisma. Suya era esta frase: Los cardenales son los pares de Francia de Roma; los lores son los pares de Francia de Inglaterra. Por lo demás, puesto que en el presente siglo la revolución no puede por menos de estar en todas partes, en ese salón feudal mandaba un burgués, el señor de Gillenormand, y en él reinaba.

En esto residía la esencia y la quintaesencia de la sociedad parisina de la facción blanca. Las reputaciones pasaban por una cuarentena, incluso las de los monárquicos. Siempre hay anarquía en las reputaciones. Si hubiera llegado Chateaubriand, habría causado la misma impresión que el padre Duchêne. No obstante, se toleraba en aquel ambiente ortodoxo la presencia de algunos que se habían sumado a la causa. Al conde Beugnot lo recibían vigilando que se hubiera enmendado.

Los salones «nobles» de hoy en día han dejado de parecerse a aquéllos. El barrio de Saint-Germain actual huele a herejía. Los monárquicos actuales son unos demagogos, y lo decimos como elogio.

En casa de la señora de T., como los asistentes eran de una categoría superior, la norma era un gusto exquisito y altanero y lo más selecto en cuestiones de urbanidad. Había en sus costumbres todo tipo de refinamientos involuntarios que eran del más puro estilo del antiguo régimen, enterrado, pero vivo. Algunas de esas costumbres, sobre todo en la forma de hablar, resultaban extrañas. Personas entendidas, pero de forma superficial, habrían tomado por provinciano lo que no era sino vetusto. A una de las señoras la llamaban señora generala. No era inusual que hubiera alguna señora coronela. La encantadora señora de Léon, en recuerdo seguramente de las señoras de Longueville y de Chevreuse, prefería ese apelativo a su título de princesa. La marquesa de Créquy también había sido señora coronela.

Fue ese reducido grupo de alta sociedad el que inventó, en Les Tuileries, el refinamiento de decir siempre, al hablarle al rey en la intimidad, el rey y usar la tercera persona; y nunca Su Majestad, porque el tratamiento Su Majestad lo había «mancillado el usurpador».

Se emitían allí juicios sobre los hechos y los hombres. Se burlaban de la época, lo cual dispensaba de entenderla. Colaboraban en el asombro. Se comunicaban las luces que tenían. Matusalén informaba a Epiménides. El sordo ponía al tanto al ciego. Decidían que no había existido el tiempo transcurrido a partir de Coblenza. De la misma forma que Luis XVIII, por la gracia de Dios, estaba en el vigésimo quinto año de su reinado, los emigrados estaban, de derecho, en el vigésimo quinto año de su adolescencia.

Todo era armonioso; nada estaba excesivamente vivo; la palabra era apenas un soplo; el periódico, a juego con el salón, parecía un papiro. Había jóvenes, pero estaban un poco muertos. En el recibimiento, las libreas eran un tanto antañonas. A aquellas personas, tan del pasado, las servían unos criados por el mismo estilo. Daba la impresión de que todo había vivido hacía mucho y se empecinaba en no entrar en el sepulcro. Conservar, Conservación, Conservador: en eso consistía casi todo el diccionario. La buena reputación era como el olor a santidad, y de eso se trataba. Había, por supuesto, plantas aromáticas en las opiniones de aquellos grupos venerables, y las ideas les olían a vetiver. Era un mundo momificado. Los señores estaban embalsamados; y los criados, disecados.

Una marquesa vieja, emigrada y arruinada, que ya sólo tenía una criada, seguía diciendo: El servicio.

¿A qué se dedicaban en el salón de la señora de T.? A ser ultras.

Ser ultra: aunque lo que representa esa expresión es posible que no haya desaparecido, la palabra «ultra» no quiere hoy decir nada ya. Vamos a explicarla.

Ser ultra es ir más allá. Es atacar el cetro en nombre del trono y la mitra en nombre del altar; es maltratar además de denigrar; es protestar por todo; es mirar de cerca la hoguera no vaya a ser que se tuesten poco los herejes; es reprocharle al ídolo que sea poco idólatra; es insultar por exceso de respeto; es opinar que el papa es poco papista, el rey poco monárquico y la oscuridad demasiado luminosa; es criticar el alabastro, la nieve, el cisne y la azucena en nombre de la blancura; es ser tan partidario de las cosas que acabas por ser enemigo de ellas; es estar tan a favor de algo que, en realidad, estás en contra. Este espíritu ultra es lo más característico de la primera etapa de la Restauración.

Nunca hubo en la historia nada igual a ese cuarto de hora que empieza en 1814 y concluye allá por 1820, cuando llega el señor de Villele, el hombre práctico de la derecha. Esos seis años fueron un momento extraordinario; a la vez brillante y apagado, risueño y sombrío, iluminado como por el resplandor del alba y al mismo tiempo encapotado con las tinieblas de las grandes catástrofes, que aún colmaban el horizonte y se hundían despacio en el pasado. Hubo, en aquella luz y aquella sombra, personas que formaban un mundo nuevo y viejo, cómico y triste, juvenil y senil y que se restregaban los ojos; nada se parece tanto al despertar como el regreso; un grupo que miraba a Francia con enfado y al que Francia miraba con ironía; las calles llenas de marqueses como búhos viejos; los reaparecidos y los aparecidos; los «ex nobles» a los que todo asombra, nobles cándidos que sonríen por verse en Francia y lloran también, encantados de volver a ver su patria y desesperados de no ver en ella a su monarquía; la nobleza de las cruzadas escarneciendo a la nobleza del Imperio, es decir, a la nobleza de la espada; las razas históricas perdiendo el sentido de la historia; los hijos de los compañeros de Carlomagno desdeñando a los compañeros de Napoleón.

Como acabamos de decir, las espadas se insultaban mutuamente; la espada de Fontenay daba risa y no era sino un montón de orín; la espada de Marengo era odiosa y no era sino un sable. El Antaño se negaba a saber del Hoy. Se había perdido el sentimiento de qué era grande y el sentimiento de qué era ridículo. Hubo quien llamó a Bonaparte Scapin. Ese mundo ha dejado de existir. Repitámoslo: ya no queda nada. Cuando sacamos de él por casualidad a algún personaje e intentamos hacerlo vivir de nuevo con el pensamiento, nos parece tan extraño como un mundo antediluviano. Y es que, efectivamente, también a él se lo tragó un diluvio. Desapareció, lo arrollaron dos revoluciones. ¡Qué olas tan altas son las ideas! ¡Con qué velocidad cubren todo cuanto tienen por misión destruir y sepultar y qué poco tardan en excavar profundidades espantosas!

Así eran los salones de aquellos tiempos lejanos y candorosos en que el señor de Martainville parecía más ingenioso que Voltaire.

Aquellos salones tenían una literatura y una política propias. Creían en Fiévée. Todos se inclinaban ante las opiniones del señor Agier. Hablaban del señor Colnet, el publicista y librero de viejo del muelle Malaquais. Napoleón era el Ogro de Córcega tajantemente. Pasado algún tiempo, la introducción en la historia del señor marqués de Buonaparté, teniente general de los ejércitos del rey, fue una concesión al espíritu de la época.

Aquellos salones no conservaron la pureza mucho tiempo. Ya desde 1818 empezaron a aflorar en ellos unos cuantos doctrinarios: inquietante matiz. Su estilo consistía en ser monárquicos y disculparse por serlo. En esos puntos de que los ultras estaban muy orgullosos, estos otros se sentían un tanto avergonzados. Tenían ingenio; tenían silencio; su dogma político iba oportunamente almidonado de altanería: no podían por menos de triunfar. Usaban excesivamente, aunque con provecho, la corbata blanca y el frac abrochado. El error, o la mala suerte, del partido doctrinario fue que crió una juventud vieja. Adoptaban poses de sabios. Soñaban con injertar en los principios absolutos y excesivos un poder moderado. Oponían, y a veces con inteligencia infrecuente, el liberalismo conservador al liberalismo demoledor. Se los oía decir: «¡Tengamos consideración con las doctrinas monárquicas! Han prestado más de un servicio. Nos devolvieron la tradición, el culto, la religión, el respeto. Son fieles, valientes, caballerescas, afables, abnegadas. Suman, mal que les pese, a las nuevas grandezas de la nación las grandezas seculares de la monarquía. Cometen el error de no entender la Revolución, el Imperio, la gloria, la libertad, las ideas jóvenes, las generaciones jóvenes, este siglo. Pero ese agravio que nos hacen, ¿no se lo hacemos a veces nosotros? La Revolución, cuyos herederos somos, tiene que entenderlo todo. Ir en contra de las doctrinas monárquicas, ése es el contrasentido del liberalismo. ¡Qué error! ¡Y qué ceguera!

La Francia revolucionaria le falta al respeto a la Francia histórica, es decir, a su madre, es decir, a sí misma. Después del 5 de septiembre, se está tratando a la nobleza de la monarquía igual que después del 8 de julio se trató a la nobleza del Imperio. Fueron injustos con el águila, y nosotros somos injustos con la flor de lis. ¿Es que siempre hay que andar proscribiendo algo? ¿Qué salimos ganando con quitarle el oro de la corona a Luis XIV y raspar el escudo de armas de Enrique IV? Nos burlamos del señor de Vaublanc, que borraba las N del puente de Iéna. ¿Qué hacía? Lo mismo que estamos haciendo nosotros. Bouvines es tan nuestra como Marengo. Las flores de lis son tan nuestras como las N. Es nuestro patrimonio. Para qué mermarlo. No hay que renegar ni de la patria pasada ni de la patria presente.

¿Por qué no aceptar la historia completa? ¿Por qué no querer a Francia completa?».

Así es como los doctrinarios criticaban y amparaban las teorías monárquicas, a las que enfadaba que las criticasen y enrabietaba que las amparasen.

Los ultras marcaron la primera época de los monárquicos; la Congregación fue la característica de la segunda. Tras el ardor, vino la maña. Dejemos aquí este esbozo.

Mientras transcurría este relato, al autor del libro se le puso delante ese momento curioso de la historia contemporánea: no le ha quedado más remedio que echarle una ojeada al pasar y recordar algunas de las líneas singulares de aquella sociedad hoy desconocida. Pero lo hace deprisa y sin amargura o irrisión algunas. Recuerdos cariñosos y respetuosos le hacen sentir apego por ese pasado, pues tienen que ver con su madre. Por lo demás, hemos de decir que incluso aquel mundo tan limitado tenía su grandeza. Podemos sonreír al pensar en él, pero no despreciarlo ni aborrecerlo. Era la Francia de antaño.

Marius hizo unos estudios de lo más corriente, como todos los niños. Cuando salió de las manos de su tía, la señorita Gillenormand, su abuelo se lo entregó a un digno profesor de impoluta inocencia clásica. Aquella alma joven, que se estaba abriendo, pasó de una mojigata a un patán. Marius fue luego al preceptivo internado e ingresó después en la Facultad de Derecho. Era monárquico, fanático y austero. Quería muy poco a su abuelo, cuyo buen humor y cuyo cinismo lo herían; y pensaba en su padre con talante sombrío.

Era, por lo demás, un muchacho apasionado y frío, noble, generoso, orgulloso, religioso y exaltado; digno hasta la dureza; puro hasta la ferocidad.

IV
LA MUERTE DEL BANDIDO

Marius concluyó sus estudios clásicos al tiempo que el señor Gillenormand se retiraba de la vida social. El anciano se despidió del barrio de Saint-Germain y del salón de la señora de T. y se fue a vivir a Le Marais, a su casa de la calle de Les Filles-du-Calvaire. Tenía allí, a su servicio, además del conserje, a aquella doncella, Nicolette, que había ocupado el puesto de la Magnon, y a aquel Basque jadeante y asmático de los que hemos hablado antes.

En 1827 acababa Marius de cumplir los diecisiete años. Una noche, al volver a casa, vio a su abuelo con una carta en la mano.

—Marius —dijo el señor Gillenormand—, saldrás mañana para Vernon.

—¿Para qué? —dijo Marius.

—Para ver a tu padre.

Marius se estremeció. Había pensado en todo menos en eso: en que pudiera ocurrir que un día fuese a ver a su padre. Nada podía resultarle ni más inesperado, ni más sorprendente ni, digámoslo, más desagradable. Era el distanciamiento forzado a la reconciliación. No, no era un disgusto; era una obligación ingrata.

Marius, además de sus motivos de antipatía política, estaba convencido de que su padre, el soldadote, como lo llamaba el señor Gillenormand cuando estaba de buenas, no lo quería; estaba claro, puesto que lo había abandonado de aquella manera y se lo había entregado a otras personas. Como no se sentía querido, no quería. Así de sencillo, se decía.

Se quedó tan estupefacto que no le preguntó nada al señor Gillenormand. El abuelo añadió:

—Por lo visto está enfermo. Quiere verte. Y, tras un silencio, añadió:

—Vete mañana por la mañana. Creo que hay en La Cour des Fontaines un coche que sale a las seis y llega a última hora de la tarde. Cógelo. Dice que corre prisa.

Luego, arrugó la carta y se la metió en el bolsillo. Marius habría podido salir esa misma noche y estar junto a su padre a la mañana siguiente. Una diligencia de la calle de Le Bouloi hacía, por entonces, el viaje hasta Ruán de noche y pasaba por Vernon. Ni al señor Gillenormand ni a Marius se les ocurrió buscar información.

Al día siguiente, al caer la noche, llegó Marius a Vernon. Empezaban a encenderse las velas. Preguntó al primero que pasó por la casa del señor

Pontmercy. Porque coincidía con las opiniones de la Restauración y tampoco él admitía que su padre fuera barón ni coronel.

Le indicaron la vivienda. Llamó a la puerta. Vino a abrirle una mujer con una lamparita en la mano.

—¿El señor Pontmercy? —dijo Marius. La mujer no se movió.

—¿Es aquí? —preguntó Marius. La mujer asintió con la cabeza.

—¿Podría hablar con él? La mujer negó con el gesto.

—Pero si soy su hijo. Me está esperando —dijo Marius.

—Ya no lo espera —contestó la mujer.

Entonces Marius se dio cuenta de que estaba llorando.

La mujer le indicó con el dedo la puerta de una sala de la planta baja. Entró.

En aquella sala, que iluminaba una vela de sebo colocada encima de la chimenea, había tres hombres, uno de pie, otro de rodillas y otro que estaba en el suelo, en camisón, tendido cuan largo era en las baldosas. El que estaba en el suelo era el coronel.

Los otros dos eran un médico y un sacerdote, que estaba rezando.

El coronel llevaba tres días con una fiebre cerebral. Al principio de la enfermedad, tuvo un mal presentimiento y escribió al señor Gillenormand para pedir que fuera su hijo. Se puso peor. Esa misma noche en que llegaba Marius a Vernon, el coronel tuvo un ataque de delirio; se levantó de la cama, aunque la criada quiso impedírselo, gritando: «¡Mi hijo no llega!

¡Voy a su encuentro!». Luego salió de su cuarto y se desplomó en las baldosas del recibidor. Acababa de morir.

Llamaron al médico y al párroco. El médico llegó demasiado tarde, el párroco llegó demasiado tarde. También el hijo había llegado demasiado tarde.

A la luz crepuscular de la vela, se le veía en la mejilla al coronel yaciente y pálido una gruesa lágrima que le había brotado del ojo muerto. La mirada estaba apagada, pero la lágrima no se había secado. Esa lágrima era el retraso de su hijo.

Marius miró a aquel hombre a quien veía por primera y última vez, aquel rostro venerable y viril, aquellos ojos abiertos que no veían, aquel pelo blanco, aquellos miembros robustos en los que se divisaban, acá y allá, rayas pardas que eran sablazos y algo así como unas estrellas rojas que eran agujeros de balas. Se quedó mirando la cuchillada enorme que estampaba el heroísmo en aquel rostro en que Dios había estampado la bondad. Pensó que aquel hombre era su padre y que aquel hombre había muerto; y se quedó frío.

La tristeza que sintió fue la tristeza que habría sentido ante cualquier hombre al que hubiese visto yacer muerto.

Reinaba en la habitación un duelo desgarrador. La criada se lamentaba en un rincón, el párroco lloraba y se oían los sollozos, el médico se secaba los ojos; el propio cadáver lloraba.

Aquel médico, aquel sacerdote y aquella mujer miraban a Marius, entre su aflicción, sin decir palabra; el forastero era él. A Marius, tan poco conmovido, le entró vergüenza y embarazo por esa actitud suya; tenía el sombrero en la mano, lo dejó caer al suelo para que pensasen que el dolor lo dejaba sin fuerzas para sujetarlo.

Al tiempo notaba algo así como remordimiento y se despreciaba por aquella forma de comportarse. Pero ¿qué culpa tenía él? No quería a su padre, ¡qué le iba a hacer!

El coronel no dejaba nada. La venta de los muebles apenas si llegó para pagar el entierro. La criada encontró un trozo de papel y se lo dio a Marius. Ponía en él, de puño y letra del coronel, lo siguiente:

«Para mi hijo. El emperador me hizo barón en el campo de batalla de Waterloo. Puesto que la Restauración no me reconoce ese título, que pagué con mi sangre, mi hijo debe tomarlo y llevarlo. Ni que decir tiene que será digno de él».

Por la parte de atrás, el coronel había añadido:

«En esa misma batalla de Waterloo un sargento me salvó la vida. Ese hombre se llamaba Thénardier. En estos últimos tiempos, creo que tenía una posada pequeña en los alrededores de París, en Chelles o en Montfermeil. Si mi hijo se encuentra con él, que le haga a Thénardier todo el bien que esté en su mano».

No por devoción por su padre, sino por ese respeto inconcreto a la muerte que es siempre tan imperioso en el corazón del hombre, Marius cogió el papel y se lo guardó.

No quedó nada del coronel. El señor Gillenormand mandó vender a un trapero la espada y el uniforme. Los vecinos arrasaron el jardín y arramblaron con las flores exóticas. Las demás plantas se volvieron zarzas y matojos.

Marius sólo estuvo cuarenta y ocho horas en Vernon. Después del entierro volvió a París y a sus estudios de derecho, sin volver a acordarse de su padre, como si nunca hubiera existido. Bastaron dos días para enterrar al coronel y tres para olvidarlo.

Marius llevaba un crespón en el sombrero. Y nada más.

DE LA UTILIDAD DE IR A MISA PARA HACERSE REVOLUCIONARIO

Marius conservaba las costumbres piadosas de la infancia. Un domingo fue a oír misa a Saint-Sulpice, a esa misma capilla de la Virgen donde lo llevaba su tía de pequeño. Como aquel día estaba más distraído y soñador de lo que solía, se puso detrás de un pilar y se arrodilló, sin pararse a pensar, en un reclinatorio de terciopelo de Utrecht en cuyo respaldo ponía: Señor Mabeuf, mayordomo. Nada más empezar la misa, apareció un anciano y le dijo a Marius:

—Este sitio es mío, caballero.

Marius se apresuró a levantarse y el anciano recuperó su reclinatorio.

Al acabar la misa, Marius seguía ensimismado a pocos pasos; el anciano se le volvió a acercar y le dijo:

—Le pido perdón, caballero, por haberlo molestado hace un rato y molestarlo ahora otra vez; pero he debido de parecerle importuno y tengo que darle una explicación.

—Caballero —dijo Marius—, no es necesario.

—¡Sí que lo es! —siguió diciendo el anciano—. No quiero que tenga mala opinión de mí. Mire usted, le tengo mucho apego a este sitio, Me da la impresión de que desde aquí la misa es mejor. ¿Por qué? Se lo voy a decir. A este sitio vi acudir durante diez años, cada dos o tres meses sin falta, a un pobre padre que no tenía más oportunidad ni más forma de ver a su hijo porque se lo impedían debido a unos arreglos de familia. Venía a la hora en que sabía que traían a su hijo a misa. El niño no sospechaba que su padre estaba allí. ¡A lo mejor ni sabía el infeliz inocente que tenía padre! El padre se quedaba detrás de un pilar para que no lo vieran. Miraba a su hijo y lloraba. ¡Aquel pobre hombre idolatraba a ese niño! Es algo que vi con mis propios ojos. Este sitio se volvió para mí un lugar santificado y he tomado la costumbre de venir aquí a oír misa. Lo prefiero al banco de fábrica donde me corresponde un sitio como mayordomo que soy. Conocí algo incluso a ese pobre señor. Tenía un suegro, una tía rica, parientes, no lo sé muy bien, que amenazaban con desheredar al niño si su padre lo veía. Se sacrificó para que su hijo fuera un día rico y feliz. Lo separaban de él por opiniones políticas. A mí, desde luego, me parecen bien las opiniones políticas, pero hay personas que no saben poner límites. ¡Dios mío! Ese hombre no era un monstruo por haber estado en Waterloo; no se separa a un padre de su hijo por una cosa así. Era un coronel de Bonaparte. Me parece que se ha muerto. Vivía en Vernon, donde está mi hermano, que es párroco. Se llamaba algo así como Pontmarie o Montpercy… A fe mía que tenía un buen tajo, un sablazo.

—¿Pontmercy? —preguntó Marius poniéndose pálido.

—Eso mismo. Pontmercy. ¿Lo conoció usted?

—Caballero —dijo Marius—, era mi padre.

El anciano mayordomo juntó las manos y exclamó:

—¡Ah, es usted el niño aquel! Sí, claro, ya tiene que ser un hombre. Pues, ¿sabe, mi pobre niño?, bien puede decir que tuvo un padre que lo quiso muchísimo.

Marius le ofreció el brazo al anciano y lo acompañó a su casa. Al día siguiente, le dijo al señor Gillenormand:

—Unos amigos y yo hemos organizado una cacería. ¿Me permite que esté fuera tres días?

—Y cuatro —contestó el abuelo—. Ve y pásalo bien. Y, guiñando un ojo, le dijo a su hija por lo bajo:

—¡Algún amorío!

VI
LO QUE PASA CUANDO SE CONOCE AL MAYORDOMO DE UNA IGLESIA

Adónde fue Marius lo veremos dentro de un rato.

Marius estuvo tres días fuera y, luego, regresó a París, se fue directamente a la biblioteca de la Facultad de Derecho y pidió la colección de Le Moniteur.

Leyó Le Moniteur, leyó todas las historias de la República y del Imperio, el Memorial de Santa Elena, todos los demás memoriales, los periódicos, los boletines, las proclamas; se lo leyó todo ansiosamente. La primera vez que se encontró con el nombre de su padre en los boletines del Gran Ejército estuvo con fiebre una semana entera. Fue a visitar a los generales a cuyas órdenes había servido Georges Pontmercy, entre otros el conde H. El mayordomo Mabeuf, a quien fue a ver, le contó la vida en Vernon, el retiro del coronel, sus flores, su soledad. Marius llegó a conocer a fondo a aquel hombre, que era de los que no hay muchos, aquel hombre sublime y dulce, aquella especie de león-cordero que había sido su padre.

No obstante, consagrado a ese estudio, que le ocupaba todos los instantes y todos los pensamientos, ya casi no veía a los Gillenormand. Aparecía a las horas de las comidas; luego, cuando lo buscaban, ya se había ido. La tía refunfuñaba. Gillenormand sonreía: «¡Bah! ¡Bah! ¡Está en la época de las chiquillas!». A veces, el anciano añadía: «¡Diablos! Yo creía que era una aventurilla; por lo visto, es una pasión».

Era una pasión, efectivamente. Marius estaba idolatrando a su padre.

Al tiempo, le cambiaban de forma extraordinaria las ideas. Las etapas de ese cambio fueron muchas y consecutivas. Como ésta es la historia de muchas mentes de nuestro tiempo, nos parece útil ir siguiendo esas etapas paso a paso y dejar constancia de todas.

La historia en la que acababa de poner la vista lo asombraba y lo desconcertaba.

El primer efecto fue el deslumbramiento.

La República y el Imperio no habían sido hasta entonces para él más que palabras monstruosas. La República, una guillotina en una luz crepuscular; el Imperio, un sable en la oscuridad de la noche. Acababa de mirarlos de cerca y donde esperaba no encontrar sino un caos de tinieblas, vio, con una especie de sorpresa inaudita entremezclada con temor y alegría, brillar unos astros, Mirabeau, Vergniaud, Saint-Just, Robespierre, Camille Desmoulins, Danton, y amanecer un sol: Napoleón. No sabía en qué punto estaba. Retrocedía, al cegarlo tantos resplandores. Poco a poco se le fue pasando el asombro y se acostumbró a esos rayos de luz, miró las acciones sin vértigo, examinó a los personajes sin temor; la Revolución y el Imperio se le aparecieron, con perspectiva luminosa, ante las pupilas visionarias; vio esos dos grupos de acontecimientos y de hombres resumirse en dos hechos gigantescos: la República, en la soberanía del derecho cívico devuelto a las masas; el Imperio, en la soberanía de la idea francesa impuesta a Europa; vio surgir de la Revolución la inmensa figura del pueblo; y del Imperio, la inmensa figura de Francia. Y se dijo en conciencia que todo aquello había sido bueno.

Lo que su deslumbramiento descuidaba en esa primera apreciación, excesivamente sintética, no nos parece necesario indicarlo aquí. Estamos dejando constancia del estado de una mente en marcha. Los progresos no se hacen de una vez ni en una única etapa. Dicho esto, de una vez por todas, en lo referido a lo anterior y lo que vendrá a continuación, seguimos adelante.

Marius cayó entonces en la cuenta de que, hasta entonces, no había comprendido a su país, de la misma forma que no había comprendido a su padre. No los había conocido a ninguno de los dos y había tenido, tapándole los ojos, algo así como una oscuridad voluntaria. Ahora veía; y, por un lado, admiraba y, por otro, adoraba.

Rebosaba añoranza y remordimiento, y pensaba con desesperación que todo cuanto tenía en el alma ya sólo se lo podía decir a una tumba.

¡Ay!, si su padre hubiera existido, si aún lo hubiera tenido, si Dios en su compasión y su bondad hubiera permitido que ese padre viviera aún, cómo habría corrido, cómo se habría abalanzado, como le habría gritado a su padre:

«¡Padre! ¡Aquí estoy! ¡Soy yo! ¡Tengo tu mismo corazón! ¡Soy tu hijo!».

¡Cómo le habría besado la cabeza cana, cómo le habría inundado el pelo de lágrimas, cómo habría contemplado la cicatriz y le habría estrechado las manos y habría adorado la ropa que vestía y le habría besado los pies! ¡Ah!

¿Por qué se había muerto ese padre tan pronto, antes de tener edad para ello, antes de que le llegasen la justicia y el amor de su hijo? Marius llevaba en el corazón un sollozo continuo que decía en todo momento: ¡ay! Simultáneamente, se iba volviendo más serio y más sentado, en el auténtico sentido de esas palabras; más seguro de su fe y de su pensamiento. Continuamente acudían resplandores de la verdad a completarle la razón. Iba ocurriendo en él algo semejante a un crecimiento interior. Notaba una especie de engrandecimiento espontáneo que le venía de esas dos cosas nuevas: su padre y su patria.

Como cuando tenemos una llave, todo se abría; Marius se explicaba lo que había odiado; entendía lo que había aborrecido; veía ahora con claridad el sentido providencial, divino y humano de las cosas grandes que le habían enseñado a odiar y de los grandes hombres a quienes le habían enseñado a maldecir. Cuando se acordaba de sus opiniones anteriores, que eran sólo de ayer y que, no obstante, le parecían ya tan antiguas, se indignaba y sonreía.

De la rehabilitación de su padre pasó, con toda naturalidad, a la rehabilitación de Napoleón.

Debemos decir, no obstante, que ésta fue no poco laboriosa.

Desde la infancia, le habían inculcado, acerca de Bonaparte, las opiniones del partido de 1814. Ahora bien, a lo que tendían todos los prejuicios de la Restauración y todos sus intereses era a desfigurar a Napoleón. La Restauración lo aborrecía aún más que a Robespierre. Les sacó partido con bastante habilidad al cansancio de la nación y al odio de las madres. Bonaparte se convirtió en una especie de monstruo casi fabuloso y, para pintárselo a la imaginación del pueblo, que, como ya dijimos antes, se parece a la imaginación de los niños, el partido de 1814 mostró sucesivamente todas las máscaras que podían infundir temor, desde lo terrible que sigue siendo grandioso hasta lo terrible que se vuelve grotesco, desde Tiberio hasta el hombre del saco. De este modo, al nombrar a Bonaparte, había libertad para que todo el mundo o sollozase o soltara el trapo con tal de que el odio fuera la nota básica del acorde. Marius nunca tuvo en la mente —en lo tocante a ese hombre, como lo llamaban— más ideas que ésas. Se habían combinado con la tenacidad propia de su forma de ser. Llevaba en su fuero interno un muchachito tozudo que odiaba a Napoleón.

Al leer la historia, al estudiarla sobre todo en los documentos y los materiales, el velo que cubría a Napoleón ante los ojos de Marius se fue desgarrando poco a poco. Divisó algo inmenso y sospechó que hasta aquel momento había estado equivocado sobre Bonaparte igual que sobre todo lo demás; cada día veía con mayor claridad; y empezó a subir despacio, paso a paso, al principio casi de mala gana, luego embriagado y algo así como atraído por una fascinación irresistible, primero los peldaños oscuros, luego los peldaños iluminados vagamente y, por fin, los peldaños luminosos y espléndidos del entusiasmo.

Una noche, estaba solo en su cuartito, en los altos de la casa. Tenía la vela encendida; leía, acodado en la mesa, junto a la ventana abierta. Desde el espacio le llegaban todo tipo de ensoñaciones y se le entremezclaban con los pensamientos. ¡Qué espectáculo el que brinda la noche! Oímos ruidos sordos sin saber de dónde vienen; vemos cómo Júpiter, que es mil doscientas veces mayor que la Tierra, rutila igual que un ascua; el cielo azul es negro; las estrellas brillan; es algo soberbio.

Leía los boletines del Gran Ejército, esas estrofas heroicas escritas en el campo de batalla; veía en ellos, a intervalos, el nombre de su padre y, continuamente, el nombre del emperador; abarcaba todo el Imperio, inmenso; notaba algo así como una marea que le crecía por dentro e iba subiendo; le parecía a ratos que su padre pasaba junto a él como una ráfaga y le hablaba al oído; poco a poco se notaba fuera de sí; le daba la impresión de que estaba oyendo los tambores, el cañón, las trompetas, el paso cadencioso de los batallones, el galope sordo y lejano de la caballería; a ratos alzaba los ojos al cielo y miraba brillar, en las profundidades sin fondo, las constelaciones colosales; luego volvía a bajarlos al libro y allí veía otras cosas colosales que bullían confusamente. Tenía el corazón oprimido. Estaba exaltado, trémulo, jadeante; de pronto, sin saber qué le estaba pasando ni a qué obedecía, se puso de pie, sacó ambos brazos por la ventana, clavó la mirada en la sombra, en el silencio, en el infinito tenebroso, en la inmensidad eterna, y gritó: «¡Viva el emperador!».

A partir de ese momento, todo quedó dicho ya. El ogro de Córcega, el usurpador, el tirano, el monstruo que era amante de sus hermanas, el histrión discípulo de Talma, el envenenador de Jaffa, el tigre, Buonaparte, todo aquello se desvaneció y cedió el sitio, en la mente de

Marius, a un resplandor inconcreto y cegador donde relucía a alturas inaccesibles el pálido fantasma marmóreo de César. El emperador no había sido para su padre sino el capitán queridísimo a quien se admira y a quien se entrega uno con abnegación; para Marius fue algo más. Fue el edificador predestinado del grupo francés sucesor del grupo romano en el dominio del universo. Fue el prodigioso arquitecto de un hundimiento, el continuador de Carlomagno, de Luis XI, de Enrique IV, de Richelieu, de Luis XIV y del comité de salvación pública, y tuvo, indudablemente, máculas y faltas, y no le faltó un crimen, es decir, fue humano; pero fue augusto en sus faltas, brillante en sus máculas y poderoso en su crimen. Fue el hombre predestinado que obligó a decir a todas las naciones: la gran nación. Y fue más aún; fue la mismísima encarnación de Francia al conquistar Europa con la espada que empuñaba y el mundo con la claridad que de él brotaba. Marius vio en Bonaparte a ese espectro deslumbrante que siempre estará enhiesto en la frontera, guardián del porvenir. Déspota, pero dictador; déspota fruto de una república y compendio de una revolución. Napoleón se convirtió para él en el hombre- pueblo de la misma forma que Jesús es el hombre-Dios.

Como vemos, lo mismo que les sucede a los recién llegados a una religión, su conversión lo embriagaba, caía en la adhesión e iba demasiado lejos; una vez metido en aquella cuesta abajo, casi le resultaba imposible detenerse. Lo invadía el fanatismo hacia la espada, que embarullaba en la mente con el entusiasmo por la idea. No se daba cuenta de que junto con la genialidad, y revuelta con ella, admiraba la fuerza, es decir, que afincaba en los dos apartados de su idolatría por un lado lo divino y por el otro lo brutal. En varios aspectos ahora se estaba equivocando de una manera diferente. Lo aceptaba todo. Existe una forma de llegar al error según se va hacia la verdad. Tenía una especie de buena fe violenta que lo aceptaba todo en bloque. En la nueva vía en que se había internado, tanto al juzgar los errores del antiguo régimen cuanto al valorar la gloria de Napoleón, daba de lado las circunstancias atenuantes.

En cualquier caso, había dado un paso prodigioso. Donde antes viera la caída de la monarquía veía ahora el nacimiento de Francia. Había cambiado de orientación. Lo que fue poniente ahora era levante. Había dado un giro.

Todas aquellas revoluciones le acontecían sin que su familia lo sospechase.

Cuando, en aquel milagroso alumbramiento, perdió por completo la envoltura antigua de partidario de los Borbones y de ultra, cuando se quitó la piel de aristócrata, de jacobita y de monárquico, cuando fue plenamente revolucionario, profundamente demócrata y casi republicano, acudió a un grabador del muelle de Les Orfevres y le encargó cien tarjetas con el siguiente nombre: Barón Marius Pontmercy.

Lo cual no era sino una consecuencia muy lógica del cambio que había ocurrido en él, cambio en que todo gravitaba en torno a su padre. Pero, como no conocía a nadie y no podía ir repartiendo tarjetas por las porterías, se las metió en el bolsillo.

Otra consecuencia lógica, a medida que se acercaba a su padre, a su memoria y a las cosas por las que el coronel había pasado veinticinco años luchando, fue que se alejó de su abuelo. Ya hemos dicho que hacía mucho que la forma de ser de su abuelo no era muy de su agrado. Existían ya entre ellos todas las disonancias que hay entre un joven serio y un anciano frívolo. El buen humor de Geronte escandaliza y exaspera la melancolía de Werther. Mientras compartieron las mismas opiniones políticas y las mismas ideas, en ellas coincidían el señor Gillenormand y Marius como se coincide en un puente. Cuando se desplomó el puente, se abrió el abismo. Y además, y sobre todo, Marius sentía arrebatos de ira indecibles al pensar que había sido el señor Gillenormand, por motivos estúpidos, quien lo había apartado sin compasión del coronel, privando así al padre del hijo y al hijo del padre.

A fuerza de venerar al padre, Marius llegó casi a aborrecer al abuelo. Por lo demás, ya hemos dicho que nada de esto se notaba por fuera.

Sencillamente se comportaba de una forma cada vez más fría; era lacónico en las comidas y se lo veía poco por casa. Cuando su tía se lo reprochaba, era muy manso y alegaba los estudios, las clases, los exámenes, algunas conferencias, etc. Al abuelo no había quien lo moviera de su diagnóstico infalible: «¡Enamorado! Si sabré yo de esas cosas…».

Marius se ausentaba de vez en cuando.

—Pero ¿adónde irá? —preguntaba la tía.

En uno de esos viajes, siempre muy breves, fue a Montfermeil para atender a la indicación que le había dejado su padre y buscó al antiguo sargento de Waterloo, el posadero Thénardier. Thénardier había quebrado, la posada estaba cerrada y nadie sabía qué había sido de él. Para esas investigaciones, Marius faltó de casa cuatro días.

—Desde luego —dijo el abuelo— está hecho un perillán.

A la familia le había parecido notar que llevaba en el pecho y debajo de la camisa algo que le colgaba del cuello con una cinta negra.

VII
ALGÚN ASUNTO DE FALDAS

Hemos mencionado anteriormente a un lancero.

Era el hijo de un sobrino nieto del señor Gillenormand, por la rama paterna, que llevaba una vida castrense, alejado de la familia y de cualquier residencia doméstica. El teniente Théodule Gillenormand cumplía con todos los requisitos para ser eso que llaman un guapo oficial. Tenía una «cinturita primorosa», una forma victoriosa de llevar el sable arrastrando y los bigotes engarfiados. Venía muy poco a París, tan poco que Marius no lo había visto nunca. Ambos primos sólo se conocían de nombre. Théodule era, nos parece que lo hemos dicho ya, el favorito de la señorita Gillenormand, que lo prefería porque no lo trataba. No tratar con la gente permite atribuirle todas las perfecciones.

Una mañana, la señorita Gillenormand se fue a sus aposentos tan conmocionada como se lo consentía su placidez. Marius acababa de pedirle otra vez a su abuelo permiso para hacer un breve viaje, añadiendo que pensaba irse ese mismo día a última hora de la tarde. «¡Adelante!», le había contestado el abuelo; y el señor Gillenormand añadió para su capote enarcando las cejas: «Está hecho un reincidente en eso de dormir fuera de casa». La señorita Gillenormand subió a su cuarto muy intrigada; y soltó por las escaleras esta muestra de admiración: «¡Se dice pronto!», y esta otra de interrogación: «Pero ¿dónde irá?». Intuía alguna aventura sentimental más o menos ilícita, una mujer en la penumbra, una cita, un misterio, y no le habría desagradado meter las gafas en el asunto. Paladear un misterio es algo así como tener la primicia de un lance, cosa que no desagrada a las almas piadosas. Hay en los compartimentos secretos de la beatería cierta curiosidad por el escándalo.

Era, pues, presa del inconcreto apetito de enterarse de algún suceso.

Para distraerse de esa curiosidad que la ponía un tanto nerviosa y la sacaba de sus costumbres, buscó refugio en sus talentos y se puso a hacer festones, hilo de algodón sobre tela de algodón: uno de esos bordados del Imperio y de la Restauración en los que hay muchas ruedas de cabriolé. Bordado mohíno, bordadora huraña. Llevaba varias horas sin moverse de la silla cuando se abrió la puerta. La señorita Gillenormand alzó la cara; tenía delante al teniente Théodule, que le hacía el saludo militar. Soltó un chillido de arrobo. Una será vieja, una será mojigata, una será devota, una será la tía del lancero, pero siempre resulta agradable ver que un lancero entra en el cuarto de una.

—¡Eres tú, Théodule! —exclamó.

—Estoy de paso, tía.

—Pero dame un beso.

—¡Aquí está el beso! —dijo Théodule.

Y la besó. La señorita Gillenormand fue a su secreter y lo abrió.

—Te quedarás toda la semana con nosotros, espero.

—Me voy esta noche, tía.

—¡No puede ser!

—Como dos y dos son cuatro.

—Quédate, Théodule, hijito, por favor.

—El corazón me dice que sí, pero las órdenes me dicen que no. Es una historia muy sencilla. Cambiamos de guarnición; estábamos en Melun y nos mandan a Gaillon. Para ir de la guarnición antigua a la nueva hay que pasar por París. Me he dicho: voy a ver a mi tía.

—Pues toma, por la molestia.

Y le metió en la mano diez luises.

—Querrá decir por mi satisfacción, querida tía.

Théodule la volvió a besar y ella tuvo el gusto de que las alfardillas del uniforme le arañasen un poco el cuello.

—¿Viajas a caballo con tu regimiento? —le preguntó.

—No, tía. Tenía empeño en venir a verla. Me han dado un permiso especial. Mi asistente va con el caballo. Yo viajo en diligencia. Y, por cierto, tengo que preguntarle una cosa.

—¿Qué?

—Mi primo, Marius Pontmercy, ¿también está de viaje?

—¿Cómo lo sabes? —dijo la tía, cuya curiosidad sintió un fuerte prurito.

—Al llegar fui a la diligencia para reservar un asiento en el coche.

—¿Y qué?

—Ya había ido un viajero a reservar un asiento en la imperial. Y vi en la hoja cómo se llamaba.

—¿Y cómo se llamaba?

—Marius Pontmercy.

—¡Será sinvergüenza! —exclamó la tía—. ¡Ay, ese primo tuyo no es un chico formal, como tú! ¡Y pensar que va a pasar la noche en una diligencia!

—Como yo.

—Sí, pero tú lo haces por obligación y él por vicio.

—¡Carape!

Llegados a este punto, le sucedió todo un acontecimiento a la señorita Gillenormand: se le ocurrió una idea. Si hubiera sido hombre, se habría dado una palmada en la frente. Le espetó a Théodule:

—¿Sabes que tu primo no te conoce?

—No, no me conoce. Yo lo he visto; pero él nunca se ha dignado fijarse en mí.

—¿Y vais a viajar juntos?

—Él en la imperial y yo dentro del coche.

—¿Dónde va esa diligencia?

—A Les Andelys.

—¿Y es ahí donde va Marius?

—A menos que, como yo, se quede por el camino. Yo me bajo en Vernon, para coger la correspondencia con Gaillon. Pero no sé nada del itinerario de Marius.

—¡Marius! ¡Qué nombre tan feo! ¿A quién se le ocurrió ponerle Marius? ¡Tú, por lo menos, te llamas Théodule!

—Preferiría llamarme Alfred —dijo el oficial.

—Atiende, Théodule.

—Atiendo, tía.

—Fíjate bien.

—Me fijo.

—¿Me estás escuchando?

—Sí.

—Bueno, pues Marius falta mucho de casa.

—¡Vaya, vaya!

—Viaja.

—¡Mira, mira!

—No viene a dormir.

—¡Toma, toma!

—Y nos gustaría saber qué hay detrás de todo eso. Théodule contestó con la flema de un hombre curtido.

—Algún asunto de faldas.

Y, con esa risita a medias que procede de la certidumbre, añadió:

—Alguna chiquilla.

—Eso está claro —exclamó la tía, a quien le pareció que estaba oyendo al señor Gillenormand y notó que la palabra chiquilla, a la que le ponían el mismo retintín el sobrino nieto y el tío abuelo, le infundía un convencimiento irresistible. Y añadió:

—Danos esa satisfacción: espía un poco a Marius. No te conoce, y te será fácil. Ya que hay una chiquilla, intenta ver a la chiquilla. Y nos cuentas la aventurilla por correo. Al abuelo le resultará muy entretenida.

No le tenía mucha afición que digamos Théodule a esa especie de guardia; pero le habían llegado al alma los diez luises y pensaba que podían tener segunda parte. Aceptó el encargo y dijo: «Como quiera, tía». Y añadió, para sus adentros: «Aquí estoy, convertido en dueña».

La señorita Gillenormand le dio un beso:

—No serías tú, Théodule, quien hiciera calaveradas así. Tú respetas la disciplina y eres esclavo de las órdenes; eres cumplidor escrupuloso del deber y no dejarías a tu familia para irte a ver a una perdida.

El lancero hizo la mueca satisfecha que haría el bandido Cartouche si le elogiasen su probidad.

Marius, la noche siguiente a ese diálogo, subió a la diligencia sin sospechar que llevaba vigilancia. En lo que respecta al vigilante, lo primero que hizo fue quedarse dormido. Fue un sueño absoluto y concienzudo. Argos se pasó la noche roncando.

Amanecía cuando gritó el conductor de la diligencia: «¡Vernon! ¡Posta de Vernon! ¡Viajeros para Vernon!». Y el teniente Théodule se despertó.

—Bueno —masculló, medio dormido aún—. Aquí es donde me bajo.

Luego, al írsele aclarando la memoria gradualmente según se iba despertando, se acordó de su tía, de los diez luises y de la cuenta que se había comprometido a dar de cuanto hiciera Marius. Y le entró la risa.

«A lo mejor no está ya en el coche —pensó mientras se abrochaba la guerrera del uniforme de diario—. Puede haberse quedado en Poissy; puede haberse quedado en Triel; si no se bajó en Meulan, ha podido bajarse en Mantes, a menos que se haya bajado en Rolleboise o que haya llegado hasta Pacy, donde ha tenido la posibilidad de tirar por la izquierda hacia Évreux o, por la derecha, hacia Laroche-Guyon. Échale un galgo, tía. ¿Qué demonios le voy a escribir a la viejecita?

En ese momento apareció en la ventanilla del coche un pantalón negro que bajaba de la imperial.

«¿Será Marius?», dijo el teniente. Era Marius.

Una campesina joven, al pie del coche, mezclándose con los caballos y los postillones, ofrecía flores a los viajeros.

—Caballeros, flores para las señoras —voceaba.

Marius se le acercó y le compró las flores más bonitas del tenderete.

«Ahora sí que me ha entrado curiosidad —dijo Théodule, bajando del coche de un brinco—. ¿A quién demonios le llevará esas flores? Tiene que ser muy guapa la mujer que se merezca un ramo tan hermoso. Quiero verla.

Y, ahora no ya por encargo, sino por curiosidad personal, como esos perros que cazan por su cuenta, siguió a Marius.

Marius no se fijó en Théodule. Bajaban de la diligencia mujeres elegantes; no las miró. Parecía no ver nada de cuanto lo rodeaba.

«Pero ¡qué enamorado está!», pensó Théodule. Marius se encaminó hacia la iglesia.

«Todo encaja —se dijo Théodule—. ¡La iglesia! Eso es. Las citas aliñadas con una pizca de misa son las mejores. No hay nada más delicioso que una mirada con intenciones que se salta a Dios.»

Marius llegó a la iglesia, pero no entró, y dio la vuelta por detrás de la cabecera. Desapareció por la esquina de uno de los contrafuertes del ábside.

«La cita es fuera —dijo Théodule—. Veamos a la chiquilla.» Se acercó de puntillas a la esquina en que había girado Marius. Y, llegado a ese punto, se quedó estupefacto.

Marius, con la frente apoyada en ambas manos, estaba arrodillado en la hierba, junto a una tumba. Había deshojado el ramo. En el extremo de la tumba, en un punto más alto que indicaba la cabecera, había una cruz de madera negra con este nombre en letras blancas: Coronel barón Pontmercy. Se oían los sollozos de Marius.

La chiquilla era una sepultura.

<h1 style="text-align:center">VIII
MÁRMOL CONTRA GRANITO</h1>

Allí era adonde había ido Marius la primera vez que se había ausentado de París. Allí volvía siempre que el señor Gillenormand decía: «No duerme en casa».

El teniente Théodule se quedó completamente desconcertado ante aquel vecindario inesperado de una sepultura; notó una sensación desagradable y singular que era incapaz de analizar y se componía del respeto debido a una tumba y el respeto debido a un coronel. Retrocedió, dejando a Marius a solas en el cementerio, y retrocedió de forma disciplinada. Vio a la muerte con unas charreteras muy anchas y le faltó poco para hacerle el saludo militar. Como no sabía que escribirle a su tía, decidió no escribirle; y es muy probable que el descubrimiento de Théodule acerca de los amores de Marius se hubiera quedado en nada si, por una de esas combinaciones de circunstancias misteriosas, que tanto se dan por casualidad, la escena de Vernon no hubiese tenido casi en el acto en París algo así como una repercusión.

Marius regresó de Vernon el tercer día, muy temprano, se fue a casa de su abuelo y, cansado por haber pasado dos noches en la diligencia y notando la necesidad de reparar el insomnio con una hora en la escuela de natación, subió rápidamente a su cuarto, no se paró más que a quitarse la levita de viaje y el cordón negro que llevaba al cuello y se fue a bañar.

El señor Gillenormand, que había madrugado, como todos los ancianos con buena salud, lo oyó volver y le faltó tiempo para subir, con toda la velocidad que le permitió la vejez de las piernas, las escaleras del sotabanco donde se alojaba Marius para darle un abrazo, y hacerle preguntas mientras se lo daba e intentar averiguar dentro de lo posible de dónde venía.

Pero el adolescente tardó menos en bajar que el octogenario en subir, y cuando Gillenormand entró en la buhardilla, Marius ya no estaba en ella.

La cama no estaba deshecha y encima de la cama se brindaban, confiados, la levita y el cordón negro.

—Mucho mejor —dijo el señor Gillenormand.

Y, momentos después, entraba en el salón donde estaba la señorita Gillenormand bordando ruedas de cabriolé.

La entrada fue triunfal.

El señor Gillenormand llevaba en una mano la levita y en la otra la cinta del cuello e iba voceando:

—¡Victoria! ¡Vamos a aclarar el misterio! ¡Vamos a enterarnos de todo, de punta a cabo, vamos a poder palpar los libertinajes de ese hipocritilla! Aquí tenemos la novela tal cual. ¡Tengo el retrato!

Efectivamente, una caja negra de tafilete, bastante parecida a un medallón, colgaba del cordón.

El anciano cogió la caja y se la quedó mirando un rato sin abrirla, con esa misma expresión de voluptuosidad, de arrobo y de ira de un pobre diablo hambriento que viera cómo le pasa por delante de las narices una cena admirable que no es para él.

—Porque esto tiene que ser un retrato. Ya sé yo cómo son estas cosas. Y se lleva tiernamente cerca del corazón. ¡Serán bobos! ¡Seguramente un adefesio horrible que dará escalofríos! ¡Los jóvenes tienen tan mal gusto ahora!

—Vamos a verlo, padre —dijo la solterona.

La caja se abría apretando un resorte. Sólo encontraron en ella un papel cuidadosamente doblado.

—A mi querido fulanito —dijo el señor Gillenormand, soltando la carcajada—. Ya sé lo que es. ¡Una cartita de amor!

—¡Ay, vamos a leerla! —dijo la tía.

Y se puso las gafas. Desdoblaron el papel y leyeron lo siguiente:

«Para mi hijo. El emperador me hizo barón en el campo de batalla de Waterloo. Puesto que la Restauración no me reconoce ese título, que pagué con mi sangre, mi hijo debe tomarlo y llevarlo. Ni que decir tiene que será digno de él».

Lo que sintieron el padre y la hija es indecible. Se quedaron helados como si los hubiera alcanzado el aliento de una calavera. No cruzaron ni una palabra. Lo único que dijo el señor Gillenormand, en voz baja y como hablando consigo mismo, fue:

—Es la letra del soldadote ese.

La tía examinó el papel, le dio vueltas para todos los lados y lo volvió a meter en la caja.

En ese mismo instante, un paquetito rectangular envuelto en papel azul cayó de un bolsillo de la levita. La señorita Gillenormand lo recogió y le quitó el papel azul. Eran las cien tarjetas de Marius. Le dio una al señor Gillenormand, que leyó: Barón Marius Pontmercy.

El anciano tiró del cordón de la campanilla. Acudió Nicolette. El señor Gillenormand cogió el cordón, la caja y la levita, los tiró al suelo en medio del salón y dijo:

—Llévese estos pingos.

Transcurrió una hora larga en el silencio más hondo. El anciano y la solterona se habían sentado, dándose la espalda, y pensaban, lo mismo seguramente, cada cual por su lado. Transcurrida esa hora, la señorita Gillenormand dijo:

—¡Muy bonito!

Pocos momentos después apareció Marius. Regresaba a casa. Antes incluso de que hubiera cruzado la puerta del salón, vio a su abuelo con una de las tarjetas en la mano; éste, al verlo, exclamó con su aire de superioridad burguesa y sarcástica, que era aplastante:

—¡Vaya, vaya, vaya, vaya, vaya! Así que ahora eres barón. Enhorabuena. ¿Qué quiere decir eso? Marius se ruborizó un poco y dijo:

—Quiere decir que soy hijo de mi padre.

El señor Gillenormand dejó de reírse y dijo con dureza:

—Tu padre soy yo.

—Mi padre —contestó Marius con la mirada baja y expresión seria— era un hombre humilde y heroico que sirvió gloriosamente a la República y a Francia, que fue grande en la historia más grande que jamás hayan hecho los hombres, que vivió un cuarto de siglo vivaqueando, de día entre la metralla y las balas, de noche entre la nieve, el barro y la lluvia, que le quitó al enemigo dos banderas, que recibió veinte heridas y que murió olvidado y abandonado y sólo cometió un error: el de querer demasiado a dos ingratos, a su país y a mí.

Aquello era más de lo que era capaz de oír el señor Gillenormand. Al oír la República, se había puesto de pie o, mejor dicho, se había erguido. Todas y cada una de las palabras que Marius acababa de pronunciar le habían causado en la cara al monárquico anciano el mismo efecto que el soplo del fuelle de una fragua en un tizón encendido. De sombrío había pasado a rojo; de rojo, a púrpura; de púrpura a incendiado.

—¡Marius! —exclamó—. ¡Muchacho abominable! ¡No sé quién era tu padre! ¡No quiero saberlo! ¡No sé nada de él y no sé nada de eso que dices!

¡Pero lo que sí sé es que entre todas esas personas nunca hubo más que miserables! ¡Que fueron todos unos golfos, unos asesinos, unos gorros rojos y unos ladrones! ¡Todos, digo! ¡Todos, digo! ¡No conozco a nadie! ¡Digo que todos! ¿Lo oyes, Marius? ¡Entérate de que eres tan barón como una de mis zapatillas! ¡Eran todos unos bandidos al servicio de Robespierre!

¡Todos unos malhechores al servicio de Bu-o-na-par-te! ¡Todos unos traidores que traicionaron, traicionaron y traicionaron a su rey legítimo!

¡Todos unos cobardes que salieron corriendo delante de los prusianos y los ingleses en Waterloo! Eso es lo que sé. ¡Si su señor padre está en ese lote, lo ignoro, lo lamento, peor para él, y hasta aquí hemos llegado!

Ahora el tizón era Marius, y el fuelle, el señor Gillenormand. A Marius le temblaba todo el cuerpo, no sabía qué hacer, le ardía la cabeza. Era el sacerdote que ve cómo le avientan todas las sagradas formas; el faquir que ve cómo un transeúnte escupe a su ídolo. No era posible que se hubieran dicho impunemente en su presencia cosas tales. Pero ¿qué hacer? Acababan de arrastrar por los suelos y de pisotear a su padre delante de él. Pero ¿quién? Su abuelo. ¿Cómo vengar a uno sin ultrajar al otro? No podía insultar a su abuelo y tampoco podía dejar de vengar a su padre. A un lado, una tumba sagrada; al otro, unas canas. Estuvo unos momentos ebrio y trastabillante, con todo aquel torbellino en la cabeza; luego alzó la vista, miró fijamente a su abuelo y gritó con voz atronadora:

—¡Abajo los Borbones y ese cerdo gordo de Luis XVIII!

Luis XVIII llevaba muerto cuatro años, pero le daba lo mismo.

El anciano pasó de pronto del escarlata a ponerse más blanco que sus canas. Se volvió hacia un busto del duque de Berry, que estaba encima de la chimenea, y le hizo una profunda reverencia con algo así como una majestuosidad singular. Luego fue dos veces, despacio y en silencio, de la chimenea a la ventana y de la ventana a la chimenea, cruzando de punta a punta la habitación y haciendo crujir el parqué como una estatua de piedra en marcha. La segunda vez, se inclinó hacia su hija, que asistía al enfrentamiento con el pasmo de una oveja vieja, y le dijo con una sonrisa casi serena:

—Un barón como el caballero y un burgués como yo no pueden vivir bajo el mismo techo.

Y de repente, irguiéndose lívido, trémulo, tremendo, con el espantoso rayo de la ira ensanchándole la frente, estiró el brazo hacia Marius y le gritó:

—¡Vete!

Marius abandonó la casa.

Al día siguiente, el señor Gillenormand le dijo a su hija:

—Mande cada seis meses seiscientos francos a ese bebedor de sangre y no lo vuelva a mencionar en mi presencia.

Y, como le quedaba por dar salida a muchísima furia y no sabía qué hacer con ella, siguió más de tres meses llamando de usted a su hija.

Marius, por su parte, se fue indignado. Una circunstancia que vamos a referir lo había exasperado aún más. Siempre suceden pequeñas fatalidades así, que envenenan los dramas domésticos. Hacen que los agravios vayan a más aunque, en el fondo, las ofensas sigan siendo las mismas. Al llevar a toda prisa, por orden del abuelo, «los pingos» de Marius a su cuarto, a Nicolette se le cayó, probablemente sin dase cuenta, por las escaleras de la buhardilla, que era oscura, el medallón de tafilete negro donde estaba el papel que había escrito el coronel. Ni el papel ni el medallón aparecieron. Marius se quedó convencido de que «el señor Gillenormand», que es la única forma que tuvo desde ese día de llamar a su abuelo, había arrojado al fuego «el testamento de su padre». Se sabía de memoria las pocas líneas que había escrito el coronel y, por lo tanto, no se había perdido nada. Pero el papel, la letra, aquella reliquia sagrada, todo aquello era su mismísimo corazón. ¿Qué habían hecho con él?

Marius se marchó sin decir dónde iba y sin saber dónde iba, con treinta francos, el reloj y algo de ropa en un bolso de viaje. Se subió a un coche de punto, lo tomó por horas y se fue, al azar, hacia territorio latino.

¿Qué iba a ser de Marius?

LIBRO CUARTO
LOS AMIGOS DEL A B C

I
UN GRUPO QUE ESTUVO A PUNTO DE CONVERTIRSE EN HISTÓRICO

En aquella época, indiferente en apariencia, corría más o menos un estremecimiento revolucionario. Había en el ambiente bocanadas que volvían de las profundidades de 1789 y de 1792. La juventud estaba, que se nos consienta la expresión, mudando. Se transformaba casi sin darse cuenta, con el propio pasar del tiempo. La aguja que va avanzando por la esfera del reloj avanza también por las almas. Todos daban el paso adelante que tenían que dar. Los monárquicos se hacían liberales; los liberales se hacían demócratas.

Era como una marea que fuese subiendo complicada con mil resacas; eso es lo propio de las resacas, que lo revuelven todo; de ahí todas aquellas combinaciones de ideas tan singulares; adoraban a un tiempo a Napoleón y la libertad. Aquí estamos haciendo historia. Eran los espejismos de aquellos tiempos. Las opiniones pasan por diversas fases. Las teorías monárquico-volterianas, variedad muy rara, tuvieron una compañera simétrica no menos rara: el liberalismo bonapartista.

Hubo grupos con mentes más serias. En unos se sondeaban los principios; en otros se atenían al derecho. Se apasionaban por lo absoluto; se vislumbraban realizaciones infinitas; lo absoluto, precisamente porque es tan rígido, impele los espíritus hacia lo alto y los hace flotar en un cielo sin límites. No hay nada como el dogma para dar a luz el sueño. Y no hay nada como el sueño para engendrar el porvenir. Hoy; utopía; mañana, carne y hueso.

Las opiniones avanzadas tenían dobles fondos. Un comienzo de misterio amenazaba «el orden establecido», que era sospechoso y solapado. Síntoma revolucionario a más no poder. Las segundas intenciones del poder coinciden en la zanja con las segundas intenciones del pueblo. La incubación de las insurrecciones dialoga con la premeditación de los golpes de Estado.

Aún no existían en Francia esas extensas organizaciones subyacentes, como el tugendbund alemán y el carbonarismo italiano; pero acá y allá se iban ramificando excavaciones turbias. Aparecía en Aix el esbozo de La Cougourde; había en París, entre otras afiliaciones del mismo tenor, la Sociedad de los Amigos del A B C.

¿Quiénes eran los Amigos del A B C? Una sociedad cuya finalidad era, en apariencia, educar a los niños; y, en realidad, poner en pie a los hombres. Se decían Amigos del A B C, es decir, del rebajado, del humillado.

El rebajado era el pueblo. Querían ponerlo de pie. Un retruécano que habría sido un error tomarse a broma. A veces los retruécanos son muy serios en política; sin ir más lejos, el Castratus ad castra que convirtió a Narsé en general de un ejército; sin ir más lejos, Barbari et Barberini; sin ir más lejos, Fueros y fuegos; sin ir más lejos: Tu es Petrus et super hanc petram, etc., etc.

Los amigos del A B C eran pocos. Era una sociedad secreta en estado embrionario; un corrillo de amigos, podríamos decir casi si de los corrillos de amigos salieran alguna vez héroes. Se reunían en París en dos sitios diferentes: cerca del Mercado Central, en una taberna que se llamaba Corinthe, que saldrá a relucir más adelante, y cerca de Le Panthéon, en un café pequeño de la plaza de Saint-Michel llamado café Musain, hoy derruido; el primero de esos lugares de cita les caía cerca a los obreros; el segundo, a los estudiantes.

Los conciliábulos habituales de los Amigos del A B C se celebraban en una sala trasera del café Musain.

Aquella sala estaba bastante lejos de la del café, con la que la comunicaba un pasillo muy largo; tenía dos ventanas y una escalera excusada que daba a la callejuela de Les Gres. Allí se fumaba, se bebía, se jugaba, se reía. Se hablaba a voces de todo y en voz baja de otras cosas. En la pared estaba clavado, indicio suficiente para poner la mosca detrás de la oreja a un agente de policía, un mapa viejo de Francia en tiempos de la República.

La mayoría de los amigos del A B C eran estudiantes en entente cordial con algunos obreros. He aquí los nombres de los principales de ellos. Hasta cierto punto, le pertenecen a la historia: Enjolras, Combeferre, Jean Prouvaire, Feuilly, Courfeyrac, Bahorel, Lesgle o Laigle, Joly, Grantaire.

Tan amigos eran esos jóvenes que formaban todos juntos algo así como una familia. Todos, salvo Laigle, eran del sur de Francia.

Se trataba de un grupo notable. Se esfumó en las profundidades invisibles que hay a nuestra espalda. En el punto al que hemos llegado de este drama, es posible que no esté de más enfocar un rayo de luz hacia esas cabezas jóvenes antes de que el lector las vea hundirse en la sombra de una aventura trágica.

Enjolras, a quien hemos nombrado en primer lugar, ya veremos por qué más adelante, era hijo único y rico.

Enjolras era un joven encantador capaz de ser terrorífico. Era de una belleza angelical. Era Antinoo arisco. Hubiérase dicho, al verle la reverberación ensimismada de la mirada, que ya en alguna vida anterior había cruzado por el apocalipsis revolucionario. Llevaba consigo esa tradición a modo de testigo. Sabía todos los detalles pequeños del acontecimiento grande. Tenía una forma de ser pontifical y guerrera, rara en un adolescente. Era oficiante y militante; en lo inmediato, soldado de la democracia; transcendiendo el movimiento contemporáneo, sacerdote del ideal. Tenía la mirada profunda, los párpados algo encarnados, el labio inferior abultado y fácilmente desdeñoso, la frente despejada. Un rostro con mucha frente es como un cielo con mucho horizonte. Igual que algunos muchachos del principio de este siglo y de finales del siglo pasado, que fueron ilustres a muy temprana edad, tenía una juventud excesiva, rozagante como la de una muchacha, aunque con momentos de palidez. Era ya hombre, pero aún parecía un niño. Sus veintidós años parecían diecisiete.

Era de temperamento serio, no parecía estar enterado de que hubiera en la tierra una criatura llamada mujer. No tenía sino una pasión, el derecho; y un pensamiento único, derribar el obstáculo. En el monte Aventino, habría sido Graco; durante la Convención, habría sido Saint-Just. Apenas si veía las rosas, hacía caso omiso de la primavera, no oía cantar a los pájaros; los senos desnudos de Evadne no lo habrían inmutado más de lo que habrían inmutado a Aristogitón; tanto para él cuanto para Harmodio las flores sólo valían para ocultar la espada. Se comportaba con gravedad en las alegrías. Ante todo cuanto no fuera la República, bajaba castamente la vista. Era el pretendiente de mármol de la Libertad. Hablaba con inspiración áspera en que las palabras vibraban como un himno. Desplegaba las alas de forma inesperada. ¡Ay de la aventurilla que se hubiera arriesgado a tentarlo! Si alguna modistilla de la plaza de Cambrai o de la calle de Saint-Jean-de- Beauvais, al ver aquella cara de colegial fugado del aula, aquel cuello de paje, aquellas largas pestañas rubias, aquellos ojos azules, aquella melena tumultuosa al viento, aquellas mejillas sonrosadas, aquellos labios virginales, aquellos dientes exquisitos, hubiera apetecido toda aquella aurora y acudido a poner a prueba su belleza con Enjolras, una mirada inesperada y temible le habría abierto de repente un abismo y le habría enseñado a no confundir al querubín casquivano de Beaumarchais con el aterrador querubín de Ezequiel.

Junto a Enjolras, que encarnaba la lógica de la revolución, Combeferre encarnaba su filosofía. Entre la lógica de la revolución y su filosofía existe la siguiente diferencia: su lógica puede acabar en guerra, mientras que su filosofía sólo puede desembocar en la paz. Combeferre completaba y rectificaba a Enjolras. Era menos alto y más ancho. Pretendía volcar en las mentes principios dilatados de ideas generales; decía: «Revolución, pero civilización»; y, alrededor de la montaña cortada a pico, abría un anchuroso horizonte azul. Por eso en todos los puntos de vista de Combeferre había algo accesible y practicable. La revolución con Combeferre era más respirable que con Enjolras. Enjolras era la expresión del derecho divino, y Combeferre, del derecho natural. Aquél era una continuación de Robespierre; éste lindaba con Condorcet. Combeferre vivía más que Enjolras a la manera de la gente. Si les hubiera sido dado a esos dos jóvenes acceder a la historia, uno habría sido el justo, y el otro, el sabio. Enjolras era más viril; Combeferre era más humano. Homo y Vir: tales eran desde luego sus respectivos matices. Combeferre era amable por los mismos motivos que Enjolras era severo: porque eran puros por naturaleza. Le gustaba la palabra «ciudadano», pero prefería la palabra «hombre». La habría dicho de buen grado en español.

Lo leía todo, iba a los teatros, asistía a las clases públicas, aprendía de Arago la polarización de la luz, se entusiasmaba con una clase en que Geoffroy Saint-Hilaire había explicado la doble función de la arteria carótida externa y de la arteria carótida interna, la que forma el rostro y la que forma el cerebro; estaba informado de cuanto sucedía en el ámbito de la ciencia y la seguía paso a paso; comparaba a Saint-Simon con Fourier; descifraba los jeroglíficos; partía los guijarros que se encontraba y razonaba como un geólogo; dibujaba de memoria una mariposa bombyx; indicaba las faltas de francés en el Diccionario de la Academia; estudiaba a Puységur y a Deleuze; no afirmaba nada, ni siquiera los milagros; no negaba nada, ni siquiera los fantasmas; hojeaba la colección de Le Moniteur, meditaba. Decía que el porvenir está en manos del maestro de escuela y se ocupaba de temas de educación. Quería que la sociedad trabajase sin tregua para elevar el nivel intelectual y ético, para acuñar la ciencia, para poner en circulación las ideas, para impulsar el crecimiento de la mente de la juventud; y temía que la pobreza actual de los métodos, la miseria desde el punto de vista literario, que se limitaba a dos o tres siglos de la Antigüedad clásica, el dogmatismo tiránico de los pedantes oficiales, los prejuicios escolásticos y las rutinas acabasen por convertir nuestros centros de enseñanza en criaderos artificiales de ostras.

Era sabio, purista, preciso, politécnico, aplicado; y, al tiempo, cavilador «hasta la quimera», decían sus amigos. Creía en todos los sueños: los ferrocarriles, la supresión del sufrimiento en las operaciones quirúrgicas, la fijación de la imagen en la cámara negra, el telégrafo eléctrico, los globos dirigidos. Por lo demás, no lo atemorizaban las fortalezas que alzaban por doquier contra el género humano las supersticiones, los despotismos y los prejuicios. Era de los que piensan que la ciencia acabará por rodear al enemigo y tomarlo por la espalda. Enjolras era un jefe; Combeferre era un guía. No es que Combeferre no fuera capaz de luchar, no se negaba a combatir cuerpo a cuerpo con el obstáculo ni a atacarlo por la fuerza o por la explosión; pero le agradaba más armonizar poco a poco, mediante la enseñanza de los axiomas y la promulgación de las leyes positivas, al género humano con su destino; y, si tenía que elegir entre dos claridades, tendía más a las luces que a las llamas. Un incendio puede, desde luego, remedar una aurora, pero ¿por qué no esperar a que amanezca? Un volcán da luz, pero el alba da mucha más. Es posible que Combeferre prefiriera la blancura de lo hermoso a la hoguera de lo sublime.

Una claridad que enturbiase el humo, un progreso pagado con violencia no satisfacían sino a medias a aquella mente tierna y seria. Un pueblo desplomándose en la verdad como en un abismo, un 1793, lo asustaba; no obstante, aún lo repugnaba más el estancamiento, olía en él la putrefacción y la muerte; puestos a escoger, prefería la espuma al miasma, y prefería a la cloaca el torrente, y las cataratas del Niágara al lago de Montfaucon. En pocas palabras, no quería ni pausas ni prisas. Mientras sus tumultuosos amigos, caballerescamente prendados de lo absoluto, adoraban las esplendorosas aventuras revolucionarias y las ansiaban, Combeferre se inclinaba por dejar que actuase el progreso, el beneficioso progreso, frío quizá, pero puro; metódico, pero irreprochable; flemático, pero imperturbable. Combeferre se habría puesto de rodillas y habría juntado las manos para que llegase el porvenir con todo su candor y para que nada alterase la gigantesca evolución virtuosa de los pueblos. El bien tiene que ser inocente, repetía sin cesar.

Y, efectivamente, si la grandeza de la revolución es que mira sin pestañear el ideal cegador y vuela hacia él cruzando la tempestad, con sangre y fuego en las garras, la belleza del progreso es que no tiene mácula; y hay entre Washington, que es la representación de éste, y Danton, que es la encarnación de aquélla, la misma diferencia que separa al ángel de alas de cisne del ángel de alas de águila.

Jean Prouvaire era de un matiz aún más atenuado que Combeferre. Se llamaba Jehan por mor de ese capricho venial y pasajero que acompañó al poderoso y hondo movimiento de donde salió el tan necesario estudio de la Edad Media. Jean Prouvaire estaba enamorado, tenía un tiesto de flores, tocaba la flauta, escribía versos, amaba al pueblo, compadecía a las mujeres, lloraba por los niños, reunía en la misma confianza el porvenir y Dios y censuraba a la Revolución que hubiese cortado una cabeza regia, la de André Chénier. Tenía la voz habitualmente fina y, de repente, viril. Era culto hasta la erudición, y casi orientalista. Era bueno por encima de todo; y, cosa muy sencilla para quien sepa hasta qué punto son colindantes la bondad y la grandeza, en cuestiones de poesía prefería lo inmenso. Sabía italiano, latín, griego y hebreo; y ello le servía para leer a cuatro poetas nada más: Dante, Juvenal, Esquilo e Isaías. En francés, prefería Corneille a Racine y Agrippa d'Aubigné a Corneille. Le gustaba pasear al azar por los campos de avenas locas y acianos y estaba casi tan pendiente de las nubes como de los acontecimientos. Tenía dos posturas del pensamiento: una miraba al hombre y la otra miraba a Dios; o estudiaba o contemplaba. Se pasaba el día ahondando en las cuestiones sociales, el salario, el capital, el crédito, el matrimonio, la religión, la libertad de pensar, la libertad de amar, la educación, las leyes penales, la miseria, las asociaciones, la propiedad, la producción y el reparto, el enigma de abajo, que proyecta una sombra sobre el hormiguero humano; y, por las noches, miraba los astros, esos entes gigantescos. Igual que Enjolras, era rico e hijo único. Hablaba despacio, agachaba la cabeza, bajaba la vista, sonreía con apuro, se portaba con torpeza, parecía desmañado, se ruborizaba por cualquier nadería, era timidísimo. Por lo demás, era intrépido.

Feuilly era obrero en una fábrica de abanicos, huérfano de padre y madre; ganaba trabajosamente tres francos diarios y no pensaba sino en liberar el mundo. Tenía además otra preocupación: instruirse; y también a eso lo llamaba liberarse. Se había enseñado a sí mismo a leer y escribir; todo cuanto sabía lo había aprendido él solo. Feuilly era un corazón generoso. Ardía con unas llamas inmensas. Aquel huérfano había adoptado a los pueblos. Como echaba de menos a su madre, meditó acerca de la patria. No quería que hubiera en la tierra ni un hombre sin patria. Alimentaba en su fuero interno, con la intuición profunda del hombre del pueblo, lo que llamamos hoy en día la idea de las nacionalidades. Había estudiado historia exprofeso para indignarse con conocimiento de causa.

En aquel joven cenáculo de utópicos, que sobre todo pensaban en Francia, era el representante del exterior. Sus especialidades eran Grecia, Polonia, Hungría, Rumanía e Italia. Decía continuamente esos nombres, cuando venía a cuento y cuando no venía a cuento, con la tenacidad del derecho. Turquía oprimiendo a Grecia y Tesalia, Rusia oprimiendo a Varsovia y Austria oprimiendo a Venecia: esas violaciones lo exasperaban. De entre todos los tremendos abusos, lo sublevaba el de 1772. No existe más soberana elocuencia que la indignación sincera; y su elocuencia era de ésas. Nunca se cansaba de hablar de aquella fecha infame, 1772, de aquel pueblo noble y valiente eliminado a traición, de aquel crimen a seis manos, de aquella celada monstruosa, prototipo y patrón de todas esas espantosas supresiones de estados que, desde la fecha aquella, han padecido varias nobles naciones a las que han, como quien dice, tachado la partida de nacimiento. Todos los atentados sociales contemporáneos son consecuencia del reparto de Polonia. El reparto de Polonia es un teorema del que son corolarios todas las actuales fechorías políticas. No hay un déspota ni un traidor que, desde hace casi un siglo, no haya puesto su visado, homologado, refrendado y rubricado, ne varietur, el reparto de Polonia. Cuando consultamos el legajo de las traiciones modernas, ésta ocupa el primer puesto. El congreso de Viena estudió ese crimen antes de consumar el suyo. 1772 fue el toque de trompa para rematar a la pieza; y 1815, la ralea. Ése era el tema habitual de Feuilly. Aquel pobre obrero se había nombrado tutor de la justicia y ésta lo recompensaba dándole grandeza. Y es que, efectivamente, en el derecho hay cosas eternas. Ni Varsovia puede ser tártara ni Venecia puede ser tudesca. Los reyes pierden en estas empresas el esfuerzo y el honor. Antes o después, la patria sumergida se pone de nuevo a flote y vuelve a aparecer. Grecia vuelve a ser Grecia, Italia vuelve a ser Italia. La protesta del derecho contra el hecho persiste eternamente. El robo de un pueblo no prescribe. Atracos así no tienen futuro. No se le quita la marca a una nación como si se tratase de un pañuelo.

Courfeyrac tenía un padre al que llamaban señor de Courfeyrac. Una de las ideas erróneas de la burguesía de la Restauración en cuestiones de aristocracia y nobleza era tenerle fe al de. El de, sabido es, no quiere decir nada. Pero los burgueses de tiempos de La Minerve le tenían tanto aprecio a ese pobre de que se creían en la obligación de apearse el tratamiento. El señor de Chauvelin quería que lo llamasen señor Chauvelin; el señor de Caumartin, señor Caumartin; el señor de Constant de Rebecque, Benjamin Constant; el señor de Laffayette, señor Lafayette. Courfeyrac no quiso quedarse atrás y se llamaba Courfeyrac a secas.

Casi podríamos no decir más en lo referido a Courfeyrac y limitarnos a indicar para el resto: Courfeyrac, véase Tholomyes. Courfeyrac tenía, efectivamente, ese numen de la juventud que podríamos llamar la flor de la vida del ingenio. Más adelante se extingue, como la monería del gatito, y todo ese encanto desemboca, cuando anda con dos pies, en el adulto y, cuando anda a cuatro patas, en el gato.

Esa clase de ingenio, las generaciones que cruzan por las facultades, las sucesivas levas de jóvenes, se la transmiten y la van pasando de mano en mano, quasi cursores, más o menos igual siempre; de forma tal que, como acabamos de indicar, a cualquiera que oyera a Courfeyrac en 1828 le parecería estar oyendo a Tholomyes en 1817. Con la salvedad de que Courfeyrac era un buen chico. Tras la aparente semejanza del ingenio que estaba a la vista, la diferencia entre él y Tholomyes era grande. El hombre latente que había en ambos era muy distinto en aquél y en éste. En Tholomyes había un procurador, y en Courfeyrac, un paladín.

Enjolras era el jefe; Combeferre era el guía; Courfeyrac era el núcleo. Los otros daban más luz y él daba más fluido calórico; el hecho es que tenía todas las cualidades de un núcleo, la redondez y la irradiación.

Bahorel había estado en los disturbios donde corrió la sangre en 1822 con motivo del entierro del joven Lallemand.

Bahorel era persona de buen humor y mala compañía, buenazo, manirroto, generoso por pródigo, elocuente por charlatán, descarado por atrevido; de muy buena pasta y ostentador de chalecos temerarios y opiniones de un escarlata subido; camorrista redomado, es decir, que nada le gustaba tanto como una bronca a menos que se tratase de un motín, y nada le gustaba tanto como un motín a menos que se tratase de una revolución; siempre dispuesto a romper una ventana, y luego a levantar los adoquines de una calle, y luego a derribar un gobierno, para ver cómo resultaba; llevaba estudiando once años. Le seguía el rastro al derecho, pero no lo cazaba. Su divisa era: abogado nunca, y su escudo de armas, una mesilla de noche encima de la que se intuía un gorro cuadrado. Cada vez que pasaba delante de la facultad de Derecho, cosa que le sucedía pocas veces, se abotonaba la levita, aún no se había inventado el paletó, y tomaba precauciones higiénicas. Decía de la portalada de la facultad: «¡Qué anciana tan venerable!»; y del decano, el señor Delvincourt: «¡Menudo monumento!». Las clases le valían para escribir canciones, y los profesores, para hacerles caricaturas. Dilapidaba en no hacer nada una renta considerable, tres mil francos más o menos. Sus padres eran unos campesinos a quienes había sabido inculcarles respeto por su hijo.

Decía de ellos: «Son campesinos, y no burgueses; y por eso son inteligentes».

Bahorel, hombre caprichoso, se desperdigaba por varios cafés; los demás tenían sus costumbres; él no. Paseaba ocioso. Andar vagabundeando es algo humano, pasear ocioso es algo parisino. En el fondo, tenía una mente más penetrante y reflexiva de lo que aparentaba.

Hacía las veces de nexo entre los Amigos del A B C y otros grupos aún informes, pero cuyo diseño fue apareciendo más adelante.

Había en este cónclave de cabezas jóvenes un cofrade calvo.

El marqués de Avaray, a quien Luis XVIII hizo duque por haberlo ayudado a subir al coche de punto el día en que emigró, contaba que en 1814, cuando volvió el rey a Francia, al desembarcar en Calais, un hombre le presentó un memorial. «¿Qué pide usted aquí?» «Una administración de correos, Majestad.» «¿Cómo se llama?» «L'Aigle.»

El rey frunció el entrecejo al oír aquello del águila; miró la firma y vio que el apellido se escribía: lesgle. Aquella ortografía poco bonapartista le llegó al alma al rey y esbozó una sonrisa. «Majestad —siguió diciendo el hombre del memorial—, a un antepasado mío, que era mozo de traílla, lo apodaron Lesgueules. De ese mote viene mi apellido.

Me llamo Lesgueules, por contracción Lesgle, y por corrupción L'Aigle.» Al oír esto el rey sonrió ya abiertamente. Más adelante le concedió a aquel hombre la administración de correos de Meaux, deliberadamente o sin caer en la cuenta.

El cofrade calvo del grupo era el hijo de ese Lesgle, o Legle, y firmaba Legle (de Meaux). Sus compañeros, para abreviar, lo llamaban Bossuet.

Bossuet era un joven alegre al que le pasaban muchas desgracias. Estaba especializado en que nada le saliera bien. Para contrarrestar, todo le hacía gracia. A los veinticinco años era calvo. Su padre acabó por tener una casa y un terreno; pero a él, al hijo, le faltó tiempo para perder en una especulación fallida el terreno y la casa. No le quedó nada. Tenía conocimientos e ingenio, pero se malograban. Todo le fallaba, todo lo engañaba; cuanto edificaba se le desplomaba encima. Si cortaba leña, se hería en un dedo. Si tenía una amante, no tardaba en descubrir que ella además tenía un amigo. Le pasaban desgracias continuamente; de ahí le venía la jovialidad. Decía: Vivo bajo el tejado que pierde tejas. Nada lo extrañaba, porque para él los accidentes eran lo previsto; se tomaba la mala suerte con serenidad y sonreía cuando lo hacía rabiar el destino como persona que sabe entender una broma. Era pobre, pero tenía el bolsillo lleno de buen humor inagotable. Llegaba enseguida al último céntimo, pero nunca a la última carcajada. Cuando la adversidad le entraba por la puerta, saludaba cordialmente a esa vieja conocida, y les palmeaba la tripa a las catástrofes; tenía tanta confianza con la Fatalidad que la llamaba con un diminutivo cariñoso: «¿Qué tal, Pepla?», le decía.

Esa persecución de la suerte le había dado inventiva. Contaba con grandes cantidades de recursos. No tenía dinero, pero se las ingeniaba para hacer, cuando le parecía, «gastos desorbitados». Una noche incluso llegó a gastarse cien francos cenando con una moza, lo que le inspiró en plena orgía esta frase memorable: «Buscona de cinco luises, quítame las botas».

Bossuet se encaminaba con calma hacia la profesión de abogado; estudiaba derecho por el sistema de Bahorel. Bossuet no andaba sobrado de casas donde vivir; a veces no tenía ninguna. Se iba alojando acá y allá, las más de las veces en casa de Joly. Joly estudiaba medicina. Tenía dos años menos que Bossuet.

Joly era el enfermo imaginario en joven. Lo que le había aportado la medicina era ser más enfermo que médico. A los veintitrés años, se tenía por achacoso y se pasaba la vida mirándose la lengua en el espejo. Afirmaba que el hombre se imanta igual que una aguja y, en su cuarto, tenía la cama con la cabecera orientada al sur y los pies al norte para que, por las noches, la gran corriente magnética del globo no le alterase la circulación. Durante las tormentas, se tomaba el pulso. Por lo demás, era el más animado de todos. Todas esas incoherencias —joven, maniático, enfermizo, alegre— se entendían bien entre sí y el resultado era una persona excéntrica y de trato agradable a quien sus compañeros, pródigos en consonantes aladas, llamaban Jolllly. «Cuatro eles para que las uses como cuatro alas», le decía Jean Prouvaire.

Joly solía tocarse la nariz con la contera del bastón, lo que es prueba de una mente sagaz.

Todos esos jóvenes tan diferentes y de quienes, en resumidas cuentas, sólo se debe hablar en serio tenían la misma religión: el Progreso.

Todos eran descendientes directos de la Revolución Francesa. Los más superficiales se ponían solemnes al decir esta fecha: 1789. Sus padres de carne y hueso habían sido moderados del Club de los Fuldenses, monárquicos, doctrinarios; daba igual; esa mescolanza anterior a ellos, que eran jóvenes, no era de su incumbencia: les corría por las venas la sangre pura de los principios. Se vinculaban sin que se interpusiera matiz alguno al derecho incorruptible y al deber absoluto.

Afiliados e iniciados esbozaban el ideal de forma subterránea.

Entre todos esos corazones apasionados y todas esas mentes convencidas había un escéptico. ¿Cómo es que estaba allí? Por yuxtaposición. Aquel escéptico se llamaba Grantaire y solía firmar con una erre mayúscula a modo de jeroglífico: R. Grantaire era un hombre que se guardaba muy mucho de creer en algo. Era, por lo demás, uno de los estudiantes que más había aprendido durante las clases a que asistía en París; sabía que el mejor café lo servían en el café Lemblin y que el mejor billar era el del café Voltaire; que en L'Ermitage, en el bulevar de Le Maine, había tortas regias y reales mozas; pollos asados con salsa picante en La mere Saguet; guisos de pescado en el portillo de La Cunette, y un vinillo blanco muy rico en el portillo de Le Combat. Sabía los sitios más indicados para todas las ocasiones; y unos cuantos bailes, además de usar las piernas y los pies para practicar los tipos de lucha savate y chausson; también era diestro en la lucha con palos. De propina, gran bebedor. Era inmensamente feo; la ojeteadora de botines más guapa de por entonces, Irma Boissy, indignada por tanta fealdad, dictó la siguiente sentencia: Grantaire es imposible; pero la fatuidad de Grantaire estaba más allá del desconcierto. Miraba amorosa y fijamente a todas las mujeres con expresión de decir de todas ellas: ¡si yo quisiera!, e intentaba que sus compañeros pensasen que estaba muy solicitado.

A todas estas expresiones: derechos del pueblo, derechos del hombre, contrato social, Revolución Francesa, República, democracia, humanidad, civilización, religión, progreso, les faltaba muy poco para carecer por completo de sentido desde el punto de vista de Grantaire. Sonreía al oírlas. El escepticismo, esa caries de la inteligencia, no le había dejado en la mente ni una idea completa. Vivía irónicamente. Éste era su axioma: Sólo hay algo seguro: el vaso lleno. Se burlaba de todas las devociones en todos los partidos y tanto del hermano como del padre, tanto de Robespierre en su juventud como de Loizerolles. «Mucho adelantaron muriéndose», exclamaba. Decía del crucifijo: «¡Hay que ver el éxito que tuvo ese patíbulo!». Mujeriego, jugador, libertino, a menudo ebrio, les daba a aquellos jóvenes reflexivos el disgusto de pasarse la vida canturreando: Me gustan las mujeres, me gusta el vino bueno con la música de Vive Henri IV.

Por lo demás, ese escéptico tenía un fanatismo. Ese fanatismo no era ni por una idea ni por un dogma, ni por un arte ni por una ciencia; era por un hombre, Enjolras. Grantaire admiraba, quería y veneraba a Enjolras. ¿A quién se apuntaba ese desconfiado anárquico dentro de aquella falange de mentes absolutas? A la más absoluta. ¿Cómo lo subyugaba Enjolras? ¿Con las ideas? No. Con el carácter. Fenómeno este que podemos observar con frecuencia. Un escéptico que se apega a un creyente es algo tan sencillo como la ley de los colores complementarios. Nos atrae aquello de que carecemos. A nadie le gusta tanto la luz como al ciego. La enana se enamora locamente del tambor mayor. El sapo siempre está mirando al cielo: ¿por qué? Para ver volar al pájaro. A Grantaire, en quien reptaba la duda, le gustaba ver el vuelo planeado de la fe en Enjolras. Necesitaba a Enjolras.

Sin darse del todo cuenta del porqué y sin pretender explicárselo, lo embelesaba aquella forma de ser casta, sana, firme, recta, dura, cándida. Admiraba instintivamente a su contrario. Sus ideas flojas, desmayadas, dislocadas, enfermas, deformes se aferraban a Enjolras como a una espina dorsal. Su raquis espiritual se apoyaba en aquella firmeza. Grantaire, junto a Enjolras, volvía a ser alguien. Por lo demás, él se componía de dos elementos incompatibles en apariencia. Era irónico y cordial. Su indiferencia sentía amor. Su mente podía prescindir de creencias pero su corazón no podía prescindir de amistad. Honda contradicción, ya que un afecto es un convencimiento. Así era su carácter. Hay hombres que parecen haber nacido para ser dorso, envés, reverso. Son Pólux, Patroclo, Niso, Eudamidas, Hefestión, Pechméja. No viven a menos que vayan adosados a otro; su nombre es segunda parte y sólo se escribe con la conjunción y delante; su existencia no les pertenece; es la otra cara de un destino que no es el suyo. Grantaire era uno de esos hombres. Era el reverso de Enjolras.

Podríamos casi decir que las afinidades empiezan con las letras del alfabeto. En esa serie, O y P son inseparables. Podemos elegir entre decir O y P o, si no, Orestes y Pílades.

Grantaire, auténtico satélite de Enjolras, moraba en ese cenáculo de jóvenes; vivía en él; sólo en él estaba a gusto; los seguía a todas partes. Su alegría era ver ir y venir aquellas siluetas entre los vapores del vino. Lo toleraban por su buen humor.

Enjolras, como era creyente, desdeñaba a ese escéptico; como era sobrio, desdeñaba a ese borracho. Le concedía cierta compasión altanera. Grantaire era un Pílades no aceptado. Enjolras lo trataba mal continuamente, lo rechazaba con dureza; y él, que regresaba cuando lo alejaba, decía de Enjolras: «¡Qué mármol tan hermoso!».

II
BOSSUET PRONUNCIA LA ORACIÓN FÚNEBRE DE BLONDEAU

Cierta tarde que coincidía en algunos aspectos, como vamos a verlo, con los acontecimientos referidos antes, Laigle de Meaux estaba sensualmente adosado al marco de la puerta del café Musain. Parecía una cariátide de vacaciones; no llevaba consigo sino su ensoñación. Estaba mirando la plaza de Saint-Michel. Adosarse es una forma de estar acostado de pie que no desagrada a los soñadores. Laigle de Meaux se estaba acordando melancólicamente de un menudo contratiempo que le había ocurrido la antevíspera en la Facultad de Derecho y modificaba sus planes personales para el futuro, planes, por lo demás, bastante inconcretos.

La ensoñación no impide que pase un cabriolé ni que el soñador se fije en el cabriolé. Laigle de Meaux, cuyas pupilas vagaban en una especie de paseo ocioso y difuso, divisó, a través de ese estado suyo de sonambulismo, un vehículo de dos ruedas que pasaba por la plaza y que iba al paso y como indeciso. ¿A quién buscaba ese cabriolé? ¿Por qué iba al paso? Laigle se fijó. Iba en él, junto al cochero, un joven y, delante de ese joven, había un bolso de viaje bastante grande. El bolso exhibía ante los ojos de los transeúntes este nombre escrito en letras grandes y negras en una tarjeta cosida a la tela: MARIUS PONTMERCY.

Al ver ese nombre, Laigle cambió de postura. Se incorporó y apostrofó como sigue al joven del cabriolé:

—¡Señor Marius Pontmercy!

El cabriolé así interpelado se detuvo.

El joven, que también parecía muy ensimismado, alzó la vista.

—¿Qué sucede? —dijo.

—¿Es usted Marius Pontmercy?

—Desde luego.

—Lo estaba buscando —siguió diciendo Laigle de Meaux.

—¿Cómo es eso? —preguntó Marius; pues era él, efectivamente, que se iba de casa de su abuelo y tenía ante los ojos una cara que veía por primera vez—. Yo no lo conozco a usted.

—Yo tampoco lo conozco —contestó Laigle.

Marius pensó que se había encontrado con un gracioso y que iban a intentar tomarle el pelo en plena calle. No estaba de buen humor en aquellos momentos. Frunció el entrecejo. Laigle de Meaux, imperturbable, añadió:

—No vino usted anteayer a la facultad.

—Es posible.

—Es seguro.

—¿Es usted estudiante? —preguntó Marius.

—Sí, caballero. Igual que usted. Anteayer entré en la facultad por casualidad. Ya sabe, a veces se le ocurren a uno ideas peregrinas. El profesor estaba pasando lista. No ignora usted lo ridículos que se ponen en esos casos. La tercera vez que no contesta alguien al pasar lista lo dan de baja. Sesenta francos que se van al infierno.

Marius estaba empezando a atender. Laigle prosiguió:

—Era Blondeau el que estaba pasando lista. Ya conoce a Blondeau; tiene una nariz muy puntiaguda y muy maliciosa a la que le encanta olerse quién falta a clase. Empezó, el muy taimado, por la letra P. Yo no atendía, porque no tengo nada que ver con esa letra. La lista no iba mal. Ninguna baja; el universo entero estaba presente. Blondeau estaba triste. Me decía yo para mi capote: «Blondeau, amor mío, hoy no vas a poder ejecutar a nadie». De pronto, Blondeau dice: Marius Pontmercy. Nadie responde. Blondeau, esperanzadísimo, repite más alto: Marius Pontmercy. Y coge la pluma. Yo tengo entrañas, caballero. Me dije a toda prisa: «Aquí tenemos a un buen muchacho al que van a dar de baja. Ojo. Es un auténtico vividor y no es puntual. No es un buen alumno. No es un cachazudo, ni un estudiante que estudia, ni un mozalbete pedante muy impuesto en ciencias, letras, teología y sapiencia, uno de esos pazguatos que van hechos un figurín y además son un figurón. Es un perezoso honorable que anda por ahí perdiendo el tiempo, aficionado al asueto, amigo de frecuentar a las modistillas, que corteja a las mujeres guapas, que a lo menor está ahora mismo en casa de mi amante.

¡Hay que salvarlo! ¡Muera Blondeau!». En ese mismo momento, Blondeau mojó en la tinta la pluma, negra de tanto tachar, paseó la mirada feroz por el auditorio y repitió por tercera vez: ¿Marius Pontmercy? Contesté:

¡Presente! Y se libró usted de que lo dieran de baja.

—¡Señor mío…! —dijo Marius.

—Y me dieron de baja a mí —añadió Laigle de Meaux.

—No lo acabo de entender —dijo Marius. Laigle prosiguió:

—Nada más sencillo. Yo estaba cerca de la mesa del profesor para contestar y cerca de la puerta para salir por pies. Y el profesor me miraba con bastante fijeza. De pronto, Blondeau, cuya nariz bien vale una mesa, como decía Enrique IV, salta a la L. La L es mi letra. Soy de Meaux y me llamo Lesgle.

—¡L'Aigle! —interrumpió Marius—. ¡Qué apellido tan hermoso!

—Señor mío, Blondeau llega a este apellido tan hermoso y grita:

¡Laigle! Contesto: ¡Presente! Entonces Blondeau me mira con la dulzura de un tigre, sonríe y me dice: «Si es usted Pontmercy, no es Laigle». Frase que podría haber parecido ofensiva para usted, porque sería como decirle que no lo considera ni mucho menos un águila, pero que en realidad sólo era lúgubre para mí. Dicho lo cual, me dio de baja.

Marius exclamó:

—Caballero, estoy muy contrito…

—Antes de nada —interrumpió Laigle—, pido venia para embalsamar a Blondeau en unas cuantas frases elogiosas muy sentidas. Lo imagino muerto. No habría que modificar gran cosa ni da su delgadez, ni da su palidez, ni da su gelidez ni da su fetidez. Y digo: Erudimini qui judicatis terram. Aquí yace Blondeau la Nariz, Blondeau Nasica, el buey de la disciplina, bos disciplinæ, el moloso del castigo, el ángel que pasa lista, que fue recto, cuadrado, exacto, rígido, honrado y repulsivo. Dios lo dio de baja como él me dio de baja a mí.

Marius siguió diciendo:

—Estoy consternado…

—Joven —dijo Laigle de Meaux—, que le sirva esto de lección. A partir de ahora sea puntual.

—Le presento miles de sinceras disculpas.

—No vuelva a exponerse a que den de baja al prójimo.

—Estoy disgustadísimo… Laigle se echó a reír.

—Y yo estoy encantado. Estaba en camino de convertirme en abogado. Esta baja me salva. Renuncio a triunfar en los tribunales. Ni defenderé a la viuda ni atacaré al huérfano. Ni más toga ni más pasantías. Ya estoy dado de baja. Y se lo debo a usted, señor Pontmercy. Tengo la intención de hacerle una visita formal para agradecérselo. ¿Dónde vive?

—En este cabriolé —dijo Marius.

—Síntoma de opulencia —respondió Laigle muy tranquilo—.
Enhorabuena. El alquiler le costará nueve mil francos al año.

En ese momento salía del café Courfeyrac. Marius sonrió con tristeza.

—Llevo con este alquiler dos horas y aspiro a dejarlo; pero el caso es que no sé adónde ir.

—Caballero —dijo Courfeyrac—, venga a mi casa.

—Debería tener preferencia —comentó Laigle—, pero es que no tengo casa.

—Calla, Bossuet —contestó Courfeyrac.

—Bossuet —dijo Marius—. Pero si creía que se llamaba Laigle.

—De Meaux —contestó entonces Laigle—; y, recurriendo a la metáfora: Bossuet.

Courfeyrac subió al cabriolé.

—Cochero —dijo—, al hotel de la Porte de Saint-Jacques.

Y esa misma noche, Marius ya estaba acomodado en una habitación del hotel de la Porte de Saint-Jacques, junto a Courfeyrac.

III
LOS ASOMBROS DE MARIUS

En pocos días, Marius trabó amistad con Courfeyrac. La juventud es la estación de las soldaduras prontas y de las cicatrizaciones rápidas. Marius, junto a Courfeyrac, respiraba libremente, cosa que le resultaba bastante nueva. Courfeyrac no le hizo preguntas. Ni siquiera se le ocurrió. A esa edad, los rostros lo dicen todo enseguida. Sobran las palabras. Hay jóvenes de los que se podría decir que tienen una fisonomía charlatana. Basta mirarse para conocerse.

No obstante, una mañana Courfeyrac le preguntó de repente:

—Por cierto, ¿tiene usted opiniones políticas?

—¡Pues claro! —dijo Marius casi ofendido por la pregunta aquella.

—¿Y qué es usted?

—Demócrata bonapartista.

—Matiz gris de ratón tranquilizado —dijo Courfeyrac.

A la mañana siguiente, Courfeyrac llevó a Marius al café Musain. Luego, le cuchicheó al oído con una sonrisa: «Tengo que darle paso franco a la revolución». Y lo condujo al local de los Amigos del A B C. Se lo presentó a los demás compañeros diciendo a media voz esta sencilla frase que Marius no entendió: «Un alumno».

Marius había caído en un avispero de inteligencias. Por lo demás, aunque callado y circunspecto, no era ni el menos alado ni el menos armado.

Marius, hasta entonces solitario y dado al monólogo y a los apartes por costumbre y por gusto, se quedó un tanto desconcertado al ver que les atendiera esa bandada de jóvenes. Todas aquellas iniciativas diversas le exigían su atención al tiempo y tiraban de él en direcciones distintas. El vaivén tumultuoso de todas esas mentes en libertad y en pleno alumbramiento le despertaba un torbellino de ideas. A veces, entre aquella turbación, se alejaban tanto que le costaba trabajo volver a dar con ellas. Oía hablar de filosofía, de literatura, de arte, de historia y de religión de forma inesperada. Intuía aspectos inusuales; y, como no los situaba en perspectiva, no tenía seguridad de no estar viendo el caos. Al dar de lado las opiniones de su abuelo para preferir las de su padre, le pareció que ya sabía a qué atenerse; sospechaba ahora, intranquilo y sin atreverse a reconocerlo, que no era así. El ángulo desde el que lo veía todo volvía a cambiar de sitio otra vez. Sentía una oscilación que le ponía en marcha todos los horizontes de la mente. Curioso trajín interior. Era casi un padecimiento.

Perecía como si para aquellos jóvenes no existieran «cosas consagradas». Marius oía, en todos los temas, lenguajes singulares que le desazonaban el razonamiento, tímido aún.

Había a la vista un cartel de teatro con el título de una tragedia del repertorio antiguo, llamado clásico: «¡Abajo la tragedia que tanto agrada a los burgueses!», voceaba Bahorel. Y Marius oía cómo Combeferre le respondía:

—Te equivocas, Bahorel. A la burguesía le gusta la tragedia y, en ese aspecto, hay que dejar en paz a la burguesía. La tragedia de peluca tiene su razón de ser, y no soy de esos que, Esquilo mediante, le niegan el derecho a existir. En la naturaleza existen esbozos; en la creación hay parodias ya listas; un pico que no es un pico, alas que no son alas, aletas que no son aletas, patas que no son patas, un grito de dolor con el que entran ganas de reírse: tal es el pato. Ahora bien, ya que las aves de corral coexisten con las otras aves, no veo por qué no iba a existir la tragedia clásica junto a la tragedia antigua.

Otras veces, Marius pasaba por casualidad por la calle de Jean-Jacques Rousseau llevando a derecha y a izquierda a Enjolras y a Courfeyrac.

Courfeyrac lo agarraba del brazo.

—Fíjese bien. Ésta es la calle Plâtriere que ahora se llama calle de Jean- Jacques Rousseau por una pareja singular que vivió aquí hace alrededor de sesenta años. Eran Jean-Jacques y Thérese. De vez en cuando nacían unos niñitos. Thérese los echaba al mundo y Jean-Jacques los echaba a la calle.

Y Enjolras se enfadaba con Courfeyrac.

—¡Ni una palabra de Jean-Jacques! Es un hombre al que admiro. Renegó de sus hijos, sí, pero adoptó al pueblo.

Ninguno de esos jóvenes pronunciaba estas dos palabras: el emperador. Jean Prouvaire era el único que decía a veces Napoleón; todos los demás decían Bonaparte. Enjolras lo pronunciaba Buonaparte.

A Marius lo asombraba un tanto. Initium sapientiæ.

IV
LA SALA DE ATRÁS DEL CAFÉ MUSAIN

Una de las conversaciones de aquellos jóvenes, a las que asistía Marius y en las que intervenía de vez en cuando, fue una conmoción para su pensamiento.

Sucedió en la sala trasera del café Musain. Casi todos los Amigos del A B C estaban allí reunidos aquella noche. El quinqué estaba solemnemente encendido. Hablaban de todo un poco, sin pasión pero con estrépito. Con la excepción de Enjolras y Marius, que estaban callados, todos echaban arengas un tanto al azar. En las charlas entre compañeros se dan a veces tumultos apacibles como aquél. Era un juego y un barullo más que una conversación. Se lanzaban palabras y las cogían al vuelo. Había pláticas en las cuatro esquinas de la estancia.

No se admitía a más mujer en aquella sala trasera que a Louison, la lavaplatos del café, que cruzaba por allí de vez en cuando para ir del fregadero al «laboratorio».

Grantaire, completamente borracho, atronaba el rincón del que se había adueñado; razonaba con tino y desatinaba a voz en cuello; gritaba:

—Estoy sediento. Mortales, tengo un sueño: que al tonel de Heidelberg le dé un ataque de apoplejía y ser yo una de las doce sanguijuelas que le pongan. Me gustaría beber. Quiero olvidar la vida. La vida es un invento repugnante que no sé a quién se le ocurrió. No dura nada y no vale nada. Te rompes el cuello viviendo. La vida es un decorado con pocos practicables. La felicidad es un bastidor viejo pintado por una sola cara. El Eclesiastés dice que todo es vanidad; opino igual que ese buen hombre que a lo mejor nunca existió. Y ese nadie, como no quería ir desnudo, se vistió de vanidad. Ay, vanidad! ¡Vuelta a vestirlo todo con palabras grandilocuentes! Una cocina es un laboratorio, un bailarín es un profesor, un saltimbanqui es un gimnasta, un boxeador es un pugilista, un boticario es un químico, un peluquero es un artista, el que mezcla el mortero es un arquitecto, un jockey es un sportsman, un escarabajo; un pterigibranquio. La vanidad tiene una cara y una cruz; la cara es simplona, es un negro y sus abalorios; la cruz es necia, es un filósofo con sus harapos. Aquél me hace llorar y éste me da risa. Eso que llaman honores y dignidades, e incluso el honor y la dignidad, suele ser de crisocola. Los reyes juegan con el orgullo humano como con una baratija. Calígula nombró cónsul a un caballo; Carlos II nombró caballero a un lomo de vaca. A ver quién presume ahora entre el cónsul Incitatus y el baronet Roastbeef. En cuanto al valor intrínseco de las personas, ya ha dejado de ser respetable. Atended al panegírico que le hace el vecino al vecino. Nada más feroz que lo blanco con lo blanco; ¡si la azucena hablase, cómo pondría a la paloma! Una beata criticando a una devota es más venenosa que el áspid y que el búngaro de la India. Es una lástima que sea yo tan ignorante, porque os citaría montones de cosas; pero nada sé. Eso sí, siempre he sido ingenioso. Cuando era alumno de Gros, en vez de hacer pintarrajos me pasaba la vida robando manzanas; corto de pincel y largo de manos. Eso en lo que a mí se refiere; y vosotros sois tal para cual. Me importan un ardite vuestras perfecciones, excelencias y buenas prendas. Toda buena prenda desagua en un defecto; el ahorrador linda con el avaro, el generoso es vecino del pródigo, el valiente anda codo con codo con el fanfarrón; decir muy piadoso es como decir un tanto santurrón; hay exactamente tantos vicios en la virtud como agujeros en el manto de Diógenes. ¿A quién admiráis más, al muerto o al matador, a César o a Bruto? Generalmente estamos de parte del matador. ¡Viva Bruto, que mató! Eso sí que es virtud. Virtud quizá, pero también locura. Hay curiosas manchas en esos grandes hombres. El Bruto ese que mató a César estaba enamorado de una estatua de niño. Era una estatua del escultor griego Estrongilión, que también esculpió esa figura de amazona llamada de las piernas bonitas, Eucnemos, que Nerón llevaba consigo cuando viajaba. El tal Estrongilión sólo dejó dos esculturas que pusieron de acuerdo a Bruto y a Nerón; Bruto se enamoró de una; y Nerón, de la otra. La historia toda no es sino machaconería prolongada. Un siglo plagia a otro anterior. La batalla de Marengo es copia de la batalla de Pidna; el Tolbiac de Clodoveo y el Austerlitz de Napoleón se parecen como dos gotas de sangre. No le doy gran importancia a la victoria. No hay nada tan estúpido como vencer; la gloria auténtica consiste en convencer. ¡Pero cualquiera intenta demostrar algo! Os contentáis con triunfar, ¡menuda mediocridad! Y con conquistas, ¡menuda miseria! Vanidad y cobardía por doquier, ¡ay! Todo obedece al éxito, incluso la gramática. Si volet usus, dice Horacio. Así que desdeño al género humano. ¿Bajamos del todo a la parte? ¿Queréis que me ponga a admirar a los pueblos? ¿A qué pueblo, decidme? ¿A Grecia? Los atenienses, esos parisinos de antaño, mataron a Foción, que era algo así como Coligny, y adulaban a los tiranos tanto que Anacéforo decía de Pisístrato: «Su orina atrae a las abejas». El hombre más considerable de Grecia fue, durante cincuenta años, el gramático Filetas, que era tan bajito y menudo que no le quedaba más remedio que ponerse plomo en las suelas para que no se lo llevase el viento. Había en la plaza mayor de Corinto una estatua, obra de Silanión, que cita Plinio en su catálogo; esa estatua representaba a Efistato. ¿Qué había hecho Efistato? Había inventado la zancadilla. En esto se resumen Grecia y la gloria. Pasemos a otros. ¿Admiraré a Inglaterra? ¿Admiraré a Francia? ¿A Francia? ¿Por qué? ¿Por París? Acabo de deciros lo que opino de Atenas. ¿Inglaterra? ¿Por qué? Aborrezco Cartago. Y, además, Londres, metrópoli del lujo, es la cabeza de partido de la miseria. Sólo en la parroquia de Charing Cross mueren de hambre cien personas al año. Ésa es Albión. Añado, para rematar, que vi una vez a una inglesa bailando con una corona de rosas y unas gafas azules. ¡Así que un bufido para Inglaterra! Y si no admiro a John Bull, ¿admiraré al hermano Jonathan? Me gusta muy poco ese hermano esclavista. Si le quitáis time is money, ¿qué le queda a Inglaterra? Si le quitáis cotton is king, ¿qué le queda a América? Alemania es linfática; Italia es biliosa. ¿Nos extasiaremos ante Rusia? Voltaire la admiraba. También admiraba la China. Convengo en que Rusia tiene cosas buenas, entre otras un marcado despotismo; pero me dan pena los déspotas. Son de salud delicada. Un Alejo decapitado, un Pedro apuñalado, un Pablo estrangulado, otro Pablo pisoteado a taconazos de bota, varios Ivanes degollados, unos cuantos Nicolases y Basilios envenenados: todo ello indica que el palacio de los emperadores de Rusia tiene una carencia flagrante de salubridad. Todos los pueblos civilizados brindan a la admiración del pensador este detalle: la guerra; ahora bien, la guerra, la guerra civilizada, agota y totaliza todas las formas del bandidaje, desde el bandolerismo de los facinerosos en las gargantas del monte Jaxa hasta los merodeos de los indios comanches en el Paso Incierto. ¡Bah!, me diréis, ¿es que vale más acaso Europa que Asia? Estoy de acuerdo en que Asia resulta graciosa; pero no tengo muy claro por qué os reís del gran lama, pueblos de Occidente que habéis incluido en vuestras modas y elegancias todas las porquerías en las que tenía que ver la realeza, desde la camisa sucia de la reina Isabel hasta el sillico del delfín. ¡Señores humanos, no se hagan ilusiones! Donde más cerveza se bebe es en Bruselas, donde más aguardiente se bebe es en Estocolmo, donde más chocolate se bebe es en Madrid, donde más ginebra se bebe es en Ámsterdam, donde más vino se bebe es en Londres, donde más café se bebe es en Constantinopla y donde más ajenjo se bebe es en París; y eso es todo lo que hay que saber. En resumidas cuentas, París queda en cabeza. En París hasta los traperos son sibaritas; a Diógenes no le habría agradado menos ser trapero en la plaza de Maubert que filósofo en el Pireo. Y sabed también esto otro: las tabernas de los traperos se llaman tascas; las más conocidas son La Casserole y L'Abattoir. Así que ¡oh merenderos, bodegones, aguaduchos, ventorros, figones, bailes del candil, cafetuchos, tascas de los traperos, caravasares de los califas, os pongo por testigos! ¡Soy un voluptuoso, almuerzo en Richard a dos francos por cabeza, necesito alfombras de Persia dignas de envolver a Cleopatra desnuda! ¿Dónde está Cleopatra? ¡Ah, eres tú, Louison! ¿Qué tal?

Así se derramaba en palabras, agarrando a la friegaplatos según pasaba, en su esquina de la sala trasera del café Musain, Grantaire, algo más que borracho.

Bossuet, con la mano tendida hacia él, intentaba imponerle silencio; y Grantaire repetía a más y mejor:

—Águila de Meaux, las manos quietas. No me impresionas en absoluto con ese gesto de Hipócrates despreciando la trastería de Artajerjes. Te dispenso de intentar calmarme. Y además estoy triste. ¿Qué queréis que os diga? El hombre es malo, el hombre es deforme. La mariposa es un éxito, el hombre es un fracaso. A Dios le salió mal el borrico este. Un gentío es un muestrario de gente fea. El primero que pasa es un miserable. Mujer rima con caer. ¡Sí, tengo spleen, y encima melancolía, y además nostalgia, y también hipocondría; y rabio, y me dan berrinches, y bostezo, y me aburro, y me harto, y me entra el fastidio! ¡Que se vaya Dios al diablo!

—¡Cállate de una vez, R mayúscula! —repitió Bossuet, que estaba en un debate general acerca de un tema de derecho y tenía más de medio cuerpo metido en una frase de jerga jurídica cuyo final ponemos a continuación:

—… Y por lo que a mí se refiere, por más que sea apenas persona versada en leyes y, como mucho, procurador aficionado, afirmo lo siguiente: que a tenor de los usos de Normandía, en san Miguel debían pagar todos los años al señor un Equivalente, salvo derechos de tercero, tanto los propietarios cuanto sus derechohabientes, y ello en lo relativo a todas las enfiteusis, todos los arrendamientos y alodios, todos los contratos patrimoniarios y patrimoniales, hipotecarios e hipotecales…

—Ecos, ninfas quejosas —tarareó Grantaire.

Muy cerca de Grantaire, en una mesa casi silenciosa, una hoja de papel, un tintero y una pluma, entre dos vasos pequeños, anunciaban que estaba esbozándose un vodevil. Este asunto trascendental se trataba en voz baja, y las dos cabezas pensantes se rozaban.

—Lo primero es buscar los nombres. Cuando ya se tienen los nombres, llega solo el argumento.

—Muy cierto. Tú dicta, que yo escribo.

—El señor Dorimon.

—¿Rentista?

—Por descontado.

—Célestine, su hija.

—… hija. ¿Qué más?

—El coronel Sainval.

—Sainval está muy visto. Mejor Valsin.

Al lado de los aspirantes a autores de vodevil, otro grupo, que también aprovechaba el barullo para hablar en voz baja, ultimaba un duelo. Uno de edad avanzada, treinta años, le daba consejos a un joven de dieciocho y le explicaba con qué adversario se las tenía que haber:

—¡Demonios! Tenga cuidado. Es muy buen tirador. Maneja con limpieza. Tiene ataque de fintas perdidas, juego de muñeca, viveza, rapidez, paradas precisas y respuestas matemáticas. ¡Algo serio! Y es zurdo.

En la esquina opuesta, Joly y Bahorel jugaban al dominó y hablaban de amor.

—Tú tienes mucha suerte —decía Joly—. Una amante que siempre se está riendo.

—Mal hecho —contestaba Bahorel—. Cuando uno tiene una amante, esa amante se equivoca al reírse. Entran ganas de engañarla. Verla alegre quita los remordimientos; si la vemos triste, nos hacemos cargo.

—¡Ingrato! ¡Es tan agradable ver a una mujer reírse! ¡Y no os peleáis nunca!

—Eso es porque hicimos un trato. Cuando organizamos nuestra santa alianza particular, nos pusimos cada uno nuestra frontera, que no cruzamos nunca. De un lado el cantón de Vaud, del otro el cantón de Gex. Y por eso reina siempre la paz.

—La paz es la digestión de la felicidad.

—Y tú, Jolllly. ¿La señorita… ya sabes a quién me refiero, y tú seguís reñidos?

—Sigue enfurruñada con una paciencia cruel.

—Y eso que eres un enamorado que enternece por lo flaco.

—¡Pobre de mí!

—Yo en tu lugar la dejaría plantada.

—Eso es fácil de decir.

—Y de hacer. ¿No se llama Musichetta?

—Sí. Ay, mi pobre Bahorel, es una muchacha estupenda, muy literaria, pies menudos, manos pequeñas, viste bien, es blanca y rellenita con ojos de echadora de cartas. Me tiene loco.

—Mi querido amigo, entonces tienes que agradarle, que ir elegante y mover bien las piernas. Hazme el favor de comprar en Staub un buen pantalón de cruzadillo de lana. Es un tejido que presta.

—¿A qué interés? —gritó Grantaire.

En otra de las esquinas había un debate poético. La mitología pagana peleaba con la mitología cristiana. Hablaban del Olimpo, que defendía Jean Prouvaire en nombre del romanticismo. Jean Prouvaire sólo era tímido cuando estaba sosegado. En cuanto se exaltaba, explotaba; el entusiasmo crecía al sumársele algo parecido al júbilo, y Prouvaire era a la vez risueño y lírico.

—No insultemos a los dioses —decía—. Los dioses a lo mejor no se han ido. No me da la impresión de que Júpiter esté muerto. Los dioses son sueños, decís. Bueno, pues incluso en la naturaleza, tal y como es ahora que han huido los sueños, están todos los grandes mitos paganos antiguos. Hay montes con perfil de ciudadela, como el Vignemale por ejemplo, que para mí sigue siendo el tocado de Cibeles; no está demostrado que no acuda Pan por las noches para soplar en el tronco hueco de los sauces, taponando por turno los agujeros con los dedos; y siempre he creído que Ío tenía algo que ver con la cascada de Pissevaches.

En la cuarta esquina hablaban de política y despotricaban de la Carta Constitucional. Combeferre la defendía sin gran convicción. Courfeyrac la atacaba enérgicamente. Había encima de la mesa un malhadado ejemplar de la famosa Carta reproducida por Touquet. Courfeyrac la había cogido y la agitaba, uniendo sus argumentos y las vibraciones de la hoja de papel.

—De entrada, no quiero reyes. Aunque no fuera más que desde el punto de vista económico, no los quiero; un rey es un parásito. Los reyes no salen gratis. Escuchad esto: elevado precio de los reyes. Cuando murió Francisco I, la deuda pública francesa era de treinta mil libras de renta; cuando murió Luis XIV, era de dos mil seiscientos millones, a veintiocho libras el marco, lo que equivalía en 1760, según Desmarets, a cuatro mil quinientos millones, lo que equivaldría en la actualidad a mil doscientos millones. En segundo lugar, diga lo que diga Combeferre, una

Carta otorgada es un mal recurso para salir del paso. Salvar la transición, suavizar el proceso, amortiguar la sacudida, conseguir que pase insensiblemente la nación de la monarquía a la democracia poniendo en marcha esas ficciones constitucionales: ¡qué razones tan detestables! ¡No y no! ¡No le enseñemos nunca al pueblo las cosas a contraluz! Los principios se marchitan y pierden el color en ese sótano constitucional vuestro. Nada de bastardías. Nada de medias tintas. Nada de que el rey le otorgue algo al pueblo. En todos esos otorgamientos hay un artículo 14. Junto a la mano que da, está la garra que arrebata. Rechazo de plano la Carta esta. Una Carta es una máscara; detrás de ella está la mentira. Un pueblo que acepta una Carta abdica. El derecho sólo es derecho cuando no se le recorta nada. ¡No! ¡Fuera la Carta!

Era invierno; dos leños chisporroteaban en la chimenea. Resultaba muy tentador, y Courfeyrac no pudo resistirse. Arrugó en el puño la pobre Carta- Touquet y la arrojó al fuego. Combeferre miró filosóficamente cómo ardía la obra maestra de Luis XVIII y se limitó a decir:

—La metamorfosis de la Carta en llama.

Y los sarcasmos, las ocurrencias, las pullas, eso tan francés que se llama el brío, el buen gusto y el malo, las razones buenas y las malas, todos los cohetes descontrolados del diálogo, elevándose a la vez y cruzándose por todo el local, formaban por encima de las cabezas algo así como un bombardeo alegre.

<h1 style="text-align:center">V</h1>

EL HORIZONTE SE ENSANCHA

Lo admirable de esos encontronazos de mentes jóvenes es que no puede preverse nunca la chispa ni intuir el relámpago. ¿Qué saltará dentro de un rato? No se sabe. La carcajada brota del sentimentalismo. En el momento más chistoso aparece la seriedad. Los impulsos dependen de cualquier palabra. La inspiración de todos y cada uno es soberana. Basta una burla para que se le abran las puertas a lo inesperado. Son conversaciones con giros bruscos en que la perspectiva cambia de pronto. El azar es el tramoyista de esas conversaciones.

Un pensamiento serio, que brotó curiosamente de un tintineo de palabras, pasó de pronto por entre la refriega de voces en que cruzaban las espadas, en medio de la confusión, Grantaire, Bahorel, Prouvaire, Bossuet, Combeferre y Courfeyrac.

¿Cómo surge una frase en un diálogo? ¿Cómo es que destaca de repente por sí sola y capta la atención de quienes la oyen? Acabamos de decirlo: nadie lo sabe. En pleno barullo, Bossuet concluyó de pronto una interpelación cualquiera a Combeferre con esta fecha:

—18 de junio de 1815, Waterloo.

Al oír ese nombre, Waterloo, Marius, de codos en una mesa, junto a un vaso de agua, se quitó el puño de debajo de la barbilla y empezó a mirar con fijeza al auditorio.

—Por Dios que este número, el 18, es curioso y me llama la atención —exclamó Courfeyrac (pardiez se estaba ya quedando anticuado por entonces)—. Es el número fatídico de Bonaparte. Si le ponemos Luis delante y brumario detrás, entra ahí todo el destino de ese hombre, con la particularidad expresiva de que el final le pisa los talones a los comienzos.

Enjolras, que hasta el momento no había dicho nada, rompió a hablar y le dijo lo siguiente a Courfeyrac:

—Querrás decir que la expiación le pisa los talones al crimen.

Esa palabra, crimen, iba más allá de lo que podía aceptar Marius, ya muy alterado con la repentina evocación de Waterloo.

Se levantó, se acercó despacio al mapa de Francia colocado en la pared en cuya parte baja se veía una isla en un recuadro aparte, puso el dedo en ese recuadro y dijo:

—Córcega. Una isla pequeña que hizo a Francia muy grande.

Aquello fue una ráfaga gélida. Todos se quedaron callados. Se notó que era el comienzo de algo.

Bahorel, que estaba contestando a Bossuet componiendo una postura del torso a la que era aficionado, renunció a ella para atender.

Enjolras, sin fijar en nadie las pupilas azules, como si mirase al vacío, respondió sin mirar a Marius:

—Francia no necesita ninguna Córcega para ser grande. Francia es grande porque es Francia. Quia nominor leo.

Marius no mostró la menor veleidad de retroceder; se volvió hacia Enjolras y retumbó su voz con una vibración que le salía de las entrañas soliviantadas:

—¡No quiera Dios que le haga yo de menos a Francia! Pero amalgamarlos a Napoleón y a ella no es hacerle de menos. Pongamos las cosas claras. Soy un recién llegado entre vosotros, pero os confieso que me dejáis asombrado. ¿En qué punto estamos? ¿Quiénes somos? ¿Quiénes sois? ¿Quién soy? Aclaremos las cosas en lo tocante al emperador. Os oigo decir Buonaparte, recalcando la u como los monárquicos. Os advierto que mi abuelo lo hace mejor aún y dice Buonaparté. Yo creía que erais jóvenes.

¿Dónde tenéis el entusiasmo? ¿Y en qué lo usáis? ¿A quién admiráis si no admiráis al emperador? ¿Y qué más os hace falta? Si rechazáis a ese gran hombre, ¿a qué grandes hombres aceptáis? Lo tenía todo. Era completo. Llevaba en el cerebro facultades humanas al cubo. Redactaba códigos, como Justiniano, dictaba como César, en su charla se juntaban el relámpago de Pascal con el trueno de Tácito, hacía la historia y la escribía, sus partes de guerra son Ilíadas, combinaba las matemáticas de Newton con las metáforas de Mahoma, dejaba tras de sí en oriente palabras del tamaño de pirámides; en Tilsit les enseñaba majestad a los emperadores, en la Academia de Ciencias dialogaba con Laplace, en el Consejo de Estado se enfrentaba con Merlin, daba alma a la geometría de aquéllos y a las trapacerías legales de éstos, era legista con los procuradores y sideral con los astrónomos; igual que Cromwell apagando una vela sí y otra no, se iba a Le Temple a regatear un borlón de cortina; lo veía todo, lo sabía todo; y eso no le impedía reírse con risa bonachona junto a la cuna de su hijito; y, de pronto, Europa, espantada, atendía; echaban a andar ejércitos, rodaban parques de artillería, puentes de barcazas cruzaban los ríos, las bandadas de la caballería galopaban entre el huracán, gritos, trompetas, tronos bamboleantes por doquier, las fronteras de los reinos oscilaban en el mapa, se oía el ruido de una espada sobrehumana al salir de la vaina y se lo veía a él, enhiesto sobre el telón de fondo del horizonte con un resplandor llameante en la mano y un fulgor en los ojos, abriendo en pleno trueno las dos alas, el Gran Ejército y la Vieja Guardia, ¡y era el arcángel de la guerra! Todos callaban y Enjolras agachaba la cabeza. El silencio da siempre hasta cierto punto la impresión de que quien calla otorga o de que el interlocutor está entre la espada y la pared. Marius, casi sin pararse a tomar aliento, siguió con entusiasmo creciente:

—¡Seamos justos, amigos míos! Ser el imperio de un emperador así,

¡qué destino tan espléndido para un pueblo cuando ese pueblo es Francia y suma su genio al genio de ese hombre! Aparecer y reinar; andar y triunfar; tener por etapas todas las capitales; tomar a los granaderos de nuestro ejército y convertirlos en reyes; decretar la caída de las dinastías; transfigurar Europa a paso de carga; que los demás sientan, cuando amenazamos, que apoyamos la mano en la empuñadura de la espada de Dios; ir en pos de Aníbal, de César y de Carlomagno en un único hombre; ser el pueblo de alguien que pone en todos nuestros amaneceres el anuncio clamoroso de una batalla ganada; que nos haga de despertador el cañón de Les Invalides; arrojar a abismos de luz palabras prodigiosas cuya llama arde para siempre: ¡Marengo, Arcole, Austerlitz, Iéna, Wagram! Hacer que florezcan continuamente en el cenit de los siglos constelaciones de victorias; convertir el Imperio francés en simétrico del Imperio romano; ser la gran nación y alumbrar al Gran Ejército; mandar a volar por todo el orbe nuestras legiones de la misma forma que una montaña envía todas sus águilas; vencer; dominar; fulminar; ser en Europa algo parecido a un pueblo dorado a fuerza de gloria; resonar en la historia como una fanfarria de titanes; conquistar el mundo dos veces, conquistándolo y deslumbrándolo, todo eso es sublime. Y ¿hay algo más grande?

—Ser libre —dijo Combeferre.

Entonces le tocó a Marius agachar la cabeza. Esa palabra sencilla y fría atravesó como una hoja de acero su efusión épica y notó cómo se le desvanecía. Cuando alzó la vista, Combeferre ya se había ido. Satisfecho seguramente por aquella respuesta suya a la apoteosis, acababa de marcharse, y todos los demás, con la excepción de Enjolras, se habían ido tras él. El local estaba vacío. Enjolras se había quedado a solas con Marius y lo miraba muy serio. Marius, no obstante, tras ordenar un poco las ideas, no se consideraba derrotado; le quedaba por dentro cierta efervescencia que iba seguramente a plasmarse en silogismos, desplegándolos contra Enjolras, cuando, de pronto, se oyó cantar a alguien por las escaleras según se iba. Era Combeferre, y esto era lo que cantaba:

Si César me ofreciese la gloria y la guerra, que dejar a mi madre por tenerlas tuviera, le diría al gran César: guárdate carro y cetro, que a mi madre prefiero, ay, sí, que a mi madre prefiero.

El tono tierno y fiero con que cantaba Combeferre daba a esa estrofa de una especie de grandeza extraña. Marius, ensimismado y mirando al techo, repitió casi automáticamente: «¿Mi madre?».

En ese momento, notó en el hombro la mano de Enjolras:

—Ciudadano —le dijo Enjolras—, mi madre es la República.

VI

RES AUGUSTA

Aquella velada dejó en Marius una conmoción muy honda y una oscuridad triste en el alma. Sintió lo que quizá siente la tierra en el momento en que la abren con el hierro para depositar en ella el grano de trigo; sólo nota la herida; el sobresalto del germen y de la alegría del fruto no llegan hasta más adelante.

Marius estuvo adusto. Acababa apenas de construirse una fe. ¿Tenía ya que renunciar a ella? Se aseguró a sí mismo que no. Se afirmó que no quería dudar y empezó a dudar a pesar suyo. Hallarse entre dos religiones sin haber salido aún de una ni haber entrado aún en otra resulta insoportable; y esos crepúsculos sólo agradan a las almas murciélago. Marius era de mirada franca y necesitaba luz de verdad. Las penumbras de la duda le dolían. Por mucho que deseara quedarse donde estaba y no moverse de ahí, notaba una obligación invencible de seguir adelante, de avanzar, de examinar, de pensar, de ir más allá. ¿Dónde lo llevaría todo aquello? Le daba miedo, después de haber dado tantos pasos que lo habían acercado a su padre, dar ahora otros pasos que podrían alejarlo de él. El malestar que sentía iba a más con todas las reflexiones que se le iban ocurriendo. Iba apareciendo y lo iba rodeando una escarpadura. No estaba de acuerdo ni con su abuelo ni con sus amigos; a aquél le parecía un temerario, y a éstos, un atrasado; se dio cuenta de que estaba doblemente aislado, por el lado de los ancianos y por el lado de los jóvenes. Dejó de ir al café Musain.

Tan turbada tenía la conciencia que no se acordaba ya de determinados aspectos serios de la existencia. Las realidades de la vida no nos consienten que nos olvidemos de ellas. Un día se presentaron de repente para darle un codazo.

Una mañana, el dueño del hotel entró en la habitación de Marius y le dijo:

—El señor Courfeyrac respondió por usted.

—Sí.

—Pero tendría usted que pagarme.

—Ruegue al señor Courfeyrac que venga a hablar conmigo —dijo Marius.

Cuando llegó Courfeyrac, el hostelero los dejó solos. Marius le contó lo que no se le había ocurrido contarle antes: que era como si no tuviera a nadie en el mundo, pues no tenía padres ni parientes.

—¿Y qué va a ser de usted? —dijo Courfeyrac.

—No tengo ni la más remota idea —contestó Marius.

—¿Qué va a hacer?

— No tengo ni la más remota idea.

—¿Tiene dinero?

—Quince francos.

—¿Quiere que le haga un préstamo?

—Nunca.

—¿Tiene ropa?

—Esta que ve aquí.

—¿Tiene joyas?

—Un reloj.

—¿De plata?

—De oro. Éste.

—Conozco a un prendero que le aceptará la levita y unos pantalones.

—Me parece bien.

—Se quedará usted sólo con unos pantalones, un chaleco, un sombrero y un frac.

—Y con las botas.

—¿Cómo? ¿No va a ir descalzo? ¡Menuda opulencia!

—Bastará con eso.

—Conozco a un relojero que le comprará el reloj.

—Muy bien.

—Qué va, de bien nada. ¿Y luego qué hará?

—Cuanto sea necesario. Todo cuanto sea honrado al menos.

—¿Sabe usted inglés?

—No.

—¿Sabe alemán?

—No.

—Mala suerte.

—¿Por qué?

—Es que tengo un amigo librero que está haciendo algo así como una enciclopedia para la que habría podido traducir textos ingleses o alemanes. Está mal pagado, pero se puede vivir.

—Aprenderé inglés y alemán.

—¿Y mientras tanto?

—Mientras tanto me gastaré lo que me den por la ropa y por el reloj.

Avisaron al prendero. Compró la ropa por veinte francos. Fueron a la relojería. El relojero compró el reloj por cuarenta y cinco francos.

—No está mal —le decía Marius a Courfeyrac mientras volvían al hotel.

—, con los quince francos que ya tenía, suman ochenta francos.

—¿Y la nota del hotel? —comentó Courfeyrac.

—Anda, ya no me acordaba —dijo Marius.

El hospedero le trajo la nota, que tuvo que pagar en el acto. Subía a setenta francos.

—Me quedan diez francos —dijo Marius.

—Demonios —dijo Courfeyrac—, se comerá cinco francos mientras aprende inglés y otros cinco mientras aprende alemán. Eso va a ser como meterse una lengua entre pecho y espalda muy deprisa o una moneda de cinco francos muy despacio.

Entretanto, su tía, la señorita Gillenormand, que en el fondo era bastante buena persona en las ocasiones tristes, había acabado por dar con el lugar donde se alojaba Marius. Una mañana, cuando volvía Marius de la facultad, se encontró una carta de su tía y los seiscientos francos de oro en una caja lacrada.

Marius le devolvió a su tía los treinta luises con una carta respetuosa en la que le decía que tenía medios de subsistencia y que a partir de ahora podría atender él solo a todas sus necesidades. En aquellos momentos le quedaban tres francos.

La tía no le dijo nada al abuelo de aquel rechazo por temor a exasperarlo más aún. ¿No había dicho acaso, por lo demás, que no volvieran a mentarle nunca al bebedor de sangre aquel?

Marius se fue del hotel de la Porte de Saint-Jacques porque no quería dejar nada a deber allí.

LIBRO QUINTO
EXCELENCIA DE LA DESDICHA

I
MARIUS INDIGENTE

La vida se le volvió muy dura a Marius. Tener que pasar por vender la ropa y el reloj no fue nada. Tuvo también que pasarlas moradas, que es una expresión inconcreta, una cosa espantosa que incluye días sin pan, noches sin sueño, veladas a oscuras, hogar sin fuego, semanas sin trabajo, porvenir sin esperanza, el frac con los codos agujereados, el sombrero viejo que hace reír a las muchachas, la puerta que se encuentra uno cerrada por la noche porque no ha pagado el alquiler, la insolencia del portero y del dueño del figón, las risas malévolas de los vecinos, las humillaciones, la renuncia a la dignidad, la aceptación de cualquier trabajo, el asco, la amargura, el desánimo. Marius aprendió a pasar por todo eso y a que con mucha frecuencia sólo eso le pasara por el estómago. En momentos así de la existencia, cuando el hombre necesita orgullo porque necesita amor, notó cómo se mofaban de él porque iba mal vestido y porque era ridículo y pobre. A esa edad en que tenemos el corazón henchido de un orgullo imperial, bajó más de una vez la vista hacia las botas agujeradas y supo de los bochornos injustos y los rubores dolorosos de la miseria. Prueba admirable y terrible de la que los débiles salen convertidos en infames y los fuertes en seres sublimes. Crisol al que el destino arroja a un hombre siempre que quiere conseguir un pillo o un semidiós.

Porque en las luchas pequeñas se hacen cosas muy grandes. Hay corajes tozudos e ignorados que se defienden paso a paso en la sombra, luchando contra la invasión fatídica de las necesidades y las ignominias.

Victorias nobles y misteriosas que ninguna mirada ve, por las que no se recibe ningún pago de la fama ni el saludo de ninguna fanfarria. La vida, la desdicha, el aislamiento, el abandono y la pobreza son campos de batalla que tienen sus propios héroes; héroes oscuros mayores a veces que los héroes ilustres.

Nacen así caracteres firmes y valiosísimos; la miseria, madrastra casi siempre, es madre a veces; la indigencia da a luz la potencia del alma y de la mente; la aflicción es nodriza del orgullo; la desgracia es leche nutricia para los magnánimos.

Hubo una época en la vida de Marius en que barría su rellano de las escaleras, en que compraba cinco céntimos de queso de Brie en la frutería, en que esperaba a que llegase el crepúsculo para colarse en la panadería y comprar un pan que se llevaba furtivamente a su desván como si lo hubiera robado. A veces era posible ver cómo entraba en la carnicería de la esquina, escurriéndose por entre las cocineras socarronas que le daban empellones, un joven torpe con unos libros debajo del brazo y expresión entre tímida y rabiosa; se quitaba al entrar el sombrero, dejando al aire una frente perlada de sudor, le hacía una marcada reverencia a la carnicera extrañada, otra al dependiente, pedía una chuleta de cordero, pagaba por ella treinta o treinta y cinco céntimos, la envolvía en papel, se la metía debajo del brazo entre dos libros y se iba. Era Marius. De esa chuleta, que se guisaba él, vivía tres días.

El primer día se comía la carne; el segundo, se comía la grasa; el tercero, roía el hueso.

Su tía, la señorita Gillenormand, hizo más intentos y le envió los seiscientos francos. Marius los devolvió una y otra vez, diciendo que no necesitaba nada.

Llevaba aún luto por su padre cuando le aconteció esa revolución personal que ya hemos referido. Desde entonces no había dejado de llevar aquella ropa negra. Pero la ropa sí lo dejó a él. Llegó un día en que se quedó sin frac. Los pantalones todavía aguantaban. ¿Qué podía hacer? Courfeyrac, a quien había echado una mano unas cuantas veces, le dio un frac viejo. Por franco y medio, un portero le dio la vuelta y Marius tuvo un frac nuevo. Pero aquel frac era verde. Entonces Marius dejó de salir antes de que se hiciera de noche. Y así el frac era negro. Como quería seguir yendo de luto, se vestía con la negrura de la noche.

Mientras pasaba por todo esto, obtuvo el título de abogado. Dio como domicilio la habitación de Courfeyrac, que era decente y donde unos cuantos libros de derecho, que arropaban y completaban varios tomos desparejados de novelas, hacían las veces de la biblioteca que exigían los reglamentos. Las señas para la correspondencia eran las del hotel de Courfeyrac.

Cuando Marius fue ya abogado, se lo comunicó a su abuelo en una carta fría pero colmada de sumisión y respeto. El señor Gillenormand cogió la carta con manos trémulas, la leyó y la tiró, rota en cuatro pedazos, a la papelera. Dos o tres días después la señorita Gillenormand oyó a su padre, que estaba solo y hablaba en voz alta. Le sucedía a veces cuando era presa de mucha agitación. Atendió; el anciano estaba diciendo: «Si no fueras un imbécil, sabrías que no se puede ser a la vez barón y abogado».

II
MARIUS POBRE

Pasa con la miseria como pasa con todo. Acaba por convertirse en posible. Al final adopta una forma y se organiza. Vegetamos, es decir, nos desarrollamos de forma un tanto encanijada, pero suficiente para seguir vivos. Ésta era la disposición de la miseria de Marius Pontmercy:

Había salido de lo más angosto; veía el desfiladero ensancharse algo más allá. A fuerza de laboriosidad, de coraje, de perseverancia y de voluntad, había conseguido ganar con su trabajo alrededor de setecientos francos anuales. Había aprendido alemán e inglés. Gracias a Courfeyrac, que lo puso en relación con su amigo el librero, Marius desempeñaba en la literatura de librería el modesto papel de comparsa. Hacía folletos, traducía periódicos, anotaba ediciones, compilaba biografías, etc. Entre unas cosas y otras, setecientos francos. Con ellos vivía. Y no vivía mal. ¿Cómo? Vamos a contarlo.

Marius ocupaba en el caserón Gorbeau, por treinta francos anuales, un cuchitril sin chimenea conocido por gabinete donde, en lo tocante a muebles, no había sino lo indispensable. Esos muebles eran suyos. Pagaba a la anciana inquilina principal tres francos mensuales para que barriera el cuchitril y le trajese todas las mañanas un poco de agua caliente, un huevo fresco y un panecillo de cinco céntimos. Con ese panecillo y ese huevo almorzaba. El almuerzo le costaba entre diez y veinte céntimos, según que los huevos estuvieran caros o baratos. A las seis de la tarde, iba calle Saint- Jacques abajo para cenar en Rousseau, enfrente de Basset, el vendedor de grabados de la calle de Les Mathurins. No tomaba sopa. Pedía un plato de carne de 30 céntimos, medio plato de verdura de 15 céntimos y un postre de 15 céntimos. Por otros 15 céntimos, pan a discreción. En lo tocante al vino, bebía agua. Cuando pagaba en el mostrador, donde estaba majestuosamente entronizada la señora Rousseau, siempre oronda y aún lozana por entonces, le daba cinco céntimos al camarero y la señora Rousseau le daba a él una sonrisa. Luego se iba. Por 80 céntimos tenía cena y una sonrisa.

Aquel restaurante Rousseau, donde la clientela vaciaba tan pocas botellas y tantas jarras de agua, era un calmante más aún que un restaurante. Hoy en día ya no existe. El dueño tenía un mote muy bonito; lo llamaban Rousseau el acuático.

Por lo tanto, 20 céntimos para el almuerzo y 80 céntimos para la cena; en comer se gastaba un franco diario, es decir, 365 francos anuales. Sumemos los 30 francos de alquiler y los 36 francos que le daba a la vieja, más algunos gastos menudos, y por 450 francos Marius tenía comida, techo y servicio. En ropa se le iban 100 francos, en ropa blanca, 50, y en lavandería, otros 50. La suma no pasaba de 650 francos. Le quedaban 50 francos. Era rico. De vez en cuando le prestaba 10 francos a un amigo; Courfeyrac pudo en una ocasión pedirle prestados 60 francos. En cuanto a calentar la habitación, Marius, como no tenía chimenea, había «simplificado» la cuestión.

Marius contaba siempre con dos atuendos completos, uno viejo, «de diario», y otro nuevecito, para algunas ocasiones. Ambos eran negros. Sólo tenía tres camisas, una puesta, otra en la cómoda y otra en la lavandera. Las iba reponiendo según se iban quedando viejas. Solían estar rotas, por lo que llevaba el frac abrochado hasta la barbilla.

Para llegar a tan floreciente situación, Marius había necesitado años. Años duros; por unos le había costado mucho cruzar; y le había costado mucho subir la cuesta de otros. Marius no se había desanimado ni un día. En cuestiones de indigencia, había soportado de todo; había hecho de todo, menos endeudarse. Podía enorgullecerse de que nunca le había debido un céntimo a nadie. Para él una deuda era el principio de la esclavitud. Llegaba incluso a decirse que un acreedor es peor que un amo; porque un amo sólo es dueño de tu persona, pero un acreedor es dueño de tu dignidad y puede abofetearla. Prefería no comer a pedir prestado. Había pasado por muchos días de ayuno. Como era consciente de que los extremos se tocan y de que, si no se anda uno con cuidado, bajar los peldaños de la fortuna puede llevar a la bajeza del alma, velaba celosamente por su orgullo. Algunas frases hechas o algunas gestiones que, en cualquier otra situación, le habrían parecido deferencias, le parecían rendibús, y se engallaba. No se arriesgaba a nada por no tener que dar marcha atrás. Tenía en el rostro algo así como un rubor austero. Era tímido hasta la acritud.

En todas esas pruebas sentía que lo animaba, e incluso a veces que lo impulsaba, una fuerza secreta que llevaba dentro. El alma ayuda al cuerpo y hay momentos en que consigue que alce el vuelo. Es el único pájaro capaz de sostener en vilo la jaula.

Junto al nombre de su padre, había otro nombre grabado en el corazón de Marius, el apellido Thénardier. El carácter entusiasta y serio de Marius rodeaba con una especie de aureola al hombre al que creía deber la vida de su padre, a aquel intrépido sargento que salvó al coronel entre las balas de cañón y los disparos de Waterloo. Nunca separaba el recuerdo de aquel hombre del recuerdo de su padre y los asociaba en su veneración. Era algo semejante a un culto en dos niveles: el altar mayor para el coronel; el pequeño, para Thénardier. Lo que hacía aún más afectuoso aquel agradecimiento era acordarse del infortunio que sabía que aquejaba y se había tragado a Thénardier. Marius se había enterado en Montfermeil de la ruina y la quiebra del desventurado posadero. A continuación había hecho esfuerzos ímprobos para dar con su rastro e intentar hallarlo en aquel abismo tenebroso de la miseria en que se había esfumado Thénardier. Marius había recorrido toda la comarca; había ido a Chelles, a Bondy, a Gournay, a Nogent, a Lagny. Se había empecinado tres años, gastándose en esas expediciones el poco dinero que ahorraba.

Nadie había sabido darle noticia de Thénardier; pensaban que se había ido al extranjero. También lo habían buscado sus acreedores, con menos cariño que Marius, pero con no menos empeño, y no habían podido echarle el guante. Marius se acusaba y casi se guardaba rencor por no haber tenido éxito en aquella búsqueda. Era la única deuda que le había dejado el coronel y para Marius era cuestión de honor pagarla. «¡Cómo! —pensaba—. Cuando mi padre yacía moribundo en el campo de batalla, Thénardier sí supo dar con él entre el humo y la metralla y echárselo a la espalda, y eso que no le debía nada; y yo, que tanto le debo a Thénardier, ¿no voy a ser capaz de localizarlo entre esa sombra en que agoniza y devolverlo, a mi vez, de la muerte a la vida? ¡Ah, ya lo creo que lo encontraré!» Efectivamente, para encontrar a Thénardier Marius habría dado un brazo; y, para sacarlo de la miseria, toda la sangre de su cuerpo. Ver a Thénardier, hacerle a Thénardier el favor que fuera menester, decirle: «¡No me conoce, pero yo sí lo conozco! ¡Aquí me tiene! ¡Disponga de mí!», tal era el sueño más dulce y más esplendoroso de Marius.

III
MARIUS SE ENGRANDECE

Por entonces Marius tenía veinte años. Hacía tres que se había ido de casa de su abuelo. Las relaciones seguían igual por ambas partes, sin intentos de reconciliación y sin intenciones de volver a verse. Por lo demás, verse ¿para qué? ¿Para enfrentarse? ¿Quién habría llevado las de ganar? Marius era el jarrón de bronce, pero Gillenormand era el jarro de hierro.

Hay que decirlo: Marius estaba engañado en cuanto al corazón de su abuelo. Se había figurado que el señor Gillenormand no lo había querido nunca y que aquel hombre tajante, duro y risueño, que juraba, gritaba, tronaba y blandía el bastón no sentía por él, en el mejor de los casos, sino ese afecto al tiempo superficial y adusto de los Gerontes de las comedias. Marius se equivocaba. Hay padres que no quieren a sus hijos; no existe abuelo que no adore a su nieto. En el fondo, ya lo hemos dicho, el señor Gillenormand idolatraba a Marius. Lo idolatraba a su manera, con acompañamiento de reprensiones e incluso de bofetadas; pero, cuando ya no estuvo el muchacho, notó un vacío negro en el corazón. Exigió que nadie se lo volviera a mentar al tiempo que lamentaba por lo bajo que lo obedecieran tan puntualmente.

Al principio, tuvo la esperanza de que aquel buonapartista, aquel jacobino, aquel terrorista, aquel afecto a las matanzas de septiembre de 1792 volviera. Pero pasaron las semanas, pasaron los meses, pasaron los años; para mayor desesperación del señor Gillenormand, el bebedor de sangre no hizo acto de presencia. «Pero si es que no podía por menos de echarlo», se decía el abuelo. Y se preguntaba: «Si tuviera que hacerlo otra vez, ¿lo haría?». En el acto su orgullo contestaba que sí; pero la anciana cabeza, que movía en silencio, contestaba con tristeza que no. A ratos, estaba abatido. Echaba de menos a Marius. Los viejos necesitan el cariño tanto como el sol. Porque calienta. Por muy recio de carácter que fuera, la ausencia de Marius había cambiado algo en su carácter. Por nada en el mundo habría querido dar un paso para acercarse a ese «pillastre»; pero sufría. Nunca preguntaba por él, pero no se le iba de la cabeza. Vivía cada vez más retirado en el barrio de Le Marais. Seguía siendo, como antes, alegre y agresivo, pero había en aquella alegría algo convulso, como si llevase dentro dolor e ira; y sus arrebatos violentos concluían siempre con algo parecido a un desmoralizamiento manso y sombrío. A veces decía:

«¡Ay, si volviera, menudo cachete le iba a dar!».

En cuanto a la tía, no pensaba lo suficiente para poder querer mucho; Marius no era ya para ella sino una especie de silueta negra y borrosa; y había acabado por pensar mucho menos en él que en el gato o el loro que es probable que tuviera.

Lo que hacía mayor el sufrimiento secreto de Gillenormand es que lo ocultaba por completo y no dejaba traslucir nada. Su pena era como esos hornos que han inventado hace poco, que arden sin humo. A veces algunos metomentodo inoportunos le hablaban de Marius y le preguntaban: «¿Qué es de su señor nieto? ¿Qué hace?». El anciano caballero respondía, suspirando si estaba muy triste o dándole una toba al vuelillo de la bocamanga si quería parecer alegre: «El señor barón Pontmercy anda de leguleyo por ahí».

Mientras el anciano añoraba, Marius se congratulaba. Como les pasa a todos los corazones buenos, la desgracia se había llevado la amargura. No se acordaba del señor Gillenormand sino con dulzura, pero tuvo empeño en no recibir nada más del hombre que se había portado mal con su padre. Ésa era ahora la traducción mitigada de su primitiva indignación. Además, se alegraba de haber sufrido y de seguir sufriendo. Sufría por su padre. Aquella vida dura lo satisfacía y le agradaba. Se decía con algo parecido a la alegría que eso era lo menos; que era una expiación; que, de no estar haciendo aquello, más adelante le habría llegado un otro castigo por su indiferencia impía hacia su padre, y ¡qué padre!; que no habría sido justo que su padre hubiera cargado con todo el sufrimiento y él con ninguno; que, por lo demás, ¿qué eran aquellas penalidades y privaciones comparadas con la vida heroica del coronel?; y que, por último, la única manera que tenía de acercarse a su padre y parecérsele era mostrar valentía ante la indigencia como él la había mostrado ante el enemigo, y que eso era sin duda lo que había querido decir el coronel con las palabras: será digno del título. Palabras que Marius seguía llevando no pegadas al pecho, puesto que el escrito del coronel había desaparecido, sino en el corazón.

Y además, el día en que su abuelo lo echó era aún sólo un niño; ahora era un hombre. Lo notaba. La miseria, hemos de insistir en ello, le había sido beneficiosa. La pobreza en la juventud, cuando ésta sale adelante, tiene este resultado magnífico: orienta la voluntad entera hacia el esfuerzo y el alma hacia la aspiración. La pobreza deja enseguida al desnudo la vida material y la torna repulsiva; de ahí nacen impulsos indecibles hacia la vida ideal. El joven acaudalado tiene cien distracciones brillantes y zafias: las carreras de caballos, la caza, los perros, el tabaco, el juego, las buenas comidas y todo lo demás, ocupaciones de las cunetas del alma a expensas de las zonas elevadas y exquisitas.

El joven pobre se gana trabajosamente el pan; come; cuando acaba de comer, sólo le queda ya la ensoñación. Va a los espectáculos gratuitos de Dios: mira el cielo, el espacio, los astros, las flores, los niños, la humanidad en la que padece, la creación en la que resplandece. Tanto mira a la humanidad que ve el alma; tanto mira la creación que ve a Dios. Sueña, y se siente grande; sigue soñando, y se siente tierno. Del egoísmo del hombre que sufre pasa a la compasión del hombre que medita. Estalla en él un sentimiento admirable: el olvido de sí mismo y la compasión por todos. Al pensar en los goces incontables que la naturaleza brinda, da y prodiga a las almas que se le abren y niega a las almas que se le cierran, acaba por compadecer, él, millonario en inteligencia, a los millonarios en dinero. Se le va del corazón todo el odio a medida que le va entrando en la mente toda la claridad. Por lo demás, ¿es acaso desdichado? No. La miseria de un joven nunca es miserable. A cualquier muchacho, por muy pobre que sea, con esa salud, esa fuerza, esos andares veloces, esos ojos brillantes, esa sangre que circula con tanto ardor, ese pelo negro, esas mejillas lozanas, esos labios sonrosados, esos dientes blancos, ese aliento puro, siempre le tendrá envidia un emperador viejo. Y además todas las mañanas vuelve a empezar a ganarse el pan; y mientras se gana el pan con las manos, la espina dorsal gana en arrogancia y la mente gana en ideas. Al acabar la labor, vuelve a los éxtasis inefables, a las contemplaciones, a los goces; vive con los pies en las aflicciones, en los obstáculos, en el adoquinado, en las zarzas, en el barro quizá; y con la cabeza en la luz. Es firme, sereno, dulce, sosegado, atento, serio, satisfecho con poco, benevolente; y bendice a Dios por haberle dado estas dos riquezas de que carecen muchos ricos: el trabajo, que lo hace libre, y el pensamiento, que lo hace digno.

Eso fue lo que le sucedió a Marius. E incluso, por no ocultar nada, se había orientado en demasía hacia la vertiente de la contemplación. Desde el día en que consiguió ganarse la vida con cierta seguridad, se quedó en eso, pareciéndole bueno ser pobre y quitando tiempo al trabajo para dárselo a la reflexión. Es decir, que se pasaba a veces días enteros pensando, sumido y anegado, como un visionario, en las voluptuosidades mudas del éxtasis o del resplandor interior. Se había planteado de la siguiente forma la cuestión de su vida: trabajar lo menos posible en el trabajo material para trabajar lo más posible en el trabajo impalpable; dicho de otro modo, dedicarle unas cuantas horas a la vida real y entregarle el resto a lo infinito. No se daba cuenta, pues le parecía que no carecía de nada, de que la contemplación así entendida acaba por convertirse en una de las formas de la pereza, de que se había contentado con domeñar las necesidades primeras de la vida y que había empezado a descansar demasiado pronto.

Estaba claro que para aquel carácter enérgico y generoso sólo podía tratarse de un estado transitorio y que, en cuanto se produjera un primer choque con las inevitables complicaciones del destino, Marius se despertaría.

En tanto, aunque fuera abogado y pese a lo que pudiera pensar Gillenormand, no litigaba ni andaba siquiera de leguleyo. La ensoñación lo había desviado del foro. Frecuentar a los procuradores, estar pendiente del Palacio de Justicia, buscar casos, qué aburrimiento. ¿Para qué? No veía razón alguna para cambiar de forma de ganarse el pan. Aquellas tareas libreras, comerciales y oscuras, habían acabado por proporcionarle un trabajo seguro, un trabajo poco laborioso que, como acabamos de explicar, le bastaba.

Uno de los libreros para los que trabajaba, el señor Magimel, creo, le había ofrecido que viviera en su casa, alojarlo bien, darle trabajo con regularidad y mil quinientos francos al año. ¡Estar bien alojado! ¡Mil quinientos francos! Sí, desde luego. Pero ¡renunciar a su libertad! ¡Ser un asalariado! ¡Algo así como un dependiente que despacha los conocimientos del hombre de letras! En opinión de Marius, si aceptaba, mejoraba y empeoraba a un tiempo de posición; ganaba en bienestar y perdía en dignidad; era una pobreza completa y hermosa que se convertía en un pasar feo y ridículo; algo así como si un ciego se volviera tuerto. Lo rechazó.

Marius llevaba una vida solitaria. Por la afición que le tenía a apartarse de todo y también porque se había quedado excesivamente asustado y desconcertado, no se había decidido a ingresar en el grupo de Enjolras. Seguía siendo buen compañero de todos; estaban todos dispuestos a echarse mutuamente una mano, llegado el caso, de todas las maneras posibles; pero nada más. Marius tenía dos amigos: uno joven, Courfeyrac, y uno viejo, el señor Mabeuf. Tenía preferencia por el viejo. En primer lugar, le debía la revolución por la que había pasado; le debía el haber conocido y querido a su padre. Me operó de cataratas, decía.

Y, desde luego, el mayordomo había resultado decisivo.

Y no es que el señor Mabeuf hubiera sido en esa ocasión algo más que el agente sosegado e impasible de la Providencia. Había iluminado a Marius por casualidad y sin saberlo, como hace una vela si alguien la trae; él había sido la vela y no quien la traía.

En cuanto a la revolución política interior de Marius, el señor Mabeuf era completamente incapaz de entenderla, de desearla y de dirigirla.

Como volveremos a encontrarnos más adelante con el señor Mabeuf, no es ocioso dedicarle unas cuantas palabras.

IV
EL SEÑOR MABEUF

Cuando el señor Mabeuf le decía a Marius: Desde luego que apruebo las ideas políticas, decía verdaderamente lo que sentía. Todas las opiniones políticas le eran indiferentes y las aprobaba todas sin diferenciarlas, para que lo dejasen en paz, de la misma forma que los griegos llamaban a las Furias «las hermosas, las benévolas, las adorables», las Euménides. La opinión política del señor Mabeuf era un amor apasionado por las plantas y, sobre todo, por los libros. Tenía, como todo el mundo, un sufijo, porque sin sufijo nadie podría haber vivido en aquellos tiempos, pero no era ni monárquico, ni bonapartista, ni cartaconstitucionalista, ni orleanista ni anarquista; era librista.

No le cabía en la cabeza que los hombres se dedicasen a odiarse por pamplinas como la Carta, la democracia, la legitimidad, la monarquía, la República, etc., siendo así que había en el mundo tantas clases de musgos, de árboles y de arbustos para mirar y tantos montones de infolios, e incluso de in-32º para hojear. Se guardaba muy mucho de portarse como un inútil; tener libros no le impedía leer, ser botánico no le impedía ser jardinero. Cuando conoció al coronel Pontmercy, nació esa simpatía mutua; lo que hacía el coronel por las flores, lo hacía él por los frutos. El señor Mabeuf había conseguido cultivar peras de semillero tan sabrosas como las peras de Saint-Germain; de una de esas combinaciones suyas nació, por lo visto, la ciruela mirabel de octubre, hoy famosa y no menos aromática que la mirabel de verano. Iba a misa más porque era de carácter manso que por devoción, y, además, porque como le gustaban las caras de los hombres, pero aborrecía el ruido que hacían, sólo en la iglesia los encontraba reunidos y callados. Como sabía que era necesario tener un estado, había escogido la carrera de mayordomo de fábrica.

Por lo demás, nunca había conseguido querer a una mujer tanto como a un bulbo de tulipán ni a un hombre tanto como a un elzevir. Pasaba ya mucho de los sesenta cuando le preguntó alguien un buen día: «¿No se ha casado usted nunca?». «Se me olvidó», dijo. Cuando a veces decía —¿y a quién no le sucede?—: «¡Ay, si fuera rico!», no era echándole el ojo a una chica guapa, como Gillenormand, sino contemplando un libro viejo. Vivía solo con un ama de llaves anciana. Padecía de quiragra y, cuando dormía, los viejos dedos que anquilosaba el reuma se le arqueaban entre los pliegues de las sábanas. Había escrito y publicado una Flora de las inmediaciones de Cauteretz con láminas en color, obra que gozaba de bastante estimación, las planchas de cobre de cuyos grabados eran de su propiedad y de cuya venta se encargaba personalmente.

Llamaban a la puerta de su domicilio de la calle de Mézieres dos o tres veces al día para ese asunto. Le sacaba por lo menos dos mil francos al año; poca más fortuna tenía. Aunque pobre, tuvo el talento de reunir, a fuerza de paciencia, de privaciones y de tiempo, una colección muy valiosa de ejemplares raros de todo tipo. Nunca salía si no era con un libro debajo del brazo y frecuentemente regresaba con dos. Lo único que decoraba las cuatro habitaciones de la planta baja de que se componía, junto con un jardincillo, su domicilio eran herbarios enmarcados y grabados de maestros antiguos. Ver un sable o un fusil lo dejaba helado. No se había acercado en la vida a un cañón, ni siquiera en Les Invalides. Tenía un estómago aceptable, un hermano cura y el pelo completamente blanco; no tenía dientes ni en la boca ni en el ingenio, pero sí un temblor de todo el cuerpo, acento picardo, una risa infantil, propensión a asustarse y parecido con un cordero viejo. Y, junto con todo eso, ninguna otra amistad o trato habitual con los vivos a no ser un librero viejo de la Porte de Saint- Jacques apellidado Royol. Su sueño era aclimatar el añil en Francia.

También su criada era una variedad de la inocencia. La bondadosa anciana era virgen. Le había colmado el corazón Sultán, su gato, que habría podido maullar el miserere de Allegri en la Capilla Sixtina, y le bastaba con eso para la cantidad de pasión de que era capaz. Ninguno de sus sueños había llegado hasta el hombre. Nunca pudo ir más allá de su gato. Tenía bigote, como él. Su orgullo eran los gorros, siempre blancos. Dedicaba los domingos, después de misa, a contar la ropa blanca que tenía en el baúl y a extender encima de la cama los cortes de vestido que se compraba y no mandaba nunca confeccionar. Sabía leer. El señor Mabeuf le había puesto de mote la Plutarco.

Al señor Mabeuf le agradaba Marius porque, al ser joven y dulce, le entibiaba la vejez sin crearle alarma en la timidez. La juventud que tiene dulzura les parece a los ancianos sol sin viento. Cuando Marius quedaba saturado de gloria militar, de pólvora de cañón, de marchas y de contramarchas y de todas esas batallas prodigiosas en las que su padre había dado y recibido tantos sablazos tremendos, iba a ver al señor

Mabeuf; y el señor Mabeuf le hablaba del héroe desde el punto de vista de las flores.

Hacia 1830 se murió el hermano cura y, casi enseguida, como cuando cae la noche, al señor Mabeuf se le ensombreció todo el horizonte. La quiebra de un notario lo dejó sin una suma de diez mil francos, que era todo cuanto poseía por parte de su hermano y suya propia. La revolución de julio trajo consigo una crisis de la industria librera. En tiempos de escasez, lo primero que deja de venderse es una Flora. La Flora de las inmediaciones de Cauteretz dejó de venderse por completo. Transcurrían semanas sin que apareciera un comprador. A veces el señor Mabeuf se sobresaltaba si sonaba la campanilla.

—Señor —le decía tristemente la Plutarco—, es el aguador.

Así que un día el señor Mabeuf dejó la calle de Mézieres, dimitió de las funciones de mayordomo de fábrica de la parroquia, renunció a Saint-Sulpice, vendió parte no de sus libros sino de sus grabados —que era a lo que tenía menos apego— y se fue a vivir a una casita del bulevar de Montparnasse, donde, por lo demás, sólo se quedó un trimestre por dos motivos: el primero, que la planta baja y el jardín le costaban trescientos francos y no se atrevía a gastarse más de doscientos en el alquiler; el segundo, que en el vecindario estaba el tiro Fatou y oía pistoletazos, cosa que le resultaba insoportable.

Se llevó su Flora, sus planchas, sus herbarios, sus carpetas y sus libros y se afincó cerca de La Salpêtriere en algo parecido a una choza del pueblo de Austerlitz, donde, por cincuenta escudos anuales, tenía tres habitaciones y un jardín con pozo que cercaba un seto. Aprovechó la mudanza para vender casi todos los muebles. El día en que se instaló en la casa, estuvo muy alegre y clavó personalmente los clavos para colgar los grabados y los herbarios, se pasó el resto del día cavando en el jardín y, por la noche, al ver que la Plutarco estaba sombría y meditabunda, le dio una palmada en el hombro y le dijo con una sonrisa: «¡Bah! ¡Nos queda el añil!».

Sólo a dos visitantes, el librero de la Porte de Saint-Jacques y Marius, se les consentía que fueran a verlo a la choza de Austerlitz, nombre escandaloso que, para no callarnos nada, resultaba bastante poco de su agrado.

Por lo demás, como acabamos de indicarlo, las mentes absortas en una sabiduría o en una locura, o, lo que sucede con frecuencia, en ambas cosas a la vez, no son permeables a los acontecimientos de la vida sino muy despacio. Su propio destino les resulta distante. El resultado de una concentración así, tan intensa, es una pasividad que, si diera pie al razonamiento, se parecería a la filosofía. Uno va declinando, bajando, fluyendo, desplomándose incluso, sin acabar de darse cuenta. Cierto es que siempre se llega a un despertar, pero tardío. Entretanto, parecemos neutrales en esa partida que se juega entre nuestra dicha y nuestra desdicha. Somos la apuesta y miramos la partida con indiferencia.

Así es como, por entre ese oscurecimiento que lo iba rodeando, mientras todas sus esperanzas se extinguían una tras otra, el señor Mabeuf conservaba la serenidad de forma un tanto pueril, pero muy enraizada. Sus hábitos mentales tenían el vaivén del péndulo de un reloj. Cuando una ilusión le había dado cuerda, andaba una temporada larga, incluso aunque hubiera desaparecido la ilusión. Un reloj no se detiene en seco en el preciso instante en que perdemos la llave para darle cuerda.

El señor Mabeuf tenía placeres inocentes. Eran placeres poco costosos e inesperados; la mínima casualidad se los proporcionaba. Un día, la Plutarco estaba leyendo una novela en un rincón de su cuarto. Leía en voz alta porque le parecía que así se enteraba mejor. Leer en voz alta es afirmarse a sí mismo lo que está leyendo. Hay personas que leen muy alto y parece que se están dando su palabra de honor de que es cierto lo que leen.

La Plutarco leía con una energía así la novela que tenía en las manos. El señor Mabeuf la oía sin escucharla.

En su lectura, la Plutarco llegó a la siguiente frase, que trataba de un oficial de dragones y de una hermosa dama:

—La hermosa con el abanico de marabú da al dragón, y éste… Y se detuvo para limpiarse los cristales de las gafas.

—Buda y el dragón —repitió a media voz el señor Mabeuf—. Sí, es cierto, había un dragón que, desde el fondo de su cueva, soltaba llamas por las fauces y quemaba el cielo. Ya había incendiado varias estrellas ese monstruo, que, además, tenía garras de tigre. Buda fue a su antro y consiguió convertir al dragón. Está usted leyendo un libro excelente, Plutarco. No hay leyenda más hermosa.

Y el señor Mabeuf se sumió en una deliciosa ensoñación.

V

LA POBREZA BUENA VECINA DE LA MISERIA

A Marius le gustaba aquel anciano candoroso que iba cayendo despacio en la indigencia y se iba asombrando de ello poco a poco, aunque sin entristecerse aún. Marius tenía trato con Courfeyrac y buscaba la compañía del señor Mabeuf. Aunque muy de tarde en tarde, una o dos veces al mes como mucho.

Con lo que más disfrutaba Marius era dando largos paseos él solo por los bulevares de ronda, o por el Champ de Mars, o por las avenidas menos frecuentadas de Le Luxembourg. A veces se pasaba la mitad del día mirando el jardín de un hortelano, los cuadros de lechugas, las gallinas entre el estiércol y el caballo dando vueltas a la rueda de la noria. Los transeúntes lo miraban sorprendidos y a algunos les parecía que tenía aspecto sospechoso y expresión siniestra. No era sino un joven pobre que no pensaba en nada concreto.

Durante uno de esos paseos descubrió el caserón Gorbeau, lo tentó porque estaba aislado y era económico y se fue a vivir allí. Lo conocían sólo por el señor Marius.

Algunos antiguos generales o antiguos amigos de su padre lo invitaron, cuando lo conocieron, a que fuera a verlos. Marius no rechazó esas invitaciones. Eran ocasiones para hablar de su padre. Así que iba de vez en cuando a visitar al conde Pajol, al general Bellavesne, al general Fririon, en Les Invalides. Había música y bailaban. Aquellas noches Marius se ponía el frac nuevo. Pero no iba nunca a esas veladas ni a esos bailes más que los días en que helaba a todo helar porque no tenía para un coche y no consentía en llegar a esos sitios sino con botas como espejos.

Decía a veces, pero sin amargura: «Así son los hombres: en un salón puedes ir hecho una pena menos en el calzado. Para recibirlo a uno bien, sólo piden que tengas irreprochable una cosa. ¿La conciencia? No, las botas».

Con la ensoñación, todas las pasiones menos las del corazón se disipan. Así se habían desvanecido las calenturas políticas de Marius. Había contribuido a ello la revolución de 1830, que lo había satisfecho y lo había calmado. Seguía siendo el mismo, pero sin arrebatos de ira. Conservaba las mismas opiniones, pero se habían suavizado. Hablando con propiedad, ya no tenía opiniones, sino simpatías. ¿De qué partido era? Del partido de la humanidad. De entre la humanidad, escogía a Francia; de entre la nación, escogía al pueblo; de entre el pueblo, escogía a la mujer. A ella sobre todo iba su compasión. Ahora prefería una idea a un hecho, un poeta a un héroe, y admiraba más aún un libro como el de Job que un acontecimiento como Marengo. Y, además, cuando, tras un día de meditación, regresaba, de noche, por los bulevares y, a través de las ramas de los árboles, divisaba el espacio sin fondo, los resplandores sin nombre, el abismo, la sombra, el misterio, todo cuanto era humano nada más le parecía pequeñísimo.

Creía haber llegado, y efectivamente quizá lo había hecho, a lo cierto de la vida y de la filosofía humana, y había acabado por no mirar ya sino al cielo, lo único que la verdad puede ver desde lo hondo de su pozo.

Ello no le impedía hacer mil planes, arreglos, elaboraciones, proyectos para el porvenir. En aquel estado de ensoñación, si unos ojos hubieran podido mirar a Marius por dentro, los habría deslumbrado la pureza de aquella alma. Pues, efectivamente, si a los ojos de la carne les fuera dado ver la conciencia ajena, calibraríamos con mucha mayor seguridad a un hombre por lo que sueña que por lo que piensa. En el pensamiento hay voluntad; en el sueño, no. El sueño, que es del todo espontáneo, adopta y conserva, incluso en lo gigantesco y lo ideal, la forma de nuestra mente. Nada surge de forma más directa ni más sincera del mismísimo fondo de nuestras almas que nuestras aspiraciones irreflexivas y desmedidas, que tienden a los esplendores del destino. En esas aspiraciones, mucho más que en las ideas elaboradas, razonadas y coordinadas, podemos ver el carácter auténtico de cada hombre. Lo que más se nos parece es nuestras quimeras. Todos soñamos lo desconocido y lo imposible según nuestra forma de ser.

A mediados de ese año de 1831, la vieja que le hacía de sirvienta a Marius le contó que iban a poner de patitas en la calle a sus vecinos, el mísero matrimonio Jondrette. Marius, que se pasaba los días fuera de casa, casi ni sabía que tuviera vecinos.

—¿Por qué los echan? —preguntó.

—Por no pagar el alquiler. Deben dos recibos.

—¿Y eso cuánto es?

—Veinte francos —dijo la vieja.

Marius tenía treinta francos apartados en un cajón.

—Tenga —le dijo a la vieja—; aquí van veinticinco francos. Pague lo que deba esa pobre gente, deles cinco francos y no diga que he sido yo.

VI
EL SUSTITUTO

Quiso el azar que el regimiento del teniente Théodule llegase en guarnición a París. Esto le dio otra idea a la señorita Gillenormand. La primera vez se le había ocurrido que Théodule vigilase a Marius; ahora tramó que Théodule fuese el sustituto de Marius.

Por si acaso, por si el abuelo estuviera notando la inconcreta necesidad de un rostro joven en la casa, porque esos resplandores de aurora a veces les endulzan la vida a las ruinas, parecía oportuno dar con otro Marius. «¿Por qué no? —pensó la señorita Gillenormand—; será una simple errata como las que me encuentro en los libros: Marius, léase Théodule.»

Un sobrino nieto es más o menos un nieto; a falta de un abogado, bien está un lancero.

Una mañana en que el señor Gillenormand estaba leyendo La Quotidienne o algo por el estilo entró su hija y le dijo con su voz más dulce, pues estaba hablando de su favorito:

—Padre, va a venir esta mañana Théodule a presentarle sus respetos.

—¿Y quién es ese Théodule?

—Su sobrino nieto.

—¡Ah! —dijo el abuelo.

Después siguió leyendo, se olvidó por completo de ese sobrino nieto que no era sino un Théodule cualquiera y no tardó en ponerse de muy mal humor, cosa que le sucedía casi siempre cuando leía. La «hoja» que tenía en la mano, monárquica por lo demás, ni que decir tiene, anunciaba para el día siguiente, sin ningún agrado, uno de los sucesos menudos del París de entonces: que los estudiantes de las facultades de Derecho y de Medicina iban a reunirse en la plaza de Le Panthéon a mediodía para deliberar. Se trataba de uno de los asuntos del momento, de la artillería de la Guardia

Nacional y de un conflicto entre el ministro de la Guerra y la «milicia ciudadana» acerca de los cañones colocados en el patio del Louvre. Los estudiantes iban a «deliberar» al respecto. No hacía falta mucho más para amostazar al señor Gillenormand.

Se acordó de Marius, que era estudiante y, probablemente, iría, como los demás, a «deliberar a mediodía en la plaza de Le Pantheón».

Cuando andaba con esos pensamientos penosos, entró el teniente Théodule de paisano, decisión hábil; la señorita Gillenormand lo hizo pasar discretamente. El lancero se había echado esta cuenta: ese druida viejo no tiene todo el dinero invertido en renta vitalicia. Merece la pena quitarse el uniforme de vez en cuando.

La señorita Gillenormand le dijo en voz alta a su padre:

—Su sobrino nieto, Théodule. Y, por lo bajo, al teniente:

—Dale la razón en todo. Y se retiró.

El teniente, poco acostumbrado a encuentros tan venerables, balbució con cierta timidez: «¿Cómo está, tío?», e hizo un saludo mixto compuesto del esbozo involuntario y automático del saludo militar, que acabó como un saludo civil.

—Ah, ¿es usted? Muy bien, siéntese —dijo el anciano. Y acto seguido se olvidó por completo del lancero.

Théodule se sentó y el señor Gillenormand se puso de pie.

El señor Gillenormand empezó a dar paseos arriba y abajo, con las manos metidas en los bolsillos, hablando en voz alta; los viejos dedos manoseaban con irritación los dos relojes que llevaba en ambos bolsillos del chaleco.

—¡Esos mocosos! ¡Se convocan a sí mismos en la plaza de Le Panthéon! ¡Por los clavos de Cristo! ¡Unos pillastres que hace nada mamaban todavía! ¡Si les pellizcasen la nariz saldría leche! ¡Y mañana a mediodía deliberan! ¿Dónde iremos a parar? ¿Dónde iremos a parar? Está claro que vamos derechos al despeñadero. ¡Ahí es donde nos llevan los descamisados! ¡La artillería ciudadana! ¡Deliberar acerca de la artillería ciudadana! ¡Ir a parlotear en plena calle acerca de los petardazos de la guardia nacional! ¿Y con quién se van a encontrar en el sitio ese? Mire usted dónde nos lleva el jacobinismo. Apuesto lo que sea, un millón contra un comino, a que no andarán por allí más que apercibidos por la justicia y presidiarios en libertad. Los republicanos y los presidiarios van juntos como el pañuelo y los mocos. Carnot decía: «¿Y dónde quieres que vaya, traidor?», y Fouché le contestaba: «¡Donde quieras, imbécil!». Ésos son los republicanos.

—Efectivamente —dijo Théodule.

El señor Gillenormand volvió la cabeza a medias, vio a Théodule y prosiguió:

—¡Cuando pienso que ese bribón tuvo la sinvergonzonería de hacerse carbonario! ¿Para qué te fuiste de casa? Para hacerte republicano. ¡Pfffff! En primer lugar, al pueblo no le hables de esa república tuya, no la quiere, tiene sentido común, sabe muy bien que siempre hubo reyes y que siempre los habrá, sabe muy bien que, te pongas como te pongas, el pueblo sólo es el pueblo y se toma a solfa tu república, ¿te enteras, cretino? ¿Podrá haber capricho más espantoso? ¡Encapricharse del Duchesne de la canción, tirarle los tejos a la guillotina, dar serenatas y tocar la guitarra debajo del balcón de 1793! ¡Es una juventud tan tonta que dan ganas de escupirle! Todos son iguales, no se libra ni uno. Basta con respirar el aire que corre por la calle para volverse un majadero. El siglo XIX es veneno. Cualquier perillán se deja crecer una barba de chivo, se cree un auténtico bellaco y deja plantados a sus ancianos padres. Queda muy republicano y muy romántico. ¿Y qué es eso de romántico? Que alguien tenga la bondad de explicarme con qué se come eso. Caen en todas las locuras posibles. Hace un año, allá que se iban, a ver Hernani. Lo que hay que soportar. ¡Hernani! ¡Antítesis! ¡Abominaciones que ni siquiera están escritas en francés! Y luego hay cañones en el patio del Louvre. Así es el bandolerismo de esta época.

—Tiene usted razón, tío —dijo Théodule.

El señor Gillenormand siguió diciendo:

—¡Cañones en el patio del Museo! ¿Para qué? ¿Qué me quieres, cañón? ¿Será que quieren ametrallar al Apolo de Belvedere? ¿Qué demonios tiene que ver la artillería con la Venus de Médici? ¡Ay, estos jóvenes de ahora! ¡Son todos unos bandidos! ¡Menudo don nadie ese Benjamin Constant suyo! ¡Y los que no son unos granujas son unos zangolotinos! Ponen un empeño tremendo en ser feos, van mal vestidos, les tienen miedo a las mujeres, delante de las faldas parece que estén pidiendo limosna, y tanto que las mozas de fortuna se les ríen en las barbas; palabra que parecen unos pordioseros vergonzantes del amor. Son deformes y lo rematan siendo tontos; cuentan las gracias de Tiercelin y de Potier, llevan levitas saco, chalecos de palafrenero, camisas de retor, pantalones de paño basto, botas de cuero igual de basto, y el canto hace juego con las plumas. Usan una jerga que valdría para echarle medias suelas al calzado viejo. Y esa chiquillería inepta se atreve a tener opiniones políticas. Debería prohibirse muy severamente tener opiniones políticas. ¡Fabrican sistemas, empiezan a partir de cero la sociedad, destrozan la monarquía, dan por tierra con todas las leyes, ponen el desván donde debería estar el sótano y a mi portero en el sitio del rey, zarandean Europa hasta los cimientos, vuelven a construir el mundo y tienen por proeza amorosa mirarles disimuladamente las piernas a las lavanderas cuando se suben a sus carretas! ¡Ah, Marius! ¡Ah, golfante! ¡Ir a vociferar a la plaza pública! ¡Discutir, debatir, tomar medidas! ¡Y llaman de eso medidas, por todos los dioses! El desorden encoge y se vuelve sandio. Yo vi el caos y ahora veo el estropicio. ¡Unos escolares deliberando acerca de la guardia nacional! ¡Eso sólo se vería entre los ogibewas y los cadodaches! ¡Los salvajes que van desnudos de arriba abajo, con algo así como un volante de raqueta en la cocorota y una maza en las patazas, son menos bestias que esos bachilleres! ¡Unos mozalbetes de tres al cuarto haciéndose los entendidos y los mandones! ¡Deliberando y razonando! ¡Esto es el fin del mundo! Está claro que es el fin de este mísero globo terráqueo. Se estaba necesitando un hipido postrero y Francia lo suelta. ¡Deliberad, bribones! Seguirán pasando cosas de éstas mientras vayan a leer los diarios en los soportales del Odéon. Les cuesta cinco céntimos, y también el sentido común, la inteligencia y los sentimientos, y el alma, y el ingenio. Salen de ahí y se largan de sus casas. Todos los periódicos son como la peste. Todos. ¡Hasta Le Drapeau blanc! En el fondo, Martainville era un jacobino. ¡Ah, cielo santo! ¡Ya podrás jactarte, ya, de haber llevado a la desesperación a tu abuelo!

—Es evidente —dijo Théodule.

Y, aprovechando que el señor Gillenormand estaba recobrando el resuello, el lancero añadió magistralmente:

—No debería haber más diario que Le Moniteur ni más libro que el Anuario militar.

El señor Gillenormand siguió diciendo.

—¡Y qué decir del Sieyes ese! ¡Un regicida que llega a senador! Porque siempre acaba así la cosa. Se acuchillan con el tuteo ciudadano para llegar a que los llamen señor conde. ¡Señor conde, se dice pronto, esos matarifes de septiembre! ¡El filósofo Sieyes! Debo decir que nunca les hice más caso a las filosofías de todos esos filósofos que a las gafas del cómico del Tivoli. Vi pasar un día a los senadores por el muelle Malaquais con manto de terciopelo violeta cuajado de abejas y sombreros a lo Enrique IV. Estaban repulsivos. Parecían los monos de la corte del tigre. ¡Ciudadanos, yo declaro que vuestro progreso es una locura, que vuestra humanidad es un sueño, que vuestra revolución es un crimen, que vuestra república es un monstruo, que vuestra Francia joven y doncella sale del lupanar, y lo sostengo ante todos vosotros, seáis quienes seáis, por más que seáis publicistas, por más que seáis economistas, por más que seáis legistas, por más que seáis tan entendidos en libertad, igualdad y fraternidad como la cuchilla de la guillotina! ¡Dicho queda, compadres!

—¡Por Cristo! —gritó el teniente—. ¡Qué admirablemente cierto!

El señor Gillenormand interrumpió un ademán que había esbozado, se volvió, miró fijamente al lancero Théodule a los ojos y le dijo:

—Es usted un imbécil.

Libro sexto

La conjunción de dos estrellas

I
EL MOTE: CÓMO SE FORMAN LOS APELLIDOS

Marius era por entonces un joven apuesto de estatura mediana, con pelo abundante y muy negro, frente despejada e inteligente y nariz de ventanas dilatadas y apasionadas, expresión sincera y sosegada y, en todo el rostro, un algo altanero, reflexivo e inocente. El perfil, cuyos trazos se habían ido redondeando sin perder la firmeza, tenía esa dulzura germánica que pasó a formar parte de la fisonomía francesa entrando por Alsacia y Lorena y esa completa ausencia de ángulos que diferenciaba tan claramente a los sicambros cuando estaban entre romanos y distingue la raza leonina de la raza aquilina. Estaba en esa estación de la vida en que la inteligencia de los hombres que piensan se compone, casi a partes iguales, de hondura e ingenuidad. En una situación grave, contaba con todo lo necesario para comportarse como un necio; con otra vuelta de tuerca, podía ser sublime. Era de modales reservados, fríos, educados, poco comunicativos. Como tenía una boca deliciosa, labios muy rojos y dientes blanquísimos, la sonrisa enmendaba la seriedad general de su fisonomía. Había momentos en que esa frente casta y esa sonrisa voluptuosa formaban un contraste singular. Tenía los ojos pequeños y la mirada grande.

En la peor época de su miseria, se fijaba en que las muchachas se volvían para verlo pasar, y se escabullía o se ocultaba, consternado. Creía que lo miraban porque llevaba la ropa muy vieja y que se reían de él; pero en realidad lo miraban porque era encantador y soñaban con él.

Aquel malentendido mudo entre él y las transeúntes bonitas lo volvió hosco. No escogió a ninguna por la sencilla razón de que escapaba de todas. Vivió así por tiempo indefinido, tontamente, a lo que decía Courfeyrac.

Courfeyrac le decía también: «No aspires a ser venerable (porque se tuteaban; las amistades jóvenes dan enseguida en la pendiente del tuteo).

Un consejo, mi querido amigo. No leas tanto en los libros y mira algo más a las muchachas. ¡Tienen cosas buenas las muy pícaras, ah, Marius! De tanto escapar y ruborizarte, vas a embrutecerte».

Otras veces Courfeyrac se encontraba con él y le decía:

—Buenos días, señor cura.

Cuando Courfeyrac le había dicho cosas de ésas, Marius se pasaba ocho días huyendo más que nunca de las mujeres, jóvenes y viejas, y además, de propina, huía de Courfeyrac.

Había, no obstante, en la inmensidad de la creación, dos mujeres a las que Marius no evitaba y en las que no se fijaba. La verdad es que se habría quedado muy asombrado si le hubiesen dicho que eran mujeres. Una de ellas era la vieja barbuda que le barría la habitación y que hacía decir a Courfeyrac: «Al ver que la criada lleva barba, Marius no la lleva». La otra era algo así como una niña a la que veía con mucha frecuencia y a la que no miraba nunca.

Hacía más de un año que Marius se venía fijando, en un paseo desierto de Le Luxembourg, el paseo que corre a lo largo del parapeto del vivero, en un hombre y una muchacha muy joven, sentados casi siempre juntos en el mismo banco, en el extremo más solitario, por la zona de la calle de L'Ouest. Siempre que ese azar que interviene cuando pasean quienes tienen la mirada vuelta hacia dentro llevaba a Marius hasta esta zona, cosa que sucedía casi a diario, se encontraba allí con esa pareja. El hombre podía andar por los sesenta años; parecía triste y serio;

se le notaba en toda su persona ese aspecto robusto y cansado de los hombres de guerra retirados del servicio. Si hubiera llevado una condecoración, Marius habría dicho:

«Es un oficial retirado». Parecía bueno, pero inabordable, y nunca miraba a los ojos a nadie. Llevaba un pantalón azul, una levita azul y un sombrero de ala ancha que parecían siempre nuevos, una corbata negra y una camisa de cuáquero, es decir, de resplandeciente blancura, pero de tela basta. Una modistilla que pasó junto a él un día dijo: «¡Qué viudo más apañado!». Tenía el pelo blanquísimo.

La primera vez que la muchacha que iba con él se sentó a su lado en ese banco, que parecían haber escogido como propio, era una jovencita de trece o catorce años, tan flaca que resultaba casi fea, torpe, insignificante y que quizá prometía tener más adelante unos ojos bastante hermosos. Pero llevaba siempre la mirada alta con algo así como un aplomo desagradable. Iba vestida de esa forma a la vez antigua e infantil de las internas de los conventos; un vestido mal cortado de merino negro y grueso. Parecían padre e hija.

Marius le estuvo pasando revista dos o tres días a ese hombre viejo que aún no era un anciano y a esa niña que aún no había llegado a mujer; luego dejó de fijarse en ellos. Y ellos, por su parte, ni tan siquiera parecían verlo. Conversaban entre sí con aspecto apacible e indiferente. La muchacha charlaba sin cesar, alegremente. El hombre viejo hablaba poco y, a ratos, clavaba en ella unos ojos rebosantes de una paternidad inefable.

Marius había adquirido la costumbre de ir de forma automática a pasear por allí. Y allí se los encontraba invariablemente.

Así era como sucedían las cosas:

Marius solía llegar por el extremo del paseo opuesto al extremo en que estaba aquel banco. Lo recorría entero, pasaba delante de ellos y, luego, se volvía al extremo por el que había llegado y volvía a empezar. Hacía ese mismo recorrido cinco o seis veces a diario, y daba ese paseo cinco o seis veces por semana sin que aquellas personas y él hubieran llegado a cruzar ni un saludo. Aquel personaje y aquella joven, aunque parecían rehuir las miradas y quizá porque parecían rehuirlas, habían despertado un tanto, lógicamente, la atención de cinco o seis estudiantes que paseaban de vez en cuando a lo largo del vivero; los aplicados, después de las horas de clase; los otros, después de la partida de billar. Courfeyrac, que se contaba entre esos últimos, había pasado cierto tiempo observándolos, pero como la muchacha le pareció fea, se apartó rápida y concienzudamente. Escapó disparándoles, de despedida, la flecha de un mote. Al llamarle sólo la atención el vestido negro de la jovencita y el pelo blanco del anciano, le puso a la hija señorita Lanoire y al padre señor Leblanc, de forma tal que, como nadie los conocía por otro conducto, al no haber apellido, el mote cuajó. Los estudiantes decían: «¡Ah, ya dio el señor Leblanc en el blanco de su banco!». Y a Marius, como a los demás, le resultó cómodo llamar señor Leblanc al desconocido.

Haremos lo mismo que ellos y hablaremos del señor Leblanc para mayor facilidad de este relato.

Marius los estuvo viendo así casi todos los días a la misma hora durante el primer año. El hombre le gustaba, pero la muchacha le parecía bastante desangelada.

II
LUX FACTA EST

El segundo año, precisamente en el punto de esta historia a que ha llegado el lector, aconteció que se interrumpió esa costumbre de ir a Le Luxembourg, sin que Marius supiera muy bien por qué, y estuvo casi seis meses sin pisar por aquel paseo. Un día, por fin, volvió. Era una mañana de verano serena. Marius estaba alegre como lo estamos cuando hace bueno. Le parecía que llevaba en el corazón todos los cantos de los pájaros que oía y todos los retazos de cielo azul que veía a través de las hojas de los árboles.

Se fue derecho a «su paseo» y, cuando llegó al final, divisó, en el mismo banco, a la pareja conocida. Pero, al acercarse, el hombre era efectivamente el mismo, aunque le pareció que la muchacha no era ya la misma. Lo que estaba viendo ahora era una joven alta y hermosa con todas las formas más deliciosas de la mujer en ese momento preciso en que se combinan aún con todos los encantos más candorosos de la niña, momento fugitivo y puro que sólo pueden expresar estas dos palabras: quince años. Tenía un pelo castaño admirable que se matizaba con vetas doradas, una frente que parecía de mármol, mejillas que eran un pétalo de rosa de un encarnado suave, una palidez emocionada, una boca exquisita de donde brotaba la sonrisa como una luz y la palabra como una música, una cabeza que Rafael le habría dado a María posada en un cuello que Jean Goujon le habría dado a Venus. Y para que nada le faltase a aquella preciosa cara, la nariz no era hermosa, era bonita; ni recta ni curvada, ni italiana ni griega; era la nariz parisina, es decir, retrechera, fina, irregular y pura con ese algo que desespera a los pintores y que encandila a los poetas.

Cuando Marius pasó por su lado, no pudo verle los ojos porque tenía la vista baja continuamente. Sólo le vio las largas pestañas de color castaño impregnadas de sombra y pudor.

No impedía ello a la hermosa jovencita sonreír mientras atendía a lo que le decía el hombre de pelo blanco, y no había nada tan encantador como aquella sonrisa juvenil con la mirada baja.

De entrada, Marius pensó que se trataría de otra hija del mismo hombre, hermana de la primera seguramente. Pero, cuando el hábito invariable de sus paseos lo llevó por segunda vez junto al banco y la miró atentamente, se dio cuenta de que era la misma. En seis meses la niña se había convertido en joven; y nada más. Es un fenómeno de los más frecuentes. Llega un momento en que las muchachas florecen en un abrir y cerrar de ojos y se convierten de golpe en rosas. Ayer las dejamos siendo niñas y hoy nos las encontramos desasosegantes.

Esta joven no sólo había crecido, sino que se había convertido en un ideal. De la misma forma que a algunos árboles les basta con tres días de abril para cubrirse de flores, a ella le había bastado con seis meses para vestirse de hermosura. Le había llegado su abril.

Vemos a veces que algunas personas pobres y mezquinas parecen despertar, pasan de repente de la indigencia al boato, se gastan el dinero de mil formas y se vuelven de pronto brillantes, pródigas y espléndidas. Todo viene del hecho de que han cobrado una renta; la víspera ha vencido un plazo. Esta joven había cobrado las rentas del semestre.

Y además no era ya la interna con sombrero de felpa, vestido de merino, zapatos de colegial y manos enrojecidas; con la belleza le había llegado el buen gusto; era una muchacha bien vestida con algo así como una elegancia sencilla, ocurrente y desenfadada. Llevaba un vestido de damasco negro, una esclavina de la misma tela y un sombrero de crespón blanco. Los guantes blancos destacaban la delicadeza de la mano, que jugueteaba con el mango de una sombrilla de marfil chino, y el borceguí de seda dibujaba la pequeñez del pie. Al pasar junto a ella, de todo su atuendo brotaba un aroma juvenil y penetrante.

En cuanto al hombre, no había cambiado.

La segunda vez que Marius llegó junto a la joven, ésta alzó la vista. Aquellos ojos eran de un azul celeste profundo, pero en aquel azul velado no había aún sino una mirada de niña. Miró a Marius con indiferencia, como habría mirado al chiquillo que corría bajo los sicomoros o el jarrón de mármol cuya sombra se proyectaba sobre el banco; y Marius, por su parte, siguió paseando y pensando en otra cosa.

Volvió a pasar otras cuatro o cinco veces cerca del banco donde estaba la joven, pero sin volver siquiera la vista hacia ella.

Los siguientes días volvió, como solía, a Le Luxembourg; como de costumbre, vio «al padre y a la hija», pero no volvió a fijarse en ellos. No pensó más en la muchacha cuando se hizo hermosa de lo que pensaba en ella cuando era fea. Pasaba muy cerca del banco en que estaba sentada porque tenía esa costumbre.

<h1 style="text-align:center">III</h1>
<h2 style="text-align:center">EFECTO PRIMAVERAL</h2>

Un día en que el aire era tibio, Le Luxembourg estaba inundado de sombra y sol, el cielo era tan puro como si los ángeles lo hubiesen lavado por la mañana y los gorriones piaban en las frondas de los castaños, Marius le había abierto el alma entera a la naturaleza y no pensaba en nada; vivía y respiraba; pasó junto al banco y la joven alzó los ojos y lo miró; se les cruzaron las miradas.

¿Qué había en esta ocasión en la mirada de la joven? Marius no habría sabido decirlo. No había nada, pero estaba todo. Fue un relámpago extraño.

Ella bajó la vista y él pasó de largo.

Lo que acababa de ver no era la mirada ingenua y sencilla de una niña, era un abismo misterioso que se había abierto a medias y vuelto a cerrar de golpe.

Llega un día en que todas las jóvenes miran así. ¡Pobre del que pase por delante de ellas entonces!

Esa primera mirada de un alma que aún no se conoce a sí misma es como el amanecer en el cielo. Es el despertar de algo radiante y desconocido. Nada puede expresar el encanto peligroso de ese fulgor inesperado que ilumina de repente tinieblas adorables y se compone de toda la inocencia del presente y toda la pasión del futuro. Es algo parecido a un tierno afecto indeciso que da señales de vida al azar y está a la espera. Es una trampa que la inocencia coloca sin darse cuenta y donde caen algunos corazones sin pretenderlo y sin saberlo. Es una virgen que mira como una mujer.

Es raro que donde caiga una mirada así no nazca una honda ensoñación. Todas las purezas y todos los candores coinciden en ese rayo celestial y fatídico que, más que las miradas de reojo más elaboradas de las coquetas, tiene el poder mágico de hacer que se abra de pronto en lo hondo de un alma esa flor oscura, colmada de aromas y de venenos, que llamamos amor. Por la noche, al volver a su buhardilla, Marius se fijó en lo que llevaba puesto y cayó por primera vez en la cuenta de que era tan desaseado, tan falto de modales y tan increíblemente estúpido que iba a pasear a Le Luxembourg con la ropa «de diario», es decir, un sombrero con un roto cerca del cordoncillo, unas botazas de carretero, unos pantalones negros con rodilleras blancas y un frac negro con el color comido en los codos.

IV
PRINCIPIA UNA GRAVE ENFERMEDAD

El día siguiente a la hora habitual Marius sacó del armario el frac nuevo, los pantalones nuevos, el sombrero nuevo y las botas nuevas; se puso el lote entero, también se puso guantes, prodigioso lujo, y se fue a Le Luxembourg.

Por el camino, se encontró con Courfeyrac e hizo como que no lo veía. Courfeyrac al volver a casa les dijo a sus amigos: «Acabo de encontrarme con el sombrero nuevo y con el frac nuevo de Marius. Marius iba dentro. Debía de ir a examinarse de algo. Tenía cara de tonto».

Al llegar a Le Luxembourg, Marius dio la vuelta al estanque y miró los cisnes; luego se quedó mucho rato contemplando una estatua que tenía la cabeza negra de moho y a la que le faltaba una cadera. Había junto al estanque un burgués cuarentón y tripudo que llevaba de la mano a un niño de cinco años y le estaba diciendo: «Evita los excesos, hijo mío, quédate a igual distancia del despotismo y de la anarquía». Marius atendió a lo que decía el burgués. Luego le dio otra vuelta al estanque. Por fin, se encaminó hacia «su paseo» despacio y como si le desagradase. Hubiérase dicho que no le quedaba más remedio que ir y que, al tiempo, alguien se lo impedía. No se daba cuenta ni por asomo de nada de esto y le parecía que estaba haciendo lo de siempre.

Al entrar en el paseo, divisó en el extremo opuesto y «en su banco» al señor Leblanc y a la joven. Se abrochó el frac hasta arriba, lo estiró para que no le hiciera arrugas en el pecho, pasó revista con cierta complacencia a los reflejos lustrosos de los pantalones y marchó sobre el banco. Había en aquella forma de andar un ataque y, desde luego, una veleidad de conquista. Digo, pues, que marchó sobre el banco como diría que Aníbal marchó sobre Roma.

Por lo demás, no había en aquellos movimientos nada que no fuera automático, y Marius no había interrumpido en absoluto las preocupaciones habituales de su mente ni sus ocupaciones. Estaba pensando en aquellos momentos que el Manual del bachiller era un libro estúpido y que tenían que haberlo redactado unos cretinos de primera categoría para que se analizasen en él como obras maestras de la mente humana tres tragedias de Racine y una comedia de Moliere nada más.

Notaba un pitido agudo en el oído. Mientras se acercaba al banco, se estiraba las arrugas del frac y clavaba los ojos en la joven. Le parecía que ésta colmaba todo el extremo del paseo con una inconcreta luz azul.

Según se iba aproximando, caminaba cada vez más despacio. Al llegar a cierta distancia del banco, mucho antes del punto en que acababa el paseo, se detuvo y, sin saber qué estaba ocurriendo, dio media vuelta. Ni siquiera se dijo que no iba a llegar hasta el final. Apenas si la joven pudo divisarlo de lejos y ver la prestancia que tenía con la ropa nueva. Y él andaba muy tieso para tener buen aspecto, por si había alguien detrás y lo estaba mirando.

Llegó al extremo opuesto; regresó luego, y esta vez se acercó algo más al banco. Llegó incluso a una distancia de tres intervalos de árboles; pero, en ese punto, sintió a saber qué imposibilidad de ir más allá y titubeó. Le había parecido ver que la joven volvía el rostro hacia él. Hizo no obstante un violento esfuerzo viril, domeñó la vacilación y siguió avanzando. Pocos segundos después, pasaba por delante del banco, tieso y firme, encarnado hasta las orejas, sin atreverse a mirar ni a derecha ni a izquierda, con la mano metida en el frac como un estadista. En el instante en que estaba pasando —bajo el cañón de la fortaleza—, notó que le latía el corazón desaforadamente. La joven llevaba, igual que la víspera, el vestido de damasco y el sombrero de crespón. Marius oyó una voz inefable que debía de ser «su» voz. Charlaba tranquilamente. Era muy bonita. Marius lo notaba, aunque no hiciera nada por verla. «¡Pero —pensaba— no podría por menos de sentir por mí estima y consideración si supiera que soy yo el verdadero autor de la disertación acerca de Marcos Obregón de Ronda que Fran;ois de Neufchâteau ha incluido, como si fuera suya, al principio de su edición de Gil Blas!»

Dejó atrás el banco, fue hasta el final del paseo, que estaba muy cerca, y desanduvo luego lo andado y volvió a pasar por delante de la hermosa joven. Esta vez estaba muy pálido. Por lo demás, todo cuanto notaba le resultaba muy poco agradable. Se alejó del banco y de la muchacha y, mientras le daba la espalda, se imaginaba que ella lo estaba mirando y, en consecuencia, tropezaba.

No volvió a intentar acercarse al banco, se detuvo mediado el paseo y allí, cosa que no hacía nunca, se sentó, mirando de reojo y cavilando, en las profundidades más inconcretas de la mente, que, bien pensado, sería difícil que las mujeres cuyos sombreros blancos y cuyos vestidos negros admiraba fueran insensibles por completo a su pantalón lustroso y su frac nuevo.

Al cabo de un cuarto de hora se levantó como si fuera a volver hacia aquel banco que rodeaba un nimbo. Pero se quedó de pie y quieto. Por primera vez desde hacía quince meses se dijo que el señor que se sentaba allí a diario con su hija también se habría fijado en él seguramente y era probable que tanta asiduidad lo extrañase.

También por primera vez notó que era algo irreverente nombrar a ese desconocido, incluso en la intimidad de sus pensamientos, con el mote de señor Leblanc.

Se quedó unos minutos en esa postura, con la cabeza gacha y dibujando en la arena con una varita que llevaba en la mano.

Luego se volvió repentinamente hacia la dirección opuesta al banco, al señor Leblanc y a su hija y se fue a su casa.

Aquel día se le olvidó cenar. A las ocho de la noche cayó en la cuenta, y como era ya demasiado tarde para ir hasta la calle de Saint-Jacques, se dijo: «¡Ah, vaya!», y se comió un trozo de pan. No se acostó hasta que no hubo cepillado y doblado primorosamente el frac.

<h1 style="text-align:center">V</h1>

A LA MURGÓN LE CAEN ENCIMA VARIOS RAYOS

Al día siguiente, la Murgón —que así era como llamaba Courfeyrac a la anciana portera-inquilina-principal-mujer-de-la-limpieza del caserón Gorbeau, quien, como ya hemos podido ver, se llamaba señora Burgon, pero aquel trasto de Courfeyrac no respetaba nada—, la Murgón, pues, pasmada, se fijó en que el señor Marius volvía a irse a la calle con el frac nuevo.

Volvió Marius a Le Luxembourg, pero no pasó de su banco, que estaba a mitad del paseo. Se sentó en él como la víspera, mirando de lejos y viendo con toda claridad el sombrero blanco, el vestido negro y, sobre todo, el resplandor azul. No se movió de ese banco y no volvió a casa hasta que cerraron las puertas de Le Luxembourg. No vio irse al señor Leblanc y a su hija. Y sacó la conclusión de que habían salido del parque por la verja de la calle de L'Ouest. Pasado algún tiempo, varias semanas después, cuando pensó en ello, no pudo acordarse de ninguna manera de dónde había cenado aquella noche.

Al día siguiente, es decir, el tercer día, la Murgón volvió a quedarse de una pieza. Marius salió con el frac nuevo.

—¡Tres días seguidos! —exclamó.

Intentó seguirlo, pero Marius andaba deprisa y a zancadas enormes; era como si un hipopótamo persiguiera a un rebeco. Lo perdió de vista al cabo de dos minutos y se volvió a casa sin resuello, casi asfixiada de asma y rabiosa.

«¡A quién se le ocurre —refunfuñó— ponerse la ropa buena a diario y hacer correr así a la gente!»

Marius había ido a Le Luxembourg.

Allí estaba la joven con el señor Leblanc. Marius se acercó cuanto pudo haciendo como que leía un libro, pero se quedó a mucha distancia pese a todo; luego volvió a su banco, a sentarse, y se pasó en él cuatro horas, mirando cómo daban saltitos por el paseo los gorriones, que le parecía que se reían de él.

Así transcurrieron quince días. Marius ya no iba a Le Luxembourg a pasear, sino a sentarse siempre en el mismo sitio y sin saber por qué. Cuando llegaba, ya no se movía. Se ponía todas las mañanas el frac nuevo, y luego no lo lucía; y al día siguiente hacía lo mismo.

Decididamente, la joven era de una belleza maravillosa. Lo único que habría podido comentarse y que se acercase algo a un reproche era que la contradicción que había entre la mirada, que era triste, y la sonrisa, que era alegre, le daba al rostro cierta expresión extraviada, por lo que había momentos en que aquel rostro tan dulce se volvía raro sin dejar de ser encantador.

VI

PRISIONERO

Uno de los últimos días de la segunda semana estaba Marius como siempre sentado en el banco con un libro abierto en la mano, libro del que llevaba dos horas sin pasar una página. De pronto se sobresaltó. Estaba ocurriendo un acontecimiento en el extremo del paseo. El señor Leblanc y su hija acababan de levantarse del banco; la hija se había cogido del brazo del padre y ambos se encaminaban despacio hacia el centro del paseo donde estaba Marius. Marius cerró el libro, luego lo volvió a abrir y se esforzó en leer. Estaba temblando. El nimbo venía en derechura hacia él. «¡Ay, Dios mío! —pensaba—. No me va a dar tiempo a adoptar una compostura.» Entre tanto el hombre del pelo blanco y la joven se iban acercando. A Marius le parecía que estaban tardando un siglo aunque sólo fuera un segundo. «¿Qué vienen a hacer por este lado? —se preguntaba—. ¡Cómo!

¿Va a pasar ella por aquí? ¿Van a pisar sus pies esta arena, en este paseo, a dos pasos de mí?» Estaba trastornado, habría querido ser guapísimo, habría querido llevar la Legión de Honor. Oía como se acercaba el ruido suave y cadencioso de sus pasos. Se imaginaba que el señor Leblanc le dirigía miradas de irritación. «¿Me hablará ese señor?», pensaba. Agachó la cabeza y, cuando la volvió a levantar, ya los tenía muy cerca. La joven pasó y, al pasar, lo miró. Lo miró fijamente, con una dulzura pensativa que hizo que Marius se estremeciera de arriba abajo. Le pareció que le reprochaba que hubiera estado tanto tiempo sin acercarse a ella y que le decía: «Soy yo quien se acerca». A Marius lo dejaron deslumbrado esas pupilas repletas de rayos de luz y de abismos.

Notaba una hoguera en el cerebro. ¡Ella se le había acercado, qué alegría! ¡Y cómo lo había mirado además! ¡Le pareció más hermosa de lo que la había visto hasta ahora! Hermosa con una hermosura femenina y angelical a un tiempo, con una hermosura completa que habría hecho cantar a Petrarca y arrodillarse a Dante. Le parecía estar nadando en pleno cielo azul. Y, al tiempo, estaba contrariadísimo porque tenía las botas polvorientas.

Creía estar seguro de que ella también le había mirado las botas.

La siguió con los ojos hasta que la perdió de vista. Luego echó a andar por Le Luxembourg como un loco. Entra dentro de lo probable que por momentos se riera solo y hablase en voz alta. Se quedaba tan soñador junto a las niñeras que todas creían que estaba enamorado de ellas.

Salió de Le Luxembourg con la esperanza de encontrarla en alguna calle.

Se cruzó con Courfeyrac en los soportales de L'Odéon y le dijo: «Vente a cenar conmigo». Se fueron a Rousseau y se gastaron seis francos. Marius comió como un ogro. Le dio al camarero 30 céntimos. En los postres le dijo a Courfeyrac: «¿Has leído el periódico? ¡Qué discurso tan estupendo ha pronunciado Audry de Puyraveau!».

Estaba perdidamente enamorado.

Después de cenar, le dijo a Courfeyrac: «Te invito al teatro». Fueron a La Porte-Saint-Martin a ver a Frédérick en La posada de Les Adrets. Marius se lo pasó estupendamente.

Al tiempo se volvió aún más esquivo. Al salir del teatro, se negó a mirarle la liga a una modista que estaba saltando por encima del arroyo, y casi le pareció repugnante Courfeyrac cuando dijo: No me importaría nada tener a esa mujer en mi colección.

Courfeyrac lo invitó a almorzar al día siguiente en el café Voltaire. Marius acudió al café y comió aún más que la víspera. Estaba muy pensativo y muy alegre. Hubiérase dicho que todas las ocasiones le venían bien para reírse a carcajadas. Le dio un cariñoso abrazo a uno que había llegado de provincias y a quien le presentaron. Se había formado un corro de estudiantes alrededor de la mesa y hablaron de las sandeces que soltaban, a cuenta del Estado, en las cátedras de la Sorbona; luego la conversación versó sobre los errores y las lagunas de los diccionarios y de los libros de prosodia latina de Quicherat. Marius interrumpió el debate para exclamar:

«¡Sin embargo, es muy agradable que le den a uno la Legión de Honor!».

—¡Qué cosa más rara! —le dijo por lo bajo Courfeyrac a Jean Prouvaire.

—No —contestó Jean Prouvaire—, ¡qué cosa más preocupante!

Era muy preocupante, desde luego. Marius se hallaba en esa hora primera, violenta y encantadora, que es el inicio de las grandes pasiones.

Todo ello era obra de una sola mirada.

Cuando la mina está cargada, cuando el incendio está a punto, no hay nada más sencillo. Una mirada es una chispa.

Ya había sucedido. Marius quería a una mujer. Su destino había entrado en lo desconocido.

La mirada de las mujeres se parece a algunos engranajes de calma aparente, pero de fuerza tremenda. Pasamos al lado a diario, en paz e impunemente, sin sospechar nada. Y llega un momento en que nos olvidamos incluso de que es algo que está ahí. Vamos y venimos, soñamos, hablamos, reímos. De pronto notamos que nos han pillado. Se acabó. Nos tiene cogidos el engranaje, nos tiene atrapados la mirada. Nos ha atrapado y da igual por dónde y cómo, por cualquier retazo de pensamiento que andaba suelto, por una distracción que tuvimos. Estamos perdidos. Nos meteremos hasta el fondo. Se adueña de nosotros un encadenamiento de fuerzas misteriosas. Nos resistimos en vano. Nada humano puede ya socorrernos. Iremos cayendo de engranaje en engranaje, de angustia en angustia, de tortura en tortura, nosotros, nuestra mente, nuestra fortuna, nuestro porvenir, nuestra alma; y, según hayamos caído en poder de una criatura perversa o de un corazón noble, no saldremos de esa espantosa máquina más que desfigurados por la vergüenza o transfigurados por la pasión.

VII
AVENTURAS DE LA LETRA U PRESA DE LAS CONJETURAS

El aislamiento, el desapego por todo, el orgullo, la independencia, la afición a la naturaleza, la ausencia de actividad cotidiana y material, la vida ensimismada, los combates secretos de la castidad, el éxtasis benevolente ante cualquier creación habían preparado a Marius para esa posesión que llamamos la pasión. El culto por su padre se había ido convirtiendo poco a poco en una religión, y, como toda religión, se le había retirado a lo hondo del alma. Necesitaba algo en primer plano. Llegó el amor.

Marius estuvo un mes largo yendo a Le Luxembourg a diario. Cuando llegaba la hora, no había nada que pudiera retenerlo. «Está de servicio», decía Courfeyrac. Marius vivía embelesado. Estaba seguro de que la joven lo miraba.

Había acabado por volverse más atrevido y se acercaba al banco. Sin embargo, no pasaba ya por delante, obedeciendo al tiempo al instinto de timidez y al instinto de prudencia de los enamorados. Le parecía útil que «no se fijase en él el padre». Organizaba sus plantones a pie firme detrás de los árboles y de los pedestales de las estatuas con gran maquiavelismo, de forma tal que la joven pudiera verlo lo más posible y el anciano lo menos posible. A veces se quedaba media hora entera inmóvil a la sombra de un Leónidas o de un Espartaco, con un libro en la mano por encima del cual la mirada, que alzaba despacio, iba en busca de la hermosa joven; y ella, por su parte, desviaba hacia él con una vaga sonrisa el perfil encantador. Mientras hablaba con toda naturalidad y con total tranquilidad con el hombre del pelo blanco, depositaba insistentemente en Marius todas las ensoñaciones de una mirada virginal y apasionada. ¡Antigua e inmemorial maniobra que Eva sabía ya en el primer día del mundo y que toda mujer sabe desde el primer día de la vida! Con los labios le hablaba a uno; con la mirada le hablaba al otro.

Habrá que suponer, no obstante, que el señor Leblanc estaba empezando a notar algo, porque con frecuencia, cuando llegaba Marius, se ponía de pie y echaba a andar. Ya no iba al lugar acostumbrado y había escogido, en la otra punta del paseo, el banco próximo al Gladiador, como para comprobar si Marius iría tras ellos. Marius no cayó en la cuenta y cometió esa falta. El «padre» empezó a volverse impuntual, y ya no traía a «su hija» todos los días. A veces venía solo. Entonces Marius no se quedaba. Otro error.

Marius no se fijaba en esos síntomas. De la fase de timidez había pasado, progreso natural y fatídico, a la fase de ceguera. Su amor iba a más. Soñaba con él todas las noches. Y además le había ocurrido un hecho venturoso inesperado, aceite en el fuego, incremento de las tinieblas que le nublaban la vista. Un tarde, al anochecer, se encontró en el banco del que «el señor Leblanc y su hija» acababan de irse un pañuelo, un pañuelo muy sencillo y sin bordados, pero blanco, fino, y del que le pareció que brotaban aromas inefables. Lo cogió, enajenado. El pañuelo iba marcado con las letras U. F. Marius no sabía nada de la hermosa muchacha, ni qué familia tenía, ni cómo se llamaba, ni dónde vivía; esas dos letras eran el primer objeto de ella que tenía en las manos, unas iniciales adorables con las que empezó en el acto a levantar un edificio. U era el nombre, por descontado.

¡Ursule!, pensó. ¡Qué nombre tan delicioso! Besó el pañuelo, aspiró su perfume, lo guardó junto al corazón, pegado a la carne durante el día y pegado a los labios para quedarse dormido.

«Noto en él toda su alma», exclamaba.

Aquel pañuelo era del anciano, a quien, sencillamente, se le había caído del bolsillo.

Los días posteriores al hallazgo no apareció en Le Luxembourg sino besando el pañuelo y apretándoselo contra el corazón. La hermosa muchacha no entendía nada y se lo hacía saber con señas imperceptibles.

«¡Ah, pudor!», decía Marius.

VIII
INCLUSO LOS INVÁLIDOS PUEDEN SER DICHOSOS

Ya que hemos pronunciado la palabra pudor, y puesto que no nos callamos nada, tenemos que decir que, sin embargo, hubo una ocasión en que, pese al éxtasis en que vivía, «su Ursule» le dio motivo para un serio agravio. Era uno de esos días en que la joven convencía al señor Leblanc para que se levantasen y caminasen por el paseo. Soplaba una fuerte brisa de pradial que movía la cima de los plátanos. El padre y la hija, del brazo, acababan de pasar por delante del banco de Marius. Marius se había levantado tras pasar ellos y los seguía con la mirada, como debe hacer en una situación así un alma enajenada.

De repente, una ráfaga de viento más vivaracha que las otras, y que tenía probablemente a su cargo cumplir con los cometidos de la primavera, salió volando desde el vivero, cayó sobre el paseo, envolvió a la joven en un delicioso escalofrío digno de las ninfas de Virgilio y de los faunos de Teócrito y le levantó el vestido, ese vestido más sagrado que la túnica de Isis, casi hasta la altura de la liga. Apareció una pierna de una forma exquisita. Marius la vio. Y aquello lo exasperó y lo puso furioso.

La joven se había bajado el vestido velozmente con un ademán divinamente azarado, pero no por ello se indignó menos Marius. Sólo estaba él en el paseo, bien es cierto. Pero podía haber habido alguien. ¿Y si hubiera habido alguien? ¡Cómo puede concebirse algo así! ¡Es espantoso lo que acababa de hacer! La pobre niña, ¡ay!, no había hecho nada; sólo había un culpable, el viento; pero Marius, en quien vibraba confusamente el Bartolo que lleva dentro Querubín, estaba decidido a enfadarse y celoso de su sombra. Así es, efectivamente, como despiertan en el corazón humano y se imponen, incluso sin tener derecho a ello, los agrios y peculiares celos carnales. Por lo demás, dejando aparte esos celos, no le había resultado nada agradable la vista de esa pierna deliciosa; la media blanca de la primera mujer que hubiera pasado por allí le habría gustado más.

Cuando «su Ursule», tras haber llegado al final del paseo, desanduvo lo andado con el señor Leblanc y pasó delante del banco en que Marius había vuelto a sentarse, Marius le espetó una mirada arisca y feroz. La joven tuvo ese leve retroceso acompañado de un parpadeo que quiere decir: «Bueno, pero ¿qué le pasa?».

Ésta fue su «primera pelea».

Acababa apenas Marius de echarle esa bronca con la mirada cuando pasó alguien por el paseo. Era un inválido muy encorvado, muy arrugado y muy pálido, que vestía un uniforme Luis XV; lucía en el pecho la plaquita ovalada de paño rojo con dos espadas cruzadas, la orden de San Luis del soldado, y le hacían también de adorno una de las mangas de la casaca sin brazo dentro, una barbilla de plata y una pierna de palo. A Marius le pareció vislumbrar que aquel hombre tenía una expresión muy satisfecha. Le pareció incluso que aquel viejo cínico, mientras pasaba cojeando a su lado, le hacía un guiño muy fraterno y muy jubiloso, como si por un azar cualquiera hubiesen podido ponerse de acuerdo para paladear juntos algún placer inesperado. ¿Qué mosca le había picado a aquel despojo de Marte para estar tan contento? ¿Qué le había ocurrido en la entrepierna, entre la pierna de palo y la otra? Marius llegó al paroxismo de los celos. «¡A lo mejor estaba por aquí y lo ha visto!» Y le entraron ganas de matar al inválido.

Con ayuda del tiempo, todos los filos se embotan. Aquella indignación de Marius con «Ursule», por justa y legítima que fuera, acabó por pasársele. Al final la perdonó, pero le costó mucho y estuvo enfurruñado con ella tres días.

Entretanto, y con el paso por todo lo dicho y precisamente por ser así todo lo dicho, aquella pasión crecía y se convertía en una pasión loca.

IX
ECLIPSE

Acabamos de ver cómo Marius había descubierto, o creído descubrir, que Ella se llamaba Ursule.

El apetito se abre amando. Saber que se llamaba Ursule ya era mucho; y era poco. Marius se comió ávidamente esa dicha en tres o cuatro semanas. Quiso otra. Quiso saber dónde vivía.

Había cometido un primer error: caer en la emboscada del banco del Gladiador. Luego cometió otro: no quedarse en Le Luxembourg cuando el señor Leblanc venía solo. Y cometió un tercero. Gigantesco. Siguió a «Ursule». Vivía en la calle de L'Ouest, en el trecho menos frecuentado, en una casa nueva de tres pisos y de apariencia modesta.

A partir de ese momento, Marius sumó a su dicha de verla en Le Luxembourg la dicha de seguirla hasta su casa. Le iba aumentado el hambre. Sabía cómo se llamaba, o sabía al menos el nombre de pila, ese nombre encantador, el auténtico nombre de una mujer; sabía dónde vivía; quiso saber quién era.

Una noche, tras seguirlos hasta su casa, y en cuanto los vio desaparecer bajo la puerta cochera, entró detrás de ellos y le dijo valerosamente al portero:

—¿Ese que ha entrado es el señor del primero?

—No —contestó el portero—. Es el señor del tercero.

Ya había dado otro paso. Este éxito volvió más atrevido a Marius.

—¿El tercero exterior?

—¡A ver qué remedio! —dijo el portero—. La casa sólo tiene fachada a la calle.

—¿Y a qué se dedica ese señor? —siguió preguntando Marius.

—Es rentista, caballero. Un hombre bien bueno y que favorece mucho a los pobres, aunque él no sea rico.

—¿Y cómo se llama? —añadió Marius. El portero alzó la cabeza y dijo:

—¿El señor es de la pasma?

Marius se fue, bastante corrido, pero encantado de la vida. Iba progresando.

«Bueno —pensó—, ya sé que se llama Ursule, que es hija de un rentista y vive en el tercer piso de la calle de L'Ouest.»

Al día siguiente, el señor Leblanc y su hija no hicieron sino una breve aparición en Le Luxembourg. Se fueron aún en pleno día. Marius los siguió hasta la calle de L'Ouest, como acostumbraba. Al llegar ante la puerta cochera, el señor Leblanc hizo entrar delante a su hija y, luego, se detuvo antes de cruzar el umbral, se volvió y miró fijamente a Marius.

Al día siguiente no fueron a Le Luxembourg. Marius esperó en vano todo el día.

Al caer la noche, fue a la calle de L'Ouest y vio luz en las ventanas del tercero. Paseó bajo esas ventanas hasta que se apagó la luz.

Al día siguiente, nadie en Le Luxembourg. Marius se pasó todo el día esperando y fue luego a montar guardia de noche bajo las ventanas.

En aquella ocupación le daban las diez de la noche. Cenaba cuando podía. La fiebre alimenta al enfermo, y el amor, al enamorado.

Así pasaron ocho días. El señor Leblanc y su hija no aparecían ya por Le Luxembourg. Marius hacía conjeturas tristes; no se atrevía a acechar la puerta cochera de día. Se contentaba con ir por las noches para mirar el resplandor rojizo de los cristales. A veces veía pasar sombras y le latía el corazón.

El octavo día, cuando llegó bajo las ventanas, no había luz. «¡Anda! —dijo—. Todavía no han encendido la lámpara. Pues ya es de noche. ¿Habrán salido?» Esperó hasta las diez. Hasta medianoche. Hasta la una de la mañana. No se encendió luz alguna en las ventanas del tercero ni nadie entró en la casa. Se marchó, muy sombrío.

Al día siguiente —porque sólo vivía de día siguiente en día siguiente; el hoy, por decirlo de alguna manera, ya no existía para él—, al día siguiente, pues, no vio a nadie en Le Luxembourg; ya se lo esperaba; al caer la noche, fue a la casa. No había luz en las ventanas; las contraventanas estaban cerradas; el tercero estaba completamente a oscuras.

Marius llamó a la puerta cochera, entró y le preguntó al portero:

—¿Y el señor del tercero?

—Se ha mudado —contestó el portero. Marius se tambaleó y preguntó con voz débil:

—¿Y eso cuándo ha sido?

—Ayer.

—¿Dónde vive ahora?

—No tengo ni la más remota idea.

—¿Y no ha dejado las señas nuevas?

—No.

El portero alzó la cabeza y reconoció a Marius.

—¡Caramba, si es usted! —dijo—. Está claro que es usted de la tiña.

LIBRO SÉPTIMO
EL CULO DEL GATO

I
LAS MINAS Y LOS MINEROS

En todas las sociedades humanas existe eso que llaman en los teatros el tercer foso. El suelo social está minado por doquier, a veces para el bien y otras para el mal. Esas excavaciones se superponen. Hay minas superiores y minas inferiores. Hay una parte de arriba y una parte de abajo en ese subsuelo oscuro que en ocasiones se desploma bajo el peso de la civilización y que hollamos con nuestra indiferencia y nuestra despreocupación. El siglo pasado la Enciclopedia fue casi una mina a cielo abierto. Las tinieblas, que incubó en su oscuridad el cristianismo primitivo, no estaban sino a la espera de una ocasión oportuna, en tiempo de los Césares, para estallar e inundar de luz al género humano. Pues en las tinieblas sagradas hay una luz latente. Colma los volcanes una sombra capaz de llamear. Toda lava empieza por ser oscuridad. Las catacumbas, donde se dijo la primera misa, no eran sólo el sótano de Roma, eran el subterráneo del mundo.

Hay bajo la edificación social, ese caserón de maravillosa complejidad, excavaciones de todo tipo. Están la mina religiosa, la mina filosófica, la mina política, la mina económica, la mina revolucionaria. Hay quien usa de azadón las ideas, hay quien usa los números, hay quien usa la ira. Se llaman y se responden de una catacumba a otra. Las utopías circulan bajo tierra, por las cañerías. Se ramifican en cualesquiera direcciones. A veces se encuentran y confraternizan. Jean-Jacques le presta el pico a Diógenes y éste le presta el farol. A veces se enfrentan. Calvino agarra de los pelos a Socin. Pero nada detiene ni interrumpe la tendencia de todas esas energías hacia la meta ni esa dilatada actividad simultánea que va y viene, baja y sube por entre oscuridad tal y transforma despacio la parte de arriba mediante la parte de abajo y la parte de fuera mediante la parte de dentro, ese gigantesco pulular ignoto. La sociedad apenas si sospecha esa horadación que respeta la superficie y le cambia las entrañas. Otros tantos pisos subterráneos, otras tantas labores diferentes, otras tantas extracciones diversas. ¿Qué sale de todas esas excavaciones tan profundas? El porvenir.

Cuanto más bajamos, más misteriosos son los trabajadores. Es un trabajo beneficioso hasta un límite que el filósofo social sabe reconocer; más allá resulta cuestionable y mixto; más abajo aún, se convierte en terrible. A determinada profundidad, en las excavaciones no puede penetrar ya el espíritu de la civilización, quedan superadas las fronteras dentro de las que puede respirar el hombre; cabe dentro de lo posible que empiecen los monstruos.

La escala descendente es extraña; y todos y cada uno de esos peldaños corresponden a un piso en que puede hacer pie la filosofía y donde nos encontramos con alguno de sus obreros, a veces divinos y a veces deformes. Más abajo de Jean Huss está Lutero; más abajo de Lutero está Descartes; más abajo de Descartes está Voltaire; más abajo de Voltaire está Condorcet; más abajo de Condorcet está Robespierre; más abajo de Robespierre está Marat; más abajo de Marat está Babeuf.

Y seguimos bajando. Más abajo, de forma confusa, en el límite que separa lo indistinto de lo invisible, divisamos más hombres oscuros que, quizá, no existen aún. Los de ayer son espectros; los de mañana son larvas. El ojo de la mente los intuye imprecisamente. La labor embrionaria del porvenir es una de las visiones del filósofo.

Un mundo en el limbo, en estado fetal, ¡qué silueta inaudita!

También están ahí Saint-Simon, Owen, Fourier, en unos socavones laterales.

No cabe duda de que una cadena invisible une entre sí, sin que sean conscientes de ello, a todos esos pioneros subterráneos que, casi siempre, se creen aislados y no lo están; sus labores son muy diversas, y la luz de unos contrasta con el resplandor de otros. Unos son paradisíacos, otros son trágicos. No obstante, fuere cual fuere el contraste, en todos esos trabajadores, desde el más elevado al más nocturno, desde el más sensato hasta el más loco, hay algo que los asemeja; y es lo siguiente: el desinterés. Marat se olvida de sí mismo igual que Jesús. Se dan de lado, se omiten, no piensan en sí. Ven algo que no es sus propias personas. Tienen una mirada, y esa mirada busca lo absoluto. El primero tiene en los ojos el cielo entero; el último, por muy enigmático que sea, sigue teniendo en la mirada la pálida claridad de lo infinito. Veneremos, sea cual sea su labor, a quien posee esta señal: la pupila estrella.

La pupila sombra es la otra señal.

En ella comienza el mal. Ante quien carezca de mirada, recapacitemos y estremezcámonos. El orden social tiene sus mineros negros.

Existe un punto en que ahondar es enterrarse y en que se apaga la luz.

Más abajo de todas esas minas que acabamos de indicar, por debajo de todas esas galerías, por debajo de todo ese inmenso sistema venoso subterráneo del progreso y de la utopía, mucho más hondo, más abajo que Marat, más abajo que Babeuf, más abajo, mucho más abajo, y sin relación alguna con los pisos superiores, está el último socavón. Un lugar tremendo. Es lo que hemos llamado el tercer foso. Es el foso de las tinieblas. Es el sótano de los ciegos. Inferi.

Se comunica con los abismos.

II
EL FONDO MÁS BAJO

Ahí se desvanece el desinterés. Se esboza vagamente el demonio; cada cual para sí. El yo sin ojos aúlla, busca, tantea y roe. El Ugolino social está en esa sima.

A las siluetas hoscas que andan rondando por ese foso, casi animales, casi fantasmas, no les interesa el progreso universal, nada saben ni de esa idea ni de ese nombre, sólo les preocupa saciarse individualmente. Carecen casi del todo de conciencia y llevan dentro una especie de eclipse que infunde temor. Tienen dos madres, ambas madrastras: la ignorancia y la miseria. Tienen un guía: la necesidad; y ninguna otra forma de satisfacerse que no sea el apetito. Son brutalmente voraces, es decir, feroces, no como el tirano, sino como el tigre. Esas larvas pasan del sufrimiento al crimen; filiación fatídica, engendramiento vertiginoso, lógica de la sombra. Lo que repta en el tercer foso social no es ya la exigencia ahogada de lo absoluto; es el manifiesto de la materia. Allí el hombre se vuelve dragón. Tener hambre, tener sed, es el punto de partida; ser Satanás es el punto de llegada. De esa cueva sale Lacenaire.

Acabamos de ver, en el libro cuarto, uno de los compartimentos de la mina superior, de la gran zanja política, revolucionaria y filosófica. En ella, acabamos de decirlo, todo es noble, puro, digno, honrado. En ella es posible equivocarse, desde luego, pero el error es venerable porque implica un gran heroísmo. El conjunto de la labor que en ella se lleva a cabo tiene un nombre: Progreso.

Ha llegado el momento de divisar otras profundidades, las profundidades repulsivas.

Debajo de la sociedad, insistamos en ello, y hasta el día en que se disipe la ignorancia, estará la gran caverna del mal.

Esa cueva se halla debajo de todas las otras y es la enemiga de todas. Es el odio sin excepción. En esa cueva no hay filósofos. Su puñal no afiló nunca una pluma. Su negrura no tiene relación alguna con la negrura sublime del escritorio. Los dedos nocturnos que se crispan bajo ese techo asfixiante no hojearon nunca un libro ni abrieron un periódico. Para Cartouche, Babeuf es un explotador; para Schinderhannes, Marat es un aristócrata. El objetivo de esa cueva es que todo se venga abajo.

Todo. Incluidas las zanjas superiores, que aborrece. No se limita a minar con su repulsivo pulular el orden social actual; mina la filosofía, mina la ciencia, mina el derecho, mina el pensamiento humano, mina la civilización, mina la revolución, mina el progreso. Se llama, sencillamente, robo, prostitución, asesinato. Está hecha de tinieblas y quiere el caos. Su bóveda es de ignorancia.

Todas las demás, las de arriba, no tienen sino un objetivo: suprimirla. A eso tienden, con todos sus órganos a un tiempo, tanto mejorando la realidad cuanto contemplando lo absoluto, la filosofía y el progreso. Si destruimos la cueva Ignorancia, destruiremos el topo Crimen.

Recapitulemos en pocas palabras parte de lo que acabamos de escribir.

El único peligro social es la Sombra.

Humanidad equivale a Identidad. Todos los hombres son de la misma arcilla. No hay diferencia alguna, al menos aquí abajo, en la predestinación. La misma sombra antes; la misma carne durante, la misma ceniza después. Pero la ignorancia, si se amasa mezclada con esa arcilla humana, la vuelve negra. Esa negrura incurable se mete dentro del hombre y se convierte en el Mal.

III
BABET, GUEULEMER, CLAQUESOUS Y MONTPARNASSE

Un cuarteto de bandidos, Claquesous, Gueulemer, Babet y Montparnasse, gobernaba entre 1830 y 1835 el tercer foso de París.

Gueulemer era un Hércules desclasado. Su antro eran las alcantarillas de L'Arche-Marion. Medía seis pies, tenía pectorales de mármol, bíceps de bronce, una respiración cavernosa, el torso de un coloso y el seso de un pájaro. Verlo era como ver al Hércules Farnesio vistiendo pantalones de cotín y chaqueta de pana de algodón. Gueulemer, con aquella constitución, habría podido domeñar monstruos; le había parecido más sencillo ser monstruo. Frente estrecha, sienes anchas, menos de cuarenta años y patas de gallo, pelo recio y corto, mejillas erizadas y barba de jabalí; podemos imaginar qué hombre era. Los músculos le pedían trabajo; su estupidez lo rechazaba. Era una fuerza tremenda y perezosa. Era asesino por indolencia. Lo tenían por criollo. Tuvo probablemente algo que ver con el mariscal Brune, pues había sido mozo de cuerda en Aviñón en 1815. Pasado ese período, se metió a bandido.

Babet, tan diáfano, contrastaba con Gueulemer, todo carne. Babet era flaco y sabio. Era transparente, pero impenetrable. Se veía pasar la luz a través de los huesos, pero no se le veía nada en las pupilas. Decía que era químico. Había sido payaso en los espectáculos de Bobeche y de Bobino. Había interpretado vodeviles en Saint-Mihiel. Era hombre de pretensiones, con mucha labia y que recalcaba las sonrisas y ponía los ademanes entre comillas. Tenía un negocio: vender en la calle bustos de escayola y retratos del «jefe del Estado». Además, era sacamuelas. Había enseñado fenómenos en las ferias y había tenido un carromato con trompeta y este cartel: «Babet, artista dentista, miembro de las academias. Realiza experimentos físicos con metales y metaloides, saca dientes y puede con los raigones que dejaron por imposibles sus colegas. Precios: un diente, un franco con cincuenta céntimos; dos dientes, dos francos; tres dientes, dos francos con cincuenta. Aprovechen la ocasión». (Ese «aprovechen la ocasión» quería decir: cuantos más se saquen, mejor.) Había estado casado y había tenido hijos. No sabía qué había sido ni de su mujer ni de sus hijos. Los había perdido como quien pierde un pañuelo. Extraordinaria excepción en el mundo oscuro en que vivía: Babet leía los periódicos. Un día, en los tiempos en que llevaba consigo a la familia en su carromato, leyó en Le Messager que una mujer acababa de parir un niño que seguramente viviría y que tenía hocico de ternero; y exclamó: Pero ¡si eso es una fortuna! ¡No será a mi mujer a quien se le ocurra la buena idea de darme un hijo así!

Tiempo después lo dejó todo para «ir al ataque de París», por decirlo con sus propias palabras.

¿Quién era Claquesous? Era la noche. Esperaba para hacer acto de presencia a que el cielo se embadurnase la cara de negro. Salía por las noches de un agujero al que volvía antes de que se hiciera de día. ¿Dónde estaba ese agujero? No lo sabía nadie. En la más completa oscuridad no les dirigía la palabra a sus cómplices más que dándoles la espalda. ¿Se llamaba Claquesous? No. Decía: «Me llamo Pas-du-tout». Si aparecía una vela, se ponía una máscara. Era ventrílocuo. Babet decía: Claquesous es un nocturno a dos voces. Claquesous era impreciso, errabundo, terrible. Nadie estaba seguro de que tuviera nombre, porque Claquesous era un mote; nadie estaba seguro de que tuviera voz, porque hablaba con el vientre con mayor frecuencia que con la boca; nadie estaba seguro de que tuviera rostro, pues nadie lo había visto nunca sin máscara. Desaparecía como si se desvaneciera; aparecía como si brotara de la tierra.

Una criatura lúgubre: así era Montparnasse. Montparnasse era un niño: menos de veinte años, cara agraciada, labios como cerezas, pelo negro adorable, la luz de la primavera en los ojos; tenía todos los vicios y aspiraba a todos los crímenes. Digerir el mal le daba apetito para lo peor. Era un golfillo convertido en golfo, y un golfo convertido en escabechador. Era agradable, afeminado, encantador, robusto, flojo, feroz. Llevaba el ala del sombrero levantada del lado izquierdo para que asomase el tupé, como se hacía en 1829. Vivía de robos violentos.

Llevaba una levita de corte excelente, pero raída. Montparnasse era un figurín en la miseria y un asesino. La causa de todos los delitos de aquel adolescente era el deseo de ir bien vestido. La primera modistilla que le dijo: «Qué guapo eres», le manchó de tinieblas el corazón y convirtió en un Caín a ese Abel. Como se encontraba agraciado, quiso ser elegante; ahora bien, la primera elegancia es la ociosidad; la ociosidad, en un pobre, lleva al crimen. Pocos maleantes eran tan temidos como Montparnasse. A los dieciocho años, tenía ya varios cadáveres sobre la conciencia. Más de un viandante yacía con los brazos tendidos a la sombra de ese miserable, con la cara metida en un charco de sangre. Con el pelo rizado y untado de pomada, la levita entallada, caderas femeninas, torso de oficial prusiano, envuelto en los murmullos de admiración de las mujeres de vida alegre de los bulevares, con un nudo artístico en la corbata, una porra en el bolsillo y una flor en el ojal: así era aquel petimetre del sepulcro.

IV

COMPOSICIÓN DE LA BANDA

Estos bandidos formaban, entre los cuatro, algo así como un Proteo que serpenteaba por entre la policía y se esforzaba en eludir las miradas indiscretas de Vidocq «recurriendo a aspectos diversos, árbol, o llama, o fuente», se prestaban entre sí los nombres y las malas artes, se escurrían al amparo de sus propias sombras, eran cajas de fondos secretos y asilos mutuos, desbaratando sus personalidades como quien se quita una nariz postiza en un baile de máscaras, simplificándose a veces hasta no ser sino uno y multiplicándose a veces hasta tal punto que el propio Coco-Lacour los tomaba por una muchedumbre.

Esos cuatro hombres no eran cuatro hombres; eran algo así como un ladrón misterioso con cuatro cabezas que trabajaba a gran escala en París; era el pólipo monstruoso del mal que vivía en la cripta de la sociedad.

Merced a sus ramificaciones y a la red subyacente de sus relaciones, Babet, Gueulemer, Claquesous y Montparnasse tenían en las manos toda la industria de las emboscadas del departamento de Seine. Les daban a los transeúntes golpes de estado desde abajo. Los hacedores de ideas, los hombres de imaginación nocturna, les encargaban a ellos la ejecución. Les proporcionaban a esos cuatro granujas el guión y ellos se encargaban de ponerlo en escena. Trabajaban con libreto. Siempre estaban en situación de aportar un personal ajustado y oportuno para todos los atentados que necesitaban que les echasen una mano y que resultasen suficientemente lucrativos. Si un crimen andaba falto de brazos, ellos subarrendaban unos cuantos cómplices. Tenían una compañía de actores de las tinieblas a disposición de todas las tragedias de las cavernas.

Solían reunirse al caer la noche, que era la hora a la que se despertaban, en las estepas colindantes con La Salpêtriere. Allí conferenciaban. Tenían por delante las doce horas negras; organizaban los usos que les iban a dar.

El culo del gato era el nombre con que conocían en el tráfago subterráneo a la asociación de esos cuatro hombres. En la lengua popular y fantasiosa de antaño, que se va perdiendo cada día un poco más, verle el culo al gato quiere decir que ya es por la mañana, de la misma forma que no distinguir el lobo del perro quiere decir que anochece. Ese nombre, el culo del gato, se debía seguramente a la hora a la que acababan de trabajar, pues el alba es el momento en que los gatos se dan media vuelta, se desvanecen los fantasmas y se separan los bandidos. A esos cuatro hombres se los conocía con ese rubro. Cuando el presidente del tribunal de lo criminal fue a ver a Lacenaire a la cárcel, le preguntó por una fechoría que Lacenaire negaba. «¿Quién lo hizo?», preguntó el presidente. Lacenaire le dio la siguiente respuesta, enigmática para el magistrado, pero que le quedó muy clara a la policía: «A lo mejor ha sido el culo del gato».

A veces se intuye una obra de teatro al enterarse del nombre de los personajes; de la misma forma es posible calibrar a una banda por la lista de bandidos. He aquí, pues son nombres que siguen a flote en determinadas memorias, a qué apelaciones respondían los principales afiliados de El culo del gato.

Panchaud, conocido por Printanier, conocido por Bigrenaille.

Brujon. (Había una dinastía de Brujon; no renunciamos a decir unas palabras acerca de ella.)

Boulatruelle, el peón caminero a quien ya hemos mencionado antes. Laveuve.

Finistere.

Homere Hogu, negro. Mardisoir.

Dépêche.

Fauntleroy, conocido por Bouquetiere. Glorieux, ex presidiario.

Barrecarrosse, conocido por señor Dupont. Lesplanade-du-Sud.

Poussagrive.

Carmagnolet.

Kruideniers, conocido por Bizarro. Mangedentelle.

Les-pieds-en-l'air.

Demi-liard, conocido por Deux-milliards. Etc., etc.

Nos dejamos unos cuantos, y no de los peores. Esos nombres tienen cara. No expresan sólo entes, sino especies. Todos y cada uno de estos nombres responden a una variedad de esos hongos deformes de la parte subterránea de la civilización.

Esos seres, que no suelen prodigar los rostros, no eran de las personas que se ven pasar por la calle. De día, cansados de las noches feroces que pasaban, se iban a dormir, ora a los hornos de escayola, ora a las canteras abandonadas de Montmartre o de Montrouge; a veces a las alcantarillas. Se metían en madrigueras.

¿Qué ha sido de esos hombres? Siguen existiendo. Siempre existieron. Horacio los mienta. Ambubaiarum collegia, pharmacopolo, mendici, mimæ; y mientras la sociedad sea como es, serán lo que son. Bajo el techo oscuro de su sótano renacen eternamente del rezumar social. Vuelven, espectros, siempre idénticos; sólo que ya no llevan los mismos nombres ni están dentro del mismo pellejo.

Extirpan a los individuos, pero la tribu pervive.

Cuentan siempre con las mismas capacidades. Del truhán al maleante, la raza sigue siendo pura. Intuyen las bolsas en los bolsillos, se huelen los relojes en los bolsillos de los chalecos. El oro y la plata tienen olor para ellos. Existen ciudadanos ingenuos de los que podría decirse que tienen cara de dejarse robar. Esos hombres van siguiendo pacientemente a ciudadanos así. Cuando pasa un forastero o alguien de provincias, dan un respingo como las arañas.

Esos hombres, cuando, a eso de las doce de la noche, nos los encontramos en un bulevar desierto o los vemos a medias, resultan espantosos. No parecen hombres, sino formas hechas de niebla viva; diríase que suelen formar un solo bloque con las tinieblas, que no son algo aparte, que no tienen más alma que la sombra, y que, si se han separado de la oscuridad, ha sido de forma momentánea y para vivir, durante unos minutos, con una vida monstruosa.

¿Qué es preciso para que se desvanezcan esas larvas? Luz. Luz a raudales. No hay murciélago que soporte el alba. Hay que iluminar la sociedad desde abajo.

LIBRO OCTAVO
EL MAL POBRE

I
MARIUS BUSCA A UNA JOVEN CON SOMBRERO Y ENCUENTRA A UN HOMBRE CON GORRA

Pasó el verano y, luego, el otoño; llegó el invierno. Ni el señor Leblanc ni la joven habían vuelto a Le Luxembourg. Marius no pensaba ya sino en una cosa, en volver a ver aquel rostro dulce y adorable. Seguía buscando; buscaba por doquier; no encontraba nada. Había dejado de ser Marius el soñador, el entusiasta, el hombre resuelto, ardiente y firme, el osado provocador del destino, la mente que edificaba porvenir sobre porvenir, la inteligencia joven cargada de planes, de proyectos, de orgullos, de ideas y de voluntades; era un perro perdido. Cayó en una tristeza oscurísima. Todo había concluido: el trabajo lo repelía, el paseo lo cansaba; tenía ahora ante sí la anchurosa naturaleza, tan repleta antaño de formas, de claridades, de voces, de consejos, de perspectivas, de horizontes, de enseñanzas, y estaba vacía. Le daba la impresión de que todo había desaparecido.

Seguía pensando, porque no podía evitarlo; pero ya no se complacía en esos pensamientos. A cuanto éstos le proponían continuamente por lo bajo, respondía en la sombra: «No merece la pena».

Se hacía cientos de reproches. ¿Por qué la seguí? ¡Era tan dichoso sólo con verla! Me miraba. ¿No era eso ya algo desmedido? Parecía que me quería. ¿Acaso no era un todo? ¿Qué quise conseguir? No hay nada más allá de eso. Fui absurdo. He tenido yo la culpa. Etc., etc. Courfeyrac, a quien no le hacía confidencias, porque ésa era su forma de ser, pero que lo intuía todo hasta cierto punto, porque también era ésa su forma de ser, había empezado por darle la enhorabuena por estar enamorado, aunque asombrándose de ello, por lo demás; luego, viendo a Marius presa de aquella melancolía, acabó por decirle: «Ya veo que, sencillamente, has sido un borrico. Anda, vente a La Chaumiere».

En una ocasión, fiándose de un estupendo sol de septiembre, Marius dejó que lo llevasen Courfeyrac, Bossuet y Grantaire al baile de Sceaux, con la esperanza, ¡vaya un sueño!, de encontrarla allí quizá. Por supuesto que no vio a la mujer a quien buscaba. «Y eso que aquí es donde se encuentra uno a todas las mujeres perdidas», refunfuñaba Grantaire para su capote. Marius dejó a sus amigos en el baile y se volvió a pie, solo, cansado, febril, con los ojos turbios y tristes en la oscuridad de la noche mientras lo aturdían a fuerza de ruido y polvo los alegres coches de punto repletos de personas que volvían cantando de la fiesta y pasaban por su lado, desalentado, respirando, para despejarse la cabeza, el áspero aroma de los nogales de la carretera.

Volvió a vivir cada vez más solo, extraviado, agobiado, entregado por completo a su tristeza interior, yendo y viniendo por su dolor como el lobo dentro de la trampa, buscando a la ausente por todas partes, atontado de amor.

En otra ocasión, tuvo un encuentro que le causó una impresión singular. Se cruzó por las callejuelas de los alrededores del bulevar de Les Invalides con un hombre vestido como un obrero y tocado con una gorra de visera larga por la que asomaban mechones de pelo muy blancos. A Marius le llamó la atención lo hermoso que era ese pelo blanco y miró fijamente al hombre que caminaba despacio y como absorto en una meditación dolorosa. Cosa curiosa, le pareció reconocer al señor Leblanc. Tenía el mismo pelo, el mismo perfil, dentro de lo que permitía apreciar la gorra, el mismo porte, aunque más triste. Pero ¿por qué esa ropa de obrero? ¿Qué quería decir eso?

¿Qué significaba ese disfraz? Marius se quedó muy asombrado. Cuando se recobró, su primer impulso fue seguir al hombre. ¿Quién sabe si no había dado por fin con el rastro que andaba buscando? En cualquier caso, tenía que volver a ver al hombre de cerca y aclarar el enigma. Pero cayó en la cuenta demasiado tarde; el hombre ya había desaparecido. Se había metido por una bocacalle y Marius no consiguió dar de nuevo con él. Este encuentro lo tuvo preocupado unos días y, luego, se le fue de la cabeza.

«Bien pensado —se dijo—, probablemente no sería sino un parecido.»

II
HALLAZGO

Marius seguía viviendo en el caserón Gorbeau. No se fijaba en nadie.

En honor a la verdad, en aquella época no había ya más inquilinos en el caserón que él y los Jondrette, aquellos a quienes les había pagado el alquiler una vez sin haber cruzado una palabra en la vida, por lo demás, ni con el padre, ni con la madre ni con las hijas. Los otros inquilinos o se habían mudado, o se habían muerto o los habían echado por no pagar.

Un día de aquel invierno asomó un poco el sol por la tarde, pero era el 2 de febrero, el antiguo día de la Candelaria, cuyo sol traicionero, precursor de un frío de seis semanas, le inspiró a Mathieu Laensberg estos dos versos que, de forma muy justificada, se convirtieron en clásicos:

> Ya brille el sol ya sea luciérnaga,
> no asoma el oso de la caverna.

Acababa de salir Marius de su propia caverna. Caía la noche. Era la hora de ir a cenar; porque no le había quedado, ¡ay!, más remedio que volver a cenar. ¡Ah, achaques de las pasiones ideales!

Acababa de cruzar el umbral de su puerta, que la Murgón estaba barriendo en ese preciso instante al tiempo que recitaba este monólogo memorable:

—¿Y qué queda ya que sea barato? Todo está por las nubes. Lo único barato es lo mal que lo pasa la gente. ¡Eso está regalado!

Marius iba despacio por el bulevar, camino del portillo, para llegar a la calle de Saint-Jacques. Caminaba ensimismado y con la cabeza gacha.

Notó de pronto que, entre la niebla, alguien lo rozaba al pasar; se volvió y vio a dos muchachas harapientas, una alta y delgada y la otra un poco más baja, que pasaban deprisa, sin aliento, asustadas, como si estuvieran huyendo de algo; iban en dirección contraria a él, no lo habían visto y le habían dado un empujón al pasar. Marius vislumbraba en el crepúsculo las caras lívidas, las cabezas despeinadas, el pelo suelto y revuelto, los gorros feísimos que llevaban, las faldas hechas jirones y los pies descalzos. Hablaban entre sí sin dejar de correr. La más alta decía muy por lo bajo:

—Llegó la tiña y casi me rodean y me pescan. La otra contestaba:

—Ya los vi y salí jalando.

Marius cayó en la cuenta, pese a la jerga espantosa, de que los gendarmes o los guardias habían estado a punto de detener a esas dos jovencitas y que las jovencitas se habían escapado.

Se internaron bajo los árboles del bulevar, a espaldas de Marius, y, por unos instantes, fueron, en la oscuridad, algo así como una mancha blanca e inconcreta que se esfumó.

Marius se había quedado parado un momento.

Iba a seguir andando cuando vio a sus pies, en el suelo, un paquetito gris. Se agachó y lo recogió. Era una especie de sobre donde, al parecer, había unos papeles.

—Vaya —se dijo—, se les habrá caído a esas pobrecillas.

Dio marcha atrás, llamó, pero no volvió a verlas; pensó que ya estarían lejos, se metió el paquete en el bolsillo y se fue a cenar.

De camino, vio en un lateral de la calle de Mouffetard un ataúd de niño cubierto con un paño negro y colocado en tres sillas; lo iluminaba una vela. Le volvieron a la mente las dos muchachas del crepúsculo.

—¡Pobres madres! —pensó—. Hay algo aún más triste que se te mueran los hijos, y es ver que viven mal.

Luego, esas sombras, que le infundían una tristeza distinta, se le fueron del pensamiento y volvió a caer en sus preocupaciones habituales. Pensó otra vez en aquellos seis meses de amor y de dicha al aire libre y a pleno sol bajo los hermosos árboles de Le Luxembourg.

—¡Qué sombría se me ha vuelto la vida! —se decía—. Se me siguen apareciendo muchachas. Pero antes eran ángeles; y ahora son hembras de vampiro.

III
QUADRIFRONTE

Esa noche, según se desnudaba para meterse en la cama, le tropezó la mano, en el bolsillo del frac, con el paquete que había recogido en el bulevar. Ya no se acordaba de él. Pensó que sería de utilidad abrirlo y que quizá en el paquete estaba la dirección de las jóvenes, si es que en realidad era de ellas, y, en cualquier caso, las informaciones necesarias para devolvérselo a la persona que lo hubiera perdido.

Abrió el sobre. No lo sellaba ninguna oblea y, dentro, había cuatro cartas, también sin sellar. Llevaban señas. Las cuatro despedían un olor espantoso a tabaco. La primera carta iba dirigida a la Señora marquesa de Grucheray, en la plaza de enfrente de la Cámara de Diputados, n.º…

Marius se dijo que seguramente encontraría en ella las indicaciones que andaba buscando y que, además, la carta no estaba cerrada y era verosímil que no hubiera inconveniente en leerla.

Decía lo siguiente:

«Señora marquesa:

La virtud de la clemencia y la compasión es la que más une a la soziedad. Deje que deambule su sentimiento cristiano y échele una mirada compasiva a este desventurado español víctima de la lealtad y el apego a la causa sagrada de la lejitimidad que pagó con su sangre y consagró toda su fortuna a defender esa causa y se encuentra hoy en la mayor miseria. No duda de que su honorable persona le concederá una ayuda para conservar una existencia penosísima para un militar educado y hombre de honor cargado de heridas. Cuenta de antemano, señora marquesa, con la humanidad que la mueve y con el interés que siente por una nación tan desdichada. Su ruego no será en bano y su agradecimiento guardará siempre la imagen de su encantador recuerdo.

Con mis saludos respetuosos, tengo el honor de quedar, señora, su seguro servidor

> DON ALVARES, capitán español de caballería, monárquico refugiado en Francia que derecha viaja para su patria y le faltan recursos para seguir *hiaje*».

No había señas que acompañasen a la firma. Marius tuvo la esperanza de encontrar esas señas en la segunda carta, que iba dirigida a la señora condesa de Montvernet, calle de Cassette, n.º 9.

Esto fue lo que leyó Marius:

«Señora condesa:

Soi una desdichada madre de familia con seis niños que el ultimo tiene solo ocho meses. Enferma desde el ultimo parto, abandonada por mi marido desde hace cinco meses, sin ningún recurso en el mundo, en la más orrorosa indijencia.

Con mi esperanza en la señora condesa, tengo el honor de quedar su segura servidora, señora condesa,

> Señora BALIZARD».

Marius pasó a la tercera carta, que era una petición, igual que las anteriores. Decía:

«Señor Pabourgeot, elector, industrial en géneros de punto, calle de Saint-Denis, esquina a la calle de Les Fers

Me permito dirigirle esta carta para rogarle que me conzeda el inmenso favor de su benevolencia para que se interese por un hombre de letras que acaba de enbiar un drama al teatro de la comedia francesa.

Es de asunto histórico. y la acción transcurre en Auvernia en tiempos del Imperio. Me parece que el estilo es espontáneo y lacónico, y puede haber en él ciertos méritos. En cuatro momentos hay canziones. Lo cómico, lo serio y lo imprevisto se suman a la variedad de caracteres y a un toque de romanticismo repartido livianamente por toda la intriga, que avanza de forma misteriosa y, de peripezia en peripezia, todas ellas sorprendentes, concluye con varios golpes de efecto brillantes.

Mi objetivo principal es el de satisfazer ese deseo que va animando progresivamente al hombre de nuestro siglo, es decir, la moda, esa beleta caprichosa y peculiar que cambia casi con cada viento nuevo.

Pese a todas esas prendas, temo que la envidia, y el egoísmo de los autores privilegiados, consigan que me escluyan del teatro, pues no ignoro los sinsabores con que colman a los recién llegados.

Señor Pabourgeot, su justa reputación de protector ilustrado de los hombres de letras me permite atreverme a enviarle a mi hija que le espondrá nuestra situación indignante, pues carezemos de pan y de lumbre en esta estación inbernal. Quiero decirle que le ruego que acepte el homenaje que deseo hacerle al dedicarle mi drama y todos los que haga, lo que demuestra cuanto ambiciono el honor de que me ampare su éjida y de ornar mis escritos con el nombre de usted. Si se digna honrarme con la más modesta ofrenda, me dedicaré en el acto a hacer una pieza en verso para pagarle el tributo de mi agradecimiento. Esa pieza, que intentaré que sea lo mas perfecta posible, se la enviaré antes de colocarla al principio de la obra y para ser leída en el escenario.

Al señor Pabourgeot y señora, con mis mayores respetos.

GENFLOT, hombre de letras.

P. S. Aunque sólo fueran dos francos.

Discúlpeme por enviar a mi hija y no presentarme en persona, pero tristes razones de atuendo no me permiten salir a la calle por desgracia...».

Abrió, por fin, Marius la última carta. En las señas ponía: Al señor benefactor de la iglesia de Saint-Jacques-du-Haut-Pas. Y había en ella estas pocas líneas:

«Señor benefactor:

Si se digna acompañar a mi hija, verá una calamidad miserable y le enseñaré mis certificados.

Cuando vea esos escritos a su alma generosa la moverá un sentimiento de sensible benebolencia, pues los filósofos verdaderos notan siempre emociones violentas.

Estará de acuerdo conmigo, hombre compasivo, en que hay que hallarse en la más cruel de las necesidades y que resulta muy doloroso pedir a la autoridad, para conseguir algún alivio, que preste fe de ello, como si no tubiera uno libertad para padezer y morir de inanición mientras espera que alguien alivie su miseria. Tremendamente fatídico es el destino con unos y demasiado pródigo o demasiado protector con otros.

Quedo a la espera de su presencia o de su donativo, si se digna hacérmelo, y le ruego que tenga a bien azeptar el respeto que se honra en tenerle, hombre en verdad magnánimo, este su muy humilde y obediente servidor

P. FABANTOU, artista dramático.»

Tras haber leído estas cuatro cartas, Marius no se encontró mucho más adelantado que antes de leerlas.

Para empezar, ninguno de los firmantes daba sus señas.

Además, parecían proceder de cuatro individuos diferentes, don Alvares, la señora Balizard, el poeta Genflot y el artista dramático Fabantou, pero había la siguiente cosa peculiar: estaban escritas las cuatro con la misma letra.

¿Qué conclusión sacar como no fuera la de que procedían de la misma persona?

A mayor abundamiento, y con eso se volvía aún más verosímil la conjetura, el papel, basto y amarillento, era el mismo en las cuatro cartas, era el mismo el olor a tabaco y, aunque estaba claro que había un intento de cambiar de estilo, volvían las mismas faltas de ortografía con la mayor tranquilidad y el hombre de letras Genflot no estaba más libre de ellas que el capitán español.

Esforzarse en aclarar ese misterio de poca monta era un trabajo inútil. A no ser porque se las había encontrado, habría podido parecer que lo querían embaucar. Marius estaba demasiado triste para tomarse bien una broma del azar y para prestarse a ese juego al que los adoquines de la calle parecían querer jugar con él. Le parecía que andaba entre esas cuatro cartas, que se reían de él, como jugando a la gallina ciega.

Nada indicaba, por cierto, que esas cartas fuesen de las muchachas que se había encontrado Marius en el bulevar. A fin de cuentas, eran unos papelotes que estaba claro que no tenían valor alguno.

Marius volvió a meterlas en el sobre, lo tiró todo en un rincón y se metió en la cama.

A eso de las siete de la mañana, acababa de levantarse y de desayunar y estaba intentando ponerse a trabajar cuando llamaron suavemente a la puerta.

Como no tenía nada, no quitaba la llave nunca, a no ser de vez en cuando, muy pocas veces, cuando estaba haciendo un trabajo urgente. Por lo demás, incluso cuando no estaba en casa, dejaba la llave en la cerradura.

«Le van a robar», decía la Murgón. «¿Y qué me van a robar?», decía Marius. El hecho es que un día le robaron un par de botas viejas, lo que fue un gran triunfo para la Murgón.

Llamaron otra vez, con tanta suavidad como la primera.

—Adelante —dijo Marius. Se abrió la puerta.

—¿Qué quiere, señora Murgón? —añadió Marius sin alzar la vista de los libros y los manuscritos que tenía encima de la mesa.

Una voz que no era la de la Murgón contestó:

—Disculpe, caballero…

Era una voz sorda, cascada, ahogada, tomada, una voz de viejo con una ronquera de aguardiente y de borrachera.

Marius se volvió rápidamente y vio a una joven.

IV
UNA ROSA ENTRE LA MISERIA

Una muchacha muy joven estaba de pie en la puerta entornada. El tragaluz que alumbraba la buhardilla estaba precisamente enfrente de la puerta e iluminaba esa silueta con una claridad blanquecina. Era una criatura macilenta, canija, flaquísima; sólo una camisa y una falda cubrían aquella desnudez temblorosa y muerta de frío. De cinturón, un cordel; para sujetar el pelo, un cordel; unos hombros puntiagudos asomaban de la camisa; palidez rubia y linfática, clavículas terrosas, manos rojas, boca entreabierta y estropeada, donde faltaban dientes, mirada opaca, atrevida y disimulada, formas de una muchacha abortada y mirada de una vieja corrompida; cincuenta años y quince años revueltos; uno de esos seres que son al tiempo débiles y horrorosos y con los que se estremecen los que no lloran.

Marius se había puesto de pie y miraba con algo parecido al estupor a aquel ser que casi se parecía a esas formas de la sombra que cruzan por los sueños.

Lo más desgarrador era que aquella muchacha no había venido al mundo para ser fea. Debía, incluso, de haber sido muy guapa en la primera infancia. El encanto luchaba aún contra aquella repulsiva vejez prematura del libertinaje y la pobreza. Un resto de hermosura agonizaba en aquel rostro de dieciséis años igual que ese sol pálido que se apaga tras espantosas nubes en el amanecer de un día de invierno.

Aquel rostro no le era del todo desconocido a Marius. Le parecía recordar que lo había visto en alguna parte.

—¿Qué quiere, señorita? —preguntó.

La muchacha respondió con aquella voz de presidiario borracho.

—Una carta para usted, señor Marius.

Llamaba a Marius por su nombre; no podía caberle duda al joven de que iba con él la cosa; pero ¿quién era esa muchacha? ¿Cómo sabía su nombre?

Entró sin que él se lo hubiera pedido. Entró resueltamente, mirando con algo que se parecía al aplomo y oprimía el corazón toda la habitación y la cama deshecha. Iba descalza. Por unos agujeros grandes de la falda asomaban las piernas largas y las rodillas flacas. Tiritaba.

Llevaba efectivamente en la mano una carta y se la tendió a Marius.

Al abrir la carta, Marius se fijó en que la oblea, ancha y de buen tamaño, todavía estaba húmeda. El mensaje no podía venir de muy lejos. Leyó:

«¡Amable joven y amigo mío!

Me he enterado de lo bondadoso que ha sido conmigo y de que me pagó el alquiler hace seis meses. Lo bendigo, muchacho. Mi hija mayor le dirá que cuatro personas llevamos sin un trozo de pan desde hace dos días y que mi esposa está enferma. Si no queda chasqueada mi opinión, creo que puedo esperar que su corazón generoso se humanice ante estos hechos que le cuento y se someta al deseo de serme propizio dignándose concederme una modesta ayuda.

Azepte los respectos que se les deben a los benefactores de la humanidad.

JONDRETTE

P. S. Mi hija esperará a que usted disponga lo que tenga a bien disponer, querido señor Marius.»

Aquella carta, que llegaba cuando Marius llevaba desde la víspera por la noche pensando en la aventura misteriosa, era una vela en un sótano. Todo quedó claro de pronto.

La carta procedía del mismo sitio que las otras cuatro. Era la misma letra, el mismo estilo, la misma ortografía, el mismo olor a tabaco.

Había cinco misivas, cinco historias, cinco nombres, cinco firmas y un único firmante. El capitán español don Alvares, la desventurada Balizard, el poeta dramático Genflot, el cómico anciano Fabantou, los cuatro, se llamaban Jondrette, en el supuesto de que el propio Jondrette se llamase Jondrette.

Marius vivía desde hacía bastante en el caserón, pero, como ya hemos dicho, había tenido muy pocas ocasiones de ver, y ni tan siquiera de vislumbrar, a sus escasísimos vecinos. Tenía el pensamiento en otra parte, y la mirada está donde esté el pensamiento. Seguramente se había cruzado en más de una ocasión con los Jondrette por el pasillo y por las escaleras, pero para él no eran sino siluetas; tan poco se había fijado en ellos que la víspera por la noche había tropezado en el bulevar, sin reconocerlas, con las hijas de Jondrette, pues estaba claro que de ellas se trataba, y le había costado mucho que se despertase en él, a través del asco y la compasión, un inconcreto recuerdo de haber visto en otra parte a la que acababa de entrar.

Ahora lo veía todo claro. Se percataba de que su menesteroso vecino Jondrette se dedicaba a explotar la caridad de las personas bondadosas; se hacía con direcciones y escribía, con nombres fingidos, a personas a quienes tenía por ricas y compasivas, cartas que llevaban sus hijas, exponiéndose a todo tipo de riesgos, pues a eso había llegado aquel padre, que ponía en peligro a sus hijas; jugaba una partida con el destino y en ella se apostaba a sus hijas. Marius se daba cuenta, probablemente, si se guiaba por cómo iban escapando ellas la víspera, por su jadeo y su temor, y por esas palabras de jerga que oyó, de que aquellas desventuradas desempeñaban además a saber qué oficios oscuros, y que el fruto de todo ello, en la sociedad humana tal y como es, eran dos criaturas miserables, que no eran ni niñas, ni muchachas ni mujeres, algo así como unos seres impuros e inocentes nacidos de la miseria.

Tristes criaturas sin nombre, sin edad, sin sexo, que no son ya capaces ni del bien ni de mal y a quienes, recién salidas de la infancia, no les queda ya nada en el mundo, ni la libertad, ni la virtud ni la responsabilidad. Almas que florecieron ayer y ya están hoy marchitas, semejantes a esas flores caídas en la calle que todos los barros ajan a la espera de que les pase por encima una rueda.

En la presente circunstancia, mientras Marius clavaba en ella una mirada atónita y apenada, la muchacha iba y venía por la buhardilla con una audacia de espectro. Se movía sin que la preocupase su desnudez. Había momentos en que la camisa sin abrochar y rasgada le resbalaba casi hasta la cintura. Cambiaba de sitio las sillas, desordenaba los objetos de aseo colocados encima de la cómoda, tocaba la ropa de Marius, rebuscaba por los rincones.

—¡Anda! —dijo—. ¡Tiene usted un espejo!

Tarareaba, como si hubiera estado a solas, retazos de vodeviles, estribillos festivos que aquella voz gutural y ronca tornaba lúgubres. Tras ese atrevimiento asomaba un algo apurado, intranquilo y humillado. El descaro tiene mucho de vergüenza.

Nada más acongojante que verla corretear, revolotear como quien dice, por la habitación con movimientos de pájaro que se asusta de la luz o que tiene el ala rota. Se notaba que, si hubiera crecido de otra manera y su destino hubiera sido otro, el comportamiento alegre y libre de aquella joven podría haber resultado dulce y adorable. Entre los animales, el que nace para ser paloma no se convierte en osífraga. Esas cosas sólo pasan entre los hombres.

Marius, pensativo, dejaba que hiciese lo que quisiera. La muchacha se acercó a la mesa.

—¡Ay! ¡Libros! —dijo.

Le pasó una luz por las pupilas vidriosas. Añadió, y el tono en que lo decía expresaba esa dicha de jactarse de algo a lo que no es insensible naturaleza humana alguna:

—¡Yo sé leer!

Cogió con arrebato el libro que estaba abierto encima de la mesa y leyó con bastante fluidez:

—«… El general Bauduin recibió órdenes de tomar con los cinco batallones de su brigada el castillo de Hougomont que está en el centro de la llanura de Waterloo…».

Se interrumpió:

—¡Ah, Waterloo! Sé lo que es eso. Es una batalla de hace mucho. Mi padre estuvo. Mi padre sirvió en el ejército. ¡No sabe usted lo bonapartistas que somos en casa! Waterloo fue en contra de los ingleses.

Dejó el libro, cogió la pluma y exclamó:

—¡Y también sé escribir!

Mojó la pluma en el tintero y dijo, volviéndose hacia Marius:

—¿Quiere verlo? Mire, voy a escribir una notita para que vea.

Y, antes de que Marius hubiera podido contestarle, escribió en una hoja blanca que estaba en medio de la mesa: Ahí viene la tiña.

Luego añadió, soltando la pluma:

—Y sin faltas de ortografía. Puede comprobarlo. Mi hermana y yo tenemos instrucción. No siempre hemos sido como somos ahora. No íbamos para…

Al llegar a ese punto se detuvo, clavó las pupilas apagadas en Marius y soltó la carcajada, diciendo con una entonación en la que tenían cabida todas las angustias que tenían ahogadas todos los cinismos:

—¡Bah!

Y empezó a canturrear la letra de una canción de música alegre:

> *Padre, tengo hambre.*
> *No hay ni una miga.*
> *El frío, madre.*
> *Me impide hacer calceta*
> *Tirita,*
> *Lolita*

Nada más acabar la estrofa, exclamó:

—¿Va usted alguna vez al teatro, señor Marius? Yo, sí. Tengo un hermano pequeño que tiene amistad con artistas y me da entradas a veces. Pero la verdad es que no me gustan los bancos de las galerías. No se está a gusto, se está incómodo. A veces hay gente muy basta, y también gente que huele mal.

Luego miró a Marius con una expresión muy rara y le dijo:

—¿Sabe, señor Marius, que es un chico muy guapo?

Y los dos pensaron lo mismo a un tiempo, con lo que ella sonrió y él se ruborizó.

La muchacha se acercó a Marius y le puso una mano en el hombro.

—Usted no se fija en mí, pero yo lo conozco, señor Marius. Me lo encuentro aquí, por las escaleras, y además lo veo ir a casa de uno que se llama Mabeuf, que vive por la zona de Austerlitz, cuando ando por allí. Le sienta muy bien el pelo revuelto.

Intentaba hablar con voz muy dulce y sólo conseguía hablar en voz muy baja. Parte de las palabras se perdía en el trayecto de la laringe a los labios, como en un teclado donde faltasen notas.

Marius había retrocedido sin brusquedad:

—Señorita —dijo con aquella seriedad fría tan suya—, tengo un paquete que creo que es suyo. Permítame que se lo devuelva.

Y le alargó el sobre donde estaban las cuatro cartas. Ella palmoteó y exclamó:

—¡Lo hemos estado buscando por todas partes!

Luego cogió impulsivamente el paquete y abrió el sobre mientras decía:

—¡Por Dios! ¡Lo que lo habremos buscado mi hermana y yo! ¿Y se lo había encontrado usted? En el bulevar, ¿verdad? Ha tenido que ser en el bulevar. ¡Claro! Se nos cayó cuando íbamos corriendo. Fue una coladura de mi hermana, que es una cría. Cuando llegamos a casa, no lo encontramos.

¡Como no queríamos que nos zurrasen, porque no sirve de nada, no sirve nada de nada, no sirve absolutamente de nada, dijimos que habíamos llevado las cartas a casa de esas personas y que nos habían dicho que nones!

¡Y aquí estaban las pobres cartas! ¿En qué notó usted que eran mías? ¡Ah, sí, en la letra! ¿Así que fue con usted con quien nos tropezamos ayer por la noche al pasar? ¡Es que no se veía nada! Le dije a mi hermana: «¿Era un señor?». Y mi hermana me contestó: «Creo que era un señor».

Mientras hablaba, había desdoblado el ruego dirigido «al señor benefactor de la iglesia de Saint-Jacques-du-Haut-Pas».

—¡Anda! —dijo—, es la del viejo que va a misa. Por cierto, que es la hora. Voy a llevársela. A lo mejor nos da para almorzar.

Volvió, luego, a echarse a reír y añadió:

—¿Sabe lo que pasará si almorzamos hoy? Pues que tomaremos esta mañana el almuerzo de anteayer, la cena de anteayer, el almuerzo de ayer y la cena de ayer, todos juntos y de una vez. ¡Hala! Y, si no os gusta, perros, reventad.

Aquello le recordó a Marius lo que había ido a buscar a su casa aquella desdichada.

Rebuscó en el bolsillo del chaleco y no encontró nada.

La muchacha seguía hablando y parecía haber perdido la conciencia de que tenía delante a Marius.

—A veces, me voy por las noches. A veces no vuelvo a casa. Antes de vivir aquí, el invierno pasado, vivíamos bajo los puentes. Nos apelotonábamos para no morirnos de frío. Mi hermanita lloraba. ¡Qué triste es el agua! Cuando pensaba en ahogarme, me decía: No, que está muy fría. Me voy sola cuando quiero, a veces duermo en las cunetas. De noche, ¿sabe?, cuando voy por el bulevar, veo los árboles como si fueran bieldos, veo casas muy negras y tan grandes como las torres de Notre-Dame, me imagino que las paredes blancas son el río y me digo: «¡Anda, ahí hay agua!». Las estrellas son como los farolillos de las fiestas, parece que echan humo y que el viento las apaga; me quedo atontada, como si me resoplasen en los oídos unos caballos; aunque sea de noche, oigo organillos y las máquinas de las hilaturas y qué sé yo qué más. Me parece que me tiran piedras, y salgo huyendo sin saber qué pasa, todo da vueltas y vueltas. Las cosas son muy divertidas cuando está una sin comer.

Y miró a Marius con expresión extraviada.

A fuerza de rebuscar en el fondo de los bolsillos, Marius había acabado por reunir cinco francos con ochenta céntimos. Era cuanto tenía en aquellos momentos. «Esto para la cena de hoy —pensó—. Mañana ya veremos.» Se quedó con los ochenta céntimos y le dio a la muchacha los cinco francos.

Ella cogió la moneda.

—¡Caramba! —dijo—. ¡Ha salido el sol!

Y, como si el sol aquel tuviera la propiedad de deshelarle en el cerebro avalanchas de jerga, siguió diciendo:

—¡Cinco francos! ¡Candil! ¡Uno con corona! ¡En este telón! ¡De popelín! ¡Es usted un buen gua! ¡Tenga mi izquierdo, todo suyo! ¡Bravo, compadres! ¡Dos días de alpiste! ¡Y de brinza! ¡Manduca! ¡Tripearemos pera! ¡Y buenos soponcios!

Se subió la camisa para taparse los hombros, saludó a Marius con una profunda reverencia y, luego, con una seña confianzuda con la mano y se encaminó a la puerta diciendo:

—Buenos días, caballero. De todas formas me voy a ver al viejo.

Al pasar, vio encima de la cómoda una corteza de pan reseca, que estaba criando moho entre el polvo; se abalanzó sobre ella y empezó a comérsela, mascullando:

—¡Qué rico! ¡Qué duro! ¡Me voy a dejar los dientes! Luego se fue.

V
LA MIRILLA PROVIDENCIAL

Marius llevaba cinco años viviendo en la pobreza, en la indigencia, e incluso en el desvalimiento, pero se dio cuenta de que no había conocido la miseria de verdad. La miseria de verdad acababa de verla. Era esa larva que acababa de pasarle ante la vista. Y es que, efectivamente, quien no haya visto más que la miseria del hombre no ha visto nada; hay que ver la miseria de la mujer, hay que ver la miseria del niño.

Cuando el hombre ha llegado a la última extremidad, llega al mismo tiempo a los últimos recursos. ¡Pobres de los seres indefensos que tenga en torno! El trabajo, el salario, el pan, la lumbre, el valor, la buena voluntad, se queda sin todo a la vez. Es como si la claridad del día se apagase fuera; la luz moral se apaga por dentro; en esas sombras, el hombre se topa con la debilidad de la mujer y del niño, y los doblega violentamente para hacerlos pasar por todas las ignominias.

Entonces se vuelven posibles todos los espantos. Rodean a la desesperación tabiques frágiles que se abren del todo al vicio y al crimen.

La salud, la juventud, el honor, las santas y asustadizas delicadezas de la carne nueva aún, del corazón, de la virginidad, del pudor, esa epidermis del alma, las utiliza de forma funesta ese andar a tientas en pos de recursos; se topa con el oprobio y se adapta a él. Padres, madres, hijos, hermanos, hermanas, hombres, mujeres, muchachas viven adheridos entre sí, casi se integran unos en otros como si fueran una formación mineral, en esa brumosa promiscuidad de sexos, de parentescos, de edades, de infamias, de inocencias. Se encogen, espalda con espalda, en algo así como un destino que es un tugurio. Se miran entre sí lastimeramente. ¡Ay, desdichados! ¡Qué pálidos están! ¡Qué frío tienen! Parece como si estuvieran en un planeta mucho más alejado del sol que el nuestro.

Aquella joven fue para Marius como una enviada de las tinieblas. Le reveló toda una zona repulsiva de la oscuridad.

Marius se reprochó casi las preocupaciones soñadoras y apasionadas que le habían impedido hasta entonces echarles una ojeada a sus vecinos. Pagarles el alquiler fue un gesto automático, todo el mundo lo habría hecho; pero él, Marius, tendría que haber ido más allá. ¡Cómo! ¡Sólo lo separaba una pared de aquellos seres abandonados, que vivían a tientas en la oscuridad, apartados del resto de los vivos; pasaba rozándolos; era él, por así decirlo, el último eslabón del género humano con el que tenían contacto, los oía vivir, o más bien oía su estertor, a su lado, y no se fijaba! ¡Todos los días, en todos los instantes, los oía, a través de la pared, andar, ir y venir, hablar, y no atendía! ¡Y entre esas palabras había gemidos y ni siquiera los oía! Tenía la cabeza en otra parte, en ensoñaciones, en resplandores imposibles, en amores en el aire, en locuras; ¡y, entre tanto, unos seres humanos, sus hermanos en Cristo, sus hermanos en el pueblo, agonizaban junto a él! ¡Agonizaban en vano! Y él, incluso, era parte de esa desgracia suya y la tornaba más grave. ¡Porque si hubieran tenido otro vecino, un vecino menos dado a las quimeras y más atento, un hombre corriente y caritativo, no cabía duda de que se habría enterado de aquella indigencia, habría divisado sus señales de socorro y era posible que éstas hubieran recibido acogida y salvación hacía mucho! Cierto era que parecían muy depravados, muy corruptos, muy envilecidos, muy odiosos, pero pocos hay que caigan sin degradarse; por lo demás, existe un punto donde los desventurados y los infames se mezclan y se confunden en una sola palabra, una palabra fatídica: los miserables. ¿Quién tiene la culpa? ¿Y no es además cuando la caída es profunda cuando debe ser mayor la caridad?

Al tiempo que se hacía esas consideraciones éticas, porque había ocasiones en que Marius, como todos los corazones verdaderamente honrados, ejercía consigo mismo de pedagogo y se reñía más de lo que merecía, Marius miraba la pared que lo separaba de los Jondrette, como si hubiera podido atravesar con la mirada llena de compasión aquel tabique e ir a quitarles el frío a esos desdichados. La pared era una lámina delgada de escayola que se sustentaba en unas tablas y unas vigas y que, como acabamos de leer, permitía a la perfección que se oyera el ruido de las palabras y de las voces. Había que ser el ensimismado Marius para no haberse percatado aún. La pared no estaba empapelada ni del lado de los Jondrette ni del lado de Marius; la burda construcción estaba al aire. Sin casi ser consciente de ello, le pasaba revista Marius al tabique; hay veces en que la ensoñación examina, observa y escruta igual que el pensamiento. De repente, se puso de pie; acababa de fijarse, en la parte de arriba, cerca del techo, en un agujero triangular entre tres tablas a las que separaba un espacio vacío. Faltaba el enyesado que debería haber tapado ese hueco y, subiéndose a la cómoda, podía verse por esa abertura la buhardilla de los Jondrette. Acompaña a la compasión, y debe acompañarla, la curiosidad pertinente. Aquel agujero era algo así como una mirilla. Se puede mirar a traición el infortunio para socorrerlo. «Vamos a ver quiénes son esas personas —pensó Marius—, y en qué punto están.»

Se subió a la cómoda, acercó un ojo a la grieta y miró.

VI
EL HOMBRE FEROZ EN LA MADRIGUERA

Las ciudades, al igual que los bosques, tienen sus antros donde se esconde lo más nefando y temible que en ellas hay. Pero en las ciudades lo que así se esconde es feroz, inmundo y pequeño, es decir, feo; en los bosques, lo que se esconde es feroz, salvaje y grande, es decir, hermoso. Puestos a comparar guaridas, las de los animales son preferibles a las de los hombres. Las cuevas son preferibles a los tugurios.

Lo que Marius estaba viendo era un tugurio.

Marius era pobre y en su cuarto se notaba la indigencia; pero, de la misma forma que su pobreza era noble, su buhardilla estaba limpia. El cuchitril que veía desde arriba en aquellos momentos era abyecto, sucio, fétido, infecto, tenebroso y sórdido. No había más muebles que una silla de paja, una mesa tullida, unos cuantos cascos de loza vieja y, en dos de los rincones, dos jergones indescriptibles; por toda iluminación, una ventana de cuatro cristales en el techo, envuelta en telas de araña. Entraba por ese tragaluz la claridad imprescindible para que una cara humana pareciera la cara de un fantasma. Las paredes estaban leprosas y cubiertas de costurones y cicatrices como un rostro que alguna enfermedad espantosa hubiera desfigurado. Chorreaba de esas paredes una humedad legañosa. Se veían dibujos obscenos groseramente trazados con carbón.

El cuarto que ocupaba Marius tenía un suelo de ladrillo muy deteriorado; este otro no tenía ni baldosas ni tarima; había que pisar directamente en el yeso viejo del caserón, que se había vuelto negro de tantas pisadas. En ese suelo desigual, donde el polvo estaba como incrustado y de lo único que estaba virgen era de barrido, se agrupaban caprichosamente constelaciones de zapatillas y de zapatos viejos y de trapos espantosos; por lo demás, en ese cuarto sí había chimenea, y por eso el alquiler era de cuarenta francos anuales. Había de todo en aquella chimenea: un infiernillo, una olla, tabas rotas, pingajos colgando de unos clavos, una jaula de pájaro, cenizas e incluso algo de fuego. Dos tizones humeaban melancólicamente.

Lo que incrementaba aún más el horror de aquella buhardilla es que era grande. Tenía salientes, esquinas, agujeros negros, partes traseras del tejado, bahías y promontorios. Y, en consecuencia, ominosos rincones insondables donde podía pensarse que se acurrucaban arañas del tamaño de un puño, cochinillas de la anchura de un pie y quizá, incluso, a saber qué seres monstruosos.

Uno de los jergones estaba junto a la puerta; el otro, junto a la ventana. Ambos tenían una esquina pegada a la chimenea y Marius veía los dos de frente.

En un rincón próximo al agujero por el que estaba mirando Marius colgaba de la pared, en un marco de madera negra, un grabado de colorines en cuya parte de abajo ponía en letras gruesas: EL SUEÑO. Representaba a un mujer y a un niño dormidos, el niño en las rodillas de la mujer, y un águila en una nube con una corona en la parte inferior; la mujer apartaba la corona de la cabeza del niño, aunque sin despertarse; al fondo, Napoleón en un nimbo apoyado en una columna azul marino de capitel amarillo que ornaba la siguiente inscripción:
MARINGO AUSTERLITS IENA WAGRAMME ELOT

Debajo de ese marco, y formando un plano inclinado, había en el suelo y apoyado en la pared una especie de tablón de madera más largo que ancho. Parecía un cuadro puesto del revés, un bastidor pintado probablemente por la otra cara, un entrepaño, quitado seguramente de alguna pared y olvidado allí a la espera de que lo volvieran a colgar.

Cerca de la mesa, en la que Marius veía pluma, tinta y papel, estaba sentado un hombre de unos sesenta años, menudo, flaco, lívido, descolorido, con expresión astuta, cruel y desasosegada; un pillo repulsivo.

Si Lavater hubiera mirado esa cara, habría hallado en ella una mezcla de buitre y procurador, en la que el ave de presa y el leguleyo se contagiaban la fealdad mutua y se completaban, el leguleyo haciendo las veces de repulsiva ave de presa y el ave de presa haciendo las veces de leguleyo espantoso.

Tenía aquel hombre una barba larga y gris. Vestía una camisa femenina que no le cubría el pecho peludo ni los brazos, al aire, erizados de vello gris. A continuación de la camisa, podían verse unos pantalones sucios de barro y unas botas de las que asomaban los dedos de los pies.

Llevaba una pipa en la boca y fumaba. Ya no quedaba pan en el cuchitril, pero todavía quedaba tabaco.

Estaba escribiendo, probablemente alguna carta como las que había leído Marius.

En una esquina de la mesa podía verse un libro rojizo, viejo y desparejado, cuyo formato, que era el antiguo in-12 de los gabinetes de lectura, situaba en el apartado de las novelas. En la tapa destacaba el siguiente título impreso en letras mayúsculas de buen tamaño: DIOS, EL REY, EL HONOR Y LAS DAMAS, POR DUCRAY-DUMINIL, 1814.

Según escribía, el hombre hablaba en voz alta y Marius oía lo que decía:

—¡Y pensar que la igualdad no existe ni siquiera cuando está uno muerto! ¡No hay más que ver el cementerio de Le Pere-Lachaise! Los grandes, los ricos, están arriba, en el paseo de las acacias, que está pavimentado. Y pueden llegar allí en coche. A los pequeños, a los pobres, a los infelices, vamos, los colocan abajo, donde el barro llega a las rodillas, en los agujeros, con toda la humedad. ¡Los colocan ahí para que se deterioren antes! Y no hay quien pueda ir a verlos sin hundirse en el suelo.

Al llegar aquí se detuvo, dio un puñetazo en la mesa y añadió, rechinando los dientes:

—¡Ah, me comería el mundo!

Una mujer gruesa, que igual podía tener cuarenta años que cien, estaba en cuclillas junto a la chimenea, asentada en los talones descalzos.

Ella también llevaba sólo una camisa y una falda de punto con remiendos de paño viejo. Un delantal de tela basta cubría la mitad de la falda. Aunque la mujer estaba doblada y hecha un ovillo, se veía que era muy alta. Algo así como una gigantona comparada con su marido. Tenía un pelo feísimo, de un rubio rojizo que se iba volviendo gris y en que se hurgaba de vez en cuando con unas manazas relucientes y de uñas planas.

A su lado, en el suelo y abierto de par en par, había un libro del mismo formato que el otro, seguramente otro tomo de la misma novela.

En uno de los camastros, Marius veía a medias algo parecido a una niña alta y lívida sentada, casi desnuda, con los pies colgando, que no parecía ni oír, ni ver ni vivir.

La hermana pequeña, seguramente, de la que había ido a verlo.

Aparentaba once o doce años. Al mirarla atentamente, se notaba que tenía por lo menos catorce. Era la chiquilla que decía la víspera por la noche en el bulevar: Salí jalando.

Tenía esa constitución enclenque que va con retraso mucho tiempo y crece luego deprisa y de golpe. Esas tristes plantas humanas son fruto de la indigencia. Son criaturas sin infancia ni adolescencia. A los quince años, aparentan doce. A los dieciséis aparentan veinte. Hoy, niñas;

mañana, mujeres. Diríase que salvan la vida a zancadas para acabar antes.

En aquellos momentos, parecía una niña.

Por lo demás, no se veía en aquella vivienda la presencia de ninguna labor; ni un bastidor, ni una rueca, ni una herramienta. En un rincón un montón de chatarra de aspecto sospechoso. Era esa sombría pereza que viene tras la desesperación y antecede a la agonía.

Marius estuvo un rato mirando ese hogar lúgubre, más espantoso que el interior de una tumba porque se notaban en él el rebullir del alma humana y la palpitación de la vida.

La buhardilla, el sótano, la mazmorra donde reptan algunos indigentes en el nivel inferior del edificio social no son del todo la tumba, sino su antecámara; pero, igual que sucede con esos ricos que exhiben lo más suntuoso de sus pertenencias a la entrada de sus palacios, es como si la muerte, que está allí mismo, al lado, colocase sus mayores miserias en ese vestíbulo.

El hombre se había callado, la mujer no hablaba, la muchacha parecía no respirar. Se oía el chirrido de la pluma en el papel.

El hombre refunfuñó sin dejar de escribir:

—¡Canallada de canalladas y todo canallada!

Esta variante del epifonema de Salomón le arrancó un suspiro a la mujer.

—Queridito, tranquilízate —dijo—. No te vayas a poner malo, cariño mío. Demasiado haces escribiendo a toda esa gente, maridito.

En la miseria, los cuerpos se acurrucan unos contra otros, igual que cuando hace frío, pero los corazones se distancian. Parecía que esa mujer había debido de querer a aquel hombre con la cantidad de amor que llevase dentro; pero, probablemente, ese cariño había muerto entre los reproches cotidianos y recíprocos propios del desvalimiento espantoso que agobiaba a todo el grupo. No quedaba ya en ella sino una ceniza de afecto por su marido. No obstante, habían sobrevivido, como sucede con frecuencia, los apelativos cariñosos. Le decía queridito, cariño mío, maridito, etc., con los labios mientras el corazón callaba.

El hombre se había puesto a escribir otra vez.

VII
ESTRATEGIA Y TÁCTICA

Marius, con el corazón oprimido, iba a bajarse de aquella especie de observatorio que había improvisado cuando le llamó la atención un ruido que lo incitó a quedarse donde estaba.

La puerta de la buhardilla acababa de abrirse de golpe. La hija mayor apareció en el umbral.

Calzaba unos zapatones masculinos sucios del barro que le había salpicado hasta los tobillos encarnados, y se tapaba con una capa vieja y andrajosa que Marius no le había visto una hora antes pero que, seguramente, había dejado en la puerta para inspirar más compasión y era probable que se hubiese vuelto a poner al salir. Entró, cerró la puerta, se detuvo para recuperar el aliento, pues estaba sin resuello, y gritó luego con expresión triunfal y regocijada:

—¡Aquí viene!

El padre volvió la mirada, la mujer volvió la cabeza, la hermana pequeña no se movió.

—¿Quién? —preguntó el padre.

—¡El señor ese!

—¿El filántropo?

—Sí.

—¿El de la iglesia de Saint-Jacques?

—Sí.

—¿El viejo?

—Sí.

—¿Y va venir?

—¡Viene detrás de mí!

—¿Estás segura?

—Estoy segura.

—¿De verdad que viene?

—Viene en un coche de alquiler.

—En un coche de alquiler. ¡Es Rothschild! El padre se puso de pie.

—¿Y cómo es que estás segura? Y, si viene en coche, ¿cómo es que has llegado tú antes? Le habrás dado bien la dirección, ¿no? ¿Le has dejado claro que es la última puerta del pasillo a mano derecha? ¡Con tal de que no se equivoque! ¿Así que lo encontraste en la iglesia? ¿Leyó la carta? ¿Qué te dijo?

—Eh, para el carro, compadre —dijo la hija—; ¡qué prisas! Entré en la iglesia, estaba en el sitio de siempre, le hice una reverencia y le di la carta; la leyó y me dijo: «¿Dónde vive, hijita?». Le dije: «Yo lo llevo, caballero». Y me dijo: «No; deme su dirección, mi hija tiene que hacer unas compras; tomaré un coche y llegaré a su casa al mismo tiempo que usted». Le dije la dirección. Cuando le dije qué casa era, pareció sorprenderse y pensárselo un momento; luego dijo: «No importa; iré». Cuando acabó la misa, lo vi salir de la iglesia con su hija y subirse los dos a un coche de alquiler. Y le dejé muy claro que era la última puerta al fondo del pasillo, a mano derecha.

—¿Y quién te asegura que venga?

—Acabo de ver el coche que llegaba por la calle de Le Petit-Banquier.

Y por eso he venido corriendo.

—¿Cómo sabes que es el mismo coche?

—¡Anda, porque me fijé en el número!

—¿Y qué número es?

—El 440.

—Está bien. Eres una chica lista.

La hija miró al padre con atrevimiento y, señalando el calzado que llevaba en los pies, dijo:

—A lo mejor soy una chica lista, pero lo que sí sé es que no volveré a meter los pies en estos zapatos y que no los quiero volver a usar, lo primero, por salud, y lo segundo, por higiene. No hay nada más irritante que unas suelas babosas que se pasan todo el rato haciendo gui, gui, gui. Prefiero ir descalza.

—Tienes razón —contestó el padre con un tono manso que contrastaba con la rudeza de la muchacha—, pero es que no te dejarían entrar en las iglesias. Los pobres tienen que ir calzados. No se entra descalzo en la casa de Dios —añadió con amargura. Luego, volviendo al asunto que lo preocupaba—: ¿Estás segura, pero segura del todo, de que viene?

—Me viene pisando los talones —dijo la muchacha.

El hombre se enderezó. Parecía que se le había iluminado la cara.

—¡Mujer! —exclamó—. ¿Lo has oído? Viene el filántropo. Apaga el fuego.

La madre, asombrada, no se movió.

El padre, con la agilidad de un titiritero, agarró un jarro desportillado que había encima de la chimenea y les echó agua a los tizones.

Luego le dijo a la hija mayor:

—¡Tú! ¡Rómpele la paja del asiento a la silla! La hija no lo entendía.

Agarró el padre la silla y de un talonazo rompió el asiento. Pasó la pierna por el agujero.

Mientras sacaba la pierna, le preguntó a la hija:

—¿Hace frío?

—Mucho. Está nevando.

El padre se volvió hacia la hija menor, que estaba en el catre que había junto a la ventana, y le gritó con voz de trueno:

—¡Rápido! ¡Fuera de la cama, holgazana! ¡Nunca harás nada de provecho! ¡Rompe un cristal!

La chiquilla salió de la cama tiritando.

—¡Rompe un cristal! —repitió el padre. La niña se quedó cortada.

—¿Me oyes? —repitió el padre—. ¡Te digo que rompas un cristal!

La niña, con algo parecido a una obediencia aterrorizada, se puso de puntillas y dio un puñetazo en el cristal, que se rompió y cayó al suelo con estrépito.

—Bien —dijo el padre.

Estaba muy serio y brusco. Recorría rápidamente con la mirada todos los rincones de la buhardilla.

Hubiérase dicho un general haciendo los últimos preparativos en el momento de empezar la batalla.

La madre, que aún no había dicho ni palabra, se incorporó y preguntó con voz lenta y sorda cuyas palabras brotaban como petrificadas:

—¿Qué quieres hacer, querido?

—Métete en la cama —contestó el hombre.

La entonación no daba lugar a pensarse nada. La mujer obedeció y se desplomó pesadamente en uno de los jergones.

Entre tanto, se oían sollozos en un rincón.

—¿Qué pasa? —preguntó el padre.

La hija menor, sin salir de la sombra donde se había acurrucado, enseñó el puño ensangrentado. Se había herido al romper el cristal; se había acercado al catre de la madre y lloraba calladamente.

Entonces fue la madre la que se incorporó y gritó:

—¡Ya ves las tonterías que haces! ¡Se ha cortado al romper el cristal!

—¡Mejor! —dijo el hombre—. Estaba previsto.

—¿Cómo que mejor? —siguió diciendo la mujer.

—¡A callar! —replicó el padre—. Acabo de prohibir la libertad de prensa.

Luego, rasgando la camisa de mujer que llevaba puesta, le sacó un jirón de tela con el que envolvió a toda prisa la muñeca ensangrentada de la niña.

Hecho esto, bajó la vista con expresión satisfecha hacia la camisa rasgada.

—Y la camisa también —dijo—. Todo esto tiene muy buena pinta.

Un viento helado entraba por el cristal, silbando, en la habitación. La niebla de fuera se colaba y se dilataba como un algodón blanquecino que unos dedos invisibles desenredaban un tanto. A través del hueco del cristal se veía caer la nieve. Había llegado, efectivamente, el frío que había prometido la víspera el sol de la Candelaria.

El padre echó un vistazo alrededor como para asegurarse de que no se le había olvidado nada. Cogió una pala vieja y extendió la ceniza por encima de los tizones mojados para ocultarlos del todo.

Luego, enderezándose y apoyando la espalda en la chimenea, dijo:

—Ahora ya podemos recibir al filántropo.

VIII
EL RAYO DE LUZ EN EL TUGURIO

La hija mayor se acercó y le puso la mano al padre encima de la suya.

—Mira qué frío tengo —dijo.

—¡Bah! —contestó el padre—. Tengo yo mucho más frío. La madre gritó impetuosamente:

—¡Tú siempre lo tienes todo mejor que los demás!

—¡Que te eches! —dijo el hombre.

Miró a la madre de determinada forma y ésta se calló.

Hubo en el tugurio un momento de silencio. La hija mayor quitaba el barro de la parte de debajo de la capa con expresión despreocupada; la menor seguía sollozando; la madre le había cogido la cabeza con ambas manos y la cubría de besos mientras le decía por lo bajo:

—Tesoro mío, por favor, no será nada, no llores, que se va a enfadar tu padre.

—¡No! —gritó el padre—. ¡Al contrario! ¡Llora! Hace muy buen efecto.

Luego, volviendo a la mayor:

—¡Pero, oye, no llega! ¿Y si no viniera? ¿Y si he apagado el fuego, destripado la silla, rasgado la camisa y roto el cristal para nada?

—¡Y herido a la niña! —susurró la madre.

—¿Sabéis que hace un frío de perros en esta buhardilla? ¡Mira que si ese hombre no viene! ¡Ya, claro, se está haciendo desear! Se dice: «Anda y que me esperen, que para eso están». ¡Ah, cuánto los aborrezco y cuánto disfrutaría estrangulando a los ricos, con cuánta alegría, cuánto entusiasmo, cuánta satisfacción! ¡Esos supuestos hombres caritativos que se hacen los místicos, que van a misa, tan amigos de los curas, tan predicadores, tan aficionados a los bonetes, y que se creen superiores a nosotros, y que vienen a humillarnos y a traernos ropa, como ellos dicen, unos pingos que no valen cuatro cuartos, y pan! ¡Lo que quiero yo no es eso, panda de canallas! ¡Es dinero! ¡Ah, pero dinero no traen nunca, porque dicen que nos lo beberíamos y que somos unos borrachos y unos holgazanes! ¿Y ellos? ¿Qué son ellos y qué fueron en sus tiempos? ¡Unos ladrones! ¡Porque de otra forma no se habrían hecho ricos! ¡Ah, habría que coger la sociedad por los cuatro picos del mantel y tirarlo todo por los aires! ¡Se destrozaría todo, es posible, pero así, por lo menos, nadie tendría nada, y eso que saldríamos ganando! Pero ¿qué está haciendo ese patán benefactor tuyo? Igual se le han olvidado las señas al muy borrico. Apuesto lo que sea a que ese viejo idiota…

En aquel momento, dieron un golpecito en la puerta; el hombre se abalanzó a abrirla, exclamando con profundas reverencias:

—¡Entre, caballero! Dígnese entrar, respetable benefactor mío, y también su encantadora jovencita.

Un hombre de edad madura y una joven aparecieron en el umbral de la buhardilla.

Marius no se había movido del sitio. Lo que sintió en aquel momento no pueden expresarlo unos labios humanos.

Era Ella.

Cualquiera que haya estado enamorado captará todos los significados radiantes que caben en las cuatro letras de esa palabra: Ella.

Era ella, efectivamente. Marius apenas si la divisaba a través del vapor luminoso que le había inundado de pronto los ojos. Era aquella dulce criatura ausente, aquel astro que lució para él durante seis meses; eran aquellos ojos, aquella frente, aquella boca, aquel hermoso rostro que se desvaneció y, al irse, trajo la oscuridad de la noche. ¡La visión se había eclipsado y volvía a aparecer!

¡Volvía a aparecer entre aquella sombra, en aquella buhardilla, en aquel tugurio informe, entre aquel espanto!

Marius temblaba como un azogado. ¡Cómo! ¡Era ella! Los latidos del corazón le enturbiaban la vista. Se notaba a punto de romper en llanto.

¡Cómo! ¡Volvía a verla al fin tras haber pasado tanto tiempo buscándola! Le parecía que había perdido el alma y acababa de recobrarla.

Seguía siendo la misma, sólo que un poco pálida; un sombrero de terciopelo violeta enmarcaba el rostro exquisito; le disimulaba el talle una capa de satén negro forrada de piel. Se veía a medias, bajo el vestido largo, el piececito embutido en un borceguí de seda.

Seguía acompañándola el señor Leblanc.

Dio unos cuantos pasos por la habitación y dejó encima de la mesa un paquete bastante abultado.

La mayor de las Jondrette se había quedado aparte, detrás de la puerta, y miraba con ojos sombríos aquel sombrero de terciopelo, aquella capa de seda y aquel rostro encantador y feliz.

CONTENIDO

UNA OBRA QUE NO DEBE FALTAR EN TU LIBRERO...................5

PRIMERA PARTE: FANTINE..9

SEGUNDA PARTE: COSETTE...281

TERCERA PARTE: MARIUS...527